Boeken van Hubert Lampo bij Meulenhoff

De komst van Joachim Stiller. Roman
De belofte aan Rachel. Roman
Hermione betrapt. Roman
Dochters van Lemurië. Novellen
De duivel en de maagd. Roman
De heks en de archeoloog. Roman
Terugkeer naar Atlantis. Roman
De ruiter op de wolken. Roman
Kasper in de onderwereld. Roman
De zwanen van Stonehenge. Essay
De neus van Cleopatra. Essays
Kroniek van Madoc. Essay
Een geur van sandelhout. Roman
De prins van Magonia. Roman
De engel en de juke-box. Verhalen
De vingerafdrukken van Brahma. Roman
Joachim Stiller en ik. Autobiografie
Wijlen Sarah Silbermann. Roman
Zeg maar Judith. Roman
De Antwerpse romans
Het Graalboek
De eerste sneeuw van het jaar. Roman
De verhalen
Oorlogsjaren
Terug naar Stonehenge. Een magisch-realistisch droomboek
De Elfenkoningin. Roman

Meulenhoff Editie

Voor mijn vrouw Lucia
en de vrienden die zich in deze kroniek van een zomer
herkennen.

'*"Les cendres de Claes battent sur mon coeur", dit Ulenspiegel.*'
Charles Decoster, *La légende d'Ulenspiegel*

'Half of my friends accuse me of an excess of scientific pedantry; the other half of unscientific leanings towards preposterous subjects...'
Arthur Koestler, *The Roots of Coincidence*

INHOUD

Eerste Boek
PIETER-FRANS
9

Tweede Boek
EMILY
249

Derde Boek
MISTER SMITH
443

Epiloog
625

Eerste Boek

PIETER-FRANS

EERSTE HOOFDSTUK

Paul Deswaen piekert ernstig over ons levenspatroon. Ging er, als in Tristans geval, iets mis? Hij werd erfgenaam van een landhuis en zal zich op uitgever Heuvelmans' verzoek met een vergeten auteur bezighouden.

Wanneer, hoe en waarom is het precies begonnen? Herhaaldelijk heb ik het mij afgevraagd. Alsnog moest ik hierop het antwoord schuldig blijven. Toch lukte het meestal mijzelf er zonder noemenswaardige inspanning van te overtuigen dat het geen belang had.
In feite weet je vandaag nooit wat je morgen zal overkomen. Voorgoed werd ik mij hiervan bij vaders graf bewust.
Het hoeft je er niet van te weerhouden allerhande toekomstplannen te maken. Tenzij er iets grondig mis gaat, staat niets de uitvoering ervan in de weg. Wat mij betreft heb ik steeds naar een paar voorspelbare dingen toe geleefd. Duidelijk herinner ik mij hoe ik als kind, wanneer mama even haar verdriet scheen te vergeten, gelukkig kon zijn met de belofte van een bezoek aan de dierentuin, een pleziertochtje op de Schelde, helemaal tot in Vlissingen, een leuke film in de buurtbioscoop of de flonkerend behangen kerstboom met zijn aroma van een betere wereld in de dagen van advent. In dit opzicht ben ik niet veranderd. Nog steeds voel ik mij pas goed op dreef als ik met ingecalculeerde verwachting tegen de nabije toekomst aankijk, de drukproeven voor een boek dat straks verschijnt, bij voorkeur een reis in verband met mijn werk, een film of een televisieprogramma waar ik bij betrokken ben, een lezing waar ik nogal wat van verwacht of de ontmoeting met vrienden die een warme plaats in mijn hart bekleden.
Dit slaat evenwel niet op wat ik bedoel, niet op het onbekende waarmee ik, soms samen met Jo, bezig ben geweest.
Mijn gedachten gaan naar gebeurtenissen, naar toestanden welke je hoegenaamd niet hebt kunnen voorzien maar die zonder naspeurbare oorzaak eensklaps in je wereld opdoemen, als een nieuwe, vooraf niet te berekenen komeet aan het uitspansel.
Vanzelfsprekend hoort niemand mij erop te wijzen. Net als iedereen weet ik best dat ons menselijk bestaan op één onafgebroken aaneenschakeling berust van dergelijke onvoorspelbare, doch meestal van een ruimere, diepere zin verstoken ervaringen.
Ik denk er niet over na waarom precies vandaag, niet gisteren de postbode mijn aangifteformulier voor de belastingen in de brievenbus

deponeerde. Wanneer ik net een boodschap aan mijn uitgever wil schrijven en de elektriciteit van mijn oude Olivetti valt eensklaps uit, zo leidt dat niet tot vragen op het stuk van de kansberekening of de plagerigheid van enige natuurwet. Er is niets ongewoons aan dat ons langharig bastaardkatje Lancelot voor de deur van mijn werkkamer zit te miauwen tot ik hem binnenlaat, waarna hij met een virtuoze sprong tussen de boeken op mijn bureau landt en mij, zijn klaargroene ogen wijd open van verbazing, belangstellend gaat zitten aankijken. Even spitst hij de oren wanneer in de verte de forensentrein van halfzeven ratelend het landelijk stationnetje binnenloopt, doch meteen hoor ik aan zijn manier van spinnen dat hij het voor ons beiden volstrekt irrelevant vindt.

Ik noemde zomaar wat pointillistische fragmentjes welke de bedrading van het alledaags bestaan uitmaken en het stroomcircuit met de ons omringende werkelijkheid op gang houden. In ons hoofdzakelijk zintuiglijk leven van elk ogenblik bedden zij zich niet dieper in. Zelden reiken zij verder dan een louter oppervlakkige, zienderogen uitdeinende rimpeling die de zomerbries als terloops aanstrijkt op de onverschillige waterspiegel van een verdroomde vijver op de heide. Zij doen zich gewoon voor, zonder impact of zonder merkbare gevolgen. Nauwelijks laten zij een herinnering na en er is weinig verstrooidheid toe nodig om ze niet eens op te merken. Meer betekenen ze niet dan wat vluchtig stuifmeel van de voorbijkabbelende tijd.

Wie mij zou vragen waarom ik over dergelijke subtiliteiten ben gaan zitten piekeren, moet ik vooralsnog een omstandig, zelfs een redelijk antwoord schuldig blijven. Op dit ogenblik is in mijn geest alles nog wazig – een velletje glacépapier met in strofen verdeelde hanepoten, een koperen beeldje, een takje acacia, een fraaie bos seringebloesem, een stervende misdadiger, een gele brulboei...

Anderzijds begrijp ik tot op zekere hoogte wat mij tot dergelijke ingewikkelde gedachtenspinsels heeft gebracht.

Stilaan de verrassing voorbij willen wij, als er ons iets onvoorspelbaars overkomt, begrijpen waar wij aan toe zijn. Terwijl alles aan de gang was, had ik dagenlang geen tijd om mij erin te verdiepen. Al mijn aandacht werd door de gebeurtenissen zélf in beslag genomen. Naderhand heb ik mij er verbaasd van vergewist hoe grondig mijn leven erdoor uit zijn normale plooi is geraakt. Wat trouwens een understatement is, zoals men het in het Engels noemt, een woord waarvoor ik geen bevredigend Nederlands equivalent kan verzinnen.

Ik weet dat ik reeds een poos als de kat om de hete brij loop te draaien, niemand hoeft mij erop te wijzen.

Het is niet volledig mijn schuld. Het is een menselijke aanwenning te denken in geijkte patronen waarbij, uitsluitend in díe volgorde, oorzaak en gevolg zowel onafscheidelijk als onmisbaar zijn. Houd ik al-

leen rekening met deze samenhang, deze voor mij nog steeds logische structuur van de verschijnselen, zo kan ik onmogelijk zeggen waarom en wanneer het begon. Reeds vóór mijn geboorte, op die navrante zomeravond in 1944...?
Waarom, vooral waarom?
Alles wel bekeken is dat voor mij de fundamentele vraag.
Waarom.
Meer tégen dan mét mijn zin heb ik er lang en grondig over nagedacht. Voorlopig ben ik tot de slotsom gekomen dat vermoedelijk een ieder leeft met in zijn geest ergens de onbewuste blauwdruk van wat men, bij gebrek aan een ruimer, nuancerender woord, eventueel als zijn lotsbestemming zou kunnen omschrijven. Van wat voor hem in de sterren staat geschreven, zou een meer esoterisch geaarde natuur het noemen, zonder dat hiermee de kous voorgoed áf is. Bij dit alles denk ik niet aan een of andere, zeg maar jansenistische voorbeschikkingsleer. Veeleer geloof ik dat er iets als een onuitgesproken verwachtingspatroon bestaat, een deels ons leven organiserend radarsysteem. Het is geen absolute gegevenheid, waarschijnlijk is het kneedbaar, evolueert het onder invloed van onze leeftijd en de zich wijzigende omstandigheden. Ofschoon het zodoende participeert aan onze menselijke ontwikkeling, blijft het niettemin ergens gelijk, in diepste wezen gelijk aan zichzelf.

Op díe wijze heb ik het mij steeds voorgesteld.

Ogenschijnlijk werd het ergens door mijn ervaring weerlegd.

Toch blijf ik de mening toegedaan dat er zo'n betrouwbaar levenspatroon moet bestaan. Het gehoorzaamt aan een eigen innerlijke logica, hoofdzakelijk door middelpuntzoekende krachten bepaald. Zonder deze zou het bestaan elke samenhang ontberen. Wie er het contact mee verliest komt in een depressie terecht, waarmee de artsen begrijpelijkerwijze nauwelijks raad weten. Enfin, zo stel ik het mij tegenwoordig voor...

Een allang dode dichter, een niet zo geslaagde roman, een gemoedelijke kerkhofbewaker, een literair dossier, een man in een plas bloed, een andere man die over mijn bestaan besliste, lang voor ik er was. Een vrouw. Stonehenge. Hoe lopen al die draden? Wat is oorzaak, wat is gevolg? Waar begint de waarheid en waar de illusie? Waarop stuur ik het aan met al dat abstract gemier zonder consistentie?

Ik stel mij de legendarische Tristan voor. Onder het zacht gonzend zeil van zijn snek op weg naar Ierland ligt hij te dromen. Een rustige bries waait vanuit de goede hoek; eindeloos en spiegelglad ligt opaalblauw de oceaan erbij. Nooit was hij er zo zeker van dat het leven zonder problemen is. Op het niet meer verre Groene Eiland wordt hij verwacht door de hem onbekende Iseut, de voor zijn oom Mark bestemde bruid, een oogverblindend fraaie maagd, werd hem gezegd. Aan vrouwen denkt hijzelf voorlopig niet. Straks in Cornwall en haar aan de handen van de bejaarde echtgenoot toevertrouwd, is zijn taak volbracht. Reeds verbeiden koning Arthur en koningin Guinevere hem in de burcht Camelot, waar hij zich opgetogen bij de overige ridders van de Ronde Tafel zal voegen. Betoont hij zich de uitzonderlijke eer waardig, zo wordt hem, wie weet, mogelijk vroeg of laat de kweeste van de Graal opgedragen, het hoogste wat een ridder kan verlangen.

Zo ziet zijn toekomst er logischerwijze uit terwijl hij mijmerend een sneeuwwitte meeuw gadeslaat die in de verder ongerepte hemel voorbijdrijft. Zijn gemijmer is wat speels, misschien, maar niet noodzakelijk roekeloos. Aan zulke redelijke verwachtingen ontleent ons bestaan de innerlijke cohesie die wij, niet zonder een geruststellend welbehagen, als onze persoonlijke lotsbeschikking beschouwen.

Zoals het in uitzonderlijke gevallen, ook gevallen als het mijne kan gebeuren, stevent Tristans levensboot evenwel onverbiddelijk op een draaikolk aan.

Nooit heeft hij geloofd aan het bestaan van liefdefilters en dergelijke kunstjes. Overkwam het hem er met zijn kompanen bij het kampvuur over te praten, zo werd er steeds de draak mee gestoken. Drie dagen op de terugreis naar Cornwall zal de onvoorziene, de fatale zet plaatsgrijpen op het schaakbord waarover hij eerbiedig met de verrukkelijke Iseut zit gebogen, zich van geen kwaad bewust. De zon staat hoog en een frisse dronk is welkom. Door de warhoofdige Brangaine wordt hun evenwel het erotisch stimulerend brouwsel voorgezet, met het oog op de niet meer zo tierige bruidegom door Iseuts moeder, die uitgeslapen kween, voor het toekomstig huwelijkspaar bereid.

Eén noodlottige teug is genoeg. Tranen en bloed zijn voortaan beider lot, alleen de dood kan uitkomst brengen.

Telkens als ik Bérouls romance ter hand neem, overvalt mij de weemoedige gedachte dat het zo niet moest. Tristan had alles om een gelukkig man te worden, gezondheid, moed en zieleadel. Dit kan onmogelijk zijn lot zijn, of hij niet het slachtoffer is van Brangaines lichtzinnige nonchalance, maar van een kosmische vergissing, een onoplettendheid van de goden. Ik praatte er eens over met een vriend die met astrologie bezig is. Deze vond het blijkbaar geen onaardig onderwerp, hij kon er best inkomen dat het mij intrigeerde.

'Ken je Tristans geboortedatum?' schertste hij.

'Ga weg,' zei ik, 'wat dacht je?'

'Nou ja, dat heb je helaas met dergelijke dichterlijke verzinsels. Maar stel je niet voor dat ik je vraag niet begrijp. Het is een zinvolle vraag. Volgens mij ging er inderdaad iets mis.'

'Heus waar, denk je?'

'Jammer genoeg kan ik zijn horoscoop niet opstellen. Kon ik dat wel, dan zou er vast wat anders uit de bus komen dan die miserabele historie, daar kun je beslist op rekenen. Wat een pech dat we zijn ascendant en zo niet kennen!'

Nou ja. Ik wens er niemand van te overtuigen dat hij het bij het rechte eind had. Overigens heeft Tristans verhaal niets met het mijne te maken, dat zou al te gek zijn. Maar het illustreert, bevestigt zelfs mijn overtuiging dat het ons voorbestemd levenspatroon helemaal uit zijn voegen kan worden gerukt, aan scherven vallen en door een ander worden vervangen. Het is niet mijn bedoeling vooruit te lopen op wat volgt. Ik wens er evenwel aan toe te voegen dat het míj niet om een verlies is te doen, integendeel. In feite is er niet meer aan de hand dan dat ik wil begrijpen waarom eensklaps, kom, in verrassend korte tijd alles er voor mij anders ging uitzien. Op de drempel van de nieuwe levensperiode die voor mij, voor ons begonnen is, kan ik gewoon niet aan die drang weerstaan.

Zoals Alfred mij vertelde, hebben vrijmetselaars het over de Grote Architect van het heelal. Zij doen maar. Niettemin heb ik de indruk dat die heer reeds lang door de Grote Computer is vervangen. Het lijkt mij niet verbazend dat deze nu en dan een steek laat vallen die niet met de blauwdruk klopt.

Kijk eens! Hoewel ik niet weet waaraan ik het zo plots hoor toe te schrijven, heb ik het gevoel dat alles waar ik het tot dusver over had opeens minder deprimerend is geworden. Kunnen woorden op zichzelf in bepaalde omstandigheden enige vertroosting bieden...?

Niemand zal mij horen zeggen dat woorden alleen een bevredigende oplossing opleveren. Je gedachten worden echter klaarder wanneer je ze zorgvuldig en met aandacht opschrijft. Als het even meevalt, kom je nieuwe, onvoorziene verbanden op het spoor. Je inzicht verwerft diepte en zodoende ontwaar je wat voorrang verdient. Nu ik een poos bezig ben, voel ik, meen ik te voelen dat ik het 'waarom?' voorlopig naast me neer hoor te leggen. De kans op resultaat lijkt mij groter als ik in dit stadium mijn aandacht toespits op het 'hoe?', het 'waar?' en het 'wanneer?'. Ik neem mij voor er niet om te treuren zo ik mij vergis.

De diepste oorzaak van de dingen kom je wel nooit op het spoor. Hiervoor is het leven een te onoverzichtelijke warwinkel, een octopus met vangarmen naar alle windstreken van ruimte en tijd. Er bestaat een behoorlijke kans dat wat je vandaag beleeft al voor je geboorte begon. Ik kan het weten!

Het behoort bij voorbeeld tot onze familieverhalen dat mijn overgrootvader, nog in de jaren achttienhonderd, vanuit een proletarisch provinciestadje op geleende klompen naar Antwerpen kwam afzakken. Er wordt beweerd dat hij er ééns van droomde beeldhouwer te worden. Nochtans bracht hij het nooit verder dan dagloner bij een grafzerkenmaker en bleef hij zijn leven lang een arme sukkelaar. Stel nu eens dat hij destijds in het kennelijk door Onze-Lieve-Heer vergeten Vlaanderen over de Schelde was gebleven? Haast zeker zou zijn kleinzoon, mijn vader dus, nooit mijn moeder hebben ontmoet. Bij wijze van spreken zou 'ik' in het beste geval een 'ander' zijn geweest.

Aanzienlijk gecompliceerder wordt de zaak wanneer ik verder aan mijn zwijgzame moeder denk. Zij stamde in de vrouwelijke lijn uit een nobel Italiaans geslacht, dat trouwens helemaal niets voorstelde. Wegens mij onbekende redenen geëmigreerd kwamen die voorouders van haar, aanvankelijk niet meer dan berooide gastarbeiders, ten slotte in Antwerpen terecht. Hoe doodarm zij ook waren, in de eerstvolgende generatie trad hun muzikale begaafdheid aan het licht, wat ternauwernood méér opleverde dan overgrootvaders in de kiem gesmoorde kunstenaarsambities.

Wanneer ik, misschien volkomen irrelevant, mijn voorouderlijk panorama overschouw, stel ik mij voor soms vage genetische signalen op te vangen, waarmee ik een paar min of meer aantoonbare blijken van artisticiteit bedoel. Ik acht het niet a priori uitgesloten dat deze, ruim een eeuw geleden, hebben vooruitgelopen op mijn destijds drieste schooljongensbeslissing dat ik schrijver zou worden, wat er ook mocht gebeuren.

Ik zinspeelde op 'signalen', doch wellicht hoort mijn voorkeur naar het woord 'tekens' te gaan. Het werd in verband met de afstamming gebruikt, wat een gespecialiseerd geval is op het stuk van de wet van oorzaak en gevolg. Terwijl ik op papier zit te denken, letterlijk te dénken, vraag ik mij af of er geen andere signalen, geen andere tekens zijn. Wat ik hiermee bedoel zijn louter passieve, onopvallende fenomenen die geen rechtstreeks tastbare gevolgen sorteren. Waar ik op zinspeel zijn veeleer symbolische, voor mijn part magische seinen die gebeurtenissen, verschijnselen of ervaringen anticiperen waar zij schijnbaar niets mee te maken hebben. Zij zijn geen oorzaken, mogelijk geen gevolgen, doch kondigen stilzwijgend, heimelijk en fragmentair de toekomst aan.

Van een dergelijk standpunt uit beschouwd acht ik het niet uitgesloten dat het, in sourdine en zonder echt spectaculaire omstandigheden, op die manier bij het gedenkwaardig bezoek aan het Museum voor Letterkunde zou zijn begonnen. Werd er door onbekende krachten beslist mij langs lijnen van geleidelijkheid op de toekomst voor te bereiden? Moesten nauwelijks noemenswaardige absurditeiten een soort van gewenning in de hand werken en zo verhinderen dat te heftige schokken mijn leven inderdaad uit het spoor deden lopen?

In elk geval zijn er redenen te over om dit jaar 1980 nooit te vergeten.

Op het eind van april ruilde ik mijn flatje in de stad voor de oude villa in het ten zuiden van Antwerpen gelegen Hove, die oom Lambert, mijn vaders oudste broer, mij bij zijn overlijden naliet. Van de erfeniswetgeving heb ik geen kaas gegeten. Ik had de mogelijkheid nooit in overweging genomen, ook wegens een ganse meute neven en nichten. Doordat het bij speciale testamentaire beschikking te mijnen voordele gebeurde, kwam het volkomen onverwacht. Nooit was het bij me opgekomen Antwerpen te verlaten. Zonder er lang over na te denken stelde ik de notaris voor, meteen de zaak weer te verkopen, wat hij mij ten stelligste afraadde.

Gewoon een droom voor een schrijver, insisteerde hij. Hij was een lezer van me, glimlachte hij en zond de dactylo om koffie. Ik vroeg mij af wat zijn lectuur ermee te maken had, doch voelde mij er prettig door getroffen. Soms kan ik mij er moeilijk een voorstelling van vormen waar al mijn hersengespin steeds weer naar toe gaat, maar dat is natuurlijk flauwe kul. Doordat hij er zo beminnelijk mee uit de hoek kwam, niet zonder een paar accurate zinspelingen op mijn jongste boek, begon ik aandacht aan meester Bostijns beschouwingen te besteden. Overigens vermoedde ik dat het dwarsbomen van mijn verkoopplannen voor hem onvermijdelijk een verliespost betekende, wat mijn vertrouwen in zijn bedilzucht bevorderde.

'Het is inderdaad een huis uit de late jaren achttienhonderd,' pleitte hij, 'dus oerdegelijk gebouwd, tegenwoordig is zo'n vakwerk niet meer te betalen. Bovendien heb je een tuin, een park haast, grotendeels vol bomen, wat het onderhoud tot een minimum beperkt. Hove is een rustig en geciviliseerd dorp waar nogal wat stedelingen wonen. De villa ligt helemaal aan de rand van de bebouwde kom, met een alleraardigst uitzicht op de nabije akkers. Zeker, zeker, uit zijn romans heb ik geleerd dat Paul Deswaen Antwerpen moeilijk kan missen, doch met de wagen ben je in een kwartier in de stad, enfin, als je wat chance hebt met de stoplichten. Voor een kunstenaar is het een ideale plek en ook zou ik de gezonde lucht niet versmaden, zuurstof houdt onze geest fris.'

'Ik ben een eenzaat,' antwoordde ik, reeds half overtuigd, 'dan zie je op tegen zo'n bakbeest. Een argument zou kunnen zijn dat ik met duizenden boeken zit opgescheept. Nog een paar jaar en ik kan mijn eigen woning niet meer in.'

'Ziet u nu zelf? Het huis is bovendien meer dan behoorlijk gemeubeld, hoewel ik mij voorstel dat u mogelijk bepaalde dingen liever kwijt wilt. Daarentegen zult u zeker belangstelling voelen voor de antiekverzameling van uw oom. Ik zei toch dat die bij de erflating is inbegrepen?'

'Ik ben er vaak op bezoek geweest, weet u. Op het laatst werd hij een mensenschuwe kluizenaar en verloren wij elkaar uit het oog. Ik herinner mij vanzelfsprekend dat het een aantrekkelijke bedoening is. Voor een vrijgezel lijkt die villa mij evenwel huiveringwekkend ruim!'

'Eéns vrijgezel betekent niet voorgoed vrijgezel,' lachte hij welgemutst. 'Denk eens aan al die beminnenswaardige jonge vrouwspersonen waarover u zo vaak hebt geschreven!'
Hoewel het onzin lijkt, is het gekke van het verhaal dat Bostijn precies hierdoor mij ergens onbewust heeft geraakt. Nog even aarzelde mijn praktisch verstand. Mijn intuïtie daarentegen had hem reeds haar instemming betuigd.
Alles viel aanzienlijk beter mee dan ik het mij had voorgesteld. Ook met het onderhoud van de tuin liep het inderdaad geen vaart. Grotendeels het verhuiskarwei achter de rug kreeg ik plezier in allerhande klusjes waar ik tot dusver nooit van had gedroomd. Het grasveld liet ik onderhouden door de pompjongen van het nabije benzinestation, die wat wilde bijverdienen. Het omstandig zelf met een lange plastic slang besproeien vond ik bij dit zachte meiweertje best leuk.

Ik was er ongeveer mee klaar toen een schreeuwlelijk paars 2 PK-tje het pad kwam oprijden en ik aan het stuur Jo Heuvelmans herkende.
Met het water herhaaldelijk tot de lippen runt hij de eenmansuitgeverij 'Kaleidoskoop', bovendrijvend doordat hij dag en nacht keihard zwoegt. Aangezien ik hem inderdaad voor een oprecht, hoewel wat roekeloos idealist houd, probeer ik hem weleens een dienst te bewijzen. Zo gebeurt het dat ik hem een beginneling met talent aanbeveel of hem op het laatste nippertje voor een stommiteit waarschuw – een mens moet wat voor een ander doen. Overigens stel ik zijn begrip op prijs voor het feit dat voor mij de tijd van de amateuristische gokjes voorbij is. Daarom loopt híj nooit (of zelden) om een boek van mijzelf te zeuren. Voor de omgang schept het een ontspannen sfeer tussen ons. Daarom kan hij best al eens een beroep op de vriendschap doen.
'Je woont hier als een prins,' complimenteerde hij enthousiast terwijl hij uitstapte. 'Hoe gaat het ermee?'
'Best,' antwoordde ik, 'wat moe van het sjouwen, maar dat zal gauw beteren. Kom, we gaan er even bij zitten en iets drinken.'
Wij namen plaats op het terras langs de kant van de voor mijn smaak net voldoende golvende velden, waar de tarwe flink opschoot. Even zaten wij te genieten van het bijzonder levendige wijntje dat ik al een paar dagen in mijn geërfde koelkast bewaarde.
'Je zult hier heerlijk kunnen werken, dat merk je zo. Ben je met iets bezig?' vroeg hij zonder nadrukkelijke interesse.
Ik voelde hem op zachte kattepootjes aankomen.
'Voorlopig niet. Ik wacht op de drukproeven van mijn nieuwe roman. Vooraleer het zover is, raak ik moeilijk op dreef. Maar vertel eens, waaraan dank ik het genoegen van je bezoek?'
Wie hem niet kent, zou nauwelijks hebben gezien dat hij een ogenblik aarzelde; ik merkte onmiddellijk dat hij iets in zijn schild voerde.

'Ik wilde eens horen wat je denkt van mijn nieuwe project, Paul. Mogelijk kun je mij raad geven. Dat zou ik zelfs op prijs stellen.'
'Ik rook al iets. Kom, voor den dag met je project!'
'Ik droom van een prestigieuze reeks van romans, allemaal zo domweg vergeten auteurs uit het midden van de vorige eeuw...'
'De hemel beware je, die zijn niet meer te genieten!'
'Dat denk je maar. Hun taal is volstrekt onmogelijk, dat klopt. Waar het op aankomt, is ze te herschrijven. Nee, niet zomaar een fotokopie, hier en daar wat correcties, en, hop, naar de drukker. Nee, zo gaat het niet. Ik bedoel grondig herschrijven, weet je, met de syntaxis, de woorden van vandaag, de geest moet natuurlijk blijven. Met één alinea heb ik het voorzichtig eens geprobeerd. Je weet niet wat je ziet. Ineens denk je aan Balzac, of op zijn minst aan Dumas of Eugène Sue, die ik lang niet gek vind. Ooit van Pieter-Frans van Kerckhoven gehoord?'
'Daar zeg je me wat...' mompelde ik neutraal.
'Ik ken je door en door, Paul! Jij kunt me niets verzwijgen, ik hoor dat je hem hebt gelezen!' reageerde hij opgetogen, de schalk.
'Gedeeltelijk... Laatst nog *Ziel en Lichaam*. Onbruikbaar! Ik noem dat archeologisch lezen, het gaat mij om de tijdssfeer, met literaire schoonheid heeft het praktisch niet te maken. Maar ja... Met wat verbeelding kan ik mij voorstellen dat er hier of daar wel iets van hem bestaat waarmee na zo'n afstofbeurt wat is te beginnen.'
'Zo bedoel ik het immers?'
'De roman *Liefde* bij voorbeeld... Een titel waarop zijn tijdgenoten zich scheel keken... Exemplair voor al de gebreken, al de frustraties van die dagen, en bijgevolg ergens interessant. Maar ach, dat taaltje, mijn beste Jo, goeie genade, dat taaltje... Gewoon om in een hoek te gaan zitten janken van ellende!'
'Dat hoef je me niet te zeggen, Paul, jammer genoeg, dat taaltje... Het is of iemand krassend met een griffel op een lei zit te knoeien, zo op een manier dat je tanden er voos van worden! Een soort van Antwerps Frans met Nederlandse woorden en het ene germanisme na het andere... Maar als ik jou eens vroeg om er een up to date roman van te maken? Dat is je stellig toevertrouwd, je schudt het zo uit je mouw! Waar je het wenselijk vindt, fantaseer je er wat bij, vast een kolfje naar je hand.'
Ik had het als een onwelvoeglijk voorstel kunnen afwijzen, vooral wegens dat laatste.
Toch was er iets dat mij het zwijgen oplegde – mogelijk had het te maken met de negentiende-eeuwse rust die ons omgaf. Terwijl de stilte bleef duren (waarom kwam er geen boerenkar aandokkeren of de tractor van mijn buurman?) liet ik mij inpalmen door de herinneringen aan de charme, de desoriënterende bekoorlijkheid van zo'n kra-

mikkelijk op schrift gesteld verhaal over een verzwonden tijd, vergeten mensen en een steevast onmogelijke liefde.
'Ik vrees dat het afschuwelijk naar motteballen zou ruiken...' opperde ik.
'Dat hangt toch van jou af? Van jouw bewerking, wil ik zeggen!'
Kennelijk was het reeds mijn bewerking.
'Dacht je? Allemaal mannetjes en vrouwtjes met futiele problemen, kom, in de knoei met hun angstvallig verzwegen erotische moeilijkheden anno 1850. Hé, voor het eerst bekijk ik het zo! Lees je tussen de regels, dan vermoed je dat elke pagina bol staat van seksuele refoulementen... Ofschoon je het moet raden, wordt er in de coulissen gecopuleerd, zonder dat Pieter-Frans er met één woord rechtstreeks op zinspeelt. Was precies dát opwindend in die preutse maatschappij? Ach, natuurlijk wist hij waar Abraham de mosterd haalde. Jammer genoeg kon hij het niet formuleren, evenmin als vele andere dingen in dat stroeve, noem het Belgische spijkerschrift van hem...'
'Kijk, je zegt het zelf! Daarom moet jij, precies jij het boek op jouw manier herschrijven, je hebt er alle nuances van door! Nu ik het hoor, is dat zoveel als een vaderlandse plicht. Nou, wat denk je ervan?'
Ik dronk mijn glas leeg, bedachtzaam en zo langzaam mogelijk.
Onmiskenbaar is hij een brutale aap, overlegde ik, hoewel vergoelijkend, daar niet van. Kan ik van mijn hart een moordkuil maken? Ik houd nu eenmaal van dergelijke zelfuitdagingen. Het zou mij op zijn hoogst een maand vergen. Hoewel ik het beter niet aan zijn neus hang, heb ik altijd een hoofdzakelijk oudheidkundige interesse voor de negentiende eeuw aan den dag gelegd (ik had er best in willen leven!), zelfs voor bepaalde verkrampte letteroefeningen. Soms schuilt er onder de krompraterij, onder de overjaarse dufheid van verstorven papier – nog niet met houtpulp gemaakt? – eensklaps iets onvoorstelbaar prils. Hoe zou een vrouw zich in die tijd in een liefdesverhouding hebben gedragen? Pieter-Frans ligt bij mij in het bovenste laatje! Ik schrijf het toe aan zijn onlesbare dorst naar alles wat er in zijn dagen gaande was, van het ontwakend socialisme tot het beginnend spiritisme. Bovendien denk ik aan het moeilijke leven van deze outsider, deze met Jan en alleman gebrouilleerde querulant, door een ieder als een râté behandeld, eenzaam aan tuberculose gestorven... Verdient hij het niet dat er iets voor hem wordt gedaan? Dat hij uit de schaduw wordt gehaald van zijn mededinger Conscience, beter verteller maar als mens minder ontwikkeld en zeker minder dapper?
'Hoe noem je het? Een vaderlandse plicht?' reageerde ik ten slotte, waarbij mijn ironische toon minder sloeg op wat hij van me verlangde dan op de bombastische inkleding ervan. 'Verlies niet uit het oog dat ik met dat erfenis- en verhuisgedoe wekenlang niets aan mijn eigen werk heb kunnen doen! Pas nu loop ik weer aan een roman te denken.

Maar misschien precies daarom... Er valt over te praten. De man heeft mij altijd al geboeid. Als het mij niet te veel tijd zou kosten... Een week of drie, vier zouden er wel af kunnen...'
'Geweldig,' juichte hij, 'dat is gewoon prachtig! Ik ben je ontzettend dankbaar, Paul!'
Natuurlijk had hij begrepen dat mijn voorbehoud niet van doorslaggevende aard was, anders was ik niet zo uitgebreid op 's mans naam ingegaan.
'Goed, you won it,' meesmuilde ik. 'Er is evenwel één conditie... Als de zaak doorgaat, sta ik erop een woord vooraf te schrijven. Tenslotte is Van Kerckhoven de moeite waard en zo beleef ik er zelf enig plezier aan.'
'Natuurlijk zul je zeggen dat ik wat verzin. Toch zweer ik je dat ik het net over zo'n woord vooraf wilde hebben!'
'Je bent een slimme vos,' lachte ik.

Vooral de noodzaak om in het Museum voor Letterkunde te gaan grasduinen trok mij aan. Hij moest me maar vergezellen, zo zag hij zélf hoe de zaken ervoor stonden. Ik begon belangstelling voor zijn initiatief te koesteren, hoewel ik eraan bleef twijfelen of er commercieel voor hem muziek in zat. Hij hoorde te weten dat er risico's aan verbonden waren, bij voorbeeld door er zich in het Museum van te vergewissen hoe ver Pieter-Frans' verleden achter ons lag. Ik was meer om hem begaan dan ik liet blijken en op die manier wenste ik hem te wijzen op de hindernissen die hij diende te nemen vooraleer zelfs het literair geïnteresseerd publiek in het rijtje zou staan om zich te vergewissen door welke ziele- en andere roerselen onze betoverovergrootouders werden gedreven.
Ik had voorlopig weinig anders omhanden. Nog diezelfde namiddag ging ik diagonaal zitten lezen in de roman die ik Heuvelmans had aanbevolen.
In feite zag ik op tegen zo'n tweede lectuur. Ik vraag mij af of het aan mijn vooropgezette instelling was toe te schrijven en deze mij voor bepaalde details gevoeliger maakte. Onmiskenbaar was het zo dat alles meer reliëf scheen te bezitten dan ik mij voorstelde. Het lukte mij om een zekere gedistantieerdheid te laten varen. Zonder dat het echt nodig bleek om mijn overwegend geschiedkundige nieuwsgierigheid het zwijgen op te leggen, probeerde ik mijn aandacht op de sfeer, het tijdsklimaat te concentreren. Ik slaagde er na een poos in door het soms bordpapieren karakter van de personages heen te kijken en hun hartklop te voelen, waar ik hen tot dusver als marionetten in een min of meer moraliserende fabel had beschouwd. Achter het geclicheerd uiterlijk van verbleekte daguerrotypes of toneeltjes op afgelikte genrestukjes, begon ik mannen te ontdekken in wie ik mezelf herkende,

jonge vrouwen zoals ik er weleens had ontmoet, aan dezelfde verrukkingen, verdrietigheden en gedrevenheden onderworpen.

Spoedig betrapte ik mij erop dat ik de diagonale lectuur had opgegeven en continu met de tekst bezig was. Ik las voor mezelf een passage luidop zoals ik hem mij in onze hedendaagse taal voorstelde, zonder het tijdsaroma prijs te geven, wat fundamenteel fout zou zijn.

Er Balzac bij noemen leek mij overtrokken. Hoewel? Hoorden wij Pieter-Frans de tolerantie te onthouden die wij, eerlijk gezegd, vrij kritiekloos voor de toenmaals officieel geconsacreerde Europese grootheden aan den dag leggen? Hadden wij ons te obstinaat op de onvolgroeide taal van een fascinerend tijdsgetuige als hij blind gestaard?

Die avond sliep ik in met de bevredigende gedachte dat Jo er niet noodzakelijk een strop aan hoefde te hebben. Hij meende het goed en verdiende best een meevallertje. Binnen de grenzen van het redelijke zou ik niets verwaarlozen waar ik hem mee kon helpen.

Een andere kwestie was dat ik het hem niet nadrukkelijk hoorde te zeggen. Uit ervaring wist ik hoe gemakkelijk hij met huid en haar beslag op je legt.

TWEEDE HOOFDSTUK

Pauls geërfde witte Citroën. Bedenkingen over de retromode op een caféterras. Verbazing over het onmogelijke in het Museum voor Letterkunde. Jo trakteert in 'De Kroon'. Te veel van een koel wijntje leidt tot beschouwingen over het spiritisme.

Zodra het huis enigermate op orde was, reed ik naar de stad.
Een nauwelijks merkbare bries was uit de zuidoostelijke hoek blijven kabbelen. Een veelbelovend zonnetje had mij vanmorgen gewekt. Zelden tevoren had de wereld mij zo bont, gastvrij en bewoonbaar geleken. Als Tristan op de terugweg naar Cornwall voelde ik mij welgemutst en alert.
Mijn brave oom Lambert had mij niet alleen zijn villa nagelaten en een bescheiden kapitaaltje waarover ik mij wat geneerde. Bovendien stond zijn auto rijklaar in de garage. Toevallig gebeurde het op het gepast moment om mijn tot op het bot versleten Opeltje te vervangen.
Het was een glorieuze witte Citroën-DS uit de verre jaren zestig, zo bekeken behoorlijk oud. Prettig verrast vergewiste ik mij ervan dat de teller op het dashboard niet eens de vijftigduizend had bereikt. Dat de wagen al geruime tijd uit de mode was, kon mij niet schelen. Overigens vernam ik spoedig dat het model, net een enorme Zeeuwse oester, door kenners unisono als spectaculair en nog steeds uitzonderlijk werd beschouwd. Toen ik op mijn nieuw dorp bij de vertegenwoordiger van Citroën een kapot lampje liet vervangen, hoorde ik tot mijn verbazing dat vandaag de dag verzamelaars er forse sommen voor neertellen, ruimschoots genoeg voor de aankoop van een spiksplinternieuw, zelfs krachtiger type. Reeds vroeger had hij vruchteloos mijn ongeïnteresseerde oom gepolst. Hij verklaarde zich bereid de fraaie, volkomen gave old-timer voor een kloek bedrag van me over te nemen; ik moest hem maar een voorstel doen, desgevallend eerst op informatie uitgaan, op een dag kwam het niet aan.
Op mijn twintigste had ik in utopische buien van zo'n als uit de wind zélf geboren karretje lopen dromen, wat uiteraard een onbereikbare hersenschim was. Het lag voor de hand dat ik niet op zijn aanlokkelijk voorstel inging.
'Ach, ik kan u begrijpen, weet u, meneer Deswaen,' beaamde de garageman, tegelijkertijd ontgoocheld en mijn gezond verstand waarderend. 'U haalt er gemakkelijk nog honderdduizend kilometer mee en

inmiddels blijft het een rijdend kapitaaltje, elke rit betekent winst, de prijs gaat voortdurend omhoog!'

Na enig zoeken naar een plekje zette ik het witte mirakel neer op de openbare parking aan de voet van het Steen. Zacht uitademend vlijde hij zich als een gewillig dier in zijn automatisch verlaagde hydraulische compressiestand, wat mij eens te meer verrukte. Waren er geen omstaanders geweest, dan had ik hem even over de motorkap geaaid.

Voor deze vroege zomer heerste er een opvallende drukte van toeristen en klasjes op schoolreis op de Suikerrui. Voortreffelijk gehumeurd slenterde ik op mijn gemak naar de Grote Markt, waar Brabo er op een extraverte manier baldadig op los stond te spuiten.

Ik had een afspraak met de in een bijzonder actieve bui verkerende Jo op het door dagjesmensen ingepalmde terras van ons stamlokaal 'Café Noord.'

Het kon er in Venetië vrolijker noch kleuriger uitzien, overlegde ik met de eigengereidheid waar wij in Antwerpen aan tillen als onze stad ter sprake komt.

Jo zat mij van verre te wenken.

Van op behoorlijke afstand maakte hij mij met welsprekende gebaren duidelijk dat we eerst iets hoorden te gebruiken. Wegens de aanzienlijk toegenomen warmte leek het mij een uitstekend idee.

Op een zo stralende dag staat niets mijn zelfvertrouwen in de weg. Ik voelde mij een vrij man. Eens te meer besefte ik vanmorgen opgetogen dat ik de goede keuze had gedaan toen ik, jaren geleden, niet zonder risico besloot niet anders dan schrijver te worden, enkele moeilijke jaren ten spijt en hoe vaak mij ook – niet zelden door onbekenden! – een baan als journalist of leraar als aanzienlijk veiliger alternatief werd aangeprezen.

Vooraleer ik bij hem plaats kon nemen had de uitgever de ober geroepen. Voor elk van ons beiden bestelde hij een royaal, noodzakelijk bolvormig glas, zienderogen met kleine druppeltjes aandampend en gevuld met het plaatselijk honingkleurig brouwsel waaraan elke rechtgeaarde ingezetene van deze keizerlijke stede hart en smaakpapillen heeft verpand.

Ongeveer in die bewoordingen formuleerde Jo het, op de manier die wij soms parodiërend gebruiken, ofschoon ze uiting geeft aan de geheime nostalgie naar Vondels krullen en ornamenten. De barok bleef onze stijl.

Eerst zaten wij er stilzwijgend bij, gewoon om ons aan de ons omringende sfeer over te geven en de weldadigheid van de ochtendschaduw ten volle op prijs te stellen.

'Je lofrede is aan mij niet besteed,' zei ik met een waarderende blik

naar de consumpties die de kelner had neergezet. 'Ook zonder je ontboezemingen staat het water in mijn mond!'
'Spoel het dan meteen door, prosit!' lachte hij. 'A propos, gisteren heb ik die roman van Van Kerckhoven gelezen die je me aanbeval, *Liefde*, je weet wel. Gelukkig vond ik hem in de Stadsbibliotheek, wellicht een meevaller als het om zo'n oud geval gaat.'
Wij zetten gelijktijdig onze half leeggedronken glazen neer, er ons vergenoegd van verzekerend dat het schuim net zo romig bleef als tevoren.
'En...?' informeerde ik. 'Ik hoop dat de moed je niet in de schoenen is gezonken? Het ligt allemaal vér van ons, weet je...'
'Geen kwestie van, wat dacht je? Nee hoor, alles klopt keurig met wat je mij vertelde. Polijst dat schuurpapiertaaltje grondig weg en er blijft een boeiend, wat zeg ik, een ontroerend verhaal over. Krisje, mijn vrouw, las het vóór mij in één ruk uit... Ze heeft er snot en slinger om gehuild!'
Uit de toren van de kathedraal druppelde een pril folkloristisch wijsje, ofschoon ik me afvroeg of het geen deuntje van Haydn was. Daarna sloeg de grote klok plechtstatig elven. Geamuseerd vergewiste ik mij ervan dat de meesten op het terras, net als ik, de slagen zaten mee te tellen, die je haast tot op je middenrif kon voelen.
'Nou, des te beter, zou ik zeggen. Zo'n sentimentele geschiedenis doet het blijkbaar nog, Jo. Waarom niet, tenslotte? Dáár, kijk zélf maar!'
Uit het kleurig bevlagde, in de zon glanzende stadhuis kwam een ogenschijnlijk plechtig maar duidelijk zijn vrolijkheid verbijtend bruiloftsgezelschap naar buiten. Glunderend werd geposeerd voor een drukdoenerige fotograaf, die op zijn minst een souveniralbum vol schoot en met het oog hierop van de ene plek naar de andere draafde. Op de hielen gevolgd door haar als ober vermomde bruidegom en – zenuwachtig of nonchalant? – met zo hoog opgetilde rokken dat haar benen tot de jarretelles zichtbaar waren, klauterde het wazig opgetutte bruidje in een open, maagdelijk wit geverfde galakoets met oogverblindend gepoetste koperen lantaarns. Nu een ieder zijn eigen Toyota of BMW op stal heeft staan, is dat vandaag de dag bij ons hoogst comme il faut.
'Ja... Zo gaat het nog steeds,' zuchtte Jo met vertedering. 'Ik geloof dat de mensen sinds meer dan honderd jaar niet veel zijn veranderd. Stellig is het net zo geweest toen Amelie en Laurens trouwden...'
Zijn weemoed was haast ontroerend.
'Waarschijnlijk...' beaamde ik. 'Op dat verrukkelijk paar fraaie vrouwenbenen na!'
'Allicht... Heb je er ook naar gekeken, Paul? Het leek er even op dat ze haar broekje zou tonen... Maar vertel eens, vind je dat zo erg?'

'Die benen? Of zit je aan dat broekje te denken?'
'Ga weg, die sentimentaliteit, bedoel ik.'
'Ik vertelde je dat ik dergelijke romans van eertijds hoofdzakelijk als archeologische documenten beschouwde. Vandaag vraag ik me af of ik het goed bekeek. Overigens, toen ik dezer dagen wat in *Liefde* zat te grasduinen, kwam ik, net als jij, tot de slotsom dat de mensen grotendeels dezelfden bleven. In tegenstelling tot Laurens en Amelie zijn die twee in hun koets vermoedelijk, nee, zéker al met elkaar naar bed gegaan. Voor het overige liggen hun sensibiliteiten hetzelfde. Ik begin beter te begrijpen wat er met die reeks van je in je geest rondspookt!'
'Ik ben van zins op de retromode in te spelen... Eenmaal het publiek eraan gewend, valt het vast mee. Ouderwetse bruiloften? Waarom dan geen ouderwetse romans?'
'Wie weet...? En nu maar duimen dat wij in het Museum voor Letterkunde behoorlijk wat biografisch materiaal vinden, Jo! Ik heb namelijk de indruk dat onze man vrij ongrijpbaar is; het maakt hem aanzienlijk interessanter dan zijn tijdgenoten. Hij hangt een poos rond in Italië om in Bologna medicijnen te studeren, waarna hij opeens, slechts met een kandidaatsdiploma op zak, weer in Antwerpen opduikt. Men heeft zich afgevraagd of hem de grond er te heet onder de voeten werd, sommigen denken zelfs in de richting van een carbonari-affaire, wat voorbeeldig aan zijn nonconformistisch temperament van progressieve dandy zou beantwoorden. Goed, we zien wel.'

In de leeszaal van het Museum voor Letterkunde troffen wij tot mijn genoegen meneer Stalmans aan. Jaren geleden heeft hij mij vaak met beminnelijke voorkomendheid geholpen als ik op zoek was naar stof voor een of andere bijdrage, vooral in de tijd toen ik als free-lancer moest proberen er zo nu en dan eens wat bij te verdienen. Duidelijk wegens het mooie weer was het er de dood in de pot en op zo'n stille dag zit hij zich demonstratief te vervelen. Zomaar met de duimen draaien is niets voor hem. De lokaal gewaardeerde grapjes over het gemakkelijke leventje van onze stedelijke ambtenarij zijn op de brave, steeds bereidwillige Stalmans niet van toepassing.
Ik deed omstandig uit de doeken waarvoor wij zijn hulp inriepen. Uit ervaring weet ik dat hij, hoewel zonder misplaatste nieuwsgierigheid, graag het naadje van de kous kent en belangstellend uitkijkt naar het resultaat dat zijn medewerking zal sorteren. Hij luisterde met aandacht, ook naar Jo's geestdriftig betoog over zijn project.
Niet helemaal zeker of ik mij niet vergiste, vreesde ik zijn gezicht langzaam te zien betrekken. Hij keek inderdaad droefgeestig en krabde verveeld in zijn haar.
'Pieter-Frans van Kerckhoven...? Dat zou weleens kunnen tegenvallen,' mompelde hij met een trieste blik.

'Wat bedoelt u?' vroeg ik.

'Er moet beslist een boel over hem zijn,' opperde Jo, 'in zijn tijd was hij net zo beroemd als Hendrik Conscience of Jacob van Lennep, men heeft zijn naam aan een straat gegeven...'

'Ik vrees dat ons dossier een mager beestje is, meneer Deswaen. De man is vereenzaamd gestorven, men neemt aan dat niemand zich om zijn nalatenschap heeft bekommerd. Dat moet de oorzaak zijn, meneer Heuvelmans, straat of geen straat. Goed, ik ga eens kijken, íets vinden we vermoedelijk wel. Even geduld, ik ben dadelijk weer terug...'

Meneer Stalmans had zich niet vergist, wat ik terecht al van tevoren vreesde aangezien ik wist dat hij de inhoud van het Museum na zoveel jaren op zijn duimpje kent. De computer die het stedelijk bestuur zich voorneemt te installeren kan hij missen als kiespijn, vertrouwde hij mij toe.

Er was één schaars gevulde ordner met wat povere, brosse knipsels uit lang verdwenen kranten, enige vergrauwde velletjes met een bruin geworden handschrift erop en één enkele wat ruimere bijdrage, uit een populair weekblad dat in de jaren twintig verscheen.

'We hebben pech,' concludeerde ik, 'u kunt het ook niet helpen. In elk geval bedankt.'

'Net waar ik bang voor was,' zuchtte de museumbeambte, 'daarom wilde ik u van tevoren waarschuwen.'

'Is het heus álles?' informeerde de uitgever verongelijkt.

'Vooraleer u de moed opgeeft, zal ik eens in het steekkaartensysteem kijken, er valt mij iets te binnen...'

Lang hoefden wij niet geduld te oefenen. Met zijn bril op het tipje van zijn neus was hij, handig door jarenlange routine, met vlugge vingers in de fiches bezig tot eensklaps zijn mistroostige gezicht merkbaar opklaarde.

'Sorry dat ik er niet dadelijk aan dacht. Er schijnen stilaan motgaten in dat geheugen van me te komen... Wij bezitten een doctoraalscriptie over onze man. Wie ons zo'n werk toevertrouwt, verklaart zich ermee akkoord dat het voor wetenschappelijke doeleinden wordt gebruikt. Er is zelfs meer, ik vind hier twee referenties naar monografieën die in de Stadsbibliotheek kunnen worden geraadpleegd. Warempel een pak van mijn hart!'

'Dat is prachtig,' zei ik opgelucht, 'daar zullen we het allicht mee kunnen stellen. Het gaat om niet meer dan een kort, vooral informatief opstelletje. Wat écht fundamenteel is, hangt van Pieter-Frans' werk zélf af, dat speel ik klaar zonder archivalia!'

'Overigens kunt u rustig de inhoud van het dossiertje fotokopiëren,' suggereerde meneer Stalmans. 'Veel is het niet, maar het hoeft niet noodzakelijkerwijs onbelangrijk te zijn.'

'Een goed idee, ja, laten we dat alvast doen,' beaamde Jo. 'Mogelijk neem ik een facsimile van zo'n manuscriptje op in het boek. Verder zou een portret alleraardigst zijn.'

'Dat is geen probleem. We hebben een prentje van hem, daar ben ik zeker van, zo'n authentieke daguerrotype, onze fotograaf kan hem voor u reproduceren, scherper dan het origineel. Weet u dat hij een opvallend kleine en roodharige man was?'

Ik merkte dat het hem opgetogen stemde onverwacht iets voor ons te kunnen doen; de aanvankelijke ontgoocheling had hem erg gefrustreerd.

Hij zette de kopieermachine aan en ik overhandigde hem het ene document na het andere; later zou ik nagaan wat interessant was of niet. Handig had hij het apparaat zo geregeld dat het vergeelde papier een helderwit dubbel opleverde en de paarsbruin verkleurde inkt er weer zwart ging uitzien.

'Nee, stel je voor!' liet ik mij eensklaps ongelovig ontvallen, 'hoe is dát mogelijk?'

Verrast door mijn verbaasde uitroep keken de anderen mij nieuwsgierig aan.

'Wat is er aan de hand?' vroeg Jo. 'Heb je toch nog iets speciaals gevonden?'

'Ik weet het niet, ik vraag het mij af. Dat lichtroze, nog niet verkleurde velletje, het enige dat er niet vergaan uitziet... Men zou haast zeggen dat het er niet bij hoort.'

'Waarom niet?'

'Nog vanmorgen heb ik het in een naslagwerk gecontroleerd: Pieter-Frans van Kerckhoven is in 1857 gestorven...'

'Nou, én...?'

'Een dun glacépapier, uitstekend bewaard, betast het maar eens. Ik heb de indruk dat zulk materiaal in zijn tijd niet bestond, begrijpen jullie, het lijkt mij te modern!'

'Onzin, meneer de detective, er staat immers een door hem geschreven gedicht op? Best voor reproduktie geschikt, als je het mij vraagt...!' weerlegde hij.

'Inderdaad, daar is weinig tegen in te brengen,' gaf ik onwennig toe.

'Hij heeft het nog krullerig gesigneerd ook...'

'Het is beslist zijn handschrift, zonder de geringste twijfel is het zijn eigen handschrift,' zei Stalmans, 'mijn hoofd erop dat het een authentiek manuscript is!'

Geen ogenblik onderschatte ik zijn woorden. Op dit gebied achtte ik zijn competentie boven elke twijfel verheven. Haast zijn leven lang is hij in het Museum dergelijke literaire spullen aan het manipuleren. Bovendien schijnt hij over zoveel als een intuïtieve gave ervoor te beschikken. Mijn eigen ervaring is van dien aard, dat ik niet anders kon dan hem geloven. Wanneer ik een brief ontvang, zie ik, tenzij het om een onbekende correspondent zou gaan, bij een eerste oogopslag wie de afzender is, hoevelen mij ook schrijven. Geen enkele reden om aan zijn woorden te twijfelen, dacht ik.

Natuurlijk was het nonsens belang te hechten aan de mogelijk niet eens ongewone aanblik van zo'n papier; slechts een specialist zou er een serieuze conclusie uit kunnen trekken. Niettemin bleef er mij iets dwars zitten.

'Wat dacht je dat er aan de hand is, Paul? Ik geloof dat je de laatste tijd te veel Agatha Christies hebt verslonden. Geeft niks hoor, ik ben net zo gek op Lord Peter als jij!'

'Loop naar de pomp met je Lord Peter, dat is die knul met zijn monocle van Dorothy Sayers, dat hoor je als ontwikkeld man te weten!'

'Lord Peter, Hercule Poirot, wat maakt het uit? Maar in elk geval zou ieder van die heren zo'n corpus delicti op zijn minst eens omkeren en...' Hij voegde de daad bij het woord. 'Nee maar, heb je ooit zoiets gezien, verdomme?'

Soms ben je noodgedwongen aangewezen op het gebruik van een of ander sleets cliché, doeltreffender dan welke precieuze omschrijving ook.

Ik dacht daarom letterlijk: de woorden bestierven hem op de lippen. Zo was het waarachtig.

Nauwkeuriger kon je het bezwaarlijk formuleren.

Wat was er met hem aan de hand? Voelde hij zich onwel?

Waarom zat hij ons stomverbaasd aan te gapen?

Hij legde het roze velletje omgekeerd neer op de voor het publiek bestemde werktafel en staarde het geërgerd aan.

Ik vergewiste mij ervan dat er aan die zijde een gedrukte tekst op voorkwam. Wat zou het? Waarom keek hij zo boos?

Nadat wij hem het drukwerk een eerste keer hadden zien lezen, haalde hij zijn bril voor den dag en deed het nog eens over. Aangezien hij wel vaker gekke invallen heeft, zat ik middelerwijl te dromen over een mij opeens melancholisch stemmende gedachte. Allicht uit nooddruft had die zielepoot van een Pieter-Frans zijn gedicht op de blanco zijde van een hem in de hand vallend publiciteitsbiljet gegooid.

'Stel je voor, waarom die aandacht?' vroeg ik ten slotte. 'Het lijkt zo te zien ontzettend spannend. Kom, laat er ons verdraaid van meegenieten!'

Terwijl Jo ons dwaas aankeek, had je gedacht dat er met zijn blik iets mis was. Eventueel zou je kunnen zeggen dat de brandpuntafstand van zijn ogen plots ingesteld leek op dingen, aanzienlijk verder van ons af dan de met tijdschriftenrekken beklede muren van de rustige leeszaal. Je zou er een eed op zweren dat hij ons helemaal was vergeten. Toen nam hij zijn bril weer af en de rare indruk verdween.

Toch bleef hij er gedesoriënteerd bij zitten.

'Jullie geloven het nooit,' opperde hij onzeker. 'Het programma van een concert in de zaal van de Antwerpse Muziekvereniging...'

'Is daar iets ongeloofwaardigs aan? Kom, vertel op. Wat speelde men in die dagen? Rossini, wed ik, Weber, figuren als Boïeldieu en zo? Waarachtig, nu denk ik er weer aan! In *Liefde* heeft hij uitvoerig een concert beschreven waar Amelie met haar moeder naar toe gaat. Er trad een beroemd zanger op, zijn naam schiet mij niet te binnen. De Reszke? Enfin, zo'n Pavarotti uit het jaar nul. Maar stel je voor, als het nou eens exact dát concert was! Niet direct dé literair-historische vondst van de eeuw, maar toch goed voor een aardig stukje!'

'Wat zei je...?' mompelde hij zwakjes.

'Trek het je niet aan, het heeft geen belang. Alleen vragen wij ons af waar jij het over hebt. Probeer ons niet wijs te maken dat er met een concert iets aan de hand zou zijn!'

Hij wreef met de hand over zijn voorhoofd of hij zich zodoende beter, doelgerichter zou concentreren.

'Dacht je? Er kan verdomme een heleboel mee aan de hand zijn...! Bekijk die datum maar eens, híer staat hij.'

'7 februari 1903...' las ik luidop. Soms noem ik mijzelf een warhoofd, maar zo ver gaat het weer niet dat ik het niet dadelijk merkte. 'Godjezuskristus, dat kán niet, uitgesloten! Onmogelijk, absoluut o-n-m-o-g-e-l-ij-k. Van Kerckhoven was toen al bijna vijftig jaar dood en begraven. Uiteraard kan hij dus geen gedicht of wat om het even op een dergelijk programmaatje hebben gekrabbeld. Vanzelfsprekend heeft een ander het gedaan... Later kwam dat blaadje gewoon op de verkeerde plek terecht!'

Jo legde er aandachtig een van de overige manuscriptjes naast, daarna een tweede, een derde.

'Maak jezelf niets wijs, Paul! Of je het leuk vindt of niet, het is onmiskenbaar zijn schrift,' doceerde hij. 'Ondertekend zelfs!'

Na de eerste verrassing scheen hij behoorlijk met de zaak ingenomen. Al wat raar is, fascineert hem; mij hindert het.

'Als u het mij vraagt... Zulke dingen kan ik waarachtig niet leuk vinden,' mompelde meneer Stalmans. 'Maar geen moederlief helpt er wat aan. Mijn kop erop dat het zijn hand is. Geen mens zou die zo perfect nabootsen! Waarom zou iemand dat overigens doen?'

'Houden jullie er alsjeblieft mee op!' lachte ik (beeldde ik mij in dat ik lachte?). 'Geven jullie je er rekenschap van wat voor een griezelig verhaal het is? Ik krijg er waarachtig kippevel van!'

'Verbeeld ik het me, of ben je nog steeds de kluts kwijt?' vroeg Jo, serieuzer dan mij welgevallig bleek.

Hij had mij meegetroond naar 'De Kroon', een door hem hooggeprezen restaurant. Zonder kouwe kak, voegde hij er welgemutst aan toe. Het bevond zich aan het plein nabij het oude Théâtre Royal, dat er in de blauwe middagschaduw van de lommerrijke platanen stil en intiem, want verkeersvrij bij lag.

Ondanks het voortreffelijke weer en het bekoorlijke terras met orangerie aan de achterkant van het gebouw, gaf hij met nadruk de voorkeur aan de grotendeels lege gelagzaal, schemerig en wat verdroomd na al dat triomfantelijk zonlicht.

'Niet de kluts kwijt!' antwoordde ik, terwijl ik het sinaasappelschijfje uit mijn aperitiefglas viste en het onbetamelijk opknabbelde. 'Wel onbeschrijflijk verbaasd, daar wil ik geen geheim van maken. Waarom moet óns zoiets dwaas overkomen?'

Hij scheen over mijn woorden na te denken en keek dromerig voor zich uit. Het kon ook naar de behartigenswaardige welvingen zijn in de keurig gevulde beha onder het doorkijkbloesje van de appetijtelijke, op Sophia Loren lijkende juffrouw bij de tapkast, druk met de ouderwetse faience bierpomp in de weer.

'Wie zeg je het! Denk je waarachtig, Paul, dat ík me geen kind schrok? Ik nam je hier mee naar toe om weer wat op adem te komen. Vind je het geen gezellige tent?'

Hoewel hij er niet op had gezinspeeld, begreep ik waarom deze plek zo'n aantrekkingskracht op hem uitoefende.

In Antwerpen behoort de tijd van de would-be chique gelegenheden met hun kitscherige voornaamheid al een poos tot de geschiedenis. Soms vraag ik mij af of het een sociaal verschijnsel is, een uiting van de democratische vooruitgang waaruit blijkt dat de gewone man of vrouw zich niet meer door de loze glitter van pseudo-mondaine meerderwaardigheid laat imponeren. Stierf zo bij ons het statussymbool van het Frans niet uit?

Er niet opvallend op berekend, heerste er in het stemmige lokaal een degelijke en tevens prettige, historisch ternauwernood als nep te brandmerken, eerder idealistisch ingegeven en duidelijk negentiende-eeuws bedoelde sfeer. Wat bindt ons aan die vredige tijd?

Om díe sfeer was het de uitgever te doen, dacht ik. Het is ongeveer die uit de roman waar wij sinds vanochtend mee bezig zijn. Ik kan mij zonder inspanning voorstellen dat op een zondagmiddag Amelie en haar moeder na een voorstelling van *Les Huguenots* in de Franse opera hier met frivool ruisende rokken binnenkomen om zich aan taartjes en koffie te goed te doen.

Veel zal ik vandaag niet meer uitrichten. Goed, de boog moet niet altijd gespannen staan: wat rust heb ik na dat slopend verhuisgedoe best verdiend.

'Hoe je het ook bekijkt, het is een krankzinnig geval,' zei Jo. 'Uiteraard moet er een verklaring zijn. Een practical joke?'

'Wie had er wat aan zo'n joke? Op ons beiden na heeft geen sterveling belangstelling voor een morsdode Van Kerckhoven. Wie kon dromen dat wij vanmorgen zijn dossier zouden opvragen?'

'Ik zie het anders... Misschien zijn er binnenvetters die een enorme pret beleven aan zulke gratuite grapjes, ook zonder getuige, zonder iemand die zich voor de gek voelt gehouden?' mijmerde hij, waarna hij met stijgend enthousiasme verder praatte. 'Heb ik je weleens verteld dat ik aan de waterkant ben opgegroeid, volop in het Schipperskwartier?'

'Waarachtig? Nee, dat wist ik niet...'

'Er schiet mij ineens een spelletje te binnen dat wij als snotjongens verzonnen. Mogelijk ben ik er zelf mee begonnen... Op een strookje papier schreven wij een of andere gekke boodschap, "Pietje piest nog in zijn bed", "Marietje heeft geen broek aan", of erger. Kom, zulke en andere fraaiigheden meer. Het briefje stopten wij in een lege bierfles met zo'n oude, hermetische beugelsluiting, weet je wel. Dan liepen wij helemaal naar het schiereilandje voor het Loodsgebouw bij de Bonapartesluis en slingerden de fles zo ver mogelijk in de Schelde, liefst uitgerekend bij het keren van het tij. Daarna zaten wij haar met levensgevaar vanaf de ijzeren balie na te kijken, vijf meter boven het water, tot ze ten slotte uit het gezicht was verdwenen. Wij hadden er geen idee van waar al die flessen naar toe dreven, het kon ons ook geen moer schelen. Evenmin rekenden wij erop dat ooit iemand er een zou openmaken en ons kattebelletje lezen. Het briefje op zichzelf was voldoende, de boodschap in de fles op weg naar nergens... Zonder dat we het woord kenden, was dát poëzie voor het straatschorem dat we waren...' besloot hij dromerig.

'Ik begrijp wat je bedoelt,' zei ik nadenkend. 'Kijk, voor mijn gevoel is er iets surrealistisch mee gemoeid. Het zou je idee over zo'n solitaire grappenmaker bevestigen.'

'Natuurlijk, surrealistisch,' knipoogde hij schalks, 'magisch-realistisch als je wilt... *Joachim Stiller* en zo.'

'Iemand die niet van zijn kindertijd losraakte, vandaag al weer bijna tachtig jaar geleden, waarom niet? Ik denk aan de datum van dat rare concert. Een zonderling die stiekem zulke dingetjes verspreidde, uitsluitend als een grap voor zichzelf bedoeld, waarna er eentje, veel later, in het Museum voor Letterkunde strandde en per vergissing werd geklasseerd...'

'Waarom noodzakelijk veel later?'

'Het Museum voor Letterkunde kwam in de vroege jaren dertig tot stand. Dat papiertje heeft beslist een hele weg afgelegd.'

'Je zou denken van wel... Nee, zeg, Paul heb je ooit zulke kanjers van oesters gezien? Om te watertanden!'

Het was goed dat hij het over een andere boeg wierp.

Terwijl het buffetmeisje de borden voor ons neerzette, vergewiste ik mij ervan dat zij lekker rook. Niet naar parfum, dacht ik, zijzélf rook gewoon lekker, als een vrouw grondig gewassen die uit het bad komt en nu lichtjes transpireert.

Steeds heb ik geprobeerd elke haarkloverij uit de weg te blijven. Niettemin heb ik de indruk dat het er iets mee te maken had. Hij juichte om die oesters en, hoe bestaat het, terzelfder tijd was er vlakbij dat verwarrend vrouwelijk aroma.

Op een vreemde manier hield het met die twee aparte dingen verband. Voor het eerst raakte het gestalteloze, licht onbehaaglijke gevoel mij aan dat er iets vreemds op gang was gekomen, iets waarvan ik het einde niet kon voorzien.

Het kostte geen moeite het te bezweren. Ik vond het een leuke, ontspannende dag. Ik wilde dat het zo bleef, raadselspelletjes of geen raadselspelletjes.

Er is niets dat mij bedreigt, zei ik tot mezelf. Er is geen serieus probleem aan de orde, stel je voor, zelfs helemaal géén probleem.

'Niet kwaad, dat wijntje,' zei mijn gastheer. 'Laat je glas niet staan. Ik vind dat wij ons erbij moeten houden. Juffrouw...? Hetzelfde flesje! Breng er maar twee ineens.'

'Inderdaad, laten wij over iets anders praten, Jo,' pikte ik gretig aan. 'Waarom bij voorbeeld niet over dat wijntje? Ik ben geen kenner, maar op zo'n broeierige dag vloeit het lekker naar binnen. Gezondheid, ik drink op je project. En op Pieter-Frans, waarom niet?'

Hij keek mij vriendelijk aan, hoewel een ironisch vonkje in zijn grijze ogen mij niet ontging.

'Nee hoor, zo kom je er niet onderuit. Wij zijn nog niet met hem klaar! Die practical joke is een vergissing van me.'

'Hou op, Jo, ik heb een boel belangrijker dingen aan mijn hoofd. Om je een plezier te doen ben ik bereid een boek van hem te herschrijven, een heel karwei. Wat wil je nog meer? Nu ben ík het die definitief voor een practical joke kiest en daarmee uit!'

'Hé!... Doe niet zo sikkeneurig, Paul! Wat is erop tegen om wat over literatuur, over jouw vak te praten? Nu ik die roman ga uitgeven, vind ik het onbehoorlijk dat ik praktisch niets van de auteur afweet. Jij daarentegen schijnt grondig met zijn werk vertrouwd.'

'Stel je maar niets voor!' bromde ik neutraal.

'Ik hoorde je terloops op het spiritisme zinspelen, of niet?'

'Dat sloeg op *Ziel en Lichaam*, het moet enkele jaren voor *Liefde* zijn verschenen, ik zal het eens nakijken.'

'Er is tegenwoordig veel belangstelling voor dergelijke dingen, moet je weten. Ik zal je er niet mee lastig vallen; niettemin denk ik aan later. Is ook dáár iets mee te beginnen?'

'Ik zou me geen illusies maken. Volgens mij is het een onmogelijk boek...'

'Waarom?'

'Sfeerloos, taai en dit keer volstrekt onleesbaar. Het onderwerp is interessant, maar de behandeling ervan lost de verwachtingen niet in... Mogelijk zou een cultuurhistoricus het naar waarde schatten...'

'Erg duidelijk ben je niet!' hengelde hij sluw.

Hoorde hij het hoefgetrappel van een nieuw stokpaardje?

'Het is het enige mij bekende werk waaruit blijkt dat het spiritisme ook in Antwerpen aansloeg. Het kwam net uit Amerika overwaaien...'

'Nee toch? Dat is enorm interessant! Ik heb er nooit aan gedacht! Daar zou iemand een studie over moeten schrijven voor mijn uitgeverij!'

'Geen gek idee! Je kunt er een jonge academicus een boterham mee laten verdienen. Op de universiteit is men tegenwoordig druk bezig met de negentiende eeuw. Inmiddels twijfel ik eraan of...'

'Waar twijfel je aan?' vroeg hij kwiek.

'Een historicus moet het van documenten hebben. Zijn er geschriften over die rage bewaard? Het lijkt mij niet waarschijnlijk.'

Ietwat ontgoocheld, daarna nadenkend keek hij mij aan.

'De archieven van de politie!' reageerde hij toen triomfantelijk. 'Voor wat zo lang geleden is gebeurd zijn ze toegankelijk. Natuurlijk werden die spiritisten met een scheef oog bekeken. In die tijd zullen de jongens van de Veiligheid ook wel geen doetjes zijn geweest!'

'Daar zit misschien wat in!' gaf ik verrast toe.

Ik voelde mij enthousiast gestemd door het pittige Moezelwijntje.

'Natuurlijk! Een specialist vertelde mij onlangs dat de geschiedenis van de sociale beroeringen uit die dagen vooral op grond van zulke stukken wordt geschreven! Een toost erop, prosit!'

'Ik stel mij voor dat salontafeltjes laten dansen en de geest van tante Mien oproepen hoofdzakelijk een binnenskamerse vrijetijdsbesteding moet zijn geweest. Tenzij er spiritistenclubjes bestonden...?'

'Vergeet je glas niet. Sköll! En die roman van Pieter-Frans...?'

'Nou... Hij geeft een algemene strekking weer. Of je er hints in aantreft waar een slimme pluizer wat aan heeft, weet ik niet. Ik bedoel één zo'n draadje waaraan je gaat frunniken en dat de overige losmaakt.'

'Moet je luisteren... Als auteur heb je daar kijk op. Hoorde je een spiritist te zijn om een dergelijk werk te schrijven?'

'Hij schijnt wel omstandig geïnformeerd... Zijn hoofdfiguur, Frederik, geloof ik, is mediamiek begaafd. Het maakt hem knettergek en veroorzaakt mettertijd zijn ondergang. Afschuwelijk melodramatisch!'

'Zou dat op persoonlijke ervaring van Van Kerckhoven berusten?'

'Ik denk niet dat hij álles uit zijn duim heeft gezogen...'

'Kortom, je vermoedt dat hij aan spiritisme heeft gedaan? Laat me nog eens inschenken, santé!'

'Het is mogelijk. Er zijn gronden om er rekening mee te houden.

Een buitenstaander zou met zo'n onderwerp geen weg weten.'
'En als hijzélf nu eens een medium is geweest?'
'Waarom niet? Alles is mogelijk. Men weet bedroevend weinig over hem. De boekjes in de Stadsbibliotheek zullen geen zoden aan de dijk zetten. Literatuurhistorici zijn kopschuw voor die dingen!'
'Dat vrees ik ook, Paul. Ontzettend jammer.'
'Jammer...? Ja, natuurlijk. Maar ten slotte heeft het toch geen belang?'
'Dat zég je! Maar denk eens aan het gedicht op dat glacéblaadje, zesenveertig jaar na zijn dood geschreven?'

Ik dronk mijn glas leeg en keek hem onzeker aan.

'Kom nou, Jo! Dat is toch onzin? Forget it!'

Hij hoorde er niet opnieuw mee te beginnen, het stemde mij onbehaaglijk.

Wanneer ik mij in een boek verdiep, mogen voor mijn part de gekste dingen gebeuren.

Tot op aanzienlijke hoogte maakt het fantastische deel uit van mijn eigen werk. Als eenmaal mijn vingers op het klavier van de tikmachine vlot raken, komt het spontaan naar boven. Ik hoef er niets opzettelijks voor te doen. Wegens die spontaneïteit wijs ik het niet af. Het behoort tot mijn eigen, mijn bloedeigen innerlijke wereld. Het is een psychologisch fenomeen en het laat mij koud dat domoren, Faislebeau en zo, in hun krantje niet willen begrijpen hoe het werkt. Met charlatanerie heeft het niet te maken, er komt nauwelijks verbeelding aan te pas.

Hier staat tegenover dat ik steeds de gedachte heb geschuwd dat het vanuit de mij omringende realiteit op mij beslag zou leggen. Bij de blanquette de veau au citron, waarvan mijn metgezel mij royaal bediende, kwam het idee allerminst gelegen.

'Ik ben het met je eens, Paul, het is nonsens, daar niet van. Maar niettemin zitten wij ermee in de knoop, precies dáárom zitten wij ermee in de knoop. Van Kerckhoven moest zo nodig dat waardeloze natuurrijmpje – ik vergat niet het te lezen, zoals jij! –, dat knittelvers van hem kwijt...'

'Zo nodig kwijt op een concertprogramma van een halve eeuw later?' grijnsde ik tegendraads. 'Hoe heeft hij dat geflikt?'

'Jijzélf hebt me verzekerd hoe knap meneer Stalmans is. Hij is een specialist. Als specialist staat hij ervoor in dat het Pieter-Frans' handschrift is. Roekeloze praatjes zijn niets voor zo'n man.'

'Kom, voor den dag ermee! Wat spookt er om in dat rare hoofd van je?'

'Lach me maar uit! Je weet dat ik een eenvoudige volksjongen ben...' opperde hij, eer triest dan met valse bescheidenheid.

'Idioot! Dat is toch het laatste waar ik om zou lachen?'

'Dacht ik wel! Drink eens uit, dan beginnen we aan dat tweede, aan

dat derde flesje! Ik lees weleens wat over het spiritisme en zo, moet je weten, daarom ben ik moeilijk uit de antiquariaatszaakjes in de Hoogstraat weg te slaan. Maar volgens mij zijn geesten en dergelijke verschijnselen flauwe kul.'
'Dacht je?' reageerde ik opgelucht.
'Kijk... Wat mij meermaals bij al die occulte toestanden heeft getroffen, is de discontinuïteit, ik bedoel het ontsporen van de tijd. Bovendien gaat het doorgaans mis met de ruimte. Zeg, op je gezondheid!'
'En nu zie jij het vermoedelijk zo dat Pieter-Frans op zekere dag...'
'Op zekere avond, Paul, geloof me, in het verst van mijn haarwortels voel ik dat het op een avond is gebeurd...' corrigeerde Jo, die onverwacht vanuit de diepte boerde. 'Neem me niet kwalijk!'
'Geeft niks, hoor! In China hoort het zo omwille van de hoffelijkheid. Als Mao er wegens de culturele revolutie niet de doodstraf op heeft gezet... Kijk het eens na in dat rooie boekje... Dus op zekere avond voelt Van Kerckhoven in vervoering de hand van de muze op zijn hoofd...'
'Ze was vast in haar blootje, niet?' glunderde hij.
'Gezondheid... De muze is altijd in haar blootje!' zei ik deskundig.
'Onder zo'n prachtige lampe belge, jammer van het petroleumluchtje, maar zo'n lamp hoort er nu eenmaal bij.'
'Wat dacht je? Anders ziet hij geen hand voor ogen. De muze dus, die hem een gedicht influistert. Heb jij ook de indruk, Jo, dat er plots deining in de vloer zit? Hoe kan dat nou, buiten is het bladstil!'
'Het wisselen van het tij, ik ken het uit mijn kindertijd, niet op letten, dan gaat het vanzelf over.'
'Hij grijpt vastberaden naar zijn pen...'
'Naar zijn ganzeveder!'
'Naar zijn ganzeveder, je zegt het maar, Jo, en kijkt vruchteloos uit naar een velletje papier...'
'Tot er eensklaps een luxueus blaadje roze glacé, nooit heeft hij zoiets gezien, op zijn werktafel verschijnt...'
'Voilà, je hebt het door...'
'Net als een fade-in op de film,' voegde hij er diepzinnig aan toe. 'Je weet wel, zo'n ouderwetse invloeier.'
'Ongeveer...' stemde ik in.
Ik probeerde het mij voor de geest te roepen, wat mij was toevertrouwd aangezien ik als kind vaak in de bioscoop zat.
Niettemin vergde het enige inspanning.
Verbaasd hield ik ermee op mijn vruchtenijs uit te lepelen. Dat buffet-Trientje hoorde ons niet zo aan te kijken, wij waren nette klanten.
'In zijn plaats was ik mij het flerecijn geschrokken!' vond mijn uitgever. 'Op zijn minst...'

'Jij wél, hij níet,' zei ik met overtuiging. 'Geloof me maar, het verbaast hem nauwelijks. Tenslotte is hij een medium – zei je niet dat hij een medium was? Nou, om het even, ik weet het niet meer, maar ongetwijfeld heeft hij gekker dingen beleefd. Ligt het niet voor de hand?'
'Wat dacht je?' beaamde Jo met overtuiging. 'Natuurlijk begrijpt hij direct dat het een apport is. Een apport... Zo noemen de spiritisten een dergelijk fenomeen.'
'Meteen schrijft hij in één geut zijn vers...'
'Kan ik mij levendig voorstellen, veel soeps is het niet,' knorde hij balorig. 'Ik ben allergisch voor slecht gerijmel, ik moet ervan niezen en mijn neus gaat lopen. Die romans van hem zijn stukken genietbaarder.'
'In dit geval heeft het geen belang. De stakker had geen tijd om het gedicht wat bij te politoeren. Ternauwernood klaar ziet hij het velletje langzaam maar zeker...'
'Langzaam maar zeker, ja. Dat vind ik pakkend uitgedrukt, waar blijf je het halen, Paul?' gekscheerde hij. 'Ik ben wég van dergelijke treffende beelden, goeie genade, wat benijd ik een schrijver als jij!'
Het duurde even vooraleer ik inzag dat hij een grapje maakte. Hadden wij zoveel op? Kom, die paar flesjes Moezel?
'Hou jezelf voor de gek, Jo! Je bent strontcrimineel, letterlijk zo zat als een tempelier.'
'Beschonken, Paul, beschonken zegden keurige lui in Van Kerckhovens tijd!'
'Mij goed. Dus langzaam maar zeker begint dat blaadje zijn consistentie te verliezen. De omtrek vervaagt, de inkt verbleekt zienderogen... En dan, hop! Het is er niet meer! Begrijp jij er wat van?'
'Nou... Op je gezondheid, gelukkig is er nog een halve fles. We moesten het maar afdrinken... Kijk, dat werkt zo. Eerst werd het programmaatje van 1903 naar Pieter-Frans' tijd getransporteerd. Voor hem is het een ápport, snap je? Wanneer het daarna verdwijnt, is het een tránsport, terug naar 1903 of naar een latere datum zodat het in het Museum terechtkwam. Zo simpel is dat. Kom, schenk nog eens uit. Of laten we de koffie aanrukken, met een pousse-café erbij?' stelde hij genereus voor, terwijl ik mij afvroeg of ik voldoende contanten bij me had; je komt met die rakker de gekste dingen tegen. 'Zeg, Paul, kijk niet zo chagrijnig! Vandaag ben je mijn gast, je hebt het verdiend en Geld spielt keine Rolle.'
Duidelijk verwachtte hij heel wat van wat hij reeds glunderend zijn Project Negentiende Eeuw had genoemd.
Met bescheidenheid kom je overal.
'Voor mij alleen koffie, zo sterk mogelijk, een filter met haar op zijn borst!' zei ik.
Niet ontevreden over mijzelf meende ik te horen dat mijn stem vas-

37

ter klonk dan de zijne. Vermoedelijk had ik mij het deinen van de vloer gewoon verbeeld, bij voorbeeld ten gevolge van de broeierige warmte. Net als dat duizelingwekkend vrouwelijk aroma van straks. Trouwens een verdomd leuke meid. Met caféjuffrouwen pap je evenwel niet aan, kwestie van stijl.

'Gesteld dat ze het zou willen...' mompelde ik.

'Wat zeg je?' vroeg de uitgever.

'Niets,' antwoordde ik, 'ik zeg niets. Dacht je dat ik wat zei?'

'Je bent er erger aan toe dan ik!' constateerde hij vergenoegd. 'Kom, nog het laatste uit de fles, we hebben ervoor betaald. Op het welvaren van uitgeverij "Kaleidoskoop"!'

DERDE HOOFDSTUK

Een dagje op het platteland. Het geluk? Vorderingen van de landbouwersstand en genoegens van de drukproef. Waarom Paul het ouderlijk graf zo zelden bezoekt. Verbijsterend gesprek met Jeroen, de kerkhofbewaker.

Ik werd 's anderendaags door de in deze streek erg matineuze postbode gewekt.

'Een aangetekend stuk, meneer Deswaen, helemaal uit Amsterdam, geloof ik. Wilt u híer even signeren?'

Terwijl ik omslachtig naar een fooi tastte, overhandigde hij mij een zwaar pak waarop ik het etiket van mijn uitgever herkende. Ik maakte het met spanning open en trof er tot mijn vreugde de drukproeven in aan van mijn voor het najaar aangekondigde roman.

Er waren ook een paar brieven, die ik voorlopig terzijde legde. Ik wilde zo spoedig mogelijk aan de slag en mij door niets laten afleiden. Mijn correspondentie zou ik later bekijken.

De kous is voor mij niet af wanneer ik het laatste woord van een werk heb opgeschreven. Pas als ik voor het eerst de proeven lees, ik heb het vaak ondervonden, krijg ik er definitief vertrouwen in. Zij betekenen voor mij hét hoogtepunt bij het ontstaan van een boek. Ofschoon het corrigeren een zwaar karwei is, verheug ik mij er van tevoren op. Ik weet dat het kinderachtig lijkt, wat mij niet hindert. In hoevele gevallen hangt ons dagelijks geluk niet van zulke pueriele genoegens af?

In een prettige stemming maakte ik haastig mijn ontbijt klaar. Veel aandacht besteedde ik niet aan het eten. Nog even veroorloofde ik mij een extra kop koffie. Daarna stopte ik zorgvuldig mijn pijp, de eerste van de dag, die het lekkerst smaakt, zoals Simenon er ons met kennis van zaken op wijst. In een minimum van tijd vervulde haar zwaar aroma het vertrek, vanwaaruit je op de akkers, daarachter op de hoeve en verder op gans het welvarend bedrijf van de Brusselmansen uitkijkt.

Als geboren stedeling hield ik er omtrent het landbouwersleven alsnog clichévoorstellingen op na, mij door de modderige cyclopen van Permeke of de introverte wroeters van Streuvels ingegeven. Nú weet ik dat het om relicten uit een ver verleden gaat. Dergelijke oermensen hebben niets te maken met mijn vrienden van het Tempeliershof. Buurman Brusselmans heeft agronomie gestudeerd op academisch niveau, eerst in Gent, daarna zelfs een jaar in Wageningen. Zijn vrouw

39

is een onvervalst blonde, aantrekkelijke en levendige verschijning. De blauwe overall staat haar als op een modeplaatje; zij bestuurt de tractor met de zwier van een Romeinse wagenmenner en tot dusver heb ik haar er niet schuldbewust zien bijlopen, verlegen om alweer een gemakkelijk voorspelbare dikke buik. In tegenstelling tot wat de vandaag gefrustreerde heimatschrijvers van vóór de pil zo machtig schoon vonden, ontbreekt haar het weelderig nest vol mollige kinders. In plaats van wat mij, als gniffelend lezer van dergelijk saai proza, aan een worp roze biggetjes doet denken, bracht zij een schat van een tweeling ter wereld.

Ik zat nog volop in de slameur van de verhuizing toen het zesjarig span plots voor mijn deur stond, ontroerend hand in hand, het meisje met een korfje eieren voorzichtig tegen zich aan gedrukt.

'Voor u!' lachte het beeldschone kind opgetogen.

'En u mag niet betalen,' voegde het broertje er trots aan toe, of hij zich bewust was van mijn verbazing.

'Nee, dat mag niet,' bevestigde het meisje serieus. 'Ik moest zeggen dat het voor de televisie is, met de groeten van mama.'

'En ook van papa!' vulde het jongetje aan, wat meteen elk misverstand voorkwam.

Ik stond er beduusd bij. Toen herinnerde ik mij eensklaps, dat er gisteren op Brussel een wederuitzending was geweest van de verfilming van een van mijn romans, wat ik door al het gesjouw uit het oog was verloren.

Ondanks de nog heersende chaos kon ik er een exemplaar van opdiepen. Ik schreef er een erkentelijk woordje in voor de Brusselmansen, gaf het de kleuters mee en drukte beiden op het hart dat ik spoedig kennis zou komen maken met de ganse familie.

Ik was de correctieproeven niet vergeten. Mijn eerste opwinding was bezonken. De gedachte eraan vormde zoveel als een blij, met hoop vervuld adagio. Genoeglijk zat ik naar de stuifmeelzilveren morgen te kijken en rookte mijn pijp.

Een wonderlijk evenwicht had zich in mij genesteld.

Ik vroeg mij af of dit het volmaakte geluk kon zijn.

Kom, het haast volmaakte geluk, relativeerde ik, zonder de verdrietigheden die nu eenmaal tot ons ondermaans bestel behoren.

Ook mij werden ze niet steeds bespaard, doch ik dacht er nog maar zo weinig mogelijk aan.

Eerst wilde ik domweg van dit huis niet weten. Thans zag ik in dat oom Lamberts erfenis een godsgeschenk was. Tegenslag of voorspoed, voortaan was het definitief met mijn bestaan verbonden.

Onwillig besefte ik dat er nog iets, nog iemand in ontbrak. Wat zei die brave maar bemoeizuchtige notaris Bostijn ook weer...?

Genoeg, Paul Deswaen! berispte ik mijzelf schouderophalend.

In de vorm van een lekker naar inkt ruikend stel proeven lag het werk op mij te wachten. Ook dát was het geluk.

Ik installeerde mij achteraan in de tuin, waar een schaduwrijk vlierbosje mijn geliefkoosde plek was.

Op de toenemende, weldra subtropische warmte lette ik nauwelijks. De lunch vergetend bleef ik aan de gang tot ik het laatste velletje klaar had. Pas op dát moment voelde ik mijn lege maag heftig protesteren.

Ik heb geleerd mij in de keuken uit de slag te trekken. Ik was echter moe. Daarom nam ik een douche en slenterde naar het dorp, dat sinds korte tijd prat gaat op een fleurig Chinees restaurantje, mij door mijn buurvrouw aanbevolen.

Half scheel gezwoegd op mijn drukproeven had ik een dergelijke beloning verdiend, excuseerde ik mijzelf. Na dat copieus dineetje van gisteren nam ik mij voor mij tot iets lichts te beperken. Ik begreep geen woord van wat het broze Chinezenpoppetje mij lief mauwend aanprees, maar gelukkig viel het niet zwaar uit.

Pas toen ik besloot naar bed te gaan, herinnerde ik mij dat ik vanmorgen mijn correspondentie niet had ingekeken.

Er was een prentkaart van een naar de Provence uitgevlogen bevriend paar, een kattebelletje in verband met een uitzending bij de radio en een waslijst vol irrelevante vragen van een toekomstig onderwijzeresje uit Groningen (niet zonder de wenk er geen gras over te laten groeien en er mij bij voorkeur niet te nonchalant van af te maken). Ik was erg ingenomen met een vrij lange brief van mijn oudere, diep door mij gewaardeerde collega Peter van Keulen, die bij zijn felicitaties voor mijn recente boek over Koning Arthur, onlangs als een literair-historisch amusement geschreven, een aantal behartigenswaardige overwegingen voegde. Verder waren er de gebruikelijke drukwerkjes en een stuntelig opgesteld factuurtje van het tuiniersbedrijfje in Hoboken waaraan ik het onderhoud van het graf van mijn ouders had toevertrouwd.

Het klusje wordt regelmatig en naar behoren geklaard. Kopzorgen hoef ik er mij niet over te maken. Morgen zou ik eens naar het zaakje rijden om de rekening zonder bankgedoe te vereffenen. Eenvoudige middenstanders geven hier nog steeds de voorkeur aan en meteen was het een voorwendsel om weer eens naar Antwerpen te rijden.

Overigens was het schromelijk lang geleden dat ik vader en moeder had bezocht, waarom ik mij voornam naar het ginds nabijgelegen kerkhof te lopen. Als ik het uitstelde, zou het er vermoedelijk niet gauw van komen.

Dat ik het zo dikwijls verzuimde, leverde mij (stelde ik mij althans voor) geen schuldgevoelens op.

Zij van wie ik afscheid had moeten nemen, leefden verder, net zo intens alsof zij er nog waren, los van de gedachte aan dat handjevol ontzielde, onomkeerbaar verterende organische materie waarmee definitief alle communicatie is verbroken. Maar goed, schijnbaar redelijke motiveringen ten spijt zijn er dingen die men nu eenmaal blijft doen. Soms ontwaakt de behoefte aan een verwaarloosd of uitgesteld blijk van liefde, ongeveer als het gebed waarmee de gelovige zijn beminde afgestorvenen gedenkt, zonder dat hij er noodzakelijk van overtuigd is de juiste frequentiemodulatie der eeuwigheid te pakken te hebben.

Vandaar.
In het tuinierszaakje was ik dadelijk klaar.
'Gaat u toch zelf eens kijken, meneer Deswaen,' zei de vrouw. 'U zult zien hoe keurig onze graven in orde zijn. Nooit ontbreken er de gepaste bloemen, voor elk seizoen worden ze speciaal gekozen.'
Zij stelde het op prijs dat ik van zins was nog vandaag gevolg aan haar raad te geven. Daarom deed zij haar best om voor mij de fraaiste rozen uit te kiezen die ze in voorraad had.
Zoals vaker liep ik een poos te zoeken vooraleer ik in het eindeloze labyrint, in deze ontzaglijke dodenstad het netjes genummerde laantje vond, waar ik met een gevoel van opluchting de dubbele grafsteen van mijn ouders ontwaarde. In overeenstemming met wat de bloemenvrouw mij zoëven verzekerde, bleek alles voorbeeldig in orde. In het midden was er een fluwelige weelde van merkbaar pas vanmorgen gedrenkte viooltjes, waaromheen de aarde kort geleden netjes was aangeharkt.
De dauwfrisse rozen legde ik op het voetstuk van de zerk.
Hoewel ik niets verwacht van postume contacten, stond ik bij het fleurige perkje te dromen, of het ons met het oog op dergelijke omstandigheden ondanks alles is ingebouwd.
Onwillekeurig sloot ik de ogen, wat ik aan het scherpe middaglicht toeschreef.
Duidelijk kwam het beeld van mijn lieve, meestal droef gestemde moeder mij voor de geest, niet zoals ik haar op het laatst van haar moeilijke leven had gekend, maar in de gedaante van de stille jonge vrouw uit mijn kindertijd. Met het graf zélf had het weinig te maken. Het overkwam mij vaker, er hoefde zich geen bijzondere aanleiding voor te doen. Meestal was het voldoende wat nadrukkelijker dan op andere momenten aan haar te denken. Steeds liep het, net als ook dit keer, op diezelfde weemoed uit.
Ik probeerde mij tegen het gevoel te verzetten. Niettemin leek mij de herinnering triester dan anders, wat ik overigens van tevoren had voorzien, waarom wist ik niet. Stond het tóch met deze plek in verband...?
Vanzelfsprekend dacht ik voortdurend aan mama. Gelijktijdig hin-

derde het mij dat ik alleen háár uit mijn herinneringen te voorschijn kon roepen.

Ofschoon ik probeerde mijzelf een rad voor de ogen te draaien, zou niemand zo goed als ikzelf beseffen waarom ik voortdurend het bezoek aan het kerkhof uitstelde, zelfs op die tot inkeer stemmende eerste dagen van november – Allerheiligen, Allerzielen – als bij ons een ieder, gelovig of niet, zich naar de plek begeeft waar voor eeuwig zijn verwanten of vrienden rusten.

Ik wist waarom ik herhaaldelijk op zichzelf niet laakbare, intellectueel zelfs respectabele argumenten bedacht om mij zonder gewetensproblemen te onttrekken aan een inderdaad eerbiedwaardig gebruik, waarvan ik de menselijke waarde geenszins onderschat. Natuurlijk begreep ik waaraan de schroom was te wijten welke ik al te gemakkelijk gehoor leende en die mij meestal van hier verwijderd hield.

De herinneringen aan mijn verleden, aan mijn jeugd hadden normaal een tweeluik horen te vormen. Eén helft ontbrak eraan. Slechts een deerlijk geschonden beeld bleef ervan over.

Als ik mij met lood in de schoenen naar het kerkhof begaf, kon onvermijdelijk mijn bezoek alleen mama gelden.

Neem me niet kwalijk, vader, dacht ik bij mezelf.

Steeds heb ik ontzettend verlangd mij er een voorstelling van te vormen hoe je eruitzag. De foto, destijds aan de muur van het salonnetje, was niet voldoende voor me. Mijn leven zou aanzienlijk zinvoller zijn als ik het kon. Het is triestig wanneer je als zoon beseft dat het gezicht van je vader vreemd voor je is, dat je alleen een lege plek voor je ziet. Ik weet dat je er niet boos om bent, er niet boos om zoudt zijn zo je mijn gedachten kende, ginds – nergens.

Knarsend op het voetpad naderden voetstappen.

Er bedaard van overtuigd dat geen dode aanstoot nam aan zijn pijp en het wolkje dat eruit opkronkelde, kwam een vaag geüniformeerde kerkhofbewaker – daar hield ik hem althans voor – genoeglijk aandrentelen.

Enerzijds overbodig, lag het anderzijds voor de hand dat dergelijke ambtelijke gezanten van de verder draaiende wereld der levenden (in feite net zo goed onopvallende engelen des doods) langs de paadjes dwalen die uitgeven op het niemandsland aan gene zijde.

Hij leek mij een beminnelijke figuur. Ondanks de nog behoorlijke afstand raadde ik (het is een gave van me) dat hij om een praatje verlegen zat. Onmiddellijk wist ik intuïtief dat hij niet beter vroeg dan even de uitoefening van zijn taak te onderbreken om wat over koetjes en kalfjes te kletsen. Het hinderde mij niet. Hij was duidelijk een goeiige baas. Ik ironiseerde tegemoetkomend dat je als schrijver die zichzelf respecteert allicht eens met een kerkhofopzichter van gedachten hoort te wisselen. Mij geamuseerd van de wanverhouding bewust,

43

voegde ik eraan toe dat in zijn tijd Shakespeare een gesprekje met zulke lui, zelfs met een stel drankzuchtige grafdelvers, niet laatdunkend uit de weg ging.

'Goeiemorgen, meneer,' zei de man, die trouwens niets met Williams kerkhofgespuis gemeen had. 'Lekker weertje vandaag!'

Hij bracht vluchtig twee vingers aan zijn pet, wat mij aan een vage militaire groet deed denken. Mogelijk hield die verband met zijn ternauwernood aan een écht uniform herinnerend grijs pak met een zilverbiesje op de kraag.

'Goeiemorgen,' antwoordde ik, 'prachtig inderdaad, u zegt het wél.'

Ik begreep dat het een formule was, een middel om een gesprek aan te knopen, hoewel niet noodzakelijk over de al dagen durende warmte, deze geprezen uitzondering op dat deplorabel klimaat van ons.

Belangstellend keek hij mij aan door zijn schraal brilletje, dat slechts uit halve glazen bestond om zowel van dichtbij als van ver te zien. Het paste merkwaardig bij zijn tegendraads borstelige snor.

Welgemutst scheen hij ervan overtuigd de rechte man voor zich te hebben. Niettemin bleek uit zijn ondertussen discrete houding dat hij bereid was zich terstond te excuseren zo hij zich mocht vergissen.

Toch had ik de indruk dat zijn wat aarzelende aanpak een verontschuldiging was om daarna de gebruikelijke omwegen over te slaan.

'Ik herkende u dadelijk,' zei hij.

'Herkende u mij?'

'Nou ja, eerst twijfelde ik een ogenblik, maar daarna niet meer. U bent meneer Deswaen, nietwaar? Het kán gewoon niet anders! Mijn naam is Jeroen Goetgebuer.'

Meestal verbaast het mij herkend te worden. Ik voel mij onwennig als een vreemde mij aanspreekt. Het heeft niet met eigendunk te maken, veeleer met timiditeit. Toch was ik ditmaal niet gegeneerd maar hoofdzakelijk benieuwd.

'Dat hebt u goed geraden, meneer Goetgebuer,' lachte ik, 'Deswaen, inderdaad, ik ben Paul Deswaen, in levenden lijve, om u te dienen!'

'Niet geraden, meneer Deswaen,' verbeterde hij, 'wél herkend, zoals ik zei!'

Hij deed het met een vleugje pedanterie, bedacht ik, of hij warempel belang aan het verschil hechtte.

'Goed, herkend!' gaf ik toe. 'Een mens is niet onzichtbaar. Je publiceert een boek en voor je het weet staat je foto in de krant. Of kom je op de televisie, als je tenminste wat chance hebt...'

'Natuurlijk, meneer Deswaen, de krant, de televisie, dat wel... Maar niet dáárom heb ik u herkend, weet u!'

'Misschien hebben wij elkaar al eens elders ontmoet?'

Het was een zuiver oratorische vraag, ik wist met zekerheid dat ik hem nooit had gezien. Desondanks was ik mij op een vreemde, niet onprettige manier ervan bewust hoe tussen ons volop een sfeer van vertrouwen scheen te ontstaan.

'Men hoeft iemand niet ontmoet te hebben om hem te herkennen,' antwoordde hij, met een vasthoudendheid die mijn nieuwsgierigheid aanwakkerde. 'Ik herkende u omdat u sprekend op uw vader lijkt!'

Het was onmiskenbaar dat hij, door het hoofdknikje waarmee hij zijn woorden begeleidde, het graf van mijn ouders beduidde.

Ik kon mij zonder inspanning voorstellen dat hij, door hier wie weet hoeveel jaren dagelijks rond te dwalen, de namen en mogelijk zelfs de datums op de meeste zerken uit zijn hoofd kende. Het lag voor de hand dat hij een man, aangetroffen bij de tombe van *Jan Deswaen en zijn echtgenote Magdalena Vantrier*, zoals op de steen vermeld, voor de zoon van beiden hield. Er was niets onwaarschijnlijks aan dat hij ooit had gehoord dat die zoon een schrijver was en Paul heette.

Er waren redenen genoeg om er geen problemen van te maken, het was de gewoonste zaak van de wereld.

En toch. Nee. Zo mocht ik het niet losjes wegwuiven.

Er klopte iets niet.

'Gelijk ik sprekend op mijn vader?' vroeg ik.

'Als de ene druppel water op de andere, op mijn woord. Misschien bent u minder stevig gebouwd, hoewel ik daar geen eed op wil doen. Voor het overige, geloof me, als de ene druppel op de andere!' verzekerde hij.

'Ik heb mijn vader niet gekend...' bekende ik aarzelend.

Een vage pijn maakte mijn stem onzeker, waarom ik er verder niets aan toevoegde. Ik was beter niet hiernaar toe gekomen, dacht ik bij mijzelf.

Hij keek mij vriendelijk aan, zijn blik van een mijmerende uitdrukking vervuld.

'Ik weet het,' antwoordde hij. 'Geloof me, ik weet het allang...'

Natuurlijk wist hij het. Op de verweerde grafsteen kon hij lezen hoe vroeg mijn vader is doodgegaan. Er komt geen rekenwerk aan te pas. Mijn leeftijd kan hij moeiteloos schatten. Trouwens, in het gebruikelijke stukje op het achterplat van mijn boeken wordt meestal mijn geboortejaar vermeld.

'Nee, ik heb hem niet gekend... Hij is maanden voor ik op de wereld kwam gestorven. Soms gebeurt dat...'

'Kom,' zei hij, 'we kunnen net zo goed wat op gindse bank gaan zitten, daar werd ze hier voor neergezet.'

Een weerbarstig meestrompelende kleuter aan elke hand liep er een vrouw in het rouwzwart voorbij.

Ver weg gilde een fabriekssirene. Op het nabije goederenspoor naderde een zo te horen zwaar geladen trein.

Toen was het enkele seconden onuitsprekelijk stil, net zoals men zich voorstelt dat op een dodenakker de stilte hoort te zijn.

Tot een bosduif in het geboomte begon te koeren, een bries zonder verklaarbare oorzaak door het gebladerte vingerde en een astrant klokje het middaguur sloeg.

Ik had de slagen geteld of het een magisch teken was.

'Je hebt dus mijn vader gekend?' vroeg ik verwezen.

Hij knikte. Kalmpjes stopte hij zijn pijp en stak hem daarna op met de concentratie van de doorgewinterde roker, waarbij hij genoeglijke pafgeluidjes produceerde.

'Of ik hem heb gekend...? Hij was mijn beste vriend, eerst de lagere school, later het leger en ten slotte... Nou ja.'

Er steeg een weldoende warmte in mij op.

Ze vermengde zich vriendelijk met mijn aanvankelijke triestheid.

'Uw beste vriend, meneer Goetgebuer?'

Zijn naam was mij gelukkig weer ingevallen. In sommige omstandigheden weet je instinctief dat iemands naam erbij hoort.

'Mijn beste vriend. Op mijn woord, ja.'

'Het is vreemd... Nooit heeft mijn moeder met mij over u gepraat...'

Ik voelde dat het een onhandig antwoord was; aan de manier waarop hij geduldig bleef luisteren zag ik evenwel dat mijn openhartigheid hem niet krenkte. 'Ik hoop dat u het haar vergeeft, meneer Goetgebuer...'

'Noem mij Jeroen, meneer Deswaen. Mag ik voortaan Paul zeggen?'

'Waarom niet?' reageerde ik nogal verrast.

'Vanzelfsprekend vergeef ik het haar, voor zover er iets is om te vergeven. Haar wereld is op zekere dag plots in puin gevallen. Ik weet wat het betekent voor een vrouw. Geloof me, een kerkhof is een plek waar de mensen ons gemakkelijk in vertrouwen nemen.'

'Zoals ik je zei... Er waren dingen waar zij niet met mij, niet met haar eigen zoon over praatte...'

'Soms gebeurt dat...' knikte hij dromerig.

'Als kind valt het je niet op. Eenmaal de jaren des onderscheids bereikt, zoals men het noemt, schreef ik haar geheimzinnigdoenerij toe aan haar verdriet.'

'Volkomen redelijk. Vind je ook niet?'

'Zo kan men het bekijken... Achteraf schaam ik mij ervoor: vaak irriteerde het mij. Als opgroeiende knaap stelde ik voortdurend vragen en wilde alles over hem weten. Levend of dood, hij was mijn vader.'

'Mogelijk is dat zwijgen van je moeder begrijpelijk, Paul, mogelijk bestaat er een serieuze verklaring voor,' opperde hij bedaagd.

46

'Begrijpelijk? Een verklaring...? Ik weet het niet. Ach, ik gaf het piekeren op toen ik mij ervan bewust werd dat ik er nooit achter zou komen. Ik hield veel van haar, dat wel, begrijp me niet verkeerd...'
'Natuurlijk hield je veel van haar...'
'Het was afschuwelijk frustrerend, vooral tijdens mijn adolescentie. Toen ik volwassen werd, legde ik mij bij haar stilzwijgen neer; er zat niet anders op, zei ik tot mezelf.'
'Het verdriet wordt mettertijd een gewoonte...' mompelde hij.
'Dat zal wel... Soms stelde ik mij voor dat het een chronische depressie was. Ik praatte er met de huisarts over; die maakte er niets van... Andermaal beeldde ik mij in dat zij de herinnering aan vader niet met mij wilde delen, haar jaloers voor zichzelf hield. Ik las eens dat sommige vrouwen op die manier reageren...'
'Ik ben een eenvoudig man,' glimlachte hij nederig, 'geen romanschrijver, geen hoe heet het..., geen psychiater.'
'Nee, ik vergis me niet. Wat verzweeg zij? Zijn vriendschap met jou bij voorbeeld, Jeroen, dat was toch belangrijk voor mij? Ja, ze verzweeg een hoop zaken...'
'Daar ben je zeker van?'
'Volkomen... Het is moeilijk om het objectief te beschrijven... Zij sprak met liefde, ja, met vertedering over hem. Voor mij bleven het meestal onwezenlijke dromerijen, haast substantieloze formules...'
'Ik geloof dat ik je kan volgen.'
'Ik hunkerde naar feiten, naar échte verhalen...'
De verhalen die ze mij onthield, had ik haar in gedachten soms zélf in de mond gelegd. Vaak was ik ermee bezig vooraleer in te slapen.
Vader ging uit vissen, op een keer ving hij een afschuwelijke snoek waarvoor ik als de dood was. En toen we pas getrouwd waren, knutselde hij een radiotoestel in elkaar, nooit kwam er één noot muziek uit. Of nog: je weet dat je vader onderwijzer was; brengt me een van die snotters een zieke zwerfkat mee naar school. Het beest werd door de kinderen verzorgd en kreeg een mandje in de klas. Dat moest eruit van de directeur, maar vader zei: over mijn lijk! Naar dergelijke, blij stemmende alledaagse verhalen verlangde ik, doch nooit had ze het over zulke simpele dingen. Vader was de geliefde dode, daar niet van, maar geen mens van vlees en bloed die vast een vlieger voor me had gemaakt, de gootsteen sakkerend repareerde of met de krant naar het toilet verdween.
'Zij prees hem oprecht als een edel mens, Jeroen. Soms leek een aureool van heiligheid nauwelijks genoeg. Daar bleef het echter bij...'
'Geloof je dat zij iets belangrijks voor je verborgen hield, Paul?'
'Iets belangrijks? Een of ander familiegeheim? Dat hij bij voorbeeld achter andere vrouwen aan zat of zo? Nee, dat bedoel ik niet...'

'Natuurlijk,' mompelde hij instemmend, 'niets voor hem!'
'Ik zei zomaar wat, ik wilde gewoon beduiden dat ik het helemaal niet in die richting zoek. Belangrijk? Wat vader betrof werd voor mij veel verzwegen, dat staat vast... Inmiddels hoopte ik soms dat het om kleinigheden ging, Jeroen, misschien opdat mij geen andere dingen duidelijk zouden worden, zo heb ik het weleens bekeken. Alles moest blijkbaar stabiel blijven. Over jou, vaders beste vriend, heeft zij nooit gesproken, anders was ik je vast komen opzoeken. Was het dát wat zij tot elke prijs wilde verhinderen...? Om een of andere onbegrijpelijke reden was zij er voortdurend mee bezig een aantal aspecten van zijn leven voor mij weg te censureren, gewoon onverklaarbaar...'

'En nooit heb je geweten waarom zij het deed?'

'Nee... Tenzij in die zin dat ik mij afvroeg of zij mij mogelijk voor iets wilde beschermen, ik weet niet wat. Voor een verdriet, een ontgoocheling die ik niet zou kunnen verwerken...? Ik wil trouwens niet overdrijven, geen melodrama verzinnen over een schaduw die bestendig op mijn jeugd heeft gerust – afgezien van het gemis, uiteraard, mijn eenzaamheid als kleine jongen...'

In gepeins verdiept, dacht ik. Een cliché tot en met. Maar het is nu eenmaal zo. In gepeins verdiept zit hij voor zich uit te dromen.

Ik begrijp niet waarom ik mij zo onbevangen heb laten gaan tegenover deze onbekende. Ook voor mezelf hoor ik geen slapende honden wakker te maken. Het verleden moet het verleden blijven.

Maar nee, zo mag ik het niet bekijken. Eens was hij de beste vriend van mijn vader, dat zegt hij althans. Waarom zou hij erom liegen? Nooit heb ik iemand ontmoet die nog écht belangstelling voor vader toonde, op oom Lambert na. Maar die is nu zelf dood... Vader wordt door een grote stilte omgeven, een stilte van vele jaren. Daarom ben ik blij dat ik Jeroen, de kerkhofbewaker, heb ontmoet. Hij is voor het eerst weer een schakel naar hem op wie ik als de ene waterdruppel op de andere gelijk. Mogelijk overdrijft hij? Hoe dan ook, ik ben er gelukkig om.

'Vertel eens, Paul, heeft je moeder het ooit over zijn dood met je gehad? Niet terloops, maar écht grondig...?'

Zijn vraag leek mij irrelevant. Nooit had ik er uitgebreid mijn gedachten over laten gaan.

'Nauwelijks... Vermoedelijk miste ik hem als kleuter niet, zo is een kind nu eenmaal. Later beperkte zij zich tot vaagheden. Ik vergeef het haar, voor haar moet het verschrikkelijk zijn geweest. Hij stierf een paar maanden voordat ik werd geboren. Ik heb onthouden dat zij het over zijn longen had. Door het voedselgebrek in de oorlog was hij erg verzwakt. Omdat zij zwanger was, spaarde hij het voedsel voor haar uit de eigen mond, vertelde zij mij. Op een kwaaie dag gaf hij eensklaps bloed op. Geen zes weken later is hij gestorven, een acute

vorm van tuberculose, vliegende tering werd het vroeger door het volk genoemd... Een verhaal dat je beter moet kennen dan ik...?'
Vooraleer hij mij aankeek, zat hij nadenkend met het hoofd te schudden. Het leek mij geen oude-mannengebaar, veel minder de voor zijn leeftijd kenschetsende reflex van tegelijk ontsteltenis en afkeuring dan de uiting van een onverwacht doorbrekend inzicht. Het was of hij jarenlang iets niet had begrepen, iets dat hij als verknochte vriend met grote mistevredenheid naast zich had gelegd, doch waarvan de betekenis hem nu langzaam duidelijk werd en hem terzelfder tijd met sprakeloze verbazing vervulde.

Kon hij moeilijk kiezen tussen een zekere voldaanheid en het verdrietige van een hem door het Lot toevertrouwde boodschap? Ben ik het mij achteraf onwillekeurig op deze manier gaan voorstellen?

'Inderdaad, Paul... Dat verhaal ken ik nauwkeuriger dan jij. Jammer genoeg, geloof me...'

Het was duidelijk dat hij ermee in de knoop zat.

'Jammer genoeg?'

'Waarachtig, ja. Misschien had ik beter mijn mond gehouden!'

'Hoe moet ik dat begrijpen, Jeroen?'

Of hij op die manier de spanning kon afvlakken klopte hij omslachtig zijn pijp leeg en schoof met de voet wat kiezel over een nasmeulend propje tabak.

'Je moet het zo begrijpen, Paul, dat jouw verhaal – ik vraag mij af hoe het komt – hoegenaamd niet met de waarheid strookt...'

'Niet met de waarheid strookt...?'

Er liep een tuinier met een piepende kruiwagen voorbij. Jeroen groette de man met een verstrooid gebaar, kennelijk op zoek naar de geschikte, voor beiden minst pijnlijke woorden.

'Goed... Zover zijn we... Je moeder liet je haar leven lang in onwetendheid... Ik heb het vaak gevreesd. Waarom deed ze het? Ik mocht mij niet met haar zaken bemoeien nadat mijn vriend, je vader...' Hij had merkbaar moeite met wat hij me wou toevertrouwen. 'Enfin... Toen je vader er niet meer was, wilde zij verder niets met zijn kameraden te maken hebben, met mij noch met de anderen. Wij bekommerden ons om haar, maar meestal wees zij onze hulp af. Natuurlijk hadden de meesten er het hart van in. Voor het eerst begin ik het te begrijpen...'

'Wat gebeurt er, Jeroen?' vroeg ik verward. 'Hoe komt het dat je ineens méér schijnt te weten dan je tot dusver liet blijken?'

Hij nam zijn dienstpet af. Hij transpireerde, wat ik aan de blakende middagzon toeschreef.

'Precies daarom wou ik met je praten, Paul. Ik herkende je en begreep dat ik met je moest praten. Het was of hij weer voor me stond, net als vroeger. Ik herkende je dadelijk, maar geloofde mijn eigen ogen

49

niet. Toen ik je aansprak, beefde ik als een riet.'
'Mijn moeder liet me in onwetendheid, zei je. Wil je ermee beamen wat ik je vertelde, of bedoel je...?'
'Ik bedoel het anders,' antwoordde hij dof. 'Je moet goed luisteren, Paul. Rustig maar aandachtig luisteren...'
Hij blies van de warmte – het viel mij op dat het een gecamoufleerde zucht was – en wreef zijn hoge voorhoofd droog. Toen zette hij zijn kepi weer op, als een tarnkap waarvan hij sterkte verwachtte.
'Ik luister,' antwoordde ik, 'ik luister aandachtig.'
'Jan Deswaen... Je vader heette Jan...'
'Natuurlijk, dat weet ik. Wat dacht je?'
'Neem me niet kwalijk, ik ben helemaal in de war... Je vader, Paul, je vader was niet ziek. Hij was zo sterk als een beer. Hij is niet aan tuberculose gestorven.'
'Wát zeg je?'
'Nee. Geen kwestie van! Ergens kun je dat stellig controleren...'
'Waarom? Ik geloof je immers...' mompelde ik. 'Wat is er dan in 's hemelsnaam met hem gebeurd, zeg, Jeroen?'
Hij keek mij bedroefd aan.
Stilte kan soms oorverdovender zijn dan een explosie.
Toen ontplofte het woord in mijn oren, in mijn hersens, in mijn hart.
'Neergeschoten...' zei hij met afgewende blik.
Het woord dat de ijstijd deed intreden.
Als een mishandeld beest hoorde ik mijzelf kreunen.
'Godverdomme, nee, zeg dat niet, neergeschoten, waarom?' steunde ik schor.
Hij spuwde onbetamelijk op de weg, duidelijk uit hulpeloosheid.
'Een lang verhaal, Paul... Helemaal op het eind van de oorlog. Iedereen zat op de bevrijding te wachten, op zijn hoogst kon het nog enkele dagen duren...'
Opnieuw nam hij zijn ambtelijk hoofddeksel af en wiste nogmaals de duidelijke druppels van zijn grotendeels kale schedel.
'Wie heeft het gedaan?' stamelde ik moeizaam, als zonder stem.
'Moordenaars uit de collaboratie, zo'n troep zwarte ss-ers, speciaal opgericht om mensen als hij af te maken. Later hebben de kranten er vol van gestaan.'
Duizelig maar gedistantieerd besefte ik dat in mijn hersens de bliksem was ingeslagen. Volstrekt bevreemd vergewiste ik mij ervan hoe rustig, zelfs idyllisch het kerkhof erbij bleef liggen.
Het is lang geleden, overwoog ik, al vijfendertig jaar – uiteraard.
Om uit de beklemming te raken probeerde ik diep te ademen. Tot mijn verbazing lukte het, waarna snokkend de lucht mij ontsnapte.
Vijfendertig jaar geleden. Aan de gedachte van zijn dood hoor ik

niet te wennen. Daarom is de wereld niet weggekanteld onder mij. Daarentegen is de ijstijd ingetreden.
De waanzin is buiten, niet binnen in mij. Mijn geest houdt stand. Ik zie duidelijk dat Jeroen aan zijn knevel zit te draaien. De eerste klap was het ergst, nu moet ik het verder opvangen. Mijn hart viel niet stil, wel bleef het één slag haperen. Ik duizelde, maar ook dat schijnt voorbij. Ik geloof niet dat ik beef.
Het perspectief is uit elkaar gebarsten. Voortaan zal ik mijn vader ánders zien. Hóe weet ik niet. Eerst wil ik deze verbijstering, deze gruwzame verwarring eronder krijgen, aan de nieuwe gedachte wennen.
Ondanks alles moet ik verder leven met de weemoed die hij mij steeds heeft ingegeven. Hij, de grote onbekende. Mijn papa.
Huiverend van verrassing herhaalde ik het stilletjes, ofschoon het moeilijk anders kon dan dat de kerkhofbewaker het hoorde.
'Papa!'

Papa.
Het magisch kleuterwoord dat moeder, haar nameloos verdriet ten spijt, mij eerder dan alle andere had leren stamelen, maar dat ik als schooljongen door 'vader' had vervangen.
Onbedwingbaar schoten mijn ogen vol tranen. Daarna biggelden zij over mijn gezicht, langzaam en koel, één streep voor elke wang, die mijn lippen zout maakte.
Pas toen barstte ik in snikken uit, hartstochtelijk, wanhopig en bevrijdend.
Ik schaamde mij niet voor de vriend van mijn verloren papa.
De handen voor mijn gezicht zat ik voorovergebogen. Broederlijk gaf hij mij troostende klapjes op de schouder. Ik keek weer op.
Nauwelijks een lichtschilfer groot trok een Constellation, kilometers hoog, een korrelig condensatiespoor door de mediterrane hemel. Opnieuw hoorde ik het koeren van de bosduiven. Een roomwitte kapel kwam aanfladderen en landde vrijpostig op Jeroens kepi.
De zon brandde in mijn hals.
Langzaam aan namen de gletsjers de wijk.
Langzaam aan werd alles duidelijk, alles transparant.
Geen tweede maal had ik mijn vader verloren. Ik kón hem niet verliezen, nooit. Mijn leven lang zou hij nabij zijn, meer dan ooit tevoren, steeds dichter nabij, wat er verder mocht gebeuren.
Met onuitsprekelijke verbazing vergewiste ik mij ervan dat ik bovendien mijn moeder had weergevonden.
Ten slotte.
Zij had het mij willen besparen. Het voor haarzelf ondraaglijk leed had zij mij krampachtig, tot het onredelijke toe willen besparen.

Haar liefde was zo groot geweest, dat zij geslagen maar dapper had aanvaard dat de mijne tot achterdocht en koelheid verschraalde, liever dan mij aan de verschrikking bloot te stellen die háár leven te gronde richtte.
Arme mama, dacht ik. Je zult mij veel moeten vergeven.
De ander keek mij bekommerd en vragend aan.
'Het gaat beter, wees gerust,' zei ik.
'Mag ik je geloven, Paul? Je werd lijkbleek...'
Lijkbleek.
Het geschikte adjectief voor deze plek.
Hoe misplaatst het trieste grapje ook was, het haalde de werkelijkheid weer naar mij toe.
'Op mijn woord,' bevestigde ik. 'En nu, Jeroen, wil ik alles van je horen, álles. Vertel het op je gemak. Ik beloof dat ik je niet zal onderbreken. Vragen kan ik later stellen...'
Hij tastte onder zijn uniformvest en haalde duidelijk verlegen een platte zakfles te voorschijn, waarop ik het etiket van een cognacmerk herkende.
'Je begrijpt dat het hier niet mag,' excuseerde hij zich. 'Ik ben geen drinker, hoor! Maar soms wil mijn hart niet zo mee wegens dat kilometers lopen. Dokter Van Utrecht zegt dat nu en dan een teugje er goed voor is... Jij eerst, neem maar meteen een flinke slok!'

VIERDE HOOFDSTUK

Pauls diepe verwarring en zijn herinneringen aan zijn oorlogslectuur. Ervaringen met journalisten. Een grondig interview met Roel Verschaeren. De schrijver stort zijn hart uit. Nachtelijke filmopnamen. Pieter-Frans' vergeten dichtersgraf.

Ik begreep dat ik er enkele dagen overheen moest laten gaan.

Ondertussen wist ik niet welke naam ik hoorde te geven aan de volstrekt gedesoriënteerde stemming waarin ik mij na het afscheid van de kerkhofbewaker bevond.

De verdrietigheid om mijn nooit gekende vader was er altijd geweest, zij was zo oud als ik. Wat ik Jeroen, in een mij achteraf verbazende opwelling van weemoed en openhartigheid, over mijn verwarrende toestand van halfwees, al van bij mijn geboorte, en mijn onvrede met moeders stilzwijgen had verteld, was volkomen waar. Opeens had ik het kwijt gemoeten.

Anderzijds had ik geleerd verzoend te leven met een doorgaans vrij draaglijk gevoel van melancholie waarmee de reeds als kind aanvaarde situatie mij al die jaren had vervuld.

Ineens was bij het verhaal van de onbekende te midden van de graven de opstandigheid als een schroeiende steekvlam in mij opgelaaid, ondanks de plots aanbrekende nieuwe ijstijd.

Naderhand vroeg ik mij evenwel af wat ik met die opstandigheid moest beginnen.

De sedertdien verlopen periode, zowat de helft van een mensenleven, verleende mijn revolte iets totaal onwezenlijks. Ik kon mij overigens niet verzoenen met de weerbarstig in overweging genomen gedachte dat het de tijd zelf was die noodzakelijk en onherroepelijk mijn vat op het verre drama zou blijven dwarsbomen.

Ik koesterde geen wraakgevoelens, voorlopig althans. Hoe ik er later tegenaan zou kijken wist ik niet. In feite geloof ik niet dat wraakgevoelens er ooit wat mee te maken hebben gehad.

Niettemin besefte ik dat ik niet opgewassen zou blijken tegen een noodgedwongen passiviteit. Vroeg of laat hoorde er iets te gebeuren, hoorde ik er iets aan te doen.

Van wat ik eraan zou kunnen doen vormde ik mij geen voorstelling. Hoe moest ik mijn verwarring, hoe deze frustrerende machteloosheid te boven komen?

Misschien verdiende het aanbeveling met mensen te praten die mijn situatie zouden begrijpen?

Terwijl het mij inviel, dacht ik aan oudere mensen, die het destijds nog zelf hadden meegemaakt. Mensen, bedoelde ik uiteraard, voor wie de oorlog meer betekende dan een herdenkingsartikel in de krant. Mensen voor wie hij meer was dan een commemoratief programma op het televisiescherm, waarbij men een fikse borrel (net uit de koelkast) inschenkt, deelnemend beaamt dat het allemaal wel verschrikkelijk geweest zal zijn, zich dan geeuwend afvraagt waarom al die joden zich zo stom lieten oppakken, wat het verzet had opgeleverd en tot slot het knopje van de afstandsbediening indrukt om te zien of de voetbalwedstrijd op de Westdeutsche Rundfunk al is begonnen.

Ook moeder was dood en met haar zou ik er niet over hebben kunnen praten. Soms was het mij opgevallen dat zij nooit op de bezettingsjaren zinspeelde. Waren papa's ziekte en dood immers niet aan de oorlog te wijten? Wanneer er toevallig thuis bij vriendjes over werd gesproken, spitste ik nieuwsgierig de oren. Het gebeurde met een vaag gevoel van schuld, of ik een stilzwijgend door haar uitgevaardigd verbod overtrad. Vaak leek het of er iets als een erfzonde op ons rustte.

Mettertijd ging ik, hoewel zonder opstandigheid, het oude taboe naast mij neerleggen. Ik was er mij ternauwernood van bewust, ik begreep immers niet alles van haar overgevoeligheid op dit stuk. Toen ik een jaar of zestien was, kon ik niet langer aan de drang weerstaan om méér over de oorlog te weten. Het leek mij niet nodig de boeken die ik er in de bibliotheek over aantrof stiekem binnen te smokkelen. Aanvankelijk keek zij er afkeurend naar. Aangezien het geen romans waren (die volgens haar op ongezonde nieuwsgierigheid zouden hebben gewezen) maar wetenschappelijke uitgaven, moet zij hebben beslist dat het dingen waren die ik voor een of andere leraar hoorde te lezen, wat soms met de waarheid strookte.

In die tijd las ik als bezeten. Meestal met omwegen kwam ik er druppelsgewijs achter dat vader een bescheiden maar actieve rol had gespeeld in de vooroorlogse sociaal-democratische beweging en deze bij zijn collega's in het onderwijs propageerde. Nooit alludeerde zij hierop. Tegenwoordig schrijf ik haar de vrees toe dat ik het eventueel in die richting zou zoeken en op die manier een verklaring voor haar stilzwijgen ontdekken.

Hieraan heb ik destijds nooit gedacht. Het is niet uitgesloten dat ik onbewust precies díe lectuur koos welke overeenstemde met zijn laatste levensjaren. Zij handelde over ontwikkelingen waarover hij zeker uitgebreid en diep verontrust in zijn socialistische krant had gelezen. Meermaals heb ik op zo'n omslachtige manier geprobeerd een brug te bouwen naar de onbekende wiens genen de mijne zijn.

Voor zover het de tragische periode tussen het Verdrag van Versailles en het proces van Neurenberg betreft, kende ik de geschiedenis van Europa uit mijn hoofd. Ik wist meer over Hitler, Goering, Himmler en hun kompanen dan over welke protagonisten uit onze vaderlandse historie ook. Ik beschik over een sterk geheugen en spaarde het allemaal zonder inspanning op.

Daarvan komt de gewoonte mij net zo vaak in dergelijke boeken te verdiepen als in de literatuur. Na een lezing vraagt mij soms iemand uit het publiek of er schrijvers zijn die invloed op mijn romans hebben uitgeoefend. Het is mettertijd een spelletje geworden. Meesmuilend doe ik of ik met de mond vol tanden sta, waarna ik nog eens wijs op enkele tijdens mijn exposé genoemde auteurs die ik voor mezelf de moeite waard vind. Verder geen nood, ik verzin wel een bevredigend verhaal. Een sluitend antwoord is voor de modale buitenstaander erg gecompliceerd. Ik hecht immers veel meer belang aan mijn algemene dan aan een meestal wazige literaire vorming. Ik lees aanzienlijk meer wetenschap – geschiedenis, archeologie, antropologie – dan bellettrie. Meestal gaat het om zo verregaand gespecialiseerde boeken, dat het voor zo'n laatavondse vragensteller wel Chinees moet lijken. Voor zover lectuur mij beïnvloedt, gebeurt het door dergelijke, buiten het modieuze circuit gelegen publikaties, door mij geduldig in antiquariaatszaken nagejaagd of in Engelse en Franse uitgeverscatalogi opgespoord.

Het gevolg hiervan is dat de meeste krantejongens noch comparatisten raad weten met de bezwaarlijk in een precies modieus hokje te stoppen alleenloper die ik mettertijd ben geworden.

Om een lang verhaal kort te maken: tot de invloeden welke ik onderging behoren die van historici die de recente Europese geschiedenis en vooral de opkomst van het nationaal-socialisme bestuderen. Telkens ben ik stomverbijsterd over de evolutie in het Duitsland van de jaren twintig, dertig en tracht me voor te stellen welke de onderliggende zwartmagische krachten waren die erbij meespeelden. Is het mogelijk dat het om een paranoïde ontsporing gaat, om gebeurtenissen die naast het gedragspatroon van de gewone, meestal vredelievende man in de straat liggen?

Soms word ik door angst bevangen en dan praat niemand het mij uit het hoofd.

Nog steeds zijn de Neanderthalers, de machtsgeilen, de weldenaars, de beulen onder ons. Soms volstaat het een literaire recensie door een of andere achtenzestiger te lezen. Nu al weer tien jaar geleden zag ik hen toevallig herrie schoppen. De adem afgesneden werd ik getroffen door de gelijkenis met de SA zoals men die in historische films of newsreels uit die tijd ziet tekeergaan. In dichte gelederen trokken zij door de straat, alleen de bruine uniformen ontbraken, hysterisch slogans schreeuwend en herrie zoekend met geïntimideerde voorbijgangers. Eerst dacht ik dat zij triomfantelijk met *Mein Kampf* zwaaiden. Toen ik beter toekeek, zag ik dat het Mao's *Rode Boekje* was.

Hoe lang?

Hoe lang heeft het geduurd?
Hoe lang heeft mijn vader rochelend liggen sterven in het midden van die plas bloed op de stoffige plavuizen van het trottoir?
Hoe lang vooraleer zijn geüniformeerde moordenaars met hun glimmend gepoetste laarzen opgetogen in de grijsgroene vrachtwagen klommen en met brullende motor wegreden, de bewoners van de straat benauwd op hun drempel verschenen en een paar dapperen hem ijlings binnensleepten in het café op de hoek?
Hoe lang zal het duren vooraleer ik mijn kostbare innerlijke vrede weervind?

Een paar dagen heb ik mij lusteloos, hoofdzakelijk automatisch beziggehouden met allerhande klusjes die ik na het betrekken van oom Lamberts huis hoorde te klaren. 's Avonds probeerde ik zonder interesse wat te lezen of zat afwezig naar de televisie te kijken die, nadat het er nooit van was gekomen mij een toestel aan te schaffen, voortaan tot mijn inboedel behoorde.

Toch leek, na een week zowat, het genezingsproces langzaam op gang komen.

Schijnbaar om maar wat te praten belde Jo Heuvelmans mij op. In werkelijkheid was het (wat ik best begreep) om te informeren of ik al met Van Kerckhoven bezig was. Hij vroeg mij meteen of ik bereid was een vriend van hem te woord te staan, een journalist bij *Het Avondnieuws*, die belangstelling voor ons project aan den dag legde. Aangezien het mij nog veel te vroeg leek, stribbelde ik aanvankelijk tegen.

'Ik heb er een hekel aan de vacht van de beer te verkopen vooraleer het beest geschoten is!' protesteerde ik.

'Het is vrij vroeg, dat wel,' gaf de ander toe. 'Roel Verschaeren is echter een bijzonder attent man en het idee spreekt hem erg aan. Hij vindt het opportuun nu al een interview over Pieter-Frans met je te publiceren, een kwestie van wat eerste zaadjes uitstrooien. Wanneer het boek verschijnt, mogelijk samen met een paar andere die ik op het oog heb, zal hij er op dat moment nog eens uitvoerig op ingaan. Trouwens, ik heb de indruk dat het meer om jou dan om Van Kerckhoven is te doen. Volgens hem zal het gesprek ook slaan op de nieuwe roman van je, die blijkbaar volop in de boekhandel wordt aangeboden.'

'Speel niet op mijn ijdelheid,' antwoordde ik, 'ik ben daar niet voor in de geschikte stemming. Anderzijds zet je mij toch vroeg of laat het mes op de keel...'

'Dat heb je goed geraden, Paul. Wat dacht je? Zeg, kan het morgen?'
'Om een uur of drie...?' stelde ik zonder geestdrift voor.
'Prachtig, om klokslag drieën zijn we bij je. Toch geen bezwaar dat ik meekom?'
Waarom zou dat een bezwaar zijn?
Het is niets voor mij om in zulke dingen formeel te zijn. Ergens zag ik in dat het goed was door hem uit mijn steriele lusteloosheid te worden gewekt, al besefte hij niet welke dienst hij mij bewees. Reeds op het kerkhof had ik geprobeerd mij aan die gedachte vast te houden, pas nu scheen ik voorgoed te beseffen dat het leven, dat míjn leven ondanks alles verder ging.

Meestal zie ik op tegen het bezoek van een journalist. Hoe langer hoe meer onttrek ik mij aan dergelijke ontmoetingen. Wat Roel Verschaeren betreft was ik er gerust op. Ik kende hem uit zijn stukken in *Het Avondnieuws*, een dagblad met een behoorlijk peil en zonder sensationele capriolen. Blijkens zijn artikelen over diverse, meestal culturele of historische onderwerpen, hoewel vaak ook over de achtergronden bij een of ander proces, kon Verschaeren niet gelijken op sommige weekbladfiguren die ik soms over de vloer had gekregen. Niet zelden waren het brutale, eigendunkelijke en principieel ongeschoren sloddervossen, blijkbaar na '68 bij gebrek aan gewicht omhooggevallen en in de pers terechtgekomen. Ik hield hen aanvankelijk voor ruige idealisten, schilderachtig in hun soort. Later vergewiste ik mij ervan hoe agressief, onbetrouwbaar, leugenachtig en van welk deplorabel journalistiek niveau zij meestal bleken. Tegenwoordig houd ik voor deze al dan niet behaarde maatschappijcritici en wereldverbeteraars de deur zorgvuldig gesloten. Dames mogen voor mijn part binnenkomen, meestal valt het mee, ofschoon ik ondervond dat het kleine verschilletje, zoals de Fransen het noemen, niet altijd een absolute waarborg voor fair play oplevert.

Ik weet achteraf dat menige gebeurtenis uit deze periode zinvol zou blijken, als de zich vooruitwerpende schaduw van dingen die op mij wachtten. Op het ogenblik zelf had ik er geen vermoeden van.

Bereid om aan het interview mee te werken legde ik de telefoon neer. Ik waardeerde in feite het gesprek met een journalist die niet tot het schorremorrie behoort. Geen ogenblik kwam het idee bij me op dat het van doorslaggevende betekenis voor mijn toekomst zou zijn.

De ontmoeting met Roel (wij spraken af elkaar te tutoyeren) viel in alle opzichten mee. Hij was aanzienlijk ouder dan ik het mij had voorgesteld, zowat op het eind van de vijftig, schatte ik. Ook dát zou achteraf niet van belang verstoken blijken, hoewel mij aanvankelijk vooral het mentaliteitsverschil met de mij bekende weekbladknapen trof.

Gekleed in een wat gekreukt maar vlekkeloos, goed zittend pak en met kortgeknipt dicht grijs haar, maakte hij een vlotte en warmhartige indruk, wat ook verband hield met zijn lichtbruine ogen.

Hij interviewde hoffelijk, to the point, van tevoren klaar in het hoofd wat hij wilde vragen. Algauw vond ik het prettig met hem te werken, onbevangen en op een andere manier dan de stuntelig opschietende gesprekjes met zijn jongere confraters, te beroerd om zich behoorlijk op de zaak voor te bereiden, die je achteraf hun eigen modderig analfabetentaaltje in de mond leggen. Meestal gaan ze er tegenaan met domme, liefst irrelevante of geniepig-vuil bedoelde, onduidelijk binnensmonds gemompelde vragen waaruit hun gewieksheid en hun keiharde aanpak dient te blijken. Van het antwoord wordt verwacht dat het demonstreert hoe stom hun slachtoffer eruit komt, geen nood als het niet lukt, met hier en daar een duw of een draai wordt ook dát wel sluw gefikst.

'Fijn,' zei Verschaeren, 'ik geloof dat we met Van Kerckhoven ongeveer klaar zijn... Wat er tot dusver aan ontbreekt, is de lichtere toets, ik zou het even anekdotisch willen. Geen grapjes, weet je, eer enige speelsheid, één luchtig detail is genoeg, kwestie van wat kleur, begrijp je? Tenslotte gaat het om een vrij gespecialiseerd literair-historisch onderwerp... Ik heb geleerd niet het onmogelijke van mijn lezers te eisen.'

'Het vers, Paul!' jubelde Jo. 'Dát is gesneden koek!'

'Welk vers?' vroeg ik, vrijwel uitgeput na de geleverde inspanning.

'Je weet wel, op dat blaadje glacépapier!'

'Onzin,' antwoordde ik tegendraads, 'wie heeft dáár wat aan?'

'Waar hebben jullie het over?' vroeg de journalist met professionele nieuwsgierigheid.

'Een mysterieus geval,' zei Jo, 'het past helemaal in Van Kerckhovens kraam, ongelofelijk... Wij hebben het zelf beleefd!'

Roel keek mij belangstellend aan, zonder te insisteren.

'Nou goed, voor mij hoef je het niet te laten...' opperde ik, waarschijnlijk door de onmogelijke herinnering geamuseerd. 'Als je het te gortig vindt, moet je het vergeten, voor ons plezier hoef jij je krant niet in diskrediet te brengen.'

'Als het zo erg is, wil ik het absoluut horen!'

'Schrijf het maar goed op,' raadde Jo met een blik in mijn richting. 'Misschien lokt het een hoop lezersbrieven uit, stel je voor dat een of andere meneer of mevrouw met de oplossing van het raadsel voor den dag komt!'

'Het raadsel...? Jullie maken mij doodsbenieuwd, verder zwijgen zou ik sadisme noemen. Een ogenblik, even een nieuw bandje in mijn recorder...'

Het verhaal vervulde hem met geamuseerde verbazing. Het was

niet de eerste maal dat hem rare dingen ter ore kwamen, glimlachte hij, meestal nam hij ze met een korrel zout. Deze keer leek het sober karakter van het geval hem te overtuigen, evenals Jo's verzekering dat hij bereid was met hem naar het Museum voor Letterkunde te gaan en het dossier op te vragen.

'En nu, Paul, moet je Roel wat over jezelf vertellen, over je nieuwe roman en zo!' stelde Jo voor, waarbij de journalist bevestigend knikte.
'In feite kwam hij vooral daarom naar je toe!'
'Ach...' aarzelde ik. 'Na dat gesprek voel ik me walgelijk moe...'
'Zo gauw?' protesteerde de uitgever. 'Echt niets voor jou!'
'Misschien wil Roel op een andere keer,' antwoordde ik, 'die vermoeidheid is niet hoofdzakelijk aan het interview te wijten, weet je... Ik heb mij over een paar dingen bezorgd gemaakt, vandaar dat ik doodop ben...'
'Bezorgd gemaakt?' vroeg Jo. 'Wat is er met je aan de hand? Kunnen wij je helpen?'

Ik wist dat hij het meende; zijn gewoonte om voortdurend de hulp van anderen in te roepen compenseert hij spontaan door hun op zijn beurt graag een dienst te bewijzen. Wat afwezig zat ik te twijfelen. Ik had er met niemand over gepraat. Doordat ik weer voortdurend aan mama's stilzwijgen had lopen denken, leek het wel of ik het als een geheim was gaan beschouwen, of ik mij onwillekeurig, gans lijdzaam in haar onuitsprekelijk verdriet had genesteld.

'Mij helpen? Dat lijkt niet zo gemakkelijk... Maar het is geen geheim, waarom zou het? Enkele dagen geleden reed ik naar het kerkhof, naar het graf van mijn ouders, het was lang geleden dat ik hun nog wat bloemen had gebracht. Ik verwaarloos zulke dingen vaker...'

Opeens scheen het verdriet weer te ontwaken. Ik keek de bezoekers hulpeloos aan.

'Kom, vertellen,' moedigde Jo mij aan, 'niets is slechter dan opkroppen als je verdriet hebt, wie overkomt dat niet?'
'Zijn je ouders al lang dood?' informeerde Verschaeren, of hij hoopte dat het mijn aandacht van meer acute dingen zou afleiden.
'Dat is het niet,' antwoordde ik gelaten, waarna ik erin slaagde mij te vermannen. 'Nee, dat is het niet. Aan hun dood ben ik al geruime tijd gewend... Ik raakte in gesprek met een kerkhofbewaker, een gemoedelijke baas die zich de godganse dag loopt te vervelen. Hij had me herkend, het schijnt dat ik opvallend op mijn vader gelijk...'
'Dat zal wel geen nieuws voor je zijn?' glimlachte de krantenman sympathiserend.
'Toch wel, Roel. Je moet weten dat ik mijn vader nooit heb gekend. Hij stierf voor mijn geboorte.'
'Sorry, Paul, een stomme vraag! Ik kon het waarachtig niet weten. Dat begrijp je toch...?'

'Natuurlijk... Wat ik níet begreep, ik bedoel, wat ik moeilijk begreep doordat het ineens uit de lucht kwam gevallen, was het verhaal van die mij onbekende oude man...'
'Wat heeft hij je verteld?' wilde de uitgever weten.
'Ja, wat voor een verhaal dat je er van streek door bent?' voegde de journalist eraan toe. 'Enfin, als ik niet indiscreet ben...'
'Integendeel... Ik ben blij dat de zaak ter sprake komt... Ik aarzelde om er zelf over te beginnen. Wat hij mij vertelde, was volkomen nieuw voor me. Voor het eerst in mijn leven hoorde ik van hem dat mijn vader...' Nog weifelde ik. Het er met anderen over hebben was een vreemde ervaring die al van tevoren pijn begon te doen. '...Dat mijn vader op het einde van de oorlog door ss-ers is neergeschoten. Mijn moeder heeft er nooit met me over gepraat. Zij wilde het mij als kind besparen, veronderstel ik, en later was zij er niet meer tegen opgewassen...'

Grondig verbijsterd zaten beiden mij aan te kijken. Je zou denken dat ze stilzwijgend luisterden naar de ronkende landbouwmachine waar, niet ver hiervandaan, buurman Brusselmans mee bezig was.

Het duurde zolang het gerucht aanhield. Toen viel toevallig de dieselmotor stil en vond Jo de spraak weer.

'Godverdommese verdommenis!' vloekte hij volmondig.

Ik wist uit ervaring dat het voor hem de meest doeltreffende vorm was om uiting te geven aan zijn verwarde ontsteltenis.

'Ik stel mij voor dat het je een afschuwelijke schok heeft gegeven,' voegde Roel er meevoelend aan toe. 'Dat het voor je moeder een trauma is geworden verbaast me niet, al besefte zij het zelf niet. Ik begrijp ergens dat ze het verzweeg, maar het komt des te harder aan, dat spreekt vanzelf!'

'Je moet dadelijk aan het werk gaan, Paul!' raadde Jo mij aan. 'Ook voor jou mag het geen trauma worden...'

Ik voelde dat hij niet aan zijn eigenbelang dacht.

'Wees gerust,' antwoordde ik. 'Aanvankelijk wist ik geen raad met mezelf, nachtenlang heb ik wakker gelegen. Nu gaat het langzamerhand beter...'

'Wellicht is het een verademing voor je, je hart eens te luchten,' zei de journalist, 'het geeft je een gevoel van bevrijding. Of zit ik domweg een theorietje van bij de tapkast te spuien?'

'Hoegenaamd niet, Roel. Ik heb er tot dusver niemand iets over gezegd. Jullie zijn de eersten. Ik ben er zeker van dat het mij goed zal doen...'

'Jongen toch... Natuurlijk was het niet onze bedoeling, het gebeurde onwillekeurig. Wat stom dat wij het op zo'n botte manier hebben opgerakeld!'

'Geen kwestie van... Dagenlang ben ik er onafgebroken mee bezig geweest. De eerste verbijstering is voorbij, het begint ernaar uit te zien dat ik mijzelf weer in de hand heb...'

'In jouw plaats vloog ik er eens voor een paar dagen uit,' suggereerde Jo. 'Een weekendje in Parijs of Londen, of gewoon aan zee. Niets beter om je gedachten te verzetten! Kan ik je met een voorschotje helpen?'

Mogelijk had het te maken met het plezier dat het hem opleverde om voor grote uitgever te spelen die maar een cheque hoefde uit te schrijven. Het pakte mij niettemin. Als iedereen had hij zijn gebreken, maar hij kon ontroerend uit de hoek komen.

'Ik heb eraan gedacht... Nee, niet aan dat voorschot, in elk geval bedankt! In Oostende de ferry op, dacht ik, vanuit Dover op goed geluk westwaarts, misschien helemaal tot Stonehenge... Er schijnt mij iets van te weerhouden... Die kerkhofbewaker, hij heet Jeroen, heeft mij alles van naaldje tot draadje verteld, zorgvuldig en waarheidsgetrouw. Maar nadien ben ik begonnen mijzelf allerhande vragen te stellen... In verband met details, begrijpen jullie, met achtergronden, beweegredenen waar die man zich waarschijnlijk geen rekenschap van kan geven. Waarom weet ik niet, doch ik stel mij voor dat die... die gebeurtenis met een kluwen van omstandigheden samenhangt... Antwoorden kan ik op mijn vragen niet verzinnen. Het gevolg van mama's stilzwijgen is geweest dat ik praktisch niets van mijn vader afweet. Zij meende het goed, maar op een hoogst verdrietige manier is hij zo een onbekende voor me gebleven.'

'Ik begrijp het,' knikte Roel. 'De elementen kennen die ertoe leidden zou je rechtstreeks niet helpen, maar een mens kan niet zonder begrijpen, om welke verschrikkelijke dingen het ook gaat. Die... Kom, die moord op je vader kun je niet naast je neerleggen en dan tot de orde van de dag overgaan.'

'Inderdaad,' beaamde Jo. 'Je moet door de zure appel bijten, er meteen tegenaan gaan, bedoel ik.'

'Alleen zo kan ik eroverheen raken, denk ik... Natuurlijk stel ik mij niet voor nog veel bijzonderheden te achterhalen. Daarvoor is het vermoedelijk te laat...'

'Je weet nooit...' zei de journalist, meer luidop denkend dan dat hij het als een tegenwerping bedoelde.

'Geloof je...? Veel illusies houd ik er niet op na. Wellicht kan ik nog zekere dingen te weten komen... En maak je niet ongerust, Jo, ik gooi mij er niet hals over kop in! Morgen, op zijn laatst overmorgen steek ik met dat boek van Pieter-Frans van wal, in een dag of tien draai ik het door mijn schrijfmachine, het is korter dan ik mij voorstelde. Misschien trek ik er deze zomer of in het vroege najaar eens op uit. Vooraf moet ik met een aantal problemen schoon schip maken. Ik kan mij inderdaad moeilijk voorstellen dat onherroepelijk alle sporen zijn uitge-

wist. Vergis ik mij, dan ben ik in elk geval niet stomweg bij de pakken blijven neerzitten...'
'Je vergist je niet. De mensen die in de oorlog volwassen waren, beginnen natuurlijk te verdwijnen... Hoewel, sporen zijn er genoeg.'
'Roel kan het weten,' zei Jo, 'hij schrijft een essay over de bezettingsjaren dat ik ga uitgeven.'
'Je praat uit de biecht,' waarschuwde zijn gezel. 'Voor Paul geeft het niet. Sommigen zouden evenwel kunnen proberen dwars te gaan liggen. Dramatiseer niet wat ik zeg, ik bedoel simpel het wegmoffelen van bepaalde gegevens, je hebt er geen idee van met welke schatten aan informatie zekere figuren nog stilzwijgend rondlopen...!'
'En geheimen!' voegde de uitgever eraan toe.
'Geheimen, precies, dat bedoel ik met die schatten voor mijn boek... Hun bewaarders blijven niet eeuwig leven, zienderogen worden de rangen uitgedund. Geloof me, over wat in de oorlog gebeurde is meer verzwegen dan wij het ons voorstellen, soms uit schaamte, soms om redenen van fatsoen, jammer genoeg soms ook omdat men noodgedwongen de mond houdt over wat men een heerlijke tijd blijft vinden, die tijd van dromen over de manier waarop men definitief het gespuis mores zou leren...'
'Gespuis als mijn vader...' mompelde ik bitter.
'Ik schrijf zo'n boek opdat men het niet zou vergeten. Mensen van jouw leeftijd, Paul, weten al niet meer wat er gebeurd is. Een paar generaties verder en men plaatst de vergassingsovens in de tijd van Napoleon en houdt de Gestapo voor de geheime politie van Filips II. Ik heb onlangs een universiteitsassistent ontmoet die Mussolini voor een Italiaanse wielrenner hield, of een tenor, corrigeerde hij toen ik in de lach schoot... Kom, een stokpaardje van me. Je vader...'
'Ja. Mijn vader... Hoe zou jij het aanpakken, Roel? Tot dusver lijkt ons gesprek een stap in de goede richting om eroverheen te komen. Ik weet, Jo, dat ik gauw weer aan het werk ga. Inmiddels geloof ik niet dat ik rust zal vinden zonder er wat aan te doen. Ik wil erachter komen waarom het precies met hém gebeurde, hoe, in welke omstandigheden. Ook wil ik voor eens en voorgoed weten wat hij in de oorlog heeft gedaan, wat zijn beweegredenen waren...'
Verschaeren knikte begrijpend.
'Zo je het als het middel beschouwt om het geestelijk te verwerken zou ik meteen de stier bij de horens vatten.'
'Pauls probleem is,' insisteerde Jo, 'dat hij voorlopig niet ziet hoe hij eraan moet beginnen. Zou jij soms...?'
'Net wat ik wou zeggen. Ik wil je graag helpen, Paul. Al jaren ben ik met de oorlog bezig. Ik beloof je geen wonderen. Hoofdzaak is dat ik mij kan oriënteren in dat bezettingslabyrint. Sommigen vinden het vast niet leuk, vrees ik. Toen de oorlog uitbrak, was ik volwassen; zon-

der overdrijven mag ik zeggen dat ik veel heb meegemaakt, ook later als journalist. Kom me eens opzoeken op de krant, waar ik mijn documentatie bij de hand heb, die kan sommige dingen concreter voor je maken.'

'Dat doe ik zeker. Reken erop. Ik ben je ontzettend dankbaar!'

'Hoeft niet, dergelijke onderwerpen blijven me interesseren, daar ben ik een journalist voor!'

'De beste journalist uit de ganse pers,' complimenteerde Jo.

'Loop rond, jij,' grinnikte hij, 'waar haal je het vandaan? A propos, Paul, zit je nog met dat depressieve gevoel?'

'Het is aanzienlijk beter... Het heeft mij goedgedaan met jullie te praten... Ingeval je tijd hebt, Roel, kunnen wij voor mijn part met je interview verder gaan!'

'Hé, dat zou mooi zijn! Ronduit gezegd heb ik erop gerekend je nieuwe roman erbij te betrekken. Ik geloof niet zo in de gebruikelijke kritische bijdragen. Veel mensen gaan ervan uit dat er een luchtje aan zit, zelfs in *Het Avondnieuws*. Anderen vallen over het geschoolmeester van de eerste de beste melkmuil, kersvers van de universiteit. Daarentegen is iedereen gebrand op achtergrondinformatie. Als ook die tenminste geen indruk van manipulatie geeft... Wel, gaan we er weer op los?'

'Voor mij geen bezwaar, ik voel me best... Maar wacht, ik brouw een kan verse koffie. Of geven jullie de voorkeur aan een glas vodka uit de voorraad van oom Lambert...?'

'Raad eens?' likkebaardde Jo.

Ik was inderdaad weer volkomen alert.

Zo hoorde het te blijven. Ik beperkte mij tot een beker tonic met een bescheiden scheutje erin van het authentieke sovjetspul (althans te oordelen naar de Cyrillische lettertjes op het etiket), gewoon voor de gezelligheid.

Roel nam zich voor een hele pagina te reserveren, dat werd zó toegestaan, verzekerde hij. Morgen moest ik wel een uurtje vrijhouden voor de fotograaf.

Met een aardige man als hij, die er dertig jaar ervaring op had zitten, was het vlot en probleemloos werken.

'Je mag mijn tekst gerust vooraf lezen, weet je,' stelde hij voor, 'sommige mensen staan daar erg op.'

Van iemand van zijn klasse verlang je dat niet, bedacht ik mij. Met een los handgebaar beduidde ik dat het voor mij niet hoefde.

'Ik wil er een behoorlijk uitgediept literair portret van maken,' vervolgde hij. 'Het kan best aardig worden... Inmiddels is er één punt waarvoor ik je toestemming wil vragen.'

'Mijn toestemming?'

'Ik zou in mijn stuk op het verhaal over je vader willen zinspelen.

Op je ontmoeting met die man op het kerkhof, op de onverwachte schok die het je gaf. Ik beloof je het sober te houden.'
'Moet dat heus?'
'Móet? Er moet niets. Daarom vraag ik het je. Ergens word je er beter door gesitueerd, dacht ik.'
'Vind je...?' weifelde ik.
'Beslist... Natuurlijk vermeld ik dat je het pas weet... Het stemt overeen met de geestelijke achtergrond van je werk. De lezer moet voelen dat je niets met het agressieve literaire wereldje hebt te maken, ik ken het vrij goed... Het wemelt daar van grote bekken, vooral in de randgebieden, die met hun autoritaire mentaliteit met plezier op het graf zouden spuwen van een man als je vader. Ik denk aan de kliekjes rond figuren als een Muylaert, een Stokvis, een Depaus, de hele mafia die soms ook jou als horzels in de nek zit. Je weet wel, notoire maoïsten, meestal stammen ze af uit de oude collaboratietroep, ze kunnen het niet helpen, maar de mentaliteit hebben zij wel geërfd. Dát soort... Waar staan zij? Waar staat Deswaen? Dat wil ik de lezer voorleggen... Inderdaad, het is een bijkomstig motief, maar soms krijg ik het van die knapen op de heupen. Je vader werd vermoord omdat hij een democraat was, dat wil ik tegenover nogal wat hedendaags pseudo-links maar in wezen fascistisch geouwehoer stellen. Mensen als jij zijn daar het slachtoffer van. Ik denk trouwens ook aan een cleane figuur als een Peter van Keulen. Zeg het maar als je het ongepast vindt.'
'Ik begrijp je bedoeling. Ongepast vind ik het niet...'
'Verder is er het volgende, een kleine kans, ik geef het toe. Al van daarstraks denk ik aan herinneringen die het verhaal eventueel zou kunnen losmaken. Bij wie weet ik niet. Soms sta je eensklaps voor een verrassing.'
'Daar zit vast wat in,' stemde Jo in. 'En vergeet dat krankjorum gedicht niet. We zijn daar nog niet mee klaar!'
'Je hoeft de zaak niet te bepleiten,' gaf ik toe. 'Je doet wat goed is voor je stuk, alleen vraag ik je het zo discreet mogelijk te doen, met zulke dingen schep je niet op.'
Voor mij was het niet nodig. Wel was ik ervan overtuigd dat zijn bedoelingen zuiver waren. Mogelijk hield hij iets achter de hand, maar ook dát zou ongetwijfeld van positieve aard zijn, daaraan twijfelde ik niet. Mijn evenwicht was teruggekeerd. Na de voorafgaande verwarring leek het mij een gunstige toestand om weldra rustig op onderzoek uit te gaan, tevreden om de hulp welke de journalist mij had aangeboden.

Omstreeks zeven waren wij met de laatste details van het interview klaar.
Ik stelde voor samen iets te eten in het Chinese restaurant. Roel

stond erop ons uit te nodigen. Op zijn onkostendeclaratie was het een volkomen verantwoorde post, verzekerde hij.

Het lieve okervrouwtje herkende mij dadelijk van verleden week. Prompt scheen het haar een argument op te leveren om ons in de watten te leggen. Het bezoek met ons drieën spiegelde haar mogelijk een meetkundige reeks van verdere cliëntèle voor, tenzij het er haar om ging in ons barre Westen een warm lampje van morgenlandse vriendelijkheid brandend te houden. Althans zo werd het door Jo onder woorden gebracht, bij wie het frêle Chinezenmeisje een dichterlijke ader aan het vloeien maakte en zijn bespraaktheid aanwakkerde.

'Gezellig natafelen zal er voor mij niet in zitten,' waarschuwde Roel niet zonder spijt. 'Vaste uren zijn in ons vak een hersenschim.'

'Beklagenswaardige slaaf van de rotatiepers,' grinnikte Jo, 'mijn kop eraf dat je vanavond nog een lullige avant-gardevoorstelling moet verslaan. Shakespeare verbeterd door Depaus of zo...'

'Ga weg! Zo erg is het niet! Kennen jullie Anton Huydevetters?'

'De cineast? Ja hoor, al jaren!' antwoordde Jo.

Was er in de ganse stad iemand die hij níet kende?

'Ik niet,' zei ik, 'niet persoonlijk althans. Wel heb ik enkele dingen van hem gezien, heel behoorlijk voor dit landje...'

'Ik weet wat je bedoelt,' antwoordde Roel, 'de televisieserie die hij met Geert Claerhout heeft gemaakt, *Flandria Fantastica*, net iets voor jou.'

'Precies, dat bedoelde ik...'

'Zeg, wat is er met hem aan de hand?' wilde de uitgever weten.

'Hij draait de eerste opnamen voor zijn nieuwe film, meer weet ik niet. Ik beloofde hem eens te komen kijken en er een kolommetje in de krant over te schrijven. Belofte maakt schuld, heeft men mij als kind geleerd.'

'Raar is dat, zo'n start op een avond,' vond ik.

'Welnee. Anton maakt van het weer gebruik om direct met een aantal nachtopnamen te beginnen.'

'Een verdomd boeiend gedoe, zo'n film,' dacht Jo enthousiast luidop. 'Zeg, die roman van Van Kerckhoven zou zich er aardig toe lenen! Mogelijk komt het er nog van, de mensen zijn gek op romantische negentiende-eeuwse toestanden. Ik zal Huydevetters er bij gelegenheid eens over polsen!'

'God beware me,' meesmuilde ik. 'Ik heb het een paar keer meegemaakt. Meestal één ellende! Voor mij hoeft het niet.'

'Ik zou best willen zien hoe het allemaal in zijn werk gaat!' verzuchtte de uitgever. 'Reeds als kind droomde ik ervan...'

'Nou, dát is geen probleem,' antwoordde Roel, 'gaan jullie met me mee, bij buitenopnamen komen een paar pottekijkers meer of minder er niet op aan. Anton zal het leuk vinden.'

'Als het Paul interesseert... Bij voorbeeld om mooi de dag af te ronden...?'

'Wat mij betreft, ik heb er niets op tegen. Ik zou het inderdaad waarderen met de man kennis te maken,' gaf ik toe.

'Het zal meevallen, hij is een beminnelijke kerel,' verzekerde de journalist. 'Ik geloof dat zo'n ontspannend avondje uitstekend voor je is, zo heb je niet de kans om te gaan piekeren!'

'Afgesproken. Ik ga met jullie mee. Ik moet mijn eigen karretje gebruiken, anders kom ik straks niet meer in dit dorp. Rijden jullie voorop, maar raak me niet kwijt.'

Wat stom van me, dacht ik terwijl ik mij levensgevaarlijk door de onvoorziene vrijdagavonddrukte wrong. Wat stom! Waarom heb ik niet geïnformeerd waar Huydevetters aan het werk is? Als ik Verschaerens kever toevallig uit het oog verlies, moet ik onverrichter zake weer naar huis. Gelukkig is hij knalgeel en staat er in koeien van groene letters *Het Avondnieuws* op...

In tegenstelling tot wat ik verwachtte, bleef de ander niet de hoofdweg naar de stad volgen. In Oude God sloeg hij bij de spoorbrug linksaf, de richting van Wilrijk uit. Tot mijn verbazing reed hij daarna verder door naar Hoboken toe. Ik moest onverwacht remmen toen hij het asfaltpad verliet en stopte op de parking van het door symbolische treurwilgen verborgen stedelijke kerkhof waar ik, een week geleden, aan de verbijstering van mijn leven ten prooi was geweest.

Ik zette mijn auto naast de zijne neer. Onze wagens waren niet de enige op de parking, hoewel er op dit uur geen bezoekers meer worden toegelaten.

'Je ging er met een rotvaart tegenaan,' zei ik, terwijl wij gelijktijdig uitstapten. 'Wat is er, waarom stoppen jullie uitgerekend op deze plek? Met de Volkswagen wél problemen?'

'Helemaal niks aan de hand,' grinnikte Roel. 'Heb ik je niet gezegd dat Anton op het Schoonselhof draait, vanavond, vermoedelijk een end in de nacht?'

'Nee, dat heb je niet gezegd... Blijkbaar staat het geschreven dat ik naar deze plek moet terugkeren.'

'Stel je voor, geen ogenblik heb ik het zo bekeken!' schrok de journalist. 'Tijdens je verhaal heb ik aan het kerkhof gedacht van het dorp waar je woont. Ligt het graf van je vader híer?'

'Het geeft niet,' stelde ik hem gerust. 'In geen geval mag het voor mij een obsessie worden...'

De twee vleugels van de uit zware balken gemaakte, tot onze schouders reikende poort waren gesloten. Vlakbij bleek in het hek voor ambtelijk gebruik een zijdeurtje uitgespaard, dat niet op slot zat. Om misverstanden te voorkomen meldden wij ons in het nabije administratiegebouw, waar licht brandde. Een man in hetzelfde uniform als Jeroen en met eenzelfde pet, die hij naast zich op het bureau had gelegd, zat er onder de kantoorlamp de krant te lezen, toevallig *Het Avondnieuws*, wat ik leuk vond voor Roel.

Veel zou hier 's nachts wel niet te beleven zijn. Vermoedelijk hield 's mans aanwezigheid met het filmgedoe verband. Duidelijk verraste het hem niet, op dit onchristelijke uur bezoekers te zien opdagen. Wij hoefden hem niet te vertellen waar het ons om te doen was.

'Eerst loopt u tot aan een brede laan, op de smalle zijpaadjes moet u niet letten. Daar slaat u rechtsaf en dan almaar rechtuit, meneer Huydevetters is bij het Erepark aan het werk. Zolang het niet volledig donker is, kunt u zich met de richtingbordjes behelpen, het is doodeenvoudig...'

Doodeenvoudig bleek overdreven.

Een minder nauw weggetje kon de bedoelde bredere laan zijn, die op haar beurt niet rechtuit ging, maar de ene bocht na de andere maakte en waar wij slechts na grote inspanning zo'n richtingbordje opmerkten.

Echt zoeken werd ons echter bespaard.

Vrijwel vlakbij hoorden wij een startmotor knorren. Toen volgde het aanslaan en het regelmatig gebrom van een generator. Het schemerduister onder het geboomte werd eensklaps verdreven door een witte klaarte, nooit op enig nachtelijk kerkhof gezien. Wij hoefden er maar op af te gaan. Weinig later stonden wij te midden van een voor de dodenakker onvoorstelbare en anachronistische, bij de eerste aanblik misplaatste bedrijvigheid.

'Tja,' erkende Anton Huydevetters, 'het is niet bepaald piëteitvol hier zo'n chaos aan te richten. Maar kom, ik geloof niet dat de doden er wat op tegen hebben. Bovendien is het de gedroomde locatie, in feite de enig mogelijke, hoewel het mij verbaasde dat de stedelijke administratie zonder tegenpruttelen toestemming verleende...'

Ergens was er iets schuldbewusts in zijn open bruine ogen, waarvan de blik mij aan een melancholische spaniël deed denken, zoals je die aantreft op staatsieportretten van Velazquez.

'Voor de kunst hebben die heren alles over!' meesmuilde Roel.

'Zeg dat wel,' antwoordde de regisseur. 'Voorzichtig heb ik verzwegen dat ik op het negentiende-eeuwse Erepark wil draaien, je moet niet te veel van ze verlangen...'

'Waarom híer?' informeerde de journalist.

Huydevetters vroeg een van de elektriciens om een paar lampen meer te doen branden, gericht op het deel van de set dat tot dusver grotendeels in de volledig ingetreden duisternis had gelegen.

'Gewoon krankzinnig!' liet Jo zich ontvallen. 'Hoe bestaat het?'

'Vind je ook?' lachte Anton. 'Dan is het zoals het hoort!'

Zelfs de technici, de acteurs en de figuranten stonden verbijsterd naar het onwaarschijnlijke gezicht te kijken.

Scherp in het witte licht, als op een Boecklin, strekte zich voor ons een ontstellend landschap uit van dicht bij elkaar gedrumde praalgraven die er als gotische kapellen of klassieke tempels met zuilenfrontons uitzagen. Elke beschikbare hoek was bevolkt door biddende engelen, soms met gespreide vleugels, waardige grijsaards, zo te zien Griekse godinnen, gedrapeerd of deels naakt, pathetisch maar ingetogen de voorarm voor de ogen. Ook ontwaarde ik argeloos spelende of introvert dromende kinderen, niet bewust van hun aankomst op de marmerkusten der eeuwigheid.

'Een deprimerende aanblik,' zei ik, 'je wordt er koud van!'

'Ook dát is de bedoeling,' lachte Anton. 'Je moet weten dat de kerkhofscène zich in de winter afspeelt. Nagemaakte sneeuw zou te duur uitvallen. Daarom los ik het op door met behulp van die griezelige toestanden de achtergrond weg te moffelen, vooral het geboomte, dat volop in blad staat.'

'Waar gaat die film van je over?' informeerde de journalist. 'Zonder wat anekdotische gegevens hebben de lezers er weinig aan.'

'Ik dacht dat ik het je had gezegd,' antwoordde Huydevetters, 'maar de kapster is nog met de acteurs bezig, ik heb wel even tijd. Het scenario heeft Geert Claerhout naar een roman van Lampo geschreven. Het hoofdpersonage is een geestesziek, wat je echter niet aan hem kunt zien; zijn schizofrenie bestaat hierin dat hij zich voorstelt eertijds zijn minnares te hebben vermoord...'

'Wat hij níet heeft gedaan?'

'Nee... Hoe dan ook, hij loopt weg uit Geel, je weet wel, waar hij als andere gestoorden aan de huisverpleging is toevertrouwd. Nu komt zijn krankzinnigheid hierop neer dat hij de dode geliefde wil weervinden. Hij zakt af naar Antwerpen, zijn stad van herkomst. Automatisch wordt die zodoende de wereld van de dood.'

'Ik moet het boek gaan lezen,' zei ik. 'Als ik je zo hoor, betreft het een magisch-realistisch Orfeusverhaal?'

'Precies! Wat hieruit blijkt is dat de sukkel ééns een beloftenvol musicus was. In zijn verziekte geest warrelt alles door elkaar. Vandaar de vreemde inval om de verloren Euridike ook op een kerkhof te zoeken. Dood plus dood is voor hem léven...'

'De scène die je vanavond maakt?'

'Vanavond, waarschijnlijk wordt het morgenvroeg – buitenstaanders kunnen zich moeilijk voorstellen wat erbij komt kijken. Nou... Natuurlijk veroorzaakt zijn tocht, zijn door een samenloop van omstandigheden nachtelijke tocht naar dat kerkhof een enorme psychische spanning. Hij gaat hallucineren, verbeeldt zich allerhande bekenden te ontwaren, zijn ouders, vrienden, buren van vroeger en zo.

De geliefde ontbreekt evenwel bij die optocht. Een optocht, waarachtig, daarom al die figuranten... Neem me niet kwalijk, ik geloof dat men mij nodig heeft. Lopen jullie maar wat rond; als er straks wordt gedraaid moeten jullie achter de lampen of de camera blijven en natuurlijk niet praten, er zijn een paar takes waarbij we rechtstreeks de dialogen opnemen...'

Nieuwsgierig slenterden wij tot bij het barokke landschap, een surrealistische samenscholing van gedenkstenen, grafzuilen, bouwvallige heiligdommen en, van naderbij bekeken, pokdalige of verminkte aardse en bovenaardse gestalten.

Wij hoorden de cameraman bedaard zijn instructies aan de elektriciens geven. Het fascineerde mij hoe, tastend naar de exacte combinatie, de ene lichtopstelling in de andere overvloeide. Steeds meer ging het er uitzien als een spookachtige maannacht, losgehaakt van de werkelijkheid.

Ik herinner mij niet wat mij ertoe bewoog. Ik dacht er trouwens helemaal niets bij, het kan een mens gebeuren.

Waarschijnlijk was het toe te schrijven aan de ondoorzichtige maar geconcentreerde werkzaamheid op de set. Onwillekeurig verloor ik de in de verdrukking gekomen wijdingsvolle sfeer erdoor uit het oog, samen met de piëteit voor de doden. Om op een gemakkelijke manier mijn pijp te stoppen nam ik plaats op het schromelijk verweerde voetstuk van een der minder ontzaglijke tomben.

Terwijl ik mijn wegwerpaansteker aanknipte, had ik niet het geringste vermoeden waaraan ik Jo's bruuske, zelfs voor zijn explosief karakter overdreven reactie hoorde toe te schrijven.

'Verdomme, Paul!' schreeuwde hij in paniek. 'Hoe haal je het in je kop dáár te gaan zitten? Kan je niet uit je ogen kijken?'

Het was of ik mij op een onwelvoeglijke daad betrapt voelde. Radend waarop hij zinspeelde en gefrustreerd veerde ik recht, verlegen en behoorlijk boos op mijzelf.

'Je hebt gelijk,' gaf ik toe. 'Waarachtig, hoe kom ik erbij? Een graf blijft een graf, hoe oud ook. Het geeft geen pas het als bank te gebruiken. Maar dat is geen reden om zo'n bek tegen me op te zetten!'

'Ga weg, Paul, dát bedoel ik niet!'

'Wat bedoel je dan wél?'

'Nee, stel je voor! Heb je niet naar die naam gekeken?'

'Welke naam?'

'De naam waar je verdraaid met je rug naar toe zat om die pijp van je op te steken. Díe naam bedoel ik!'

Ik keerde mij weerbarstig om.

'Goeie genade!' schrok ik. 'Het kán niet!' Wegens de kilte onderaan in mijn rug probeerde ik een grapje te maken. 'Zie jij wat ik zie?'

'*Pieter-Frans van Kerckhoven*, staat er,' las hij met de nadruk van een

schooljongen, '*1818-1857, letterkundige.* Zowaar hij dood is, zowaar ik leef!'
Het was beklemmend stil.
'Een toeval!' zei ik, niet zonder onbehagen. 'Gebeurt toch meer? Ronduit gezegd ben ik er blij om dat die miskende ziel eertijds een plaatsje op dit Erepark heeft gekregen. Het strekt onze voorvaderen tot eer. Of niet?'
'Een toeval, verdomme...? Het ontbreekt er verduiveld nog aan dat wij zijn geest uit zijn graf zien opstaan, net als Hamlets vader!' repliceerde hij, op een toon of hij diep gekrenkt was. 'Die kerel begint mij de strot uit te komen! Eerst dat ulevellegedicht en nu... Vertel eens, Paul, wat moet hij van ons?'
'Geen idee...' mompelde ik beduusd en naar waarheid. 'Niets zou ik zeggen...'
'Jij noemt dat een toeval? Goed. Voor mij niet gelaten. Hoe zou je het ánders noemen?'
Balorig haalde hij de schouders op. Zodoende wilde hij mij duidelijk maken dat het hem verder niet kon schelen, waar ik niets van geloofde.
Ik zag namelijk dat hem iets grondig dwars zat.
Ook mij zat iets dwars. Na dat roze blaadje in het Museum voor Letterkunde ging het inderdaad over de schreef!
Aangezien er geen andere was, leek het toeval mij de redelijke verklaring. Rustte hier geen gans leger van beroemdheden van eertijds? Om op dit voorname reservaat een plekje te krijgen hoefde je heus niet de relativiteitstheorie te ontdekken. Reeds eerder wist ik dat je er de politieke en artistieke middenmoot aantreft. Waarom dus niet hém?
Toch wordt beweerd dat zelfs in dit geval enige voorspraak een rol kan spelen, zo gaat dat bij ons. Ik vermoed dat Pieter-Frans destijds voor een progressief liberaal doorging; het socialisme was nog niet definitief uitgevonden. Was de vrijmetselarij na zijn dood voor hem opgetreden – voor zover hij hiertoe heeft behoord?
En dan die gekke Jo! Waarmee liep díe in zijn hoofd?
Was het op die middag in 'De Kroon' waarachtig méér dan dronkemanspraat geweest? Hadden die spiritistentoestanden of soortgelijke verschijnselen hem weer te pakken?

'Iedereen van de set, please!' hoorden wij Anton Huydevetters vriendelijk bevelen. 'Wij gaan zo dadelijk draaien. Vijf minuten van nú af!'
Er was aanvankelijk nog wat geroezemoes.
Toen werd het volkomen stil. Ik huiverde onwillekeurig.
Dood-stil, dacht ik.

VIJFDE HOOFDSTUK

Lancelot (of Marietje?) verschijnt op het toneel. Negentiende-eeuwse gevoeligheden. De delicate kunst van het herschrijven. Een warmhartig artikel van Roel. De ontmoeting met notaris Bostijn. Acacia, seringebloesems en Jeroens rare humor.

Diep in de nacht reed ik naar huis. Het had mij goed gedaan weer eens onder mensen te zijn. Vooral het contact met Verschaeren scheen een bevrijdende invloed op mij te hebben uitgeoefend. Wat mij enkele dagen tevoren was ingevallen, ik bedoel met anderen praten die wisten waar het om gaat, had zich onverwacht gerealiseerd. Het werd mij duidelijk dat ik mij na Jeroens verhaal dagenlang in een gevoel van volstrekte eenzaamheid had ingebed. Roels begrip had mij ontzaglijk opgelucht, ook door de ongedwongen manier waarop hij zich bereid verklaarde om mij te helpen en door zijn inzicht dat, in mijn toestand van desoriëntatie, welmenende raadgevingen over de tijd die alle wonden heelt en dergelijke folkloristische, ofschoon goedbedoelde gemeenplaatsen bezwaarlijk zoden aan de dijk konden zetten.

Toen ik het tuinpad opreed, zag ik in het licht van de autolampen een katje zielig ineengedoken op de trap van het terras zitten. Om het niet af te schrikken door het bonzen van de garagedeuren liet ik mijn wagen staan en liep er in het klare maanlicht naar toe. Ik verwachtte dat het in het struikgewas zou wegvluchten. Het kwam daarentegen naderbij en schurkte zich snorrend tegen mijn benen aan, waarna het zich gewillig liet oppakken. Het was een wit en zwart gevlekt angorabastaardje, nauwelijks een paar maanden oud en broodmager onder zijn bedrieglijk uitstaande wollen vacht. Hulpeloos klampte het zich vast aan mijn trui en scheen het best te vinden dat ik het mee naar binnen nam. Het wierp zich letterlijk op het schoteltje melk met wat gekruimeld brood erin dat ik het voorzette. Daarna liep het mee naar boven en nestelde zich doodbedaard op het hoofdkussen, niet zonder mij als smekend aan te kijken.

'Je dóet maar, klein scharminkel,' zèi ik. 'Als je er warempel op staat híer te blijven, zal ik je, mocht je bijgeval een katertje zijn, Lancelot noemen; zo niet, dan wordt het Marietje. En hou maar op met spinnen, de baas wil slapen.'

Het beestje keek mij belangstellend aan en beaamde mijn woorden door zacht te miauwen. Nadat ik het leeslampje had uitgeknipt, metamorfoseerde het zich in het binnenvallend maanlicht tot een pluizig,

nog steeds geestdriftig ronkend balletje.
Eerst hield de gedachte mij wakker dat ik morgen de dierenarts zou opbellen om het diertje te vaccineren tegen katteziekte en dergelijke ongerechtigheden. Meteen wist ik dan of het een mannetje of een vrouwtje was. Vooraleer ik in slaap viel, nam ik mij ook voor dat ik, niet later dan bij het ontwaken, mijzelf weer terdege in handen ging nemen.

Na zo'n korte nacht verbaasde mij het normale uur waarop ik ontwaakte.

Minutenlang stond ik onder de douche. Eenmaal gekleed trakteerde ik mij op een copieus Engels ontbijt, vooraleer wat aan mijn correspondentie te knutselen. Toen ademde ik diep en legde Van Kerckhovens roman naast me, draaide een velletje in de tikmachine en vertaalde, net zo vlug als ik kon typen, de inleidende brief van *David Eliaers aan P.-F. Van Kerckhoven*, geschreven vanuit Brussel op 31 mei 1850.

Lancelot (of was het Marietje?) sprong op mijn bureau en observeerde met geconcentreerde kattebelangstelling wat ik daar uitspookte op dat gekke, rammelende ding.

Dagenlang hield ik mij met het negentiende-eeuwse boek bezig.

Alles verliep probleemloos, op soms een alinea of een volzin na, waarbij ik mij afvroeg hoe ver ik de opgeklopte romantische sfeer tot meer hedendaagse verhoudingen hoorde terug te schroeven. Meestal berokkende het mij geen gewetensproblemen.

Uiteraard rezen er weleens bezwaren om op eigen gezag te beslissen in welke mate sommige, voor de huidige smaak schromelijk overtrokken gevoeligheden simpel literaire modetrekjes waren of daarentegen aan een bestaande, toenmalige realiteit beantwoordden. Wáren inderdaad de mensen in die tijd ánders dan wij?

Ik kon er niets op tegen hebben dat Amelie's verrukkelijke maar maagdelijke boezem bol stond van hooggestemde lyrische vervoeringen en iele sensibelerieën. Gaf zij zich inmiddels ooit rekenschap van emoties die voor mij hun oorsprong vonden in de buurt van het kruisje in haar kanten directoirtje?

Liet Laurens zich inderdaad zomaar als een pukkelige schooljongen door de van sex-appeal knetterende en bovendien steenrijke lady Moor kidnappen, om vervolgens in haar weelderige Antwerpse palazzo braafjes en in droom verzonken Schubertwijsjes voor haar te kwelen? Of kwamen er nooit ter stede geziene erotische hoogstandjes bij te pas, waarover Pieter-Frans noodgedwongen een zedig stilzwijgen bewaarde? Dacht ten jare 1852 de lezer er het zijne van en vervolledigde hij – met of zonder rode oortjes – wat onuitgesproken bleef?

Hoe dan ook, ik hoorde mij bij des schrijvers inzichten te houden.

Hoewel Jo het best aardig zou hebben gevonden, veroorloofde ik het mij niet er in menig geval voor de hand liggende details aan toe te voegen, hoe nabij het ledikant van onze Engelse lady ook was. Waar het op aankwam was, dat *Liefde* een leesbare roman werd voor hedendaagse mensen, waarbij enig vervreemdingseffect de aandacht zou stimuleren. Ondanks de beoogde trouw aan de originele tekst calculeerde ik bij Pieter-Frans de aanwezigheid in van zoniet onbewuste, dan toch onuitgesproken bewogenheden. Deze probeerde ik iets meer naar voren te halen; zulke ondertonen waren er hier en daar de artistieke verantwoording voor om ál te serafijnse en hierdoor gekke situaties wat te vermenselijken. Het vergde geen inspanning om mij ervan te overtuigen dat onze dichter in zijn tombe op het Erepark mij erkentelijk was. Wie anders dan een dweper als ik zou het voor hem doen?

Ofschoon ik zijn tekst zoveel mogelijk eerbiedigde, veroorloofde ik mij weleens een uitzondering, wat zelden gebeurde in die passages welke mij vrij gaaf leken. Er waren er genoeg waar de verhaalstof de auteur geen reden had opgeleverd om fatsoenlijkheidshalve zijn pen aan banden te leggen. Ik voelde mij bij voorbeeld ingenomen met de evocatie van een Venetiaanse vlootparade op de Schelde ter ere van Queen Victoria, die in 1843 een officieel bezoek aan Antwerpen bracht. Het leek mij een briljante vondst dat precies tijdens het memorabele, ter ere van de Britse vorstin afgestoken vuurwerk de lieve Amelie door de coup de foudre voor de geblaseerde Laurens werd getroffen.

In de coulissen hoorde ik de heer Freud instemmend applaudisseren voor de explosieve symboliek. Bij mijzelf deed zich een eigenaardige reflex voor. De geestelijke volwassenheid van deze pagina's was het die zo sterk mijn perfectionisme prikkelde. Een paragnost had vast 'gezien' dat Van Kerckhoven een algemene hilariteit veroorzakende anekdote had verzwegen of geschrapt.

Schijnbaar onbegrijpelijk wist gans Antwerpen het. Alles was ermee begonnen dat de heerseres van het British Empire op de eretribune tijdens het schouwspel om een onbekende reden als een waarachtig cockneywijf uit de slums tegen prins-gemaal Albert was uitgeschoten. Aangezien men omtrent de oorzaak van haar gramschap in het ongewisse verkeerde, hechtte men des te meer belang aan de roddel van het loslippig hotelpersoneel. Het zou namelijk gebeurd zijn dat Her Majesty die nacht haar slaapkamerdeur astrant voor haar echtgenoot op slot had gedraaid. Hunkerend naar wat vrouwelijke tederheid had deze prompt een koets besteld en was in de richting van de rosse buurt bij de Rietdijk verdwenen... Om het niet te gortig te maken gaf ik geen commentaar bij zijn escapade en legde de nadruk op die smadelijk vergrendelde koninklijke suite. Bij het overige had niemand de lamp opgehouden, zoals men in onze stad pleegt te zeggen.

Ik werkte een dag of twaalf aan het karwei, amuseerde mij uitstekend en vergat al eens mijn nog steeds heimelijk knagende zorgen. In deze dagen was het dat Roels stuk in *Het Avondnieuws* verscheen.

'Een prachtig artikel over u, meneer Deswaen!' zei de postbode. Hij tikte erkentelijk aan zijn pet voor de fooi en beloofde mij er in de toekomst op te letten of er iets over mij volgde. Alvorens met zijn vroege ochtendronde te beginnen, zat hij kennelijk vooraf op zijn dooie gemak een halfuurtje de vaderlandse pers uit te spellen. Het trof mij als een beminnelijk aspect van de ongedwongen eenvoud waarmee men in dit landelijk gebleven dorp, slechts een goede boogscheut van de stad, blijft leven, televisie en elektronica ten spijt, wars van jachtigheid en onnutte druktemakerij.

De brave man had niet verkeerd gekeken. Het was inderdaad een aardig en welgemeend stuk.

Positieve bijdragen lees ik steeds met schuchterheid. Bij lofbetuigingen, hoe goedbedoeld ook, zit ik er soms doodverlegen bij. Dergelijke reacties zijn trouwens vrij zeldzaam. Meestal blijkt mijn neiging tot alleenloperij en de discrete status die ik langzaam aan begon te verwerven als auteur, een averechts effect te sorteren. Een bescheiden, ofschoon redelijk besef van eigenwaarde (niet los van een evident gevoel van de relativiteit van wat ikzelf doe) maken mijn situatie niet eenvoudiger. Verder weiger ik wat dan ook te ondernemen om door hen die zich voorstellen dat zij de lakens uitdelen noch door de officialiteit tot troeteldier te worden opgekrikt en mij tot hun soms corrupte praktijken te lenen. Onvermijdelijk beschouwen sommigen, die stellig beter zouden moeten weten, deze niet arrogante maar eigenzinnige houding als een kapstok om hun zotste vooroordelen aan op te hangen. Hiervan was bij Roel Verschaeren natuurlijk geen sprake!

Evenmin ging hij zich aan vleierij of platvloerse gemeenplaatsen te buiten. Eindelijk hoorde ik eens een man aan het woord die wist waarover hij zijn lezers onderhield en meer van mij kende dan ik het me vooraf placht voor te stellen. Zijn stuk straalde een duidelijke sympathie, een ontroerende en weldoende warmte uit. Ik was niet vergeten dat ik na onze ontmoeting had lopen piekeren over de aandacht welke hij zich voornam aan de dood van mijn vader te besteden. Had ik, in plaats van hem te vragen het zo bescheiden mogelijk te houden, er mij niet beter tegen verzet? Ik had de intuïtieve indruk gehoor geleend dat het wellicht met zijn éigen verleden te maken had, met herinneringen waar ook zíjn leven diep door was getekend.

In tegenstelling tot een dergelijk voorbehoud vertoonde de onvermijdelijk wat pijnlijke passage geen zweem van pathetiek en was met nuancerende piëteit geschreven. Het verhinderde niet dat ik mij voornam de zaak verder niet aan de openbaarheid prijs te geven. In geen geval mocht het naar hedendaagse usantie de richting van een promotionele stunt uit gaan: daarvoor was mijn arme vader niet gestorven. Niettemin had Roel voorzeker gelijk als hij zo nadrukkelijk staande hield dat alle door de oorlog nagelaten viezigheid nog niet was opgeruimd, waarom het eens onder de ogen van mijn publiek mocht worden gebracht. Uiteraard wist ik dat een paar oudere collega's wat men noemt een oorlogsverleden hadden, doch na veertig jaar voelde ik mij niet tot het ambt van krijgsauditeur geroepen. Op wat mij daarentegen soms hoog zat, had de journalist laatstmaal nog gezinspeeld: de afstammelingen van de nazi-gezinde generatie, die zich met dezelfde agressiviteit als het hun voorafgaand geslacht als extreem-linkse jongens ontbolsterden. Zo links dat ze weer rechts uitkomen, ironiseerde Jo Heuvelmans. Ook daarom hinderde het mij niet dat Verschaeren mij – deels onwillekeurig – ideologisch situeerde.

Ik sloeg een laatste blik op de geslaagde foto's, waarop vooral Lancelot een flatteuze indruk maakte. Met de vlijtige bedoeling mij de ganse dag in Amelie's deplorabele liefde en Laurens' steriele mal du siècle te verdiepen, vouwde ik de krant dicht.

En vervloekte luidop de telefoon die eensklaps begon te rinkelen.

'Bedankt dat je meteen bent gekomen,' zei notaris Bostijn. 'Ik voel me schuldig nu ik hoor dat je druk bezig bent. Morgen was ook goed.'

Het stoorde mij niet dat hij mij al een poos tutoyeerde. Op dit stuk ben ik niet formeel. Eens heb ik een ganse roman in de je-jij-jou-vorm geschreven, een door geen hond opgemerkt experiment om van het stotterig 'u' naar het Engelse 'you' over te schakelen. Het leek mij onwaarschijnlijk dat hij hierop alludeerde. Weliswaar vermoedde ik er bij een correct man als hij een verborgen bedoeling onder. In elk geval reciproceerde ik zijn gemeenzame toon.

'Maak je vooral geen zorgen over die successierechten,' vervolgde hij. 'Ik vind vast een betrouwbare koper voor de stukken antiek die we hebben aangestreept. Jammer eigenlijk...'

'Het bezorgt mij geen slapeloze nachten, meester,' zei ik naar waarheid. 'Alleen die administratieve rompslomp hangt mij grondig de keel uit; ik heb er geen verstand van.'

'Als je het ermee eens bent, handel ik dat voor je af... Ga jij maar weer braaf aan het schrijven...' schertste hij beminnelijk.

'Vanzelfsprekend ben ik het ermee eens; bij voorbaat bedankt!'

'Goed, dat punt is afgehandeld. Bel ik voor koffie of heb je liever een glaasje port?'

'Koffie, graag... Dát punt, zeg je. Moeten er nog andere worden besproken?'

Opeens leek dat tutoyeren mij geforceerd.

Zonder inspanning, zelfs geamuseerd kon ik mij voorstellen dat het er op den duur met een onbekende van komt als je samen een poos bij

de tapkast staat in een gezellig cafeetje waar je thuis bent. Er hoeft voor mij, sober als ik ben, geen dronkenschap bij te zijn.
In het kantoor van meester Bostijn klopte het niet.
Hij is een sympathieke figuur, daar niet van. Tot dusver had ik hem slechts een keer of vijf in verband met die erfeniskwestie ontmoet. Echt bezwaarlijk vond ik het niet, daar was het niet belangrijk genoeg voor. Maar het klopte aan geen kant. Het klopte niet met zijn verschijning van waardige grijsaard (ongeveer zo oud als mijn vader nú zou zijn). Het klopte niet met het strenge eikehouten kantoormeubilair. Niet met de tot de zoldering reikende kasten vol ordners en documenten, zelfs niet met de geruisloze manier waarop een hoogbejaarde gedienstige de koffie serveerde en toen waardig verdween.

'Ik bedoel inderdaad... Kom, ándere zaken... Heb je vandaag *Het Avondnieuws* gelezen...?' Terwijl hij de vraag stelde, vergewiste hij zich zichtbaar van de irrelevantie ervan, keek mij verward aan, als door zijn nutteloze woorden verrast, waarna zijn knap aangezicht weer zijn vrijwel onbewogen plooi aannam. 'Wat dom van me, Paul, excuseer, uiteraard ben je op de hoogte.'

'Vermoedelijk bedoel je dat artikel over...'

'Het artikel over jou, ja, dát bedoel ik. Bijzonder stijlvol, daar niet van... Weet je dat ik ervan ben geschrokken?'

Ik raadde waar hij op zinspeelde, tenslotte hoefde je er geen professor in de waarschijnlijkheidsleer voor te zijn.

'Een keurig stuk... Wat is er zo vreemd aan voor je?'

Hij legde zijn hand als beschermend op het erfenisdossier waarmee hij bezig was geweest, een betrouwbare, jong gebleven hand.

'Kijk, Paul, in feite is er niets dringends met die successierechten. Ik werk zulke zaken liefst onmiddellijk af, maar we hebben nog maanden de tijd. Ik las het stuk bij het ontbijt. Wegens zekere omstandigheden belde ik je dadelijk op. Zo is het gebeurd.'

'Niet om de successierechten... Waarom dan wél, meester?'

Blijf je een notaris meester noemen als je hem tutoyeert?

'Je vader... De passage over je vader, begrijp je? Ergens blijf ik geloven dat ik mij vergis, dat ik het verkeerd heb gelezen. Niet wegens domheid, hoop ik, maar misschien door een of andere zinsnede die wat ambigu uitviel doordat die journalist te elliptisch formuleerde?'

'Nee... Dat geloof ik niet. Roel Verschaeren citeerde mij niet letterlijk, wat hij trouwens niet van zins was. Maar wat hij zegt is exact!'

'Jammer... Hierdoor komt mijn hoop, mijn ongewettigde hoop te vervallen! Je mag mij niet verkeerd begrijpen. Eerlijk gezegd wist ik dat...'

'Dat mijn vader dood was?'

'Ja, zo bedoel ik het.' Ik zat mij erover te verbazen hoe een rechtsgeleerde, voortdurend met teksten en formuleringen bezig, zo moeilijk uit zijn woorden kwam. 'Ik wist reeds lang hoe hij is omgekomen, afschuwelijk dat zoiets mogelijk kon zijn...'

'Je wist het reeds lang...?' stamelde ik.

Hoe kon híj weten wat ik pas van Jeroen had vernomen?

Hij knikte afwezig, of hij iets probeerde te begrijpen. Hij zat er plots bezorgd bij en ik had het gevoel dat hij het niet prettig vond op een zwak moment te worden betrapt. Bescheiden tuurde ik naar het gedeeltelijk onder dossiers bedolven blad van zijn aan een kloostertafel herinnerend schrijfbureau.

Blijkbaar op een ereplaats bevond zich rechts van hem een negentiende-eeuws bronzen siervoorwerp. Artistiek vrij appreciabel, stelde het een hiëratisch op een troon gezeten, zo te zien Egyptische figuur voor. Weinig Egyptisch daarentegen leken mij de dingen die men haar in beide handen had gegeven als rituele voorwerpen die de waardigheid van de farao staven.

Ingeval ik niet door de geringe afmetingen werd misleid, stelden zij een passer en een winkelhaak, misschien ook een schietbord voor. Ik ben niet zo wereldvreemd dat er in mijn achterhoofd geen lichtje aanklikte.

Terzelfder tijd was er de gewaarwording dat, hoewel de ene los van de andere, onze wederzijdse blikken elkander bij het allicht voor hem betekenisvolle beeldje aanraakten.

Exact op hetzelfde moment keek hij mij, keek ik hém aan.

Ik vroeg mij af in hoeverre hij zich had vergewist van mijn verstrooide belangstelling voor het bescheiden werkje. Of het hem hinderde dat ik er waarschijnlijk de betekenis van raadde?

Hij reageerde op bedaagde toon.

'Ik schrok niet omdat ik las dat je vader dood is, Paul. Dat wist ik immers? Bij voorbeeld door de identificatie- en administratieve stukken die ik je met het oog op de erflating hoorde te vragen. Nee, niet daarom schrok ik. Ik schrok omdat ik uit het interview concludeerde dat je pas nú, na zowat de helft van een mensenleven, hebt vernomen wat er met hem is gebeurd.'

Zoiets valt onvermijdelijk de krantelezer op. Het lag voor de hand dat hij het vroeg of laat met professionele discretie ter sprake bracht. Het was daarentegen niet duidelijk waarom hij mij speciaal op zijn kantoor had ontboden. Met die successierechten had het nauwelijks te maken, die vergden geen spoed, zouden door hem worden geregeld en waren dus niet meer dan een doorzichtig voorwendsel.

'Pas nu, inderdaad,' beaamde ik. 'Het gebeurde louter toevallig. Op het kerkhof werd ik door een oude vriend van hem aangesproken. Het was of de wereld in een ijsvlakte veranderde...'

'En je moeder? Je moeder moet toch...?'

'Zij heeft het mij nooit gezegd. Je schijnt de omstandigheden van

zijn dood te kennen... Voor haar was het een almaar erger verschrikking die ze mij als kind, later als opgroeiende knaap wilde besparen. Toen ik volwassen was, kon zij er gewoon niet meer over praten.'
'Dat is begrijpelijk. Toch blijft het een raadsel voor me dat je er nooit wat van hebt gemerkt,' opperde hij. 'Er zijn immers van die gewone, alledaagse dingen...'
'Je raadt wel dat ik, eenmaal de eerste schok voorbij, mezelf vragen ben gaan stellen. In feite is het zo dat ik antwoorden verzon op vragen, nooit tevoren bij me opgekomen. Ik had er bij voorbeeld nooit grondig, zelfs zelden oppervlakkig over nagedacht dat wij, althans op materieel gebied, vrijwel zonder zorgen hadden geleefd. Uiteraard kon moeder na vaders dood rekenen op de voorzieningen voor een onderwijzersweduwe. Veel was het niet, hij had maar een beperkt aantal jaren gewerkt. Somwijlen liet zij vaag wat doorschemeren over een erfenisje van haar ouders dat ze verstandig had belegd. Bij haar overlijden bleek er van een dergelijke belegging geen sprake. Het kon mij op zichzelf niet schelen, maar in elk geval leek het mij raar.'
'Achteraf heb je begrepen...?'
'Inderdaad. Vader werd door de nazi's vermoord. Van Jeroen, de man op het kerkhof, vernam ik dat hij tot het verzet behoorde. Hierdoor kwam zij dus in aanmerking voor het wettelijk overlevingspensioen. Aangezien zij mij verzweeg hoe hij is omgekomen, moest zij ook dát verzwijgen. Een noodlottige cirkel waar zij niet meer uit raakte!'
Het trof mij hoe trouwhartig zijn oogopslag was.
'Luister, Paul,' zei hij, terwijl hij met een schetsmatig handgebaar begrip voor het gemeenzaam gebruik van mijn naam scheen in te roepen, 'vermoedelijk heb je al ingezien dat ik je niet met het oog op die successierechten van je werk haalde. En ook minder om over het stuk in *Het Avondnieuws* van gedachten met je te wisselen of mijn neus in je persoonlijke zaken te steken...'
Ik kon niet nalaten medeplichtig te glimlachen.
'Ik heb dadelijk iets vermoed! Toen je mij ging tutoyeren, wat ik trouwens best vond, voelde ik dat de rechtsgeleerde om een of andere reden van het toneel wilde verdwijnen.'
'Daar kwam het op neer! Voortaan heet ik Bastiaan voor je. Straks zul je begrijpen waarom.'
'Niet het minste bezwaar. Bastiaan, Paul. Waartoe dienen namen?'
'Zo bekijk ik het ook. Inmiddels vermoed ik...'
'Dat ik me zit af te vragen waarom?'
'Precies!'
'Van nature ben ik niet nieuwsgierig. Kom, niet altijd...'
'Maar ditmaal wel?'
'Eerlijk gezegd, ditmaal wel!'
Zijn bevreemdend tutoyeren ten spijt, was hij tot dusver alleen

meester Bostijn voor me geweest, de notaris van mijn brave oom Lambert die mij – nooit gedroomd – in een speciaal testament als zijn zoon had bedacht. Rechtsgeleerde Bostijn, een voorname aristocraat, welopgevoed en voorkomend, aan wiens blik ik tijdens onze zakelijke gesprekken – cijfers, mij koud latende paragrafen, addenda of codicillen van een of andere stoffige wettekst – nooit aandacht had geschonken.

Voor het eerst vergewiste ik mij ervan dat het de blik van een rechtschapene was. Een mens let te weinig op zulke details.

'Dat beeldje,' zei hij, 'als ik je goed heb gevolgd, scheen je het vrij interessant te vinden?'

'Het is een leuk negentiende-eeuws sculptuurtje, dacht ik. Daarnaast heb ik het gevoel dat het mogelijk een symbolische betekenis bezit.'

'Je hebt het aandachtig geobserveerd,' beaamde hij complimenteus.

Bij mezelf dacht ik: misschien is deze man een naïeve kunstminnaar, zoals men vroeger zei. Bij een van zijn venduties heeft hij dat Egyptenaartje of wat het mag voorstellen voor zichzelf gereserveerd. Kennelijk is hij er trots op. Met die retro-mode weet je nooit. Het kan best een boel geld waard zijn.

Ergens wist ik dat ik mezelf flauwe kul zat op te dissen.

Een man als hij kon onmogelijk een argeloze snob zijn, een onnozele hals die er belang aan hechtte dat ik zijn geestdrift deelde voor een bescheiden ambachtelijk kleinood, waar je in een uitdragerszaak in de oude stad ternauwernood op zou letten. Afgezien van die twee, drie miniatuurgereedschapjes, dat wel.

Blijkbaar vlakbij, in de gewoonlijk stille straat, stond een vrachtauto vruchteloos te starten. Zijn mechanisch gerochel kreeg geen vat op de sfeer van aandachtige ingetogenheid die mij vervulde.

'Nou,' zei ik. 'Mijn vader. Daarna het tutoyeren. En nu dat rare beeldje. Ik knoop het niet aan elkaar, Bastiaan!'

'Kom, Paul, beweer niet dat je niets hebt geraden!'

Waarom dat gevoel van ruimte en warmte in mijn borst, in mijn hoofd? Of lag het op een mysterieuze manier búiten mij?

'Eerlijk gezegd heb ik er een hekel aan indiscreet te zijn, ook per ongeluk,' bekende ik. 'Over wat ik niet weet, zwijg ik.'

'Dat is echt niet nodig. Daarnet had je het over een symbolische betekenis. Hij weet het, zei ik tot mezelf! Zeg me gerust wat je dacht. Ook omwille van je vader.'

'Wat heeft mijn vader ermee te maken?' informeerde ik sceptisch.

'Soms heeft alles met alles te maken,' zei hij sibillijns.

'Stel je voor... *Ik zeg het u, voorwaar, wat onder is, is boven...* De Tafelen van Hermes Trismegistos, einde van het citaat,' probeerde ik te gekscheren, maar vond dat het dwaas, in elk geval vrij stroef klonk.

'Voortreffelijk, op mijn woord!'
'Je doet net of het er verband mee houdt,' zei ik mat.
'Eventueel kun je het zo bekijken.'
Het was krankzinnig. Niettemin overkwam mij iets belangrijks.
'Waarom, Bastiaan...? Je zit mijn bek open te breken, zoals men zegt!'
'Waarachtig, Paul, dát is mijn bedoeling!' Hij lachte verlegen. 'Vergeef het me. Noodgedwongen maakte ik er een spelletje van. Soms weet ik niet hoe zo'n benadering aan te pakken.'
'Benadering...? Enfin, je doet maar,' antwoordde ik, weer het sculptuurtje fixerend. 'Opgepast, nu ga ik raden, je vraagt er immers om?'
'Je zegt het. Ik vraag erom.'
'De vrijmetselarij. Zo aan de symbolen te zien...'
'Inderdaad, de vrijmetselarij!' beaamde hij tevreden.
'Mooi. De vrijmetselarij. Mozart, *Die Zauberflöte*. Beethoven, Schiller, *Alle Menschen werden Brüder*. Maar dán?'
Breeduit en welgemoed erbij gezeten stopte hij een meerschuimen pijp. Zijn tabak zag eruit als een geraffineerd melange dat je per gewicht in gespecialiseerde zaakjes koopt. Toen stak hij op en blies een aromatische wolk voor zich uit. Ik neem mij om de week voor het roken te laten. Pas zet ik mijn eerste schreden op het met goede voornemens geplaveide pad naar de hel, of van alle kanten komen er heren met geurige Comoys op me af. Vergeet het dus maar.
'Maar dán...?' opperde hij bedachtzaam. 'Hangt van jou af... Nu je over je moeder hebt verteld, begin ik bepaalde situaties klaarder te zien...' Hij pauzeerde, duidelijk om het belang van wat verder zou volgen te laten blijken. 'Moet je even aandachtig luisteren, Paul... Alles wat je zei, wijst erop dat je moeder je nooit heeft verteld dat hij tot de onzen behoorde. Of vergis ik mij?'
Hoewel ik het zelf vreemd vond, verraste zijn vraag me niet.
Het had geen zin mij dommer voor te doen dan ik ben. Ik wilde zijn vertrouwen niet beschamen door het vraag-en-antwoordspel te rekken. Natuurlijk had ik hem eerder verstaan dan ik het hem wegens een deels bewuste, deels onbewuste tact had laten merken. Ik kan erg timide zijn.
'Nee, Bastiaan,' zei ik. 'Zo ik althans begrijp wat je met de onzen bedoelt. Overigens geloof ik dat ík het inderdaad begrijp...'
'Allicht,' glimlachte hij tevreden.
'Goed. Ik neem aan, dat ik het waarachtig begrijp. Nooit heeft zij er op gezinspeeld, nee. Het is het eerste wat ik ervan hoor. Wou je mij daarom...?'
'Ja, daarom wou ik je dringend spreken. Vanmorgen hebben ook ánderen de krant gelezen. Zij belden mij op, ik bedoel, íemand belde mij op, iemand die weet dat ik je erfeniszaak afhandel. Hij vroeg me je

zo vlug mogelijk te contacteren, dat leek hem de kortste weg.'
'Een ingewikkeld verhaal,' lachte ik, in feite om tijd te winnen.
'Vrij ingewikkeld, akkoord... Er zijn vijfendertig jaar overheen gegaan, wat de zaak niet eenvoudiger maakt... Onmiddellijk na je vaders dood, vóór de Duitsers hier verdwenen, bekommerde men zich om je mama. Wat ze nooit of althans nauwelijks heeft geweten.'
'Nee toch, waarom, Bastiaan?'
'Zij was er wekenlang afschuwelijk aan toe. De huisarts...'
'Ik geloof dat ik hem nog heb gekend...'
'Nee, dat kan niet. De arts die ik bedoel, behoorde... Nou ja. Hij stierf een paar jaar nadien. In haar toestand viel het haar niet op dat hij, zoals meestal voor de vrienden, geen rekening stuurde. Hij waarschuwde ons dat zij aan een depressie leed, op de grens van de neurose en vergezeld door allerhande dwanggedachten. Bovendien stelde hij zich voor dat je vaders vrienden mede aansprakelijk waren voor zijn dood.'
'Wat ontzettend...! En weigerde zij jullie hulp?' stamelde ik ontdaan.

Het stemde overeen met wat Jeroen mij had verteld, hoewel ik niet begreep hoe díe ervan op de hoogte kon zijn. Gold zijn zinspeling niet uitsluitend het groepje van de ondergrondse waartoe papa en hij behoorden?

'Ja. Zij wees onze bijstand af. Daarom gebeurde het in stilte, zie je.'
'Was dat mogelijk? Hoe deden jullie het dan?'
'Het maakte alles vrij moeilijk, maar ook in zulke omstandigheden weten wij wel raad... Neem bij voorbeeld dat pensioen voor de vrouw van een gesneuvelde verzetsman. Een telefoontje was voldoende opdat mensen van ons in ambtelijke dienst de ingewikkelde administratieve procedure op de voet zouden volgen. Het bleek een noodzakelijke voorzorg: na maanden tijdverlies kwamen zij erachter dat een duister kantoorrat stokken in de wielen stak.'
'Waarom? Had zij er geen recht op?'
'Juridische haarkloverij van iemand die misbruik maakte van de plaats waar hij zat. Je vader was niet bij een verzetsactie gevallen; het waren geen Duitsers die hem neerschoten, maar een troepje in het eigen land opererende ss-ers die er zomaar op los waren gegaan. Onzin, natuurlijk! De boosaardige pennelikker die de zaak in handen had, en van wie achteraf is gebleken dat hij zélf niet zo brandschoon was geweest, probeerde de inderdaad niet waterdichte voorschriften naar zijn eigen zin te plooien. Het ging volgens die onfrisse heer niet om een oorlogsfeit, maar om een moord in de gebruikelijke gerechtelijke betekenis. Op dit stuk werd kort daarop de wet geamendeerd. Hieraan waren wij niet vreemd... Op het moment zélf hing voor Jan Deswaens weduwe de zaak aan een zijden draadje. Gelukkig heeft zij het

nooit beseft. Een van de vrienden verzon een voorwendsel om het dossier voor aanvulling op te vragen en stapte er dadelijk mee naar de minister.'
'Vermoedelijk was die ook...?'
'Toevallig wel. De kwestie kwam onmiddellijk in orde. Op haar nadrukkelijk verzoek – een regeling die trouwens was voorzien – werd het maandelijks postmandaat aan mijn adres bezorgd. Ach, wij zijn nog meermaals stilletjes opgetreden. Nee, ik wil je er niet van overtuigen hoe aardig wij wel zijn... De linkerhand hoort niet te weten enzovoort, is ook ónze regel. Maar goed, het hoeft verder geen geheim voor je te blijven dat wij je, zij het met tussenpozen, als de zoon van een dode vriend hebben gevolgd. Je maakte het evenwel waar en rechtstreekse tussenkomsten bleken zelden nodig...'

'Hé!' zei ik. 'Nee maar, dát is gek! Toen ik pas begon te schrijven dook er al eens iemand op die mij goede raad wilde geven. Iemand, bedoel ik, die vond dat ik beter leraar kon worden, het veiligst voor een jong auteur en met mijn diploma's geen probleem. Soms was er een vacature op een of andere redactie. Journalist, hield men mij voor, was ook een leuk beroep! Nee... Nu slaat vast mijn verbeelding op hol... Eéns ging het om een christelijke krant... Dat zal wel uitgesloten zijn, nietwaar?

'Dacht je?'

Vanzelfsprekend zat hij mij in het ootje te nemen.

'Ja, dat dacht ik!'

'Iedere profaan... iedere buitenstaander zou net hetzelfde denken!'

Ik vond het allemaal vrij mysterieus, zonder de naargeestigheid evenwel, meestal inherent aan geheimzinnige dingen. Onvermijdelijk keek ik er met een verwarde geest tegenaan.

Tegengesteld hieraan vervulde mij een ijle klaarte. Uiteraard vergde het nog geen seconde. Niettemin had ik de indruk dat ze – een lichamelijk getijdeverschijnsel – langzaam in mij opsteeg.

Raar is dat, bedacht ik mij, het is niet volledig een onbekend gevoel. Op een vreemde manier is er iets vertrouwds aan.

Bostijn, die voortaan Bastiaan voor me heette, zat bedaard en zonder één woord aan zijn pijp te trekken. Het leek mij duidelijk dat er een grote welwillendheid van hem uitging. Hij hoefde geen woorden te gebruiken om zijn sympathie te betuigen.

Ik vroeg mij af wat er met mij gebeurde, hoe ik het haast fysieke proces moest noèmen. Onmiskenbaar had ons gesprek mijn verdrietigheid van de jongste dagen weer doen ontwaken, doch onvoorzien was het een weemoed zonder schaduwen geworden. Eens had er een man geleefd die mijn vader was, een onbekende van wie ik onuitsprekelijk hield en wie ook anderen, zijn vrienden, hadden liefgehad.

'Ik begrijp dat je er stilletjes bij zit... Ik moest nu eenmaal met je

praten. Geef toe dat ik mijn best deed om niet met de deur in huis te vallen. Ben je geschrokken?'
'Nee... Ternauwernood verrast...'
'Je voelt je dus goed...? Even vreesde ik dat het je te machtig was geworden,' vervolgde hij opgelucht.
'Ik voel me best, hoewel wat vreemd. Het hindert niet.'
Hij knikte begrijpend.
Het zijn niet de woorden die in gebreke blijven, overlegde ik. Veeleer is het zo dat ik geen weg weet met het verband. Er is trouwens geen verband. Hoe zou er een verband kunnen zijn? Ik wil proberen over dat gevoel met hem te praten, maar hij zal het zonderling vinden. Over datzelfde gevoel als toen ik in de kathedraal van Chartres naar al die alchimistenkleuren liep te kijken. In Keulen opeens voor de Madonna van Stefan Lochner stond. Vorig jaar in Wenen weer de *Don Giovanni* zag.
Het gevoel, zou ik zeggen, dat niet alles ellende, gemeenheid en verloedering is. Dat soms het blijde, het positieve, het goede het sterkst kan zijn. Dat eenzaamheid niet noodzakelijk is.
'Ik denk dat je achteraf begrijpt waarom ik je ineens begon te tutoyeren,' glimlachte hij. 'Of je het wilt of niet, ergens behoor je voortaan... Nou, tot onze sfeer.'
'Ja,' zei ik tegemoetkomend, 'eventueel kun je het zo bekijken. Maar het belangrijkst van al, Bastiaan... Heb jij mijn vader zélf gekend?'
'Ik heb hem gekend, uiteraard. Helaas niet lang.'
'Wat jammer! Ik had je zoveel willen vragen...'
'Door de inval van de Duitsers ontbrak daartoe de tijd. Pas enkele maanden voor zijn dood begon men zich in het vooruitzicht van de bevrijding weer te groeperen. Hij heeft er ongetwijfeld het zijne toe bijgedragen.'
'En toen werd hij vermoord...' vervolledigde ik triest.
'Zo is het. Ikzelf was als reserveofficier in Engeland.'
'Had die aanslag ermee te maken dat...?'
'Dat hij een van de onzen was?' Ik knikte. 'Het kan haast niet anders, maar vaak bleven de beweegredenen van die moordenaars onbekend. In elk geval werd hij voortaan als een martelaar van onze orde beschouwd. Er is één man die je wellicht meer over hem kan vertellen. Hij was het die mij opdracht gaf dit gesprek met je te hebben. Je moest hem maar eens opbellen, zei hij, je zult hartelijk door hem worden ontvangen, dat hoor je goed voor ogen te houden, om het even wanneer ben je bij hem welkom!'
Hij nam zijn notitieblok, schreef een naam, een adres en een telefoonnummer op, waarna hij me het velletje toeschoof.

Ik parkeerde mijn wagen op de kade en slenterde naar de Grote Markt. Het toeristisch seizoen was volop uitgebroken. Met moeite vond ik plaats op mijn uitverkoren terras.

Gecorrigeerde uitgave van het soberder Hollands standaardmodel, gaf een barokke Antwerpse uitsmijter mij de handen vol, waarbij een bol glas van ons honingbruin lokaal brouwsel niet kon ontbreken.

Het luidde tweeën op de kathedraal toen ik ermee klaar was. Besluiteloos bleef ik bij een filterkoffie nog wat in het zonnetje zitten.

Na het afscheid van mijn nieuwe vriend Bastiaan voelde ik mij volkomen in evenwicht en onwaarschijnlijk ontspannen.

Niettemin wilde ik onze ontmoeting nog eens in ogenschouw nemen.

Zelfs ingeval ik mij hiertoe de moeite had getroost, zou het mij niet zijn gelukt het gevoel eronder te houden dat in mijn bestaan een verandering op til, of zelfs reeds ingetreden was.

Mijn gemoedstoestand hield met ons onderhoud verband. Overigens was ik ervan overtuigd dat de notaris, dit keer zonder het voorwendsel van de immers afgeronde erfeniskwestie, mij binnen afzienbare tijd weer een teken van leven zou geven om mij een bepaald voorstel te doen. Of was dat de taak van de man wiens naam hij had opgeschreven?

Net zoals het mij overkwam, zou een ieder zijn bedoelingen hebben geraden. Het lag bijgevolg voor de hand, dat het mij verwonderde hoe mijn gedachten uitsluitend noch overwegend die richting uit gingen.

Het verhaal en de uiteraard vertrouwelijke mededelingen van Bostijn, evenals de dood van mijn vader, hadden er in aanzienlijke mate mee te maken, het kon bezwaarlijk anders. Daarentegen vond ik het onverklaarbaar dat het gelijktijdig verband scheen te houden met de toevallige omstandigheid dat ik mij had ontfermd over een vergeten roman van een vergeten schrijver, misschien met de paar rare ervaringen die het Jo Heuvelmans en mij had opgeleverd, evenals met Roel Verschaerens artikel, vandaag verschenen en morgen normaliter weggevlakt uit het geheugen van de dagbladlezer.

Nee, het is niet mijn bedoeling de gebeurtenissen tijdens deze periode uit mijn leven spannender, beklemmender voor te stellen dan ze in feite waren. Welbeschouwd hadden wij nauwelijks een paar redenen tot verbazing. Het als in de tijd verloren rondzwalpend handschriftje op dat glacéblaadje, het toeval met Pieter-Frans' graf zou een Duitser een Aha-Erlebnis noemen. Van redenen tot angst geen spraak, op enig onbehagen na.

Noodgedwongen heb ik naderhand relaties tussen bepaalde situaties, tussen bepaalde gebeurtenissen menen te ontwaren. Hiervan was, op het ogenblik dat ze zich voordeden, geen kwestie – onze verwondering niet te na gesproken.

Aan het stuur van mijn genoeglijk op zijn olie- en luchtkussens dobberend wagentje dacht ik op weg naar huis slechts vaag aan alles waarover ik bij mijn filterkoffie had zitten mijmeren. Alsof ze uit mijn eigen verbeelding waren geboren, kon ik Laurens en Amelie node langer dan enkele uren missen. Zelfs voor de stoplichten, die vandaag een samenzwering tegen mij hadden beraamd, bleef ik, verlangend naar mijn trouwhartige Olivetti, met mijn romantische pleeg- en adoptiekinderen bezig.

Ik gaf Lancelot, door de dierenarts als een kloek mannetje met alles erop en eraan erkend, een bakje verse koemelk, geleverd door het Tempeliershof. Daarna trok ik de stekker van de telefoon uit het stopcontact (een snufje dat postuum op oom Lamberts mensenschuwheid wees) en ging weer vlijtig aan de slag.

Hoewel de herinnering nooit zal worden uitgewist, merkte ik dat mijn innerlijk evenwicht zich bleef stabiliseren. Voelde ik 's avonds enige weemoed opkomen, zo ging ik een uurtje buurten bij de Brusselmansen. Meestal legden de tweelingen beslag op mij, wilden mij hun geestdrift voor een of ander spelletje laten delen of zaten onpedagogisch naast me naar de televisie te kijken. Wat ik leuker vond dan thuis op mijn eentje de simpele genoegens van des volks elektronische geestelijke verheffing te smaken.

Zowat een week later was ik klaar met de tekst van het boek.

Op grond van de gegevens waarover ik beschikte, zette ik mijn woord vooraf op stapel. Mijn geestdrift was zo groot dat het, zoals na een losse schets duidelijk werd, aanzienlijk langer zou uitvallen dan voorzien.

Tot dusver had ik het uitgesteld, maar nu werd het tijd om zekerheidshalve een blik te werpen in de monografietjes uit de Stadsbibliotheek, waarvan de behulpzame meneer Stalmans voor mij de titelbeschrijving (zoals hij het met welgevallen in zijn vaktaal noemde) op een fiche had genoteerd.

Terwijl ik op een morgen naar Antwerpen reed, vergewiste ik mij ervan dat ik innerlijk grondiger was veranderd dan ik aanvankelijk vermoedde.

In tegenstelling tot mijn vroegere, hoewel voor mezelf rationeel gecamoufleerde tegenzin om naar het kerkhof te gaan, zette thans iets mij er nadrukkelijk toe aan weer een bezoek aan de laatste rustplaats van mijn ouders te brengen. Het was of ik hun dringend hoorde te vertellen hoe grondig mijn perspectief was veranderd, hoe verregaand ofschoon onschuldig ik mij, vooral wat moeder betrof, had vergist en hoe men in vaders oude wereld – niet minder belangrijk dan het overige – hem broederlijk was blijven gedenken, verre van onbekommerd om ons, die door het blind geweld van hem waren gescheiden.

Het lag voor de hand dat ik van de gelegenheid gebruik zou maken om Jeroen even goeiedag te zeggen. Ook hij behoorde voortaan tot mijn leven.

In het administratiekantoor gaf men mij de raad even te wachten. Zo dadelijk was zijn ochtenddienst afgelopen en zou hij hier vast zijn middagboterhammetje nuttigen.

Hij stak zijn opgetogenheid over de onvoorziene ontmoeting niet onder stoelen of banken en vond het vanzelfsprekend dat hij een eindje met me zou oplopen, dat boterhammetje kon wachten.

Onverwacht vertrokken, was ik vergeten een ruikertje te kopen.

Er stond een bloemenstalletje bij de parking, herinnerde ik mij. Het leek mij niet aardig hem in de steek te laten en op mijn schreden terug te keren – bloemen zouden er altijd zijn, morgen, later.

Wij liepen langs een forse struik met frisse, nog ielgroene blaadjes.

'Kijk even de andere kant op, Jeroen!' zei ik.

'Waarom?'

'Omdat ik mij voorneem schromelijk de wetten en praktische bezwaren te overtreden. Dáárom!'

De kans leek mij gering dat hij Elsschots verzen kende.

'Een acacia,' constateerde hij nuchter. 'De boom van de bokkerijders.'

'Je ziet ze vliegen,' antwoordde ik, 'waar haal je het vandaan?'

Stiekem als een schooljongen brak ik een twijgje af. Was het een jarenlang bezonken lectuurherinnering die mij, in strijd met mijn scrupuleuze aard, tot de overtreding aanzette?

'Denk maar niet dat ik zo gek ben als mijn muts wel staat,' protesteerde de kerkhofbewaker. 'Je hebt er geen idee van wat voor dingen een mens hier soms verneemt. Geloof me gerust. Het ís de boom van de bokkerijders!'

'Mij best, hoor! Ik wil iets op het graf leggen. Toen ik vanmorgen doorreed, had ik zo'n haast dat ik een tuiltje vergat...'

'Ja, een takje lijkt mij ook goed. Op de bedoeling komt het aan!'

Nog altijd was ik in de war met al die weggetjes. Volstrekt onverwacht stonden wij voor de dubbele grafsteen.

Ik ben soms afschuwelijk verstrooid, maar het houdt niet in dat ik aan hallucinaties onderhevig zou zijn.

In plaats van mijn verdroogde rozen lag er een prachtige bos witte seringebloesem op het granieten voetstuk.

'Wat is er in 's hemelsnaam met die rozen gebeurd?'

'Rekende je erop rozen te vinden?'

'Nee, in feite niet... Laatstmaal bracht ik witte rozen mee, je hebt het gezien, maar die zijn vanzelfsprekend verwelkt en verwijderd.'

'Je kan beter een potje neerzetten met een azalea of zo,' adviseerde hij met nonchalante deskundigheid, 'daar heb je langer plezier van!'

'Daar gaat het niet om, Jeroen. Het is normaal dat een tuinman de uitgedroogde rozen opruimde... Ik heb het over die seringebloesem!'
'Magnifieke witte seringen, inderdaad... Wat is erop tegen?'
'Tja... Niets... Enfin, ik begrijp niet vanwaar ze komen.'
'O, dát bedoel je? Nou, heel gewoon, zou ik zeggen. Toevallig zag ik vanmorgen dat een dame ze neerlegde.'
'Onmogelijk... Tenzij iemand die het ene graf voor het andere heeft genomen... Vermoedelijk gebeurt dat nogal eens?'
Hij haalde meewarig de schouders op.
'Geen kwestie van; het is onzin, Paul. Ik ben hier al meer dan vijfentwintig jaar en nog nooit heb ik het meegemaakt. Een vergissing? Kom nou... Je doet er mij overigens aan denken dat die dame rustig de tijd nam om aandachtig het opschrift te lezen. Stel je voor, dacht ik bij mezelf, gewoonlijk hoeft een bezoeker niet vooraf de namen te spellen. Vast iemand van de familie die hier voor het eerst komt, dacht ik zo bij mezelf... Helemaal niets om je kopzorgen over te maken.'
'Nee,' zei ik, nadrukkelijker dan het de moeite waard was. 'Het is onmogelijk, vergeet het maar. Ik heb wat neven en nichten, maar geen nabije verwanten – zusters, broers – die zich ooit iets van mijn ouders of hun graf hebben aangetrokken. Momenteel schijnt overigens die gemiste erfenis sommigen hoog te zitten...'
Stilaan begon Jeroen zich van het complexe aspect van het probleem rekenschap te geven. Hij keek mij onzeker aan, nam zijn ambtelijke pet af en krabde nadenkend achter zijn oor. Ik moest er stilletjes om lachen.
'Nou ja... Als je het zo precies weet, Paul, moet ik je inderdaad geloven. Maar wie doet zoiets? Een vergissing, dacht je?'
'Uiteraard...' zei ik, en wuifde het verder van me af.
'Dan is het een erg domme vergissing! Tenzij die mevrouw... A propos, ze zag er best aardig, ja, zelfs voornaam uit... Tenzij die mevrouw niet zou kunnen lezen, maar toch de schijn wilde ophouden. Ik kan mij voorstellen dat zo'n fijne dame er doodbeschaamd om is. Hoe zou je zélf zijn?'
'Zég, van spijkers op laag water zoeken gesproken, Jeroen!'
'Nee, kijk eens aan...! Chercher midi à quatorze heures, zou mijn vader hebben gezegd. Hij was bij de paters op school, alles Frans wat de klok sloeg! Spijkers op laag water, noem je het? Vast Hollands! Een mens is nooit te oud om te leren, zei hij altijd.'
'Het heeft tenslotte niet veel belang... Het zijn mooie bloemen. Zo mooi heb ik ze zelden gezien.'
'En peperduur, geloof me maar! Voor gewone seringen is de tijd voorbij, ik kan het weten want ik heb er in mijn tuin, paarse. Deze hier zijn speciaal door een vakman gekweekt, dat merk je zó. Vandaag zie je van alles!'

'Wie zeg je het...'
Hij fronste zijn gerimpeld voorhoofd en stond aan zijn warrige snor te frunniken. Ergens scheen het geval hem te boeien.
'Ik wil niet ontkennen dat ik het een rare geschiedenis vind. Verkeerde bloemen op een verkeerd graf, hoe bestááT het! Nu ik het mij weer probeer voor te stellen...'
'Ach, geef je geen moeite...'
'Toch wel... Ja, er was iets dat me vanmorgen trof, Paul... Die mevrouw heeft hier vrij lang staan treuzelen, maar niet omdat zij aarzelde wat de juiste plek betrof, dát niet. Een beste gelegenheid om haar eens goed op te nemen. Alla, op mijn oude dag... Maar zoveel maak je hier niet mee! Ik was al een eind voorbij, toen ik nog eens omkeek. Net wat ik dacht. Zij was niet van zins om er spoedig de brui aan te geven. Nee, op de rechtbank zou ik het niet onder ede verklaren. Niettemin had ik de indruk dat zij stond te bidden of zoiets. Niet met gevouwen handen, nee, dan was ik zeker geweest... Tja, misschien was het gewoon een idee van me, maar Jeroen heeft nog klare ogen in zijn versleten kop!'
'Blijkbaar wél! Om naar de meisjes te kijken... Kom, het is onzin,' zei ik. 'Je hebt een geest gezien. Een vrome vrouwelijke geest.'
'Wat dacht je?' gniffelde hij geamuseerd. 'Geesten behoren immers tot mijn vak? Hoewel zelden met een onbetaalbare bos seringebloesem in de arm!'
'Ik denk dat ik het op een misverstand houd! We moesten maar eens opstappen...'
'Goed,' beaamde Jeroen. 'Ik loop met je terug. Een boterham zal smaken.' Hij keek mij onderzoekend aan. 'Vergeet je acaciatakje niet,' glimlachte hij onder zijn warrige knevel. 'Vanwege de bokkerijders!'

Ik vond dat hij er een raar gevoel voor humor op na hield.

ZESDE HOOFDSTUK

Paul gaat verder de literair-historische toer op. Ontmoeting met Anton, die in de Stedelijke Bibliotheek aan zijn film werkt. Een onbekende schoonheid. Daar heb je Pieter-Frans weer! Avondstemming op de krant. Een moordenaar, genaamd Bracke.

Het was vroeg in de namiddag toen ik op weg naar de Stadsbibliotheek, het Hendrik Conscienceplein overstak, waar ik de koerende duiven miste die zelden bij het miniatuurvijvertje ontbreken.

Hun afwezigheid verklaarde ik door het agressieve daveren van een blauwe vrachtauto die, op deze verkeersvrije plek volstrekt ongebruikelijk, vlak bij de ingang van het zeventiende-eeuwse gebouw stationeerde.

Terwijl ik naar binnen ging, geërgerd door het oorverdovend, voor de intiem-besloten en meestal stille piazza heiligschennend geraas, bemerkte ik dat het een generatorwagen was. Als ingewanden van een robot-dinosaurus kwamen er kloeke gele en rode elektriciteitskabels uit te voorschijn. Met isolatieband aan de balustrade van de trap opgehangen, werden ze naar de eerste etage geleid, waar ze gelukkig een andere richting dan die van de leeszaal uit gingen.

'Ach, meneer Deswaen,' zei de beambte bij de balie, 'tegenwoordig moet alles daarvoor wijken. Destijds waren zulke dingen onvoorstelbaar! Ik was nog een beginnende snotjongen toen in de zomer van veertig plots zes moffen in burger de bibliotheek binnenvielen. Zij zetten alles op stelten om verboden boeken te vinden. Die idioten waren te stom om te raden dat dergelijke werken al lang veilig zaten opgeborgen in een apart magazijn, een paar straten van hier. Meneer Baekelmans, weet u wel, was dat krapuul te slim af geweest, wat dacht u? Kom... Oorlog, nietwaar? Hij was mans genoeg om het van tevoren te zien aankomen... Eenmaal die gestapokinkels met een lang smoel en zonder verdachte uitgaven er weer vandoor, was alles rustig als steeds... Maar nu, veertig jaar later, zitten we met de televisie, en als het de televisie niet is met de film opgescheept. Er zijn dagen dat je het hier voor een duiventil houdt... Kom, neem me niet kwalijk... Waarmee kan ik u helpen?'

'Niets speciaals, veronderstel ik...' antwoordde ik, geamuseerd door de ergernis van de schromelijk overdrijvende hoewel sympathieke papierwurm. 'Een paar dingetjes... Ik heb alle gegevens om de opvraagbriefjes in te vullen. Mag ik een paar formuliertjes?'

'Mooi... Ik zorg ervoor dat u niet hoeft te wachten. Met meneer Deswaen kan ik nog eens serieus praten, begrijpt u...?'

Bepaald hooggestemd waren mijn verwachtingen niet. Ik nam plaats aan een van de werktafels om de monografietjes in te kijken. Beide roken vergaan, waren vergeeld en boden een povere aanblik.

Het viel mee dat zij enig biografisch materiaal bevatten, niet nieuw voor me en ontoereikend, maar aanvaardbaar gesitueerd door een aantal hopelijk betrouwbare datums uit Pieter-Frans' verder schraal op schrift gesteld levensverhaal. Doorgaans word ik door zulke oude teksten geboeid, maar van deze lerarenstijl plusminus 1900 ging weinig aantrekkingskracht uit.

Al bij de eerste aanblik vergewiste ik mij ervan dat de tekst vol witte plekken zat. Hoe kwam het dat Van Kerckhoven zo'n mysterieuze figuur was geworden?

Nauwelijks stonden de auteurs stil bij zijn onvoorspelbare, blijkbaar geen verbazing uitlokkende terugkeer van de universiteit van Bologna. Geen enkel teken beantwoordde aan mijn verwachting dat er een carbonari- of (waarom niet?) eventueel een mislukte liefdesaffaire mee was gemoeid. Evenmin wees wat dan ook erop dat Laurens' hofmakerij en huwelijk met Amelie, later zijn in nevel gehulde verhouding met de dure, erotisch radioactieve lady Moor, hem door eigen ervaringen werden ingegeven. Frederiks spiritistische tribulaties in *Lichaam en Ziel* werden op een bedilzuchtige toon van ironische en uiteraard afkeurende rechtschapenheid vermeld. Hoewel er bijna zeker van, trof ik nergens enige informatie aan waaruit ik met voorzichtigheid zou mogen concluderen dat de schrijver ooit werd gegrepen door de vloedgolf van occultisme die, van 1848 af (hij was toen dertig), Amerika en praktisch onmiddellijk daarna, Europa had overspoeld. Inmiddels stond het voor mij als een paal boven water dat deze ook in Antwerpen ravages had aangericht. Zelfs de geringste zinspeling op die mogelijkheid ontbrak in de betuttelende beschouwingen, verregaand naïef en zelfingenomen. Waarom die liefdeloze pretentie van zo'n frappant amateurswerk?

Precies door mij hiervan te vergewissen, werd het duidelijk dat ik toch mijn tijd niet zat te verprutsen.

Het leek mij merkwaardig hoe, in het jaar dat het spook der revolutie door Europa waarde, aan de andere kant van de oceaan het spiritisme uit de rode kool was gekropen, zodat terzelfder tijd twee tegengestelde, ofschoon ergens complementaire mythen het levenslicht hadden aanschouwd. Ik gaf er mij des te sterker rekenschap van hoe de vervaardigers van deze vleugellamme biografietjes geen enkele nieuwsgierigheid aan den dag hadden gelegd en zelfs het zwakst vermoeden hadden ontbeerd wat eventueel de oorzaken van Pieter-Frans' verre van imaginaire sociale denkbeelden konden zijn. Het beduidde niet dat ik onze man bij het vroege marxisme wilde inlijven. Hiervoor leken zijn ideeën mij nog te paternalistisch, zelfs ronduit deïstisch. Niettemin bleek veel erop te wijzen dat zijn artistieke gevoeligheid, lang vóór zijn tijdgenoten zich ervan bewust werden, verwarrende en utopische seinen had opgevangen van een toekomst, gans verschillend van de toenmalige, voor de nederigen en verdrukten ongastvrije samenleving.

Terwijl ik enkele dagen tevoren zonder noemenswaardige inspanning *Liefde* zat te her-talen, had ik de overbodigheid betreurd van de passage waar Laurens een liefje van weleer (daar kwam het op neer, hoewel in de eigentijdse mantel der preutsheid gehuld), het bijdehante volkskind Liesje, betraand een pandjeshuis ziet verlaten. Nogal los van zijn verhaal maakt de auteur er gretig gebruik van om uitgebreid in te zoomen (zoals filmmakers het noemen) op het deplorabel lot van de eertijds werkende klasse. Eerst vond ik dat hij een steek liet vallen en met deze deernisvolle uitweiding structureel fout was gegaan. Nu ik alles nog eens op een rijtje zette, begreep ik dat hij een schakel had willen leggen naar zijn vroegere, sociaal dieper bewogen romans. Tevens was het zijn bedoeling naast de egocentrische, eigengereide en vaak cynische Laurens even diens betere ik voor het voetlicht te brengen.

Nog meer mogelijkheden troffen mij. Het werk was in 1851 uitgegeven, dus tegen het einde van Pieter-Frans' korte leven. Begon stilaan zijn jeugdig idealisme af te schilferen door de ijzige kou van de negentiende-eeuwse realiteit? Waarom opteerde hij tenslotte voor Amelie's overlijden, de eigen tuberculose anticiperend, voor Laurens' huwelijk met de multimiljonaire lady Moor en de hieraan verbonden grafelijke titel? Beantwoordde deze even ongeloofwaardige als feuilletoneske oplossing aan de onbewuste droom van de ééns revolutionaire kleineburgerzoon die het niet meer zag zitten? Was het een ultieme, desperate kreet van heimwee naar een bestaan zonder frustraties, at last?

Dromerig zat ik diverse alternatieven te overwegen. Ik nam mij voor ze te toetsen aan de publikatiedatums van zijn ontstellend talrijke boeken.

Ten slotte deponeerde ik de brochuretjes op de balie en wilde weer naar buiten gaan, toen ik Jo Heuvelmans op de overloop zag voorbijkomen. Met de passende eerbied voor de ingetogen omgeving riep ik zacht zijn naam.

'Hé!' zei hij verrast, 'wat doe jij hier?'

'Werken,' antwoordde ik, 'werken voor jou. Wat dácht je?'

'Dat je bij voorbeeld een afspraak had met Anton Huydevetters. Hij is in het oude boekenmagazijn aan het draaien! Heeft men het je niet gezegd?'

'Nee, niet speciaal. Het gehaspel met die kabels is mij inderdaad opgevallen. Ik hoorde dat er werd gefilmd, maar wist niet dat Anton ermee te maken heeft.'
'Kom even goeiedag zeggen, er wordt net een kwartiertje gepauzeerd.'
'Kan dat echt wel?'
'Ach, Paul, doe toch niet zo formeel. Hij zal het beslist leuk vinden! En... En overigens weet je nooit.'
'Wát weet je nooit?'
'Geen belang, niets... Enfin, vergeet het maar... Nou ja... Die roman van onze Van Kerckhoven schijnt hem nogal aan te spreken!'
'O, dát...' reageerde ik zonder interesse.

Wat Jo met het oude boekenmagazijn bedoelde, had ik dadelijk begrepen. Hij zinspeelde op de vroegere leeszaal uit achttienhonderd en zoveel of mogelijk zelfs vroeger.

In de jaren dertig werd haar bestemming overgenomen door het moderne, handig in het laat-renaissancegebouw geïntegreerde lokaal waar ik zojuist had zitten werken. Dat Anton aan de ándere, als met dromen geladen ouderwetse ruimte de voorkeur had gegeven leek mij voor de hand te liggen.

Zij biedt de aanblik van een indrukwekkende galerij zoals je die in negentiende-eeuwse Engelse musea aantreft. Aan drie zijden bezit zij een extra metalen omloop langs de eindeloze boekenrekken, een soort van tweede etage die muzikaal gaat gonzen als je erop wandelt. Beneden staan op gelijke afstanden marmeren en bronzen borstbeelden van geleerden en schrijvers uit de humanistentijd, waar ook een aantal fraaie hemel- en aardglobes in meer dan manshoge glazen vitrines thuishoren. Hermetisch van de stadswereld afgesloten heerst er een intiem-schemerachtige sfeer, ditmaal verdreven door de op halve kracht afgestelde setbelichting.

De technici waren met allerhande klusjes bezig, maar onze vriend zat op zijn gemak een boterhammetje te verorberen.

Het was duidelijk dat wij hem niet hinderden en hij het zelfs op prijs stelde mij weer te zien.

'De vorige keer een kerkhof,' zei ik, 'vandaag de bibliotheek. Je begrijpt dat ik er geen touw aan kan vastknopen.'

'Allicht,' antwoordde Huydevetters, 'vooral als je bedenkt dat in het verhaal de leeszaal een eind vóór het kerkhof komt. Zo werken wij...'

'Zolang je het scenario niet hebt gelezen begrijp je er natuurlijk geen bal van,' opperde de uitgever.

'Hier,' lachte de regisseur, 'kijk het draaiboek maar eens in!'

Hij overhandigde de bezoeker een aan elkaar geniet typoscript, volgekrabbeld met onleesbare notities en symbolische tekens in verschillende kleuren. Met weerzin gaf Jo het hem na een korte oogopslag terug.

'Verschrikkelijk,' grinnikte hij, 'ik kan in een restaurant zelfs geen menu ontcijferen; dit is erger dan een muziekpartituur, je kunt ons beter vertellen waar het om gaat.'

'Laat Anton met rust!' kwam ik tussenbeide. 'Ik krijg de kriebels als iemand mij van mijn werk houdt. Hij heeft andere katten te geselen!'

'Geen katten,' gekscheerde Jo, 'in dit vrome landje geselt men alleen begijnen. Zou het een vorm van sadisme zijn? Of wil de maatschappij voor de dierenbescherming het zo?'

'Het geeft niet, hoor,' suste de filmman. 'Voorlopig hebben mijn mensen nog de handen vol met de opstelling van het licht. Een paar minuten kunnen er best af, zo het jullie natuurlijk interesseert...'

'En óf het ons interesseert!' zei Jo.

'Ik heb het in brede trekken met jullie over het verhaal gehad, die nacht op het kerkhof, jullie weten nog wel... Goed. Kasper is dus als krankzinnige weggelopen uit de gezinsverpleging en in Antwerpen terechtgekomen. Hij heet Kasper, misschien zei ik je dat niet. Ergens is het een zinspeling op de ongelukkige Kasper Hauser, die ook niet wist wie hij was... Hij dwaalt haveloos door de stad, koud tot op het bot. Schuchter gaat hij de bibliotheek binnen, door een vage herinnering aangezet en er zich onduidelijk van bewust dat hij zich in de leeszaal zal kunnen warmen. Zijn geest is onderhevig aan wat men een lucide waanzin noemt. Zo weet hij bij voorbeeld dat hij, om niet in het oog te vallen, beter maar een boek uit een van de rekken kan nemen... Toevallig krijgt hij een encyclopedie over de Griekse mythologie te pakken. Hij bladert er wat in, tot hij door het verhaal over Orfeus en Euridike wordt getroffen. In zijn gestoorde ziel veroorzaakt het een gefluister van ongedefinieerde reminiscenties. Meteen verschijnt er een vreemde, hoewel aardige man ten tonele. Zo te zien is hij gewoon een renteniertje op jaren, vriendelijk en bescheiden, maar in feite een van de laatst overlevende alchimisten...'

'Die zijn er,' onderbrak Jo met overtuiging. 'Onlangs nog kocht ik er een boek over!'

'Onzin,' reageerde ik, 'waar haal je dat nu weer vandaan? Je moet niet alles geloven wat je in een boekje vindt!'

'Lees maar eens *Le Mystère des Cathédrales* van Fulcanelli! Dan zul je wel een toontje lager zingen. Jacques Bergier, een van de eerste kernfysici en schrijver over zulke dingen, heeft hem net voor de oorlog nog in Parijs ontmoet, ogenschijnlijk een simpele laborant bij de gasmaatschappij... Excuseer, Anton, ik liet je niet uitspreken...'

'Geeft niks... Ik ben wég van dergelijke rare toestanden. Ik kan me trouwens nauwelijks voorstellen dat Paul er wat op tegen zou hebben.

De wereld zit immers gek in elkaar gedraaid? Wat wou ik jullie vertellen...? O ja, de meneer die er als een burgermannetje, als een bescheiden renteniertje uitziet... Hij heeft medelijden met de eenzame zwerver, ontfermt zich over hem, neemt hem mee naar zijn huis en vertelt hem over zijn betrachtingen. Het is een sibillijns verhaal, maar niettemin schijnt Kasper het intuïtief te begrijpen. Ik laat in het midden of de grijsaard geen geschifte doe-het-zelver zou zijn... Wel, tot zover... Ik moet dadelijk weer aan het werk. Jullie hinderen niet, hoor, nemen jullie je stoel mee en ga zo dicht mogelijk bij de muur, ik wil zeggen de boekenrekken zitten; zolang je achter de spotlights blijft, is alles in orde.'

Anton knipte met de vingers.

Het leek mij een amusante gedachte dat je een beminnelijk man als hij hoort te zijn om het op een zo volstrekt van arrogantie verstoken, hoewel uitnodigende, zelfs bevelende manier te doen.

Even heerste er een absolute stilte, je kon haar haast lichamelijk voelen.

'Geluid... Camera loopt... Ja, actie!' commandeerde onze vriend bedaard.

Geboeid zat ik naar alles te kijken.

De hoofdacteur was een knappe, intelligente man, ongeveer van mijn leeftijd.

Aanvankelijk met verwondering, daarna met ontroering kon ik volgen hoe in zijn grijze blik de natuurlijke wakkerheid plaats maakte voor een aangrijpende, volstrekt van alle gedachten geledigde verdwazing. Overtuigend bleek hieruit de absolute desoriëntatie van de dompelaar wie niets, op een onredelijke dwanggedachte na – de dode geliefde weervinden –, nog met zijn wortels verbindt. Even in het boek verdiept keek hij op, scheen zijn weerbarstig geheugen af te tasten. Inmiddels maakte langzaam aan een ternauwernood merkbare, doch evidente angst zich meester van zijn binnenwaarts gerichte gelaatsuitdrukking, waarover dan progressief een iele, des te raadselachtiger glimlach gleed. Meer was het niet dan een lichte huivering op het water.

'Stop!' beval Huydevetters, zonder de stem te verheffen. 'Zo is het uitstekend, ik denk dat ik déze opname zal gebruiken. Niettemin doen we het nog eens over... Sorry, ik had je er van tevoren op moeten wijzen. Je glimlach kán niet beter, gewoon perfect. Maar het valt me in dat ik er een nog geraffineerder accent aan zou kunnen toevoegen. Na een paar seconden van je glimlach zou het interessant zijn opeens te merken dat Kasper de alchimist binnen ziet komen. Nee, je kijkt niet verbaasd, begrijp me niet verkeerd. Doordat eensklaps iets zijn aandacht trekt, doet er zich in zijn afwezigheid een lichte, heel subtiele fluctuatie voor – hij weet het zelf niet. Voel je wat ik bedoel?'

Blijkbaar werd de tweede en veiligheidshalve nog een derde take tot Antons volledige tevredenheid gedraaid. Het kon er nu weer wat meer ontspannen aan toe gaan.

Ondertussen was de alchimist van onder de handen van de make-upjuffrouw gekomen, een bejaarde acteur die ik al jaren van in de Nederlandse Schouwburg kende. De regisseur had inderdaad uitstekend gekozen toen hij hem de rol van de oude zonderling had gegeven. Even wilde hij met hem het toneeltje repeteren waarin hij binnen Kaspers gezichtsveld verschijnt. Terloops vertrouwde hij ons toe dat hij aan zulke ogenschijnlijk bijkomstige takes steeds veel zorg besteedde. Doorgaans vragen zij een grondiger voorbereiding dan meer actieve scènes, die worden opgeladen door de spanning van de acteurs.

Jo zat algauw grapjes te maken met de kapster, een helemaal grijze, van de tongriem gesneden Brusselse, die hem in haar dialect schilderachtig en ad rem van antwoord diende. Ik zat ondertussen in mezelf gekeerd en dromerig naar die muren van louter boeken te ogen. In het mij nog resterend verloop van mijn leven zou ik er slechts een bescheiden deel van kunnen lezen, maar deze gedachte leek mij niet pijnlijk en sorteerde zelfs geen melancholisch gevoel.

Wel had ik graag wat langs de rekken gewandeld, stil radend naar de geheimzinnige werelden die in al deze werken voor mij verborgen lagen.

Ik werd ervan weerhouden door de evidente wijze waarop er aanstalten werden gemaakt om de opnamen te hervatten.

Met de bedoeling even de titels te lezen op de ruggen achter mij keerde ik mij om.

Duizelig kneep ik mijn ogen dicht en dacht instinctief dat ik mij maar wat verbeeldde.

Toen ontsloegen de in goud gestempelde auteursnaam en de titeltjes mij onmiddellijk van iedere twijfel.

Ruim een kwartier lang zat ik hier onwetend voor het werk, zo te zien het volledig werk van Pieter-Frans van Kerckhoven.

Op een onbegrijpelijke manier ternauwernood verbaasd, tenzij wegens de afwezigheid van enige verbazing, tikte ik Jo Heuvelmans op de schouder en vestigde met een opzettelijk zo sober mogelijk gebaar zijn aandacht op de zwarte simili-lederen bandjes.

'We maken het!' hoorde ik Anton zeggen. 'Iedereen klaar?'

Men hoefde geen liplezer te zijn om te merken dat de inventieve uitgever, mogelijk in diverse toonaarden maar vast godslasterlijk, bij zichzelf zat te vloeken.

'Het wordt van dag tot dag krankzinniger!' schoot hij uit terwijl wij de trap af liepen. 'Wat moet een mens met zoiets beginnen?'

'Niets,' antwoordde ik. 'Of misschien toch. Een biljet van de Nationale Loterij kopen. Alles wijst erop dat wij op de occulte golflengte zitten. Daar moet je van profiteren... Zeg, hoe laat zou het zijn?'

'Bijna kwart over vier... Waarom?'

'Ik denk erover nog eens naar het Museum voor Letterkunde te lopen. Dat proefschrift over Pieter-Frans, weet je? Door op die klungelige monografietjes te rekenen hechtte ik er onvoldoende belang aan. Mogelijk kan ik hier en daar een interessante passage fotokopiëren, een kwestie van niets over het hoofd zien...'

'Verrek nou...!' zei Jo nadat wij de Minderbroedersstraat waren ingeslagen. 'Het is later dan ik dacht, er wordt net gesloten.'

Blijkbaar had het toneeltje te maken met de voor mij duidelijke voorspelbaarheid van bepaalde menselijke handelingen.

Of hij een geijkt gedragspatroon gehoorzaamde, stond de huisbewaarder vanaf de drempel de straat gade te slaan, als een landman die het weer voor morgen probeert te ramen. Zonder dat hij er iets voor deed, wees iedere bijzonderheid van zijn tevreden en ontspannen houding erop dat hij spoedig de zware, monumentale deur met een doffe bons en de klik van het slot zou dichtduwen – een dubbele maatstreep achter de plicht die er weer op zat.

Voorlopig was het niet zover. Eerst keek hij nog eens achterom naar binnen, verstandige voorzorg om geen treuzelaars in te sluiten.

Inderdaad.

Op het laatste nippertje repte een jonge vrouw zich naar buiten.

Zij droeg een kleurig wapperend zomerjurkje; een speels krullende blonde paardestaart wipte vrolijk achter haar aan.

Ik schatte de vrouw, het meisje veeleer, op zijn hoogst dertig. Meteen vond ik haar zo ontstellend aantrekkelijk dat ik het (hoewel geen gewoonte van me!) onmogelijk kon laten haar bewonderend na te kijken, verward maar in de eerste plaats ontroerd. Voor zover ik het mij herinner, was het mij nooit tevoren overkomen.

'Nee maar, Paul, heb je die benen gezien?' jubelde mijn metgezel.

'Zelden is er een been dat mij ontgaat,' meesmuilde ik pedant, hoewel ik vond dat die benen hem niks aangingen.

'Net wat ik dacht, je bent ook niet op je kop gevallen!'

'Wat zou je van een filterkoffie denken?' suggereerde ik.

'Niets dan goeds,' vond hij. 'Bij zo'n dorstig weer mag het voor mij ook een dubbele Trappist zijn. Wij moesten maar eens meer de godsvrucht aanmoedigen, zeg ik maar. Hier vlakbij in "De Berenkuil", bij voorbeeld?'

Dat ik voor mijzelf de stereotiepe pantomime had voorspeld van de plichtsgetrouwe ambtenaar die, even zelfgenoegzaam als correct, de dag met een oud ritueel nummer besluit, leek mij volkomen normaal.

Waar ik daarentegen niet mee overweg kon was dat ik van tevoren had geweten hoe zich, helemaal op het laatst, nog een jonge vrouw naar buiten zou haasten.

'A propos,' zei Jo en hij aarzelde of hij zijn glas zou neerzetten, als van zins om een belangrijk onderwerp aan te snijden, 'terwijl Anton met zijn filmgedoe bezig was, zat ik mij af te vragen of... Nou ja...'

Hij haalde de schouders op. Meteen gaf hij een flinke teug de voorrang, waarna hij met welbehagen zuchtte.

'Wat heb jij je zitten afvragen?' informeerde ik, enigszins geprikkeld door zijn omslachtige manier van doen.

'Gewoon of je reeds met Roel Verschaeren bent gaan praten.'

'Na zijn artikel heb ik hem dadelijk een brief geschreven en hem terloops aan zijn voorstel herinnerd.'

Opeens overviel mij het frustrerend gevoel dat ik mogelijk niet met de passende nadruk had geïnsisteerd. Vaker bega ik de onhandigheid een bescheiden, relativerende toon aan te slaan wanneer omstandigheden mij ertoe aanzetten een beroep op iemands hulpvaardigheid te doen. Meteen viel het mij evenwel in dat ik uitvoerig bij zijn belofte had stilgestaan. Er was niets wat de journalist de indruk kon geven dat zijn voorstel om mij een handje toe te steken in dovemansoren was gevallen. Duidelijk had ik gezegd dat ik zijn hulp op prijs stelde.

'Ik vermoed dat je nog geen antwoord hebt gekregen?'

'Nee... Maar dat betekent niets. Hij vroeg me immers hem op te bellen?'

'Ja, nu je het zegt, dát was de afspraak, ik herinner het mij. Trouwens, het hoeft je niet te verbazen dat hij niet reageerde. Hij is een week op reportage naar Israël geweest. Wees gerust, hij vergeet je niet. Ik ken geen man op wiens woord je kunt rekenen als op het zijne.'

'Ik zal hem morgen een telefoontje geven...'

Geen ogenblik had ik er het voornemen op nagehouden Roels bereidwilligheid in de wind te slaan.

Voor zover ik erop had gelet, was mijn werk aan Pieter-Frans' boek de voor de hand liggende verklaring voor een uitstel dat ik niet anders dan als voorlopig had opgevat. Roels noodgedwongen afwezigheid wendde het gevaar af dat hij mijn stilzwijgen als een gebrek aan interesse of, erger, aan vertrouwen zou beschouwen.

Mijn vader was overigens al die tijd het centrum van mijn gedachten gebleven. Niets tastte mijn voornemen aan om alles te weten over hem, hoe hij had geleefd, hoe hij was gestorven, waarom en door wiens hand.

Nog steeds was de pijn er als tevoren. Doordat ik haar had ingepast in mijn leven schrijnde zij thans minder. Zij behoorde voortaan tot dezelfde categorie als die ándere pijn welke een mens al zijn dagen op de voet volgt: de zekerheid dat hijééns voorgoed zal ondergaan in wat niet bestaat. Kortstondig had Jeroens afschuwelijk verhaal voor mij de ijstijd doen intreden. Opeens was mijn vader definitief dood, onherroepelijk overgeleverd aan de poolzeeën van het verleden, de eeuwigheid van het niets.

Van het voortbestaan van hen die ons verlaten kan niemand mij overtuigen. Toch duurde die pijn betrekkelijk kort.

Weldra had het dromerig stemmend gesprek met de brave Bostijn mijn aanvankelijke wanhoop aanzienlijk gelouterd en verzacht. Van dat ogenblik af vervulde de gedachte dat hij er ééns was geweest mij met een melancholische, klare tederheid, niet afgezwakt door de overweging dat hij stierf voordat ik werd geboren.

Veeleer scheen zich het tegendeel voor te doen. De indruk, bedoel ik, dat ik aansluiting had gevonden bij een mysterieuze continuïteit waarvan de notaris mij bewust had gemaakt. Uit een tot dusver diepe sluimer had het een onbekende, hoewel vreemd vertrouwde warmte wakker geroepen.

Ik achtte mij niet ongelukkig, zelfs niet verdrietig.

Vermoedelijk was het aan die prille ontdekking in mijzelf toe te schrijven dat het verlangen om met Roel Verschaeren te praten niet was afgestorven. De enige verandering was, zo kwam het mij voor, dat zij een minder dwangmatige gestalte had aangenomen.

'Waarom niet vandaag?' drong Jo aan.

'Wat bedoel je?' antwoordde ik, volop bezig met de gedachten die eensklaps door mijn hoofd waren gaan spelen. 'Waar heb je het over?'

'Nou, gewoon vandáág. Hem vandaag opbellen, dát bedoel ik!'

'Het is bij zessen... Ook hij heeft een werkdag achter de rug, vermoedelijk zwaarder dan de onze. Ik stel mij voor dat hij zo laat liefst met rust wordt gelaten...'

'Dat zie je glad verkeerd, mijn beste! Ik weet toevallig dat hij avonddienst heeft. Dan is hij tot tien uur op de krant, wat hem hoegenaamd niet hindert. Op de redactie zijn het de prettigste uren, zegt hij.'

'Heb jij het nummer van *Het Avondnieuws*?'

'Ken ik uit mijn hoofd... Ja, ik weet dat je de pest hebt aan de telefoon. Zal ik het even voor je doen?'

Ik hoefde er niet over na te denken, hij mocht best een initiatief in mijn plaats nemen.

'Mij goed, Jo... Op voorwaarde dat je meekomt. Onvermijdelijk zal die ontmoeting een pijnlijk gesprek sorteren. Met jou erbij zie ik er minder tegenop.'

'Kan ik mè voorstellen, Paul, geloof me. Graag gedaan! Ik zal eerst Krisje opbellen om haar te waarschuwen dat het laat kan worden. Anders is ze verdrietig om de soep die alweer koud staat te worden...'

Het Avondnieuws was gehuisvest in het oorspronkelijke pand vanwaaruit het, ruim honderd jaar geleden, zijn eerste nummer op de bevolking had afgestuurd. In de op dit uur rustige Keizerstraat, reeds sedert Rubens de mooiste van Antwerpen, wees op het eerste gezicht niets op een krant, behoudens een weinig opvallend koperen bord naast de met één vleugel openstaande, van ijzerbeslag voorziene poortdeur in een Brabantse renaissancegevel.

Wij liepen door de gang en kwamen op een binnenplaats. De omringende gebouwen waren ten tijde van de Fuggers duidelijk kantoren en opslagplaatsen van onze toenmalige koopmansstand geweest. Zonder storende transformaties strekten ze de redactie en de werkplaatsen van *Het Avondnieuws* tot behuizing.

'Ik kom hier voor het eerst,' zei ik. 'Heerlijk stil, zo'n verborgen complex, een gedroomde plek om te werken.'

'Wacht maar tot straks de rotatiepers de morgeneditie erdoor begint te draaien,' grinnikte de uitgever. 'Gelukkig zijn er vlakbij alleen bureaus en magazijnen, want anders had men de boel reeds lang wegens burenhinder gesloten!'

Aan alles kon je zien dat mijn leidsman hier vaker kwam. Hij liep me voor op de eikehouten renaissancetrap naar de eerste etage. Roel had ons blijkbaar door het venster zien opdagen. In de open deur van zijn eigen werkkamer stond hij op de overloop te wachten.

'Mooi dat jullie mij eens komen opzoeken!' begroette hij ons op zijn gewone warme toon, waarvan ik dadelijk had gehouden. 'Hartelijk welkom.'

'Storen wij niet?' wilde ik vooraf weten.

'Geen kwestie van!' lachte hij vergenoegd. 'Neem een stoel; ik bedoel: gooi al die troep op de vloer of op de vensterbank, en ga zitten. Je stoort hier 's avonds nooit, tenzij in uitzonderlijke omstandigheden. Om minder dan een regeringscrisis vertrekken wij geen spier – en zelfs dan... Vandaag is het de dood in de pot, volop komkommertijd, men vraagt zich af waarom er omtrent deze dagen van het jaar minder in de wereld schijnt te gebeuren. Welke mysterieuze wetten zijn daarbij in het spel? Geloof me, op dit uur vraag ik niet beter dan dat er vrienden komen neerstrijken. Geen probleem!'

Heimelijk stond achter mij een telescriptor te zoemen.

Ineens vuurde hij een knetterend salvo af, stotterde nog wat na en viel dan met een klik stil. Roel stond op, scheurde een papierstrook af, las zonder belangstelling het binnengelopen telexbericht, verfrommelde het tot een balletje en keilde het in de mand.

'Niet het grote nieuws van het jaar, zou je zeggen?' raadde Jo.

'Flauwe kul zoals meestal. Ergens in Kansas heeft een of andere analfabeet het wereldrecord vérpiesen of zo met zes centimeter verbeterd. Dat maakt de wereld weer een stuk mooier, dacht ik. De jongens van de sportredactie hebben ook zo'n rotmachine, ze zullen hun plezier niet op kunnen.'

'Erg aardig dat je ons wilt ontvangen, Roel...' zei ik. 'Niettemin ziet het ernaar uit dat we je van je werk houden...'

99

Ik knikte in de richting van zijn voorhistorische typewriter, waarin ik een deels volgetikt velletje zag zitten.

In feite was ik gek op zo'n Underwood, model 1913 raamde ik, in elk geval van vóór de eerste wereldoorlog. Zonder die brave koeiekop van mijn elektrische Olivetti, waaraan ik mij wegens zijn noeste trouw erkentelijkheid verschuldigd acht, zou ik hebben uitgekeken om ergens zo'n ouwe Amerikaan uit de zoveelste hand op de kop te tikken. Ingeval Roel Verschaeren erom vroeg, zouden zijn chefs een eersteklas journalist vast geen moderner uitrusting onthouden. Blijkbaar was hij een steeds parate gezel uit goede en minder goede dagen verknocht gebleven, wat ik een prettige gedachte vond. Hoewel het niet redelijk van me is, zijn het zulke trekjes welke mijn sympathie voor iemand aanwakkeren.

'Nee hoor,' stelde hij mij gerust. 'Bij gebrek aan iets dringenders zat ik aan een stuk te knutselen dat pas eind volgende week moet verschijnen.'

'Hou op met je nutteloze scrupules, Paul,' zei Jo gewiekst. 'Een halfuur geleden maakten we toch een definitieve afspraak met Roel?'

Hij wilde verhinderen dat ik het gesprek tot een simpel babbeltje zou proberen te minimaliseren. Voor mezelf was ik bereid toe te geven dat hij het niet verkeerd zag. Ofschoon vastbesloten met mijn onderzoek van wal te steken, wist ik dat het onmogelijk kon zonder zout in de voorlopig oppervlakkig genezen wonde te strooien. Het leek mij ongepast een uitwijkmanoeuvre te verzinnen. De belofte van een man als Verschaeren leg je niet naast je neer.

'Dat is waar,' trad ik hem zonder veel nadruk bij.

'Daar hoef je mij niet aan te herinneren,' antwoordde Roel, 'ik zei je toch, Paul, dat je op mij kunt rekenen? Denk niet dat ik bij de pakken neer ben blijven zitten. Stel je echter voor, een collega kreeg blindedarmontsteking; een spoedgeval, zei onze bedrijfsdokter. Nog geen uur voor hij onder het mes ging zat ik op de voor hem gereserveerde plaats in de Boeing voor TelAviv naar de Middellandse Zee te kijken... Gelukkig ligt er in ons vak bij je terugkeer zelden achterstallig werk op je te wachten, dat is er leuk aan. Eenmaal weer thuis ben ik dadelijk het archief ingedoken.'

'En...?'

Met een draai van zijn kantoorkruk haalde hij uit het slordig volgepropte rek achter zich een ordner te voorschijn waarmee hij blijkbaar bezig was geweest of die hij in het vooruitzicht van ons bezoek had klaargezet.

Hij legde hem voor zich neer en zat er wat in te bladeren, niet verstrooid maar om ons te tonen dat we er een hele kluif aan zouden hebben. Het dikke dossier bleek honderden dagbladknipsels te bevatten, uit verschillende kranten, veronderstelde ik, alle op mettertijd grauwgeel geworden en aan de randen al uitgerafelde kwartovelletjes gekleefd.

'Men kan zich niet voorstellen dat het zo lang geleden is,' mompelde hij, of hij mij op dezelfde gedachte als de zijne betrapte. 'Wanneer je het zelf hebt beleefd, raak je er nooit weer helemaal van los. De bezetting, de ondergrondse...'

'Nee toch, de ondergrondse?' zei Jo verrast.

'Herhaaldelijk heb ik mezelf bezworen dat ik het moest vergeten. Natuurlijk wist ik dat het mij nooit zou lukken. Je sleept het mee tot je laatste snik. Onophoudelijk blijf je ermee bezig. Het is sterker dan jezelf. Daarom het boek dat ik Jo heb beloofd. Men heeft te veel gezwegen, iemand moet blijven getuigen en pleiten voor waakzaamheid. Maar kom, dat is een ándere kwestie... Zo je het nodig vindt, Paul, kun je die dingen hier op de redactie raadplegen, voor dergelijke gevallen is er een speciaal kamertje voorzien. Er komen meer mensen dan je zou vermoeden, vooral studenten.'

'Dat zal ik vast doen!'

'Toch is het moeilijk om je weg te vinden als je die tijd niet persoonlijk meemaakte, dacht ik daarnet. Daarom heb ik summier enkele dingen voor je opgeschreven; het komt erop aan methodisch te werk te gaan. Er is één punt waar ik aan twijfel doordat je verhaal erg emotioneel was. Het kon moeilijk anders, ook wij zijn behoorlijk geschrokken. In mijn artikel liet ik het daarom wat in het vage, voor de krant leek het niet zo belangrijk... Wanneer het precies gebeurde, bedoel ik.'

'Het viel me niet op in je stuk...'

'Op het einde van de oorlog, schreef je,' herinnerde Jo zich, 'zo zeg je het letterlijk, in de derde kolom, helemaal bovenaan.'

'Op het einde van de oorlog, dat wel, maar alles hangt van de exacte datum af.'

'Mijn vader is op 21 augustus '44 gestorven, zo staat het op zijn grafsteen. Pas na het gesprek met Jeroen werd het mij voor het eerst duidelijk. Ik wil zeggen dat ik het vroeger nooit in verband bracht met de tijd van de bevrijding van de stad. Op dat punt heb je gelijk, Roel... Het is ontstellend hoe weinig attentie men heeft voor dingen die vóór je tijd gebeurden.'

'Je dacht dat je vader aan tuberculose was overleden, heb je ons verteld... Voor jou was er geen reden om die dingen bij elkaar te brengen, de faire le rapprochement, zoals het Frans het nauwkeuriger uitdrukt,' zei Roel begrijpend. 'Overigens, zelfs toen je eindelijk werd verteld wat er met je vader is gebeurd, lag het niet dadelijk voor de hand dat je daaraan zou denken.'

'Toch wel,' antwoordde ik. 'Op welke dag Antwerpen werd bevrijd wist ik niet uit mijn hoofd. Wél herinnerde ik me herhaaldelijk te hebben gehoord dat het in september was. Even heb ik mij zelfs afge-

vraagd of de datum op het graf geen vergissing was. Onzin natuurlijk, dat zag ik in. Maar ik kon niet begrijpen waarom het helemaal op het eind van de Duitse tijd moest gebeuren. Ik voelde me totaal van streek. Zo zie je dat ik in de eerste plaats met het waaróm ben bezig geweest.'
'Je zou om minder de kluts kwijt raken!' vond Jo.
'Spreekt vanzelf,' beaamde Roel. 'Hoe dan ook, in de namiddag van de vierde september rolden de geallieerde tanks Antwerpen binnen; nog geen twee weken nadat die smeerlappen...'
'Het lijkt mij nog steeds volstrekt onmogelijk...'
'Niet onmogelijk, helaas, wél absurd,' erkende de journalist terwijl hij de rinkelende telefoon opnam, onbewogen luisterde, om een ogenblik geduld verzocht, de indringer met een collega doorverbond en van de onderbreking gebruik maakte om, niet zonder een knipoogje in onze richting, de meisjes van de centrale te waarschuwen dat hij dadelijk naar de raadszitting in het stadhuis moest. 'Een leugentje om ongestoord over een ernstige aangelegenheid te praten wordt niet als doodzonde aangerekend! De vierde september 1944. Je reinste waanzin, er is geen ander woord voor... Op 25 augustus, vier dagen nadat je vader werd omgebracht, waren de Amerikanen in Parijs. Geen tien dagen later maakten de Britten zich van Antwerpen meester en stootten toen door naar Nederland, tot bij de Moerdijk.'
'Maar het zijn geen Duitsers geweest die...' kwam Jo tussenbeide.
'Dat heeft weinig te betekenen! De moffen waren verantwoordelijk voor wat die ss-ers bleven uitspoken. Oorlog is altijd waanzinnig, het wordt jullie door een ouwe antimilitarist gezegd... Maar dit keer bereikte de waanzin een ongekende hoogte, een onvoorstelbare razernij. Tot de laatste dagen was bij voorbeeld de Sicherheitsdienst op het platteland rond de stad op zoek naar ondergedoken arbeidsweigeraars, of het enig verschil uitmaakte... Terwijl de Russen als een pletwals kwamen aandreunen, zat een mesjogge Eichmann er volop over te piekeren hoe hij, in een race tegen het uurwerk, de tot dusver door hun eigen regering vrijwel gespaarde Hongaarse joden door middel van een gruwelijke dodenmars nog in Auschwitz kreeg om ze daar in de gaskamers te doen verdwijnen. Waanzin!'
'Zo heb ik het nooit bekeken,' gaf ik toe. 'Ik heb er niettemin veel over gelezen – jarenlang las ik zulke dingen. Wat je zei klopt er inderdaad mee dat Hitler, de sovjettanks nauwelijks een huizenblok verder, daar in die Berlijnse bunker zijn handlangers bezwoer dat de definitieve overwinning voor de deur stond en hun voor de zoveelste maal uit de doeken deed hoe hij morgen de wereld naar eigen recept weer op zijn poten ging zetten.'
'Ik pijnig mijn hersens om te begrijpen hoe het mogelijk is geweest... Ik geloof niet dat ooit één psycholoog het redelijk zal kunnen

verklaren,' zat Roel somber te overwegen. 'Vast staat dat die delirante krankzinnigheid, hoe irrationeel ook, bijzonder efficiënt zijn volgelingen aantastte. Ook op afstand, weet je, klein misdadig tuig als de troep botmuilen, die moordenaars van je vader.'

'Heb je enig idee?' vroeg ik discreet.

'Wie weet? Het is allemaal zo afschuwelijk voor je...'

'Ja... Onvermijdelijk. Minder pijnlijk evenwel dan wat ik op het kerkhof van Jeroen vernam. Ik hoop dat ik er voortaan zonder opwinding over zal kunnen praten, zelfs met het gevoel dat mijn vader inniger dan ooit tot mijn leven van elke dag behoort.'

'Je vroeg of ik enig idee had. Daarom informeerde ik naar de datum waarop het gebeurde. Die stemt inderdaad overeen met wat ik mij voorstelde, met de notities die ik voor je heb gemaakt. In die dagen, kort voor de Duitsers aftrokken, kan het niet anders dan Bracke zijn geweest, de bende van Bracke, die tot op het laatste moment als een troep schizofrenen bleef toeslaan.'

'Bracke...?' aarzelde Jo. 'Ik herinner mij dat ik die naam eens in verband met de oorlog heb gehoord. Hoewel ik er niet zeker van ben... Wat was er met hem aan de hand?'

'Ik zit niet zomaar wat te verzinnen...' vervolgde de journalist met een geconcentreerde uitdrukking op zijn energiek gezicht. 'Als je er niet bij bent geweest, is het moeilijk om je de situatie voor te stellen, al lees je er achteraf honderd boeken over, zo complex wa het.'

'Graag wil ik alles van je horen,' zei ik. 'Wat ik over die jaren te pakken kon krijgen – Trevor-Roper, Bullock, Shirer, Musmanno, ik weet niet hoeveel anderen – , ik heb het allemaal verslonden, ook gedetailleerde studies over speciale onderwerpen. Maar als je op zoek gaat naar wat híer gebeurde, vang je bot, op hier en daar een uitzondering na.'

'Ik ken wel een paar dingen,' gniffelde Jo. 'Onleesbare universitaire scripties, in de stijl van de spoorgids geschreven door historici die dat met het verkeerde eind van hun toiletborstel doen... Dáárom juist heb ik Roel de oren van zijn kop gezeurd om met dat boek van hem van wal te steken. Net nog het geschikte moment, anders wordt het definitief te laat!'

'Geloof me, het is een ingewikkeld verhaal voor mensen van jullie generatie... Neem bij voorbeeld de collaboratie... Er waren voor de oorlog wel wat fascistische kliekjes, maar van een grote nationaalsocialistische beweging als die van Mussert in Holland was geen sprake... Toen eenmaal de Fransen door de knieën waren gegaan, begon het met halfzachte dwepers die zich voorstelden dat de Duitse tijd was aangebroken. Er is veel lafheid mee gemoeid geweest, het onvolwassen verlangen om aan de kant van de overwinnaar te staan, het geestelijk comfort door de verliezer af te zweren. Ik kan jullie namen opsommen van hedendaagse prominenten die het in de zomer van '40 op die manier bekeken, maar zich van daden onthielden... Anderen daarentegen gingen zich actief betonen, de ongeduldigen, de verblinden. Het kwam niet bij hen op dat de Britten, daarna de Russen en de Amerikanen nooit de duimen zouden leggen met de ganse wereldeconomie achter zich...'

'Dat is een van de punten die ik nooit heb begrepen,' beaamde ik.

'Gewoon klootzakken waren het,' voegde Jo er diepzinnig aan toe.

'Veel met ideologisch inzicht, met idealisme had het meestal niet te maken... Menig behoudsgezind burgerman lag het idee van "Ordnung muss sein" wel lekker, klaargestoomd door de politieke instabiliteit van de jaren dertig, de economische crisis na de krach van Wall Street of – waarom het verbergen – de corruptie van sommige politieke bonzen. Waarbij ik zwijg over de gruwelverhalen, niet over Hitler maar over de Sovjets of de linksen in Spanje, wat tot de neiging had geleid de tederst roze sociaal-democraat of de bleekblauwste liberaal voor een communist te houden... Om niet de roddel over de vrijmetselarij te vergeten... Voor velen, opgevoed met het verhaal over de door de joden gekruisigde Jezus, hing van jongsaf de smerigheid van het antisemitisme in de lucht. Warhoofden die nooit een jood hadden gezien of hem niet als dusdanig herkend, lieten er gretig de oren naar hangen, waarbij tot mijn spijt de kerk niet steeds een fraaie rol heeft gespeeld. Je hebt er geen idee van wat een gemakkelijk te misleiden jeugd in sommige colleges door gefanatiseerde leraren werd opgedist...'

'Daar heb ik nooit in een boek wat over gelezen...' mompelde ik.

'Ik heb het over de jaren dertig... Vandaag de dag zijn dergelijke dingen ondenkbaar... Toen de Duitsers zich eenmaal hier hadden genesteld, vonden velen niets zo leuk als de simpelste oplossing bij te treden: de mythe van de grote leider met het Chaplin-snorretje en de geïnspireerde blik, de door God gezondene die voortaan voor hén zou denken en de democratische Augiasstal grondig uitmesten. Hoe mooi zag het er allemaal uit, dachten velen! Was het niet het eind van alles voortaan in volle vrijheid, want met de consensus van de Kommandantur, te snotteren over het verontrechte Vlaanderen? Het plezier bleef evenwel niet onverdeeld als duizenden geallieerde bommenwerpers oostwaarts over je kop vlogen terwijl je stoer met de leeuwevlag stond te zwaaien. Of als de besten van je volk, zoals men het noemde, in de Russische steppen doodvroren, voor zover ze niet aan flarden waren geschoten...'

'Dit laatste slaat op de absolute collaboratie?' opperde ik.

'Zo kun je het bekijken, ja... Ofschoon ik het tot dusver niet over de hardste kern heb gehad. Door diverse strekkingen met verschillende opvattingen omtrent de toekomst werd stilzwijgend een hardnekkige strijd op leven en dood geleverd, vooral na El Alamein en Stalingrad. Indien het mogelijk was gebleken, zouden velen de knikkers hebben bijeengegraaid en het spel de rug toegekeerd... Nochtans mogen jullie me niet verkeerd begrijpen. Hoe gecompliceerd ook, het bleef één pot nat.'

'Zo ongeveer heb ik het mij voorgesteld...' overwoog ik. 'Niet álles is vergeten... Bij moeder kon ik niet terecht, maar zonder idee wat er met vader was gebeurd heb ik met gespannen aandacht geluisterd als ouderen hun herinneringen aan die tijd gingen ophalen. Je had het over de harde kern, over die Bracke en zijn bende...?'

'Dat was de ss, helemaal op nationaal-socialistische leest geschoeid.'

'De uitvinding van dat kereltje met zijn kop als een bidsprinkhaan. Het mannetje dat eruitzag of men destijds het kind had weggegooid en de nageboorte in de wieg gelegd, een prachtmodel van een edelgermaan,' grinnikte de uitgever, 'Himmler, bedoel ik.'

'Zo hebben we meteen zijn portret,' zei Roel, 'ik kan moeilijk ontkennen dat het gelijkend is. Ik heb het niet over idealiseren, maar in de jongste jaren heb ik de neiging opgemerkt dat men Hitler te veel... tja, hoe zal ik het noemen?'

'Abstraheert...?' suggereerde ik.

'Zoiets ongeveer... Zelfs wie hem afkeurt, wat de meesten blijven doen, gaat probleemloos van het standpunt uit dat hij een staatsman is geweest. Een kwestie van geestelijke gezondheid je tegen een dergelijke kijk op zo'n paranoïde bendeleider te verzetten.'

'De meeste historici die ik heb gelezen, Roel, zijn het met elkaar eens om hem als een soort van supergangster te beschouwen!'

'Nou goed, gelukkig... Bij sommige recente dingen heb ik mijn bedenkingen... Ik bedoel dat in de eerste plaats híj verantwoordelijk was voor wat er is gebeurd. Je moet er *Mein Kampf* eens op naslaan. Al twintig jaar tevoren schreef hij omstandig op wat hij van zins was. Hij had geen koele kikker als Himmler nodig als boze geest, wél als cynische uitvoerder van wat broeide in zijn drekkerige kop. Maar kom, ik zit op mijn stokpaardje. Terzake. Om een lang verhaal kort te maken... Terwijl velen met vastberaden smoel bleven kissebissen over een romantische Germaanse volksverbondenheid op ouderwets Dietse en bij voorkeur kwezelachtig vrome grondslagen...'

'Die men na zeshonderd jaar nog aan de Slag van de Gulden Sporen ophing,' vulde Jo aan. 'Vliegt de Blauwvoet, etcetera.'

Hij scheen zich voortreffelijk in zijn element te voelen.

'...Terwijl dat aan de gang was, kwam op de uiterst rechtse vleugel van de collaboratiegezinde die-hards de eigen ss op dreef, een troep van agressieve, niets ontziende kerels die er met sadistische brutaliteit op los gingen. Uiteraard met de zegen van de Duitse autoriteiten, hoewel men zegt dat het traditioneel Militär er met lede ogen tegenaan zat te kijken. Aangezien de nazi's uitmuntten door het chaotisch organiseren van de desorganisatie, gingen tot het beestige toe gefanatiseerde schoften hun eigen weg, vooral toen zichtbaar de moffenheerschappij door de knieën bleek te gaan. Meer en meer begon de ondergrondse toe te slaan, vaak niet op de meest opportune manier, ik ben de eerste om het te erkennen... Geen beter voorwendsel voor dat zwarte tuig om op eigen hand, zo ver mogelijk van het Russisch front en zonder noemenswaardig lijfsgevaar, een eigen oorlogje te ontketenen. Het verzet was voor hen een prachtig alibi voor terreur, moorden op onschuldigen en willekeurige liquidatie van wie men wist of gemakkelijk kon raden dat hij niet van het nationaal-socialisme wilde weten. Democratische politici, magistraten, dappere geestelijken, leden van het politiekorps die niet naar de nazipijpen dansten, wáre christenen die joden hadden geholpen, boeren die neergeschoten geallieerde vliegers onderdak boden, op goed geluk werden zij eruit gepikt...'

'En die Bracke?'

Zonder er zijn verhaal voor te onderbreken zat Verschaeren al weer een poos in het dossier te grasduinen. Later hebben de kranten er vol over gestaan, had Jeroen mij op het kerkhof gezegd. Door mijn verwarring was het dadelijk weggezonken.

'Hier...! Hier heb ik het verslag van zijn proces in onze krant. Jammer genoeg heb ik het niet geschreven, ik prutste toen als jong broekje het stadsnieuws bij elkaar.'

'Staat er iets in dat...?'

'Een moment... Een artikel of vijf, de krijgsraad heeft er een behoorlijk lange tijd aan besteed, de hele bende of een deel ervan moest aan de beurt komen.'

Duidelijk met de routine van de journalist keek hij diagonaal de uitgebreide stukken door.

'Vind je iets?' informeerde Jo.

Wat mij betreft, ik zat er gedesoriënteerd bij te zwijgen.

'Zo'n uitgekookt stel schurken!' hoorde ik Roel in zichzelf mompelen.

'Even geduld,' vervolgde hij daarna luidop. 'Ik ruik dat we op het goede spoor zitten...'

'Ik wist dadelijk dat jij de rechte man op de rechte plaats bent!'

Zonder zijn lectuur te onderbreken wuifde de journalist Jo's bemoedigend complimentje weg.

Met het gevoel van een tot het uiterst aangespannen veer in de borststreek observeerde ik zijn gelaatsuitdrukking. Ofschoon ik uiterlijk rustig bleef, begon een zenuw te trillen in de kuit van het been dat ik zittend over het andere had gekruist.

'Ja!' zei hij tot zichzelf.

'Heb je wat?' viste de uitgever.

Ergens werd een toilet doorgetrokken, of er een waterval van de trap bruiste. Men gooide een deur zo heftig dicht dat het door de gangen galmde.

Des te stiller was het daarna.

'Jouw vader, Paul... was hij bij het onderwijs?'

Ik wist dat het zover was.

'Heb ik je dat niet verteld?'

Het is lang geleden, bedacht ik mij.

'Jan Deswaen...?'

'Jawel, hij heette Jan. En hij was inderdaad onderwijzer.'

'Dan klopt het. Net wat ik dacht!'

'Wat klopt er?' insisteerde Jo.

'Ik lees het je niet voor, Paul. Nú niet. Ik vat het samen... Op 21 augustus trok Koen Bracke er na het sluitingsuur op uit met vijf andere ss-ers onder zijn bevel. Driemaal op dezelfde manier schoten zij op drie verschillende plaatsen een onschuldige dood.'

'Jeroen vertelde mij hoe het gebeurde. Waar hij het hoorde, weet ik niet... De nacht was gevallen toen zij aanbelden. Vader maakte de deur open. Hij werd onmiddellijk onder vuur genomen. Drie kogels in zijn onderbuik, één in zijn hoofd...'

'Je vriend Jeroen heeft niets verzonnen. Alles stemt overeen met de bekentenissen van de moordenaars zoals ze in dit verslag van de rechtszitting voorkomen.'

'Hij heeft wankelend een stap naar voren gedaan en viel toen van de huisdrempel op de stoep... Met draaiende motor stond vlakbij een vrachtwagen klaar waarmee ze er vandoor gingen. Na verloop van tijd waagden zich een paar buurlui buiten. Hoewel zelf helemaal van streek, droegen zij hem naar hun stamcafé op de hoek, waar achter de verduisteringsstores licht bleek te branden, en telefoneerden naar de dokter. Men wist niettemin dat het te laat was...' vervolledigde ik toonloos het verhaal.

Het redactiekantoor lag achter een waas van ingehouden tranen.

'Ja,' beaamde Roel, 'zo heeft mijn collega het destijds opgeschreven.'

'Hebben zij bekend waarom zij het deden?' vroeg Jo.

'Het werd hun vanzelfsprekend gevraagd. Het staat er uitgebreid bij... Een voor een bevestigden die schoften dat Bracke, hun leider, de expeditie had georganiseerd. Militaire tucht verbood nieuwsgierigheid, verklaarden zij. Befehl ist Befehl, zij hoefden niet te weten waarom die mensen werden vermoord. Ze waren er nog trots op ook!'

'En Bracke zélf?'

'Tja... Kennelijk een geboren lafaard, net als meer van die kerels... De anderen werden bij de bevrijding door het verzet opgepakt. Híj bleek spoorloos. Zijn handlangers hielden staande dat de Britten hem hadden gefusilleerd, flauwe kul natuurlijk. De voorzitter van de krijgsraad ergerde zich gloeiend en noemde het doorgestoken kaart. Bracke werd bij verstek ter dood veroordeeld.'

'Godverdomme!' vloekte Jo. 'Het is dus mogelijk dat hij hier of daar een genoeglijk leventje leidt?'

'Voor zover ik weet is hij nergens gesignaleerd. Genoeglijk lijkt mij sterk uitgedrukt... Maar waarom tenslotte niet?' gaf Roel peinzend toe. 'Eventueel zit de kans erin. Ik vraag me af of er geen geheime diensten zijn die dergelijke kerels in de gaten zijn blijven houden. Maar het is zo lang geleden... En dan, zo'n klotelandje als het onze, dat in de wereld nauwelijks meetelt...'

'Hij trok vast naar Argentinië,' opperde mijn vriend. 'Iedereen weet dat dergelijk gespuis daar een veilig onderkomen vond. Denk maar aan Eichmann, je had het daarnet over hem!'

Hém kreeg men waarachtig te pakken, dacht ik. Als die Koen Bracke ook een jodenvervolger was – wat haast zeker lijkt – , hebben de Israëli's hem reeds lang te grazen genomen, waar hij zich ook verborgen hield.

Voor mij hoeft het niet, nee. Het bijbelse 'oog om oog, tand om tand' is niets voor mensen als wij. Ook vader zou het niet hebben goedgekeurd, dáár ben ik zeker van...

Waarom evenwel loochenen dat het waarschijnlijk de beste oplossing was geweest?

'Als ik hem verdomme onder handen kreeg, zou hij vast om zijn moeder roepen, reken maar!' gromde Jo.

Het leek mij een zo absurd idee, dat ik er in minder triestige omstandigheden om gelachen zou hebben.

Als die van Ulenspiegels vader Claes, klopte voorgoed de asse van Jan Deswaen op mijn borst.

ZEVENDE HOOFDSTUK

Paul werkt zijn opdracht af. Een Tsjechoviaanse namiddag met regen op het platteland. Een diepzinnig gesprek over het toeval en zo. Het carillonconcert, gevolgd door een avondje uit. De verschijning van Emily. Nederlands en literatuur voor buitenlanders.

Onder mijn correspondentie bevond zich die morgen een zware kwarto-omslag. Toen ik hem openscheurde, trof ik er een brief van Jo Heuvelmans in aan. Hij attendeerde mij op de erbij gevoegde fotokopie van de scriptie over Pieter-Frans van Kerckhoven. Hij had ze speciaal in het Museum voor Letterkunde voor me laten maken. Ik moest de hartelijke groeten van meneer Stalmans hebben, voegde hij er slim aan toe, die hoopte dat ik er wat aan zou hebben.

Ik begreep zijn tactvolle wenk.

Mijn bewerking van het boek *Liefde* was klaar. Na een aantal correcties en laatste retouches waarmee ik een hier en daar overblijvende stroefheid of een overbodig detail elimineerde, had ik de tekst netjes overgetikt. Ik vertrouw dat nooit aan een dactylo toe, niet uit zuinigheid, maar omdat ik tot het laatste woord alles in handen wil houden.

Het was een louter mechanisch karwei. Terwijl ik ermee bezig was, kon ik mij objectief van de tekst distantiëren. Tevreden constateerde ik dat het resultaat er behoorlijk uit leek te zien. Hoewel ik mij tegen de aanvechting verzette, begon ik mij af te vragen of er vroeg of laat inderdaad niets met het door het occult apport inhoudelijk interessantere *Ziel en Lichaam* was te beginnen. Natuurlijk wilde ik dan wel over een ruimere armslag beschikken, wat Jo niet zou kunnen schelen. Niet alleen de stijl diende onder handen te worden genomen, ook moest aan de structuur worden gedokterd en zeker zou ik mij op een kleurrijker, concreter stoffering dienen toe te leggen... Was het niet opportuun de deur voor dergelijke tussendoortjes open te laten? Boeiender dan vertalingen bijvoorbeeld, konden zij een antidotum opleveren voor de landerigheid die mij bekruipt als ik niets omhanden heb. Tenslotte had ik mij voorgenomen in dit heerlijke huis in de volle natuur, waar ik mij gevrijwaard voelde voor de diverse verleidingen van de stad, bewuster dan ooit met literatuur, alleen met literatuur bezig te zijn.

Ondertussen leek het mij verstandig er niet met Jo over te praten. In de jongste tijd was ik oprecht waardering voor hem gaan koesteren. Niettemin wilde ik op mijn hoede blijven voor de manier waarop hij resoluut je ganse arm in beslag neemt als je hem een pink toesteekt.

Na de avond op Roels redactiekantoor bij *Het Avondnieuws* had me een tijdlang de geestdrift ontbroken om het begeleidend opstel af te werken, hoewel het in brede trekken was opgezet en de structuur ervan mij duidelijk voor de geest stond. Jo's missive zette mij ertoe aan het weer ter hand te nemen. Mijzelf kennend bedacht ik me dat een inleiding meestal door de lezer wordt overgeslagen. Daarentegen wist ik dat na lectuur van de roman zélf de nieuwsgierigheid soms ontwaakt. Déze was het niet zelden geweest die mij tot onderzoek had geprikkeld en mij opstellen had ingegeven waar ik nog steeds tevreden over ben. Kortom, ik meende redenen te hebben om de voorkeur te geven aan een grondige nabeschouwing. Met behulp van de gegevens waarover ik beschikte (niet alleen uit de monografietjes van de Stadsbibliotheek en de doctoraalscriptie, maar vooral puttend uit eigen notities over de negentiende eeuw) vergde het geringe inspanning om het mij voorgenomen stuk te schrijven.

Verder dacht ik aan Jo's aardige inval om er, een dossiertje van te maken door er die daguerrotype van Pieter-Frans en de reproduktie van een handschrift aan toe te voegen. Gesteld dat hij niet tegen de kosten van een katerntje glacépapier (hé, glacépapier!) opzag, zou enig iconografisch materiaal in verband met Antwerpen anno 1850 het boek ongetwijfeld een aantrekkelijk bijkomend accent verlenen en mogelijk meer tot de verbeelding van het publiek spreken.

Meteen leek het mij een gelukkig idee eens te grasduinen in de damestijdschriften uit het midden van de vorige eeuw. Vaag, nee, nu ik erover nadacht met zekerheid herinnerde ik mij een *Journal des Dames et des Demoiselles*. In de Stadsbibliotheek waren dergelijke dingen te vinden, wat het eventueel mogelijk maakte een of andere oubollige steendruk met een paar modieuze mevrouwen erop te reproduceren. Vaak waren die prenten artistiek waardevol, enig zoeken om er een te pakken te krijgen zou de inspanning lonen, misschien leverde een kleurenafdruk ervan geen onoverkomelijke problemen op. Wat de toenmalige damesmode betrof, zou het de lezer een charmant idee geven van de manier waarop Amelie en haar mama waren opgetut voor de gedenkwaardige avond van het Venetiaans vuurwerk op de Schelde of toen zij op de koets wachtten voor dat memorabele concert.

Met dergelijke invallen kan ik in mijn schik zijn als een kind met een nieuw stuk speelgoed.

Hoofdzakelijk daarom belde ik Heuvelmans op en beloofde hem meteen dat ik in de loop van de week het volledige manuscript, nawoord inbegrepen, op zijn kantoor zou deponeren.

Ronduit gezegd had ik er enigszins op gerekend, hoewel ik hém het initiatief had overgelaten.

Nog diezelfde namiddag kwam Jo met zijn van ver hoorbare paarse eend het klinkerpad opstuiven. Het was een leuke verrassing dat hij Kristientje, zijn vrouw, had meegenomen. Ik mag haar graag en stel de dapperheid op prijs waarmee zij de arbeid, zo nodig de moeilijkheden van haar ondernemende echtgenoot deelt, steeds opgewekt en geestig.

'Krisje wilde absoluut eens zien wat voor een onbeschaamd kapitalistenleventje jij hier leidt!' lachte hij uitbundig.

'Laat maar zitten,' zei ik. 'Als notaris Bostijn geen koper voor het antiek vindt, kan ik niet eens de erfenisrechten betalen!'

Over oom Lamberts appeltje voor de dorst van zijn hem niet vergunde oude dag dat hij mij had nagelaten, zweeg ik maar. De kans zat erin dat hij fluks zou voorstellen een fiks bedrag in 'Kaleidoskoop' te investeren. Ik heb er een hekel aan iemand iets te weigeren, al had ik Jo zélf geholpen bij het verzinnen van de indrukwekkende firmanaam.

Er viel een malse zomerregen toen ik vanmorgen de ogen opende. Het beantwoordde aan de verzuchting welke ik buurman Brusselmans wekenlang had horen slaken. Daarom reageerde ik met een licht hart op het gemurmel van het water in de afvoerpijpen. Jammer genoeg was vandaag het zonneterras er niet bij; wij nestelden ons in de art nouveau veranda die uitziet op het mooiste deel van de tuin.

Net toen ik zelf het initiatief wilde nemen verdween Kristien in de nabije keuken om koffie te zetten, onmisbaar bij de indrukwekkende chocoladecake, speciaal voor de zielepoterige kluizenaar meegebracht.

Haar wederhelft zat belangstellend in het typoscript te bladeren. Nu en dan produceerde hij een instemmend geknor. Zonder verwaandheid weet ik wat ik kan en de bemoedigende schouderklopjes ben ik ontgroeid. Middelerwijl vond ik het leuk dat hij tevreden scheen.

Ik liet hem een poos zijn gang gaan, waarna hij mij met een brede glimlach aankeek, wachtend tot zijn vrouw de koppen had gevuld.

'Weet je wat ik ongelooflijk vind, Paul?'

Behoudens in mijn debuutperiode heb ik met uitgevers zelden vervelende ervaringen gehad. In feite is een nuchtere, zakelijke relatie op dit stuk het verstandigst, daar niet van. Maar wat met hem het werken zo prettig maakt, is het recht op participatie dat hij je toekent, zijn niet te ontmoedigen, communicatieve geestdrift als hij zich in een project heeft vastgebeten, de onomwonden sportiviteit waarmee hij je bijdrage appricieert.

'Hoe zou ik, Jo?'

'Nou, ik moet het van een eerste indruk hebben...'

'En...?'

'Hier en daar las ik een paar volzinnen... Nu je die tekst onder handen hebt genomen, zit hij vol leven, haast niet te geloven... Het lijkt wel of je Van Kerckhoven uit zijn graf hebt opgewekt, of we straks

met hem op een terras een glaasje zullen drinken...'
'Hé! Wat vertel je me nu?' lachte ik. 'Griezelig idee...!'
'Allemachtig, inderdaad, wat zég ik...' erkende hij als geschrokken.
'Excuseer mijn gekke reactie!'
'Er zit geen kwaad in, beste kerel, niets om je druk over te maken! Of loop je nog steeds dat spiritisme van hem te herkauwen?'
'Waarom niet...? Maar nee... Uit zijn graf opgestaan, zei ik, het klonk ineens zo luguber, zo ongepast in de gegeven omstandigheden.'
'Loop rond... Freud noemde dat een Versprechung, het wijst op dingen waar je onbewust mee bezig bent, iedereen heeft dat, niets aan de hand.'
'Waar hebben jullie het over?' wilde Kris weten.
'Je weet wel,' zei Jo. 'Ik heb het je toch uitgebreid verteld?'
'O, dát?' gniffelde zij. 'Je bent knettergek!'
Zij stond onverstoorbaar de cake in plakjes te snijden, voorlopig niet door de gekte van haar man verontrust.
'Zie je, Paul,' klaagde Jo moedeloos, 'die vrouw van me gelooft me niet!'
'Het is waar, Krisje,' trad ik hem bij, 'op mijn woord.'
'Nou, als jíj het zegt, Paul, dán...'
'Terwijl wij de trap van de bibliotheek af liepen nam ik mij voor er geen woord meer aan vuil te maken...' wrokte de uitgever.
Wie zich niet op zijn gemak voelt, maakt maar het best een grapje, dacht ik.
'Heb je een biljet van de Nationale Loterij gekocht?'
'Stel je voor!' riep Krisje uit, 'dat heeft hij warempel gedaan, vijf biljetten ineens! Weet jij wat hem bezielde, Paul?'
Hij scheen de zaak serieuzer te nemen dan ik, tot het onredelijke toe. Waarom had hij de rare maar onschuldige coïncidentie in díe mate overtrokken? En waarom zat hij te grinniken? Veel argumenten om de zaak efficiënt weg te vegen bezat ik niet. Was het niet eerder mijn eigen aandacht die ik er absoluut van wilde afleiden?
'Mijn oom Lambert was een liefhebber van Bordeaux,' zei ik welgemoed. 'Ik geloof dat ik maar een fles moest ophalen.'
In een van de commodes had Krisje de geschikte glazen gevonden.
Zoals het mij steeds overkomt, moest ik krampachtig mijn lach inhouden bij Jo's introverte kennersgrimas en het binnensmonds trapezewerk waarmee hij waarderend het erfeniswijntje smakkend zat te keuren.
Helaas bleek mijn uitwijkmanoeuvre geen resultaat op te leveren. De doorn zat dieper in zijn vlees dan ik dacht.
'Ja...' mijmerde hij. 'Houden jullie een mens maar voor de gek... Jullie beseffen niet dat ik er uren om wakker heb gelegen,' voegde hij er verongelijkt aan toe.

De ernst van zijn toon verraste mij. Toch deed hij er vast een schepje bovenop, de stimulerende gezelligheid indachtig van onze uitbundige grensverkenning in 'De Kroon'. Het lag voor de hand dat hij er in de serene rust van dit veilige huis op wilde terugkomen, met op de achtergrond het elegisch ruisen van de regen. Op mijn schouder zat Lancelot ernaar te luisteren.

'Wees nou ernstig, Jo! Is dat niet overdreven?'

'Jij hebt gemakkelijk praten, Paul... Ik weet het, reeds van in den beginne wil je het mij uit het hoofd praten...' opperde hij niet zonder zelfbeklag. 'Ik begrijp je hardnekkigheid niet!'

'Ruim een week lang probeer ik hem te doen inzien dat het een simpel toeval is,' kwam Kristien tussenbeide. 'Waar maakt hij zich druk om?'

Het spel zat op de wagen. Goed. Waarom niet?

'Om niets, dat weet hij zelf!' proclameerde ik niet erg oprecht.

'Mij stemt het verdrietig... Dat je niet begrijpt waarom ik ermee bezig ben, bedoel ik. En die boeken van je, Paul? Een schrijver als jij moet verdraaid toch open staan voor zo'n magisch-realistisch verschijnsel?'

Hij blikte mij verongelijkt en uitnodigend aan.

'Touché, Jo!' gaf ik toe. 'Dergelijke verschijnselen komen in mijn werk inderdaad voor. Ingeval ik onze ervaring met Van Kerckhoven als subsidiair thema voor een roman bruikbaar vind, zal ik die heus niet naast me leggen.'

'Mooi dat je het zegt!' antwoordde hij met voorgewende nurksheid. 'Dergelijke gekke dingen hoef ik evenwel niet zélf te beleven. Ze wortelen in de verbeelding en komen uit zichzelf naar boven.'

'Maar volgens jou hebben ze niets met de werkelijkheid te maken!'

'Wél met een innerlijke werkelijkheid. Ze kristalliseren zich vanuit een diffuse achtergrond. Als ik ze aanvaard, heet dat inspiratie!'

'Freud...?'

Meer en meer begon ik ons gesprek amusant te vinden.

'Ach, weet je... Als je de dieptepsychologie erbij wilt betrekken, geef ik de voorkeur aan Jung.' Ik kon niet nalaten hem even te plagen. 'Ken je het verschil?'

'Wat dacht je? Ik herinner mij een interview met dinges, al een poos geleden, met Van Erembodegem... Nu ik er weer aan denk, voor mijn gevoel was het een trap in jouw richting.'

'Nee toch? Ach, de man heeft de pest in omdat ik wat langer op de schoolbanken heb gezeten dan hij...'

'Het kwam ongeveer op het volgende neer... Freud is neuken, Jung daarentegen is zo wat religieus gedoe. Waarom ik, Van Erembodegem, peetvader van de literaire klootzakken uit mijn dorp, hartstochtelijk voor Freud ben... Dat noem ik waardige gauchistische taal...

Onze man heeft natuurlijk noch de een, noch de ander gelezen, dat gaf hij toe, maar alla. Ik was er enorm van onder de indruk, zo waar ik hier zit, dat begrijp je. Is het niet, Kristien?'
'Nou!' beaamde Kristien monosyllabisch maar welsprekend.
'Hoe minder ontwikkeling, hoe meer pretentie, het eeuwige liedje in dat literaire kabouterwereldje van ons!' vond Jo agressief. 'En dan maar als beesten tegen de schenen van fatsoenlijke mensen schoppen!'
'Geen belang,' antwoordde ik, 'kom, ter zake! Van Erembodegem en zijn kliek kunnen de pot op... De ideeën die ik bij het schrijven van een verhaal gebruik komen niet vanuit de buitenwereld op me af. Zij worden door het onbewuste geproduceerd, zie inderdaad Jung.'
'Kortom, het gaat om een psychologisch proces...?'
'Dat bedoel ik, precies, een natuurlijk, rationeel proces.'
'Tja... Nu begin ik je houding te begrijpen. Je hebt er een broertje aan dood dat zulke verschijnselen zich in de werkelijkheid voordoen. Denk je dat ík het leuk vind, Paul...? Maar ze dóen zich verdomme voor!'
'Misschien. Ja, soms zou je zeggen... Maar dan heeft het geen betekenis voor die werkelijkheid, voor ons leven. Die reeks van toevalligheden wordt ten slotte frustrerend; belang heeft ze niet, maar geïrriteerd ga je erover piekeren, dát wel...'
'Waarom bekennen jullie niet rondborstig dat jullie er behoorlijk over in de piepzak zitten?' merkte Kristien op, zich terzelfder tijd van haar vraag distantiërend door geïnteresseerd naar haar vingernagels te staren.
'Geloof maar niet dat ik een pantoffelheld ben,' zei Jo stoer. 'Maar ditmaal geef ik mijn vrouw gelijk. Wij draaien onszelf een rad voor de ogen, het is tijd om aan die struisvogelpolitiek een eind te maken, verdomme!'
Onafgebroken was ik met Jeroens verhaal bezig geweest, daarna met wat meester Bostijn en Roel Verschaeren eraan hadden toegevoegd. Daarenboven met Van Kerckhovens mij steeds meer boeiende roman in de weer had ik, een Kanaalzwemmer die onderweg ten slotte het water vergeet, de onverklaarbare incidenten in de bibliotheek en op het kerkhof weggedrongen. Hadden ze gesluimerd als muizen in het meel?
'Niets verbiedt ons er eens over na te denken...'
'Wat ik daarnet over die slapeloze uren zei, was volkomen gemeend, weet je, Paul!' insisteerde de uitgever. 'Hoor je me ooit iets zomaar zeggen?'
'Ik trok je woorden toch niet in twijfel?'
Als ik de welgeschapen Kristien bekeek waren er leuker redenen tot slapeloosheid.
'Ach, natuurlijk, uren is overdreven... Het gebeurde niettemin her-

haaldelijk dat ik vooraleer in te dutten in bed uit het hoofd ingewikkelde sommen, enorme vermenigvuldigingen lag te maken. Nooit ben ik daar sterk in geweest. Het moet je overkomen...!'

Een goedkoop grapje in verband met dat vermenigvuldigen in bed kriebelde op mijn verhemelte, doch in aanwezigheid van een dame hield ik het voor mezelf.

'Ben je nu helemáál,' beperkte ik mij, 'vermenigvuldigingen, sommen, in plaats van lekker te maffen na een zware dag!'

'Moet je horen... Je begrijpt,' flapte hij eruit, als om het meteen kwijt te zijn, 'dat ik vooraf naar de administratie van het kerkhof heb gebeld.'

'Waarachtig!' schaterde Krisje. 'Tot dusver kon ik het niet bewijzen, maar hij ís gek! Zeg, vader van mijn kinderen, waarom heb jij in 's hemelsnaam naar het kerkhof gebeld? Daar is tijd genoeg voor, zou ik denken!'

Of mijn onbewuste er een poos mee bezig was, ging er mij een licht op.

'Om te informeren hoeveel graven er zijn. Snap je waar ik naar toe wil, Paul?'

'Ik zeg niet dadelijk nee. Wie weet...?'

'En daarna had ik de bibliotheek aan de lijn...'

'Dacht ik al... Er zijn daar zevenhonderdduizend banden.'

'Exact. En op Schoonselhof ruim dertigduizend graven, men heeft het speciaal voor me uit de computer gemolken.'

'Ik begin je te begrijpen, al denkt Krisje dat we doorslaan!'

'Daar ben ik blij om! Het is de moeite waard de gegevens nogmaals in het gelid te plaatsen, geloof me... Kijk eens aan... Op het Erepark ging je uitgerekend op Van Kerckhovens tombe zitten. Dát is alvast een feit!'

'Inderdaad... Eén kans op dertigduizend, calculeerde je vermoedelijk?' raadde ik.

'Goed bekeken... Dat je in de bibliotheek je stoel onopzettelijk maar exact voor zijn verzameld werk neerzette één op zevenhonderdduizend, akkoord?'

'Het bestaat uit meerdere banden, mogelijk worden de verhoudingen erdoor verlegd. Maar goed, laten we niet overgaan tot haarkloverij. Akkoord, niets tegen in te brengen. Voorlopig?'

Hij haalde een kogelpen te voorschijn en kreeg in een van zijn zakken een verfomfaaide briefomslag te pakken.

'Let nu op! Wij combineren de twee... Het resultaat wordt één kans op... Hoe noem je een twee, een één en dan, laat eens zien... dan negen nullen?'

'Even kijken...' aarzelde ik, geïntimideerd door zijn hoge mathematica.

'Domkop...! Je moet de nullen opdelen in groepjes van drie,' kwam Kristien een handje toesteken, meelezend over zijn schouder. 'Van achter te beginnen natuurlijk!'

'Net wat ik dacht...' jokte haar man. 'Hoe noem je zo'n astronomisch getal?'

'Eenentwintig miljard,' hielp ze, 'heeft je moeder je niet leren tellen?'

Het is tegelijk een filosofisch en een statistisch probleem, overwoog ik bij mezelf. Stoethaspels als wij houden zich daar beter niet mee bezig, je krijgt er een intellectuele kater en een minderwaardigheidscomplex van. Gelukkig weet ik dat Einstein als schooljongen niet met de tafels van vermenigvuldiging overweg kon.

'Dus één kans op eenentwintig miljard!' concludeerde de uitgever tegelijk verbaasd en glunderend, je zou nou zeggen! 'Waarom die ene kans op eenentwintig miljard, Paul? Waarom moet dat?'

'Geen idee, ik weet het evenmin als jij. Hoe zou ík het weten?'

'Alle duivels... Ik dacht niet aan dat gedicht in het Museum voor Letterkunde,' voegde hij er met gefronst voorhoofd aan toe. 'Wat nú?'

'Ook dát nog!' ironiseerde Kristien astranterig.

Haar intonatie was gebelgd en berustend, of zij wilde beduiden dat er met ons geen land was te bezeilen, waarom zij zich met de dadelijk spinnende Lancelot ging bezighouden.

'Het gedicht is een practical joke, dat zei je zelf,' protesteerde ik, 'we waren het erover ééns!'

'Jouw opvatting, Paul, ik veranderde van gedachten! Maar kom, laten we daar niet over chicaneren. Volgens mij heeft het er pertinent mee te maken, hoe je het ook wilt bekijken. Wat jij?'

Hij had zich erin vastgebeten. Maar leidde er ook voor mij nog een weg omheen, hoe krankzinnig gans deze geschiedenis ook mocht zijn? Overigens begon ik schoon genoeg te krijgen van mijn krampachtig gesimuleerde sereniteit, waarmee ik mezelf zand in de ogen strooide.

'Eerlijk gezegd, jongens, geen idee wat we ermee moeten beginnen,' gaf ik hulpeloos toe. 'Dat vers incalculeren lijkt onmogelijk, om het maar niet eens over die absurde datering te hebben.'

'Ik zie het anders!' kwam Kristien plots uit de hoek.

'Voor den dag ermee,' moedigde ik haar aan. 'Jouw oordeel is het onze waard!'

'Beschouw het vers, het handschrift, voor mijn part die nabootsing als een teken,' opperde zij bedachtzaam, 'een signatuur zo je wilt. Een sein waar het overige van afhangt, weet je wel, als een sleutel voor de notenbalk...'

Aanvankelijk had ik gedacht dat zij ons in de maling nam, met onze mathematische elucubraties de spot dreef. Ik merkte evenwel aan haar lichtgrijze, wat schuwe maar ernstige blik, dat tot dusver haar

scepticisme niet anders dan een spelletje was geweest. Vruchteloos had zij er haar eigen onbehagen, wie weet groter dan het onze, het zwijgen mee willen opleggen. Bijgevolg was het belang dat ik aan haar tussenkomst hechtte serieuzer dan ik het met mannelijke zelfvooringenomenheid kon voorwenden. Niets is dommer dan de vrouwelijke intuïtie, dat geheimzinnig Eva-instinct naast je neer te leggen.
'Misschien zijn al die berekeningen van ons larie,' weifelde ik. 'In feite zouden wij een statisticus moeten raadplegen. Ik vrees dat we iets uit het oog verliezen, kinderachtig doch allicht fundamenteel... Maar ja, van de wiskunde heb ik geen kaas gegeten...'
'Vast niet, forget it!' hield Jo optimistisch vol. 'Als ik een voorbehoud zou maken, komt het erop neer dat we niets met dat snippertje manuscript kunnen beginnen. Dát is de kink in de kabel. Als ik geen volksjongen was die met dubieus resultaat wat handelsschool heeft gelopen, zou ik zeggen...'
'Biecht op!' insisteerde ik.
'Zou ik zeggen dat de zaak er onmogelijk door wordt. Eén kans op eenentwintig miljard, mij best. Maar nu, één kans op...? Gewoon onmogelijk...'
'De moed niet laten zakken, Jo!' lachte ik.
'Is het niet om te huilen? Eén kans op...'
'Op oneindig...' vervolledigde ik zijn gedachtengang.
'Dus helemaal géén kans?' vroeg Kristien ontgoocheld. 'Maar niettemin gebeurde het, daar komen jullie met geen praatjes onderuit!'
'Paul weet meer van zulke dingen af dan hij wil toegeven!' viste Jo.
'Je overschat me... Je raadt nooit hoe weinig meer ík op de universiteit opstak dan jij op je handelsschool. Het kon best minder zijn!'
'Een vrouw heeft geen idee wat mannen uitkramen als ze eenmaal beginnen te overdrijven!' oordeelde Krisje sec.
'Zie het zo... Ik heb de pest aan woorden die moeten dienen om onze onwetendheid te camoufleren,' zei ik met wrevelige deemoed.
'Ken je zo een woord?' informeerde Jo kwiek.
'Ja,' bekende ik, 'een van Jung... Synchroniciteit. Betekenisvolle synchroniciteit. Zo noemt hij zulke verschijnselen.'
'Geen klein bier, zou je zeggen!'
'Hij schreef er een boek over. Eerlijk gezegd ben ik er niet wég van...'
'Waarom niet?' wilde Krisje weten. 'Betekenisvol, dat klinkt prachtig!'
'Nou, precies dát vind ik slecht gekozen. Je gaat aan een orakel denken, aan verklaarbare samenhangen... Maar dat is het niet.'
'Hé! Dus geen voorspelling bij voorbeeld dat Jo de hoofdprijs van de Nationale Loterij zal winnen? Na zijn riskante investering sneu voor hem!'

'Wacht maar, jij,' gromde hij, 'vroeg of laat piep je wel anders!'
Al dobbert ze als roerganger met je beste vriend in het huwelijksbootje, een vrouw blijft een vrouw, Kristien niet uitgezonderd. Moest je die verleidstersogen zien! Met haar in bed zou ik vast geen sommetjes maken.
'Op mijn knieën, ik smeek je, Paul, vertel ons wat je erover weet!' Ik voelde mijn weerstand begeven onder haar zeegrijze sirenenblik.
'Goed, als jullie blijven aandringen... Ik hoef er overigens geen geheim van te maken. Eerlijk gezegd zit het mij net zo hoog als Jo. Ook voor mij is er iets aan de hand, wát weet ik niet. Door de kopzorgen die ik mij na de ontmoeting op het kerkhof maakte, besteedde ik er onvoldoende aandacht aan, daarna was ik met Pieter-Frans' boek bezig. Wegens het geval in de bibliotheek voelde ik me niet zo op mijn gemak en Jo was definitief de kluts kwijt, geloof ik... Daarom maakte de jongedame die net uit het Museum voor Letterkunde kwam zweven zo'n verfrissende indruk op ons, opeens een heerlijk stukje realiteit.'

'Nee toch,' plaagde Kris, 'terwijl ik aardappelen zit te schillen, facturen te schrijven en pakjes te maken, lopen jullie achter de wijfjes aan!'

'Alleen maar kijken,' corrigeerde de uitgever.

'Dat is waar,' zei ik solidair. 'Ik wilde de kwestie aansnijden in de herberg waar wij iets dronken. Jo begon over Verschaeren, die we meteen zijn gaan opzoeken. Alles werd erdoor naar de achtergrond verdrongen. Ik beheerste mij, maar het gesprek op *Het Avondnieuws* was schokkend...'

'Nou, Jo was er ook behoorlijk door van zijn stuk,' voegde Kristien er exuberant aan toe. 'Zo op de manier van een briesende leeuw, je kent hem, die smeerlappen-van-hier-en-ginder, ik wou dat ik ze de strot kon dichtknijpen!'

Of de krachtwoorden aan zijn adres waren gericht, zette Lancelot de oren op.

Nadat hij zijn verhoudingsgewijs enorme snorharen had laten trillen schoot hij door de openstaande deuren van het terras naar buiten, vloog met een halsbrekende sprong over de geornamenteerde smeedijzeren balustrade en vervolgens op het vlierbosje aan.

Tegen de kwieke ekster die er scheldend uit opvloog en in astrante kringetjes rondom hem bleef fladderen maakte hij geen schijn van kans.

Even hield hij het vol en stond er verontwaardigd en hulpeloos bij; daarna zat hij nog een poos op zijn gatje te kijken naar de explosie van ornithologische hysterie. Ten slotte scheen hij het allemaal flauwe kul te vinden, in strijd met zijn Arthuriaanse waardigheid, stond op en keerde met een misprijzend gebaar het treiterig gedoe de rug toe. Bedaard, met pedante balletdanserspasjes kwam hij weer de veranda binnenwandelen en vlijde zich eigengereid snorrend op de schoot van de aanhalige bezoekster, definitief zijn Guinevere.

Krisje vond gelukkig – drie baby's na elkaar! lachte zij ongecomplexeerd – dat enige vochtigheid haar niet in het minst deerde. Ten bewijze waarvan zij, om hem voor katerse jeugdcomplexen en nutteloze traumata te vrijwaren, terstond een boom over de stomheid van zo'n ekster, alsmede van dergelijk gevleugeld tuig in het algemeen met hem opzette.

Van de onderbreking maakte ik gebruik om de glazen te vullen.

Ik heb nooit aan de ambitie getild een kenner te zijn. Deze Pauillac liep echter zoetjes naar binnen. Misschien was hij een geneesmiddel voor de vriendschapshalve bedwongen wrevel waarmee de herinnering aan ons avontuur mij vervulde. Een avontuur, vond ik, dat niet eens de compensatie bood die naam waardig te zijn.

'Nogmaals op jullie gezondheid. En op het succes van "Kaleidoskoop",' toostte ik.

Geestelijk voelde ik mij prettig helder. Met het geluksgevoel van broederlijke verbondenheid met de ganse wereld kon het wijntje niets te maken hebben, evenmin als met de blijkbaar diep reikende wortels van de innerlijke ruimheid die mij al een poos vervulde. Een bescheiden glaasje en één teug van het tweede waren hiertoe niet voldoende.

Speelde de Tsjechoviaanse sfeer van deze namiddag een doorslaggevende rol? Het wederzijds vertrouwen, de extravertheid van mijn vrienden, het huis en buiten de regen?

Ofschoon ik mijn participatie als een tussendoortje bleef beschouwen, een weinig inspanning vergende vingeroefening, hoorde ik het zonder twijfel aan het boek van Pieter-Frans toe te schrijven. Ergens hield het verband met de magische manipulatie waardoor ik het weer uit de vergetelheid, uit de dood had opgewekt.

Beter dan wie ook wist ik dat het om een middelmatig auteur ging, kind van een geestelijk povere wereld, waar een schromelijke taalarmoede heerste. Zijn achtergrond was een grote provinciestad, goedleefs maar van verbeelding gespeend, hoewel tuk op geld verdienen. Ondanks deze deplorabele omstandigheden was hij voor mij de procuratiehouder van die goddelijke genade waardoor de dichter uit het niets zijn eigen wereld en zijn eigen Eva schept. Eensklaps viel het mij in dat de jongedame in de Minderbroedersstraat mij aan Amelie, aan lady Moor had doen denken, zijn ideale paranimfen, en dat dit tot mijn bezwaarlijk anders te verklaren verrukking had geleid.

'Dat we hem nog lang mogen lusten!' zei Jo, het glas opgeheven.

Opeens werd het duidelijk waaraan mijn soms weerbarstige sympathie voor de uitgever beantwoordde. Ze was voorgoed begonnen toen hij op dat voorschot zinspeelde, ofschoon mijn genegenheid op subtieler gronden berustte.

Hij behoort tot de intuïtievelingen die nooit lukraak op je toe komen, maar treffend je vragen anticiperen en er dadelijk de zin van begrijpen, zonder kritisch de neus op te trekken.

Door een soort van sympathische magie delen ze je belangstelling of verbazing en zonder laatdunkendheid identificeren ze zichzelf ermee. Zij doen onbevangen een beroep op je behulpzaamheid, maar ook dat is een uiting van vertrouwen. Kom je in omstandigheden dat je mogelijk je hart voor hen uitstort, zo zullen zij stilzwijgend en begrijpend naar je luisteren, zonder de indruk te geven dat zij allang klaar zijn met de dingen waar jij hulpeloos tegenaan zit te kijken en dat het voor hen mosterd na de maaltijd is.

Vermoedelijk zouden er vandaag geen belangwekkende verhalen meer bij zijn. Inmiddels was zijn verbazing gelijk aan de mijne. Als meermaals zaten wij op dezelfde golflengte.

Zonder dat hij erom wakker werd zagen wij Lancelot geïnteresseerd de grappig pluizige oortjes spitsen. Reeds geruime tijd was er, op ons gesprek na, niets te horen geweest. Door zijn reflex vergewisten wij ons ervan dat het niet meer regende. Krisje was de eerste die, niet zonder enige schuchterheid, de ingetreden stilte verbrak.

'Zo'n onmogelijke samenloop van omstandigheden... Ik geloof dat ik er een voorbeeld van ken. Onlangs las ik een bericht in Het Avondnieuws. Jo was niet in de buurt, ik vergat het hem te vertellen, hoewel hij wég is van die dingen. In minder dan één week gingen er zeven bejaardentehuizen in de vlammen op, verspreid over heel het land. De rijkswacht kreeg een pyromaan te pakken. Hij bekende één van de branden te hebben gesticht. Maar uit het onderzoek van de politie en van de afdokkende assurantiemaatschappijen bleek, dat er voor elk geval apart een verschillende en sluitende oorzaak was aan te wijzen. Ik stel mij voor, Paul, dat het zoiets is wat jij straks synchroniciteit noemde?'

'Exact! Het is een zoveel als klassiek voorbeeld wat je daar vertelt... Het zou Jung zélf doen watertanden!'

'Prachtig,' zuchtte Jo, 'maar de verkláring?'

'Nou, goed. Wat ik weet zal ik jullie proberen duidelijk te maken. Voor zover ik er wat van begrijp en het op mijn manier zie... Velen zijn ermee bezig geweest... Steeds vruchteloos...'

'Geeft niet,' grinnikte Jo. 'Waarom zélf het klusje niet klaren?'

'Mij zegt de opvatting van Schopenhauer het meest...'

'Nou...!'

'Hij gaat uit van de oorzaak van alle dingen. Noem het onze Big Bang... Het leidt tot een eindeloos aantal reeksen van uit elkander voortspruitende gebeurtenissen, vertrekkend van één zelfde middelpunt... Uit gebeurtenis A volgt gebeurtenis B, hieruit gebeurtenis C. En zo eindeloos door...'

'Gesnopen,' zei Jo, 'mijn zwak verstandje kan er tot dusver bij!'
'Schopenhauer vergelijkt die ketens, die reeksen van gebeurtenissen met meridianen op een wereldbol.'
'Die rechtopstaande dingen, strepen, cirkels, weet ik veel?'
'Precies... Maar op een wereldbol zijn ook nog ándere, dwarse cirkels.'
'Breedtecirkels...? Ja hoor, ik herinner mij kennelijk nog een boel uit mijn handelsschooltje voor beginnelingen.'
'Mooi. De breedtecirkels, de verbindingen tussen de meridianen, kortom, die horizontale relaties tussen punten die niets met elkaar te maken hebben aangezien ze in volstrekt gescheiden reeksen van oorzaak en gevolg thuishoren, stellen in zijn beeld het loskomen van het toeval voor in een systeem dat normaal rechtlijnig, haaks hierop uitdijt.'
'Het toeval. Iets waar geen oorzaak voor bestaat... Ja?'
'Precies! Het is een soort van kortsluiting, een spontane opflakkering van overvoltage of overampèrage, ja, zoiets, die zijwaarts, dus verkeerd overslaat... Dat is een vergelijking, met elektriciteit heeft het niet te maken.'
'Als je het mij vraagt... Het klinkt geloofwaardig!'
'Het blijft een abstractie, een hypothetisch model...'
'Dat heb ik begrepen. Zeg, Paul, stel je voor, er valt mij prompt iets geniaals in! Moet je horen. Als het toeval nu eens tot stand komt als twee van die, nou...'
'Causale reeksen?'
'Als zo twee causale reeksen elkaar per ongeluk overlappen... Neem de reeks die de grote brand van Londen bevat, om iets te noemen. Om een onbekende reden kruist zij de reeks van de sociale ontwikkeling die tot het ontstaan van bejaardentehuizen leidde. En hop! Bij die oversnijding gaan er zeven van zulke tehuizen in lichterlaaie op!' Even zat hij na te denken. 'Nee... Het is geen goed voorbeeld, het klopt niet met de tijd. Er zitten drie eeuwen tussen.'
'Volgens wat ik weet speelt dat geen rol,' antwoordde ik, opgetogen over zijn creativiteit, zoals het tegenwoordig heet. 'Vraag me niet hoe het werkt. Sommigen zijn het erover eens dat ons gewoon begrip van de tijd er niet bij betrokken is. Hebben wij het zélf niet ondervonden?'
'Kan dát de verklaring zijn voor die onmogelijke ontmoetingen met Van Kerckhoven?'
'Wie weet, misschien gaat het die richting uit. Mogen wij ons evenwel voorstellen dat wij de kwadratuur van de cirkel hebben gevonden...?'
Of zij er ons opzettelijk op los liet kletsen had Krisje inmiddels Lancelot zitten knuffelen; ineens mengde zij zich weer in ons waanzinnig gesprek.

'Ik zie het anders,' opperde zij. 'Je hoort mij niet zeggen dat ik het beter weet dan Schopenhauer of Jung...'

'Allicht,' grinnikte Jo, 'welke slimme meid je ook bent!'

'Jullie praten mij niet uit het hoofd dat het allemaal met dat rare gedicht is begonnen. Ik ben er rotsvast van overtuigd. Waarom weet ik niet. Bovendien is er nog iets. Jullie hebben het over verschijnselen zonder oorzaak. Volgens mij kunnen die ook geen gevolgen hebben. Dat was het wat ik straks bedoelde. Een sein. Misschien leidt het tot andere gebeurtenissen, op zichzelf zijn dat geen gevolgen...'

Opgetogen gaf ik mij er rekenschap van dat zij ongeveer onder woorden bracht wat dagenlang in mij naar een min of meer samenhangend beeld op zoek was geweest. Uiteraard was er mijn tegenzin voor alles wat in de richting van het occulte wijst. Maar ondanks mijn stoere eed op het toeval had ik al tijdens die nacht op het kerkhof serieus in de knel gezeten met de overtuiging dat het incident met het roze velletje glacépapier een betekenis moest hebben die mijn verstand te boven ging.

Ik had er niet op gerekend dat wij het raadsel zouden oplossen.

Niettemin scheen ons alle drie hetzelfde bevredigende gevoel te vervullen, hieraan toe te schrijven dat wij niet bij de pakken neer waren blijven zitten. Hierdoor was een weldoende sfeer in het leven geroepen. Niemand scheen veel zin te hebben om afscheid te nemen. Ik kwam met een voorstel voor den dag. In Antwerpen zouden wij elkaar rendez-vous geven en in de oude stad samen iets eten.

Nadat ik met moeite mijn wagen was kwijtgeraakt op de eivolle parking achter het oude gouvernementsgebouw nabij de Melkmarkt, stonden zij op de Groenplaats al geduldig aan de voet van Rubens' standbeeld op mij te wachten, vrolijk wuivend of wij elkaar in geen weken hadden gezien.

Op weg naar de Grote Markt, waar wij ons voorgenomen hadden een kleinigheid op het terras van 'Café Noord' of elders te nuttigen, werden wij in de buurt van de kathedraal door een gonzende drukte omringd, aanzienlijker dan de omstreeks deze tijd van het jaar normale stroom van voorbijgangers, wandelaars en door de laat-middeleeuwse sfeer met verrukking ingepalmde, vooral Japanse en Nederlandse toeristen.

'Welke dag is het?' informeerde Jo.

'Maandag,' zei Kristien. 'Hoe kun je zoiets vergeten? Het gaat naar negenen toe, dadelijk begint het wekelijks carillonconcert.'

Zo te zien had het ook hier de hele dag geplensd.

Nu de zomerregen voorbij was, zonder nog één wolk in de opgeklaarde avondhemel, kwam een dichte, kleurrijke menigte afzakken naar de Handschoenmarkt aan de voet van de Onze-Lieve-Vrouwetoren. Met zijn concreet, flamboyant uiterlijk van kindsbeen af vertrouwd, trof het mij hoe onwezenlijk, diafaan als Venetiaans glas, zijn aanblik was in de vrijwel horizontaal invallende stralen van de achter de Schelde wegzinkende, vermoedelijk door nevel omfloerste zon.

Ook Pieter-Frans heeft dit alles liefgehad, mijmerde ik. Het kan niet anders. Op luwe avonden heeft hij, net als wij, door de zestiende-eeuwse straten van Antwerpen gezworven, wie deed dat niet? Bereikten ook hem signalen waar hij geen raad mee wist? Heeft hij, sensibel voor de occulte onderstromingen van zijn tijd, misschien mysterieus voorvoeld dat, ruimschoots meer dan honderd jaar later, een andere eenzaat, een andere dweper zou ronddwalen, vol tederheid met hem en zijn, helaas, vergeten werk begaan? Er wordt gezegd dat hij opvallend klein van gestalte was, wat zijn zelfvertrouwen grondig ondermijnde. Liep hij, weemoedig bewust van zijn geringe kansen bij het zwakke geslacht, over vrouwen te dromen als de broze Amelie, als de hartstochtelijke, ondernemende lady Moor, die uitsluitend in zijn geest bestonden of die hij eens vluchtig van ver had gezien – onbereikbare fata morgana's van de door weinigen serieus genomen dichter?

Op de toren luidde de grote klok plechtig negen.

'Het concert gaat beginnen!' waarschuwde Kristien.

Tegen de stroom van de wandelaars in waren wij op het Conscienceplein terechtgekomen.

'Wat doen we?' informeerde Jo, inderdaad met de bedoeling ons de keus te laten. 'Braaf luisteren of liever iets verhapstukken?'

'Onmiddellijk de gordiaanse knoop doorhakken,' vond zijn vrouw, die blijkbaar humaniora had gelopen. 'Eén nummertje luisteren en dan op zoek naar een behoorlijk restaurantje; in de "Noord" was er geen stoel meer vrij, ik heb er speciaal op gelet.'

'We vinden wel iets,' zei Jo. 'Maar het luisteren kan ook al wandelend gebeuren; ik krijg de zenuwen van hier zomaar staan te staan, wat jij, Paul?'

Na het klaaglijk loeien van een uitvarend schip op de rivier, het daveren van een transportkonvooi en op het verwaarloosbaar gekoer na van de duiven in hun barokke schuilhoeken van de Borromeuskerk, was het ademloos stil geworden.

En dan.

Als in de vorm van uit de tijdsmaterie zélf gestolde kleine kristallen druppels, danste Mozart over de vroom ingetogen stad, een regen van zilver en nog subtieler materie uit een andere dimensie.

Misschien luistert meester Bostijn nu mee, mijmerde ik. Wolfgang Amadeus was een van de onzen, zegt hij bij zichzelf, daar is hij vast op dit moment mee bezig. Ik mag hem niet uit het oog verliezen, evenmin als de onbekende wiens naam hij voor mij heeft opgeschreven, de onbekende die mijn vader heeft gekend.

Terwijl de muziek over de menigte sprenkelde, slenterden wij naar de Grote Markt. Hier hoorden wij de laatste maten ijl in de avondstilte oplossen. Zij werden gevolgd door een dankbaar applaus van duizenden handen. Er wordt gezegd dat het de beiaardier (Jo Haazen, een bekende van me), honderd meter hoog in de toren, tegemoet komt als de branding van een kalme zee.

'De wereld gaat erop vooruit,' schertste de uitgever. 'Eerst komt de cultuur, pas daarna das Fressen. Vroeger was het net omgekeerd, zei mijn vader toen hij een blauwe maandag communist was.'

'Niet de cultuur, die Moral!' wijsneusde ik.

'In elk geval scheur ik van de honger, kindertjes! Zullen we eens kijken waar er wat te verorberen valt?'

Alle terrassen zaten stampvol en binnen zag het er nauwelijks veelbelovender uit. Blijkbaar was gans Antwerpen uitgerukt.

'Een eind verder is het rustiger,' veronderstelde Krisje. 'In de Hoogstraat zijn een paar aardige tenten.'

Maar ook hier kon je over de hoofden lopen. De beiaard was er minder duidelijk te horen, maar blijkbaar waren de meesten op wandel wegens de gezelligheid van het met-zijn-allen-onder-elkaar. Het is een verschijnsel waarop ik niet laatdunkend neerkijk. Vermoedelijk door het contrast met mijn landelijk, op sommige plekken residentieel dorp, liep ik vergenoegd door de bonte volkse drukte van de naar plaatselijk gebruik feestelijke zomeravond. Hierbij had ik het gevoel dat de mensen opvallend aardiger en toleranter voor elkaar waren dan het mij op andere dagen toeschijnt. *Alle Menschen werden Brüder?*

Wij kwamen op de Lijnwaadmarkt, waar het volkomen stil was, hoewel langs het trottoir de auto's bumper tegen bumper stonden geparkeerd, sommige met blinkende regendruppels bedekt.

'Hé, verrek!' juichte Jo. 'Stom van me dat ik er niet direct aan dacht!'

'Inderdaad, "De blauwe Ganze",' beaamde ik. 'Zolang het concert duurt is daar plaats zat. Ik wed dat we spoedig wat onder de tand krijgen.'

Mijn prognose bleek íets te optimistisch.

In de hoek bij het antieke venster kwam er evenwel net een tafel vrij doordat een groepje Hollandse toeristen afrekende.

De meestal rustige en daarom voor mij aantrekkelijke sfeer kwam er niet door in de verdrukking dat alle andere tafels bezet waren.

De oude, toen bergaf gaande herberg werd een tijd geleden overgenomen door Paul (een naamgenoot dus!) en Greetje, een innemend, stijlvol echtpaar. Zij bleken niet te beroerd om de economische recessie het hoofd te bieden en de oliecrisis en haar ayatollahs een neus te zetten door in het zestiende-eeuwse pand onmiddellijk de handen uit de mouwen te steken.

Dra voelden professionele zuipschuiten en andere tapkastslijmerds zich er niet meer op hun plaats. Op een mysterieuze manier heeft een trouw publiek zich als het ware zélf geselecteerd. Dat mijn vriend Willy Vandersteen, de beroemde stripontwerper, er wekelijks zijn solitaire kroegentocht met een te laatste whisky afrondt, wordt als schilderachtig fenomeen op prijs gesteld. Iedereen begon er na verloop van luttele tijd iedereen te kennen, maar men blijft elkaar met 'meneer' en 'mevrouw' aanspreken, op zijn hoogst met de naam erbij, hoewel Paul en ik als homoniemen elkaar tutoyeren. Er is altijd wel iemand met wie je een boom kunt opzetten als je om een praatje verlegen zit. Onbescheidenheid of opdringerige gemeenzaamheid hoor je anderzijds niet te vrezen. Op om het even welk uur van de dag ook, altijd heb je de indruk van vriendelijke levenskunst en hoffelijke manieren, waaraan je dadelijk participeert. Kortom, ik voel er mij als een vis in het water, omgeven door mensen van goede wil.

Wij waren net aan de koffie toe.

Na enig gemorrel aan de knop werd de eikehouten deur geopend waar wij vlak tegenover zaten.

Er kwam een stralend blonde jonge vrouw naar binnen.

Eensklaps scheen mijn hart een slag te schrikkelen.

De tijd ontbrak om het een onprettige gewaarwording te vinden.

'Het toeval,' grijnsde Jo, 'stel je voor!'

Zonder zweem van twijfel herkende ik het meisje dat wij in de Minderbroedersstraat uit het Museum voor Letterkunde hadden zien komen.

De krullerige paardestaart was getransformeerd tot een stijlvol kapsel. Langs beide kanten van haar gevoelig aangezicht reikte het symmetrisch tot haar schouders. Het zomerjurkje had zij geruild voor een blauwgroen mantelpakje.

Tristans opalen zee, dacht ik. Wagner, Béroul, Gottfried? Geen idee...

Ik was mij ervan bewust dat ik haar stomverbaasd zat aan te kijken.

Blijkbaar ontgoocheld omdat er nergens een tafeltje vrij was, dwaalde haar blik verdrietig door de kleine gelagzaal, waar het even stil scheen te worden.

Kastelein Paul maakte een vragend gebaar in onze richting, doelend op onze vierde, niet bezette stoel. Nadat ik instemmend had geknikt, liet hij een bemoedigende glimlach ter attentie van de nieuw aangekomene volgen.

Jo stond dadelijk ceremonieus op.

'Spreekt vanzelf,' zei hij, 'komt u maar gezellig bij ons zitten, zo u er tenminste niets op tegen hebt, mevrouw.'

'Wat zou ik erop tegen hebben?' lachte zij erkentelijk. 'U is bijzon-

der vriendelijk. Heel erg bedankt. Als ik heus niet hinder...?'
'Neemt u gauw plaats,' vervolgde hij galant, 'en beschouw uzelf als onze gast, dat is de voorwaarde. Tafel aangeboden, álles aangeboden.'
Hulpvaardig was mijn naamgenoot bij ons gekomen.
'Champagne is mogelijk!' schertste hij. 'Tot mijn spijt heb ik geen oesters in huis!'
'Ik ben perfect gelukkig met een kop thee!' lachte de onbekende. 'Na die regendag is het fris geworden. Maar ik wilde de unieke kans om de beiaard eens te horen niet missen. Van kindsbeen af heb ik mij afgevraagd hoe hij klinkt. Gewoon niet te geloven!'
'Als ik u goed begrijp bent u niet van hier?' informeerde Kristien.
Zij kan onmogelijk van hier zijn, antwoordde ik voor mezelf.
Je hoort het aan dat keurige Nederlands, veel zuiverder dan in Vlaanderen. Als je afgaat op haar type houd je haar voor een Hollandse. Zulke prachtige blondines zie je ginds meer, door en door schoon, of ze driemaal daags onder de douche staan, en met het raffinement van een Parisienne, ik zit er verrukt naar te kijken als ik daar een lezing geef.
Een Hollandse?
Klopt het met die taal van haar? Ofschoon dicht erbij klinkt die niet als Hollands zoals ik het ken. Het is de taal zoals mijn Brabantse oren dromen dat Nederlands zou kunnen zijn... Helemaal clean, zonder herkenbare noordelijke of zuidelijke insluipingen. Zonder de echo's van achterbuurt of varkenshok, zonder au's en oe's voor oo's, zonder welke vieze aanslibbingen ook.
Komt ze wellicht uit de streek van Maastricht...? Ontbreken haar daarom de schraap- en gorgelgeluidjes van noordelijker afkomst? Ik rochel ende spauw, ende en comt niet uut, zoals schoenlapper Teun in 'De gecroonde Leersse' zegt. Geen kwestie van! Anderzijds is bij een burgse die zingende melodieusheid, dat rijk muzikaal surplus niet uit te roeien, ergens blijf je het altijd waarnemen.
'Nee, ik ben niet van hier,' antwoordde zij op Krisjes voor de hand liggende vraag. 'Hebt u het zo gauw gehoord?'
Zonder naar die van de fatale vrouw te zwemen, was haar stem fluwelig en donker, een alt om Roland Holst of Van de Woestijne te reciteren.
Wat mijn verbeelding op gang bracht, was een bepaalde vertrouwdheid met haar intonatie. Zij deed mij vaag aan iemand denken. Ineens kwam mijn verre vriend Wladimir mij voor de geest. In Moskou is hij professor bij de neerlandici aan de universiteit. Hij komt weleens naar de Lage Landen, maar onze taal heeft hij niet híer geleerd, die kende hij lang vooraleer hij voor het eerst naar het Westen vloog. Hoe hij het heeft klaargespeeld om dat aartsmoeilijke, inconsequente en onstabiele idioom van ons onder de knie te krijgen mag de duivel weten. In elk

geval is zijn gebruik ervan zo volmaakt, dat ik het met welgevallen als paradigmatisch Nederlands omschrijf.

'Mijn naam is Deswaen,' stelde ik mij voor. 'En dit zijn mijn vrienden Krisje en Jo Heuvelmans.'

'Ik heet Emily, net als dat Brontë-zusje, *Wuthering Heights* en zo. Wonderful met u allen kennis te mogen maken!'

'Hé,' schertste ik, 'dus toch geen Russische?'

'Stel u voor, een Russische, hoe komt u erbij?' lachte zij.

'Sorry, een vergissing...' grinnikte ik bedremmeld.

'Paul laat zich vaker door zijn verbeelding meeslepen,' zei Jo.

'Zo'n vaart loopt het niet! Ik ken een filoloog uit Moskou uit wiens Nederlands het uwe mij deed denken!' verdedigde ik mijzelf.

Zij keek mij beduusd aan.

'Een vriendelijke manier om te beduiden dat het vrij gebrekkig is?'

Uiteraard moest mijn tussenkomst haar schromelijke onzin lijken.

'U hebt mij verkeerd begrepen, mevrouw,' zei ik haastig. 'Ik bedoelde namelijk het tegenovergestelde. Dat van Groningen tot Brussel niemand het u zou verbeteren.'

'Natuurlijk bedoelde hij dat,' trad Jo mij bij.

'I'm laden with honours, dank u!'

'Nee toch,' zei ik.

'Wie heeft het ooit gedacht?' jubelde de uitgever.

'Waarom zou ik er een geheim van maken?' lachte de onbekende. 'Ik ben inderdaad een Engelse. Vindt u dat vreemd?'

'Maar dat Nederlands van u?' drong Krisje aan.

'U weet immers,' trad ik haar bij, 'dat het ver van alledaags is een Engelse dame zo keurig ons lilliputterstaaltje te horen gebruiken.'

'U denkt vast dat ik zo gereserveerd ben als de meesten onder mijn landgenoten!' lachte zij. 'Een gemeenplaats, hoor, die slechts in beperkte mate aan de werkelijkheid beantwoordt.' Ofschoon ik niet kon zeggen waarom, had ik de indruk dat zij tijd wilde winnen, vermoedelijk om beter hoogte van ons te krijgen. 'Bij gelegenheid moet u eens naar Yorkshire gaan. Wat de mentaliteit betreft waant u er zich in Vlaanderen. Daarom zinspeelde ik op dat ongelukkige Brontë-meisje. Nee, het is niet de streek waar ik thuishoor...'

Kroop het bloed waar het niet gaan kon? Was het tóch een vorm van Britse gereserveerdheid dat zij het door een verhaal over Yorkshire, waar zij niet thuishoorde, over een andere boeg probeerde te gooien?

'Ik begrijp het zo, dat uw affiniteit voor Yorkshire geen verklaring is voor uw volmaakt Nederlands?' informeerde ik schertsend maar niettemin sterk geïnteresseerd, hoewel met een opzettelijk absurde vraag.

'Helemaal niet. Ik plaatste een voetnoot bij wat ik bedoel. Meestal worden wij voor koele kikkers gehouden, begrijpt u? Mensen zonder belangstelling voor anderen en gesloten wat zichzelf betreft. Kortom, ik bereidde het terrein even voor – een aanloopje om u te vertellen dat ik een jaar of drie Nederlands in Leiden heb gedaan, waarna ik in Cambridge mijn M.A. behaalde.'

'Wat betekent M.A.?' wilde Jo weten.

'Master of Arts,' lichtte ik hem in. 'Een Engelse universitaire graad.'

'Zoiets als doctorandus in Nederland, licentiaat in België – ongeveer. Wij zouden geen Britten zijn als het niet net ánders lag dan on the continent!' nuanceerde Emily welgehumeurd.

'Hebt u in uw land veel aan dat diploma Nederlands?' wilde de praktisch ingestelde Kristien weten.

'Zoiets vraag je toch niet?' zette Jo haar op haar nummer.

'Geeft niet, hoor!' antwoordde Emily. 'Weinig ingeval je niet wat geluk hebt, u moet het wel relativeren. Wat mij betreft is het meegevallen. Momenteel ben ik assistente in Cambridge, meer voor het Duits dan voor het Nederlands. Kom, mogelijk zit er vroeg of laat een docentschap in. Zo niet, dan zoek ik wat anders, de Europese Gemeenschap of zo, zorgen voor later, eventueel ga ik voor lerares spelen, ik kan goed met kinderen overweg. Eerst wil ik klaar zijn met mijn proefschrift.'

'En daar bent u mee bezig?' raadde ik.

'Right. Daarom ben ik hier, daarom pendel ik met mijn wagentje tussen Antwerpen en Den Haag.'

'Mogen wij weten waarop u promoveert?'

Men zou eerder denken dat zij een actrice was, iemand van bij de film, geen keiharde filologe, veeleer een prima ballerina misschien.

'Waarom niet, als het u interesseert...? Ik moet de invloed bestuderen van de Engelse op de Nederlandse letterkunde, vanaf de romantiek tot ongeveer de huidige dag. Eerlijk gezegd geen gemakkelijke opdracht, please believe me!'

'Hoewel niet onoverkomelijk...' dacht ik luidop.

'Nee, niet onoverkomelijk...' knikte zij nadenkend.

'Onoverkomelijk misschien niet, maar wel ontzettend taai...?' vroeg Jo zich af.

'Taai zou ik het niet noemen, men mag het niet door een continentale bril bekijken, weet u,' antwoordde zij, opgaand in ons gesprek. 'Wel moeilijk, daar niet van. Maar bijzonder spannend doordat wij, geloof ik, die dingen bij ons ánders bekijken dan hier, in Nederland en Vlaanderen, bedoel ik. Wij hebben meer elbow-room, ik wil zeggen...'

'Meer armslag?' stelde ik voor.

'Precies. Academisch verloopt alles in de Low Countries volgens het boekje, dat heb ik ondervonden toen ik in Leiden studeerde. Bij ons ligt het anders, voor ons is het geen wet van Meden en Perzen – nou, zèg! – dat wetenschap en verbeelding elkaar noodzakelijk opheffen. Een Engelse atoomfysicus wordt niet met de nek aangekeken als men hem bij voorbeeld tot chairman van de "Society for Psychical Research" zou verkiezen of als hij aan ufo's gelooft. You see what I mean?'

'Ja hoor!' antwoordde de uitgever enthousiast. 'Moeten wij daaruit opmaken dat u bovendien met parapsychologie of ufo's...'

'Natuurlijk niet, ik zei dat het een voorbeeld was... Ik bedoel dat wij ons minder op theorietjes zitten blind te staren, minder aan de brainwashing, de hobbietjes van een of andere prof staan blootgesteld. Niemand ziet er graten in dat wij multidisciplinair werken. Neem for instance Henry, ik wil zeggen Hendrik Conscience... De impact van mensen als Walter Scott op hem is u bekend. Die directe invloeden opsporen is nauwelijks specialistenwerk, die kan ik rustig op mijn kamer in Cambridge uitzoeken. Maar hoe staat het precies met die British connection? De hele maatschappijstructuur, het ganse – nou ja – antropologische klimaat van zijn tijd komt eraan te pas. Waarom voelde een Vlaamse schrijver zich tot Scott aangetrokken? Waren er ideologische redenen om naar de eigen roots op zoek te gaan? Dezelfde als in Engeland? Waarom schenen het hoofdzakelijk frustraties te zijn? Wat wist de Vlaming over de Britse wereld? Waren er in Vlaanderen Engelse boeken te koop of diende men zich met Franse vertalingen te behelpen?'

'Wat onherroepelijk uitloopt op een studie van de dominerende positie van het Frans,' onderbrak ik haar. 'Daar hebt u vast van gehoord?'

'Onvermijdelijk. Zo ziet u zelf hoe ik mij heb voorgenomen de zaak aan te pakken. Maatschappijstructuur houdt ook de uiterlijke aspecten ervan in: hoe zagen de steden eruit, de landschappen? Hoe verliep het leven van alledag? Om het tijdsklimaat te voelen zit ik voortdurend kranten uit te pluizen; zo krijg ik zicht op het leven van de lower- en de middle-class uit die dagen. Speciaal voor Conscience verblijf ik in Antwerpen, trouwens niet alleen voor hem. Vorige week was ik in Brugge, wonderful. Vermoedelijk ga ik er nog eens opnieuw naar toe – Gezelle en Engeland...' Zij zweeg abrupt en keek ons gegeneerd aan, verontschuldigend maar terzelfder tijd met een zekere zelfspot. 'Neem me niet kwalijk... I'm commanding attention en zit uw uitgaansavondje met mijn schooljuffersverhalen te verknoeien... Een schromelijk misbruik van uw gastvrijheid. Ik verdien dat u boos op me bent!'

'Kom nou!' zei ik.

'Denk dát vooral niet,' voegde Jo er vergenoegd aan toe. 'Toevallig bent u op het goede adres. Ikzelf ben uitgever, publisher, maar dat is bijkomstig. Mijn vriend is schrijver, very British-minded. Een stunt van hem is een boek over de fantastische literatuur, met jullie Stonehenge als uitgangspunt. Niemand is beter op zijn plaats in dat standaardwerk van u, al mompelde hij zijn naam tussen de tanden!'

Zij lachte en voor het eerst zag ik haar voorbeeldig wit gebit, met een helrood tongetje erachter.

'Jokken lijkt mij ongepast. Ik wist het. Toen ik binnenkwam en even stond te aarzelen, meende ik u te herkennen – dat portret op uw boeken! Daarom ben ik niet dadelijk weer weggelopen en ging graag op mister...'

'Heuvelmans!' sprong de vanavond bijzonder alerte Jo haar bij.

'Op mister Heuvelmans' uitnodiging in. Toch wilde ik niet indiscreet zijn, niet direct van de gelegenheid gebruik maken om u met vragen te overvallen. Ik weet hoe sommige schrijvers op hun privacy zijn gesteld. Volkomen begrijpelijk. Wel had ik mij voorgenomen u eerstdaags eens te telefoneren. Staat u het mij toe? Hebt u wat tijd voor me?'

Het leek de meest irrelevante vraag die mij ooit was gesteld.

'Dat moet u beslist doen,' antwoordde Jo bemoeiziek in mijn plaats. 'Hij weet een boel dingen die voor u belangrijk zijn, gelooft u maar. Kijk, ik schrijf meteen zijn nummer op dit bierviltje voor u op!'

Zij knikte dankbaar naar hem en borg het kartonnetje zorgvuldig op in haar tas, waarna zij mij lief aankeek. Klaarblijkelijk wou ze weten wat ik er als rechtstreeks betrokkene zélf van dacht.

'Voor ú heb ik al de tijd van de wereld,' zei ik.

Ik schrok er even van dat het helemaal anders klonk dan 'ik heb al de tijd van de wéreld voor u'.

Het was een van die uitgelezen momenten waarop je er eensklaps zeker van bent dat het Lot zich met je bemoeit. Hoewel heftiger, was het niet ongelijk aan de ontroering die mij bij het gesprek met Bastiaan had vervuld, samen met een gelijke warmte, een onbestemd geluksgevoel en een golf van onduidelijke toekomstverwachtingen. Die verandering in mijn leven waaraan ik eerder had gedacht?

'Morgen moet ik naar Amsterdam, daarna werk ik een paar dagen in Den Haag en dan zal ik even met mijn vroegere prof algemene literatuurgeschiedenis in Leiden gaan praten. Haast jammer, want ik voel mij goed in Antwerpen. Maar zondag of maandag ben ik weer hier. Dan bel ik u meteen op, ja?'

Jo zwaaide naar Greetje, de innemende kasteleinse, die tegen de achtergrond van kleurig glaswerk haar man een handje hielp.

'En ditmaal champagne!' juichte hij, ineens door het dolle heen. 'Van de beste, Greet! Met twee flessen komen we rond!'

'Wat krijgen we nou?' mopperde Krisje verontrust.

Duidelijk zag zij (vermoedelijk niet voor het eerst) haar maandbudget in de verdrukking komen.

'Dát, meisje, is míjn kleine wraak!' grijnsde hij vergenoegd. 'Herin-

ner je maar hoe jullie mij vanmiddag met mijn biljetten van de Nationale Loterij op de hak zaten te nemen!'
'Nou, én?'
'Laat hen betijen, dacht ik bij mezelf. Laat die vrouw en die vriend van mij gaarstoven in hun eigen sop en hou voorlopig je bek, Jo. Wie laatst lacht, lacht het best!'
'Welke reden heeft die gekke vent van me om te lachen?'
'Een bovenstebeste reden. Toen ik vanmorgen de krant inkeek, zag ik dat ik de honderdduizend heb gewonnen!'
'Seminis' kinderen!' zei ik op zijn Antwerps.
'Congratulations!' voegde onze nieuwe kennis eraan toe.
Kristien scheen behoorlijk de kluts kwijt.
'Het is niet de grote prijs, weet ik wel. Maar geen onaardig bedragje. Net genoeg om een achterstallige drukkersrekening te vereffenen, voor een paar Italiaanse pumps superdeluxe voor mijn trouwe bedgenote en een fles Veuve Clicquot of twee voor ons allen!'
'Als de zaken er zo voorstaan... Dan beslist champagne!' gaf zijn vrouw zich met plezier gewonnen. 'En nu maar duimen dat jij je niet hebt verkeken!'

Het was bij enen toen ik onze gaste voor het 'Theaterhotel' nabij de vroegere Nederlandse Schouwburg afzette.
'Vergeet niet mij op te bellen!' herhaalde ik.
'Dat doe ik beslist. Het is beloofd!' stelde zij mij gerust, bij het uitstappen haar vingers even tussen de mijne gestrengeld.
'Ik zou niet tegen de ontgoocheling opkunnen, ik reken erop, mevrouw... Of vindt u beter dat ik milady zeg?'
'Just say Emily,' lachte zij. 'Goodnight en tot gauw!'
Met een wuifhandje haastte zij zich op klakkende hakjes naar binnen. Een vleugje parfum was in de auto blijven hangen.
Als zij niet telefoneert, doe ik het zelf, dacht ik, terwijl ik de koppeling losliet en met nutteloos hard optrekkende motor afsloeg naar het Blauwtorenplein.

ACHTSTE HOOFDSTUK

Theorie en praktijk van de literatuurbeoefening. Foto's van voor een eeuw. Bloemen op een ánder graf. De plichtsbewuste postjuffrouw. Architect Nieuwlant. Een volksdemocratische monarchie. Confrontatie met een originele manier van leven.

Wanneer ik mij de na onze ontmoeting volgende dagen voor de geest roep, heb ik niet de indruk, dat ik mij ongelukkig voelde.

Integendeel, zou ik veeleer zeggen.

Ik was zelfs opgetogen aangezien ik wist, of althans hoopte, dat Emily mij op het eind van de week zou opbellen. Van zaterdag af zou ik zoveel mogelijk thuis blijven, nam ik mij voor, en goed op de telefoon letten. Ondertussen kon ik bezwaarlijk loochenen dat een onbestemde landerigheid mij vervulde. Word ik geestelijk in beslag genomen door een of ander vooruitzicht dat nog een poos mijn geduld op de proef stelt, dan is het meestal zo dat ik geen raad met mijzelf weet.

Ik was al geruime tijd bezig met een vaag idee voor een roman. Niettemin leende ik de drogreden gehoor dat ik het denkbeeld best wat liet rijpen. In feite wist ik ergens dat ik mij op die manier een rad voor de eigen ogen draaide. Uit ervaring besef ik wat er aan de hand is. Enige neiging tot inertie loopt uit op angst, soms zelfs panische angst voor de beslissende confrontatie – alles of niets – met het eerste velletje maagdelijk blank papier, om het eens oubollig uit te drukken.

Gelukkig reikt mijn ervaring verder. Op grond hiervan weet ik eveneens dat zo'n eerste inval niet het begin is. Veeleer is het de voltooiing van het weleens voor ongeduldige vrienden (wanneer een nieuw boek van je?) ingeroepen rijpingsproces. In feite heeft op dat ogenblik het onbewuste zijn taak verricht. Waar het op aankomt, is mijn onzekerheid, noem het mijn luiheid, te overwinnen, een pijp op te steken, een kwartoblaadje in mijn Olivetti te draaien en doodgemoedereerd een eerste, spontaan opwellende volzin te tikken. Het overige volgt vanzelf, meestal maandenlang zonder noemenswaardige onderbreking, en alles komt mooi rond.

Waarom ik trouwens zo moet lachen om de geleerde praat voor de vaak die sommige modieus geaarde academici of andere would-be ingewijden over methodes, structuren, intertextualiteit, semiotiek en dito waanwijs verzonnen begrippen met een stijf wit boordje om de nek in hun nonsensicale buitenstaandersstukjes lozen.

Het is beslist ingewikkelder maar terzelfder tijd aanzienlijk eenvoudiger. Waar het op aankomt is woord na woord de zich aldus organisch ontwikkelende volzinnen en de op het vinkentouw zittende gedachtenassociaties los te wrikken. Natuurlijk kan je dat niet op de universiteit leren. Verbaasd constateer je na verloop van enige tijd dat alles al in je aanwezig was, niet het minst die bevreemdend evenwichtige, uitgebalanceerde structuur. In feite verloopt het niet anders dan voor een beeldhouwer op wie van tevoren een naakte vrouwenfiguur geduldig ligt te wachten in de nog ruwe steen.

Wie het als schrijver in de vingers heeft – móet hebben! – en eerlijk speelt, is de enige die weet hoe het van binnen uit werkt. Geleerden, ijverzuchtige critici, mislukte auteurs of zelfs welmenende vorsers kunnen het moeilijk begrijpen, althans minder dan de lezer die onbevangen je land betreedt. Wat steeds weer tot gezeur, misverstanden en – ik spreek uit ervaring – soms tot ware, door zelf mislukte literatoren of nijdassige concurrenten aangevoerde vervolgingscampagnes leidt.

Ondertussen onthield ik Lancelot de pret op mijn werktafel bij me te komen zitten, wat hij niet op prijs scheen te stellen.

Uit ons gesprek in 'De blauwe Ganze' was duidelijk gebleken dat Emily mij wilde weerzien. Van tevoren verheugde ik mij erop met de jonge vrouw over dit alles te praten, waaraan je niet hoeft te beginnen met haar van tevoren gehersenspoelde vakgenoten.

Vreemd genoeg verdreef dit voornemen enigermate het melige gevoel dat mij belaagde. Hoewel door geen andere ontmoeting dan het avondje in het sfeervolle herbergje aan de Lijnwaadmarkt voorafgegaan, was het of Emily's afwezigheid reeds nú een schromelijk tekort voor mij betekende. Voor het eerst voelde ik de landelijke eenzaamheid op mij wegen en ik was niet ontevreden Jo's stem aan de telefoon te horen.

Mijn voorstel om enig iconografisch materiaal te reproduceren bij het nawoord in Van Kerckhovens roman was bij hem in goede aarde gevallen. Hij stond er zelfs op het ruimer aan te pakken dan ik het aanvankelijk had bedoeld. Ik was mij ervan bewust dat het ogenblik was aangebroken waarop ik mij in andere omstandigheden langzaam aan van de zaak zou hebben gedistantieerd. Ofschoon bereid eventueel nog eens van gedachten te wisselen over de te verzamelen illustraties, beschouwde ik mijn taak als beëindigd. In feite was de tijd voor het produktieproces van *Liefde* aangebroken en dat was zíjn zaak.

Wegens het gevoel van afwachting, dat mijn belangstelling voor om het even welke bezigheid blijkbaar op het laagste pitje had teruggedraaid, verklaarde ik mij niettemin bereid hem nog een handje toe te steken, blij wat verstrooiing te vinden.

Een ganse morgen waren wij in het Stedelijk Archief druk bezig, nogal overstelpt door de overvloed van het materiaal, ons enthousiast voorgelegd door een behulpzame beambte die een schoolkameraad van Jo bleek te zijn. Wij hadden er net zo goed in een uurtje mee klaar kunnen zijn. Ronduit gezegd vond ik het een buitenkansje eens al die verrukkelijke, negentiende-eeuwse opnamen, soms stilaan verbleekt, soms zo verbazend fris of ze gisteren waren gemaakt, door mijn handen te mogen laten gaan.

'Nu wij het op ons gemak kunnen doen, komt het erop aan zo zorgvuldig mogelijk te kiezen,' vond Jo. 'Er zijn twee regels waarmee wij rekening moeten houden...'

'Wij zoeken uiteraard dingen uit Pieter-Frans' tijd, achttienhonderdvijftig of daaromtrent.'

'Precies... In de tweede plaats horen het foto's te zijn zonder die depressieve sfeer van nare poverheid welke je, ik weet niet hoe het komt, dikwijls op zulke oude snapshots aantreft. Alle mensen lopen als onder armoede gebukt, het lijkt wel of de tijd zijn aftakeling op het papier heeft voortgezet. Enfin, keuze genoeg, kwestie van daarop te letten!'

'Mooi, Jo! De tijd die zijn aftakeling heeft voortgezet... Een fraaie omschrijving! Nee maar, kijk eens naar die twee wandelaarsters op de Meir, onmiskenbaar chique opgedofte Antwerpse madams... Blijkbaar hebben ze speciaal geposeerd! Maar van de Van Dyck-achtige, frisse voornaamheid die ze stellig bezaten bleef niks over... Het heeft er alles van dat ze onder honderd jaar stof zitten. Of in weken niet in bad zijn geweest. In geen geval kan Amelie, kan lady Moor er zo hebben uitgezien...'

Het hield ook met Jo's vlot op dreef rakende verbeelding verband, dat ik onze omgang steeds meer op prijs was gaan stellen.

Dat vandaag de dag duizenden zonder enig probleem bij mijn verbeelding aanpikken is voor mij een verschijnsel waarmee ik vertrouwd ben. In feite is het een statistisch fenomeen, wat op een gracht in Amsterdam het metabolisme van een uitgeverscomputer mee bepaalt. Slechts in niet alledaagse gevallen – een lezing, een signeeractie, aanklampende getrouwen op de Boekenbeurs, een warmhartige lezersbrief – gebeurt het dat ik mij ervan vergewis. Afgezien van zulke individuele seinen beperkt het zich tot wat ik tijdens een interview eens als het achtergrondgeruis in een astronomische detector heb gekenschetst. Het klinkt lyrisch, maar het beantwoordde aan wat ik op dat moment bedoelde. Door Jo's onvoorwaardelijke reacties begreep ik voortaan beter wat er soms in mij omging.

Terwijl wij een uur later door de universitaire buurt in de richting van het oude centrum liepen, was hij nog steeds met die desoriënterende aanblik van dergelijke negentiende-eeuwse opnamen bezig.

'Er is echt iets raars met die plaatjes uit de tijd dat de beesten spraken,' opperde hij. 'Ook toen registreerde zo'n simpele lens nauwkeurig wat er te zien was. En toch...'

'Met die lens was er niets aan de hand,' bevestigde ik. 'Nog geen jaar geleden werd ik opgebeld door Coremans, je weet wel, de hoogst aangeschreven fotograaf in de stad. Een of ander weekblad had hem opgedragen een prentje van me te maken. Meestal komen zijn collega's dat even bij je thuis fiksen. Hij stond erop dat ik naar zijn studio kwam. Des te meer verwachtte ik dat hij er met een Leica, een Hasselblatt, weet ik veel, een van die geraffineerde en onbetaalbaar dure spullen op los zou gaan... Tot mijn verbazing pootte hij me neer voor zo'n houten bakbeest uit het jaar nul dat je alleen nog in een museum aantreft. Ermee rondzeulen was onmogelijk, vertelde hij met duidelijke spijt, voor klassieke portretten maakt hij er regelmatig gebruik van... Het leek mij vrij snobistisch, maar tot mijn verbazing bleek het resultaat ongelooflijk goed...'

De uitgever onderbrak mij vooraleer ik eraan kon toevoegen dat het sombere, wat morsige uitzicht van sommige foto's in het Stedelijk Archief naar mijn mening toegeschreven hoorde te worden aan de geringe kwaliteit van het toenmalige gevoelige materiaal. Overigens hinderde het mij niet hem op zijn gewone manier te horen doordrammen.

'Zie je nu zelf? Wie weet of inderdaad de wereld er niet anders uitzag? Je merkt het trouwens ook op bepaalde schilderijen van Breitner, dat ándere licht, de troosteloosheid waarin de wereld baadt, de groezelige atmosfeer... Toen wij kinderen waren, dat moet je vast nog weten, is er op een middag eens een zonsverduistering geweest...'

'De zonsverduistering uit *De komst van Joachim Stiller*,' gniffelde ik, hem met aanzienlijke vertraging zijn grapje retournerend van tijdens het etentje in 'De Kroon'.

'Hé!' zei hij verrast. 'Waarom niet? Ik bedoel dat alles er inderdaad uitzag als op dergelijke oude opnamen... Zonnevlekken of zo in Van Kerckhovens tijd, mogelijk jarenlang? Er zijn in het verleden meer toestanden die wij ons verkeerd voorstellen. Pas kort geleden las ik een boek over het oude Griekenland, de naam van de schrijver herinner ik me niet. Overtuigend wordt erin bewezen dat er nooit van enig stralend marmeren Athene in technicolor sprake is geweest. Je waadde er tot je enkels in drek en smurrie, de ganse stad was één enorme mestvaalt, vergeven door strontvliegen, waar het stonk tegen de klippen op. Diogenes in zijn regenton was er tussen de ratten, de scharrelende kippen en de wroetende varkens erger aan toe dan een clochard onder een Parijse brug!'

'We zijn een eind van huis, Jo! Ik houd het bij de natte, ter plaatse gevoelig gemaakte glasplaten waarmee men zich in Pieter-Frans' tijd moest behelpen. Verder praat je me niet uit het hoofd dat Amelie en lady Moor elke dag uitgebreid baadden en schone spulletjes aantrokken!'

'Net als dat Engelse meisje,' lachte hij, 'hoe heet ze ook weer? Emily, bedoel ik. Ik zou haar best eens onder de douche willen zien!'

'Precies...' antwoordde ik wat stroef. 'Zeg, waar lopen we naar toe? Ik heb mijn wagen op de Sint-Jansvliet geparkeerd...'

Het kwam goed uit dat hij mij meeloodste naar 'De grote witte Arend' daar vlakbij, waar Krisje in het zonnetje op de binnenplaats bij een glaasje witte wijn zat te wachten.

'Het zou leuk zijn, Paul, als je hier met ons een sandwich wilde blijven eten. Je zei dat je niet veel omhanden hebt... Dan kunnen we dadelijk nog eens samen naar het kerkhof rijden.'

'Naar het kerkhof? Ben je gék, zeg! Nooit in mijn leven ben ik er zo vaak geweest, het begint méér dan genoeg te worden!'

Veel inspanning om mij te bepraten kostte het hem niet. Ik hád niets omhanden en wist van tevoren dat ik er thuis toch maar verveeld en rusteloos bij zou lopen. In deze drukke tijd van het jaar kon ik bezwaarlijk overdag bij de Brusselmansen gaan buurten. Zolang ik ongeduldig zat te wachten op een telefoontje dat dagenlang zou uitblijven, kon ik hem net zo goed zijn zin geven, op voorwaarde dat hij het blikken moordgeval liet voor wat het was en beiden in mijn veiliger DS meereden.

'Stom van me, Paul, ik had het je vanmorgen dadelijk moeten voorstellen. Eerst dacht ik er niet aan en toen we met de keus van de illustraties klaar waren, liepen we te kletsen... Het is een idee van Krisje. Ingeval men ons in het Stedelijk Archief niet behoorlijk zou helpen, dacht zij, konden wij zélf wat schilderachtige negentiende-eeuwse hoekjes kieken in de stad. Daarom heeft zij haar oude Voigtländer meegenomen. Zij is een knappe fotografe! Nadat wij het eens waren geworden over dat documentair katerntje, dacht ik aan een plaatje van zijn graf op het Erepark,'

'Reusachtig...' meesmuilde ik. 'Waarom niet?'

'Dat zei ik ook,' grinnikte hij. 'Speciaal voor jou een leuke herinnering. Ik zie nog je ontstelde gezicht nadat je doodgemoedereerd je pijp had zitten stoppen en ik je waarschuwde!'

'Leuke attentie, als je het mij vraagt. Maar dan wil ik erbij staan!'

'Precies wat ik bedoelde,' beaamde Krisje. 'Het portret van je leven!'

Jo merkte op dat wij precies dezelfde weg volgden als Freek Groenevelt op de avond dat hij in *Joachim Stiller* voor het eerst naar het huis van Simone Marijnissen reed.

'Lampo had in die tijd een zelfde witte DS,' gniffelde hij, 'het literaire puikje, Muylaert, Luës, Depree en de andere Brulkikkers, heeft het hem nooit vergeven!'

Op mijn eentje zou ik weer hopeloos verkeerd zijn gelopen. Aanzienlijk praktischer dan ik, had de uitgever feilloos het kronkelige pad onthouden naar de plek waar wij gefascineerd bij Antons filmopnamen hadden staan kijken. In het stralende licht van de vroege namiddag merkte ik er niets meer van de spookachtige sfeer welke zijn floodlights er die nacht tot stand hadden gebracht. Hier en daar herinnerde wat vertrappeld gras aan zijn activiteit.

Wij liepen door naar Van Kerckhovens nabije tombe.

'Hé... Kijk, een tuil witte irissen!' riep Kris opgetogen.

'Nee, verdomme, het begint toch niet opnieuw?' liet ik mij schertsend, hoewel enigszins geforceerd ontvallen. 'Wanneer houdt die onzin op?'

'Wat is er aan de hand?' informeerde Jo verbaasd.

'Ach, niets bijzonders...' relativeerde ik. 'Toen ik voor enkele dagen nog eens het graf van mijn ouders bezocht, had iemand daar een dure bos seringebloesem neergelegd, een vergissing. Ik vond het wat gênant...'

'Een vergissing...?' opperde Kristien ongelovig. 'Hoe is dát mogelijk?'

'Hóe weet ik niet, maar het wás blijkbaar mogelijk!'

'En witte irissen voor Pieter-Frans...' mijmerde Jo. 'Jammer dat ze verwelkt zijn... Stom dat we zélf niet wat bloemetjes meebrachten! Als het boek verschijnt, zouden we een huldebetoon bij zijn graf kunnen organiseren... Als je het mij vraagt, heeft dat tuiltje te maken met het interview in *Het Avondnieuws*. Iemand las het, een afstammeling, dat kan, iemand die net als wij heeft gevonden dat het tijd werd om eens iets voor die arme Pieter-Frans te doen... De een of andere romantische ziel. Het verrast je soms hoe een braaf mens spontaan reageert. Wij vergeten gemakkelijk dat er nog aardige mensen zijn, niet iedereen is harteloos en bikkelhard geworden...!'

'Moet je even luisteren,' zei Krisje vooraleer ik beiden in de Reyndersstraat bij hun auto afzette. 'Die bos seringebloesem op het graf van je vader... Vergeet maar dat het een vergissing zou zijn! Ik wed dat hij óók is neergelegd door iemand die het interview met Verschaeren heeft gelezen. Geloof me, dat is stukken redelijker dan een of andere verstrooide kerkhofbezoeker.'

Opeens begreep ik niet dat ik het tot dusver zó niet had bekeken; ik vond het volkomen aanvaardbaar. Overigens leek het mij een troostende suggestie, waarbij ik mij gelukkig voelde. Dat het een bezoekster, geen bezoeker was geweest, maakte weinig uit.

'Kom,' antwoordde ik. 'Laat dat paarse schroot nog een poosje rusten. Ik ben er zeker van dat jullie stikken van de dorst. Reeds te lang

liggen de terrasjes van de Grote Markt te wachten!'
Dat gezelligheidsdieren als zij mijn voorstel niet naast zich neer zouden leggen wist ik van tevoren.
'Die inval van Kristien lijkt mij niet gek,' zei ik na een eerste teug. Iets had mij ertoe aangezet om er weer over te beginnen.
'Welke inval?' kwam de uitgever uit de lucht vallen.
'Over die bloemen, over het interview met Roel... Ergens zat ik met die seringen in mijn maag. Ik kon het natuurlijk niet helpen. Het geeft je een vervelend gevoel, net of je ze je onrechtmatig hebt toegeëigend... Het doet mij aan iets denken in dezelfde aard... Toen ik laatst in Zuid-Engeland was, reed ik door het New Forest naar het eiland Wight. Je hebt daar idyllische dorpjes, waar de schapen en de wilde paardjes uit de streek ongestoord door de straten wandelen. Zoals ik meer doe, ik geloof dat het in Brockenhurst was, liep ik het kerkhof op...'
'Dus tóch een gewoonte van je, Paul?'
'Eenmaal het Kanaal over wél... Men kan zich onmogelijk vrediger plekjes voorstellen. Het laatste waar je aan denkt is de dood... Moet je horen. Sta ik me daar te midden van een niet bijzonder keurig onderhouden grasperkje eensklaps voor het absoluut onopvallende graf van Conan Doyle! Ik wist niet of ik hoorde te juichen of te huilen. Als een kleuter ben ik op het kerkhof zélf wat veldbloemetjes gaan plukken, er groeiden er genoeg, en heb ze voor het simpele kruis neergelegd.'
'Wat ik een ontroerend verhaal vind!' zei Krisje en keek mij beminnelijk aan. 'Dát was het wat ik daarnet bedoelde. Zo moet je het tuiltje witte irissen voor Pieter-Frans, de seringen voor je ouders, enfin, voor je vader opvatten. Sherlock Holmes is het vást met me eens!'

De volgende ochtend moest ik een paar boodschappen doen. Een ervan was het ophalen van een aan mij geadresseerde zending van een pas herdrukte roman. Ze leek mij te zwaar om door de als een muilezel geladen postbode te worden meegezeuld, ik heb vaak met de man te doen. Aangezien ik wist dat het vrachtje vanuit Amsterdam op komst was, had ik hem gewaarschuwd dat ik het met de wagen kwam oppikken, waar hij mij bijzonder erkentelijk om bleek.
De menopauzejuffrouw aan het loket besloot om een mij inktduistere reden dat vandaag alles volgens haar instructieboekje zou verlopen. Daarom hoorde ik, als Moeder de Geit, een wit pootje te tonen in de vorm van mijn persoonsbewijs vooraleer het pakketje mij kon worden toevertrouwd.
Het was de eerste en enige uiting van landelijke dwarsliggerij die ik ooit op mijn dorp heb ondervonden. Enige tijd geleden werd ik door de televisie naar aanleiding van Pieter-Frans' boek geïnterviewd. Tussen de postjuffrouw en mij is het sindsdien rozegeur en maneschijn, stel je voor... Onweerlegbaar leert het ons dat je niet direct over Kafka

moet gaan zeuren of kwade ingezonden brieven naar de krant sturen.

Op die morgen moest ik mij echter nederig aan 's lands hogere administratieve beschikkingen onderwerpen, wat mij als binnenskamers anarchist uit roeping (en vredelievend staatsburger uit praktische overwegingen) soms opeens hoog zit. Terwijl ik met ingehouden protest het levensbelangrijke identiteitsstuk uit mijn portefeuille viste, viel er het samengevouwen blocnoteblaadje uit dat de notaris mij bij ons afscheid in de hand had gestopt.

Dit uitstel kan ik wie mij kent duidelijk maken, anderen zullen er moeite mee hebben.

Onverschilligheid speelde hierbij geen rol; ergens hield het verband met die eigenaardige innerlijke remmingen van me. Vaak waren deze er de oorzaak van dat ik de weg naar het graf van mijn ouders schuwde. Geen ogenblik had ik het voornemen gekoesterd aan Bastiaans suggestie geen aandacht te schenken. Net als onlangs met Roel Verschaeren, had ik zonder opzet, haast instinctmatig de ontmoeting telkens verdaagd.

Alles wees erop dat het onderhoud met Bostijns onbekende relatie nogmaals een belangrijk moment in mijn leven kon betekenen; misschien de diepst reikende, definitieve en meest emotioneel geladen ontmoeting met mijn arme, onbekende vader.

Nee, ik kon niet langer wachten zonder mezelf flagrant te blameren!

Nu er enige tijd overheen is gegaan, besef ik dat mijn onbewuste mij ertoe had aangezet het velletje ongelezen in mijn portefeuille te bewaren. De bereidheid tot de confrontatie hoorde nog even te rijpen, wat ik voorlopig als een vorm van schroom had geïnterpreteerd. Dank zij de bazig betuttelende postjuffrouw wist ik dat het ogenblik was aangebroken.

Ik ging achter het stuur van mijn wagen zitten en haalde het velletje te voorschijn. *Alfred Nieuwlant* stond erop geschreven. Het was een naam die ik onmiddellijk in de categorie onderbracht die ik prettig vind wegens de klare degelijkheid. Verder zegde hij mij niets.

Doordat Bastiaan er niet op had gezinspeeld, verbaasde het mij dat de man in Lint woonde, het dorp voorbij het mijne aan de oude weg die door de velden naar Lier kronkelt. Professioneel noch maatschappelijk kon ik hem thuisbrengen. Ingeval ik hem in de sociale context van de notaris hoorde te plaatsen, scheen er wel iets te kloppen. Voorlopig was ik een nieuweling in deze buurt. Vooraleer ik oom Lamberts huis had betrokken, was de regio ten zuidoosten van Antwerpen voor mij een witte plek op de Michelinkaart. Nu ik mij evenwel beter kon oriënteren, kwam mij een Engels-parkachtige omgeving voor de geest. Ruim honderd jaar geleden bouwden daar de haven- en diamantdynastieën uit Antwerpen romantisch-barokke zomerverblijven. Deze werden door de intrede van de auto tot definitieve woningen getransformeerd. Het denkbeeld er in een elitair, aristocratisch milieu terecht te komen liet mij onverschillig. Ik heb in de meest uiteenlopende milieus zowel charme en voornaamheid als onbenulligheid en botheid geobserveerd, waarom ik besloot de kat uit de boom te kijken. Ik deed het niet zonder positieve vooringenomenheid, mij door een onmiskenbaar gentleman als Bastiaan Bostijn ingegeven.

Zodra ik thuis kwam, draaide ik het nummer dat deze onder de onbekende naam had geschreven. Lancelot kwam belangstellend zitten meeluisteren.

De heer Nieuwlant nam zelf de telefoon op.

Toen ik hem zei dat ik Paul Deswaen was, situeerde hij mij dadelijk en drong er hartelijk op aan dat wij elkaar nog in de late namiddag zouden ontmoeten.

Ik parkeerde mijn wagen in de grazige berm, onwennig als gewoonlijk in zulke omstandigheden.

Er was een verwilderde beukenhaag, waar ik doorheen kon kijken. Ik zag een onmiskenbaar oud, keurig maar zonder stroeve nauwgezetheid onderhouden landhuis voor me oprijzen. Het was gebouwd in wat men, wegens het witte vakwerk en de donkere balken erdoorheen, bij ons de Normandische stijl noemt, achter in een door zijn ruime afmetingen onoverzichtelijke tuin. Men had de meeste planten en bloempartijen hun gang laten gaan. Op plaatsen waar het niet hinderde, bleek het ongemaaide gras in het zaad te staan. De artistieke nonchalance was onmiskenbaar, hoewel de algemene aanblik van de sfeervolle bedoening niet slordig en evenmin vervallen genoemd kon worden. Het was een goed huis.

Mijn oppervlakkige indruk kwam hierop neer, dat de bewoners er waarschijnlijk een mentaliteit van leven en láten leven op na hielden. Zo te zien waren zij kommerloos voor onbelangrijke details en duidelijk gevoelig voor de ongedwongen luister van een ternauwernood aan regels onderworpen, zich op de meeste plekken vrij ontplooiende natuur.

Ik moest aan Tsjechov denken, wiens werk mij steeds diep heeft aangegrepen. Ik wist niet dat het – ofschoon in blijdere zin – een gewettigd voorgevoel was.

Opdat men mij zou horen had ik opzettelijk het portier van mijn auto luidruchtig dichtgeklapt. De heer des huizes, of wie ik hiervoor hield, bleek voor de royaal beglaasde deuren van een uitgestrekt terras op mij te wachten. Tevoren zat hij vermoedelijk in een van de met bonte kussens beklede tuinstoelen. Had ik hem uit zijn namiddagdutje gewekt?

Van verre gaf hij mij door een gebaar te kennen dat hij mij had gezien.

Met duidelijke gastvrijheid kwam hij mij tegemoet. Enigszins verlegen ging ik langzamer lopen, het ritme van mijn stappen op de zijne afgestemd.

Van de korte tijd die mij werd geboden, maakte ik gebruik om hem – onvermijdelijk oppervlakkig – te observeren.

Ik schatte hem zowat zeventig.

Hierbij hield ik rekening met de mogelijkheid dat zijn fysiek en geestelijk frisse, gezonde aanblik hem er jonger deed uitzien dan hij in werkelijkheid zou blijken.

Hij was kloek gebouwd, had een prachtige grijze kop en een ringvormige zeemansbaard om zijn zacht en knap aangezicht.

Zijn witte open hemdskraag droeg hij in een voortreffelijk gesneden pak van fijn lichtblauw linnen. Het trof mij dat het, uiteraard geraffineerder, in feite niet fundamenteel verschilde van de werkkledij die mij uit mijn jeugd voor de geest kwam. Ik herinnerde mij dat zij bij voorkeur door bouwvakarbeiders werd gedragen.

Zelden had ik een man ontmoet die zo'n ontzaglijke rust uitstraalde. Ik voelde mij haast lichamelijk door zijn levenskracht aangeraakt.

Met opgeheven palmen stak hij zijn handen naar me uit.

'Paul Deswaen...!' zei hij, en ik hoorde dat hij ontroerd was. 'Welkom in dit huis, ik bedoel in deze tuin,' corrigeerde hij glimlachend, 'straks gaan we naar binnen. Mijn naam is Alfred Nieuwlant. Jij noemt me voortaan Fred, zonder complimenten.'

Het overkomt mij niet voor het eerst, dacht ik. Op een prettige manier vergewiste ik mij ervan dat het was of ik hem vroeger dan gewoon een paar minuten tevoren had ontmoet.

'Dat zal ik vast doen, meneer Nieuwlant, excuseer, ik bedoel Fred,' stamelde ik.

Mijn ogen werden nat door opkomende tranen, die hem niet konden ontgaan.

'Ik wist dadelijk dat jij het was,' antwoordde hij, terwijl hij mij aandachtig in ogenschouw nam. 'Je lijkt sprekend op je vader in de tijd dat wij elkaar kenden... Kom, we gaan zitten, maak het je gemakkelijk...'

Buiten mijn gezichtsveld lag er ergens een tenniscourt in de tuin, wat ik aan het elastisch kaatsen van de ballen hoorde.

Blijkbaar zag hij dat ik er verstrooid naar luisterde.

'De kinderen... De kleinkinderen... Wíe exact moet je me niet vragen, we zijn hier met zijn velen, weet je...'

'Met zijn velen?'

'De ganse familie, wil ik zeggen,' lachte hij welgemoed. 'Ik geloof dat ik je maar beter zonder verdere plichtplegingen in vertrouwen kan nemen. Door je meteen te waarschuwen dat wij niet zijn als de ánderen.'

Duidelijk bleek uit zijn vluchtig zijdelings hoofdknikje dat hij met die ánderen onbeperkt de hele wereld bedoelde.

'Nee toch?' opperde ik gedesoriënteerd. 'Niet als de ánderen?'

Moeizaam werd de wat slepende terrasdeur geopend, of iemand het met zijn elleboog probeerde te doen. Voorzien van een serveerblad met alles erop wat er voor de namiddagthee nodig was, verscheen een meisje van een jaar of zestien, zeventien. De situatie in haar geheel deed mij wegens die thee aan Engeland denken, wat mij met een genoeglijk gevoel vervulde, te meer daar het de herinnering aan Emily verlevendigde.

'Mijn kleindochter Rika,' stelde Fred Nieuwlant de lieftallige bakvis voor, die hierbij, subtiel parodiërend en tegelijk met een zekere ernst, een bekoorlijke revérence maakte. 'De oudste van mijn jongste zoon, zij heeft zich voorgenomen een beroemde danseres te worden. Mij best, wij zien wel, momenteel loopt ze kunsthumaniora, haar keuze is de onze. Zo gaat het hier.'

'Prachtige familie, zou ik zeggen,' antwoordde ik, volledig met hem op mijn gemak. 'Zo'n leuke kleindochter wil ik later zelf best!'

'Nou, je hebt nog niet alles gezien!' lachte hij opgetogen, ook naar het meisje, dat de thee met precieuze geisha-gebaartjes voor ons opdiende. 'Daarop zinspeelde ik door je toe te vertrouwen dat wij nogal van de anderen verschillen!'

'Nou, gelukkig maar, Opa!' reageerde het kind met warme spontaneïteit. 'Ik kan me niets afschuwelijkers voorstellen dan te ruilen met de saaie boel waarin de meeste mensen leven!'

'Zo hoor ik het graag, liefje! Soms overvalt mij de angst dat een van jullie niet gelukkig zou zijn in dat gekkenhuis waar jullie opgroeiden...'

'Nooit!' repliceerde zij stralend. 'Dat is toch niet mogelijk, hoe kom je bij zo'n nare gedachte? Ik blijf hier tot ik doodga, net als de ganse bende van Nieuwlant!'

Vooraleer zij de terrasdeur achter zich dichttrok, stak zij, als een volmaakte soubrette in een komedie van Molière, haar koraalrode lippen tot een tuitzoentje vooruit. Zo'n dochter, en Emily haar moeder...

De oude man – voor zover ik hem die naam mocht geven – zat te glimlachen.

'Inderdaad,' bevestigde hij, 'zo worden wij in de streek genoemd, de bende van Nieuwlant! Het is niet onaardig bedoeld, integendeel! Zelfs de kapelaan is een vriend van ons, wat niet op een kwalijke reputatie wijst...' Hij dronk rustig zijn thee uit, waarna hij er breeduit bij ging zitten. 'Ik moet Leentje, Oma, enfin, mijn vrouw verontschuldigen. Zij is druk bezig in de keuken, waar zij trouwens zoveel hulp heeft als zij maar wenst. Je blijft met ons dineren, Paul, zij rekent erop. Vooraleer we aan tafel gaan, komt ze ons gezelschap houden bij het aperitiefje. Hoewel dat voor mij helemaal niet hoefde, vond zij dat ze ons maar beter onder mannen liet. Verbaas je niet als dadelijk een van de klein- of zelfs achterkleinkinderen – ja, hoor! – ongevraagd bij ons komt zitten; zo leven wij, zie je... Over belangrijke dingen praten wij vanavond ongestoord in mijn werkkamer...'

Naderhand heeft het niet lang geduurd vooraleer ik in villa 'Ultima Thule' zoveel als een zoon des huizes werd.

Bij voorbaat al gelukkig wanneer ik ernaar toe reed, overpeinsde ik telkens weer met verrukking hoe Nieuwlant erin is geslaagd om zijn leven en dat van de zijnen volkomen te richten naar een of andere klare, voor velen onbegrijpelijke maar sublieme ingeving die zich – hoeveel jaren geleden? – op het exacte moment van hem meester maakte.

Ik span mij in om niet voor een stijlbloempje te bezwijken en hem bij voorbeeld met de naam te bedenken van een in deze verloederde eeuw herboren Merlijn. Allerminst potsierlijk op zichzelf, dekt de vergelijking evenwel niet de realiteit welke ik wens te verduidelijken. Men dient er vermoedelijk rekening mee te houden dat hij bepaalde toevallige omstandigheden te slim af is geweest. Bijgevolg verlies ik niet uit het oog dat Alfreds succesvolle, ofschoon – vreemd genoeg! – praktisch geluidloze loopbaan als hard werkend architect reeds vroeg de ballast had opgeruimd van de kritiekloos aanvaarde conventies die op zoveler bestaan wegen.

Later zou ik weten dat hij nooit over geheime formules heeft beschikt, op die ene na, welke velen in zijn situatie over het hoofd zien. Van het levensgeluk je opperste ambitie maken, bedoel ik en, zolang je niet door het Noodlot wordt getroffen, het overige als franje beschouwen.

Kwam zijn voorbeeld op het geschikte ogenblik? Hield het een les in?

Dien ik noodgedwongen toch op een geheim te zinspelen?

Overigens, voor zover hiervan sprake is, werd het mij die namiddag tijdens ons gesprek zowat volledig geopenbaard.

'Ik heb mij voorgenomen straks met je over je vader te praten. En over andere dingen wellicht... Het hoort in een sfeer van vertrouwen te gebeuren, begrijp je? Daarom moet je vooraf weten wie je voor je hebt.'

'Je bent een vriend van Bastiaan... Ben ik niet daarom naar je toe gekomen?'

'Mooi dat je het zo bekijkt, Paul! Ondertussen voel ik dat het vertrouwen er volop is. Daaraan nog woorden te besteden lijkt mij vrijwel overbodig. Zeker wat mij betreft; tenslotte weet ik een boel over je.'

'Over mij?'

Mijn verrassing was geen vorm van beleefdheid en had evenmin met aanstellerij te maken.

'Wat dacht je?' glimlachte hij. 'Waartoe dient anders je werk?'
Wanneer ik mijn gedachten over dat literaire wereldje van ons laat gaan, ben ik mij ervan bewust dat weinigen – en wel het minst de vaak officieel verwende prebendenjagers en grote bekken – de literatuur net zozeer au sérieux nemen als ik het reeds jaren doe. Niettemin verlies ik meermaals uit het oog, dat al die boeken bij een niet te onderschatten aantal mensen terechtkomen in wier leven ze inderdaad iets blijken te betekenen. Vandaar mijn verbazing, die anderen weleens als 'fishing for compliments' opvatten.
'Als ik je goed begrijp...'
'Ken ik je romans vrij behoorlijk, waarom niet? Straks toon ik je de bibliotheek. Afgezien van onze overige gebreken zijn we verwoede lezers. Het gebeurt dat wij een avondlang over een of ander werk zitten te bomen, ja, hartstochtelijk te bekvechten. Aangezien ik zijn boeken ken, ken ik Paul Deswaen.'
'Misschien heb je gelijk... Ja, uit díe hoek bekeken...'
'Hoe zou ik het anders bekijken? Maar jij weet niets van mij af!'
'Je bent een vertrouwde van Bastiaan...' mompelde ik ongeïnspireerd.
'Dát in elk geval. Denk niet dat er iets speciaals met me aan de hand is! Maar je bent mijn gast, ónze gast, wat doorgaans voor ons álles betekent. Ik wil niet dat een gast, een vriend dus, zich bij ons gedesoriënteerd zou voelen.'
'Nee toch, gedesoriënteerd? Waarom?'
'Ja, waarom...?' lachte hij, de hand in zijn baard. 'Het eenvoudigste is dat ik je summier wat over mijn, over ons leven vertel, als het je althans interesseert?'
'Eerlijk gezegd ben ik afschuwelijk nieuwsgierig!' antwoordde ik naar waarheid.
'Dan zijn je verwachtingen te hoog gespannen... Enfin, dat geeft niet. Je moet vooraf weten wat voor vlees je in de kuip hebt, want vermoedelijk zien wij elkaar nog vaak, wat ik van harte hoop. Zoals de zaken ervoor staan, weet ik dat Bostijn je niets over mij heeft verteld... Ik ben vijfenzeventig en oefen nog steeds mijn beroep van architect uit, samen met mijn zoons.'
'Ik schatte je zeventig...'
'Dank je! In het begin van de jaren dertig was ik klaar met mijn opleiding en trouwde na mijn militaire dienst onmiddellijk met Oma, met Leentje, ze komt dadelijk bij ons... Ons huwelijk was een réussite waarvoor ik nog elke dag de goden dank. Materieel hadden wij het aanvankelijk moeilijk, maar langzaam aan raakten wij behoorlijk vlot. Inmiddels waren de kinderen geboren, vier zoons en één dochter, reden waarom wij naar een ruimere woning moesten uitkijken. Hoewel het niet aan mijn opvattingen over de architectuur beantwoordde,

waren wij gek op dit landhuis, in feite tienmaal groter dan wat we nodig hadden. Als gevolg van een faillissement konden wij het voor een habbekrats kopen, de plek grond alleen al was aanzienlijk meer waard...'

'Heerlijk voor de kinderen, vermoed ik?'

'Nou...! Aanvankelijk leefden wij hier erg afgelegen, wat ons in die jaren, toen de auto een uitzonderlijke luxe was, aanzette om zoveel als een eigen wereld op te bouwen. Later gingen de jongens ook architectuur studeren, het meisje werd decoratrice. Als zij trouwden, vonden zij het volstrekt normaal hier met zijn allen – ruimte in overvloed – hun intrek te nemen... Toen later bleek dat gehuwde kleinkinderen hun voorbeeld zouden volgen, waren wij zelfs gedwongen achteraan in de tuin, ditmaal modern en nogal surrealistisch, een tweede villa te bouwen. Elk gezin heeft een behoorlijk appartement, dat vond ik fundamenteel. Inmiddels bleef het gemeenschapsleven verder gaan, met vriendelijke maar vaste hand tot een ieders tevredenheid en zonder noemenswaardige wrijvingen door Oma geadministreerd...'

Terwijl ik geboeid zat te luisteren (niet zonder onbedwingbare weemoed denkend aan mijn eenzaam-stille jeugd) waren een aantal kinderen en teenagers, die de derde of vierde generatie uitmaakten, in de tuinstoelen en op de grond rondom ons komen zitten. Hoewel zij mij onderzoekend aankeken, scheen de aanwezigheid van een onbekende bezoeker hen niet in het minst te verbazen. Niemand beschouwde mij als een vreemde eend in de bijt.

Vergezeld door de toekomstige ballerina verscheen Oma ten tonele, een duifgrijze dame die blijkbaar inderhaast wat toilet had gemaakt. Met lieve hoffelijkheid door het jeugdige gezelschap aangehaald, zag zij er ontroerend jong en vrolijk uit. Hoewel ik mij vermoedelijk maar iets verbeeldde, voelde ik de aangrijpende gedachte beslag op me leggen dat ook mama, zonder het verpletterende gewicht dat haar in bestendige verdrietigheid hulde, er zo lief en elegant had kunnen uitzien in de zonsondergang van een leven, gespeend van knagende littekens en onuitgesproken, hoewel slopende zorgen.

Nergens bleek uit de mededelingen van mijn gastheer dat het paradijselijk samenleven van de blijmoedige Nieuwlant-stam anders dan op improvisatorische gronden en door toevallige omstandigheden tot stand was gekomen. Uiteraard weet ik niet of iemand van de levenslustige bende zichzelf hieromtrent ooit diep reikende vragen stelde. Wat mij betreft, nooit heb ik mensen ontmoet die mij, hoewel duidelijk door goedschiks aanvaarde regels van gemeenschapszin en wederzijdse verdraagzaamheid gebonden, de indruk boden van een zo optimale, beschaafd en intelligent bestede vrijheid. Naar gelang ik hen beter leerde kennen werd ik in toenemende mate geboeid door het moeilijk te verklaren karakter van een onderliggende zelfdiscipline, waar niemand moeite mee had. Overigens gaf ik er mij als buitenstaander slechts rekenschap van doordat ik mettertijd ook werd getroffen door het relativerend, vooral zélfrelativerend gevoel voor humor dat er bij haast allen mee gepaard ging.

Alfred kon er onbezwaard mee overweg dat zijn verhaal in de verdrukking raakte door de tussenkomsten en addenda van het ons omringende jonge volkje.

Zonder aanstellerij scheen een ieder zich terdege bewust van de apartheidsstatus die men zichzelf had aangemeten. Schertsend en op hoffelijke toon ontspon zich een levendige, amusante gedachtenwisseling over het blijkbaar meermaals tot discussies leidende politieke probleem in hoeverre 'Ultima Thule' als autonoom en extraterritoriaal gebied hoorde te worden beschouwd in dit operettelandje op het Westeuropese schiereiland. Ondanks een absolute oneensgezindheid werd een door niemand afgewezen consensus bereikt wat de gehuldigde staatsvorm betrof.

'In elk geval moet meneer Deswaen weten...' opperde een stevige blonde teenager, die een prille baard aan het telen was en over wie ik vernam dat hij politieke en sociale wetenschappen studeerde.

'Kom, laat alsjeblieft dat meneer,' onderbrak ik hem, 'zeg gerust Paul!'

'...moet Paul terdege weten dat hij zich in de eerste volksdemocratische monarchie ter wereld bevindt!'

'Net wat ik direct heb gedacht,' lachte ik welgemutst. 'Natuurlijk hoef ik niet te vragen, wie de regerende soevereinen zijn!'

'Vanzelfsprekend niet,' kwam een pittig zwartkopje tussenbeide, 'dat zijn toch Opa en Oma?'

'Oma en Opa, wil je zeggen!' corrigeerde een volkomen identiek exemplaar, dat onmogelijk anders dan een tweelingzusje kon zijn, doch kennelijk over een ontwikkelder gevoel voor hiërarchische waarden beschikte.

'Onze verlichte despoten!' voegde een tot de humaniora-leeftijd opgeschoten knaap met zware bril eraan toe.

'Leve de republiek!' riep een vrouwelijke leeftijdgenote.

Alsof men hierover wilde nadenken trad er een korte stilte in.

'Vive le roi et *son* femme!' opperde dan met enige vertraging, die een grappig effect sorteerde, een gezellige dikke jongen van zowat vijftien.

Hij citeerde de kreet waarmee, volgens een hardnekkige overlevering, ruim honderd jaar geleden de Antwerpse bourgeoisie, berucht om haar mishandeling van het Frans, het koningspaar bij zijn triomfantelijke intocht zou hebben toegejuicht.

Nooit heb ik eraan getwijfeld dat onder de gemeenschap op 'Ultima Thule' alles natuurlijk, met spontaneïteit verliep. Bij dit eerste bezoek vergewiste ik mij ervan dat de ongelooflijke sfeer er niet aan improvisatie of grappenmakerij, doch aan diepere menselijke gronden toegeschreven hoorde te worden.

Aanvankelijk stelde ik mij voor dat genetische factoren er een rol bij speelden. Tot op niet geringe hoogte kon het bezwaarlijk anders dan dat Fred en Leentje, de stralende stamouders, hun geestelijke en fysieke gezondheid aan hun nageslacht hadden doorgegeven. Van de afstammingsleer vormde ik mij ternauwernood een verder reikend denkbeeld dan mijn schooljaren hadden nagelaten. Toch leek het in dit geval te ingewikkeld. Naar het verleden toe impliceerde het een tot enorme diversiteit verstrengeld netwerk, wat een gecompliceerder spel van mogelijkheden opleverde dan alleen de bijdrage van het fraai bejaarde echtpaar, hoe uitzonderlijk naar geest en lichaam ook. Het leek mij bijgevolg roekeloos het verschijnsel 'Ultima Thule' op een biologische manier en dus uitsluitend door de voortreffelijk uitgebalanceerde chromosomen van Oma en Opa te verklaren.

Vaak gebeurt het dat ik mij met zulke vragen, met zulke spelletjes amuseer.

Tot een definitieve slotsom ben ik niet gekomen.

Inmiddels was ik er van het eerste ogenblik af aan van overtuigd getuige te zijn van een wonderlijke, ja, schier miraculeuze toestand.

Ik liet mij niet meeslepen door te ver reikende vergelijkingen met utopische en wijsgerige ondernemingen als die van een Thoreau en dergelijke verheven geesten, wier dromen steevast waren vastgelopen op de klippen van materiële problemen en alledaagse beslommeringen. Of Alfred Nieuwlant hun experimenten heeft bestudeerd, zelfs aan hen heeft gedacht, weet ik niet. Wel bleek hij een van de schaarse Van Eedenlezers. Hij had dus vast wel van het Walden-experiment gehoord.

Ondertussen zag ik onmiddellijk in, dat hem een behoorlijk maatschappelijk welslagen niet was onthouden. Als architect met opdrachten in de sector van de sociale woningbouw had hij later met zijn zoons, zijn dochter en een aantal volwassen kleinkinderen een behoorlijk draaiend arbeidscollectief gevormd, waarmee hij diverse kanten had uitgekund. Ofschoon nooit over Knokke, Monte-Carlo of Juan-les-Pins werd gerept, wees alles erop dat financiële problemen de familie onbekend waren. Duidelijk was een nonchalante, maar van glitter en aanstellerij gespeende welstand, waaraan snobisme en mondaine verzuchtingen vreemd bleken.

Het materiële welvaren leek mij geen voldoende verklaring voor het – imaginaire – geheim van Nieuwlant en de zijnen. Hun verrukkelijke gemeenschap kon niet bestaan zónder een levensbeschouwelijke, zij het door niemand bevroede achtergrond met gevarieerde en ruim gedimensioneerde mogelijkheden. Voorlopig had ik er het raden naar. De harmonische wijze waarop evenwel allen, van prille jeugd tot bedaagde grijsheid, met elkaar omgingen, vatte ik als een evident teken hiervan op. Terstond trof mij de warmhartigheid waarmede het jonge stel de rijpere generatie – Freds zonen en dochter raamde ik tussen de veertig en de vijftig – bleek te omringen. Steeds verliep het kameraadschappelijk en vlot. Tegelijk vergewiste ik mij bij de jeugd van een subtiele, als ingeboren eerbied, die blijkbaar met de nooit in Frage gestelde erkenning had te maken van een rijkere levenservaring, onbevangen gewaardeerde persoonlijke verdiensten of gaven des harten bij de volwassenen.

Ik houd er rekening mee, dat mijn verbeelding mij parten kan spelen. Overigens duurde het even vooraleer ik mij er rekenschap van gaf. Van de indruk, bedoel ik, dat ik voor het eerst in mijn leven met een groep jonge mensen werd geconfronteerd aan wie je duidelijk kon merken dat zij – uiteraard onbewust – hun ouders dankbaar waren voor het leven dat zij hun hadden gegeven, zonder jeugd of gevorderde leeftijd als normgevende factoren te beschouwen. Beide tegen elkaar uitspelen, leek bijgevolg voor hen, al dachten zij daar uiteraard niet aan, tot de domme waanwijsheid van een nog in een vroeger evolutiestadium verwijlende buitenwereld te behoren, van welks bestaan zij akte namen, maar die zij verder in de mate van het mogelijke ignoreerden.

NEGENDE HOOFDSTUK

Verdere kennismaking met de Nieuwlant-stam. Hoe men van het leven een droom maakt. Hoofdzakelijk onrechtstreeks wordt Pauls vader door Fred gesitueerd. De geheimen van de vrijmetselarij, die blijkbaar nauwelijks geheimen zijn.

Aan tafel – bij wijze van spreken, want er bleken er meerdere nodig om de ganse stam ruimte te bieden –, waar ik tussen Leentje en Alfred werd geplaatst, verwachtte ik onvermijdelijk chaotische toestanden.

Hoewel eenvoudig was het diner uitstekend en tot mijn verbazing zou alles zich volkomen anders voltrekken dan ik het mij had voorgesteld.

De omstandigheden in acht genomen, zou ik niet de geringste neiging aan den dag hebben gelegd om een zekere discipline uit noodzaak des gebods af te keuren. Men moet niet het onmogelijke vergen! Als een perfect geolied raderwerk liep alles evenwel met onvoorstelbare soepelheid van stapel. Daarbij had de vlotheid van de door de jeugd ontplooide activiteit duidelijk niets met opgelegde tucht, op zijn hoogst met een zekere routine te maken. Onweerstaanbaar kwam mij het moment voor de geest waarop men zich in een klassieke Franse komedie – Marivaux, Molière –, of ook bij Shakespeare, ten slotte om de dis schaart, wat als apotheose tot het opdienen van de bruiloftsmaaltijd leidt en de vorm van een ballet aanneemt. Niet volledig verschilde hiervan het gedraaf van deze met goed humeur en schalkse dartelheid over en weer naar de keuken hollende knapen en meisjes, waarbij, waarschijnlijk als een voor mij bestemde grap, tussendoor een geriskeerd danspasje of een schetsmatig aangezette pantomime niet ontbrak.

De kleinsten schenen over een aparte hoek te beschikken, waar zij zich opvallend rustig hielden. Verder zaten volwassenen en pubers zonder merkbare orde door elkaar. In mijn geheugen fixeerde zich die avond het beeld van een grotere menigte dan ze in werkelijkheid kan zijn geweest. Het leidde er mede toe dat het lang heeft geduurd vooraleer ik alle klein- en achterkleinkinderen van de beminnelijke stamhouders uit elkaar kon houden.

Ik verdacht Opa ervan dat hij een zeker regie-effectje had beoogd, doch het kon ook toeval zijn. In elk geval zaten er in mijn omgeving hoofdzakelijk adolescenten, wier belangstelling ik als onbekende bezoeker, ook wegens die gekke auto van me, bleek op te wekken.

De gastheer scheen zijn eigen verhalen ruimschoots lang genoeg te hebben gevonden. Ik had de indruk dat hij er verder op rekende dat zij zouden worden aangevuld door wat ik uit de gesprekken van zijn nageslacht kon opsteken. Daarom aarzelde ik niet nu en dan een vraag te stellen en hem zo te laten merken dat ik zijn bedoeling begreep.

Het was onbegonnen werk op die manier te proberen elke samenhang in te vullen. Niettemin begon het globale beeld van de verbijsterende familiegemeenschap langzaam aan een duidelijker en vooral kleurrijker aanblik te vertonen.

In menig geval onmiskenbaar schilderachtig, bleven het voorlopig meestal momentopnamen voor me, ondertussen ruimschoots duidelijk genoeg en voldoende treffend om nogmaals Alfreds woorden te bevestigen en te illustreren, dat men in dit wereldje ánders was.

Onvermijdelijk waren het disparate beelden die warrelig op mij af kwamen. Dank zij hun apart karakter en onverwachte wendingen zijn er mij een aantal bijgebleven, ongeveer in de vorm van bonte toverlantaarnplaatjes. Alle hadden betrekking op de verbeeldingrijke doch volgens hun opvattingen voor de hand liggende manier waarop in gemeenschappelijk overleg de Nieuwlanders, zoals zij zichzelf noemden, reeds decenniënlang het leven hadden opgevat en georganiseerd. Dit laatste bleek evenwel niet in te houden dat, in strijd immers met het individuele vrijheidsprincipe, wie dan ook het gevoel had zich aan een collectieve discipline te onderwerpen.

Ik vergewiste er mij spoedig van dat – het kon bezwaarlijk anders! – het onderwijs in zijn diverse vormen tijdens een groot deel van het jaar op de jeugdige meute beslag legde. Er bereikten mij zowel zinspelingen op de universiteit, het muziekconservatorium of de academie, als op het dorpsschooltje, zijn kleuterklasje niet uitgesloten; aan alle scheen men zowat hetzelfde belang te hechten. Dit bleek gepaard te gaan met genoeglijke avonden waarop men, zoveel mogelijk in elkaars gezelschap, studeerde of aan diverse huistaken knutselde. Op een discretere toon, waarvoor Opa knipogend de oren sloot, werd mij verder toevertrouwd, dat in bepaalde omstandigheden het terdege georganiseerde spieken als een unaniem geprezen en voorbeeldig democratische verworvenheid werd beoefend.

De school werd niet als een noodzakelijk kwaad beschouwd en zette geenszins een domper op talloze, gevarieerde activiteiten waarmee de vrije uren op 'Ultima Thule' werden gevuld, zonder dat iemand zich ooit scheen te vervelen.

Er was een verhaal over een hulpcampagne tijdens de hete zomer van '76, toen de veestapel van een bevriend landbouwersgezin op de verschroeide weiden stond te verkommeren. Als één man had de ganse bende hectoliters water aangesleept om de beesten van een wisse dood te redden. De verdwaalde honden en zwerfkatten waarover zij zich hadden ontfermd bleken niet te tellen.

Steeds was het hún nummer dat de burgemeester dadelijk uit het hoofd draaide wanneer voor een sociale actie een beroep op hem werd gedaan. Geestdriftig zag men naderhand de groteren eropuit trekken met collectebussen voor het Rode Kruis, van huis tot huis plastic bloempjes verkopen voor de Braille-liga of armzwaaiend de wegen versperren om meestal goedschikse automobilisten van een sticker ten bate van een of ander Derde-Wereldland te voorzien. Men vond het niet te min toegangskaarten te venten voor de jaarlijkse voorstelling van de plaatselijke toneelvereniging. Op de grote dag keek de ganse troep gratis mee, soms met ingehouden hilariteit doch nooit zonder de fleurige aanblik van het feestzaaltje te bevorderen door de vaak excentrieke maar kleurige jurken die de jonge meisjes voor die gelegenheid in elkaar knutselden. Tenzij om een enkele keer een bezoeker met lokale trots het beroemde vijftiende-eeuwse retabel te tonen, zetten de Nieuwlandertjes nooit een voet in de kerk, en zeker niet om er boven de doopvont te worden gehouden. Het weerhield de duidelijk postconciliaire pastoor er niet van hun hulp in te roepen toen hij, na een ontzettende nachtelijke brand, gauw-gauw een inzameling diende te organiseren voor de in minder dan een uur van have en goed beroofde ongelukkigen. Het bevorderde aanzienlijk de vroeger vrijwel niet bestaande relaties tussen 'Ultima Thule' en de pastorie, waar enkele van de kinderen ongegeneerd in- en uitliepen en goede maatjes werden met de meid. Uit die tijd dateerde de vriendschap met de kapelaan, met wie zij na de ramp aan de slag waren gegaan en alle zolders van het huis hadden leeggehaald. Het was duidelijk dat hij in hun gezelschap een troostvolle compensatie vond voor het grote gezin, ergens ver in Limburg, waaruit hij stamde en waarvan, toen hij even voortvarend als oprecht had besloten priester te worden, de scheiding harder was gevallen dan hij had verwacht. Al lang was hij kind aan huis. Wegens zijn ouderwets-grondige kennis van het Latijn en het Grieks werd hij op de handen gedragen door de humanioraleerlingen.

Terwijl elkaar kruisende en overlappende gesprekken mij zowel het zotte als het ernstige door elkaar heen openbaarden, spitste ik de oren toen men het over de op 'Ultima Thule' georganiseerde literaire avonden had. Blijkbaar stond er soms een of ander boek centraal, eerst door zoveel mogelijk deelnemers gelezen, dan besproken en tot op het bot geanalyseerd. Via nu en dan een plagerige opmerking kwam ik erachter dat enkelen onder de haast volwassenen weleens driest naar dame muze hadden gelonkt. Op bepaalde avonden waren een paar van mijn collega's soms wat komen voorlezen. Verlegen bekende men, dat men het mij tot dusver niet had durven vragen, wat ik zonder Freds bevestigend knikje maar half zou hebben geloofd. En of ik soms...? Zinspelend op een zakagenda die ik – helaas – niet bij me had, hield ik mij voorlopig op de vlakte, wat waarschijnlijk als een min of meer instemmend antwoord werd genotuleerd.

Op dit ogenblik werd ik tegelijkertijd geboeid door het mijn verbeelding aansprekende verhaal over een poppenkast die de handigsten onder hen, zowel voor de kleuters als voor zichzelf, in elkaar hadden geknutseld.

Aanvankelijk had men aan een gewoon janklaassenspel gedacht. Weldra had het echter het hoofd van de kunst- en muziekstudenten, van het danseresje en vooral van de twee kandidaat-ingenieurs op hol gebracht. Het oorspronkelijke ontwerp was hierdoor geëvolueerd tot een enorm geval vol gecompliceerde bedradingen, aanloopweerstanden, schakelaars, microfoons, magnetische geluidsbanden, stereofonische klankkasten en dergelijke, mijn technisch vernuft te boven gaande toestanden. Het jeugdig vrouwvolk was de ganse kerst- en paasvakantie slafelijk met de vervaardiging van de acteurs en actrices bezig geweest. Het resultaat overtrof de meest gespannen verwachtingen; er werd nog dagelijks over gepraat en de lucht scheen zwanger van drieste projecten. Niet alleen bleken de poppen voor het kleine grut simpele sprookjes op hun repertoire te hebben, doch bovendien Mozarts complete *Zauberflöte* (een hommage aan Opa, raadde ik), handig met het geluid gesynchroniseerd, het leek wel de échte opera! Momenteel werd er aan een nog te schrijven Arthur-drama gedacht. Nogal wat steelse blikken in mijn richting in acht nemend, koesterde ik zware verdenking dat die mededeling te mijner attentie was geïmproviseerd en deed maar wijselijk of mijn neus bloedde.

Er werd een poosje over gekissebist of de toneelopvoeringen, tot dusver voor elders gevestigde verwanten (die er óók bleken te zijn, en niet zo veel van mentaliteit schenen te verschillen!) en vrienden op touw gezet, niet leuker waren geweest. De meningen schenen verdeeld, maar toch was men het nagenoeg eens over de belangrijke omstandigheid dat dáárbij iedereen iets te doen had, – prettiger voor de kleine kinderen.

De aardige dikke jongen was de enige die het gevecht tegen de bierkaai aanging ten gunste van het smalfilm- en stamarchief waarmee Opa in de jaren dertig was begonnen. De bakvissen trokken nuffig het neusje op voor die wit-zwart-grijze prentjes uit het jaar nul, de oudste ongenietbaar trillend en van geluid verstoken. De onverstoorbare knaap, die Arnold heette, door een ieder Molletje werd genoemd, zoals hij mij vertelde geschiedenis zou gaan studeren en aan wie pas de zorg voor de filmotheek was toevertrouwd, hield dapper voet bij stuk. Hij werd beloond doordat hij ten slotte een paar mannelijke medestanders vond, op een onhandig door hen omschreven manier insgelijks vatbaar voor de magische bekoring van die weemoedig stemmende relicten uit een onherroepelijk verleden.

'Wél...' zei Alfred Nieuwlant terwijl wij in de diepe zetels met hun geraffineerd design plaats namen.

Zij stonden vlak bij de op de zomeravond uitgevende balkondeuren van de in het schuine dak aangebrachte erker. Deze vormde op zichzelf een volwaardig vertrek als deel van de uitgestrekte zolderruimte, die de architect tot tekenkamer en bibliotheek had omgebouwd.

'Nou!' antwoordde ik op dezelfde toon.

'Zo leven wij! Ik wed dat je het krankzinnig vindt?'

'Niet in het minst, het lijkt mij heerlijk.'

'Het is langzaam en vanzelf gegroeid, hoewel niet zonder dat ik het zo wenste. Natuurlijk heb je van de kinderen voorlopig nog maar weinig gehoord... Bij voorbeeld geen verhaal over de oogst die zij een paar jaar geleden met zelfverloochening hielpen binnenhalen nadat drie stomdronken boerenknechts op een spooroverweg waren verpletterd... Geen verhaal over het armoedige circusje op de rand van het bankroet, waarvoor zij heel de streek afbedelden omdat er geen voeder meer voor de dieren kon worden gekocht... Vroeg of laat vertellen ze je dat wel. Zij zullen het niet doen om erover op te scheppen. Vanaf hun prille jeugd hebben zij geleerd dat je dergelijke dingen doet om het plezier dat je eraan beleeft, als eenmaal duidelijk is dat er een initiatief genomen moet worden. Zelfs geen verhaal over het egelpaartje dat deze zomer onder de beukenhaag nestelt en alle dagen zijn bakje melk krijgt van de kleinsten... Ach, doordat je zo'n hechte gemeenschap vormt, zijn er onvermijdelijk droeve dagen. Ik denk aan een van de meisjes van mijn tweede zoon... Mijn liefste kleindochtertje... Maandenlang heeft het met leukemie op de dood liggen wachten, hoewel de beste specialist, een van de vrienden, alles deed wat mogelijk was...' Hij zuchtte, waarna hij bezonken glimlachte, verzoend met het oprispend verdriet. 'Kom, daar wil ik het vanavond niet over hebben, het is lang geleden...'

'Niets is zo triest als een geliefd wezen dat sterft terwijl je weet dat het ánders had gekund...' beaamde ik discreet.

'Je vader,' antwoordde hij, 'je bedoelt je vader.'

'Mijn vader, ja, ook mijn vader...'

'Hij was mijn vriend, maar langer de vriend van Jeroen Goetgebuer.'

'Nee toch, ken je Jeroen?' vroeg ik verrast.

'Ja hoor!'

'Hé... Stel je voor! Hoe is het mogelijk?'

'Breek er je hoofd niet over, beste kerel. Ik verzeker je, mettertijd zie je alles op zijn exacte plaats vallen. Enfin, als je het wilt.'

'Indien ik Bastiaan goed heb begrepen, zou het je bedoeling zijn over vader met me te praten?'

'Zo is het, ik wil over hem praten. Daarom suggereerde ik onze no-

taris je te verzoeken mij eens op te bellen. Ik wist dat hij je wegens die erfeniskwestie regelmatig zag. Het zou aan de telefoon nogal wat explicaties hebben gevergd als ik zonder de voorgeschiedenis met de deur in huis was gevallen.'
'Misschien...'
'Je vader heb ik behoorlijk goed gekend. Ik vermoed dat je weet wáár en in welke omstandigheden. Enkele jaren voor de oorlog is het begonnen. Met een bescheiden man als hij verliep de kennismaking langzaam en bezonnen. Door de oorlog was de tijd voor het ontstaan van een echte intimiteit te kort. En dan de Duitse bezetting... Voortaan was angstvallig stilzwijgen het gebod. Spoedig werden vele vrienden door het verzet in beslag genomen, ook je vader, ook ikzelf. Een tijdlang was hij de man die het opvangen van geallieerde piloten coördineerde. Hij loodste ze naar hier, waar ze verborgen bleven vooraleer die jongens de terugtocht via Frankrijk en Spanje naar Engeland konden aanvatten.'
'Jeroen heeft er vaag op gezinspeeld. Natuurlijk was ook hij bij het verzet betrokken...'
'Later werd hem een nieuwe taak toegewezen, dat zal op het eind van 1943 zijn gebeurd. Nu moet je me goed begrijpen... Wij zagen elkaar regelmatig, want meermaals stond hij hier plots met een Engelse of Amerikaanse vlieger voor wie hij een burgerpak of een arbeidersuitrusting had bijeengehamsterd, één keer zelfs een politie-uniform. Onze samenwerking berustte op absoluut vertrouwen in elkaar, voorlopig leidde zij niet verder tot diepgaande menselijke omgang.'
'Ik begrijp dat het moeilijk anders kon...'
'Nee, Paul, kijk me niet zo mistroostig aan. In deze gevaarlijke uren was hij, zij het onuitgesproken, waarachtig mijn vriend, mijn broeder in het zwijgen en de verborgenheid die ons was geboden. Ik wil er evenwel geen geheim van maken dat pas na zijn dood voor mij het beeld van de uitzonderlijke mens die hij is geweest volledig werd.'
'Kennelijk is het ook zo met Bastiaan gegaan?'
'Onvermijdelijk. Met zijn drieën zijn wij gezamenlijk tot dat genootschap van ons toegetreden.'
'Je zinspeelde niettemin op een volledig beeld?'
'Na zijn dood werd veel over hem gesproken. Door verzetsmensen die rechtstreekser dan ik met hem samenwerkten, door een paar joodse onderduikers en arbeidsweigeraars die hij in hun schuilplaats om de week voedsel en lectuur ging bezorgen, soms door een oud-leerling van hem, ga zo maar door...'
'Mensen dus, Fred, die je later ontmoette?'
'Je zegt het! Van zijn persoonlijkheid ging een inspirerende, vertrouwen inboezemende kracht uit. Hij bezat charisma, dat woord wordt tegenwoordig in de politiek, helaas, voor om het even welke cor-

rupte snoeshaan gebruikt. "Présence" is misschien ook goed, hoewel je dan weer aan een toneelspeler gaat denken. Dat zijn beeld onder ons steeds sterker werd, hoeft je niet te verbazen. Door allerlei omstandigheden, door spontane contacten van gelijkgezinde mensen onder elkaar, door bepaalde aanwervingsmethodes in onvermijdelijk verwante en elkaar overlappende milieus van één zelfde, niet overdreven grote stad als Antwerpen, is het nauwelijks ongewoon dat sommigen die je vader hadden gekend bij ons terechtkwamen.'

'Bij óns, zei je?'

'Dat heeft die brave Bastiaan je toch duidelijk gemaakt?' informeerde hij toeschietelijk.

'Tot op zekere hoogte... Ik matig mij het recht niet aan om er op eigen initiatief op te zinspelen.'

'Kom nou, Paul, een man als jij?'

'Het lijkt mij eenvoudiger als het verlossende woord van jou komt!'

Hij keek mij waarderend aan en streelde zijn verzorgde baard. 'Die discretie van je mag ik wel, mijn jongen...' zei hij na een poos. 'Hoe dan ook, je weet dat ik het over de vrijmetselarij heb.'

Het was geen vraag; hij zinspeelde nuchter op een feit.

'Ja, dat weet ik.'

'Of dát je speciaal interesseert, laat ik buiten beschouwing...'

'Ik vrees dat ik je niet zou kunnen antwoorden als je er rechtstreeks naar informeerde,' bekende ik oprecht.

'Dat dacht ik wel. Mooi, de bal ligt nu in mijn kamp, zoals men zegt!'

'Zo mag je het niet bekijken,' corrigeerde ik. 'Vanzelfsprekend brand ik van verlangen om álles, om zoveel mogelijk over papa te horen. Heb ik iets dwaas verteld?'

'Geen kwestie van! Duidelijkheidshalve moet ik over die dingen met je praten... Hoe je er ook tegenaan kijkt, het behoorde tot zijn wereld.'

'Graag... Als het althans mogelijk is?' opperde ik verward.

'Mogelijk? Waarom zou het niet mogelijk zijn? Ach ja, al die folkloristische praatjes over geheimen en zo...?' lachte hij met een ironisch vonkje in zijn klaarblauwe ogen.

'Ik bedoel helemaal niets, Fred. Ik wéét helemaal niets, zie je. Intussen heb ik onvermijdelijk interesse voor de wereld waarin hij zich geestelijk heeft bewogen.'

'Prachtig, dát is het wat ik wilde weten... Vooraf nog het volgende. Stel je niet voor dat ik in die wereld een gezaghebbende figuur ben of er een prominente rol speel!"

'Niettemin stuurde meester Bostijn me naar je toe.'

'Gewoon omdat ik er veel over heb nagedacht, veel over gelezen,' antwoordde hij met een knikje naar zijn bibliotheek, waarop ik tot dusver slechts een verre blik had geworpen. 'Ook werken die er zijde-

155

lings verband mee houden. Als je er ooit tijd voor hebt, later, bedoel ik, wil ik je er met plezier een paar lenen.'
'Graag,' zei ik vrij formeel.
Inderdaad was het zo dat ik er vroeger wel wat over had gelezen, toevallig en zonder systeem, nu al geruime tijd geleden. Vaag was mij een denkbeeld bijgebleven van gecompliceerde, plechtstatige en blijkbaar grappige hiërarchieën. Ik had er geen moeite mee dat hij hierbij geen belangrijke rol speelde. Niettemin overwoog ik de mogelijkheid dat er een of ander niveau kon zijn (gemakshalve noemde ik het zo voor mijzelf), voorbehouden aan beschouwelijke naturen, waarop hij, zijn hartelijke bonhomie ten spijt en niet in strijd met zijn waarschuwend voorbehoud van zoëven, zou kunnen thuishoren.
'Waar zit je aan te denken?' vroeg hij, zichtbaar geïnteresseerd.
'Aan niets bijzonders... Vroeger heb ik wel iets over dergelijke zaken ingekeken. Ik probeer mij te herinneren wát.'
'Weet je het nog?'
'Geen idee, neem me niet kwalijk, Fred... Ik herinner mij dat het mij allemaal abstract en tegelijk... Nou, nogal technisch voorkwam.'
'Goed. Vergeet het maar,' zei hij vrolijk. 'Er schijnen zestigduizend studies over te bestaan, waardoor velen de kern uit het oog verliezen. Je mag me rustig zeggen dat je het hier en daar vrij komisch hebt gevonden!'
'Dat beweer ik niet. Vermoedelijk heb ik het onvoldoende begrepen. Mogelijk zou het het eenvoudigst zijn als je mij kon vertellen wat hém, wat papa erin interesseerde. Als dat mogelijk is, zestigduizend studies, zei je...'
'Daarnet wilde ik geen overdreven verwachtingen bij je opwekken, vooral opdat je achteraf niet ontgoocheld zou zijn. Niettemin heb ik hem voldoende gekend om je vraag in brede trekken te kunnen beantwoorden. Niet door je bijzonderheden op te dissen, die vind je in alle boeken, maar door je de ballast te besparen en eraan te denken wat voor een mens hij is geweest...' Plots zweeg hij en keek mij joyeus aan.
'Kom, principieel leven wij sober of veeleer hygiënisch, hoewel het toevallig was dat je, wegens al die onverwachte belangstelling van de kinderen, het beloofde aperitiefje niet hebt gekregen. Nu heb ík trek in een jonge klare. Gerookt heb ik nooit, dat is het eenvoudigst als je voortdurend over de tekenplank staat gebogen. Steek jij maar rustig je pijp op!'
Hij verdween in een naburig vertrek en verscheen weer, voorzien van een duidelijk Hollandse kruik en de bijbehorende glaasjes.
De talloze nieuwe indrukken hadden mij een lichte hoofdpijn bezorgd, mogelijk van emotionele oorsprong. Na een teug verdween zij in een ijle, niet als dronkenschap te beschouwen euforie.
Na mijn aanvankelijke aarzelingen begreep ik dat het verder geen

zin kon hebben mij, op grond van vage scrupules en verkeerd begrepen tact, al te passief op te stellen tijdens het zich aankondigend gesprek. Of ik er mij op het moment zélf rekenschap van gaf dat hij inderdaad vragen van me verwachtte, herinner ik mij niet. Onbewust voelde ik mij ertoe gedreven. Intuïtief wist ik dat hij erop rekende, mij zelfs opzettelijk, hoewel met de beste bedoelingen, uit mijn schulp wilde lokken. Het kwam niet bij me op dat er een soort van socratische techniek mee gemoeid kon zijn. De warmte die van hem uitging in acht genomen, zou het mij overigens geen ogenblik hebben bezwaard. Uit zijn houding bleek niets wat op enige neiging tot superioriteit, noch tot betutteling wees. Geheel tegengesteld aan wat ik mij had kunnen voorstellen – maar ik stelde mij niets voor – deed de hem omgevende vaderlijke aura tussen ons beiden geen scheidsmuur oprijzen.

Volstrekt klaar van geest en trouwens zonder ervaring op dit gebied, bedacht ik mij dat het een soortgelijke kracht is waarover, vermoedelijk heel uitzonderlijk, een priester, een waarachtig zieleherder beschikt.

'Waar zit je bij jezelf over te lachen?' vroeg hij opgewekt. 'Als het een goeie is, wil ik hem graag horen. Intussen geef ik je niet veel kans. Door een paar joodse vrienden word ik om de week met een verse vracht gein bevoorraad!'

'Echt lachen deed ik niet, Fred,' antwoordde ik, ditmaal wél lachend. 'Ik zit mij af te vragen wat voor een gnostische kerk het is voor wier hogepriester ik plaats heb genomen.'

Hij zou vast iets verzinnen om het mij gemakkelijk te maken, voor zover hij althans vermoedde dat het nog nodig was.

'Kerk? Vergeet het maar! Hogepriester? Vergeet het nog meer! Dat gnostisch vind ik een aardig woord. Gnostisch, gnose... Niet gebruikelijk bij ons, maar het zou allicht overweging verdienen. Nog ándere vragen, Paul?'

'Ik ben nogal gedesoriënteerd... Er zijn er zoveel, dat ik niet weet met welke te beginnen... Daarom het eerste dat mij invalt...'

'Ga je gang!'

'Wat kan mijn vader tot jullie hebben aangetrokken?'

'Mijn positie is ternauwernood gemakkelijker dan de jouwe. Op die vraag kunnen talloze antwoorden zijn. Op mijn beurt moet ik mij met wat me toevallig invalt uit de slag trekken. Mogelijk heb ik er ooit met Jan, met je vader over gepraat, maar ja, het is zo lang geleden! Voor een ieder is het een andere beweegreden die de schaal doet doorslaan. Wat hem betreft heb ik er het raden naar... Was het de oude traditie die hem als opvoeder ergens boeide?'

'Ik heb eens gelezen dat die oude traditie een sprookje is,' opperde ik, om alvast op dit stuk uitsluitsel te krijgen, 'houd het mij ten goede als ik domheden uitkraam, Fred.'

'Tja, de traditie... Met de Bijbel en de Tempel van Salomo houdt ze geen rechtstreeks verband, tenzij in díe zin dat dergelijke dingen tot de symboliek behoren, begrijp je, niet tot de historie. Dit is geen geheim. Geheimen zijn er in feite niet, niet van dien aard, evenmin als het een geheim is wat Kerstmis of Pasen voor de gelovige betekent. Je kunt er om het even welke encyclopedie op naslaan...'

'Zal ik dát maar doen, in plaats van je met domme vragen te overvallen?' meende ik te moeten voorstellen.

'Zo'n vaart loopt het niet, Paul! Wat de encyclopedieën erover opdissen, zal van geval tot geval verschillen... Kijk eens aan... Met het voornemen serieus wetenschappelijk te werk te gaan en elke legende te ontluisteren, heeft men nogal eens het kind met het badwater weggegooid, zoals dat heet. Kortom, tot niet zo lang geleden stond een strekking centraal welke onze beweging hoofdzakelijk beschouwde als een nevenverschijnsel van de Aufklärung, vooral in Engeland, late zeventiende eeuw, The Royal Society, Christopher Wren, Ashmole en zo... Wie het verder in het verleden zocht, was een dweper... Beschouw het als een begrijpelijke reactie op fantastische hypothesen die het bij Noach en zelfs bij Adam zochten, te gek om los te lopen en door een verregaand gebrek aan ernst nog compromittant ook, net als flauwiteiten over Egyptische religieuze gebruiken. Helaas is het zo dat wij door de eeuwen heen een fascinerende aantrekkingskracht op gekken, mythomanen en avonturiers uitoefenden, vooral in de achttiende eeuw: le Comte de Saint-Germain, Cagliostro, ga zo door – een wonder dat de Baron von Münchhausen in de reeks ontbreekt! Gelukkig waren er ook ánderen, zoals Voltaire, Goethe, Mozart, Schiller, Beethoven, Lessing, Newton, Washington, Jozef II, onze koning Leopold I, Poincaré en dergelijken, op zijn minst van dat niveau...'

'Maar het eigenlijke begin?' insisteerde ik, behoorlijk onder de indruk.

'Sorry, ik dwaalde af... Wat de verre oorsprong betreft, is men het nu wel eens over de geloofwaardigheid van het verhaal dat die in de werkhutten van de middeleeuwse kathedralenbouwers gezocht moet worden. Hun arbeid vergde een exceptionele wetenschappelijke kennis. De spitsboog bij voorbeeld was zoveel als een mirakel!'

'Een geheime kennis, als ik je goed begrijp, Fred?'

'Als je wilt... Mathematica, geometrie, astronomie... En waarschijnlijk reeds de euclidische meetkunde, via de Arabische wereld geïmporteerd. Ik stel mij voor dat het in de vorm van architectonische kneepjes gebeurde, alleen de ingewijden medegedeeld. In het toenmalig perspectief waren het fundamentele vakgeheimen. Deze werden door een vanzelfsprekend christelijk hermetisme voor de achterdochtige blikken van de profane wereld gevrijwaard... En dan had je de beruchte geheime tekens. Ze waren een middel waarmee noodgedwongen langs Europa's wegen zwervende bouwvakkers, de vrije metselaars, elkaar herkenden. Eenmaal op de plaats van bestemming aangekomen bewezen zij hiermee tot het ambacht te behoren. Nuchter bekeken verving dergelijke abracadabra onze hedendaagse diploma's en getuigschriften. Dat die knapen er een hoop mysterieuze commotie over maakten, hoeft ons niet te verbazen,' relativeerde hij op de manier die ik bij hem zo beminnelijk vond. 'Ondertussen blijft het een belangrijke vraag in hoeverre de monniken van de tempeliersorde er betrekkingen met de bouwers op na hielden. Hun rijkdom in acht genomen zou een oude relatie de eertijds economisch vrijwel onbegrijpelijke financiering verklaren van enorme kathedralen, niet zelden in onbeduidende stadjes – denk aan Chartres of zo. Uitgesloten is het niet dat zij na de opheffing van hun gemeenschap en de uitmoording van hun gezagsdragers in de anonimiteit van de bouwplaatsen verdwenen en de geestelijke achtergronden van de werkgemeenschap verdiepten. Een hypothese uiteraard...'

'Een droom van een verhaal, Fred,' gaf ik geestdriftig toe. 'Maar... Maar jullie – enfin, op jou alvast na – zijn toch geen bouwvakkers? En, als ik me niet vergis, niet bepaald in de eerste plaats vrome christenen...?'

'Zo'n vraag vergt een complex antwoord, Paul! Hoe vreemd ook, hier hebben wij met een geografische kwestie te maken. Vooral in de Latijnse landen en in dit overgangsgebiedje van ons hebben diverse pauselijke encyclieken en het erbij aansluitende politieke katholicisme de gelovigen van ons vervreemd, daar leidt geen weg omheen. Toch is die breuk niet door de vrijmetselarij veroorzaakt. Hoe graag sommigen het anders voorstellen, met geloof of ongeloof heeft het niets te maken. Jezuïet of niet, een Teilhard de Chardin had best in een loge gepast. In Oostenrijk is het een publiek geheim dat de aartsbisschop van Wenen tot onze orde behoort. Tot in de negentiende eeuw was dat zelfs voor een paar Belgische prelaten het geval. Ook van Johannes XXIII werd het beweerd, tot mijn spijt een vergissing, in de hand gewerkt doordat hij onbevangen op het aanknopen van de dialoog heeft aangestuurd en voor katholieken het toetredingsverbod ophief, wat meestal wordt verzwegen... Daarnaast is het zo dat in Engeland het koningshuis en de Anglicaanse Kerk een voorname rol spelen. In tegenstelling tot de prins van Wales of de aartsbisschop van Canterbury kom je er als agnosticus ginds niet in... Daarentegen denken sommigen dat het met Rome ooit nog goed komt. Geen bezwaar...'

'Nooit gedacht...' meesmuilde ik. 'Jeroen krijgt warempel gelijk, nooit is men te oud om te leren.'

'Nu was het precies in Engeland dat stilaan het ééns louter ambachtelijke gilde buitenstaanders begon aan te trekken, in feite om de rangen aan te vullen. Eeuwenlang was de kerk de meest genereuze opdrachtgever voor de bouwers geweest, van architect en beeldhouwer tot slotenmaker. Stilaan nam evenwel het aantal grootse projecten af. Wat vooral duidelijk in Frankrijk kan worden gevolgd. Opvallenderwijs begint daar het proces na de opheffing van de tempeliersorde. Ook de Graalliteratuur houdt dan op! Adel en burgerij waren welkom in de meer en meer tot intellectuele clubs uitgroeiende werkplaatsen, letterlijk dus de loges van de constructiegemeenschappen. Onvermijdelijk wijst dit erop dat er zich in deze kringen reeds lang filosofische aspiraties hadden gemanifesteerd, die in een alchimistische en architectonische symboliek uitdrukking vonden. Al vanaf het begin waren er priesters – de oude opdrachtgevers – mee gemoeid. Deze voegden aldus een extra dimensie toe aan hun relatie tot de medemens. Aanvankelijk vonden de pausen er geen graten in. Vermoedelijk om politieke reden schoot het Clemens XII evenwel in het verkeerde keelgat. De vrijmetselarij vereerde het Johannes-evangelie en dweepte met martelaars uit Diocletianus' tijd. Zij dacht er niet aan Rome de rug toe te keren, maar Clemens voelde zijn gezag bedreigd. Wegens de zwijgplicht, die ook in de biechtstoel gold, beschuldigde hij de broeders van ketterij en het onderhouden van ijzingwekkende geheimen.'

'Zoëven zei je dat er geen geheimen zijn?' vroeg ik geïnteresseerd.

'Er zijn overleveringen, rituele gebruiken waarmee men niet te koop loopt. Een persoonlijk idee van me is dat de vrijmetselarij – onwillekeurig? opzettelijk? – soms aan het spelletje van de kerk ging meedoen. Ik stel me voor dat men zich weleens verlustigde in geheimen die er geen waren. Onschuldige handelingen met een symbolische betekenis, fraaie, hoewel wat door de tijd uitgesleten, oorspronkelijk middeleeuwse tradities van de kathedralenbouwers, geritualiseerde vormen van omgang, overleg of vergaderen werden tot raadselachtige mysteriën opgekrikt. Eerlijk gezegd vraag ik mij soms af of er niet enige humor mee was gemoeid, bij voorbeeld in de achttiende eeuw, grapjes om de wrevel en de achterdocht van de buitenstaanders te provoceren. Ach, zelfs als ik het bij het rechte eind heb, verklaart het niet alles... Maar denk aan de spotlust, het scepticisme van een Voltaire, die men in een mondaine salon vol hersenloze saletjonkers en demi-mondaines de pieren uit de neus probeerde te halen. Aan een spitante geest als Mozart die – daar heb je het weer! – zijn *Zauberflöte* aan een stelletje niet zo intelligente zangers probeerde uit te leggen, om nog maar te zwijgen over eventuele verduidelijkingen bij de filosofische monoloog van de kennelijk in een werkplaats gevormde humane Pacha in *Die Entführung aus dem Serail*. Maakten zij zich er met een geintje vanaf?'

'Vandaar al die boosaardige roddel?'

'Nou, dat is zo mijn theorietje; best mogelijk dat ik ernaast zit! Nog in de vorige eeuw schreef een Franse journalist, die als afgewezen infiltrant beter hoorde te weten, de krankzinnigste dingen. Dankbaar werd hij door de paus in audiëntie ontvangen. Nadat ze hem een aardig fortuintje hadden opgebracht zette hij cynisch de hiel in zijn eigen publikaties en verkondigde met veel bombarie dat hij had willen bewijzen hoe dom zijn Roomse landgenoten waren. Netjes kun je het niet noemen...! Het incident veroorzaakte een schokgolf in de ganse wereld, maar stilaan kabbelde die uit. De nonsens die je tot op de huidige dag blijft horen, is nog steeds van die Léo Taxil afkomstig. Zijn geschriften, in heel Europa vertaald, zijn absoluut waardeloos, tenzij als kolderlectuur.'

'Een pak van mijn hart,' lachte ik. 'Jullie eten dus geen gebraden kindjes?'

'Wat dacht je? Een boek over al die prietpraat zou welkom zijn... Stel je voor, Paul, amper twintig jaar geleden reisde een brave pater maandenlang Vlaanderen door om het publiek te verkondigen dat Satan in hoogsteigen persoon onze zittingen presideert. Verder zouden er de meest godslasterlijke toestanden heersen.'

'Nu verzin je wat, Fred!'

'Mijn erewoord erop, hoe delirant het ook was! Een paar jongeren onder ons lieten het niet op zich zitten. Hier en daar doken zij bij 's mans lezingen op. Natuurlijk kwamen zij aan het slot met allerhande vragen voor den dag, waarop hij het antwoord schuldig bleef. Ronduit gezegd, het werd gauw al te gek. Sommigen gingen zich uitgeven voor veronruste huisvaders. Van een loslippige buurman-vrijmetselaar, een goddeloze peetoom, een zatte schuinsmarcheerder uit de orde hadden zij schandalige verhalen gehoord. De spreker bekende dat zelfs híj niet wist hoe verschrikkelijk het allemaal was! Het verhaal kwam onze verantwoordelijken ter ore. Zij vonden dat het de spuigaten uit liep en verzochten de grappenmakers ermee op te houden. Kwestie van fairheid tegenover de georganiseerde leugen...'

'Tenslotte was het niet meer dan studentikoze lol?'

'Nou, bekijk het zo... Vervelend was dat de vrome toehoorders in die parochiezaaltjes de gein niet doorhadden: zie je wel, die goede pater heeft het bij het rechte eind, dachten zij, wat zelfs tot de pers doordruppelde.'

'Wat nu mijn vader betreft...' wierp ik op.

'Waarachtig, het gaat ons om hem, niet om anekdotes!'

'Ik kan mij voorstellen dat hij... Wel, dat hij mogelijk door een zekere historische continuïteit werd aangetrokken...' mijmerde ik. 'Je weet dat moeder een hermetisch stilzwijgen over hem bewaarde. Aan de boeken die hij naliet, kon ik merken dat de geschiedenis hem bezighield.'

'Dat zal wel een rol hebben gespeeld... Ik reken het niet tot die beruchte geheimen, weet je, maar er zijn nogal wat historici onder ons, vooral in Frankrijk. Enkelen onder hen hebben eigenaardige, onorthodoxe theorieën ontwikkeld, bij voorbeeld over de historische Jezus als mens onder de mensen.'

'Zijn jullie met Jezus bezig?' vroeg ik verbaasd.

'Waarom niet...? Wij hebben de diepste achting voor hem, dat kán toch niet anders? Sommige van die ideeën sijpelden tot de gelovige wereld door.'

'Ditmaal ziet het ernaar uit dat je mij wat op de mouw speldt, Fred!'

'Ik denk er niet aan... Mogelijk hierdoor ontstond in oecumenische kringen een zekere twijfel; het lekte uit dat Johannes XXIII niet totaal afwijzend tegenover bepaalde hypothesen stond. Herhaaldelijk wordt in de geschriften waar ik het over heb de pertinente vraag gesteld, in hoeverre de Evangeliën, eenmaal de christelijke kerk in Rome gevestigd, niet grondig werden gemanipuleerd. Het is haast zeker dat overal het oorspronkelijk woord "Romeinen" door "joden" werd vervangen. Natuurlijk vind je een menigte andere voorbeelden. Er zijn steeds meer onderzoekers die het onwaarschijnlijk achten dat de evangelisten zélf naar Jezus' volk, naar hun eigen volk zouden hebben gespuwd. Het verschrikkelijke is dat uit zo'n manipulatie het eeuwenoude antisemitisme van de kerk ontstond en, als je het nuchter bekijkt, tot de vergassingsinstallaties van Auschwitz leidde... Het is natuurlijk onzin hiervoor onze brave kapelaan of een ziekenhuisnonnetje verantwoordelijk te stellen, zo stom is niemand van ons... Geloof me, wij eten geen gebraden kindjes, wij ontwijden geen hosties, zoals men destijds de parochianen wijs maakte, toevallig dezelfde misdaden welke men in de middeleeuwen de joden met het oog op de eerstvolgende pogrom in de schoenen schoof...'

'Vertellen die historici nog ándere dingen?' vroeg ik nieuwsgierig.

'Heel wat. Op een keer kunnen wij het daar nog wel eens uitvoeriger over hebben, het zou jammer zijn als je het met sommige populaire antiklerikale schotschriften zou verwarren. Wat hen bezighoudt, is de man Jezus, in de eerste plaats een mens, zo superieur evenwel, dat elke voorganger hem ontbreekt. Hoe gemanipuleerd ook, dat louter menselijke, zonder goochelaarskunstjes, zonder parapsychologische hoogstandjes en zo, hebben soms onhandige scribenten later niet kunnen wegschminken. Bepaalde dingen wijzen erop dat er een mondelinge traditie bleef bestaan. Volgens sommigen bereikte deze de tempeliers nadat zij vaste voet in Jeruzalem hadden gekregen. Dát zouden de beruchte, wereldbeschouwelijk opmerkelijke geheimen zijn die omstreeks 1300 tot hun vervolging leidden.'

'Wat vader betreft...' opperde ik discreet.

'Elkeen heeft zijn eigen motieven, ze hebben niets te maken met wat ik zonet zei... Vergeet de irrelevante praatjes over antiklerikale heren die allerhande kinderachtige spelletjes opvoeren, voorzien van schortjes en andere parafernalia. In elk boek over de orde kun je lezen dat er tradities, symbolische rituelen zijn, ontleend aan het bouwvak, soms aan de alchimie. Ze spelen de rol van psychodramatische uitbeeldingen die een geestelijke transmutatie tot stand brengen. In de betere gevallen zou je zeggen dat het lukt...'

'Klinkt dat niet religieus, Fred?'

'Het hangt af van de betekenis die je dat woord toekent... Het is bekend dat wij gebruik maken van het symbool van de Grote Bouwmeester. Een ieder kan naar eigen behoefte invullen: God, Jehova, Allah, Brahma, desnoods de "big bang". Bij ons gaat het om eerbied, niet om aanbidding. Een ieder kan de blik gericht houden op wie of wat hij voor zijn schepper houdt.'

'Is dat geen dubbelzinnige situatie?' waagde ik.

'Nee,' zei mijn gastheer met overtuiging. 'Ach ja, symbolen, rituelen... Velen onder ons staan sceptisch tegenover die dingen, ook dát mag je weten. Waar het op aankomt is de eerbied voor al wat leeft, de trouw tegenover elkaar, de optimale tolerantie, het begrip voor andermans gebreken, de gedesinteresseerde solidariteit, de bestendige arbeid aan de geestelijke, aan de humanistische cultuur... Blijven de resultaten vaak achter bij onze dromen, toch is er veel dat bezinkt, een soort van sediment van menselijkheid, van vertrouwen in de mogelijkheid van een betere wereld... Maar kom, je zit vast met een boel vragen?'

'Dat begrijp je, Fred... Het is allemaal vrij nieuw voor mij... Regelmatig hoor je er bij voorbeeld op zinspelen dat jullie over een enorme politieke invloed beschikken. Is dat waar?'

Hij lachte hartelijk. Het was evenwel een vermoeide lach, waaruit ik besloot dat het een herhaaldelijk door hem gehoorde, op den duur wellicht ontmoedigende vraag moest zijn.

'Geloof me, Paul... Die invloed wordt schromelijk overschat en door de beroepspolitici natuurlijk als boeman gebruikt. Vergeleken bij de machtsstructuren van de kerk en het kapitaal werken wij in een bescheiden stulpje, net als die middeleeuwse wroeters aan de voet van een verpletterende kathedraal, hoewel de arbeid ons is toevertrouwd... Zo hebben wij, onder meer, aanzienlijk bijgedragen tot de democratisering van het onderwijs, wat reeds honderd jaar geleden begon. Dat tegenwoordig de sjacheraars in obligate partijkaartjes afbreken wat wij moeizaam opbouwden is een ander verhaal... Na de oorlog werd er definitief een doeltreffende sociale wetgeving doorgedrukt. Dat was het werk van een eerste-minister die tot de onzen behoorde, in zijn geval een sociaal-democraat. Net als zijn collega die ervoor zorgde dat er een behoorlijke regeling werd uitgedokterd wat het salaris van het personeel in het vrije, ja hoor, in het katholieke onderwijs betrof. Het gebruik houdt in dat ik geen namen noem, als je wilt kun je die zelf gemakkelijk uitzoeken. Natuurlijk hielden wij hun hand niet vast, zo werken wij niet. Maar hun opvattingen werden ethisch bepaald door onze maatschappijvisie waarin, zo nodig tegen de stroom in, het hart van onze beweging klopte...'

'Tegen zo'n politieke inmenging kan men moeilijk bezwaren hebben...' vond ik.

'Buitenstaanders konden onze invloed wel raden, geloof ik, zelfs andersdenkenden, het ligt voor de hand, uiteraard ook de christen-democraten die dergelijke maatregelen in het parlement hun stem niet onthielden, voor mij een uiting van welbegrepen democratie. Ik denk aan andere dingen...'

'Geheime dingen?' informeerde ik, definitief door zijn verhaal gegrepen.

'Misschien... Niets waarover een mens zich hoeft te schamen! Ik heb een groot vertrouwen in je, Paul, door je werk, dat zei ik je, en daarna door onze kennismaking, hoe recent ook. Daarom wil ik je iets toevertrouwen dat weinigen weten... Omdat jij het bent. De zoon van een man die zijn idealisme met zijn leven betaalde. Je kunt het als een geheim beschouwen, maar dat heeft weinig belang meer. Welbekeken is het door de geschiedenis achterhaald. Vanzelfsprekend heb je gehoord over de deplorabele toestanden die er na de bevrijding heersten. De kleine man die fout was geweest, werd opgepakt, de economische collaborateur praktisch niet lastig gevallen. Stel je voor, onlangs las ik dat een van die snoeshanen met veel trammelant in de adelstand is verheven. Niettemin had hij fortuinen verdiend bij de constructie van de Westwall. Kortom, eenmaal de Duitsers het land uit, trad het gerecht in werking. Het gebeurde zo verregaand met twee maten en twee gewichten, dat een vooraanstaand politicus, conservatief en in dit opzicht onverdacht, het als de rechtspraak van de negerkoningen stigmatiseerde. Nou, je zou zeggen dat het racistisch klinkt, maar zo bedoelde de man het niet. Het duurde tot er een minister voor justitie aantrad die besloot een eind aan die obscene chaos te maken. Hij begon dadelijk met het vrijlaten van de domoren die zonder misdadige bedoelingen, veelal om een dagelijkse oorlogsboterham, politiek een scheve schaats hadden gereden. Duizenden gezinnen werden door hem van de materiële en de morele ondergang gered. Het gebeurde in absolute stilte, zonder publicitaire poeha. Het maakte de sfeer in het land íets gezonder. Welnu, ook hij was een vrijmetselaar. Ondanks alles, zelfs de vervolging van zijn broeders, liet hij zich leiden door zijn uiteindelijk vertrouwen in de mens...'

'Geloven jullie in diens mogelijkheid tot vervolmaking?'

'Het klinkt utopisch, maar van dát standpunt gaan wij halsstarrig uit. Bouwen aan de medesterveling, bouwen aan onszelf, bouwen aan

de gemeenschap, vorm geven aan wat vormeloos schijnt, daarop komt het aan.'
Ik koesterde geen zweem van achterdocht.
Diep had zijn rotsvast vertrouwen mij aangegrepen. Hij was meer dan tweemaal zo oud als ik. Slechts een bekrompen geest kon aan zijn rechtschapenheid twijfelen. Als schrijver had ik geleerd belangstellend anderen te observeren. Ik hield van deze wijze man, van de goedheid die hij uitstraalde. Toch wilde ik niet de dupe worden van zijn verheven dromen, die mij deden denken aan een wijsgerig Arcadia, ergens in de nadagen van Hellas.
'Kán dat volgens jou waarachtig?'
Het was geen sceptische doch een hoopvolle, van tevoren met het antwoord instemmende vraag, hóe het ook mocht luiden.
'Wij proberen het... Ik hoop het. Nee, ik geloof het, mijn leven lang heb ik het geloofd. Ach, ik weet wel... Schijnbaar terecht lokken die oude rituelen en symbolen bij sommigen een medelijdende glimlach uit. Het overkomt ook mij ze met een korrel zout te nemen. Je hoort het zo te bekijken dat alle binnenwaarts zijn gericht. Wij houden het psychologisch theoretiseren erbuiten – behoudens bij bepaalde studiën – maar niettemin is hun bedoeling het verstand met het onbewuste te verzoenen en een geestelijke harmonie teweeg te brengen. De hybris smeden zij om tot intellectuele en emotionele orde; zo leiden zij tot zelfrelativering. Terzelfder tijd wordt de groei naar een afgeronde, evenwichtige persoonlijkheid beoogd. Wie zich tot dusver alleen op de buitenwereld oriënteerde, ontdekt nieuwe regionen en mogelijkheden in zichzelf. Er komt levensenergie los, de verbeelding vindt gebieden van creativiteit. Het begrip voor de anderen, de tolerantie en de solidariteit worden bevorderd. En in de beste gevallen mondt het uit in de broederlijke verbondenheid met al wát, met al wíe leeft. Zo moet je het bekijken, Paul.'
'Ja,' mompelde ik, 'ik begrijp wat je bedoelt, Jung noemt dat het individuatieproces, de realisatie van de volledige mens...'
'En dát is misschien het enige ware geheim, mijn jongen, en bijgevolg zo moeilijk onder woorden te vatten. Je hoort het te beleven om het te begrijpen, zie je – dáárom weten buitenstaanders er geen weg mee... Maar ook déze preek is aan jou niet besteed, Paul. Jij bent een kunstenaar. Je hebt het als kunstenaar van je geboorte af met je cellen meegekregen. Waar jij mee ter wereld kwam, is voor velen onder ons het resultaat van een ingewikkeld proces, waarbij ik het niet eens over je schrijversgaven heb. Het wordt weleens de Koninklijke Kunst genoemd, wat ook allerhande, menigmaal door de middeleeuwse beeldhouwers weergegeven alchimistische referenties verklaart, welke niet ingewijde kunsthistorici voor gratuite grapjes houden.'
'Als compliment kan het ermee door,' lachte ik. 'Je brengt mijn be-

scheidenheid in gevaar. In elk geval ben ik je dankbaar... Nee... Niet voor het compliment waaronder je me verplettert, maar voor de manier, zij het de onrechtstreekse manier, waarop je mij dichter bij mijn vader hebt gebracht. Ook dát deel van zijn wereld moest ik kennen!'
'Verschrikkelijk dat hij ervoor moest sterven...'
'Denk je?' vroeg ik, verrast, hoewel niet geschrokken.
'Ik vrees het... Wij hebben alles grondig onderzocht. Wat zijn verzetswerk betreft waren er geen lekken. Anderzijds staat het vast dat er ledenlijsten van onze orde in handen van de Gestapo zijn gevallen. Verraad uit het eigen midden mag je als uitgesloten beschouwen.'
'Reeds na mijn gesprek met Bastiaan ben ik er rekening mee gaan houden dat hij als vrijmetselaar werd vermoord; het woord alleen al haalde die ss-ers het bloed onder de nagels vandaan!'
'Ach, weet je, Paul, ik had je graag meer concrete dingen over hem verteld... Ik zal de naam van een man voor je noteren die tot zijn verzetscel behoorde en inniger met hem samenwerkte dan ik; jammer genoeg zijn wij elkaar wat uit het oog verloren. Zijn adres vind ik vast wel in de telefoongids, ik kom er hoe dan ook achter... Overigens denk ik aan andere mogelijkheden, ándere informatie... Maar daar wil ik eerst eens met bepaalde relaties over praten, ik mag je niet met ongewettigde verwachtingen opzadelen... Tenzij je mij zou zeggen dat je het voor bekeken houdt?'
'Nee,' antwoordde ik stil, 'nooit zal ik het voor bekeken houden...'
'Net wat ik dacht,' besloot Fred Nieuwlant.

TIENDE HOOFDSTUK

Paul rangschikt zijn bibliotheek. Weer het acaciatakje en zijn vreemde symbolische betekenis. Een misverstand wordt opgelost. Een avondje bij kerkhofbewaker Jeroen. Brabantse levenskunst. Een onderwijzer zoals er geen meer worden geboren...

Mijn ontmoeting met Alfred Nieuwlant, de avond die ik onder de zijnen op 'Ultima Thule' had doorgebracht, was mij voorgekomen als een stroomversnelling.

Ongeduldig zag ik de tweede ontmoeting met de mooie Emily tegemoet. Hieraan was het toe te schrijven dat de tijd nooit zo langzaam voorbij was gegaan. Ik zou Jo Heuvelmans met open armen hebben ontvangen als hij eens te meer met een of ander karweitje was komen opdagen. Het had er veel van dat ik naar een telefoontje van hem zat te verlangen; hem zélf opbellen leek mij te gek.

De ordelijke aanblik welke de bibliotheek van mijn vriend vertoonde, scheen mijn geweten wakker te hebben gemaakt. Aangezien er mij niets anders inviel, besloot ik wat aan de mijne te werken. Ik had die ondergebracht in een ruim vertrek op de bovenverdieping, hoog uitkijkend over de tuin. De schrijnwerker van het dorp had haar van de nodige rekken voorzien en er een aardig meevallende prijs voor gerekend.

Naar gelang ze mij onder de hand vielen had ik er mijn boeken in neergezet. Voorlopig stonden ze volkomen ordeloos naast elkaar.

Deze rommelige boel had mij tot dusver niet gehinderd. Hij zou weinig bezwaren opleveren zolang ik aan een roman liep te denken. Mocht mij in de nabije toekomst een essayistisch onderwerp invallen, dan zou mijn slordigheid mij ernstige moeilijkheden berokkenen, problemen veroorzaken als ik een beroep op enige documentatie wenste te doen. Dit was niet zomaar een gratuite overweging. Mijn romans beschouw ik voor mezelf als het belangrijkst. Ik heb niettemin heel wat andersoortig werk geschreven. Het behoort tot een heel apart genre, bij ons weinig bekend, en waarbij – hoe kán het anders? – het vreemde, het bizarre en het mysterieuze nogal eens een dominante rol spelen. In feite zit ik ermee in een typisch Engelse sfeer, die de verbeelding van de meesten onder mijn lezers sterk aanspreekt. Jammer genoeg begrijpt een deel van de academische kritiek er ongeveer net zo weinig van als de roemruchte koe van de welbekende voorbijrijdende trein. Passons...

Om de mij overvloedig toegemeten tijd niet helemaal in ledigheid te slijten, besloot ik alvast de fictie van de non-fictie, zoals het in het bibliotheekvak heet, van elkaar te scheiden, wat een eerste rangschikking zou sorteren.

Een poosje hield ik mij braaf bezig met het zoveel mogelijk bij elkaar zoeken van handboeken en naslagwerken. Wegens hun meestal kloeke en hieraan herkenbare afmetingen liep het vlot van stapel, zodat ik er plezier in begon te krijgen.

De verleiding was onvermijdelijk groot om er nu en dan in te gaan zitten grasduinen. Dit gold vooral banden die ik lang niet meer ter hand had genomen of waarvan ik – tot mijn schande – in een paar gevallen zelfs min of meer de aanwezigheid was vergeten.

Volkomen verstrooid sloeg ik de omvangrijke *Dictionnaire des Symboles* open. Een paar jaar geleden had ik hem in Parijs aangeschaft. Tot dusver had ik er geen gebruik van gemaakt, wat ik opeens zonde vond. Ik bladerde er wat in, tot mijn oog eensklaps op het trefwoord *acacia* viel. Onmiddellijk deed het mij aan Jeroens ondoorzichtige grapje denken en ik las de informatie bij het lemma even door. Van de bokkerijders was er tot mijn spijt geen sprake, dat kan je moeilijk in zo'n Frans compendium verwachten; ik zou het woord niet eens kunnen vertalen.

'Hé!' zei ik luidop tot mezelf.

'In de westerse vrijmetselarij is de acacia het symbool van de wederopstanding en de onsterfelijkheid,' las ik, wat mij een indrukwekkend begin leek. Stel je voor, louter incidenteel was het een acaciatakje dat ik bij gebrek aan bloemen op het graf van mijn ouders legde. Absoluut toevallig. Had er een eikestruik gestaan, dan was het een eiketwijgje geweest, zonder voorkeur mijnerzijds. Het toeval scheen in de jongste tijd merkwaardige capriolen te maken. Hoe ging het verhaal verder? 'Volgens de overlevering werd er een acaciatak op het graf geplant van Hiram, in de bijbel de architect van Salomo's tempel, vermoord door twee gezellen, die hem zijn geheim wilden ontrukken. Deze legende leidde tot een indrukwekkende doorgangsritus, waarbij de ingewijde als herboren uit de dood wederopstaat en zodoende een nieuw leven begint.'

Aan zulke grondige details was Fred niet toegekomen toen hij gisteren vrij algemeen over dergelijke traditionele gebruiken praatte. Erg geheim waren ze inderdaad niet: ik hoefde er slechts het eerste het beste gespecialiseerde woordenboek op na te slaan. Aangezien ik vaker met mythische gegevens bezig was geweest, die overigens niet frappant van deze verschilden, maakten ze in dit geval geen adembenemende indruk op me.

Ik nam er kennis van, zoals Bostijn het in zijn accurate professionele taal zou noemen.

Ondertussen vond ik die acacia een mooi poëtisch symbool. Ik bladerde verder om eens te kijken of er eventueel iets over seringebloesem werd gezegd. Hieraan bleken evenwel mythische noch andere abstracte ideeën vast te zitten.

Ik klapte de encyclopedie dicht en zette haar in het rek.

Als metafoor is het bij de wilde spinnen af, maar ik had waarachtig het gevoel dat er iets jeukte in mijn hersens. Een acaciastruik!

Het duurde slechts kort. Plots viel mij de ogenschijnlijk onrechtstreekse manier in waarop Jeroen bij enkele van mijn recente ervaringen was betrokken – zo kwam het mij althans voor. Dacht ik ten onrechte dat Bastiaan haast onmerkbaar glimlachte toen ik tijdens ons onderhoud op de kerkhofbewaker zinspeelde? Alfred Nieuwlant had duidelijk laten blijken dat hij Jeroen kende en eraan toegevoegd dat bepaalde dingen gauw op hun plaats zouden vallen of iets dergelijks. Overweldigd door al het nieuwe dat ik vernam, had ik dom de kans verkeken om te informeren wat hij precies wilde zeggen. Bij de eerstvolgende gelegenheid zou ik het vast doen. Hem ervoor opbellen leek mij nu weer niet de moeite waard.

Soms ben ik geneigd mijzelf te rekenen tot hen die men geleerd secundair functionerenden noemt, wat in doordeweekse taal op mensen slaat wier dubbeltje langzaam valt. Intussen is het best mogelijk dat het om een – zelfs met vertraging – bij anderen hoegenaamd nooit vallend dubbeltje gaat. Kortom, na al die dagen gaf ik er mij voor het eerst rekenschap van dat in Jeroens mededelingen iets niet helemaal scheen te kloppen. Aanvankelijk irriteerde het mij. Ik vond het naar dat ik geen weg wist met die vervelende indruk. Daarna werd ik evenwel geboeid door het verschijnsel dat (per definitie buiten mijn medeweten om) mijn onbewuste er blijkbaar vanaf die eerste ontmoeting op het kerkhof mee bezig was geweest. Steeds heeft de vreemde werking van de menselijke geest mij gefascineerd en vaak heb ik er onder het schrijven gebruik van gemaakt.

Woordelijk kon ik mij ons gesprek niet herinneren. Er was nochtans geen enkele reden om serieus te veronderstellen dat ik me vergiste en mijn geheugen mij parten speelde. Nadat wij op die bank hadden plaats genomen had hij duidelijk herhaald dat hij vanaf zijn jeugd papa's vriend was geweest. Daarna had hij gezinspeeld op de lagere school en, al was de voorstelling hiervan iets minder scherp, ook op hun gezamenlijke tijd onder de wapens. Er was niet de geringste reden tot onzekerheid. Nu ik geconcentreerd onze ontmoeting voor mezelf opriep, twijfelde ik er geen moment meer aan dat ik elke aarzeling diende uit te sluiten. Het woord 'legerdienst', of op zijn minst het woord 'leger' was onmiddellijk ter sprake gekomen nadat we waren gaan zitten.

Doordat Jeroen direct met de deur in huis was gevallen, bleek mijn observatievermogen (menigeen zou het voor minder overkomen) tijdelijk in gebreke te zijn gebleven. De onvoorziene omstandigheid dat een onbekende, zonder noemenswaardige oorzaak, over vader met me was begonnen te praten, kon als ruimschoots voldoende worden beschouwd.

In gedachten verdiept zag ik het goedaardige aangezicht van de kerkhofbewaker voor mijn geest verschijnen. Ik ontwaarde de rimpels in zijn door het leven in de open lucht getaande huid, zijn vriendelijke grijze ogen achter het simpele brilletje met halve glazen waar hij meer over- dan doorheen keek, zijn borstelachtige grijze snor zonder herkenbaar model en de onafscheidelijke, zwartgerookte pijp in zijn mondhoek. Wanneer je niet op iemands uiterlijk kunt afgaan, weet je helemaal niet meer waar je staat! De kans dat een mens van een type als het zijne de waarheid geweld zou aandoen leek mij gering, zo niet uitgesloten; zulke dingen zie je aan een man. Bezwijkend voor de gelegenheid om zich interessant te maken kon hij wellicht de waarheid enigermate op zijn manier bekijken; haar boosaardig verdraaien was blijkbaar niets voor hem. Bovendien bevond zich onder wat ik naderhand van Bostijn en Nieuwlant had vernomen, geen enkele bijzonderheid met zijn mededelingen in strijd.

Deze man kon bezwaarlijk een leugenaar zijn.

Niettemin zat er iets scheef!

Hoe oud hij was, kon ik moeilijk schatten, hoewel het precies daarop aankwam.

Voorlopig had hij de pensioengerechtigde leeftijd niet bereikt. In tegenstelling tot wat steevast met mensen op die jaren aan bod komt wanneer je een praatje met hen maakt, was door hem één onderwerp níet aangeroerd. Ik zinspeel op de nabije, welverdiende rust en hoe verstandig hij de dra aanbrekende vrijheid zou besteden aan wat hij écht prettig vond. Niet één keer had hij een dergelijk, voor een werkend mens doorgaans opwekkend vooruitzicht ter sprake gebracht. Het was natuurlijk mogelijk dat hij rekening had gehouden met de dramatische omstandigheden waarin papa was gestorven en zulke overwegingen minder gepast had gevonden. Toevallig is het zo dat ik het leuk vind met oudere mensen te praten en een gesprekje met hen nooit uit de weg ga. Ik weet bijgevolg uit ervaring dat bij de meeste bejaarden de behoefte om uiting te geven aan de idyllische voorstelling die zij zich vormen van een naar eigen inzicht ingerichte levensavond, zelden verstek laat gaan. Ondanks de dood van mijn vader was er geen reden geweest om het wie dan ook kwalijk te nemen.

Hield ik rekening met Jeroen Goetgebuers kloek uiterlijk en zijn onweerlegbare geestelijke vitaliteit, zo kon hij hooguit zestig zijn.

Dáár was het dat voor mij het schoentje ineens knelde. Het had trouwens weinig verschil uitgemaakt als hij mij had gezegd dat hij nog dit jaar, normaliter op zijn vijfenzestigste, met pensioen hoopte te gaan.

Mijn vader was namelijk aanzienlijk ouder dan hij. Hij was van 1900 en zou bij leven tachtig zijn, mama was veel jonger.

Op dit punt dus geen spoor van twijfel!

Het was absoluut uitgesloten dat zij samen op de lagere school waren geweest. Papa was daar vijftien tot twintig jaar mee klaar toen Jeroen alsnog de spannende avonturen van Pim en Mien moest derven; automatisch stemde hiermee het tijdsverschil overeen van het moment waarop zij hun militaire dienst hadden gedaan.

Enerzijds had het op zichzelf niet het geringste belang.

Anderzijds heb ik een hekel aan om het even welk gevoel van onzekerheid, zelfs aan het vermoeden dat ik voor de grap in de maling word genomen, ook wanneer er niets van afhangt. Meestal hoef ik mij slechts geringe moeite te getroosten om te weten hoe de vork in de steel zit, wat ik doorgaans onmiddellijk doe. Ook zonder belang is onzekerheid mij een gruwel.

Het was omstreeks vijven, net had ik de klok in de dorpstoren het uur horen slaan.

Op het kerkhof zou ik te laat komen om mijn vriend er nog te treffen. Ik liep naar beneden, waar ik in een bureaulade het adreskaartje vond dat hij mij bij het afscheid na onze eerste ontmoeting in de hand had gestopt. De auto stond op het klinkerpad. Terwijl ik startte, vond ik het een aantrekkelijk idee de brave kerel weer eens te zien en – hier twijfelde ik niet aan – een streep onder een onmiskenbaar misverstand te zetten.

Uit alles bleek dat Jeroen mijn onverwachte bezoek op prijs stelde, net als laatstmaal onze ontmoeting, toen wij die onverklaarbare bos seringebloesem op het graf hadden aangetroffen. Hoe was die daar in 's hemelsnaam terechtgekomen?

Waar een eind voorbij het kerkhof de pokdalige voorstad in het volle platteland overgaat, betrok hij met zijn echtgenote, een eenvoudige maar nog bekoorlijke en moederlijke vrouw, een nette arbeiderswoning aan een rustig veldpad. Eigenhandig had hij haar omgebouwd tot een aanvallig villaatje, door bloemen omgeven.

'Het doet ons waarachtig plezier je eens te zien, Paul,' begroette hij mij enthousiast. 'Al geruime tijd rekent mijn vrouw erop eindelijk kennis met je te maken. Zij probeert zoveel mogelijk je boeken te lezen, al valt dat weleens moeilijk. Eindelijk zijn we zover... Kom, vooraf gaan we wat in de tuin zitten, dan kun je straks een hapje met ons mee eten!'

Ik moest zijn vrouw maar meteen Mina noemen, vond Jeroen. Zij ging dadelijk in haar keukentje aan de slag, lachend om mijn protest dat ze iets speciaals voor me zou doen. Wij installeerden ons onder de linde die aarzelend in bloei kwam en rookten unisono onze pijp. Wie samen een pijp met je rookt, is meestal een betrouwbare vriend – dat had ik vaker ondervonden.

'Ons huis is geen kasteel als dat van Fred Nieuwlant,' opperde hij na een tijdje van stilzwijgen. 'Ik gun het hem, hoor...! Niettemin zijn wij hier zo gelukkig als een koningspaar in zijn paleis. Een fijn idee van je, Paul, eens langs te komen. Je bent altijd welkom, als je oude mensen althans geen zeurkousen vindt!'

'Zeurkousen, hoe kom je erbij, Jeroen?' zei ik gemeend. 'Wél moet ik je iets bekennen. Ik ben hier niet louter toevallig, weet je.'

'Zo hoort het. Wij beschouwen je als een vriend. Het ligt voor de hand dat je niet op een toeval wacht om eens binnen te lopen!'

'Dat vind ik fijn, dank je. Maar ik bedoel iets anders...'

Mogelijk dat ik het mij verbeeldde. Ik meende een malicieus vonkje in zijn ogen te ontwaren en hij ging druk zijn bril zitten poetsen.

'Iets anders?' vroeg hij met wat mij voorgewende verbazing leek.

'Iets dat ik niet begrijp... Een misverstand of zo...'

'Een misverstand?' informeerde hij met deze keer oprechte verwondering.

'Dat dacht ik...'

'Kom, vertel op. Hoe vlugger wij dat varkentje wassen, hoe beter!' insisteerde hij. 'Ik heb de pest aan misverstanden, ze verwijderen mensen van elkaar.'

'Ik wilde nog eens terugkomen op dat gesprek van ons... Zei je niet dat je in je kindertijd bevriend was met mijn vader?' Hij maakte vaag een relativerend gebaar, doch scheen af te wachten wat ik zoal op het hart had. 'Dat je met hem op de lagere school hebt gezeten?'

Hij veroorloofde zich de tijd om op zijn dooie gemak zijn pijp uit te kloppen en haar minutieus weer te stoppen. Terwijl hij opstak, keek hij mij met een zo ontwapenende glimlach aan dat, hoewel ik volkomen overtuigd was van mijn gelijk, een acuut schuldgevoel mij overviel.

'Prachtig, Paul,' zei hij. 'Mensen moeten met elkaar praten, zoals die goeie Fred het ons van tijd tot tijd op het hart drukt. En...'

'Ons?'

'Hoe meer je open met elkaar praat, hoe minder misverstanden er ontstaan,' filosofeerde hij. 'Met ons beiden zijn wij verdraaid het levend bewijs dat hij het bij het rechte eind heeft!'

Even zat hij te grinniken, geheel in zichzelf gekeerd. Vaag deed het mij denken aan een houding van zelfkritiek met terugwerkende kracht.

'Mooi,' stemde ik in, 'laten wij praten.'

'Ik ben een domme, oude kerel, Paul,' ironiseerde hij. 'Een oude kerel die nog steeds niet heeft geleerd zich behoorlijk uit te drukken. Ik bedoelde niet dat ik mét hem, ik bedoelde dat ik bíj hem op school heb gezeten!'

Breed en genoeglijk plooide zijn glimlach open terwijl hij me in de ogen keek: rimpels van het doorbrekend zonlicht op het water.

'Onvoorstelbaar...!' jubelde ik na mijn kortstondige verbazing, terwijl warmte mij doorstroomde. 'De domkop, Jeroen, ben ík! Nu herinner ik mij woordelijk wat je zei: eerst de lagere school. Net of ik je het weer hoor zeggen... Wat prachtig dat míjn vader jóuw onderwijzer is geweest!'

'Wel... Dat is dan in orde...' antwoordde hij.

Ik hoorde duidelijk dat het een aanloop was tot meer.

'En... had je het niet over het leger?'

'Goed, goed, nogmaals beken ik schuld, Paul! Kun je me niet een paar lessen in welsprekendheid geven...? Toen Hitler Polen binnenviel en bij ons de mobilisatie werd afgekondigd, kwam ik weer bij je papa terecht. Als de meeste onderwijzers en leraren was hij reserveofficier... Wij hadden elkaar nooit uit het oog verloren. Onze kapitein was meester Bostijn, je weet wel. Deze was bij de capitulatie op missie in Oostende, met de hakken over de sloot kon hij nog net met een Engelse mijnenveger mee. Je vader en ik kwamen als krijgsgevangenen in Duitsland terecht, ergens op de Lüneburger heide. Vermoedelijk doordat die stomme moffen dachten dat ze de Britten door de bombardementen op Londen eerstdaags op de knieën zouden krijgen, zodat ze onverwijld om genade zouden smeken, werden wij eind september '40 naar huis gestuurd. De Vlamingen althans; de Walen bleven gevangen – een smerig spelletje... En nu weet je hoe de zaken ervoor stonden. Tevreden?'

'Enorm... Je praatte over het verzet, over papa's dood, maar voor het eerst zeg je me dat je bij hem op school hebt gezeten. Dat is geweldig!'

'Van het eerste tot het zesde klasje. Gebruikelijk was het niet, ik vermoed dat het een experiment van hemzelf was...'

Vanuit de deuropening van het achterhuis waarschuwde Mina ons dat het eten klaar was.

Ik heb steeds het reilen en zeilen in dit landje door een relativerende bril bekeken. In dit opzicht verschil ik weinig van mijn medeburgers. Wij zijn gemakkelijk bij de neus te nemen, maar gaan prat op onze afkeer van om het even welke vorm van gezag, onvermoeibare kankeraars, steeds bereid om masochistisch de hand in eigen vaderlandse boezem te steken. Wat elders geldt als eigen voortreffelijkheid, wordt hier verwezen naar de rommelzolder van de nationale potsierlijkheid. Ten onrechte verbeelden de Hollanders zich dat zij het zijn door wie de Belgenmoppen werden uitgevonden. In werkelijkheid hebben wij, de Vlamingen, dat knarsetandend zélf gedaan, waar ik daarentegen geen Nederlander een Hollandermop zie verzinnen.

Dergelijke verschijnselen zijn soms erg ingewikkeld. Vaak vraag ik me af of onze neiging tot zelfspot niet als een averechts superioriteitsgevoel dient te worden beschouwd. In dit opzicht lijkt het mij typerend dat er in elk geval één gebied is, een topje van de ijsberg als het ware, waarop geen mens onze eigendunkelijkheid aan het wankelen kan brengen.

Wij gaan er namelijk prat op dat wij als geen ander de goddelijke levenskunst verstaan en bedrijven. Vooral hieruit putten wij de argumenten om ons niet door anderen te laten overbluffen. Zelfs de meest zelfingekeerde natuur kan er plots welsprekend bij worden. Wegens onze niet denkbeeldige, historisch gegroeide minderwaardigheidscomplexen blijkt ons uitgangspunt zelden van enig negativisme gespeend...

Zeg, weet je nog, die chemisch groen geverfde erwten in Brighton, zo hard als knikkers? Wanneer ik weer aan die glazige zeetong in Rotterdam denk, griezel ik gewoon, zó uit de diepvries – daarvóór dreven er klompjes ijs in de tomatensoep! En dan dat colaglaasje kinderbier erbij – geef mij maar een Trappist, recht van bij de paters in Westmalle! In Middelburg, stel je voor, heb ik bij het ontbijt het obligate plakje kaas op de literaire rubriek van de *NRC* gelegd. Dwars erdoorheen kon ik perfect lezen hoe geniaal de jongste boeken van Huppeldepup en Repelsteeltje weer zijn. En laten wij maar zwijgen over die zuurkoolvreters van Duitsers en hun onhebbelijkheid om de aardappeltjes in gerecycleerde motorolie te braden.

Eenmaal de sfeer van afgrijzen rijp als camembert, gaan wij over tot de volgende alinea. Zodoende graven wij naar de geschiedkundige wortels van onze roemruchte goedleefsheid. Deze situeren wij bij stilzwijgend consent steevast in de tijd van de Bourgondische hertogen, hoewel spoedig de namen vallen van Bruegel, Rubens (wegens zijn gezonde blote juffers?) en Jordaens. Niemand is zich als wij bewust van het geheimzinnig maar fundamenteel verband tussen tafelgenoegens en kunst.

Vooral in Antwerpen, al eeuwenlang kosmopolitisch georiënteerd, zijn wij bereid zuinig te beamen dat de Fransen vrij fatsoenlijk bikken, ofschoon je het niet bij Bocuse hoort te zoeken. Wat is die met veel poeha gepropageerde 'nouvelle cuisine' immers méér dan profijtelijke armoe-sta-bij voor mannequins bij wie je de voorkant niet van de achterkant onderscheidt? Ben je niet op maagzweren gesteld, wees dan maar op je hoede voor die Beaujolais Nouveau, zo zuur dat je oren ervan dichttrekken; je neemt beter onze lokale azijn van 'De Blauwe Hand'. Daarentegen zijn wij bereid een etentje in een restaurantje van de routiers om zijn democratische degelijkheid van rechttoe rechtaan te waarderen. De Italiaanse krulletjes en vocalisetjes liggen ons niet zo, hoewel wij een volkse minestrone niet versmaden.

Hieraan zat ik te denken bij de niet ver van het geraffineerde blijvende maaltijd die Mina in een minimum van tijd had geïmproviseerd. Op een flesje deugdelijke Rosé de Provence werd niet gekeken, hoewel Jeroen zich ten onrechte excuseerde dat het niet de juiste combinatie was. De gastvrijheid van deze goede zielen diende ik niet als uitzonderlijk te beschouwen. Voor hen was het eerder een kwestie van dagelijkse levensstijl en hoffelijkheid tegenover wie hun drempel betreedt. Zo gaat dat bij ons.

In zulke omstandigheden leg je met welbehagen je wrevel het zwijgen op voor alles wat je inept vindt in dit pietluttig koninkrijkje tussen het goud van de door vastgoedspeculanten verloederde Noordzeeduinen en het problematisch bronsgroen van scheikundig gewurgde biotopen naar de Maaskant toe... Ik vroeg mij af of Emily (Emily, ik tel de dagen en de nachten af, als een kind in de week voor Sint-Nicolaas!) het geen aardige achtergrondinformatie voor haar scriptie zou vinden, al had het vast niet met Engelse invloed te maken.

In feite ben ik sober van nature, doch vele onder mijn beste herinneringen hebben betrekking op de milddadigheid, het epicurisme, ook door warmhartige eenvoudigen als dit innemende echtpaar gehuldigd. Wat wellicht eer een Brabantse dan een Vlaamse deugd zou kunnen zijn. Wie acuut om *Pallieter* moet meesmuilen, mag literair kritisch zijn gang gaan. Beweert hij echter dat hij elders dan bij ons geschreven zou kunnen zijn, dan hoeft voor ons de discussie niet meer...

Mijn gastheer vond niet dat het onontbeerlijk was onze conversatie aan tafel voort te zetten. Vermoedelijk was het zijn gewoonte zich onder het eten tot weinig woorden te beperken, een vorm van wellevendheid die mensen van zijn generatie van hun ouders hebben. Toch was hij een te goedaardig man om het licht onder de korenmaat te zetten en niet zijn waardering voor de culinaire gaven van zijn echtgenote te betuigen, waarin ik hem geestdriftig bijviel. Hoofdzakelijk beleefde hij zijn plezier aan de maaltijd zélf en ik gunde het hem van harte. Ik had gemerkt dat Mina tot de toegewijde huisvrouwen behoorde die er zich bestendig zorgen om maken dat morgen de hongerdood bij de achterdeur kan staan en hem althans vandaag zo ver mogelijk op afstand houden. Wat je direct concludeert uit de mollige welgedaanheid van zulke goedaardige zielen. Voor mij stond het vast dat zij zich elke dag een toegewijde kookster betoonde maar, ongetwijfeld te mijner ere, vanavond nog eens extra haar beste beentje had voorgezet. Het bleek overtuigend uit wat zij opdiende, evenals uit het enthousiasme waarmee Jeroen zat te schransen. Overigens bekende hij vergenoegd dat wat Mina kokkerelde iets ánders was dan een middagboterhammetje met een bakje lauwe administratietroost erbij in het niet overdreven sfeervolle kantoortje op het kerkhof.

Ik hoorde het overigens niet zo op te vatten, dat hij zich er ooit ongelukkig had gevoeld. Integendeel, voegde hij er nadrukkelijk aan toe, of hij zorgvuldig wilde vermijden in dit opzicht enig misverstand te veroorzaken.

Nadat de gastvrouw andere dan administratieve koffie had geserveerd, was het díe overweging welke hem voor het resterende deel van de avond op dreef bracht terwijl wij in het thans fris geurende tuintje zaten te keuvelen.

'Nee hoor,' vervolgde hij, nadat hij met een zucht van welbehagen in zijn kennelijk vaste rieten zetel plaats had genomen. 'Vergeet het maar als je zou denken dat werk als het mijne onaangenaam is... Wij hebben een boel andere dingen te doen dan langs de paadjes te slenteren, wat best aangenaam is als het weer niet te gek uitvalt.'

'Gebeurt het niet dat je je hartstikke verveelt tussen al die zerken?'

Het had amper met nieuwsgierigheid te maken. Er zijn evenwel weinig mensen die het niet redelijk vinden dat je wat aandacht voor hun vak betoont.

'Nooit van zijn leven. Ik verveel me nooit. Wat dacht je...?'

Ik wilde er iets over fraaie vrouwelijke geestverschijningen met een bos seringebloesem in de arm aan toevoegen, voldoende sexy om door hem nageoogd te worden. Mina was vast te goedlachs om in zo'n onschuldige plagerij graten te vinden. Ondertussen vermoedde ik dat zij er geen touw aan vast zou kunnen knopen en bewaarde het geintje voor een andere keer. Niets is zo frustrerend als een grap waarvan je nog eens apart de geestigheid moet uitleggen!

'Ergens kan ik het begrijpen,' zei ik dus maar. 'Het is een vredige omgeving, geen stank van auto's, gezonde lucht zoveel je wilt... Ik stel me voor dat je de ganse tijd aan het filosoferen bent. Net iets voor jou...'

'Niet kwaad geraden, Paul... De meeste mensen hebben te zelden gelegenheid om met hun eigen gedachten bezig te zijn... Het vreemde is dat ik langzaam aan heb geleerd mij volkomen tevreden te voelen zonder aan om het even wat te denken.'

'Als sommige boeddhisten...?'

'Nou moet je weer niet overdrijven, zeg! Jammer genoeg hou je het zelden lang vol. Gewoonlijk is er gauw iets dat beslag op je aandacht legt... En dan zijn er natuurlijk de doden.'

'De doden...?'

Hoewel wij het hadden over zijn ambt, wat ik trouwens geen ogenblik uit het oog verloor, was ik even de kluts kwijt.

'Daar hoef je toch niet verbaasd over te zijn, beste kerel?' lachte hij.

'Inderdaad, in jouw geval kun je de doden niet wegcijferen...'
'Na al die jaren heb je het gevoel dat je hen allen kent, begrijp je? Het worden je vrienden en daarom ga je met hen praten.'
Voor het eerst vergewiste ik mij ervan dat hij op zijn manier een dichter is.
'Meen je waarachtig práten?' vroeg ik.
'Nou ja, ik ben ook niet gek; bij wijze van spreken, bedoel ik. Uiteraard stel je het je gewoon voor, wat helemaal niet moeilijk is. Neem bij voorbeeld je vader... Heb ik hem niet goed gekend?'
'Ja,' zei ik, 'hém heb je inderdaad goed gekend en daar ben ik ontzettend gelukkig om!'
'Daarom is het mogelijk om in gedachten met hem een gesprekje te beginnen. Wat ik regelmatig doe...'
'Waar hebben jullie, waar heb jij het op zo'n moment over?'
Hij dronk bedaard zijn koffie en zat daarna omstandig, hoewel vermoedelijk overbodig zijn knevel schoon te vegen.
Ik vond het een grappig en tegelijk melancholiek gebaar.
'Over allerhande dingen, te veel om op te noemen. Soms over onze tijd bij het leger, over dat saaie krijgsgevangenkamp op de Lüneburger heide... Maar telkens over de school. Wij hebben elkaar nooit uit het oog verloren en samen veel beleefd, maar uiteindelijk is het altijd weer dat schooltje van eertijds, dat schooltje uit zijn jeugd, uit mijn kinderjaren...'
'Ook met mij praat hij veel over hem,' kwam Mina tussenbeide. 'Ik denk soms dat ik je papa net zo goed ken als mijn eigen vader zaliger.'
'Jullie hebben het over school...' mijmerde ik, bewogen door zijn trouw aan hem die ik niet heb gekend.
'Nou ja, te letterlijk hoef je dat niet op te vatten. Regelmatig wandel ik tot bij zijn graf, waar ik het helderst aan hem kan denken – meer dan dénken is het verder niet... Dan ga ik op de bank zitten die er vlak tegenover staat, je weet wel. Soms heb ik andere dingen aan mijn hoofd en neem ik genoegen met de stilte; dan luister ik gewoon naar de stilte of naar het geritsel van de bomen. Doorgaans komen de beelden van vroeger wel naar boven, begrijp je, en heb ik het gevoel dat het allemaal pas gisteren is gebeurd...'
Merkbaar door ontroering aangegrepen deed hij er het zwijgen toe.
Het was een stille avond in de vroege zomer. Voor mij betekende het niet dat alle geluiden ontbraken. Langs de straatweg naar Boom en het omliggende industriegebied, ginds waar Peter van Keulen woonde, hoorden wij nu en dan een verre wagen voorbijrijden. Meer uit het westen, voldoende ver verwijderd om ons evenmin noemenswaardig te hinderen, bereikten ons met tussenpozen de disparate, moeilijk te duiden geluiden van het nachtwerk op de scheepswerven van Cockerill bij de Schelde. Aanstootgevend voor het geweten van

elke rechtgeaarde milieubeschermer (wie ik terloops mijn waardering betuig) roepen zij soms een rare poëtische rimpeling in mij op. Het is iets dat ik heb opgespaard uit de mij als kind fascinerende sfeer van sommige bladzijden in de romans van Jules Verne. Het houdt voor mij de unheimische bekoringskracht in stand van geheimzinnige en gigantische fabrieken, onzichtbaar achter de horizon, ofschoon verraden door rokende schoorstenen en een baaierd van ondefinieerbaar gerucht. Het leek mij ditmaal overwegend vormloos-dof gebons van ijzersegmenten. Gelukkig op aanzienlijke afstand, werd het in deze kristalklare nacht afgewisseld door het naaldscherp gillen van wat, zo te horen, niet anders konden zijn dan krachtige metaalboren waar men het staal mee te lijf ging.

Mettertijd zijn wij aan veel, haast aan alles gewend geraakt. Waar zijn de nachtegalen gebleven, dacht ik, de nachtegalen die voorzeker ééns in deze buurt met haar verspreid geboomte hebben gehuisd?

De herinnering aan hun verloren gezang is een zo romantisch gegeven, dat men er in de poëzie niet meer op durft te zinspelen, alsof er onwelvoeglijkheid mee gemoeid zou zijn. Ternauwernood een flinke boogscheut van hier berokkende het de arme Pieter-Frans in zijn graf op het Erepark groot verdriet, fantaseerde ik.

Ondanks alles was het een vredige avond, zuiver als het water in de beken van onze grootouders en, of ook zij erbij hoorden, weinig verstoord door de verre, deels in een menselijke context aanvaardbare geluiden.

Ook Jeroens stilzwijgen maakte er deel van uit, overlegde ik.

Zijn betekenisvol stilzwijgen, zoals het in plechtige boeken eertijds werd genoemd.

Een afwachtend stilzwijgen, zou ik zeggen.

Tot hij het ten slotte verbrak.

'Ja...' mompelde hij op introverte toon, 'je vader. Hij was mijn beste en jarenlang mijn enige vriend...'

'Vertel me over hem,' antwoordde ik. 'Over dat schooltje van jullie en zo, of over ándere dingen, mij om het even.'

'Jammer dat ik geen schrijver ben zoals jij, Paul,' mompelde de kerkhofbewaker bedachtzaam, waarbij de melancholie van zijn toon mij ontroerde. 'Mijn woorden, begrijp je, zijn de woorden van een simpele kerel. Ze zijn te pover om je duidelijk te maken wat een mens als hij voor velen betekende... Hoe zal ik hem beschrijven? Op het eerste gezicht was hij een gewone man, flink, uiterlijk ergens knap, vooral door de vriendelijkheid die hij uitstraalde. Maar nee, gewoon, dat klopt niet. Hij was inderdaad knap, op een aparte manier. Ik geloof niet dat je van hem kon zeggen: kijk eens wat een mooie man. Maar dadelijk werd je door hem geboeid, soms heb je dat met bepaalde acteurs, een Jean Gabin, een Spencer Tracy bij voorbeeld. Niet dat hij op hen leek, weet je, maar net als zij trok hij je blik aan. Hij heeft iets dat de anderen missen, dacht je bij jezelf, je kunt niet langs hem heen kijken, dat is geen meneer van dertien in een dozijn...'

Wij hadden weinig aan de opgaande maan. Enorm als op een prent van Anton Pieck, werd zij met haar rossig licht grotendeels door de boomkruinen verborgen gehouden. Wij waren niet meer dan schimmen voor elkaar, onze gezichten vlekken in het donker. Het stond de zekerheid niet in de weg dat hij met geïnspireerde intensiteit zijn herinneringen zat af te tasten. Of ontspande hij zich om ze de vrije loop te laten?

'Op een aparte manier zei je, Jeroen...?'

Inderdaad had hij moeite met de woorden. Het verbaasde mij niet. Hij wist dat ik ontzaglijk veel van hem verlangde, maar deed niettemin al het mogelijke om nauwkeurig te omschrijven wat hij bedoelde. In zijn plaats zou het mij vermoedelijk niet beter zijn vergaan.

'Ja... Knap op een aparte manier. Het had minder met zijn uiterlijk te maken. In zijn schoolbankje merkt een schooljongen zulke dingen niet, onbewust vóelt hij ze. Toen ik als volwassene zijn vriend werd, was ik er al jaren aan gewend. Je bent jong en je denkt er niet over na. Pas later werd het mij duidelijk dat hij niet was als de anderen. Weet je nog wel, die televisieserie op Hilversum? *De stille kracht* heette die. Iedereen zat te kijken...'

'Naar Couperus,' antwoordde ik, 'ik heb het niet gezien, maar ik herinner het mij. Lang geleden heb ik het boek gelezen.'

'Natuurlijk heb ik het niet over die gekke oosterse kunstjes die erin voorkwamen. Ik denk aan de titel. Net zo kon je wat van hem uitging een stille kracht noemen. In zijn geval was het een góede stille kracht. In zijn nabijheid werd je rustig, of je nooit in je leven nog verdrietig zou zijn. Zonder dat je kon zeggen waarom, had je een tevreden gevoel, gewoon omdat je wist dat hij er wás, zomaar...'

'Er zijn zulke mensen,' beaamde Mina. 'Ik heb het dikwijls gemerkt. Zij zijn te goed om lang te leven, zegt men weleens.'

'Ik geloof dat ik begrijp wat je bedoelt, Jeroen...'

De ontroering zat hoog in mijn keel, hoewel geen pijn maar eerder een warm geluksgevoel in mij opstond, vrijwel hetzelfde als bij de gesprekken met Bastiaan en Fred.

'Dat is goed... Ik hoop dat ik je íets duidelijk heb kunnen maken. Het is niet gemakkelijk, Paul, waarachtig, ik ben een eenvoudig mens, het is van alles dat diep binnen in mij zit, als schrijver zul je begrijpen dat ik er moeite mee heb.'

'En toch praat je met Mina over hem?'

'Dat wél... Maar dan gaat het om gewone dingen.'

'Ik wil graag over gewone dingen van je horen. Vooral over gewone dingen...!'

'Ach, er zijn er zo verschrikkelijk veel...' opperde hij wat hulpeloos.
'Dat schooltje?' suggereerde ik.
Zonder het te zien voelde ik dat hij met weemoed naar het verleden glimlachte.
'Tja, dat schooltje... Het bestaat niet meer. Het bevond zich op de plek waar je nu die helse verkeerswisselaar hebt, die reusachtig spaghetti kluwen, autowegen naar Amsterdam, Keulen, Parijs – in wat voor wereld leven wij...? Daar lag een grotendeels landelijke armemensenbuurt, arbeidersstulpjes, woonwagens, krotten, volkstuintjes, enkele luizige kroegen... Allemaal begrensd door de oude petroleumhaven bij de Schelde, de voorstad en het opgeheven spoor naar Gent. Kortom, een tussen schip en kade gevallen stukje Antwerpen, waar men geen raad mee wist. Men kon er weinig aan doen. Het zat aangedrukt tegen de vroegere militaire verdedigingen – hoge, versterkte bermen, kazematten, ingebouwde geschutsstellingen, kazernes, grachten en dergelijke rotzooi...'
'Ik geloof dat De Braekeleer er geschilderd of op zijn minst getekend heeft...'
'Hoe verloederd de toestand ook was, er moest nu eenmaal een school zijn... Kinderen genoeg, natuurlijk, zelfs te veel, zo gaat dat... Er werd gezegd dat de onderwijzers als duivels in een wijwatervat tekeergingen, de onderwijzeressen nog erger, om niet naar die troosteloze, afgelegen uithoek te worden gestuurd; men noemde het Siberië en bekeek het als een strafmaatregel. Jouw vader, gauw met allerhande sociale activiteiten bezig, beschouwde het daarentegen als zijn plicht er zich vrijwillig voor te melden. Hij heeft me eens verteld dat men hem op het bureau voor onderwijs stomverbaasd aankeek, en net zolang warm en koud blies tot hij doodbedaard naar de wethouder stapte en hem vertelde wat hem tot zijn verzoek aanzette. De man was dadelijk voor zijn ideeën gewonnen. Hij betreurde het waarachtig dat hij daar voorlopig niet als hoofd kon worden aangesteld in de plaats van de slome duikelaar, een protégé van de behoudsgezinde partij, die er als zodanig vegeteerde. Maar ging die niet eerstdaags met pensioen...? Met een knipoogje kreeg hij carte blanche om het maar eens te proberen. Later zou men zien wat die doorduwer van een Jan Deswaen ervan terecht bracht. Wel waarschuwde men hem terdege voor de onhandelbaarheid van die troep halve wilden. Met hart en ziel ging hij ertegenaan. Geen jaar later herkende men dat beruchte armemensenschooltje niet meer...'
'Het is het eerste dat ik erover hoor, Jeroen, je weet hoe moeder was. Ik probeer haar te begrijpen... Geestelijk moet er bij haar iets stuk zijn gegaan... Nee, dat klinkt te absoluut. Kan ik misschien beter zeggen dat sommige emotionele herinneringen gefixeerd waren geraakt?'

'Nu je me zoveel over haar hebt verteld... Wie weet?'
'Inmiddels had zijn onderwijs niets te maken met... Nou, met zijn dood...'
'Voor haar had alles ermee te maken, Paul. Hij had niets van een losbol, niets van een avonturier. Integendeel, hij was een bedaard man die alles deed om het haar naar de zin te maken – zij hád het trouwens naar haar zin en beiden waren gelukkig met elkaar.'
'Ben je er zeker van?' vroeg ik – nooit had ik erover nagedacht.
'Daar ben ik zeker van Paul, absoluut zeker. Toen het evenwel gebeurd was, heeft zij, zonder het te weten, kom, ik wil zeggen...'
'Onbewust?'
'Onbewust, ja. Heeft zij onbewust ingezien dat zijn dood geen feit op zichzelf was. Dat alles samenhing... Zijn werk op school, zijn oprecht medelijden met de hongerlijders in die bittere crisistijd, zijn geloof in een betere toekomst, zijn vrienden, later zijn oud-leerlingen als ik, die in hem hun raadsman zagen en die hij uitlegde wat zij van een welbegrepen samenleving dienden te verwachten, zijn optreden als woordvoerder van zijn collega's... Voor hem vormde dat één geheel, zie je, je mag het ene niet los van het andere bekijken. Een man als hij kon niet nalaten aan de antifascistische actie deel te nemen, in die beweging was hij trouwens een veel gevraagd spreker op voorlichtingsavonden en zo. Toen hij al in oktober '40 tot de ondergrondse toetrad, veranderde er niets voor hem, dacht hij, het was een onvermijdelijke volgende schakel.'

'Ik geloof dat je het bij het rechte eind hebt, Jeroen. Mogelijk had zij zich na een langdurige rouw bij... nou ja, bij een op zichzelf staande gebeurtenis neergelegd, hoe ontzettend ook. Misschien lukte het haar niet door het idee dat het Noodlot reeds van in den beginne in de hinderlaag had liggen wachten? Wie weet of ze zich niet verbeeldde dat zij het drama al die tijd had voelen naderen, zonder hem te waarschuwen, zonder hem te beschermen? En werd haar houding door een schuldcomplex ingegeven...?'

'Je mag er niet langer over dubben,' zei Mina deelnemend. 'Mijn man was ervan overtuigd dat je eroverheen bent. Je moet het proberen zo te houden en de doden laten rusten; zij worden nooit beter door ons verdriet.'

Waarom reageert een mens, waarom reageer ik op zo'n irrationele manier, dacht ik. Ik ben op zoek naar wie mijn ouders waren. Reeds wekenlang vraag ik het mij af. Terzelfder tijd loop ik te piekeren over een stom velletje roze glacépapier met een kramikkelijk vers erop. En over een paar toevallige ontmoetingen met een dode schrijver, met de náám van een dode schrijver... Alsof er zich een absurde rangorde voordoet waarin zulke disparate gegevens gelijkwaardig zijn! Het gezond verstand verzuimt niettemin alarm te slaan. Of het er op een ge-

heimzinnige manier rekening mee blijft houden dat het ene met het andere in verband kan staan, anders – daar is het – dan door de gewone relatie tussen oorzaak en gevolg.
Wat zei Kristien ook weer? Zinspeelde zij er niet op dat verschijnselen zonder oorzaak geen gevolgen hebben? Dat zij in een gans andere, door ons verstand niet te vatten context wél dingen op gang brengen?
'Mina heeft gelijk,' beaamde Jeroen de woorden van zijn vrouw, 'zo kan het niet verder, je moet ophouden met dat gewroet in het verleden.'
'Natuurlijk heeft zij gelijk,' antwoordde ik, 'jullie hebben allebei gelijk. Van nu af denk ik aan iets anders... Vertel me over dat schooltje zélf, ja?'

Wanneer ik er mij toevallig rekenschap van geef, beschouw ik het als een aanwensel, soms als een onbeduidend gebrek van me, die neiging om op twee niveaus naar iemand te luisteren. Het gesprek wordt er niet door gedwarsboomd. Op zijn hoogst kan het enige verstrooidheid veroorzaken.
De emotioneel geladen sfeer van de landelijke avond vestigde er mijn aandacht op; hinderlijk was het in deze omstandigheden niet. Ik was mij er klaar van bewust dat ik niet alleen Jeroens bedaarde monoloog hoorde, doch mij daarenboven van allerhande meekabbelende ondertonen vergewiste, onuitgesproken atmosferische nuances en achtergrondbeelden, pertinent voor hem aanwezig, maar moeilijk onder bijwijlen ontoereikende woorden te vatten. Dit laatste was geen tekortkoming doch een onafscheidelijk deel van die wonderlijke, ingeboren dichterlijke begaafdheid waarmee goedaardige zielen als hij herinneringen aan hun verleden, bij voorkeur aan hun kinderjaren ophalen en waarbij ook de geladen stilten, de aarzelingen, het schroomvallig aftasten van het geheugen onmisbaar zijn.
'Ach, dat schooltje, weet je...' mompelde hij, niet luider dan fluisteren. 'Veel zaaks was het niet, daar in die godvergeten buurt... Als gevolg van een of ander wettelijk voorschrift, zoals de regering er voortdurend uitvaardigde, had men het direct na de oorlog – die van 1914-'18, wil ik zeggen – moeten oprichten. Ik neem aan dat het gebouw een erfenis van het leger was. Op hier en daar wat slordig metselwerk na bestond het eenvoudig uit houten barakken, sommige schots en scheef in de poldergrond gezet. Je doet het er niet om, maar desondanks blijf je het met kinderogen zien als een veilige, gezellige plek, hoe miserabel het in feite geweest kan zijn... Het was als een voorlopige behuizing bedoeld. Hoewel niet meer in gebruik, stond het er nog net zo toen, wegens die verkeerswisselaar, enkele jaren geleden de bulldozers de nederzetting begonnen te slopen. Voor een bestuur dat graag uitpakte met de kwaliteit van zijn onderwijs was het een schan-

de, maar ja, crisis, geen kredieten, je kent dat... 's Zomers was het er niet te harden door de hitte, met van die daken in golvend metaal, waarop de zon verschroeiend blaakte, zie je. 's Winters zou je met gewone centrale verwarming van de kou zijn bevroren, maar gelukkig was het te armzalig voor zulke moderne dingen. Daarom stonden er geweldige kolomkachels, "duvels" noemden de mensen ze, die gloeiend heet werden gestookt. De meeste kinderen waren thuis niet veel gewend. Die kachels vonden zij heerlijk, net als ik. Hoewel er bij ons geen nood was, hadden mijn ouders het ver van breed – wij woonden in een huis van de oliemaatschappij... Het prachtigst leken de vier ouderwetse gasbekken, mooier dan de povere elektrische peertjes uit die dagen. Op donkere winternamiddagen werden ze vroeg aangestoken. Ze verspreidden een gefilterd, zachtgeel licht waarbij ik me prettig voelde. Vind je dat niet gek voor een kleine jongen, Paul?'

'Nee hoor... Ik kan het mij duidelijk voorstellen! Kinderen zijn erg gevoelig voor zulke dingen. Ik herinner mij dat ik net zo was,' antwoordde ik.

Wát ik mij herinnerde, was de stilte in het huis van mijn onvolwassenheid, het bedroefde zwijgen waarin mama zich zo vaak terugtrok, mijn kleurloze eenzaamheid, de eindeloze landerigheid van de zondagen waarop zij er niet toe was te bewegen om met mij in de buurt naar een film te gaan kijken of naar de Kongoboten aan de kade te wandelen, als vreesde zij in gebreke te blijven tegenover haar verdriet en de oorzaak ervan te verraden. Vol heimwee verlangde ik op zulke momenten naar de maandag, naar mijn vriendjes in het eigen schooltje, vermoedelijk minder sfeervol dan hetgeen Jeroen zich voor de geest zat te roepen, enthousiast opgaand in zijn verleden.

'Ik was er bang voor dat je dergelijke herinneringen voor een oude man wat belachelijk zou vinden,' vervolgde hij. 'Ja, er zijn kleinigheden die men zijn leven lang niet vergeet... Neem gewoon de geur van dat klasje met zijn bruin gebeitste houten wanden. Ik weet niet wat voor een naam ik aan die geur moet geven. Soms merkte ik er in weken helemaal niets van, maar dan wás hij er opeens. Hij had te maken met het grote bord vooraan, vooral na de zomervakantie, als het een vers laagje zwarte verf had gekregen – aan die verf was iets speciaals... Maar ook met de spons waarmee het werd schoongeveegd, met het onvermijdelijke stof van het krijt. Misschien met de verhakkelde schoolboekjes of met het papier van de nieuwe schriften waar we zo verlekkerd op waren? Natuurlijk had het een boel te maken met de kachel die vrolijk brandde als wij 's morgens uit de winterkou naar binnen kwamen. Allicht heeft er een arme-mensenlucht gehangen van tot op de draad versleten kleren, met de stank van de keuken erin, die er nooit meer uit was te krijgen. Vreemd dat ik me daarvan niets herinner... Daarentegen wel van de reuk van water en stookolie als op winderige dagen de bries uit de richting van de niet verre Schelde kwam. Wegens die reuk en het loeien van de schepen konden wij raden dat het hoge tij was, hoewel wij ons dat mogelijk maar verbeeldden...'

'Was mijn vader er toen al?' informeerde ik.

'Ja, natuurlijk! Zei ik je niet dat ik de ganse duur van de lagere school bij hem heb gezeten? Op de eerste twee, drie maanden na, vooraleer hij zijn aanstelling kreeg... Die school bleek niet belangrijk genoeg om er een apart hoofd te benoemen; bijgevolg diende hijzelf een klas voor zijn rekening te nemen. Vraag me niet of hij een strenge onderwijzer was – in elk geval kon je het niet aan hem merken. Geen woord van hem klonk luider dan het andere, straffen deed hij nooit. Niettemin verliep alles rustig en ordelijk bij hem. Ik geloof zelfs dat wij voor zulke broekmannetjes behoorlijk hard werkten. Als we ons best deden, volgde er een beloning, beloofde hij, daar kreeg hij alles mee gedaan...'

'Een beloning...?'

'Het betekende dat hij het laatste halfuur een verhaal zou vertellen. Je hebt er geen idee van wat hij allemaal uit zijn duim zoog, veel spannender dan de boeken die hij ons later mee naar huis gaf. Bij andere gelegenheden – het kon alleen in de winter – mochten we lantaarnplaatjes kijken. Er was een mysterieus, zwart bakbeest van een apparaat, met bovenop een schoorsteenpijpje om de hitte van de petroleumlamp te laten wegtrekken; het leek honderd jaar oud. Vermoedelijk had men er elders vanaf gewild, maar wij vonden het grandioos, zelfs de aan hun lot overgelaten sukkelaartjes die voortdurend in de bioscopen van de nabije voorstad rondhingen. Wat niet erger was dan de rotzooi op de televisie tegenwoordig. Maar goed, dat is een ánder verhaal... Díe hielden misschien het meest van hem. Hij verving hun vader en hun moeder, meestal uithuizig hoewel zij geen baan hadden of niet veel aan werken dood wilden doen, tenslotte waren de drie, vier loense cafeetjes in de buurt er niet voor de honden... Na elke zomervakantie verhoogde hij met ons, zoals het werd genoemd, wat betekende dat hij zijn zelfde leerlingen behield. Mogelijk was het niet eens een maatregel van de overheid, en wilde hij vooral zien wat het zou uithalen. Het is begrijpelijk dat wij ons op die manier sterk aan hem hechtten. Met lede ogen keken wij tegen de vrije woensdagnamiddagen op, tot wij een jaar of acht waren en hij er voortaan met ons opuit trok. Hij bedacht eindeloze voettochten, zelfs met een zekere voorkeur in volle winter, daar hield hij van. Het kwam goed uit dat het schooltje op die onmogelijke plek lag, wat het makkelijk maakte om vandaaruit de omgeving van de stad te verkennen. Verkennen, zo noemde hij het, wat wij prachtig vonden; had hij het wandelen genoemd, dan had het maar niks geleken... Soms kwam je mama met hem mee. Wij vonden haar lief, erg chique en waren trots als we bij warmer weer haar mantel mochten dragen of ze voor de grap gearmd tussen ons in ging lopen als een grote zus. Toen we eenmaal de jaren des onderscheids hadden bereikt, zoals hij het met een serieus gezicht noemde en waar wij hoegenaamd niet om lachten, integendeel, kwamen een voor een de musea van de stad aan de beurt. Haarfijn legde hij ons bijzonderheden uit waarvan wij anders nooit zouden hebben gehoord. Ik weet nog dat wij op een namiddag met hem naar de bioscoop mochten, in feite de feestzaal van het nabije Volkshuis, waar de ene film van Chaplin na de andere werd gedraaid. Vooraf had hij gezegd dat we maar goed moesten lachen, hoewel er hier en daar trieste dingen in zaten. Ik geloof dat wij het nog begrepen ook, sommigen...'

'Maar ten slotte kwam daar een eind aan...' opperde ik een beetje triest in zijn plaats.

'Het kon niet anders, jammer genoeg... We bleven evenwel zo druk bij hem aanlopen, dat hij op school één avond in de maand voor ons reserveerde. Zulke dingen konden in die tijd, tegenwoordig zou de administratie het niet toelaten of zouden sommige grote bekken van de vakbond op hoge poten gaan staan aangezien er niet voor werd betaald, stel je voor, extra uren kloppen en geen centjes ernaast! Kom, ik weet het niet, de mensen zijn zo veranderd, Paul...'

Gepakt door zijn verhaal zat ik aan moeder te denken. Eens had ze, dartel en speels als een jong meisje, gearmd tussen twee leerlingetjes van mijn vader met het jongensklasje meegelopen. Het ontroerde mij, ofschoon ik het mij ternauwernood kon voorstellen, zo irreëel leek het nu ik de lijdzame, steeds ernstige en bij mijn weten nooit lachende vrouw voor mijn geest zag verschijnen. Intussen weerhield het mij niet er op een ingetogen manier gelukkig om te zijn.

'Jij bleef hem regelmatig op die maandelijkse avondjes ontmoeten?' vroeg ik overbodig.

'Zoals ik zei... Aanvankelijk zaten wij er zomaar bij, verbaasd elkaar weer te zien. Hij informeerde naar wat we uitrichtten op die nieuwe school, ginds in de voorstad, of hoe het met het werk ging, waarbij hij sommigen aanzette om een avondcursus te lopen. Naar gelang wij meer volwassen werden, ging hij langzaam aan allerhande onderwerpen met ons bespreken in verband met de maatschappij, de toestand in de wereld, de politieke ontwikkeling in het land... De economische crisis woedde volop, velen kenden armoe en ontbering van nabij... Soms was het duidelijk dat hij zich zorgen maakte om bepaalde fascistische troepjes die hier en daar ontstonden, ook in de eigen omgeving. Of het pas gisteren gebeurde, herinner ik mij haarscherp hoe hij er eens tot na elven tijd aan besteedde om ons uit te leggen dat het nationaal-socialisme, inmiddels in Duitsland aan de macht, niets met het échte socialisme te maken had, dat was belangrijk... Je kon niet zeggen dat hij op zulke avonden, die wij geweldig vonden, écht met politiek bezig was. Hij wilde onze geest openen, zei hij, ons leren denken als zelfstandige mensen die boeken zouden gaan lezen en zich niet laten belazeren. Enfin, belazeren zal hij wel niet hebben gezegd, dat was geen woord voor hem... Hij was op mij gesteld en wij werden vrienden, ook buiten die ontmoetingen in ons schooltje van weleer. Ja, Paul...' zuchtte hij met de gelatenheid van zijn jaren. 'Men vraagt zich af of er nog zulke onderwijzers worden geboren... Hoe dan ook, tot mijn laatste ademtocht blijf ik hem dankbaar. Hij heeft ontzaglijk veel in mijn eenvoudig leven betekend. Daarom is het dat ik elke dag aan hem denk, en op het kerkhof op mijn manier met hem praat...'

'Het wordt fris,' zei Mina, 'zullen we naar binnen gaan? Dan zet ik een lekkere kop thee, tenzij jullie liever een borrel hebben?'
'Even nog, mág het?'
Onder de lamp zou die zelfde sfeer er niet meer zijn. Ik wilde haar een moment langer in stand houden, de dalende temperatuur ten spijt.
'Waarom niet,' vond Jeroen, 'zó fris is het overigens niet... Ik begrijp dat je met nogal wat vragen zou kunnen zitten.'
'Niet veel... Een paar verbanden die ik niet dadelijk zie... Ronduit gezegd verbaasde het mij toen ik vernam dat meester Bostijn en architect Nieuwlant tot je vriendenkring behoren!'
Ik hoorde hem in het donker lachen, zacht maar duidelijk geamuseerd.
'Ook daar heeft je vader mee te maken, Paul...' zei hij betekenisvol.
'Stel je voor!' liet ik mij met een zeker enthousiasme ontvallen. 'Dus ook jij, Jeroen?'
Fred Nieuwlant had het mij voorspeld. Op een bepaald moment zou alles vanzelf op zijn plaats vallen.
'Wat dacht je? Waarom zouden in... in wat je bedoelt geen eenvoudige mensen te vinden zijn...?'
'Inderdaad,' antwoordde ik, 'veel weet ik er niet van, maar inderdaad waarom niet?'

ELFDE HOOFDSTUK

Paul verlangt naar de komst van Emily. Anton neemt zich voor het filmen anders aan te pakken. Vage plannen voor een televisieserie. Jo en Roel komen onverwacht op bezoek. Een stuk verdween uit Pieter-Frans' dossier. Een schokkend bericht.

Langs de verkeerswisselaar, waaraan Jeroen blijkens zijn verhaal van vorige avond zo'n hekel had, maar die mij een knap stuk techniek lijkt, reed ik de stad in en koos meteen de richting van het Museum voor Beeldende Kunsten.

Het was pas donderdag. Mijn ontmoeting met mijn nieuwe Engelse kennis leek nog ver in de toekomst te liggen. Waarom liep die tijd zo langzaam?

Ik voelde mij vooral door het wachten op haar telefoontje bezwaard. Van morgen af zou ik onafgebroken op het schelletje letten, mij zo weinig mogelijk buiten zijn gehoorbereik begeven. Ik vroeg mij af, of ik het niet als autosuggestie moest beschouwen. Op die manier wilde ik blijkbaar mijzelf de zekerheid geven dat zij mij inderdaad zou opbellen. Ik besefte dat het kinderachtig was. Het hing niet van dergelijke onzin af of zij haar belofte gestand zou doen, waar ik overigens niet aan twijfelde.

In tegenstelling tot mijn absolute zekerheid op dit punt leek het erop dat ik behoefte had aan een voorwendsel om voortdurend met haar bezig te zijn. Zodoende was het mijn eigen schuld dat haar belofte iets van een losse schakel bleef hebben. Zekerheidshalve had ik haar adres moeten vragen. Trouwens, in plaats van het contact van een telefoontje te laten afhangen hadden wij beter (eventueel een paar dagen later om zeker te zijn) een definitieve afspraak kunnen maken. Bij voorbeeld in de bar van het 'Theaterhotel' zou ik dan op haar hebben gewacht, de blik op de klok gericht, ongeduldig maar niettemin bedaard. Punctueel op het beloofde uur, zoals het een beoefenaarster van de literatuurgeschiedenis en het comparatisme betaamt, zou ik haar in de deuropening zien verschijnen, stralend van jonkvrouwelijke blondheid, minder Engels dan Scandinavisch of zelfs Vlaams.

'Hé, stel je voor!' zei ik luidop terwijl ik stond te wachten voor de verkeerslichten, waar ik links naar de Graaf van Hoornstraat moest afslaan. 'Vlaams, hoe kom je erbij, Paul Deswaen?' Waarna ik, toen na lang talmen het groen verscheen, de koppeling losliet en stilzwijgend mijn gedachtengang voortzette.

In 'De blauwe Ganze' had ik wegens de keurigheid van haar taal onmiddellijk aan een Hollands meisje gedacht. Ik aarzelde evenwel door de afwezigheid van de normale schraapgeluidjes, tot zij ons mededeelde dat zij een Engelse was. Opvallend ontbrak haar het wat schrale Saksisch-kneuterige met hoog voorhoofd en zuinig geknepen mondje, dat wij de Britse Eva's nogal eens toeschrijven. Dat was natuurlijk een vooroordeel, corrigeerde ik rechtschapen, kijk maar naar sommige verrukkelijkheden op de BBC.

De indruk dat zij er als een Vlaamse uitzag, kwam mij inmiddels vrij redelijk voor, maar dan in de optimale betekenis des woords. Ik bedoel niet als de imaginaire Mariekes van Jacques Brel. Niet als de van vlechtjes voorziene preutse trutjes die in vroom-rechtschapen gezinnen als Ulenspiegels minnares Nele (uit een nooit gelezen, de rechtgelovigen immers ontraden boek) in late nazi-walmen op menige volksverbonden schoorsteenmantel prijken of vroeger in boerenromans kuis de dienst uitmaakten en kinderen kregen door over een tochtige kelderrooster te lopen.

In mijn geboortestad domineert het donkere vrouwentype, wat een relict is uit de Spaanse tijd. Toch zou Emily best een Antwerpse kunnen zijn, een exemplaar van het mooiste dat het ras van langs de benedenloop van de Schelde heeft opgeleverd. Men hoeft geen racist te zijn om zich ervan te vergewissen! Waarom zou zij bij voorbeeld geen Antwerpse, of op zijn minst Brabantse voorouders hebben? Wij denken alleen aan de uittocht naar Amsterdam toen Antwerpen in de handen van Farnese was gevallen. Hierbij vergeten wij rekening te houden met een belangrijke exodus naar de overzijde van het Kanaal.

'Onzin!' mompelde ik, terwijl ik mijn wagen in de Beeldhouwersstraat parkeerde, als gewoonlijk door de Jugendstil-buurt verrukt.

Of althans flauwe kul zonder belang, voegde ik er in gedachten bij het afsluiten van de wagen aan toe (ik was gewaarschuwd dat autodieven tuk zijn op karretjes als het mijne). Emily is gewoon Emily. Een Engelse academica die mijn taal spreekt of het de hare is. Stel je voor dat wij elkaar inderdaad zouden liefhebben. Waarom niet? Beeld je in dat zij in mijn armen ligt en ik haar dergelijke verhalen opdis... Nou ja, wat kan erop tegen zijn, zo tussendoor? Goed, we zien wel. Voorlopig moet ik er rekening mee houden, dat wij mogelijk helemaal niets zullen zien.

Wat weet ik van haar af? Zij draagt geen trouwring, daar heb ik naar gekeken. Zijn die ringen uit de mode? En hoe zit het ginds met de professoren? Zitten die ook achter hun studentes aan zoals sommigen hier...? Overigens kan zij, ginds in Cambridge, best een vriendje hebben. Of deftig een verloofde, met wie ze later zal trouwen. Natuurlijk kan het ook meevallen met zo'n eigengereide, hard werkende tante.

Hoewel ik mij voorstel dat de mannen, zelfs die kille Engelse puiten, haar watertandend nakijken.

Het weer was nog steeds stralend. Gisteren hadden wij bij het afscheid vanaf Jeroens drempel naar een paar verre bliksemflitsen staan kijken. Vannacht had het geregend, zonder verdere gevolgen.

Tot mijn ontgoocheling was in de tuin van het museum de tijd van de Chinese kerselaars voorbij (geen bomen met bloemetjes eraan, eerder compacte ruikers waar je nergens doorheen kunt kijken), doch vele struiken stonden volop in bloei. Er waren meer rozen dan ik had verwacht. In de verte zag ik de mij van bij de bibliotheek bekende generatorwagen op een kiezelpad staan, zonder motorgeronk evenwel. Het klopte met Huydevetters' mededeling dat hij het sluitingsuur afwachtte vooraleer met zijn opnamen te beginnen.

Herhaaldelijk heb ik gezinspeeld op de landerigheid waardoor ik na de ontmoeting met Emily en in afwachting van haar komst bedreigd scheen. Ik vergewiste mij ervan dat het nooit verder dan een bedreiging was gekomen. Telkens hadden mijn vrienden of de omstandigheden ervoor gezorgd dat onvoorziene verplichtingen en bezigheden mijn aandacht eisten. Het leverde mij geen kopzorgen op dat ik nog niet opnieuw aan de slag was gegaan. De ontmoeting met Jeroen had onvermijdelijk een ongewone toestand in het leven geroepen. Deze had mij gedwongen een aantal vrij uitzonderlijke dingen te gaan doen. Het leidde tot gesprekken waartoe in de normale context van mijn dagelijks bestaan de noodzaak zich niet zou hebben geopenbaard. Niettemin bezit ik voldoende zelfkennis om erop te vertrouwen dat alles van mijzelf afhangt. Nam ik eenmaal het besluit weer te beginnen met schrijven, dan zou niets mij weerhouden.

Het was een blij stemmende zomermorgen, zo'n morgen die door alles concreter wordt gemaakt: de geuren van de bloemperkjes, de kreten van de kleuters die er speelden, de moedertjes in frisse jurken bij hun babywagens, bezig met een handwerkje of in kleurig, typisch vrouwelijk drukwerk verdiept.

Ik liep welgemoed de indrukwekkende museumtrappen op terwijl achter mij de auto's en trams voorbijraasden.

Met ironie en terzelfder tijd ontzag keek ik op naar het Grieks ogende gebouw met zijn peristyle van enorme, min of meer korinthische zuilen en zijn kopergroene, door een engelachtig wezen gemende zegewagens op het dak. Het wierp een koele ochtendschaduw voor zich uit die mij behaaglijk stemde.

Alles scheen zich vandaag in te spannen om mij voor de vreemde sfeer van lichte verwarring en onzekere verwachting te vrijwaren. Nochtans verloor ik haar bestaan niet uit het oog. Eraan denken was voldoende om mij ervan te vergewissen. Opnieuw maakte zich de indruk van me meester dat zo niet mijn aandacht, dan toch de lagunezone tussen het bewuste en het onbewuste reeds dagenlang aan een verschuiving van het perspectief onderhevig was.

Het hielp weinig er geen aandacht aan te schenken. Zonder merkbare onderbreking wás het er, zomaar, en het lukte mij niet het te ignoreren. Ik was echter niet ongerust en nog minder kwam er angst aan te pas.

Vruchteloos had ik gepoogd het voor mezelf te omschrijven.

Het liet zich niet duiden, als een droom die bij het ontwaken onvatbaar oplost in het daglicht. Vaag vervulde mij het gevoel dat mijn leven bezig scheen een andere stroombedding te zoeken, maar meer dan ijl gedachtenrimpelen was dat niet. Overigens niet zonder verbazing scheen ik erdoor open te staan voor ongewone gebeurtenissen in ongewone omstandigheden en met een zekere gelatenheid in te stemmen met wat zij van me schenen te vergen.

Het valt mij op dat ik mijzelf een delicate taak opleg. Ik wil kennelijk mijn toenmalige stemming, mijn ogenschijnlijk op niets verontrustends wijzende geestelijke toestand in een stroef net van woorden en volzinnen vangen. Tot het vele onvoorziene waar ik zoëven op zinspeelde, kon onmogelijk het alledaagse feit behoren dat Anton Huydevetters mij vanmorgen, nog voor ik met mijn ontbijt klaar was, had opgebeld. Dacht ik dat het Emily was?

Op bepaalde dagen kunnen zich een aantal afspraken, verplichtingen, professionele voorstellen eensklaps opstapelen, gecompliceerd door onvoorziene ontmoetingen of onverwachte bezoeken. Dat zij mijn zo sober mogelijk gehouden agenda in de war schoppen, beschouw ik als een vervelende doch banale ervaring.

Antons verzoek elkaar spoedig eens te ontmoeten, liefst vandaag nog, zo ik bijgeval vrij was, rekende ik tot de opgesomde categorie. Hij was hard aan zijn film bezig, maar beschikte omstreeks de middag over een paar niet bezette uren. Het kon weken, maanden duren vooraleer dat weer zou gebeuren, wat een lang uitstel zou veroorzaken. Hieruit concludeerde ik logischerwijze dat er niets dringends aan de hand was. Het stimuleerde de bereidheid om naar Antwerpen te rijden. Hij was in het museum met het voorbereidende werk bezig, zei hij, maar zou pas na het sluitingsuur beginnen te draaien.

Ons rendez-vous kon bezwaarlijk te maken hebben met de gebeurtenissen waarvan ik mij, zij het onduidelijk, langzaam het middelpunt voelde worden. Mocht er een verband bestaan, dan was het van incidentele aard, zonder occulte ondertonen. Althans, zo hield ik het Jo Heuvelmans voor, toen hij er naderhand een ingewikkelde boom over wilde opzetten. Nu ik er dieper op inga, vraag ik mij af of ik er op het ogenblik zélf ernstig over had nagedacht. Welbeschouwd is ook de afspraak die ik met onze gemeenschappelijke vriend maakte een schakel in het geheel.

Ik trof Anton Huydevetters in de imposante voorhal van het gebouw, die op mij van kindsbeen af de indruk heeft gemaakt dat er een andere wereld begint.

Ik bedoel niet De Wereld van de Kunst met hoofdletters, dat zou een armetierige gemeenplaats zijn. Hoewel met enige aarzeling, zinspeel ik daarentegen op mijn iel gevoel van een breuk met de wereld buiten. Het heeft te maken met mijn sensibiliteit voor een ánders opgebouwde ruimtelijkheid, op een surrealistische manier aan onbekende psychologische – dieptepsychologische? – perspectieven deelachtig, een structuur die een vierde dimensie aan de ons vertrouwde driedimensionale gegevenheden toevoegt. Aangezien hij een magisch-realistische film beoogde – ik had tussendoor de roman in kwestie gelezen –, lag het voor de hand dat de regisseur gebruik maakte van dit overgangsgebied naar elders.

Hij was bezig met de technici, die naast de romantische marmeren trappenpartij met behulp van aluminium buizen een torenhoge stellage aan het optrekken waren, bedoeld om er de camera op te plaatsen of er een aantal lampen aan te bevestigen.

Haastig gaf hij de mannen nog enkele instructies en kwam toen bij me.

'Fijn dat je tijd voor me hebt, Paul!' begroette hij mij opgetogen. 'Dat noem ik een meevaller! Natuurlijk had ik je kunnen schrijven. Maar een gesprekje vind ik efficiënter dan een eindeloze brief. Je wisselt direct van gedachten en door woord en wederwoord vergeet je geen belangrijke punten.'

'Je maakt mij aan het schrikken,' lachte ik. 'Bovendien sta ik te springen van nieuwsgierigheid! Heb je zoveel te vertellen?'

'In feite wel... Mogelijk stuur je me prompt weer uit wandelen, wie weet? Zo niet, dan moet ik mij tot een bescheiden verkenning beperken. Bij definitieve afspraken komen er een boel dingen kijken, wat steeds enige tijd vergt...'

'Ik vraag me af wat je in je schild voert...!'

Hij nam mij mee naar een vlakbij gelegen restaurant, gevestigd in een fraai art-nouveauhuis. Blijkbaar had de architect zich een eeuw geleden door de recente opgravingen in Pompeji laten inspireren, terwijl ook Gustav Klimt niet ver uit de buurt scheen te zijn.

Op het niveau van de eerste etage namen wij plaats op een alleraardigst terras, vlak boven de straat en overschaduwd door clematis en goudenregen. Zonder inspanning kon men vergeten dat er bij het poverste buitje geen spoor van de zuidelijke sfeer zou overblijven. Voor regen was er evenwel geen gevaar.

Ik voelde mij welgemutst terwijl wij, in het vooruitzicht van de lunch, van het ons door de ober aanbevolen aperitiefje zaten te genieten.

Duidelijk vond Anton dat het niet op een minuut meer of minder aankwam. Hij is een bedaarde natuur (met een driftkikker als regisseur wordt er beter geen film gemaakt) en hij voelde zich kiplekker in het lommer van het gebladerte, terwijl hij vergenoegd aan zijn glas zat te nippen.

Vanzelfsprekend was er mij bij zijn telefoontje een licht opgegaan. Ik was benieuwd of ik het goed had geraden, maar maakte er voor mijzelf verder geen drukte over. Niettemin wilde ik weten wat hij met me voorhad.

'Vooruit, Anton, kom ermee voor den dag!' zei ik. 'Al sinds vanmorgen vraag ik me af wat ik voor je doen kan.... Gaat het om een film?'

'Met mij gaat het altijd om een film!' lachte hij.

'Nu moet je even luisteren... Mocht Jo Heuvelmans aan je hoofd zijn komen zeuren over het boek van Van Kerckhoven dat ik voor hem herschreef, dan hoor je vooraf te weten dat het geen inval van mij is!' waarschuwde ik hem, op mijn qui-vive.

'Kijk eens! Dat zou geen gek idee zijn! Ik heb meermaals lopen dromen over zo'n spectaculair negentiende-eeuws geval... Helemaal exact tot in het geringste detail, met romantische toestanden en prachtige kostuums, niets zo mooi als de verleidelijk ruisende vrouwenrokken uit die jaren...'

'Ben je van zins...?'

'Nee... Jammer genoeg... Ik zei dat ik ervan droomde, meer niet. Ach, vroeg of laat, je weet nooit hoe een koe een haasje vangt,' mompelde hij met duidelijke weemoed. 'Maar dergelijke dingen kosten fortuinen. Mijn relaties met het politiek janhagel zijn niet van dien aard dat een minister jubelend met zijn centjes op mij zit te wachten... Zelfs die film naar het boek van Lampo is te rood voor een geel kabinet, hoewel anderzijds niet rood genoeg voor een kennelijk nog rooiere administrateur-generaal. Ergo, langs beide zijden verdomt men het een poot te verzetten om alles wat vlotter te laten verlopen. Er is voorlopig zelfs geen geld voor de muziek, gelukkig is François Glorieux bereid niettemin een partituur te schrijven, de goeierd. Zie je mij al bedelend om rijksparticipatie smeken? Op zoek gaan naar kapitalen voor een produktie waarvoor ik straten en pleinen, enfin, op zijn minst een aantal hoeken van Antwerpen anno 1850 hoor te reconstrueren?'

'Zou dat nodig zijn, Anton? Uiteraard heb ik van dergelijke dingen geen verstand... Ik stel mij voor dat het voldoende is de geschikte bestaande locaties op te sporen en je cadrering zo te kiezen dat het anachronistische buiten het beeld valt.'

Wemelde mijn eigen leven niet van anachronismen? Hoe moest ik die losweken uit wat ik als mijn ware, mijn voorbestemde realiteit beschouwde? En waaraan kon ik de exacte camera-instelling herkennen?

'Daar ga je fout, beste kerel,' antwoordde hij. 'Film is kunst. Wat een zekere kunst-matigheid (hij spelde het separaat) inhoudt. Ik weet dat de meesten onder mijn collega's daar niet over nadenken of er zich geen moer van aantrekken. Wat dom van hen is. Het volstaat bij voorbeeld niet, ene mevrouw als Jacoba van Beieren te vermommen, ik zeg maar wat, en haar een nummertje te laten weggeven in een stemmig hoekje van Brugge. Vraag mij niet hoe het psychologisch werkt. Wel weet ik van tevoren dat het resultaat catastrofaal zal zijn, dat het valse er zichtbaar zal afdruipen! Niet wegens wat condensatiestrepen van een straaljager in de lucht, niet wegens een deur waarin mogelijk een detective het in Jacoba's tijd ongebruikelijke sleutelgat opmerkt. Nee, daar kijkt men overheen... Het zit elders, dieper. Sla me dood als ik weet hoe het komt. Houdt het verband met de tijd? Het beeld kan perfect aan de historische werkelijkheid beantwoorden, met zo'n plekje in Brugge zelfs rechtstreeks van die absolute, vrijwel ongeschonden werkelijkheid gebruik maken. Niettemin klopt het aan geen kant, de discrepantie steekt zó de ogen uit... Laatstmaal zag ik op de BBC de *Henry the Fifth* van Laurence Olivier nog eens. Houd me niet voor een verwaande idioot, het is definitief een meesterwerk. Zolang het decor als decor herkenbaar is, zit je er stomverbaasd bij. Bij de sequentie aan de vooravond van Azincourt voel je hoe het accent zich gaat verleggen door het in de open lucht gereconstrueerde tentenkamp, waar de soldaten bij hun – uiteraard reële – bivakvuren zitten. Hier wordt nog veel door het clair-obscur gered... Daarna volgt de veldslag, noodgedwongen in volle natuur en ongetwijfeld in een landschap dat grosso modo met de middeleeuwse omgeving van dat stukje Frankrijk overeenstemt. Zeker, het is grandioos werk. Onafgebroken word je meegesleept door het geheel, geniet je kritiekloos van de opnamen en de montage, allebei voortreffelijk. Distantieer je je evenwel van het louter esthetische, dan merk je op den duur dat er iets vierkant is gaan draaien, afgezien van de dingen die close werden gefotografeerd... Ik weet niet of je ooit *Die Nibelungen* van Fritz Lang hebt gezien. Nee? Het is een enorm ding uit 1924, in feite ontstellend primitief. Vele tonelen smeken om een rijdende camera, waar nog niemand aan dacht. Meer dan met film heb je met monumentaal toneel te maken, zwart-wit natuurlijk, acteurs die in negentiende-eeuwse trant over-acteren in decors van bordpapier. Je néémt het evenwel omdat men niet probeert het artificiële te verdoezelen, begrijp je?'

'Ja,' zei ik bedachtzaam, onder de indruk van zijn woorden, 'ik vermoed dat ik je begrijp, natuurlijk heb je gelijk! Stel je voor, door een stom toeval zie ik heel goed wat je bedoelt... Je moet het je vast herinneren... Niet lang geleden lanceerde een brouwerij – de naam ben ik vergeten – een enorme publiciteitscampagne. Overal hingen aanplakbiljetten als tennisvelden. Er stond levensgroot een middeleeuwse cavalerist op, hij in een harnas, zijn draver gepantserd. Het was allemaal realistisch exact, historisch gedocumenteerd. Jammer genoeg had men zich met een fotografisch procédé beholpen. Bij wijze van spreken dus ook met een échte ridder en een écht paard, tegen een redelijkerwijze niet storende achtergrond van struiken, boompartijen en wolken. Gek was dat. Nooit heb ik zo'n bezeken nep gezien! Een kinderlijke tekening à la Dick Bruna bij voorbeeld had honderdmaal meer resultaat opgeleverd. Nog geen kwartier heb ik onthouden hoe die brouwerij heet en met wat voor bier men mij wil volgieten!'

'Voilà, dát is het wat ik bedoel... Om nog eens op dat felle vrouwmens, op die Jacoba van Beieren terug te komen... Er trapt bij een speelfilm geen hond in als je een toneeljuffer in de meest natuurgetrouwe carnavalsjurk langs een stemmig, met mos begroeid middeleeuws bouwwerk laat slenteren. Op slag heeft een ieder het grapje door. Kijk... Bij een documentaire ligt het anders. Ik monteer de camera op een auto. Door de stille, voor mijn part de drukke straten van Brugge volg ik langzaam een welgeschapen madam. Ik zie haar vóór mij, op weg naar de middelbare leeftijd, ik weet niet waarom, maar nog appetijtelijk, van scharlaken teennageltjes en zelfs van blue jeans voorzien, lekker met haar gatje wiebelend. Voeg hier een warme buitenbeeldstem aan toe, die een pakkende, vlot geschreven historische tekst reciteert, eventueel een middeleeuwse ballade... Ik maak mij sterk dat de toeschouwer wordt gefascineerd door de esbattementen van die hitsige Melusine, al is de échte Jacoba in geen steeg, op geen plein te zien. Zo werkt dat.'

Ik was niet op Antons afspraak ingegaan om met hem van gedachten te wisselen over de geloofwaardigheid of ongeloofwaardigheid van een geschiedkundige opname en wat je er in een documentair project aan kunt doen. Niettemin had het gesprek mij tot dusver geboeid. In zekere zin was het hieraan toe te schrijven dat ik weer op twee niveaus zat te luisteren. Uiteraard had ik interesse voor het probleem waarover de regisseur was gaan uitweiden. Wat met kunst te maken heeft wekt steeds mijn belangstelling op. Ten slotte is dat niet verbazend, in een ruimere context behoor ik zélf tot het vak.

Hoe boeiend het voor mij ook was met iemands creatieve ervaringen te worden geconfronteerd, in feite had Antons improvisatie mij eerder op een ándere wijze getroffen. Terwijl ik naar hem zat te luisteren, was het mij progressief duidelijk geworden dat mijn eigen innerlijke toestand zich op een gecompliceerde manier op zijn beschouwingen afkleurde.

Met mijn relatie tot de werkelijkheid was niets aan de hand. Zonder dat het mijn evenwicht bedreigde, leidden zijn overwegingen er nochtans toe dat ik mij ervan vergewiste hoe zich, ongeveer zoals hij voorspelde dat zijn moderne beeld een sterker historische variant zou oproepen, in de aanblik van mijn wereld een soortgelijke, hoewel lichtere verschuiving had voorgedaan. Het was een innerlijk verschijnsel. Het kán niet anders· dan dat een dergelijk fenomeen van een bepaalde lichamelijke gesteldheid afhangt; op dit punt ben ik een verwoede materialist. Eventueel kon het te wijten zijn aan de afscheiding van meer of minder adrenaline, ik zeg maar wat. Mogelijk had het te maken (ik fantaseerde verder) met de rechterhelft van de hersens. Mijn Engelse vriend Colin Wilson is ervan overtuigd dat zij het emotionele, vooral intuïtieve gedrag van de mens bepaalt. Geredelijk kon ik mij voorstellen dat enige activering ervan, door die adrenaline of zo, wie weet, een behartigenswaardige invloed op het gemoedsleven uitoefent. Ik was bereid mij te verzoenen met het denkbeeld van zulke interne rimpelingen. Verwarrend leek evenwel dat terzelfder tijd de buitenwereld ermee gemoeid scheen. Ik bedoel als een op zichzelf staande gegevenheid, niet uitsluitend in functie van mijn psychische respons. Deze laatste was op haar beurt alerter dan gewoonlijk, klaarder, onvoorwaardelijker. Elke neiging tot opgewondenheid was er vreemd aan. Ik voelde mij op een lucide manier tevreden, sereen zonder de euforie van bij voorbeeld een borrel of een pepmiddel. Ik kon er geen bondige formulering voor verzinnen, ook omdat ik er geen noemenswaardige inspanning toe deed. Had ik mij de noodzakelijke moeite getroost en een expliciterende omschrijving bedacht, dan zou ik er een sleutelwoord als 'zinvol', 'zinvoller' bij hebben gebruikt of, beter nog, het op zichzelf staande 'zinvolheid'.

Het had vanzelfsprekend met het wachten op Emily te maken.

Dat was een verrukkelijke gedachte die mij redenen te over opleverde om de eerstvolgende dagen kinderlijk blij tegemoet te zien. Hoewel het mijn vreugde niet aantastte, was ik klaar genoeg van geest om mij van een begeleidend fenomeen rekenschap te geven. Wat ik bij voorbeeld mijn beschikbaarheid kan noemen, sloeg niet uitsluitend op haar komst, niet op de gedachte dat zij er weldra mee zou ophouden een onbekende te zijn.

Om niet te achterhalen, mysterieuze redenen was die rare beschikbaarheid blijkbaar reeds vóór onze ontmoeting begonnen; mogelijk gebeurde het bij ons bezoek aan het Museum voor Letterkunde. Onze verwarring ten spijt was het toen een gevoel dat mousseerde als champagne, een prille opwinding, die overigens niet dieper reikte dan enige ontsteltenis om iets volstrekt absurds.

Onmogelijk kan ik de kortsluiting vergeten, daarna, bij Jeroens uitspreken van het fatale woord: neergeschoten, waarna minutenlang, eeuwenlang de navrante verlatenheid van toendra's en ijsvlakten mij omringde. Ik ging dagen gebukt onder de pijn. Doordat het op een ingewikkelde manier een door het verleden veroorzaakte pijn was, werd zij stilaan draaglijk. Een vader sterft steeds te vroeg, doch er komt een moment waarop men zich schikt in het verlies. Het gebeurde langzaam en nog herinner ik mij de opstoten van wanhoop. Wanneer ik mij na uren van suffe gelatenheid opnieuw vergewiste van het afschuwelijke van zijn dood en hem bloedend op dat trottoir zag liggen, boorden speerpunten met gekartelde randen tot in de diepste substantie van mijn geest, telkens weer, en zat ik van ellende te kreunen.

Dergelijke grauwe momenten overspoelden de te zwakke herinnering aan het eerste sein in het Museum, dat ik als een probleemloze anekdote zonder verdere consequenties had opgevat. Pas tijdens die nacht met Roel en Jo op het kerkhof had de nieuwe ontmoeting met de dode schrijver mijn deels afgestorven verwondering nieuw voedsel verstrekt. Er was iets aan het gebeuren, ik wist niet wat.

Langzaam aan had op dát punt de desoriëntatie zich van me meester gemaakt. Ofschoon elk verband was uitgesloten, had tegelijkertijd het consistent wordende beeld van mijn vader beslag op mij gelegd, voortaan minder een oorzaak van droefheid dan een bron van weemoedige vertedering en verwachting.

Zoals eerder aangestreept voelde ik mij volmaakt in evenwicht terwijl wij op het beschaduwde terras de lunch met een kop koffie beslóten. De toestand van pijnloze, bestendige verbazing waarin ik mij bevond, hinderde mij niet. Integendeel. Veeleer was ik ervan overtuigd dat hij mij onbestemde dingen voorspiegelde, waaraan ik voorlopig naam noch vorm kon geven, zoals je overkomt wanneer een nauwelijks merkbare vooravondkoorts een onschuldig lentegriepje aankondigt. Ofschoon ik evenmin wist waaraan ik het hoorde toe te schrijven, scheen zich aan dit alles iets als een dimensie méér toe te voegen. Ook hiervoor viel mij geen naam in, evenmin als om het even welke reële oorzaak. Het op gang gekomen verschijnsel beperkte zich niet tot het heden. In strijd met elke natuurwet, behoorde het niet tot de continue doorstroming van oorzaak naar gevolg en scheen het op een onverklaarbare manier al volop deel van de toekomst uit te maken.

'Jacoba van Beieren, verdraaid!' mompelde Anton. 'Hoe kóm ik erbij?'

'Een voorbeeld, zei je. Een herinnering aan je schooljaren?'

'Ja, dát moet het zijn... In de lessen geschiedenis maakte dat mens nogal indruk op me. Het werd niet ronduit gezegd... Een hitsige kat voor wie geen ambitie te gering was om er niet prompt voor op haar rug te gaan liggen, dat snapten wij wel. De leraar was een gefrustreerde burgerman, met welbehagen vertelde hij over haar fratsen, omstandiger dan de tien regels in ons handboek. Zo steek je als jonge blaag nog wat op ook!'

'Ben je van zins een documentaire over haar te maken?'

'Waar haal je het vandaan?' vroeg hij verbaasd. 'Ik denk er niet aan.'

Ik had moeite met zijn gedachtenkronkels. Of met de mijne?
'Geen belang, een voorbarige conclusie. Je wou me spreken en doordat je over Jacoba van Beieren begon...' zei ik onnadrukkelijk.
Hij stak zijn zoveelste sigaret op.
Ik stopte mijn pijp. In een onooglijk zaakje in de Wijngaardstraat, op zijn minst honderd jaar oud als ik de tabaksman mocht geloven, had ik Bostijns aroomvolle melange of iets daaromtrent gevonden.
'Ik ben toevallig over een aspect van het documentair filmen begonnen...'
Hij deed er het zwijgen toe. Pieter-Frans zou geschreven hebben dat het op een betekenisvolle wijze gebeurde.
'Inderdaad, daar had je het over... Maak je bepaalde plannen in die richting?' vroeg ik. 'Een documentaire, wil ik zeggen, niet noodzakelijk over haar. En verwacht je met het oog hierop iets van mij?'
Het liep tegen tweeën; ruimschoots tijd, dacht ik, om to the point te komen.
Hij grinnikte wat en haalde vragend de schouders op.
'Als je wilt, ja. Bepaalde plannen... Ik ben benieuwd te horen wat jij ervan denkt.'
'Lieve hemel, Anton, ik weet weinig van jouw vak af!' stribbelde ik tegen. 'Mijn bevoegdheid reikt niet verder dan een vel papier en een oude tikmachine, een flesje corrector mag je er ook aan toevoegen. Sinds de universiteit kom ik praktisch nooit in de bioscoop, pas de laatste tijd zie ik soms een film op de televisie...'
'Kom, Paul, zijn dat redenen om niet te praten?'
'Ik dacht van wel...'
'Dan hoor je vooraf te weten dat het precies mìjn redenen zijn geweest om deze ontmoeting te beleggen! Maar dat is een ander verhaal, hoewel ik er voor jou geen geheim van maak dat ik weinig fiducie heb in de meute scenaristen, tegenwoordig door allerhande kunstscholen gespuid. Heb jij ooit van gediplomeerde dichters gehoord...? Ja, in Amerika misschien!' meesmuilde hij.
'Ik voel waar je heen wilt...' opperde ik bedachtzaam.
'Mooi zo. Je moet weten dat ik dit jaar aan niets nieuws meer begin. Meer dan de helft van de opnamen voor mijn film zullen er na vannacht opzitten. Tot dusver nam ik hoofdzakelijk interieurs, samenhangende sequenties, waar ik tijdens volgende maanden een schetsmatige montage mee kan maken...'
'En het overige?'
'Als je het boek hebt gelezen, weet je dat het om een winterverhaal gaat. Wat zich buiten afspeelt, zal ik van november, december af draaien. Ik kan er geen rekening mee houden, maar mocht het gaan vriezen of liever nog sneeuwen, dan is dat mooi meegenomen, hoewel mijn regie alleen regen incalculeert. En zelfs zo zal de brandweer er

aan te pas moeten komen! Die scène op het kerkhof was een buitenbeentje, gelukkig is ze meegevallen, gisteren heb ik de rushes bekeken. De wat te lange neus van je hoofdactrice coveren is desnoods haalbaar, maar een zomernacht omturnen tot een winteravond blijft een riskante onderneming... Er ligt voorlopig een hoop werk op de plank, je hoeft niet bang te zijn dat ik met iets dringends achter je aan zit!'

'Je proloog was hoogst interessant, Anton! Vertel nu braaf wat ik mogelijk voor je kan doen, ik ben geen moeilijke jongen.'

Hij lachte verlegen; ik houd van mensen die verlegen kunnen lachen.

Zelf zat ik te popelen van nieuwsgierigheid. Uit voorzichtige timiditeit doe ik soms stoer, doch ik beken eerlijk dat film, hoe weinig ik er ook naar kijk, een fascinerende aantrekkingskracht op me uitoefent. In mijn kindertijd ging mama regelmatig voor een week of zo met me naar een familiepension in Westerlo, kwestie van gezonde lucht. Soms logeerde er een leraar uit Brussel met zijn gezin. Hij liep voortdurend rond met een amateurcamera, ik was niet van hem weg te slaan. Mogelijk verklaart het hoe ik meer door het maken van een film word geboeid dan door het resultaat. Zo is het meteen begrijpelijk waarom ik het nooit a priori heb afgewezen wanneer ik toevallig bij een produktie werd betrokken. Overigens was mij door Geert Claerhout de raad gegeven op dit stuk niet te licht bezwaren in te roepen. Dóe het gewoon als men het je vraagt, had hij mij gezegd toen wij eens in 'Café Noord' zaten te praten. Het maakt je kijk op de dingen concreter. Des te heerlijker is het daarna aan je schrijftafel, waar je koninklijk meester bent over wat je doet.

'Kijk,' vertelde Huydevetters bedachtzaam, of het om een bekentenis ging, 'voorlopig heb ik van zelfstandige produkties de buik vol. Je hangt te veel af van allerhande kloterige toestanden, in dit land althans. Producenten die zélf niet over kapitaal beschikken, bij de banken moeten schooien en een kei het vel afstropen, of nog louchere figuren... Collega's die weten hoe zij met het oog op officiële subsidies de juiste politici het vuur aan de schenen kunnen leggen... Anderen van een gelijksoortig baksel, goed geïnformeerd over allerhande corrupte situaties waarmee zij sommige ambtenaren manipuleren, mogelijk zelfs chanteren en zo meevreten uit de ministeriële ruif... Ik ben er grondig door ontmoedigd, ik kots van dat verkapte gangsterisme...'

Hij keek mij triest aan. Reeds bij onze eerste ontmoeting was ik er zeker van dat hij een eerlijk man, in zijn vak een witte raaf is.

'Je bent toch niet van zins ermee op te houden?'

'Nee, hoor, het is niets voor mij om er het bijltje bij neer te gooien, dát bedoel ik niet. Ik voel me uitstekend op dreef, wat ik momenteel doe is inspirerend werk – al die magische en toch volkomen reële toestanden – en aan uitblazen heb ik geen behoefte. Mijn enige verlangen is eens een poos aan de slag te kunnen gaan zonder voortdurend met een krententellersmentaliteit rekening te moeten houden, mij alleen om artistieke problemen te bekommeren, voor zover die er in zulke omstandigheden zouden zijn...'

'Zie je een mogelijkheid?'

'Ik dacht van wel... De televisie heeft mij een voorstel gedaan... Ach, ik weet het, ook dáár zijn het geen schatjes, maar het betreft de wetenschappelijke dienst, waar het tot dusver niet naar allerhande combines stinkt. Ik ken er een paar behoorlijke lui. Het initiatief gaat van hen uit. Mij werd gevraagd eens over een kunsthistorisch, eventueel literair-historisch thema na te denken waar een documentaire serie van twee- tot driemaal een uur in zou zitten.'

'Stelde men je een onderwerp voor?'

'Niet direct... Het lijkt mij begrijpelijk dat de verbeelding van die mensen na jaren uitgeput raakt en ze een beroep op die van een ander doen. Nou, eerst stond ik daar met mijn mond vol tanden... Van schoolmeesterij kan er geen sprake zijn, daarom heeft het geen zin bij een universiteitsprof te gaan aankloppen... Je dient ervoor te zorgen dat de kijker niet na vijf minuten de knop omdraait en liever gaat zitten gluren naar de Bluebell-girls op France Deux of een goochelaar op de BBC de voorkeur geeft. Kortom, je hoort het zo in te pikken dat je de ontwikkelde toeschouwer bij zijn schabbernak pakt en hem – haar – de volgende weken vasthoudt. Zonder dat je vulgaire kneepjes gebruikt, moet hij, al beseft hij het zelf niet, het gevoel hebben naar een verhaal te kijken, een speciaal verhaal op zijn speciaal niveau van beschaafde man, van beschaafde vrouw...'

'Een moeilijke opdracht als je het mij vraagt! En ik betwijfel het of ik je daarbij kan... Trouwens, ik vermoed dat je een onderwerp hebt gevonden?'

'Ik geloof het! Niettemin hangt het van jou af.'

'Van mij?'

'In zekere zin, ja. Die keer op het kerkhof... Ik dacht er plots aan dat je de laatste jaren druk met Koning Arthur bezig bent geweest!'

'Nou, ik heb er beslist een boel over geschreven... Zijn wereld boeit mij al van op school, ik bedoel: vanaf de middelbare... Het begon met het denkbeeld dat Lohengrin vanuit de Graalburcht naar Antwerpen werd gezonden. Ik wist het van in de opera; snel heb ik er Wolfram von Eschenbach op nagelezen... Later ben ik erover gaan schrijven, zo tussen mijn romans door, als een spannend amusement...'

'Prachtig, Paul! Wat je schreef, ken ik natuurlijk, ook dat boek, *Arthur en de Graal* heb je het getiteld...'

'Je noemt het prachtig, maar een boek is geen filmscript!'

'Akkoord... Toch heb je alvast het materiaal verzameld, de geografische en topografische gegevens... Staar je niet blind op het woord script, op het woord scenario. In verband met die dingen wordt een hoop dikdoenerij verkocht. Mocht je problemen hebben, dan loods ik je daar omheen. Het ideaal zou zijn als je me omstreeks nieuwjaar een eerste ontwerp kon bezorgen, uitgewerkt zoals jij het ziet, zonder remmingen, zonder complexen.'

'Je gaat er roekeloos tegenaan, Anton! Toen een paar van mijn romans werden verfilmd, heb ik eraan meegewerkt, éénmaal zelfs de dialogen geschreven omdat ik de eerste keer mijn eigen stijl er niet in had herkend. Dat ligt anders... Ik zou niet weten in welke vorm ik de zaak hoor op te bouwen, zelfs gewoon wat de dactylografische indeling betreft. Om het nog maar niet eens over regieaanwijzingen en zo te hebben...'

'Geen belang! Ik kan je een model bezorgen, maar dat is heus niet nodig... Je gaat voor je machine zitten en tikt doodleuk het verhaal uit zoals jij die film vóór je denkt te zien.'

'Voor je geestesoog, zou Van Kerckhoven hebben gezegd...!'

'Inderdaad, daar komt het op neer. In feite gaat het om een goed gestructureerd essay, zonder hoofdbrekens wat de literaire stijl betreft... Tenzij je het zo opvat dat een deel van je tekst zonder meer als buitenbeeldcommentaar kan worden gebruikt. Dat zou handig zijn... Inscreen kun je ter plekke improviseren, zo wordt het gevaar ontweken dat het een krampachtige indruk geeft...'

'Improviseren? Mij goed, men beweert dat ik klets als Brugman! Maar wat is ter plekke?'

'In Engeland natuurlijk... In principe zegde ik toe, op voorwaarde dat ik over meer dan een kruideniersbudget beschik. We gaan volgend jaar op zijn minst met de hele crew voor een maand naar Engeland.'

'Zonder Engeland kan het uiteraard niet...' beaamde ik, en voelde mijn enthousiasme stijgen. 'Maar bepaalde takes kun je híer maken, in Gent bij voorbeeld, Gent hoort er zelfs bij, later leg ik je uit waarom. En in Antwerpen, aan de Schelde en bij het Steen...'

'Wegens dat Lohengringeval?'

'Je zegt het... Het fascinerende is dat... Nou ja...'

'Niet ophouden, Paul!' insisteerde hij. 'Wat wij momenteel zitten te doen, noemt men vandaag de dag brainstorming. Om je rot te lachen, weet ik wel! Niettemin verdient het aanbeveling,' vervolgde hij zonder ironie, 'elke inval, hoe zot, hoe onwaarschijnlijk ook, nuchter te overwegen.'

'Het gezond verstand zelf!' antwoordde ik met toenemende geestdrift. 'Ik ken inderdaad verbijsterende details. Steeds minder gaan de vakspecialisten multidisciplinair werken (hé, een woord van Emily!) en zodoende verliezen ze de ongelooflijkste bijzonderheden uit het oog, vaak echt essentiële dingen...'

'Kan je toevallig een voorbeeld geven?' vroeg hij belangstellend.

'Misschien geloof je het niet, maar er valt er mij net eentje in. Lohengrin komt naar Antwerpen, waar hij met de hertogin van Brabant in het huwelijk treedt. Zij schenkt hem kinderen, zoals men zegt; op zijn minst één zoon, neemt men aan. Luister nu goed. Op een bepaald ogenblik en om een mysterieuze reden – herinner je die verboden vraag, dat vreemd taboe – moet hij scheiden van zijn gezin en terugkeren naar Munsalvaesche. Nu zit het volgens Wolfram daar in het Graalrijk met de erfenisbeschikkingen zo, dat Lohengrin ééns zijn vader Parzival zal opvolgen. Duidelijk?'
'Gaat wel!'
'Later zal Lohengrin op zijn beurt de kroon weer aan zijn zoon nalaten...'
'Stop!' onderbrak hij geamuseerd. 'Aan dat verweesde knaapje in Antwerpen?'
'Precies... Denk erom, het is geen geschiedenis maar legende. In geen boek over de middeleeuwse letterkunde heeft enige literatuurhistoricus erop gelet. Bij mijn weten tenminste... Denk nu logisch door! Eéns heeft er in dat geheimzinnig Munsalvaesche een Graalkoning geheerst die, bij gebrek aan ABN, het Antwerps uit het Schipperskwartier gebruikte!'
'Nu je het zegt, Paul! Kindertjeslief! Dat verhaal moet ik met een oude klare blussen. Daarna ga ik eens kijken wat mijn jongens in het Museum hebben uitgericht. Kom, gauw eentje op de valreep!'

Het Schipperskwartier. Daar was Jo opgegroeid, dacht ik opgetogen. De raarste dingen vallen je in als je een onderwerp langs alle kanten bekijkt. Nee, die borrel laat ik maar. Niets mag mijn helderheid bedreigen, zij is mij te lief geworden.

'Drink jij gerust je ouwe klare, ik zit zo dadelijk weer achter het stuur... Ik wil je voorlopig nog niets beloven. Behalve dat ik bereid ben om heel hard over je voorstel na te denken!'

Ik besefte dat ik hem hiermee mijn woord had gegeven. En dat ik het gestand zou doen. Zo zou mijn vader het mij vast hebben geleerd.

Na een zenuwachtig, ofschoon vrijwel nietszeggend telefoontje kwam Jo niet lang nadien in gezelschap van Roel in diens kanariegele Volkswagen opdagen.
Hun bezoek viel niet ongelegen. Meer zou ik niet hebben gedaan dan mij kalmpjes in een aantal studiën te verdiepen die betrekking hadden op het gesprek met Anton. Eventueel kon ik nog eens in de imposante hoeveelheid notities grasduinen die ik in verband met het aangesneden onderwerp had gemaakt. Ook zonder uitgesproken bedoelingen kon ik mij daar vaak mee amuseren door de eraan verbonden herinneringen en voor het overige had ik alles goed in mijn hoofd.
Met plezier had ik naar hun komst uitgekeken. Het was zaterdag en

ik dacht er niet aan van huis weg te gaan. Ik geloof niet dat ik al op een levensteken van Emily rekende. Een bijgelovige reflex – wie heeft geen kleine persoonlijke bijgelovigheden? – zette mij er evenwel toe aan mijn voornemen gestand te doen en op de telefoon te letten. Wat de tijd betrof waren er geen problemen. Antons project sloeg op een behoorlijk ver verwijderde toekomst.

Het gaf niet dat ik aan de roman begonnen zou zijn waarover ik liep te dromen. Zo'n televisiescript kon ik in enkele dagen schrijven. De geringste details en nuances inbegrepen, vergeet ik dingen die mij echt interesseren nooit meer. De werken die ik nog eens wilde inkijken, betekenden nauwelijks een geheugensteuntje voor me. Het kwam er uitsluitend op aan weer eens vluchtig de sfeer op te frissen die mij had vervuld vooraleer ik mijn niet onaardig geslaagde boek over Koning Arthur en de Graal op stapel zette. Voor het overige was er niets dringends mee gemoeid. Ik had niet méér op het oog dan mijn ongeduld het zwijgen op te leggen. Zoals het in de jongste tijd herhaaldelijk was gebeurd, bleken het eens te meer mijn vrienden die mij door de moeilijk op te vullen sfeer van afwachting zouden helpen.

Enigermate had het mij aan het apparaat verbaasd dat Jo zich, overigens niet op een onheilspellende manier, vrij druk had gemaakt.

'Hoe kom je erbij dat ik nerveus was aan de telefoon?' vroeg de uitgever.

Hij streefde niet naar een minimaliserend oratorisch effect, doch ondertussen scheen hij met iets te zitten.

Het weer was goed gebleven. Niettemin sluierde een dunne nevel het blauw, maakte de ternauwernood te ontmoedigen zon minder scherp en de atmosfeer broeieriger, hoewel niet minder genietbaar.

Wij hadden ons genesteld in de dekstoelen die ik een paar dagen tevoren op de rommelzolder had ontdekt, verkleurd maar in bruikbare staat.

Terecht heb ik mijn oom Lambert nooit voor een drinker gehouden, niets wees erop dat hij het ooit geweest zou zijn. Het verhinderde niet dat ik bij verdere exploratie van zijn kelder een paar flessen champagne had gevonden. In een met ijsblokjes uit de koelkast volgestouwd schoonmaakemmertje stonden ze te midden van ons. Na enig zoeken in de antieke commodes had ik zelfs de gepaste, tulpvormige coupes aangetroffen. Champagne vind ik niet meer dan een fris soort alcoholhoudende limonade. Er zuinig van nippend verheugde ik mij op de geestdriftige bijvalsbetuigingen van mijn gasten. Roels tot dusver aan den dag gelegde goede wil en zijn stuk in de krant hadden die kleine attentie verdiend.

Lancelot vond dat hij erbij hoorde en lag voor mijn voeten languit te soezen.

'Nou ja, een indruk van me, Jo,' antwoordde ik. 'Je toon leek mij eensklaps gespannen, meer niet. Best mogelijk dat ik het mij heb ingebeeld. Bij voorbeeld omdat je insisteerde dat de zaak ingewikkeld was en je het beter vond dat Roel zou meekomen. Natuurlijk ben je van harte welkom, Roel! Sinds ik op het platteland woon, stel ik een gezelligheidsbezoek op prijs. In elk geval had je het over een ingewikkelde zaak, ik vroeg me af wat je bedoelde. Er gaat toch niets mis met de uitgeverij?'

'Wees gerust, Paul!' reageerde hij enthousiast. 'Gisteren ben ik begonnen met het aanbieden van Pieter-Frans' roman. Ik heb een model van de dummy voor je meegenomen, het ligt in de wagen. Straks kun je het eens bekijken; herinner mij eraan als ik het vergeet. Jouw naam erbij helpt enorm. Als de belangstelling blijft als tot dusver, wordt het een succes, alles loopt gesmeerd!'

'Mooi zo... Waar gaat het dan wél over?'

'Vooruit met de geit, Jo!' voegde Roel eraan toe. 'Stel Pauls geduld niet langer op de proef, straks gelooft hij dat er wat aan de hand is.'

Ik had mij niet de geringste bekommernis gemaakt, waarom zou ik? Toch apprecieerde ik de relativerende tussenkomst van de journalist. Ook in het uitgeversbedrijf was er door de recessie veel instabiel geworden en een tegenvaller zou ik voor Jo oprecht hebben betreurd.

'Goed... Ik zal het zo kort mogelijk houden, hoewel ik vrees dat we er niet zonder lange verhalen onderuit komen... Denk eens na, Paul, heb jij bij ons bezoek aan het Museum voor Letterkunde per vergissing iets in je aktentas gestopt?'

'Welnee, hoe kóm je erbij?' lachte ik. 'Die dag had ik geen aktentas bij me. Trouwens, ik bezit niet eens een aktentas, al jaren vergeet ik mij zo'n ding aan te schaffen!'

'Als die generaal van Napoleon!' gekscheerde Roel... 'Na een veldslag werd hij door de keizer berispt omdat hij de artillerie niet had gebruikt. Sire, antwoordde hij, dat zit hem zo: de afstand was te groot, er hing een mist om te snijden en daarenboven beschikt mijn legerkorps niet over artillerie!'

'O,' zei de uitgever. 'Geweldig! Helpt het ons verder?'

'Een grapje, Jo,' troostte de journalist. 'Ik ken de zaak de ernst toe die ze verdient, maar verlang niet dat ik er een drama van maak!'

'Jongens, hou alsjeblieft op met die raadseltjes,' zei ik. 'Ik begin waarachtig nieuwsgierig te worden. Vertel me zonder gekke vragen wat er aan de hand is. Jullie weten nu dat ik geen aktentas bij me had.'

'Punt één, zei ik,' hernam Jo gewichtig. 'Een paar dagen geleden was ik bij de drukker om voor dat documentair katerntje de laatste afspraken te maken. Er is een serieuze technicus mee bezig, die er mijn aandacht op vestigde dat bij een van de fotokopietjes, een samenhangend prozafragment dat mij geschikt leek, de reproduceermachine de onderste regel wazig had weergegeven, ik had er onvoldoende op gelet. Eerst vroeg hij zich af of hij de regel zou laten wegvallen. Als ambachtsman van de oude stempel twijfelde hij eraan of dat zomaar kon. De tekst vormt één geheel, bedacht hij zich, mogelijk was het onze bedoeling het zo te houden, allicht leuker voor de lezer... Geloof me, er zijn méér gewetensvolle arbeiders dan je denkt! Goed. Ik vond het niet van fundamenteel belang. Maar ja, zie je...'

'Je wilde die man je waardering voor zijn perfectionisme betuigen, vermoed ik?' anticipeerde ik sympathiserend.

'Zoiets, ja... Iemands toewijding mag je nooit ontmoedigen, vind je niet? Ik beloofde dat ik voor een scherp document zou zorgen. Het Museum voor Letterkunde ligt een paar straten verder... Ik vroeg meneer Stalmans om een nieuw kopietje, waar hij voor zou zorgen, eerst moest hij in de leeszaal een student helpen. Vooraf haalde hij het dossier maar vast te voorschijn. Ik zat er wat in te grasduinen, ik ben gek op die oude rommel...'

'En zodoende vond je een stuk dat je interessanter leek?' raadde ik.
'Als uitgever kies je het beste. Geen probleem!'

'Loop rond,' meesmuilde hij verveeld, 'ik vond helemaal niets! Letterlijk!'

'Wat bedoel je?' vroeg ik. 'En waarom doe je zo gepikeerd?'

'Ik was van zins dat roze velletje nog eens te bekijken,' bekende hij met tegenzin. 'Noem het nieuwsgierigheid...'

'Ben je nog steeds met die flauwe kul bezig?'

Hij keek mij bedroefd aan.

'Heeft het ons tot dusver niet genoeg kopbrekens bezorgd? Nu ligt Kristien 's nachts wakker of heeft er nachtmerries van!'

'Onzin,' grinnikte ik, 'hebben jullie 's nachts niets beters te doen?'

'Jo heeft mij het verhaal verteld,' kwam de journalist tussenbeide, 'vooral de coïncidenties waar het toe leidde, bedoel ik.'

'In orde, hij heeft dat snertgedicht nog eens bekeken. Oké...' zuchtte ik.

'Nee,' zei Jo beduusd. 'Ik heb het níet bekeken!'

'Des te beter,' antwoordde ik met voorgewende voldoening. 'Dát is het dan?'

Hij keek mij bedremmeld en verveeld aan.

'Ik heb er niet naar kúnnen kijken, Paul! Het wás er verdomme niet meer!'

Ik voelde een schok, maar weigerde het te laten blijken. In feite had ik geen reden om moeilijk tegen hem te doen.

'Nu begrijp ik waarom je dacht dat ik het in mijn niet bestaande aktentas heb gestopt, Jo! Ik vrees dat zulke dingen meer gebeuren, het kan niet anders. Stalmans staat er alleen voor en heeft geen ogen op zijn rug. Zoals het systeem al jaren werkt, kan om het even wie er met

om het even wat vandoor gaan, voor een slimme vos geen kunst om er met een manuscript van Buysse of Elsschot tussenuit te knijpen... Heb je hem gewaarschuwd?'
'Voorlopig niet...' antwoordde hij onzeker.
'Tja, wég is wég...' zei ik nadenkend. 'Ik begrijp je. Stel je voor dat hij er óns van verdenkt...' voegde ik er zwartgallig aan toe.
'Ik ben er zeker van dat hij dat niet doet. Met ons weet hij wat voor vlees hij in de kuip heeft. Nochtans vond ik dat we de kat even uit de boom moesten kijken. Een belangrijk stuk is het niet, dat begrijp ik...'
'Natuurlijk niet. Een grap, een vergissing, een miskleun.'
'Wetenschappelijk zonder waarde, inderdaad... We kunnen het stiekem door zo'n fotokopietje vervangen, een niemendal. Bij ons eerste bezoek nam ik gelukkig de voorzorg het roze blaadje te laten kopiëren, de beide kanten zelfs. Jij vond het maar niks. Je maakte je dadelijk boos; wat mij betreft, ik beschouwde het als een curiositeit.'
'Misschien... Ik was stomverbaasd, maar daar heb ik niet aan gedacht, ik geef toe dat ik geen gehoor had moeten geven aan mijn wrevel. Mooi dat jij een exemplaartje liet vervaardigen, Jo!' besloot ik verzoenend.
Ik wilde verhinderen dat het gezeur opnieuw begon. Toch drong het langzaam aan tot me door dat de verdwijning van het stuk uit Pieter-Frans' dossier het reeds bestaand absurde een schreefje verder draaide. Of was er niet méér aan de hand dan dat Stalmans het blaadje als een nepdocument uit de ordner had verwijderd?
'Kijk, in een van die kantoorzaakjes bij de Beurs heb ik een vergroting laten vervaardigen, je weet niet wat je ziet, met die allermodernste apparaten is het niemendal, niet eens duur!'
Zoals het een uitgever past, had Jo wél een aktentas bij zich. Hij haalde er twee documenten uit te voorschijn. Het ene was de reproduktie van het handgeschreven vers, het andere van het concertprogramma op de achterkant.
'Inderdaad, dat is prachtig,' zei ik welgemeend. 'Er is niets waar tegenwoordig de techniek voor terugdeinst. Wanneer je aan dat schamele roze velletje denkt...!'
'Een net lijstje eromheen en je kunt zo'n gedicht aan je muur ophangen,' vond Roel terwijl hij er op armlengte naar zat te kijken. 'Toen mijn vrouw en ik het nog zuinig aan moesten doen, zouden wij het als wandversiering hebben gebruikt. Ideaal voor jonge gezinnen!'
'Verdomme,' zei Jo verrast, 'je zegt daar wat! Ik vraag me af of er voor een uitgever niet iets in zit! Als een tiental mensen zoiets in hun halletje hebben hangen, doet de halve stad het hun na. Een sonnet van Shakespeare of zo...'
'Als je dát kunt bemachtigen, is je fortuin verzekerd,' zei ik serieus.
'Dacht je?' informeerde hij gretig, hoewel op zijn hoede.

'Nou, reken maar! Te meer daar er niet één woord handschrift van Shakespeare werd gevonden. Een primeur van jewelste!'

'Jammer...' meesmuilde hij. 'Stel je voor, ik wilde je net aanbieden om de opbrengst fifty-fifty te delen, kwestie van erkentelijkheid voor de belangeloze tip.'

'In elk geval bedankt voor de intentie, Jo. Ik veronderstel dat het langzamerhand tijd is om tot de kern van de zaak te komen, als er überhaupt een zaak en een kern zijn. Geven jullie je glas, de fles is nog niet leeg!'

Het was geenszins hun bedoeling het voor mij verborgen te houden, zodat ik kon zien dat mijn bezoekers een blik van verstandhouding wisselden, of zij elkaar raadpleegden wie verder het woord zou voeren.

'Punt twee,' schertste ik. 'Wat is er met punt twee?'

'Roel, wil jij...' stelde de uitgever voor.

'Mij om het even...' stemde Verschaeren in. 'Uiteraard is het overbodig, Paul, je eraan te herinneren. In mijn stuk voor *Het Avondnieuws* besteedde ik een vrij uitvoerige alinea aan jullie ervaring met dat vers...'

'Uiteraard... Je wilde de ernstige toon afwisselen met een anekdote. Die je trouwens elegant bij het overige inpaste.'

'Dat probeerde ik... Jo stelde voor samen naar het Museum voor Letterkunde te gaan, maar dat leek mij overbodig.'

'Ik vond het inmiddels leuk Roel zo'n vergroting voor zijn moeite cadeau te doen,' zei Jo.

'Wat ik erg waardeerde! 's Avonds zat ik er thuis naar te kijken, vooral omdat ik het zo'n absurd geval vond. Nu moet je weten dat mijn vrouw per week op zijn minst twee whodunnits verslindt. Toen ik haar verzekerde dat ze eindelijk eens écht iets geheimzinnigs kon meemaken, kwam ze over mijn schouder meelezen. Zij wilde weten wat er met dat document aan de hand was. Zo komt het dat uitgerekend zij mij erop wees, dat er met de spelling iets niet leek te kloppen. Zij is lerares Nederlands aan het lyceum geweest, enkele jaren geleden ging ze met pensioen. Niet alleen de naam Van Kerckhoven werkte op haar verbeelding, ook de schrijfwijze van de woorden. Dadelijk schotelde zij mij een taalkundige les voor met alles erop en eraan. Voor mij mocht het best, een journalist is nu eenmaal onafgebroken met teksten bezig. Het werd zelfs een systematisch opgebouwde les, zo is zij. Laten we eerst de spiritistische hypothese van je vriend Jo in overweging nemen, stelde zij voor, dat het gedicht dus op een of andere manier door Van Kerckhoven zélf zou zijn geschreven. Als dát waar is – blijkbaar wilde zij geen enkele hypothese uitsluiten! – moet het gebeurd zijn in de spelling... Verdraaid, nu ben ik die naam vergeten!'

'De spelling-Siegenbeek,' hielp ik. 'Daar heb ik niet eens aan gedacht!'

'Precies, de spelling-Siegenbeek... Zekerheidshalve sloeg ik het na in de Winkler Prins. Ze was tijdens Van Kerckhovens leven de enige in voege. Maar niet de spelling-Siegenbeek werd gebruikt! Wat dit gedicht betreft hebben we te doen met de spelling van De Vries en Te Winkel. In België werd die pas officieel in 1865. Dixit nogmaals die slimme meneer Winkler Prins...'

'Zeven jaar na Pieter-Frans' dood!' constateerde ik.

'Precies. Wij zochten zijn overlijdensdatum op... Zij bleef in voege tot na de tweede wereldoorlog... Tot in 1947, om alle puntjes op alle i's te zetten... Volgens Clara, mijn vrouw, die doctoranda filologie is en op het terrein van haar vak weet waar het om gaat, werd dus het vers in de spelling-De Vries en Te Winkel geschreven. Zij wees mij op een aantal details die het volgens haar overtuigend aantonen. Verg niet te veel door me te vragen welke. Hoe dan ook, uit dergelijke gegevens moet men concluderen dat het tekstje tussen 1865 en 1947 tot stand is gekomen en...'

'Zelfs tussen 1903 en 1947,' vervolledigde ik, 'verlies de datum van dat concert niet uit het oog.'

'Net wat ik eraan ging toevoegen,' beaamde de journalist. 'Voor wilde ideeën als die van Jo sta ik open, ik vind ze amusant – een snuifje zout bij de werkelijkheid. Ook in een beroep als het mijne hoor je voor zoiets niet te steigeren. Ik geef inmiddels toe dat we bezwaarlijk met een andere periode dan 1903-1947 rekening kunnen houden...'

Waarop stuurden beiden aan? Als wij elkaar toevallig in een Antwerps cafeetje hadden ontmoet en waren gaan fantaseren als bij dat etentje in 'De Kroon', had een dergelijk gesprek mij redelijk amusant geleken. In de huidige omstandigheden scheen het evenwel overdreven dat zij dringender bezigheden naast zich hadden gelegd en samen naar me toe waren komen rijden, eerst de hele stad door, wat wegens de zaterdagse drukte in het centrum verre van aantrekkelijk is.

'Natuurlijk vind ik het fijn jullie hier te hebben en wat te praten,' zei ik. 'Ik begrijp echter niet waarom jullie absoluut op dat oude verhaal willen terugkomen. Nou... Waarom niet bekennen dat ik het eerste moment onder de indruk was? Een velletje glacépapier dat niet uit Van Kerckhovens tijd dateert, een handschrift, identiek aan het zijne, met op de achterzijde een datum van vijftig jaar na zijn dood... Ik wist dat het niet kón. Terwijl wij zaten te lunchen, zag ik het zo dat Jo er gewoon grapjes over maakte, goedgemutst en gestimuleerd door het wijntje waarop hij me trakteerde. Dit was er de oorzaak van dat ik, door het dolle heen, aanpikte bij zijn fantasieën – zijn speelse fantasieën, dacht ik. Op dat ogenblik ging het mij om een niet onrustbarende practical joke, wat ook Jo's eerste gedachte was! Ik vrees dat je mij verkeerd hebt begrepen, je merkte niet dat ik het voor een spelletje hield.'

'Tijdens ons gesprek van vorige maandag was je toch volkomen serieus? Nog vanmorgen attendeerde Kristien mij erop!' antwoordde hij, als te kort gedaan.

'Het spijt me, dan heb je me verkeerd begrepen. Ik probeerde de zaak filosofisch te benaderen. Een geheim heb ik van mijn verbazing niet gemaakt... Terwijl wij in het Museum bezig waren, voelde ik mij inderdaad niet op mijn gemak wegens de onmogelijke aanwezigheid van dat stuk in Pieter-Frans' dossier. Op het kerkhof kreeg definitief een onbehaaglijk gevoel vat op me. Door jouw waarschijnlijkheids- of veeleer onwaarschijnlijkheidsberekening, die ik overigens boeiend vond, werd het ten slotte een soort van verbijstering, doch alleen wegens die kort op elkaar volgende toevalstreffers.'

'Exact zoals ik het Jo onder ogen probeerde te brengen,' stemde Roel met me in. 'Parapsychologisch zie ik er geen brood in! Het vreemde hoor je elders te zoeken. Of het een authentiek manuscript zou zijn of een nabootsing heeft geen belang, het maakt de geheimzinnigheid van de zaak niet geringer... Belangrijk is dat het in Van Kerckhovens dossier terechtkwam en daarenboven zijn nagebootste signatuur draagt, ik vraag me af waarom. En meteen denk je aan een interventie, aan een moeilijk te verklaren manipulatie...'

'Ook die signatuur ziet er authentiek uit,' gaf ik toe. 'Handtekeningen van hem zijn wel te vinden, eventueel in facsimile, bij voorbeeld in de monografietjes die ik over hem raadpleegde. Deze ermee vergelijken is niemendal. Volgens mij is het overbodig... Na die rare eerste schok was een vervalsing voor mij evident. Vooral het onzinnige karakter ervan werkte op mijn zenuwen. Geen sterveling wist dat wij met Pieter-Frans bezig waren. Ineens was het of iemand ons op een perverse manier bij de neus wilde nemen. Daarom was ik bereid om er grondig met Jo over te bomen. Een mens laat zich door zijn verwondering meeslepen...'

'Hierover ben ik het met je eens,' vervolgde Roel. 'Mijn vrouw en ik waren erdoor geamuseerd. Wij bekeken de zaak vanzelfsprekend als een gekkengeschiedenis... In haar studententijd is Clara met de negentiende eeuw bezig geweest. Haar conclusie was dat iemand krampachtig de poëtische stijl van de meest oudbakken romantiek had geïmiteerd. Een flauwe grap, kom.'

'Ik ben er zeker van dat zij het bij het rechte eind heeft,' onderbrak ik de journalist. 'Jo weet dat ik vandaag het vers voor het eerst lees. De gedichten van Van Kerckhoven zijn beneden peil, veel slechter dan zijn proza, dat is in zijn beste momenten aanvaardbaar – ik bedoel in het Belgisch perspectief van toen. Ongetwijfeld hebben jullie gemerkt dat in dít geval de klungeligheid in het oog valt. Om een opzettelijke parodie lijkt het mij niet te gaan, eerder om een ondeskundige nabootsing, maar die poëzie was op zichzelf niet beter dan een parodie...

Sorry, Roel, ik viel je in de rede.'

'Geeft niks. Nu moet je weten dat ik wel vaker aan zo'n uitgestelde reactie onderhevig ben... Toen ik 's anderendaags vroeg wakker werd, lag ik over de zaak na te denken. Gisteravond hadden wij het, hoe zot ook, als totaal onbelangrijk beschouwd. Terwijl ik erop wachtte dat de wekker zou aflopen, scheen er bij mij iets los te klikken. Opeens vergewiste ik mij ervan dat een zo absolute absurditeit an sich ergens een betekenis bezit... Eerst was het een overweging, toen een overtuiging die mij na enig aarzelen definitief als een zekerheid voorkwam – een mens heeft dat soms... Eensklaps was ik het zo gaan zien, dat er geen sprake kon zijn van een grap, dat iemand er een bedoeling mee moet hebben gehad. Een grap, nee... Bij het ontbijt zei Clara spontaan dat ook zij er inmiddels anders tegenaan was gaan kijken. Zij zinspeelde zelfs op de literatuur, op de 'acte gratuit', waar André Gide het over had. Enfin, eerlijk gezegd praat ik haar na, ik ben een verwoed lezer, maar geen specialist. Het klinkt indrukwekkend, voegde hij eraan toe: een schrijver die genoeglijk bij de kachel in zijn werkkamer zit te knutselen, illustreert zo'n theorie door de nodige precieze, netjes kloppende verhalen. Maar wie, behoudens een geestelijk gestoorde, gaat zich er in werkelijkheid aan te buiten?'

'Ik heb over het geval gelezen van twee Amerikaanse studenten die het eens wilden proberen en daarom een vriend vermoordden, zomaar...' herinnerde ik mij. 'Dan liever een nagebootst gedichtje...'

'Als je het zo bekijkt, zijn er meer voorbeelden,' viel hij me bij, 'oudere journalisten weten dat. Ronduit gezegd, ik heb het steeds als psychiatrische tierelantijntjes beschouwd om een smerige lustmoord een zekere eerbiedwaardigheid te verlenen – nou ja, eerbiedwaardigheid? –, holle frasen van Amerikaanse advocaten! Tot daaraan toe. Maar zo'n onnozel gedicht in een zelden of nooit geraadpleegd dossier?'

'Ook daarover ging ons gesprek in "De Kroon",' beaamde ik, 'wie heeft er wat aan? Geen hond...!'

'Je zegt het... Probeer je voor te stellen, Paul, hoe voor mij de overtuiging veld won dat men zich pas met dergelijke onzin bezighoudt als men er inderdaad wat van verwacht! Jullie mogen mij niet verkeerd begrijpen... Ik dacht niet aan sensationele dingen, het beperkte zich tot nieuwsgierigheid – geen gebrek voor een journalist. Ik hoor mijn vader nog zeggen dat ik nieuwsgierig ben geboren; meestal was het niet als een compliment bedoeld... Een verschijnsel kan totaal buiten mij liggen, zonder één ernstige reden om er interesse voor aan den dag te leggen. Niettemin zal ik onmogelijk de drang kunnen weerstaan om te weten wat erachter schuilt. Daarom trek ik er altijd welgezind op uit voor mijn enquêtes. Geen opdracht is zo onbelangrijk dat ze mij na verloop van tijd niet met huid en haar te pakken krijgt. Jullie zullen erom lachen, maar soms gebeurt het warempel dat ik de knop omdraai als op de BBC een goochelaar als George Daniels verschijnt. Ik weet hoe de kans erin zit dat ik er hartstikke verveeld bij zal lopen omdat ik mij niet kan voorstellen hoe een bepaald trucje functioneert! Nou ja, opzettelijk doe ik er een schepje bovenop om jullie mijn beweegredenen duidelijk te maken...'

'Ik begin te vrezen dat je niet minder gek bent dan wij,' schertste ik.

'Zeg, wat voor gevolgen zo'n flauwe kul kan hebben! Het lijkt een aanstekelijke ziekte, wat jou betreft zonder occulte nevenverschijnselen – dat hoop ik tenminste. Hoe het trucje verklaard moet worden weten we niet!'

'Geduld,' zei Jo, 'het merkwaardigste volgt nog!'

Weliswaar ontgoocheld, scheen hij verzoend met de gedachte dat de zaak ook zonder zijn parapsychologische wensdromen de moeite waard kon zijn.

'Jullie doen mij aan die Amerikaanse schrijver denken, Charles Fort heet hij, *The Book of the Damned* en zo. Bescheiden gefortuneerd kon hij zich veroorloven zijn leven lang in alle mogelijke bibliotheken de kranten uit te pluizen, op zoek naar tienduizenden feiten, de raarste bij voorkeur, feiten die voorgoed onverklaarbaar waren gebleken. Tot de vergetelheid gedoemde feiten, vandaar die titel. Aanvankelijk wilde geen mens dergelijke boeken lezen; tegenwoordig zijn ze in de mode, ofschoon ik ze in Engeland heb moeten kopen. Het geval van een vers, geschreven door een dichter die reeds vijfenveertig jaar dood en begraven is, zou hij een plaats in zijn inventaris hebben voorbehouden!'

'Vermoedelijk wel,' zei Jo.

'Vermoedelijk niet,' zei Roel.

'Jullie beginnen op mijn zenuwen te werken,' zei ik. 'Wat verzwijgen jullie? Voor den dag ermee!'

Mogelijk verbeeldde ik mij maar iets. Ondertussen verbaasde het mij dat ik er voor het eerst ernstig aan dacht. Ik kon mij moeilijk voorstellen dat zij hiernaar toe waren gereden om de zaak nog eens te herkauwen. Zij wilden mij iets vertellen en ergens hadden zij er moeite mee. Bepaalde remmingen verklaarden het herhaaldelijk terugvallen op die oude anekdote, het gebruik van een aantal kronkelige omwegen. Er was een boodschap (zoals ik het voorlopig zal noemen), iets merkwaardigs had Jo het genoemd, iets dat zij kwijt wilden, maar niettemin voortdurend schenen uit te stellen.

'Goed,' zei Roel. 'Nu punt drie dus! Mijn verhaal... Een curieus verhaal, Paul, maar denk erom, het is geen emotionele reactie waard.'

'Geen kwestie van,' voegde Jo eraan toe, wat mij verdacht leek.

Er kon weinig aan de hand zijn, maar hun waarschuwing zat mij niet lekker.

'Ik wandelde naar de krant... Gestadig nam mijn zekerheid toe... Het geval was ·idioot, dat stond vast. Wat niet verhinderde dat ik ervan overtuigd was dat er aanzienlijk méér mee gemoeid moest zijn. Meteen liep ik de sportredactie binnen om eens met Bob Decraen te praten, een collega van me...

In de persmilieus is Decraen een buitenbeentje. In feite heeft niemand zo'n hekel aan sport als hij. Volgens hem is het je reinste volksverlakkerij en soms noemt hij zichzelf dè hoer van *Het Avondnieuws*, wat zijn rechtschapenheid aantoont. Toen hij solliciteerde was er geen andere vacature en bij gebrek aan beters... Het verklaart zijn typisch eigen toon, "tongue in cheek", zoals de Engelsen het zeggen. In feite steekt hij voortdurend de draak met zichzelf. Het publiek is gek op zijn ironie; eindelijk een fatsoenlijke sportjournalist, zegt het, iemand die ons geen knollen voor citroenen verkoopt. Wat nog waar is ook. Neem me de uitweiding niet kwalijk. Paul hoort te weten dat Decraen geen botte sportfanaat is met alleen oog voor spieren en zonder hersens in zijn kop.

Leg mij het zwijgen op als ik mij vergis, Bob, zei ik hem. Heb ik niet gehoord dat jij bij het leger in een speciale afdeling hebt gezeten? Het hangt ervan af wat jij een speciale afdeling noemt, meesmuilde hij. Voor mij kwam het er hoofdzakelijk op aan in een kantoor lekker bij de kachel te zitten en mij niet nutteloos moe te maken bij allerhande manoeuvres; het vaderland dienen met je verstand is ook niet te versmaden! Sssst, mondje dicht! Ik kwam terecht bij een hoogst geheim clubje, dienst XY streep 25 streep Z, subsectie decodering. Onze taak bestond erin de telegrammen, radioseinen, top-secret nota's en meer zulke nonsens te ontcijferen voor de geheime dienst waar wij in feite toe behoorden. Je weet dat men voor gewichtige documenten allerhande kneepjes en geheimtaaltjes verzint, net als toen wij rovertje speelden. Voor wie het zich aantrok, was er één vervelend detail: er viel niets te ontcijferen aangezien er geen oorlog was. Wat mij betreft, het was het ideaal waarvan ik had gedroomd. Jammer genoeg gunde de Generale Staf of de Nato, weet ik veel, het mij niet mijn dagen in een godzalig nirwana bij een ronkende potkachel te slijten. Zoals een ieder bekend is ons leger dé leerschool van het absurde. Houd me niet voor een domoor die zich uit louter tegendraadsheid tegen om het even welke geïnstitutionaliseerde toestand verzet. Ik weet dat onze belastingen érgens voor moeten dienen. Heb je er eenmaal de volstrekte absurditeit van door en ben je als kleuter niet te vaak op je kop gevallen, dan is het een klein kunstje om je deplorabele lot van gelegenheidskrijger aanzienlijk te verzachten, ja, er zelfs een droom van te maken... Geloof me, niemand had met het oog hierop betere pijlen op zijn boog dan ene milicien Decraen, vervolgde hij weemoedig. Maar helaas, het heeft niet mogen baten... Om zijn goede wil wat op te

poken informeerde ik met passend medegevoel hoe een zo vaderlandsminnend man een dergelijke tegenspoed beschoren kon zijn. Na enkele dagen van constructief nietsdoen, antwoordde hij, bleek dat ik buiten de waard had gerekend. Er was niet alleen niets te ontcijferen, er was zelfs geen compromitterend kattebelletje aan het adres van de madam van de onderluitenant. Overigens wisten mijn makkers en ik van ontcijferen net zoveel als een koe van saffraan eten. Ergo was het uit met de vakantie en werden wij naar de school – ja hoor! – van xy streep 25 streep z, subsectie decoderen gestuurd. Eerst was het een ontgoocheling, maar eerlijkheid siert de soldaat! Wat mij betreft viel het best mee, al had ik nog zo'n grote hekel aan het idee weer in de kleuterbank te zitten. Dat hield verband, moet je weten, met een van die krankzinnige aspecten van ons leger. Wekenlang ontmoet je hoofdzakelijk nulliteiten die het in het burgerleven met moeite tot vuilnisman zouden schoppen, en dan verschijnt er ineens een uitzonderlijke figuur voor wie je de grootste achting kunt opbrengen. Zo iemand was majoor Devriendt, een stille geleerde die ons ontzaglijk wist te boeien. Er deed een hardnekkig gerucht de ronde dat hij door de deskundigen werd beschouwd als een paleograaf van uitzonderlijke klasse, regelmatig door buitenlandse archeologen geraadpleegd om oude inscripties te ontcijferen waarmee ze in de knoop zaten. Hij had al jaren professor moeten zijn, maar zag zijn aanstelling door zijn neus geboord doordat een half debiel ministerszoontje de voorrang kreeg. Liever dan zijn leven lang assistent bij zo'n minkukel te blijven, solliciteerde hij bij de Militaire Academie...'
'Een interessant verhaal,' onderbrak ik de journalist, 'typisch Belgisch. Maar wat heeft het in 's hemelsnaam met...'
'Even geduld, Paul, net als jij vond ik het zo'n mooi verhaal, dat ik het je niet wilde onthouden. Ik stelde mij voor dat het je als schrijver zou aanspreken en je meteen van Decraens ernst overtuigen.'
'Nou goed, je doet maar...'
'Noodgedwongen begon onze man met het doceren van geschiedenis; met oude teksten hebben toekomstige officieren niet te maken. Maar het bloed kruipt... Eerst was het voor hem een hobby, later werd het zijn specialiteit toen hij zich voor decoderingssystemen ging interesseren. Hoewel professor, was hij niet te beroerd om tussendoor college te geven aan dat troepje van...'
'Van xy streep 25 streep z, decodering!' zette ik hem aan tot spoed.
'Klopt... Decraen werd mettertijd een vriend van hem. Net die middag hadden ze een afspraak om samen te lunchen. Ik toonde mijn fotokopie en vertelde hem het verhaal. Zélf scheen hij er niet veel in te zien, hij was er al zo lang uit... Om mij te helpen stelde hij voor met hen een stukje te eten, dan kon ik de zaak aan het oordeel van majoor Devriendt onderwerpen. Die nam al dat militaire gedoe met een korrel

zout, maar zou het boeiend vinden, dacht hij, om eens met een taalkundig, zelfs literair probleem te worden geconfronteerd.'

'Goeie genade, Roel,' wierp ik op, 'wat een trammelant voor die dwaze geschiedenis! Vond je dat heus de moeite waard?'

'Niet te vlug!' protesteerde Jo. 'Eerst het overige horen!'

'Om kort te gaan (eindelijk! dacht ik), zoals afgesproken trof ik beiden in 'Het Vosken'. Goed. Onze Devriendt bleek een allerbeminnelijkst man, die niet eens een uniform droeg. Hij luisterde zonder scepticisme naar mijn verhaal. Hoewel glimlachend, bestudeerde hij de fotokopie met belangstelling. Ik zal zijn oordeel samenvatten, anders komt er geen end aan mijn historie.'

'Uitstekende inval,' zei ik. 'Ik begin nieuwsgierig te worden!'

Ik wist uit ervaring dat ik niet aan Roels woorden hoefde te twijfelen. Nu ik vernam dat de militair hem niet prompt uit wandelen had gestuurd, spitste ik de oren.

'Kijk... De zaak zit zo... Hij vertelde mij dat in zekere omstandigheden en om bepaalde redenen het tot de simpele communicatiemethodes in de spionage behoort om op een bepaalde plek, waar niemand aan denkt en die probleemloos toegankelijk is – een bagagebewaarplaats van het spoor, een archief, een bibliotheek...'

'Het Museum voor Letterkunde...' vulde Jo popelend aan.

'Inderdaad... Op zulke onopvallende plaatsen dus een gecodeerd geheim bericht te deponeren, waar het door een medeplichtige wordt opgehaald. Daar lag volgens hem de verklaring voor jullie avontuur. Een poosje zat hij naar het document te turen. Lachend verzekerde hij me dat het amateurwerk was van het laagste alllooi, zowat op het niveau van een Indiaantjesspel, wat hem er niet van weerhield het ernstig te nemen. Als je het op een bepaalde manier leest, komen er drie namen en drie adressen uit te voorschijn. Je merkt dat hij dergelijke dingen door en door kent, hij had er geen papiertje en geen potlood bij nodig, enfin, een niemendalletje voor hem. In een handomdraai was hij ermee klaar...'

Het leek mij een irrelevante inval, maar ik kon er niet omheen: drie namen en drie adressen! Het zweet brak mij uit.

'Verdomme, Roel, geef dat ding eens hier...!' riep ik, meteen gegeneerd om mijn hysterische toon. 'Op welke manier zei hij dat je het moet lezen?'

'Neem nou de naam... Van de eerste regel lees je de derde letter, van de tweede de tweede, van de derde de eerste, maar van de vierde lijn af begin je vooraan met de eerste, dan de tweede, de derde en dan weer net als tevoren. Eerst komt een naam voor den dag, daarna ook een adres, maar zonder huisnummer, dat heeft te maken met de datum van het concertprogramma op de achterkant. Er zijn cijfers waaronder een punt staat, kijk zelf maar, op de vergroting valt het duidelijk in het oog...'

Het systeem was de eenvoud zelf, kinderachtig, inderdaad.
'Ik lees... Jan Deswaen, de naam van mijn vader...' stamelde ik. Mijn stem sloeg even door, als bij een zware keelontsteking.
'Precies, dat hebben wij ook gezien... Daarna dus het adres: Edelinckstraat... Het woord "straat" ontbreekt, wat geen verschil maakt. Klopt het?'
'Het klopt,' zei ik doodvermoeid. 'Daar woonden mijn ouders, later alleen mama met mij, Edelinckstraat zeven, niet ver van het stadspark.'
'Juist,' beaamde Jo, 'het eerste cijfer uit de datum waaronder zo'n haast onzichtbaar stipje staat is de zeven.'

In overeenstemming met mijn goedkeurend knikje wurmde de uitgever met een fontein van schuim de kurk van de tweede fles. Toen vulde hij het glas bij dat ik half had laten staan. Ik kon mijn eigen bleekheid voelen.

'Gauw, in één teug uitdrinken!' beval Roel. 'Ik zie duidelijk dat je het nodig hebt. Vanmiddag komen die geheelonthouderspraktijken niet van pas!'

Dociel gehoorzaamde ik. Ik voelde de spanning wijken. De weerkerende kalmte ging gepaard met een vaag welbehagen. Aan het geheel was een element toegevoegd, meer was er niet aan de hand. Ik kon het incasseren zonder wanhoop, zonder er nog kapot van te zijn.

'Ik begrijp er geen bal van...' mompelde ik verwezen.

'Na die ontmoeting met de majoor heb ik geen ogenblik stilgezeten,' zei Roel. 'Dadelijk heb ik de kameraden uit de ondergrondse opgezocht, enfin, voor zover die nog in leven zijn. Eerst werd ik niet wijzer, maar ten slotte kwam er wat licht in de zaak.'

'Onweerlegbaar...' opperde ik, bedaard ditmaal. 'Dat klotegedicht bevat de instructies voor de moord op mijn vader...! Ik ben er zeker van dat de andere twee namen op zijn medeslachtoffers slaan.'

'Klopt,' beaamde Roel, 'ik bekeek dat oude dagbladknipsel nog eens.'

'Maar wat voor zin heeft al dat kinderachtige gedoe, die nutteloze, idiote schriftnabootsing...?'

'Na nogal wat zoeken kwam ik bij een oud-verzetsman terecht die in de oorlog op de telefooncentrale werkte; daar waren een aantal lijnen voor de ss gereserveerd. Voortdurend werden die afgetapt, wat dacht je? Nadat er, vooral op het eind van de bezetting, een groot aantal verbindingen in het honderd was gelopen, kreeg dat geboefte achterdocht. Onze mensen konden een bevel van het ss-hoofdkwartier onderscheppen. Hieruit bleek dat voortaan alle belangrijke afspraken en orders moesten worden doorgegeven in de vorm van gecodeerde schriftelijke mededelingen; ze dienden door een koerier ter plekke te worden bezorgd en nog liever op een manier doorgespeeld waar het verzet geen vat op kon krijgen. Toen een aantal ambtenaren van de PTT was gearresteerd, werd die Verordnung ingetrokken, maar sommige ss-jongens hadden voorgoed de smaak van het roversgedoe te pakken. De mensen met wie ik praatte kwamen er trouwens achter wat zij in hun schild voerden. Ongeveer in overeenstemming met wat majoor Devriendt mij vertelde, werden allerhande geheime, cryptisch gestelde bevelen op onmogelijk lijkende maar gemakkelijk bereikbare plaatsen gedeponeerd. Zo'n plaats was het Museum voor Letterkunde. Om studenten en onderzoekers het leven niet moeilijker te maken was de documentaire dienst ervan in de oorlog open gebleven...'

'Ik begrijp het... Bevelen die in geen geval in handen van de Wehrmacht mochten vallen, dingen die de Sicherheitsdienst aangingen werden op die manier aan de uitvoerders van de opdracht doorgespeeld, een handlanger moest ze ophalen... Maar waarom in de vorm van een gedicht, waarom in Van Kerckhovens geïmiteerde handschrift?' vroeg ik, plots weer sceptisch.

'Dat blijft de vraag... Maar kijk eens... Die ss kwam neer op een troep van naïevelingen, gekken en verder schoften en misdadigers. Niettemin was er aan hun stoer gedoe iets kinderlijks. Het woord klinkt te vriendelijk, het vergt veel van je goede wil, maar tracht het zo te bekijken.'

'Dat is de oplossing,' opperde Jo. 'Perverse kinderstreken.'

'Devriendt had het over een Indianenspelletje, maar díe relativering was te sterk. Tenslotte waren er keiharde moordenaars bij betrokken. En toch... Dagelijks kwamen de geallieerden naderbij, ze waren vlak bij Parijs. Probeerden die kerels door zelfbegoocheling en irrationele kunstjes hun angst eronder te houden? Was het een soort van exorcisme door weer een beroep op de padvinderskneepjes uit hun jongensjaren te doen? Mensen kunnen vreemd reageren...'

'Soms is de grens tussen misdadigheid en krankzinnigheid moeilijk te trekken,' opperde de uitgever doctoraal. 'Ik heb een Engels boek gelezen, een serieus boek, over het gedrag van een aantal beruchte misdadigers... Peter Kürten bij voorbeeld, in de jaren twintig de vampier van Düsseldorf genoemd. Een kwart eeuw tevoren in Parijs Landru, een nette meneer met een keurige baard, maar een rare snuiter. Hij hielp wetenschappelijk nauwkeurig de ene rijpe dame na de andere om zeep, nadat hij hen met een huwelijksadvertentie had gecontacteerd, en stookte hen beetje bij beetje op in zijn fornuis, tot de buren boos werden wegens de stank. Of het op die twee sloeg, weet ik niet. Ik herinner mij dat sommigen onder die kwasten, de meerderheid zelfs, opvallend kinderachtige trekken vertoonden. Er waren verzamelaars van luciferdoosjes, rustige burgerlui die kanariepietjes of goudvisjes vertroetelden, een ander die jonge hoeren ombracht, uitsluitend om hun broekjes mee te pikken en ze als trofeeën aan de muur van zijn kamer op te hangen. Je had maniakken die het van anonieme telefoontjes moesten hebben, sommigen waren dol op dreigbrieven, één had het speciaal op meisjes met rood haar gemunt, een ander had de gewoonte om een door hem ineengedraaid grafschrift op het lijk te spelden... Het was niet speciaal de stelling van de schrijver, maar wat mij trof, was dat een aantal van die knapen het niet kon laten hun moord met iets geks te signeren, wat hun doorgaans fataal werd...'

'Je hebt het over lustmoordenaars,' zei Roel. 'Ergens klopt het, weet je. Voor mijn krant heb ik de criminele processen moeten verslaan. In de gerechtszaal kwamen dergelijke dingen aan bod, ofschoon zelden gedetailleerd, tenzij de advocaten er gebruik van maakten om hun cliënt krankjorum te laten verklaren, dan was het gefundenes Fressen. Ik maakte weleens een praatje met de als deskundigen geraadpleegde psychiaters, professor Grijspeert en zo. Die mensen wisten dat ze op mijn discretie konden rekenen en apprecieerden het dat ik belangstelling toonde voor hun vak, je weet dat ze vaak niet serieus worden genomen. In elk geval heb ik zodoende curieuze details vernomen die men niet belangrijk genoeg achtte voor het hof en de jury. Vaak toonden die overeenstemming met wat Jo las in dat boek van hem.'

'Waaruit je concludeert...?' informeerde ik, in zekere zin voorbereid op het antwoord.

'Bij voorbeeld... Dat een van die ellendelingen, misschien zo'n volksverbonden poëet van mijn laarzen, er een kinderachtig amusement op na hield, hem door zwarte humor – zwart, het klopt – ingegeven. Het is niet uitgesloten dat die infantiele idioot met een aanstekelijke dwanggedachte het hoofd van zijn kornuiten op hol bracht, hen ervan had overtuigd dat zo'n bevel tot actie om een of andere zotte reden beter de aanblik van een literair archiefdocument kon vertonen. Wat gaat er in die kop van zulke sinisterlingen om...? Nee, wacht, ik weet dat je aan de overeenstemming denkt met het geschrift van jullie Van Kerckhoven. Op mij maakt dat weinig indruk. Op de krant heb ik een collega aan wie je een krabbeltje, een signatuur voorlegt en in een ommezien ligt het absoluut identieke dubbel ervan voor je neus, een grafoloog zou het verschil niet zien...'

'Je hebt variété-artiesten die beroemdheden nabootsen, hun stem, de bekken die ze trekken,' onderbrak Jo, 'sommige mensen hebben die gave.'

'In die categorie hoort het thuis,' beaamde de journalist.

'Net een slechte detectiveroman,' vond ik. 'Nou, goed... Dat roze papiertje blijft mij dwars zitten. Alles gebeurde in 1944. Waarom een programma uit 1903?'

'Jo en ik hebben erover van gedachten gewisseld... Een gehaaide schriftnabootser zit in de leeszaal dat gedicht in elkaar te knutselen;

wie let op iemand die vlijtig aan het werk is? Misschien bestond er een speciale code. Direct neerschieten bij voorbeeld voor roze, neem me niet kwalijk, Paul, een vulgair grapje om hun smerige gedoe wat op te fleuren. Misschien was er haast met de zaak gemoeid, excuseer dat ik het zo cru moet zeggen. Een roze blaadje papier is in het Museum geen probleem, het kan gepikt zijn uit een map met stukken over het plaatselijke muziekleven omstreeks 1900. Ook wat die cijfertjes betreft kunnen er afspraken zijn. Mogelijk besloot een slimmerik dat een nooit opgevraagd dossier als dat van jullie Van Kerckhoven bijzonder geschikt was. Het prulgedicht wordt erin achtergelaten, een handlanger komt het bevel ophalen, zijn opdracht is de gegevens te memoriseren en het daarna te vernietigen, wat ditmaal wordt vergeten. Tegen de instructies in blijft het in het dossier zitten. Veertig jaar later valt het – toegegeven, één kans op miljoenen – op een kwaje morgen in jullie handen...'

'Je weet nooit... Misschien klopt niet elk detail, maar men kan het zo bekijken...'

'Ik twijfel er geen ogenblik aan,' opperde Jo.

'Je hebt het zélf gezegd, Roel, onwetendheid kan verrekt frustrerend zijn. Eindelijk is er íets aan het licht gekomen. Jullie begrijpen wel dat het geen prettig verhaal voor me is...'

'Allicht,' knikte de journalist. 'Daar waren wij bang voor. Zo begrijp je waarom we zo'n lange aanloop namen!'

'Ik zie het nog niet duidelijk... Zijn de meeste geheimzinnigheden er de wereld mee uit? Of is dat een illusie? We moeten het er nog even over hebben... Ja, er kwam een pijnlijke, fundamentele bijzonderheid aan het licht. Jo's parapsychologische fantasieën leggen we naast ons neer. Wat ik trouwens onmiddellijk heb gedaan. Veel hielp het niet. Ik mis elke aanleg tot bijgelovigheid. Desondanks heb ik mij herhaaldelijk niet op mijn gemak gevoeld. Er blijft iets occults mee gemoeid, hoewel volledig ánders dan Jo het zag. Ik denk aan die serie van krankzinnige toevalligheden. Was die van zin verstoken? Beantwoordde zij aan onbekende wetten? Mij leek ze ontstellender dan welke spokerijen ook, klopgeesten of zo. Op mijn manier dacht ik aan bovennatuurlijke, eventueel verborgen natuurlijke fenomenen, die met de onzichtbare samenhang van alle dingen te maken hebben. Oppervlakkig beschouwd zou je zeggen dat er weinig is veranderd. Ik zie het zo dat het mysterie er al was toen wij dat roze blaadje in het dossier aantroffen. Jullie ontwikkelden een redelijke hypothese wat zijn voorgeschiedenis betreft, de context waarin het gesitueerd kan worden, beide even afschuwelijk. Maar kijk, het zou net zo afschuwelijk zijn als iemand anders het bevel om mijn vader te vermoorden in om het even welk archief had aangetroffen. In ons geval heeft er zich een totaal irrationeel element bijgevoegd. De absurditeit culmineert hierin dat het bevel op een niet te verklaren manier met Van Kerckhoven te maken heeft. Het doet er niet toe dat het om een opgezet spel en om een nagebootst manuscript gaat, wél dat het terzelfder tijd betrekking op mijn vader heeft. Als je daarmee rekening houdt, wordt het waanzin... Waanzin tot de tweede macht verheven...'

'Ook wij waren er volkomen door van ons stuk,' bekende Jo.

'Ik zeg niet: forget it,' pikte Roel aan, 'dat zou stom zijn...'

'Ik weet het niet meer...' antwoordde ik. 'Voor mij was het gesprek met Jeroen Goetgebuer essentieel, het wijzigde mijn kijk op een aantal dingen. Het verandert je leven als je hoort dat je vader niet in bed is gestorven zoals je moeder het je tot haar laatste snik heeft voorgehouden. Gemakkelijk ben je geneigd om verdere verschijnselen als franje te beschouwen...'

'Vanzelfsprekend maakt zo'n ervaring al het andere bijkomstig,' beaamde de journalist, 'met schijnbare raadseltjes wil je niet te maken hebben...'

'Jammer genoeg was het daarvoor te laat, Roel. Je wordt ertoe gedwongen alles op een rij te zetten; doe je het niet, dan is je onbewuste ermee bezig. Een onverklaarbare reeks van toevalligheden, onderling samenhangend want alle in verband met Van Kerckhoven, een vergeten schrijver wiens werk tot dusver nauwelijks betekenis voor je had... Daarnaast de ontdekking dat mijn vader door een troep ss-ers werd vermoord. Dank zij jullie: de identificatie van de dader. Gecamoufleerd in de vorm van idioot gerijmel het executiebevel dat inderdaad móest bestaan, ergens bewaard of sindsdien vernietigd. Analytisch denken is nooit mijn sterke kant geweest... Kijk, ik heb het niet over de gelijktijdigheid... Ik heb het over de mysterieuze link tussen mijn vader en Van Kerckhoven, al gaat het om een nepdocument... Die schakel is absoluut onverklaarbaar. Let goed op mijn woorden: onverklaarbaar op een frappant andere wijze dan de ontstellende toevalstreffers, de synchroniciteit die wij met Jung en vooral met Schopenhauer te lijf probeerden te gaan. Fundamenteel zit dáár de knoop. Hóe...?'

'Waarom op een ándere wijze?' vroeg de uitgever. 'Waarom fundamenteel?'

'Het is een labyrintische toestand, ongelooflijk en krankzinnig... Ik stel mij voor dat geesteszieken zich dergelijke situaties inbeelden, er een eigen mythe van maken. Wij moeten het hebben van de realiteit. Een realiteit waarin alles verward is, oorzaken en gevolgen niet uit elkaar kunnen worden gehouden. Maar het meest volstrekt verwarrende...'

'Het meest volstrekt verwarrende, Paul?' insisteerde Roel.

'Is die zinloze, op niets slaande, maar desondanks evidente relatie!'

'Hoewel ik het niet onder woorden kon brengen, intrigeert het mij al

de hele tijd...' drong hij discreet aan. 'We zijn het ééns. Een op niets slaande relatie, in die richting moeten we het zoeken...'
'De relatie, bedoel ik, tussen twee ongelijksoortige, volkomen van elkaar gescheiden... Hoe moet ik het noemen?'
'Gebeurtenissen...? Nee... Ervaringsgebieden?'
'Dat is het... Volkomen van elkaar gescheiden ervaringsgebieden. Enerzijds de dood van mijn vader. Anderszijds dat ik, om Jo een plezier te doen en dus incidenteel, met Van Kerckhoven bezig ben geweest. Het ene heeft met het andere niets, in de meest absolute betekenis níets te maken. Elk verband tussen beide totaal verschillende gegevenheden ontbreekt volkomen!'
'Daar komt het op neer...' mompelde Jo. 'Hoe je ook zoekt, een samenhang kun je niet ontwaren...'
'Ik wilde dat ik het kon begrijpen,' zei Roel. 'Er is niet de geringste, er is helemaal geen zinnige samenhang. Maar daarom gaat het op een samenhang lijken. Ja, het klinkt idioot! Zou het bestaan, een averechtse samenhang? Of een negatieve samenhang, buiten de voor ons redelijke structuren van ruimte en tijd...? Ik denk hardop, frustrerend voor een journalist dat de exacte woorden ontbreken voor wat hij wil zeggen. Enfin... Genoeg gefilosofeerd. Niet onze schuld is het, dat wij er geen kop aan krijgen. Natuurlijk is het weerzinwekkend vreemd, ongelooflijk op een ongezonde manier... Niemand wordt er nochtans slechter, niemand wordt er beter van... Hé! Jaren geleden werd mij dat gezegd door een luitenant bij de havenpolitie, een ijskoude flegmaticus. Ik interviewde hem nadat was uitgelekt dat hij tijdens een nachtelijke opdracht een juweel van een ufo had waargenomen. Het was volop in de tijd dat die dingen de hemel onveilig maakten. Er was geen enkele reden om zijn betrouwbaarheid in twijfel te trekken. Zijn observatie werd door verschillende getuigenissen gestaafd. Wat hij na veel gezeur nurks erkende gezien te hebben, hád hij onmiskenbaar gezien. Hij was hartstikke boos dat hij er geen weg mee wist; daarom trachtte hij het te minimaliseren, het uit zijn bestaan wég te cijferen. Voor niemand had het consequenties, hield hij balorig vol en hij stribbelde bij mijn interview fanatiek tegen. Het had niets met onze wereld te maken, daarom bestond het ook niet, al had hij het duidelijk gezien... Ik geloof dat wij zijn voorbeeld maar moesten volgen en ons geen verdere kopzorgen over de geschiedenis maken. Het als een ufo beschouwen die boven de Boudewijnsluis hing te dobberen en toen in de oneindigheid verdween...'
'Jij hebt gemakkelijk praten,' pruttelde Jo.
'Kom, Paul denkt al weer aan een nieuwe roman, zelfs aan een film, zei hij straks... Samen zeggen we tot onszelf dat het voorbij is. Dan ís het voorbij...!'
Na zijn lange betoog werd ik door Roels sobere conclusie verrast.

Onduidelijk bleef mij iets verontrusten, als een tand die knaagt zonder dat je tot dusver de beginnende pijn gewaar bent geworden.

'Sorry, jongens,' protesteerde de uitgever. 'Het is níet voorbij. Wat doen we met die jongste complicatie?'

'Waar heb je het over?' vroeg ik, minder door zorgen dan door vermoeidheid van streek. 'Wij hebben alles doorgepraat, vruchteloos, uiteraard...'

'Ach, natuurlijk, het begin van ons gesprek,' antwoordde Roel in zijn plaats. 'Voor mij was het niet meer dan een voorwendsel om die rare zaak nog eens te bekijken. En je over dat cryptogram te informeren. Jo heeft het over de verdwijning van het roze blaadje uit het dossier, dat zijn we min of meer uit het oog verloren. Inderdaad, het is weg... Maar hoeft het iets te betekenen?'

Ik vond het vreemd dat hij eensklaps zo terughoudend was en met een relativerend handgebaar beduidde dat hij niet van zins was er verder op in te gaan.

Op dat ogenblik rinkelde binnen de telefoon. Ik hoorde het doordat ik opzettelijk de terrasdeuren had laten openstaan.

Met een vluchtig excuus liet ik mijn vrienden in de steek en holde het huis in.

Ik twijfelde geen ogenblik.

TWAALFDE HOOFDSTUK

Emily telefoneert uit Leiden. De dood van een schrijver en zijn begrafenis. Peter van Keulen en het literair onfatsoen. Een proletarische grafredenaar; het socialisme van gisteren en vandaag. Een oude uitspanning. Het geheim van Klaas-de-Gek.

Emily.
   Inderdaad. Zij was het, ik wist het zodra ik het schelletje had gehoord.
   Zij belde mij vanuit Leiden. Zomaar, voegde zij eraan toe met een intonatie of zij zich diende te excuseren; ik vond het toch niet brutaal van haar?
   Ik protesteerde nadrukkelijk en uitvoerig. Intuïtief voelde ik dat zij zich waarachtig geneerde, raadde zelfs dat zij diep had geademd vooraleer mijn nummer te draaien. Overigens had ik zelf naar adem gehapt toen ik zonder enige twijfel dadelijk haar stem herkende, de mooiste stem van de wereld, vond ik. Het maakte immers weinig verschil of zij uit Leiden of Antwerpen belde, voegde zij eraan toe, voor haar kwam het erop aan te vermijden dat zij mij onverwacht of op een ongepast moment zou storen als ze weer in Vlaanderen aankwam. Een paar Engelse stopwoorden die zij erdoorheen wierp, gaven mij de indruk dat zij mij niet zonder een lichte, hoewel timide opwinding had opgeroepen, wat mij met mijn eigen ontroering in overeenstemming leek.
   Zij lachte zenuwachtig bij mijn geruststellende antwoord dat een ongepast moment onmogelijk was aangezien ik mij had voorgenomen van vandaag af op haar telefoontje te wachten en mij geen schrede van het toestel te verwijderen. Terwijl ze antwoordde dat zij het schaamteloos vond in zulke mate beslag op mij te leggen, kon ik als het ware horen dat zij bij deze verontschuldiging haar lieve glimlach bleef bewaren.
   Vorige week had zij mij bij het afscheid in de auto voorgesteld haar bij haar naam te noemen. Het betekende dat ik haar mocht tutoyeren. Met Engelsen ligt dat wegens hun unieke 'you' niet moeilijk, ook wanneer ze perfect Nederlands kennen als zij en weten dat wij ons in vele omstandigheden van de beleefdheidsvorm bedienen. Met Fransen heb je meer problemen wegens al de subtiele, voor ons esoterische nuances – tussen kinderen en ouders bij voorbeeld – welke de keuze van 'tu' of 'vous' beïnvloeden. Met de hoorn in de hand aan zulke flauwe kul

staan denken leek mij potsierlijk, hoewel het geen fractie van een seconde vergde.

'Maak je geen zorgen, Emily,' zei ik. 'Ik heb gewoon rekening met je voorstel gehouden om eens met elkaar te praten. Het gebeurt regelmatig dat ik dagenlang thuis blijf, wat met mijn beroep te maken heeft. Zullen we maar meteen een nauwkeurige afspraak vastleggen?'

Ik voegde er niet aan toe hoe de onzekerheid mij bijwijlen had gekweld. Voorlopig wist zij niet wanneer zij maandag precies in Antwerpen kon zijn. Het hing ervan af wanneer zij klaar was op de universiteit, waar ze een paar proefschriften wilde raadplegen. Was het geen inspanning voor me speciaal naar Antwerpen te komen? Pas nu had zij eraan gedacht dat ik niet in de stad zélf woonde. Zij stemde er natuurlijk mee in dat wij elkaar na zessen 's avonds, wonderful, dat haalde ze best, zouden treffen in het hotel waar ik haar vorige week had afgezet. Klokslag zes uur, dat kon wel.

Althans op dit punt beantwoordde onze nabije ontmoeting aan wat ik mij ervan voorstelde.

Weergekeerd bij mijn bezoekers op het terras vulde ik hun glazen met wat er van de tweede fles over was. Ik speelde even met de gedachte, maar een toost op Emily's komst zou ik pas aardig hebben gevonden als het mij niet voorbarig had geleken om reeds nu op mijn verwachtingen te zinspelen. Inmiddels was voor mij de sfeer eensklaps grondig anders en ik waardeerde dat zij het gesprek van zoëven niet weer opnamen. Voorlopig wilde ik absoluut alle narigheid vergeten, mij tijdelijk verzoenen met de gedachte dat onze gegevens te schraal bleven om er wat dan ook mee te beginnen. Toch zou ik het normaal hebben gevonden ingeval de conversatie was voortgezet terwijl ik telefoneerde en ook bij mijn terugkeer van het apparaat even verder kabbelde. Het verbaasde mij dat zij er stilzwijgend bij zaten, als zonder oorzaak door weemoed bevangen.

'Waarom kijken jullie ineens zo sip, zég?' informeerde ik.

Had ook hen het lange praten uitgeput? Hadden zij over iets gekibbeld?

'Gekibbeld, ben je gek?' zei Jo. 'Terwijl jij eindeloos aan de telefoon stond te kletsen hadden wij het over Peter van Keulen – dat het zo ontzettend jammer is.'

Peter van Keulen behoorde tot het kleine aantal collega's die ik een diepe, van elk voorbehoud verstoken waardering toedroeg. In mijn vroegere free-lancejaren had ik sommige van zijn boeken gerecenseerd voor een weekblad waar men tenminste nog een waarachtig schrijver van grootgebekte kwakzalvers onderscheidde doordat toevallig een literatuurkenner er een sleutelpositie bekleedde. Het kwam tot een ontmoeting en stilaan werden wij vrienden. Wat leidde tot urenlange gesprekken in zijn bescheiden geboortehuis, dat hij nooit had verlaten en waar ik voorgoed zijn niet aan te tasten geestelijke rechtlijnigheid, zijn zuivere kijk op het ambacht had leren waarderen.

'Peter van Keulen...?' schrok ik. 'Wat is er ontzettend jammer?'

'Weet je het niet?'

De vraag was voldoende. De angst sloeg mij om het hart en opeens raadde, wist ik het, al probeerde ik er geen geloof aan te hechten.

'Nee,' zei ik, nog met de hoop mij te vergissen, hoewel diep verontrust, 'wat is er met hem aan de hand?'

'Heb je het vanmorgen niet in de krant gezien?' ontweek Jo het antwoord.

'Ik was met mijn documentatie over Arthur bezig, die film, ik zei het al. Vandaag heb ik de krant niet ingekeken,' antwoordde ik ongerust, 'ook niet naar de nieuwsberichten op de radio geluisterd...'

'Ontzettend stom van ons, Paul,' bekende Roel. 'Wij vielen dadelijk met al die onzin bij je in huis en verloren schromelijk het belangrijkste uit het oog... Gisteren is Peter van Keulen overleden. Een hersenbloeding, totaal onverwacht... Hij wordt maandagmorgen begraven...'

Onaangeroerd zette ik mijn glas verwezen neer.

Hij was mijn beste vriend. Geen vriend bij wie je elke dag over de vloer komt, maar niettemin mijn beste vriend, wiens genialiteit en bescheidenheid ik beide diep waardeerde.

Liefst was ik alleen geweest om als een kind hartstochtelijk uit te huilen. Een prachtig, zuiver en oerstevig segment was onverwacht uit de horizon van mijn leven weggebeukt. Je kunt niet voortdurend de ganse mensheid omhelzen, doch hier en daar moet er een sluitsteen zijn waarop je wereld blijft steunen.

'Weet je nog, Roel,' zei ik dankbaar, 'toen wij elkaar voor het eerst ontmoetten, zinspeelde je terloops op hem, je noemde hem een cleane figuur. Dat was hij... Verdomme, waarom moest een man als hij doodgaan? Een van de weinigen in mijn vak van wie je geen rotzooi hoefde te verwachten...! Wij zagen elkaar de laatste tijd niet vaak, maar daar hangt de waardering niet van af. Ik kreeg pas een brief van hem. Ik zal hem afschuwelijk missen... Vanzelfsprekend ga ik naar zijn begrafenis...'

'Jo gaat ook, samen met mij. Kom met ons mee, ik moet er voor de krant naar toe, ik pik je op met de wagen. Bij zulke trieste gelegenheden ben je met enkele vrienden meer op je gemak...' stelde de journalist voor.

Op het afgesproken uur reed de gele auto van *Het Avondnieuws* de tuinpoort in.

'Kom op de voorbank naast me zitten,' zei Roel, 'en vertel me over die arme Van Keulen. Het nieuws van zijn dood liep te laat op de krant binnen om er veel zinnigs aan toe te voegen. Men verwacht dat mijn verslag over zijn begrafenis tegelijkertijd zoveel als een in memoriam zal zijn. Ik neem mij voor in de loop van de week een uitgebreider stuk over hem te schrijven, maar wil alvast de karigheid van ons eerste bericht goedmaken.' Hij drukte op een speciale knop van zijn boordradio. 'Geen bezwaar dat ik mijn recorder aanzet, al is ons gesprek niet als een interview bedoeld? Het geronk van de motor moet ik maar voor lief nemen...'

'Je doet maar,' zei ik. 'Wat wil je weten?'

'Om het even wat je door het hoofd gaat... Uiteraard heb ik op de krant documentatie genoeg, maar jij hebt hem van nabij gekend.'

'Goed, ik doe mijn best... Er zijn gegevens die je niet in naslagwerken aantreft... Nadat ik herhaaldelijk over zijn werk had geschreven en hem een paar van mijn eigen boeken had gestuurd, vroeg hij me, nu al weer jaren geleden, hem eens te komen opzoeken, wat ik dadelijk heb gedaan. Zo werden wij mettertijd vrienden.'

'Woonde hij al in Steenhage?'

'Nooit heeft hij elders gewoond; hij was erg gehecht aan de streek van de steenbakkerijen langs de Rupel...'

'Dat herinner ik mij, de Jordaan van zijn hart kun je die noemen, hoewel de aantrekkelijkheid van dat land mij dubieus lijkt,' antwoordde de journalist. 'En economisch ten dode opgeschreven.'

'Het was de wereld van zijn jeugd, waarin hij zich thuis voelde en die hem inspireerde.'

'Toch was hij geen heimatschrijver,' zei Jo, die met Kristien achterin zat en met zijn ellebogen op de rug van mijn stoel leunde.

'Niet in het minst,' antwoordde ik. 'Evenmin als Amerikanen die hun werk op het platteland situeren, evenmin als Thomas Hardy in Dorset. Zo goed als ik weten jullie dat het een desolaat gebied is, ook voor zijn industrie teloorging: ontzaglijke kleiputten, eindeloze rijen droogloodsen, enorme ovens met schoorstenen die op sommige dagen – wat van het weer afhing – gans het gewest in zwavelhoudende walmen hulden... En verder povere arbeidersdorpen in de miserabele trant van de jaren achttienhonderd. Steenhage ongeveer in het midden van die rij langs het water, waar een onderbetaald proletariaat op een middeleeuwse manier slaafde, vooraleer mettertijd het socialisme voor zijn lotsverbetering zorgde, die pluim mag het op zijn hoed steken.'

'Volgens zijn werk was hij een arbeiderszoon. Is dat zo?' informeerde Roel. 'Ja, praat maar of je zelf een artikel schrijft...'

'Inderdaad... Doordat zijn ouders zich krom zwoegden kon hij Hoger Middelbaar lopen in Mechelen... Reeds in de oorlog verschenen zijn eerste romans. Hij was letterlijk wat je een schrijfbeest noemt.'

'Olie drijft altijd boven...' mijmerde Jo. 'Maar wat zou er gebeurd zijn als zijn vader hem van zijn veertiende jaar af naar de kleiputten had moeten sturen?'

'Geen idee,' gaf ik toe. 'Gelukkig verging het hem anders, hoewel hij – dat heeft hij mij verteld – tijdens de zomervakanties als kleine jongen mee naar de steenbakkerij trok om wat bij te verdienen...'

'Denk je dat het hem heeft geschaad?' opperde Krisje.

'Blijkbaar niet. Des te sterker identificeerde hij zich met de wereld die hij later beschreef... Wat vast niet zonder een mirakel mogelijk was.'

'Een mirakel?' vroeg Roel. 'Wil je daar wat meer over zeggen?'

'Het mirakel van zijn talent. Ik kan waardering opbrengen voor allen die zich vanuit een dergelijk milieu tot schrijver opwerken. Ik denk aan een Van Erembodegem... Meestal evenwel – houd het mij ten goede – hebben zij mij weinig te zeggen. Hun toon is authentiek, dat wel, maar soms heb ik het gevoel dat de lezer zich gemakkelijk door een zeker primitivisme, een zeker gebrek aan background, door een nogal vulgaire grotebekkerigheid laat misleiden... Goed, Van Erembodegem mag de taal van de putjesschepper gebruiken, erg schilderachtig. Maar vervelend op den duur. Die putjesschepper is een nuttig lid van de samenleving, daar niet van. Zonder een snob te zijn, verwacht ik nochtans niet veel van zijn conversatie! Jullie ook niet, zou ik denken...'

'Bij Peter van Keulen lag het ánders,' zei de journalist.

'Daar wil ik het over hebben. Over dat mirakel, ja hoor! Hij schreef als een engel. Nooit ging hij zich aan esthetisch gedoe te buiten. Niettemin was elke volzin van hem een gedicht, op de millimeter exact en trillend van innerlijke geladenheid, verstoken van folkloristisch geleuter, ook als hij het over de gewone mensen uit zijn omgeving had, zonder landelijk geouwehoer...'

'Precies, zo is het,' beaamde de uitgever enthousiast. 'Ik ken een passage van hem waarin hij een jonge vrouw beschrijft, bezig met het wassen van haar lange haar. Je weet niet wat je beleeft, van zo'n perfecte schoonheid is het. Telkens als dat boek op het rek mij in het oog valt, lees ik het fragment opnieuw en telkens wordt mij de adem afgesneden. Het is erotiek in zijn meest sublieme vorm, op dát punt tienmaal sterker dan de beruchte neukpartijen van Gheerbrants, zonder één woord dat uit de toon valt...'

Hoofdzakelijk langs binnenwegen waren wij onze bestemming genaderd.

Over kilometers verspreid en ternauwernood merkbaar glooit het land langzaam opwaarts tot een bescheiden maar evidente heuvelrug, waar langs de oude weg van west naar oost de slome, gele rivier volgt. In een niet onopmerkelijke diepte zagen we haar rechts van ons liggen. Soms werd ze verborgen door vervallen, een doodse aanblik biedende, hier en daar deels gesloopte industriële vestigingen of door de onregelmatige lintbebouwing welke, als een verrot gebit, het ene dorp zonder noemenswaardige onderbreking met het volgende verbindt.

Meer dan tevoren trof het mij dat Peter van Keulen het gebied niet zomaar fotografisch had weergegeven, al was de eindeloze triestheid, vooral op grijze dagen, hem nooit ontgaan. In het zonlicht van de zomermorgen begreep ik beter dan ooit hoe de stugge, absoluut averechtse schoonheid van het door de mens vernielde en daarna tot een agressieve chaos gereconstrueerde landschap een fascinerende aantrekkingskracht op hem had uitgeoefend. Het was zijn eigen wereld, waarover geen ander had geschreven. Bestendig was het Noodlot er aanwezig, maar in dit gedoemde land ontbraken mannen, vrouwen noch kinderen die dapper, andermaal in een roes van dionysische verrukking hun tanden in het leven zetten of er onuitgesproken de meest subtiele poëtische bewogenheden van ondergingen.

'Er is ook het sociale element in zijn boeken,' vervolgde ik haastig vooraleer wij in de diepte voor ons Steenhage zagen liggen. 'Vandaag heeft ieder verwaand burgerknaapje dat, na vier jaar universiteit op kosten van de gemeenschap, in krant of tijdschrift een stukje mag lozen, het kwijlerig over het maatschappelijk engagement, ten bewijze waarvan in zijn geval zijn kaalgewassen blue jeans. Van Keulen werd echter doodgezwegen...'

Roel draaide in het straatdorp een openbare parking op die hij toevallig in het oog kreeg en zette er de Volkswagen neer. Het kerkhof kon bezwaarlijk ver van hier liggen, dacht hij, en je wist nooit of het er niet druk zou zijn; voor een eindje lopen was er alle tijd. Meteen volgden wij de andere begrafenisgangers, talrijker opgekomen dan ik – eerlijk gezegd – had durven hopen.

'Waarom werden zijn boeken doodgezwegen?' wilde Kristien weten. 'Ik heb de indruk dat hij erg bekend was.'

'Bekend was hij genoeg en gelézen werd hij, daar hoefde hij zich niet over te beklagen. Het is een heel verhaal, ik zal het bondig vertellen. Roel moet het maar onthouden, het telt mee in Peters levensgeschiedenis. Het past echter minder in een necrologisch artikel, mogelijk eerder in het stuk dat hij zich voorneemt binnenkort te schrijven...'

'Ik spits mijn oren,' antwoordde de journalist.

'Een verhaal, inderdaad... Ik maak het zo kort mogelijk... Heb je belangstelling voor de details, dan kom ik er later op terug. Van Keulen, helemaal geen autodidact, was een verwoed lezer. Op zekere dag, een jaar of vijftien geleden, geloof ik, viel hem het eerste boek in handen van Ko Vanlotenhulle, die tegenwoordig in academische kringen algemeen op het schild wordt getild... Zijn rechtlijnigheid kennend denk ik dat hij zich een ongeluk moet zijn geschrokken!'

'Waarom?' gniffelde Jo. 'Toch niet omdat het een meesterwerk was?'

'Integendeel... Tot zijn verbijstering vond Peter er een ganse novelle van Günter Grass in terug, zonder zweem van pudeur nauwelijks gewijzigd, op zijn hoogst hier en daar met wat waterige tierelantijntjes opgevuld, maar niet zonder brutaalweg afgeschreven alinea's of complete volzinnen.'

'Niet waar!' lachte Roel; duidelijk bleek dat hij het omgekeerde bedoelde.

'Wél waar,' zei ik, 'mijn erewoord erop, ik heb het gecontroleerd!'

'Hoe bestaat het,' grinnikte de uitgever, 'zo'n lefgozer!'

'Hoewel stomverbaasd, legde Peter, die een verdraagzaam man was, de zaak naast zich... Op een avond zet zijn vrouw de radio aan en hoort hij op de Avro een interview met onze stelende ekster.'

'Vast zo'n astrante Hollander die hem te pakken had? Als díe er het mes in zetten, nou!' dacht Roel luidop.

'Helemaal geen astrante Hollander...! Nee hoor, een keurig interview door een kirrende mevrouw waarin Vanlotenhulle volkomen serieus werd genomen.'

'Ik vraag me af hoe hij zich als beginneling direct in Hilversum had binnengewerkt,' opperde Jo. 'Meestal duurt dat wel even!'

'Onschuldige duif,' lachte Kristien, 'je zult naïef blijven tot je laatste haar is uitgevallen. Ken je die handige jongens nu nóg niet?'

'Peter gaf toe dat hij er warempel van onder de indruk was. Onze man kletste tegen de klippen op en deed zelfverzekerd uit de doeken hoe geweldig bepaalde aspecten waren van zijn nieuwe boek, dat spoedig in de etalages zou liggen. Nou, volkomen zijn goed recht, het was de tijd toen naar Depaus' voorbeeld de publicitaire bombarie in de mode kwam. Toen het geval verscheen – *Ik, een oase* heette het – draalde mijn brave vriend geen ogenblik om het te gaan lezen. Deze keer rezen zijn haren ten berge! Weer was Günter Grass van de partij, maar ook Lawrence Durrell, Heinrich Böll en een aantal anderen, op menige plaats vertegenwoordigd door hele pagina's die hij er met een lectuurgeheugen als het zijne dadelijk uitpikte. Het meest frappant waren complete pagina's van Evelyn Waugh.'

Wij kwamen bij het kerkhof, waar een vrij dichte menigte de gebeurtenissen afwachtte. Ik ontwaarde niemand die ik kende, ook geen enkele collega. Dat kon toch niet? Roel, die niets aan het toeval overlaat, ging even informeren of het wel de juiste begrafenis was.

'Nou, en verder?' vroeg hij, op dit punt gerustgesteld. 'Ik herinner mij vaag enkele zinspelingen op die zaak, het fijne wist ik er niet van.'

'Peter van Keulen was een vriendelijk, vredelievend man. Vrij flegmatiek van nature, had hij zich door zijn weerzin voor de literaire randgebieden nooit met polemieken of zo bemoeid. Hij kende Ko van haar noch pluim en droeg hem dus geen kwaad hart toe – niemand droeg hij een kwaad hart toe. Ik kan mij in zijn gemoedsgesteldheid verplaatsen... Nooit is hij zich van zijn eigen genialiteit bewust geweest. Wel realiseerde hij zich hoe hijzelf dagen en nachten had gezwoegd aan een oeuvre waarvan geen enkel boek door het werk van anderen was geïnspireerd, geen enkele idee elders opgepikt, geen woord ánders dan uitsluitend van hemzelf. En dat jarenlang!'

'Nou, wat zijn gevoelens betreft kan ik er vlot inkomen,' grinnikte Jo. 'Werd hij ook bij de Avro uitgenodigd? Ik wed van niet!'

'En liet hij het daarbij?' wilde Krisje weten.

'Nee... Voor het eerst deed hij iets dat niet in overeenstemming kon lijken met zijn zachtmoedigheid en zijn relativiteitszin... Later vertelde hij dat het hem nooit had geïnteresseerd wat anderen op dit punt uitspookten. Hoe het literaire wereldje functioneert wist hij trouwens nauwelijks. Maar hij was een man met een wakker eerlijkheidsgevoel. Een zo onbeschaamd bedrog bleek volkomen in strijd met zijn aangeboren rechtvaardigheidszin en zijn compromisloze opvatting van het auteurschap. Om kort te gaan, hij schreef een verontwaardigd artikel en liet het in *De Teleskoop* verschijnen, een informatieblad dat destijds in Antwerpen verscheen, ik zal je het nummer tonen. Jullie weten hoe het gaat als introverte naturen zich boos maken, bij uitzondering en daarom volkomen onverwacht en intens. Toch leek zijn reactie niet op de abominabele kattegevechten in de literaire tijdschriftjes. Ze kwam neer op het verontwaardigde protest van een absoluut eerlijk mens, des te overtuigender doordat hij zijn stuk besloot door in twee kolommen de originele passages tegenover de belangrijkste gepikte dito's te plaatsen.'

'Eigen schuld, dikke bult!' vond Krisje.

'En wat gebeurde er verder?' wilde Roel weten.

'Verdedigde Vanlotenhulle zich niet?' vervolledigde Jo de vraag. 'Kroop zo'n falsaris niet onder de mat van schaamte?'

'Toch wel... Aanvankelijk was hij knock-out. Hij kwam evenwel spoedig bij terwijl zijn vrienden hem te hulp snelden. Voor hen speelde het geen rol dat hij als een vulgaire zakkenroller op heterdaad was betrapt, wél dat de aanklager een gerespecteerd schrijver was die uit de weg geruimd hoorde te worden – achtenzestig hing in de lucht... Als een zwerm horzels kreeg hij al het tuig dat net op school had leren spellen in de nek, aangevoerd door de rebellenleider Muylaert, pas uit het onderwijs getrapt omdat hij niet met zijn poten van de meisjes af kon blijven. Zodoende had die een rekening met het establishment te vereffenen, zoals men het noemde. Establishment, stel je voor, de stoere, uitéénstukkerige steenbakker, die Peter van Keulen, ondanks literaire erkenning, steeds was gebleven...! Of hij een aankomend genie in de wieg had gewurgd, keerde al wie tot dusver als schrijver was mis-

lukt, al wie zijn vermeende kansen bedreigd zag, elke beginneling die op om het even welke manier, ook de meest vieze, het een end hoopte te schoppen, elke gefrustreerde smeerlap zich met een tot dusver onbekende agressiviteit tegen hem. Waarbij niets krapuleus genoeg bleek.'
'Hoe kon dat?' vroeg Krisje. 'Was het plagiaat dan betwistbaar?'
'Geen sprake van! Er gebeurden inderdaad een aantal onvoorstelbare dingen die vroeg of laat literair-kritisch eens zorgvuldig moeten worden doorgelicht... Het is bekend dat Vanlotenhulle ging uithuilen in het vestzakje van professor Drinkwater uit Leuven, een geestelijke, die hem voor mijn part uit hoofde van zijn priesterambt de absolutie mocht geven. Om een nog steeds onverklaarbare reden beperkte de eerwaarde zich niet tot zijn herderlijke taak, maar liet zich als gezaghebbend professor en criticus voor het karretje van de letterdief spannen, ja, ging Van Keulen zelfs met kwispel en wijwater te lijf.'
'Met zijn tijdschrift *De Vlaamse Tuin & Kerktoren* achter zich,' grinnikte Jo.
'Inderdaad... Ditmaal was het zoveel als het super-establishment zélf dat de rover een reddende hand reikte, waar geen van zijn vooruitstrevende kompanen aanstoot aan bleek te nemen. Overal waar zijn schurftige aanhang een vinger in de brij had, werd met modder en drek naar Peter gegooid. Vanlotenhulle hield zich een poosje gedeisd, overigens niet lang, waarna hij hier en daar weer kritische stukjes begon te publiceren. De meesten onder Van Keulens collega's – voor een gunstig stukje zouden ze hun moeder verkopen – deden of hun neus bloedde en hoopten dat hunzelf de aanvallen bespaard zouden blijven. Langzaam aan schenen velen de zaak te vergeten of deden alsof. En waarschijnlijk opdat niemand er nog op zou terugkomen begon het janhagel zijn vernietigingsdrift ook op ánderen af te reageren. Ondertussen werd de sluwe Vanlotenhulle zowat het idool. Hij bleef jatten en had trucjes genoeg op zak om zijn niet bijster slimme kornuiten door allerhande van elders afgekeken foefjes te imponeren. Eerst juichte vooral het rapalje hem toe. Later een aantal lafbekken die sedert het potsierlijke gedoe van '68 aan de veilige kant wilden staan. Ik kan je de namen noemen van gezaghebbenden die mij achter de hand toefluisterden dat zijn schrijfsels nog steeds wemelen van brutale plagiaten; tegenwoordig zoekt hij het bij de Fransen. Er zijn professoren die ze door hun studenten laten opzoeken, mogelijk met het oog op het keren van het getij, maar ze doen geen bek open, stilzwijgen is kennelijk het parool... Wat ik niet verwachtte, is dat Peter van Keulen zich finaal door al die rotzooi liet ontmoedigen, depressief werd en niet verder publiceerde, heel onbegrijpelijk voor zo'n sterk karakter. Inmiddels hadden Vanlotenhulle en zijn waterdragers zich van een aantal sleutelposities in de media meester gemaakt en slaafs voor de officialiteit op de buik gelegen, niet zonder zo nu en dan een schurftig politi-

cus de reet te likken. Vandaar dat je nog maar weinig van Peter hoorde. Sinds eergisteren vraag ik mij af of dit alles zijn vroege dood niet in de hand heeft gewerkt...'

'Later wil ik daar meer over horen,' zei Roel met iets onheilspellends in zijn stem. 'Was jij bij de zaak betrokken?'

'Nee, het gebeurde vóór mijn debuut. Wat ik vertelde, heb ik zelf gereconstrueerd uit wat Peter mij toevertrouwde...'

'In jouw plaats zou ik het vroeg of laat eens opschrijven!'

'Daar loop ik reeds geruime tijd aan te denken. Misschien ga ik met Lampo praten, die stond er als medeslachtoffer dichterbij en werd zélf door Vanlotenhulle geplagieerd... Hij zal wel wat documentatie bezitten, vermoed ik... Kijk, daar komt de begrafeniswagen...!'

Terwijl de zwarte lijkkoets langsreed, en vooral toen ik merkte, dat ze gevolgd werd door Roosje, Peters vrouw, en hun twee zoons, schoot mijn gemoed vol en diende ik krampachtig op mijn kiezen te bijten.

De bedoeling was ons achteraan bij de menigte te voegen, waarom wij de anderen lieten voorbijwandelen. In de behoorlijk lange rouwstoet zag ik tot mijn verbazing niemand uit de literaire wereld, behalve Lampo en zijn vrouw Lucia, kennelijk op het laatste nippertje gearriveerd, die met een ingehouden gebaar beduidden dat zij ons hadden opgemerkt.

Geen ogenblik hoefde ik eraan te twijfelen dat het mensen uit zijn eigen dorp, zijn eigen streek waren, die hem naar zijn laatste rustplaats vergezelden. Overwegend leken het arbeiders met hun gezin, op de meer informeel toegeruste jongeren na allen in hun keurigste pak en hun beste jurk uitgedost. De tijden van poverheid en ontbering, slavenarbeid en armzalig vertier in eertijds door de fabriekseigenaars geëxploiteerde kroegen lagen voor allen duidelijk tientallen jaren in het verleden. De algemene aanblik was die van bedaarde, welvarende mensen, wie het aan niets ontbrak en waaronder, blijkens de dichte bezetting van de op onze plek zichtbare kerkhofparking, menigeen met zijn eigen wagentje was gekomen. Het vergde een niet denkbeeldige inspanning om mij voor te stellen hoe hun ouders, hun grootouders, hun overgrootouders er hadden uitgezien, voorbijsjokkend op klompen, gehuld in armoedige, afgedragen kleren, met hier en daar tuberculeuze, hoewel hoofdzakelijk door weer en ontij gebruinde gezichten en schuwe ogen, dood van wanhoop.

Toen het mij eenmaal was gelukt hen in gedachten zo voor me te zien, identificeerden zij zich met de personages uit Peters boeken, welke hij meestal vaag in het verleden had gesitueerd. Een tijdlang bleven zij een aangezichtloze, grauwe massa, waaruit zich daarna zijn helden en heldinnen losmaakten, sterker en mooier dan de anderen, menigmaal ongeletterde dichters die met een hunkerend gebaar naar de sterren grepen, eventueel bereid het leven te geven voor dromen over waarheid en rechtvaardigheid, waaraan de massa nog niet toe was. Vaak had Peter van Keulen hen met de allures van Griekse treurspelhelden ten tonele gevoerd. Velen kleistekers en steenbakkers, leefden zij in een mythisch toenmaals, niet begrensd door enig jaartal, hoewel van bakens voorzien waardoor de lezer het voor zichzelf als het eind van de negentiende, het begin van de twintigste eeuw kon inkleuren, in dit land van zwarte ellende, het verre toenmaals der geboortemythen van het socialisme. Wanneer ik daarna weer nuchter naar de begrafenisgangers keek, vergewiste ik mij ervan dat het, na ruim honderd jaar van vallen en opstaan, ondanks zoveel wat er geestelijk nog aan dit socialisme ontbrak, dagelijkse realiteit was geworden.

De realiteit, dacht ik, waarop mijn vader al had vertrouwd in zijn klas van het schooltje in die armetierige nederzetting, de realiteit van zijn droom die hij zijn leerlingetjes, die hij mensen als de brave Jeroen voor het leven had meegegeven, al weer vijftig jaar en langer geleden. Vóór het verhaal van de kerkhofbewaker had ik me meermaals aan de evidente verloedering van het socialisme geërgerd. Peter had het trouwens in een van zijn laatste boeken hartstochtelijk aan de kaak gesteld: de discrepantie tussen leer en praktijk, het gevecht in de krabbenmand waar nieuw bekeerde, van universitaire titels voorziene middenstandszoontjes elkaar de jobs en mandaten betwistten, maar de ouderwetse idealist in de kou bleef staan. Niettemin overweldigde mij op deze trieste ochtend het gevoel dat het de symptomen waren van een nog geneeslijke kwaal, een voorbijgaande epidemie. Dat mijn vader, dat de dode schrijver, dat ook Pieter-Frans in zijn tijd gelijk had, dat zij zich evenmin vergisten als de generaties welke deze rouwende menigte direct waren voorafgegaan.

Wij stonden aan de rand van de weide waar zo dadelijk de asse van de schrijver zou worden verspreid, een door hem uitgesproken wens indachtig.

Uit de ministeriële officialiteit was, mogelijk ideologisch, maar onfatsoenlijk en passend in de hedendaagse Beotiërssfeer, geen vertegenwoordiger komen opdagen. Niet noodzakelijk op politieke gronden maar wellicht uit opportunisme scheen men zich op hoog reactionair niveau te solidariseren met de laster, het doodzwijgen waarvan de overleden schrijver jarenlang het slachtoffer was geweest bij maoïstische en soortgelijke lobby's, schijnbaar tegengesteld aan de heersende behoudsgezinde macht, maar haast zonder uitzondering uit diezelfde hoek afkomstig, wat hun kennelijk het recht op consideratie verleende. Moest ik het zo bekijken dat de Puitmansen, de Muylaerten, de Vanlotenhulles, de Depausen, de Faislebeaus, kom, al deze grijpgrage, boosaardige kobolden, zoveel kleiner dan mijn gestorven vriend, in hun gore opzet waren geslaagd?

Volkomen in strijd met de passende piëteitvolle gedachten, zei ik tot mezelf dat ik er vroeg of laat tegenaan zou gaan, Roels wens indachtig er zo nodig een heel boek aan wijden en het licht van de dag over hun mollenwerk laten schijnen, eenvoudig een kwestie van geduld, gegevens waren er in overvloed.

Ik nam mij voor er met Emily over te praten. Het kon interessant voor haar zijn, aangezien Vanlotenhulles kleptomanie zich ook tot het werk van Evelyn Waugh uitstrekte, wat als Engelse invloed in de hoogste graad kon worden beschouwd. Weliswaar wist ik door omgang met bevriende professoren Nederlands in het buitenland, dat die doorgaans de oren niet laten hangen naar de manier waarop bij ons het werk van sommige officieel zaligverklaarde troeteldieren wordt opgeklopt, en dat zij er een volkomen persoonlijke, ánders geconditioneerde waardenschaal op na houden. Misschien werd langvingerige Ko niet eens door haar genoemd in dat proefschrift. Nu hij een invloedrijk man en ten slotte ook professor was geworden, zat de kans erin dat zij in de door zijn hofnarren aan hem gewijde apologieën en mouwstrijkerijen tegen zijn naam was aangelopen. Het vergde haar vast geen onoverkomelijke inspanning om eens te kijken of zijn meestal dunne boekjes geen bezwarende sporen van inbraak bij ándere Britten dan Evelyn Waugh vertoonden. Het zou aardig meegenomen zijn en eventueel een paar leuk ogende voetnoten opleveren. Ik kon mij bezwaarlijk voorstellen dat men in insulaire academische kringen minder op voetnoten verlekkerd is dan bij ons. Hoewel je het met die gekke Engelsen nooit weet...

Het gefluister onder de omstaanders bij de strooiweide stierf uit.

Niemand hoeft mij ervan te overtuigen dat in omstandigheden als deze het decorum en de oude gebruiken concreet vorm geven aan het verdriet van hen die achterblijven, zonder dat de overledene er baat bij heeft. Voor het afscheid was dit niettemin de meest geschikte plek, erkende ik voor mezelf, dit netjes onderhouden kerkhof met het vriendelijke grasveld vanwaar men de leemkleurige rivier zag liggen, centraal en bestendig in Peters verhalen aanwezig.

Een ruim zestigjarige man was naar voor gekomen, stevig en met nauwelijks dunnende grijze haren op zijn stoere arbeiderskop, die aan een betere Permeke deed denken – nee, die je op de panelen van sommige Vlaamse schilders uit de gotiek aantreft, stelde ik mijn vergelijking scherper bij.

'De burgemeester,' fluisterde Roel. 'Een van de laatsten uit de oude garde, hij is als handlanger in de steenbakkerij begonnen...'

De magistraat haalde een gekreukt velletje uit zijn binnenzak, waarop hij vermoedelijk wat notities had gekrabbeld, maar waar hij niet één keer naar keek.

Zichtbaar ontroerd zette hij zijn voor de vuist uitgesproken grafrede aarzelend in. Aanvankelijk had ik de indruk dat hij zich tot gemeenplaatsen zou beperken, wat niemand deze self-made man met zijn betrouwbare verschijning kwalijk kon nemen. Er was geen minuut verlopen vooraleer ik verrast de oren spitste.

Kennelijk was hij ermee begonnen schoon schip te maken met wat hij, de burgemeester van deze nederige gemeenschap, als door het fatsoen van zijn ambt opgelegde, uiteraard clichématige, ofschoon niet te ontlopen formalismen beschouwde. Even scheen hij daarna te aarzelen, waarbij hij het ongebruikte spiekbriefje tot een prop samenfrommelde en het in zijn vestzak stopte, als stond hij erop voor een ieder zichtbaar een eind te maken aan de officiële vormelijkheid, die hem nooit had gelegen en die hij allicht om ideologische redenen misprees.

Mogelijk deed zijn tweede aanloop denken aan de oratorische knepen van de volkstribuun die bij een stakingsmeeting de menigte toespreekt.

Amper had ik die overweging gemaakt, of het was al voorbij. Nauwelijks de registers opengetrokken, had hij ze weer ingeduwd en was overgegaan tot een beheerst majestuoso. Duidelijk improvisatorisch begon hij herinneringen op te halen aan Peter van Keulens jeugd, die ook de zijne was geweest, waarbij ik meende te zien dat zijn in de zon van de zomerochtend klaarblauwe, goede ogen zich met tranen vulden. Voor mezelf had ik hem een self-made man genoemd, doch blijkbaar was hij verre van ongeletterd. Met beheerste, onweerlegbaar dichterlijke bezieling liet hij het beeld van beider kinderjaren met een door intuïtie ingegeven fade-in overvloeien naar het werk van mijn vriend, die ook de zijne was geweest. Zelden werd ik zo verrast als door de manier waarop de grijze militant, deze vierkante vechtersfiguur de subtiele poëzie van Peters romans had begrepen. Dat hij geen moeite had met de getuigenis over een wereld waar materiële nooddruft en geestelijke armoede schering en inslag waren, lag enigermate voor de hand. Merkwaardiger was zijn evidente gevoeligheid voor een haast tijdloze symboliek welke mannen, vrouwen en kinderen ook boven de conjuncturele omstandigheden en maatschappelijke onrechtvaardigheden van een historisch afgebakende periode tilde, hen tot heroïsche medespelers maakte van een aan plaats noch jaartal gebonden, algemeen menselijk treurspel.

Wat de aflijvige, wars van modegrapjes en elders afgekeken nummertjes, ons had nagelaten, bood de aanblik van niet ingewikkelde, aan de strijd en het dagelijks leven ontleende, overigens superieur en met een opvallend psychologisch Fingerspitzengefühl geschreven verhalen, welke zelfs de eenvoudige lezer geen noemenswaardige problemen opleverden. Dikwijls had hij mij gezegd dat zijn bedoelingen niet verder reikten. Niettemin was ik mij ervan bewust dat diepere analyse van wat hij had gemaakt onder het realistisch uiterlijk een tweede, meer absolute werkelijkheid openbaarde. Keek men door het typisch lokale en voorbijgaande heen, dan werd men soms aangegrepen door de naar de klassieke tragedie reikende confrontatie van zijn personages met hun Fatum. Gedreven door de ellende van het negentiende-eeuwse proletariaat kozen zij de revolte, zonder, in tegenstelling tot hun voorgangers uit de oudheid, er noodzakelijk door te worden vernietigd. Voor mijn part was dat de verklaring voor Peters onmiskenbare impact op een talrijk publiek. Hoewel hij er zichzelf geen rekenschap van gaf, raakte hij het op het niveau van zijn onbewuste, waar zelfs bij de meest verstokte zwartkijker, bij de koelste cynicus de dromen over een betere, zelfs paradijselijke wereld niet zijn uitgeroeid.

De oude strijder die ons toesprak, formuleerde het anders, zonder te putten uit de dialectiek van de vakbondsredevoeringen uit zijn jongere jaren. Hij zegde het met zijn eigen, simpele woorden, vermoedelijk niet eens verschillend van die welke hij nog gisteren aan de tapkast in het Volkshuis had gebruikt, wie weet. Ik voelde evenwel duidelijk dat hij het, vrucht van instinct en rechtlijnig nadenken, op díe manier bedoelde.

Een van de laatsten uit de oude garde, had Roel mij terloops toegefluisterd, een van de idealisten die de wereld hadden veranderd.

Een van de laatsten, had ik terecht begrepen, die, bewust van hun achterstand ten opzichte van de politiek bedrijvende kasteelheer, fabrikant, notaris, dokter en kapelaan, als opgroeiende knapen het povere partijkrantje uit Gent of Antwerpen hadden uitgespeld (onvermijdelijk hetzelfde als dat van mijn vader!), avondleergangen of misschien arbeidershogeschool hadden gelopen en boeken waren gaan lezen uit het schamele rode bibliotheekje dat zij, dank zij ontzaglijke inspanningen, zelf mee hadden opgericht.

Ik wist hoe overal politieke yuppies met hun diplomatenkoffertjes van ongeduld stonden te trappelen. De dood van een schrijver als Peter van Keulen liet hen koud of inspireerde hen tot laatdunkende commentaren. Geen van hen zou met tranen in de ogen bij zijn urn staan; ook hun was door *De Ochtend* voorgelogen dat Depaus groot was, Vanlotenhulle zijn profeet en Muylaert zijn vaandrig. Zij koesterden geen andere verzuchting dan in de strijd vergrijsde kerels als zo'n simpele proletenburgemeester de kop erbij te zien neerleggen, hem in het beste geval naar een tehuis voor ouden van dagen te verbannen en als krijgsbuit zijn politieke nalatenschap en de op hem uitgebrachte stemmen in de wacht te slepen.

Hoewel het mij achteraf verbaast, dergelijke overwegingen, die mij gedurende het spontaan opborrelen van de inspiratie van de redenaar invielen, deprimeerden mij hoegenaamd niet.

Een warm gevoel vervulde mij bij de gedachte dat zulke mensen ééns hadden geleefd, en nog steeds leefden, al werden langzaam aan hun rangen uitgedund. Mensen als mijn vader, die als hij de zwaarste tol hadden betaald. Mensen die het zout der aarde bleven en wier offer – tot het offer van hun leven toe – nooit volledig verloren zou gaan.

Het behoorde niet tot mijn gewoonten met dergelijke plechtstatige ideeën bezig te zijn.

Bij uitzondering waren de omstandigheden zo dat het kon.

Zoals het insgelijks kon dat achter een horizontaal gestrekt scharlaken vaandel een muziekkorps, hoewel weinig toonzuiver, en sourdine de *Internationale* speelde, waarbij mijn ogen zich met tranen vulden.

Daarna trad een absolute stilte in.

Allen keken naar de asurn die al die tijd op een voetstuk had gestaan. De recipiënt werd de spreker plechtig door een lijkbezorger overhandigd. Een ogenblik draalde hij, of hij er geen raad mee wist.

Toen schudde hij haar bedaard en waardig leeg.

Het gras leek door het contrast eensklaps groener.

In de vorm van een kleine, luisterrijk witte zwerm van minuscule sneeuwvlokken verenigde Peter van Keulen zich voor eeuwig met de moederlijke aarde.

Onwillekeurig keek ik naar de menigte die met ademloze aandacht in gedachten van de dichter, van de mens afscheid nam.

Schuin tegenover mij, aan de overkant van de strooiweide, zag ik Lampo gauw zijn donkere zonnebril opzetten. Terwijl zij krampachtig zijn arm vasthield, probeerde Lucia onafgebroken, hoewel vruchteloos haar ogen met een wit zakdoekje droog te houden. Naast mij stond Kristien hoorbaar te huilen, terwijl Jo snoof of hij verkouden was en Roel zijn neus snoot.

In een langzaam schuifelende rij ging een ieder daarna de verwanten en vrienden zijn laatste rouwbeklag aanbieden.

Roosje, Peters vrouw, stond in het midden.

Duidelijker dan tevoren kon ik zien dat zij één puinhoop van pijn en wanhoop was, leeggeschreid van verdriet, ontroostbaar en desolaat afgesneden van hem die haar leven betekenis had gegeven, afgesneden van alles.

Het scheen even te duren vooraleer zij mij herkende. Toen drukte zij zich hartstochtelijk snikkend tegen mij aan, eindeloos miserabel en zo lang, dat de begrafenisgangers achter mij moesten wachten.

Stilletjes zei ik dat ik haar gauw zou komen opzoeken, hoewel ik niet geloof dat mijn armzalige woorden tot haar doordrongen. De jongens gaven mij verwezen een hand, zich blijkbaar nog niet bewust van wat hun overkwam.

Aan het eind van de rij stond ik voor de burgemeester. Daar hij Peters jeugdvriend was, verbaasde het mij niet, hij hoorde erbij.

Hoewel ik de mogelijkheid geen ogenblik in overweging had genomen, bleek hij mij al eerder te hebben herkend.

'Paul Deswaen,' zei hij, 'kameraad Paul Deswaen, is het niet zo?'
Het pakte mij dat hij het oude, vergeten, tegenwoordig wellicht misprezen woord uit de strijdjaren van zijn jeugd gebruikte.
'Ja, burgemeester, zo is het!' antwoordde ik. 'Altijd is het zo geweest. Zo zal het blijven, ondanks alles.'
Ergens wist ik dat hij begreep wat ik bedoelde.
'Jij moet ervoor helpen zorgen dat zijn werk niet wordt vergeten,' vervolgde hij met een krop in de keel. Het hinderde mij niet dat het wat bevelend, wat autoritair klonk, ik vergaf het de oude volksmenner graag. 'Wil je het mij beloven?'
'Reken erop,' beaamde ik zonder voorbehoud, 'ik beloof het, kameraad!'
De omstandigheden verhinderden mij eraan toe te voegen dat ik mijn belofte ook aan mijn door de fascisten vermoorde vader opdroeg.
In elk geval stemde het mij gelukkig dat ik hem zonder voorbehoud mijn woord kon geven. Ik nam mij voor hem eerstdaags op te bellen, hem spoedig eens te gaan opzoeken om met hem te overleggen wat wij onverwijld konden doen om Peter van Keulens nagedachtenis waardig in ere te houden.

Langzaam slenterend, alsof iets ons bleef weerhouden, verlieten wij het bescheiden, landelijke kerkhof.
Ik voelde mij triest, maar ook op een eerst onverklaarbare manier vreemd te moede.
Ik had voorgoed afscheid genomen van een broer die ik niet alleen als mens en kunstenaar diep bewonderde, maar die ik ook als mijn leidsman in de literatuur had beschouwd. Niet wegens zijn vakkundige raadgevingen, niet door het voorbeeld van het poëtisch niveau dat het zijne was. Altijd ben ik eigenzinnig mijn eigen weg gegaan, zonder met zelfs voor de hand liggende modellen rekening te houden. De evidente invloed die hij op mij had uitgeoefend, was van morele aard geweest. Hij sproot voort uit mijn besef van zijn diepe creatieve ernst, zijn voorbeeldig respect voor de mysterieuze begaafdheid, hem ééns als eenvoudig arbeiderskind vanuit ancestrale diepten toevertrouwd, de manier waarop hij er uitsluitend met schone handen gebruik van had gemaakt.
Hoe vreemd ik noodgedwongen het verschijnsel vond, mijn onuitsprekelijke weemoed noch mijn pijn om een onherstelbaar verlies bleken middelerwijl van een zuiver, teer geluksgevoel gespeend.
Een authentiek schrijver, een eerlijk mens als Peter van Keulen, wiens sneeuwwitte as ik in gedachten nog steeds op het gras zag neerdwarrelen, was mijn vriend geweest. Tot mijn laatste snik zou hij het blijven en zou ik er gelukkig om zijn.

Terzelfder tijd viel het mij in dat hij niet eenzaam zou zijn op de hem in mijn hart voorbehouden plaats.
In slechts korte tijd was er veel gebeurd.
Aangezien ik hem niet heb gekend, was ik reeds als kind verzoend met een vrijwel pijnloze afwezigheid in mijn leven die ik eerst 'papa' en later 'vader' had genoemd. Tijdens een zomermorgen als deze op het kerkhof, groter dan datgene waar Peter nu rustte, had ik hem weergevonden – nee, voor het eerst ontmoet. Langzamerhand metamorfoseerde zich de aanvaarde, absolute leegte van eertijds tot een warme aanwezigheid, die voortaan een centrale plaats in mijn bestaan had ingenomen en verder mijn dagen zou delen.
Zonder dat ik er mij in den beginne goed rekenschap van gaf, waren ook anderen middelerwijl mijn vroegere eenzaamheid gaan opvullen. Onwillekeurig somde ik hun namen op: uitgever Jo en zijn lieve Kristien, kerkhofbewaker Jeroen en zijn brave Mina, notaris Bostijn met zijn beminnelijk geheimzinnige manier van doen, Roel, de fidele nieuwsjager, Fred Nieuwlant met zijn verbeeldingrijke elfenfamilie om zich heen, Anton Huydevetters, de rustige filmmaker, Paul en Greet, de nijvere bijen uit 'De blauwe Ganze', de hulpvaardige meneer Stalmans zo je wilt. En vandaag de kleistekersburgemeester die mij de hand had toegestoken en mij kameraad had genoemd, waarom niet?
Verbaasd constateerde ik dat ik er tot dusver niet voldoende over had nagedacht. Daarenboven vergewiste ik mij er voor het eerst duidelijk van dat het stuk voor stuk mensen van goede wil waren. Voor zover ik mij erin verdiepte (ik was er niet opzettelijk mee bezig, ook niet letterlijk in mijn onbewuste, hoewel dicht erbij), leek het ernaar dat een geheime macht, misschien die Grote Bouwmeester van mijn gastheer op 'Ultima Thule', zich al een poos over mij ontfermde. Iéts scheen het late verdriet om de onrechtvaardige dood van mijn vader te willen compenseren, de tot voor kort passief geaccepteerde leegte te bevolken en definitief mijn vertrouwen in het leven te vestigen door een aantal lieve vrienden naar me toe te sturen.
Straks kwam Emily. Vanavond om zes uur wachtte zij in het 'Theaterhotel' op mij. Bijwijlen scheen het niet meer dan een droom te zijn.
Diende ik de ontmoetingen, de nieuwe vrienden en kennissen die ik zoëven aandachtig de revue had laten passeren, louter aan het toeval toe te schrijven? Was het toeval minder toevallig dan ik het mij tot dusver had voorgesteld? Wat betekende het weefsel van gevoeligheid en menselijke warmte dat mij als met toenemende vriendelijkheid omgaf?
En welke plaats was Emily hierin toegewezen?
'Moet je kijken,' hoorde ik Jo zeggen terwijl hij zijn hand op mijn schouder legde. 'Dáár op die muur, en verloochen je eigen ogen niet!'

We liepen langs een vervallen, blinde muur waarachter je alleen een stille leegte kon vermoeden. 'Steenbakkerij Van Kerckhoven' las ik. 'Kom,' zei ik, 'what's in a name? In het telefoonboek vind je hem duizend keer, beeld je niets in!'
'Best mogelijk,' gaf de uitgever zonder overtuiging toe. 'Niettemin vind ik het gek dat het ons wéér moet overkomen... Zeg, ik weet dat het niet bijster piëteitvol is...' neutraliseerde hij zijn wrevelige verbazing. 'Ronduit gezegd stik ik van de dorst en Krisje moet zo nodig...'
'Geen sprake van!' protesteerde zijn vrouw. 'Waar haal je het vandaan? Maar als ook de anderen dorst hebben... Ik kan best wachten!'
'Iets gaan drinken heeft niets met gebrek aan piëteit te maken,' vond Roel terecht, 'Kristiens plasje evenmin. Het is trouwens etenstijd.'
'Recht tegenover de kerk heb ik een café opgemerkt dat er behoorlijk uitziet, zo'n ouderwetse uitspanning, het zou me erg tegenvallen als we er geen broodje of zo konden krijgen...' opperde Jo. 'Het is vlakbij.'
'Een broodje vindt u daar vast,' zei een meneer die al een poos vlak bij ons had gelopen, wat wegens de talrijke huiswaarts kerende begrafenisgangers niet opviel, 'met die bedoeling ga ik er zelf naar toe.'
'Fijn,' antwoordde Jo, 'dat komt mooi uit, dank u wel!'
'Ik hoop dat ik er niet van word verdacht geluistervinkt te hebben?' hernam de man gemoedelijk. 'Ik hoorde gewoon wat er werd gezegd.'
'O!' zei Kristien en bloosde ineens.
'Over dat broodje,' stelde de onbekende haar onhandig, zij het met schertsende bedoeling gerust. 'Excuseer, ik had me moeten voorstellen, mijn naam is Van Hemeldonck, ik ben de pastoor van Steenhage. Meneer Deswaen heb ik daarnet al geïdentificeerd, zo zijn pastoors nu eenmaal!'
Meteen trof het mij dat hij een zilveren kruisje droeg in de revers van zijn slobberig zittend, van ouderdom glanzend grijs pak. Nu de meeste priesters tot de slotsom waren gekomen dat, evenmin als van wapperende oude-wijvenrokken, hun geestelijke waardigheid van een stroef domineesboordje afhing, was het bescheiden insigne zijn enige herkenningsteken.
Hij stak ons vriendelijk de hand toe. Wij hielden halt om de kennismaking behoorlijk af te ronden. Roel Verschaeren had hij niet kunnen situeren, maar toen hij de naam van de man van *Het Avondnieuws* hoorde, bleek hij helemaal opgetogen over de onverwachte ontmoeting. Duidelijk stond zijn besluit vast dat hij zich bij ons zou voegen, wat geen uiting van opdringerigheid maar een beminnelijke vorm van hospitaliteit bleek te zijn. Dit was zijn dorp, althans zijn parochie. Kennelijk beschouwde hij het als zijn plicht als gastheer op te treden voor bezoekers die speciaal helemaal uit Antwerpen waren gekomen, een

afstand die hij volgens de normen van de vorige, niet gemotoriseerde generatie scheen in te schatten.

Het door Jo opgemerkte café verschilde in zoverre van de erbarmelijk sfeerloze landelijke kroegen, dat het herinnerde aan de traditionele, als gebruikelijk bij de kerk gelegen dorpsherberg van eertijds.

Ofschoon het mettertijd een secundaire route was geworden, lag Steenhage aan een oeroude, vermoedelijk ééns belangrijke weg die van diep uit het oude graafschap Vlaanderen kwam, hier langs de rivier door Brabant liep en zo verder naar Limburg ging. Ook zonder noemenswaardige oorzaak ben ik soms met dergelijke gedachtenassociaties bezig.

Beantwoordend aan Jo's ingeving beduidde het voor mij dat 'De Leeuw' mogelijk een uit archaïsche tijden stammende uitspanning kon zijn. Ik voel mij behaaglijk bij dergelijke speelse overwegingen en imaginaire constructies. Wie ze bespottelijk vindt, mist een amusant aanvullend element in zijn leven. Vermoedelijk zullen Beotiërs de schouders ophalen voor mijn schielijk opborrelend idee. Met name dat Peter van Keulen voor eeuwig sliep nabij het pad dat Hendrik van Veldeke en Willem die Madoc Maecte te paard moesten volgen wanneer zij van zins waren bij elkaar op visite te gaan om over de toenmalige stand der dichtkunst en het plagiaat in de middeleeeuwen te redekavelen.

Dat zijn mijn magisch-realistische addenda die een dimensie meer aan mijn dagelijkse werkelijkheid toevoegen. Ach, niet zij leidden tot het aanvankelijk irriterend, frustrerend en ten slotte angstaanjagend verschijnsel van een honderddrieëntwintig jaar dode, op zichzelf beminnelijke auteur, wiens lotsbestemming zich absurd met de jouwe gaat verenigen door een velletje glacépapier met een namaakvers erop, waarin op een onverklaarbare manier het executiebevel van je vader ligt verscholen.

Na de begrafenis was het druk in de ruime herberg, waar menigeen zijn triestheid zat of – bij de tapkast – stond te verdrinken.

'Ja,' opperde de eerwaarde heer Van Hemeldonck, 'zo reageren in deze streek de mensen hun verdriet af. Peter van Keulen was niet wat je een volkse figuur noemt, daar hoor je een wielrenner of een voetballer voor te zijn. Toch was men trots op hem, hij werd door een ieder gerespecteerd, onduidelijk, maar dieper dan zo'n sportglorie...'

'Ik vind het attent dat u bij zijn begrafenis aanwezig bent geweest,' antwoordde Roel, 'tenslotte...'

'Tenslotte was het een burgerlijke uitvaart, de uitstrooiing van de as inbegrepen, en ben ik de pastoor, bedoel je?'

'Zoiets,' beaamde de journalist. 'Bekijk het vanuit die hoek, ja...'

'Ach... Voor mij maakt het niet veel uit...' antwoordde de geestelijke. 'Dat hoef je natuurlijk niet aan mijn bisschop te verklikken... Peter was niet alleen de vriend van onze brave rooie burgemeester, die ik trouwens steeds een monument heb gevonden, hij was ook de mijne, kom, met zijn drieën waren wij vrienden onder elkaar. Ingeval het alleen van Roosje had afgehangen, was zijn weg naar het crematorium langs de kerk gegaan. Mea culpa, geen ogenblik heb ik er bij haar op aangedrongen, ik wist dat het voor hém niet kon... Ik zou mij gelukkig hebben geprezen hem een duwtje te mogen geven om vlotter door de paspoortcontrole aan de hemelpoort te geraken, maar ik weet zeker dat hij ook zonder mij ginds op een voorkeurbehandeling mag rekenen. Het lijkt mij onvoorstelbaar dat men er met de lectuur niet verder is opgeschoten dan Marie Koenen of, in het betere geval, dan Streuvels of Gezelle! Door bij mezelf hard te bidden heb ik, mocht het nodig blijken, gedaan wat ik kon...'

Duidelijk was ook hij een mens van goede wil. Voortaan zou ik, nam ik mij ontroerd voor, mijn omgang nog uitsluitend tot dergelijke mensen beperken en, zo vaak het kon, in mijn eigen wereld het geboefte, zijn mafiafiguren, roofridders en notoire peetvaders, uit de weg gaan. Tenzij het uit zelfverdediging nodig was hen op hun grote bekken te slaan, zoals Roel Verschaeren het mij vanmorgen terloops had gesuggereerd, niet met verwijt maar met enige aandrang in zijn stem...

Van Hemeldonck had koffie en sandwiches voor allen besteld. Hij stond erop dat de kasteleinse de consumptie voor hem opschreef. Zo'n lopende rekening op naam van meneer pastoor leek mij vreemd, hoewel ik er niet dieper over nadacht. Pas op de thuisweg kwam Roel erop terug. Hij kende dat type priesters, zei hij, idealisten van de oude stempel, ofschoon je hen vooral onder die sociale doorduwers aantreft. Na de tiende, vijftiende van de maand zitten ze op zwart zaad, want hongerlijders noch sluwe leperds kloppen vruchteloos bij hen aan. Ik schrok ervan. Het leek mij opeens egoïstisch dat wij ons door de brave man hadden laten vrijhouden. De ander stelde mij gerust. Als Peters vriend achtte hij het zoveel als een ereplicht ons iets aan te bieden, hoe bescheiden ook. Hij zou er niet om wakker liggen, wat wél was gebeurd zo wij zijn gastvrijheid botweg hadden afgewezen.

Op mijn beurt trakteerde ik het gezelschap op een glaasje. Wij zaten wat na te praten en luisterden naar de geestelijke, wie het verdriet, de herinnering aan zijn omgang met Peter van Keulen niet minder hoog zat dan de proletarische steenbakkersburgemeester. Hij was volop in een nostalgisch verhaal verdiept over de genoeglijke winteravonden waarop zij tot middernacht bij het vuur in de werkkamer van de schrijver of in de pastorie over de literatuur van gedachten wisselden, toen voor de zoveelste keer de deur van de herberg werd opengeduwd.

Er kwam een heer naar binnen die ik een jaar of zeventig schatte.

Het trof mij dat de pastoor, ofschoon zonder zijn woorden te onderbreken, hem aandachtig in het oog scheen te houden.

Voor zijn leeftijd was het een statige, zelfs nog knappe man, bij wie je op het eerste gezicht niets bijzonders opviel. Enerzijds door de manier waarop onze gastheer hem onafgebroken, hoewel discreet gadesloeg, anderzijds door mijn sensibiliteit voor dergelijke verschijnselen, vergewiste ik er mij direct van dat er met de grijsaard iets niet in orde was. Er zijn meer oude heren voor wie het een hebbelijkheid is hun wandelstok als een geweer op de schouder te dragen. Dat het, zonder zo bedoeld te zijn, hun kranige houding op die manier een militaire aanblik verleent, ligt voor de hand. Hiertoe beperkte zich de vreemdheid van de inderdaad zonderlinge, pover maar proper, opvallend streng uitgedoste verschijning echter niet.

Ik was niet de enige in het café die zich ervan vergewiste. De levendige conversaties werden gedempt voortgezet.

'Hij heeft vast een crisis...!' hoorde ik een vrouw angstig fluisteren.

'Let er niet op,' antwoordde een man die bij haar zat. 'Hij is zo zot als een onderdeur, maar hij doet geen mens kwaad. Je moet hem laten begaan, je mag vooral niet met hem praten.'

'Vooral niet serieus met hem praten,' vervolgde een andere vrouw, 'dan weet hij geen raad met zichzelf en wordt hij vervelend. Kom, soms...'

Discreet werd het gesprek aan de tafel naast de onze gevoerd. Algauw gingen de woorden verloren wegens de en sourdine verder durende herberggeruchten. Het tikken en ratelen van een elektrisch speelkastje waarop een teenager bezig was, klonk daarentegen ineens agressiever. De mollige kasteleinse ging harder rinkelen met de bierglazen die zij achter de tapkast stond om te spoelen. Op dezelfde toon zette pastoor Van Hemeldonck zijn verhaal voort. In onze buurt zat men mee te luisteren, mensen met de drie pijltjes van de socialistische beweging van eertijds in hun knoopsgat. Meestal zijn socialisten bij ons niet pastoorsgezind. Het leek mij echter duidelijk dat zijn waardering voor Van Keulen hun recht naar het hart ging, je hoefde er niet aan te twijfelen dat zij Peter als een der hunnen hadden beschouwd.

Met een onbewogen, hoewel gelijktijdig onderhuids-gelukzalige uitdrukking op het gladgeschoren gezicht, de wandelstok nog steeds als een geweer strak op zijn schouder, stond de grijsaard gefascineerd in de richting van het groepje dat wij vormden te staren.

Geen moment had ik eraan getwijfeld dat er geestelijk iets met hem scheef zat, hoe volstrekt hij ook verschilde van het beeld dat wij ons, ik weet niet waarom, doorgaans van de traditionele dorpsidioot vormen. Het gesprek dat ik mijn buren had horen voeren wees waarschijnlijk op een verpleegde in een verzorgingstehuis, wegens een hem blijkbaar verleende bewegingsvrijheid de plaatselijke bevolking niet onbekend. Agressief was hij niet, had ik op dezelfde wijze vernomen, alleen soms vervelend, gelijk een van mijn buurvrouwen het goedwillig uitdrukte. Er ging een vreemde, onbehaaglijk stemmende kracht van zijn stilzwijgende aanwezigheid uit. Wie in zijn nabijheid stond, was schoorvoetend achteruit geweken. Tot dusver verlegen voortgezet, stierven merkbaar een na een alle gesprekken uit. Als uit voorzorg deed ook de pastoor er waakzaam ten slotte het zwijgen toe. Het algemene onbehagen was haast aan te raken.

'Pak ze, Klaas, pak die Russen, ga erop los met je geweer!' riep gekscherend een jonge vent die met zijn glas in de hand bij de tapkast stond en kennelijk zwaar in de olie was. 'Wil je soms dat de communisten je te pakken krijgen en je ballen afsnijden om ze aan de honden te geven?'

Er steeg een verlegen gemurmel uit het gezelschap op, waarbij niemand om het naargeestige grapje lachte.

'Zwijgen jij, vlegel!' beval Van Hemeldonck. 'Laat deze zieke sukkel met rust of ik neem het op mij om je eruit te schoppen!'

Zijn kloeke verschijning in acht genomen leek het geen verwaarloosbare bedreiging, op zijn manier kon hij best een Don Camillo zijn.

De praatjesmaker dronk zijn glas leeg en deed verder of zijn neus bloedde. Praktisch onopgemerkt blies hij met hangende oren de aftocht.

De grijsaard stond er nog steeds onbewogen bij. Toen fronste hij zijn voorhoofd, of hij zich iets trachtte te herinneren, waarna zijn strakke gelaatsuitdrukking in een extatische glimlach veranderde. De vrouwelijk aandoende heesheid van zijn stem verraste mij.

'De Russen...? Nee... Die hebben wij bij Smolensk verslagen, allemaal kaputt... Hebben jullie Reichssender Berlin niet gehoord, het Sonderbericht aus dem Führers Hauptkwartier? Of luisteren jullie naar Londen? Opgepast hoor, es ist verboten!'

'Kom,' zei de kastelein en nam hem bij de arm, 'het is bij enen, de zusters wachten voor het eten op je; het is vast lekker, vandaag!'

'Ik ga dadelijk,' antwoordde de geesteszieke vreedzaam, 'ja, de zusters wachten op me, Ordnung muss sein! Maar ik heb een boodschap voor Schriftsteller Paul Deswaen. Hij was bij de begrafenis van zijn vriend – ik heb gelezen dat Peter van Keulen zijn vriend is geweest!'

Ik begreep er niets van, transpireerde overvloedig en vroeg mij af hoe je met een krankzinnige omgaat, zo'n zielig wezen uit een onbekende wereld waar een andere logica heerst. Of hij mijn stille reactie kon voelen keek hij mij doordringend vanuit zijn ándere leven aan.

'Ik ben Paul Deswaen...' mompelde ik, grondig van mijn stuk. 'Wat wil je?'

'Herr Paul Deswaen!' riep hij verrast, niet zonder kinderlijke blijheid uit. 'Klaas-de-Gek, zum Befehl!'

'Houd er mee op, Klaas!' kwam de pastoor streng tussenbeide. 'Je bent een beste kerel, wij zijn kameraden, dat weet je. Maar je moet meneer Deswaen met rust laten, wij zijn in gesprek, het is niet netjes ons te onderbreken, een officier doet dat niet, dat hoor ík je niet te leren!'

'Een boodschap, Herr Pfarrer, recht uit het hoofdkwartier van de Führer, hijzelf heeft ze me opgedragen, heil Hitler!'

Gelukkig bleek Van Hemeldonck deze Pappenheimer onder zijn parochianen te kennen.

'Vooruit maar, eerst je boodschap en dan fluks naar huis!'

'Jawohl, Herr Pfarrer!' beaamde de krankzinnige en klapte de hakken schneidig tegen elkaar, Erich von Stroheim had het hem niet verbeterd. 'Die Botschaft läutet: niet Klaas-de-Gek schoot op Jan Deswaen, Klaas-de-Gek heeft nooit op iemand, nooit op een burger, ook nooit op een kind geschoten. Het was Obersturmführer Koen Bracke die het deed! Heil Hitler!'

Ineens verdween de ganse herberg achter een dichte mist.

Kristien legde haar hand op mijn onderarm. Achteraf heb ik nooit begrepen hoe ik mijn zelfbeheersing herwon. Niettemin gutste het zweet langs mijn rug en liep vanuit mijn haar in mijn ogen.

Ik ging traag naar de geestesziekte toe, een half hoofd groter dan ikzelf.

Nogmaals klapte hij de hielen tegen elkaar, hij nam een nog strakkere soldatenhouding aan en gebruik makend van zijn wandelstok presenteerde hij het geweer. Het was pijnlijk en afschuwelijk triest.

Dit was een van de ogenblikken in een mensenleven waarop kortstondig alles anders schijnt, alsof er een op onbekend gebied uitkomende deur openwaait. Al mijn vermogens schenen zich te concentreren tot één bal van statische energie, koud als ijs en volkomen los van mijn eigen gevoelswereld, of ik mijzelf van buiten af observeerde.

Woede was hieraan vreemd; nooit had ik mij zo onverstoorbaar gevoeld.

De schizofreen, of hoe ik hem ook moet noemen, wekte sympathie noch antipathie bij me op. Hij was een aanwezigheid, een van elders gekomen, voor mij belangrijke aanwezigheid. Inmiddels was ik mij ervan bewust dat mijn vrienden mij ademloos observeerden, gereed om tussenbeide te komen – trouwens overbodig, daar was ik volstrekt zeker van. Er kon niets gebeuren.

Onnadrukkelijk pakte ik hem bij de schouders beet. Zonder te begrijpen hoe het mij zo makkelijk lukte, dwong ik hem zijn wandelstok gewoon op de vloer te zetten. Ik voelde dat hij zich hierbij ontspande, of door het contact met de plavuizen een deel van zijn averechtse, hoewel onmiskenbare geestelijke geladenheid werd geneutraliseerd en uit hem wegvloeide. Zonder weerspannigheid liet hij zijn operette-achtig krijgsmansvertoon varen.

Meer dan tevoren beantwoordde hij thans aan het traditionele beeld van de dorpsidioot waarop ik daarnet zinspeelde, een brok weerloze ellende, een hulpeloze oude man die mij smekend aankeek, waarbij zelfs zijn imposante gestalte scheen te krimpen. Wrakhout, uit het verleden aangespoeld.

De geringe inspanning die het mij vergde om hem aan te spreken verbaasde mij. Het was of ik uit onbekende, jaren oude ervaring putte.

'Mooi, Klaas,' zei ik, 'dat is beter. Laten wij samen praten.'

Zijn metamorfose scheen hem redelijker te hebben gemaakt, als een tot beminnelijkheid uitgedoofd oud roofdier. Roofdier?

Ik herinnerde mij dat iemand aan de tafel naast de onze 'het woord crisis had gebruikt. Het leek mij voorstelbaar dat er in andere omstandigheden weinig van zijn waanzin was te zien, dat men hem een zekere bewegingsvrijheid had toegestaan wegens zijn aanblik van waardige, mogelijk wat zonderlinge oude heer, die niemand hinderde of angst inboezemde. Zelf was ik rustig, alsof ik het eerder had meegemaakt en perfect wist hoe het zou aflopen.

'Ja,' antwoordde hij op een zo te horen zinnige toon, ofschoon ook hierin de bijklanken van zijn waanzin niet geheel ontbraken. 'Klaas-de-Gek moet met je praten. Op het kerkhof stond hij achteraan, hij gaat naar alle begrafenissen als de zusters het hem niet verbieden. Klaas hoorde iemand zeggen: Paul Deswaen, de schrijver uit Antwerpen is er, Peter van Keulen was zijn vriend, daarom is hij gekomen. Zo wist hij dat hij met je moest praten...'

'Ik begrijp het,' zei ik. 'Waarom wilde je met me praten?'

'Al lang...' mompelde hij, 'al lang...' en ik vreesde dat hij weer op het punt stond in zijn schemertoestand weg te zinken. Toch herstelde hij zich en keek mij aan met schalkse slimheid, waardoor zich opnieuw zijn ziekte verried. 'Schrijven, ik wilde je schrijven... Maar schrijven gaat niet meer... Wist ook niet waar je woonde, of je al was geboren...'

'Wat wilde je me schrijven?' drong ik aan.

'Ik heb het je gezegd... Het was Koen Bracke die schoot, ik zag het van bij het stuur in de overvalwagen, ik had er niets mee te maken, Klaas-de-Gek is een soldaat, geen moordenaar. Klaas-de-Gek is een ss-man van de Führer!'

Alleen aan de manier waarop hij zich als een kind bij de eigen naam, de eigen spotnaam noemde, kon je al horen dat deze hulpeloze oude man stapelgek was, afgezien van de onzin die hij als over een ander uitkraamde.

'Koen Bracke...' zei ik. 'Wat is er met Koen Bracke gebeurd?'

'Een verrader,' grijnsde hij misprijzend. 'Koen Bracke is een verrader!'

Zijn verontwaardiging was niet die van een grijsaard die terugblikt op een ver verleden. Het was de ergernis van iemand voor wie de tijd had stilgestaan en alles pas gisteren was gebeurd – vermoedelijk dagelijks gebeurde.

'Waarom noem je Koen Bracke een verrader?' insisteerde ik. 'Was jijzelf zoveel beter, ss-man Klaas?'

'Dat begrijp je toch?' antwoordde hij en ik zag letterlijk zijn paranoia weer de kop opsteken. 'Ik ben de Führer trouw gebleven. Toen de Engelsen er aankwamen... De Duitsers hadden zich al teruggetrokken... Zat Klaas-de-Gek als een echt soldaat van de Nieuwe Orde met een Panzerfaust op hen te wachten...!'

'En Koen Bracke?' drong ik aan. 'Vertel mij over Koen Bracke!'

Eensklaps reageerde hij met een zo diepe verachting, dat ik vreesde, in strijd met zijn overdreven correct soldaatjesspel van zoëven, hem met onuitsprekelijke weerzin op de vloer te zien spuwen.

'Díe... Toen werd gezegd...' Hij schraapte plechtig zijn keel. 'Toen werd gezegd dat Vlaanderens erfvijand dichtbij was, ist der Schweinhund laufen gegangen...!'

'Heb je daarna niet meer van hem gehoord?'

Ik had de indruk dat hij stond na te denken, hoewel het een uiting kon wezen van de sluwheid die men geestelijk gestoorden weleens toeschrijft. Eerder dan een haperend geheugen dat eensklaps op gang zou komen, leek het ernaar dat hij na enig beraad een beslissing had genomen.

'Later... Ja, later... Veel later in het gevangenkamp... Kameraden die beweerden dat hij naar Ierland was gevlucht... Er kwamen naamloze prentkaarten van hem, maar ik ken zijn handschrift...'

Zonder dat het mij opviel, was Roel zich bij ons komen voegen. Mogelijk rook zijn journalistenneus een tot dusver verwaarloosde mogelijkheid.

'Ierland...?' opperde hij. 'Klinkt lang niet gek... Velen van dat soort hebben daar een toevlucht gezocht, meer dan in Argentinië.' Ik was hem dankbaar dat hij het uitputtende gesprek van me overnam. 'Luister eens, Klaas-de-Gek, heb je écht niets meer van hem vernomen? Achtung! Niet liegen, hoor...!'

De geesteszieke haalde stuurs de schouders op.

'Nee... Geen mens heeft nog van hem gehoord. Hij was een Verräter. Wij hebben hem veroordeeld und erschossen, pangpang! Niemand wil over die lafaard, die verrader van de Führer praten!'

Hem te vragen wie hij met 'wij' bedoelde leek geen zin te hebben. Het waren schimmen die tot een door hem met het heden verward verleden behoorden.

Ook pastoor Van Hemeldonck was inmiddels bij ons gekomen.

'Het is goed, Klaas,' zei hij. 'Ga nu maar, anders wordt men ongerust in het tehuis. Tenzij meneer Deswaen je nog wat wil vragen?'

'Nee,' mompelde ik, 'waar dient het toe...?'

De zinneloze ss-er strompelde schichtig naar buiten. Voor het eerst trof het mij dat hij zielig met het rechterbeen sleepte. Van zijn krijgshaftigheid was geen spoor overgebleven. Ik voelde – hoe was het mogelijk? – medelijden met hem.

'Voor alleman een Duvel!' hoorde ik de kastelein opgelucht roepen. 'Op kosten van het huis, wij zullen op de herinnering aan Peter van Keulen drinken. En verdraaid geen "Heil Hitler" meer onder mijn dak!'

Wij namen weer plaats, maar bedankten voor de aangeboden consumptie, het zwaarste mij bekende bier, inderdaad een duivel in zijn soort.

De geestelijke vertrouwde ons toe dat hij, als abonné op *Het Avondnieuws*, algauw had begrepen wat er aan de hand was, op een paar kleinigheden na. Kristien informeerde gevat of de krankzinnige hem het verhaal al eerder had gedaan – mogelijk met meer details erbij?

'Dát verhaal niet,' zei Van Hemeldonck. 'Reken erop dat ik jullie niets zou verzwijgen... Toen Klaas Verschueren – dat is zijn volledige naam – na zijn proces werd opgesloten, begon hij voor het eerst tekenen van ontsporing te vertonen... Gedurende lange periodes leefde hij volkomen in het verleden, ook nú merk je het soms. Blijkbaar was zijn waanzin aan ondraaglijke schuldgevoelens te wijten. Ruim twintig jaar verbleef hij in een zenuwlijdersgesticht voor hopeloze gevallen. Toch kwam hij mettertijd tot rust. Men verklaarde hem hals over kop genezen – een voorbarige diagnose, uiteraard... Gelukkig had hij een oudere zuster. Deze dame verzocht hem in huis te mogen nemen. De vrouw overleed voortijdig en plots stond hij alleen. Als geestelijke beschouwde ik het als mijn plicht ervoor te zorgen dat hij in het plaatselijke rusthuis werd opgenomen, tegelijk hospitaal en verblijf voor ouden van dagen. Ofschoon ze in zulke gevallen niet zijn gespecialiseerd, wist ik dat de nonnetjes hem kranig zouden opvangen... Nog maar zelden gaat hij raar doen, gevolgen heeft het nooit. Hij is dol op kinderen, de sukkelaar, hoewel de ouders ze meestal uit de buurt houden, hoe zou je zelf zijn? Bij mijn weten heeft hij nooit een vlieg kwaad gedaan, ik wil zeggen: na de gevangenis en het zenuwlijdersgesticht. Nou ja, jullie begrijpen wat ik bedoel. Hij heeft zijn straf ondergaan, het boek van zijn oorlogsverleden laat ik gesloten... Wel heb ik moeite met de gedachte dat een mens die in zijn jeugd dweperige verzen schreef, ooit een echte misdadiger zou kunnen worden...'

'Nee toch, verzen? Hoor je het, Paul?' informeerde de uitgever alert. 'Bent u er zeker van, meneer pastoor?'

'Laat maar, Jo...' kwam ik tussenbeide. 'Je kunt niet alles vergen van het toeval...'

Wat was ik voor een zwakkeling, vroeg ik mij af. Terwijl mijn vader als een beest werd afgemaakt, zat die man aan het stuur van de overvalwagen. Maar ik voel geen woede, geen haat, alleen een eindeloze triestheid... Hoe zou ik reageren als ik oog in oog met de wáre moordenaar stond?

Tweede Boek

EMILY

DERTIENDE HOOFDSTUK

Emily, at last. Een literatuurkenner. Wandelen door de oude stad. Caféleven anno 1900. Onsterfelijkheid van een volksschrijver. Mogelijkheden van het poppenspel. Een handje van Marnix van Sint-Aldegonde. Onder het oog van de Moedergodin.

Eenmaal in de stad aangekomen liep ik door de verkeersdrukte van het spitsuur enige vertraging op, hoewel het pas kwart voor zes was toen ik het 'Theaterhotel' bereikte.

Reeds dagenlang was ik er zo voortdurend mee bezig mij de ontmoeting voor te stellen, dat het mij verbaasde aan de receiving desk geen bediende, maar een poppetje van een hostess in een geraffineerd uniformtailleurtje aan te treffen. Ook als kind had ik al de gewoonte een of ander prettig vooruitzicht (ondanks mama's bestendige bedruktheid ontbraken deze niet geheel) dagenlang zo innig te koesteren, dat het ten slotte tot zoveel als een geritualiseerd verwachtingspatroon leidde. Onvermijdelijk was het iets mooier dan naderhand de werkelijkheid bleek uit te vallen, ofschoon ik kennelijk spoedig heb geleerd mij door enige ingebouwde speelruimte voor ontgoochelingen te vrijwaren. In dit geval maakte een juffrouw met als Chinees lakwerk rood aangezette lippen, in plaats van de bedaagde heer die mijn verbeelding er van tevoren had ontwaard, inderdaad niets uit. Integendeel, zou ik zeggen, mijn imaginaire regie werd er fleuriger door.

'Vermoedelijk bent u meneer Deswaen?' vroeg het mooie kind gedienstig.

De haar opgelegde koele efficiëntie kon niet verhinderen dat ik zag hoe zij, blijkbaar zonder het zelf te weten, belangstellend haar netjes gelijk geëpileerde wenkbrauwen fronste en haar scharlaken mondje tuitte.

Ik knikte bevestigend. Op haar telefoontoestel draaide zij de drie cijfers van een kamernummer. Ik vond het bijzonder attent dat Emily haar vooraf had gewaarschuwd.

'Mevrouw komt dadelijk. Zij vraagt of u in de lounge wilt wachten.'
'Mooi', zei ik, 'dank u wel.'

Vooraf had ik aan de bar gedacht, maar ook dat stoorde niet. De sfeer zélf was zoals ik mij haar dagenlang had ingebeeld. Bij de met waardigheid verschijnende kelner bestelde ik een filterkoffie. Vlak voor mij hing een juweel van een antieke Friese klok aan de wand, niet alleen bedoeld als een reeds eeuwen stilstaand pronkstuk maar, in overeenstemming met mijn armbandhorloge, mathematisch exact het uur aanwijzend.

Het was vijf voor zessen. Prettig gestemd overlegde ik dat zij met speelse nauwgezetheid nog vijf minuten zou wachten om dan stipt op het afgesproken moment te verschijnen. Het kon ook zijn dat ze na de behoorlijk lange rit vanuit Leiden nog gauw een bad had willen nemen en nu de laatste hand aan haar toilet legde. Langer wachten dan ik het mij had voorgesteld hinderde niet. Ik vond het een verrukkelijke gedachte dat zij ermee bezig was zich op onze ontmoeting voor te bereiden, alle lieve kleine foefjes inbegrepen die er in zulke omstandigheden bij vrouwen aan te pas komen. Dagenlang had ik mij geestelijk op haar komst voorbereid, maar ineens was er een menigte dingen waaraan ik niet had gedacht, onzekerheden die tot dusver geen rol voor me hadden gespeeld en mij voorlopig niet noemenswaardig verontrustten.

Het was trouwens te laat om mij erin te verdiepen.

Na een licht voorafgaand gekreun, of ze eerst plechtig haar keel schraapte, begon de klok nobel en muzikaal het uur te slaan.

Terwijl ik – je vraagt je af waarom – mee zat te tellen, zag ik door de openstaande, op de entree uitkomende deur Emily met de waardigheid van een jonge koningin de vanhieruit waarneembare wenteltrap af komen, zwevend op haar breed uitwaaierende zomerjapon.

Met kloppend hart ging ik haar enkele stappen tegemoet waarna ik, of ik geen raad met mezelf wist, schroomvallig aarzelde.

Ook zij bleef staan. Toen lachte zij, haar gave witte tanden zichtbaar, kwam uitbundig naar me toe lopen, liet mij nauwelijks tijd om de armen te openen om haar op te vangen en zoende mij zonder zweem van Britse gereserveerdheid op beide wangen. Het receptiemeisje stond er onbewogen en met professionele objectiviteit bij – 't zou haar een zorg wezen!

'Wat heerlijk elkaar weer te zien, Paul,' stamelde zij, terwijl zij zich na haar verrassend emotionele omhelzing opnieuw, hoewel discreter tegen me aan drukte.

'Ik ben net zo blij als jij, Emily,' antwoordde ik, 'dagenlang kijk ik al naar dit ogenblik uit, geloof me!'

'Natuurlijk geloof ik je, Paul Deswaen,' voegde zij er lief koketterend mijn naam, voor haar vooral mijn schrijversnaam, aan toe. 'Nog nooit heeft een week zo lang geduurd, I assure you. Neem me niet kwalijk, ik moet ophouden met dat Engels van me, het er voortdurend tussen gooien wordt een kwalijke gewoonte...! Ik weet niet wat je van zins bent, Paul, maar wat mij betreft, een uur geleden ben ik als... als de gesmeerde bliksem – juist? – met mijn Morrisje Antwerpen komen binnenstuiven. Douchen na de hitte op de motorroad, op de autoweg bedoel ik, lukte nog op het nippertje, maar een kop van die verkwikkende Vlaamse koffie kon niet meer. Vind je het goed dat we vooraf gauw een...?'

Typisch vrouwelijk erop los kletsen leek mij niets voor haar. Het was duidelijk dat haar dartel gepraat hoofdzakelijk diende om, zonder dat ze mij die inmiddels echt had verborgen, de onmiskenbare emotie eronder te houden. Mij maakt ontroering meestal zwijgzaam, maar niettemin scheen haar opgetogenheid aanstekelijk voor me.

'Koffie? No problem!' lachte ik. 'De mijne staat er trouwens onaangeroerd bij, hij is zeker nog heet! Ober...?'

Wij namen plaats in de diepe zetels van de lounge, waar een paar hotelgasten aan hun aperitiefglas slurpten of in een buitenlandse krant zaten verdiept. Hier en daar keek een heer haar met distante bewondering aan.

Voor mezelf registreerde ik het als een persoonlijke hommage.

Zij zat ontspannen voor me, de wijde rok van haar iele witte jurk ruim om haar fraaie, door de zon gebruinde benen gespreid. Het verbaasde mij niet dat ze voor dat dichte, prachtige en kennelijk natuurlijk blonde haar om het even wat kon bedenken. Deze keer had ze het tot een kunstig opgebonden halsvlecht geknoopt die haar niet ouder maakte – mogelijk vrouwelijker dan op de avond dat ik haar voor een Hollandse had gehouden. Doordat zij nu eenmaal een Engelse was, ging ik bepaalde nuances zien. In de wagen op weg naar mijn afspraak met Anton Huydevetters, dromend over haar, had ik mij niet eens noemenswaardig vergist. Zij had net zo goed een Vlaamse kunnen zijn, weliswaar met dat vleugje Française-achtigs dat je (door bepaalde historische achtergronden allicht?) bij ons wel meer aantreft bij opvallend mooie vrouwen.

Mij om het even. Zij was een Engelse, inderdaad vervoerend mooi, met een perfect, lief gezicht, waarin Vermeerblauwe ogen me aankeken. Behoudens de potentiële aanwezigheid van een op de geschikte sfeer wachtende paarse ondertoon, wees niets op enige aanloop tot andere nuances. Door het zuiverst wit omgeven herinnerden ze aan Delfts porselein. *Les plus beaux yeux du monde*, memoreerde ik de titel van een Frans toneelstuk van eertijds.

'Ook voor mij heeft de week lang geduurd,' hernam ik. 'Bij wijze van spreken mag ik zeggen dat het de langste uit mijn leven is geweest. Ik heb allerhande dingen gedaan om de tijd te korten en telkens als ik uitging, was ik bang dat ik je telefoontje, eventueel een vroeger telefoontje, zou missen!'

'Vreemd...' glimlachte zij. 'Dat heb je inderdaad gemist. Pas aangekomen in Amsterdam heb ik je warempel gebeld... Een gekke inval van me!'

'En je kreeg geen gehoor... Wat jammer!'

'Jammer, vond ik ook, maar vooral dom van me!'

'Dom, waarom?'

Het leek me niet prettig dat zij haar vriendelijk gebaar minimaliseerde en ik was blij om haar dadelijk volgende correctie.

'Niet dom je op te bellen,' verbeterde zij, 'Gewoon dom je niet vooraf gevraagd te hebben of het vroeger kon, of je bereikbaar was en zo.'

'We hebben even pech gehad,' zei ik, 'ik heb toevallig meer vriendschappelijke en zakelijke afspraken gemaakt dan gewoonlijk; niettemin kans genoeg om me thuis te treffen... Nou, hier bén je, Emily!'

'Hier bén ik, inderdaad... Lekker, die koffie, vooral na een poos in Holland, over de Engelse wil ik zelfs niet praten!'

Geen moment hechtte ik er geloof aan dat de kwalitatieve rangorde van het koffie zetten in Brittannië en de Lage Landen haar bezighield. Ons gesprek was, vooral op het ogenblik van onze ontmoeting en onze onvoorziene omhelzing, op een spontane manier emotioneel geladen geweest. Koesterde zij de bedoeling voorzichtig alles terug te schroeven, of zat ik mij gewoon onzin voor te stellen, benauwd voor een ontgoocheling?

'Hoe dan ook,' zei ik, 'we zijn het erover eens dat het een lange week is geweest.'

'Awfully long,' gaf ze toe, 'excuseer, daar heb je het weer, aarzel niet, Paul, om mij erop te wijzen, ik vind dat mengelmoes heus niet mooi!'

'Voor mij geeft het niks, mij lijkt het best leuk, vooral wanneer je er zulke vriendelijke dingen mee bedoelt!'

Zij kon niets zeggen doordat ze net van haar koffie dronk. Haar ogen reageerden echter glimlachend. Niet minder aanvallig was de indruk dat zij antwoordde met gans de aura die haar omringde, een aangrijpende en, ik wist niet waarom, mij muzikaal voorkomende aura, Vivaldi door haar extraverte levendigheid, Debussy door een diepere, misschien alleen in mijn nog tastende verbeelding bestaande melancholie. Overigens, melancholie waarom? Wij waren jonge mensen die het blijkbaar goed met elkaar konden vinden, dat gebeurt immers meer...?

'Mooi,' zei, ze, 'niettemin beloof ik beterschap, het geeft geen pas een taal te mishandelen waarop ik jaren heb gestudeerd.'

'En die je spreekt als een engel...' antwoordde ik. 'Nu moeten we even praktisch zijn. Ik weet niet hoe de Anglicaanse kerk erover denkt...'

'Vraag mij niet wat de Anglicaanse kerk over om het even wat denkt,' schertste zij, 'kan het jou wat schelen?'

'Niet zo veel... Bij ons zijn de theologen het erover eens dat engelen rijstepap eten. Ooit eerder gehoord?'

'Ik bestudeer toch jullie zeden en gebruiken? Met gouden lepeltjes!

Het staat zwart op wit bij Timmermans.'
'Juist. Aan zulke dingen merk je hoe belangrijk de literatuurgeschiedenis is. Ik ben er zeker van dat je niet hebt gedineerd, ik trouwens evenmin. Laten we dát alvast gaan doen, ja?'
'Graag, maar niet zonder een wandeling, als het kan. Geloof me of geloof me niet (believe me or not, vertaalde ik op mijn beurt geamuseerd), ik voel me doodgelukkig weer in Antwerpen te zijn!'
'Daar ben ik blij om. Je wandeling zal je hebben. Vanzelfsprekend lopen we de richting van de oude stad uit, dat is pas écht Antwerpen.'
'Als in de boeken van je collega Hubert Lampo,' repliceerde ze deskundig.
'Precies,' zei ik, 'heb je ze gelezen?'
'Ik heb álles gelezen,' lachte ze met opzettelijke overdrijving, maar ik vermoedde dat ze dichter bij de waarheid bleef dan ze wilde laten blijken. 'Ook de jouwe, hoor, Paul Deswaen, wat dacht je? Ik kom nooit onbeslagen ten ijs. Een gezellige ouderwetse zegswijze, ik heb die in Leiden opgepikt. Zo de sfeer van een Hollands wintergezicht van eertijds...'
'Het doet me plezier dat je meer van de literatuur afweet dan de burgemeester van deze stad!' grinnikte ik vrij sibillijns.
'Wat bedoel je, wat is er met je burgemeester?'
'Een anekdote, je liet me eraan denken door Lampo te noemen, vanmorgen heb ik hem ontmoet bij een begrafenis... Je weet dat hij duizenden, kom, toch honderden pagina's over Antwerpen heeft geschreven?'
'Ja hoor! Vertel me gauw die anekdote!'
'Nou, een gewoon grapje, maar wel écht... Niet direct om het uit te gieren, hoewel er in de stad nogal om gelachen is... Op zekere dag had hij de burgemeester om een onderhoud gevraagd. Doordat deze graag voor een doorgewinterd Proust-kenner wordt gehouden – mogelijk, ik heb het niet gecontroleerd – kwam hun gesprek bij de literatuur terecht. Dat is in feite alleraardigst in het bureau van een man die andere zaken aan het hoofd heeft. Lampo is iemand die zich op zoiets kan verheugen, te meer daar hij *A la recherche du temps perdu* ongeveer vanbuiten kende in de tijd dat zijne achtbaarheid nog in de zandbak van het kleuterklasje stoeide... Aanvankelijk kwam het geen moment bij hem op dat de snaak aan de overkant van de schrijftafel doodgewoon aan geldingsdrang zat te tillen, te meer daar hij zichzelf een secundair functionerende natuur noemt, al even erg als ik...'
'Goed dat je het mij zegt, Paul,' schertste Emily, 'zo kan ik er rekening mee houden. Neem me niet kwalijk, het verhaal over je burgemeester!'
'Je begrijpt dat een schrijver een dergelijk gesprek waardeert en

zich voorneemt zijn oordeel over het analfabetisme van de politici te herzien. Zijn euforie was van korte duur. Het leek hem een koude stortbui uit een madeliefjesblauwe hemel toen de ander op deskundige toon liet vallen dat hij, burgemeester van deze stad, het zo hartstikke jammer vond dat ene Lampo nooit over Antwerpen heeft geschreven...'

'Lief van je, Paul!' opperde zij speels.

'Wat is er lief van me?' vroeg ik verrast.

'Dat je knettergekke verhalen verzint om me te amuseren!'

'Nee hoor, ik heb het rechtstreeks uit betrouwbare bron, namelijk van Lampo zélf, die er niet-begrijpend bij zat, of hij het in Keulen hoorde donderen. Hij is vijfentwintig jaar ouder dan ik en zal wel stilaan gewapend zijn tegen de stommiteiten die sommigen over zijn werk spuien, maar ditmaal werd er beslist met zware artillerie gevuurd. Ik denk aan romans van hem die honderden toeristen hiernaar toe lokken, op zijn minst twee zijn integraal in Antwerpen verfilmd, waarbij eenmaal op het stadhuis zélf werd gedraaid. Zoals ik hem ken en wegens die secundair functionerende natuur maakte hij zich overigens niet boos, dat strookt niet met zijn karakter en met die rare, naar binnen gekeerde zin voor humor van hem. Uit verwondering vertelde hij het aan een collega, zo'n type, weet je wel, bij wie een hint volstaat opdat dadelijk de ganse stad het zou weten. Die briefde het prompt over aan een journalist en kort nadien prijkte het in de krant. Lampo zelf vond dat hoegenaamd niet leuk; ook voor domkoppen is hij tolerant en het sop was de kool niet waard, dacht hij.'

'Nou, die snuiter had het vast verdiend!' oordeelde mijn gezellin.

'Natuurlijk... Aangezien je zijn werk kent, weet je dat hij er weleens ingewikkelde gedachtenkronkels op na houdt. Ik vind het een tikje naïef voor een zestigjarige die zulke boeken heeft geschreven als hij, maar de dikhuidigheid van zulke lui onderschattend stelde hij zich voor dat de onwijze burgemeester zelf met de stomme lapsus verveeld zou zitten. Nou, daar denk ik het mijne van... Hubert vond hem nu eenmaal geen onaardige vent en wilde er iets aan doen, – een beetje gek, net als wij allen! Hij was bezig met een roman waarin de hoofdpersoon zit te dromen hoe het zou zijn als hij ooit trouwt met de vrouw die hij liefheeft. Als een exact hierbij passend grapje bedenkt hij een huwelijksplechtigheid op het stadhuis, door onze burgervader voltrokken, zinspelend op diens voorliefde om er als een Engelse lord uit te zien, waarvoor hij inderdaad erg zijn best doet. Kortom, een glimlachend knipoogje zonder kwaaie bedoeling...'

'Meer niet?'

'Nauwelijks... Man, waarom deed je zo mal, beduidde het.'

'Voor mijn part een veel te hoffelijk knipoogje, die snoeshaan had erger verdiend, Paul.'

'Nou ja... Vast niet schimpend bedoeld voegde hij er wel een alternatief aan toe. Een Engelse lord of een abonné op *Country Life Magazine*...'

'Daar kun je veel kanten mee uit, maar boosaardig...?'

'Meer dan een schalks seintje bedoelde hij er niet mee... Toen het werk verscheen, stuurde hij onze Proust-specialist een exemplaar. Wat elk welopgevoed mens een vriendelijk, in dit geval geruststellend, eventueel verzoenend gebaar zou vinden, een burgemeester is ook maar een mannetje...'

'Werd de geste geapprecieerd?'

'Nou! Onze literatuurkenner liet door een dactylo een nietszeggend kattebelletje tikken, nauwelijks een bewijs van ontvangst. Zijne Doorluchtigheid zelf getrooste zich kennelijk niet de moeite om het boek te lezen, vermoedelijk was hij ergens du côté de chez Swann een duivenmelker aan het huldigen. Een man met humor zou het grapje op een spirituele manier hebben geretourneerd; onder zijn voorgangers waren er die hier in uitmuntten, sommige uitspraken van hen werden zelfs mondgemeen. De tijd van de politici met zin voor humor is echter onherroepelijk voorbij, tegenwoordig laboreren dergelijke schoorsteengarnituren vooral aan zelfoverschatting en lange tenen...'

'Zeg, Paul, nu ik erover nadenk... Ik heb dat boek gelezen, hoor! *Zeg maar Judith* heet het.'

'Precies. Een passage ervan speelt zich in "De blauwe Ganze" af, waar wij elkaar vorige week hebben ontmoet.'

'Zie je wel...! Daarom deed plots het uithangbord mij aan iets denken en liep ik er binnen!'

'Wat nogmaals aantoont, Emily, hoe ontzettend belangrijk de literatuur is!'

'Nou!' lachte zij en schoof kameraadschappelijk haar arm onder de mijne. 'Vind je het niet vervelend?', vroeg zij met dartel voorgewende schroom. 'Ik heb er niet aan gedacht dat ik beter die hoge hakken in mijn koffer had kunnen laten.'

'Ik vind het verschrikkelijk,' antwoordde ik, 'maar inderdaad, die hoge hakken. Hoewel ze je best aardig staan... Ik heb ontzettend lopen kletsen, neem me niet kwalijk... Ik weet niet in hoeverre je de stad kent. Heb je een speciale voorkeur?'

'Geen enkele... Ik neem me voor je gedwee te volgen!'

'Ben je nog met Walter Scott en Conscience bezig?'

'Ik heb zonet besloten dat ik er, althans voorlopig, mee klaar ben. Ergens moet je de grens trekken waarbinnen een bewijsvoering mogelijk is, anders wordt de zaak oeverloos, dat begrijp je. Maar tot het laatst blijft de deur op een kier, je weet nooit hoe een detail spontaan op je toe komt.'

'Nieuwe informatie mag je niet van me verwachten, hoewel ik gek

ben op de negentiende eeuw. Ik denk als jij aan de sfeer. Laatstmaal zei je dat je ook dáár rekening mee houdt. Daarom wil ik je iets tonen, mogelijk is het nieuw voor je, ik bedoel...'
'Nee, niet zeggen, Paul,' haastte zij zich, 'laat het een verrassing wezen!'
Wij wandelden de richting uit van de oude Sint-Andriesbuurt. Ongelooflijk dat Emily, in een licht aroma van dure toiletzeep gehuld, naast me liep!
Hoe lang was het geleden dat een mooie vrouw naast me had gelopen?
Het had geen belang. Achter een mist van ontgoochelingen, pijn, verdrietigheden, soms weemoedige verzaking omdat het leven het van tevoren ánders had geregeld of soms onbenullige, soms onoverkomelijke bezwaren in de weg stonden, zou het verleden het verleden blijven. Wegens de onvoorziene terugkeer van mijn vader, zoals ik het mettertijd was gaan noemen, had ik er nog ternauwernood aan gedacht. De schimmen van vrouwen die ik had liefgehad en verloren, waren voorgoed verbleekt. Waar zij in mijn boeken verder leefden, berokkenden ze mij geen pijn meer, afgezien van enige melancholie, als na een droom die je vergeet naarmate langzaam aan de dag vordert. Het verleden heb ik voorgoed afgezworen, dacht ik. En wat brengt de toekomst...?
Wij hadden het op dit uur aanhoudende spitsverkeer achter ons gelaten en liepen door oude, vervallen straten. Het kwam voor dat de stoep zo smal, door verwaarlozing zo hobbelig was, dat ik ernaast diende te lopen en veiligheidshalve haar frisse hand vasthield. Niettemin had ik de indruk dat wij het gevaar van die hoge hakken, de kans op een verzwikte enkel of zo schromelijk overdreven, er met opzet een spelletje van maakten en het elkaar met goed humeur lieten blijken.
'Nee,' zei Emily, 'Hier ben ik vroeger nooit geweest, ik zou het weten...'
'Erg mooi is het niet, dat geef ik toe, maar sfeer genoeg!'
Mooi was het waarachtig niet. Zelfs de bekoorlijkheid van de achterbuurt die vrijmoedig haar misère erkent, haar met wriemelend leven en bonte schilderachtigheid opvult, ontbrak volkomen. Als zich op een plek eensklaps het perspectief verruimde, keek je op zoveel als een ruïnenveld uit. Bezwaarlijk kon ik van Emily verlangen dat zij er geestdrift voor opbracht. Voor mijzelf was de aanblik niet overal van poëzie verstoken. De ene keer kon ik, vertrouwd met het karakter van de stad, de tijd moeiteloos manipuleren en zodoende de van drukte wemelende volkswijk uit Pieter-Frans' tijd, zelfs de buurt van ambachtslui en kleinere kooplui uit de rijkere dagen van de renaissance oproepen. Andermaal zag ik het tot het uiterste vervallen verleden als een tafereel van een somberder, aan levensmoeheid lijdende Paul Del-

vaux, wat mij voor een Engelse een veel te ingewikkeld gedachtenspinsel leek, waarom ik erover zweeg.

'Soms denk ik aan *Der Golem*,' zei ik, 'het Praagse getto van Meyrink naar Antwerpen verplaatst, hoewel onze joodse bevolking elders huist of gewoon over de stad is verspreid. Ik zou best een aangepast scenario kunnen schrijven om die roman hier te verfilmen, op voorwaarde dat de regisseur allerhande knepen verzint om het grijze, het grauwe, de vale steenmassa met felle oosterse kleuren te doorschieten.'

'Ook zo vind ik het mooi, Paul, ik durf het te zeggen omdat de huizen leeg staan, schilderachtigheid van de armoede komt er niet aan te pas. Nu stilaan het licht alles geel en oranje maakt...'

Wij staken haastig de Nationalestraat over, één lang, laat-negentiende-eeuws chirurgisch litteken dat een middeleeuwse wereld ongenadig in tweeën snijdt. Na de sloppen, stegen en doorgangen, organisch gegroeid en grillig kronkelend, bood zij door haar rechtlijnigheid, haar schreeuwerige banaliteit en onwelriekend verkeer een anachronistische aanblik. Eenmaal aan de overkant kwamen wij weer terecht in de archaïsche wildgroei van zoëven, hoewel duidelijk romantischer, met aanzienlijk wat historisch gerestaureerde plekken, nieuw gebouwde of met zand schoongespoten renaissancegevels met klimplanten erlangs.

'Kijk!' zei ik en wees haar de onlangs opgefriste Sint-Andrieskerk, een stralend blond barokjuweel, deels oud zilver, deels amber in de zinkende zon, geprofileerd op een oceaanblauwe hemel.

Ik werd getroffen door de manier waarop de jonge vrouw het waardige bedehuis in ogenschouw nam – mijn plechtige omschrijving van de aandacht voor wie door haar opleiding onmogelijk van cultuurhistorische belangstelling verstoken kon zijn.

Voor mijn gevoel was het veel méér dan aandacht, méér dan academische interesse: terzelfder tijd aandacht, belangstelling en vooral emotie. Een emotie als van herkenning na lange afwezigheid, dacht ik – natuurlijk gewoon een literaire inval van me, doch haar duidelijke sensibiliteit liet niet na mij met een ietwat verwarrende vreugde te vervullen.

'Mag ik raden?' vroeg zij. 'Als dit bijgeval de Sint-Andrieskerk zou zijn, dan staan we midden in de buurt waar Conscience werd geboren. Ik kom er voor het eerst. Verdenk me niet van nonchalance. Het stond op mijn programma voor de volgende dagen. Heb ik het mis, Paul?'

'Juist geraden,' antwoordde ik. 'Of het voor je werk belangrijk is, weet ik niet... Maar nee, wat ik zeg is niet consequent... Jaren geleden ben ik zelf helemaal naar het hartje van Frankrijk gereden om er Alain-Fourniers geboortehuis te zien en het schooltje uit *Le Grand Meaulnes* te bezoeken. Ik weet niet of het je als germaniste veel zegt...?'

'Jawel! Vorige winter heb ik de Engelse vertaling gelezen. Wonderful.'

'Hé,' zei ik verrast, 'en ík heb een studie over hem geschreven, vrij ongewoon voor een Vlaming, een van mijn eerste boeken...'

'Weet ik,' zei Emily, 'ik ben ermee bezig. Wat dacht je?'

'Ik geloof dat ik het begrijp. In zijn correspondentie verwijst hij herhaaldelijk naar allerhande Engelse auteurs: Thomas Hardy, Wells, vooral Wells... Nou, je gaat niet over ijs van één nacht!'

'En goed beslagen ook!' lachte zij. 'Dat heb ik je daarnet gezegd.'

'Vermoedelijk kom ik zo met een omweg in jouw scriptie terecht?'

'Zo, en op een boel andere manieren, je kijkt er nog van op, meneer Deswaen, en heus niet met omwegen... Waar is nu de geboorteplek van Conscience?'

Ik vond het sneu dat het huis zélf er niet meer stond en vestigde haar aandacht op de herdenkingssteen in een van de karakterloze gevels.

'Ditmaal moet ik een beroep op je verbeelding doen, Emily. Je mag je niet laten misleiden door gerestaureerde woningen met bruidssluier, clematis of klimop... Zo'n aanblik als dat bakstenen steegje van Vermeer is bijzonder charmerend, best mogelijk dat het er oorspronkelijk allemaal zo heeft uitgezien...'

'Je bedoelt dat het hier in Consciences tijd niet meer zo was?'

'Vast niet... Iets van de sfeer is er misschien overgebleven, vooral op een zomeravond als deze... Ik geloof dat je beter aan de desolate achterbuurten in Dickens' meest trieste romans kan denken, hoewel je er de gruwelijkste, typisch industriële misère af moet trekken. Of zie ik het te rooskleurig...? Je merkt het, op dit uur zit alleman naar de televisie te kijken. Je moet deze lege straten vullen met mannen en vrouwen op de stoepen, met spelende kinderen, véél spelende kinderen, in plaats van geraniums drogend wasgoed op de vensterbanken, vermoedelijk hier en daar een zwijmelende pimpelaar, schamele, lawaaierige jeneverkroegen, armoedige, rommelige zaakjes waar de hele straat in het krijt staat, mogelijk een pandjeshuis, ambachtslui die met open deur aan het werk zijn... Nee, je kan de gedachte aan Dickens niet volledig het zwijgen opleggen... Of Conscience hem had gelezen weet jij stellig beter dan ik...'

Verder slenterend kwamen wij op de kade, waar wij onder de gotische poort van het Steen door liepen. Op het Noorderterras stond Emily verrukt te kijken naar een smetteloos witte cargo die blijkbaar net de trossen had losgegooid en, door twee noeste slepers getrokken, na een poos statig achter de bocht van de rivier in de richting van de zee verdween.

Haar kinderlijk plezier was te opvallend om mij te ontgaan, voldoende duidelijk om mij ervan te vergewissen dat haar lieftalligheid niet zomaar een oppervlakkig trekje was. Ik doe er achteraf geen eed op dat ik mij op datzelfde ogenblik echt welbewust in dergelijke beschouwingen verdiepte, dát zou te ver gezocht zijn. Nochtans weet ik uit ervaring dat er, wanneer andere dingen rechtstreeks mijn aandacht in beslag nemen, soms eensklaps een soort van automatische piloot de controle over meer subtiele achtergrondverschijnselen van het alledaagse bewuste overneemt.

Zonder dat het zich echt tot een samenhangend besef ontwikkelde, was het diep in mij als een zekerheid, als een zuiver, ánder geluksgevoel aanwezig.

Op zichzelf is de lieftalligheid van een vrouw die zich prettig en door geen zorgen gehinderd voelt omdat ze weet dat ze knap is en goed gekleed, een behoorlijk positief verschijnsel. De omgang met haar wordt hierdoor een niet te onderschatten ervaring. Je kunt die lieftalligheid een zeker vertrouwen toekennen als waarborg tegen nukkigheid, gekrakeel en meer zulke ongerechtigheden. Die avond begreep ik dat Emily's speelse charme aanzienlijk verder reikte. Zij was een gevolg van haar prille onbevangenheid, een emanatie van haar ingeboren vermogen om gelukkig te zijn met kleinigheden waar, wegens een schraler innerlijk, een moeizamer contact met het leven, soms de mooisten ternauwernood door opvallen.

Er ditmaal van bewust, merkte ik het nogmaals toen wij in het restaurant van het Scheldeterras plaats hadden genomen. Ik had niet aan deze gelegenheid gedacht, eerder aan de eethuisjes in de buurt van de Grote Markt of – eenvoudigheidshalve – aan 'De blauwe Ganze'. Toen viel het mij in dat een zitje bij de panoramisch op het water uitkijkende vensters voor haar allicht een gezellige belevenis was. Ergens hoorde de Schelde erbij.

'Lovely!' reageerde ze. 'Sorry, even geduld met me, Paul, nou ja, sorry is ook niet je dát... Het is hier heerlijk! Ik méén wat ik zeg, hoor!'

'Hoezo...?' vroeg ik. 'Natuurlijk meen je wat je zegt!'

'Wel, gewoon een filologische kwestie. Wij Engelsen vinden alles nice en lovely. Ik heb ondervonden dat je ook in Holland op dergelijke nietszeggende stopwoorden vastloopt. Daarom span ik mij in om jullie voorbeeld, het Vlaamse voorbeeld te volgen. Ik zég heerlijk en bedóel heerlijk. Een heerlijk interieur.'

'Ronduit gezegd, Emily heb ik er nooit veel aandacht aan geschonken... Nu jij het opmerkt... Tot dusver hield ik het voor een verouderde boel!'

'Precies, Paul, netjes maar verouderd. Dáárom! Je kunt het verleden voelen, dát wil ik zeggen. Dat kun jij toch ook?'

'Ik zal mijn best doen,' lachte ik, geamuseerd door haar enthousiasme voor zo weinig, haar rijkdom met zo'n kleinigheid. 'Aan de stijl te zien: even voor 1900; kort tevoren was de kade rechtgetrokken en een boel historisch schoon om zeep geholpen, gelukkig zou dat vandaag de dag niet meer mogelijk zijn... Het wandelpad werd voor de zondagse lediggangers gebouwd, niet voor de hoge burgerij, die elders haar vertier zocht. Dit restaurant moest vooral de welvarende middle class aantrekken...'

'Hé, Paul, nu geef je zélf het slechte voorbeeld!' plaagde zij.

'Gewoon omdat ik middenstand niet goed vind klinken, met sommige woorden heb ik dat, een hersenkronkel van me, ook met leerkracht, bij voorbeeld.'

'Nee toch? Dan zal ik moeten zorgen dat ik nooit een leerkracht word...!' antwoordde zij op een doodernstige toon.

'Voor jou, Emily, maak ik een uitzondering. Goed. De middenstand. Daar hoorden in die tijd de leerkrachten bij... Madams met grote hoeden, meneren met snorren en buikjes, een meneer zónder werd voor niet helemaal vol aangezien... Het interieur is niet veranderd, op enkele kleinigheden na, vermoed ik. In die dagen bood het een aanblik van gezapige welgedaanheid, zoals de goed geld verdienende cliëntèle het op prijs stelde... Nee, ik zit niet zomaar te kletsen, Emily...'

'Natuurlijk, je spant je in om mij een beeld van een bepaalde periode te geven, wat ik op mijn werk betrek. Het einde van jullie romantiek, later dan elders, het nog niet zo lang ontwaakt realisme...'

Het was lief dat zij het zo opvatte. In werkelijkheid had ik inderdaad zitten kletsen, ik moest haar ontzaglijk veel vertellen, over gans mijn wereld moest ik haar álles vertellen, ik wist gewoon niet waar te beginnen.

'Mooi... Denk niet dat het altijd eenvoudig lag met die rare, niet onbemiddelde Antwerpenaren, handelaars, kleine fabrikanten, diamantkooplui, renteniers, notarissen, scheepsbevrachters, ambtenaren, geslaagde kunstenaars – keurige lui maar niet de aristocratie... Het mocht er voornaam toegaan, zelfs chic – duur gaf ook niet. Maar liefst op een informele manier, beschaafde gezelligheid was het parool. Men moest er niet op aangekeken worden als men eens jolig de stem wilde verheffen. Voor een mevrouw die een lokaal biertje boven een kopje thee verkoos, hoefde niemand de neus op te halen. Een kelner die al te bekakt... Neem me niet kwalijk...!'

'Excuseer je niet, dat was een prachtig woord; ik kende het niet, maar ik begrijp het best!' lachte zij hartelijk. 'Ik vergeet het nooit meer.'

'...die te aanstellerig deed, kon na een week wel inpakken...'

'Ik heb vandaag een boel geleerd, Paul, ik maak geen grapje... Er zijn een paar boeken waarin ik die sfeer aantrof, het hoeft niet direct werk van grote auteurs te zijn... Waar het voor me op aankomt, is een aantal draadjes te leggen naar gelijkaardige, althans min of meer gelijkaardige teksten van Engelse schrijvers. Ik probeer niet alleen invloeden op te sporen. Zekere gemeenschappelijke trekken kunnen in ándere gevallen dan weer de oorzaak van een onduidelijker osmose verklaren... Jammer dat ik vandaag één zaak heb gemist...'

'Hoezo, wat bedoel je?' vroeg ik.

'In de buurt van Conscience... Ik had graag die poppenkast uit de verhalen over zijn jeugd gezien. Maar ik dacht dat die onmogelijk nog kan bestaan.'

'Nee, die is er niet meer, het spijt me. Je mag je er evenwel geen verkeerde voorstelling van vormen. Dacht je misschien aan het janklaassenspel op de Dam in Amsterdam?'

'Niet helemaal, ik heb er geen duidelijk beeld van...'

'Wat Conscience beschreef was ánders, geen verzetje voor de voorbijgangers... Pover, primitief, behoorlijk brutaal, maar ernstig bedoeld. De burgerij had de Franse opera, dít was een negatiefbeeld ervan voor het eenvoudige volk. Later deed er zich een merkwaardig verschijnsel voor. Na de dood van de schrijver waren dergelijke theatertjes niet verdwenen. Zij bleven tot de folklore behoren. En nu zou er iets vreemds gebeuren... Nee toch, dát is interessant! Ik heb er nooit op gelet en je leest er ook nergens over, althans niet in dit perspectief...'

'Wat voor een verschijnsel, Paul? Wat vind je zo vreemd?'

'Neem het niet te ernstig, Emily, als ik zeg dat we onrechtstreeks bij de invloed van Walter Scott uitkomen. Er ontstond zoiets als... Nou ja, als een zelfbevruchting die zulke schouwburgjes met de herinnering aan Conscience verbond, voor zover het al niet bij zijn leven gebeurde. Vóór alles werd hét glansstuk op het repertoire een bewerking van zijn belangrijkste boek, *De Leeuw van Vlaanderen*. Veel bleef er niet van over, wat dacht je... Niettemin was het een sublieme hommage van het simpele volk aan zijn schrijver. Nog het meest is het híeraan te danken dat men nooit zijn naam uit de geest van de kleine man heeft kunnen wegbranden. Hoevelen overkomt zoiets?'

Haar ogen glansden van plezier. Het bevrijdde mij van het gevoel dat ik pedant zat te doen, in het beste geval als een gids die een intellectuele damesvereniging iets interessants dient op te dissen en zichzelf belangrijk gaat vinden.

'Wat een pech dat we geen voorstelling kunnen zien, Paul! Je verhaal heeft me nieuwsgierig gemaakt. Bestaat er geen enkel theatertje meer?'

'Nog één. Het speelt voor verenigingen die vooraf een opvoering voor hun leden organiseren. Waardeloos evenwel... Door de poverheid en de platte of opgeschroefde volkstaal waren de oorspronkelijke voorstellingen onvermijdelijk karikaturaal. Wat tegenwoordig wordt geboden is een karikatuur van een karikatuur. Op die manier zit men er helemaal naast.'

'Dat begrijp ik, Paul, laten we het vergeten!' en ze legde, of ze mij wilde troosten, haar hand op de mijne. 'Ik ben niet veeleisend, geloof me...'

Ik weet niet of het met mijn vak verband houdt. In elk geval zit mijn geest voortdurend op het vinketouw om ingewikkelde gemoedstoestanden te analyseren, een kleine computer die onafgebroken werkt. Emily besefte intuïtief dat het mij verdriette niet aan haar losjes geuit verlangen tegemoet te kunnen komen. Vermoedelijk gaf zij mij tegelijkertijd te kennen dat het niet de moeite waard was er belang aan te hechten. Het was een kleinigheid, uiteraard niet meer dan een van de talrijke spelletjes van mijn vlinderende verbeelding.

Niettemin beschouwde ik het als een onuitgesproken blijk van de zich progressief onthullende verstandhouding tussen de verwarrendst beminnelijke jonge vrouw die ik ooit in mijn leven had ontmoet en mijzelf.

'Wil je me even excuseren, Emily? Er valt mij iets leuks in. Ik hoop maar... Misschien valt het mee...'

Zoëven had ik opgemerkt dat er zich, naar Hollands voorbeeld, achter in de gelagzaal een leestafel bevond, voorzien van dagbladen en tijdschriften. Bovenop lag de namiddageditie van *Het Avondnieuws*.

'Wat doe je, Paul?' parodieerde zij een pruilende toon. 'Ga je de krant lezen? Vind je mij zo vervelend?'

'Nee hoor...! Maar misschien hebben wij geluk, soms valt het mee. Warempel!'

'Wat is er aan de hand?' vroeg ze nieuwsgierig, op haar spontane, onbevangen manier. 'Waar heb je naar gekeken?'

'Jammer genoeg kan ik je zo'n volksdrama uit Consciences tijd niet aanbieden. Dat zou het interessantst zijn geweest...'

'Geeft niet, hoor. Ik ben geen lastig mens!'

'Er is vanavond wel iets prettigs te zien. Wil je?'

Zij knikte enthousiast, meisjesachtig en ontroerend, zij mijn lievelingsnichtje, ik haar suikeroom.

Meer dan zeven, acht jaar jonger dan ik kon ze niet zijn.

Vooralsnog kwam ik – gelukkig – als bedaagde suikeroom niet in aanmerking. Het moest mij er niet van weerhouden tevreden te zijn over mijn plotse inval. Tijdens onze wandeling had ik mij lopen afvragen aan wat voor zinnigs wij de avond, deze unieke avond konden besteden.

De meeste kleine theatertjes hadden hun deuren gesloten. In de Opera liep een Wiener operette. Een nog proleteriger oplossing vond ik de bioscoop. Van de mondaine vermakelijkheden in de stad wist ik niets af, voor mij waren dat verre, vrij louche attracties op een onbekende planeet. Nooit hadden ze mij geïnteresseerd. Stel je voor dat we in een stripteasetent terechtkwamen? Nog wat door de oude straten zwerven was bij dit luwe zomerweer niet te versmaden, maar hoeveel kilometers hadden wij er al niet op zitten? De stad verkennen hoort overdag te gebeuren. Natuurlijk kon zo'n wandeling eindigen in een van de min of meer artistieke cafeetjes in de buurt van de Grote Markt. Ik had mij voorgenomen de avond met haar in 'De blauwe Ganze' te besluiten, dat hoorde er wel bij. Rustig ergens een kop koffie gebruiken of – allicht tot haar verbazing – een van die enorme veelkleurige ijstoestanden van bij ons laten aanrukken kon aardig zijn, maar daar vul je geen uren mee. Het idee wat er daarna moest gebeuren bleef moeilijk voor me. Ik kon niet verlangen dat zij het zou appreciëren elkaar, zelfs met een tweede of derde kopje, te zitten aankijken of met mijn schoolvossenverhalen genoegen te nemen. Het stadium van de geliefden leek nog een behoorlijk eind vóór ons te liggen.

Kortom, ik was gelukkig met mijn onvoorziene, geïnspireerde inval.

Nadat ik had afgerekend (zij protesteerde en wilde haar deel betalen) loodste ik haar naar het Sint-Nicolaasplein met zijn aanblik van een laat-middeleeuws begijnhof in miniatuur.

Het donker begon reeds in te vallen. Wij liepen door de tunnelachtige toegangspoort. De stad was er niet meer. Een honderden jaren oud verleden wachtte op ons. Improviseerde Ockeghem ergens een motet? Zat Bruegel na een zware werkdag zijn penselen schoon te maken? Mediteerde Mercator over het geheimzinnig zuidpoolcontinent op zijn nieuwe wereldglobe, waarvan alleen hém het bestaan bekend was?

'En nu gauw kijken of we nog twee plaatsen kunnen bemachtigen,' zei ik.

'Plaatsen..?' informeerde ze. 'Waarom gaan we weg? Ik vind het hier zo stemmig...'

'Ik wilde je dit besloten hofje tonen, de bedoeling is dat we de middeleeuwse kapel binnengaan, de toegang ligt langs de kant van de straat.'

'Mij best, ik volg je. Maar wat moeten wij in een kapel, Paul?'

'Je zult wel zien... Een verrassing.'

'Stel je voor! Een theater...?' vroeg zij geïnteresseerd. 'Ik geloof het vast!'

'Mogelijk vind je het onvolwassen van me... Een poppenschouwburg. Niet als die van Conscience, maar best merkwaardig. Geen echte folklore, veeleer een volwaardige artistieke onderneming. Vind je mij niet belachelijk, Emily? Wil je liever iets anders gaan doen?'

'Belachelijk...? Ik kan mij niets heerlijkers voorstellen!'

'Nou ja, misschien denk je stilletjes bij jezelf dat ik een suffe ouwe kerel ben die alleen deugt om op zijn schrijfmachine te zitten hameren, zonder meer verbeelding dan om met een gast naar de poppenkast te gaan...'

'Houd op met die onzin, Paul Deswaen!' fluisterde zij in mijn oor; ik voelde de warmte van haar adem. 'Ik vind het geweldig, zulke nare dingen mag je niet zeggen,' en zij drukte zich lief tegen me aan. 'Dit is het beste dat mij vanavond kon overkomen... Hé, moet je even kijken, ik geloof dat die meneer daar ons wenkt!'

Het was grootvader Kampmans, de stamhouder van de naarstige familie die dit merkwaardige, volkomen unieke bedrijfje op gang houdt.

'Nee toch, meneer Deswaen! Hoe vaak heb ik u gezegd dat u niet bij de kassa in de rij hoeft te staan? Nou, in elk geval blij u weer eens te zien, welkom hoor! Er zijn twee goede plaatsen, helemaal vooraan.'

'U denkt aan de tijd toen ik nog voor de krant schreef,' antwoordde ik dankbaar. 'Mijn bedoeling is voortaan als een ieder te betalen.'

Grappig zuchtend richtte de grijsaard zich tot mijn gezellin.

'Zo is die man nu, mevrouw,' schertste hij als ontmoedigd. 'Eens heeft hij in *Het Volksblad* getuigd dat onze schouwburg de beste van heel Antwerpen is. Hij weet drommels goed dat wij zijn entreegeld weigeren!'

Onmiskenbaar kon je horen dat hij niet zomaar die man, maar veeleer die vriend, die geliefde, die minnaar van haar bedoelde, hoewel er niets op zijn correctheid was aan te merken.

Wij namen plaats op de eerste rij. De ruimte viel krap uit en Emily moest dicht tegen mij aan zitten.

'Heb je dat inderdaad geschreven?' lachte zij waarderend.

'Inderdaad... Jaren geleden, toen ik voor free-lancer speelde... Het was volledig oprecht, weet je, ik schreef altijd wat ik meende. Uiteraard moet je het in een ruimere context zien. In elk theater kriept en knarst er weleens wat. In de opera kwakkelt Tamino op de C boven de notenbalk. Elders wordt Julia door haar eigen oma gespeeld of Romeo door de groenteboer van om het hoekje. Híer loopt daarentegen alles perfect, op zijn eigen manier, weet je wel? In zijn genre eerste klasse, tot in de puntjes afgewerkt, je zult het zien.'

'Ik ben afschuwelijk nieuwsgierig, ik ben gek op zulke dingen!'

'Heus, je mag hoge verwachtingen koesteren, zo je ze althans in de goede richting oriënteert. Deze mensen zijn eenvoudige maar bijzonder begaafde volkslui, verre van plebejers. Hun schouwburgje slorpt meer geld op dan het opbrengt, waarom zij overdag de kost verdienen met een ateliertje voor het restaureren van antiek en kunstwerken...'

'Vaak denk ik, Paul, dat zulke dromers de wereld bewoonbaar houden!' mijmerde zij weemoedig. 'Wat zou het leven zonder hen betekenen?'

Emily's overweging trof mij diep.

Op haar manier was haar uitspraak een addendum bij alles waarover ik vanmorgen na Peters begrafenis nog had lopen mediteren.

Haar opmerking paste volkomen in de sfeer van de mensen van goede wil waaraan mijn geloof, voor mijn part kon het een naïef geloof zijn, in de jongste tijd aanmerkelijk bleek toegenomen.

'Daar ben ik van overtuigd,' antwoordde ik gelukkig. 'Ik vind het fijn dat je het zo bekijkt... Natuurlijk begrijp je dat men in de gegeven omstandigheden met avant-gardetoestanden noch met experimentele esthetica bezig is. Dat lag voor de hand toen enkele moderne kunstenaars weer op het spoor kwamen van de vergeten mogelijkheden van het poppenspel. Sommige sovjet-artiesten, ene Obrosjov geloof ik onder meer, deden op dit gebied wonderschone dingen... Allemachtig, Emily, ik zit weer verfoeilijk te schoolmeesteren...!' onderbrak ik mijzelf bedremmeld.

'Waarom zeg je dat, Paul?' stelde zij mij met beminnelijke bekommering gerust. 'Ik luister graag naar je, het is net of ik je al jaren ken! Overigens, behoort het niet tot de onderwerpen waar mensen als wij van nature mee bezig zijn? Of zal ik een referaat houden over de najaarsmode in Londen, de strandjurken in Brighton of de dameshoeden bij de paardenrennen in Ascot?'

'Dat zou je stellig zijn toevertrouwd,' lachte ik. 'Maar ik wil niet de indruk op je maken van een zelfingenomen zeurkous die alles beter weet. Overigens heb je gelijk, blijkbaar behoren wij beiden tot het malle zootje dat met deze dingen leeft. Geloof maar dat ik er blij om ben!'

'Net als ik!'

'Stel je voor, nu ben ik de draad kwijt. Wat wilde ik zeggen...?'

'Je had het erover dat ik mijn verwachtingen in de juiste richting moest oriënteren,' kwam zij mij alert tegemoet.

'Precies... Bekijk het zo... Artistiek is de drijfkracht hier onze specifiek Antwerpse volksaard. Als vreemdelinge kun je die allicht voor gekte en zelfoverschatting houden...'

'Ik heb mij in Antwerpen nooit een vreemdelinge gevoeld, Paul. En sinds ik jou ontmoette minder dan ooit.'

Ik vroeg mij af wat zij met die bekentenis bedoelde. Ik beschouwde het niet als een kleinigheid dat mijn bestaan haar met deze stad, deze wereld, mijn wereld vertrouwder maakte. Wanneer mensen als wij (zoiets flitst bliksemsnel door je geest, je denkt er niet bij na) door de magie van de liefde worden gegrepen, komt er een subtiel dialectisch proces op gang. Wegens het stilaan vol rakende, trapsgewijs achter ons oplopende zaaltje en de dicht tegen elkaar getimmerde banken kon ik niet op haar antwoord ingaan. Het betekende een gemiste kans dat de omstandigheden zich er niet toe leenden, hoe passend de geboden gelegenheid ook was. Toch zag het er niet naar uit dat het tussen ons daarvan zou moeten afhangen.

'Dat komt mooi uit, Emily...! Verheug je maar op een bonte rapsodie van alles wat het volk van deze eigengereide stad kenmerkt... Een onloochenbare artisticiteit, waarheidsgetrouw, zonder abstracte tierelantijntjes, hoe échter hoe mooier, maar wél barok. Vooral aan het decor zal je dat merken, een exacte reconstructie van het vroegere Antwerpen, tot op een baksteen nauwkeurig, let maar op... Een mentaliteit waaruit blijkt dat het zich voor de navel van de wereld houdt. Buiten de stadswallen begon een vaag nomansland, alleen geschikt om er fortuinen te investeren in weelderige lustverblijven, echte paleizen, afgeladen met kunstschatten. Iedereen voelt er zich een koning, ook de gewone man, wat geen vorm van hoogmoed is zoals buitenstaanders denken. Je moet het als een kwestie van zelfrespect, van optimaal democratisch gevoel opvatten. Zo ongeveer in de zin van: de anderen moeten maar niet zo stom over zich heen laten lopen... Verder heb je die enorme renaissancistische vrijheidsliefde, dat trotse zelfvertrouwen, wie doet ons wat...? En ten slotte is er een onuitputtelijke, grootsteedse humor, zonder agressiviteit en nooit van zelfspot verstoken, een vleugje joods doordat wij bereid zijn om over ons eigen superioriteitsgevoel te lachen... Kijk, volgens het programma speelt vanavond het stuk in de zestiende eeuw, de gouden jaren vóór de Spaanse overheersing. Er is een gek, hoewel historisch correct verhaal uit die tijd, waarin die humor volgens mij zijn uiterste vorm bereikt. In feite is het zo paradoxaal, dat weinigen er de grappige kant van inzien. Keizer Karel, een tijdgenoot van jullie Henry VIII en een even grote vrouwengek, was speciaal naar Antwerpen gekomen om overleg te plegen met een bankier, aan wie hij enorme bedragen schuldig was. Zoals dat hoort, werd er eerst uitgebreid gegeten en gedronken. De keizer zat op hete kolen, wat de eindeloze zwelgpartij tot een kwelling voor hem maakte. Ongebruikelijk voor de vorst van een imperium waar de zon nooit onderging, begon hij ten slotte visjes uit te gooien in verband met de problemen van zijn astronomische schulden. Minzaam keek de gastheer hem aan, of hij niet begreep dat Zijne Verheven Majesteit bij de genade Gods zijn welbekende eetlust door dergelijke flauwe kul liet bederven. Gezwind zond hij een secretaris naar zijn kantoor om de kwestieuze schuldbekentenissen. Glimlachend, met pathetische onverschilligheid scheurde de magnaat de kostbare papieren aan snippers, wierp ze in het brandend vuur en beval het dienstpersoneel eens goed de glazen te vullen om een heildronk op ons aller geliefde vorst uit te brengen. Natuurlijk had het de man talloze slapeloze nachten bezorgd. Maar de duidelijke verbijstering van de keizer en zijn gevolg, het vooruitzicht zijn leven lang in de taveernen bij de beurs grollen en grappen over de stomme verbazing van Zijne Doorluchtige Hoogheid op te kunnen dissen, was hem eensklaps niet minder waard dan een fortuin waarvan de recuperatie allicht jarenlange touwtrekkerij zou vergen... Nee, als een grap heeft men die anekdote nooit bekeken. Ik kan ze mij evenwel niet zonder een dosis Antwerpse, zij het masochistische humor voorstellen...'

'Nóu,' zei Emily. 'Jammer dat ik een dergelijk verhaal niet in mijn scriptie kan inpassen. En toch, wie weet, ergens bij de algemene beschouwingen over de psychologie van de Vlamingen...? Zeg, Paul, hoe zou een dergelijke kwestie op dat moment in Amsterdam zijn afgelopen?'

'Vast helemaal ánders. Zakelijker, verstandiger, maar met minder grandezza!'

'Kijk, het licht gaat uit!'

De manier waarop zij opgetogen, zoals een welopgevoed meisje het in zulke omstandigheden hoort te doen, nog eens extra keurig en braaf rechtop ging zitten, vervulde mij met vertedering. In de bescheiden ruimte had de stijgende temperatuur haar lavendelgeur sterker gemaakt. Door haar kleren en de mijne heen voelde ik de warmte van haar lichaam, zo dicht zat ze tegen me aan – een verrukkelijke gewaarwording.

Op mijn woord, het is geen hebbelijkheid van me de werkelijkheid literair op te fleuren door haar pedant met citaten bij te kleuren.

Maar even onweerstaanbaar als mijn de tranen nabij komende ontroering van zoëven, moest ik opeens aan François Villon denken. '*Corps féminin, qui tant est tendre, poli, suave, si précieux,*' prevelde ik geluidloos voor mezelf. Het was op zijn minst vijftien jaar geleden dat ik het had gelezen. De klare herinnering verdiepte het mij vervullende geluksgevoel, of ik haar tot op het geschikte ogenblik in reserve had gehouden.

Naast mij hoorde ik Emily zacht kreunen van verbazing terwijl het gordijn voor het brede panoramische toneel werd gehaald. Nogmaals schoof zij haar naakte arm onder de mijne.

Opgetogen vergewiste ik mij ervan dat geen verzuim van het geheugen mij tot idealiseren had verleid. Zoals eertijds was er onmiddellijk de magische ervaring van een zich volledig reorganiserend ruimtegevoel. Slechts kort had ik de indruk van een behoorlijk grote, niettemin geminiaturiseerde bühne met personages, niet hoger dan royaal uitgemeten kinderpoppen. Waaraan het was te wijten wist ik niet, mogelijk hield het verband met de in weinig theaters professioneler uitvallende belichtingstechniek. Het donkere vlak van de omgevende scènestructuur verdween uit het gezicht. Het drukke markttoneel waarmee het spel werd ingezet kwam naderbij, tot ik er zélf, tot wij er beiden deel van uitmaakten, vredige wandelaars in de zestiende-eeuwse stad, de gelijken van de weelderig uitgedoste zowel als voddig toegetakelde voorbijgangers. Even dacht ik aan Antons beschouwingen van enkele dagen geleden.

Er was niet naar gestreefd dat de acteurs er natuurgetrouw, als individuen van vlees en bloed zouden uitzien. Doordat zij hun karakter van marionetten bewaarden en ondanks het zichtbare dradenspel, bezaten ze zodoende een des te overtuigender authenticiteit. Hoewel soms zo bedoeld, waren zij geen karikaturen maar, op hun manier, ergens reële mannetjes en vrouwtjes.

Verveeld na een eeuwigheid van inactief voor-bestaan, vermoeid na de voorafgaande dagen van zwaar labeur had de Schepper zich op de zesde morgen blijkbaar van leemsoort vergist en met een ándere, niet noodzakelijk minder goede kwaliteit Zijn delicate arbeid voltooid. Ménsen waren er niet uit voortgekomen, maar alla, het kon er best, mee door... Misschien waren die schepseltjes zelfs amusanter dan aanvankelijk door Hem bedoeld? Waarbij Hij besloot een oogje dicht te knijpen, het zonder verder gedonder 'goed' te noemen en morgen eens lekker uit te slapen.

Op Antons overwegingen doordenkend gaf ik mij er rekenschap van dat hun poppenaard, de waarneembare trekken van hun ánders-zijn, zienderogen bleken af te zwakken. Algauw waren zij op mensen gaan lijken, warempel mensen geworden. Het proces had niet meer dan een paar minuten in beslag genomen.

Van een trouwens niet hinderlijk vervreemdingseffect was geen kwestie meer.

Het schouwspel was onmiskenbaar waarachtiger dan menige Hollywoodse miljoenenproduktie. Bij gelegenheid moest ik er met Anton eens een boom over opzetten, eventueel studentikoos schertsend over een Cecil B. de Mille die hier allicht de meest esoterische geheimen van het vak kon leren.

Een aanvankelijk lichte discrepantie tussen de acteurs en het volstrekt realistische decor was gaandeweg verdwenen. Onmogelijk kon ik mij voorstellen dat deze begaafde, hoewel van artistieke vorming gespeende mensen zich door ingewikkelde redeneringen zouden hebben laten leiden. Het idee kon vast niet hebben vooropgestaan dat door een onbewuste hoewel actieve medewerking de toeschouwer zélf bijkleurde wat er ontbrak om van een fotografische realiteit te gewagen. Veeleer was er een verwarrend spel van onbekende krachten mee gemoeid. Ik sloeg Emily van terzijde gade en was ervan overtuigd dat ook zij erdoor werd gefascineerd, maar haar reacties voorlopig als bewondering beschouwde. Krachten, wil ik zeggen, opborrelend langs wortels die tot in de verste geheime kamers van het verleden reiken, waar oeroude dromen en rijkdommen door de ene generatie na de andere in de loop der eeuwen vergeten waren. Natuurlijk hadden de poppenspelers er nooit bij stilgestaan. Hun aandacht werd in beslag genomen door praktische problemen als zij met ontzaglijk geduld en spontane inventie hun acteurs gestalte gaven en met behulp van oude prenten het decor ontwierpen.

Overigens komt hier het wonder op neer dat in de kunst steeds zo'n desoriënterende impressie op mij maakt (en waarmee ik paradoxalerwijze zélf bekend ben door het schrijven, intellectuele activiteit bij uitnemendheid). Onvermijdelijk zijn de hersens erbij betrokken. Hun eigen weg zoekend horen evenwel in eerste en laatste instantie de vingers het intuïtief te doen.

Het was allicht hieraan te wijten dat er een volmaakte eenklank was ontstaan tussen de speels verzonnen creatuurtjes en het obsessioneel exact historische decor, die surrealistische maar perfecte interactie die een droomwereld baarde, gelegen aan gene zijde van de tijd...

Het markttafereel was nauwelijks meer dan een proloog, waarna ik gebruik kon maken van de decorwisseling.

'Dom van me, Emily,' zei ik. 'Ik vergat je te waarschuwen dat er in het Antwerps wordt gespeeld. Kan je de dialogen volgen?'

'Dat valt wel mee, Paul, maak je geen zorgen! Tenslotte ben ik een filologe,' lachte zij met opzettelijke eigenwijsheid. 'Was je het vergeten?'

'Je wordt vast nog een Antwerpse!' complimenteerde ik.

'Er kunnen een vrouw rare dingen overkomen!'

Zij begeleidde haar antwoord door een kneepje in mijn hand.

'Niettemin vind ik het jammer van dat dialect,' zei ik, verward door haar eigenaardige, gevoelige reactie. 'Natuurlijk is het in zo'n poppenschouwburg aanvaardbaar. Mogelijk gaat er straks wel iemand keurig ABN praten. Doorgaans is het de jonge heldin, het volksmeisje zowel als de freule van adellijken bloede. Maar zeker de duivel als die een rol heeft. Het is een specialiteit van het huis dat hij geknepen Hollands wauwelt, liefst nog Haags. Op zondag zit het hier vol Nederlanders. Je moet ze horen gieren! Aangezien het stuk over doctor Fausts bezoek aan Antwerpen gaat, zal je het dadelijk merken. Met Faust moet je bij ons zonder duivel niet voor den dag komen, dat neemt men niet. Marlowe, Goethe, Gounod of marionettentheater, zonder duivel ons geld terug, wat dacht je?'

'Het spreekt vanzelf, dacht ik...'

Na de onderbreking zat ik meer ontspannen te kijken.

Ik had tot dusver gemijmerd over de aard van de mysterieuze bekoring die uitgaat van wat de meest kunstmatige vorm van toneel is die men zich kan voorstellen. Becketts eindeloos gezeur van twee maffe uilskuikens in een vuilnisvat, waar het would-be intellectuele publiek ogenschijnlijk vol begrip, maar in werkelijkheid stomvervéeld naar luistert, de kluts kwijt door al dat kolossaal vooruitstrevends, is verlept negentiende-eeuws realisme, vergeleken bij de delirante esbattementen van een handvol hout, kralen en textiel, door een goddelijke vonk tot bloedwarm leven herschapen, eenkennig en welgemutst van de ene absurde verwikkeling in de andere rollend, dronken van zottigheid, tegen alles opgewassen en zonder respect voor wie of wat ook.

Ik wilde met dergelijke beschouwingen ophouden en, Emily zalig naast mij, onbevangen opgaan in het plezier om wat ginds, aan de andere kant van de werkelijkheid gebeurde.

Vroeger had mij bij dit ontstellende gedoe vooral de visuele perfectie bekoord.

Had ik met wat toenmaals werd opgevoerd minder chance dan vanavond?

Mijn indruk was namelijk dat een jongere generatie in de poppenspelersfamilie een weliswaar even grollige maar blijkbaar ruimer gedocumenteerde bijdrage tot het schouwspel had geleverd. Alles bleef bont en zot, doch er waren dingen intenser, indringender geworden. Iemand scheen zich de inspanning te hebben getroost om geduldig in volkskundige en historische studiën over de stad te snuffelen. De folkloristische kleurigheid kwam niet in de verdrukking, noch werd er aan pedanterie geofferd. Veel wees er niettemin op dat het fantasievolle troepje waardoor het spel collectief was ineengeknutseld, vindingrijker bleek dan zijn voorgangers. Ik werd enorm bekoord door de handigheid waarmee men, als schering en inslag, het Romeo- en Juliaverhaal met de Faustlegende had verweven, virtuoos alles naar de Antwerpse sfeer toegehaald, met Sinjoorse grapjasserij gekruid en perfect bij de mentaliteit van de humanisten ingebed.

Ternauwernood kon ik mij iets verwonderlijkers voor de geest roepen dan de manier waarop een door film en televisie gehersenspoeld publiek reageerde. Geredelijk en ademloos identificeerde het zich met de door de nieuwe tijdgeest beroerde patriciërszoon en zijn voor het nonnenklooster voorbestemde geliefde. Beider respectievelijk calvinistische en roomse families, de ene al zondebewuster en kwezelachtiger dan de andere, bedreigen harteloos hun reine maar evidente hartstocht. Toevallig op doorreis in de stad besluit de wijze doctor Faust het lot van de ongelukkigen met humanistenverstand in de hand te nemen. Mogelijk een vroom apport was het dat hij al die tijd Mefistofeles met zijn contract aan het lijntje houdt. Daarentegen leek het een antiklerikaal geintje (een ieder is in Antwerpen antiklerikaal, de gelovigen niet het minst) dat de onze magiër voor de voeten lopende hellegezant zelfs het vuigste niet onverlet laat om zijn doel te bereiken. Het summum van vileinigheid is dat hij, stel je voor, zich tot hand- en spandiensten ten bate van beide sectaire clans zal lenen, evenwel merkbaar met een voorkeur voor de katholieke kliek. Er heerste duidelijke hilariteit toen bovendien bleek dat hij zijn duivelse casuïstiek voortdurend doorspekt met argumenten, woordelijk gebloemleesd uit de recente verkiezingspropaganda van de Christelijke Volkspartij, waarbij de geleerde doctor niet aarzelt om ze te pareren met de niet veel intelligentere slogans van liberalen en socialisten.

Na zulke intermezzi, overigens aanknopend bij een bij algemene consensus idioot bevonden politiek programma op het tv-scherm, hernam het sentiment zijn rechten.

Hierbij voelde ik enige opluchting. Ten onrechte had ik ervoor gevreesd dat de authentieke, populaire oubolligheid het tegen dergelijke revue-elementen ging afleggen, wat ik zonde gevonden zou hebben. Niettemin vroeg ik mij af of zulke grapjes al niet van bij zijn ontstaan tot de gebruikelijkheden van het genre behoorden.

Welgemoed was ik in elk geval bereid het als een traditie op te vatten dat doctor Faust, de mensenvriend, zijn gauchistische monologen en replieken herhaaldelijk met potjeslatijn stoffeerde.

Knipogend en dus verre van ernstig maakte hij met zijn kwakzalverslatijn niettemin aanspraak op orthodoxie door vele *-orums* en *-iussen*. Het muntte uit door vernuftige, kronkelend parodiërende grammaticale hoogstandjes (en wees zodoende op enige humanioraachtergrond bij zijn doldrieste vervaardigers). Ondertussen kon alleen het er nonchalant doorheen gegooide substantivum *abortus* taalkundig op een respectabele afkomst bogen, al werd het door zijn partners met *arboretum* verward. Lekenoren namen weinig aanstoot aan niet minder correct klinkende, even welluidend gelatiniseerde benamingen van de nederigste, al eeuwenlang in onze volkshumor geapprecieerde uitscheidingsfuncties. Volgend op zweefrekoefeningen van nominatief via ablatief naar vocatief en kolderieke verlatijnsingen van alle denkbare geintjes omtrent de pil en derzelver zegeningen, zoals het letterlijk heette, kwamen goochelarijen aan bod met de namen van alom bekende patentgeneesmiddelen, eksteroogzalfjes, haargroeimiddelen en niet het minst met het handelsmerk van een of andere farmaceutische holding, zijn mogelijk denkbeeldige maar mondgemene relaties met Opus Dei en zijn astronomische, op het menselijk leed berustende winsten. Faust was niet voor niets een volksgezind medicus.

In feite zonder nadruk de piskijker en weldoener ad rem en klankrijk in de mond gelegd, leek het allemaal achttien karaat zestiendeeeuws, door de heren Erasmus, Goropius Becanus, Justus Lipsius, geograaf Gerardus Mercator en meesterdrukker Plantin bloedserieus genomen. Deze bleken tot een mysterieus en strikt geheim genootschap te behoren. Even waarderend als verbaasd herkende ik het als het vrij geheimzinnige Huis der Liefde, pas onlangs door Engels historisch top-reserach over deze periode doeltreffend onderzocht. Op zichzelf was het niet absurd, maar toch hadden de leveranciers van dit esoterisch apport hun best gedaan om de zaak wat te verduidelijken. Het lag voor de hand dat zij gebruik maakten van allusies op de vrijmetselarij, hoewel niet zonder discretie en vrij occult gehouden. Niettemin trof het mij dat het de waardering bleek te oogsten van steeds dezelfde lacher onder het gehoor, misschien een vriend van Fred

Nieuwlant, ofschoon het allemaal lichtvoetig en zonder insisteren gebeurde – meestal was het voorbij eer je erom begon te grinniken.
Wat het behandelde historische tijdvak betreft, was een beroep gedaan op zowat zijn ganse personeelsbezetting. Willem van Oranje, Egmont noch Marnix van Sint-Aldegonde ontbraken op dit select appel, ten voeten uit voor het voetlicht tredend of zinvol vermeld. Toen bovendien de al eerder omgebrachte libertijnenleider Elooy Pruystinck (de messias uit de buurt van Sint-Andries, dat hoorde je te weten!) zijn duit in het zakje deed, Nostradamus even langs kwam en de horoscoop van collega Faust trok, en niemand minder dan Shakespeare in de stad werd gesignaleerd, ging zowel mijn beeld van ons lokaal verleden als mijn chronologisch inzicht slagzij maken.

Toch waren zulke knettergekke, welbewuste anachronismen niet storender dan de surrealistische avonturen van sommige helden van het tweede plan. Niet minder centraal dan de gelukkig goed aflopende maar smartvolle wederwaardigheden van de beklagenswaardige jonge minnaars stonden de lamentabele frustraties van de hellegezant Mefistofeles. Hoegenaamd niet uitmuntend door het gebruik van eventuele hersens en inderdaad een vaag Haags orerend, werd deze jammerlijk gedwarsboomd in zijn drijverijen, zo niet voor schut gezet door het rechtschapen, hoewel anarchistisch baliekluiversduo Neus en Schele. Geen sterveling zou zich neerleggen bij de afwezigheid op enig Antwerps repertoire van deze vrijbuiters met hun voor zichzelf getuigende, even expressieve als proletarische namen.

Emily amuseerde zich als een kind.

Bij herhaling schaterde zij het onbevangen uit, samen met de overige toeschouwers. Voor mij was niettemin haar lach – waarom zou een verliefd man niet mogen idealiseren? – zoveel als een zilveren, nee, een kristallen solo-instrument, duidelijk te onderscheiden tegen de achtergrond van een sympathiek, onvermijdelijk minder welluidend staccato.

Toen het doek na het laatste bedrijf was dichtgegaan, bleef zij het langst van allen enthousiast applaudisseren.

Aangezien wij op de eerste rij hadden gezeten, konden wij, wegens de nauwe doorgangen tussen en naast de banken, pas met de laatste toeschouwers weer naar buiten gaan.

'Wat jammer dat het voorbij is, Paul,' zuchtte zij verdrietig. 'Ik had nog best urenlang kunnen kijken. Ontzettend jammer...'

'Ik ken dat gevoel, Emily,' antwoordde ik begrijpend, 'ik ken het al vanuit mijn kindertijd.'

Midden tussen het naar de deur schuifelend publiek was het niet mogelijk. Ik nam mij voor haar straks duidelijk te maken wat ik bedoelde.

Ik kende inderdaad die eindeloze melancholie als de film uit was in het bescheiden buurtbioscoopje uit mijn jongensjaren.

In de winter vond ik het niet erg; nog steeds besef ik niet waarom. In de zomer daarentegen liep ik verweesd door de stille, burgerlijke buurt. Later heb ik het vergeleken met een gevoel van verbanning uit het paradijs, met het afscheid van een aanzienlijk mooiere wereld, waar ik op een onverklaarbare manier altijd had thuisgehoord. Het was niet de trillende wereld op het scherm, maar een ándere, mijn échte wereld. Blijkbaar had de dagelijkse werkelijkheid mij voortaan niets meer te bieden. De straten en pleinen waren leeg, als geschilderd door een depressieve Willink (zoals ik het als volwassene onder woorden bracht) en alles had zelfs de nestwarmte van de banale alledaagsheid verzaakt.

Zo slenterde ik dan naar huis, als in het niemandsland tussen twee voorgoed verloren continenten van herkomst, bedrukt tot in het diepst van mijn kinderziel.

Vooraleer wij het zaaltje zouden verlaten keek ik nog eens om.

De heer Kampmans kwam uit het naast de bühne aangebrachte deurtje, wenkte ons vriendelijk en vroeg met aandrang of we nog even tijd hadden. Vanzelfsprekend beantwoordden wij zijn onverwachte vraag bevestigend, waarna hij met een enigszins mysterieuze glimlach weer verdween.

De scheiding tussen de schouwburgzaal en wat achter het toneel ligt heb ik steeds een raadselachtige grens gevonden, hermetisch tussen twee werelden die niets met elkaar te maken hebben. Ook vanavond werkte ze door haar geheimzinnigheid op mijn verbeelding.

Onhandig opgeluisterd met kleurige, naar Watteau ogende wandtafereeltjes van mythologische en amoureuze aard was, ons beiden uitgezonderd, het lokaal ledig. Wij waren op een onbestemde manier nog onder de indruk van het desoriënterende schouwspel en het scheen ons aan gespreksstof te ontbreken. Daarom vroeg ik mij luidop af wat de directeur van het marionettentheater in het schild voerde.

De lichten gingen uit, maar vóór het toneel bleef één spotje branden.

Vermoedelijk waren zulke reacties uitzonderlijk bij haar. In feite kwam het mij voor dat een zekere Britse zelfbeheersing – opvoeding of ingeboren? – haar niet vreemd was. Niettemin slaakte Emily een ingehouden maar opgewonden, kinderlijk gilletje dat zowel op ontroering als op verbazing wees.

De oude man was weer te voorschijn gekomen.

De rijzige gestalte licht voorovergebogen, manipuleerde hij met één hand de draden van het simpele bewegingssysteem. Zodoende liet hij de fraaie, realistische pop die daarnet de rol had gespeeld van Marnix van Sint-Aldegonde, Antwerpens laatste Geuzenburgemeester en dichter van het *Wilhelmus*, voor zich uit lopen en het trapje opklimmen.

Zonder de vreemde ruimteverhoudingen, veroorzaakt door het decor, was hij ditmaal volledig een wakker om zich heen kijkend miniatuurmensje. Levensecht en dapper kwam het naar ons toe marcheren, wendde zich resoluut en galant tot de verrukte Emily, maakte een hoofse, niet van panache verstoken buiging voor de mooie mevrouw en stak beminnelijk een handje naar haar uit.

Nooit heb ik iemand zo kinderlijk geëmotioneerd gezien.

Zij ging er gehurkt bij zitten en drukte voorzichtig, als geïntimeerd het handje van de pop tussen haar fijne vingers, benauwd om het schepseltje pijn te doen.

'Incredible...' stamelde zij getroffen, haar goede voornemens vergetend, waaruit duidelijk haar onbeschrijflijke verwarring bleek, waarna zij zich van de toestand vergewiste. 'Hallo, mister Marnix van Sint-Aldegonde, pleased to meet you,' vervolgde zij serieus. 'Denk je dat hij Engels begrijpt, Paul?'

Ik verzekerde haar dat de kans er vast in zat. Hij beheerste immers perfect het Nederlands en het Frans, een mondjevol Engels kon er gemakkelijk bij. In feite had ik er niet het vaagste vermoeden van.

Inmiddels zag ik dat zij nog net zo bewogen was als het eerste moment. Daarom zette mijn eigen verbazing mij ertoe aan iets tegemoetkomends te antwoorden.

Volkomen verwezen zat zij er even bij. Toen stond zij op en ik had de indruk dat zij iets bleker leek, hoewel spoedig haar normaal discrete blos weerkeerde, vermoedelijk door de opgetogenheid intenser dan tevoren.

Ik had geen moeite met haar ontroering, voelde dat het zoveel als een diep existentieel verschijnsel was. De ware oorzaken ervan kon ik niet raden, maar ik wist dat het te maken had met alles wat het leven voor haar betekende.

Ook mij is het meermaals overkomen dat schijnbaar onbeduidende, zelfs helemaal buiten mij liggende dingen mij ontzaglijk aangrepen. Het verklaarde waarom ik die nacht de smekend piepende Lancelot, nog niet aan volwassen miauwen toe, mee naar binnen had genomen. Het was een gelijkaardige ervaring als toen Jo eensklaps voorstelde een voorschot te betalen om er een paar dagen mee uit te vliegen. Hoewel grondig anders, was het wellicht hieraan te wijten dat vanmorgen de krankzinnige oud-SS-er wel mijn droefheid had gewekt, maar hoegenaamd geen haat opgeroepen, eerder medelijden toen ik zag hoe sukkelachtig hij naar buiten strompelde, opnieuw het nirwana van zijn waanzin tegemoet.

Soms heb ik de indruk dat ontroering, net als zo'n plots opkomende triestheid om ternauwernood noemenswaardige dingen, een zelfstandig verschijnsel is, zonder dat je beseft welke de onderliggende redenen van je bewogenheid zijn.

Emily's kinderlijke emotie greep mij aan door de eindeloos weemoedige vertedering om iets ongerepts in haar, om haar vermoedelijke ontoegankelijkheid voor het bekrompene, het boosaardige in deze wereld. Ik wist niet wat ik met die melancholische, ofschoon mij niet droef stemmende desoriëntatie moest beginnen.

Het meest voor de hand liggende was de jonge vrouw in mijn armen te sluiten en haar innig tegen mij aan te drukken, wat ik bezwaarlijk kon doen in aanwezigheid van een vreemde, hoe sympathiek ook. Ondertussen was de beminnelijke man merkbaar ingenomen met haar lieftallige, spontane reactie, hoewel ánders, veel intenser dan hij had verwacht terwijl hij de marionet naar haar toe liet stappen. Kunstenaar op zijn manier, twijfelde ik er overigens niet aan dat hij de subtiele gronden ervan onderkende.

Nog even napratend namen wij ten slotte afscheid. Hierbij beloofden wij hem dat wij gauw eens naar een ander stuk uit zijn repertoire zouden komen kijken. Het trof mij dat Emily hierbij geen voorbehoud maakte. Vermoedelijk wees het erop dat zij geruime tijd in Antwerpen zou blijven. Daarenboven beschouwde ik het als een betekenisvol, onuitgesproken vooruitzicht op alvast een stukje gemeenschappelijke toekomst.

Daarnet had zij het betreurd het fraaie binnenpleintje slechts oppervlakkig te hebben bekeken. Ik stelde voor er nog een blik op te werpen.

Het lag volstrekt verlaten en de geruchten van de stad drongen er niet door. Blijkbaar was het de wekelijkse sluitingsavond van de daar gevestigde herberg 'Het Vosken', ongebruikelijk en doods in volslagen duisternis gehuld. Het viel tegen dat ik haar het antieke interieur niet kon tonen.

De enige klaarte was afkomstig van de bescheiden lantaarn bij een door de tijd aangevreten middeleeuwse madonna zoals men er hier vele ziet.

'Het was ontstellend warm in dat barstensvolle theatertje... Wat zou je ervan denken,' stelde ik voor, 'dat we naar "De blauwe Ganze" wandelen om er iets fris te drinken? Ik weet dat de sfeer er op dit uur erg prettig is...'

Zij knikte instemmend, maar bewaarde het stilzwijgen.

Pas nu vergewiste ik mij ervan.

De zoëven uitgestelde tranen vulden haar ogen en liepen langzaam langs haar wangen, zonder haar overweldigend mooie glimlach uit te wissen.

'Het was een kleine elfenprins,' zei ze zacht, 'ach, zo'n verrukkelijke ervaring... Ik dacht dat hij écht leefde, Paul, ja, waarachtig hij lééfde echt...'

Onuitgesproken hadden wij hierop gewacht. Dit was het ogenblik waar wij de ganse week lang naar toe hadden geleefd.

Met een tederheid, zo broos als ik haar zelden, nee, nooit in al de voorafgaande jaren had gekend, omhelsden wij elkaar als onschuldige, onervaren schoolkinderen.

Het gebeurde onder het oog van de heilige hoedster dezer stad.

Hoewel het voor mij niet hoefde, had ik er niets op tegen.

Ik wist dat zij ook Isis, Demeter en Aphrodite was, de onsterfelijke Moeder, de Maangodin van alle dingen.

In gedachten vroeg ik haar nederig deze liefde te zegenen op de manier die zij zelf verkoos, haar te beschermen en voor vergankelijkheid te vrijwaren.

VEERTIENDE HOOFDSTUK

Een avondwandeling. Vallende sterren en meteorieten. Wederontmoeting in 'De blauwe Ganze', opgeluisterd door echtelijk kibbelnummertje. Tarzan en 'Tristan und Isolde'. Gegevens voor Antons film. Pauls rare geheugen en de kidnapping van Emily.

Terwijl wij het pleintje verlieten en door de poort weer naar buiten liepen, nam zij mijn hand in de hare. Als zij niet zo heerlijk volwassen was geweest, had ze mij aan een klein meisje doen denken dat vol vertrouwen de hand van haar vader beetpakt. Het leek mij geen zin te hebben mij in de op niets slaande gedachte te verdiepen dat zij op een of andere manier hieraan behoefte kon hebben. Nooit tevoren had ik er aandacht aan besteed, maar nu viel het mij in dat je vandaag de dag zelden geliefden ziet die gearmd, wél die hand in hand met elkaar lopen. Ook dát sloeg op niets, maar het verhinderde mij niet onwillekeurig te overwegen dat het een van die geheime tekens was waaraan je kunt merken dat de wereld bestendig aan veranderingen onderhevig blijkt.

Nog was er voor mij iets uitermate broos aan deze ogenblikken na onze eerste tedere, hoewel onbevangen toenadering, de zekerheid dat voor ieder van beiden in een paar minuten tijds het leven anders was geworden. Ik twijfelde niet aan het definitieve karakter van onze omhelzing waarop de medeplichtige maar welgevallige blik van de Moedergodin had gerust. Inmiddels was het duidelijk dat wij het, ieder voor zichzelf, stilzwijgend moesten verwerken. Wij zouden er niet dadelijk over praten, zonder dat het voorlopig enig verschil maakte. Later kon ik er eens speels op terugkomen; op dit moment gaf het geen pas mijn neiging tot fantaseren gehoor te lenen en een gesprek te beginnen over een cultuurhistorische evolutie welke zich openbaart doordat minnende paren minder geneigd blijken om arm in arm te lopen. Ik moest er mijn vriend journalist Gaston maar eens op attenderen, het leek mij een aardig onderwerp voor een van zijn cursiefjes.

Hoofdzaak was dat ik op dit unieke ogenblik haar fijngebouwde hand in de mijne hield, haar vingers tussen de mijne strengelde, en zij, even groot als ik, met klikkende hakjes vrolijk door de zwoele zomeravond naast mij wandelde. Daarnet aan mijn arm was zij een dame geweest aan wie men hoffelijk enige steun biedt wegens haar onnadenkend gekozen schoentjes, nu reeds de hartsbeminde met wie men ogenschijnlijk altijd zo door de stad heeft gelopen. Nog steeds leek het mij onvoorstelbaar. Langzaam zou ik aan de gedachte wennen. Inmiddels vroeg ik mij serieus af of ik het niet reeds had geweten toen wij haar opgewekt in haar kleurige zomerjurkje, op hoge benen en de blonde paardestaart dartel wippend, uit het Museum voor Letterkunde naar buiten hadden zien komen.

In het verlengde van de Lange Nieuwstraat rees de verlichte toren van de kathedraal adembenemend op in de nachtblauwe hemel. Wij veroorloofden ons de nodige tijd om er bewonderend naar te staan kijken. Absoluut onverwacht zoende zij mij eensklaps op de wang, duidelijk als bevestiging dat onze omhelzing van zoëven niet zomaar iets toevalligs voor haar was geweest.

'Hé, Paul!' juichte zij terwijl wij de drukke Handschoenmarkt overstaken. 'Een vallende ster! Heb je haar gezien?'

'Ja hoor, ik heb haar gezien,' zei ik. 'Misschien is het een teken?'

'Ik begrijp wat je bedoelt...' antwoordde zij. 'Ja, ik geloof vast dat het een teken is. Bij ons is het de gewoonte dat men er een wens bij doet.'

'Net als hier, het is een ruim verspreid gebruik, zou je zeggen...'

'Ik heb mijn wens gedaan, weet je! En jij?'

Zij kneep heftig in mijn hand. Blijkbaar waren wij aan de onuitgesproken bekentenissen toe.

'Ik ook,' lachte ik, 'heb je het niet direct geraden...?'

'Misschien is het dezelfde wens...?' vroeg zij stil.

'Ik vermoed dat het dezelfde wens is! Hij heeft met ons beiden te maken.'

'Net als de mijne. Over zo'n wens mag je evenwel niet praten; als je erover praat, beweert men, loop je het gevaar dat hij nooit in vervulling gaat...'

'Als het daarvan afhangt, moeten wij heel hard zwijgen,' stemde ik in.

Zij lachte hardop, of ze naar een andere toonaard overschakelde.

'Stel je voor, Paul! Hebben wij daarom jaren op de universiteit gesleten? Het hangt toch van jezelf af! Maar anderzijds... Anderzijds weet je nooit... Als Engelse ben ik behoorlijk bijgelovig, dat hoort zo...'

'Of het kwaad kan erover te praten laat ik buiten beschouwing, Emily. We kunnen ons best aan het gebruik houden, tenzij je het anders ziet... Hoe dan ook, nooit zijn dergelijke overleveringen helemaal van zin verstoken. Neem bij voorbeeld die wens. Je ziet een vallende ster en – hop! – meteen moet je openhartig jezelf bekennen wat je liefste verlangen is. Voor je innerlijke leven kan dat belangrijk zijn!'

'Zo heb ik het tot dusver nooit bekeken. Wat jij erover zegt doet haast aan een psychologische test denken. Is dat je bedoeling?'

'Ongeveer... Voor mij was evenwel zo'n test ditmaal overbodig, Emily...'

'Net als voor mij, Paul...' beaamde zij.

Er zijn banaler liefdesverklaringen, bedacht ik mij. Het komt allemaal vanzelf, of het letterlijk in de hemel staat geschreven. Romantisch mag ook een keer in deze erbarmelijke, in deze wonderlijke wereld.

'Het is niet de eerste maal dat ik met vallende sterren heb te maken,' schertste ik. 'Een gek verhaal, ik moet het je vooraf even vertellen. Je gelooft je eigen oren niet!'

Pas nu viel het mij in dat het maandagavond was en ik de dichte menigte aan het afgelopen carilloncconcert diende toe te schrijven. Het was exact een week geleden dat wij elkaar voor het eerst hadden ontmoet. De drukte was groter dan de vorige keer en weinig geschikt om dadelijk over te gaan tot wat wij op het punt stonden elkaar te bekennen – voor zover wij het niet reeds wisten.

'Wat heb jij in 's hemelsnaam met vallende sterren te maken?' informeerde zij geïnteresseerd. 'Ben je met astronomie bezig? Met astrologie? Net iets voor jou!'

'Dat niet precies... Volgens mij een leuk geval, moet je horen... Een paar jaar geleden zinspeelde ik in een boek van me terloops op een curieus fenomeen dat zich lang geleden boven Antwerpen voordeed. Ik had het toevallig in een vergeten negentiende-eeuwse uitgave van een veel oudere kroniek aangetroffen. Je moet weten, Emily, dat ik van nature gek ben op zulke vreemde verschijnselen, het lijkt mij in het bloed te zitten. Soms denk ik, dat ik alchimisten onder mijn voorouders heb. Het kunnen ook maanzieken zijn...'

'Best mogelijk, zo aan je werk te zien, Paul. Die alchimisten, bedoel ik!'

'Vind je...? Om kort te gaan, in 1513 vloog er met enorm misbaar een vurig voorwerp over de stad. Het staat beschreven als zo groot als een bierton. Ach ja, overal heeft men de ufo's die men verdient! Mooi, ik laat de hoofdpersoon van mijn roman, die als ikzelf met zulke rare toestanden bezig is, er terloops op zinspelen... Pas was het werk verschenen of ik kreeg een brief van een professor, een astronoom uit Utrecht, die mij vroeg of ik het geval uit mijn duim had gezogen en, zo niet, waar ik het vandaan had. Ik vond het een goede vraag. Hoewel ik meestal slordig ben in die dingen, stuurde ik mijn correspondent onmiddellijk de nodige bibliografische gegevens. Kom, misschien was ik domweg wat gepikeerd omdat hij aan mijn ernst twijfelde, nou, bij wijze van spreken. Maar er zijn nu eenmaal bijzonderheden die ik nooit zomaar zou verzinnen. Verzonnen hebben ook literair bepaalde details geen waarde, je voelt intuïtief waar de grens van de verbeelding moet liggen. Goed. Enige tijd hoorde ik niets meer uit Utrecht. Tot ik na enkele maanden keurig een overdrukje ontving van een bijdrage door onze professor in een hypergespecialiseerd Amerikaans wetenschappelijk tijdschrift. Hij had de zaak onderzocht en was tot de slotsom gekomen dat het om een van de oudst bekende, ik geloof de tweede geregistreerde meteoriet in Europa gaat! Mijn naam stond er zelfs bij.'

'Prachtig, Paul!' lachte zij. 'Zo draag je als schrijver tenminste je steentje tot de wetenschap bij. Was het trouwens niet jouw ontdekking?'

'Nou,' zei ik, 'het was in elk geval een nette Hollandse reactie. Op onze universiteiten zou er weleens iemand de zaak wegmoffelen en er na verloop van tijd als een eigen vondst triomfantelijk mee boven water komen, vrees ik.'

Allerminst was het mijn bedoeling een goede beurt bij haar te maken door erop prat te gaan met welke boeiende dingen ik bezig was. In feite ben ik van nature een terughoudend mens, al kom ik onder vrienden wel los. Pauwstaarten met gegevens die door een onbekende oorzaak somtijds op mij toe komen is niets voor mij, geloof ik. Dat mijn geheugen ze zonder merkbare inspanning, zelfs volkomen automatisch opspaart, zonder ze nog ooit los te laten, kan ik niet helpen.

Enerzijds voel ik meermaals de mij met warmte vervullende drang om er met anderen, met mensen van wie ik houd, van gedachten over te wisselen. De geringste van mijn beweegredenen is op wie dan ook indruk te maken. Anderzijds kan ik meestal vrij moeilijk de behoefte het stilzwijgen opleggen om sommigen te laten participeren aan het vele dat onafgebroken mijn verbazing op gang houdt over al het ontzaglijke, al het wonderlijke dat zich in de wereld voordoet. Moge de ervaring mij hebben geleerd dat weinigen er spontaan door worden getroffen, bij herhaling vergewiste ik mij ervan dat het volstaat er hun aandacht op te vestigen om ook bij hen die sensibiliteit voor een of andere onbekende gegevenheid te laten ontwaken. Het lijkt mij niet uitgesloten dat ik hierdoor werd bewogen om te gaan schrijven, op de keper beschouwd een hoegenaamd niet voor de hand liggende, ontzettend inspannende maar absoluut bevredigende bezigheid.

Nu mijn innerlijk beeld van hem zich steeds meer had vervolledigd, niet het minst door de bijdrage van mijn verbeelding, vroeg ik mij af of het geen ingeboren trek, geen geestelijke erfenis van mijn vader was, van de goede leermeester die hij heel zijn voortijdig afgebroken leven was geweest? Er met Emily, in de eerste plaats er met Emily over praten leek mij voorlopig het diepste blijk dat ik van mijn genegenheid kon geven. Mijn eigen leven, dus onvermijdelijk ook iets van hém, evenals mijn eigen dromen waren het die ik haar bij het begin van deze zich aankondigende liefde wilde aanreiken. Het leek mij inmiddels te vroeg om het met haar reeds over hemzélf te hebben. Daartoe diende zich een geschikte gelegenheid voor te doen; voorlopig was tussen ons alles nog te teer, te broos voor de schaduw van het verdriet dat er, helaas, onvermijdelijk bij zou horen.

Onnadrukkelijk de hand op haar ranke, zijdenaakt aanvoelende middel, liet ik Emily voorgaan en sloot de deur van de herberg achter haar.

Net als vorige week heerste er in de trant van het huis een bedaarde drukte. Uitkijkend naar een tafel zag ik dat die nabij de tapkast, waarachter Greet en Paul bezig waren, in beslag was genomen door Krisje, Jo en Anton, die ik nooit eerder in 'De blauwe Ganze' had ontmoet en hier vermoedelijk door het uitgeverspaar was geïntroduceerd.

Allen wuifden enthousiast toen zij ons in het oog kregen.

Ofschoon ik met de Heuvelmansen pas vanmorgen Peters begrafenis had bijgewoond en mijn gesprek met de filmregisseur van voor enkele dagen dateerde, vond ik het prettig het groepje weer te zien.

Zonder erover na te denken had ik gehoopt mij anoniem met Emily onder het publiek te mengen; wij hadden conversatiestof genoeg voor ons verdere leven. Eventueel gewoon de typisch Antwerpse sfeer met haar te ondergaan en samen de anderen te observeren, voor het eerst bewust als prille geliefden door onze medemensen omringd, leek mij geen onaantrekkelijk vooruitzicht. Een toevallig ontmoete kennis, die ik met plezier een goeienavond hoorde te wensen en aan wie ik haar hoffelijkheidshalve vluchtig zou voorstellen, zou ik niet als bezwarend hebben beschouwd. Evenmin ontgoochelde het mij ons tête-à-tête, die tedere medeplichtigheid van alleen wij met ons tweeën te midden van de stamgasten, in rook te zien opgaan wegens de incidentele aanwezigheid van mijn vrienden. Hoe kon het anders dan dat zij ons meteen tot de hunnen rekenden?

Men hoeft mij niet te leren dat de liefde behoefte aan eenzaamheid heeft. Toch vergewiste ik mij ervan dat het door anderen geleverde klankbord voor een ontwakend gevoel als het onze een zekere aantrekkelijkheid vertoonde. Voorlopig wist ik niet hoe van nu af alles zou verlopen. Spoedig diende veel onbekends door het leven zélf geregeld te worden, beantwoordend aan het voorbeschikt patroon waarvan ik mij vooralsnog geen voorstelling kon vormen. Inmiddels was zij mijn wereld binnengekomen, waartoe zij, hoe dan ook, voortaan definitief behoorde. Niet om van de nood een deugd te maken, niet om mogelijke hinder van een gezelschap waarop ik niet had gerekend als zo gering mogelijk te beschouwen ging ik in (met Emily's goedkeuring, dat was duidelijk) op de geestdriftige uitnodiging om ons bij hen te voegen. Ons af te zonderen zou onvriendelijk en op het nippertje af agressief hebben geleken, je neemt het niet in overweging. Niet door de anderen opgemerkt vroeg ik mijn gezellin of ze niet liever apart zat, maar glunderend knikte zij nadrukkelijk van nee.

'Dat noem ik het mooiste wat vanavond kon gebeuren!' jubelde Jo. 'Emily in de stad en jullie samen bij ons.'

'Zij menen het heus, Emily,' lachte ik, 'geloof maar wat Jo zegt!'

Ik wist inderdaad dat ik het niet als vormelijke blijken van vreugde diende te beschouwen. Hiervoor was ook de instemming van de andere twee te duidelijk. Uit die van Anton maakte ik de gevolgtrekking dat zij met hem over ons hadden gepraat, allicht niet zonder waardering te betuigen voor de vorige keer door hen opgemerkte, zich aankondigende idylle met de lieftallige Engelse. Overigens viel het mij op dat de cineast haar met een deskundig oog scheen gade te slaan. Haast met zekerheid en trouwens met evidente trots stelde ik mij voor dat hij zich professioneel zat af te vragen tot op welke hoogte zij fotogeniek was. Met dat tederzachte aangezicht van haar, die natuurlijke blondheid, die ogen van Delfts blauw en wit kon het niet anders. Ik achtte het mogelijk dat hij haar vergeleek met de actrices van bij ons, onder wie volgens mij niet één het tegen haar kon opnemen wat stijlvolle bevalligheid en intelligente beminnelijkheid betrof.

'Aangezien zij jouw vrienden zijn geloof ik hen vast,' beaamde Emily. 'Ik ben echt blij de kennismaking van vorige keer weer op te nemen.'

'Het loopt al tegen elven, jammer! Ik vraag mij af wat jullie in 's hemelsnaam de ganse avond hebben uitgespookt?' opperde de uitgever vriendelijk grijnzend.

Al viel ze wat ongelukkig uit, het kwam niet bij me op het als een onbescheiden vraag te beschouwen. Voor zover ik erover zou hebben nagedacht bedoelde hij dat het vrij laat was, of dat hij het leuker zou hebben gevonden ons met het oog op de gezelligheid vroeger in 'De blauwe Ganze' te zien verschijnen.

'Zulke dingen vraag je niet, Jo!' berispte Kristien streng haar openhartige, vermoedelijk onschuldige echtgenoot. 'Krijg jij ooit nog wel fatsoenlijke manieren?'

Was het inderdaad zo dat zij hem op zijn nummer wilde zetten? Ik was niet gechoqueerd door zijn vraag. Krisje zelf liet mij denken aan de tijdsbesteding die hij ons mogelijk toeschreef. Subtieler kon ik het zo bekijken dat zij als ongecompliceerd volkskind simpelweg voorwendde een imaginair grapje door te hebben of droogweg te doen alsof. Bijgevolg zou haar ingewikkelde bedoeling zijn dat wij begrepen hoe zij met onze reële of toekomstige liefdesrelatie sympathiseerde. Bij Proust vind je zulke kronkelredeneringen, de burgemeester zou het beamen. Waarom zat Emily er met ogen vol intuïtie bij?

'Hé!' zei Jo, die uit de lucht kwam vallen, tenzij hij het met een uitgestreken gezicht voorwendde. 'Wat heb ik mispeuterd, waarom die schooljuffrouwentoon? Ik heb toch niets onaardigs gezegd? Is de moeder van mijn onschuldige bloedjes van kinderen boos op me?'

Integendeel. Zo hij door Krisje op een dubbelzinnigheid was betrapt, had hij iets heel aardigs bedoeld, hoewel een tikkeltje voorbarig. Ik vroeg mij af of zij, na jaren huwelijk volledig op elkaar afgestemd, daarentegen als aanmoediging voor Emily en mij samen een grappig nummertje opvoerden. Alles was minder nadrukkelijk dan ik het opschrijf en het had geen belang, maar de gedachte was mij niet onwelgevallig, te meer daar Emily – wat verlegen, gevleid, geamuseerd? – het huiselijk tafereeltje tussen de openhartige echtgenoten op dezelfde manier als ik scheen te bekijken.

'Ja hoor!' zei Kris stuurs, ofwel de schalkse improvisatie voortzettend. 'Ik ben ontzettend boos. Soms gedraag jij je als een onbehouwen vlegel!'

'Kindertjes toch,' kwam Anton tussenbeide, 'waar jullie een affaire van maken!'

'Ik ben er kapot van!' antwoordde Jo. 'Wat een toestand!'

Als het slachtoffer van een tragisch misverstand des huwelijks keek hij zo smartelijk en pathetisch, dat beider grapjasserij er ditmaal vingerdik bovenop lag.

Hij nam zijn vrouw in de armen en drukte haar hartstochtelijk tegen zich aan. Met inspanning haar lach bedwingend wendde zij haar gezicht van hem af.

'Nee, mannetje, zo gaat dat niet; in geen week raak je me aan!'

'Een week? Verlang je dat ik doe als de Engelse prins-gemaal uit dat boek van Pieter-Frans? Je weet wel, we hebben er samen om gelachen... Kom, wij moeten ons met elkaar verzoenen, onvolprezen echtvriendin van me! Denk aan onze jeugd. Was dat niet mooi? "You Jane, I Tarzan", zo ging het toen!'

Kristien schaterde het uit en liet zich nu gewillig op haar mond zoenen.

Ik vond dat Emily hoorde te weten dat dergelijke opvoeringen nu weer niet tot onze dagelijkse gebruiken behoorden.

'Ik wed dat jullie er geen idee van hebben tot waar de wortels van zo'n geintje wel reiken!' zei ik, vooral om háár aandacht af te leiden.

'Niet diepzinnig worden, Paul!' waarschuwde Jo. 'We zijn uit voor de pret, na die trieste dag hebben we het nodig. Enfin, ga je gang, Emily is ginds in Cambridge aan ernstiger gesprekken gewend. Hoewel ze ons niet noodzakelijk voor Vlaamse primitieven hoeft te houden.'

'Wees maar gerust,' antwoordde zij, 'geen haar op m'n hoofd die eraan denkt. Begin ik niet keurig jullie standing expressions te gebruiken? Ik schijn warempel behoefte aan Pauls rare verhalen te krijgen, ik wil graag weten waarop hij zinspeelt!'

Om te laten merken dat zij het met die rare verhalen niet onaardig bedoelde, legde zij teder – een lichte aanraking – haar hand op de mijne. Dit bescheiden lichamelijk contact scheen voor haar al aan een behoefte te beantwoorden.

'Doodeenvoudig een rocamboleske inval, stel je er niets van voor, ofschoon het ergens zijdelings met jouw vak te maken kan hebben...'

'Daar gaat hij weer doorslaan,' grinnikte de uitgever. 'Let er niet op, Emily, die vriend van me is zo hartstikke vol van je, dat hij voortaan alles op jou betrekt!'

Bloosde zij? Nee, ik stelde mij niets voor, zij bloosde! Was het niet heerlijk, een jonge vrouw, een intellectuele, die anno 1980 nog om zo'n complimentje kon blozen?

'Integendeel, Jo, ik neem mij voor er goed op te letten. Ik vind het ontzettend lief van hem, hoewel ik het dit keer niet zie zitten. Heeft iemand van ons op de literatuur gezinspeeld, Paul?'

'Ach, een grapje, zo'n onverwachte karpersprong van de verbeelding, weet je. Trouwens, nu ik erover nadenk... Het heeft niet rechtstreeks met de literatuur, veeleer met de muziek te maken. Enfin, dat is bijkomstig... "You Jane, I Tarzan", zei je, Jo. Hebben jullie je ooit afgevraagd waar dat vandaan komt?'

'Helemaal geen probleem,' vond Anton. 'Gewoon uit die dwaze junglefilms van eertijds. Johnny Weismüller en zo. In onze kleuterjaren was het al oud spul.'

'Natuurlijk,' zei Jo, 'net wat ik dacht. Tarzans eerste les in de mensentaal op een boomtak, de hele zaal lag plat van het lachen, ik zie het voor me... Zo geestig lijkt het mij achteraf niet, maar het publiek was minder verwend dan vandaag de dag... Wel, die kwestie hebben we weer schrander opgelost, niet, Emily?'

'De muziek,' corrigeerde zij, 'Paul had het over de muziek, niet over die apenfilms van Anton.'

'Ik heb een hekel aan mezelf,' zei ik. 'Ik zat op een schaamteloze manier pedant te doen, het heeft geen naam! Laten we over iets anders praten. Wat drinken jullie van me?'

'Nee hoor, zo kom je er niet onderuit, Paul!' protesteerde Kristien. 'Eerst maak je mij nieuwsgierig als de pest en dan sla je met een klap de deur dicht! Onder vrienden heb je geen geheimen.'

'Kris heeft gelijk,' beaamde Emily, 'ook mij heb je nieuwsgierig gemaakt. Als de pest. Een uitdrukking die ik moet onthouden.'

'Als de dames insisteren, vooruit dan. Volgens mij komt het uit Wagner. Natuurlijk hebben jullie daar nooit aan gedacht?'

'Die man is over zijn toeren,' constateerde Jo. 'Je moet maar goed op hem passen, meisje!'

'Natuurlijk, wat dacht je?' lachte Emily. 'Maar daarom hoef je hem het woord niet af te nemen.'

'Uit Wagner, geloof me! "Du Isolde, ich Tristan". Als je het bijgeval niet wist.'

'Verdomme,' grinnikte Jo, 'die schrijver van ons heeft nog gelijk ook!'

'Waarachtig,' voegde Emily er opgetogen aan toe, of ze er blij om was dat ik mij niet wat had ingebeeld. 'Of je het in de oude teksten kan terugvinden herinner ik mij niet, maar het komt bepaald voor in *Tristan und Isolde*. Vorig jaar zag ik het in Londen.'

'Niet te geloven,' vond Jo. 'Het is verdomme je reinste plagiaat! Nog vanmorgen hadden wij het erover...'

'Niet wat je echt plagiaat noemt... Die filmmaker uit de tijd dat de beesten spraken knipoogde naar Wagner, het valt mee dat hij hem kende. Intertextualiteit heet dat tegenwoordig...' nuanceerde ik.

'Ik noem het plagiaat,' hield de uitgever hardnekkig vol. 'Dat knipoogje klinkt goed, inderdaad. Maar alleen een knipoogje naar Wagner volstond niet, die merkte er trouwens niets van. Een knipoogje naar het publiek, tot daar, maar hoeveel Amerikanen uit de jaren dertig hadden ooit van *Tristan en Isolde* gehoord? Laat staan dat die coladrinkers het konden situeren, zeg? Hoe dan ook, het werd uit de opera gejat en er zit een luchtje aan!'

'Zo kun je het bekijken...'

Ik wist dat het een krankzinnig gesprek was. Het stemde echter volkomen overeen met de dingen waarover wij het vaker hadden en paste voortreffelijk in de sfeer die tijdens dergelijke wilde conversaties onder ons tot stand komt. Stilaan vormden wij een kleine academie!

'Jo heeft gelijk met wat hij zei over de betrokkenheid van het publiek,' opperde Anton. 'Ook mij lijkt het zonder die betrokkenheid, ik wil zeggen die betrokkenheid van een derde persoon niet kosjer...'

'Even mijn gedachten ordenen, jongens,' zei ik. 'Het is niet zo simpel als je denkt. Stel je voor dat ik een roman zou schrijven over de gebeurtenissen die zich de afgelopen tijd in mijn dagelijks leven hebben voorgedaan... Noodgedwongen dien ik dan verslag uit te brengen hoe ik met het boek van Pieter-Frans van Kerckhoven bezig ben geweest en over al wat eraan vast zit...'

Emily scheen mij eensklaps verwezen aan te kijken, heel kort, vermoedelijk verbeeldde ik het mij maar. Ook aan iemands wisselende gelaatsuitdrukkingen moet je wennen. Of had zij andere verwachtingen gekoesterd wat onze eerste gezamenlijke avond betrof? Nee, zij glimlachte, mogelijk om haar vermoeidheid eronder te houden, voor haar was het een zware dag geweest, met inbegrip van een lange rit met haar autootje door het warmst van de achternoen.

'Haarkloverij!' vond Jo.

'Onderbreek Paul niet!' berispte Krisje. 'Of zal ik me weer boos maken?'

'Als ik uitweid over de inhoud van dat boek, uitgebreid of terloops op de gebeurtenissen, op de personages zinspeel, dan heet dat tegenwoordig volgens de vergelijkende literatuurwetenschap intertextualiteit. Ik veronderstel dat het een vertrouwd begrip voor Emily is?'

'Inevitable, not important,' antwoordde zij, plots in haar eigen wereld. 'Neem me niet kwalijk... Soms heb je het gevoel dat er geen novel, geen Engelse roman is waarin de schrijver niet vroeg of laat bij voorbeeld naar Shakespeare verwijst. Dat hoort dan weer tot ónze dagelijkse wereld. Over zo'n voor de hand liggende verwijzing maken wij geen drukte, de lezers weten waar het om gaat... En jullie?'

'Het ontbréekt er nog aan dat Roel plots komt binnenvallen! In feite is dit de voortzetting van ons gesprek van daarstraks. Wij waren samen bij de begrafenis van een bevriend schrijver, moet je weten, Emily. Wat mij betreft, ik kan er gloeiend kwaad om worden. Enfin, soms.'

'Waarom? Voor zo'n bijkomstigheid?' lachte zij.

'Tegenwoordig is het geen bijkomstigheid meer,' meesmuilde ik. 'Daar hadden we het nu juist over...'

'Over plagiaten,' kwam Jo tussenbeide, 'niet over interdingen, hoe noem je het ook al weer...'

'Over intertextualiteit...? Op dat moment kwam de lijkwagen eraan, daarom is het woord niet gevallen. Ik deed je het verhaal over Vanlotenhulle.'

'Vanlotenhulle...?' vroeg Emily. 'Nooit van gehoord. Ook een schrijver?'

'Sommigen zeggen van wel... Ondanks het feit dat hij op heterdaad werd betrapt op plagiaat, wist hij het zo in te pikken dat hij een behoorlijk deel van de academische wereld voor zijn karretje spande.'

'Niet mogelijk, Paul,' zei de jonge vrouw.

'Wél mogelijk, Emily... Ook Depaus was ondertussen meermaals met de hand in andermans zak beetgepakt. De universitaire orakels en de aanhangers van beide struikrovers vonden dat er iets moest worden ondernomen om hen van dat vieze woord plagiaat af te helpen. Daarom werd het begrip intertextualiteit als eufemisme voor den dag gehaald. Zo werd vulgaire letterdiefstal ogenschijnlijk iets subtiels, iets heel geraffineerds. Onlangs nog had een van die bietekwieten het in vervoering over de goddelijke kunst van de intertextualiteit. En niemand schatert het uit! Gelukkig bereikt die flauwe kul ternauwernood het publiek...'

'Zelfs nooit,' relativeerde Jo, 'het is het eerste dat ik ervan hoor.'

'Des te beter. Er is echter de zogenaamde officialiteit, die denkt vast dat het iets geweldigs is, reikt mild eerbewijzen en bekroningen aan de hold-uppers uit en ondertussen zitten wij ermee. Voor mijzelf geeft het niet, ik heb mijn boontjes alleen gedopt, daar zorgt mijn uitgever voor. Maar Peter van Keulen, de beste onder ons allen heeft men kapot gekregen. Ik blijf me afvragen waaraan die hersenbloeding was toe te schrijven. Van dit ogenblik af neem ik mij voor geen gelegenheid onverlet te laten om het tuig te grazen te nemen...!'

'Ach, weet je... Een mens praat er weleens over,' beaamde Anton, 'maar daar hoor je het bij te laten. Het overige is tijdverlies. Wat heb je er tenslotte mee te maken?'

'Dat vind ik ook,' besliste Krisje. 'Niets dan nutteloze ergernis!'

'Moet je horen,' trad Jo het oordeel van zijn vrouw bij. 'Het herinnert mij aan onze leraar Duits op dat handelsschooltje. Achter in de klas, zodat hij het onafgebroken zag hangen, had hij een vel papier opgehangen met in koeien van letters de woorden *Mensch, ärger dich nicht* erop. Vermaningen gaf hij nooit; als wij keet schopten, wat natuurlijk gebeurde, keek hij ernaar, zonder één woord te zeggen. Dan werd het stil, of er toverkracht uitging van dat bezweringsformulier aan de muur. Niemand waagde het om te kijken. Nooit heeft hij ons een uitbrander hoeven geven.'

'Een mooi verhaal,' zei Emily, 'very nice indeed.'

'Reken maar dat ik me pisnijdig kan maken,' vervolledigde de filmman zijn standpunt. 'Tot voor enkele jaren was ik een echte zenuwpees. Noodgedwongen heb ik op de set geleerd me te beheersen. Het wordt een gewoonte. Krijg ik het bij uitzondering nog weleens op de heupen, dan ga ik wat doen, bij voorkeur iets dat met mijn werk verband houdt.'

'Goeie methode,' stemde Jo in. 'Verstandige reactie!'

'Je hebt geen idee hoeveel tijd het je bespaart,' hernam Anton met grotere ernst dan het onderwerp waard leek. 'Ik kan het je van harte aanbevelen nu we samen die Arthurfilm maken.'

'Gaan jullie een film maken?' informeerde Emily geestdriftig.

'Nee toch, gaat het door...?' aarzelde ik, mij ervan bewust hoe vaak dergelijke projecten van tevoren ten dode zijn opgeschreven. 'Waarom zei je het niet dadelijk?'

'Tot dusver hebben jullie mij geen kans gegeven,' lachte hij, 'daarom zeg ik het nú.'

'Weet je het zeker?'

'Volkomen zeker, sinds vanmorgen. Ik heb al een ontwerp voor een contract gekregen. Het jouwe ligt klaar. Ik belde je om een uur of zeven, maar je nam niet op.'

'Die geluksvogel was met miss Emily op stap,' meesmuilde Jo.

'Omdat ik geen antwoord kreeg, besloot ik hier even langs te rijden; één kans op duizend, maar je weet nooit, dacht ik. Het valt allemaal erg mee. Vanmorgen heb ik met de programmadirecteur een voorlopig budget opgemaakt. Dat gaat nooit zonder enige touwtrekkerij, wat dacht je, maar alles bij mekaar was de man coulant. Als je voor je script hier en daar wat moet rondkijken, zeg het dan maar, ik stond erop dat daarvoor een behoorlijk bedrag werd uitgetrokken.'

Ik deed het vast, dat besluit had ik al eerder genomen, ik had hem trouwens zoveel als mijn woord gegeven. Het hing niet van om het even welk bedrag af.

'Goed,' zei ik. 'Je weet dat je op me kunt rekenen. Ik bedoel, we zien nog wel, het komt vrij onverwacht...'

Het was min of meer een slag om de arm. Vooraf wilde ik erachter komen wat Emily's plannen waren. Vermoedelijk had ze een boel werk in Antwerpen, in Den Haag, zodat niets mij verhinderde dadelijk aan het schrijven te gaan. Niettemin stelde ik mij ergens voor, nee, hoopte ik dat wij gedurende de eerstkomende dagen zoveel mogelijk bij elkaar zouden zijn. Wie weet of ze daarom niet weer hiernaar toe was gekomen? Sedert een paar uren scheen alles mogelijk. Ik was er zeker van dat Jo mijn gedachten raadde en daarom naar me knipoogde. Hij onthield zich van commentaar zodat Kristien hem niet fatsoenlijkheidshalve op een tactloosheid hoefde te wijzen.

'Het is niet mijn bedoeling je avond te bederven door de zaak verder uit te praten,' vervolgde Anton tegemoetkomend. 'Later zullen we samen lange gesprekken hebben, zo gaat dat. Als je het goed vindt, kom ik je opzoeken in Hove. Kris heeft me geweldige dingen verteld over dat prachtige huis van je!'

'Ik ben ontzettend nieuwsgierig,' bekende Emily. 'Hoe zeggen jullie dat ook al weer? Even denken... Ja! Zo nieuwsgierig als de pest.'

'Het kan erg mooi worden,' vervolgde Anton, zich speciaal tot haar richtend, of hij haar instemming diende te bedingen.

Het leek ernaar dat hij mijn gedachten had gelezen en besefte dat zijn verzoek niet op het geschikte ogenblik kwam.

'Daar ben ik zeker van,' antwoordde zij. 'Een film over Arthur? Een documentaire? Op grond van het boek dat Paul over hem heeft geschreven? A marvellous idea, een pracht van een idee, ik wou dat ik eraan mocht meewerken!'

'Waarom niet?' zei ik, eensklaps geïnspireerd.

'Inderdaad, waarom niet?' zei Anton. 'Onder de personeelsbezetting voorzie ik een assistente die in Engeland voor de contacten met de plaatselijke autoriteiten en zo moet instaan. Een belangrijke opdracht, hoewel er geen filmervaring aan te pas komt; zo iemand is onmisbaar. Volgend jaar omstreeks deze tijd of iets later. Denk er eens over na, wil je?'

Ik dronk mijn glas leeg. Mijn keel scheen opeens dicht te zitten van ontroering. Staan zulke dingen in de sterren geschreven, zoals ik daarnet had gedacht? Ging mijn wens in vervulling (vallende ster, zorg ervoor dat Emily nooit uit mijn leven verdwijnt, zorg ervoor dat zij er altijd zal zijn, wat er ook gebeure)? Moest ik er de Moedergodin om danken dat er een baken naar de toekomst werd uitgegooid waar ik – in het slechtste geval! – naar toe zou kunnen leven?

'Vind je het goed dat ik er níet over nadenk, Anton?' koketteerde zij.
'Voel je er niets voor, Emily? Het is een leuke baan, weet je!'
'Ik hoef er niet over na te denken. Als Paul het prettig zou vinden, is mijn antwoord ja!'
Ik legde mijn arm om haar schouder, wat ik al eerder had willen doen. Zij vleide zich tegen mij aan. Na de omhelzing van daarstraks hoefde het mij niet te verbazen. Waar had ik aan getwijfeld?
'Mooi,' zei Anton tevreden. 'Daar ben ik oprecht blij om. Nee, ik maak mij geen meester van de conversatie. Alleen wil ik je terloops nog vragen, Paul, dat je eens grondig nadenkt over die speciale dingen waar de wetenschappers volgens jou onvoldoende interesse voor aan den dag leggen, zo in de aard van die Antwerpse Graalkoning.'
'Hé, een Antwerpse Graalkoning?' juichte Emily. 'Hoe bestaat het! Dat moet je me hoognodig vertellen, morgen of zo!'
Morgen, had ze gezegd. Zelfs morgen of zo. Morgen en alle dagen die er nog zouden volgen.
'Daar kun je vast op rekenen, Emily. En jij kunt er ook op rekenen, Anton. Rare dingen genoeg...'
'Jullie gaan op de geheimzinnige toer,' lachte Jo. 'Is het bij de wet verboden wat meer over jullie plannen te vernemen? Krisje en ik horen als een ieder graag een sterk verhaal, het hoeft geen spookgeschiedenis te worden als laatstmaal!'
'Zijn jullie met spoken bezig?' wilde mijn gezellin weten.
'Hij zegt maar wat,' reageerde ik haastig. 'Kom, ik vertel het je weleens, later.' Het ogenblik was aangebroken waarop ik het over later kon hebben wanneer iets niet gelegen kwam. Vader hoorde erin thuis en daarvoor vond ik het te vroeg. 'Je mag er gerust op zijn, Anton. Toen ik onlangs in mijn materiaal zat te grasduinen, vond ik een notitie over een bijzonderheid, te laat op het spoor gekomen om haar in mijn boek over Arthur te gebruiken. Vrij sensationeel, al zeg ik het zelf.'
'Als wij er de anderen niet mee vervelen wil ik graag horen waar het om gaat,' drong mijn toekomstige regisseur aan.
'Toegestaan!' proclameerde Jo. 'Dan kan het gepeupel gratis meeluisteren.'
'Beperk je tot jezelf,' berispte Kristien, 'Emily en ik zijn dames die met hoogstaande intellectuelen omgaan...!'
'Die notitie viel mij dus opnieuw in handen en weer was ik er wég van... Eens te meer stond ik versteld hoe nonchalant bepaalde wetenschappers met sommige gegevens omspringen. Dat zij niet interdisciplinair werken, zoals Emily het vorige week noemde – ik knoopte het goed in mijn oren – schijnt niet voldoende. Soms zou je warempel denken dat hun oogkleppen voldoende efficiënt zijn om niet eens aandacht te besteden aan wat anderen in hun eigen vak verrichten. Sorry, Emily, in feite...'

'Geeft niks, hoor! Leer ze mij kennen, die pausen en kardinalen...!'
'In elk geval lijkt het mij een schitterend detail voor die film van ons. Wat de Arthur-materie betreft is het een axioma dat de Graal voor het eerst bij Chrétien de Troyes opduikt, omstreeks 1182...'
'Zo heb ik het geleerd,' onderbrak Emily mij, 'is het niet juist?'
'Als leek schaam ik me dood...' grinnikte ik.
'Ik zie je blozen,' zei Jo, 'je kunt het ook niet helpen – als het niet juist is, bedoel ik.'
'Stel je voor! Het is inderdaad niet juist. Ik veronderstel dat weinigen het weten. Bijna potsierlijk dat ik, dilettant, het wél weet...'
'Vertellen, Paul!' drong Anton aan. 'Reeds vóór ons vorige gesprek ben ik natuurlijk wat algemeenheden over het onderwerp gaan lezen, het heeft mij meteen flink te pakken, het is erg aanstekelijk!'
'In dit geval geldt het een gespecialiseerde kwestie...'
'Die dingen worden pas boeiend als je zo ver mogelijk op de details ingaat,' gaf Emily als haar mening te kennen, 'ik ondervind elke dag hoe doorslaggevend kleinigheden soms zijn!'
'Soms zou je zeggen... Toevallig kwam ik een Provençaalse troubadour op het spoor. Waarom loop je eensklaps tegen zo iemand aan...? Hij overleed in 1163, dat staat vast, en het is van fundamenteel belang. Geloof me, of geloof me niet. Die Rigaut de Barbézieux schrijft in een lied voor zijn aanbeden dame dat haar bekoorlijkheid hem verblindt zoals de Graal ééns Perceval verblindde.'
'Nee!' protesteerde Jo. 'Het wordt te gek. Het lijkt warempel iets als dat vers van Pieter-Frans. Waarom moet je dát nu weer overkomen?'
'Ik kan jullie niet volgen,' wierp Krisje op. 'Hóe zit dat exact?'
'Nou, het is toch duidelijk? Die Rigaut van mijn laarzen schreef over de Graal vooraleer dat ding was uitgevonden!' verduidelijkte haar man.
'Daarop komt het neer,' bevestigde ik. 'In tegenstelling tot elke vooralsnog aanvaarde theorie kende men de Graal reeds twintig jaar, en mogelijk veel langer, vóór Chrétien.'
'Bewildering!' opperde Emily, voor wie verbazing de voornaamste oorzaak was om een beroep op haar moedertaal te doen. 'Dat lijkt mij enorm belangrijk. Alles wordt er vermoedelijk anders door?'
'Nóu,' zei Anton.
'De vondst is van een Belgische dame, professor Lejeune...'
'Dus dien je er in je script rekening mee te houden... Is het mogelijk die revolutionaire theorie bij het geheel in te passen? In feite kunnen we er bezwaarlijk stilzwijgend omheen lopen.'
'Zo is het, volgens mij kunnen wij dat niet, nee... Daarenboven komt het ook aardig uit. Het bevestigt een oudere hypothese, waaraan men nooit voldoende belang heeft gehecht. Schromelijk ten onrechte, vermoed ik.'

'Just a moment, Paul...' trad Emily mij bij. 'Bedoel je die volkomen aparte hypothesen van... Hoe heet zij ook weer, zij was een van onze allereerste vrouwelijke professoren...'

'Net als jij bedoel ik Jessie Weston. Toen ik destijds haar werk las, was ik er zéker van dat men het heeft doodgezwegen omdat het een vrouw betrof, zo ging dat omstreeks 1920... Willen jullie er meer van horen? Denk erom, het is een kurkdroge geschiedenis...'

Willen jullie er meer van horen, bedacht ik mij. Zo vangt bij Wolfram de Lohengrin-epiloog aan, ben ik door de intertextuele vlo gebeten?

'Dat noem ik typisch mannelijk,' reageerde Kristien, 'met een verhaal beginnen waarbij allen zitten te likkebaarden, en dan plots terugkrabbelen! Met een feministisch caprioolje, dat geef ik toe!'

'Nou, likkebaarden...' antwoordde ik sceptisch. 'Enfin, je hebt het zélf uitgelokt, Krisje...! Die mistress Weston is grondig bezig geweest met ene Bledri, een Welshe, meertalige bard, die zich van het niet lang tevoren door de Normandiërs in Brittannië verbreide Frans bediende. Hij wordt trouwens door de historicus Giraldus Cambriensis vermeld, ik heb het gecontroleerd. Omstreeks het midden van de twaalfde eeuw, jaren vóór het opduiken van Chrétien de Troyes, zwerft hij langs de adellijke hoven van het continent en draagt er zijn verhalen voor, vermoedelijk zonder ze op te schrijven. Men vraagt zich af of hij, in tegenstelling met de destijds gangbare gebruiken, niet in de ik-vorm vertelde. Dit zou het verschijnsel verklaren dat hij naderhand onder allerhande, min of meer gelijkaardige namen, waarin je gemakkelijk als wortel de zijne herkent, zélf een medespeler in een aantal Arthur-romances wordt. Zo vroeg als 1170 tref je hem in een Duitse *Tristan* aan, een merkwaardig, alleenstaand fenomeen. Westons hypothese is dat de Arthur-materie, waar die rechtstreeks verband houdt met de Graal, een oeroude overlevingsvorm van vergeten, voorhistorische vruchtbaarheidsritualen zou zijn. Hierbij staat die Graal volgens haar centraal; de Zieke Visserkoning, oorspronkelijk lijdend aan een castratiekwetsuur, zou wijzen op de volgens een astronomisch tijdspatroon aan de goden geofferde prins-gemaal van de koningin uit de matriarchale samenleving, waar de vrouwen de baas waren...'

'Is dat sindsdien veranderd?' gniffelde Jo.

'Laat die grapjes,' zei Kris, 'ik vind het afschuwelijk interessant!'

'Als je met Bledri rekening houdt, komt Chrétiens vroegste aanspraak op de Graal op losse schroeven te staan. Rigaut de Barbézieux, jullie weten nog wel, kan er evenmin rechten op laten gelden. Het is mogelijk dat hij hem van Bledri had. Noodgedwongen moet ik vragen dat jullie nu goed oppletten... Zeg, jullie vervelen je vast een ongeluk?'

'Toe, Paul,' zei Emily terwijl zij dichter tegen mij aan schoof en zich zowat in mijn arm nestelde, 'waarom denk je zo afkeurend over jezelf? Het maakt mij verdrietig...!'

'Je bent lief. Ik beloof je dat ik je nooit opzettelijk verdrietig zal maken... Opletten... Het staat geschreven hoe die geheimzinnige Bledri aan het hof van Poitiers voor de graaf lange vertellingen over Walewein had opgedist; die heer scheen er gek op te zijn. Toevallig was hij de overgrootvader van Marie de Champagne, zelf de beschermvrouw van Chrétien.'

'Net een detectiveroman,' constateerde Jo, 'net iets voor Klaartje. Als je het zo hoort, blijkt er een boel in die literatuurgeschiedenis te zitten, wie heeft dat ooit geweten? Jongens, had ik maar kunnen studeren!'

'Het klinkt prachtig,' vond Anton. 'Zulke gegevens kun je gemakkelijker in beelden omzetten dan je denkt. Wales, Poitiers, Champagne, miniaturen, een mooi off-screen verhaal, langzaam zie ik het vóór me verschijnen...'

'Natuurlijk moeten we oppassen dat we daar in Poitiers niet vastlopen. Of in Troyes, waarheen zich het intellectuele leven verplaatst.'

'Jammer voor Chrétien...' mijmerde Emily. 'Ik vind dat zo'n prachtige naam...'

'Die vissen we naderhand wel weer op... In tegenstelling tot wat in alle wetenschappelijke werken gebeurt, zou ik die passage in verband met Bledri een tijdlang vasthouden. Laten we Jessie Weston geloven dat hij was ingewijd in een verloren gnosis, voortspruitend uit een prehistorische cultus, vermoedelijk de maangodin opgedragen, lang voor de Kelten naar het westen kwamen afzakken. Ik vrees dat het verward klinkt, hoewel voor mij de structuur zich scherp aftekent. Bledri kunnen we, met het oog op die oeroude rituelen, als de figuur gebruiken om de grote sprong naar Stonehenge te wagen...'

'Nee, fantastisch!' jubelde Anton, die zijn zakelijke houding liet varen. 'Je maakt me enthousiast als... Als...'

'Als de pest!' vulde Emily trots in. 'Klopt het?'

'Net wat ik wilde zeggen. Al jaren droom ik ervan een voorwendsel te vinden om daar eens te gaan draaien, je hebt het geroken!'

'Dan beloof ik je het volle pond,' verzekerde ik hem. 'Ook zonder Bledri-toestand komt Stonehenge er uitvoerig aan te pas. Hoewel ik niet graag afstand zou doen van het idee dat in de voortijd die rituele offering van de prins-gemaal verband kan houden met het astronomisch ritme, volgens ontdekkingen uit de jaren zestig in de architectuur gefixeerd...'

'Wat zeg je van zo'n man, Anton?' jubelde Jo, warempel trots dat hij mijn vriend was. 'Op zijn minst zijn gewicht in goud waard!'

'Hij overtreft mijn stoutste verwachtingen, ik kan nauwelijks mijn eigen oren geloven. Mijn handen jeuken om aan de slag te gaan!'

'Dat lijkt mij begrijpelijk,' moedigde Emily ons aan, 'het wordt geweldig! Ik had er nooit van durven dromen...'

'Houden jullie ermee op,' stribbelde ik tegen, 'als jullie verder gaan word ik walgelijk verlegen. Tenslotte ben ik niet meer dan een lettervreter met veel vrije tijd en een goed geheugen.'

Ik besef dat ik er uit bescheidenheid om jokte. Hoe vaak had ik niet stomverbaasd geconstateerd dat ik van mijn geheugen de gekste dingen kon vergen? Ook wat betreft het uitwissen van herinneringen, bij voorbeeld aan de vrouwen die in mijn leven een rol, een niet steeds gelukkige rol hadden gespeeld. Mettertijd had ik er mij overigens van vergewist dat er meer aan de hand was. Dingen onthouden betekent normaliter dingen opslaan in je onbewuste. Daarentegen had ik ondervonden dat het zich daar voor mij niet toe beperkt. Als ik bepaalde gegevens eenmaal had opgeborgen, en zonder dat ik er verder aan dacht, schenen ze ingewikkelde verbanden te produceren, die zich openbaarden in de vorm van complete gedachtenpatronen. Geduldig wachtend, zou je zeggen, tot ik er een beroep op zou doen, organiseerden zij zich tot zinvolle structuren. Of zou het er op een bepaald ogenblik zo aan toe gaan dat, wanneer ik ze onverwacht nodig had, al de disparate elementen bliksemsnel, doelgericht en perfect in elkaar klikten? Had het te maken met de manier waarop ik in andere omstandigheden mijzelf verstrooid aanzwengel om een roman te schrijven, waarna ik, als een beeldhouwer, niet anders hoef te doen dan het al lang klaarliggende concept rustig los te bikken? Zou het kloppen dat elke schrijver een beetje getikt is en moest ik hieruit concluderen dat ik wel terdege een schrijver ben?

'Die link naar Stonehenge vind ik grandioos,' zei Emily. '*De Geschiedenis van de Britse Koningen*, Geoffrey of Monmouth, nietwaar?'

'Ja hoor! Bij Geoffrey is het archeologisch een miskleun. Het gaat om een Britse vorst die een herdenkingsmonument wil oprichten voor een aantal door de Saksen vermoorde edelen. Op advies van Merlijn is het Arthurs vader die voorstelt in Ierland een bestaand bouwwerk te roven en het nabij Salisbury weer op te trekken. Onzin, Stonehenge stond daar al drieduizend jaar. Wat de legendarische overlevering betreft lijkt het mij interessant. Merlijn was een soort van sjamaan, wat op de nawerking van oeroude mythologische voorstellingen wijst en ons aan Jessie Westons Bledri herinnert. In de literair-historische werken over Arthur calculeert men het niet in, al wordt op Monmouths Stonehenge-passage gezinspeeld...'

Al geruime tijd had kastelein Paul, mijn naamgenoot, achter de tapkast staan meeluisteren. Hij insisteerde dat wij een rondje van hem zouden aanvaarden. Graag kwam hij even bij ons zitten, in de gelagzaal was het minder druk en voorlopig redde zijn vrouw het wel.

'Sorry voor de onderbreking,' excuseerde hij zich nadat hij de consumpties had neergezet, 'ik ben benieuwd naar het verdere verloop van het verhaal. Allicht gaan Greet en ik in het najaar met de wagen naar Zuid-Engeland. Dat komt door gekke boeken als die van een zekere meneer Deswaen.'

'Mooi,' grinnikte ik, 'zo neem je gedeeltelijk het gevoel van me weg dat ik hartstikke zit te zeuren.'

'Toe nou, Paul,' drong Emily aan, 'je weet dat het je vrienden, dat het mij interesseert.'

'Goed dan,' vervolgde ik, nadat de anderen haar woorden hadden beaamd. 'Er is bij Geoffrey van Monmouth een tweede element, waarop nooit wordt gezinspeeld, belangrijker dan het vorige. In zijn *Vita Merlini* gaat het zo dat Merlijn er getuige van is wanneer in de oorlog twee, drie van zijn broers op het slagveld sneuvelen. Het maakt hem krankzinnig, tegenwoordig zouden wij het over een zenuwdepressie hebben. Hij trekt zich terug in het bos, waar zijn zuster zich als verpleegster bij hem vestigt. Blijkbaar komt hij er gauw bovenop want hij wil zich opnieuw in de sterren, in de astrologie verdiepen. Hij verzoekt haar een observatorium te laten bouwen, hijzelf maakt het plan ervoor, geen vuiltje aan de lucht. Tot Geoffrey dieper ingaat op het ontwerp en je tot je ontsteltenis merkt dat zijn schets, vrij gedetailleerd beschreven, letterlijk een blue-print voor Stonehenge is.'

'Maar de bedoeling was een observatorium...?' mompelde Anton ingekeerd. 'Zou je daaruit concluderen...?'

'Waarachtig,' antwoordde ik. 'Voor mijn part mogen we ons in zo'n film enig risico veroorloven. Het is niet onze schuld dat de wetenschappers er niet aan denken! Merlijn, de witte magiër, dacht er wél aan. Wie was hij? Een echo in het volksgeheugen, een eeroude mythe, kom, een schoolvoorbeeld van het archetype? De onbewuste herinnering aan de architect van Stonehenge, hoe die ook heeft geheten...?'

'Fantastisch,' vond Jo, 'wie bewijst het tegendeel?'

'En dan in de jaren zestig... Ik kan niet in details treden. De computeranalyse van de steenkring, het aan het licht tredend ritme van achttien à negentien jaar in de constructie. Dat is de tijd waarin zon en maan weer precies dezelfde plaats tegenover elkaar aan het uitspansel innemen, het Grote Jaar van de Grieken, die het pas twee millennia nadien op het spoor kwamen. Lange tijd heeft de antropologie verondersteld dat de prins-gemaal om het jaar werd geofferd. Begin er evenwel eens aan in zo'n ijltempo je vorsten de ene na de andere om zeep te helpen... Ik geloof niet dat de koningin nog huwelijkskandidaten zou vinden om hem te vervangen. Volgens mij zit het erin dat het om het Grote Jaar ging... Guinevere, in feite Gwenhyfaer, betekende witte godin – de maangodin. Was zij de matriarchale hemel- en aardegodin, de Grote Moeder (daar is ze weer, dacht ik, kán dat nu?) die in Stonehenge werd vereerd...? Bij de komst van de naar het westen trekkende Indo-europese volkeren trad een mannelijke zonnegod in haar plaats, een soort van apollinische figuur, waaruit mogelijk Arthur ontstond.

In het volksgeheugen bleef de herinnering aan de geofferde prinsgemaal bewaard, om in de Graallegenden ten slotte weer op te duiken als de lijdende, vruchteloos naar de dood hunkerende Zieke Visserkoning...'

'Asjemenou...' zei Jo bewonderend. 'Wat denken jullie daarvan? Waar haal je het vandaan, Paul?'

'Allemaal zelf gecombineerd,' mompelde ik, gegeneerd om mijn lang exposé, om mijn behoefte haar die ik liefhad tot mijn eigen, halfonbewuste wereld toegang te verlenen. 'Ik hoop dat je er wat aan hebt, Anton... Het is een bescheiden fragment van de stof die we in onze film moeten verwerken. Er is ook de literatuur zélf...'

'Een bescheiden fragment,' herhaalde Jo, mijn discrete toon parodiërend, 'wat zullen we met die man nog beleven allemaal?'

'Ik neem mij voor aandachtig naar die film te kijken, daar kun je op rekenen!' vulde zijn vrouw het goed bedoelde grapje aan.

Ruim na twaalven besloten wij op te breken.

Jo stond erop Emily goeienacht te wensen door haar drie klapzoenen te geven. Strokend met de waarheid betoogde hij dat het bij ons de gewoonte is, 's lands wijs, 's lands eer (een nieuwe uitdrukking die zij vast zou onthouden, beloofde zij), en dat wie in Antwerpen de plaatselijke gebruiken respecteert op een ieders achting kan rekenen.

Kristien schertste opgewekt dat hij schromelijk misbruik maakte van Emily's argeloze leergierigheid en dat zij hem terstond met dezelfde munt zou betalen. Uitbundig wenste zij mij een heerlijke nachtrust en omhelsde mij zo demonstratief, dat het niet anders dan netjes kon wezen. Wel fluisterde ze mij stiekem in het oor dat zij het met die nachtrust waarachtig letterlijk meende en dat ik voor die oogverblindende schoonheid van me nu maar gauw ook andere verhalen moest verzinnen.

'Hoewel ik het gesprek echt boeiend heb gevonden,' voegde zij er luidop aan toe, 'het ene hoeft het andere niet uit te sluiten, Paul!'

Met moederlijke tederheid drukte zij ook Emily aan haar welgeschapen boezem. Ik ben er zeker van dat zij haar insgelijks met een raadgeving bedacht, als aanvulling op wat ze mij had voorgehouden, waaraan wellicht de blos van de jonge vrouw toegeschreven moest worden. Indien ik mij niet vergiste was het een appreciabele uiting van de warmhartigheid, de ongecompliceerde werkelijkheidszin die mij had getroffen vanaf het eerste ogenblik waarop Jo mij aan Kristien had voorgesteld.

Wij wachtten tot het drietal was ingestapt en de paarse eend van de uitgever met ten afscheid knipperende koplampen in de richting van de kade wegreed.

Vermoedelijk wegens het hoge tij was het frisser geworden. Van koude was er geen sprake, maar niettemin legde ik als beschermend mijn arm om haar middel. Of zij het met de nachtelijke koelte in verband bracht, wist ik niet. Speels drukte zij even haar wang tegen mij aan. Door haar dunne zomerjurk heen voelde ik het elastiek van haar slipje.

In feite bezit ik een aangeboren eerbied voor vrouwen, voor mij een kwestie van zelfrespect. De grove permissiviteit die voorgoed in de jaren zestig is begonnen, heeft nooit vat op mij gehad. Roel, wie het niet aan kritische humor ontbreekt, typerend voor de journalist die hij is, heb ik op een van zijn filosofische momenten deze permissiviteit eens de democratisering van de promiscuïteit horen noemen. Ondertussen behoor ik tot een generatie waarin men als tolerant opgevoed intellectueel (als het niet verwaand is mijzelf zo te noemen) niet tilt aan de taboes van de negentiende eeuw. Moeder was een door het leven geslagen, bekommerde vrouw, maar dank zij de invloed van mijn vader had ik nooit gemerkt dat zij onderhevig was aan de ook buitenkerkelijke kwezelarij van de kleine burgerij in dit land. Dergelijke taboes waren het – nog pas had het mij getroffen – welke Pieter-Frans van Kerckhoven herhaaldelijk aan de kaak had willen stellen, met intuïtief inzicht, maar helaas zonder vormgevend vermogen. Het ontbreekt mij niet aan zelfdiscipline, maar ik beschouw mijzelf als een normale en in elk geval gezonde, nog jonge man.

Tot dusver heb ik er niet vaak op gezinspeeld, maar vanzelfsprekend was ik op mijn leeftijd als vrijgezel bij meerdere liefdesverhoudingen betrokken geweest. Met ontmoedigende regelmaat waren zij volgens hetzelfde patroon op mislukkingen en ontgoochelingen uitgelopen. Ik zei eerder dat ik over de gave beschik om met de doden de doden te begraven. Wat bepaalde gebieden betreft kan ik, zonder een onverschillig mens te zijn, het verdriet vergeten dat het leven mij berokkende. Het gebeurt niet op de manier waarop een videoband door nieuwe beelden wordt schoongeveegd. Er zijn herinneringen die je niet kwijt wilt, goede herinneringen, waarop echter onvermijdelijk de triestheid uit vroeger dagen blijft aanslibben.

Het begon reeds vóór de tijd dat ik er ook maar het vaagste vermoeden van had als auteur mee te tellen. Naderhand heb ik er mij verbaasd rekenschap van gegeven dat zelfs het eerste bescheiden teken van artistiek, vooral literair welslagen op het andere geslacht een door niets gewettigde toverkracht uitoefent. Of is het een overschatting van de beschikbaarheid van de artiest? Ik werd spoedig nagelopen door vrouwen die zich in het huwelijk verwaarloosd voelden en dat inderdaad waren. Sommigen schenen een vergissing uit hun jongemeisjestijd goed te willen maken, met een schone lei een nieuwe toekomst beginnen. Ik had evenwel nooit een vastberaden lady Moor ontmoet (weduwe in de bloei van haar voor die tijd íets rijpere jeugd), die lachend haar eigen moeilijkheden opruimde. Veeleer was ik een reddingboei in nood, maar bracht het ondertussen niet verder dan geliefde in buitendienst, die doeltreffend aan bepaalde frustraties tegemoetkwam. Het begon met echtscheidingsplannen, dan volgde een tijd van aarzelingen wegens praktische bezwaren, voorgewend of niet, en ten slotte van hopeloosheid en emotionele steriliteit, waarna de romantisch ingezette verhouding abrupt strandde of langzaam aan uitdoofde.

Zelden had ik aan een voorbijgaand avontuur gedacht, het elke keer weer ernstig bedoeld. Nooit was het evenwel begonnen als vandaag, nooit met een blijmoedige natuur, niet geankerd in allerhande onoplosbare verdrietigheden.

Terwijl wij door de zomernacht liepen, zij dicht tegen mij aan, verlangde ik natuurlijk naar haar, het meest beminnenswaardige wezen dat ooit mijn pad had gekruist.

Duidelijk was het een verlangen dat niet alleen betrekking had op het eerstnabije moment, doch zich tot de toekomst, ons beider toekomst uitstrekte. Zelfs zonder nawerkende pijn van kneuzingen en littekens was ik na menige ontgoocheling de vrouwen die ik had liefgehad in abstracto een zekere erkentelijkheid blijven toedragen. Onmiskenbaar leefden zij verder in mijn boeken, waarvan ik sommige zonder haar nooit zou hebben geschreven. Ik liep te overwegen dat ik wellicht ook over Emily zou schrijven – niet naderhand, niet om naschrijnend verdriet of vernederende frustraties het zwijgen op te leggen. Wanneer het ooit gebeurde, moest zij in de nabijheid zijn, bezig met haar eigen wetenschappelijk werk of met de kleine, dagelijkse dingen die alleen een vrouw behoorlijk aankan, in het stille, landelijke huis dat onafscheidelijk tot mijn verdere bestaan behoorde.

Wij kwamen langs de oude, in onbruik geraakte Franse opera, waar Emily luidop de deels weggeteerde namen van veelal vergeten toondichters onder de daklijst op de ronde, klassieke voorgevel las. Om mijn eigen stilzwijgen te onderbreken vertelde ik haar hoe de welgedane negentiende-eeuwse burgerij, diezelfde uit het ouderwetse café op de promenade bij de Schelde, hier geestdriftig opera's toejuichte als *Lucia di Lammermoor*, geïnspireerd door Walter Scott. Uitgesloten was het niet dat Conscience zó de Engelsman had leren kennen, zelfs vóór de tijd dat hij onder de invloed van diens boeken kwam. Zij moest het bij gelegenheid eens onderzoeken, ik wilde best helpen.

Het was een roekeloze inval van me. Nooit had ik iets in die zin gelezen maar, bedacht ik mij met goedbedoeld cynisme, als het chronologisch niet té opvallend met haken en ogen aan elkaar hing, zou zelfs de geleerdste kniesoor in Cambridge moeilijk het tegendeel kunnen bewijzen. De geschiedenis heeft voor mij soms minder met de werkelijkheid te maken dan met wat die werkelijkheid eventueel had kunnen zijn. En ónze werkelijkheid, hoe stond het ervoor met ónze werkelijkheid?

Kristiens zusterlijke raad indachtig improviseerde ik geen verdere verhalen zonder dat, nu het beslissend moment nabij was, iets zinnigs bij me opkwam.

Ten slotte viel het mij in haar voor te stellen samen iets in de bar van haar hotel te gebruiken. Zij was mij voor met de vraag waar mijn auto stond. Of ik het goed vond dat ze nog even meeliep en of ik haar daarna wilde afzetten, het kon probably nauwelijks verschil voor me betekenen?

Schromelijk het eenrichtingverkeer misbruikend in de omliggende straten, dat ik zonder scrupules nog ingewikkelder maakte dan het op zichzelf al is, reed ik met haar een eindje om. Ik weet niet of zij het merkte – in elk geval liet zij er niets van blijken.

Om het niet te gek te laten worden stopte ik eindelijk voor het 'Theaterhotel'. Zij aarzelde vooraleer uit te stappen, nee, in feite maakte zij er geen aanstalten toe.

Zwijgend zaten wij naast elkaar.

Van wie het initiatief uitging was niet duidelijk. Overigens geloof ik niet dat een van beiden zich in de vraag verdiepte.

Beginnend met een lach, of het een onvoorstelbaar goeie grap was, wierpen wij ons hartstochtelijk in elkaars armen. Haar lippen hadden de niet onaangename smaak van haar onzichtbare rouge. Zo lang zaten wij mond aan mond – haar sneeuwwitte tanden, haar levendig rood tongetje! – dat achter ons een wagen, gehinderd doordat wij dubbel stationeerden en blijkbaar de straat afsloten, geïrriteerde signalen met zijn koplampen begon te geven. Ik reed verder om hem voorbij te laten – een taxi waarvan de chauffeur, te oordelen naar de wijsvinger aan zijn slaap, terdege maar ten onrechte onze verstandelijke vermogens in twijfel trok.

Een eind verder remde ik opnieuw, bezwaard door de gedachte dat ik haar vanaf deze plek niet met de blik zou kunnen volgen als zij in de verlichte entree van het hotel verdween. Het was triestig haar te verlaten en zonder deze voorlopig laatste, troostvolle oogopslag beslist onmogelijk.

Alvorens de finishing touch aan onze brutaal onderbroken omhelzing te geven, keek zij in de achteruitkijkspiegel, die zij, zoals vrouwen eigenwijs plegen te doen, een duwtje gaf om beter te zien.

'Wat een pech, Paul!' waarschuwde zij. 'Weer een wagen, het spitsuur duurt hier tot diep in de nacht. Hij gaat vast ook vervelend doen met zijn lichten. Wat zullen wij beginnen?'

'De Moedergodin!' zei ik.

'Je bent gek,' lachte zij, 'wat bedoel je?'

Veiligheidshalve reed ik door, de richting van het plein uit.

'Ik heb een schietgebedje tot haar gericht,' antwoordde ik. 'Zij stuurt die auto, de tweede al, op ons af opdat wij een beslissing zouden nemen. Soms is ze bijzonder voorkomend.'
'O!' constateerde zij nuchter, 'zo gaat dat in Antwerpen.'
'Wat dacht je? Zo gaat dat. Weer iets dat je bijleert.'
'Wat verlangt jouw Moedergodin van ons?'
'Het is duidelijk. Ze maakt serieuze bezwaren dat we afscheid van elkaar nemen.'
'Dat is een onvoorziene moeilijkheid. Verwacht ze iets bepaalds?'
'Een heleboel, vermoed ik. Om te beginnen dat ik je kidnap!'
'Dat is een vreemd vooruitzicht... Hoe gaat het in zijn werk?'
'Vrij eenvoudig. Ik neem je mee naar mijn huis, op dit uur niet meer dan een goed kwartier rijden, het gaspedaal behoorlijk ingedrukt.'
Zij slaakte een grappig zuchtje.
'Ik ben een zwak meisje, weerloos aan de barbaarse gebruiken van the continent overgeleverd. Wat kan ik doen, Blauwbaard? Hard gillen?'
'Niets,' lachte ik, 'laten gebeuren, dat is in het geval van een ontvoering het veiligst, het stond onlangs in de krant!'
'Goed,' besloot zij, 'hoewel ik je niet beloof dat ik geen klacht zal indienen.'
'Vast niet!' zei ik en reed door de op groen springende verkeerslichten de Frankrijklaan op.

VIJFTIENDE HOOFDSTUK

Herinneringen bij het ontwaken. Emily is getalenteerd voor de liefde. Eerst breakfast en dan samen de vaat doen. Zwangerschap is geen drama. Pauls verbeelding komt op weg naar de stad op gang. Namiddag op een terrasje. Wat Emily in de krant las.

Zoals gewoonlijk werd ik gewekt door Lancelot, die mij spinnend kopjes kwam geven. Met voorzichtig ingetrokken klauwtje legde hij zijn pootje op mijn wang, of hij mij wilde attenderen op de onvoorziene aanwezigheid van een onbekende, hoewel lekker ruikende tweede in bed. Ik krauwde hem tussen zijn oortjes, waarna hij zich achter mij op het kussen nestelde en zich gerustgesteld tot een balletje oprolde.

Steeds heb ik het gevoel gehad dat men wegens de schijnbare kwetsbaarheid van het ogenblik behoedzaam met een slapende hoort om te springen. Het is uiteraard iets dat ik me voorstel, vanwaar ik het heb weet ik niet, maar wel houd ik er rekening mee, het is sterker dan mezelf.

Om haar niet bruusk te wekken bleef ik onbeweeglijk liggen en keek Emily van terzijde aan. Voor de hoge open vensters, waarachter niets dan boomkruinen waren te zien, hadden wij wegens de warmte de overgordijnen niet gesloten. Het binnenvallend, zich langzaam verplaatsend zonlicht had zojuist haar fijndradig blonde haar bereikt. Vannacht had ik haar gevraagd het los te knopen. Als een weelderig, uit zichzelf stralend aureool omringde het reikend tot de schouders de jonkvrouwelijke tederheid van haar vredig, dankbaar in de slaap glimlachend gezicht.

Diep verbaasd lag ik haar te bewonderen, ternauwernood begrijpend hoe het mogelijk was. Wat zei notaris Bostijn voor een paar maanden over dat grote huis? Had hij het niet in verband gebracht met de beminnenswaardige vrouwspersonen over wie ik volgens hem zo vaak had geschreven? Het leek mij weinig waarschijnlijk dat hij over helderziendheid beschikte en in de toekomst kon schouwen. Evenmin hoefde ik er rekening mee te houden dat het genootschap waartoe hij behoorde zijn leden dergelijke kunstjes aanleerde. Na mijn ervaringen met Pieter-Frans achtte ik het nochtans niet uitgesloten dat sommige mensen, waarschijnlijk zonder het zélf te weten, gevoelig zijn voor de lotsbestemming die iemand verborgen in zich meedraagt. Aangezien deze gekke laatste overweging contradictorisch met de eraan voorafgaande uitviel, vond ik dat ik aan reëler dingen moest denken.

Aan Emily, die goddelijk naast mij sliep, bij voorbeeld. Of hoe ze naakt was tot beneden de kleine rozeknop van haar navel doordat zij, toen we elkaar bij het eerste morgenkrieken een laatste maal hadden liefgehad, weer was ingesluimerd vooraleer de dekens over zich te trekken.

Niet zonder overdrijving bevreesd dat zelfs de aanraking van mijn koesterende blik haar zou doen wakkerschrikken (en ook omdat mijn nek door de krampachtige houding pijn begon te doen), ging ik, liggend op mijn rug, wat om mij heen kijken. Ik had er tot dusver weinig aandacht aan besteed (nog had ik geestelijk mijn nieuwe domein niet volledig in bezit genomen). Inderdaad voor het eerst voelde ik mij vanmorgen opgetogen over het ouderwetse maar fraaie slaapvertrek, dat ik tot dusver voor de meer bescheiden logeerkamer had verwaarloosd. Vermoedelijk, nee, ongetwijfeld had het speciaal beantwoord aan de smaak van mijn tante Henriëtte. Zij was de op dertigjarige leeftijd overleden echtgenote van oom Lambert, in het kraambed gestorven toen zij een doodgeboren zoontje ter wereld bracht. Haar beeld had ik bewaard als een tenger-broze, wat stille verschijning. Ik moet zowat vijf zijn geweest toen het gebeurde, waarna haar man zich in de eenzaamheid van dit landelijke huis had teruggetrokken.

Voor het eerst sinds mijn kindertijd herinnerde ik mij hoe ik met mama haar begrafenis had bijgewoond. Het was zo ontzettend lang geleden, dat ik mij afvroeg of ik het mij niet voorstelde. Toen kwam er een eind aan de twijfel. Volstrekt duidelijk verscheen voor mij het beeld van het interieur van de tóen reeds antieke Minerva waarmee wij achter haar begrafeniswagen hadden gereden. Letterlijk zág ik dat het in aanwezigheid was geweest van twee stilletjes huilende dames in zwarte mantels, waarschijnlijk verre verwanten die ik nooit had weergezien. Het was geen louter visuele herinnering, ik was er zeker van dat ik zelfs de lederen zetelbekleding van de auto kon ruiken.

Het was geen beeld voor een glorieuze morgen als deze.

Moeiteloos lukte het mij het weg te drukken uit mijn geest. Niettemin vroeg ik mij af wat er nu weer was gebeurd in dat rare onbewuste geheugensysteem van me. Ik had nog wel aan tante Henriëtte gedacht. In de erfenisstukken die Bostijn mij met voorbeeldig geduld had voorgelezen, kwam in de passages die op oom Lamberts weduwnaarschap sloegen, haar naam nadrukkelijk voor. Bij al die juridische uitweidingen was mijn aandacht weleens in gebreke gebleven en ik wist niet meer of ik iets over het dode kind had gehoord. Tot dusver had ik het zo niet bekeken, maar thans leek het mij voor het eerst duidelijk dat de oude man zijn voorzorgen had genomen om te verhinderen dat zijn nalatenschap onder de grijpgrage familie van zijn vrouw werd verdeeld. Tante Henriëtte was uit liefde met hem getrouwd. Daarentegen hadden haar verwanten, zijn succes in de diamanthandel ten spijt, hem steeds als een te mijden proletariërszoon beschouwd. Ik heb er reeds op gewezen dat wij elkaar niet veel ontmoetten. In zijn sombere zwijgzaamheid had hij nooit gezinspeeld op de sympathie die hij me toedroeg. Het was nooit bij me opgekomen dat ik als zoon van zijn vermoorde broer in zekere mate zijn dode jongetje had vervangen.

Daar zijn zwijgzaam karakter er de oorzaak van was, achtte ik mij volkomen onschuldig aan deze onwetendheid omtrent zijn verborgen genegenheid, mij geopenbaard door het geluksgevoel waarmee Emily's komst mij vervulde. Te laat om het achterwege blijven van een duidelijk betoonde wederkerigheid goed te maken, vroeg ik mij af in hoeverre wij de in vele mensen verborgen tederheid niet onderschatten. Het was een goede gedachte om er de dag mee te beginnen.

De kamer was nu grotendeels met zon gevuld.

Zonder ongeduld sloeg in de verte de kerkklok negen uur. In de bomen gingen de vogels, die ik nog niet door hun gefluit van elkaar kon onderscheiden, als gekken tekeer.

Emily kreunde in haar slaap. Vermoedelijk zou zij spoedig ontwaken, maar ik wilde wachten tot het uit zichzelf gebeurde.

Met voorbeeldige zorgzaamheid had zij haar witte japon over een bergère gehangen. Eigengereid stonden haar groene schoentjes ernaast. Keurig lagen haar overige kledingstukken op een nabije stoel geplooid, zo te zien weinig meer dan een insgelijks witte onderjurk met veel kanten frulletjes eraan en daarbovenop het bijpassende ijle slipje en behaatje.

Zonder mij erover te schamen ben ik gevoelig voor dergelijke vrouwelijke frivoliteitjes. Overigens vond ik het een ontroerend stilleven, zo ordelijk en net, dat het alles over haar attentievolle aandacht voor de kleinere, in veler ogen bijkomstige dingen onthulde.

Daarna lag ik te kijken naar een straal van het aanrijpend zonlicht, die zich spectraal ontbond op de geslepen rand van de cirkelvormige spiegel op de dameskaptafel in Jugendstil.

Er zat een vlek fel groen in, die mij aan de verkeerslichten deed denken waarvan geen enkel ons vannacht had opgehouden – voor het eerst als ik van de stad terugkeerde naar het dorp. Toen ik haar in de discrete klaarte van het dashboard aankeek, zat Emily zelfingekeerd voor zich uit te glimlachen, blijkbaar ontspannen en zonder spoor van vermoeidheid op haar gezicht na haar drukke dag. Naderhand werd zij levendig toen de laatste voorsteden achter ons verdwenen en de koplampen irreëel en als een ouderwets toneeldecor de onderkant van de in aantal toenemende boompartijen kleurden.

Overbodig hoewel hoffelijk reikte ik haar bij het uitstappen de hand. Opgetogen stond zij naar het huis en de grijsstammige beuken te kijken, onduidelijker en daardoor indrukwekkender dan bij dag.

Ik gaf mij er rekenschap van hoe belangrijk dit ogenblik voor ons beiden was.

Geheel anders dan mij vroeger met vrouwen was overkomen, en hoe weinig mannelijk het kan lijken, liepen mijn gedachten niet vooruit op wat wij blijkbaar als onvermijdelijk en noodzakelijk beschouwden. Geduldig nam ik haar bij de arm om haar een blik op de tuin te laten werpen, behoorlijk zichtbaar onder de hoge, als een sneeuwwitte, wat afgesleten stuiter boven de lorken opklimmende maan.

'Een Shakespeariaanse nacht,' opperde ik, 'jammer dat er een stuk van die maan is afgeknabbeld.'

De haast waarmee ik gekscherend de pedanterie van mijn literaire inval probeerde af te zwakken maakte de jonge vrouw aan het lachen, vriendelijk en sympathiserend met mijn neiging tot minimaliseren van de dingen die ik zelf verzon, en mogelijk ook een tikje weemoedig.

'Voor een vleugje poëzie, voor wat romantiek hoef je heus niet bang te zijn, Paul,' voegde zij eraan toe. 'Wij mogen ons niet door al die efficiënte realisten van tegenwoordig laten intimideren. Meestal zijn het botteriken of verwaande sukkels. Daarom heb ik met plezier geluisterd naar jouw verhalen en die van je vrienden, die ik schatten vind, ik vraag me af of er nog meer zo zijn..?'

'Je hebt gelijk... Ik weet dat je iets anders bedoelt dan wat de man in de straat onder poëzie, onder romantiek verstaat. Toevallig is er in de jongste tijd veel in mijn leven veranderd, als het je interesseert zal ik erover vertellen, morgen, later... Ik heb geleerd mij af te zetten tegen de vernederingen, de laatdunkendheid van de botmuilen... Wat intoleranten, ijverzuchtigen of gewoon domkoppen over mij en mijn boeken denken werd mij onverschillig. Soms wordt mij verweten dat ik mij niet met het agressief rapalje solidariseer en mijn eigen weg blijf gaan, mogelijk in het voetspoor van mijn vader die ik nooit heb gekend...' Heftig kneep zij mijn hand in de hare – verrast door deze mededeling? 'Denk niet dat ik er filosofische ambities op na houd, Emily, ik ben geen beschouwelijk, eerder een receptief mens. De verschijnselen komen op me af; als er zonderlinge dingen uit ontstaan, gebeurt dat vanzelf, buiten mij om. Het is louter een kwestie van intuïtie als ik ervan overtuigd ben dat de ware Jezus, wie hij geweest mag zijn, gelijk had toen hij op die berg de menigte toesprak, ondanks alles wat de kerkvaders er hebben bijgeflanst, zoals ik het mij voorstel. En na tweeduizend jaar christendom misschien voor het eerst ook paus Johannes, op wiens graf ik in Rome heb gestaan – als absoluut ongelovige in de derde of vierde generatie, om de knapen van een hier verschijnend mao-fascistisch krantje een beroerte te bezorgen. En heus, ik denk aan Marx met zijn goeiige leeuwekop, ik bedoel als moralist en filosoof, als man van goede wil, ontdaan van zijn nobele maar zuiver negentiende-eeuwse premissen, zijn mythologiserende, op de menselijke realiteit uitglijdende axioma's. Wat het socialisme niet denkbeeldig maakt. En Mozart, al wist die het zélf niet, wegens zijn levensvreugde, zijn geloof in de schepping en het leven, meer dan Bach, denk ik soms weleens stilletjes. En de mensen van de poppenschouwburg,' voegde ik er relativerend aan toe, 'en Fred Nieuwlant...'

'Wie is Fred Nieuwlant?' vroeg zij, lachend om mijn abrupte perspectiefverstelling.

'Een vriend van me, je moet hem leren kennen, ik zal hem aan je voorstellen... En Shakespeare, natuurlijk...'

'Wat ik als Engelse op prijs stel, Paul. Ik vind het aardig dat je aan hem dacht. Zonder hem zou ook míjn wereld er anders uitzien, vermoed ik. Voor velen maakt hij bij ons deel uit van hun dagelijks bestaan. Ik ken hele passages van hem van buiten. Je weet wel, *The moon shines bright,* – *In such a night as this*... en zo. Pas maar op als ik ga citeren...!'

Ik voelde dat zij huiverde.

'Je krijgt het fris, geloof ik... Laten we naar binnen gaan. Het was dom van me je de tuin in te lokken, wat denk je wel van mij?'

'Niets dan goeds, Paul...' Zij scheen te aarzelen, in elk geval zag ik dat zij diep ademde. 'Laten we inderdaad naar binnen gaan.'

De maan scheen fel, in zulk een nacht.

Zij opende haar ogen, die vanmorgen paarsblauw waren, keek mij verwonderd aan en sloeg toen met een kreetje haar armen om mijn hals.

Zo erg is het niet met mij gesteld dat ik mij er verder in verdiepte.

Niettemin vroeg ik mij af waarmee ik het had verdiend terwijl haar nog nauwe schede zich warm om me sloot, zo stevig dat ik kleine spierbeweginkjes meende te voelen.

Toen wij vannacht naar boven waren gekomen, had zij zich zonder aarzelen uitgekleed, hoewel met een tot haar diepste aard behorende, verwarrende pudeur, zelfs terwijl zij haar japon en haar onderjurk met de zorgzaamheid van een welopgevoed kostschoolmeisje op de ertoe door haar voorbestemde plaats legde. Of het enig verschil opleverde, had zij er tot dusver haar vertederend miniatuurbroekje en haar hooggehakte schoentjes bij aangehouden.

Daarna maakte zij verder geen geheim van de ontwakende hartstocht, die vast de ganse avond in haar had gesluimerd en zich met voorname natuurlijkheid openbaarde. Emily deed mij niet denken aan vrouwen die ik vroeger had gekend, soms jaren gehuwd of van elders opgedane kennis voorzien. Aan praatjes over lichtzinnige onverschilligheid of af te keuren, krolse paarlustigheid, door de rechtschapen over zulke dochteren Eva's verspreid, hecht men beter geen geloof. Ook zij kunnen zich lieftallig, stijlvol en dankbaar geven. Met erkentelijkheid dacht ik nog een laatste maal aan hen...

Terwijl zij geschrokken naar de vrij onbeduidende bloedvlek in het laken keek, maar dadelijk met eensgezind meeschokkende borstjes om haar eigen domheid lachte, had ik er mij met ontroering van vergewist dat haar vroegere ervaring ontbrak. Hierdoor miste zij de niet verwerpelijke, hoewel wat professioneel aandoende routine van sommige kortstondige beminden die haar, nu al geruime tijd geleden, waren voorafgegaan en waaraan ik de verbleekte herinnering des te gemakkelijker uit de gekraste film van mijn verleden zou wissen.

Zij scheen daarentegen over een niet ontwikkelde maar overtuigende begaafdheid voor de liefde te beschikken, een roeping waarvan zij zich vermoedelijk pas een week geleden rekenschap had gegeven... Het was een pril, ongekunsteld maar inventief talent. Naast andere gaven bezat Emily de geïnspireerde zelfbeheersing waarmee ze tot mijn verbijstering een tijdlang op het gespannen koord van de zich aankondigende, alsnog onderdrukte orgasme-explosie balanceerde, tot zij voelde hoe zich op korte termijn ook voor mij de gelijktijdige respons op haar ontroerde vervoering aankondigde.

'En nu niet meer in slaap vallen,' fluisterde zij mij speels in het oor, terwijl zij zich uit onze omstrengeling losmaakte. 'Kijk wat een mooie dag het is, Paul! En vind je het unladylike als ik beken een walgelijke honger te hebben?'

'Nee hoor! Eerst gaan we samen onder de douche. Daarna geef ik jou de verantwoordelijkheid voor het koffie zetten; ik zal je tonen hoe dat op zijn Vlaams gebeurt. Ik rijd ondertussen naar het dorp om verse broodjes, in vijf minuten ben ik weer bij je.'

'Die koffie is geen punt, ik weet hoe het moet. Ik zorg wel voor het breakfast, op zijn Engels als je het goedvindt. Heb je enige voorraad in de koelkast?'

'Kijk zelf maar en zeg wat je nodig hebt, maar nu eerst de douche!'

Hoewel het met zijn beiden onder die douche langer duurde dan in meer prozaïsche omstandigheden, waarna zij mij een niet bepaald korte boodschappenlijst meegaf, sloeg het pas tienen toen wij op het beschaduwde terras aan een onbetwistbaar Brits ogende ontbijttafel zaten.

'We moeten praten, Emily,' zei ik. 'Wat je voornemens zijn weet ik niet...'

Ik aarzelde.

'Zeg maar, Paul, ik luister aandachtig!' antwoordde zij bedaard.

'Je bent hier op een boogscheut van de stad. Volgens mij... Voorlopig heeft het volgens mij niet de minste zin nog langer je kamer in het hotel aan te houden...'

'Nee, zin heeft dat vast niet,' erkende zij, tot mijn vreugde zonder het geringste voorbehoud.

Ik hoefde er niet over na te denken, vannacht had ik in gedachten alles omstandig, tot in het geringste detail geregeld.

'Zodra we met het ontbijt klaar zijn, stel ik voor dat we...'

'...Dat we netjes de vaat doen,' onderbrak zij plagend. 'Geen onbehouwen vrijgezellenmanieren zolang ik bij je kan blijven! Natuurlijk ging je zeggen dat het voor één keer niet hoefde. Ik heb met argusogen in je keuken rondgekeken, hoor! Nou...!' waarop zij mij schooljuffrouwachtig aankeek.

'Ik vind dat er weinig op mijn keuken is aan te merken, Emily!'

'Dacht je?' lachebekte zij.

'Nou, goed. Jo beweert dat je met een vrouw geen discussie over zulke dingen aangaat. Eerst de vaat,' gaf ik vrolijk toe. 'Daarna halen we je bagage en je karretje op, niet dan nadat we op de Grote Markt wat op een terrasje hebben gezeten. Op de terugweg zal ik langzaam rijden en voortdurend de achteruitkijkspiegel in het oog houden. Volg voorzichtig, die witte auto van me verlies je niet gemakkelijk uit het gezicht. Blijf zo dicht mogelijk achter me, het zou sneu zijn elkaar bij een stoplicht kwijt te raken!'

'Wees gerust, Paul, als vrouw ben ik een voorbeeldige chauffeur,' antwoordde zij met onmogelijk als eigendunk op te vatten zelfspot. 'Niettemin is het verstandig veiligheidshalve je adres op te schrijven. Vannacht heb ik de weg niet voldoende in mijn geheugen geprent...'

'Wij waren met ándere dingen bezig, geloof ik...'

'Kijk eens aan, je zou nou zeggen...! Daarom lijkt zo'n steuntje in mijn tas een goede voorzorg. Ook zonder zou ik je terugvinden, hoor, en voor de boze wolf hoef je evenmin bang te wezen. Niets lijkt mij echter zo frustrerend als door een op rood overspringend lampje van elkaar gescheiden te worden. Met een spiekbriefje en beleefd vragen komt men altijd terecht. Het is beter dat ik je vooraf waarschuw, aan het stuur ben ik een wereldberoemde verdwaalspecialiste, iets minder erg dan mijn mammy, met haar Bentley is die er in gans de streek berucht om!'

'Nou,' grinnikte ik verrast, 'een Bentley, de grote chique, zég!'

Met een kwajongensachtige reflex uit mijn kinderjaren floot ik bewonderend tussen de tanden.

Zonder dat ik er belang aan hechtte en terwijl zij ondertussen met Lancelot bezig was, die van haar schoot op de tafel sprong en zijn kop in het melkkannetje wilde stoppen, had ik de indruk dat zij het langs zich heen liet gaan.

Mogelijk vroeg zij zich af waaraan zij mijn verbazing moest toeschrijven en was een Bentley helemaal géén luxewagen zoals ik mij had voorgesteld. Ergens klonk dat Bentley inderdaad als een truck of een tractor, bedacht ik mij. Emily als de in Cambridge afgestudeerde dochter van zo'n typisch Engelse hereboer leek mij een redelijk idee. De lokale vertegenwoordiger van een Brits automerk kon een gelijkwaardig alternatief zijn. Het was niets om mysterieus over te doen, in tegenstelling tot een mama die met een fortuin op wielen de weg onveilig maakt. Daar ging ik weer met mijn innerlijke jigsawpuzzle! Natuurlijk was het allemaal onzin, maar toch vond ik het enorm indrukwekkend, zo'n Bentley! Een Jaguar werd er vulgair bij, met een luchtje van dure maintenees, paardenrennen, casino's en zaakjes die geen daglicht verdragen, proleterig naast een Bentley, kom.

Was ik het die Jeroen onlangs had verweten spijkers op laag water te zoeken?

Emily had simpel een schertsende zinspeling gemaakt op haar moeder die met haar auto weleens de weg bijster werd, wat mij onlangs zélf op een boogscheut van huis was overkomen. Het deed mij eraan denken dat zij natuurlijk niet alleen stond in de wereld. Zij had een moeder, een vader (wie niet?), vermoedelijk broers of zussen, broers én zussen. Hadden wij tot dusver de gelegenheid gehad om onze stamboom van commentaren te voorzien? Pas gisteravond, klokslag zessen op dat bronsachtig gonzend Hollands uurwerk, geen etmaal geleden, was zij definitief in mijn leven verschenen. Je kon zeggen dat wij onze tijd goed hadden gebruikt. Een noemenswaardige kans om veel over zichzelf te vertellen had ik haar niet gelaten. Ineens zat ik met een schuldgevoel, zo groot als de kathedraal in Antwerpen.

'Liefste, waarom kijk je zo triest?' vroeg Emily bekommerd.

Dat zij mij liefste noemde, bracht mij grondig van mijn stuk, ofschoon ik erbij glimlachte, niet het minst om al de bijkomstigheden van zonet.

Voor het eerst besteedde ik er aandacht aan. De haar in mijn leven voorafgaande vrouwen hadden doorgaans een zichzelf opgelegde grens in acht genomen.

Kennelijk was er op de achtergrond altijd een ándere man geweest die nog officieel op die benaming aanspraak maakte; ten slotte wisten zij nooit of zij zichzelf een gelegenheidsvriend veroorloofden. En morgen bestond nog niet, had de meest wijze van allen mij voorgehouden toen het gesprek op toekomstverwachtingen ging slaan. Emily noemde mij liefste, zonder aarzeling of voorbehoud. Of was het een vertaling ad hoc van het meer gemeenzame, minder gevoelsgeladen Engelse 'dear'? Waarom zou het, na een nacht als de onze? Als filologe kende zij beter het verschil dan wie ook.

'Je noemde mij liefste en ik kijk niet meer triest, Emily, overigens héb ik niet triest gekeken, nee, hooguit wat bekommerd... Er is niets aan de hand, hoor. Ik was opeens, ik bén nog altijd gehinderd door de gedachte dat ik je sedert je aankomst voortdurend verhalen, míjn verhalen opdiste. Nochtans geef ik er de voorkeur aan naar anderen te luisteren. Ditmaal heb ik het gevoel me ontzettend egocentrisch te hebben aangesteld. Mag ik een excuus inroepen? Schrijf het toe aan atavisme, mijn vader was onderwijzer, ik vermoed dat het in het bloed zit...'

'Ik ben blij dat je het mij zegt, Paul,' antwoordde zij, niet minder beminnelijk dan tevoren, hoewel plots serieus. Wat breder, met de elleboog op de rug van haar stoel ging ze erbij zitten, een houding van laten we dadelijk schoon schip maken. 'Het is al de zoveelste keer dat ik je erop hoor zinspelen. Eerst lette ik er niet op, daarna ging het telkens door mijn hart... Ik vind het triest dat het je een complex schijnt te bezorgen. Dat is toch helemaal niet nodig? Weet je nog, die eerste avond in "De blauwe Ganze"? Toen was ík onafgebroken aan het woord. Het hangt immers van de omstandigheden af? Gisteren wilde het toeval eenvoudig dat je onverwacht belangrijke zaken met Anton diende te bespreken. Overigens amuseer ik mij enorm met die uitweidingen van je...'

'Meen je dat werkelijk, Emily...?'

'Ik meen altijd wat ik zeg... Het is waar dat ik je boeken heb gelezen, wat ook niet anders kon. Of men het opzettelijk verzwijgt weet ik niet. Er zijn maar een paar écht Engels georiënteerde Nederlandstalige auteurs, waaronder vooral jij, wat belangrijk voor mij is. Omdat ik vreesde dat je het als goedkope vleierij zou beschouwen, wilde ik er niet dadelijk over beginnen, wat dom van me was!'

'Ik vind het een geweldig compliment, lieve schat van me! Het curieuze is dat ik het er niet om doe, blijkbaar ben ik zo.'

'Dat maakt het soms moeilijk voor me, indeed. In feite kwam ik nergens bewijsbare invloeden op het spoor, het gaat uitsluitend om een geestelijke verwantschap, waarmee ik nu en dan in de knoei raak, daarom moet je me helpen.'

'Van invloeden ben ik mij niet bewust, voor zover je het bij jezelf kunt raden. Ik weet niet, Emily, of mijn woord voldoende voor je is om er wetenschappelijk wat mee te beginnen. Wel is het zo dat ik praktisch uitsluitend Engels en Frans lees, tenzij het om boeken van enkele vrienden gaat. Het vertegenwoordigt zo'n ontzaglijke wereld, dat ik belangstelling voor Huppeldepup uit Schiermonnikoog, noch voor Repelsteeltje uit Schuiferskapelle kan opbrengen. Onvermijdelijk word je erdoor getekend, vermoed ik, getékend, niet besmet. In Amsterdam of Brussel tel ik niet mee op academisch niveau, tenzij als de studenten zélf kiezen natuurlijk, maar ik heb uitstekende contacten met universiteiten in jouw land, in Frankrijk en Duitsland. Mijn uitgever in Rusland wil me zelfs naar Moskou halen...'

'Gelukkig kan ik met al die toestanden bijzonder vrij omspringen; literaire invloed is een rekbaar begrip, weet je, Paul... Daarom ga ik ervan uit dat ik ook belang kan hechten aan verwantschap met de Britse mentaliteit, zie je. Wat jou betreft moet ik het hoofdzakelijk van dat standpunt uit aanpakken. Overigens,' voegde zij er schalks aan toe, 'soms heb je geluk als je gaat doctoreren en weet je meer van het gekozen onderwerp af dan je promotor. Ondertussen ben ik er evenwel niet boos om dat je me met je essays, vooral met je boek over Arthur, wat concrete steun hebt verleend. Daarom was ik er zo opgetogen over dat je die film gaat maken. Het verdient uitvoerige vermelding...'

'Ik ben er gelukkig om. In feite ben je nu mijn medewerkster!'

'Nou! Dat hebben we al bewezen, zou ik zeggen!' lachte zij, waarna ze gegeneerd Lancelot in haar armen nam. 'Telkens als je om die verhalen van je bekómmerd bleek, vond ik het afschuwelijk sneu, Paul! My goodness, hoe kom je erbij? De ene keer deed je het om mij te helpen, de andere keer waren het behartigenswaardige addenda bij je boeken, en wat je met Anton besprak vond ik erg belangrijk.'

'Voor mij is het een opluchting dat je het zo opvat. Eerlijk, het was nooit mijn bedoeling de aandacht op mijzelf te vestigen...'

'Weet ik toch, gekke geliefde van me?'

Het gaf niet dat het klonk of ze die geliefde uit het woordenboek had, het licht archaïsche verleende het iets definitiefs.

'Op dat punt zijn de hoofdbrekens voorbij,' besloot ik. 'Bekijk het zo dat ik voortdurend met die dingen bezig ben. Op een krankzinnige wijze komen ze op onverwachte ogenblikken ineens op me af, het gebeurt dat ik er helemaal de kluts door kwijtraak, hoewel ik denk dat ze voor mijn werk stimulerend zijn. En daarover heb ik vanzelfsprekend weer eindeloos met Jo gekletst!'

'Dat is keurig uitgepraat,' constateerde zij tevreden, waarbij zij mij vluchtig zoende, de lippen in een tuitje en zonder Lancelot neer te zetten.

'Het is al laat,' zei ik, 'zullen we naar Antwerpen rijden?'

'Geen kwestie van,' plaagde zij, 'eerst nemen we die ontbijttrommel onder handen. Heb je een vaatwasmachine?'

'Nee,' zei ik, 'misschien koop ik er later eentje.'

'Mooi,' antwoordde zij, 'dan mag je de kopjes afdrogen, het lichtste werk voor mijn minnaar. Je hoort dat ik *Het Juiste Woord* heb bestudeerd!'

Samen in de volgens haar schandelijk rommelige keuken, vond ik het een prettig karwei, huiselijk en met iets van bestendigheid.

Ondertussen leidde het er niet toe dat ik de vraag uit mijn geest kon verdrijven waarmee ik bij het ontwaken voor den dag had willen komen. Wegens haar delicaat karakter had ik het tot dusver uitgesteld, met zulke dingen heb je onvermijdelijk als man enige moeite.

'Moet je even horen, lieve Emily...'

'Wat is er aan de hand, Paul?'

Er zat niet anders op dan met het probleem – het wás een probleem! – in huis te vallen.

'Hm, nou ja... Kom, neem me niet kwalijk. Ik wou maar zeggen... Ben je toevallig niet ongerust?'

'Ongerust, Paul?' lachte zij onbezorgd, een tikje lichtzinnig, vond ik. 'Er is toch niets om ongerust over te zijn? Of toevallig wél?'

Stelde ik het mij voor, of was er iets plagerigs aan de schalkse manier waarop ze mij aankeek?

'Wel... Vannacht, begrijp je? Wij samen. Een mens weet nooit wat er kan gebeuren. Als je nou eens...?' stamelde ik onhandig.

'...Volop een baby zou verwachten?'

'Bij voorbeeld, ja, daar heb ik het over...' zei ik, enigermate opgelucht.

Zij wreef haar handen droog en legde ze op mijn schouders.

'I appreciate... Ik bedoel, ik stel je bekommernis op prijs, Paul. Kijk, dat zit zo. Ik vrees dat je het erg ondernemend van me zult vinden... Toen ik na onze ontmoeting weer in Nederland was, dacht ik aan wat bij mijn terugkeer kon gebeuren. Om de waarheid te zeggen, ik rekende erop... Bijgevolg ben ik naar het spreekuur van de dokter gegaan, liet mij het nodige voorschrijven en heb het volgens zijn aanbevelingen ingenomen. Denk je dat het in zo'n korte periode doeltreffend is?'

'Ik geloof het wel... Natuurlijk is het doeltreffend, twijfel er niet aan!'

'Waarom sta je opeens te lachen?'

'Omdat ik het grappig vind dat jij in de ganse wereld vermoedelijk de eerste maagd bent geweest, lieve Emily, die een week lang de pil slikte. Niettemin een wijze maatregel, stel je voor dat er iets was misgegaan...'

'Even vervelend, misschien,' glimlachte zij dromerig. 'Wat mij betreft, een drama zou ik van zo'n beetje zwanger zijn waarachtig niet maken, weet je!'

Het was het heerlijkste dat zij op dit moment kon zeggen. Ik bleek er zo door gegrepen dat het grapje waarmee zij haar antwoord opvrolijkte niet onmiddellijk tot me doordrong. Kom, pas na een seconde, volledig achterlijk ben ik niet. Ternauwernood was ik zover of zij was mij om de hals gevallen, haar mond op de mijne.

Nooit in mijn leven had ik een vrouw als zij ontmoet.

Een beetje zwanger.

Het was later geworden dan wij hadden voorzien – soms gebeurt dat.

Daarom leek het mij aanbeveling te verdienen dat Emily vooraf haar hotel ging opzeggen. Langer wachten zou waarschijnlijk tot ge-

volg hebben dat haar deze dag in rekening werd gebracht.
Materiële problemen wekken mijn belangstelling niet op. Ik weet van mezelf dat ik van nature vrij royaal ben – op het naïeve af, zei Kristien mij onlangs. Niettemin was het een zuinigheidsreflex die mij op weg naar de stad tot een zekere, hoewel niet roekeloze spoed aanzette. Ik had nu eenmaal lang omzichtig moeten omspringen met wat ik bij mondjesmaat verdiende, wat pas enkele jaren voor oom Lamberts dood was veranderd. Nu ik wist hoe het een gebaar was geweest ter herinnering aan de zoon, hem reeds bij diens geboorte door de dood ontnomen, waarbij ook mijn vader, zijn door de nazi's omgebrachte jongere broer, via mij werd betrokken, vond ik het minder gênant dat die erfenis mijn leven wat gemakkelijker maakte. Voor het overige was ik het eens met het standpunt dat een Hollandse vriend mij had voorgehouden. Die spreekwoordelijke zuinigheid van ons mag je echt niet veralgemenen. Mogelijk op een trekje van calvinistische zelfontzegging na, zien wij het zo dat je net zo goed plezier van je geld kunt hebben als het aan flauwe kul weggooien. Waarna hij mij het plezier gunde met de ober af te rekenen (dat calvinistische trekje, dacht ik, even voorbarig als ironisch), maar bij zijn thuiskomst alle antiquariaten van Groningen afliep om mij, verzendkosten inbegrepen, een onvindbaar en peperduur boek over Arthur cadeau te doen, waarvan ik het gemis tijdens ons gesprek had betreurd.

Terwijl ik Emily voorstelde eerst haar kamer te ontruimen, waarmee zij dadelijk instemde, zinspeelde ik er niet op dat het haar een overbodige uitgave bespaarde, hoewel ze ongetwijfeld mijn bezorgdheid zou hebben gewaardeerd.

Mijn eigen ingewikkelde manier van reageren getrouw (ik kan er weinig aan doen) zei ik tot mezelf dat het voorlopig tot haar privédomein behoorde, waarvan ik de toegang niet hoorde te forceren. Overigens strekte het zich tot haar mij onbekende familiale achtergrond uit. Zoals ik over mijn vader, mijn afkomst zou vertellen, zou ook zij het over haar eigen wereld doen, straks, morgen, om het even wanneer. Ongeduld hoefde er niet aan te pas te komen. Op dit moment moest ik wennen aan mijn verwondering, aan de ontstellende conclusie dat ik meer betekende voor haar dan ik mij tot dusver had durven voorstellen. Had een vrouw ooit bekend dat zij het niet dramatisch zou vinden zwanger van me te worden?

Het was een te vervoerende gedachte om met bijkomstigheden bezig te zijn. Wanneer ik er al eens op wijs dat ik van nature weinig nieuwsgierig ben, bedoel ik het niet als een boutade. Ondertussen schiet de buitenwereld voortdurend zinvolle seinen op ons af, tenzij je het zo bekijkt dat er altijd een waakvlammetje blijft branden waardoor je bepaalde dingen gewoon móet opmerken. Bij voorbeeld een hotel dat in Antwerpen vast in de duurste categorie thuishoort. De klasse van haar kleren, zou ik denken. Laatstmaal het mantelpakje dat mij zowaar Tristans opalen zee voor de geest riep, nu die witte jurk (hoewel ik van zulke dingen geen verstand heb, beide allicht haute couture). Om haar overige, meer intieme spullen niet uit het oog te verliezen (nee hoor!), die je uitsluitend aantreft in de uitstallingen van luxueuze zaken voor dameslingerie. Voor de prijs van zo'n fliederslipje van haar kon ik me bij C&A een ribfluwelen pantalon aanschaffen waar ik, de visie van mijn nuchtere Hollandse vriend indachtig, jaren plezier aan had.

'Vergeet mijn opschepperij van daarnet maar,' zei Emily vrolijk. 'In dit drukke verkeer zou ik de tanden op elkaar klemmen. Jij zit er als Lancelot bij te spinnen. Je bent een betere chauffeur dan ik! Waarom heb je zo'n plezier?'

Hoewel wij samen hadden geslapen, leek onze intimiteit mij te pril om zomaar zonder omwegen te bekennen dat ik vergelijkingen aan het maken was tussen de vermoedelijke prijs van haar meest verborgen lijfslinnen en mijn goedkope vestimentaire uitrusting van nonchalant artiest.

'Ik denk aan jou,' antwoordde ik, 'hoe kan het anders?'

Zij betoonde haar erkentelijkheid door in mijn nekhaar te krauwen zoals het bij Lancelot al een gewoonte voor haar bleek.

Ik hoefde er niet om te jokken, het was waar. Ik dacht aan haar. Langer dan ginds het opdagen van de stoplichten nabij het landelijke kerkje van Berchem, waar de stad voorgoed begint, en een kort oponthoud doordat zij voor mijn neus op rood sprongen, was ik niet met zulke materiële details bezig geweest. De ene waren direct revelatief, de andere leidden tot bekoorlijke, licht ondeugende, maar subsidiaire dromerijen.

Grondig in tegenstelling tot wat ik mij zoëven had voorgenomen, vergewiste ik mij ervan dat de verbeelding mij te slim af was. Louter verstandelijk noch gevoelsmatig was er ook maar iets dat mij ertoe aanzette. Zonder serieuze kans op welslagen bleek niettemin een ándere Paul Deswaen er volop mee bezig Emily in haar sfeer en omgeving, mij nog volledig vreemd, te plaatsen door het afwegen van allerhande nuanceringen.

Eenmaal zover waren de uiterlijkheden niet langer doorslaggevend.

Ik hield rekening met de mogelijkheid dat haar niet het vleugje eigengereidheid ontbrak van de op eigen benen staande jonge wetenschapsvrouw. Die indruk kon het gevolg zijn van een prijzenswaardig onafhankelijkheidsgevoel, waarmee zij zich als intellectuele tegen een verborgen, wat schuchtere eenkennigheid verzette. Zelfs alle mogelijkheden met elkaar gecombineerd leverden deze niet het beeld op van een ingewikkelde persoonlijkheid. Alles scheen bij haar mooi in evenwicht te worden gehouden door het lenig, moeilijk te intimideren zelfvertrouwen, waarvan de ernst haar niet verhinderde als dansend door het leven te gaan.

Enerzijds was het hoofdzakelijk een kwestie van persoonlijkheid. Anderzijds kon ik het niet anders bekijken dan dat een dergelijk zelfvertrouwen tot de resultaten behoort van daagse omstandigheden die iemands mogelijkheden niet dwarsbomen of beperken. In dit perspectief had het met sociale achtergronden te maken, met het maatschappelijk milieu dat haar opvoeding had bepaald. Tenzij op het menselijk vlak, wekte de situatie, minder nog de status van haar ouders noemenswaardige benieuwdheid bij me op. Evenwel kon ik er de ogen niet voor sluiten dat veel bij Emily erop wees dat zij ergens in de higher middle class of zelfs de aristocratie scheen thuis te horen. Belang had het niet, hoewel ik er ook met die hereboer noch met die vertegenwoordiger van een select automerk ver naast hoefde te zitten.

Op die wijze bekeken deed zij mij, hoewel voor mijn verbeelding een jaar of tien jonger, aan lady Moor denken. Terwijl mijn bewerking van Pieter-Frans' roman vorderde, was deze ondernemende, hoogst aantrekkelijke tante mij langzaam aan sympathieker geworden dan de romantische, voor mijn smaak wat te sentimenteel-truttige Amelie, hoe oprecht de deernis welke zij verdiende. Ik geloof dat Pieter-Frans het zélf tenslotte zo had bekeken. Het maakte de innerlijke bewogenheden van de dandyeske, ogenschijnlijk cynische Laurens begrijpelijker. In het provinciale Antwerpen was hij een outsider. De relatie met Amelie, begonnen als experiment op het punt van de vrouwelijke psychologie, berustte bij hem op zelfbegoocheling. Uitgesloten was het niet dat zijn huwelijk met haar aan compassie was te wijten. Dergelijke situaties had ik tot tweemaal toe in mijn kennissenkring geobserveerd. Een vage aantrekking tot een vrouw leidt tot een idylle, meer door nieuwsgierigheid dan door hartstocht ingegeven. De idylle wordt een relatie, gemakkelijk maakt men zichzelf wijs dat ze niet bindend is. Pieter-Frans had perfect gezien hoe zich verder het verloop ontwikkelt, wat mij bevestigde dat ik me niet had vergist toen ik *Liefde* in mijn nawoord de eerste psychologische roman in onze literatuur had genoemd. De vrouw heeft meer verwacht dan een egoïstische partner zich voornam haar te geven. Hoewel lichtzinnig hoeft hij van nature geen dikhuidige rinoceros te zijn, hij kan een zekere gevoeligheid bezitten. Dan zal zo'n Draufgänger aarzelen wegens het door een breuk berokkende leed. Voor hij het goed weet is hij, eventueel voor een zekere maatschappelijke fatsoensdruk bezwijkend, uit medelijden met haar getrouwd. Vermoedelijk was het toe te schrijven aan mijn secundair functioneren: voor het eerst viel het mij in dat Van Kerckhoven in feite Stefan Zweigs *Mitleid des Herzens* anticipeerde. Jo had me beloofd mij eerstdaags de drukproeven te sturen. Als ze mij nog enige speelruimte boden, moest ik daar absuluut op attenderen, desnoods schrapte ik een ándere, minder relevante uitweiding. Jammer dat het voor een dergelijke belichting van Laurens' houding zo laat was, tenzij ik het summier kon oplossen door het wijzigen van een woord, het nuanceren van een zinsnede hier en daar, met het computerzetsel van tegenwoordig leverde dat geen problemen op. Misschien zelfs niet wat kleine hertoetsingen in de tekst van de roman zélf betrof? Goed, dat kon ik nog eens rustig bekijken, meer dan een paar adjectieven of substantieven kwamen er niet aan te pas. Laurens was niet de cynicus waarvoor ik hem aanvankelijk had gehouden. Terwijl hij onherroepelijk op een huwelijk met Amelie aanstevent, verschijnt in dat smalle Antwerpse burgerwereldje de oogverblindende en menselijk waardevolle, door geen conventies gebonden lady Moor. Men kan zich nauwelijks een heftiger geestelijke schok voorstellen. Fundamenteel veranderde dit nieuwe inzicht niets aan het boek of aan mijn bewerking. Wel vond ik het amusant dat Emily in mijn leven had moeten komen om mij beter de radioactiviteit van Pieter-Frans' boodschap te laten begrijpen, met name het onderscheid tussen een kneuterig huwelijksleven en de romantische amour-fou.

Zij keek mij aan en vroeg waarom ik zat te glimlachen.

Ik vond het onaardig dat ik mij had laten afleiden door dingen waar zij buiten stond.

'Neem me niet kwalijk,' zei ik. 'Toevallig zat ik aan een boek te denken waar ik mee bezig ben geweest. Het is een lang verhaal, niet geschikt midden in dit drukke verkeer. Wat niet beduidt dat ik er niet met je over wil praten. Het is zelfs belangrijk voor je...'

Het verkeer was een excuus; voor de geroutineerde chauffeur die ik ben zou het bij het meest ingewikkelde verhaal geen moeilijkheden opleveren. Ik werd weerhouden door de unheimische manier waarop onrechtstreeks, nee, rechtstreeks mijn vader erbij was betrokken. In elk geval moest ik het met haar over Van Kerckhoven hebben, zonder foefjes over de drukte. Het Engelse apport in *Liefde* was belangrijk voor haar doctoraalscriptie. Mogelijk het enige waarmee ik haar écht behulpzaam kon zijn! Enerzijds bestond er een behoorlijke kans dat zij het werk reeds zélf op het spoor was gekomen, het kon niet anders. Erover zwijgen leek mij op langere termijn niet mogelijk. Zou het geen goede aanleiding zijn om haar het verdriet toe te vertrouwen waarmee de gedachte aan papa's dood mij vervulde, haar te vertellen over het beeld dat ik mij van hem had gevormd? Om er een geheim van te maken was haar aanwezigheid in mijn leven te betekenisvol. Vroeg of laat zou het tóch gebeuren.

'Verontschuldig je niet,' antwoordde zij lief, 'een mens, jij, ik, behoudt steeds het recht op zijn privacy!'

Hoewel Emily inderdaad vóór twaalven had moeten opzeggen, maakte men in het 'Theaterhotel' geen moeilijkheden. Bij de balie reageerde het poppetje met haar scharlaken Chinezenlipjes zo voorkomend op de verontschuldigingen waarin ik mij uitputte, dat ik er zeker van was dat zij zich onze demonstratieve omhelzing van gisteren herinnerde. Ondanks haar allures van dure mannequin en gedistantieerd kruidje-roer-mij-niet, was zij een doodgewoon Antwerps volksmeisje dat er het hare van dacht en het prettig vond door vlotte hulpvaardigheid iets als stille medeplichtigheid aan den dag te leggen. Wij hoefden ons niet te haasten, voegde zij eraan toe met een onschuldig lachje, wat ik op mijn manier begreep. Het was wel de drukste tijd van het jaar en het zou op prijs worden gesteld als de kamer over een uur of zo vrij kon zijn – een uurtje was vermoedelijk voldoende?

Emily verdween in de badkamer (voor een plasje, raadde ik indiscreet) en maakte daarna van de gelegenheid gebruik om van toilet te veranderen.

Zoals het er tussen ons voorstond, was het duidelijk dat mijn nabijheid haar niet hinderde. Overigens had ik het gevoel dat het op een overbodige voorzorg neerkwam niet al te opvallend te laten merken met welk aandachtig geluksgevoel ik zat gade te slaan hoe zij zich omkleedde. Vooraleer zich in een kleurig zomerjaponnetje te wurmen, bleek zij het nodig te vinden met verrukkelijke ongekunsteldheid een schoon slipje aan te trekken. Verdere schroom vond zij overbodig, hoewel er geen sprake van nonchalance was, evenmin als van een opzettelijk nummertje. Het enige waar ik, naast de onbevangenheid van de intellectuele vrouw die zich voorgoed heeft gegeven, eventueel rekening mee kon houden, was haar verstandelijk beredeneerd, consequent besluit dat conventionele preutsheid een inbreuk zou zijn op de tussen ons ontstane sfeer van vertrouwen en intimiteit.

Geen mens zou mij geloven als ik volhield dat ik het niet even moeilijk had.

Emily keek mij openhartig aan, met zonnige vonkjes in haar ogen.

'Ik wil best hoor, dan gaan prompt die spullen weer uit... Wel zou ik het laten om dat slimme mirakel aan de receiving desk niet zo overtuigend gelijk te geven!'

'Heb je het ook gemerkt?' lachte ik.

'Nou! Een uurtje of zo, zei die kleine heks...'

'Ik geloof dat zij het lief bedoelde, Emily. Ik begrijp je evenwel... Nu de huur van je kamer is verlopen, zou het vervelend zijn haar stilzwijgend dank je wel te moeten zeggen.'

'Ja,' bekende zij oprecht. 'Eerlijk gezegd weet ik niet of wij het er zonder die opgezegde kamer levend af zouden brengen...!'

Hoe hard het ons viel, hoe groot de bekoring van dit rustig vertrek, wij besloten ons sinds vannacht zo veelbelovend leven niet te riskeren en alvast haar koffers in mijn wagen te bergen. Haar autootje stond in de officiële parking van de Stadsschouwburg en kon straks worden opgehaald.

Nadat zij bij het kittige juffertje haar rekening had vereffend, liet zij er mijn adres achter. Het lieve kind verzekerde ons dat zij erop kon rekenen dat eventuele correspondentie haar prompt zou worden nagestuurd. Het behoorde tot de service van het hotel, zij kon er gerust op zijn. Als ik mijn nummer wilde geven, zou ook een telefonische boodschap of zo zonder dralen worden doorgespeeld.

Daarna reden wij naar de kade, waar ik op het enige vrije plekje in de ganse buurt mijn glorieuze witte oester kwijt raakte.

Hand in hand liepen wij over de Sint-Jansvliet, waar alles extra zijn best scheen te doen om het negentiende-eeuwse pleintje er als een Utrillo van de betere soort te doen uitzien. Daarna sloegen wij de voor het verkeer ontoegankelijke maar van drukte wemelende Hoogstraat in en slenterden, niet zonder oponthoud voor de uitstallingen van de stoffige tweedehandszaakjes en antiquariaten, de richting van de Grote Markt uit.

Emily hield het plezier niet verborgen dat haar de aanblik opleverde van de caféterrassen, in haar land zo goed als onbekend, het een naast het ander, door toeristen en inboorlingen in beslag genomen. Het was niet de eerste keer dat zij zich van hun kleurrijke aanwezigheid vergewiste, hoewel zij er tot dusver minder aandacht aan had besteed. Tevoren alleen in de stad, was zij onafgebroken in de bibliotheek of het Museum voor Letterkunde bezig geweest, tenzij bij uitzondering al eens in het Stedelijk Archief. Een wandelingetje naar het niet ver van het hotel gelegen park of wat shopping langs de luxezaken op de Meir was de enige ontspanning die zij zich had veroorloofd, moe van urenlang op gedrukte teksten, krantenknipsels of documenten staren en notities maken.

Het als goud glanzende uurwerk op de toren wees vijf voor vieren aan.

'Time for tea,' zei ze. 'Zullen we maar?'

'Natuurlijk,' antwoordde ik, 'dom van me dat ik er niet aan dacht!'

'Je went er wel aan dat ik een Engelse ben,' lachte zij. 'Of een oude vrijster, je kiest maar.'

'Die oude vrijster valt nogal mee, als je het mij vraagt,' grinnikte ik, waarbij zij me op de wang zoende. 'We zullen het bij jullie bekende verslaving houden. Nu kijk ik er niet meer van op. Toen ik voor het eerst in Engeland kwam, begreep ik niet wat er aan de hand was als ik ineens die gedisciplineerde Britten als lemmings naar de meest nabije tearoom zag hollen. Aanvankelijk voelde ik mij als continental bij dat gekke gedoe enorm superieur. Tot ik mij bedacht dat ik best een broodje lustte op dit uur, er meteen een pot China extra strong onder mijn neus werd gezet en ik in een paar dagen tijds net zo geïntoxiceerd was als jouw dravende landgenoten!'

Aanvankelijk had ik haar naar 'Café Noord' willen loodsen. Met het oog op de thee en de erbij horende sweets gaf ik de voorkeur aan een gespecialiseerde zaak, waar de mooie kasteleinse mij meermaals in de richting van mijn vacht had geaaid door me een boek te laten signeren. Je hoeft niet ijdeler dan een ander te zijn om te erkennen dat het leuk is. Veile beschouwingen komen er niet aan te pas, hoe goed ze ook van oren en poten was, zoals wij het in Antwerpen met waardering omschrijven.

'Allemachtig, Emily,' schrok ik nadat wij onder de speels geornamenteerde zonnetent plaats hadden genomen, 'wij zijn de lunch vergeten!'

Ook haar was het niet opgevallen, stelde zij mij gerust, kennelijk hadden wij te veel tegelijk moeten verwerken, zo gaat dat. Nu ik het zei, voelde zij wel wat honger. Het leek haar echter best, een overgeslagen maaltijd zette het sein op groen voor een taartje meer. Aan dieet hoefde zij niet te doen. Dat had ik vast gemerkt, voegde zij er schalks aan toe, hoewel enige door het toeval opgelegde versterving aardig is meegenomen, vooral met daarna gans de Belgische lekkernijenkunst onder handbereik. Ik verklaarde mij ermee eens dat zij lang niet aan dieet toe was, ik had het gezien en gevoeld, nóu! Waarop zij zich volledig gerustgesteld betoonde en een romig vruchtengebakje tot zich nam, niets zo afdoend tegen zekere frustraties, voegde zij er opgewekt aan toe. Wat ik beaamde maar relativeerde door erop te wijzen dat frustraties waar men doeltreffend wat aan kon doen doorgaans de leukste zijn.

'Ja,' lachte zij, 'in feite is het dát wat ik bedoel... Goeie genade, het is verschrikkelijk, Paul!'

'Wat is er verschrikkelijk, Emily?'

Met een hoofdknikje wees zij de richting uit van het hier onzichtbare uurwerk van de kathedraal.

'In minder dan één enkele dag ben ik een afschuwelijk lichtzinnige vrouw geworden!'

'Daar meen je geen woord van,' antwoordde ik.

'Dat is het ergste, schat van me! Letterlijk geen woord!'

'Zie je wel? Beter een dartele vrouw dan een dwaze maagd!'

'Wat zul je voortaan van me denken...?'

'Niets dan liefs, Emily. Dat je de verrukkelijkste literatuurspecialiste bent van Engeland en omstreken. Zo van die dingen...!'

Mijn antwoord bleek haar te bevredigen. Waarna zij dromerig naar de in de zon glanzende beelden, in het midden een stralende Sint Joris met de draak, op de tinnen van de antieke koopmanshuizen aan de overkant van het plein zat te kijken. Het zijn alchimistische symbolen, maar ik had al genoeg geschoolmeesterd.

'Over literatuur gesproken, Paul...' opperde zij, minder door die renaissancistische overvloed geboeid dan ik het mij voorstelde. 'Wat was het voor een boek?'

'Een boek...? Waar heb je het over?'

'Over het boek waar je in de auto mee bezig was... Je zei me dat je aan een boek zat te denken.'

Tegen telepathie en dergelijke verschijnselen kijk ik sceptisch aan. Zoals ik eerder liet blijken, gaat mijn voorkeur naar het wonderlijke dat door de verbeelding wordt opgeroepen, dát is al gek genoeg. Een mens wordt nu eenmaal door zijn eigen vooroordelen ingekapseld. Hoe ze mij ook verbijsterde, de ongehoorde serie van toevallen die ik met Jo beleefde, scheen op andere gebieden mijn eenkennigheid ternauwernood te hebben aangetast. Overigens bewees Emily's vraag helemaal niets. Met de ogen op het verkeer gericht had ik haar daarnet iets langs mijn neus weg gezegd. Hoe vaag ook, zij had er gewoon meer aandacht aan verleend dan ik verwachtte. Overigens hoeft men het niet bij om het even welke gelegenheid direct over de parapsychologische boeg te gooien, een verschijnsel kan eigenaardig zijn, zonder dat je aan dansende tafels gelooft of er rekening mee houdt vroeg of laat de geest van je opoe aan je bedsponde te ontwaren. Dergelijke waandenkbeelden liggen niet op het vlak van het fenomeen dat elkaar liefhebbende mensen, ontspannen, de ene dicht bij de andere en van wederzijdse aandacht vervuld, weleens toevallig voor elkaars gedachten, voor een seintje op de golflengte van het onbewuste toegankelijk blijken. Hierbij hoef je geen beroep op de *Proceedings* van de 'Society for Psychical Research' te doen, dacht ik.

'O, dát boek...' antwoordde ik, zo onverschillig dat zij het vast moest merken.

Wat veinzen betreft heb ik het nooit ver gebracht. Overigens was het niet mijn bedoeling. Niets verhinderde mij, haar over mijn ervaringen bij het bewerken van Pieter-Frans' roman te onderhouden. Het zou mijn verhaal over papa's dood en wat daarmee scheen samen te hangen minder omslachtig maken, verhinderen dat ik in een warnet van bijkomstigheden verstrikt raakte en zodoende een ongeloofwaardige indruk veroorzaakte. Sterk begon ik te vermoeden dat het de ongeloofwaardigheid was van dat ulevellengedicht op het roze glacéblaadje, waardoor mij tot dusver het zwijgen was ingegeven.

Het zal wel zo zijn dat ik er wat bij zat te dromen. Aan deze afwezigheid was de gewaarwording te wijten dat ik haar woorden kende, een seconde vooraleer ik ze hoorde, als een prompte echo van wat ik had geanticipeerd, of de tijd heel even stotterde. Vaag herinnerde ik mij dat het mij vroeger meer was overkomen en overigens werd mij niet de kans verleend, om mij in een dergelijke kleinigheid te verdiepen.

'Is het die roman van Pieter-Frans van Kerckhoven?' vroeg ze.

Ik keek haar ontsteld aan.

'Hoe weet je dat ik aan díe roman heb zitten denken, Emily?' stamelde ik, volledig de kluts kwijt. 'Sorry, ik begrijp het... Natuurlijk heeft Jo je er gisteren of vorige week iets over gezegd!'

De absurditeit van de situatie hinderde mij grondig. Met de vrouw die ik liefhad, blijkbaar voor het leven liefhad, zat ik in de heerlijkste stad van de wereld op een terras. Plots werd mijn aandacht in beslag genomen door in feite van belang verstoken dingen. Wat kon het mij hinderen dat Jo er in 'De blauwe Ganze' terloops, bij voorbeeld terwijl ik naar het toilet was of een apartje had met kastelein Paul, met haar over had gepraat, gisteren of misschien vorige week?

'Nee...' zei Emily. 'Nee, Jo heeft er niets mee te maken. Ik las het in de krant.'

Waarover had ik mij druk gemaakt?

'Je denkt vast dat ik gek ben! Natuurlijk, zo is het gegaan... Voor je naar Holland overwipte, was je al een poos in Antwerpen, dat vertelde je trouwens... Je hebt in je hotel *Het Avondnieuws* ingekeken, dat zal er wel ter beschikking van de gasten liggen, het nummer met het interview, mij door Roel afgenomen! Wat jammer, we hadden elkaar een maand vroeger kunnen ontmoeten...'

'Nee, Paul, zo is het niet gegaan,' antwoordde zij, niet zonder schuchterheid in haar stem, verloren in het carillondeuntje voor halfvijf. 'Ik heb dat interview in Engeland gelezen.'

Eerst schrok ik, doch meteen werd het mij duidelijk dat er zó evenmin iets aan de hand was.

'Onlangs beweerde Jo dat ik te veel Agatha Christie lees,' lachte ik. 'Laat mij de detectiveroman afmaken, ja? Uiteraard heeft jullie afdeling Nederlands in Cambridge een abonnement op Hollandse en Vlaamse kranten, net als in Keulen, waar ik vorige winter een lezing gaf bij professor Vekeman, vermoedelijk ken je hem... Nou, niets om mij beteuterd aan te kijken...!' Geschrokken door mijn eigen voortvarendheid deed ik er kort het zwijgen toe. 'Goeie genade, Emily...' mompelde ik ontsteld. 'Dan heb je natuurlijk gelezen... Dan weet je ook al het overige, papa's dood, dat handschriftje...?'

Zij knikte, de lange wimpers neergeslagen.

Het viel mij op hoe bleek zij ineens was.

'Het spijt me, Paul, ik begreep dat het je verdriet zou doen, maar ik kon er niet langer over zwijgen...'

Het Delfts blauw van haar ogen stond vol tranen die daarna hun spoor over haar aangezicht trokken. Ze had beter die krant in Cambridge nooit gezien.

'Zó is het dan...' zei ik. 'Ik had mij voorgenomen het je te vertellen, maar zo is het voor mij minder verdrietig. Later zal ik er uitvoeriger met je over praten, nú liefst niet. Voorlopig vind ik het deprimerend; het verleden mag er ons niet van weerhouden gelukkig te zijn.'

ZESTIENDE HOOFDSTUK

Geheugen en tijd. Een snipper van het Paradijs. Emily's geboortedorp en haar paniek. A lovely Flemish Chinagirl, maar de Vlamingen zélf zijn nog gekker dan de Engelsen. Het mysterie van een familienaam. Het bloed en zijn alchimie. Anton filmt een retabel.

Op zichzelf had het geen belang. Er zijn evenwel weinig dingen die bij mij niet een of andere bescheiden reactie uitlokken.

Zo vond ik het een prettig idee dat Emily's Morrisje naast mijn DS veilig in de garage stond. Deze is weliswaar niet voor twee voertuigen bestemd, maar anderzijds niet volgens het hedendaagse principe gebouwd dat je de auto als de hand in een handschoen naar binnen manoeuvreert, waarna de chauffeur zich op zijn smalst naar buiten wurmt. Natuurlijk had het weinig belang, ik ben niet gek. Het viel mij terloops op als een van die royale kanten van oom Lamberts huis. Voortdurend bleven er mij onopgemerkte aspecten van treffen, bekoorlijke hoedanigheden van een minder benepen tijd. Emily vond het niet vreemd dat ik er mij steeds weer over verbaasde. Zoals bij intelligente vrouwen vaker het geval is, scheen zij met verwondering de wereld in te kijken. Dat het ook voor mij het geval was, vond zij volstrekt normaal.

Een prettig idee.

In feite speelde haar veilig gestalde donkergroene karretje een symbolische rol. Het gaf mij het gevoel dat haar aanwezigheid toevallig noch voorlopig was.

Ergens kwam het op ongeveer hetzelfde neer als vanmorgen haar etherische dingetjes op die stoel in de slaapkamer of simpel de manier waarop wij met kinderlijk plezier samen de vaat hadden gedaan. Hoewel ter plekke door mij verzonnen, leek het een van Jo's grapjes. Met een vrouw naar bed gaan verbindt je tot niets; heb je de vaat met haar gedaan, dan wordt het ernst met de liefde. Het kon ook een repliek zijn uit zo'n weer in de mode gekomen Franse driehoekskomedie, Feydeau of zo. Beroepsdeformatie van een schrijver of niet, ik meende het serieus. Ik kon mij niets mooiers voorstellen dan mijn leven lang met haar de vaat doen (goed, bij wijze van spreken, een hulpje in de huishouding is hier op het platteland gauw gevonden).

Niet de eerste keer word ik erdoor verrast hoe ik mij de gebeurtenissen van de voorbije zomer gedetailleerd herinner. Het doet mij denken aan een paar essays die ik over de werking van het geheugen bij Proust heb gelezen. Ik nam ze met een flinke korrel zout omdat de kern van de zaak in een typisch Franse woordenomhaal verborgen bleef, welluidend maar zonder dat je er een voet mee aan de grond krijgt. Wat burgemeesters misschien leuk vinden. Momenteel ondervind ik hoe het erom gaat de op het verleden aangesloten neuronencircuits op gang te houden, de gedachtenassociaties – hoofdzakelijk op onbewust niveau – hun vrije loop te laten. Hoe je het klaarspeelt weet ik niet, het gebeurt spontaan en soms zou je zeggen dat de inspanning uitsluitend door de vingers op het klavier van je schrijfmachine wordt geleverd.

Duidelijk is het een natuurlijk proces. Ik zie voor mij hoe zij handig haar wagentje naar binnen reed en met een elegant gebaar van haar zedig gesloten dijen uitstapte. Het enige dat mij verbaast is het gezichtsbedrog wat het tempo betreft van de in je geheugen opnieuw voorbijkabbelende tijd.

Met pedante nauwkeurigheid sloeg het achten op de dorpskerk terwijl ik haar bagage uit mijn koffer laadde. Het was één etmaal plus twee uur geleden dat ik haar in het 'Theaterhotel' van de trap had zien komen. Ik mag de tijd, verlopen tussen onze eerste, schijnbaar louter vriendschappelijke omhelzing, en het ogenblik waarop ik de deur van mijn huis voor haar openmaakte, niet fout inschatten. Er was niets vreemds aan het onuitgesprokene dat er vooralsnog tussen ons bestond. Om het even wat voor mysterieus aan deze eerste blijde dagen toeschrijven in verband met Emily's komst, kan alleen te wijten zijn aan een door latere omstandigheden veroorzaakte kortsluiting. Misschien dien ik er wél rekening mee te houden hoe ik, op de terugkeer van de stad alleen in de auto en in de achteruitkijkspiegel voortdurend oplettend of zij mij volgde, onwillekeurig bezig was geweest met het weliswaar voor de hand liggende toeval dat zij Roels stuk in *Het Avondnieuws* had opgemerkt. Nu ik het, ruim een jaar nadien, bedaard zit op te schrijven, wil ik mij niet laten misleiden door recenter ervaringen. Het enig onvoorziene was dat Emily, zonder dat het op wat vreemds ook betrekking had, op bijzonderheden zinspeelde die ik haar trouwens niet wilde onthouden, vrij onbelangrijk wat Pieter-Frans' roman, pijnlijk wat papa's dood betrof, waarover ik in die periode de waarheid had vernomen. Het was niet meer dan wat alle kopers van *Het Avondnieuws* in hun krant hadden kunnen lezen.

Tóen reeds had ik besloten haar niet te bezwaren met de omstandigheden en pijnlijke bijzonderheden die Roel en Jo op het spoor waren gekomen, en mijzelf de verdrietigheid van het hiertoe noodzakelijke verhaal te besparen.

Met deze nabeschouwingen wens ik erop te wijzen dat ik haar pas een dag lang kende. De ongedwongen mildheid waarmee zij zich gaf als een zonder enig voorbehoud liefhebbende vrouw, had een droomsfeer in het leven geroepen. Voorlopig waren als realia haast alleen haar en mijn werk aan bod gekomen. Hoofdzakelijk was het een kwestie van tijd geweest. Van beschikbare geestelijke ruimte, zou je het kunnen noemen.

Zij was te verstandig om zich er niet van te vergewissen. Als gevolg van de doortastende manier waarop onze ontmoeting zich had voltrokken, waren een aantal dingen onuitgesproken gebleven, wat gewoon niet anders had gekund.

'Langzaam aan begint het mij te hinderen dat er lacunes zijn,' zei Emily op haar typische toon van gelijktijdig speelsheid en ernst. 'Als witte plekken op onze gemeenschappelijke wereldkaart.'

Wij zaten in het Chinese restaurant.

Ik meende hier zowat anoniem te leven. Op weg door het dorp had haar aanwezigheid aan mijn zijde, de ongedwongen manier waarop wij hand in hand liepen, weliswaar geen opzien gebaard, maar was niet onopgemerkt gebleven. Vijfentwintig jaar geleden zou het bij mijn dorpsgenoten allicht een schandaal hebben veroorzaakt. Op deze zomeravond anno 1980 viel het mij op dat men ons nadrukkelijker goeiedag zei dan wanneer ik op mijn eentje voorbijkwam. Het kon ermee te maken hebben dat Roels *Avondnieuws* hier druk werd gelezen en het verhaal over de dood van mijn vader sympathiserende commentaren had veroorzaakt. Ook amuseerde mij de gedachte dat de zondagspreken tegenwoordig minder inspiratie putten uit de eertijds obsessionele nadruk op het gebod tegen het vergrijp dat de mens het minst schade en verdriet berokkent – integendeel, zou ik zeggen. Van de postbode, die ik moeilijk een gesprekje kan misgunnen, vernam ik dat de jonge pastoor het op de kansel vaker over de ellende in de wereld en de evangelische naastenliefde dan over 'de' zonde bleek te hebben. Waarbij ik niet mis kon verstaan op welk cijfer uit de decaloog de mij warm toegedane rijksambtenaar met een medeplichtig knipoogje van mannen onder elkaar zinspeelde. Zoals het er tussen ons voorstond, was het een aardig onderwerp voor een praatje. Ik liet het achterwege omdat Emily, kind van een land waar een aantal begrippen historisch ánders waren gegroeid, er moeite mee zou hebben om hoogte te krijgen van onze lokale, overigens voorbijgestreefde toestanden. Voorbijgestreefd ook, vermoedde ik, door de televisie die, hoe kritisch men er zich tegenover opstelt, deze eenvoudigen van te lande in een minimum van tijd heeft geleerd dat het er in de wereld wel even anders toegaat dan men het hun eeuwenlang placht voor te houden.

'Je hebt gelijk, engel van me,' antwoordde ik nadat het Chinese vrouwtje geruisloos de tafel vol potjes, pannetjes en schaaltjes had gezet. 'Het wordt al te gek. Jij weet het een en ander over mij, dat heb ik daarnet vernomen. Dus hoor jij de voorrang te krijgen bij het inkleuren van onze privé-planisfeer.'

'Als stijlbeeld, Paul, vind ik die wereldkaart niet zo geslaagd, gewoon een dwaze inval van me,' opperde zij. 'Vooral met fiches ga ik handig om, in Cambridge is tegenwoordig de computer al wat de klok slaat, mij ligt dat niet zo... Mooi. Mijn fiche dus. Ik ben op 12 augustus 1953 in Ramsbury geboren...'
'Nee toch, dan ben je zevenentwintig?'
'Niet veel minder. As a child I was rather forward for my age, niet ten volle zeventien zat ik op de universiteit. Het betekent niets, op andere gebieden was ik niet precocious, dat heb je vannacht zélf gemerkt...'
'Je hebt je talent opgespaard, Emily, alleen talent is belangrijk.'
'Wil je mij aan het blozen maken...? Kijk, Paul, het is zover!'
'Geen kwestie van. Je gezonde kleur is aan die pikante voorgerechtjes te wijten... Ramsbury, zei je?'
'In Wiltshire, even ten oosten van Marlborough, graafschap Wessex. Ken je Marlborough?'
'Ja hoor, je komt erlangs als je naar de steenkring van Avebury rijdt, een leuk stadje. Je eet er behoorlijk, maar een baan bij de Vereniging voor Vreemdelingenverkeer zal er wel niet slopend zijn.'
'Vast niet. In Ramsbury zélf houdt definitief de wereld op. Het landschap is er absoluut gaaf, wat gelukkig weinigen weten. Verder old England van op een plaatje: kerkje, kerkhof, popperige huisjes met bloemen eromheen, een pub die "The Round Table" heet, een grocery, tevens postkantoor, twee fancy-fairs in de zomer, elke woensdag meeting van de damesvereniging bij de vrouw van the reverend, met tea and scones, haast zo lekker als in Dorset, my dear, en voorlezing uit de Bijbel als toetje. Dat is het ongeveer.'
'Ruimschoots voldoende om gelukkig te zijn...' zei ik dromerig.
'Zo kun je het bekijken...'
'En daar woon je?'
'In de praktijk woon ik in Cambridge, op enkele maanden in de zomer na. Ik heb een kleine suite op de campus zélf, zuiver middeleeuws maar netjes ingericht, je weet niet wat je ziet. In de prijs is de geest begrepen van een student uit 1400 die een non verleidde. Gelukkig laat hij niets van zich horen, vermoedelijk mag hij me niet, of raadt dat hij een oplawaai kan verwachten!'
'Maar je thuis is Ramsbury?'
Aan haar aarzeling wilde ik geen belang hechten. Allen zijn wij aan gevoelsrimpelingen onderhevig, op zichzelf weinig relevant. Niettemin was het duidelijk dat eer weemoedige ironie dan heimwee de beschrijving van haar geboortedorp had gekleurd.
'Mijn ouders wonen er... Ja, theoretisch ik ook...'
'Emily!' zei ik lachend. 'Vóór je méér vertelt – het belangrijkste ben je vergeten! Voor mij zul je Emily blijven, nu, altijd, maar ik zou

graag horen hoe je volledig heet...'

'Sorry, Paul! Zie je dat ik een kip zonder kop ben?'

'In het slechtste geval een comparatiste zonder kop, lieve Emily.'

'Gelukkig heeft een vrouw altijd een excuus bij de hand,' lachte zij. 'Allemachtig, een sterk drankje, die Chinese wijn, hij zit in mijn hoofd!'

'Wat bewijst dat het met je kop best meevalt. Dat het een lichte Bordeaux is, weet ík domweg omdat het op het etiket staat, mijn snobisme is dat ik van dergelijke onbenulligheden geen verstand wil hebben – uit principe. Wat zei je over dat excuus?'

'Zei ik wat over een excuus...? Ja, inderdaad. Mag ik een slokje spuitwater...? Mijn excuus...? Die familienaam van me is zo'n ingewikkeld geval, dat ik hem verzwijg wanneer het kan. Vooraf moet je weten dat mijn vader gewoon Smith heet...'

'Een eerbare Britse naam, zou ik zeggen. Nu weet ik tenminste dat jij Emily Smith M.A. bent. Het klinkt uitstekend voor een vrouw van de wetenschap!'

Zij keek mij lieftallig aan, ofschoon een tikje beschonken, vreesde ik. Waarom had ik roekeloos haar glas bijgevuld?

'Laat die wetenschap, Paul! Het woord vrouw vind ik heerlijk. Vrouw, jouw vrouw sinds verleden nacht. Ben je er gelukkig om?'

'Ja,' antwoordde ik met al de oprechtheid in mij aanwezig, 'ik ben er absoluut gelukkig om.'

Over de tafel heen drukte zij krampachtig mijn beide handen in de hare, waarbij ik mij afvroeg of de hopeloosheid in haar blik wel terdege met dat onschuldige wijntje had te maken. Echt dronken kon ze niet zijn. Met het oog op een paar klanten, die ons overigens geen aandacht schonken, dwong zij zichzelf tot een beheerst, ofschoon pathetisch, zelfs kreunend fluisteren.

'Jouw vrouw, Paul, voorgoed een liefhebbende vrouw als elke andere, eensklaps maakt het mij angstig, it's frightening, ik kan de gedachte niet verdragen dat men het mij, dat men het ons zou afnemen, Paul. Lach er niet om, ik zou het besterven. Je moet mij vasthouden, liefste, mij geestelijk vasthouden, bedoel ik. Nooit mag je luisteren naar wat je zou horen, je nooit door om het even wat laten afschrikken, samen moeten wij ons verdedigen... Begrijp je me, Paul? Beloof je het?'

Ik had mij vergist. Natuurlijk was het de wijn, niets voor haar om zich zo te laten gaan. Zij verdroeg geen alcohol, daarom had zij zich tot dusver bij een warm drankje gehouden en vorige week amper van Jo's Veuve Clicquot genipt.

'Ik hoef het niet te begrijpen om het je te beloven,' antwoordde ik, 'zowaar ik van je houd.'

Ik meende het uit de grond van mijn hart.

Het kwam diep uit mezelf. Welbewust voegde ik er niets aan toe, een vorm van zelfbeheersing die enige inspanning van me vergde. Ik wilde verhinderen dat zij in haar paniek ten onrechte uit sussende woorden zou concluderen dat ik gelegenheidsargumenten verzon. De wijn?

Stilzwijgend zaten wij elkaar intens aan te kijken. Ondertussen kwam zij – in de letterlijke betekenis! – zienderogen tot bedaren. Even was er bij haar iets ontspoord, waarna haar vermogen tot zelfbeheersing weer het hecht in handen had genomen. Niettemin was het gebeurd. De wijn? Ik hoorde op mijn hoede te zijn, mijzelf geen drogreden op te dissen. Vermoedelijk had zij geen ervaring met wijn, daarom had de beneveling vat op haar. Hoe inmiddels te verklaren dat het glaasje Bordeaux op mij, driekwart geheelonthouder, hoegenaamd geen invloed uitoefende? Ik vond het verheugend dat Emily aan een sobere leefwijze was gewend. Anderzijds was het geen voldoende verklaring voor het feit dat een paar teugjes haar naar het hoofd stegen. Wat meer onbevangen vrolijkheid, dat was normaal. Na enkele glazen kon eventueel zelfs de volkservaring van toepassing zijn dat de meest preutse dame bij een fikse dronk seksueel opgewonden raakt. Op dat punt was de therapie mij immers toevertrouwd? Zulke indecente beschouwingen kwamen evenwel niet van pas.

Ondertussen was zij gerustgesteld door de bedaarde aandacht waarmee ik haar gadesloeg en de glimlach om mijn folkloristisch gedachtengespin.

'Waarom zit je te lachen, Paul, waarom heb je zo'n plezier?'

'Omdat alles goed is,' antwoordde ik. 'Anders had het dagen geduurd vooraleer we elkaar het meest fundamentele zouden zeggen, zonder omweg of aarzeling.'

De rol van de wijn was subsidiair, een of andere, bij haar diep vastzittende angst was erdoor van zijn anker losgeraakt. Misschien was het voor haar een bevrijding? Het sprookjesbeeld van een door het bestaan dansende Emily hoefde er niet onder te lijden. Wel zou ik voortaan rekening houden met pijnlijker componenten in haar innerlijke wereld. Haar natuurlijke, blijde zelfbeheersing ten spijt had die druppel alcohol haar een paar seconden de beheersing doen verliezen over haar part van de menselijke levensangst. Niets had zij over zijn oorzaak, noch zijn vorm laten blijken.

Overigens was er geen reden om de evidentie van het geluk om alles wat het bestaan haar bood in twijfel te trekken. Haar blijheid was ongetwijfeld sterker dan negatieve krachten, van welke aard en in welke gedaante zij zich manifesteerden. Men kan niet álles vergen van het bestaan. Alles bestemde haar ertoe zó uit een feeënverhaal te stappen. Zij bleef echter een vrouw, een kwetsbaar mens. Fataal leefde zij als wij allen in de schaduw van onuitgesproken bedreigingen. Ze wortelen in de realiteit, maar gemakshalve verwijzen wij dergelijke schaduwen naar het onbewuste, vanwaaruit zij ons evenwicht, ons geestelijk comfort belagen. In werkelijkheid zijn wij echter onafgebroken, zo niet herhaaldelijk met de wisselvalligheden van het Noodlot bezig, aangewezen op de grillen van het toeval, gewoon in verband met concrete dingen. Ook als je er als een prinses uitziet, maakt het deel van je eigen wereld uit.

'Het is voorbij,' zei Emily. 'I am a stupid little thing. Ik heb me als een domme gans aangesteld. Het gebeurt nooit meer, ik beloof het je.'

Slechts wat bestond kon voor haar voorbij zijn.

'Houd ermee op, liefste,' lachte ik. 'Eerst een kip zonder kop, nu een domme gans, het wordt een menagerie, wat moet ik met zo'n neerhof beginnen?'

Goed, een onberaden teug. Ergens klikt er iets los. Een geestelijke afsluitdijk begeeft het, de levensangst bruist vanuit onbekende diepten haar bewustzijn binnen. Het klinkt als uit het boekje in de spreekkamer van de psychiater, die je zekerheidshalve meteen een buisje tranquillizers voorschrijft. Wat doen wij met ándere, minder abstracte, minder vage, minder onbewuste gegevens? Waren het bij haar de ons allen bekende schimmen der onzekerheid? Wortelde haar paniek daarentegen niet veeleer in de werkelijkheid?

'Dank je, Paul, je bent verschrikkelijk lief voor me. Drinken doet me niets maar ineens voel ik me *tipsy* en stel mij allerlei nare dingen voor. Je moet het mij absoluut vergeven, beloof je het?'

Blijkbaar kreeg haar neiging tot het grappige weer de bovenhand. Opzettelijk schuldbewust en haar heftige reactie van zoëven relativerend, keek zij mij aan van boven haar glaasje prikwater.

Duidelijk maakte zij er een spelletje van, even een vleugje, een streling van haar zin voor humor, niet nadrukkelijker dan het flakkeren van de kaars in de kraprode kandelaar als de deur van de zaak open en dicht ging. Verlegen alludeerde zij op de onbeheerste manier waarop haar schrijnende angst als een schichtig diertje was uitgebroken. Niettemin raadde ik dat haar zelfspot niet tot de eigenlijke inhoud van die angst reikte, die ze misschien niet eens onder woorden kon brengen.

Ondanks de verrassing die haar korte gevoelsuitbarsting bij mij had veroorzaakt, voelde ik mij volkomen sereen. Rustig kon ik naar de ingeving luisteren dat zij mij nodig had, bescherming bij mij zocht, dat ik op een onduidelijke manier verantwoordelijk was voor haar verdere leven. Geen gedachte had mij gelukkiger kunnen maken, geen omstandigheid ons beider lotsbestemming hechter met elkaar verenigen.

Ik voelde mij sterk en lucide.

Nooit zou ik haar loslaten. Met haar, naast haar zou ik werken aan ons beider reservaat van geluk, waarop wij in deze verwarde, ordeloze, gevaarlijke wereld recht hadden. Het zou niet tot de dingen behoren die inspanning vergen en gezwoeg. Ik zou het doen op de manier waarop ik soms een pagina schreef waarvan ik wist dat ze geslaagd was. Ontspannen als een man op de trapeze en volstrekt beheerst, nooit tastend, nooit aarzelend maar met het verrukkelijk gevoel van zekerheid dat vanuit je onbewuste, vanuit je geest tot in je vingertoppen reikt.

Wij zouden alles samen doen, altijd alles sámen, tot het einde van de lange weg die vóór ons lag.

'Forget it,' zei ik, haar taalslippertjes nabootsend, 'en bedien je van dat lekkers waarvan ik nooit de namen kan onthouden. Niets is beter voor een dronken lady dan een met zulke kruidige toestanden gevulde maag... Spoedig zullen wij alles grondig uitpraten waar je mee bezig bent geweest. Voor mij hoeft het niet (ik jokte maar eens om bestwil), het belangrijkste van alles is gezegd: wij sámen, nú, altijd. Ach, ik weet het, wij zullen allicht nogal wat praktische dingen moeten aanpakken, het kan niet anders, als je elkaar liefhebt, sta je daar vroeg of laat onvermijdelijk voor, het behoort tot het leven... Maar ieder probleem bevat van tevoren zijn eigen oplossing, we boffen dat de wereld zo in elkaar zit. Alles hangt voortaan van onszelf af, nooit laten wij elkaar los...' Zonder nog een schaduw van verdriet legde zij haar bestek neer en nam nogmaals over de tafel mijn handen in de hare. 'En nu, miss Emily Smith, netjes áfeten. Dan prompt het verhaal over die naam van je, waaraan ikzelf, enige schrijverservaring ten spijt, niets ingewikkelds zou kunnen ophangen!'

Het bevallige waardinnetje was tussen twee gangen een minuut of zo uit het gezicht verdwenen. Toen zij weer verscheen, bleek zij haar kraaknet kelnerinnenjaponnetje voor een zwarte jurk vol luisterrijke gouden en rode drakepatronen te hebben verwisseld.

'Hé!' reageerde ik. 'Wat is er met ú gebeurd?'

Zij beantwoordde onze verrassing met een eeuwenoude glimlach. Daarna vergewiste ik mij ervan dat haar Nederlands er aardig op vooruit was gegaan, een meisje uit Hong Kong is daar vlugger in dan een juffer uit Brussel.

'Iets anders aangetrokken, meneer Deswaen! (Hoe was ze er verdraaid achter gekomen?). Een feestelijke afond, dacht ik. Voor u beiden...'

De inhoud van de Chinese tirade waarmee zij zich verder uit de slag trok moest ik raden, stellig iets vriendelijks, mogelijk zelfs poëtisch.

'Wat lief van u,' zei Emily ontroerd, 'zo lief en voorkomend, hóe kan ik u bedanken?'

'Niet nodig, mefrouw,' antwoordde het marsepeinen kleinood, 'pedanken is bij ons overpodig!' en zij zette bevallig en met een hiëratisch, hoewel niet onderdanig buiginkje de koffie voor ons neer.

'How lovely Flemish Chinagirls are,' opperde Emily stralend van genoegen, 'in dit gekke land van je beleef je voortdurend verrassingen. Heerlijk is dat.'

'Nou,' grinnikte ik, 'reken er maar op! En nu heb ik recht op míjn verrassing. Deze keer sta jij bij mij voor een verhaal in het krijt!'

'Een verrassing kun je het noemen; als verhaal val je er waarschijnlijk bij in slaap. Beschouw het als een mededeling,' aarzelde zij, 'not worth mentioning... Die naam van me...? Toen je constateerde dat ik Emily Smith heet, zat je behoorlijk fout!'

'Stel je voor dat ik je een brief wil schrijven, aan wie moet ik hem dan adresseren?' informeerde ik schoolmeesterachtig.

'Aan Emily Norman de Vere, excuseer dat ik het je moeilijk maak.'

'Emily Norman de Vere? Een raadsel? Niet onoplosbaar, lieve schat...! De heer Smith is je stiefpapa. Vóór hem was je moeder met een gentleman gehuwd die Norman de Vere heette, jouw vader. Hij overleed vroeg of zij scheidde van hem en trouwde met ene mister Smith.'

'Was het Jo die beweerde dat je te veel met Agatha Christie bezig bent geweest, Paul Deswaen? Het is eenvoudiger en ingewikkelder. De genaamde Smith is echt mijn vader, voor honderd procent. Niettemin heet ik Norman de Vere, net als mijn moeder and now, don't imagine things...'

'Hoe dan ook, het klinkt geweldig, Emily Norman de Vere, M.A.,' gaf ik toe, 'heel wat indrukwekkender dan Smith. Even denken... De manier waarop men in Engeland soms getikt is, vind ik sympathiek. Toch hou je me voor de mal... Een pseudoniem? Heb je geleerde dingen onder dit pseudoniem gepubliceerd?'

'Geen pseudoniem. Ik heet officieel Norman de Vere, dochter van meneer Smith. Ik ontsla je van de inspanning om een verhaal te verzinnen over een voorhuwelijks sloortje, niet door haar liederlijke verwekker erkend, zo romantisch is het niet... Je moet er goed met je aandacht bijblijven... Mama's grootvader was ene Noah Norman, een simpele bouwvakker die door eerbaar vernuft, zoals de familietraditie luidt, fortuin maakte in de vastgoedbranche. Geen cottage werd in Wiltshire verkocht of de zaak ging door zijn handen, concurrentie was er nauwelijks... Hoe rijker hij werd, hoe sterker hij aan een Victoriaans syndroom ging lijden, namelijk een enorm respect voor de adelstand en alles wat ernaar ruikt. Gefortuneerd veroorloofde hij het zich op middelbare leeftijd naar de hand van een weliswaar verarmde maar gepatenteerd adellijke lady de Vere te dingen, mijn rasechte overgrootmoeder. Het lieve mens heette nog Rosalind ook...'

'Shakespeariaans bovendien!'

'Nou, wait and see...! In Londen heb ik haar stamboom gekopieerd, walgelijk gecompliceerd maar betrouwbaar. Die stukken worden bewaard door een koninklijk kantoor waar grapjes uit den boze zijn. Het blijkt onomstotelijk vast te staan dat zij, via vele vertakkingen en homeopathisch verdund bloed maar met volle aanspraak op de clannaam, verwant is met Edward de Vere, de zeventiende Earl van Oxford...'

'Asjemenou,' lachte ik, 'geweldig is dat, hoe bestaat het?'

'Nog geweldiger dan je denkt,' vervolgde zij met een scherzando dat menige actrice haar zou benijden, dartel alles schuwend wat men alleen bij plechtstatigheid met aanstellerij zou verwarren. 'Stel je voor dat een hypergespecialiseerd Amerikaans specialist, blijkbaar niet op zijn hoofd gevallen, deze lord de Vere, Earl of Oxford, onlangs ontmaskerde als de auteur van het oeuvre, om allerhande ingewikkelde redenen aan een zekere Shakespeare uit Stratford toegeschreven, een quasi ongeletterde komediant, niet méér dan acteur van beroep...'

'Het geeft niet dat je een grapje maakt, Emily. Het klinkt niet zotter dan een Shakespeare uit Antwerpen, waar een kennis van me mee bezig is, dat vertel ik je nog omstandig... Ik luister met al mijn oren!'

'Het is fijn dat het je amuseert, Paul, maar van grapjes is geen sprake. Voor zover het om die afstamming gaat, is er geen speld tussen te krijgen, hoewel het voor mij niet hoeft. Wat de relatie De Vere-Shakespeare betreft, met of tegen je zin capituleer je voor het bewijsmateriaal. Vorige winter heb ik het boek van die Amerikaan gelezen, Ogburn heet hij. Literair-historisch een monument, daar heb ik kijk op. Veel overtuigender dan onze nationale traditie over de middenstandsjongen die toneelspeler werd. Er even *Hamlet* of *King Lear* tegenaan gooide, maar zijn kinderen niet op school deed, zodat het absolute analfabeten bleven. Aan wie in een tijd zonder wettelijk geregelde auteursrechten uit onbekende bron bedragen werden uitbetaald, aanzienlijker dan wat evenveel of meer gespeelde auteurs als hoogste beloning voor een stuk kregen. In wiens huis na zijn dood geen snipper papier werd aangetroffen waaruit is gebleken dat daar ééns de schrijver van *Henry the Fifth* had gewoond, zelfs geen verhakkeld exemplaar van de bij zijn leven gedrukte *Sonnets*...'

'Heerlijk, Emily,' moedigde ik haar aan. 'Samen hebben wij stof om gans ons leven over te praten. Net de dingen die mijn verbeelding aanspreken!'

'Eigenlijk zeg je op een hoffelijke manier dat ik een kletskous ben, Paul, maar ergens hoort het erbij... Vermoedelijk is het je duidelijk dat het om een recente theorie gaat, dat Amerikaanse boek verscheen nog geen jaar geleden. Het vreemde is dat mijn overgrootvader, Noah van het vastgoed, zich al ervan had laten overtuigen door een geleerde dorpsonderwijzer uit zijn streek, wie een niet geletterde Shakespeare als schoolvos op de maag lag. Trouwens, het ziet ernaar uit dat hij juist daarom die verpauperde lady Rosalind de Vere eruit pikte, mijn grootopoe dus... Do you follow me?'

'Ja hoor, geen probleem!'

'Nice... Aangezien Noah er met liefde een flinke som voor neertelde – dadelijk meer over die juridische kronkels – kreeg hij van de rechtbank gedaan dat hij, volgens alle regels van de ambtelijke kunst, de naam van zijn echtgenote aan de zijne mocht toevoegen, die aldus Norman de Vere werd. Hij had een zoon, mijn opa, de vader van mama. Beiden dragen uiteraard zijn naam, gewoner kan het niet... Alles duidelijk?'

'Zo klaar als een klontje!'

'En daar heb je mama. Zij is een allerliefste vrouw...'

'Dat kan moeilijk anders, anders was ze je moeder niet!'

'Dank je. Het compliment wordt met welbehagen aanvaard,' lachte zij, weer helemaal de Emily van tevoren. 'Mijn moeder kan ik objectief bekijken, zij is een schat. Toch maak ik er geen geheim van dat ze, zonder wie haar kent te ergeren, snobbish is in de beste Engelse traditie. Ik weet niet of ze mijn vader trouwde omdat ze, althans voor die jaren, niet meer zo jong was. Misschien was zij ervan onder de indruk dat hij in de diplomatie zat... Mogelijk had ze vruchteloos op een aristocratische kandidaat gewacht in een tijd dat de dochters van de oorlogsrijken aanzienlijk beter in de markt, zo niet in bed lagen. In die wereld speelt dat mee.'

'Ik waardeer de nuchterheid waarmee je het bekijkt!'

'Ach, weet je... Ik bedoel er niets onaardigs mee. Er zijn dingen waarmee ik in het reine moet komen... No importance... Toen ze met hem in het huwelijk trad, aanvaardde ze dapper de opoffering voortaan mistress Smith te heten. Haar hart bloedde evenwel bij de gedachte dat voor haar kinderen de luisterrijke naam van het voorgeslacht teloorging. Hoewel minder om de mysterieuze Shakespeariaanse achtergrondmuziek, vermoed ik... Om de geschiedenis verder te begrijpen moet je vertrouwd zijn met bepaalde aspecten van de Engelse mentaliteit en vooral van de Engelse wetgeving. Nog allerhande relicten, deels vergeten, soms uit een oeroud gewoonterecht afkomstig, zitten erdoorheen gevlochten, net zo desoriënterend en uit de tijd als de pruiken van onze rechters... Dat zijn strenge, onomkoopbare gentlemen – ergens om trots op te zijn. Buiten de criminele sfeer, buiten het welomschreven gebied van de misdaad en haar bestraffing, zijn in onze rechtspraak de meest onvoorziene dingen mogelijk. Een pleiter die zijn weg kent in totaal verouderde, hoewel nooit opgeheven juridische bepalingen, desnoods uit de tijd van de Veroveraar, kan wonderen verrichten. Mama's raadsman was een virtuoos op dat gebied. Hij dwong nota bene een uitspraak af, zo gemotiveerd dat het voor mijn zus en mij met het oog op onze toekomst van fundamenteel belang was de naam van mammy's doorluchtige stam te dragen. Zo zie je maar...'

'Emily Norman de Vere, weldra dr. Emily Norman de Vere klinkt voortreffelijk,' beaamde ik. 'Maar je vader, hoe keek die ertegenaan?'

Zij haalde stilzwijgend de schouders op.

Zonder mij direct een oordeel te vormen leek de kans erin te zitten dat zij papa Smith niet met enthousiasme te sprake had gebracht, hem alleen had vermeld omdat hij er volledigheidshalve bij hoorde.

Wat scheelde er aan ene mister Smith die ternauwernood in Ramsbury scheen mee te tellen...? Smith, dacht ik bij mezelf. Waarachtig niet om over naar huis te schrijven, diplomatie, Foreign Service of niet. Toch was het uitgesloten dat Emily de snobbery van haar mama deelde.

Natuurlijk zat ik mij van alles voor te stellen...

'Ja,' besloot zij melancholisch – of was het zelfspot? – 'nu ken je mijn identiteitsfiche.'

Hardnekkig wees ik de gedachte af dat het geen volledige fiche was. Het had niet het geringste belang. Emily kon niet alles op één dag vertellen. Was bij voorbeeld mijn leven voor haar óók geen gesloten boek? Over de excentrieke kapsones van de Engelse rechtspraak in burgerlijke zaken, waarvoor zich de magistratuur bij ons onbevoegd verklaart, had ik al vroeger gehoord. Toevallig had zij er de naam aan te danken die zij droeg. Waarom had zij geaarzeld om mij dadelijk te zeggen hoe zij heette? Smith of welluidender Norman de Vere, wat kon het mij schelen? Welk verschil maakte het voor ons beiden? Had zij het met vertraging gedaan wegens dat afstammingsgedoe waarvan de potsierlijkheid haar spontaneïteit bezwaarde? Had zij als intelligente vrouw ten slotte haar remmingen het zwijgen opgelegd door mij het ganse verhaal te doen en zo begrip te vinden voor het onschuldig verstoppertjesspel met een naam die alleen haarzelf zulke ironische bedenkingen ingaf...? Wie van kwade wil was, kon eventueel de draak steken met de genealogische hoogstandjes van mammy. Op haar menselijke inhoud getoetst was mijn ervaring met moeder, die mij de waarheid over papa's dood onthield, uiteraard triester, hoewel het tot een zelfde orde van vreemdheid behoorde. Iéts had Emily er in *Het Avondnieuws* over gelezen... Lang kon het niet duren vooraleer ik de behoefte gehoor zou lenen om er uitgebreider met haar over te praten. Onvermijdelijk zou vaders dood ter sprake komen. Ik hoefde haar niet te bezwaren met oorzaken, achtergronden en omstandigheden waarbij veel onduidelijk bleef. Overigens wilde ik haar niet de indruk geven dat mijn onderzoek (onderzoek naar wát?) door onze ontmoeting was opgeschort. Of liet ik mij het stilzwijgen opleggen door elementen van bijkomstige aard? Schaamde ik mij wegens randverschijnselen waarvan het occult karakter, de evidente maar absurde samenhang elke waarschijnlijkheid op losse schroeven zette? Vreesde ik een leugenachtig figuur te slaan? Maar was de confrontatie met de waanzin al niet volop aan de gang toen zij mij uit Leiden opbelde...?

Het lijkt mij aanbeveling te verdienen mij niet verder op het pad van dergelijke beschouwingen a posteriori te begeven.

Tenslotte ben ik er niet zeker van of ik het op die avond in het Chinese restaurant, waar wij nog herhaaldelijk terugkeerden, voor mezelf expliciet formuleerde. Vermoedelijk was het een zwerm van allerhande vage, ergens op de achtergrond aanwezige onbewuste flarden. Wanneer je op het verleden terugblikt, schijnen ze de sfeer van bepaalde momenten in je leven te kleuren. Op het ogenblik zelf zijn het niet meer dan pointillistische fragmenten, geen omlijnde gedachten waaraan je een doorslaggevende betekenis toekende. Zij vonden geen plaats naast mijn geluk om haar aanwezigheid, de vreugde van mijn vertrouwen in deze mij door de hemel voorbestemde liefde.

Ik verwachtte dat Emily spoedig aan het werk zou gaan. Ik nam mij voor geen ogenblik van haar zijde te wijken. Zowel in de bibliotheek, het Museum voor Letterkunde als in het Stedelijk Archief waren mogelijkheden genoeg om mij bezig te houden. Bij voorbeeld liep ik al een poos met het voornemen om er mij eens in te verdiepen of er een relatie bestond tussen Pieter-Frans' werk en zijn Antwerpse tijdgenoten die in het Frans hadden geschreven. Door het miraculeus ontwaken van een eigen literatuur (in zijn geval blijkbaar naderhand uit conservatieve overwegingen geminimaliseerd) verliezen wij sommige historische realiteiten uit het oog. Terwijl ons verpauperd Nederlands zijn eerste stamelingen uitte – na mijn hertaling van *Liefde* was ik tot oordelen bevoegd! – maakte de burgerij, behoudens voor de omgang met het huispersoneel, gebruik van het Frans, hoewel niet om de geest van Descartes en Voltaire te eren. In werkelijkheid werd door mensen als Amelie en haar ouders Frans gesproken, denk ik. Overigens had ik er in mijn nawoord op gezinspeeld dat ook in dit opzicht Van Kerckhoven een voorloper was. Zijn Nederlandstalige Antwerpse zakenbourgeoisie anno 1850 behoorde tot zijn utopische dromen. Nog was het ternauwernood meer dan een gelijkaardige droom toen, een eeuw later, mijn voor twee jaar overleden collega Johan Daisne het idyllisch denkbeeld introduceerde van een geraffineerde, intellectuele en met haar eigen taal levende Vlaamse aristocratie. In Gent omstreeks 1940 gesitueerd was ze even imaginair als een Nederlands sprekende koopmansstand in het Antwerpen van Pieter-Frans. Geestelijk stelde ik mij er niet veel van voor, maar anderzijds leek het mij onmogelijk dat een dergelijk welvarend milieu per definitie uit Beotiërs hoorde te bestaan. Ik geloof dat men zulke toestanden statistisch moet bekijken. Met toegang tot de duurdere scholen kan het moeilijk anders, of het leverde een aantal mensen op (Balzac, Eugène Sue, Victor Hugo en anderen waren populair) voor wie de literatuur een zekere aantrekkingskracht bezat. Zonder dat ik verwachtte de hand op een genie te leggen, waren er in Vlaanderen Franstalige figuren die boeken hadden geschreven. Wat hadden zij hun tijdgenoten te zeggen? Wat was er met hun werk gebeurd? Bezat het voor mij die zelfde archeologische charme welke mij bij Van Kerckhoven had geboeid?

Bij het ontbijt praatte ik er met Emily over, wie het interesseerde.

Toen ik eraan toevoegde dat er voor mij een karwei in zat terwijl zij aan het werk was, kon zij haar lach niet inhouden. Ik vroeg sip of zij het niet leuk vond dat ik haar gezelschap zou houden?

'Integendeel, Paul,' verzekerde zij, 'ik vind het heerlijk! Er is evenwel een kleinigheid die je uit het oog verliest.'

'Vertellen!' insisteerde ik. 'In tegenspraak met mijn aard ben ik verschrikkelijk nieuwsgierig geworden. Naar de dingen die jou betreffen. Ook de kleinigheden.'

'Waarachtig, ik stelde mij voor dat je het uit jezelf had geraden!'

'Wat hoor ik uit mezelf te raden?'

'Niets is zo eenvoudig, Paul... Ik ben niet uit Holland teruggekeerd om hier meer gegevens te verzamelen. Op het schrijven na heb ik mijn opdracht rond. Ik kwam naar Antwerpen om je weer te zien, grote domkop van me! Weet je dat niet?'

'Je mag mij warempel uitschelden, Emily,' zei ik ontroerd. 'Ik ben een weerzinwekkende domkop. Maar ik kan mij niets mooiers voorstellen om er de dag mee te beginnen.'

Ik was een domkop. Je hebt er geen idee van wat voor een domkop ik was!

In geringe tijd, zelfs onmiddellijk had ik, ofschoon niet zonder verbazing, mij ervan vergewist hoe zich tussen haar en mij iets volstrekt unieks voltrok, dieper, ánders, meeromvattend dan mij ooit in het leven met om het even welke vrouw te beurt was gevallen. Bij onze eerste ontmoeting in 'De blauwe Ganze' was het begonnen. Wachtend op haar terugkeer had ik er trouwens absoluut op gerekend. Duidelijk was uit haar bezoek aan de dokter in Amsterdam gebleken dat zij er de ganse tijd dezelfde verwachtingen op na had gehouden. Zo gecomplexeerd was ik, dat ik het onafgebroken in verband was blijven brengen met het werk dat in Antwerpen op haar wachtte. Of het, volmaakt als alles zich had ontwikkeld, nog van om het even welke gunstige omstandigheid moest afhangen! Duizend mea culpa's veranderden er weinig aan.

'Je bent een domkop, je zegt het zélf, maar het geeft niet!' antwoordde zij opgewekt en omhelsde mij. 'Vanaf vandaag geen muffe drukwerkjes, geen dossiers, geen vergeelde kranten meer. Wat zullen we doen? Rustig híer blijven is ook goed!'

Wij hadden elkaar lief zonder reserves, zonder beperking. Wanneer wij lagen te zonnen of, na de middag, de schaduw van het vlierbosje opzochten, praatten wij over haar werk. Het gebeurde dat zij gegeneerd zichzelf onderbrak omdat ze vond dat ze voor schooljuffrouw speelde. Schertsend voegde zij eraan toe dat alleen de uilebril ontbrak waarmee ze een lichte bijziendheid corrigeerde in de auto of wanneer ze incidenteel college gaf, wat als assistente tot haar opdracht behoorde. Het was onzin, protesteerde ik. Die bril gaf haar iets ontroerends, ik kon het weten. Toen zij op weg naar huis achter mij aan reed, was het mij in de achteruitkijkspiegel opgevallen dat zij hem stiekem had opgezet, wat mij heel verstandig leek.

Overigens verheugde ik mij erop, telkens als zij over haar werk vertelde. Niet zonder risico had ik jaren geleden definitief voor de literatuur gekozen, ook voor mij was zij het belangrijkste in mijn leven. Geen beter onderwerp om tussen twee liefdesscènes op adem te komen!

Verwend door mijn onvolprezen bewegingsvrijheid, gaf ik er mij pas nu voorgoed rekenschap van dat zij een jaar van onafgebroken arbeid en vermoeiende verplaatsingen tussen de universiteit en het vasteland achter de rug had. Het was vanzelfsprekend dat ze het op prijs stelde om zich in dit oude huis en zijn verrassend landelijke omgeving, volop in een weinig verloederde natuur, onbevangen aan de ontspannen sfeer van liefhebben en nietsdoen over te leveren.

'Wij beleven de eerste dagen van de schepping,' zei ik schertsend en lyrisch. 'Het is zo mooi, dat ik het ternauwernood kan geloven. Voor het eerst wordt het duidelijk dat oom Lambert mij niet een bescheiden domeintje maar een vergeten hoek van de Tuin van Eden naliet!'

'Ja,' beaamde zij, 'de Tuin van Eden. En wat doe je met the fall of man, je weet wel? Jouw metafoor is niet zo idyllisch als ze klinkt...'

'Onzin,' antwoordde ik. 'Dat de bijbel het Paradijs tot een soort van ecologisch experiment minimaliseert, is je reinste flauwe kul. Wat had de mensheid aan een Tuin van Eden waar het uit was met de pret vooraleer ze echt kon beginnen? Zomaar als straf voor wat gestoei onder die appelboom?'

'There's something in it,' vond Emily, tot de slotsom gekomen dat ik de interrupties in haar moedertaal eerder grappig dan vervelend vond. 'Ik heb er ook over nagedacht. Bij voorbeeld terwijl ik mij als jong meisje zat te vervelen bij de preken van de reverend in Ramsbury. Mijn mama is te eigenwijs om vroom te zijn. Maar zij vindt dat zij het zich niet kan veroorloven uit de zondagsdienst weg te blijven. En dochterlief dan maar mee opdraaien voor haar social respectability!'

'Je weet het dus...? Nee hoor, zo'n stoethaspel is de Schepper aller dingen niet geweest – wie kreeg het in zijn hoofd? – dat hij in zijn blauwdruk niet voorzag dat Adam en Eva gingen doen als wij, met net zoveel enthousiasme. Hij was wel gek geweest als hij erop rekende dat die twee zich tevreden zouden stellen met verstoppertje te spelen of ik zie wat jij niet ziet! Waren later de schriftgeleerden te stom om te begrijpen dat de Here, die de volmaaktheid belichaamt, er niet zomaar als een seniele klungelaar op los had zitten rotzooien, zonder verdraaid te weten hoe het allemaal functioneerde? Verzonnen zij cynisch een sprookje over de Zondeval om de levensvreugde van hun medemensen te vernielen, hun de kop in te slaan, er ongelukkigen van te maken die zich des te gemakkelijker lieten manipuleren? Zeg ik iets wat je choqueert, Emily?'

'Hoe kom je erbij? Niets wat tot het écht, eerlijk verworven menselijk geluk bijdraagt kan zonde zijn. Zo heb ik het altijd begrepen. Je hoeft me niet te overtuigen! Samen in het Paradijs, wie doet ons wat?'

Waarna zij zich ervan vergewiste of het gebladerte overal behoorlijk ondoorzichtig was, haar minimaal bikini'tje uittrok en zich, naakt als Eva, tegen mij aan vlijde. Wat efficiënt een eind maakte aan mijn theologische, dus overbodige diep- en onzinnigheden.

Ik herinner mij dat ik er reeds op zinspeelde.

Fundamenteel is de liefde de meest intieme aangelegenheid tussen man en vrouw. Niettemin kent zij de behoefte om er – spiegel en klankbord – de buitenwereld bij te betrekken en als twee-eenheid haar respons op te vangen. Ik had het intens gevoeld toen wij in 'De blauwe Ganze' in de kring van mijn vrienden waren terechtgekomen.

Algauw beschouwden wij mijn huis (waar het mij zelden lukte Emily het vrouwelijk plezier te onthouden om er met de stofzuiger op los te gaan) niet alleen als het veilige reservaat waar wij elkaar op om het even welk ogenblik van de dag of de nacht konden liefhebben. Het werd de haven vanwaaruit de bescheiden tochten begonnen om haar de aanvallige plekken van het dwaas, lief landje te leren kennen dat ik haar eigenmachtig hoewel niet blind voor praktische problemen, als het hare voorbestemde. Herhaaldelijk had ik het gevoel dat haar tegenwoordigheid het een nieuwe aanblik verschafte, terwijl voor haar mijn aanwezigheid als leidsman het een zin verleende welke het anders had ontbeerd. Ik wist dat mijn taak delicaat was, maar deed al wat ik kon bedenken om er mij behoorlijk van te kwijten.

Eerlijk gezegd verzon ik soms ingenieuze kneepjes om mijn hartsbeminde in de mate van het mogelijke de aanblik van de verloedering te besparen die mijn geboortegrond van de eerste wereldoorlog af heeft geteisterd. De merktekens van een fout begrepen individualisme, een anarchistisch, niets ontziend kapitalisme en de kwetsende, agressieve afkeer van het schone, waardoor de 'verworpenen der aard' van bij hun roemrucht 'ontwaken' (bedaar, mijn sociaal-democratisch hart, bedaar!) systematisch blijk gaven, kon ik haar moeilijk verbergen. Toch lukte het mij bij voorbeeld langs een net van kronkelwegen in Leuven te geraken. Op het laatst ging het door adembenemende landschappen, waar ik me gedesoriënteerd voelde, of ik door een Bruegel, dan eensklaps weer door een Claude Lorrain of een Gainsborough reed. Ter bestemming parkeerde ik de auto zo dicht mogelijk bij het vernieuwde begijnhof, dat, zo verzekerde ze mij, zich met de middeleeuwse campus van Cambridge of Oxford kon meten. Waarna ik haar trots naar Dirk Bouts meetroonde en wij onze wandeling eindigden, hand in hand tegen de geornamenteerde gotische gevel van het stadhuis aankijkend.

Als prozabeest geboren pikte ik het zo in om aan haar hooggehakte voetjes mijn dichterlijke troubadourshommage neer te leggen.

'Kun je al die figuren identificeren?' vroeg ze met een knikje in de richting van het met tientallen vorstenbeelden overladen, overigens door perfecte verhoudingen uitmuntende gebouw.

'Natuurlijk niet, wat dacht je? Op één na althans... Je moet aandachtig opletten, liefste, jammer dat we geen toneelkijker hebben... Helemaal bovenaan, praktisch onder de daklijst, de enige die er onder al die vechtjassen ongewapend in een kortgerokt Bourgondisch pakje bij staat. Een van de grote bonzen van Brabant, Philippe van Saint-Pol heet hij.'

'Sorry, die naam zegt me niets... Is er iets bijzonders aan hem, historisch of zo?'

'Niet veel, vrees ik. Althans aan de man zélf niet...'

'Waarom heb je dan zijn naam onthouden?'

'Omdat het een magisch-realistisch geval is.'

'Een spookverhaal? Very nice, tell me all about it, ik ben nieuwsgierig... Je weet wel, nieuwsgierig als de pokken, nee, de pest.'

'Het is Philippe van Saint-Pol, maar het is tegelijk mijn vriend Hubert Lampo.'

'You're crazy, hou je me voor de mal? Unless... Is het een voorvader van hem?'

'Ik zal je nooit voor de mal houden, daar ben je veel te lief voor, Emily! Ik zweer je dat het waar is. Het zit zo. Al jaren is men bezig met de restauratie van die beelden. Ze werden beschadigd toen op het eind van de oorlog de Amerikaanse luchtmacht hier in het wilde weg bommen uitstrooide, blijkbaar voor de spoorwegemplacementen bestemd. Het is een secuur werk. Ergens lijkt het mij verstandig dat voor de fijnere details een beroep op een dame werd gedaan, een beeldhouwster die oog heeft voor zulke dingen. Het grootste deel van haar opdracht bestond erin de hoofden te herstellen. Je moet weten dat de meesten van de heren en dames bij de bomexplosies hun kop waren kwijtgeraakt. Sommige van die koppen werden gerecupereerd of de overblijfselen lieten ongeveer raden hoe ze er hadden uitgezien. Andere waren spoorloos. Waaronder die van Philippe enzovoort. Het overige van het verhaal kun je raden. Liever dan te fantaseren gaf ze als lezeres van Lampo met behulp van de nodige foto's diens hoofd aan meneer de Saint-Pol. Het heeft jaren geduurd vooraleer hij wist dat hij in weer en ontij over Leuven kijkt. Was het Depaus geweest, dan had het in alle kranten gestaan. Ik heb eens gedacht er een magisch-realistisch verhaal over te schrijven, bij voorbeeld over een vent die op zekere dag zijn eigen standbeeld tegenkomt. Enfin, zoiets...'

'Net wat ik dacht... Vlamingen zijn inderdaad gek!' lachte zij en zoende mij te midden van de middagdrukte onbevangen op de mond, wat applaus uitlokte bij een troepje voorbijslenterende studenten.

'Gek...? Nee. Knettergek. Nog gekker dan de Engelsen!'

'Precies wat ik bedoel!' zei Emily. 'Daarom voel ik me hier soms beter op mijn gemak dan in Nederland...'

Toch bleef zij zich tot Nederland aangetrokken voelen.

Ik vermoed dat er ancestrale redenen, genetische factoren mee waren gemoeid.

Een vriendelijke, wellicht wat maniakale chef op dat plechtig heraldisch office in Londen was in zijn knollentuin geweest met het bezoek van een rasechte lady de Vere, ondanks het burgerlijke 'Norman'. De hulpvaardige ziel was niet bij de pakken neer gaan zitten. In een brief met het koninklijk wapen erop had hij haar haarfijn uit de doeken gedaan hoe die Edward de Vere, Earl van Oxford, tot de oudste Engelse adel behoorde. Hij stamde af van een zogenaamd Flemish schipper, die in 1066 mee opvoer met de vloot van Willem de Veroveraar en zich tijdens de slag bij Hastings door zijn onversaagdheid had onderscheiden. Bij de brief sloot hij een reeks kleurenfoto's in van het kort na de krijgstocht vervaardigd tapijt van Bayeux, dat de overtocht van de Straat van Dover en de invasie weergeeft. Welke van de gentlemen de heer De Vere was, voegde hij er met ambtelijke ernst aan toe, kon hij tot zijn spijt niet zeggen. In elk geval stond het vast dat haar doorluchtige voorvader, in strijd met de traditie, niet uit Vlaanderen (in die dagen maakte het weinig verschil!) maar uit het Zeeuwse stadje Veere afkomstig was. Het keurige distinguo dat deze eilandbewoner tussen Zeeland en Vlaanderen maakte, wees voor een Engelsman op uitzonderlijke geografische capaciteiten. Telkens als ik er in Engeland op had gezinspeeld dat ik uit Antwerpen kwam, had men mij beminnelijk 'oh yes, in Holland' geantwoord. Probeerde ik het met Belgium, met Flanders, dan was er iemand bij de tapkast die mij met een deskundig 'I see, Amsterdam' tegemoetkwam. Waarna ik het meestal opgaf. Nou ja, ik weet zelf maar vaag waar Estland, Letland en Litouwen liggen, en vraag me niet om de hoofdsteden uit elkaar te houden. Toen wij besloten wat in Brugge te gaan rondkijken, was Emily's mythische Zeeuwse afstamming (had ik het goed geraden, die eerste avond in 'De blauwe Ganze', later zelfs veel nauwkeuriger op weg naar mijn afspraak met Anton?) een doorslaggevend argument om een lus langs Veere te maken. Gewend aan de van jaar tot jaar veld winnende kikkercañons en betonwoestijnen van de Randstad, waarboven ze onze wilde improvisatiedrift verkoos, zat zij op de hoofdweg naar Middelburg verrukt te kijken naar het eindeloos groene deltalandschap. Te harer ere dreven hierboven ontzaglijke, hoewel van dreiging gespeende wolkeneilanden, vanmorgen voor ons beiden nog gauw door een leerling van Rubens in de verder zeeblauwe hemel opgehangen. Het had me getroffen dat zij bij herhaling met verlangen naar mijn DS had geblikt, die ze horribly beautiful vond. De afslag naar Bergen op Zoom voorbij, had ik haar het stuur toevertrouwd. Ze nam het met een juichkreetje van me over, opgetogen als een kind.

Eens te meer maakte zich het besef van me meester dat onze liefde grondig verschilde van wat ik met om het even welke vrouw had beleefd.

Volledig bereid tot vergeten, beantwoordt het niet aan mijn aard ondankbaar te zijn. Hoewel het op bittere verdrietigheid was uitgelopen, had ik mij zelfs één keer voorgesteld de grote enige (helaas eens te meer getrouwd) ontmoet te hebben. Ook dát was een fraaie zelfbegoocheling geweest. Maar zelfs in de tijd dat wij onweerlegbaar gek op elkaar waren, lang voor zij vreemd zou gaan met om haar heen draaiende, beter tennissende heren dan een beginnend romanschrijver zonder verzekerde toekomst, kon zelfs bij benadering de toenmalige verhouding de vergelijking niet doorstaan met alles wat mij na deze luttele dagen met Emily verbond.

Meer was er niet aan de hand dan dat zij, wegens de lage zetel het rokje nonchalant, ofschoon zonder uitdagende bedoeling, hoger dan de helft van haar satijngladde dijen opgeschort, als chauffeur in die wagen bij me zat. Niet meer dan dat zij de snelheidsmeter deed klimmen tot waar het, voegde zij er schuldbewust aan toe terwijl zij al vertraagde, in haar eigen land elke weldenkende politieman met ontzetting zou slaan.

Nee, er was niets aan de hand. Niettemin scheen zich een onbekende invalshoek te openen. Ook dit was een aspect van het nieuwe waar ik mij, althans bewust, voor het eerst van vergewiste. Ik zinspeel niet op de kwajongensachtige Emily die ik kende. Ik bedoel evenmin de onverstoorbaar zichzelf blijvende vrouw, jong maar rijp en ongerept.

Dat was het, maar tevens de echo van iets onvatbaar absoluuts, waarmee haar aanwezigheid binnen de kleine ruimte van de auto mij vervulde. Ergens diep deed ze een ijle muziek ontwaken van herinneringen aan wat ik nooit had beleefd. Het hield geen verband met gebeurtenissen, met ontmoetingen, met beschrijfbare beelden of emoties, wèl met de sfeer van een vredig, eindeloos melancholisch, maar tevens blij stemmend geluksgevoel.

Ik stel mij sedertdien voor dat sommigen op die manier aan hun prilste jaren denken. Helaas wist ik, dat het niet opwelde uit de tijd toen mama's zwijgende troosteloosheid het huis en de dagen vulde. Als het een herinnering was, kon het niét anders zijn dan een herinnering aan een iele droom. Tenzij die warmte, die met de eeuwigheid verweven rust ouder was?

Zou de enige, de verste schaduwloze gedachte aan mijn moeder betrekking hebben op de tijd tussen verwekking en geboorte? Bezat de kracht die Emily omgaf of uitstraalde het betoverend vermogen om herinneringen te doen ontwaken die tot de periode van vóór de herinneringen behoren?

'Waaraan denk je?' vroeg zij, verbaasd door mijn stilzwijgen.

Het viel mij spontaan in, zonder verband met wat mij bezighield, hoewel het er door subtiele geestelijke associaties toe kan hebben geleid.

'Aan een Engelse versregel die mij door het hoofd speelt. *The gods before the gods*, of zoiets, een citaat dat ik ergens oppikte, wie de dichter is weet ik niet...'

'Chesterton,' zei Emily. 'Ik ben er haast zeker van dat het van hem is.'

Hand in hand, als een paar op huwelijksreis, slenterden wij door het precieuze speelgoedstadje. Aan veel kon je zien dat het er het grootste deel van het jaar in droom verzonken bij lag. Vandaag was het door de drukte van de markt en door de toeristen in beslag genomen. Blijkbaar had zij er niet op gerekend van nabij de schimmen harer voorouders te voelen. Op een beschaduwd terras waar wij koffie dronken vertelde ik haar over Antons visie op de documentaire. Mijn, ónze vriend zou bij een film, geïnspireerd door de hypothese over Edward de Vere als schrijver van Shakespeares werk, niet aarzelen om voorgeslacht en afkomst van de graaf van Oxford door sfeervolle, op een dag als deze ter plekke gedraaide shots te suggereren, de bonte menigte, de kraampjes ten spijt. Zij begreep onmiddellijk waar het om ging. Zij noemde het gevoel voor een perennial presence en stemde in met het denkbeeld van de onuitwisbaarheid van een ééns aanwezig verleden. Ook voor onze film over Arthur kwam het van pas, vond zij. Tot mijn schande had ik er tot dusver niet aan gedacht, niettegenstaande Antons verhaal over Jacoba van Beieren.

Net toen men de trossen ging losgooien, reden wij in Vlissingen de veerboot naar Terneuzen op. Langzaam zagen wij Walcheren verdwijnen in de wazigheid van de zomermorgen. Geen uur later manoeuvreerde ik de DS binnen de strepen van een parkeervak aan de voet van het Belfort. Zelden had ik Brugge zo bruisend fris en fleurig gezien, een aquarel met blauwe schaduwen.

Emily kende de stad behoorlijk, hoewel niet grondiger dan de meeste bezoekers met de Engelse Baedeker onder de arm, voegde zij er met haar gewone understatement aan toe.

De crypte van de nabije Heilig-Bloedkapel had zij niet eerder verkend. Lachend omdat wij op dit punt niet van elkaar verschilden, wist zij dat ik niet aan vrome gevoelens onderhevig ben. Zij had ondertussen geen moeite met een mogelijk excentrieke opvatting van me. Nooit is het bij me opgekomen met bepaalde religieuze overleveringen de spot te drijven. Voorgoed door een legendarische context ingebed kunnen bij voorbeeld neutrale, kom, doodgewone objecten, eeuwenlang het brandpunt van de volksdevotie, een zekere radio-activiteit gaan uitstralen voor hen wier innerlijke transistors er vatbaar voor zijn.

Het kon slechts in de fantasie van de simpele middeleeuwer bestaan dat ééns de patriarch van Jeruzalem de hand had gelegd op een recipiënt, gevuld met Christus' bloed, na duizend jaar niet opgedroogd. Vijf minuten kritisch nadenken maakten het verdere verhaal over graaf Diederik van de Elzas, die wat van dit driewerf heilig bloed door een vertrouwensman naar Brugge liet meenemen, volkomen irrelevant. Het wordt er niettemin sedert de kruistochten bewaard en zonder bedrieglijk te noemen oogmerken ten aanschouwen van het volk jaarlijks in een luisterrijke processie rondgedragen. Wat men een millennium onafgebroken vereerd moge hebben, het is vermoedelijk een hoogstandje van de middeleeuwse relikwieënhandel, het bloed van de op Golgotha gekruisigde mens van goede wil bevat die ampulla in Brugge niet.

'Je hoeft geen ketter te zijn om het zo te zien, Emily,' besloot ik mijn bedenkingen toen wij vanuit de pover verlichte diepte tegen het zonlicht stonden te knipperen. 'Voor mij maakt het geen verschil. Je kunt een wonder met eerbied benaderen, zonder erin te geloven. Natuurlijk werden de patriarch en graaf Diederik van Vlaanderen schabouwelijk door een lepe Levantijnse sjacheraar in religieuze souvenirs belazerd. Uiteraard is de kans imaginair dat het bisdom ooit opdracht geeft om te onderzoekèn wat men die naïeve geweldenaars in de handen heeft gedraaid. Eventueel kan elk universiteitslaboratorium in een minimum van tijd het resultaat van een minutieuze analyse voorleggen, een kunstje van niemendal. Misschien vind je het gek van me, maar ook dát resultaat heeft voor mij geen belang. Ik denk soms weleens dat zich een alchimistische transmutatie heeft voltrokken in wat vermoedelijk niet meer is dan wat droog aan elkaar geklodderde hemoglobine van een geslacht rund. Nee... Ik waag het niet te veronderstellen dat een krachtenveld van aanbidding het diepst van de atomaire structuur zou hebben beïnvloed. Zelfs met de meest vooruitstrevende apparatuur zou men het toch niet achterhalen, veronderstel ik...'

'Magisch realisme...?' plaagde Emily. 'Noodgedwongen weet ik er nogal wat vanaf! Het boeit mij dat het niet alleen literatuur voor je is.'

'Je zegt het!' beaamde ik. 'Ik loop je klerikale noch antiklerikale praatjes op te dissen. Ik zie het zo dat de povere inhoud van dat flesje door het geloof van de ene generatie na de andere, door het kinderlijk vertrouwen van honderdduizenden, mogelijk miljoenen rechtgeaarde zielen, inderdaad ergens het bloed van de Verlosser is geworden.'

'Symbolisch, wil je zeggen?'

'Symbolisch, hoewel je er een theorie over de kwantummechanica bij zou kunnen verzinnen... In elk geval sterk genoeg om die wonderlijke middeleeuwse droom van de Graal op gang te brengen, die occulte dieptestroming in het toenmalig christendom... Een droom die naar buiten begint door te druppelen als Diederiks zoon, graaf Filips, in Gent zijn minnestreel Chrétien uit Troyes een geheim boek, mogelijk van Bledri, in de handen stopt om er de *Perceval* uit te distilleren.'

'Wat ergens met die film van jullie te maken heeft?'

'Geraden! Daarom lokte ik mijn hartsbeminde die sombere crypte in. Daarom wees ik je op het nauwelijks te onderscheiden patroon in de baksteenmuur, dat sommigen voor de Graal houden. Technisch heb ik er geen kijk op, maar ik geloof dat die knappe Anton er een boel mee kan doen, kwestie van goede belichting, duidelijke commentaar... Nou, ben ik een zeurkous of ben ik het niet?'

'Hou ermee op, Paul!' berispte zij. 'Je weet een boel dingen die een ieder je zou benijden, maar niettemin ben je er gegeneerd om... En nu wil ik meteen naar het Minnewater. Weet je hoe we er moeten komen?'

'Spreekt vanzelf... Waarom die haast?'

'Dat zul je zien, even geduld!'

Ik zag het.

Zij haalde een munt uit haar tasje te voorschijn. Nadat zij er haar lippen op had gedrukt, wierp zij hem met een bevallig gebaar in het rimpelloze meer. Mathematisch volmaakt, als de ideale mandala, deed hij er drie concentrische, naar het eindeloze uitdeinende kringen op verschijnen.

'En nu moet je weer een wens doen, dat is het gebruik. Na de wens van de ster de wens van het water... Van het Minnewater.'

Van het water der liefde, dacht ik.

Met het bloed was ook water uit Jezus' zijde gestroomd toen hem de verlossende lanssteek werd toegebracht.

'Het is gebeurd!' antwoordde zij.

Zij keek mij ernstig aan, een blik, diep als de hemel boven Brugge.

Voor het eerst vroeg ik mij af welke de kleur van vaders ogen was geweest.

Meteen kwam de gedachte aan zijn bloed bij me op, vloeiend uit zijn hoofd, uit zijn onderbuik. Het vergde inspanning om het pijnlijke beeld eronder te krijgen, doch het lukte, dank zij haar troostende hand op mijn arm.

Chrétien spreekt nergens over bloed, herinnerde ik mij.

Bloed hoort niet tot mystiekerige onzin te leiden. Ook niet het onschuldige bloed dat tweeduizend jaar geleden uit de wonden van een zachtzinnige joodse dweper sijpelde. Niet het bloed van een onschuldig mens waardoor op een oorlogsavond de plavuizen van het trottoir rood werden gekleurd, terwijl de stilte langzaam het geronk absorbeerde van een zich met gedoofde lichten verwijderende Duitse vrachtwagen en de stad ademloos op haar bevrijding lag te wachten.

Onmiddellijk verwierp ik de vraag of mijn gezellin aan hetzelfde dacht.

'Altijd weer bloed...' hoorde ik haar evenwel een paar dagen later zeggen.

Die namiddag waren wij de Kempen ingereden.

Wij stonden bij het retabel van de lieflijke Dymfna, die volgens een oeroude legende hier duizend jaar geleden de dood vond. Gruwelijk werd zij door haar eigen vader onthoofd, nadat deze haar vanuit Ierland had nagezeten toen zij voor diens incestueuze begeerten was gevlucht. Men weet niet hoe het begon, maar krankzinnigen pelgrimeerden naar haar graf, waar zij genazen in een tijd toen het mirakel nog tot het dagelijks leven behoorde. Wie deze genade niet deelachtig werd, vond een onderkomen bij de omwonenden, die zich liefderijk over hem ontfermden.

Het was voor ons geen toevallig bezoek aan een meesterwerk van de vijftiende-eeuwse houtsnijkunst.

Wij waren door Anton gevraagd om eens te komen kijken. Onverwacht maakte hij een reeks inserts van het polychrome altaarstuk. Het straalde verbijsterend van goud en kleuren onder het licht van zijn schijnwerpers. De pastoor van de gotische kerk stond er stomverbaasd bij te kijken en vertrouwde ons toe dat het net was of hij het kunstwerk voor het eerst zag.

In de verfilmde roman werd er niet op gezinspeeld, zei Geert Claerhout, die als auteur van het scenario zijn nieuwsgierigheid niet langer had kunnen bedwingen. Hij was komen overwippen met zijn vrouw, de lachebekkerige Judith, mooi als de dageraad, die spoedig gearmd met Emily in het bedehuis rondwandelde. In overleg met Lampo, wiens boek het was, had hij rekening gehouden met een voor de hand liggende mogelijkheid. Vooraleer in Antwerpen zijn dood te vinden had Kasper als patiënt in dit stadje geleefd. Ondanks zijn verwarring was hij een kunstenaar die zeker naar dit waarachtig beeldverhaal had staan kijken. Anton nam zich voor details ervan ritmisch in de film te monteren, een Leitmotiv, een ideale verwijzing naar de heilige, vermoord als Kaspers geliefde, en zijn uit verbeelding geboren schuldobsessie. Meteen was het een sein waarmee op de door de lokale bevolking beoefende huisverpleging van de zinsverbijsterden werd gealludeerd. Hierbij had de optimale vrijheid van de patiënten de gewezen concertmusicus de kans geboden om weg te lopen, op zoek naar zijn verloren, voor zijn zieke geest dode Euridike.

Onze jonge vrouwen vonden het prachtig. Inmiddels lieten zij zich niet uit het hoofd praten dat het bloed van het beklagenswaardige prinsesje te veel was. Anton betoogde als nieuwbakken godgeleerde, dat het om een diepe symboliek ging doordat zij er de genade van de hemel over de waanzinnigen mee inriep. Het bleek voor beiden geen overtuigend argument; zij wezen het eensgezind af met een zusterlijke solidariteit, waarover ik mij wegens mijn vriendschap met de Claerhouts verheugde.

Na enig mysterieus gefluister besloten zij samen de stad in te gaan. Ik schreef het toe aan het klassieke vrouwelijke plasje, met het oog waarop ze blijkbaar verlegen waren om de priester te vragen of er een toilet in de nabijheid was. Door Anton werden zij vooraf gewaarschuwd.

'Beginnen jullie er niet mee de verpleegden van de inwoners te willen onderscheiden,' insisteerde hij met een stalen gezicht. 'Een meneertje dat ik gisteren voor een patiënt hield, bleek vanmorgen achter het bureau van de burgemeester te zitten met wie ik telefonisch een afspraak had gemaakt. En de man is nog senator ook!'

Het was er door de regisseur weliswaar met de haren bijgesleept, maar uit ervaring wist ik dat je in het nette stadje inderdaad loopt te twijfelen. Ook verbaast het je hoe beminnelijk en verstandig, haast virtuoos na duizend jaar ervaring, de bewoners er met hun beschermelingen omgaan, deskundiger dan in het modernste zenuwlijdersgesticht, hoorde ik eens een psychiater zeggen. Van een noodlotsstemming is er geen sprake. Mij treft veeleer een sfeer van blijheid, de in deze harde wereld uitzonderlijke emanatie van een tot gewoonte geworden, barmhartige solidariteit met de door het noodlot getroffenen.

Ik wilde Emily erop wijzen, maar de hulpvaardige pastoor was mij voor.

'Geen nood hoor!' zei hij. 'Ik loop met de dames mee, er zijn een paar dingen die hun zullen interesseren, het museum bij voorbeeld, alles werd er keurig historisch gedocumenteerd.'

Ik voorzag dat onze schoonheden een uurtje langer zouden moeten knijpen, hoewel de kans erin zat dat zij de zieleherder met vrouwelijk machiavellisme meetroonden naar 'Het Lam'. Tegen een zo door en door fatsoenlijke gelegenheid kon zelfs een pastoor geen bezwaren hebben. Niet alleen is het de pleisterplaats voor uit gans de beschaafde wereld neerstrijkende zenuwartsen, die ter plekke de therapeutische omstandigheden en resultaten komen observeren. Bovendien bood de naam van de oude uitspanning alle theologische waarborgen voor een geestelijke, die er niet uitzag als een man die zich veel kopzorgen over futiliteiten maakt. Overigens zou hij in het omgekeerde geval de blikken van zijn parochianen niet hebben getart, geflankeerd door twee zo aanvallige blonde verschijningen.

Veeleer had ik de indruk dat hij er trots op was. Wat ik hem van harte gunde.

ZEVENTIENDE HOOFDSTUK

Pauls betoverde domeinen. Ontmoeting met Tannhäuser. Mooi als de koningin van Sheba. Een luisterrijke garden-party. Magische ervaringen van een schrijver en een bejaard liefdespaar. De Nieuwlantjes spelen toneel. De Elfenkoningin. Een telefoontje.

Het zou een overbodige voorzorg zijn van eufemismen gebruik te maken en onze liefde van een baldakijn van poëtische metaforen te voorzien. Er zijn geen lyrische uitweidingen nodig om een relatie te beschrijven die, ook op het lichamelijke vlak, moeilijk van het geestelijke te onderscheiden, één onafgebroken gedicht was. De manier waarop wij elkander verkenden en bezaten hoeft niet door dure beeldspraak te worden opgesierd, zij was zélf poëzie.

Ik heb genoeg ervaring om het te weten. Ingeval ik een verhaal over denkbeeldige anderen verzon, zou ik er impressionistisch de gesatineerde glans van het binnenvallende licht op Emily's gave, als maagdelijke jongemeisjesborsten aan te pas brengen. Vermoedelijk zou ik niet aarzelen om te zinspelen op de onbevangen tederheid waarmee zij, uitgestrekt op het bed, de dijen opende, opzettelijk het kleine, blonde geslacht zichtbaar. Mogelijk de grens van het betamelijke vergetend, zou ik het zelfs evenmin verzwijgen hoe, samen in de keuken bezig, zij zich op een middag onverwacht in mijn armen wierp, de wijde zomerjurk optilde en haar minuscule slipje van Valisère (dacht ik) uittrok.

Dergelijke dingen zou ik aandachtig beschrijven. Evenwel, hoe verrukkelijk ook, een zo uitgesproken nadruk op de roes die wij beleefden zou het beeld van ons geluk uit zijn evenwicht brengen.

Zo was het weliswaar, doch daarenboven was het eindeloos meer.

Ik kan niet anders dan aan het overige denken. Hoe wij een paar avonden met Kristien, Jo en Anton in onze stamkroeg aan de Lijnwaadmarkt of in het stemmige kaarslicht op de binnenplaats van 'De Grote Witte Arend' vrolijk honderd uit zaten te praten en drieste plannen smeedden, waarmee wij op zijn minst artistiek 'dit land in de vaart der volkeren zouden opstuwen', zoals ik het vaak door mijn serene vriend Marnix Gijsen heb horen noemen, zijn intelligente grijze ogen vol levenservaring en relativerende ironie. Hoe wij andermaal met zijn allen waren uitgenodigd bij Roel in zijn weekendhuisje in het ongerept landelijke Weert, stroomopwaarts van Antwerpen aan de nog paradijselijke Schelde. Waar zijn vrouw Klaartje (door Emily omschreven als een lieve, onafgebroken van plezier spinnende grijze poes) de filologie vergat en ons vergastte op een diner dat Jo pathetisch het culinaire hoogtepunt van de eeuw noemde. Hoe wij bij de gastvrije Brusselmansen gingen buurten, waar Emily als een jonger zusje werd ontvangen, in de schuur met de tweelingen stoeide, met strosprieten in het haar weer te voorschijn kwam en die nacht geurde als de godin van de zomergewassen.

Niet het minst denk ik aan onze bescheiden, in mijn herinnering eindeloze zwerftochten met de auto. Zij betekenden aanzienlijk meer dan het middel waarmee wij tussen twee omhelzingen de tijd vulden.

Ik noem het schertsend, hoewel zonder lichtzinnigheid, een inwijdingsritueel.

Als ieder mens had ik mijn eigen, voor anderen onzichtbare rijk veroverd.

Van ginds over zee was Emily als een geheimzinnige prinses uit een ander land naar me toe gekomen. Geflankeerd door Lancelot, mijn slimme Gelaarsde Kat, ontsloot ik haar mijn domeinen, organiseerde haar Blijde Intrede en stelde haar voor aan mijn onderdanen, die uitsluitend vrienden waren. Verder wijdde ik haar plechtig in tot de alleen mijzelf bekende mysteriën, verspreid in de gewesten waarover zich mijn anonieme soevereiniteit uitstrekte.

Gisteren nog zat zij er glimlachend over te dromen en vond dat het een film was geweest, die ik maar eens met Anton moest gaan maken. Wat deze evenwel al eerder met Geert Claerhout had gedaan; voorlopig zouden wij met Koning Arthur de handen vol hebben.

Reeds was er de voorafbeelding van de Graal geweest, daarna het mirakel van het maagdelijk bloed waarmee de goddelijke barmhartigheid tegen de gedrochten der zinsverbijstering werd afgesmeekt (en een beroep gedaan op menselijk erbarmen in nood en tegenspoed, een zeldzaam, onuitgewist spoor van wat ééns de totterdood vervolgde dromer uit Nazareth beoogde).

Zoals velen overkomt, had Emily de grote liefde voor Antwerpen te pakken, waar onze wandelingen eindigden in 'De blauwe Ganze' bij Paul en Greetje of op mijn uitverkoren terras op de Grote Markt.

Hier vertelde ik haar over de obscure familieverwantschap tussen de onvermoeibaar de hand van reus Antigoon wegslingerende Romein Brabo, de Ridder metter Swane, en Wolframs Graalgezant Lohengrin, een dusdanig ingewikkelde toestand, dat zij, net als ikzelf, zich afvroeg hoe ik hem ooit in het filmscript voor Anton zou kunnen integreren.

De klare ogen van mijn agnostica vloeiden in het Museum vol tranen bij de haar niet bekende 'Graflegging' van de aristocratische Quinten Metsijs. Bij Antonello van Messina's ascetische *Kruisiging* zag ik haar letterlijk én met een hoorbaar snokje naar adem happen.

Voor het eerst sedert lang regende het over Antwerpen toen wij op een avond in het gotische Vleeshuis naar een concert van zeventiende-eeuwse muziek zaten te luisteren, sfeervol gespeeld op een van de antieke klavecimbels die er worden bewaard. Van de pauze maakte ik gebruik om haar in het archeologisch museum op de benedenetage mee te nemen naar wat ik als een van mijn privé-geheimen beschouw, hoewel het voor een ieder zichtbaar is opgesteld. Ik denk niet dat de bezoekers aandacht besteden aan die schaal, gevuld met honderden minuscule stenen pijlpunten. Opgeraapt uit het zand van het niet meer gebruikte militaire oefenveld buiten de stad, waar ik als knaap met mijn kameraadjes speelde, hadden ze een enorme impact op mij. Voor wie er nuchter naar kijkt, is het niets bijzonders. In mijn bewustzijn hadden deze microlieten nochtans een van de ideeën post doen vatten die ik als de emotionele vierde (vijfde?) dimensie in mijn leven beschouw. De juweelzuiver, driehoekig geslepen kleine silexen, afkomstig uit het lapje wildernis aan de stadsrand waar ik als kind ravotte, openden voor mij een wereld van toendra's, gletsjertongen aan de horizon en in het spoor van rendierkudden noordwaarts trekkende ijstijdstammen, hun vluchtend voedsel achterna. Verlegen om mijn belangstelling voor zo'n povere handvol keitjes zei ik eens te meer dat ik gek was. Waar Emily tegen protesteerde. Zij begreep zonder inspanning waarom de teil met onaanzienlijke, hoewel handig vervaardigde artefacten diep mijn verbeelding aansprak. Toen het concert afgelopen was, stond zij erop dat wij dadelijk langs het oude maneuverterrein zouden rijden. Van zijn vroegere verlatenheid was geen sprake meer. Hel verlicht liep een aftakking naar de autoweg er dwars doorheen en ik wees haar het profiel van nabije flatgebouwen. Volgens haar maakte het niets uit, onzichtbaar was de tot de oertijd reikende luister er nog altijd. Hiermee was ik het roerend eens, dankbaar om het begrip dat zij aan den dag legde.

Ontgoocheld en beduusd stonden wij in Gent voor de kogelvrije kooi waarin voortaan het Lam Gods op stal staat. Daarna wisselden wij erover van gedachten hoe in een science-fictionachtige toekomstwereld de schaarse relicten uit een onherroepelijk door een immense catastrofe van de overlevenden gescheiden verleden den volke zouden worden getoond. Niet als kunstwerken maar als fetisjen en curiosa, vreesden wij, vervaardigd door onvolwassenen, wie de ernst van het leven was ontgaan en die Prometheus' vuur als een mythologisch foefje hadden veronachtzaamd.

Teneinde onze ontgoocheling te vergeten maakte ik een ommetje. Ik reed langs het proletarische, van romantische aura gespeende Wetteren. De hemel zat vol doordeweekse regenwolken. Niet altijd lukte het mij Vlaanderens leproos aangezicht door een slim uitgedokterd parcours te verbergen. De aanblik van het naderende industriestadje was dermate deprimerend, dat ik Emily met geforceerde scherts probeerde op te monteren. Ik beweerde dat ik haar opzettelijk niet naar een idyllisch hoekje leidde, die hadden wij genoeg gezien. Liepen wij eergisteren niet door Georges Rodenbachs *Bruges la Morte*? Zij betreurde dat zij het boek niet kende. Niettemin herinnerde zij zich een melodie uit de opera die de roman Korngold had ingegeven, een werk dat weer in de mode kwam. Verrassend toonvast neuriede zij er enkele maten uit. Welnu, beloofde ik haar, wij zouden meteen voet aan land zetten in een vooralsnog niet in die vorm opgeschreven, maar niettemin wasechte politiethriller. Ik parkeerde op de Markt bij de bakstenen kerk en liep met haar tot bij een onopvallend burgerhuis. Geen mens keek ernaar om, maar van Lucia Lampo wist ik dat hier het zonderlinge, kosterachtige heertje had gewoond door wie in de jaren dertig in Gent een paneel van Van Eycks meesterwerk werd geroofd, dat sedertdien in rook is opgegaan. Het verlossende woord over de bergplaats waar hij het had verstopt, verstierf op 's mans lippen terwijl hij de laatste adem uitblies. Waarna die verdwenen 'Rechtvaardige Rechters' al een halve eeuw op hun bevrijding wachtten, inmiddels het voorwerp van de redelijkste en de zotste hypothesen. Emily beaamde dat het een fascinerende geschiedenis was, hoewel ik het een schrale compensatie vond voor het geschonden Lam in zijn betonglazen bunker. Bijgevolg nam ik haar mee voor een filterkoffie in het café aan de overkant, het lokaal van de christelijke partij, waar de godvrezende dief (die er naast criminele ook politieke ambities op na hield) regelmatig over de vloer kwam. De praatzieke vrouw achter de tapkast wist er alles van, hij nam haar als kind weleens op schoot en haar oma had hem stiekem in de achterkeuken menige bij de wet verboden borrel ouwe klare geschonken. Dochter van het volk dat de detectiveroman uitvond, scheen Emily geïnteresseerd en de hulpvaardige kasteleinse beantwoordde dankbaar haar vragen. Behoorlijk van de tongriem gesneden, bleek zij er zowaar haar eigen theorie op na te houden. Wegens ontbrekende vertrouwdheid met plaatselijke parochiale toestanden kwam haar hypothese minder duidelijk over, hoewel ik mij voornam er met Roel over te praten.

Hij was het er met mij over eens dat het tot de wezensaard van het mysterie behoort ternauwernood concrete wortels te bezitten. Het wordt geboren op het moment dat het zich in de menselijke verbeelding nestelt, wat het in se nog niet onbelangrijk maakt. Het ontbrak hem weleens aan minder alledaagse stof en een interview met de welgebekte kasteleinse kon een boeiend stuk opleveren. Inmiddels pikte Emily er enthousiast bij aan toen ik beloofde haar een boek te geven waarin de zaak, zonder oplossing uiteraard, overzichtelijk uit de doeken wordt gedaan. Spannende lectuur voor vanavond, vond zij. Of voorzag ik dringender activiteiten?

Wij liepen in Lier door de besloten, stille wereld van het Begijnhof, waar de eeuwenoude keien zo hobbelig waren, dat zij meteen maar haar schoentjes uittrok. Zij had een schilderachtig waterpompje opgemerkt en rekende op mijn medewerking om straks haar voeten schoon te spoelen. Het begrip begijnhof was haar al van in Brugge niet vreemd, maar bepaald duidelijk stond het haar niet voor de geest. Als in betovering liep zij door het buiten de tijd gelegen miniatuurstadje, gefascineerd door wat ik haar zei over het door de Kruistochten veroorzaakte vrouwenoverschot. Zij betoonde deernis met de eenzame dochteren Eva's, die haar frustraties bestreden door naarstige arbeid, stille devotie en met mate een wolkje mystiek, terwijl decenniënlang als een Damocleszwaard de verdenking van ketterij boven haar onschuldige hoofden hing. Zij keek mij verbaasd aan omdat ik lachte toen ze er de overweging aan toevoegde, dat deze arme schepsels als vrouwen tenslotte ook haar gevoelens hadden.

'Waar heb je het vandaan?' vroeg ik.

'Wat?' antwoordde zij argeloos.

'Dat van die gevoelens...'

'O... Ik wist niet dat het taalkundig fout zit. Of is het niet netjes?'

'Een oude Antwerpse uitdrukking, eerder aan de populaire kant... Niet netjes? Ach, waarom, tenslotte? En taalkundig scheelt er niets aan...'

'Ik heb haar van Jo geleerd. Het leek mij een uitstekende formule. Dekt ze niet keurig wat ermee wordt bedoeld?'

'Ongetwijfeld,' beaamde ik geamuseerd. 'Je zegt het. Een uitstekende formule!'

Jo's schilderachtige zegswijze was haar ingevallen omdat ze zich geen folkloristisch beeld vormde van het traditionele begijntje. Dat middeleeuwse maagdenoverschot wees voor haar niet op oude, kwiek maar seniel voorbijtrippelende besjes. Ik dacht aan Timmermans, die zag het ook zo toen hij over zijn lieve Symforosa schreef. Had hij zich de herrie om Pallieters heidense levensdrift aangetrokken? Als oergezonde, kennelijk zinnelijke natuur noodgedwongen een bloedwarm, mooi en driftig vrouwenlichaam geëxorciseerd door allerlei kwezelachtige tierelantijnen, het tegen beter weten in verborgen in een stug harnas van baalkatoenen ondergoed en zwarte rokken? Schroomvallig van aard meer wijwater in zijn wijn gedaan dan hem lief was? Mocht hij zich geen voorstelling vormen van de mogelijk wáre Symforosa, die het 's nachts niet kon uithouden en biddend, de hand op het vochtig plekje tussen de fraaie dijen, gloeiend naar haar geliefde hunkerde?

'Waarom loop je te meesmuilen?' wilde Emily weten, met een pas door haar ontdekt werkwoord, waar ze trots op was. 'Wat is er met je?'

'Er is niets... Ik denk aan een boek. Een christelijk boek. Niemand leest het nog – ten onrechte! – maar het behoudsgezinde Vlaanderen wendt voor ermee te dwepen. Pro forma. Ik vraag me af wat jij erover zou denken. Vooral nú...'

Vroeg of laat kwam zij er ongetwijfeld achter, hoe dat Vlaanderen, van de contrareformatie af, door een mangel van de meest benepen, gefrustreerde bigotterie was gedraaid, er lichamelijk, intellectueel en artistiek onder had geleden. Hoe sommigen, het spoor bijster, de bevrijding hadden verwacht van vreemde heersers en fascistische doctrines, waar zich in Rome de paus minder resoluut tegen afzette dan – bij voorbeeld – tegen het gebruik van anticonceptiva... Het hing allemaal op een verbijsterende manier aan elkaar. Om niet over de schreef te gaan en het beeld te vervalsen, diende ik haar omzichtig te informeren, beetje bij beetje. En ook niet eenzijdig de idealisten te vergeten die zonder retourbiljet blijmoedig naar een of ander van etter stinkend eilandje in de Stille Oceaan reisden om er zich, in de naam van de God aan wie zij hartstochtelijk geloofden, over de melaatsen te ontfermen en het glimlachend met hun leven te betalen.

Het was niet zo simpel als ik dacht. Kwam ooit puntje bij paaltje, dan kon ik als referentiepunt naar het Victoriaanse Engeland verwijzen. Maar dat had dan weer een Darwin opgeleverd. Voorlopig dan maar kant klossende begijntjes...!

Waarom wist ik niet, het was een inval zonder enige grond, die ik onmiddellijk verwierp. Even raakte mij het denkbeeld aan dat Emily het beter zou begrijpen dan ik het mij voorstelde. Natuurlijk je reinste nonsens, tenzij het tot een cultuurhistorisch deel van het programma behoorde dat zij als Neerlandica had moeten studeren. Een Engelse professor die van Vlaanderen, desnoods van België zijn stokpaardje had gemaakt, leek mij nog erger spijkers op laag water zoeken dan Jeroen het ooit zou doen...

Terugkerend uit het Romeinse Tongeren stopte ik in Hasselt bij het beeld van Hendrik van Veldeke, die op een namaak-dolmen als schalkse minnezanger met de benen zit te wiebelen. Hij was Emily bekend, nota bene uit haar cursus Duitse literatuurgeschiedenis. Zij verbaasde zich over de heftige toon waarop ik het ingeroeste drogbeeld bestreed waarmee Overrijnse filologen de ons toehorende Limburger hadden ingepalmd. Onmiskenbaar vind ik het aardig dat men hem ginds in één adem naast mijn geliefde Wolfram von Eschenbach noemt, maar taalkundig klopt het van geen kant, het was diefstal van cultureel erfgoed, genoeg om ermee naar het hof van Straatsburg te gaan!

Wij daarentegen waren nooit zo brutaal geweest als die lefgozers, wij hebben nooit Tannhäuser willen annexeren. Zij keek mij met grappige verbazing aan toen ik het zei, en scheen mijn kwade reactie niet relevant te vinden. Daarom voegde ik eraan toe dat zij wel zou zien, ja, grote ogen opzetten, wacht maar.

Na een dag van luieren en liefkozen reden wij naar de streek die men zonder schaamteblos de Vlaamse Ardennen noemt – een gokje dat het geen Vlaamse Alpen of Pyreneeën werden. Aangezien zij zich veel voorstelde van de kathedraal in Doornik, maakte ik een omweg voor haar, wat een behoorlijk deel van de dag opeiste. De namiddag was een eind gevorderd toen wij de Kluisberg opklommen, waar ik haar de megalieten wilde tonen. Vergeleken bij soortgelijke monumenten in haar geboortestreek leek het mij een schamele bedoening. Alles wekte evenwel haar enthousiasme op en dat men ook híer dergelijke stenen aantreft, vond zij merkwaardig... Lieve Emily! In feite ging het mij er vooral om zo laat mogelijk te dineren in het nabije, vrij kneuterige Louise-Marie op de flank van de Muziekberg. Wat zij een droom van een naam vond...

Het schemerde toen wij ons op weg begaven voor een wandeling door het hoogstammige bos waarmee de heuvel is bedekt. Als menige vrouw apprecieerde zij alles wat gezond wordt geacht, dus ook zo'n wandelingetje. Niettemin vroeg zij waarom het honderd kilometer van huis, en in het donker moest? Gewoonlijk was ik niet zo gek op footing!

'Kwestie van sfeer,' antwoordde ik, 'en van een binnenpretje als je wilt. Die naam Muziekberg, weet je... Men had hem net zo goed de Venusberg kunnen noemen.'

'Bedoel je als in de opera...? Hé, Paul, ik begrijp het! Tannhäuser, waar je het blijkbaar zonder enig verband eergisteren over had...?'

'Precies! Volgens een middeleeuwse ballade was het hier, op de Muziekberg, dat ene heer Daniël zijn intrek bij Venus had genomen. Het klopt wonderwel met de Tannhäuser-sage. Hij wordt in zijn geval zonder duidelijke oorzaak door berouw overvallen en ontvlucht het paleis van die zinnelijke juffer. Blijkbaar hebben ze het erg bont gemaakt. Hij gaat op pelgrimage naar Rome en biecht de paus zijn zonden op, maar die hardlijvige potentaat weigert hem de absolutie. Eerder zal zijn pelgrimsstaf rozen dragen dan dat hij vergeving vindt voor zijn schandalig overtreden van Gods gebod... Het overige raad je. Hij sterft een barmhartige dood terwijl allerwegen bloemen opranken uit het dorre hout...'

'Het is een mooi maar triest verhaal,' zei Emily dromerig. 'Komt het uit Duitsland, of ging het vanuit Vlaanderen daarnaar toe?'

'Ik weet het niet... Het is wel uit te zoeken. Ik heb het nooit gedaan, bevreesd voor een ontgoocheling...?'

'Welke ontgoocheling...'

'Dat het niet het door mij vermoede archetypische thema zou zijn dat je op ver van elkaar liggende plaatsen in dezelfde vorm aantreft. Dan zou er iets magisch mee gemoeid zijn, begrijp je?'

'Is het verschil waarachtig zo belangrijk?'

'Ik weet het niet. Er moet vast een literair-historische studie over bestaan. Ik vermoed dat men – helaas – met een gemeenschappelijke bron rekening dient te houden... Daarom denk ik aan de *Legenda Aurea* of iets dergelijks...'

Het pad, nauwelijks als een bleke streep in het donker te onderscheiden, liep door hoog struikgewas en mondde uit op een kleine, omsloten grazige open plek. Vrij schaapachtig wees ik haar op de fraaie sterrenhemel en noemde pedant een paar sterrenbeelden.

'Ik verlang afschuwelijk naar je...' bekende Emily en omhelsde me hartstochtelijk. 'Het gras is mals genoeg. Let's make love, alsjeblieft, Paul, kom gauw bij me...'

'Er kon je niets beters invallen,' zei ik, 'op voorwaarde dat ik niet te voet naar Rome moet lopen.'

'De zonde is ons van tevoren vergeven,' fluisterde ze, stapte met een dansgebaartje uit haar broekje en vlijde zich neer. 'Wie liefheeft kan niet zondigen, wie zei dat ook weer? Die pelgrimstocht van ridder Daniël was een reis voor niets.'

's Anderdaags wilde zij in Antwerpen wat winkelen.

Het leek mij een goede gelegenheid om de Stadsbibliotheek binnen te lopen. Nieuwsgierig wilde ik eens kijken of we iets over onze helden konden vinden. Naar hem op zoek waren wij er roekeloos op uit getrokken. Zijn en vrouwe Venus' schuld was het dat Emily bij het slapengaan met exuberante verontwaardiging een mier in haar slipje betrapte en deed of ze boos was toen ik erom lachte.

De literatuur leek haar te belangrijk om het te verwaarlozen, vooral wegens de herinnering die er voor haar definitief aan vastzat... Wat de *Legenda Aurea* betreft had ik verkeerd geraden. Religieuze verhalen genoeg, over ons nonnetje Beatrijs en zo, maar allemaal minder heidens dan de exploten van lichtmis Daniël. Meer richtte ik niet uit dan in de leeszaal hier en daar wat systeemloos in mij bekende referentiewerken te grasduinen. Emily had hier vaak gewerkt. Ik vond het volkomen normaal dat zij het hart van het mannelijk personeel had veroverd. Eerst was zij met een beambte in de cataloguskamer verdwenen en toen had zij wat in banden gesnuffeld waarvan de geleerde aanblik ternauwernood mijn vlijt aanwakkerde. Na een verbazend korte wachttijd, wat verdacht leek op de voorkeursbehandeling van een bepaalde blonde bibliotheekgebruikster, had de behulpzame bediende haar een in perkament gebonden boek overhandigd.

'Zo,' zei Emily. 'Ik weet er álles van. De love-story met vrouw Venus werd de historische minnezanger Tannhäuser, vast een voorzaat van Baron von Münchhausen, na zijn dood voorgoed in de schoenen geschoven. Blijkbaar is het daarmee begonnen, het verhaal kwam vanuit Duitsland hiernaar toe. And look a moment...!'

Zij legde het *Antwerps Liedboek* voor mij op de werktafel en sloeg het

open bij de ballade van heer Danneelken.
'Warempel, hoe vond je het?' complimenteerde ik. 'Je bent geniaal!'
'Of course, didn't you know?' Aan haar gebruik van het Engels hoorde ik dat ze in haar nopjes was, ik had het meermaals gemerkt.
'Maar jij bent ook niet dom, weet je, Paul...!'
'Dacht ik wel... Als je ooit met die pil ophoudt en we krijgen samen kindertjes, dan zullen het vast genieën zijn!'
'Daar hebben we het nog over, liefste. Ik bedoel dat je gisteren als een typische Vlaming op die intolerante paus hebt gereageerd. Dit boek is uit 1544. Allicht heeft men het slot er later aangebreid, maar toch moet je het eens bekijken.'
Zij las met me mee, dicht over mij gebogen. Het Yardley Lavender dat ze vanmorgen had gebruikt, vormde een verrukkelijk contrast met al die stoffige geleerdheid.
'Hé,' zei ik. 'Kijk eens aan. *Vermaledijd moeten die pausen zijn/die ons ter hellen drijven./Si hebben gode so menighe ziel ghenomen/Die wel behouden mochten blijven.* Typisch renaissance-antiklerikalisme... Maar ik vind het een vondst om zo'n potentaat voor de voeten te werpen dat voor God bestemde zielen door hem de weg worden versperd. Je moet eróp komen... Hem door onze Vlaamse Tannhäuser, die met Venus tegen de klippen op vrijde, een lange neus te laten zetten...! Het stemt overeen met wat je gisteren zei, Emily. Wanneer wij de liefde bedrijven, kijkt de Heer welgevallig op ons neer, als een wat voyeuristische maar goedaardige suikeroom.'
'Om de reverend in Ramsbury een beroerte te bezorgen. Maar ik denk dat je gelijk hebt...'

Wij zaten aan de ontbijttafel toen de telefoon rinkelde. Al enkele dagen nam ik niet op. Emily begreep dat ik onze intieme sfeer door niets wilde laten bedreigen. Inmiddels vroeg zij zich af of het aardig was zodoende ook de vrienden buiten te sluiten. Waarom luisterde ik eens niet wie mij op dit alleszins redelijke uur wilde spreken?
Zij had gelijk. Ik vond het prettig Fred Nieuwlants stem te horen. Hij was tevreden mij aan de lijn te hebben.
Het was erg laat voor zijn telefoontje, maar hij kon het niet helpen. Jeroen had hem mijn nummer bezorgd en hij had almaar vruchteloos gebeld. Ditmaal had hij mazzel, zoals zijn joodse relaties zeiden. De kinderen, kom, vooral de kleinkinderen hadden iets georganiseerd en of ik geen zin had om straks eens te komen kijken? De zaak begon in de namiddag, het was een goeie gelegenheid om wat te praten. Natuurlijk kon ik iemand meebrengen, dat sprak vanzelf. Hij dacht aan de filmactrice met wie ik herhaaldelijk was gesignaleerd. Hij was verbaasd toen hij vernam dat het geen actrice maar een geleerde was. In orde hoor, ook voor haar stonden de deuren en de harten open! Zijn grapje

355

verwonderde mij niet. Door ons gesprek wist ik dat hij veel vrienden had. Voor mij waren het vreemden, maar zij kenden mij waarschijnlijk van op de televisie of van een foto in de krant. Vooral met zo'n vrouw naast mij!

Emily hield er de gewoonte op na bij dit mooie weer overdag in haar bikini'tje door het huis en de tuin te darren. Ik dacht dat zij alle zeilen had bijgezet met die feeïge witte jurk en de wisselende kleurige japonnetjes die ze droeg wanneer wij uitreden. Als wij onder de douche vandaan kwamen, was ik haar op zulke dagen een eind voor. Het weinige dat ik te doen had, was mij met het mij door oom Lambert nagelaten apparaat te scheren, voor mij een tot nu toe onbekende luxe. Intussen stond ik in de spiegel te kijken hoe zij zich verder aankleedde. Zij had het door, maar blijkbaar vleide het haar. Het verhinderde niet dat zij, filologe en MA, weldra doctor en misschien universiteitsprofessor, kwajongensachtig haar tong naar me uitstak om mij te beduiden dat zij het wel wist. Ondertussen amuseerden en verrukten mij al die frivole, de mannelijke verbeelding aansprekende details die erbij horen voor een vrouw, bewust van haar lichaam.

Wij hadden in négligé geluncht en wegens het voorgenomen bezoek had zij opeens een verrassing in petto. Eigenlijk verdiende het aanbeveling dat ik beneden op haar wachtte; plagend voorspelde zij dat ik vermoedelijk weer mijn handen niet thuis zou houden. Ik kon bij voorbeeld meteen het haar beloofde boek over de diefstal van het Lam Gods zoeken! Waarbij het protest niet baatte dat er geen onschuldiger lam dan ik in dit vrome koninkrijk blaatte.

Toen ik tegen vieren het portier van de auto voor haar openhield, zag zij er overweldigend uit, geen Parijse mannequin deed het haar na.

Ik vroeg me af hoe ze het allemaal in die twee koffers van haar had gekregen. Het overige, bedoel ik, en bovendien deze geraffineerde, als op de kleur van haar ogen afgestemde azuurblauwe namiddagjapon, zonder één kreukje, harmonisch passend bij het zilverblonde haar. Zij had het tot één dikke vlecht geknoopt die ze verrassend asymmetrisch aan één kant over haar schouder droeg, nooit had ik zo'n geraffineerd kapsel gezien.

'Vind je hem goed?' vroeg zij.

Dat vleugje behaagzucht vond ik verrukkelijk.

'Je ziet eruit als de koningin van Sheba,' zei ik. 'Maar veel mooier natuurlijk!'

'Op weg naar Dover heb ik er een ontzettende omweg voor gemaakt, je gelooft het nooit... Gelukkig zie ik niet tegen een ritje op. Helemaal langs Brighton, begrijp je, een vriendinnetje van op school is daar een modezaak begonnen. Dergelijke dingen vind ik meestal overbodig als ik naar het continent kom, Paul, maar het was alsof ik het vooraf wist. Iets fluisterde mij in dat ik zo'n feestelijke cocktailtoestand nodig zou hebben... Geloof jij aan voorgevoelens?'

Soms meende ik in de jongste tijd redenen genoeg te hebben om de raarste dingen te geloven. Ik trok mij nochtans uit de slag door het vrijblijvende antwoord dat een mens het zich afvraagt. Waar ik hoffelijk iets over *there is more, Horatio* aan toevoegde. Ik achtte het niet uitgesloten dat ook voor haar onze ontmoeting door bepaalde cryptische tekens was voorafgegaan. Wat mij betreft waren ze naargeestig uitgevallen. Trouwens, waarom tekens voor háár?

Uitgebreid had ik haar over de bende van Nieuwlant en haar aparte opvatting van het leven verteld. Zij verheugde zich erop met Fred en de zijnen kennis te maken. Het bleek uit de aandacht die ze aan haar toilet had besteed.

Voorzichtig drukte ik de hoop uit dat haar verwachtingen niet te hoog gespannen waren. Met de Nieuwlanders wist je het nooit. Best mogelijk dat de troep ons in polohemdjes, shorts of in bikini zou inhalen! Ik maakte mij nutteloos zorgen, dacht zij. Intuïtief wist ze, dat wij naar een ongedwongen maar stijlvolle garden-party op weg waren. Vermoedelijk ging het er bij de Nieuwlants altijd stijlvol aan toe. Een niet van tevoren gewaarschuwde bezoekster, die niet wist wat er aan de hand was en daarom iets te chic was uitgedost, kon bij deze beminnelijke nonconformisten geen aanstoot geven.

Gekscherend om zijn emotie te verbergen heette Fred Nieuwlant Emily met opvallende beminnelijkheid welkom.

'Zien jullie wat ik zie?' lachte hij ongelovig naar de omstaanders. 'Hoort deze Botticelli-dame bij mijn vriend Deswaen, of dromen wij met zijn allen?'

'Je bent een gekke ouwe kerel,' zei Oma Leentje. 'Je moet niet naar hem luisteren, Emily. Wel is het op "Ultima Thule" gebruikelijk dat een ieder zegt wat hij of zij denkt. Kom, in de mate van het mogelijke. Soms vrees ik dat het een poosje moet wennen...'

Teder, of zij haar eigen moeder was, omhelsde zij de bezoekster.

'Het geeft niet hoor,' antwoordde ze. 'Eerlijk gezegd vind ik meneer Nieuwlants, ik bedoel Freds manier om mij te begroeten enorm complimenteus. Overigens heeft Paul mij alles over jullie verteld...'

Waarop zij de gastheer, die zijn baard vooruit stak en bloosde van plezier, de drie obligate zoenen gaf waaromtrent Jo haar op het punt van hun sociale en psychologische betekenis gewetensvol had geïnstrueerd.

Ondertussen had zij het juist geraden.

Het eenvoudigst noemde je het inderdaad een garden-party, voor een Engelse het meest voor de hand liggende woord. Wilde het in dit geval kloppen, dan diende je het echter van zijn snobistische of mondaine ondertonen te ontdoen. Het was een oude gewoonte, zei Oma, alles moest er elk jaar voor wijken. Bij het begin van de zomer beschikten de kinderen, wat de kleinkinderen en soms al hun kroost beduidde, over het voorrecht om helemaal vrij een dergelijk tuinfeest te organiseren. De traditie op grond waarvan jeugd en volwassenen hier samenleefden, hield in dat niet alleen leeftijdgenootjes werden uitgenodigd, maar ook iedereen van wie men hield, een paar stokoude buren niet uitgesloten. Het werd secuur door het naderbijdrentelend Molletje beaamd. Met het oog op volledigheid voegde hij eraan toe dat het een belangrijk punt in de grondwet van Nieuwland – met een d – was. Hij had het onlangs piekfijn allemaal opgeschreven. En of wij wisten dat er vanavond een geweldig toneelspel werd opgevoerd? Wij zouden de ogen uit ons hoofd kijken, hij waarschuwde ons van tevoren, we mochten niet te vroeg vertrekken, dat zou zonde zijn!

De kleinsten waren met allerhande luidruchtige spelletjes bezig, een eind verder in de uitgestrekte tuin. Van een zekere leeftijd af zaten de groteren in groepjes bij elkaar te praten, te schaken, te dammen, te spelen op het ganzebord of naar transistormuziekjes te luisteren, terwijl blijkbaar een stel op het van hieruit niet zichtbare tennisveld zijn gang ging en elders de enorme poppenkast dé trekpleister was. Aan de niet tot de stam zelf behorende gasten kon je merken dat de sfeer van ongedwongenheid enige aanpassing vergde, waarbij meestal hun aanblik, hoe netjes ook, op een meer bescheiden omgeving wees. Moeilijker waren de minder verlegen bezoekertjes van de Nieuwlanders te onderscheiden, die kennelijk zonder problemen opgingen in het weinig overzichtelijke geheel van tientallen kinderen.

Het was Freds bedoeling niet mij voor raadseltjes te plaatsen. Het hoefde mij niet te verbazen als wij bekenden ontwaarden. Met geestdriftige instemming van het jeugdig comité had hij voorgesteld niet alleen mij, maar ook mijn relaties uit te nodigen. Het denkbeeld was hem ingefluisterd door Jeroen Goetgebuer (pas nu dacht ik aan de band die beiden verenigde), die bij dergelijke gelegenheden op 'Ultima Thule' een handje kwam toesteken. Hij had de namen onthouden van mijn vrienden, hem door onze gesprekken bekend, en hun adressen in de telefoongids gevonden. Vergezeld door Mina, die er in haar fleurige zomerjurk voor haar leeftijd bijzonder fris uitzag, kwam de brave kerkhofbewaker zowat op hetzelfde ogenblik opdagen.

Mijzelf observerend vergewiste ik mij ervan het normaal te vinden dat wie ik Emily voorstelde haar met bewondering aankeek. Wat Jeroen betreft had ik de indruk dat zijn bewondering aan verwondering grensde. Ik wist trouwens dat zijn omgang met de doden hem er blijkbaar niet van weerhield ook een stralend levende naar behoren te appreciëren. Aan de manier waarop hij stevig knijpend mijn hand drukte, voelde ik dat hij het als felicitatie was bedoeld. Het kwam mij voor dat hij er iets aan toe wilde voegen, net als Fred had gedaan. Ik vermoedde dat hij aarzelde, allicht de ervaren wereldwijsheid missend waarmee het zijn kompaan gemakkelijk viel om de waardering voor het vrouwelijk schoon als een grapje in te kleden en zodoende onbevangen zijn gevoelens uit te drukken. Het was duidelijk dat Jeroen iets op de lippen lag, dat hij na enig zelfberaad weer inslikte, mogelijk niet zonder verwarring, hoewel dat fronsen van zijn wenkbrauwen tot zijn gewone gelaatsuitdrukking behoorde. Mina leverde het geen problemen op om haar genegenheid te laten blijken en zij sloot Emily in de armen als het dochtertje dat het leven haar niet had geschonken.

Ik maakte er een grapje over dat de volwassenen nog meer plezier aan de zaak beleefden dan de jeugd. Jeroen attendeerde ons erop dat het voor hen, de invités niet meegerekend, de herhaling was van de onbezorgde dagen waarnaar zij in hun jeugd reikhalzend uitkeken. Eenmaal door Fred geïnformeerd waren wij niet verbaasd onze vrienden, hoewel de leeftijd van het kinderpartijtje ontgroeid, de een na de ander te zien opdagen.

De eerste was Jo, wiens jammerlijk paarse 2 PK bij aankomst op de nabij de toegangspoort geïmproviseerde parking bij de nochtans moeilijk te verbazen jeugd opzien baarde. Het bezorgde Kristien de slappe lach toen haar ter ore kwam dat het lawaaierig vehikel, waaraan haar man met hart en ziel was verknocht, voor een accessoire bij een of ander tot dusver geheim gehouden komisch nummertje was gehouden. Waarop Jo meesmuilend antwoordde dat hij het, zelfs met geld erbovenop, niet voor een van die peperdure, onhandelbare Mercedessen wilde ruilen. Ik vond het minder braniachtig dan ontroerend; ik wist dat hij gek was op zijn rammelende karretje en echt wel beter kon betalen. Daarom trad ik hem bij toen hij slimweg de aandacht van het onderwerp afleidde. Onverwijld noemde hij het een indrukwekkende prestatie dat Anton helemaal van Antwerpen op de tandem was gekomen. De regisseur vond het een schromelijke overschatting. Zij hadden er, van nabij de Vrijdagmarkt en de ganse stad door, ternauwernood een uur over gedaan. Ondanks zijn scepticisme schreef hij het galant toe aan zijn achterop dapper meepeddelende vriendin Miriam, een intelligent, donker en frêle jodinnetje met de amandelvormige, fluweelbruine ogen van een odaliske uit een romantisch penseel en met borstjes van een Italiaanse filmster. In elk geval veroorzaakte hun democratisch vervoermiddel niet minder ophef dan de agressieve kleur van Jo's gammele eend of de historische stroomlijn van mijn witte pareloester. Het gaf Emily de overweging in dat onze vriendschap berustte op een door allen gedeelde voorkeur voor de vreemdste voertuigen. Haar grapje werd niet eens gerelativeerd door de knalgele en groenbelletterde redactionele Volkswagen van *Het Avondnieuws*, waaruit Roel en Klaartje stapten. Alleen meneer Stalmans uit het Museum voor Letterkunde arriveerde met een net Fiatje. Wegens onze waardering voor de hulpvaardige ziel beschouwden wij hem min of meer als een van de onzen, maar tot het eigenlijke clubje behoorde hij niet. Een vriend van Fred? Dat bleek het geval voor een aantal gasten, van wie, zonder dat ik hen – tenzij bij benadering – kon situeren, de verschijning reeds jaren een zekere vertrouwdheid voor me bezat. Na het confidentiële gesprek met Nieuwlant dacht ik er het mijne van. Inmiddels was ik gevoelig voor de hoffelijkheid waarmee sommigen ons spontaan goeiedag kwamen zeggen. Je zou denken dat zij zich verheugden op een langverwachte kennismaking, wat ook bleek uit de attentie waarmee zij Emily benaderden. Het leek wel of zij ons welkom heetten, hun instemming wilden betuigen met wat blijkbaar tussen ons bestond en wat zij als een gewaardeerde verrassing beschouwden. Zij was er warempel van onder de indruk. Niet goed wetend hoe ver ik kon gaan, voegde ik er geen ander commentaar aan toe dan dat zij als een zusje werd ontvangen, wat mij door Freds vroegere verhalen was geïnspireerd.

Het duurde niet lang vooraleer Bastiaan kwam opdagen, zich excuserend omdat ik weken niet van hem had gehoord. Hij noemde het goed nieuws dat hij een serieuze gegadigde voor het antiek had gevonden. Zijn onderhandelingen zouden ongetwijfeld op een overeenkomst over een behoorlijk bedrag uitlopen, genoeg om de kwestie met een hem niet ongenegen meneer van de erfenisrechten te regelen. Hij vertrouwde mij toe dat hij zich, speciaal in mijn geval, de zaak nogal had aangetrokken. Hoewel er geen haast mee was gemoeid, zou alles weldra in orde zijn. Hij nam zich voor mij eens op te bellen, maar kom, voegde hij er met een beminnelijke blik voor Emily aan toe, zoals gezegd kwam het niet op een dag aan! Het was duidelijk geen nummertje van de plichtsbewuste notaris Bostijn. De man voelde zich oprecht opgelucht toen hij vernam dat ik de belangrijkste stukken na onze ontmoeting in een leegstaand vertrek had opgeborgen en er sindsdien niet meer aan had gedacht, waaruit bleek dat ik best zonder kon leven. Wat hij ergens begreep, antwoordde hij met een hoffelijke, eens te meer hoofdzakelijk voor mijn gezellin bestemde glimlach. Toch wilde hij eerlangs nog eens over bepaalde dingen met me praten...

Ondanks het haar tot zoëven vreemde milieu en haast alleen mensen die zij niet kende, trof het mij hoe Emily zich in de sfeer van 'Ultima Thule' thuisvoelde. Met de vloeiende vanzelfsprekendheid van wie zulke partijtjes gewoon is, bewoog zij zich onder het bonte gezelschap van kinderen en volwassenen. Waarschijnlijk had zij in haar eigen land vaker dergelijke ontmoetingen meegemaakt. Ook zonder het beeld van het bijpassende decor kon ik het mij voorstellen in Ramsbury, waar haar mama tot de prominente ladies van het dorp scheen te behoren, of in de studentenwereld, ginds met meer niveau dan bij ons (wat naderhand door haar als illusoir werd afgewezen). Niettemin kreeg de indruk de bovenhand dat haar met vriendelijkheid gereciproceerde vlotheid niet alleen met ervaring of gewoonte te maken had. Veeleer leek het een veruiterlijking van haar ongedwongen natuur, haar intuïtief gevoel voor de fundamentele gelijkheid van de mensen die zij ontmoette, wie zij ook waren. Nooit had het met een neerbuigende houding te maken. Terzelfder tijd was ik er zeker van dat het haar niet de geringste inspanning zou vergen om door één blik, één laconiek woord de verwaandheid te verpulveren van wie zich autoritair tegenover haar opstelt of door grofheid indruk op haar wil maken. Die namiddag vergewiste ik er mij voorgoed van dat zij tot de tederen behoorde, wier beheerste zachtaardigheid een grote kracht is in een wereld van domme agressiviteit.

Zij zou een dochter, nee, een kleindochter van Fred en Leentje kunnen zijn, dacht ik glimlachend.

Haar hand in de mijne deden wij de ronde langs de kraampjes welke de jeugdige Nieuwlanders in de tuin hadden opgesteld met het oog op de financiering van het kerstfeest dat zij voor de dorpskleuterklasjes en de kleinsten van een nabije Steinerschool organiseerden. Zij dreven er een aantal uiteenlopende handeltjes in loterijbiljetten, zelf gekweekte goudvissen, oude school- en andere boeken, zelf vervaardigde nepjuweeltjes, oliebollen, frisdrankjes of belegde broodjes, deze laatste stevig geprijsd voor de volwassenen, maar tegen kostprijs voor de kinderen. Hierover werd het toezicht uitgeoefend door het balletdanseresje. Zij was voortdurend in problemen verwikkeld met de door het ene grensgeval na het andere opgeleverde vraag, op welke leeftijd kinderen grote mensen worden. Ten einde raad had Rika Molletje erbij geroepen. Minder scrupuleus van aard voerde de toekomstige historicus een doeltreffend verlicht despotisme in. Zonder recht op beroep decreteerde hij pragmatisch wie tot de kakschoolbevolking (zoals hij ze informeel noemde) en wie al tot de volwassenen behoorde.

Emily voelde zich heerlijk onder het kleine grut. Wat zij mij de eerste avond had gezegd over haar aanleg om voor onderwijzeres te spelen klopte in alle opzichten. Haar opvoedkundige drang gehoor lenend vond zij het inmiddels redelijk dat ik mij bij de vrienden voegde, die zich met Fred op het terras hadden genesteld, waar de brede schaduw enige bescherming tegen de niet afnemende namiddaghitte bood.

Zopas was de kapelaan opgedoken, over wie ik vroeger had gehoord. Zijn omgang met de onorthodoxe bende van Nieuwlant in acht genomen, kon hij niet anders dan een innemend man zijn, die er met zijn geruite hemd en zijn blue jeans veeleer als een beschaafde bouwvakker dan als een geestelijke uitzag. Ik ging naast Jo zitten, die (zo'n leperd!) bezig was met het verhaal over ons avontuur met een vergeten schrijver die hij weer ging uitgeven. Dank zij de ontspannen sfeer leek het mij vandaag niet meer dan een curieuze anekdote. Ik wist dat hij zich aan onze afspraak zou houden om de dramatische achtergronden onvermeld te laten, ook wegens het verdwenen roze blaadje. Op dit punt was ik gerust. Overigens voelde ik duidelijk (instinctief merk je het als schrijver) dat hij het welbewust en niet zonder enige vergeeflijke demagogie op het voorspelbare succes had gemunt dat die ene kans op eenentwintig miljard hem waarborgde.

Iedereen was het ermee eens dat het toeval ons vreemde parten had gespeeld. Jo's smeuïge trant, die hij voor de gelegenheid zwaar in de verf zette, scheen niemand aan de waarachtigheid van onze ervaringen te doen twijfelen. Ik voegde eraan toe dat ík een hekel aan dergelijke dingen had, maar kon getuigen dat het exact was gebeurd zoals hij het vertelde.

'En wat denkt de kerk van dergelijke occulte fenomenen, meneer de kapelaan?' vroeg Fred, half ernstig, half plagend, hoewel duidelijk niet provocerend.

'Ik ben geen theoloog,' lachte de priester. 'Maar naar eer en geweten geloof ik niet dat de kerk aanstoot neemt aan zulke rariteiten. Ingeval mijn mening belang heeft, zou ik zeggen dat het een onbekend natuurverschijnsel betreft, met occultisme heeft het niet te maken... Volgens mij komt het vaker voor... Kijk... Mag ik op mijn beurt een verhaal vertellen?'

'Natuurlijk,' zei Fred, 'ik wed dat iedereen doodnieuwsgierig is.'

'Ik ook,' zei Emily, die weer voor den dag kwam, niet op mijn stoel wilde gaan zitten, maar op een kussen aan mijn voeten plaatsnam. 'Als de pest, zoals ik hier heb geleerd. In mijn land worden spokerijen enorm op prijs gesteld, dat is algemeen bekend.'

'Heuse spokerijen moeten jullie niet verwachten,' waarschuwde de kapelaan met enige weemoed. 'Toen ik een kind was, heb ik oude mensen in mijn geboortestreek dingen horen vertellen waar je haren van te berge rezen, maar zelfs in Limburg zijn dergelijke overleveringen uit de tijd. De film, de televisie, de sport, de disco-bars... Jammer... Kom, de wereld verandert, niet alles is slechter geworden. Trouwens, wat mijn verhaal betreft gaat het om een toeval waar niemand veel belang aan hechtte. Verleden jaar werd de gemeentelijke bibliotheek gerenoveerd...'

'Groots,' onderbrak Molletje, 'ik heb mij laten inschrijven.'

Hij was als gewoonlijk uit het niets opgedoken en scheen te weten dat het aanbeveling verdiende zijn soms om zijn zangerig dialect verlegen vriend wat aan te moedigen.

'Ja, bijzonder mooi... De burgemeester was apetrots en wilde dat de heropening niet onopgemerkt voorbijging. Er werd een keurige plechtigheid georganiseerd, waarbij de door hem gestrikte rijksinspecteur de gelegenheidstoespraak hield...'

'Mijn collega Lampo,' zei ik, 'die zit in het bibliotheekwezen. In zijn jeugd heeft hij de gelukkige jaren beleefd toen zo'n baan aan een schrijver werd toevertrouwd.'

'Waarom niet?' opperde Roel.

'Precies, hij was het... Stellen jullie je de toestand voor. Een zaterdagavond, de ganse zaak tot de toiletten toe feestelijk verlicht, de flessen champagne klaar, de notabelen op de eerste rij, de madams om het mooist opgedoft, de zaal stampvol, de spreker maar van katoen geven...'

'En erop los improviseren...' grinnikte Fred. 'Je moet hem bezig horen, in de middeleeuwen was hij vast een berucht prediker geworden.'

'Daar kun je op rekenen,' meende Jo. 'Hij heeft mij verteld dat het geen verdienste is, dat hij gewoon de door het auditorium uitgestraalde energie opvangt en die in de vorm van volzinnen terugkaatst. Voor hem is het een raadsel dat de meeste mensen voor het publiek de daver op het lijf krijgen...'

'Best mogelijk,' vond de geestelijke. 'In elk geval kondigde het zich vlot aan. Om het gekke van de situatie duidelijk te maken doe ik een beroep op zijn eigen commentaar toen wij naderhand bij een glaasje met hem praatten. Net was het ogenblik aangebroken waarop hij op een passend slot aanstevende... Voorlopig had hij uitgeweid over het pedagogisch belang van een fatsoenlijke bibliotheek in zo'n dorpsgemeenschap als de onze. Het leek hem een goed eind zijn betoog te laten culmineren in de laatste verzuchting van Goethe. Veel zegde die naam mijn parochianen niet, hoe bereid ook om instemmend te knikken. Hij kent voldoende de knepen van het vak en had het dus langs zijn neus weg over de een ieder bekende Duitse schrijver. Mogelijk geloven jullie mij niet, hoewel ik zweer dat het waar is... Mathematisch exact op het ogenblik dat hij Goethes woorden "meer licht" plechtig citeerde, als door een computer op een fractie van een seconde berekend, floepten alle lampen uit! Het duurde een poos vooraleer het publiek begon te giechelen en begreep dat er een algemene elektriciteitspanne was – op straat bleek het donker als de hel. Iedereen dacht aanvankelijk aan een kwajongensstreek!'

'Niet te geloven!' zei Jo.

'Toch wel!' zei iemand, met zijn vrouw ongemerkt naderbij gekomen, die nog het laatst van het verhaal had opgevangen. 'Ik sta er borg voor. Ik was er zelf bij...!'

'Who is he?' vroeg Emily mij discreet. 'Ik ken dat gezicht!'

'Mag ik me even voorstellen? Toevallig is mijn naam Lampo, Hubert wegens mijn grootvader, die het ook niet kan helpen. En dit is

Lucia, naast onze eerwaarde mijn kroongetuige! Excuus voor de vertraging, Fred, wij moesten met iemand uit eten... Há, die Paul, hoe is het? Wat spook je uit dat je al zo lang niet meer bent komen aanlopen? Nou, we praten dadelijk wel... Wil je me eerst aan de lieftallige mevrouw voorstellen die je vast uit een boek van me hebt weggelokt?'

'Nee maar, zo'n eigengereide bliksem,' zei Lucia. 'Lijkt het je niet redelijker dat die mevrouw net een boek van Paul zou binnenwandelen?'

'Ook goed, schat, we feliciteren hen meteen. Maar vooraf netjes handjes geven aan iedereen, of zoentjes als je het niet laten kunt.'

Lucia kon het niet laten, zeker wat Emily betrof, en haar man scheen evenmin bezwaren aan den dag te leggen. Dat was het positieve als je stilaan Methusalem op de hielen zit, voegde hij eraan toe. Geen vrouw verwacht er wat van, maar neemt er evenmin aanstoot aan als je haar omhelst. Wat je zo in het voorbijgaan nog krijgt, is leuk meegenomen...

Het ogenblik leek mij niet geschikt om de zaak opnieuw aan te snijden. Wat mij betreft had ik er ruimschoots genoeg van, althans op een dag als vandaag, later konden we wel zien. Kristien deelde mijn scrupules niet. Vermoedelijk dacht ze aan de slapeloze nachten die onze ervaringen met onbekende krachten haar hadden bezorgd. Zij had Jo's woorden bevestigd toen zij hoorde dat ik ze niet bepaald au sérieux nam.

'Die uitvallende elektriciteit is natuurlijk knettergek en tijdens die openingsspeech van Hubert kwam het ontzettend ongelegen. Maar ook wanneer je het alleen zo bekijkt, kun je bezwaarlijk zeggen dat het meer dan een toeval zou zijn. Ergens is het niettemin aanzienlijk ingewikkelder, geloof ik...'

Het zag ernaar uit dat wij langzamerhand met zijn vieren – Roel meegerekend – experts werden in een mysterieus randgebied, waaraan zich tot dusver weinig mathematici en filosofen hadden gewaagd.

'Mijn vrouw bedoelt dat de schijnbare samenhang tussen een citaat als "meer licht" en op hetzelfde ogenblik een panne op de centrale er te veel aan was,' voegde Jo eraan toe. 'Die gelijktijdigheid kan volgens haar, volgens ons, niet door de beugel!'

Bij mezelf dacht ik dat ze ermee moesten ophouden; ik had er mijn buik van vol, ik wilde van Emily's aanwezigheid onder mijn vrienden genieten.

'Eerst moet je erom lachen, het lijkt je te gek om los te lopen,' antwoordde mijn collega. 'Daarna ga je er onvermijdelijk over piekeren...'

'Gelukkig was ik erbij,' zei Lucia met een zekere strijdvaardigheid. 'Ik ben lerares wetenschappen. Als ik er niet bij was geweest, had ik er geen woord van geloofd!'

'Dramatiseren jullie vooral dat woord piekeren niet... Als ik erover nadenk, zou ik zeggen dat het voor mij in mijn late tienerjaren begon. Normaal had ik er als kind vatbaar voor kunnen zijn. Mogelijk, maar ik herinner het mij niet. Het overkomt mij regelmatig. Het is haast een gewoonte geworden. Meestal vergeet ik het. Zelden heb ik het gevoel dat het met occulte of met parapsychologische verschijnselen te maken heeft...'

'Hoe vaak heb ik je niet gezegd dat je het moet opschrijven?' opperde Lucia betuttelend. 'Na al die jaren zou het een geweldig dossier zijn!'

'Dat jij het eerst zou desavoueren,' plaagde hij. 'Met een wetenschappelijke geest als de jouwe in mijn nabijheid is het onbegonnen werk.'

'Na zoveel jaren van gedeeld lief en leed begrijpt die man mij nog altijd niet,' beklaagde zij zich, half schertsend, half ernstig. 'Van sommige boeken in je bibliotheek, die *Phantasms of the Living* of dat idiote ding over Uri Geller en zo, krijgt elke vrouw de kriebels, wat dacht je? Maar wat je zelf beleeft, geloof ik... Soms. Vooral sinds Pelléas en Mélisande...'

'Stomvervelende opera,' vond Jo. 'Kris wilde er absoluut naar toe. Nog voor de pauze kneep ze gemeen in mijn oor, ze beweerde dat ik snurkte!'

'Nou!' zei Kris.

'Ik bedoel niet de opera,' verduidelijkte Lucia, 'die hebben we niet gezien. Toen ik dacht dat het eindelijk zover was, kreeg Hubert een aanval van hooikoorts. Nou vráág ik je...'

'Stel je voor dat hij hem tijdens het eerste bedrijf had gekregen,' troostte Jo, 'de ellende was niet te overzien geweest...' Onderzoekend keek hij het kibbelende span aan, van wie een ieder weeet dat hun huwelijk het beste ter wereld is. 'Over welke Pelléas en Mélisande had je het dan, lieve schat?'

'Helemaal niets bijzonders,' antwoordde haar man, 'hoewel ik het een aardig verhaal vind. Schrijvers vinden hun eigen verhalen altijd aardig.'

'Als ze niet aan megalomanie gaan lijden, zoals tegenwoordig de gewoonte, vind ik het niet erg,' zei Fred. 'Het jouwe zou ik graag horen!'

'Mij best,' zei Hubert. 'Het verhaal van Pelléas en Mélisande! Willen jullie het heus horen...? Hé, wat doe jij, jongeman?'

'Mijn recorder,' zei Molletje, 'of heb je er wat op tegen?'

'Ga je gang... Maar je moet me wel een kopie van je cassette verkopen, zo niet, dan krijg je van Lucia op je donder, je weet niet wat je beleeft!'

'Beloofd! Mijn broer studeert elektronica, kinderspel voor hem...'

'Goed, mijn verhaal. In feite geen verhaal. Bij een verhaal denk je aan gebeurtenissen waar je bij betrokken bent, eventueel passief betrokken. Het woord is dus niet goed gekozen. Paul voelt wat ik bedoel. Er zijn weleens dingen die schijnbaar langs je heen gaan, hoewel je ze zintuiglijk, dat wil zeggen geestelijk en zelfs emotioneel registreert, het kan niet anders...'

'Dingen die je seinen noemt?' informeerde ik.

'Ja, dat maak je wel mee...' opperde Jo op een toon die alleen voor ons clubje dubbelzinnig was.

'Seinen is te sterk, tekens ook, ik heb het niet over semiotiek, betekenisstructuren en zo, dat laat ik over aan de jongens die er op de universiteit hun boterham mee verdienen. Neem me niet kwalijk, lieve Emily...'

'Geeft niks hoor,' lachte zij geruststellend, 'veel ben ik daar nooit mee bezig geweest, this kind of nonsense looks more continental, dat heb ik al uitgevonden. Apart from that ben ik geen jongen maar een meisje, vraag het aan Paul.'

'Fijn dat je het zo bekijkt,' lachte hij, zoals ik verwachtte gevoelig voor de hartveroverende dosering van ernst en speelsheid waarmee zij met anderen omgaat. 'En dat je een meisje bent, nóu...!'

'Blijf bij de zaak, liefje,' waarschuwde Lucia.

Ik ken haar voldoende om te weten dat het niet was om de complimenteuze gekheid die haar man met Emily maakte en die zij, juist als echtgenote, als een hommage aan het ewig Weibliche op prijs stelde. Zo is Lucia. Evenwel vond ze dat hij met zijn verhaal dat geen verhaal bleek te zijn op de proppen moest komen.

'Waar het om gaat zijn ervaringen die zonder ophef in je leven voorbij rimpelen. Ervaringen? Zelfs dát woord is te sterk... Je besteedt er geen aandacht aan, tot je op zekere dag wordt getroffen door de hardnekkigheid van het fenomeen en erop gaat letten... Mijn verhaal – goed, laat ik het zo noemen, tenzij iemand een exacter omschrijving verzint – begint in de tijd toen ik op de kweekschool zat, zowat omstreeks 1935-36. Haast een halve eeuw geleden, stel je voor... Vaak kregen we van onze leraar Frans, toen een belangrijk vak, vrijkaartjes om naar het toneel te gaan. Een jaar of vijf voor de oorlog. In Antwerpen bestonden in die dagen nog een paar amateurgezelschappen waarvan de leden tot de verfranste bourgeoisie behoorden. Op Fred en Roel na kunnen jullie, een generatie na de onze, het je moeilijk voorstellen! Die gratis biljetten dienden om de zaal te vullen. Met velen waren die mensen al niet meer... Ons werd voorgehouden dat wij op die manier ons Frans vervolmaakten en thuis was het een gedroomd argument om er een avond tussenuit te knijpen. Achteraf bekeken viel dat geliefhebber nogal mee. Misschien waren wij te onervaren om ons van de onhandigheid en het geklungel te vergewissen. Toch verwaarloos ik de mogelijkheid niet dat het niet zo stom, zo potsierlijk was als meestal bij dilettanten het geval is. Ergens moet je het ook zo bekijken, dat de sociale verhoudingen grondig anders lagen. Of het nu prettig klinkt of niet, zowel op de planken als in de zaal kon je zien dat je met beschaafde mensen had te doen, die over meer zelfvertrouwen, over vlottere omgangsvormen beschikten dan de bescheiden zielen aan wie wij in onze dagelijkse omgeving gewend waren. Onder elkaar deden wij of we de Franse bekkentrekkerij potsierlijk vonden. Wij lachten erom en de grapjassen in de klas improviseerden nummertjes waarmee ze die zogeheten kouwe kak nabootsten...'

'Zie je wel, Paul,' gniffelde Emily, 'het is een goed woord, Hubert gebruikt het ook!'

'De waarheid was dat wij reageerden met het inferioriteitsgevoel van kinderen uit een nederig milieu, waarmee wij naar die fijne manieren, naar die chique, mogelijk zelfs naar een zekere rijkdom opkeken.'

'Vooral aan zulke dingen merk je hoe grondig de wereld veranderd is,' voegde Fred eraan toe. 'Vandaag de dag kan men zich een dergelijke reactie ternauwernood voorstellen.'

'Reken maar, Opa!' grinnikte Molletje. 'Als morgen de koning op bezoek komt, zal ik zeggen: Dag meneer de koning, hoe is het met madam, ga maar gauw zitten en wat zul je drinken, een cola of een biertje? En hij zal zeggen: dank je, waarde landgenoot, ik bedoel Mol, met mijn vrouw gaat het goed, vanochtend had ze wat migraine, ik moet je veel groeten doen, wanneer kom je weer eens om een ijsje of zo? En nu je het vraagt, liefst een Trappist als je er in huis hebt, in Laken is hij op, Sjarel, de bierboer zit weer in Benidorm, zo gaat dat tegenwoordig, nietwaar?'

'Ongeveer,' lachte Fred. 'En onderbreek onze gast niet meer!'

Later heb ik inderdaad vernomen dat de vorsten weleens incognito op 'Ultima Thule' kwamen. Het gebeurde zonder ceremonieel, behoudens het verzoek van de hofmaarschalk, trouwens een vriend van Nieuwlant, er geen ruchtbaarheid aan te geven. Het bevestigde mijn vermoeden dat het lieve, eenvoudige mensen zijn. Wel vroeg ik mij af of men er gerust op was als Molletje in de buurt rondhing. Hoewel het mogelijk is dat men ook dát niet als een punt beschouwde.

'Molletjes verhaal is veel leuker, vind ik, maar kom... Langzaam aan begonnen wij de gelegenheidsacteurs en -actrices te kennen, niet altijd zonder bewondering. Geliefhebber of niet, zelfs bij al die luchtige Parijse dingetjes werkte de magie van de droom achter het voetlicht volop...'

'Erg mooi!' vond Mol. 'Dat onthoud ik voor mijn volgend opstel!'

'Wat mij betreft, spoedig liep ik over van vertedering voor een stel dat altijd als het jonge paar optrad. De man was niet echt knap, maar bijzonder aardig. De vrouw niet oogverblindend, maar lieftallig en blijkbaar ook mondain in haar dagelijks leven. Ze leek mij iets ouder, maar het kon hiermee hebben te maken dat ik haar zag in een blijspelletje, waarin zij optrad als de verleidelijke, jong weduwe geworden mama van de vriend van haar gewone partner. Ik weet niet hoe het afliep, maar jullie raden natuurlijk dat beiden verliefd op elkaar werden. Ach, ik weet het, er is een behoorlijke kans dat er erbarmelijk werd geacteerd...'

'Wie je boeken las, begrijpt dat je er als schooljongen behoorlijk van onder de indruk was,' zei ik. 'Een jonge kerel, een knappe, rijpere dame...'

'Dat denk ik ook,' beaamde Emily, duidelijk in haar nopjes.

'Nou, reken maar, zou Mol zeggen! Hoe de personages heetten in het stuk waarvan ik de titel en de schrijver niet meer ken, was ik gauw vergeten. Een programma om achter hun echte namen te komen was te duur. Zonder dat het met de plot te maken had, ging ik beiden voor mezelf Pelléas en Mélisande noemen, in de lessen Frans waren we met Maeterlinck bezig... Toen wij naderhand weer entreebiljetten kregen, bleven beiden zo voor mij heten... Redelijkerwijze kon je aannemen dat ze, het laatste schooljaar voorbij, uit mijn gezichtsveld zouden verdwijnen. Het ging immers om vluchtige confrontaties waaraan de herinnering verdampt, indrukken van mensen uit een ándere wereld dan de mijne. Weliswaar hadden zij kortstondig op het toneel bestáán, maar terzelfder tijd behoorden zij niet tot mijn concrete werkelijkheid...

Als ik toevallig nog eens aan hen dacht, bekeek ik het op die manier. Tot ik hen op zekere avond een paar rijen vóór me in de Nederlandse Schouwburg zag zitten. Sterker was mijn reactie niet dan het prettig te vinden dat zij in het dagelijkse leven een paar vormden, minnaars of gehuwd, daar had ik geen idee van, en zich niet tot hun gesloten Franse kringetje beperkten. Wie zij waren, waar zij thuishoorden of hoe zij heetten wist ik niet. Het interesseerde mij trouwens geen moment. Het leek mij een lief duo, ik koesterde er sympathie voor, maar tenslotte had ik niets met die onbekenden te maken. Van die dag af begon het... Het was nog bezig toen Lucia en ik gingen trouwen, zowat twintig jaar later...'

'Dat is waar,' zei Lucia, 'ik kan het getuigen! Ik noemde hen zélf ook al gauw Pelléas en Mélisande!'

'Om het even waar ik kwam, voortdurend ontmoette ik die twee. Een poos ben ik journalist geweest, kom, wat men kunstredacteur noemt. Moest ik een concert verslaan, dan zaten ze er vóór mij of kwamen tegelijk de zaal binnen. Geen opening van een tentoonstelling, geen voorstelling, geen officiële plechtigheid of ze waren er. Ging ik op een bankje de krant lezen, dan wandelden ze het laantje door; parkeerde ik mijn wagen, dan stapten zij in een auto naast de mijne; bezocht ik een vriend, een familielid in het hospitaal, dan zag ik hen naar buiten komen terwijl ik naar binnen ging. Was het een poos geleden, dan kruiste ik hen op straat, op de roltrap van de Grand Bazar, of stonden ze een eind verder op het perron als ik een relatie van de trein ging afhalen...'

'Ajakkes!' gruwde Kristien. 'Ik had er de kriebels van gekregen!'

'Zo erg was het niet...' vervolgde Hubert. 'Ik wil de zaak niet opschroeven, ze was op zichzelf gek genoeg. Overigens waren die ontmoetingen meestal door een spanne tijds van elkaar gescheiden, weken, soms maanden. Nooit had ik het gevoel dat het anders dan toevallig, ik bedoel inderdaad volstrekt systeemloos gebeurde, accidenteel zonder meer...'

'Wij denken te gemakkelijk aan spookverhalen, griezeligheden en zo,' opperde Emily. 'Vermoedelijk zijn écht geheimzinnige dingen occult in de zuiver taalkundige betekenis van het woord en zie je ze gewoon niet?'

'Die filologische benadering lijkt mij niet gek,' antwoordde mijn collega verrast. 'Wat occult is, kan bezwaarlijk opvallen, inderdaad aan het oog onttrokken. Maar hoe het begrip op dit geval toepassen?'

'Tenzij...' mijmerde Lucia.

'Tenzij wát?' informeerde haar echtgenoot.

'Ik herinner mij, je er bij herhaling op te hebben horen zinspelen dat die twee niet verouderden, er na veertig jaar net zo uitzagen als in de tijd dat ze Franse toneelstukjes speelden. Zoiets ongeveer...'

'Stel je voor,' zei Jo, 'als het eens twee engelen zouden zijn?'

'Sinds wanneer geloof jij in engelen?' vroeg Roel.

'Geen gewone engelen, bedoel ik, dinges, wezens, entiteiten, enfin, mogelijk toch een soort van beschermengelen?'

'Laten we redelijk blijven,' stelde Fred voor. 'De indruk dat bepaalde mensen niet verouderen is een normaal gezichtsbedrog. Voor mij is Oma dezelfde als op de dag dat ik haar hand vroeg, zoals het in die dagen gebruikelijk was. Hubert was vanaf zijn jeugd vertrouwd met de aanblik van die twee onbekenden. Verder kan het leeftijdsverschil ook niet méér zijn geweest dan hooguit enkele jaren. Zij werden samen met hem ouder, je zou er een psychologische relativiteitstheorie voor moeten verzinnen... Daarom het gevoel dat zij dezelfden bleven. Ik geloof niet dat wij verder hoeven te zoeken.'

'Daar komt het op neer,' beaamde Roel.

'Best mogelijk,' dacht Kristien. 'Voor mij is Jo nog steeds de rare kwast van in de tijd toen hij elke dag op weg naar school bij de tramhalte naar me stond uit te kijken, net een geslagen hond, mijn vriendinnetjes en ik lachten ons dood! Pas daarna heeft hij zoveel praats gekregen...'

'Het kan moeilijk anders,' gaf Hubert toe, 'en aan Jo's engelen heb ik nooit gedacht. Aan occulte oplossingen heb ik een broertje dood. Wanneer ik zit te schrijven, is het mij, net als in Pauls geval, om de verbeelding te doen. Waar ik geen raad mee weet, is de regelmaat van die verschijnselen. Misschien zeg ik het duidelijker zo, dat mathematisch de frequentie te hoog lag voor een stad met honderdduizenden inwoners... Daarenboven nog het volgende... Weliswaar houd ik er rekening mee dat men zich dergelijke dingen verbeeldt, het moet vast subjectief zijn. Maar al van in de aanvang leken mij die twee niet helemaal als de anderen die je om het even waar, om het even wanneer ontmoet... Zij bezaten... Althans voor mij bezaten zij iets... Hoe zal ik het noemen? Iets als het vermogen om zich los te maken van de achtergrond waartegen zij zich bewogen. Zij waren altijd samen, altijd opgewekt, ook als ze, ondanks die onaantastbare jeugd, in werkelijkheid langzaam aan bedaagde, later oudere mensen werden. Ondertussen schenen zij onafgebroken op elkaar verliefd te blijven. Als jullie mij het beeld veroorloven, zou ik hieraan de intense radioactiviteit toeschrijven die ze uitstraalden.'

'Als ik je zo hoor, doen ze me aan figuren uit een boek van je denken,' opperde Emily.

'Net wat ik wilde zeggen,' voegde Jeroen eraan toe terwijl hij zijn pijp stopte. 'Of uit een boek van Paul, dat kan ook.'

Ik vond het een attente opmerking.

'Dát is precies het rare... Ik ben nooit op het idee gekomen om over hen te schrijven. Evenmin heb ik er ooit aan gedacht een middel te verzinnen om kennis met hen te maken. Stel je de opening van zo'n schilderijententoonstelling voor, niets was gemakkelijker. Ik had eenvoudig naar hen toe kunnen gaan, mijzelf voorstellen en hun doodleuk vertellen hoe zij, zonder het zelf te weten, al jarenlang een rol in mijn leven speelden. Wat er mij van weerhield weet ik niet, ik nam het gewoon niet in overweging...'

'Nee,' zei Lucia. 'Het kan niet!'

'Het kan wél,' antwoordde Kristien, 'je komt er simpel niet toe. Je had het aan Jo moeten overlaten, die had zo'n geheimzinnig zaakje ras geklaard!'

'Dat bedoel ik niet. Ik bedoel dat het niet kán. Kijken jullie zelf maar.'

'Nee toch!' schrok Hubert. 'Ze heeft gelijk. Het kan wél. Magisch realisme?'

'Pelléas en Mélisande, in levenden lijve,' jubelde Lucia. 'Hoe is het mogelijk! Hebben zij het gevoeld? Ditmaal wordt het raadsel opgelost!'

Een bejaard maar opvallend goed geconserveerd echtpaar, stijlvol van aanblik, kwam gearmd de richting van het terras uit. Hoewel

ouder, beantwoordde het aan de voorstelling welke tijdens Lampo's verhaal – dat hij geen verhaal wilde noemen – in mij had post gevat.
'Kijk eens aan,' begroette Fred hen duidelijk opgetogen. 'De Van Kerckhovens!'
'In Antwerpen een doodgewone naam,' mompelde Jo meesmuilend, 'er niet op letten, aanvaarden zoals het komt, al is het bij de wilde boskonijnen af.'
'Excuseer, mijn beste, we zijn al een poosje hier, mijn vrouw wilde vooraf een wandeling in de tuin maken en daarna is ze met de kinderen bezig geweest...' zei de man.
Er was niets op zijn Nederlands aan te merken, hoewel je hoorde dat hij eraan gewend was Frans te gebruiken. 'Mijn beste' geleek treffend op een substituut voor 'mon cher', voor het overige klonk alles vlot en autochtoon. Het leken mij aardige, gewone mensen, en ik vroeg mij af waaraan de diepe indruk was toe te schrijven die ze op mijn collega hadden gemaakt. Vermoedelijk was het de respons van zijn (net als mijn) bescheiden afkomst op een mevrouw, ongetwijfeld mooi, die hij door de betovering van het toneel in zijn jeugd als een aristocrate had ervaren, wat ze vermoedelijk was.
Terwijl Fred ons aan de zopas gearriveerde gasten voorstelde, waren wij opgestaan.
Doordat wij een kring vormden, kreeg, ofschoon volledig informeel bedoeld, de kennismaking op die manier iets ritueels. Gekscherend knipoogde Molletje naar Emily en mij, waarna hij deed of hij een geweer presenteerde. Ik lette gespannen op wat er zou gebeuren als het de beurt van de Lampo's was om handjes te drukken.
'Mon Dieu!' zei de oude dame, die ik inmiddels zelf Mélisande was gaan noemen, hoewel ik had gehoord dat ze als Titia werd aangesproken door haar man, ons op zijn beurt als Victor voorgesteld. 'Mag ik mijn eigen ogen geloven?'
'Gelooft u ze maar, mevrouw,' antwoordde Hubert, 'het moest vroeg of laat gebeuren, u ziet het zelf.'
'Onvoorstelbaar!' juichte zij, niet alleen de getuigenis van Victor, maar blijkbaar ook de onze inroepend. 'Voilà un demi-siècle, hélas, ik wil zeggen, een halve eeuw lang dat wij elkaar ontmoeten, zonder elkaar ooit voorgesteld te zijn! In den beginne bedachten wij de raarste namen, maar ten slotte kwamen wij erachter wie u was en sedertdien noemen wij u Joachim Stiller.'
'Dat vind ik bijzonder vererend, mevrouw!' zei mijn collega.
'Niets logischer dan Hubert Lampo meteen Joachim Stiller te noemen,' gniffelde Jeroen, 'je moet er maar opkomen.'
Ergens leek het in de buurt van zijn grapje over de bokkerijders te liggen.
'Lachen jullie maar niet,' antwoordde Pelléas, die dus Victor heet-

te. 'Op den duur was u een mysterieuze figuur voor ons geworden. Voortdurend kwamen wij u tegen, vaker dan normaal, eerst alleen, dan met mevrouw erbij. Waar wij ook naar toe gingen, altijd zat de kans erin dat u eensklaps opdook! Het kwam zo ver dat wij naar u uitkeken...'

'Je zou nou zeggen...' grinnikte Fred.

'Jammer genoeg lost deze ontmoeting het mysterie niet op,' zei Titia.

'In feite niet,' trad Victor haar bij. 'Al geruime tijd komen we een dubbelganger tegen die als de ene druppel water op de andere op u gelijkt, kom, zoals u eruitzag in de tijd toen die ontmoetingen begonnen.'

'Geen mysterie,' antwoordde Hubert, 'vergeet het maar. Dat is Jan, mijn zoon.'

'De zoon van Joachim Stiller,' zei Emily, 'dat wordt zijn volgende boek.'

'Weer een geheim de wereld uit,' constateerde ik met geveinsde opluchting.

'Dat dacht je!' pruttelde Jo. 'De wereld uit? Verdubbeld, zou ik het noemen! Of het niet krankzinnig genoeg is, daarenboven de familienaam van die twee...'

'Een doodgewone naam, de telefoongids loopt ervan over,' stelde ik hem gerust, 'ik heb het je al in Steenhage gezegd.'

Hij grijnsde maar wat. Als een boer die kiespijn heeft, zei men vroeger.

'Komen jullie stilletjes naar binnen,' stelde Fred voor, 'de trap op naar mijn atelier. Alcoholische dranken zijn vandaag streng verboden, ik heb het zelf gedecreteerd. Op deze kennismaking moeten we evenwel iets drinken, vooral om de emoties door te spoelen.'

'Tell me, Hubert,' fluisterde Emily op de trap, 'zijn ze waarachtig niet ouder geworden?'

'Ouder geworden wel, dat kan niet anders. Maar niet veranderd.'

'Hoor je het, Paul?' glimlachte zij stralend. 'Is het niet bemoedigend?'

Waarover ik het met haar eens was.

Jo noemde het een occult aperitiefje en betoogde op een omslachtige manier, waarvan de syllogismen mij verre van orthodox leken, dat het dáárom niet op een glaasje meer of minder aankwam. Hierbij werd de kennismaking grondig voortgezet, wat tot het op 'Ultima Thule' algemeen gehuldigde tutoyeren leidde en in een minimum van tijd een sfeer van vertrouwen in het leven riep.

Victor was een vriend (en, vermoedde ik, een ordegenoot) van Fred Nieuwlant. Hij had architectuur gestudeerd, nadien was hij in de vervoersbranche gegaan, eerst speciaal wat bouwmaterialen betrof, daarna het meer algemene transport. Meteen herinnerde ik mij de enorme vrachtwagens van het bedrijf met zijn naam duidelijk erop, hoewel Jo na enkele glaasjes hardnekkig volhield dat ik mij wat verbeeldde, precies Van Kerckhoven, dat zou hij toch weten? Titia, zijn vrouw, stamde uit de liberale havenaristocratie, een negentiende-eeuwse stedelijke oligarchie waarvan de kapitalistische methodes paradoxalerwijze Antwerpens proletarische voorspoed hadden bewerkstelligd, wat de meest scharlaken vakbondsmilitant niet ontkende. Het ontbrak haar trouwens niet aan enige linkse koketterie, wat voor haar geen reden was om niet prat te gaan op haar blauw bloed.

Emily vond haar a charming old lady. Zelf had ik er geen moeite mee om de old lady in het Antwerpse kader te situeren en gedeeltelijk haar alomtegenwoordigheid te verklaren, die mijn vriend jarenlang had verbaasd. Ditmaal ontbrak mijn knappe MA de onontbeerlijke voorkennis om haar op een eenvoudige manier in te wijden wat ons plaatselijk, op historische gronden berustend non-conformisme betreft, dat bij mevrouw Van Kerckhoven zo duidelijk tot uiting kwam. Elders leeft de kaste waaruit de hartveroverende grijze dame stamde in een luchtdicht vacuüm. Een dergelijk sociaal hermetisme bestaat bij ons ternauwernood. De reder en de havenarbeider weten dat zij tot hetzelfde vak behoren, ook als het er tussen beiden al eens hard aan toe gaat. In gans de stad schept het een sfeer van fundamentele gelijkheid, stammend uit de geuzentijd, toen een solidariteit ontstond die minder op bigotte haarkloverij dan op een gevoel van wij met zijn allen tegen de Spaanse luizen berustte. Ergens was Titia een erfgename van deze mentaliteit, waarbij de ingeboren aristocratie haar betrokkenheid bij het openbare leven in al zijn facetten verklaarde.

Je ontmoet bij ons de meest verschillende, raarste figuren, lachte ze. Hun huis was een duiventil, het adres vonden we in de telefoongids, we moesten gauw eens langslopen, afgesproken? Ze beschikte over mediamieke gaven (zie je wel, zei Lucia tot Huberts verbazing) en had zelfs een poos in het spiritisme geliefhebberd. Daar was ze echter mee opgehouden; stel je voor, voegde ze eraan toe, het wérkt waarachtig – dát was er voor haar te veel aan. Ook haar had het irrationele repetitiepatroon van de ontmoetingen met mijn collega, op zijn minst veertig jaar lang, mettertijd getroffen. Soms hadden zij en haar man er hun eigen verhalen bij bedacht. Diepe verbazing had het haar nochtans niet opgeleverd. Zij beschouwde het als een natuurlijk fenomeen, de wereld zou wel op die manier in elkaar zitten. Van tevoren wist zij dat het vroeg of laat tot een ontmoeting zou komen, je moet gewoon wachten tot het leven zélf er zo over beschikt, het vraagt uiteraard enig geduld, mais voilà, vandaag was het zover, j'ai toujours su que cela arriverait.

Toen wij er naderhand over praatten, trof het mij dat geen van ons beiden, Emily noch ikzelf, haar als een komische Alte beschouwde. Haar geestelijke frisheid, haar zin voor humor en haar neiging tot zelfrelativeren stonden een dergelijk oordeel in de weg. Zij vertrouwde ons onder geheimhouding toe (elkeen die wilde, kon het horen) dat zij in feite Victoria heette. Het klonk te gek, net een bewapende driemastbark met alle zeilen uit, lachte ze met nautische deskundigheid; daarom liet zij zich Titia noemen. Aanvankelijk was ze niet van zins er verder op in te gaan, plots blozend door maagdelijke schroom overvallen. Lucia, wie een Martini tot mijn verbazing opvallend zwijgzaam maakte, leek haar evenwel een geschikte confidente. Overigens zonder bezwaar dat wij meeluisterden vertrouwde zij haar toe, hoe zij zich die naam had toegeëigend na een luisterrijke voorstelling van 'Les adeptes de Thalia'. Dat lang verdwenen Franskiljons toneelclubje van voor de oorlog, noemde zij het (Fred zou zeggen dat de wereld grondig is veranderd), had met veel kosten en goede wil *A Midsummer Night's Dream* opgevoerd, évidemment en Français, en zij had Titania, Victor Oberon mogen spelen. Iets jonger dan zij was hij in het tweede bedrijf smoorverliefd op haar geworden (zij had het eerder proberen uit te lokken, maar destijds hoorde een huwbare dochter te wachten tot de aspirant over de brug kwam), had door zijn emotie herhaaldelijk Titania tot Titia verhaspeld en zo hadden zij het gelaten. Ondanks de lapsus was hun huwelijk perfect geslaagd, nóu, verzekerde zij, nog steeds waren zij gek op elkaar, imaginez-vous, à notre âge. En met een onverwachte zoen wenste zij Emily en mij hetzelfde toe.

Toen het troepje behoorlijk uitgelaten bleek te worden, werd het tactvol door Fred weer naar beneden geloodst.

De ouders van de kleinsten begonnen op te stappen met hun kroost, en hoewel nog talrijk, werd het gezelschap er minder luidruchtig en overzichtelijker door. Sommigen verdwenen naar de achterkant van het huis, waar de belegde broodjes gratis waren voor alle leeftijden. Molletje was bereid om voor ons een presenteerblad vol aan te slepen en liep met onverwoestbare hulpvaardigheid om koffie, waarna hij uit het gezicht verdween omdat, verontschuldigde hij zich, men hem elders dringend nodig had.

Op het terras waren meer stoelen beschikbaar en Emily kwam dicht tegen me aan zitten. Het gesprek was door de nawerking van de drankjes, eventueel met het intredend digestieproces gecombineerd, langzaam stilgevallen. Zonder de welgemanierdheid te kort te doen konden wij ons een tête-à-tête veroorloven. Hiervan maakte zij gebruik om haar bewondering uit te drukken voor Titia's vitaliteit. Dat de liefde op haar leeftijd intens bleef duren vond zij marvellous. Natuurlijk ontging het mij niet dat haar bewondering op enige vrouwelijke nieuwsgierigheid duidde. Opzettelijk hield ik mij van den domme.

Zij moest maar met een duidelijke vraag op de proppen komen, dacht ik plagerig en deed of ik geen idee had van haar schroomvallige, hoewel voor de hand liggende benieuwdheid.

'Je speelt verstoppertje, Paul,' klaagde ze, 'je weet best wat ik bedoel. Overigens kijk je veel te neutraal voor iemand die mij niet begrijpt!'

Er was, de omstandigheden in acht genomen, weinig op aan te merken dat Jo instemmend had meegeluisterd.

'Natuurlijk weet hij het,' antwoordde hij troostvol in mijn plaats, 'hij laat je op hete kolen zitten. Gelukkig kan je bij de wijze oom Jo terecht!'

'Hou je mond, Jo,' kwam Kristien tussenbeide. 'Het zijn zaken waar een heer over zwijgt...'

'Fijn dat je me een heer noemt, schat van me. Hoor je niet dat ik het met Emily over een ernstige kwestie heb? Zij durft niet op de man af, beter zou ik zeggen op de vrouw af te informeren, of... Enfin, ze heeft problemen met de belangrijke vraag, of een knappe bejaarde dame als Titia nog...?'

'Natuurlijk, domkop,' zei Krisje, 'wat dacht je?'

'En jij noemt het zaken waar een heer niet over praat? Als je het mij vraagt, zou je het op school moeten leren! Wat jij, Paul?'

Ik gromde iets vrijblijvends, voldoende instemmend om mij niet van hem te desolidariseren.

'That's tremendously interesting,' zei Emily.

'Reken maar,' trad Jo haar niet bepaald gereserveerde reactie bij. 'Vast elke nacht, het zal niet veel schelen. Verder heb ik gehoord dat de zondagnamiddag bij dure mevrouwen van een zekere leeftijd nogal in trek is. Gewoonlijk zo een uurtje voor de thee...!'

Eerlijk gezegd had ik er weinig moeite mee om het mij voor te stellen, zelfs wat de nog bevallige Titia van Kerckhoven betrof. Hoewel ik in de eerste plaats niet aan haar dacht.

Duidelijk ingenomen met die zondagnamiddag zat Emily als een zogend moederkatje te spinnen.

Het donker viel volop toen de kinderen ons verzochten op de eerste rij plaats te nemen, waar Oma en Opa koninklijk in het midden werden geïnstalleerd.

Aan de zijkant van het huis leende de tuin er zich uitstekend toe om zonder veel kunst- en vliegwerk tot een ware openluchtschouwburg te worden omgetoverd. Grotendeels met de meest diverse stoelen bezet, glooide het gras langzaam opwaarts naar een hoger gelegen plek. Ze was omringd door struikgewas, met sparren en lorken erachter, ruim genoeg om als toneel te worden gebruikt. In de bomen hadden de toekomstige ingenieurs een aantal projectorlampen geïnstalleerd en enkele kleurige zetstukken waren duidelijk het werk van de academiestudenten. Molletjes broer, de elektronicaman die voor Lucia's geluidscassette zou zorgen, bleek ruimschoots zijn bijdrage te hebben geleverd. Gedeeltelijk door het groen verborgen merkte ik hier en daar een micro op en aan beide kanten stonden luidsprekers opgesteld. Als je goed oplette, zag je achter een elzenbosje een paar knapen zitten die met een schakelbord en dergelijke apparatuur bezig waren.

Wellicht was de driemaal luid galmende gong een trucje van de elektronicus, waarmee hij efficiënt de kleuters, die voorlopig aan onze voeten stoeiden, vol verwachting op hun gatje deed postvatten. Handig van aanloopweerstanden voorzien gingen progressief de lampen aan, terwijl terzelfder tijd het overige van de tuin in het toenemend donker van de avond verdween.

Oma zat naast mij en fluisterde dat de grootsten het gloednieuwe sprookjesspel in een paar weken tijds in elkaar hadden geknutseld, zonder dat één volwassene er zich mee had bemoeid.

Het was geen eenvoudige opgave geweest, dat merkte je. Vermoedelijk was het een vrijwel onoplosbaar probleem dat de meeste kinderen wilden meespelen. Je kon bijgevolg zien dat de moeilijkheid niet was geweest een leuk toneelstukje te verzinnen en dan op de beste manier de rollen te verdelen. Ik vermoedde dat het veeleer zo ging, dat men vooraf alle kandidaat-acteurs en -actricetjes op een rij zette en er dan een passend verhaal bij verzon, waarbij een zekere gelijkwaardigheid van de personages niet uit het oog mocht worden verloren. Oma raadde mijn gedachte en bevestigde dat gelukkig enkelen zich van hun plankenkoorts bewust waren en zich bij voorkeur bescheiden op de achtergrond hielden.

Voor Rika, het aspirant-danseresje, bleek het niet nodig. De ganse tijd fladderde zij ergens gracieus in het rond. Doordat ik er speciaal op lette, vergewiste ik mij ervan dat haar tekst niet ruimer uitviel dan bij de anderen. Ze deed er niets uitzonderlijks voor, het waren haar evidente persoonlijkheid en een aangeboren elegantie bij elke stap en elk gebaar, welke onweerstaanbaar de aandacht op haar vestigden.

'Lovely!' zei Emily spontaan, 'vind je niet, Paul?'

Voor mij was het een illustratie, een proefondervindelijke bewijsvoering voor het verschijnsel waardoor de ontmoetingen met Titia en Victor, alias Pelléas en Mélisande, te midden van de kleurloze drukte of de bonte warreligheid van de stad, mijn collega mettertijd waren gaan obsederen. 'Présence' noemt men het.

Hoewel ik niet lang door deze vluchtige gedachte werd afgeleid, was ik meteen de draad kwijt van wat er vóór ons gebeurde.

De soms moeilijk te loochenen kleuterschoolachtigheid ten spijt, was het op het toneel een zo ingewikkeld gedoe, dat het op bepaalde momenten aan een pril surrealisme grensde.

Aanvankelijk dacht ik dat het om een parafrase van *Sneeuwwitje* ging.

Nauwelijks had ik mij in deze gedachte geïnstalleerd, of meteen werd mijn aandacht naar *Repelsteeltje* verplaatst. Het leek wel een intertextuele roman van Depaus of Vanlotenhulle, meesmuilde ik in stilte. Op het moment dat mij dat inviel, scheen het evenwel over de molenaar met zijn betoverde appelboom te gaan. Nauwelijks een oogwenk later zou je zweren dat *Hansje en Grietje* eraan kwamen, men vroeg zich af wat zij in het kronkelig verhaal hadden te doen.

Zij schrokken ontzettend bij de aanblik van een voddig toegetakelde figuur, die ik voor Caliban hield, je kon nooit weten of ook Shakespeare niet was geplunderd. Bij aandachtiger toezien bleek het ons aller proteïsche Mol te zijn. Als de Tarzan waar Jo zo mee dweepte, evolueerde hij levensgevaarlijk in de breedgetakte conifeer, vlak bij het toneel. Veel wees erop dat de anonieme auteurs de actie op de praktische mogelijkheden hadden afgestemd. Kennelijk stelde de decoratieve den de appelboom voor van die listige, alweer vergeten molenaar, waarin onze jonge vriend, van alle markten thuis, voor de vastklevende duivel speelde en smeekte om uit zijn hachelijke positie te worden bevrijd.

Daarom was het dat Hansje en Grietje er een meneer met pandjesjas en bolhoed bijhaalden. Hij stelde zich voor als ene Stiller. Mol vroeg of het soms Joachim was, wat bij de duivel niet in goede aarde zou vallen, maar daar kon de nieuwgekomene helaas niet op antwoorden. Zoals criticus Prousset het zo mooi zegt, was hij op zoek naar zijn eigen identiteit in een tekstverleggend woorduniversum, begrijpen jullie, en of mevrouw Lampo daar op de eerste rij haar slappe lach wat wilde inhouden? Hoe dan ook, voor hem was het een klein kunstje om het duivelsgebroed door middel van een magisch-realistische bezweringsformule te helpen, op voorwaarde dat hij beterschap beloofde en zich op *De Ochtend* abonneerde.

Nauwelijks was het stel verdwenen, of de lugubere hofnar Faislebeau kwam ons voor de onbetrouwbaarheid van die Stiller waarschuwen, als gerenommeerd criticus was dat zijn plicht. In zijn jonge jaren had Stiller zich al voor het Kindje Jezus uitgegeven, hij deugde van geen kant en zou vast door een vrachtwagen worden overreden. Misschien schreef hij, de beroemde Faislebeau, er vroeg of laat weleens een lekker vies, hoewel sociaal geëngageerd schimplied over in *Krak*, het clubblad van de progressieve behoudsgezinden, tenzij hij er speciaal een doctorandus voor inhuurde.

Emily keek mij onbegrijpend aan. Het was allemaal zo zot, de clown zo absoluut stom en zijn boosaardigheid zo potsierlijk, dat de anderen het wel geloofden, zonder idee van bepaalde achtergronden.

Nadien vernam ik dat het intermezzo was verzonnen door de enige

Nieuwlander die toneelschool liep. Hij had grote interesse voor het literaire leven, dat hij belangstellend volgde, maar getekend door de tolerantie op 'Ultima Thule' viel hij voortdurend van de ene verbijstering in de andere. Niettemin had hij zelf al een paar dingetjes geschreven, vertrouwde hij me toe. Momenteel dacht hij aan een dadaïstische klucht of een treurspel in vijf bedrijven. Wat het ook zou worden, een titel had hij al, *Het Ballet der Intertextualisten*, of misschien *De Mars der Plagiatoren*, precies wist hij het nog niet. Zijn oudere broer, die eerstdaags eindexamen compositie deed aan het conservatorium, was in elk geval bereid om er een partituur bij te schrijven. Eventueel werd het een opera, wie weet?

Blijkbaar hadden wij op 'Ultima Thule' het laatste nog niet gezien...

Net vooraleer het te veel van het goede werd, kwam er een luid toegejuicht einde aan het onbegrijpelijke maar bonte schouwspel.

Eenmaal het applaus uitgestorven huppelde de ballerina met professionele allure naar voren. Gewoon om op te vreten, zei Kristien tegen Emily, die zorgvuldig de uitdrukking scheen te registreren. Met een gebaar van haar vlinderhandjes, dat dadelijk effect sorteerde, legde zij het publiek het zwijgen op. Men had haar een belangrijke boodschap opgedragen, als dat clubje links vooraan zijn snater wilde houden.

Allen hadden wij gemerkt dat er in het zonet opgevoerde, geniale toneelspel – een speciaal bravootje hinderde niet! – haast onafgebroken sprake was geweest van de Elfenkoningin. Ik probeerde vruchteloos het mij te herinneren. Vermoedelijk was het mijn schuld, ik ben geen geconcentreerd toeschouwer, meestal zit ik met andere dingen in mijn hoofd. In orde, het lieve ding jokte er niet om. Maar hadden wij de Elfenkoningin gezíen? vroeg zij provocant. Zij speelde zo handig in op de aarzelende stilte, dat er hier en daar schuchter een stem opging, eerst van de kinderen, dan van de volwassenen, tot het publiek als uit één mond joelend erkende dat wij haar inderdaad níet hadden gezien.

'Nee, jullie hebben haar níet gezien,' bevestigde het eigengereid mirakel. 'En dát is de grote verrassing!'

Op hetzelfde moment kwam de aspirant-auteur in zijn narrenpak zich bij haar voegen. Mimerend protesteerde zij tegen de arrogante manier waarop hij haar het woord afnam, het ging net zo lekker.

Het behoorde tot de geheimen van een meesterwerk zoals zoëven met onmiskenbaar talent opgevoerd, dat ook een personage dat lijfelijk niet op het toneel aanwezig was een hoogst belangrijke rol kon spelen! Hij wist overigens dat menigeen onder de geachte toeschouwers het magisch-realistische trekje zou waarderen... Was het niet zo dat de even passende als herhaaldelijke zinspelingen op de Elfenkoningin haar interventies tastbaar hadden gemaakt en zodoende de titel van dit hoogstaand drama gewettigd? Was niet overtuigend gebleken dat zij, onzichtbaar hoewel onafgebroken op de achtergrond aanwezig, alles wat gebeurde had beïnvloed, bepaald en geleid?

Inmiddels bleek uit de opgeheven handjes en de precieuze gebaartjes van de kleine ballerina, dat duidelijk een algemene instemming bij zijn deskundige woorden hoorde, waarbij met vrolijke hilariteit werd geapplaudisseerd. Geen gebrek aan creatieve participatie van de toeschouwers, zoals dat heet, erkende hij grif. Dit nederig volkje gaat er ziender ogen op vooruit, Vlaanderen lééft, zoals de lijfspreuk van de minister luidt.

'Eeuwenlang werd deze traditie als doeltreffend beschouwd,' verzon hij vanuit het luchtledige. 'Wij zouden, lieve vrienden, met een gerust geweten van u afscheid kunnen nemen. Des-al-niet-tegen-staande hebben wij na deskundig en rijp beraad besloten, dat een zo voornaam publiek het verdient om met de dusver onzichtbare Elfenkoningin kennis te maken! Pas zoëven is ons uit een over het algemeen betrouwbare bron medegedeeld dat zij zich onder u ophoudt! Helemaal van vér over de zee kwam ze uit haar Elfenrijk naar ons toe. Alle spelers weer op het toneel asjeblieft! Wil miss Emily, de Elfenkoningin van deze dag, zich bij ons voegen? Applaus, graag...!'

Het amateurisme van wat voorafging, het opzettelijk zot karakter van de epiloog ten spijt, ging het absurde op zichzelf magisch doorwerken.

Men liet de elektronische gong als Jupiters donder rommelen. De volwassenen juichten, de kinderen gingen als dolle tuinkabouters tekeer.

Emily bloosde en was de kluts kwijt. Zonder raad met zichzelf te weten stond zij op. Toen schudde zij met een gedecideerd gebaar van het blonde hoofdje de mooie vlecht in haar nek. Even drukte zij mijn gezicht tegen haar duidelijk voelbare borstjes en wandelde dan, inderdaad met de waardigheid van een feeënvorstin, tussen de rijen naar voren, waar alle lampen op haar waren gericht.

De manier waarop zij met de voorouderlijke knix van de De Veres de absoluut onverwachte betuiging van genegenheid beantwoordde, zou zelfs Rika haar niet verbeteren.

Het was inmiddels duidelijk dat zij niet begreep wat haar overkwam, evenmin trouwens als de enthousiaste toeschouwers. Het verhinderde haar niet om, hand in hand met twee miniatuur-acteurtjes, de onverklaarbare bijval in ontvangst te nemen, lachend en de ogen vol tranen.

Nooit was zij zo verrukkelijk geweest.

Niet alleen zij, maar ook ik begreep niet wat al die geestdrift beduidde, tenzij het een hommage aan haar schoonheid was.

Vermoedelijk was door de jongelui afgesproken dat men een of an-

dere mooie dame uit het publiek, om het even wie, aan het slot tot Elfenkoningin zou uitroepen?
Lucia, die voorlopig niet bij Emily zélf kon komen, kwam mij uitgebreid omhelzen. Ik vroeg haar hoe zij het zag.
'Bekijk het maar zoals je zelf wilt!' zei Fred, die zij met de blik raadpleegde.

Terwijl wij uitstapten sloeg het middernacht.
Nog voor ik de deur had opengemaakt hoorde ik de telefoonbel.
Natuurlijk is het maar een idee. Niettemin stel je je in zulke omstandigheden voor dat tijdens je afwezigheid het astrante apparaat onafgebroken heeft staan rinkelen. Wat meestal uitloopt op een verkeerde aansluiting.
Ik nam op en werd in het Engels aangesproken. De beschaafde stem deed mij aan een oudere dame denken. Deze excuseerde zich, en of zij miss De Vere kon spreken? Ondanks de verrassing viel het mij op dat zij het 'Norman' achterwege liet.
Ik overhandigde Emily de hoorn.
In dit geval wellicht misplaatst, zette een zekere discretie mij ertoe aan de wagen te gaan stallen. Zelfs toevallig of noodgedwongen hindert het mij andermans gesprekken af te luisteren. Ditmaal besefte ik evenwel dat ik wegens een vaag onbehagen, een vage angst het vertrek verliet.
De conversatie was afgelopen toen ik weer binnenkwam.
Verward en duidelijk bekommerd keek Emily mij aan.
'Mammy...' zei ze hulpeloos. 'Ze probeerde me al van in de namiddag te bereiken. Gelukkig heeft dat meisje in het hotel woord gehouden. Mijn vader... Het gaat slecht met mijn vader...'
'Zo plots?'
'Hij is al lang ziek... Het is eensklaps acuut geworden, een hartinfarct. Verdere details ken ik niet. Ik heb verschrikkelijk met haar te doen...!'
Waarom dacht ze in de eerste plaats aan haar moeder, niet aan die zieke, misschien stervende oude mister Smith?
'En je zus, is je zus gewaarschuwd?'
'Met haar man op reis in Italië, per auto, zonder vaste route. Onbereikbaar...'
'Wat wil je doen?'
'Ik moet er onmiddellijk naar toe... Ik kan haar in die omstandigheden niet aan haar lot overlaten, zij is zo onpraktisch, so unworldly, ze heeft me nodig, vreemden kunnen haar niet helpen. Als ze niet in nood was, zou ze niet opbellen.'
'Ben je van zins morgenvroeg te vertrekken?' vroeg ik triest.
Ik drukte haar heftig in mijn armen. Opeens was ik bang dat ik

haar voorgoed zou verliezen. De passiviteit waarmee ze het liet gebeuren bracht mij in paniek.
Toen zag ik in dat het onzin was. Ook zij vermande zich.
'Het is dom ons te laten gaan, Paul,' hervatte zij, waaraan ik hoorde dat haar gedachten niet van de mijne hadden verschild. 'Het is een afschuwelijke tegenvaller maar ook niet méér, alles komt in orde...'
'Natuurlijk,' beaamde ik, 'alles komt in orde, dat hangt toch van ons af?'
Niet voor het eerst had ik de indruk dat zij van haar vader was weggegroeid, anders zou het haar meer bekommeren dat, hoe je het ook bekeek, voor hém de tegenvaller aanzienlijk groter was. Het was geen onderwerp dat je op zo'n moment aansnijdt, zeker niet door een vrij cynische opmerking.
'Ik moet naar haar toe... Onmiddellijk.'
'Onmiddellijk? Wat bedoel je?'
'De nachtboot...?'
'Goed,' zei ik, 'dan ga ik met je mee. Wij zoeken direct de nodige spullen bij elkaar.'
'Het kan niet,' antwoordde zij gespannen. 'Het is afschuwelijk maar het kan niet. Je werk ligt te lang stil. Je maakte een aantal afspraken. Je moet trouwens voor Lancelot zorgen.'
'Lancelot gaat met ons mee!'
'Onmogelijk, Paul. Huisdieren mogen in Engeland niet binnen. Je laat dat sukkeltje niet in quarantaine achter.'
'De Brusselmansen...?' opperde ik. 'We kunnen hen wakker maken, zij zullen het best begrijpen! Of Jo en Kristien...?'
'Ga even rustig zitten, Paul, en luister naar me. Wil je een slokje whisky? Nee, drink liever niet... Probeer me te begrijpen... Het is niet zo eenvoudig als je denkt. Vraag niet dat ik je alles uitleg, het is een veel te lang, te ingewikkeld verhaal. Ach, Ramsbury, weet je... Werk aan je filmscript terwijl je op me wacht, aan die nieuwe roman. Ik zal opbellen, schrijven. Zoals zich de toestand voordoet, kan het vast niet lang duren, ten slotte lossen dergelijke problemen zichzelf op. Ik kom gauw terug, mogelijk voor lang. Is het voor kortere tijd, dan ga je meteen met me mee, daar reken ik op...'
'Kan het dán wel?'
'Ja, liefste, dán kan het wel...'
'Beloof je me...' aarzelde ik, plots weer ongerust.
'Ik beloof het je. Ik geloof dat ik zonder jou niet meer zou kunnen leven...'
'Dat komt toch niet ter sprake?' stamelde ik.
'Natuurlijk niet...' antwoordde zij, te weemoedig naar mijn zin.
'Goed,' zei ik, 'gaat je bagage mee?'
'Niet alles, een paar dingen die ik niet kan missen... Het overige

blijft hier als borg,' glimlachte zij triest. 'Mijn feestelijke jurk zal ik zichtbaar voor je in de slaapkamer, in ónze slaapkamer laten hangen...'

'Ik bel meteen naar de ferryhaven in Oostende,' besloot ik, kapot van ellende, hoewel bereid om het even wat te doen om het haar niet moeilijker te maken. 'Ik rijd met je mee, morgenvroeg kom ik met de eerste trein weer terug.'

'Dat lijkt mij de beste oplossing, Paul. Maar niet vooraleer wij elkaar nog een laatste keer hebben liefgehad. Voor mijn vertrek, bedoel ik.'

Na haar orgasme barstte zij hartstochtelijk in snikken uit.

ACHTTIENDE HOOFDSTUK

De ziekte van Emily's vader en haar telefoontjes. Een ontmoeting met meneer Salomons en diens gesprek met Wenen. Het grote verdriet van mistress Smith. De moordenaar en de franciscaan. Jo is hardnekkig, Krisje verstandig. Jeroens ontmoeting.

Toen we Gent voorbij waren, begon het te druilen. Wij zaten zwijgend naast elkaar, of de beweging van de ruitewissers een hypnotische invloed op ons uitoefende. De gepaste woorden voor deze verdrietigheid kenden wij nog niet.

In Oostende bleef ik bij haar in de auto en nam geen afscheid vooraleer ze noodgedwongen met de rij de ferry inreed. Ik stond zo lang te kijken naar het schip tot ik haar op het schaars verlichte bovendek ontwaarde, helemaal alleen, eenzaam en pathetisch in haar wit regenmanteltje, dat ik haar tevoren zelden had zien dragen, tenzij op die avond van de renaissancemuziek en de IJstijdjagers. Toen alleen de achtersteven van de boot nog zichtbaar was, begaf ik mij naar het havenhoofd en liep de pier op, een onberedeneerde wanhoopsreflex natuurlijk, het schip verdween al in de regen en het duister.

Hoewel ik wist dat het een gevolg van mijn emotionele toestand was, vond ik er iets onfatsoenlijks aan dat ik honger had. Niettemin bedwong ik mijn neiging tot onredelijk ascetisme toen ik nabij het station op de kade een eethuisje opmerkte, dat met het oog op eventuele nachtraven openbleef. Ik bestelde koffie en een paar broodjes. Van de man achter de tapkast hoorde ik dat er over een halfuur een expres naar Keulen ging die ik gemakkelijk kon halen. Hij hield halt in Brussel, waar een zowat leeg stoptreintje voor Antwerpen vertrekkensgereed stond. Op het perron in Hove was ik de enige reiziger die uitstapte.

Ik voelde mij niet tot denken in staat, grondig ontmoedigd en bij gebrek aan nachtrust vrijwel uitgeput. Ondanks de aanhoudende regen deed de koele lucht me goed. Ik probeerde mij voor te stellen hoe Emily, voor wie ik een passagiershut had gereserveerd, nu vermoedelijk sluimerde in het smalle scheepsbedje, de haren los over haar kussen gespreid. Of lag zij rusteloos te woelen, allicht te huilen, even ongelukkig als ik, mijn mysterieuze Elfenkoningin?

Tegen mijn gewoonte in en ofschoon zij er mij daarnet had van weerhouden, dronk ik na mijn thuiskomst, waarbij Lancelot stomverbaasd was mij alleen te zien, een onbehoorlijk groot glas whisky. Ofschoon kapot van ellende viel ik in het eensklaps veel te ruime ledikant van mijn dode tante Henriëtte in een verlossende slaap.

Hoewel het toestel zich een eind vanhier bevond, werd ik door de telefoon gewekt.

Het apparaat stond beneden in mijn werkkamer. Slaapdronken liep ik de trap af en vergewiste mij ervan dat ik, mijn moedeloosheid ten spijt, vannacht alle deuren open had laten staan om de bel te kunnen horen. Op de antieke klok in de hal zag ik dat het ongeveer halftien was. Het regende niet meer en de zon scheen weer als toen geen enkele schaduw ons geluk bedreigde.

Geen moment twijfelde ik eraan dat Emily mij uit Dover opbelde.

Het had even geduurd vooraleer de ferryboot de haven binnen kon. Ze was naar het 'White Cliffs Hotel' gegaan, waar zij op het breakfast zat te wachten, er was geen bezwaar dat ze met de andere gasten ontbeet. Ze had geen oog dichtgedaan en zou in de lounge wat rusten. Daarna reed ze in één ruk door naar Ramsbury, waar ze vóór het donker hoopte te arriveren, een hele onderneming met dat poppewagentje, gewoonlijk trok ze er twee dagen voor uit.

Honderd jaar geleden zou een voorganger van me (die uiteraard niet over een telefoon beschikte) hebben gezegd, dat haar woorden als balsem waren op het verdriet dat weer in me was opgestaan terwijl ik naar beneden rende. Het kon haar niet schelen dat het een verschrikkelijk duur gesprek werd, voegde zij er geforceerd opgewekt aan toe, dat zou ze compenseren door van thuis uit op mammy's kosten nog veel langer aan de lijn te blijven, morgen, daarna.

'Wees rustig, Paul. Ik had je niet wakker mogen bellen, maar ik voelde me ellendig zolang ik je stem niet had gehoord... Ik weet dat je op weg naar huis verdrietig bent geweest. Een afscheid is op zichzelf al zo triest, wanneer er boten en treinen aan te pas komen haast niet om te dragen... Wat mij betreft, nu ik weet dat je thuis bent, voel ik me, stukken beter, you know, dearest me. Hier in Dover hangt er wat mist, maar ik weet dat de zon zal doorbreken. Fijn dat het in Hove mooi weer is! Knuffel Lancelot eens stevig en zeg hem dat het vrouwtje aan hem denkt. Ja, aan jou ook hoor... Wees niet verdrietig, Paul... Misschien is het goed voor je dat die gekke geliefde, die ondernemende minnares van je een poosje uit de buurt is, ik begon waarachtig gewetensbezwaren te krijgen dat ik je zo onafgebroken, zo zelfzuchtig van je werk hield... Wanneer we weer samen zijn, moeten we er iets op verzinnen. Ik zal mij met allerhande dingen bezighouden, vooral met mijn scriptie, die ik nog helemaal moet uitwerken. In jouw plaats zou ik met dat filmscenario van wal steken. Ja, of course, je hebt gelijk, in de regen daar bij de boot was het om te huilen... Een aantal belangrijke zaken hebben we niet kunnen bespreken. Ik hoopte nog een week bij je te blijven, ik had vrijaf genomen zonder salaris, dat kan voor studiedoeleinden. Ik moest enkele dagen vóór de tentamens weer in Cambridge zijn om mijn studenten – zo mag ik hen wel noemen – niet aan hun lot over te laten. Daarom rekende ik op de overblijvende tijd. Er zijn dingen die ik je absoluut wil toevertrouwen, Paul, daarna zal alles eenvoudig zijn...'

Tot dusver had ik haar weinig onderbroken. Dit keer vroeg ik haar bezorgd wat ze bedoelde, waarom het daarna eenvoudig zou zijn? Zij antwoordde dat ik er mij niet in mocht verdiepen, ze smeekte erom, ik zou het begrijpen, later. We zouden er lang en uitvoerig over praten, maar niet aan de telefoon, nu niet en naderhand niet, dat was niet mogelijk. Ik mocht mij vooral geen rare dingen verbeelden. Nee, ben je gék? Een andere man, hoe kon dat nou, dat had ik toch gemerkt? Natuurlijk had ik het gemerkt, en ik insisteerde niet. Mijn plotse, ingewikkelde ideeën over een streng anglicaans society-engagement en een domme bruidegom, die men had vermaand dat hij tot op de grote dag zijn fikken van zijn fiancée moest houden, konden passen voor Charlotte Brontë (nauwelijks voor haar zus), maar ze leken me zo volstrekt absurd, dat ik ze dadelijk verwierp. Zelfs de preutse Agatha Christie zou er in een banale thriller uit de jaren dertig geen rekening mee hebben gehouden, zij liet dergelijke kwesties slim aan het beetje erotische verbeelding van haar nette Britse lezers over.

'Alsjeblieft, Paul, ga niet piekeren, er is voor ons beiden niets aan de hand... Wij moeten gewoon praten, dat is toch normaal onder mensen? Onder mensen die samen het leven willen beginnen...?'

Dit laatste zinnetje bleek voldoende om mijn zwartste gedachten te verdrijven. Met haar het leven te beginnen was het enige dat telde voor me, zonder haar kon ik beter meteen doodgaan.

Geen ogenblik had ik eraan getwijfeld dat Emily woord zou houden.

's Anderendaags belde zij weer op en zij bleef het regelmatig doen, hoewel zij insisteerde dat ik er niet voor thuis moest blijven; kreeg ze geen gehoor, dan telefoneerde zij later opnieuw. Het was een lieve attentie dat zij er vanaf de eerste keer al aan dacht. Ik voelde dat zij zich dapper wilde betonen en deed wat mogelijk was om haar stem opgewekt te laten klinken. Het verontrustte mij niet dat haar flinke toon weleens wegzonk en dan wat depressief klonk, waarna zij zich onmiddellijk herstelde. Het leek mij volstrekt normaal. In Dover was zij nog onder invloed van de spanning, door het onvoorziene vertrek veroorzaakt. Enkele uren tevoren hadden wij elkaar liefgehad en had zij zich gegeven, zij het met de dood in het hart. De scheiding leek haar nog niet reëel. Ondertussen was het begrijpelijk dat sedertdien de sfeer van een huis waar iemand ernstig ziek, vermoedelijk zelfs op sterven lag, en haar blijkbaar verwende, daarom wat labiele mammy de wanhoop nabij, vat op haar had gekregen. Overigens was het mogelijk dat er huisgenoten, eventueel bedienden in de nabijheid van de telefoon rondhingen. Hoewel die haar Nederlands niet verstonden, zette het een domper op haar soms voor mij voelbare neiging tot verliefde scherts.

Ontroerd waardeerde ik haar kommervol aandringen om dadelijk het leven van elke dag weer aan te vatten. Ik moest zoveel mogelijk de vrienden opzoeken. Jo, Roel en Anton, de Lampo's, maar ook Jeroen en Fred, voor wie ze een dochterlijke genegenheid had opgevat. Ze vond het prettig aan hen te denken, wat denken aan mij beduidde, in de menselijke context waar ik thuishoorde. Het is goed dat in zulke omstandigheden een man niet alleen staat. Natuurlijk waren de vrouwen inbegrepen bij wat ze bedoelde, het waren schatten die nooit blijk hadden gegeven van enige katterigheid, zoals ze die weleens op de universiteit had ervaren.

Het belangrijkst was dat ik aan het werk ging. Verscheen eerstdaags die roman van Van Kerckhoven? Had ze niet gehoord dat Jo er een feest van wilde maken? Graag was ze erbij geweest, maar ook ánders had dat blijkbaar niet gekund, eenmaal zover zou ze alweer in Cambridge zitten, al was het nog zo leuk om het samen te beleven...

Er was ondertussen iets waarvoor ik de ogen niet kon sluiten, hoewel er mij terzelfder tijd genoeg verklaringen invielen. Ik wilde er niet dieper op ingaan, wat je onwillekeurig tóch doet. Onomstotelijk was het zo dat ze mij omwille van haar vader ijlings had moeten verlaten. Het trof mij hoe karig zij op hem zinspeelde. Het was een vorm van elementair fatsoen dat ik informeerde hoe het met hem was. Zij kon niet anders zeggen en herhalen dan dat voorlopig zijn toestand stationair bleef. Geen bemoedigend verschijnsel, gaf zij toe, het wees in zijn geval niet op een aanloop tot herstel. Hij wilde van geen hospitaal horen en werd door een gereputeerd specialist uit Salisbury thuis behandeld. Slechts een spoedige, duidelijke verbetering van het ziektebeeld zou enige hoop toelaten. Onder vier ogen had de medicus haar gezegd, dat hij hierop niet meer rekende.

Ik wist dat ik Emily niet van onverschilligheid mocht verdenken, zeker niet wegens de objectieve klank van wat ze zei. Duidelijk wees zij de illusies af. Hoe gebruikelijk ook in zulke pijnlijke omstandigheden, het was niets voor haar om zichzelf met ongemotiveerd optimisme een rad voor de ogen te draaien. Onmiskenbaar behoorde zij, meer dan wie ook, tot de gevoelige naturen. Ik weet dat deze handelen met de intelligentie van het hart, zoals de Fransen het uitdrukken. Hun sensibiliteit staat het besef niet in de weg dat alle beschikbare energie dient verzameld te worden om stand te houden. Keek ik rond onder mijn vrienden, zo leek vooral Lucia met een zelfde respons op gelijkaardige omstandigheden met discipline te zullen reageren, wat op het tegenovergestelde van onverschilligheid wijst.

Ik was ervan overtuigd dat ik mij niet vergiste. Het meest bekommerde mij, of Emily's zelfbeheersing, haar waarschijnlijk door de aanwezigheid van haar moeder opgelegd, ten slotte niet te zwaar zou worden? Ik had er de voorkeur aan gegeven dat het haar soms eens te machtig werd. Zonder inspanning had ik begrepen dat zij haar verdriet om een stervende vader niet onafgebroken kon verbijten. Zij was verstandig genoeg om te beseffen dat ik haar niet kon helpen, maar niets was natuurlijker dan dat zij als liefhebbende dochter weleens in tranen uitbarstte en hulpeloos een beroep op mijn troost of desgevallend alleen op mijn medelijden had gedaan. Hoe weinig ook, medelijden is íets.

Ondertussen verloor ik niet uit het oog dat het mij schromelijk ontbrak aan informatie, om even deze onderkoelde gemeenplaats te gebruiken.

Het enige wat voor mij vaststond, was dat mammy het niet alleen aankon.

Of zij naast die van Emily ook hulp van anderen had, wist ik niet. Blijkbaar waren er tekenen genoeg dat de middelen hiertoe niet ontbraken. Van de ziekte van meneer Smith wist ik evenmin veel af. Het stond voor mij niet vast dat ik zonder tactloosheid of pijnlijke vragen op meer bijzonderheden kon aandringen. Bij benadering probeerde ik mij op grond van haar spaarzame mededelingen een beeld van de situatie te vormen, wat misschien een arts maar mij niet kon lukken. In elk geval had ik de indruk dat het infarct een onverwacht, alleenstaand incident was geweest. Het hield niet noodzakelijk verband met een kwaal waaraan hij reeds vroeger leed. Jammer genoeg herinnerde ik mij niet of zij na het telefoontje van haar moeder of, wat mij waarschijnlijker leek, in de auto op weg naar Oostende, hierop had gezinspeeld. Toch lag het voor de hand, waarom zou ik er anders aan denken? Op een bepaald ogenblik was het woord acuut gevallen. Een infarct is uiteraard een acuut verschijnsel. Het gevolg van een bestaande hartdeficiëntie? Het nam mijn indruk niet weg dat er ook kwestie was van een ándere, reeds oudere ziekte, waarvan deze crisis niet rechtstreeks afhankelijk hoefde te zijn.

Voor een deel was mijn verwarring hieraan toe te schrijven dat Emily de meeste tijd besteedde aan haar bezorgdheid om mij. Hoewel de scheiding mij verdrietig stemde, trachtte ik haar voortdurend gerust te stellen wat mijn gemoedsgesteldheid betrof. Niet ik, maar zij had af te rekenen met de moeilijkheden in Ramsbury. Op een onrechtstreekse manier was ik er echter onmiskenbaar bij betrokken, niet het minst door de zorgen die ik mij maakte wegens de haar plots overvallende verantwoordelijkheden. Daarom gold mijn kommer ook

387

de mogelijk ten dode opgeschreven, ofschoon mij onbekende grijsaard. Zonder dat ik het cynisch bedoel, hing ons wederzien van zijn overlijden af, een naargeestig idee, waar ik het meest moeite van al mee had.

Ik was zwaarmoedig, niet opstandig. Zelf had ik doodmoe en kapot van ellende bij moeders sterfbed gezeten. Ik miste Emily, maar zij hoorde ginds te zijn...

Rekening houden met Emily's raad werd een erezaak, een betuiging van liefde.

Ik wist uit ervaring dat in bepaalde omstandigheden het werk het meest doeltreffende geneesmiddel is om de triestheid eronder te houden. Het ellendige gevoel van de eerste twee, drie dagen na haar vertrek kwam ik inderdaad te boven. Eenmaal zover, begreep ik mijn aanvankelijke hopeloosheid niet meer. Er had zich niets voorgedaan dat om het even welke vorm van vertwijfeling wettigde. Integendeel. Ondanks de tijdelijke scheiding, de afstand en een smal strookje zee tussen ons (mijn watervlugge Citroën in de garage en dag en nacht een afvarende ferry in Oostende of Zeebrugge), was er geen enkele reden tot wanhoop.

Daarentegen had het afscheid voor het eerst het definitief karakter van onze verhouding bevestigd. Wegens een mij niet recht duidelijke schroom, alsof het te mooi was om waar te zijn, had ik mij vooralsnog tot bescheiden zinspelingen beperkt. Ik had haar niet direct (recht op de vrouw af, zou Jo het grinnikend noemen) willen bezwaren met vragen die betrekking hadden op onze toekomst, vermoed ik. Niet zulke eenvoudige vragen, trouwens, waar ikzelf vooreerst het antwoord niet voor klaar had. Was ik er bang voor dat zij een te zware schaduw op ons irreëel, vakantieachtig geluk van de aanvankelijke, haast euforische benadering zouden werpen? Durfde ik het gewoon niet aan het onderwerp van onze toekomst aan te snijden? Vreesde ik de onoverkomelijkheid van zekere problemen?

Thans wist ik dat het telefoontje uit Dover van doorslaggevende betekenis was geweest.

Voor het eerst had zij er onomwonden, expliciet en niet verkeerd te begrijpen blijk van gegeven dat zij geen moeite met eventuele beslissingen had. Het was onzin mij zorgen te maken over wat ik, door honderden kilometers telefoonkabel gescheiden en niet oog in oog met elkaar, van ginds uit Dover even als een voorbehoud had beschouwd. Tussen twee liefhebbende mensen kon, de omstandigheden in acht genomen, niets gewoner, niets gezonder zijn dan haar opvatting dat wij uitgebreid over allerhande dingen hoorden te praten. Vrouwen die ik vroeger kende, hadden onmiskenbaar altijd een zeker niveau gehad. Het zou nooit bij me zijn opgekomen met een dom, onbenullig trutje op te trekken. Voor mij was het even belangrijk – en terzelfder tijd noodzakelijk – als een bevallige verschijning. Nu Emily in mijn leven was gekomen, lag alles anders. Niet alleen was zij volledig vrij, hier hoefde ik niet meer aan te twijfelen (wat ik in feite nooit had gedaan), zij was bovendien een intellectuele en reageerde als zodanig. Ik bedoel dat zij geestelijk te clean was voor flodderige of halve oplossingen, niet uit eigengereidheid, voorzichtigheid of bedilzucht, maar eenvoudig wegens de spontane, onbevangen persoonlijkheid van de met verantwoordelijkheidszin begaafde vrouw die zij was.

Voor haar lag niets méér voor de hand dan dat we gezamenlijk beslissingen dienden te nemen die voor het verdere verloop van ons leven bepalend zouden zijn. Ik kon er volledig inkomen dat zij die niet van een emotioneel telefoongesprek wilde laten afhangen, waarbij storingen op de lijn niet denkbeeldig waren en zij wellicht werd gehinderd door de aanwezigheid van anderen in dezelfde kamer. Inmiddels was ik ervan overtuigd dat zij reeds lang had ingestemd met wat ik haar die tweede avond in het Chinese restaurant had voorgehouden, niet zonder eraan toe te voegen dat zich automatisch in elk probleem de eigen oplossing schuilhoudt. Voorlopig kon ik haar moeilijkheden niet overzien. Natuurlijk was er de zieke, mogelijk stervende vader. Hoe hard het schijnbaar klinkt, na korte tijd maakte zich de zekerheid van mij meester dat het een bijkomstige kwestie was, tijdelijk centraal als oorzaak van haar verdriet om onze scheiding, maar niet beklemmender dan andere vragen waar zij zo goed als vanzelfsprekend mee bezig was. Vaag kon ik raden waarmee deze verband hielden. Dat ze de nodige beslissingen zou nemen en mij niet in onzekerheid laten stond vast.

Dergelijke overwegingen bepaalden de niet ongenuanceerd trieste stemming waarin ik mij bevond, toen Roel Verschaeren mij die morgen opbelde.

'Denk niet, Paul, dat ik de zaak van je vader uit het oog verloor,' zei hij. 'Het partijtje bij Nieuwlant leek mij ongeschikt om erover te beginnen. Daarom zou het goed zijn als we elkaar eens konden ontmoeten. Ik zit niet in de avondploeg, anders was de krant het eenvoudigst. Overdag worden we voortdurend door de telefoon en andere dingen gestoord. Trouwens zal het zo uitkomen dat we er samen op uit moeten. Om een uur of drie in "De vier Gekroonden", wat dacht je?'

De door mijn vriend voorgestelde gelegenheid was een selecte taveerne zoals tegenwoordig in Antwerpen erg in trek, in een eeroude, niet van een naam voorziene, gerestaureerde steeg in de buurt van de Academie voor Beeldende Kunsten.

Ik vroeg me af waar hij het had gezocht en vermoedde dat het de stamkroeg was van de redactie van *Het Avondnieuws*. Met een paar collega's, aan wie hij me voorstelde, zat hij er genoeglijk met een Koninck voor zich, niet om de drank maar uit royalisme, verzekerde hij. Voor, tijdens of na het werk, dat kon ik niet uitvinden, maar duidelijk was het een vast gebruik. Nadat ik op aandringen van het gezelschap mijn toewijding aan het vorstenhuis had betuigd en wij afscheid hadden genomen, vertrouwde hij me toe, dat zij er praktisch elke dag met enkele oude journalistieke rotten samen zaten. Ook van andere kranten, verduidelijkte hij. Niets was vruchtbaarder dan zo'n regelmatig contact met de confraters van alle gezindheden, al concludeerde het publiek ten onrechte uit de verschillende politieke columns dat op om het even welk uur van de dag of de nacht de ene redactie bereid was om de andere met huid en haar te verslinden.

'Beoordeel de pers ook niet op de agressieve infiltranten die er tegenwoordig binnendringen,' vervolgde hij. 'Soms breek je er je hoofd over waar ze vandaan komen. Overal zitten er een paar, hun gezeur is hetzelfde, niemand kan je zeggen door wie of door wat ze worden gedirigeerd... Ik hoop dat het gewoon de mentaliteit is van brooddronken vaderszoontjes, voorgoed op de universiteit verprutst, een grote bek, een academische titel en geen benul van het verschil tussen *d* en *dt*... Met enkelen proberen wij de geest van eertijds in stand te houden. Je hebt er geen idee van, Paul, hoe groot de professionele solidariteit, de menselijke goede wil vroeger was in ons beroep... Kom, de wereld verandert, weer een pagina die omgeslagen is, we leven verder met de herinnering aan ons verleden, dát tenminste is de moeite waard geweest, al vecht je voortaan tegen de bierkaai.'

Die defaitistische toon was ik van Roel niet gewoon. Had hij te maken met de vergelijking tussen zijn eigen verzetsgeneratie en de maoïstische fils à papa met Marcuse onder de arm (van wie zij nooit één letter lazen), die hem ook op *Het Avondnieuws* de strot uit kwamen? Tot op de dag dat zij trouwden met een winkeliersdochter, kersvers van bij Les Soeurs de Notre Dame, een vijfmaandse baby kregen, zich een huisje, een Toyota, een kleurenteevee aanschaften en elk jaar aan de Costa Brava lagen, placht hij te meesmuilen. Anticipeerde de bittere nostalgie van zijn humeur de afspraak die hij voor me had geregeld en die een aantal herinneringen uit hun sluimer wekte?

Het was warm, een vochtige hitte die ons ertoe aanzette om op ons gemak naar de Minderbroedersrui te slenteren en zo verder naar het Klapdorp. Ik was lang niet in deze populaire omgeving nabij de kade geweest. Met verbazing vergewiste ik mij ervan dat de aanblik van sommige winkels was veranderd. Er hadden zich nogal wat disparate, naar de letters op de etalageruiten te oordelen joodse zaken gevestigd, die ik niet kende. Ik waardeerde het dat deze mensen de brui begonnen te geven aan de voor een stad als de onze schromelijk verwaarloosde, gettoachtige armenbuurt achter het verhoogde spoor naar het Centraal Station.

Roel duwde de deur open van wat bij de eerste aanblik een boekhandel kon worden genoemd.

Hij stelde mij voor aan de heer Ephraïm Salomons, die hem warm beide handen had gedrukt, een gelovige jood op jaren. Wat je voor het geloof aan zijn keppeltje, voor het overige aan zijn fraaie baard en zijn aan Einstein herinnerende, zachtmoedige ogen kon zien. De voorkomende oude man deed inderdaad in boeken (ik zag er een paar die ik mij voornam te kopen). Verder ontwaarde ik allerlei andere, uiteenlopende zaken, gewone antiquiteiten en bibelots, maar voor mij ook onbestemde objecten die, dacht ik, met de vroomheid van zijn volk verband hielden. Het rook er niet onfris. Wel herkende ik de bestorven lucht die ik voor mezelf de geur van de geschiedenis noem. Hij deed mij denken aan tenten bij de voet van de berg Sinaï, de studeerkamer van een schriftgeleerde tijdens de Babylonische gevangenschap, het ateliertje van de poppenmaker in het Praagse getto van rabbi Löw. Natuurlijk was het onzin, ik hoef niet te herhalen hoe gemakkelijk die verbeelding van me op hol slaat.

'Ik heb mijn vriend Salomons je verhaal verteld, Paul,' zei Roel. 'Ik bedoel het verhaal van je vader. Hij beloofde mij er eens over na te denken, links en rechts wat te informeren. Wij zaten samen in het verzet, ik weet dat het hem interesseert. Ook de joden hebben met een aantal van die kerels nog een appeltje te schillen, voor zover hun zachtmoedigheid het niet verhindert...'

'Zachtmoedigheid...? Wij blijven arme schlemiels, mijn beste Verschaeren, niemand doet ons kwaad, maar wij hebben het vechten verleerd... Die jonge snuiters in Israël, ja... Soms houd ik mijn oude hart vast...'

De boekverkoper (zoals ik hem maar noem) sprak onverbeterlijk Antwerps, wat uitzonderlijk is onder joden en grappig contrasteerde met zijn uiterlijk, zo geknipt om in een Hollywoodfilm voor Mozes of een familielid van hem te spelen. Naderhand vertelde Roel me, dat hij uit een geslacht van diamanthandelaars stamde dat al een paar eeuwen in de stad was gevestigd. Voor de oorlog behoorde hij tot de velen die zich aan de apartheidsstatus van hun volk onttrokken. Hij had in Brussel rechten gestudeerd; of hij zijn doctorstitel behaalde, wist Roel niet, in elk geval zou het een klein kunstje voor hem zijn geweest. In een tijd dat die sport nog door zonen uit de burgerij werd beoefend, was hij een bekend voetballer geworden, eerst bij het joodse Maccabi, later in een eerste-klasseteam. Daarna was hij in zaken gegaan, maar de oorlog had zijn carrière als specialist in industriële diamant verwoest. Minder passief dan velen onder zijn vrienden was hij ondergedoken in het verzet, wat hem het leven had gered. Eenmaal de bezetting voorbij begon hij zijn zaak weer op gang te brengen, tot in het voorjaar van '45 de eerste berichten en foto's over de uitroeiingskampen verschenen. Van de ene dag op de andere was de kosmopolitische agnosticus en geboren Antwerpenaar naar het hem grotendeels ontwend geloof van zijn vaderen weergekeerd. Kom, bij wijze van spreken, er was een langdurige zenuwdepressie aan voorafgegaan. Ondanks zijn hernieuwde betuiging van trouw aan de oude gemeenschap was hij een alleenloper gebleven, die uitstekend met de journalist kon opschieten.

'Laat die kerels maar begaan,' antwoordde Roel, 'ze rooien het wel, ik ben onlangs in Tel-Aviv geweest.'

'Soms heb ik erover gedacht om ook te vertrekken...' zei Salomons weemoedig. 'Maar Antwerpen, zie je, mijn jeugd, al mijn herinneringen... Kom, daar praten we op een andere keer over... Ja, die Bracke... Zo heette hij, nietwaar?'

'Bracke, inderdaad, Koen Bracke,' beaamde Roel, 'geen Antwerpse naam, eerder Gents of zo.'

'Ik ben er weer... Soms heb ik moeite met namen, ik behoor niet meer tot de jongsten... Maar er zijn mensen genoeg die zich hem herinneren, sommigen beginnen op hun benen te beven als je hen ondervraagt...'

'Mooi,' opperde Roel, 'enfin, helemaal níet mooi, je begrijpt wat ik bedoel. Het is interessant dat er nog joden zijn die zich die naam herinneren.'

'Herinneren, mijn beste Verschaeren...? Slechts als de laatsten van mijn generatie begraven zijn, zal men van vergeten spreken! Wat hij in het begin van de oorlog uitrichtte weet ik niet. Voor zover het ons joden betreft, werd hij pas op het laatst berucht. Overal in de stad en de omgeving zaten er mensen verborgen die de Duitsers blijkbaar niet meer te pakken zouden krijgen. Van dag tot dag groeide de hoop, sommigen begonnen zich zelfs, ook zonder die smerige ster, op straat te wagen, wat ontzettend dom van ze was... En toen is die Bracke met zijn moordenaars in actie gekomen. Het gerucht deed de ronde dat de Duitsers zich niets meer van de joden aantrokken, alles wees er inderdaad op, hun dagen waren geteld...'

'Maar zij lieten die ss-bende begaan?' vroeg ik.

'Precies... Aangezien de officiële moffendiensten de pijp aan Maarten gaven – zou ik van Antwerpen zijn of niet? –, had Bracke beslist de kwestie in hun plaats aan te pakken... Verraad, verdenkingen, gewone nonchalances of zo, waar zelfs de Sicherheitsdienst, die het alleen nog op werkweigeraars had gemunt, zich ternauwernood wat van aantrok – mijn verhaal slaat op een paar weken tijds, langer niet – werden door hem verzameld. Waarschijnlijk speelde een of andere Gestapoman hem de verklikkingen door... De terreur duurde van begin augustus tot een paar dagen voor de bevrijding...'

'Altijd weer die zelfde krankzinnigheid...' hoorde ik Roel binnensmonds mompelen.

'Krankzinnigheid... Sadisme zonder weerga... Van deportatie was geen sprake meer, je voelde inderdaad dat de instructies waren vervallen. Waar evenwel joden waren gesignaleerd, kwamen die schurken midden in de nacht binnenvallen. Allen werden ter plekke doodgeschoten, soms mét de mensen die hen verborgen. Hoe beestachtig dit tuig ook tekeerging, door de schreeuwende Bracke opgezweept, het kon gebeuren dat het er een te machtig werd... Ik herinner mij het verhaal over een grote stevige kerel, zo te zien een soort van Nibelungenheld, die plots als waanzinnig zijn revolver weggooide toen Bracke hem beval twee kinderen, een zusje en een broertje van een jaar of zes, te executeren. Bracke raapte het wapen op en schoot zelf grinnikend de kinderen neer...'

Ik voelde mij misselijk en doodellendig. Salomons zag het, gaf mij een stoel en haalde een glaasje water.

'En wat is er met die... die dienstweigeraar gebeurd?' vroeg Roel.

'Dat weet ik niet. Op het ogenblik zélf niet, bedoel ik. Naderhand werd het proces door iemand van de joodse gemeenschap gevolgd en die moest ook achteraf aandachtig blijven toekijken. Toevallig vernam ik jaren later dat die dwarsligger krankzinnig zou zijn geworden...'

'Stel je voor,' zei Roel en keek mij aan.

Blijkbaar wilde hij geen tijd verliezen met het verslag over onze eigen ontmoeting na Peter van Keulens begrafenis in Steenhage.

'Dat hij en zijn troep ook anderen vermoordden weten jullie... De ondergedoken joden die het overleefden, kennen die Bracke maar al te goed... Misschien voegt het íets toe aan jullie onderzoek, hoewel ik vrees dat jullie er niet veel aan hebben...'

'Heb je ooit gehoord of men na zijn verdwijning serieus naar hem heeft gezocht?'

'De Belgische autoriteiten, bedoel je...?' De journalist knikte bevestigend. 'Vermoedelijk, het kan niet anders... Blijkbaar zonder resultaat. De man kan dood zijn, tenzij hij bij voorbeeld ergens in Argentinië zit...'

'In Ierland, heeft iemand ons gezegd... Maar wat kan je ervan geloven?'

Salomons keek dromerig voor zich uit, een bijbelse profeet die op een ingeving wacht. Spoedig kwam de voetballer, de diamanthandelaar, de verzetsstrijder, de man van actie weer uit de Exodusverschijning voor den dag.

'Nee, van het toeval hoeven jullie na vijfendertig jaar niets te verwachten,' zei hij gedecideerd en met een zekere strijdlust, die treffend contrasteerde met zijn oudtestamentische aanblik. 'De enige kans is de Organisatie.'

'De Organisatie?' informeerde mijn vriend.

Zijn vragende toon ten spijt had ik de indruk dat het woord hem ternauwernood verraste. Trouwens, het leek er veeleer op dat hij Salomons' inval ergens beaamde, uit bescheidenheid evenwel met een vragende intonatie, of iemand je een geheim verklapt waarover je reeds lang alles weet.

'De Organisatie... Zo noemen wij het in de omgang... Soms heb ik die mensen weleens een dienst kunnen bewijzen, hun wat informatie bezorgen. Tenzij jullie het opgeven, komen jullie daar uiteindelijk terecht. Ik bel meteen naar Wenen...'

'Als ik de telefoonrekening mag betalen,' zei ik.

'Onzin,' antwoordde Salomons, 'zonder Roel Verschaeren was ik in de oorlog tienmaal dood geweest, wie denkt dan aan een telefoonrekening?'

Ik keek de journalist aan. Verlegen deed hij of hij geluidloos een deuntje floot.

Zijn verlegenheid betekende een beslissend, groots moment voor onze sedertdien onaantastbare vriendschap.

Ondertussen had onze gastheer het nummer gedraaid. De aansluiting volgde onmiddellijk. Ik voelde dat zo'n nummer draaien voor hem een symbool van zijn duur betaalde vrijheid was.

Een ogenblik gedesoriënteerd luisterde ik naar het onbegrijpelijke Jiddisch dat hij ertegenaan gooide. Wat tot mij doordrong, was dat hij iemand begroette die Simon heette. Vermoedelijk wees zijn opgewekt gepraat erop dat hij naar 's mans gezondheid, zijn familie en vrienden en zo informeerde. Waarna de toon serieuzer werd en hij in perfect Duits het gesprek voortzette, allicht om ons de kans te geven mee te luisteren. Ik bewonderde de zakelijkheid waarmee hij de kwestie samenvatte, tot slot nog eens nadrukkelijk Brackes naam spellend.

Met een opvallend fraai gebaar van zijn verzorgde hand beduidde hij ons dat we even geduld moesten hebben, waarna hij met de vinger een rechthoekje in de lucht tekende. Geen van ons beiden twijfelde eraan dat hij er een fiche mee bedoelde. Daarna luisterde hij weer aandachtig, waarbij zijn gezicht (maar ja, die baard!) scheen te betrekken. Jedenfalls bedankte hij de man in Wenen hartelijk en hij legde de hoorn neer.

'Wiesenthal,' zei hij, 'jullie weten wel, Simon Wiesenthal, door wie men Eichmann te pakken kreeg...'

'Stel je voor,' zei ik, 'daar was u aan het goede adres!'

'Het best mogelijke adres, dát wel... Simon bezit een enorme hoeveelheid gegevens over die kerels. Natuurlijk geen fiches, ze zitten allemaal in zijn computer...'

'En?' vroeg ik ademloos.

'Bracke ontbreekt niet in zijn elektronisch speelgoed... Helaas, veel schieten we er niet mee op...'

'Niet veel?' zei Roel. 'En ook niet weinig? Weinig kan soms heel wát zijn!'

'De man heeft inderdaad in Ierland geleefd, dat staat vast... Het is zeker dat hij voor de geheime dienst werkte, de Ierse geheime dienst dus. Dat is de zich steeds herhalende ellende met die schurken. Telkens opnieuw worden ze door de reactionaire kringen in bescherming genomen...'

'Wat zou er met hem gebeurd zijn?' informeerde ik.

'Geen idee,' antwoordde meneer Salomons. 'Van een bepaald ogenblik af is hij in het niets verdwenen. Men houdt rekening met een opdracht in Amerika, maar het kan ook een opdracht ván de Amerikanen zijn, daar wordt de zaak volkomen onduidelijk. Sedert 1950 geen spoor meer van hem...'

'Jammer...' mompelde Roel.

'Het spijt me...' zei Ephraïm triest. 'Vooral voor meneer Deswaen. In zijn werk betoont hij zich een vriend van mijn volk, ik had hem graag deze kleine dienst bewezen.'

'Het is niet erg,' antwoordde ik. 'Zelfs als hij in Ierland zit... Wat zou ik kunnen doen? Een vliegtuigticket voor Dublin kopen en zijn hersens inslaan? Overigens, wie zegt ons dat hij niet dood is? Na wat u vertelde, kan ik mij levendig voorstellen dat de Israëli's hem niet leukweg zijn vergeten...'

'Vergeten is hij vast niet,' zei de boekverkoper. 'Zolang zij of Simon hem niet van hun lijst hebben geschrapt, is hij niet dood, daar kunnen jullie van op aan. Wees er gerust op dat zij hem nog altijd zoeken. In het algemeen heeft men de indruk dat men de ene na de andere oorlogsmisdadiger bij de lurven vat, zelfs in Duitsland. Maar hoevelen ontsnapten er niet, leven ongestoord verder, zonder dat iemand er weet van heeft? In de film of op de televisie trekken de goeden, zoals kinderen het noemen, altijd aan het langste eind. Maar in de werkelijkheid...?'

Wij namen afscheid van de oude Salomons, die ons hoffelijk tot op de drempel begeleidde. Hij beloofde contact met Wenen te houden, je wist nooit...

'Kom gauw eens terug,' zei hij, 'altijd welkom, we zullen over prettiger dingen praten, die zijn er ook nog. En dan haal ik wat lekkers in huis!'

'Hartelijk bedankt en tot spoedig!' antwoordde ik.

'Sjaloom!' besloot hij met de glimlach die men voor de ernst reserveert.

'Een wijsheid die ik mettertijd heb geleerd,' zei Roel. 'Als een jood je vriend is, houd hem in ere.'

'En als hij niet je vriend is, laat hem dan met rust,' voegde ik eraan toe. 'Zoals men een ieder met rust moet laten.'

'Behalve Bracke,' opperde de journalist. 'Die smeerlap, verdomme...'
'Ik weet het niet... Trek in een fikse kop koffie?' vroeg ik.

Emily had voor haar telefoontjes geen moment van de dag met me afgesproken. Liefst liet ze het aan het toeval over. Zij kon zich voorstellen dat ik er anders urenlang naar zou zitten uitkijken, niet tot werken in staat. Verder achtte zij het mogelijk, dat de geringste afwijking van het vaste ogenblik, bij voorbeeld een kleinigheid als een storing in de PTT-verbindingen, mij onmiddellijk in paniek zou brengen. Het was verbazend hoe goed zij mij kende! Daarom nam zij zich voor, op om het even welk voor haar geschikt tijdstip mijn nummer in België te draaien (eigenlijk zegde zij in Vlaanderen, wat, aangezien het een inval van haar was, mij ontroerde). Nam ik bijgeval niet op, dan begon zij wel opnieuw.

Een uur nadat ik van Roel afscheid had genomen en net thuis was, belde zij.

Bezorgd vroeg ik waarom haar stem zo vermoeid klonk. Zij verzekerde mij dat er niets aan de hand was. Alles bleef bij het oude, het was niet nodig over de toestand uit te weiden. Ik begreep dat het de onveranderlijkheid was die haar verdriet veroorzaakte en elke oplossing in de weg stond. Het leek mij verstandig niet te insisteren. Uit zichzelf voegde ze er nuancerend aan toe dat mammy het steeds moeilijker kreeg, zij wist nauwelijks nog raad met haar.

Haar idee was het geweest dat ze absoluut aan enige ontspanning toe was en zij had er gisteren op geïnsisteerd de tea bij de domineesvrouw maar niet over te slaan. Zij was volledig gedeprimeerd weer thuisgekomen. Als enige echte lady van het kransje door de andere mevrouwen benijd, was zij zich door het betoonde medelijden ellendiger gaan voelen dan tevoren. Was die ziekte van mister Smith (nadruk die elke verwarring met sir uitsloot) heus zo erg als sommigen beweerden? Hoewel zonder één laakbare toespeling, hadden haar piëteitvolle vriendinnen op een perverse maar schijnbaar voorkomende manier laten blijken dat zij door alle weldenkende dames als het slachtoffer van een mésalliance werd beschouwd en beklaagd. Dergelijke situaties zijn begrijpelijk, daar was iedereen het over eens. Het huwelijk met een doodgewone mister Smith, van wie niemand de afkomst kende, was al niet je dát voor een lady als zij. En dan wilde men het niet over zijn ouderdom hebben. Verbazend was het niet dat het met zijn gezondheid mis ging. Waaraan had de lieve vriendin het verdiend, zij, een toonbeeld van liefdadigheid? Tenslotte was ze pas zestig – excuse me, achtenvijftig? –, nog een goede leeftijd voor een vrouw, wat sommigen ook beweren, en zonder gevaren, als jullie begrijpen wat ik bedoel... Door die wijvenpraat was ze er ineens zeker van dat ze gauw weduwe zou zijn. Ze had er dat stelletje boosaardige wijwateradepten in feite niet voor nodig, diep in zichzelf wist ze wat haar te wachten stond, dát kon ze misschien wel aan, maar het door anderen horen bevestigen bracht haar volslagen in paniek.

Het was een lang gesprek. Ik had de indruk dat Emily wat verstrooiing zocht in haar verhaal, schilderachtiger dan gewoonlijk bij een buitenlandse verbinding. Met het oog op de juiste weergave van mijn herinneringen noteer ik, dat ik mijn geheugen opfris door te herlezen wat zij mij kort daarop uitvoeriger in een brief mededeelde. Middernacht en meer, voegde zij er speels en een tikje triest aan toe, alleen de flakkerende kaars op het wankele tafeltje van Jane Eyre ontbrak eraan.

Sterker dan de Dickensiaanse sfeer – vast deed zij het erom! – troffen mij de gerapporteerde perfide insinuaties ten koste van een stervende en de huichelachtigheid waarmee zijn overspannen, weerloze vrouw onder vuur werd genomen. Ofschoon ik Engeland vrij goed ken, vooral het zuiden, durf ik niet te beweren dat ik voldoende deskundig ben om de polsslag van zo'n Brits plattelandsdorp te ramen. Overigens weet ik, dat ik mij de mensen en de maatschappij beter voorstel dan ze in werkelijkheid zijn.

Ondanks dit voorbehoud was het niettemin zo, dat Emily's woorden aan de telefoon, naderhand uitgebreid in haar brief bevestigd, mij verbaasden.

Hoe men het ook benaderde, mistress Smith, geboren lady de Vere, het Norman ervoor ten spijt, behoorde tot de kleine Engelse landadel. Deze is een deel van het algemeen aanvaarde country life. De gewone man schijnt er niet wrevelig op te reageren en respecteert hem op voet van gelijkheid, kom, in de geest van de no nonsense mentaliteit welke men in de betere gevallen de inboorlingen van Albion niet kan ontzeggen.

Een verklaring voor het geniepig of openlijk specifiek vrouwelijk incident kon op diverse wijzen worden bekeken. Enerzijds diende ik met een mogelijk overdreven gevoeligheid van Emily's mammy rekening te houden. Ik had niet uit het oog verloren dat haar dochter op een zekere snobbery harerzijds had gewezen. Enige verbeelding is voldoende om zo'n snobisme met té lange tenen in verband te brengen. Zonder duidelijke gronden had ik evenwel met toenemende vertedering aan de oude, de oudere dame gedacht. Ik schreef het toe aan het feit dat zij mijn onvolprezen Emily ter wereld had gebracht. Wat niet niéts is, zou ik zo zeggen. Bijgevolg was, wat mij betreft, een bepaalde gunstige vooringenomenheid verre van onwaarschijnlijk.

Anderzijds nam ik aan dat Emily mij nauwkeurig over de reacties van haar moeder had ingelicht. Hiervoor stond haar wetenschappelijke natuur borg, dacht ik. Het was niets voor haar om in dit geval persoonlijke duidingen in haar verhaal te verwerken. Was dat gebeurd, dan had zij er ongetwijfeld een hoeveelheid relativerende opmerkingen aan toegevoegd en deze, met de haar kenmerkende zelfkennis, zin voor humor en alerte zelfkritiek van de nodige commentaren voorzien.

Zonder twijfel zijn er meer futiliteiten welke dames als Emily's moeder dwarszitten, van spataders en een droge vagina (niet acuut met een zieke echtgenoot) tot kraaiepootjes of overbodige ponden. Over zaken die zij zich zou inbeelden wil ik het niet hebben. Ik ben niet zelfingenomen genoeg om op de Weense toer te gaan (in tegenstelling tot een primair als Van Erembodegem) en een subtielere, meer Freudiaanse Deutung te overwegen. Mij bij voorbeeld af te vragen of mijn toekomstige schoonmama (hé) de theeleuten niet uit frustratie een aantal verdrongen ontgoochelingen in de geloofwaardige vorm van onheuse insinuaties in de mond had gelegd.

Zulke psychiatrische spelletjes van verdacht allooi zetten weinig zoden aan de dijk. Emily was er niet mee geholpen als ik mammy's moeilijkheden op een zo vér gezochte manier analyseerde.

Het was verstandiger mij bij de werkelijkheid te houden.

Wanneer je het goed bekeek, was mistress Smith, geboren De Vere, met of zonder Norman ervoor, de lady van Ramsbury, in feite iets als onze plattelandse madam de barones. Haar belegen afstamming, die alsjeblieft tot niet minder dan een kompaan van William the Conqueror reikte, kon voor de dorpsbourgeoisie moeilijk zonder betekenis zijn. Toch stond dat bij een stelletje vrome zemeltrutten geen onkiese, zij het met marsepeinen glimlach gedebiteerde zinspelingen in de weg, onkiese praatjes en gifpijlen aan het adres van haar man die op sterven lag. Eventueel kon een flegmaticus zich ertoe beperken het als een soort van geestelijk, verzuurd menopauze-sadisme te beschouwen. Ik kon echter geen verklaring verzinnen voor de brutaliteit waar het van getuigde.

De drang ertoe moest bij dat kwezelkransje enorm sterk, op een ziekelijke wijze zo goed als onweerstaanbaar zijn. Het gebeurde in de pastorie, zonder bekommernis dat het de reverend, wiens vrouw op tea and scones trakteerde, ter ore zou komen. Stelde het godvrezend pieskousenclubje zich voor in alle omstandigheden op de consensus van de zieleherder te kunnen rekenen? Wat was de reden dat niets die mekkerende geiten ervan weerhield om de stervende vader van mijn hartsbeminde te belasteren, van haar die in dit boerengat ongewijfeld een ieder met voorkomendheid behandelde...?

Wat was er met de doodzieke man aan de hand?

Moest ik uit Emily's kijk op het leven besluiten dat ook hij een agnosticus was, die bij het vrouwelijk côterietje rondom de dominese in een slecht blaadje stond?

Naderhand vroeg ik me af of ik een aanknopingspunt diende te zoeken in haar schertsende zinspeling op de mogelijkheid dat haar mama vruchteloos op een aristocratische partij zou hebben gewacht vooraleer, gelijk men eertijds zei, in arren moede met ene van blazoen verstoken meneer Smith te trouwen? Ook dát betekende niets. Ik voelde er weinig voor om mij in de keukenmeidenliteratuur te begeven en een theorie over een innemende en welbespraakte bruidsschatjager te verzinnen.

Het enige dat ik wist, kwam erop neer dat Smith op sterven lag en zijn vrouw geen roddel over hem werd bespaard. IJverzucht, provinciale boosaardigheid en gebrek aan tact waren ruimschoots voldoende om het te verklaren. Hoewel bijzonder weinig Engels...

Dergelijke beschouwingen waren mij opnieuw gaan bezighouden terwijl ik door de miserabele regen naar Antwerpen reed. Na het vertrek van Emily was het gedaan met het stabiele weer. Als iemand die onoplettend de ene dag voor de andere houdt, had ik het gevoel dat de herfst naderde. Herhaaldelijk moest ik mijzelf eraan herinneren dat het nog maar juni was.

Ik zette mijn wagen neer op de Ossenmarkt en liep door de vervallen straten nabij de Sint-Pauluskerk. Het was er altijd een gore bedoening geweest. In mijn kindertijd kon je het een zeemansbuurt noemen, waar een ruige gezelligheid heerste en in de kroegen vrolijk vertier werd gemaakt. Sindsdien had zich de haven aanzienlijk naar het noorden van de stad verplaatst, met nieuwe dokken tot vlak bij de Nederlandse grens. Varensgezellen die zich de moeite getroostten om naar de stad af te zakken, kwamen in het centrum nabij het Centraal Station terecht, waar de hoeren niet verschilden van hun collega's in het oude Schipperskwartier. Niet al de liefderijke juffers waren hier gedeserteerd. Zij zaten geduldig, als opgedirkte mondaines aan lager wal, achter hun ruit naar een solvabele cliëntèle uit te kijken. Jo is in deze omgeving geboren. Volgens hem bestond ze tegenwoordig minder uit nooddruftige pikbroeken, wel hoofdzakelijk uit gefrustreerde burgermannetjes en toevallige passanten. De grote dagen waren voorbij, voegde hij er met nostalgie aan toe. Nee, hij putte niet uit eigen ervaring, ben je gek, met een poes als Krisje in bed om je voeten te warmen? Maar het was algemeen bekend dat in menig overblijvend neukkraampje de eerlijke negotie tot het verleden behoorde. Regelmatig kwam de politie met gillende sirenes aanzetten om orde op zaken te stellen. Het betrof dan een argeloze consument die vooraf had betaald en herrie schopte omdat de platinablonde vamp in het uitstalraam zich zonder haar glitterjurk niet als een lekker wijfje, maar als een knoestig kereltje ontpopte. Zo gaat de wereld stilaan naar de verdommenis, vond mijn wijsgerige vriend. Eenmaal in het spoor van Schopenhauer had hij geen oor voor mijn niet optimistischer argument, dat het wel van andere misères zou afhangen. Maar naar de kloten gaat hij, besloot hij somber.

Hoewel ik er gerust op was, vroeg ik mij af waar ik terecht zou komen.

Emily's afwezigheid als tijdelijk voorstellend (wat aan de waarheid beantwoordde), had ik de avond tevoren troost gezocht bij de welgemutste Nieuwlanders. Terloops had Fred op een vriend gezinspeeld. Nee, niet in de betekenis die ik er wellicht aan hechtte, preciseerde hij met een lachje, wat mij de indruk gaf dat hij het zelf een grappig idee vond. Hij schreef zijn naam en zijn adres voor me op, ik moest absoluut eens met hem gaan praten. Tegenwoordig hield de man zich hoofdzakelijk met maatschappelijk werk bezig, het gebeurde wel dat men hem vanuit 'Ultima Thule' wat steunde. Voor mij was belangrijk dat hij dapper zijn rol in het verzet had gespeeld en meer wist over de bezettingstijd dan wie ook. Wellicht op Roel Verschaeren na, maar hoe diverser en groter het aantal geraadpleegde mensen, hoe gereder de kans dat je wat te weten komt, dacht hij.

Het mij door Fred opgegeven huisnummer leidde in elk geval niet naar een van die volgens Jo onbetrouwbare bordeeltjes. Het was iets voor mij geweest om door een vergissing van mijn vriend doodontdaan in Vrouw Venus' lustprieel te belanden! Tussen een pover kruideniersaakje en een eerbaar volkscafeetje bleek het te behoren bij een grijs geverfde, afbladderende houten deur, die geen weerstand bood en behoudens een knarsend scharnier probleemloos meegaf toen ik haar openduwde. Ik kwam in een naar schimmel ruikende gang, die uitmondde op een hofje, waar een paar vermoedelijk historische, schromelijk verwaarloosde optrekjes zo te zien door een jeugdwerk of iets dergelijks werden gebruikt.

Ik merkte het niet dadelijk toen hij te voorschijn kwam, maar de Hans van Dordrecht wiens naam Nieuwlant voor me had opgeschreven, was een pater Van Dordrecht. Hij had het mij moeten zeggen. Hoewel het op zichzelf tegenwoordig niets betekent, ontbrak het gebruikelijke zilveren kruisje op zijn versleten, van lederen ellebogen voorziene ribfluwelen werkmanspak zoals stratenmakers het vroeger droegen.

'Fred Nieuwlant waarschuwde me dat ik je kon verwachten, Paul,' zei hij. 'Vind je het goed dat ik je bij je voornaam noem?'

'Natuurlijk,' antwoordde ik, 'dan ben jij Hans.'

'Afgesproken,' beaamde hij. 'Fred had me al eens over je gebeld. Om het sommigen niet moeilijk te maken vraag ik altijd om niet van tevoren als franciscaan te worden aangekondigd. Er zijn mensen die de kriebels krijgen bij de gedachte dat een pater zijn neus in hun zaken zou steken.'

'Voor mij geeft het niet,' zei ik naar waarheid.
'Een grapje van Fred,' lachte de minderbroeder. 'Voor serieuze sociale gevallen aarzel ik niet om zijn hulp in te roepen, nooit vruchteloos trouwens. Niet om het beeld van de heilige Antonius een nieuw laagje verf te laten geven, zo stom ben ik niet. Ik vermoed dat je het inmiddels nogal vreemd vindt... Maar ja, wij kennen elkaar uit het verzet, wat de onmogelijkste plooien gladstrijkt. Misschien moet je het zelf hebben beleefd om te beseffen hoe volstrekte verschillen erbij in het niet verdwijnen. Nou, goed, het is een van Freds grapjes een vriend naar me toe te sturen zonder hem te waarschuwen dat hij bij een vuurvaste pater terechtkomt... Kom, het is geen weer om buiten te blijven, het begint weer te regenen!'

Hij nam me mee naar het minst vervallen van de huisjes die het besloten hofje omgeven. Binnen was het kraakhelder. Dank zij de smaak waarmee hij allerhande systeemloos bij elkaar gesleepte rommel tot een aanvaardbaar meubilair had gecombineerd, heerste er de niet onbehaaglijke sfeer van serene armoede, die een mens onkwetsbaar maakt.

'Je kunt geen spijker bezitten om je achterste te krabben en toch als God in Frankrijk leven,' grinnikte hij toen hij zag dat ik belangstellend zijn interieur observeerde. 'Ik heb behoorlijk mijn handen vol, weet je. Je hebt er geen idee van hoe groot de nood onder de mensen kan zijn, alle sociale voorzieningen ten spijt. Ergens blijven er altijd sukkelaars over die tussen schip en kade vallen. Bovendien ben ik in de eerste plaats een priester. Wegens het geringe aantal roepingen steek ik de pastoor een handje toe. Een grijze kop als de mijne is blijkbaar niet te versmaden. Wij houden er geen statistieken op na, maar de hoertjes uit de buurt komen meer en meer bij mij biechten, geloof me of geloof me niet...'

'Dan verneem je vast rare dingen?' liet ik me ontvallen.

'Minder dan in een deftige bourgeoisbuurt,' lachte hij tevreden. 'Meer dan wat flauwe kul hebben die sukkels niet te vertellen. Je zou nou zeggen! Je probeert ze wat geloof te geven, geloof in het leven, bedoel ik, wat hoop... Maar ter zake. Koen Bracke!'

'Wist je waar ik voor kwam?'

'Fred Nieuwlant heeft me gewaarschuwd... Wat verwacht je van me?'

Bondig maar zo volledig mogelijk deed ik hem mijn verhaal.

Niet alleen luisterde hij aandachtig, zonder dat één moment zijn aandacht verzwakte. Bovendien luisterde hij met zijn hart en met zijn intelligentie, zoals verstandige mensen het doen, zonder je van tevoren gelijk te geven, hoewel met vertrouwen in de zuiverheid van je bedoelingen.

'Dat is een trieste geschiedenis,' gaf hij ten slotte toe. 'Het was een

goede inval je tot meneer Salomons te wenden.'
'Ken je hem?' vroeg ik, overigens niet zonder enige verbazing.
'Ik ken iedereen in de buurt,' verzekerde hij me. 'Ik ga regelmatig een praatje met hem maken. Wij schieten uitstekend met elkaar op. Ik overdrijf niet als ik zeg dat we vrienden zijn. Van hem weet je dus, dat Bracke spoorloos is. Sinds omstreeks 1950, zei je. Jammer genoeg hebben je inspanningen dus niets opgeleverd...'
'Niets opgeleverd...? Als je het zo bekijkt... Maar dat verwachtte ik niet. Vermoedelijk is hij dood, al weet die man in Wenen, al weten de Israëli's het niet. Stel je evenwel voor dat hij nog leeft. Dat ik erachter kom waar hij zit. Het verandert niets. Zie je mij een moordcommando organiseren, Hans?'
'Ronduit gezegd niet...'
'Na het gesprek met Jeroen Goetgebuer was ik volkomen de kluts kwijt... Daarna werd het mij duidelijk dat ik absoluut wilde weten wie mijn vader is geweest, dat was van fundamenteel belang. Ik wilde evenwel ook weten wie de moordenaar was, wat zijn beweegredenen waren, dat wilde ik gewoon weten. Voor het eerst vraag ik mij af of er niet iets ongezonds aan is...'
'Nee,' zei de franciscaan, 'er is niets ongezonds aan... Ik kan de zaak echt wel bekijken zonder een pastoorsnummertje weg te geven. Daarom laat ik het buiten beschouwing in hoeverre onbewust – met nadruk zeg ik onbewust –, in hoeverre de gedachte voor je meespeelt hem ooit te vergeven...'
'Nooit,' zei ik heftig. 'Ook niet onbewust.'
Zijn ingehouden gebaar betekende niet dat hij mijn reactie van zich af wuifde. Beschouwde hij zijn eigen vraag als irrelevant?
'Soms heeft een priester het moeilijk, zie je, Paul. Men vergeet gemakkelijk dat hij een mens is. Dat hij niet voortdurend wijwater sprenkelt, het niet altijd moet hebben van door zijn ambt voorgeschreven geestelijke of morele acrobatieën... Vooral in dit geval...'
'Vooral in dit geval...? Waarom zeg je dat, Hans?' Ik keek hem onderzoekend aan; eensklaps had ik het gevoel dat niets van wat ik had verteld hem volledig vreemd was. 'Een gekke inval van me, maar het is net of...'
'Ik geloof dat je me hebt begrepen! Ook ík heb mijn verhaal...!'
'Allicht,' zei ik, 'ieder mens heeft zijn verhaal...'
'Mijn verhaal over Bracke, bedoel ik...' antwoordde hij bedaard.
'Niet mogelijk...!' stamelde ik.
'Fred Nieuwlant stelde je niet toevallig voor eens met me te komen praten. Ik hoef je niet te zeggen dat het niet zijn bedoeling was je opzettelijk met een priester te confronteren, zelfs al heeft die in het verzet gezeten, laten wij elkaar niets wijsmaken, Paul... Toevallig liep hij eens bij me langs en net zo toevallig kwam het gesprek op jou en de

dood van je vader, waarbij Brackes naam viel. Vandaar. Trouwens, reeds na het verschijnen van dat stuk van Verschaeren in *Het Avondnieuws* waren mijn gedachten ermee bezig of ik je niet zou contacteren.'
'Je kende Bracke dus?'
'Ik zal je vertellen hoe... Ik kan het niet helpen dat er een stukje autobiografie bij komt...'
'Dat kun je insgelijks van mijn verhaal zeggen, Hans, ik luister met spanning naar je.'
'Mijn ouders waren gewone, brave volksmensen van de oude stempel, gelovig maar niet kwezelachtig. Wat ik van hen heb, en waar ik hun dankbaar voor ben... Laat ik er geen doekjes om winden. In feite was mijn vader, zij het op zijn manier, zoveel als een antiklerikaal.'
'Nee toch, hoe zie je dat?'
'Met het Evangelie kon hij wel overweg. Hij had het grondig gelezen, wat je vandaag de dag niet van zoveel kerkgangers kunt zeggen... Soms zat hij nochtans te pruttelen. De geschiedenis van Maria Magdalena bij voorbeeld noemde hij altijd een verdachte historie. Toen ik er later over nadacht, begreep ik dat hij er stiekem plezier aan beleefde. Hij zwoer erbij dat Jezus verliefd was op dat mens – verliefd, verder durfde hij in die tijd niet te gaan – en dat wekte zijn sympathie op. Toen ik al in het klooster was, kwam hij er voortdurend op terug. Ik moest me niets laten wijsmaken door al die kletsmeiers van theologen! Jezus, jongen, dat was zomaar geen onnozele eerste-communicant, waar hebben ze het vandaan? Veel te braaf, dát wel, maar geen schaap dat van toeten noch blazen wist. Kom, dat was thuis de sfeer, want op religieus gebied had moeder geen vinger in de pap. Zij was een vrome vrouw die haar man zijn theologie voor eigen gebruik gunde – wat deed ze ertegen...? Ging het onweren, dan stond ze van tevoren klaar met wijwater en een palmtakje. Wat zij absoluut efficiënt achtte, aangezien wij nooit door blikseminslag zijn geteisterd. Raakte haar portemonnee of haar huissleutel zoek, dan bracht een gebedje tot Sint Antonius spoedig uitkomst. Stel je voor, je zou gezworen hebben dat het nog werkte ook! Vader moest erom lachen, wat haar soms hartstikke boos maakte. Voor hem was het namelijk een aanleiding om de ganse kerk ter discussie te stellen, de paus, alle heiligen, waarbij hij tot slot nooit Galileï vergat, over wie hij een bijdrage had gelezen in de krant van de socialisten, die hij stiekem kocht met het oog op de sport... Kortom, een weldenkend katholiek gezinnetje als zovele, en met een veiligheidszekering ingebouwd die grotere conflicten automatisch neutraliseerde. Vader decreteerde namelijk, dat men hem met al die suikeren heiligen van het lijf moest blijven, dat zij alleen dienden om de offerblokken te vullen. Nou ja... Hij maakte evenwel één uitzondering: Franciscus van Assisi, dat was volgens hem een serieuze vent die het in zijn tijd goed meende. Hij had het boek van

Timmermans gekocht en tweemaal per jaar, omstreeks Pasen en met Kerstmis, las hij het in één ruk uit, zoals anderen in die periode naar de *Matthäuspassion* luisteren of hun *Parsifal* in de Opera niet willen missen... Sorry, Paul, zit ik je niet te vervelen met al die kwezelarij?'
'Geen kwestie van, ik vind het boeiend!' antwoordde ik oprecht.
'Franciscus dus... Reeds als kind werd hij voor mij een begrip, zoals de winnaar van de Tour de France of een voetbalster voor anderen. Kortom, min of meer tot de jaren des verstands gekomen werd ik minderbroeder. Als ik toch de zot wilde uithangen, zei vader, dan maar liefst op die manier! En moeder kon haar tranen van geluk niet op... Van dit punt af kort ik mijn verhaal in, Paul, het gaat om Bracke. Niet om mij... Spoedig ondervond ik tot mijn verdriet dat ik niet voor het kloosterleven geschikt was. Had ik tot een andere orde behoord, zo was dat ongetwijfeld op een drama uitgelopen. Mijn oversten zagen gauw welk vlees zij in de kuip hadden. Met een redelijkheid waar ik hen erkentelijk voor blijf, zorgden zij ervoor dat ik... Hoe zal ik het zeggen... Dat ik aan de slag kon op plaatsen waar onze activiteiten het maatschappelijk leven overlappen, dat is het ongeveer. Daarom tref je me hier... Tijdens de oorlog kwam ik onvermijdelijk in het verzet terecht. Hierover zal ik niet uitweiden, later misschien, als je wilt. Ik hield mij bezig met joodse onderduikers, velen brachten wij in kloosters onder, de onze, andere. In feite gingen wij onze eigen gang, doch om praktische redenen ontstonden er relaties met de ondergrondse. Het verklaart hoe ik Nieuwlant en... en zijn vrienden leerde kennen. Onder het mom van de armenzorg, een gebedskring, en verder omdat ik tijdelijk als kapelaan moest bijspringen, was ik op de dag van de bevrijding actief in een volksbuurt, de vijfde wijk, je weet wel. Ik speelde er voor aalmoezenier of daaromtrent bij de Witte Brigade. Men had het zo gefikst dat mijn telefoon al vóór de aftocht van de Duitsers op een clandestien net was aangesloten. Mijn opdracht luidde geen voet van het apparaat te wijken, tenzij ik bij een in stervensnood verkerende verzetsman werd geroepen... Het was de eerste nacht na de bevrijding, de stad zopas in handen van de Engelsen en het gevaar voorbij. Dat er werd gebeld betekende niets ongewoons meer. Rustig ging ik openmaken... Ik schrok me een beroerte toen ik een vent in Duits uniform voor me zag, die snauwde hem binnen te laten. Om kort te gaan: onze ss-Obersturmführer Koen Bracke. Onder bedreiging met een revolver als een kanon eiste hij onderdak. Onmiddellijk had ik hem door. Na dat stoere nummer zat hij er doodsbang en wit als een laken bij. Toen ik, eerlijk gezegd met een hart zo groot als een boontje, zijn moordwapen opeiste, gehoorzaamde hij met een grijns. Ik vroeg hem wat de koffer betekende die hij meesleepte. Het antwoord liet niet op zich wachten. Hij trok zijn uniform uit, haalde een burgerpak voor den dag en kleedde zich om. Terwijl hij ermee

bezig was, kon ik letterlijk de stank van zijn angst ruiken. Ik rekende erop dat hij meteen zou verdwijnen, dat uniform verbrandde ik wel voor hem, zei ik. De Britten hadden echter een uitgaansverbod afgekondigd, het was pas ingegaan, en hij durfde zich niet meer buiten te wagen. Nog steeds is het een raadsel voor me hoe hij in dat uniform bij me was geraakt. Ik kon niet anders dan van de nood een deugd maken, haalde wat eten te voorschijn en drie flessen wijn die ik met het oog op de bevrijding had bewaard. Wijn voor zo'n schurk, denk je allicht bij jezelf, maar ik had mijn plannetje. Veel zaaks was die te oude bourgogne niet, hoewel ik erin slaagde Bracke in korte tijd dronken te voeren. Ofwel sliep mijn ss-er zijn roes uit en haalde ik er de verzetsjongens bij, ofwel kon ik hem ervan overtuigen zich aan de geallieerden over te geven. Inmiddels hield ik hem aan de praat om zijn aandacht af te leiden. Hij was een hoofd groter dan ik en het zou voor hem een klein kunstje zijn geweest die revolver van me af te pakken, al nam ik mij voor hem desnoods te gebruiken. In werkelijkheid wist ik niet hoe ik met zo'n ding moest omgaan, ik zou niet eens de veiligheidspal hebben losgekregen! Inmiddels bleef mijn trucje niet zonder gevolg. Nog steeds zwetend van angst begon de man te kletsen. Een priester blijft een priester. Naïef stelde ik mij voor dat ik, kom, dat de angst hem tot inzicht zou brengen. Kortom, ik was al een ziel aan het redden. Wat dacht je? Angst genoeg, maar van inkeer geen kwestie. Verbijsterd vergewiste ik mij ervan dat hij me uit de doeken zat te doen dat hij het bij het rechte eind had! Je weet wel. Het oude liedje over Vlaanderen dat gered moest worden, bevrijd van joden, plutocraten, vrijmetselaars en communisten. De pastoors verzweeg hij maar. Vooral pochte hij over het aantal semitische Untermenschen van wie hij in een paar weken tijds ons Arisch volk had verlost. Geen procedure of andere flauwe kul, pater, maar proper ter plaatse afgemaakt. Ik vroeg hem of hij van zins was bij me te biechten...? Cynisch grijnsde hij dat hij niets van die joodse commotiemaker met zijn kruis verwachtte, wat dacht ik? De tweede, derde fles ging eraan. Hij werd driester en driester. Ik heb nogal wat literair gevoel, Paul, en ik moet dergelijke opgedirkte metaforen niet. Het was evenwel of de hel uit zijn jammerlijke snoeverijen losbrak. Ik probeerde het voor dronkemanspraat te houden. Gauw is gebleken, dat wat hij raasde woord voor woord waar was. Ik denk dat ik die nacht een van de eersten in de stad ben geweest die de omvang overzagen van wat er allemaal was gebeurd en, helaas in Duitsland bleef gebeuren. Ondertussen was de ellende dat de alcohol, misschien door een te lange gisting, hem niet slaperig maar wild maakte. Telefoneren was uitgesloten. Gelukkig was hij wat nuchterder tegen de tijd waarop het uitgaansverbod afliep... Ik besloot grof spel te spelen om hem kwijt te raken en beweerde dat ik elk ogenblik de leden van mijn verzetscel met een lading wapens verwachtte. Toen is hij gegaan. Nauwelijks was hij buiten of ik trachtte te telefoneren. Dat geïmproviseerd ding vertikte het. Op de fiets reed ik naar het hoofdkwartier, enkele straten verder. Het spreekt vanzelf dat de vogel ondertussen voorgoed gevlogen was.'

'Stel je voor, Hans, dat Bracke je inderdaad zijn biecht had gesproken, helemaal volgens de regels, gewoon in de kerk... Zou je hem – hoe noemen jullie dat – zou je hem de absolutie hebben gegeven?' vroeg ik.

'Geen sprake van,' antwoordde hij zonder aarzeling, 'hoe kom je erbij? Deze man was een monster, berouw kende hij niet, integendeel, hij was trots op zijn misdaden... Vertelde je me niet over de twee joodse kinderen die hij koelbloedig vermoordde?'

'Denk even dat je met zijn revolver had omgekund... Ik heb het niet over wettige zelfverdediging. Stel je voor dat hij in slaap was gevallen en je had uitgevonden hoe je zo'n ding moest hanteren... Als je het rustig bekeek, had je dat geen moeite gekost... Zou je op hem hebben gevuurd?'

Hij zat na te denken, maar ik geloof niet dat hij twijfelde. Het was de reactie van een priester die geleerd had wat zelfbeheersing is.

'God vergeve het mij...' mompelde hij. 'Op dat ogenblik had ik inderdaad zonder aarzeling de ganse lader op hem leeggeschoten. Naderhand vroeg ik me af of een reflex als zonde kan worden aangerekend. En God weet dat ik een vredelievend mens ben... Ik hoop dat Hij mij die reactie heeft vergeven...'

'Verder heb je niet meer van hem gehoord?' informeerde ik, pro forma in feite.

'Vermoedelijk vind je het raar, maar ik héb nog wél van hem gehoord. Het kon niet anders. Het raakte bekend dat ik hem precies op het ogenblik van zijn verdwijning had ontmoet. Bij het vooronderzoek en tijdens het proces werd ik als getuige gedagvaard. De krijgsauditeur was geboeid door mijn verhaal over die griezelige nacht, net iets voor een film, vond hij, maar veel schoot men er niet mee op. Hij insisteerde dat ik er goed over zou nadenken of Bracke niets over zijn toekomstplannen had losgelaten. Dat bleek overbodig, er was geen sprake van geweest... In feite was ík de enige die iets nieuws vernam. De auditeur vroeg me of ik er enig idee van had waarom die ss-man precies bij mij was komen binnenvallen. Ik had er niet het vaagste vermoeden van. Wat hij wel dacht. Van hem hoorde ik dat ik voorkwam op een lijst van kandidaat-slachtoffers voor executies die niet meer werden voltrokken! Als jurist stelde hij zichzelf de vraag hoe de hersens van die kerels werkten. Vond Bracke dat ik hem gastvrijheid verschuldigd was omdat hij me níet vermoord had...? Een paar jaar later vertrouwde de orde mij een opdracht in Rome toe. Hierbij ontmoet je nogal wat mensen. Ik praatte weleens met een pater – geen franciscaan – die een zogenaamd werk voor displaced persons beheerde. Je kon niet zeggen dat het geen aardige vent was, maar er was iets aan hem dat mij vreemd leek. Hij ging bijzonder prat op de efficiënte manier waarop zijn kantoor functioneerde...'

'Een man die van zijn job hield. Vond je dat verbazend?'

'Aanvankelijk niet. Of toch...? Bij een flesje Rufino kwam zijn tong los. Hij was namelijk met oorlogsvluchtelingen bezig, een hoogst christelijke opdracht natuurlijk. Een mens kan dat soms hebben... Ineens rees bij mij het vermoeden dat het weleens speciale vluchtelingen konden zijn. Waarom insisteerde hij op het christelijk karakter van zijn opdracht? Was dat zo uitzonderlijk? Neem twee artsen, pratend over hun vak: ongewone gevallen, bepaalde methodes, een nieuw antiallergicum of dat mooie verpleegstertje op zaal drie... Ik stel me niet voor dat zij, uit ernst noch uit ijdeltuiterij, het ethisch karakter van de geneeskunde gaan bewieroken... Zet twee geestelijken in een Romeins tuintje bij een goed glas wijn. Ook zij zullen over de specifieke onderwerpen uit hun eigen wereld praten, niet in het bijzonder over de Heilige Geest. Waar zij het ook over hebben, zalvende beklemtoningen komen er niet aan te pas, dat is nu eenmaal zo. Een opvangtehuis voor verlaten vrouwen? Punt. Een kapel in een rosse buurt? Punt. Voel je wat ik bedoel?'

'Ik geloof van wel. Een werk voor oorlogsvluchtelingen? Punt.'

'Je begrijpt me. Christelijk? Natuurlijk. Ternauwernood verwacht je vanuit de onmiddellijke omgeving van de paus dat het boeddhistisch zou zijn... Ik schonk nog maar eens in. En ja hoor! Ik kwam erachter dat hij discreet zinspeelde op een strikt geheime organisatie. Zij hield zich bezig met het doorsluizen naar veiliger oorden van collaboratiefiguren – om het geen oorlogsmisdadigers te noemen – uit de eens door de nazi's bezette landen. Zijn afdeling hield zich in het bijzonder bezig met knapen die in '40-45 in België en Nederland hadden geopereerd. Je moet niet vragen of er, vooral voor mij, aan die optimaal christelijke liefdadigheid een vies luchtje van reactionaire politiek zat! Pater of niet, als ieder mens heb ik mijn gebreken. Ik geloof dat de nieuwsgierigheid hiervan het grootst is... Spoedig bleek dat de belangrijkste vluchtroute over Rome en rakelings langs het Vaticaan liep. Je begrijpt dat ik er mijn benieuwdheid moeilijk onder kon houden. Mijn vragen leken me enorm sluw, maar mijn gezel had me door. Gelukkig trok hij er een foute conclusie uit, ik zal het aan beroepsdeformatie toeschrijven. Het kwam geen ogenblik bij hem op dat ik zijn bedrijvigheid dubieus zou vinden.

Wel was hij er zeker van dat ik mij om een persoonlijke relatie, misschien zelfs om een familielid bekommerde. Ik vond het huichelachtig van me dat ik de bij hem aanslaande sfeer verder opwarmde, maar soms heiligt het doel de middelen, zeker onder paters. Ten slotte kwam ik met de naam Koen Bracke op de proppen. Een vriend van me, jokte ik, in de oorlog was hij nogal bedrijvig geweest, sindsdien had ik niets meer van deze idealist vernomen. Het woord idealist deed wonderen. Natuurlijk kende hij zijn steekkaartensysteem niet uit het hoofd. Duizenden namen, stel je voor! Overigens moest ik er rekening mee houden dat het niet om het kleine grut ging. Inderdaad waren bij zo'n zaak grote, zelfs economische belangen betrokken. Het had geen zin op zoek te gaan naar een vermiste Oostfrontstrijder of zo. Overigens wilde hij weleens voor me kijken, als ik even meeliep naar zijn kantoor kon dat dadelijk gebeuren. Een ss-Obersturmführer die met de Judenfrage bezig was geweest, ja, dat zou de moeite waard zijn...'

'Kregen jullie Bracke te pakken?'

'Met alles erop en eraan... Veel stank, maar wel een efficiënte organisatie! Je kon onze man op de voet volgen... Terwijl in Antwerpen de gevechten ten noorden van de stad aan de gang waren, was hij bij mirakel over het Albertkanaal geraakt en had zich bij de terugtrekkende troepen gevoegd. Zo kwam hij in Duitsland terecht, werd later bij een ss-divisie ingelijfd en nam deel aan het Von Rundstedt-offensief in de Ardennen. Na de wapenstilstand metamorfoseerde hij zich tot een Herr Delaforgerie, een Duitser van Franse afkomst, sir. Hugenootse voorvaderen, no catholics but protestants, wat de Amerikanen geweldig vonden. Hij kreeg een baan als tolk en schijnt zelfs informatiewerk te hebben gedaan. Er zaten meerdere Vlamingen, kletsgraag als altijd, die er gauw achter waren gekomen wie Herr Delaforgerie was. Kortom, de grond wordt te heet onder zijn voeten. Via het "goede werk" waar we het over hebben, verschijnt hij in 1947 in Rome. Zijn bedoeling is naar Argentinië te vertrekken, dat zag ik op zijn fiche. Zelfs met mijn keukenitaliaans kon ik een omstandig opgestelde notitie ontcijferen, waaruit bleek dat hij een baan op de Ierse ambassade heeft aanvaard en er door zijn chefs enorm gewaardeerd schijnt te worden. Vermoedelijk de oorzaak dat hij nog hetzelfde jaar vanuit Napels met een Italiaanse cargo, voorzien van passagiersaccommodatie, naar Dublin afvaart. Een secure administratieve rat had niet verwaarloosd er speciaal aan toe te voegen dat de reis door de Ierse ambassade werd betaald...'

'Wat definitief bewijst dat die krankzinnige man in Steenhage er niet zomaar wat uitsloeg... Houden daar de gegevens mee op?'

'Jammer genoeg... Verder weten we wat Salomons je vertelde... Hij werd tot in 1950 in Ierland gesignaleerd. Geloof maar dat die man in Wenen niet op zijn achterhoofd is gevallen. Het klopt vast dat Bracke sindsdien spoorloos is. Van de Ierse autoriteiten hoef je niets te verwachten, die hebben steeds gehoopt dat de geallieerden door de knieën zouden gaan. Het is volkomen begrijpelijk dat een gewezen Obersturmführer er met consideratie werd ontvangen... Alles welbeschouwd, Paul, ben je geen stap verder gekomen...'

'Strikt genomen niet... Toch hangt het ervan af hoe je het bekijkt. Aanvankelijk had ik met een schim te doen. Stilaan wordt die een menselijk wezen, wat voor een beest ook. Vraag me niet het je op een samenhangende manier te verklaren, ik begrijp het trouwens zélf niet... Goed, ik probeer het te formuleren... Als vanuit het onbekende, vanuit het niets werd mijn arme vader neergeschoten. De moordenaar nam hem het leven af... Door de occulte kracht van het kwaad eigende hij het zich als het ware toe. Zolang hij zelf niet doodgaat, wat voor mij trouwens best mag, heb ik het vreemd, onredelijk gevoel dat vader niet helemaal verdween... Natuurlijk volstrekte onzin!'

'Ik weet het niet,' zei pater Hans. 'Vaag begrijp ik wat je bedoelt. Het is ingewikkeld, maar ergens begrijp ik het zelfs goed... Laat het echter geen obsessie worden.'

'Daar hoef je niet bang voor te zijn. Mijn leven heeft sinds kort een hoogst belangrijk doel gekregen. Het heet Emily. Een meisje als een droom, ik kom je weleens met haar opzoeken...'

'Dat is heel goed,' antwoordde de franciscaan met zijn trouwhartige kop van een arbeider die stilaan naar zijn pensioen toe gaat. 'Ik geloof inderdaad dat het ontzettend belangrijk is, dat meisje...'

Het was de eerste keer dat ik het derwijze onder woorden had gebracht: de door mij verafschuwde moordenaar van mijn vader, de gezichtloze misdadiger die hem het leven had afgenomen, inderdaad afgenomen, en die er zodoende iets van in zijn bezit bleef houden.

Wat betekende het verder? Wat leverde het op dat ik een poëtische metafoor scheen te hebben gevonden voor wat in de diepte van mijn onbewuste was uitgebroed? Was het niet verstandiger mijzelf op te leggen het als absurd te beschouwen en het te vergeten? Diende ik, hoewel iets anders genuanceerd, niet te vertrouwen op de min of meer axiomatische opvatting van de psychiatrie dat, eenmaal door de denkende geest achterhaald, het kwellend vermogen van zo'n bron van onrust verdwijnt?

Onvermijdelijk bleef ik erover piekeren terwijl ik naar 'De blauwe Ganze' liep. Misschien was het waar, maar wat had ik eraan?

De pater had stellig gelijk, ik mocht mij er niet in blijven vastbijten.

Niettemin had ik de indruk dat het niet noodzakelijk om een uitzonderlijk verschijnsel hoefde te gaan. Jaren had ik er niet meer aan gedacht. Eensklaps viel mij de herinnering in aan wat een medestudent, die een vrij belangrijk ambt bij de gerechtelijke politie bekleedt, mij eens had gezegd. Wanneer zijn mensen achter een onbekende moordenaar aan zaten, was het hem opgevallen dat de familieleden van het slachtoffer niet alleen door hun drang naar gerechtigheid, eventueel door een moeilijk te laken wraaklust werden beheerst. Voor een deel was er nieuwsgierigheid mee gemoeid, verzekerde hij me, een tragische nieuwsgierigheid waar hij, naarmate zijn ervaring toenam, steeds minder aanstoot aan wou nemen. Bij het onderzoek of op de rechtbank scheen het voor die nabestaanden ontzaglijk veel te betekenen de dader te zien. Zijn idee was, dat deze aanblik niet uitsluitend aan een door wrok ingegeven behoefte beantwoordde. Veeleer was tussen die moordenaar en het wezen dat hij had gedood iets als een tastbare relatie blijven bestaan, waar zij zich van wilden vergewissen.

Ik vermoedde dat het niets voor hem was om op dergelijke beschouwingen in te gaan en daarom hield ik mijn mond. Hoewel ik mij afvroeg of er geen mythische achtergronden bij betrokken waren, oeroud als de mens zelf.

Nooit had ik een dergelijke nieuwsgierigheid gevoeld wat Koen Bracke betreft, dacht ik. Wat mij bezighield was een abstract fenomeen dat ik in mijn bestaan hoorde te integreren. Waarin ik al deels geslaagd was? Een man had mijn vader gedood, zomaar. Niets wees erop dat hij op dit ogenblik niet verder leefde, ademde, zijn eigen hart voelde slaan, met zijn kleinkinderen speelde en als iedereen met een gerust geweten op een genadige dood rekende.

Ik vroeg mij af of ik hem haatte. Ik bleef het antwoord schuldig, niet uit zwakheid maar omdat het mij te ingewikkeld, te eindeloos ingewikkeld leek. Afschuw is niet hoofdzakelijk haat, dacht ik onzeker. Van kindsbeen af heb ik een ontzettende afkeer van slangen, ik weet niet waarom. Kan ik zeggen dat ik die stomme beesten haat?

Ongebruikelijk had Emily mij vandaag in de voormiddag opgebeld.

Haar opgewekte toon leek mij gedwongen, of zij zich bij het apparaat een glimlach oplegde terwijl haar ogen vol tranen stonden. Ik begreep hoe onmogelijk de situatie voor haar was. Ik achtte het verstandiger niet naar de toestand van haar vader te informeren. Van de door de arts noodzakelijk genoemde, hoewel als louter theoretisch door hemzelf verworpen verbetering van het ziektebeeld was duidelijk geen sprake, in het andere geval had zij het dadelijk gezegd. De hoop om elkaar weer te zien, waaraan zij zich tot dusver had vastgehouden, had slechts zin als de patiënt spoedig overleed. Het had mij herhaaldelijk verbaasd dat zij zo weinig over hem praatte. Ik verloor niet uit het oog dat haar mama, blijkbaar een innemende, op haar manier schilderachtige vrouw, haar meer gespreksstof opleverde.

Legde ik alles wat ik over hem wist bij elkaar, zo zat het er misschien in dat de arme meneer Smith tot de teruggetrokken, wie weet depressieve naturen behoorde, hoewel zekerheid mij op dit stuk ontbrak. Er was in feite niets waaruit bleek dat Emily's relatie met hem te wensen zou overlaten. Zonder een beroep te doen op de normale dochterbinding of andere gemeenplaatsen, was het mogelijk, waarom niet, dat een door zijn vrouw – ene lady de Vere – gedomineerde eenzaat, reeds vroeg zijn dochtertje een zekere tederheid ingaf. Op zichzelf had het natuurlijk niets te betekenen. Inmiddels kon ik mij beter het meisje Emily voorstellen aan de hand van een zwijgzame man, die met haar door de velden wandelde en haar de bloemen en de dieren toonde, dan wild stoeiend met haar mogelijk toch wat verwende, mondaine moeder. Ook zonder dergelijke voorstellingen over familieverhoudingen waar ik niets van wist, bleek het in elk geval normaal, dat zij ontzettend verdrietig was. Ik begreep dat zij geen verzoening kon bedenken tussen haar verlangen naar het wederzien en de nu zowat vaststaande zekerheid, dat onze eerstvolgende omhelzing (zoals ik het in deze triestige context zal noemen) afhing van de spoed waarmee hij doodging.

Ik had net de hoorn neergelegd toen Jo mij vrolijk telefoneerde.
Vandaag zag ik ertegenop alleen thuis te zitten. Ik was van zins bij de Brusselmansen aan te lopen, waar, lachte hun moeder, de tweelingen mij warempel begonnen te missen. Volgens de uitgever vonden de vrienden dat ik er na die miserabele rit naar Oostende te moedeloos uitzag, hoewel zij begrepen dat ik een vrouw als Emily moeilijk kon missen. Daarom drong hij erop aan dat het troepje, helaas zonder haar, weer eens bij elkaar kwam om veilig weg te kruipen in 'De blauwe Ganze' en het buiten ouwe wijven te laten regenen tot de wereld erbij verzoop, de regering inbegrepen.
Ook Anton, die kort geleden in het Museum vreesde dat verdere ontmoetingen voor hem moeilijk zouden zijn en ganse dagen lang geconcentreerd aan zijn schetsmatige montage zat te werken, had de lokroep van een nieuwe kameraadschap niet weerstaan. Hij was met het uit *Duizend-en-één-nacht* weggelopen meisje Miriam komen opdagen, beiden door Jo in zijn paarse eend meegebracht. Borrelend van ondernemingslust had deze, de prettig meegevallen kennismaking op 'Ultima Thule' indachtig, Jeroen en Mina een seintje gegeven en de bereidwillige Roel gecharterd om hen met de redactiewagen van *Het Avondnieuws* op te pikken. En of ik hen straks een lift wilde geven – een onbetekenende omweg voor mij, op zijn hoogst een kilometer of tien?
Het deed mij plezier de kleine bende weer te zien. De afspraak was dat we samen een broodje zouden eten, wat mij van het weduwnaarsgevoel (op zo korte tijd!) ontsloeg als ik thuis op mijn eentje zat te kieskauwen. Voorlopig waren wij de enige klanten. Roel drong erop aan dat kastelein Paul en Greet, moeder van volwassen zonen en dochters, maar mooier dan ooit, iets met ons zouden drinken. Niet zonder spijt verdwenen zij toen weldra de eerste vertegenwoordigers van het avondpubliek begonnen binnen te druppelen.
Geen moment twijfelde ik eraan dat Jo op hete kolen zat. Kristien

had hem herhaaldelijk tot geduld moeten aanmanen. Hij hoorde de mensen rustig te laten eten vond zij, de avond was lang genoeg.

'Iedereen zal langzamerhand Pauls verhaal wel kennen,' zei hij, nadat Greet de bordjes had weggenomen en haar man een tweede drankje gebracht. 'We lopen er niet mee te koop, maar voor niemand van jullie hoeft het een geheim te zijn.'

Ondertussen had hij een samengevouwen document voor den dag gehaald.

Ik herkende de fotokopie van het nepgedicht dat ons zoveel hoofdbrekens had bezorgd en waaraan Kris haar slapeloze nachten toeschreef.

'Stop die flauwe kul weg,' zei ik. 'Het is genoeg geweest, ik rekende op een gezellige avond, ik wil er niet meer van horen!'

'Even,' antwoordde hij. 'Het is de moeite waard, jullie zullen ervan opkijken!'

'Maak het kort,' suggereerde Roel. 'Ik begrijp dat Paul er genoeg van heeft.'

'Je moet de dingen niet halfweg opgeven,' meesmuilde de uitgever. 'Stel je voor dat Paul het met een boek, Anton het met een film zou doen.'

'Je verstaat de kunst om een mens doodbenieuwd te maken,' vond Anton. 'Vooral na die verhalen op het terras bij Nieuwlant!'

'Kom, ga je gang,' gaf ik toe. 'Tenslotte heeft het geen belang meer.'

'Meermaals heb ik dagenlang gepiekerd over die acrostichons, of hoe heet die onzin,' stak Jo genoeglijk van wal, hoegenaamd niet voor bezwaren vatbaar. 'In feite is het allemaal Krisjes schuld!'

'Wat zeg je, meneer de detective?' protesteerde Kristien. 'Gewoonlijk heb je geen haast om rekening te houden met wat ik denk! Jullie moeten namelijk weten dat me simpel iets inviel terwijl ik dat heerschap zijn sokken zat te stoppen!'

'Niet kibbelen, kindertjes,' suste Roel vaderlijk. 'Wat zou de schuld van Krisje kunnen zijn?'

'Ach wat, schuld, écht schuld bedoel ik niet! Waarom struikelen vrouwen zo hardnekkig over één enkel woord...? Ik was nog niet uitgesproken, het gaat om een erg verstandige opmerking van mijn schrandere wederhelft!'

'Dat klinkt stukken beter,' constateerde onze schrandere vriendin, die gevleid bloosde.

'Wij zitten gezellig aan de ontbijttafel,' hernam Jo, 'voor mij het beste moment van de dag. Een eitje, knappende kadetjes, een paar koppen sterke koffie... Opeens zegt mijn slimme echtgenote...'

'In feite zei ik het bij mezelf,' pikte Kris aan, 'ik zei bij mezelf: ik vraag me af wat er nog allemaal in dat gedicht zit verborgen?'

'Precies, dat zei ze... Het was... Hoe noemt men het...? Een innerlijke verlichting, dát bedoel ik. Majoor Devriendt had het document maar even bekeken, oppervlakkig, in feite. En hop! Die namen en adressen waren er zó uitgevallen... Voor hem was daarmee de kous af. Voor ons trouwens ook...'

Ondanks mijn protest van zoëven begon de zaak mij te boeien.

'Vertel ons niet dat je nog meer hebt gevonden!' daagde Roel hem uit.

'Dat probeer ik jullie al een halfuur aan het verstand te brengen,' triomfeerde de uitgever. 'Het was niet zo gemakkelijk als het overige. Ik heb van alles geprobeerd, ik liet er een extra kopietje voor maken. Hierop heb ik het resultaat met een markeerstift aangegeven, jullie mogen dadelijk kijken... Ik verzon de gekste dingen, tot ik opeens, zo in het wilde weg, weer met een verspringende letter ging knoeien... Ik begon met de tiende op de eerste lijn, een b. Niets...'

'Je zou nou zeggen,' dacht Jeroen, serieus als steeds, hoewel ik voelde dat er een knipoogje aan ontbrak. 'Is me dát pech hebben.'

'Daarom probeerde ik het opnieuw, maar voortaan sloeg ik telkens een regel over. De elfde letter dus op de derde, de twaalfde op de vijfde... Daar scheen muziek in te zitten! Toen ik, als in het eerste geval, de vierde keer in omgekeerde volgorde verder wilde gaan zoals de majoor het deed, raakte ik vast... Al zeg ik het zelf, tóen had ik een geniale inval!'

'Dat wist ik van tevoren,' zei Jeroen, die zijn vers gestopte pijp aanstak. 'Geniale invallen komen altijd opeens, dat hoor je dikwijls...'

'Lachen jullie maar! Wat zei ik ook al weer?'

'Een geniale inval,' poneerde Klaartje, die er tot dusver beduusd had bijgezeten, hoewel als lezeres van whodunnits niet zonder spanning.

'Precies... In plaats van het systeem-Devriendt toe te passen, zoals ik het sindsdien noem, bleef ik gewoon met een om de twee regels naar rechts verschuivende letter werken, begrijpen jullie?'

'En?' vroeg ik.

Zich verkneukelend in zijn gelijk overhandigde hij mij het stuk.

Zonder enig probleem las ik de rood aangestreepte, inderdaad bij elkaar aansluitende letters, die als een trapje van boven naar beneden liepen.

'Je gelooft het waarachtig niet...' gaf ik ontdaan toe. 'Verdomme, het staat er. Waanzinnig, maar het stáát er!'

'Wát staat er?' wilde Jeroen weten.

'Bevel Bracke, dringend voorrang, morgenavond,' spelde ik met weerzin.

'Voor mij een borrel Balegemse jenever, ik wil het doorspoelen. Wat nemen jullie? Kom, voor allen hetzelfde, Greetje! Bij zulk weer goed tegen de verkoudheid!' besliste de journalist.

Hoewel tegen mijn gewoonte en met weerzin, sloeg ik de ouderwetse Vlaamse borrel naar binnen. Ondertussen nipten de meisjes voorzichtig aan het kersenjenevertje waarmee kastelein Paul op eigen gezag, hoewel met kennis van zaken, voor hen het explosief binnenlands vuurwater had geruild.

'Ik ken mijn pappenheimsters,' zei hij. 'Wie zet dames nu zo'n paardemiddel voor?'

Zijn galante voorzorg verhinderde niet dat Miriam bij het onschuldige, verleidelijk rode glaasje met tranende ogen zat te hoesten.

'Goed,' opperde ik, nadat ons joodse vriendinnetje bekomen was. 'Het staat er... Eerst verdacht ik Jo ervan dat hij hier en daar zomaar een letter had aangestipt... Ik heb het eens zo lang volgehouden de eerste tekens van elke regel in *De Leeuwendalers* te bekijken, tot ik mijn naam bij elkaar had. Vondel spiekte bij mij, zo had ik hem te pakken.'

'Hier is het anders gegaan,' grinnikte Roel, 'er zit een duidelijk systeem in. Onmiskenbaar heeft Jo iets gevonden, daar kom je niet onderuit!'

'Dat vertelde ik jullie toch?' reageerde hij, kinderlijk opgetogen aangezien niemand zijn ontdekking in twijfel trok.

'Jammer dat we er niets aan hebben,' mompelde ik moedeloos. 'Dat het Bracke is geweest, hadden wij al uitgekiend...'

'Inderdaad, als je het zo bekijkt... Toch staat het nu voorgoed vast dat het bevel van hem uitging,' antwoordde Roel. 'Maar nee, ik vergis me, dat wisten we uit het verslag van het proces bij de krijgsraad... In elk geval keurig werk, felicitaties, Jo. De majoor mag trots zijn op zijn adept!'

'Jullie verliezen iets belangrijks uit het oog!' zei Kristien met de haar in dergelijke omstandigheden kenschetsende nuchterheid.

'Wat bedoel je?' vroeg haar man, hoopvol en aarzelend tegelijk.

'Nou, doodeenvoudig... Wat is er met het originele roze blaadje gebeurd?'

'Verdomme,' zei Jo, 'verdwenen! Vinden jullie mijn Krisje niet geweldig?'

'Nooit aan getwijfeld!' erkende ik. 'Ze is fantastisch!'

In feite zag ik het niet zitten. Wat wilde zij bewijzen?

'Juist,' zei Roel. 'Kristien is slimmer dan wij allen samen. Waarom is het roze blaadje verdwenen? Omdat iemand er belang bij had dat het verdween. Je kunt het net zo goed aan de veldwachter als aan de onderzoeksrechter vragen. We zouden een boel méér weten als we de oorzaak van die verdwijning kenden!'

'Zo pak je het aan als een hond die achter zijn eigen staart aan zit,' schertste ik en had eensklaps moeite met mijn eigen glimlach. 'Welk belang? Welke oorzaak? Daar sta je natuurlijk bij stil. Maar wíe heeft er belang bij?'

Ik voelde mij duizelig, wat ik aan die met dynamiet gekruide borrel toeschreef, je kon net zo goed een glaasje nitroglycerine achteroverslaan.

'Je bent er nog niet,' dacht Anton. 'Wie had er nú belang bij? Vandáág?'

'Verdomme,' zei Jo, stomverbaasd over het gevolg dat Krisjes mijmeringen bij het sokken stoppen sorteerden. 'Wie heeft er zegge en schrijve vijfendertig jaar later nog belang bij?'

'Bracke, natuurlijk,' opperde Jeroen, 'hijzelf of iemand die hem wil beschermen. Een vriend of zo...'

Ik voelde mij onbehaaglijk. Begon de onzin opnieuw?

Hoe afschuwelijk ook, tot dusver was er steeds de gedachte geweest dat het om feiten ging die tot het verleden behoorden. Het verdwenen blaadje had ik niet dramatisch opgevat. Als er iets zoek raakt, word je door de idiootste ideeën overvallen. Toen ik als free-lancer voor de krant werkte en de raarste zaken las om mij te documenteren, vond ik in een serieus Engels weekblad eens een bijdrage van een man die met behulp van een reeks overtuigende gevallen aantoonde, dat er zich soms ontstellende verdwijningen voordoen. Geen kostbaarheden, waardoor je direct aan een geraffineerde diefstal denkt, geen objecten waar iemand wat mee kan aanvangen. Zijn voorbeelden reikten van naaikistjes en kamerplanten tot locomotieven en baggerboten, door een andere dimensie verzwolgen. Overigens kwam er een geleerd mathematisch exposé aan te pas, over Riemann en zo. Jo zou het transporten noemen, vermoed ik. Het op het roze blaadje toepassen leek mij niet relevant. Dikwijls had ik naar kleinigheden gezocht die niet weg kónden zijn, tot ze maanden later uit de onwaarschijnlijkste schuilhoeken opdoken, zonder verklaring hoe het was gebeurd. Stellig kwam dat stomme velletje glacépapier weer voor den dag uit een ánder dossier. Op voorwaarde dat meneer Stalmans niet uit plichtsbesef dat klotedocument gedeponeerd had waar het hoorde, namelijk in de prullenmand. Het vervelende was dat het delicaat bleef het hem te vragen...

Het was bij enen toen ik voor het huisje van Mina en Jeroen stopte.

Met het vingertoppengevoel van de journalist had Roel geconstateerd dat Jo's goedbedoelde tussenkomst een zeker onbehagen in het leven had geroepen. Daarom gooide hij het handig over een andere boeg en diste ons meteen wat anekdotes uit zijn jarenlange loopbaan bij *Het Avondnieuws* op.

Goedgemutst liet Jeroen zich evenmin onbetuigd. Niet zonder bijval trachtte hij ons ervan te overtuigen dat het werk op een kerkhof niet zo'n rustig gedoe is als de meeste mensen zich voorstellen. Terwijl Mina er kennelijk het hare van dacht, stak hij de journalist de loef af met het vreemde geval dat hij – erewoord! – in zijn jonge jaren zélf had meegemaakt. Tenzij de nabestaanden afdokken voor wat men een eeuwigdurende vergunning noemt, wordt om de zoveel jaar een aantal graven opgeruimd, dat begrepen we wel, anders zouden er geen tweeëndertigduizend maar een miljoen zijn. Op zekere dag kregen de delvers opdracht om op een afgelegen plek aan het werk te gaan. Hij moest er toezicht bij uitoefenen, leuk had hij dat nooit gevonden. Het ging om een vijftal verwaarloosde, oude graven. Al jaren had geen mens ernaar omgekeken, ze zaten onder verwilderde struiken en onkruid verscholen. Bevend op hun benen waren ze achteraf naar het administratiekantoor gestapt, niet het optrekje bij de ingang, nee, de eigenlijke bureaus in het nabije kasteel. Waarom dachten wij...? Om er verdraaid een fikse uitbrander te krijgen, aangezien zij noodgedwongen moesten melden dat drie op die vijf graven leeg, volledig leeg waren. Geen vergane lijkkist, geen zinken bekleding, geen bekkeneel, geen botten, letterlijk niemendal! De zaak werd in de doofpot gestopt, jawel, maar hij, Jeroen, dacht er het zijne van. Het was maar een theorie natuurlijk, daarom deed hij er liefst het zwijgen toe. Als hij eenmaal met pensioen was, zat er voor Roel een spannend artikel in!

Het was zo laat, vond Mina, dat een kwartiertje voor een kop thee er nog af kon. Jeroen koos een meerschuimen pijp uit het rek aan de muur en stopte haar aandachtig. Met vaderlijke intensiteit keek hij me aan.

'Hoe is het met Emily?' vroeg hij. 'Moest ze weer naar de universiteit?'

'Daar had ze nog een week tijd voor,' antwoordde ik. 'Haar vader is plots erg ziek geworden...'

'Jammer... Maar ze komt vast gauw terug?'

'Dat hoop ik, Jeroen... Ik vrees dat de man op het eind is. Voor haar noch voor mij een prettig denkbeeld dat het wederzien van zijn dood afhangt. Voor ons beiden, vooral voor haar een pijnlijke toestand...'

'Kan ik begrijpen... Zeg, Paul, tot dusver had ik geen gelegenheid om er met je over te praten... Toen ik bij Fred aan haar werd voorgesteld, beleefde ik de verrassing van mijn leven; ik schrok me haast een ongeluk!'

'Stel je voor, wat heeft Emily om zo van te schrikken, Jeroen?'

'Ben je gek, dát bedoel ik niet... Zij is de liefste vrouw die ik ooit heb gezien, op Mina na, dat begrijp je!'

'Spreekt vanzelf,' antwoordde ik.

'Huichelaars!' riep Mina welgehumeurd vanuit de belendende keuken.

'Nou... schrikken is het verkeerde woord, ik had het alleen over de

verrassing moeten hebben...' nuanceerde de kerkhofbewaker.
'De verrassing?'
'Weet je nog, die luxueuze bos seringebloesem?'
'Uiteraard... Dat vergeet je niet gauw...'
'En die mevrouw over wie ik het had?'
'Wat dacht je? Ik heb je er nog mee geplaagd!'
Ik wist wat hij eraan zou toevoegen.
'Zij wás het, Paul. Zo zeker als ik vóór je zit. Het was jouw Emily!'
'Onmogelijk...' stamelde ik.
'Zal ik je de witte jurk beschrijven die ze op die morgen aan had, zo met een wijde rok en allemaal plooitjes erin?'

Lieve Emily, mijmerde ik. Net iets voor haar. Ergens had Kristien goed geraden. Zij had Roels stuk in *Het Avondnieuws* gelezen. Eenmaal in Antwerpen was ze, nog vooraleer wij elkaar kenden, witte bloemen op het graf van mijn vader gaan neerleggen, zonder er naderhand op te zinspelen. Kwamen ook de irissen op Pieter-Frans' tombe van haar?

Voorlopig zou ik er aan de telefoon niets over zeggen.

Waarom zij mij haar ontroerend gebaar had verzwegen, begreep ik niet. Maar zij had recht op haar geheim...

NEGENTIENDE HOOFDSTUK

De vrienden zorgen voor Paul. Fred en Leentje geven verstandige raad. Paul vaart af en beseft dan dat hij rust nodig had. Herinneringen aan het afscheid. Groepsportret met onderwijzer en boosaardig jongetje. Dé oplossing voor Emily? Lectuurherinneringen. De koninklijke meeuw.

De uren waren dubbel zo lang geworden. Elke dag belde Emily mij op. Telkens scheen haar moedeloosheid toe te nemen. Ik voelde mij enigszins opgelucht toen ik hoorde dat zij een huisverpleegster had aangeworven. Deze zou haar aflossen nu zij haar vertrek naar Cambridge niet langer kon uitstellen, wat heel wat moeilijkheden meebracht. Ook van hieruit telefoneerde zij getrouw, hoewel noodgedwongen haar brieven korter werden, ze had de handen vol met haar studenten en de tentamens die eerstdaags begonnen. Voortdurend had ze mammy aan de lijn, die minder dan ooit raad met zichzelf wist en een break-down nabij was.

Vooraleer naar de universiteit te vertrekken had zij getracht de zieke er eerlijk van te overtuigen dat hij in het hospitaal thuishoorde. Het bleek voldoende om een levensgevaarlijke paniekreactie teweeg te brengen. De specialist uit Salisbury begreep niet dat hij nog zoveel energie kon opbrengen om zich te verzetten. Dat de arts, die een ernstig man bleek te zijn, zijn toestand ongewijzigd noemde, betekende niet méér dan dat er voorlopig geen verdere crisis was opgetreden. Zo moest zij het woord 'stationair' begrijpen. Overigens hield het in dat hij steeds meer aftakelde, wat elke hoop uitsloot. Om deontologische redenen weigerde hij zich uit te spreken over de duur van het proces. Hij was geen waarzegger die iemands dood voorspelde!

Ik hoopte dat zij zich erbij neerlegde. Bezwaarlijk kon ik van haar verlangen steun te zoeken bij de gedachte dat zijn dagen geteld waren, een overweging die ik ook voor mezelf afwees. Wat de situatie nog onmogelijker maakte. Tussen hamer en aambeeld, ik beleefde het voor het eerst...

Ondertussen probeerde ik rekening te houden met haar steeds terugkerende raadgeving, namelijk dat ik aan het werk zou gaan. Het lukte mij niet aan de roman te beginnen waarover ik met haar had gesproken, hoewel ze precies daarop aandrong. De wijze waarop ik werk, beantwoordt niet aan dergelijke omstandigheden, ik had het ondervonden toen ik wist dat moeders ziekte fataal was. Je klapt meteen dicht, de in het onbewuste klaar zittende impulsen trekken zich terug naar een onbereikbaar achterland. Het enige waar ik vermoedde mij mee bezig te kunnen houden was mijn documentatie voor het filmscript dat ik Anton had beloofd. Soms lukte het, er mij een poos in te verdiepen. In onvoorziene buien van ordelijkheid (ik ben een sloddervos van jewelste, Emily had schertsend gedreigd het mij grondig af te leren) had ik de neiging om weg te gooien wat ik als onbruikbaar beschouwde. Gelukkig had ik de notities voor het vroeger geschreven Arthur-boek bewaard. Met een nogal bevredigend gevoel zat ik met mijn oude steekkaarten een structuur in elkaar te puzzelen die eventueel tot een scenario kon leiden. De hele rommel lag uitgespreid op de tafel die ik met Jeroens hulp uit de kelder naar mijn werkkamer had gesleept.

Mina had diep medelijden met mij. In overeenstemming met haar natuur vroeg zij zich af of ik het niet verwaarloosde om op tijd te eten. Zij had geen oor voor het argument dat ik vóór Emily's komst niet was verhongerd en nodigde mij meermaals uit voor het avondmaal. Telkens betekende het een hoogstandje voor de bedreven kookster. Mettertijd was ik veel van beiden gaan houden en ik maakte graag gebruik van hun warmhartige gastvrijheid. Wel stelde ik als voorwaarde dat ik hen mocht uitnodigen voor een uitgangetje, waarbij ik hen meenam naar 'De Kroon'. De keuken kon de vergelijking met die van Mina niet doorstaan, relativeerde ik. Anderzijds was het er gezellig ouderwets. Dat zij er eens rustig in haar mooie jurk bij kon zitten, betekende ook iets voor Jeroens van de morgen tot de avond bedrijvige huisvrouw.

Zelden heb ik in een zo korte periode zo aanstootgevend copieus gebikt. Het bleek niet te verhinderen dat, blijkbaar via Jeroen, ook de Nieuwlants in de waan schenen te verkeren dat ik door de hongerdood werd bedreigd.

Op de dagen dat Mina niet voor mijn lichamelijk welvaren zorgde, werd ik meestal door Fred uitgenodigd. Hij rekende dan vanaf een uur of vier op mij. Wat het werk betrof begon hij het rustiger aan te doen, voegde hij eraan toe. Hij had behoorlijk de handen vol, maar zijn zoons en kleinzoons stonden erop dat hij zich ertoe beperkte zijn ideeën schetsmatig op papier te zetten. Al dat inspannende tekenen namen zij voortaan op zich, zolang hij in de buurt was geen enkel probleem; de vermoeiende besprekingen met opdrachtgevers en de onderhandelingen met officiële instanties had hij reeds vroeger aan zijn oudste toevertrouwd. Bij anderen zou men denken dat men de grijsaard beleefd het belangrijkste uit handen nam, lachte hij welgemoed. Dat was evenwel niet het geval, het beantwoordde gewoon aan de mentaliteit op 'Ultima Thule'. Men vond dat voor hem het ogenblik was aangebroken om een aantal dingen te gaan doen waar hij inderdaad al lang naar uitkeek, de boeken te lezen die – hoeveel jaren? –

ongeopend lagen te wachten, zich optimaal aan de vrienden te wijden, ik wist wel...

'Je kan zeggen dat het op hetzelfde neerkomt,' vertrouwde hij me toe. 'Maar ik weet dat het ánders is. Wat ergens nog aan mijn leven ontbrak, wil ik er nu aan toevoegen, zo moet je het zien. Het beantwoordt volkomen aan mijn inzichten zoals ik ze de kinderen altijd voorhield...'

Het onstabiele weer was voorbij. In de windstille valavond zaten wij met Leentje van de rust te genieten. Fred had een fles Montrachet opgehaald. Hij wist dat geen van ons een drinker was. Volgens hem mocht wijn op zijn hoogst in omstandigheden als nu een begeleidend verschijnsel zijn, maar deze was van uitzonderlijke kwaliteit. Het hinderde hem niet dat ik even zuinig als Oma van mijn glas proefde. Vooral op de sfeer kwam het aan, vond hij. Het was vergelijkbaar met de geur van de uitbloeiende linden bij het huis en het ontbreken van elk storend geluid. In feite miste ik de drukte van de kleinkinderen. Die lagen al in bed, tenzij zij zaten te studeren; het duurde niet lang vooraleer overal de examens begonnen, van het lagere schooltje tot de universiteit.

Alleen Mol was op fluwelen pootjes komen aandrentelen en zat op een kussen aan Oma's voeten. Hij kende álles, verzekerde hij ons, letterlijk álles. Als een idioot verder te zitten blokken was je reinste tijdverspilling. De proeven werden hoofdzakelijk mondeling afgenomen; ging er iets mis, dan kletste hij zich er wel uit. Daaraan twijfelde ik geen moment. Hoewel hij blijkbaar aan de geschiedenis verknocht bleef, vroeg ik me af of hij niet beter in de politiek kon gaan.

'Hoe is het met de Elfenkoningin?' informeerde hij met vertedering.

'Ja, hoe gaat het met Emily?' trad Oma hem bij.

Hoe weinig ik ook van de wijn had gedronken, de hoeveelheid bleek voldoende om mij mededeelzaam te maken. Al behoort het niet tot mijn gewoonten anderen met mijn problemen lastig te vallen, vrij omstandig weidde ik uit over de pijnlijke toestand waarin zich Emily, waarin wij beiden ons bevonden.

Ondanks het donker wist ik dat de architect aandachtig naar me luisterde. Sympathie vóel je, ook als je elkander nauwelijks ziet.

'Ik wil me niet met je zaken bemoeien...' zei hij nadenkend. 'Niettemin geloof ik...' Bedachtzaam aarzelde hij. 'Mag ik me een onbescheiden vraag veroorloven, Paul?'

'Natuurlijk,' zei ik, 'waarom niet?'

'Hoe sta je ervoor, heb je geen materiële problemen? De erfenisrechten en zo, bedoel ik.'

'Gelukkig niet,' zei ik. 'Bastiaan heeft alles geregeld. Het antiek is verkocht, de opbrengst ligt iets hoger dan de taxatie, een enorme meevaller. Mijn oom Lambert liet me wat geld na, ik had het nooit gedacht, en mijn boeken doen het ook...'

'Mooi... Dan denk ik inderdaad dat ik je een raad mag geven. Blijf hier niet zitten met je triestheid, Paul, ga haar achterna naar dat Engelse dorp of naar Cambridge. Het is trouwens leuk om er wat rond te kijken...'

'Dacht je?' vroeg ik, verbaasd dat ik het tot dusver niet voldoende bewust in overweging had genomen.

'Ja, ik denk het... Begrijp me niet verkeerd. Het is duidelijk dat Emily je de ellende wil besparen waarmee ze momenteel moet afrekenen. Misschien denkt ze dat de verhouding nog te pril is om haar aan dergelijke narigheid bloot te stellen...? Op dat gebied vergist zij zich, geloof ik. Ik heb gezien dat er tussen jullie beiden een bijzonder sterke band bestaat. Je hoort de tegenspoed niet te vrezen, maar je mag hem ook geen kans geven. Trek hier geen foute conclusies uit, er is niets aan de hand, dat hoor je me niet beweren... Als evenwel je werk je er niet van weerhoudt, zou ik je de raad geven je koffer te pakken!'

Soms heb je het gevoel dat het gezond verstand het een tijdlang heeft laten afweten. Het was doodeenvoudig. Had ik mijn wagen in de garage, de regelmatige afvaarten in Oostende of Zeebrugge onwillekeurig niet als een soort van ingebouwde veiligheid beschouwd, zonder dieper op een zo voor de hand liggende gedachte in te gaan?

'Mag ik ook iets zeggen?' vroeg Leentje. 'Ik geloof, Paul, dat Fred gelijk heeft. In jouw plaats ging ik dadelijk naar haar toe!'

Ik geloofde het trouwens ook. Deze wijze oude mensen zagen het juist.

Wat had mij, welke remmingen hadden mij voor een zo eenvoudige oplossing blind gemaakt? Waarom had ik rekening gehouden met de beslissing waardoor Emily vermoedelijk mijn rust wilde eerbiedigen? Had zij niet van de eerste nacht af begrepen dat zij voortaan rechten op mij had, dat zij alles van me mocht eisen...?

Wanneer ik mensen hoor zeuren dat zij dringend aan rust toe zijn, lijkt mij dat meestal onbegrijpelijk.

Rusten, zalig nietsdoen, betekent voor mij gruwelijke verveling: als ik niets omhanden heb, voel ik me doodongelukkig. De grootste toegeeflijkheid die ik me veroorloof als ik me wat vermoeid voel, is mij in een boek te verdiepen. Steeds verbaasd het mij dat sommigen er zich voortdurend over verwonderen dat ik zo ontzaglijk veel zou hebben gelezen. Het treft mij inderdaad hoe weinig de meesten onder mijn collega's schijnen te weten, maar tenslotte gaat dat henzelf aan. Mijn enige zogenaamd rustgevende fysieke bezigheid is het sproeien van het grasveld. Nou ja, ook dát nog aan de jongen van het benzinestation toevertrouwen zou neerkomen op wat Mina Onzelieveheerke uitdagen noemt. Overigens houd ik van dat ondefinieerbaar aroma van het water, vooral in het rulle zand van de bloemperkjes na dagen droogte. Ik geloof dat ik in dit opzicht op Jeroen gelijk. Eens vertelde hij mij hoe tijdens zijn krijgsgevangenschap in Duitsland het meest heimweevolle beeld van thuis de herinnering was aan de geur van een zomerse regenbui op de zandweg nabij de bescheiden woning uit zijn kinderjaren. Zelfs dát gemeenschappelijke trekje brengt mensen dichter bij elkaar, vermoed ik.

Toen in Oostende de ferry de havengeul verliet en de steven de volle zee in ploegde, terwijl ik de gebouwen van de promenade en het reeds bont krioelend strand langzaam zag verdwijnen, maakte zich in elk geval een bevrijdend gevoel van mij meester. De talrijke passagiers brachten het niet in de verdrukking. Het nam toe naarmate het uitzicht zich steeds meer beperkte tot flessegroen water, een paarsblauwe hemel met wat argeloze witte schapewolkjes erin. Misschien bestaan er mensen die zich achteraf van een zekere uitputting rekenschap geven en behoor ik tot deze rare snuiters?

Ik klom de trap op naar het zonnedek en nestelde mij in een mailstoel, door de schoorsteen tegen een opstekend, ternauwernood hinderlijk zeebriesje beschermd. Sedert Emily's vertrek was het de eerste dag dat ik mij ontspannen voelde, hoewel ik mij tot dusver wél van verdriet, doch niet van stress had rekenschap gegeven.

Na het gesprek met Fred en Leentje had ik ernstig nagedacht.

Het klinkt ongeloofwaardig, maar de eerste stap naar mijn beslissing was de oplossing die ik voor Lancelot vond.

Ik had mij uitvoerig door Lucia laten catechiseren. Zij vertroetelde zeven weldoorvoede poezen. In die landelijke hoek waar de Lampo's wonen, is zij een gerenommeerde specialiste en activiste wat huis-, bos-, dak-, straatgoot-, alsmede lapjeskatten en andere felienen betreft. Fundamentele en gulden regel: poes nooit van zijn vertrouwde woonplaats verwijderen! Geen denken aan Lancelot ergens in pension te doen, hoe graag ze hem zélf gastvrijheid had verleend. Houd het mij ten goede, Paul, maar het brave dier is meer aan zijn huis gehecht dan aan zijn baasje dat zwoegt in het zweet zijns aanschijns voor zijn gehakte biefstukje, zijn blikje welgekozen vis (tonijn, andere lust hij niet) en zijn koeiemelk puur natuur vol vitamientjes. Een oplossing zou zijn voor een warm plekje in het rommelhok te zorgen en die verrukkelijke tweeling van de Brusselmansen te charteren om hem zijn diner op te dienen. Maar wat zit de trouwe Gelaarsde Kater daar zo dagenlang alléén te doen?

Ik keek zo verdrietig, dat Lucia begreep, dat zij iets hoorde te ondernemen om haar theorieën in werkelijkheid om te zetten. Zij belde Klaartje op. Ikzelf durf anderen met dergelijke zaken niet lastig te vallen en was gelukkig toen ik vernam dat Klaartje en Roel enkele dagen op het platteland best aardig vonden; hoe meer dagen, hoe liever. Vorig jaar waren zij langs gloeiende autowegen, grotendeels stapvoets in files naar La Ciotat getuft en ze hadden erbij gezworen dat het de laatste keer was. Op Pauls poes gaan passen en meteen over dat leuke huis buiten de stad beschikken vonden zij een droom van een oplossing, ik moest hén niet bedanken, zij bedankten mij!

'Zo pak je die probleempjes aan,' zei Lucia.

Toen gisternamiddag de Verschaerens arriveerden, voerde Lancelot een vleierig ballet op rondom Roels broekspijpen, sprong daarna spinnend bij Klaartje op schoot en deed of ik op zijn hoogst een vage relatie van hem kon zijn.

Dat was dus opgelost. Lucia was de eerste die een prentbriefkaart uit Engeland van me kreeg.

Om allerhande, ook praktische redenen wilde ik niet met de noorderzon verdwijnen zonder een aantal vrienden te waarschuwen.

Jo's drukker had enige vertraging opgelopen doordat hij met een van zijn persen in de puree had gezeten. Het zou drie weken tijdverlies opleveren, gegarandeerd niet meer. Ergens moest je het van de goede kant bekijken, besloot de eenmansuitgever. Ronduit gezegd had hij er al eens met Kristien over gepraat om Pieter-Frans' roman pas medio september op het publiek los te laten, vlak op de drempel van het leesseizoen. Tot het laatst zouden wij alles samen doen, nietwaar, en dan was Emily zeker weer bij ons, daar twijfelde hij geen ogenblik aan. Stel je voor dat men haar op de luisterrijke avond van de presentatie voor een afstammelinge van lady Moor hield? Nu hij eraan dacht: zou ze er wat op tegen hebben als hij stiekem het gerucht in omloop bracht? Officieus, bedoelde hij, niet officieel. Lucia dacht wel dat haar man ertoe bereid zou zijn om het boek in te leiden, hij hield nogal van die tijd. Op voorwaarde dat jij, Paul, het hem nog eens apart vroeg en dat ook jij uitvoerig aan het woord zou komen. Ik heb de indruk dat jij voor hem ergens Peter van Keulen vervangt. Jo had verder al een afspraak met de Havenbank, die haar auditorium tot zijn beschikking stelde. Ongelooflijk? Victor, je weet wel, Pelléas, had een goed woord voor hem gedaan. Toen hij zich ervan vergewiste dat men ónze Van Kerckhoven voor een van de Van Kerckhovens uit zijn voorgeslacht hield (wat nog mogelijk is ook, verdomme!), heeft hij als een verstandig transportondernemer gedaan of zijn neus bloedde. En ja, hoor! Ik voel met mijn ellebogen dat Titia graag een receptie zou willen houden, zij is gek op zulke dingen. Enfin, het wordt een feest van jewelste, maar vooraf organiseer ik 's namiddags op het Erepark een stemmige plechtigheid bij de tombe. Ik loop te overwegen om er de wethouder voor cultuur bij te betrekken, ik hoop dat hij kan lezen. Of misschien de minister, als die tenminste tijd heeft met al de prijzen die hij om de haverklap aan de mafia moet uitreiken. Na zijn woordenvloed te hebben gestopt, beloofde ik Fred Nieuwlant te raadplegen, mogelijk kende hij een of andere vooraanstaande figuur met een betrouwbare vrije geest. Hier en daar vind je er zo nog wel een, wij waren het Pieter-Frans verschuldigd, ook Roel wist wellicht raad. De uitgekeken of slaapverwekkende politieke houwdegens lieten wij erbuiten. Een man als die rode burgemeester van Steenhage, ja, maar die komt in dit geval bezwaarlijk in aanmerking.

Het werd langzaam aan het afscheid van een zuidpoolreiziger, lachte ik, toen Mina besliste dat ik de avond voor de afvaart best een stukje met hen kon eten. Ginds in Engeland zou ik niet veel zaaks onder de tand krijgen, vreesde zij. In de eerste wereldoorlog waren haar ouders er terechtgekomen. Van haar moeder had ze gehoord dat de keuken er abominabel was.

'Het zal wel meevallen,' stelde ik haar gerust. 'Geen reden om de uitnodiging niet te aanvaarden, als jullie het goedvinden dat ik niet te laat opstap...'

'Mina zit met haar lamsboutjes in het hoofd,' zei Jeroen. 'En ik wil je wat tonen. Mijn vrouw zeurde er allang over dat de zolder een opruimbeurt hoorde te krijgen... Kijk eens wat ik in een koffer vond...'

Veelbelovend glimlachend overhandigde hij me een foto, kloek kwartoformaat op stevig karton, met een royale witte rand eromheen. Het nauwelijks verbleekt, oorspronkelijk kastanjebruin wees duidelijk op een respectabele ouderdom. Voor zover ik het mij kon voorstellen, waren afdrukken in die kleur van in de vroege jaren dertig grotendeels uit de mode geraakt.

'Een klasje... Jouw klasje? Sta je erbij...?' vroeg ik.

'Wat dacht je? Hier, op de derde rij, vierde van links... Achteraan dus, ik was flink uit de kluiten gewassen voor mijn leeftijd.'

'Ja, ik herken je, hoor! Een mens verandert; en in feite verandert hij helemaal niet... Alleen je bril ontbreekt eraan. En je snor!'

'Let maar eens op de achtergrond, je kunt er een deel van dat armemensenschooltje zien. Nu ik het weer bekijk, valt het nogal mee...'

'Ja hoor... Stemmiger dan al dat glas en beton van tegenwoordig... Nee toch, Jeroen...! Hoe is het in 's hemelsnaam mogelijk, dat het mij nu pas invalt waar het om gaat!'

'Inderdaad... Het heeft tijd gekost!' antwoordde mijn gastheer, mijn verwarring begrijpend, hoewel licht betuttelend. 'Híer, kijk maar!'

Hij wees me de onderwijzer die naast zijn klas post had gevat. Deze stond er niet krampachtig of zelfingenomen bij, zelfs niet plechtig, zoals ik het op dergelijke plaatjes meermaals had gezien. Gans zijn stevige figuur viel op door een zekere voornaamheid, maar tegelijkertijd door een losse, niet van aristocratie verstoken nonchalance, een man die wist wat hij als belangrijk en wat hij als bijkomstig moest beschouwen.

'Papa...' mompelde ik.

'Inderdaad, Paul, je vader... Daarom toon ik je die foto!'

'Ja, dat begrijp ik...'

'Ik ben er nogal aan gehecht, anders mocht je dit exemplaar houden. Ik ben even bij de fotograaf aangelopen, geen moeilijkheid om er een reproduktie van te maken, zelfs mooier.'

'Dat kan, ik weet het. Het lukte perfect met een miserabel plaatje van Van Kerckhoven, honderd jaar ouder...'

In de tijd dat het klasje werd gefotografeerd, was de scherpte het enige waar men belang aan hechtte.

Gefascineerd bleef ik naar de attachante figuur staren, links van het vertederend pover groepje kinderen.

Als het waar was dat ik op hem leek, was het een gelijkenis om gelukkig mee te zijn.

Ik ben bereid toe te geven dat het aan mijn ontroering of mijn verbeelding was toe te schrijven terwijl wij bij Mina's tafel over de afbeelding gebogen zaten.

Eensklaps had ik de indruk dat mijn vader helemaal apart op die foto stond.

Nu ik het onder woorden probeer te brengen, heb ik er moeilijkheden mee.

Men kon duidelijk zien dat hij bij zijn jongensklas hoorde. Dat alles hem ermee verbond, of het zijn eigen kinderen waren (hoe had hij gereageerd toen mama hem zei dat ze zwanger was?). Vermoedelijk grotendeels onbewust, beperkte op dit punt mijn respons op het stemmige groepsportret zich tot zijn gesloten, ondoordringbare twee dimensies.

Anderzijds was er evenwel het gevoel dat vader zich op een onverklaarbare manier van het tijdsmoment had gedistantieerd. Exact op het ogenblik toen de man bij het ouderwetse apparaat op zijn statief bevelend 'Niet meer bewegen, jongens!' had geroepen en toen op de rubber peer van de sluiter had gedrukt, was hij deel gaan uitmaken van het gebied waar gisteren noch morgen zich van elkaar onderscheiden.

Wanneer inderdaad ons bestaan een zin bezit, moet die grotendeels berusten op de voorstellingen welke onze eigen verbeelding schept, welbeschouwd niet minder belangrijk dan de werkelijkheid die wij met de vingertoppen kunnen betasten, met al onze zintuigen waarnemen. Ik had het tot dusver niet bewust op die wijze overwogen (onbewust was ik er reeds geruime tijd mee bezig, van de morgen op het kerkhof af, veronderstel ik). Het hing evenwel van mezelf af dat mijn vader definitief verder leefde. Geen huurmoordenaar had de bestendigheid van zijn verschijning in deze wereld kunnen uitroeien. Onvermijdelijk leefde hij ook verder voor de dader, onafgebroken op de voet gevolgd door de schaduw van zijn onschuldig slachtoffer.

Mogelijk viel het alleen outsiders van zijn aard te beurt, mogelijk werd het bepaald door de oorzaken, de kracht van de argumenten waarop de hun toegedragen liefde berust. Jo had het vluchtig gevoeld toen hij zich verbaasde over de vitaliteit die mijn genegenheid aan de roman van Pieter-Frans had teruggegeven. Zonder zich ervan te vergewissen had Anton er zijdelings op gezinspeeld tijdens zijn beschouwingen over de documentaire film. In Veere had Emily het geamuseerd onder woorden gebracht toen ik alludeerde op de geestelijke aanwezigheid van haar verste voorouders nabij het terras waar wij koffie dronken, en zij er in haar eigen taal een 'perennial presence' bij betrok.

Mina was over onze schouders komen meekijken, ze had er haar leesbril voor opgezet.

'Jeroen heeft gelijk,' hoorde ik haar vlakbij zeggen. 'Eerst dacht ik, Paul, dat hij zich door zijn verbeelding om de tuin had laten leiden. Maar hij heeft gelijk, geloof hem maar. Je bent sprekend het evenbeeld van je papa. Een buitenstaander zou jullie niet uit elkaar houden...'

'Ik ben blij dat ik je die foto kan tonen,' zei mijn oude vriend. 'Er is overigens nog een andere reden waarom ik je hem laat zien. Eerst wilde ik het er na je terugkeer uit Engeland met je over hebben, begrijp je?'

'Nee,' antwoordde ik, 'geen woord. Ik begrijp het niet, hoe zou ik?'

'Inderdaad... Daarna zag ik in dat het niet zo belangrijk was, gewoon iets wat ik me verbeeldde. Natuurlijk.'

'Je spreekt in raadsels Jeroen. Waarom die orakeltoon? Voor den dag ermee!'

'Kijk, hier op de tweede rij...'

Met het mondstuk van zijn pijp, die hij net had gestopt maar niet opgestoken, wees hij een figuurtje aan, mogelijk wat benepen, verder niet noemenswaardig van de andere jongens te onderscheiden.

'Wat scheelt eraan?' vroeg ik.

Ik veronderstelde dat het een kennis van de Goetgebuers was, iemand die later speciaal in het leven was geslaagd, vandaag de dag misschien een alweer vergeten voetballer of zo. Eerlijk gezegd was ik er niet benieuwd naar.

'Je zou nou zeggen. Weet je hoe dat kereltje heette?'

'Geen idee,' lachte ik. 'Hou je me voor een helderziende? Wat is er met zijn naam aan de hand?'

'Een toeval, geen twijfel aan, een simpel toeval. Hij heette Bracke, net als die gruwel van een Obersturmführer...'

'Vanzelfsprekend is het een toeval... Ook Jo heb ik er herhaaldelijk aan moeten herinneren. Het aantal gebruikelijke namen is niet onuitputtelijk; geef me de telefoongids, ik zal het je bewijzen.'

In feite begreep ik niet waarom ik mij ertoe gedwongen voelde een beroep op bewijzen te doen. Wat ik had gezegd, meende ik. Evenmin als van het vrij zielige knaapje, kwam ik diep onder de indruk van zo'n gelijkluidende naam. Het was Hubert die mij eens had gezegd: Hoe heerlijk moet het zijn om gewoon als vele anderen te heten! Ik kan er, wegens dat Italiaans of Spaans gedoe waar ik mee zit opgescheept over meepraten. Voortdurend vraagt men mij waar ik dat welluidend – begrijp: gek – pseudoniem vandaan heb.

'Kan ik mij voorstellen, dacht ik ook...' beaamde Jeroen, niettemin wat tegendraads. 'Op hier en daar een uitzondering na zou ik niet eens meer weten hoe mijn schoolkameraden heetten. Zíjn naam ben ik mij blijven herinneren omdat je hem weinig hoort... In feite was het een sukkel. Zijn ouders waren midden in de crisistijd van over de Schelde naar hier verhuisd; zoals men in Antwerpen neerbuigend zei, kwamen zij "van over het water". Het waren dompelaars, die in een houten keet van de nederzetting hokten, niet ver van de school. Net als zij praatte hij een grondig van het onze afwijkend dialect; een boerentaaltje, vonden wij. Hij werd erom uitgelachen, althans wanneer je papa, die hem in bescherming nam, niet in de buurt was. Hij legde ons naderhand uit waarom hij het ontoelaatbaar vond. Het was hetzelfde wat men met de joden in Duitsland deed. Reeds in die tijd zette het hem aan tot een les over wat hij een van de meest afschuwelijke gemeenheden in de wereld noemde. In drukletters schreef hij "racisme" op het bord. Het was een moeilijk woord! Daarna voegde hij er in rood krijt vooraan "geen" aan toe, géén racisme, hij stond erop dat wij het ons leven lang zouden onthouden...'

'Braaf van hem!' zei Mina.

'Wat de meester zei, was evangelie. Ook bij gewone mensen waren de kinderen in die tijd zo opgevoed... Bracke werd met rust gelaten. Net als wij begon hij Antwerps te praten, waardoor hij wat minder nurks en gespannen, wat minder eenkennig scheen te worden. Mogelijk kwam hij zijn dinges, hoe heb ik je dat horen noemen, help me even...'

'Frustraties?'

'Zijn frustraties te boven doordat hij geweldig trots op zijn vader was. Die had ergens een baan als nachtwaker gevonden, wat de toestand in dat gezin draaglijker scheen te maken. Overdag sliep hij; om tien uur moest hij zich op de fabriek melden. Het maakte indruk op ons, vooral omdat zijn zoon snoefde dat hij de hele nacht in zijn eentje in de werkplaatsen patrouilleerde, gewapend met een pistool om de inbrekers af te schrikken. Eéns had hij er een betrapt en hem doodgeschoten, beweerde hij. Het kwam je vader ter ore, die hem onder handen nam en hem verbood verder nog zulke onzin uit te kramen. Ondanks zijn nachtelijke bezigheden zagen wij die vader van hem op zondagmorgen fris en monter het huis verlaten, gekleed in een zwarte rijbroek, laarzen, een groen hemd met een zwarte das erop en een koppelriem. Wat het betekende, wisten wij niet. De kleine Bracke vertelde trots dat hij ging oefenen, elke week, weer of geen weer. Wat mij betreft, ik stelde mij voor dat het iets was als oefenen om beter met die revolver te leren mikken; veel zou die boerepuit van ginds over het water er wel niet van terecht brengen...'

'Het wordt een interessanter verhaal dan ik dacht...' erkende ik. 'De antiracistische les was niet aan de familie Bracke besteed, vrees ik?'

'Waarachtig niet... Toen ik je laatstmaal uitgebreid over het schooltje, over je vader vertelde, verloor ik het uit het oog... De avonden waarop wij maandelijks naar hem toe gingen, weet je nog wel? Wij werden langzaam aan jonge kerels... Ofschoon wij er zelden gebruik van maakten, vond hij het best dat wij een kennis, een kameraad meebrachten. Later had hij zelfs geen bezwaar tegen het eerste meisje, natuurlijk geen gekheid in de klas, de school bleef de school! Niet zelden gebeurde het dat hij zinspeelde op vragen die hem bezighielden, problemen waar hij de volgende keer eens over wilde praten. Wie het écht meende, kon er zelfs vooraf een boek over lezen. Er was een filiaal van de stedelijke bibliotheek in de buurt, waar wij iets over het onderwerp konden vinden. Toen hij zich voornam ons over het verschil tussen het nazisme en ons socialisme te onderhouden, had hij daar vermoedelijk vooraf wat over gezegd... Na afloop van het zesde klasje had Bracke zich nog slechts zelden vertoond. Hij werd door geen van ons gemist, alleen je papa informeerde nog weleens naar hem... Je zult me nauwelijks geloven, Paul... Op díe avond kwam hij met enkele van zijn makkers opzetten, allen in dat zelfde uniform als zijn vader...'

'Vermoedelijk om herrie te schoppen?' opperde ik.

'Zo ver kwam het niet. Ze zaten er stroef bij, met een griezelige discipline, of zij ons tot voorbeeld wilden strekken. Geen waagde het een kik te geven. Ik vertelde je over de stille kracht die van je vader uitging. Die keer vergewiste ik mij ervan dat het... ja, een hypnotische kracht was, waarmee hij moeiteloos die kereltjes in bedwang hield. Wel legde hij sterker dan gewoonlijk de nadruk op wat hij ons aan het verstand wilde brengen. Niet door die knapen, maar door wat hij zei, heb ik voor het eerst begrepen wat het verschil was tussen fascisme en democratie... Een maand later stond hij er nog even bij stil. Bij dat verschil, bedoel ik. Er was een naamloze aanklacht bij de wethouder voor onderwijs binnengekomen, glimlachte hij. Ja, omdat hij over het socialisme had gesproken. Natuurlijk was ze zonder gevolg geklasseerd, niemand had hem wat verweten. Hij wist het toevallig van een beambte uit de administratie. Wij waren diep verontwaardigd. Iemand stelde voor Bracke een pak ransel te geven. Je papa vond evenwel dat die vieze zaak op het geschikte ogenblik kwam. Naamloze brieven, verklikkingen, allemaal uitstekende voorbeelden van dat fascisme waarvoor hij ons had willen waarschuwen. Er is verder natuurlijk niets gebeurd. Pakken ransel uitdelen was het laatste waar meester Deswaen aan dacht! Vreemd dat ik die zaak vergat... Daarom zinspeelde ik er laatstmaal niet op.'

'Moet je even horen, Jeroen...' aarzelde ik. 'Denk jij dat die Bracke...?'

'Dezelfde was als de moordenaar, wil je zeggen?' vroeg hij.

'Niet bepaald! Vergeet het maar. Zo'n naam brengt automatisch je verbeelding op gang,' zei ik afwerend.

'Natuurlijk, Paul. Heus, zo bedoelde ik het niet. Zei je zélf niet dat een naam ons niet mag misleiden? Voor mij komt er geen telefoongids aan te pas. In de streek vanwaar die mensen afkomstig waren, zijn er praktisch zoveel Brackes als elders Pietersens en Jansens. Het hoeft je niet te verhinderen om Roel eens vroeg of laat te laten uitzoeken waar ónze Bracke vandaan kwam...'

Meestal begon na verloop van tijd de overtocht naar Dover mij te vervelen. Bovendien zat het mij dwars dat je, zelfs voor zo'n zeereisje van niemendal, nooit van tevoren de exacte duur kunt ramen, tenzij je tot de accurate naturen of de preciesneuzen behoort, die van tevoren de uurtabellen bestuderen.

Voor dergelijke voorzorgen heb ik weinig aandacht. Ik geloofde het wel.

Wegens zijn onvoorspelbaarheid vond ik dat tijdsverschil overigens vrij boeiend. Warhoofd of niet, ik had opgemerkt dat het schip een keuze maakte tussen twee van elkaar afwijkende routes. Waarom wist ik niet. Het kon te maken hebben met de drukte in deze (herinnerde ik mij te hebben gelezen) dichtst bevaren zeëngte ter wereld. Bijgevolg speelde ik met de gedachte dat op grond van ingewikkelde statistieken, uitgecomputerd in functie van het uur van dag of nacht, de ene of de andere weg werd genomen. Tenzij het om hydrografische of getijdenproblemen ging waarbij, naar gelang hoog of laag water, de zandbanken een rol speelden?

Toen ik links van me keek, de hand beschermend boven mijn ogen voor de stilaan naar het zenit klimmende middagzon, zag ik dat de ferry inderdaad de alternatieve route volgde, zoals ik die voor mezelf noem. Eenmaal een flink eind de haven van Oostende uit, zo ver dat men voorlopig geen land meer kon zien, had hij een fikse bocht naar het zuidoosten gemaakt. Hij voer nu parallel met de Noordfranse kust. Ik ontwaarde spoedig de scheepvaartinstallaties, de rede van Duinkerken. Trouwens al van de Belgische grens af tuurde ik naar het historische, vooral in Zuydcote duidelijk aan een enorme, klooster- of hospitaalachtige constructie herkenbare strand, waar in de vroege zomer van 1940 de Britse troepen, op de vlucht voor de Panzerdivisionen maar met flegmatische discipline, waren ingescheept. Ik vroeg mij af hoevelen van mijn generatie nog wisten dat hier, oog in oog met een nochtans verslagen legermacht, Hitler en zijn trawanten voorgoed de nederlaag hadden geleden? Vaders vrienden en hijzelf, díe hadden het geweten, mogelijk langs een of andere geheime weg van hun broederlijk verbond, vast ook door stiekem naar Churchills radiorede over bloed, zweet en tranen te luisteren. Papa had het, helaas, met zijn leven betaald...

Stilaan zag ik de in een lichte nevel gehulde kustlijn een meer landelijk karakter vertonen. Mijn voorkeur ging naar de overtocht, ruim een uur korter, rechttoe rechtaan door volle zee. In ándere omstandigheden had ik de langere overtocht erg saai gevonden, maar gelukkig zat vandaag mijn verbeelding gereed om mij een helpend handje te reiken. Ik had mijn schoudertas uit de wagen meegenomen en haalde mijn Engelse wegenkaart voor den dag, waarop ook dit stukje Frans vasteland voorkwam. Mij hiermee behelpend raamde ik dat de gezapig vorderende boot zich ongeveer op de hoogte van Wissant (nog steeds Nederlandse toponiemen, Witzande!) moest bevinden.

In feite had ik mij niet over mijn geheugencomputer te beklagen. Ineens kwam er namelijk een bruikbaar snippertje voor mijn televisiescript opdagen. In Wissant was in 1113 een groepje Franse monniken scheep gegaan om in het toenmalige Engeland van de Plantagenets een inzameling te organiseren met het oog op de wederopbouw van hun afgebrande kerk. Geboeid had ik gelezen hoe in de kroniek van ene Herman van Doornik stond geschreven dat zij in Bodmin, op weg naar Cornwall, tóen al bekende verhalen over Koning Arthur hadden gehoord. Onbekend was hun evenwel het geloof van de ingezetenen dat hij nog steeds in leven zou zijn, in Avalon wachtte tot het uur sloeg om met zijn Keltische troepen alle vreemde indringers uit Brittannië te verdrijven. Misschien zou het, met op de achtergrond deze anekdote, interessant zijn in Wissant wat plaatjes te schieten? Immers, met Antons visie op de documentaire was alles mogelijk, takes van het huidige stadje, zijn haven of desgevallend een visserscafeetje niet uitgesloten.

Ik noteerde het in mijn blocnote, hoewel ik wist dat vergeten van dit ogenblik af onmogelijk was. Terzelfder tijd gevoelig voor het mysterieuze van zo'n kust en haar onzichtbare achterland, vroeg ik mij af of zich niet ongeveer op deze hoogte ééns het kleine Vlaamse vorstendommetje Wijnen had bevonden, waar vandaag alleen het onaanzienlijke stadje Guines en zijn naburig bos op wees. Ik was op het spoor gekomen dat de toenmalige graaf, Aarnout II, er een minnestreel op na hield, die Walter de Clusa zou heten en de schrijver was van een oeroude, verloren Vlaamse *Tristan*. Dat 'Clusa' leek mij een vertaling, misschien wel onder Provençaalse troubadoursinvloed, van het tot Ecluse verfranste Sluis. Walter van Sluis dus. Wat redelijk klonk! Vruchteloos had ik naar enig spoor van de man en zijn werk gezocht, maar met ridder Tristan zat ik volop in de Arthur-materie, en zo'n mysterieus accent in verband met een uit het gezicht verdwenen minnezanger leek mij aardig. Dus maakte ik een tweede aantekening in mijn notitieboek, hoewel ook dit keer het detail muurvast in mijn geheugen zat.

De zee verhielp weinig aan de stilaan drukkende warmte. Ik versleepte mijn dekzetel tot in de schaduw van de schoorsteen.

Mijn verbeelding mocht op volle kracht werken, het verhinderde niet dat ik mij heerlijk ontspannen voelde.

Nauwelijks was het besluit gevallen dat ik naar Engeland zou vertrekken, of Anton was opgedaagd met het meisje Miriam, niet op de tandem, maar in een witte sportwagen. Het bijbels prinsesje zat aan het stuur en had de Porsche geleend van haar vader, die – ik hoorde het voor het eerst – de eigenaar was van een pelsbedrijf, naast het diamant in Antwerpen een joodse specialiteit. Blijkbaar niet in strijd met een of ander voorschrift uit de thora, verwende hij zijn dochter schromelijk. Hij was – voegde Anton er gniffelend aan toe – voorlopig niet bereid om in films te investeren, hoewel je met een zonderling als hij niet dadelijk de moed moest opgeven. Als dochterlief zich ooit voornam om eens flink aan te dringen, kwam je misschien voor verrassingen te staan. Duidelijk was, dat hij op dit punt er geen enkele illusie op na hield en er trouwens niet aan dacht van zijn relatie met de ontzettend op hem verliefde jongste van de koopman in pelterijen gebruik te maken.

Voorlopig had hij mij niet lastig willen vallen, zei hij. De mensen van de televisie hadden evenwel trek in het project gekregen en insisteerden dat zij het scenario zo gauw mogelijk wilden inzien. Het was gewoon aan belangstelling toe te schrijven, voegde hij er geruststellend aan toe. Inzien betekende niet dat om het even wie zich inhoudelijk met onze plannen wilde bemoeien. Vroeger dan volgend voorjaar kon er overigens niet worden gedraaid, maar wat extra belangstelling impliceerde dat alles vlot zou verlopen en bij voorbeeld een accidentele overschrijding van het budget of zo niet tot eindeloos gezeur zou leiden.

'Het eind van het jaar wordt daarom wat laat voor het script,' voegde hij er beduusd aan toe. 'Eerst wilde ik het blauw-blauw laten, maar nu je toch naar Engeland vertrekt... Zou je van de gelegenheid geen gebruik maken en wat rondkijken waar je het nodig vindt? Elke uitgave is voorzien in je contract, dat je gewoontegetrouw vast niet hebt gelezen. Begrijp me niet verkeerd, de eigenlijke prospectie doe ik later zélf. Miriam maakt zich sterk om die moordwagen van haar vader voor een paar weken af te luizen. Ze gaat uiteraard op papa's kosten mee – samen met mijn opnameleider. De vraag hoeveel hogere beeldbuisbonzen hun vriendin op kosten van de omroep meenemen, zullen we maar als irrelevant beschouwen, het kijkgeld is er goed voor...'

Ik wist niet hoe de eerstvolgende dagen eruit zouden zien, maar beloofde Anton mijn best te doen. Bleek het slecht uit te vallen, dan keerde ik daarna spoedig naar Zuid-Engeland terug. Nog voor de Boekenbeurs, maar waarschijnlijk aanzienlijk vroeger kon hij, tenzij de wereld verging, op zijn scenario rekenen.

Wat ik daar exact mee bedoelde, wist ik niet. In elk geval hoopte ik dat de wereld niet verging, niet voor ons zou vergaan.

Als Tristan zat ik dromend naar de op zijn achtergrond van mooiweerswolken zacht wiegende witte mast te kijken. Ik was op weg naar mijn beminde, niet naar een deplorabele toekomst als die voor het ongeluk geboren ridder.

Emily aan de telefoon van mijn komst verwittigen was niet zo eenvoudig gebleken. Wat ik trouwens van tevoren had gevreesd.

Eerst kon zij een duidelijke vreugdekreet niet onderdrukken.

Vaak had zij erom gelachen als ik beweerde dat mijn kwartje te langzaam rinkelt wanneer ik voor een verrassing kom te staan. In tegenstelling tot haar – althans zover mijn ervaring reikte – rechtlijnige, ongecompliceerde aard, bleek zij op haar beurt met vertraging te reageren. Na haar onmiskenbare, spontane vreugde scheen onmiddellijk daarop mijn mededeling haar de adem af te snijden, of ze ineens ging dichtklappen, hoewel het zover niet kwam. Mijn aanvankelijke gedachte was zelfs dat zij mij het idee naar haar toe te komen uit het hoofd wilde praten.

Terzelfder tijd voelde ik praktisch fysiek hoe zij stond te overleggen dat het van haar standpunt uit gewoon onmogelijk was, in alle opzichten in strijd met wat ons zo innig verbond. Ik voelde het op de lijn trillen hoe haar door werk en zorgen vermoeide hersens op volle kracht functioneerden, hoe haar nadenkende toon verband hield met roosters en verplichtingen bij de einde-jaarsactiviteiten in Cambridge en zij in gedachten haar agenda doorbladerde, reeksen van uren in haar geest langs liet trekken. Nog een paar dagen zat zij muurvast, zei ze triest, zij had afschuwelijk de handen vol, meestal tot 's avonds laat. Dit was geen universiteit als een andere. Een deel van de professoren, docenten en assistenten was metterwoon, soms hun gezinnen inbegrepen, gevestigd binnen de muren van de campus. Niemand vond het ongewoon dat er op de meest onmogelijke uren van de dag, om niet te zeggen van de nacht, vergaderingen werden belegd, besprekingen en deliberaties gehouden. Ook de studenten rekenden er in dit gesloten wereldje op dat zij om het even wanneer bij haar belet konden vragen... Goed, nog een paar dagen had zij op die manier de handen vol, maar zo gauw haar laatste verplichtingen achter de rug waren, keerde zij terug naar Ramsbury. Daar verslechterde de toestand van dag tot dag. Nadrukkelijk voegde zij eraan toe dat de zieke niet in coma lag, wat niet verhinderde dat voor mammy de situatie niet meer draaglijk was. Van de verpleegster had haar vader niet willen weten. Hij had het mens het leven zo onmogelijk gemaakt, dat de attente, hulpvaardige vrouw na een paar dagen haar biezen had gepakt. Duidelijk wees het op verregaand geestelijke aftakeling, dacht Emily, dat hij de toegewijde nurse door de knieën had doen gaan door de dwanggedachte dat zij een spionne was, gestuurd om hem stiekem te observeren. Ondertussen kon de toestand iets makkelijker worden doordat haar zuster zopas met haar man vanuit Italië was overgevlogen. Een noodoproep op de BBC had hen toevallig bereikt, hen die haast nooit de autoradio aanzetten, zij hadden de wagen in Perugia achtergelaten en het vliegtuig genomen.

Ik hoorde dat zij er ingehouden bij huilde toen zij mij smeekte niet naar Ramsbury zélf te komen. Het was onmogelijk, aan de telefoon kon zij het niet uitleggen, ik zou het niet begrijpen, niemand zou het begrijpen, het was een van de problemen in verband waarmee zij erop had gerekend rustig en uitvoerig met me te praten. Toen ik hoorde dat zij op dit punt elke vergissing, elke foute nuance, elk voorbarig woord als catastrofaal omschreef, begreep ik dat zij behoorlijk overspannen was. Ik slaagde erin haar tot bedaren te brengen door het verhaal hoe ik mijn probleem met Lancelot had opgelost. Ik maakte het uitgebreider dan noodzakelijk. Toen ik ermee klaar was, bleek zij gekalmeerd. Weer was zij de Emily van altijd, die rustig over een moeilijkheid kon praten, zo leek het mij althans, en die zelf meteen een oplossing bedacht.

Voor een behoorlijk deel was de ommekeer te wijten aan mijn zinspeling op onze eerste avond in 'De blauwe Ganze' en mijn bedenkingen bij wat ik bij Geoffrey of Monmouth had gelezen. Ik zou beslist enkele dagen in Stonehenge moeten rondkijken, vertelde ik haar. Allicht verdiende het aanbeveling zo nabij mogelijk te logeren, bij voorbeeld in Devizes. Ik deed het erom en het werkte onmiddellijk. Volgens haar was Salisbury dichterbij en ook leuker; als ik het ermee eens was, zou ze onmiddellijk in 'The Rose and Crown' voor me reserveren. Ze hoefde alleen maar te weten op welke dag ik er hoopte te arriveren. Het was een prachtige, oeroude uitspanning met een modern gedeelte erbij, vlak aan het water van de Avon, met uitzicht op de kathedraal en op vijf minuten lopen van het historische centrum, ik zou niet weten wat ik zag!

Het scheen een grote opluchting voor haar te betekenen. Mocht er geen kamer beschikbaar zijn, dan belde ze naar elders. Binnen het uur zou zij opnieuw telefoneren, dan wist ik hoe de zaken ervoor stonden. Eenmaal terug in Ramsbury zou zij telefoneren om een afspraak te maken. Wie weet of ze geen nachtje kon overblijven? Daarom bestelde ze alvast een tweepersoonskamer, maar ik mocht mij geen te wilde ideeën in het hoofd halen! Op zijn minst een deel van de nacht zouden wij aan een gesprek moeten besteden, daar leidde geen weg buitenom! Nee, ik hoefde niet de ganse dag in het hotel te koekeloeren (een uitdrukking van Jeroen, voegde ze er al weer lachend aan toe); ofwel belde zij mij vroeg uit bed, ofwel laat in de avond. Desgevallend bereikte haar boodschap mij via de receptioniste, het verdiende aanbeveling regelmatig te vragen of er geen oproep voor mij was geweest...

Toen zij ophing, was zij blijkbaar de Emily van de gelukkige dagen waarop ik haar door mijn betoverde domeinen had geleid, die haar zelfbeheersing had weergevonden en alles efficiënt had beredderd.

Ik nam mij voor mij verder niet in de vraag te verdiepen waarom zij niet wilde dat ik naar Ramsbury kwam. Het was mogelijk dat mijn bezoek, zelfs door haar aangekondigd, voor haar moeder in de huidige omstandigheden een schok zou betekenen.

Met een dochter als Emily was de oude dame vermoedelijk intelligent genoeg om de exacte conclusie uit de situatie te trekken. Zij zou zien dat het tussen ons beiden voor het leven was. Kortom, na de imminente dood van haar man zou zij eenzaam achterblijven in haar voorouderlijk huis in Ramsbury.

Eensklaps leek het mij onvergeeflijk dat ik het niet eerder had begrepen. Natuurlijk was er Emily's verdriet om haar stervende vader, de klemsituatie door haar noodgedwongen vertrek naar Cambridge, de tot depressieve gedachten leidende vermoeidheid na dagen en nachten bij een zieke te hebben gewaakt. Inmiddels was het ontzettend dom van me niet dadelijk te begrijpen dat de kommer haar vooral door mammy werd ingegeven. Wanneer zij door de telefoon op de overspannen dame zinspeelde, was er, hoewel onuitgesproken, op de achtergrond steeds de vraag geweest hoe zij onze toekomst diende te verzoenen met het verdere lot van haar moeder.

Mij hiervan rekenschap te geven betekende dat ik al met een oplossing bezig was. Dat mammy (zoals ik haar vertederd bleef noemen) zich voorlopig nabij de grens van een zenuwinzinking bevond, begreep ik. Ik hoopte dat zij het volhield zonder die grens te overschrijden. Van een bevriend neuroloog wist ik namelijk, dat de door sommigen luchtig weggewuifde depressie zich kan ontwikkelen tot een privéinferno, waarbij Dante's hellebezoek tot een kinderkamersprookje wordt geminimaliseerd. Anderzijds had ik tot dusver intuïtief gevoeld, dat er flagrant iets met het huwelijk van het ouderpaar niet klopte. Ik zag het zo, dat mammy niet was opgewassen tegen de situatie an sich, terwijl iets mij zei (allicht wishful thinking?) dat zij over het verlies van haar echtgenoot heen zou raken. Uit wat Emily mij had verteld leek het gewettigd te concluderen dat haar moeder een mogelijk snobistische maar lieve, goedhartige en vermoedelijk van nature spirituele vrouw was, die langzaam aan voor mij op Titia was gaan lijken.

Alles hing natuurlijk af van wat de waarde was geweest van haar huwelijk met de steeds schaduwachtiger wordende meneer Smith, die minder dan ooit tevoren uit zijn grisaille-achtergrond scheen te willen loskomen.

Volkomen rustig zat ik van onder mijn linnen regenhoedje, dat ik als bescherming tegen de ternauwernood nog schaduw toelatende hoge zon had opgezet, naar de inderdaad opaalblauwe zee te kijken. De nabije, volstrekt onverwachte stoot van de scheepssirene, waarmee een voorbijvarende ferry op de terugweg naar Oostende of Zeebrugge werd begroet, deed mij een ogenblik in paniek opvliegen.

Paniek. Dát had mij, hoewel zorgvuldig verborgen, bij de lange telefonades met Emily getroffen. Zonder dat zij haar zelfbeheersing prijsgaf, had ik vaak een ondertoon van paniek in haar stem menen te betrappen. Was ik er zeker van geweest dat het (in tegenstelling tot mijn mogelijk volstrekt foute voorstelling van de situatie in Ramsbury) paniek om haar vader was, die elk ogenblik kon sterven, zo had ik er vanzelfsprekend dát, hoewel geen ánder belang aan gehecht.

De vraag hoe spoedig een aantal zaken opgelost zouden moeten worden, zelfs hoe men mammy zou opvangen wanneer ze als weduwe achterbleef, kon desgevallend een bron van kommer zijn, een serieus probleem, waarover zij bij voorbaat bij een sterfbed als medeverantwoordelijke zat te piekeren. Ik bezit noch de neiging, noch enige aanleg tot drastische oordeelvellingen. Ditmaal leek het mij beslist een weinig voor de hand liggend denkbeeld haar onmiskenbare ontmoediging (naast de schok van de scheiding, uitgerekend bij het openbloesemen van deze onvoorwaardelijke liefde) hieraan toe te schrijven. Dat er nog ernstige moeilijkheden zouden volgen was onvermijdelijk. Waar het op aankwam, was mammy elk gevoel van verlatenheid te besparen. Zelf had ik de leeftijd bereikt waarop de driestheid van de jeugd achter mij lag. Ook op 'Ultima Thule' hadden zich een paar nieuwe inzichten opgedrongen. Om kort te gaan, ik besefte dat Emily's moeder, eenmaal de grootste emotie voorbij, zich niet als een oude vrouw hoefde te voelen, evenmin als bij voorbeeld Titia. Er dienden dadelijk maatregelen getroffen te worden om haar de indruk te besparen dat het leven voorbij was.

Het waren reële problemen. Ik kon mij levendig voorstellen dat Emily er al de ganse tijd over zat te piekeren. Toch verontrustte het mij dat zij het soms op een zo desperate manier had gedaan. Ondanks alles beschouwde ik het als een onderwerp waar men met een zekere bedaardheid over kon praten, bedachtzaam, zonder desolaatheid de problemen overwegend. Natuurlijk besefte ik dat het mij schromelijk aan gegevens ontbrak, dat ik praktisch niets wist over de mensen uit de mansion (zo stelde ik het mij voor) en dat het overigens ook te vroeg was. Mocht mijn mening worden ingeroepen, voor mij lag van dit ogenblik af een oplossing klaar.

Mijn, óns huis was ruim genoeg. En de moeder van de vrouw die je liefhebt, beoordeel je niet op grond van de tot op de draad versleten geintjes uit de moppenpagina.

In het scheepsrestaurant kon ik geen vrije stoel bemachtigen, wat ik bereid was als een gunstige beslissing van het lot te beschouwen. Sinds de ferry's om duistere redenen in Britse handen waren overgegaan, bleek de keuken erbarmelijk. Het stemde overeen met Mina's zwartgallige prognose, waaraan ik niet had gedacht terwijl ik van een vers zeetongetje zat te dromen. Als repoussoir voor mijn ontgoocheling van geen plaats aan tafel te vinden, herinnerde ik mij inderdaad dat ik het de vorige keer in plaats van met onze (Vlaamse!) sole meunière, met een soort van rachitisch gebakken scholletje, meer graten dan vis, had moeten stellen. Miste ik een maaltijd, in elk geval troostte mij de gedachte aan de superioriteit van onze Bourgondische levenskunst, waar het British Empire bij in het niet verdween. Hieraan voegde ik de bemoedigende overweging toe, dat Emily op dit stuk vermoedelijk nooit de handen uit de mouwen had moeten steken, althans culinair haar maagdelijkheid had bewaard en blijkens mijn ervaring een goede tafel scheen te waarderen. Onlangs was er een foldertje van het lokale Davidsfonds (geloof ik) in de bus gevallen waarin, naast vast hoogstaande lezingen van een paar professoren uit Leuven, nadrukkelijk een cursus in de betere kookkunst werd aanbevolen. Eerst vond ze de combinatie grappig en moest ze er hard om lachen. Daarna luisterde zij aandachtig naar mijn betoog over het belang van dit zuidelijk aspect der Lagelandse cultuur waar destijds niemand in Leiden ooit haar aandacht op had gevestigd. Ten slotte betreurde zij het dat zij de kwestieuze cursus niet kon volgen. Waarna zij het als een geruststelling beschouwde, dat het hoegenaamd niet om een uniek verschijnsel bleek te gaan. Minder dan wat haar wens tot vervolmaking als kookster betrof, had ik het als een gunstig teken in verband met haar visie op onze toekomst, onze voor haar blijkbaar gezamenlijke toekomst beschouwd.

In de stampvolle bar kocht ik een klef belegd broodje en werkte het naar binnen met een filterkoffie, nog niet tot het Britse niveau verwaterd. Verder putte ik moed uit de gedachte dat ik mij tussen Dover en

Salisbury hier en daar een nogal genietbaar landelijk restaurantje herinnerde.

Bij het krantenstalletje stond ik naar het molentje met pockets te kijken. Soms krijg je, door de verwarring tussen pulplectuur en meer behoorlijke boeken, toevallig weleens iets te pakken. Ik vond niets naar mijn gading en kocht een paar bladen om te zien door de mannetjesmakers van welke uitgevers deze week de recensenten van het Westen zich, om het netjes te zeggen, hadden laten vertederen. Of zo.

De boot had nog een paar uur varens voor de boeg eer the white cliffs of Dover aan de horizon zouden verschijnen.

Het was voldoende tijd om een luchtig romannetje te lezen, maar er is nu eenmaal een niveau waar je niet beneden gaat. Of ik er met het Sinterklaas onwelgevallig wild geraas van de Randstadsrakkers beter aan toe was, leek mij dubieus. Ik liet *Vrij Holland*, *Costers Magazine*, *De Amsterdamse Post* en *De Telefoon* op mijn knieën liggen en ging zitten uitkijken tot het ogenblik waarop ik de eerste meeuwen in het vizier zou krijgen, wat nog een poos kon duren.

Laatstmaal had ik meer mazzel gehad, zoals de mooie Miriam het niet zonder opzettelijke zelfspot en daarna een lieflijk blosje zou noemen.

Toen had ik namelijk een paar detectives van mistress Ellis Peters gevonden. Het leken mij vrij originele, verpozende dingetjes. Bezwaarlijk kon ik raden hoe, door welke efficiënte middelen ertoe aangezet, kort nadien de ganse pers in katzwijm zou vallen bij het verschijnen van *De naam van de roos*. Tot de decente oorzaken van het laaiend enthousiasme behoorde de zogenaamde semiotiek, waarover je op het achterplat kon lezen. Vijftien jaar tevoren had ik op de universiteit onder zijn Nederlandse naam er een korte scriptie over in elkaar gedraaid voor een van mijn proffen. Ik vermoed dat de man ook wat wilde bijleren. Je treft het verschijnsel aan in om het even welk boek, ook in onderhavige memoires. Wat niemand zal merken. De recensenten krulden evenwel de tenen van plezier om dit nieuwe woord voor hun vocabulaire, te meer daar 'grensverleggend', 'structureel' of 'scheppend vanuit de taal' langzamerhand uit de mode begonnen te raken en verder geen dooie hond nog om close reading taalde. Op zijn hoogst kwam je dergelijke ouwewijvenpraat nog tegen in verslagen van jury's die motiveerden waarom zij weer eens Depaus, Vanlotenhulle of hun Hollandse equivalenten wat belastingcentjes van de zwoegende arbeidende klasse in de hand hadden gedrukt. Ogenschijnlijk terecht had zelfs op de kommaneukers Eco's onderwerp indruk gemaakt. Mijn lectuur van mistress Peters' vóór hem in middeleeuwse abdijen gesitueerde detectives was gesneden koek om voor het tijdschrift *Socrates* een speelse bijdrage over de Italiaanse bezienswaardigheid te plegen. Het gebeurde overigens niet zonder erkenning van

437

's mans evidente, ofschoon niet zo ontstellende schrijfvaardigheid. Nauwelijks ambigu betuig ik mijn waardering voor zijn kloek metabolisme, dat zonder fatale digestiestoornissen het verzwelgen met huid en haar van mijn geliefde Borges, alsmede van zijn nachtmerriebibliotheken had doorstaan.

Versmaad geen pocket uit zo'n boekenmolentje! dacht ik meesmuilend.

Een paar performers (zoals zij zich noemen) uit hetzelfde uitgeversfonds, viezepeukerig tuig van het laagste allooi, waren daarna vrij frequent in mijn brievenbus komen plassen. Ronduit gezegd geloof ik niet dat er enig verband gezocht moest worden, dergelijke snuiters vinden zelf wel hun modderige naargeestigheden uit. Het tegengestelde geval zou ik hebben betreurd. Ik had destijds namelijk leuk omgegaan met de voorganger van hun uitgever en hem menige gratis borrel geschonken. Hij was een sympathieke zatladder, bespraakt als Brugman, die een ieder amuseerde met zijn als castagnetten klapperend gebit. Soms volstaat zo'n kleinigheid om de geschiedenis in te gaan. In feite mocht ik de man graag. Ik had nog de tijd beleefd toen zulke relaties, niet van wederzijdse waardering gespeend, diep doorwerkten. Hij zou vast dergelijke snuiters op het matje hebben geroepen en, begeleid door flamencogeknetter, hen aan hun verstandjes hebben gebracht, dat ze beter eens een behoorlijk boek konden gaan schrijven – liefst zonder taalfouten!

Weer aan die ouwe Bert denken stemde mij weemoedig. Ik bereikte stilletjes aan de leeftijd waarop men zich weliswaar niet ouder voelt dan tevoren, maar de herinneringen worden voorzien van het zilveren biesje van de rouw om de eerste vrienden die men naar gindse zijde zag vertrekken.

Gindse zijde, waar mister Smith naar toe op weg was...

Mister Smith. Nog steeds kon mijn verbeelding hem niet als Emily's vader zien. Het was niet mijn schuld maar de hare. Voor zover er uiteraard van schuld sprake zou zijn...

Denken aan Emily betekende haar afschuwelijk missen.

Ik overwoog om haar van op de boot te bellen; dat was mogelijk, had ik gehoord. Op weg naar het kantoortje veranderde ik van gedachte. Een opstoot van zelfbeheersing zette mij ertoe aan niet van onze afspraak af te wijken. Hoewel het mij nonsens leek, gehoorzaamde ik de onverklaarbare impuls.

Gemelijk vroeg ik mij af of het een door bijgeloof ingegeven remming was, de reflex van een man die zich geen meester over zijn eigen lotsbestemming meer voelde. Niettemin wist ik, díep in mij wist ik dat het zo hoorde, dat het patroon van mijn nabije toekomst vastlag, dat het fout zou zijn hieraan te tornen of wat ook te forceren. Emily zou mij in Salisbury opbellen. Elk hiervan afwijkend initiatief leek overbodig, misschien noodlottig. Wat ik natuurlijk eens te meer als onzin beschouwde. Er moest dringend een eind aan deze gekke situatie komen. In geweten kon ik de dood van de oude Smith niet wensen. Daarentegen kon ik wél wensen, dat spoedig het ogenblik aanbrak waarop Emily in de wagen naast mij zou zitten (of reed ze achter mij aan om ginds haar Morrisje niet te missen?), weer op weg naar Dover, op weg naar ons huis in het irritante, het povere, het heerlijke, mijn Vlaanderen, waar zij op een moeilijk te duiden, wat geheimzinnige manier scheen thuis te horen...

Langzamerhand liet zich de invloed van de zware zeelucht gelden, terwijl ik mij hartgrondig begon te vervelen. Hieraan de somnifere eigenschappen van het kritisch proza uit de Randstad toevoegend, dommelde ik stilletjes in boven *Vrij Holland*. Ik voelde het nog net van mijn knieën glijden en toen was er een poos het nirwana.

Het was aanzienlijk frisser geworden toen de opgewonden kreten van de eerst opdagende meeuwen mij wekten.

Zij groetten de boot door enkele cirkels rondom de mast te beschrijven. Daarna maakten zij een duikvlucht naar het water en probeerden krijsend de aandacht van het personeel achter de patrijspoorten van de keukens op zich te vestigen.

Van mijn vroegere overtochten herinnerde ik mij de royaal in zee geworpen afval, voor de helft volwaardig voedsel, had de kelnerin in de restauratiezaal mij verzekerd. Destijds was het zo te zien een voldoende hoeveelheid om een dag de keuken van een kostschool op gang te houden. Deze namiddag had ik de indruk dat het opvallend lang duurde voor de witte zeeschuimers wat te bikken kregen. Ineens moest ik warempel aan een boosaardige Hollandermop van Jo denken. Hoe onderscheid je in volle zee een Nederlands van een Belgisch schip? Doordat er achter het eerste geen meeuwen aan vliegen, verdomme! Onze moorddadige geintjes over de Hollandse zuinigheid lagen mij niet zo wegens de keurige zakelijkheid die ik in het Noorden had leren appreciëren. En door de herinnering aan het afschuwelijk dure boek, mij zonder boe of ba door de kennis uit Groningen gestuurd toen hij hoorde dat ik het nodig had. 'Gewoon voor de lol!' wuifde hij aan de telefoon grinnikend mijn bedanking van zich af; hij kwam weleens langs met vrouw en kinderen, dreigde hij niet zonder zelfspot.

Ditmaal was mij de neiging niet vreemd om Mina's sombere gedachten van gisteravond te beamen. Ik vroeg me af of 's zeemans gevleugelde vriendjes er wellicht het slachtoffer van waren dat de eertijds Belgische ferrydienst door een Engelse rederij was overgenomen. Ze had de naam uit linke jongens te bestaan, naargeestige vertegenwoordigers van het onbarmhartigste Tory-kapitalisme, die niet aarzelden om – wat mij vandaag was opgevallen – hun boten boven de normale capaciteit met toeristen vol te stouwen. Met de zwarte humor van de journalist had informatiejager Roel mij ervoor gewaarschuwd dat de vrachtwagens in de garageruimen voor tachtig percent en meer waren geladen met toxische chemicaliën en brandgevaarlijke stoffen, wat de wet verbood. Wie smeergeld aan wie betaalde en hoeveel wist hij niet, hoewel men er in het krantenvak mee bezig was, stelde hij me gerust. In geval van een scheepsramp verdiende het aanbeveling zo weinig mogelijk water te slikken. En liefst niet gauw een laatste pijpje opsteken vooraleer de schuit definitief was gezonken!

De meeuwen dus. De kans zat erin dat het aanbreken van de gouden tijd der scheepvaartbonzen het eind van deze vogel der vogels betekende. De schraalheid van de maaltijden aan boord beduidde nog schralere restjes, afgezien van de mogelijkheid dat ze morgen onder de naam van een of andere Engelse culinaire specialiteit nog eens werden opgewarmd.

Kom, beter mijzelf tapkastpraat voor te schotelen dan te zitten piekeren over Emily's problemen, zonder over de gegevens te beschikken waarmee ik mij een zinnig, samenhangend beeld van de huidige toestand in Ramsbury kon vormen...

De meeuwen.

Witter dan de puurste sneeuw, wit tot de grens der glazen doorschijnendheid van zijn geruime tijd onbeweeglijke, de aërodynamische snelheid afremmende vleugels, volgde vlak boven mij een prachtexemplaar al minutenlang de boot. Van ornithologie weet ik niets af. Inmiddels vond ik het een bevredigende gedachte dat het een mantelmeeuw, nee, om vaderlandslievende redenen een jan-van-gent kon zijn. Het leek mij opeens een onuitsprekelijk zielige gedachte dat de gevederde koning, als een Egyptisch zilveren embleem zuiver omlijnd tegen de egaal blauwe namiddaghemel, uitgehongerd en vruchteloos kilometers diep in zee het schip vol nietsnutten van toeristen tegemoet was gevlogen. Ik haastte mij naar het tussendek, waar ik in de free-shop een in plasticfolie gewikkelde sucadecake kocht, mij door het meisje als een gerenommeerde Engelse specialiteit aanbevolen.

Toen ik mij weer naar boven had gespoed, hing de jan-van-gent, of hoe hij heten mocht, nog op zijn zelfde plek boven het vaartuig.

Ternauwernood had ik tijd om mijn dekstoel op te zoeken.

Toen ik het later aan mijn vrienden vertelde, wendden zij de passende verbazing voor, hoewel ik de indruk had dat zij er geen woord van geloofden.

Ik zweer op mijn hoofd, zelfs op het hoofd van Emily, op haar borstjes, haar buikje, haar lieflijk perzikje, dat het de zuiverste waarheid is.

Als de verpakking enig gerucht had voortgebracht, zou ik er het zwijgen toe doen. Er zat evenwel zo'n rood, wat steviger reepje ingewerkt, waarmee ik de folie absoluut geluidloos openmaakte. Verder

was het een soepel soort van plastic, dat geen kreukgeluid produceerde.
Ik twijfelde er geen ogenblik aan.
Het instinct had de prachtige vogel, misschien een Archimedes of een Newton in zijn soort, gewaarschuwd wat ik van zins was, al van het ogenblik af dat ik opstond.
Met de noodzakelijke omweg van een mathematisch beschreven cirkel streek hij vlak bij me op de reling neer en nam me vragend op. Bedaard en voorzichtig, of hij mij met zijn snavel geen pijn wilde doen, pikte hij de verkruimelde koek uit mijn hand. Toen die op was, keek hij me aan, haast vriendelijk, vond ik, of hij zich afvroeg of er nog meer zou komen. Aangezien de voorraad was uitgeput, toonde ik hem mijn lege handpalmen.
Hij stootte een kreetje uit, dat ik voor een bedankje nam, en ging opnieuw zijn vaste plaats aan de hemel innemen.
Nog een tijdlang zweefde hij met nobele vleugelslag of onbeweeglijke, breed gespreide vlerken boven het schip, als de mystieke duif van Munsalvaesche boven de Graal op Wolframs Goede Vrijdag.
Vlieg straks het land in, dacht ik bij mezelf. Het luidop te zeggen was niet nodig. Ook zo begreep hij me, duidelijk kon hij raden wat er in mijn hersens omging. Vlieg naar Cambridge, naar Ramsbury en zeg Emily dat ik op komst ben, zeg het haar, vogel van de Graal.
Een ogenblik geloofde ikzélf dat hij me gehoorzaamde.
Hij dook echter naar het water toe, aangetrokken door het geraas van zijn doordeweekser kompanen, voor wie ten slotte enige restjes door de patrijspoorten naar buiten werden gekiept.
Twee Hollandse meisjes waren bij de reling druk in de weer met hun verrekijker.
Zelfs zonder verrekijker zag ik, als de met een in nevel gedoopte vinger getekende ijle streep, Albion boven de dromenspiegelende zee verschijnen. Een halfuur van hier, schatte ik, de ontscheping inbegrepen. Nog een halfuur vooraleer ik de grond betreed waarover Emily's voetjes lopen...

Het betreden van die grond kwam op beeldspraak neer.
Zelfs bij de customs in Dover, waar men vond dat ik een betrouwbaar gezicht heb, hoefde ik de wagen niet te verlaten. Serieus in strijd met mijn Brabantse aard bedwong ik ascetisch mijn honger met het oog op de behoorlijke maaltijd waar ik vanavond op rekende. Onmiddellijk reed ik westwaarts en volgde de smalle kustweg tot Hythe. Meestal stop ik er even om een groet te brengen aan Henry James in het voor het publiek toegankelijke huis waar hij, vanuit Amerika gekomen, een deel van zijn leven doorbracht, magnetisch tot het land van zijn voorvaderen aangetrokken. Vandaag veroorloofde ik mij geen

sightseeing. Met gebrek aan tijd had het niet te maken. Van tevoren had ik die zorgvuldig berekend en hem ruim geraamd, al was het maar met het oog op mogelijke pech. Overigens bleek de sfeer voor mij anders dan gewoon op reis in Engeland. Voor het eerst was ik er geen toerist maar een man, op weg naar de vrouw die hij liefhad. Van Hythe af reed ik enkele mijlen noordwaarts. Onze kilometers waren hier in principe aanvaard, maar praktisch nog niet doorgedrongen, waardoor gehoorzamen aan de voorgeschreven snelheden een voortdurend vermenigvuldigen met drie en delen door twee impliceerde, zowat het maximum van mijn mathematica.

Daarna sloeg ik linksaf en reed pal westwaarts langs een alternatieve, zorgvuldig door mijzelf uitgezochte route. In feite bestond zij uit rustige landelijke wegen, die van het ene nooit helemaal boerse dorp naar het ander kronkelen door een golvend, parkachtig landschap. Overal is het volop natuur waarin, niet schendend maar ordenend, nimmer de menselijke hand ontbreekt. Aanvankelijk onbewust, naderhand bewust behoort het tot de oorzaken waarom ik dit land liefheb, naast het mijne méér dan enig ander. Het amuseerde mij ondertussen de streek, soms zelfs weleens een locatie te herkennen waar de BBC zijn knettergekke oorlogsserie over de Home Guard in de tijd van het (denkbeeldige) invasiegevaar draaide, *Daddy's Army*, geloof ik. Het was je reinste kolder, maar sinds ik oom Lamberts televisieset had geërfd, keek ik er met een zekere vertedering naar. Na al wat ik over de Hitlertijd had gelezen, wist ik dat ook deze met Britse zelfspot gekruide karikatuur niet uit de lucht was gegrepen. Anders, op haar manier gaf ze de grimmige strijd weer waarin mijn vader was gevallen, uiterlijk evenmin heroïsch, maar wegens zijn verborgenheid minder zielig van aanblik, hoewel reëler en tragischer dan op de buis...

Ik kwam keurig op tijd voor het diner in 'The Royal Crescent' op de Victoriaanse zeepromenade in Brighton, meestal mijn eerste pleisterplaats in Zuid-Engeland. 's Anderdaags kon ik het rustig aan doen, zonder echter onderweg eens rond te kijken, want alleen door de gedachte aan Emily vervuld.

Aanzienlijk vroeger dan ik het mij had voorgesteld, al omstreeks een uur of vier, reed ik in Salisbury de parking op van 'The Rose and Crown'.

Emily had aan de telefoon niet overdreven. Het was een heerlijk hotel. De voorgevel lag langs de straatkant, maar het overige was ervan afgewend en gaf uitzicht op de rivier met haar doorzichtig water, die langs de onder bloemen bedolven tuin vloeide en een golvend beeld van de niet ver verwijderde kathedraaltoren weerspiegelde.

Derde Boek

MISTER SMITH.

TWINTIGSTE HOOFDSTUK

Emily's geliefde bloemen. Ontmoeting met Franse archeologen. Een ouderwetse professor en een oudheidkundig mysterie. Een niet zo dringend telefoontje van Jo. Op Stonehenge zit Paul te dromen over de Maangodin, Guinevere en nog meer. Eindelijk verschijnt Emily weer.

Een niet ontknap, typisch Angelsaksisch en wat stroef kamermeisje, er kennelijk door verrast dat de rare snoeshaan van een continental het weigerde haar met zijn koffer te laten zeulen en haar wat lichtere rommel toevertrouwde, wees mij de weg naar mijn kamer. De vrouw aan de receiving desk verzekerde mij dat ze op mijn naam was gereserveerd. Door een dame uit Cambridge, voegde zij er blijkbaar zonder bijbedoeling aan toe.

Ze was gelegen in de moderne annex van de oeroude uitspanning, die mij het gevoel ingaf dat Queen Elizabeth er in haar tijd min of meer anoniem met een van haar geheime minnaars kon hebben gestoeid. Is het een zuidelijke trek in ons Vlaams karakter dat wij dadelijk aan dergelijke mogelijkheden denken, waarna wij net doen of we druk met Ruusbroec bezig zijn?

Ik werd naar een sobere, opvallend stijlvolle suite geleid, te oordelen naar het brede bed inderdaad voor twee gasten bedoeld. Dat ledikant was alvast een meevaller. Tot mijn verbazing heb ik menigmaal in het buitenland geconstateerd, dat men er één slaapstede voor man en vrouw samen, ook wettelijk bij de ambtenaar van de burgerlijke stand verschenen en desgevallend door de zegen van een dienaar Gods bekrachtigd, als een Belgische frivoliteit beschouwt. Ook in het zo permissieve Holland schijnt de dominee er de hand aan te houden – een calvinistisch machtsmisbruik met al dat fraai, rondborstig vrouwvolk in de buurt? Ik vroeg me af of ik de zakelijke mededeling van de receptiejuffrouw niet als droge Britse humor hoorde op te vatten? In elk geval híer geen lits-jumeaux!

In de breedte en de hoogte besloeg het venster van mijn, ik hoopte van ónze kamer de ganse achterwand. Welbeschouwd was die ook de voorkant en keek uit op de Avon. De Salisbury Avon, zei het meisje deskundig, blijkbaar ontdooid nadat ik haar een pond in de hand had gestopt. Níet de Avon van Shakespeare, voegde zij er zelfs aan toe. Voor mij was het oud nieuws, maar, desondanks betoonde ik mij bereid om het jammer te vinden, wat zij uiteraard verwachtte. Voor Emily gaf het niet, voor zover ik kon raden was haar De Vere-

445

voorvader nooit in enige Avon stekelbaarsjes gaan verschalken.
   Het kamermeisje stond nog wat te trekkepoten en scheen, nu het ijs was gebroken, zelfs tot een praatje bereid. Moeilijk kon ik haar een betoog opdissen over oeroude watertoponiemen, van Aa en Aude tot Avon, verwant met 'eau' en 'aqua', maar uit oudere, prehistorische bezinkingslagen afkomstig. Of over deze, háár Avon, waarlangs zich het laatste bedrijf had voltrokken van het vlottransport der magische bluestones van Stonehenge, vooraleer zij (door luchtfotografie uitgewezen) naar hun ultieme bestemming werden gesleept. De enige die ik ken die voor een dergelijk pedagogisch intermezzo ten behoeve van de arbeidende jeugd als oud-lerares geen moment zou terugdeinzen (en haar man peentjes laten zweten), is Lucia. Maar die was toevallig niet in de buurt. Ik begon mij trouwens gekke dingen voor te stellen. Kon het zijn dat zo'n niet slecht gedraaide dienstmaagd, mogelijk met het oog op een paar belastingvrije ponden extra, weleens tot een gemakkelijk meegenomen tussendoortje bereid bleek, gesteld dat de voordehandse kandidaat meer op dr. Jekyll dan op mr. Hyde leek?
   Gelukkig waren mijn wilde jaren voorbij en trouwens, ik vond het onheuse gedachten. Het schaap wachtte simpel beleefd tot ik tijd had om te luisteren naar haar verhaal over het functioneren van de douche en de badkraan. Inderdaad kwamen er handgrepen aan te pas welke men zich alleen in Engeland voorstelt, hoewel, eenmaal de adequate technieken ingeroepen, het spul voortreffelijk werkte. Zonder aanstalten om uit haar broekje van bij 'Marks & Spencer' te stappen, wees zij behulpzaam naar de tafel, een volwaardig meubel, ruimschoots groot genoeg voor de draagbare typewriter die ik mij onlangs had aangeschaft, maar in de koffer van de pareloester had gelaten. Wat zij beduidde, had niet met mijn dactylografische bedoelingen te maken, het ging haar om een vaas waarin zich, niet van zijn plastic folie ontdaan, één prachtige, weer speciaal gekweekte tak witte seringebloesem bevond, bescheidener van omvang doch niet verschillend van de mij verbijsterende bos op het nederig graf van mijn vader. Ik vroeg mij af of Emily erop rekende dat ik een door haar beoogd verband zou raden, het als een zinvolle wenk zou beschouwen.
   Ik gaf het onschuldige schaap nog een pond dat ik toevallig los in mijn broekzak voelde zitten, hield galant de deur voor haar open, scheurde de verpakking van de bloemen en viste het begeleidende kaartje tussen het gebladerte uit.
   'I love you, Paul, I love you, I love you, I love you,' stond erop. 'Nog even geduld, wacht op mij. Forever, Emily.'
   De bestelling was telefonisch uit Cambridge vertrokken, ik wist hoe het systeem werkte. Iemand had nadien in de lettertjes van een elektronische typewriter de boodschap netjes uitgetikt. Aanzienlijk tactvoller dan tussen mijn hartsbeminde en mij door de hanepoten van

een winkeljuffrouw een vervreemdend scherm op te trekken! Het had Emily heel wat werk aan de telefoon gekost om haar heerlijke kreet door de draad te krijgen, zelfs zonder schrijffouten wat het Nederlands betrof.

Het was mij meermaals opgevallen. De Britten verdommen het om andermans taal te leren, maar het betekent niet dat zij er geen respect voor aan den dag leggen. Wanneer een wetenschapper bij wijze van uitzondering een Nederlands citaat gebruikt, word ik er aangenaam door getroffen dat het niet wemelt van ketterijen, zoals je het bij zijn Franse collega's constateert. Voor zover mij bekend gaan de Britten en de Duitsers zich niet aan zulke barbaarsheden te buiten.

Het kamermeisje had haar twee pond niet verdiend. Was ze het dan wél gewoon dat de klant er wat in ruil voor vroeg? Kristien zou hierop vermoedelijk het antwoord niet schuldig blijven. Wat mij betreft, ik constateerde dat de vaas geen druppel water bevatte. Nadat ik liefdevol Emily's seringen had gedrenkt, maakte ik mijn koffer leeg, hing mijn kleren in de ingebouwde kast en ging, na een dag in de gloeiende auto op snikhete wegen, uitgebreid douchen, de wetenschappelijke toelichtingen van het ergens wel dienstvaardige kind indachtig.

De sfeer in de dining-room was zo Brits als maar kon. Ik voelde er mij prettig, zoals je dat overkomt op een plek waar je nooit bent geweest, maar waarvan je intuïtief weet dat ze bestaat en op je wacht. Voor mij is dat het geheim van Zuid-Engeland in het algemeen. Waarschijnlijk ben ik daarom gelukkig als ik er weerkom.

Vanuit Frankrijk bij voorbeeld zou ik over het diner niet naar huis schrijven. Voor het land waar de plum-pudding als hét summum der culinaire geneugten geldt, kon het ermee door. Het haalde het nochtans niet bij de keuken van Mina, je kwam niet op het denkbeeld beide te vergelijken. Naast de toeristen, zakenlui of handelsvertegenwoordigers kon je aan de overige gasten merken dat het mensen uit de omgeving of uit de stad waren, aangetrokken door de gunstige reputatie van het restaurant.

Men houde mij deze overwegingen ten goede. Als je ergens vereenzaamd aan het avondmaal zit, komen ze onvermijdelijk bij je op. Het geheel viel overigens best mee. Wat een nazaat van de Bourgondiërs verwaand en lichtvaardig voor schoonheidsfoutjes kon houden, werd prijzenswaard vergoed door het dessertwagentje, waarvan men zich onbeperkt mocht bedienen. Mogelijk was het een van de laatste keren dat ik er zo onbevangen gebruik van maakte. Ik had een serieus vermoeden dat Emily vroeg of laat zo niet met rauwkost, dan toch met hygiënische theorieën voor den dag zou komen, bij de intellectuelen van haar generatie en vogue. Ach, verlangde ik er niet naar dat het zo gauw mogelijk gebeurde?

Wie klaar was, werd door de ober uitgenodigd om de koffie op het terras te gebruiken, niet veel hoger dan de zilverwitte spiegel van de zichtbaar voorbijstromende Avon. Ik dankte eens te meer de nietbestaande goden voor mijn verbeelding, die haar tot een magische rivier metamorfoseerde. Hierop dreven duizenden jaren geleden de vlotten voorbij, dobberend onder het gewicht van de steenkolossen waarmee, niet ver van hier, de meest mysterieuze tempel van de wereld werd opgetrokken, luisterrijke toegangspoort naar onbekende dimensies. Het maakte mij niet ongevoelig voor een frisse, haast vergeten geur van onbezoedeld water en kroos, noch voor het ouderwetse van een bonte eend die zich tussen de tafels waagde en vooral bij de dames en de kinderen om de kruimels van hun bij de koffie behorende plakjes cake bedelde.

Op weg naar een vrije plaats moest ik langs twee verbruikers die – normaal voor toeristen in deze streek – bezig waren met boeken, waarvan zij de niet geraadpleegde exemplaren op een hoopje naast zich hadden gelegd. De doorgang was nogal smal. Ik stootte per ongeluk tegen hun tafel en zag het stapeltje slagzij maken, waarbij een paar banden op de plavuizen terechtkwamen.

Haastig excuseerde ik mij, waarop zij in het Frans lachend antwoordden dat het helemaal niet gaf. Het was évidemment hún fout, zij waren het die zich hoorden te verontschuldigen. Kortom, een typische reactie die je alleen bij vertegenwoordigers van het galante ras bij uitstek aantreft. Stel je voor dat het een elegante dame was overkomen, dacht ik geamuseerd. Nog voor zij zich konden bukken, had ik hun boeken opgeraapt.

'Nee toch,' zei ik belangstellend, 'allemaal archeologie, gespecialiseerd zelfs. Wat een verrassing!'

'Interesseert het u, monsieur?' vroeg een van de twee.

'Niet professioneel,' antwoordde ik, opgetogen over de vriendelijke manier waarop zij mijn onhandigheid hadden opgevangen. 'Ik mag mijzelf een belangstellende leek noemen, die weleens over dergelijke dingen publiceert. In feite ben ik auteur van romans, maar de archeologie is mijn hobby. Toevallig ben ik hier om wat rond te kijken voor een televisiescenario dat ik ga schrijven. Niet direct over de oudheidkunde, maar over Koning Arthur. Zoals ik het opvat, zijn er nogal wat aanrakingspunten, begrijpt u?'

'Mais c'est bigrement intéressant, quelle coïncidence, monsieur!' zei de blijkbaar meest extraverte van beiden. 'Komt u bij ons zitten, wij zouden het als een eer beschouwen.'

Zonder ironie, maar wegens mijn op dit punt vlotte aanpassingsvermogen, verzekerde ik hun enthousiast op zijn Frans, dat ík de vereerde partij was, que je me sentais flatté, en graag van hun uitnodiging gebruik maakte.

Nadat ik mij nederig maar omstandig had voorgesteld, presenteerden zij zich als François Tousseul en Philippe Archambault, vooraan in de twintig en, op het doctoraal na (waar men doorgaans jaren over deed), afgestudeerde archeologen van de universiteit van Grenoble. Zij bleken het te waarderen dat ik le président Mitterrand kende, mij om ideologische redenen met hem verwant voelde en hun afschuw begreep voor de lugubere reactionairen die hem waren voorafgegaan. Kom, misschien op le Général na, een behoudsgezinde figuur, maar wel un monsieur, die Frankrijks eer in de oorlog had gered.

Om de situatie samen te vatten, vervolgden zij, de een de ander afwisselend, op wetenschappelijk gebied wilde hun land in het Europa van morgen weer een sprong naar voren maken. Na een tijd van armoe sta bij was er opnieuw geld beschikbaar voor dingen die de moeite loonden. Beiden hadden een behoorlijke beurs gekregen, waarmee ze het een jaar of zo hoopten uit te zingen. Ze konden ermee doen wat hun zinde, op voorwaarde dat ze daarna bewezen niet bij de pakken te zijn blijven zitten, tout à fait raisonnable, n'est-ce pas?

'Wie een studiereis wil maken, mag zijn gang gaan,' expliceerde Tousseul, de meest bespraakte van de twee. 'Uiteraard moet er later een gedetailleerd rapport volgen, in alle opzichten wetenschappelijk verantwoord...'

Hoe aantrekkelijk ook, zij hadden een ándere oplossing gekozen, te meer daar er geen bezwaren golden tegen een gemeenschappelijk project dat ze, als vrienden van kindsbeen af, gezamenlijk konden aanpakken. Niets dan vrienden, de vrais amis, nuanceerde Archambault, ah, ces gentilles petites, partout dans le monde! Hij kwam uit een streng burgerlijke magistratenfamilie, hoogst fatsoenlijk en haast calvinistisch republikeins, de plicht, het vaderland, l'honneur, le Grand Orient of de kerk, je kiest maar, en verder geen zottigheid. Enfin, zijn oogjes waren pas opengegaan. Niet gewend aan zo'n woordenvloed van zijn spitsbroeder zat zijn kameraad hem verbaasd aan te kijken. Vermoedelijk had het met de cognac te maken, waarmee zij de twijfelachtige kwaliteit van de Britse koffie wat opkrikten, grinnikte hij. En of hij mij ook een glaasje mocht aanbieden? De la qualité française, ik zou het niet betreuren!

Het waren knappe jongens, slank maar stevig, het Zuidfranse type, hoewel in hun optreden en hun taal niet van het schilderachtige genre waaraan de film ons heeft doen wennen. Net zo goed konden het Parisiens zijn. Hun gezonde, iets bruinere huidkleur, hun ravezwarte haar trof je identiek aan bij mijn medeburgers in Antwerpen, waar het eventueel (maar niet noodzakelijk) op een joods of Spaans element bij het voorgeslacht kon duiden. Kom, op grond van het geschiedenisboekje en wat vage genetica uit een populariserend werkje zien wij het op die manier.

Wie weet vanuit welke verre windstreken de zwervende horden kwamen, in een niet te peilen verleden door die mysterieuze drang naar het westen voortgedreven, ook buiten het hoofdstukje 'Volksverhuizingen'? Voor mijn part kan de maffe humanist die beweerde dat mijn stadgenoten in feite uit Babylonië kwamen, best gelijk hebben. Volgens hem waren het bouwvakkers (dat moet ik Fred vertellen, ik vraag me af wat hij eruit concludeert!) die bij het optrekken van de beruchte toren de buik vol hadden gekregen van al het gekissebis over die zogenaamd verwarde talen. Ze hadden hun truweel schoongeveegd, passer, schietlood en winkelhaak opgeborgen, waren langs de boekhouding gelopen en naar het noordnoordwesten getrokken, om zich uiteindelijk aan de Schelde te vestigen. Bijgevolg hadden alleen zij de oertaal der mensheid bewaard, in het Schipperskwartier door Jo met de moedermelk ingezogen en door Hollandse taalgeleerden, die weleens naar de Vogeltjesmarkt komen, ten onrechte voor het zoveelste Zuidnederlandse dialect gehouden. Serieus als mijn IJstijdjagers van de heerlijke muziekavond met Emily nam ik die Babelse gastarbeiders niet. Zoals Jeroen dagelijks aan mijn vader dacht, mijmerde ik soms met vertedering over de onderwijzer van mijn eerste klasje, de brave meester Rens. Als kleuter viel het je niet op, te meer daar de man één liefde voor zijn vak, één toewijding voor zijn leerlingetjes bleek. Vaag vermoedden wij misschien dat hij niet bepaald knap was. Het schandaliseerde mij evenwel diep toen ik eens hoorde hoe kletsende jonge moedertjes bij de schoolpoort (die ook hun gevoelens hadden zoals, Jo achterna, Emily het zou uitdrukken) hem een griezel noemden. Later was ik hem volledig uit het gezicht verloren. Tot ik, voor het eerst in Parijs, in het Musée de l'Homme opeens vóór hem stond. Ik zag de gedaante van een wetenschappelijk nauwgezette, levensgrote reconstructie van de Neanderthaler. Niet zomaar van verre, maar als de ene Chinees op de andere Chinees geleek deze op de doodbrave meneer Rens, eeneiige tweelingbroer wat het wijkende profiel, de machtige onderkaak, de brede mond, het prominente gebit, het lage voorhoofd, de diep ingeplante haren, maar ook de gedrongen, voorovergebogen en kortbenige gestalte betrof.

Terloops, hoewel niet in verband met latere gebeurtenissen, dient deze uitweiding om er de aandacht op te vestigen dat mijn nieuwe Franse kennissen mogelijk iets meridionaals hadden – beider families hoorden thuis in Avignon. Nochtans konden ze net zo goed uit Amsterdam of Antwerpen zijn, waar desgevallend, hoewel niet absoluut zeker, het joodse type viel in te calculeren... Ditmaal moet ik zélf spijkers op laag water zoeken – gewoon om te zeggen dat het twee échte Fransen uit de Midi waren...

Ik informeerde wat zij bedoelden met het project waarop zij hadden gezinspeeld. Kom, als het niet onbescheiden van me was?

Geen kwestie van onbescheidenheid, vond Tousseul, wat Archambault beaamde. Zij waren er trots op en zouden mij dankbaar zijn als ik er als niet onbevoegde buitenstaander mijn gedachten eens over wilde laten gaan. Mogelijk was het hoofdzakelijk Franse hoffelijkheid? Niettemin pakte het mij. Ik ben er nu eenmaal aan gewend dat in ons verknepen land der letteren de eerste de beste knaap die met de hakken over de sloot, desnoods na acht in plaats van vier jaar, zijn filologie afmaakt en weleens een stukje in de krant mag afscheiden, het beter weet dan welke schrijver zélf ook. Zij daarentegen wilden horen wat ik als leek dacht over het onderwerp van hun zelfgekozen studie. Trouwens, zij gingen er een boek over schrijven, enigszins in de populariserende trant, maar wel wetenschappelijk verantwoord. Laffont in Parijs had een contract met hen getekend, die zwarte mysteriereeks van hem, ik kende die vast wel?

'Het is een eenvoudig verhaal...' begon Tousseul, de extraverte.

'En aardig omdat het zo gewoon, ja, zo ouderwets, een tikkeltje negentiende-eeuws is...' beaamde Archambault, de introverte.

'Twee jaar geleden gingen wij als keuzevak geologie volgen...'

'Het leek ons belangrijk voor een archeoloog, van wie men verwacht dat hij levenslang in de grond wroet...'

'Heel begrijpelijk,' stemde ik in.

'Zo kwamen we bij professor Durand terecht,' hernam Tousseul. 'De man is beroemd in zijn vak, doch sensationele dingen verwachtten wij niet van zijn colleges – voor onszelf, bedoel ik...'

'Wat inderdaad klopte,' voegde Archambault eraan toe.

'Niettemin oefende hij een zekere aantrekkingskracht op zijn studenten uit. Hij deed een beetje aan die oude man uit *De blauwe Engel* denken, weet u wel...'

'Professor Unrath?'

'Precies,' beaamde Archambault, 'ik zag hem in de faculteitsfilmclub. Een glorieuze rol van Emil Jannings, hoe zielig ook... Daarentegen zouden geen tien cabaretières met benen als Marlene Dietrich hem van de sedimentaire gesteenten of de hercynische plooiing hebben weggehaald... Achteraf bekeken was er iets geks aan de situatie. De leerstof zelf interesseerde ons niet zo sterk. Toutes réflexions faites zitten we als oudheidkundigen maar wat aan de oppervlakte te krabben. Gauw bleek dan ook dat we, althans voor ons eigen vak, het belang van de geologie hadden overschat... Dachten we!'

'Maar we konden er tentamen over doen,' bedacht Archambault zich, 'dat was altijd meegenomen. En die bovenste aardlagen van elkaar onderscheiden, geen kalk- met leemafzettingen verwarren, leek ook interessant...'

'Zonder de persoonlijkheid van professor Durand, zonder de sfeer die hij onwillekeurig opriep, zouden wij er niettemin de brui aan gegeven hebben... Hij doceerde in het oudste auditorium van de universiteit, ergens ver afgelegen. Slechts door eindeloze gangen langs kantoren, daarna rommelbergplaatsen, kon je het bereiken. Van de nieuwe gebouwen wilde hij niet weten. Zowel door de man, die met zijn pincenez sprekend op Zola geleek, als door wat hem omringde, voelde men zich in de vorige eeuw verplaatst. Onwillekeurig dacht je aan Fabre, Branly of Pasteur. In de winter was je verbaasd dat je net als overal simpel het elektrische licht kon aanknippen in plaats van het gas op te steken wanneer het vroeg donker was...'

'Maandenlang hoorden wij niets wat erop wees dat geologie als hulpwetenschap voor ons echt relevant zou zijn...' mijmerde Archambault. 'Nou ja, een aardbeving nu en dan, een vulkaanuitbarsting, je trekt er niet elke dag op uit om Pompeji op te graven of het eiland Thera te exploreren...'

'Op zekere dag doceerde hij over de achtereenvolgende fasen volgens welke de Noordzee zich had ontwikkeld. Kurkdroog en om als aspirant-archeologen hopeloos bij te zitten gapen... Tot we plots de oren spitsten. Hij deed uit de doeken hoe onder invloed van de IJstijden het vasteland tussen Frankrijk en Engeland langzaam was afgekalfd. Reeds vroeger hadden wij gehoord dat het tot de hoogstandjes van zijn cursus behoorde, maar we waren het daarna uit het oog verloren. Overigens had hij er een boek over geschreven, zijn opus magnum, zo u wilt, dat we nog dezelfde dag in de bibliotheek gingen opvragen.'

'Was het zó belangrijk?' vroeg ik belangstellend.

'Voor ons in elk geval!' antwoordde Archambault, waarna hij het woord aan zijn metgezel liet.

'Durands door de meesten aanvaarde theorie komt hierop neer, dat de laatste landverbinding tussen Frankrijk en Engeland pas in 4000 voor onze tijdrekening voorgoed doorknapte!'

'Zo kort geleden?' vroeg ik verbaasd.

'Inderdaad... Het denkbeeld was voor ons zo nieuw, dat we het gingen controleren... Het wordt bij voorbeeld door de jongste editie van de *Encyclopaedia Britannica* bevestigd, hoewel andere publikaties er voorzichtig omheen draaien... Wij vroegen de overigens bescheiden professor om belet, nu voorgoed geboeid door zijn wat negentiendeeeuwse geleerdheid. Ik bedoel door dat ene accent, dat Jules Verne-achtig detail, zo helemaal in de sfeer van die geweldige tijd, toen de ene sensationele ontdekking op de andere volgde en ondertussen de verbeelding van het publiek bleef aanspreken. Sentez-vous l'atmosphère?'

'Perfect,' zei ik geestdriftig, 'ik kan mij haar levendig voorstellen.'

'De man was met onze belangstelling ingenomen. De thesis had hem befaamd gemaakt, het buitenland erkende zijn autoriteit en hij bleef er voortdurend mee bezig. Als jong archeoloog word je vooral door de hoge ouderdom van bepaalde dingen gefascineerd. In dit geval deed zich precies het omgekeerde voor: de geologisch geringe tijd die ons van zo'n laatste breuk scheidde. Hoewel Durand niet tot de vakidioten, de gespecialiseerde blinden behoort, die geen rekening met ándere wetenschappen houden, had hij nooit over de archeologische gevolgen van zijn theorie nagedacht. Discreet zinspeelden wij erop. Hij betoonde zich ingenomen met wat wij hem voorzichtig suggereerden. Van die dag af beschouwt hij ons als zijn discipelen. Wat ons, eerlijk gezegd, nogal wat faciliteiten opleverde.'

'Ik begrijp het,' opperde ik welgemutst. 'Die zo lang bestaande landbrug werpt een nieuw licht op de prehistorie. En nu bent u met zijn beiden hier om uit te zoeken hoe het daarmee zit.'

'Voor een deel,' antwoordde Archambault, niet van zins de wagen voor de paarden te spannen, zoals het met zijn bedachtzame natuur strookte. 'Wat u zegt komt op een programma voor een heel leven neer, groepswerk inbegrepen.'

Het donker was volledig gevallen.

Wij gingen in de lounge zitten, waar ik mijn vrienden het mij aangeboden glas cognac retourneerde en mijzelf tot een Perrier beperkte, wat ook Frans is.

'Mijn vriend heeft gelijk,' vervolgde Tousseul. 'Wij moeten ons een verschrikkelijke zelfdiscipline opleggen. Voorlopig staat de Ridgeway centraal voor ons, u weet wel...?'

'Nee,' zei ik, 'althans heel weinig. Een naam, ternauwernood meer...'

'Dat ligt voor de hand,' kwam Archambault hoffelijk tussenbeide, 'zelfs in gespecialiseerde vakliteratuur is het zoeken naar een speld in een opper hooi.'

'Die Ridgeway is een eeroude, voorhistorische landweg, soms een bescheiden voetpad, andermaal zo breed als een gewone straat. Wat het verloop betreft kijkt u het best even mee, wij hebben het tracé zélf moeten aanbrengen...' Over de armen van mijn zetel en zo over mijn knieën spreidde hij een autokaart open van de zuidelijke helft van Engeland. 'Ja, die dikke rode lijn. Het was een secuur werkje. Nauwkeurig geeft zij het ongeschonden traject weer dat je door verrassend eenzame, en qua natuur prachtige landbouwstreken over berg en dal kunt volgen, onafgebroken over ruim zestig kilometer...'

'Niet te geloven...' mompelde ik verbaasd.

'Hier begint het,' wees hij met zijn ballpoint, 'vlak bij de steenkring van Avebury. Met kronkels gaat het naar Aylesbury ten noordwesten van Londen, een behoorlijk eind stappen... Wij rijden met de wagen naar een aantal toegangspunten en verkennen het nabijgelegen stuk. In september hopen wij het ganse parcours af te wandelen. Vermoedelijk met de tent op de rug; de streek is zo eenzaam, dat het nodig is, zelfs in het dichtst bevolkte deel van Brittanië, Londen en de industriegebieden niet meegerekend... Let op de blauwe lijnen.... U ziet dat ze het rode tracé voortzetten. Van die aftakking in de richting van Amesbury, in feite in de richting van Stonehenge, zijn we zeker, hoewel de sporen in het landschap zeldzaam zijn en het overige onder moderne wegen verborgen ligt. Wat de blauwe stippellijn naar Cornwall betreft, gaat het om gissingen...'

'Het gebied van de tinmijnen?'

'Daar gingen we van uit... In de tegenovergestelde richting, eenmaal Aylesbury voorbij, is onze blauwe streep nog een eind betrouwbaar, men heeft trouwens oostwaarts de officiële richtingsborden met "Ridgeway" erop gehandhaafd. Verder naar het Kanaal toe wordt de situatie onduidelijk, ramingen hebben we uitgesteld. Er kan best een sector onder Londen verdwijnen...'

'Blijkbaar eens een belangrijke verkeersweg... Hoe oud schat u hem?'

'Voor zover het ons met redelijk gespecialiseerde archeologische werken lukte, hebben wij de belangrijkste bodemvondsten op een rijtje gezet. Die zijn langs het parcours opvallend dichter dan elders, blijkens de carbondateringen vooral die van vóór min vierduizend. Het gaf ons een schok.'

'De datum van uw professor Durand?' Zij knikten. 'Waaruit u natuurlijk besluit...?'

'Dat de Ridgeway druk in gebruik was vóór er een eind aan kwam dat men droogvoets van Frankrijk en mogelijk elders naar Engeland trok,' zei Archambault opgetogen.

'Bij voorbeeld uit Vlaanderen?' gekscheerde ik.

'Waarom niet? Ook uit Holland, en vooral uit Bretagne...'

'De laatsten zijn zich vast een bult geschrokken toen de kalkrotsen aan beide kanten van de Straat van Dover, kom, van de Pas de Calais...' corrigeerde ik voor mijn Franse vrienden. 'Toen die kalkrotsen achter hen uit elkaar klapten! Het avontuur van Mozes en zijn volk bij de Rode Zee was er beginnelingenwerk bij, zou ik zeggen, het omgekeerde in feite, bedoel ik. Ergens was dát natuurlijk ook een indrukwekkend nummertje.'

'U zegt het, monsieur Deswaen...! Voor ons is de Ridgeway de grote invalsweg van de mysterieuze stammen die kort daarop als gek...'

'Als door een religieuze obsessie bezeten...' vulde Archambault aan.

'Waarachtig als door een religieuze obsessie bezeten cyclopische steenmonumenten optrokken. Welke denkpatronen gehoorzaamden zij? Waarom die gigantische, economisch nutteloze arbeid? Waarom vonden zij het belangrijk...? Dat is ons eerste uitgangspunt... Het tweede is die geologische breuk, die onmiskenbare catastrofe tussen – ruw geschat – Dover en Boulogne, waarbij de krijtrotsen ontstonden, voor de toenmalige mens een haast ongelooflijk verschijnsel. Bref, pure magie voor hen die later met hun vaartuigen overstaken, vlotten, kano's, que sais-je. Daarom trouwens die folklore over de doden die naar een werkelijk hiernamaals scheep gaan, althans bij ons in Bretagne...'

'Pas nu begint het eigenlijke verhaal...' zei Archambault, die de rol van het klassieke koor op zich had genomen.

'Het tweede deel van het verhaal,' preciseerde zijn vriend. 'Waar wij in feite ons boek naar toe willen schrijven. Stel u voor wat die catastrofe voor de toenmalige mensen heeft betekend! Zo'n ontzaglijke aardbeving, de instorting van de grommende aarde en daarna de zee die als een zondvloed de gebieden binnenstroomt, het land doet verdwijnen waar men al sinds de tijd van de rendierjagers doorheen kon trekken, in de richting waar ginds bij het einde van de wereld, de eeuwige ijsvelden begonnen...'

'Vous êtes un poète, monsieur,' zei ik glimlachend, 'een echte dichter, ik heb het al eerder gemerkt.'

Ik dacht aan de regen, het clavecimbelconcert, het militaire oefenplein uit mijn kindertijd, waar ik met Emily langs was gereden.

'In zijn onbewaakte ogenblikken overkomt het hem!' commentarieerde het koor.

'Laten we serieus blijven,' vervolgde de ander. 'Dergelijke toestanden raken niet gauw vergeten. De ganse winter hebben we Lévy-Brühl zitten lezen. Over het collectief geheugen, la mémoire de la race en zo, als jood heeft hij het natuurlijk niet over latere raciale onzin... Men moet het zich eenvoudig voorstellen... Allen rond het vuur in de eindeloze winteravonden, in de zomer op een open plek van de nederzetting. Het stilaan legendarisch relaas van het verschrikkelijk gebeuren dat een voorvader van de oude man die het vertelt nog zélf heeft beleefd. Of het althans van zijn opa hoorde... En de tijd gaat voorbij. Stonehenge staat er al, wanneer men het verhaal, inmiddels een mythe geworden, nog steeds kent. Ontdekkingsreizigers, daarna kooplui uit de mediterrane wereld, Kretenzers en Mykeners, verschijnen in Wessex. Men heeft er hun sporen weergevonden... Onder de indruk van de rijkdom die er is ontstaan, van bouwwerken als Avebury en Stonehenge, nemen zij de nu aanzienlijk opgesmukte mythe over de grote catastrofe mee naar huis. Na de ondergang van Kreta schijnt het contact met het westen eeuwen verbroken te zijn. Het verhaal van gindse Deucalionvloed blijft nochtans bewaard, bereikt later het oude Hellas. De chronologie van de gebeurtenissen is inmiddels verloren gegaan. Einde en begin worden met elkaar verward. Een machtig rijk met onvoorstelbare bouwwerken, een grote rijkdom, vreemde gebruiken, ginds ver in het westen, buiten de legendarische Zuilen van Herakles, nu verdwenen...'

'Hé!' zei ik. 'Je moet er maar aan denken...'
'Het begin wordt het einde...'
'Door het verbreken van de eens bestaande contacten,' zei Archambault.
'De catastrofe en het verzonken land in het Kanaal gaan domineren, het staat voortaan vast dat de oceaan het legendarisch geworden eiland heeft verzwolgen. Níet dat het mede door die tectonische breuk tot stand kwam.'
'En op zekere dag hoort een zekere Plato er in Athene over vertellen,' vervolgde ik in Tousseuls plaats. 'Hij denkt dat hij het maar eens moest opschrijven...'
'Zo kan het zijn gebeurd... Met de nodige aanvullingen van zijn verbeelding, met een aantal pseudo-historische addenda, die hij noodzakelijk acht om de geschiedenis een karakter van waarachtigheid te verlenen... Egyptische priesters, Solon die hun papyrussen mocht lezen, Kritias senior en Kritias junior met hun oude familiedocumenten, Socrates die ervan had gehoord... Kortom, het Atlantis van Plato, waar men tweeduizend jaar lang de tanden op heeft gebroken ligt, hoewel ruim vijftig eeuwen van ons gescheiden, in feite hier vlakbij!' concludeerde de Fransman met een armgebaar dat tijd en ruimte omvatte.
'Ik geloof dat ik een cognacje neem,' zei ik tegen mijn gewoonte in. 'En u beiden ook, ik insisteer! Gauw, eer het hekje voor de tapkast dichtgaat, het is bij elven... Waiter...?'
'En zo begon het allemaal met monsieur Durand en met die rare Ridgeway...' zei de zwijgzame Archambault, wiens aandeel in de vreemde onderneming vermoedelijk groter was dan ik het mij aanvankelijk had voorgesteld. 'Het is ontzettend boeiend wat een mens zich allemaal verbeeldt terwijl hij naar dat idyllische landschap staat te kijken... Gisteren hebben we vooral de buurt van Marlborough geëxploreerd. En híer hebben we in de oude dorpsherberg behoorlijk gegeten, toutes proportions gardées...'
Met moeite las ik de minuscule lettertjes die het dorp aangaven.
'Stel je voor,' zei ik in mijn eigen taal. 'Ramsbury...? Excusez-moi... Een naam die me bekend voorkomt. Er woont een kennis van me. Ramsbury...'
'Erg mooi,' zei Tousseul. 'Het viel mij op hoe mooi het er is.'
'Ja,' zei Archambault, 'mooi genoeg. Jammer dat die kastelein zo weinig toeschietelijk bleek. Soms hoor je van de plaatselijke bevolking merkwaardige dingen, overleveringen, lokale tradities over de oude weg, details die nooit werden opgeschreven. We slaagden er niet in zijn bek open te breken. Als het nog oorlog was, zou ik hebben gedacht dat hij ons voor Duitse spionnen hield.'
'Stel je voor,' meesmuilde Tousseul. 'Duitse spionnen...'

Aandachtig geobserveerd door op zijn minst drie slokkerige, elkaar afwisselende eenden, had ik op het terras bij het water het mij door het dienstmeisje gesuggereerde continental breakfast afgewezen (vermoedelijk wilde ze extra voorkomend zijn?) en op zijn Engels uitgebreid ontbeten. Van overtollig gewicht had ik geen last en er één nachtje over slapen is niet voldoende om te vergeten dat je de dag tevoren een maaltijd hebt geschrikkeld.

Net toen ik de deur van mijn kamer openmaakte, rinkelde de telefoon.

'Nee toch,' zei ik, ontgoocheld daar het Emily niet was. 'Ben jij het?'

'Natuurlijk,' antwoordde Jo opgewekt en zijn stem kwam van minder ver dan wanneer hij thuis opbelt. 'Herkende je me niet dadelijk?'

'In feite wel,' gaf ik toe. 'Ik voelde me gewoon verrast. Hoe kom je aan...'

'Je hebt toch de naam van je hotel voor me opgeschreven?'

'Dat wel. Ik bedoel het nummer.'

'Doodeenvoudig. De centrale, dienst buitenland, afdeling informatie. Theoretisch móet men je helpen. Vanzelfsprekend begint een trutje tegen te stribbelen. Maar niet als je zegt dat je de adjunctkabinetchef van de minister van de PTT bent. De kabinetchef is doeltreffender, maar ik kijk altijd de kat uit de boom vooraleer ik noodgedwongen ga overdrijven, je kent me.'

'Come to the point, Jo! Je hebt al drie glaasjes op het terras van de 'Noord' verkletst. Je bent internationaal aangesloten!'

'Onzin! Net als iedereen schijn jij je allerhande zotte voorstellingen te maken over de prijs van zo'n telefoontje... Niks aan de hand, hoor!'

'Mooi, zolang je "Kaleidoskoop" niet in de vernieling telefoneert vooraleer Pieter-Frans' boek verschijnt, trek ik het me niet aan!'

'Ook jouw boek, Paul, voor een flink stuk jouw boek.'

'Erg attent van je. Kom, voor een bescheiden deel mijn boek. En verder? Wat is er verder aan de hand?'

'Niets dringends, een paar leuke dingen. Precies in verband met Pieter-Frans', met jouw, enfin, met óns boek. Ten eerste. Gisteren stopt er een teerblauwe Jaguar voor de deur van de zaak, zo indrukwekkend, dat het geklets van de werkschuwe buurvrouwen op slag stilviel, vooral toen Titia er glorieus uit te voorschijn kwam. Vast al in de zestig, maar wat een stijl, zeg! Ik geloof dat Kristien gelijk heeft – je weet wel, de zondagnamiddag.'

'Dat zal Emily plezier doen, ik zeg het haar zodra ik haar zie. Wat moest Titia van je?'

'Het tuinfeest bij de Nieuwlants heeft haar liefde tot de cultuur aangewakkerd! Meteen heeft ze van elk boek dat ik ooit uitgaf drie exemplaren gekocht. Die had ik wel in voorraad, jammer genoeg. Eén stel voor haarzelf en twee voor de bibliotheek van een verzorgingstehuis voor ouden van dagen,' "De Acaciaboom" of zo.'

'Nee toch,' "De Acaciaboom"? Een zinvolle naam! Je zou waarachtig zeggen...'

'Het heeft ergens met Fred te maken... Ze is presidente van de raad van beheer, net iets voor haar om al die kerels naar haar hand te zetten.'

'Ik kan het mij levendig voorstellen. Dat is het dan?'

'Nee hoor...! Het staat nu definitief vast dat ze een receptie organiseert zoals ik het voelde aankomen. In dat prachtige antieke huis van haar aan de Keizerstraat, schuin tegenover *Het Avondnieuws*... Zodra je terug bent, moet ik met jou overleggen wie er wordt uitgenodigd. Na de toestanden in de Havenbank, bedoelt zij, waar al een drankje geweest zal zijn, stel je voor! Met jou, maar ook met Lucia. Ze wil terzelfder tijd die ontmoeting na veertig jaar vieren. Ze is knettergek, dat geef ik toe, maar een schat van een vrouw, en een leuke gekte...'

'Fijn... Dát wilde je me zeggen?'

'Verdomme, Paul, waarom ben je zo ongeduldig?' knorde hij.

'Om je kosten te besparen. En haar man, wat denkt die ervan?'

'Victor...? Die staat er volledig achter. In feite bel ik je daarom op. Moet je horen. Ik zei je dat hij het met die lui van de Havenbank fikste...'

'Dat herinner ik mij. En gebaarde of zijn neus bloedde toen werd verondersteld dat de eigenaar van "Transport Van Kerckhoven" optrad als nazaat van Pieter-Frans.'

'Precies... Victor is een binnenvetter. Hij deed of hij het nauwelijks grappig vond, zei Titia, maar in feite bleef hij eraan denken... Hij schijnt ergens tot een clubje te behoren – ik heb zo mijn idee – waar het geen probleem was om een goede dinges in de arm te nemen. Een archeoloog? Nee... Een psycholoog, een fenomenoloog, een astroloog, een uroloog? Vast iets met –loog, zo'n snuffelaar die je levensboom, ik bedoel je stamboom opmaakt.'

'Een genealoog.'

'Natuurlijk, dat zei ik toch? Een genealoog. En stel je voor! Onze oerserieuze Victor heeft niet stilzwijgend gejokt. Pieter-Frans zit warempel op een ander twijgje van die stamboom. Verwanten langs Adams kant, maar Pelléas is er trotser op dan als hij weer eens met een paar miljoen naar de Havenbank stapt!'

'Ik geloof je. Hoewel Titia het niet zo heeft gezegd, daar is zij waarachtig té aristocratisch voor.'

'Nou goed, in elk geval is hij er erg mee ingenomen en de receptie van zijn vrouw mag hem de oren van zijn kop kosten.'

'Het is leuk nieuws, Jo. Ik vond het fijn je stem te horen. Nú heb je

vast al een hoop geld in het Kanaal gegooid. Zou je niet neerleggen?'
'Nog één kleinigheid... Gisteren ben ik het Museum voor Letterkunde eens binnengelopen. Ineens kwam de verdwijning van het knuddegedicht mij de strot uit, weet je... Ik heb je er niet meer mee lastig gevallen. Tegenover onze brave Stalmans voel ik me al de ganse tijd gegeneerd. Verdacht hij ons? Wilde hij het niet zeggen? Twijfelde hij zelf? Bij het tuinfeest bleef ik hem opzettelijk uit de weg, erg frustrerend...!'
'Welke vlo heeft jóu gebeten, zeg? Allemaal flauwe kul, weet je!'
'Overigens, ik hoopte nog altijd op een oplossing... Als een mens een lepel levertraan kan doorzwelgen, dacht ik... Stalmans zat ook nog ergens mee! Ja, eerst was hij ook geschrokken. Hij heeft inmiddels ingezien dat het een grap moet zijn. Hij was alleen kwaad op die idiote humorist.'
'Dat is het dan?' grinnikte ik met beginnend ongeduld.
'Ongeveer... Niettemin heb ik nog eens geprobeerd om de pieren uit zijn neus te halen... Ach, voor hem is er niets aan de hand. Je weet dat alles en famille gaat. Het is niet gebruikelijk te registreren wíe wát opvraagt... In de jongste tijd was er weinig belangstelling voor dergelijke stukken uit de negentiende eeuw, op één uitzondering na... En weer een waanzinnig toeval! Hij herinnerde zich dat de mooie dame met wie hij je bij Fred heeft gezien, de ordners van enkele kleinere figuren heeft uitgeplozen. Het zit erin dat Pieter-Frans erbij was. Hij vond het waarschijnlijk...'
'Helemaal geen waanzinnig toeval,' antwoordde ik. 'Emily is volop met die dingen bezig... Herinner je je dat we haar uit het museum zagen komen...? Je kon je ogen niet van haar benen houden!'
'Nou, zij zal wel geen documenten jatten!' oordeelde hij mild.
'Wat dacht je,' lachte ik. 'Iemand met benen als zij?'
'Misschien heeft ze er ongewild mee te maken...?'
'Hoe bedoel je?'
'Doodeenvoudig. Ze is met verschillende dossiers tegelijk bezig geweest. Hoe gemakkelijk raakt een stuk uit de ene map niet in de andere?'
'Nooit heb ik je zo schrander meegemaakt, Jo! Zij of iemand anders... De brave Stalmans wordt een dagje ouder, hij zal weleens iets vergeten. Daarentegen is het oliedom van ons dat wij geen moment aan díe mogelijkheid hebben gedacht...! Ik zal haar vragen of ze zich een roze glacéblaadje herinnert.'
'Verknoei er je tijd niet mee, Paul, jullie hebben ándere dingen te doen. Enfin, vermoed ik. Overigens heeft ze het artikel van Roel gelezen, zei je. Als ze zich er iets van herinnerde, zou ze het je hebben verteld. Dat klotevers was vast al verdwenen op de dag dat zij in het museum heeft zitten werken...'

'En nu vergeten we die onzin voorgoed,' besloot ik. 'Tot spoedig en de groeten aan Krisje!'

Emily had mij op het hart gedrukt niet op een telefoontje te wachten. Voorlopig hoorde haar symbolische groet te volstaan, absoluut en heftig als het wit van die bloesemtak. Gebeurde het dat zij opbelde, dan zou zij de boodschap aan de telefoniste toevertrouwen. Ik had haar zelf ook gewaarschuwd, een ernstige vrouw van middelbare leeftijd, die een dergelijke opdracht normaal vond en haar niet zou verwaarlozen. Ik was ervan overtuigd dat zij vanavond een teken van leven zou geven, vanuit Cambridge of mogelijk alweer vanuit Ramsbury.

Met een gerust gemoed reed ik naar het stadscentrum.

Ik grasduinde er een halfuurtje in de mij van vroeger bekende antiquariaatszaak nabij de kathedraal, startte de motor opnieuw en volgde de richtingborden naar Amesbury. Het is een karakterloos stadje, veeleer een groot dorp. Toch had ik mij voorgenomen er straks eens rond te kijken met het oog op de legende dat koningin Guinevere er na Arthurs dood haar zondig leven in voorbeeldige vroomheid had besloten in de abdij waar een generatie tevoren Aurelius Ambrosius als monnik de wereld de rug had toegekeerd. Veel zou ik er vermoedelijk niet vinden. Anderzijds dacht ik aan Emily's 'perennial presence' en aan wat Anton eventueel met het meest bescheiden stukje middeleeuwse ruïne zou doen. Eenmaal de weinig indrukwekkende nederzetting voorbij kan men vanaf de laatste heuvel Salisbury Plain overzien en in de verte de voorwereldlijke tempel ontwaren.

Op een vrijwel kinderlijke manier, als een kleine jongen die huiverend van verlangen op Sint-Nicolaasmorgen wakker in bed ligt, maar nog even de verrassing wil uitstellen vooraleer naar beneden te sluipen, hield ik hem buiten mijn gezichtsveld. Ik bleef de blik zoveel mogelijk afgewend houden terwijl ik de auto op de parking van de National Trust neerzette, waar het geringe aantal wagens een rustige sfeer voorspelde.

Daarna liep ik door de schemerige tunnel onder de drukke Devizes Road – kortstondig paradigma van de reis door de onderwereld –, kocht een ticket en klom de trap op.

Verrukt en verbijsterd, als door een ánder universum gegrepen, stond ik in de wat gesluierde glans van de junimorgen voor het wonder.

Ik had Stonehenge in de regen gezien, bij een stalen vorstlucht, onder de sneeuw, als het stormde, bij zonsopgang, in de valavond en één keer in het spookachtige licht van de mysterieus opkomende volle maan.

Steeds was het mirakel even groot. Vandaag bereikte het de volmaaktheid. Misschien voor het eerst dé volmaaktheid.

Blijkbaar had ik op de parking het aantal auto's verkeerd geschat, waardoor ik rondom de ontzaglijke kring en tussen de stenen minder toeristen verwachtte.

Zoals ik mij ook vroeger ervan had vergewist, hinderden zij evenwel niet, het waren nog niet de echte dagjesmensen.

Ik voelde mij dankbaar gestemd tegenover Anton Huydevetters. Van hem had ik geleerd bepaalde dingen, bepaalde situaties op een nieuwe manier te bekijken.

Het hing gewoon af van de instructies die hij zijn cameraman gaf, opdat de bont uitgedoste hedendaagse nieuwsgierigen (en échte belangstellenden) volgens de mij toevertrouwde oplossing de aanbidders zouden vervangen. Het stille ontzag van de volwassenen, het krijgertjesspel van de kinderen tussen de vanmorgen in het zonlicht blonde zuilen, alles was bruikbaar om, door beeldinstelling en later montage, pakkende referenties te suggereren naar die betoverde wereld van eertijds, niet reëel weliswaar, maar haast zo sterk als de voorgoed in de tijd opgeloste werkelijkheid. Eens hadden hier mannen, vrouwen en kinderen gelopen. Hun ras, hun taal, hun dromen waren vervluchtigd. Toch waren zij er nog steeds. Híer, vlakbij, alleen de namen, de kleren waren veranderd. Het spectrum bleef hetzelfde, mensen keren altijd weer naar die blauwen, roden, gelen, de oerkleuren in het diepst van hun chromosomen.

Ik slenterde naderbij en wandelde langs de kring van de ontzaglijke, langs deze zijde alle rechtopstaande stenen waarop, meters hoog, de horizontale architraafdrempels rusten. Wie had het verzonnen toen er in het Westen geen sprake was van architectuur en in Mykene de Leeuwenpoort niet bestond? Verbaasd vergewiste ik mij ervan dat ik opzettelijk, nee, het was ingewikkelder, dat ik onweerstaanbaar maar welbewust gehoor had geleend aan een instinctieve drang om de richting van de wijzers van de klok te kiezen, links beginnend van de enorme cirkel. Aan de tegenoverliggende zijde vertrekken leek mij fysiek onmogelijk. Hoewel ik de enige bezoeker was die aan de dwanggedachte tilde (maar onbewust deed natuurlijk één op de twee het) bedacht ik met verbazing dat het, van oost naar west, de richting was van zon en maan, die bij het concept van het raadselachtige geheel een rol hebben gespeeld, al het overige bepalend. Ik wist het al lang. Voor zover dat voor een lezer mogelijk is, had ik gevolgd hoe de beroepsarcheologen bittere, soms unfaire achterhoedegevechten hadden geleverd toen de astronomen hen attendeerden op wat zij over het hoofd hadden gezien, namelijk de verbondenheid van de oeroude tempel met de dynamische structuur van de kosmos. Het gelijk van de sterrenkundigen bleek van dag tot dag overtuigender en duizelingwekkender. Vandaag had ik voor het eerst zélf het lichamelijk gevoel dat ik

461

een of ander ingebouwd ritueel bevel gehoor moest lenen, aan een boodschap vanuit de oneindige ruimte gevolg geven.

Eenmaal mij hiervan bewust, zette ik mij schrap tegen wat mij als een occulte aanvechting voorkwam. De astronomische duiding van Stonehenge was een nuchter wetenschappelijk feit. Ik was hiernaar toe gereden om met mezelf te overleggen of de wilde fantasieën van een twaalfde-eeuwse prelaat, die vreemde Galfridius uit Monmouth, bruikbaar voor me waren. Of hij, schrijvend over de witte magiër Merlijn, toestanden had verzonnen die in een televisieserie over koning Arthur bezwaarlijk mochten ontbreken. Kon er een link worden gelegd met wat men meer en meer de astro-archeologie is gaan noemen? Lukte het mij zodoende aan te tonen hoe de menselijke verbeelding mythen schept en hierbij haar eigen logica inroept, dan zou ik mij voor de inspanning beloond achten. Ik had er reeds over geschreven. Nu kwam het erop aan het zo aan te pakken dat het bondig (als men gaat filmen telt elke seconde!) en duidelijk in visuele beelden werd omgezet, dat ik gelijktijdig off-screen de nadruk op de wonderlijke poëzie van dit alles legde, liefst door mijzelf, zo niet door een mooie vrouwenstem te zeggen.

Ik liep tot bij de standing stone aan de noordkant, waarop zich de Mykeense of Kretenzische degenvormige graffiti bevinden. Een schakel met het Arthur-thema zag ik niet direct, maar de serie werd lang genoeg om erop te attenderen. Als mijn tekst klaar was, zou ik met Anton alles aandachtig chronometreren. Mogelijk was er tijd voor een van die anekdotes, welke het, zonder demagogische trucjes, aardig doen bij de televisiekijker.

Ik herinnerde mij het verhaal over het jongetje dat, rondhangend bij de opgravingswerken, op zekere dag de leider van het team was komen vertellen wat voor geks hij had gezien. Niemand had het ooit tevoren opgemerkt: duidelijke afbeeldingen van wapens uit de bloeiperiode van Mykene en Kreta, zoals men er honderd jaar geleden één geoxydeerd in Cornwall onder een extravagant grafheuveltje had ontdekt. Verder dan de relaties van de zeekoningen uit het gebied van de Middellandse Zee met het weelderige Wessex konden wij bezwaarlijk uitweiden. De tekens in de steen waren echter duidelijk.

Terwijl ik ernaar stond te kijken, leek het onbegrijpelijk dat men op dat wakker jongetje had moeten wachten. Alles was zo welomlijnd, dat de cameraman zelfs geen speciale voorzorgen zou hoeven te nemen wat de lichtinval betrof, de stand van de zon afwachten of een lampje bij grijs weer. Nee, dat opmerkzame kereltje was te mooi, het hoorde erbij! In een film was het moeilijk er een lange sequentie aan te wijden – mogelijk schreef ik er vroeg of laat eens iets over. Ik bedoel over het in dergelijke omstandigheden soms sprookjesachtig, mogelijk archetypisch patroon. De ter plekke arbeidende specialisten hebben er geen idee van. Dan komt er een onschuldig kind, dat recht naar het wonder toe stapt. Ongeveer zo was het ook in Lascaux gebeurd, waar herdertjes, op zoek naar hun hond, de grot ontdekten die sedertdien de Sixtijnse Kapel van de prehistorie heet. En ook in Altamira, toen het dochtertje van een verbijsterde speleoloog hem opeens al die koeien en andere beesten boven hun hoofd aanwees.

Bezitten kinderen, bij uitzondering soms volwassen, zo'n vreemde gevoeligheid voor het mysterie? Hadden mijn ervaringen met Pieter-Frans, waar Victor argeloos een schakel meer had naar gelegd, er op hun manier iets mee te maken?

Wáár lag de allerlaatste, de schakel naar mijn dode vader...?

Ik wandelde verder rond, daarna tussen de stenen, en noteerde een aantal zinvolle invalshoeken op mijn blocnote. Het was Anton toevertrouwd om de erbij horende camerastanden uit te dokteren. Een helikopter charteren om de tempel vrij stabiel vanbovenaf te nemen, leverde hopelijk geen problemen op. Of zou het een boel geld kosten? Anton moest kijken of zijn budget het kon dragen. Zo niet, dan was het mogelijk dat we eens met de nabije Royal Airforce-basis gingen praten. Voor dergelijke dingen, dat wist ik uit ervaring, zijn de Engelsen vrij coulant en ook een blond gesnorde commander such and so kan gevoelig zijn voor een woordje van dank bij de aftiteling.

Wat wij nodig hadden, was een gedetailleerde maquette van het gebouw in zijn definitieve, ongeschonden vorm. Ik had er een gezien in Arnhem, waar de Lampo's mij mee naar toe hadden genomen om een tentoonstelling over de megalithische culturen van het Westen te bekijken. Alle drie waren wij getroffen door de desoriënterende mathematische aanblik van het geval. Lucia juichte dat het een abstract beeldhouwwerk was. Haar man en ikzelf opteerden voor een machine. Lucia kon zich geen machine zonder 'wielekens' voorstellen, zoals zij het touchant in de taal uit haar kindertijd noemde. Wij mannen zetten een boom op over het hedendaagse begrip machine, zo te zien niet meer negentiende-eeuws, maar ogenschijnlijk onbeweeglijk, volgepropt met voorgedrukte circuits, chips en meer zulke onzin. Op een miraculeuze manier was Stonehenge zo'n stilstaande machine gebleken, opgeladen met kosmologische en wiskundige coördinaten. Al scheen ze daar zomaar in de verre vlakte staan te staan, ze kon op om het even welk moment om het even welke astronomische informatie over de maan, de zon en de vierde dimensie van de tijd spuien, de hogepriesters of -priesteressen bespeelden de architectuur als een ordinator.

Ik vleide mij in het gras van de ondiepe, na vijf millennia door weer en ontij geërodeerde, hoewel duidelijk zichtbare ringwal. Jammer dat ik niet in die verhaaltjes over aardstralen geloofde...

Hier was het dat eens de maan werd vereerd, de maan, maar terzelfder tijd ook de koningin die haar belichaamde. Als vorstin heerste deze over een rijk waar de vrouwelijke vruchtbaarheid boven al het geschapene de hoogste plaats bekleedde, door ingewikkeld dialectisch denken in de rijkdom van haar lichaam niet alleen Maan-, maar ook Aarde- en Moedergodin. Haar aanbidding ging gepaard met rituelen, vermoedde ik, waar Fred Nieuwlant en zijn vrienden versteld van zouden staan...

Ik heb reeds eerder gezegd dat het niets voor mij is om goed klinkende uitspraken op te sparen. Op zijn hoogst kan, zoals die versregel van Villon, weleens wat statische geheugenelektriciteit vanuit het onbewuste opflitsen. Sprekers of schrijvers die op het geschikte ogenblik maar in hun hoge hoed hoeven te grabbelen om er het bij de omstandigheden meest passende citaat uit te vissen, noem ik valsemunters. Ik verdenk hen ervan dat hun intellect niet meer is dan een lappendeken van bij anderen geroofde weetjes. Het hoort van dieper te komen, anders valt er niet zomaar opeens een atoomcentrale stil! Niettemin leerde de ervaring mij, dat bepaalde fundamentele tekstfragmenten zich definitief in je geest nestelen, of ze voor jezelf aan een diepe noodzakelijkheid beantwoorden en de weg naar het mysterie openen. Voor mij is er het begin van het Johannesevangelie, niet direct uit de Schrift, maar zoals Goethe er door zijn Faust op laat improviseren. Ik heb trouwens niets gedaan om het exact te onthouden. Evenmin als hier en daar een flard uit Homeros, de *Tafelen van Hermes Trismegistos*, het Egyptisch *Dodenboek* of bepaalde passages uit de Bergrede (onkerks gebroed dat ik ben!), vrage men mij het letterlijk te reproduceren. Veel meer dan rafelige bezinksels zijn het niet. Ze hebben zich evenwel in mij genesteld. Ergens leef ik ermee, als was het door te weten welk boek ik moet openslaan om de hand op de nauwkeurige formulering te leggen.

Het hoeven niet eens diepzinnige wijsheden te zijn. Soms betreft het gewoon poëtische, attachante mededelingen, de aanhef van de *Reinaert* of het begin van de *Légende d'Ulenspiegel* bij voorbeeld.

Hiertoe behoort ook de door Diodoros van Sicilië geredde bladzijde van de veel oudere Hecateus van Milete.

Straks zou ik er met Tousseul en Archambault over praten. Het was belangrijk voor hun opzienbarende hypothese. Plato had Hecateus gelezen, het kon niet anders!

Ik ben niet speciaal visueel aangelegd.

Het verbaasde mij dat ik mij alles zo duidelijk, zo levendig voorstelde. Waar ik zat, konden vierduizend jaar geleden de vreemdelingen uit Kreta of Mykene hebben plaatsgenomen. Zij hadden alles aandachtig geobserveerd, alles zorgvuldig onthouden om daarna een rapport te schrijven over hun reis naar de onbekende gewesten in het noorden of het te dicteren aan een geletterde slaaf, mogelijk aan een schoolmeester. Jarenlang was het gewoon in een koninklijke boekenkamer bewaard, tot de historicus Hecateus niet tegen de reis over zee en over land vanuit het verre Milete had opgezien om het verhaal te kopiëren. Zo had het vijfhonderd jaar nadien een plaats in Diodoros' geschriften gevonden, doch veel vroeger Plato bereikt.

Hier of vlak nabij hadden zij nieuwsgierig gezeten, omringd door gastvrije hoogwaardigheidsbekleders, mogelijk door de tempelbewaarders, precies in deze tijd van het jaar, de tijd van de zonnekeer.

Aan visioenen ben ik niet onderhevig. Ik stelde het mij met mijn zintuigen, met mijn geest, met mijn onbewuste voor, dat lukt mij soms.

Op een nabije heuvel, nu Old Sarum genoemd, lag de versterkte stad, niet onaanzienlijker dan Troje, vanwaaruit al voor middernacht de wit en bont uitgedoste menigte, voorzien van leeftocht, was komen afzakken. In de gloed der hoog oplaaiende vuren kon ik zien dat de mannen geen wapens droegen. De vrouwen hadden zich getooid met goud uit eigen streek, barnsteen uit het verre noorden en sieraden van Egyptische faiencekralen, geen mens wist langs welke wegen ze hier terecht waren gekomen.

Ik hoorde een vreemde, voor mij weinig strelende muziek van snaarinstrumenten en cimbalen. De vertrouwde verhoudingen van onze zeventonige schaal kon ik er niet in herkennen, maar dat wende gauw.

Het was een onbekende, ofschoon (zoals het in een droom kan gebeuren) begrijpelijke taal waarin een donkere man met kaalgeschoren schedel het mij toevertrouwde. Al dagenlang deed het gerucht de ronde, voegde hij er onder geheimhouding aan toe. Vandaag waren er achttien jaren en meer voorbij waarin achttien keer de midzomerzon achter gindse, licht voorover hellende steen, een eind buiten de tempel zélf, was opgegaan. Precies, achter de Steen der Geboorte. Gisteren had derhalve de heilige hogepriesteres het volk officieel aangekondigd dat zon en maan, haar mystieke incantaties en smeekgebeden gehoor lenend, na al die tijd weer voor het eerst tegenover elkaar de ideale stand hadden ingenomen. Het duurde telkens zó lang vooraleer het gebeurde, fluisterde de blijkbaar ingewijde de van ver gekomen zwerver in het oor, dat de meeste profanen het waren vergeten, het geheugen inmiddels verzwakt door ziekte en ouderdom, of zélf tot de godheid verzameld. Soms deden rare geruchten de ronde, maar de gewone man of vrouw wist niet af van het mysterie, verborgen in het kloppend hart, zei men, van bepaalde geneeskrachtige stenen. Het mysterie van het occulte Grote Jaar, bedoelde hij, van het achttiende, soms negentiende solstitium, wanneer het bloed van de prins-gemaal aan de Allerverhevenste, de zevenmaal heilige Moedergodin, aan de maan werd opgedragen.

Dat was het opperste ogenblik der schepping, wanneer de koningin, plaatsvervangster van de Grote Moeder die alles vanaf haar troon buiten de tijd met welgevallen gadesloeg, ten aanschouwen van de samengestroomde Hyperboreeërs met haar nieuwe, jonge bruidegom in het huwelijk trad. De kaalkop was bereisd, hij had de wereld gezien, verzekerde hij. Uit zijn knipoog besloot ik, dat hij over veel het zijne dacht. In elk geval keken allen het ogenblik tegemoet, waarop openbaar de vorstelijke paring plaatsgreep, zo luidde sinds het begin der tijden de hemelse wet. Koningin zijn was ook niet alles, ironiseerde hij. Maar wie weet of het haar geen kick gaf wanneer zij onder ieders blikken voor geheiligde hoer moest spelen? Ieder diertje zijn pleziertje, zei hij maar.

De oude prins-gemaal was er slechter aan toe, vervolgde hij, er thans van overtuigd dat hij me kon vertrouwen. Een korte degen, vlijmscherp, meegebracht uit een ver land bij een haast onbereikbare, paradijselijke binnenzee, ginds ver naar het zuiden, werd door zijn keel gedreven, waarbij zijn hartbrekend doodsgereutel verloren ging in de luidruchtige muziek. Terwijl hij lag te sterven werd zijn vorstelijk bloed in het Sacrale Vat opgevangen. Straks zou men het uitsprenkelen over de menigte, écht voor zover de hoeveelheid reikte, symbolisch daarna. Wat volgens de maagdelijke priesteressen op hetzelfde neerkwam. Ook de dieren, de velden kregen hun deel en het zou de vruchtbaarheid beschermen of weer doen ontwaken. Als de bezoeker het niet geloofde, was het ook goed... Ja.

Ondertussen werd beweerd dat de enige mannelijke bedienaar van de tempel, ene Merlijn de Onaanraakbare, weken had gevast en gemediteerd, waarna zijn geest de reis had ondernomen naar de Buitenste Steenkringen, waarvan Stonehenge een bescheiden afbeelding was, mooi, zeker, zeker, maar toch niet je dát. Hij was met de blijde boodschap teruggekeerd dat de koningin weer zou baren, dat ook de andere vrouwen veel kinderen zouden krijgen, het vee in de stallen, de dieren in de wouden zich buiten elke verwachting vermenigvuldigen en het zaad op de akkers welig tieren. Een ganse zomer lang zou het goede nieuws uitbundig met drank, spel en muziek worden gevierd. Later zou men het Wein, Weib und Gesang noemen, beleerde ik hem, maar dat scheen hij niet te begrijpen, of hij deed althans alsof. Het begon vandaag en als het weer meezat, zou het duren tot de Plejaden boven de horizon verschenen.

Ik hoorde het vrolijke gejuich van de duizendkoppige menigte.

Om een mij onbekende reden was blijkbaar het meest spectaculaire mij ontgaan. Tenzij het later op het programma stond?

Hoe het mij lukte om het te zien wist ik niet, maar ik zág het.

In het midden van de binnentempel, waar men de vuren hoger deed oplaaien, terwijl allerlei wierookgeuren opstegen, nam de koningin plaats op een sober gestoelte. Wervelend danste de jonge bruidegom voor haar tussen de kleinere, blauwachtige stenen, de beweging van de zon nabootsend aan een uitspansel waar in koele verhevenheid de maan regeerde. Terwijl daarna haar onderhorigen een voor mijn gehoor naargeestig gezang psalmodieerden, liet langzaam de vorstin, gezet als een operazangeres, de gewaden op haar voeten vallen (een slipje van 'Marks & Spencer' bleek er niet bij te zijn). Extatisch hief zij de armen hemelwaarts, het aangezicht naar de Steen der Geboorte, waarachter de hemel een roze, nu scharlaken gloed vertoonde. Terwijl, vlugger dan ik het mij ooit zou hebben voorgesteld, de zon als een ontzaglijk luchtschip uit een andere wereld boven het schuin voorover hellend blok opsteeg en hiëratisch de bruidegom naar haar toe schreed, scheen alles erop te wijzen dat zij... Nou ja.

Het geschreeuw van een troepje kinderen die achter een rode bal aan holden bracht mij tot mezelf. Er was niets aan de hand! Was ik als een vermoeide oude man ingedommeld?

Even stemde het mij wrevelig. Ik meende pertinent te weten dat ik niet had geslapen, niet gedroomd, maar het mij met een tot dusver onbekende heftigheid had voorgesteld. Het was een gedachte die ik niet waardeerde. Maar ook deze overweging bleek vluchtig als een droom en loste zich net zo spoedig op, nu ik nuchter tot mezelf was gekomen. Niets aan de hand!

Ik had mij boeiende toestanden voorgesteld, daar niet van.

Voor onze film waren zij niet bruikbaar. Het zou al te gek zijn. Wel kon het achtergrondcommentaar ergens die richting uitgaan. Of de keuze voorschrijven van een indrukwekkende muziek, Stravinsky bij voorbeeld, maar dan bij voorkeur een werk, niet in concertzaal of radio stukgeluisterd. Voor mijn part kon het wel *Le Sacre du Printemps* zijn, zoveel aandacht besteedt het publiek er meestal niet aan. Dat zou Anton oplossen, hij of zijn medewerkers, hij was erom bekend die trefzeker te kiezen.

Voor mij kwam het erop aan een van de door mij vooropgestelde grondgedachten te illustreren. Dat de legendarische Arthur mogelijk tijdens de Dark Ages een historisch, roemrucht krijgsman was geweest, geliefd om zijn strijd tegen de barbaarse Saksen. Maar dat zich op deze verder onbekende Dux Bellorum de voorhistorische godheid had afgekleurd, eens in de steenkringen uit de oertijd ná de Grote Moeder aanbeden.

Hiermee begon een gecompliceerde gedachtengang... Ik diende ervoor te zorgen dat het exposé kristalhelder bleef. Jammer genoeg kon ik niet beginnen bij die god zélf. Alles begon met de Maankoningin. Naar het westen oprukkende Indo-Europese stammen hadden haar vervangen door de mannelijke Zonnevader. Nooit evenwel had zij in het volksgeheugen echt de plaats geruimd. Zij bleef de uit de patriarchale mythe geboren Arthur domineren. In Guineveres aderen stroomde het hete bloed van de grillige Maangodin... Bij haar was de oer-overlevering begonnen. Duidelijk ging de Gwenhyfaer-traditie aan die van Arthur vooraf. Naderhand had een mannelijke, mettertijd christelijke wereld aan de vechtjas Arthur de voorkeur gegeven, maar zelfs in de vroomste romances kon het Guineveres gedrevenheid door de maan niet uitvlakken. Lukte het op de ene pagina, dan stak zij op een volgende met des te groter overtuiging het hoofd weer op.

Wat de beelden betrof zouden we hier op Stonehenge iets moois maken. Close genomen, uitdrukkingsvolle aangezichten van hedendaagse bezoekers konden de tijdgenoten van de bouwers niet weergeven. Wel zouden ze iets suggereren van de onveranderlijkheid, het eeuwige van de mens, door alle tijden heen. Waar off-screen op de Moedergodin werd gezinspeeld kon de close-up van een aangrijpend schone, feeïge vrouw wonderen doen.

De close-up van een wondermooie vrouw? Dát was wel het laatste waarover wij ons zorgen hoefden te maken, dacht ik. De oplossing drong zich gewoon op! Had Anton geen knappe Engelse assistente aangeworven?

De Maan- en Moedergodin, Gwenhyfaer, Guinevere.

Was zij ooit volledig uit de ons omringende wereld verdwenen, zuster van Salomé, misschien van Maria Magdalena, voor wie eens de vader van pater Hans een zwak plekje had, al noemde hij haar 'dat mens'? Van Isolde, zeker van Isolde. Van de spectrale koningin Brunehaut, van wie voor ingewijden de wegen zich als een grotendeels onzichtbaar spinneweb over het aangezicht van mijn land uitstrekken? Van de vrome maar hartstochtelijke Héloïse? Van de Blauwe Engel, waarop mijn Fransen zinspeelden? Misschien is zij nooit gestorven, leefde zij verder als het eeuwig vrouwelijk droombeeld, door sommigen geleerd de anima genoemd. Als de elfenvorstin Titania, bij Shakespeare bedoel ik, eens in het Frans door de fleurige mevrouw Van Kerckhoven gespeeld, op haar manier de Maangodin uit de jeugd van mijn vriend Hubert, vermoedelijk occult aanwezig in veel wat hij schreef, zo werkt dat...

Voor onze film was het niet aanbevolen haar zó te bekijken, nee. Tenslotte ging het om Arthur, er was mij niet gevraagd een scenario over Guinevere te schrijven. Anton had mij evenwel geen enkele beperking opgelegd. Ik mocht er naar hartelust op los fantaseren. Onvolprezen weelde (hoe lang nog?) van een officieel zendstation, hoefden wij niet in te spelen op het begripsniveau van de gemiddelde voetbalfan, door hem gnuivend vergeleken met dat van een twaalfjarige die op school is blijven zitten. Als de onderwijzer, de leraar, de inspecteur van de belastingen hier en daar een jurist, een apotheker of een geneesheer het konden volgen, hun vrouwelijk equivalent inbegrepen, was alles voor hem dik in orde. Terloops had hij opgemerkt dat de royaal toegemeten drie uren in het zendschema voor volgend jaar uit de voor de literatuur voorziene tijd waren losgepeuterd. De Arthurbanier dekte een gevarieerde lading. Ook de subsidiaire referenties waaraan ik zoëven zat te denken, waren niet irrelevant, al kon ik het bezwaarlijk over Titia hebben, dat was maar een grapje...

Allerminst werd de literatuur zélf door het Gwenhyfaer-motief in de verdrukking gebracht.

Inderdaad, de middeleeuwse romances waren naar Arthur genoemd. Voor de dichter (minnezanger? monnik?) was hij het middelpunt van iets als een Ptolemeïsch systeem. Om hem wentelden de ridders van de Ronde Tafel (oorspronkelijk de kring van Stonehenge?) en vertegenwoordigden de planeten. Het was allemaal in overeenstemming met de door de Kerk verkondigde leer. Vanuit de diepte was evenwel de heidense invloed blijven gisten.

Zoals de maan waarachtig de getijden beïnvloedt, volgens sommigen de labiele geesten met verbijstering bedreigt en mogelijk de eerste oorzaak zou zijn van het ritme der mysterieuze processen in de vrouw, bleek Guinevere in de oorspronkelijke teksten – van ingewijden? – de gebeurtenissen, leidend naar de dood, te beheersen. Door haar gemanipuleerd wordt Arthur een vaderfiguur, dichter bij de seniliteit dan bij de wijsheid, soms tot het sullige toe, en voorbestemd om horens te dragen. Zijn koene gezellen zijn ijdele blagen, door hun kleine hersens en hun doldriestheid soms bij toeval tot het heldendom voorbeschikt.

Naast Gwenhyfaer, de hitsige, de tedere, is er, hoewel nooit met haar geconfronteerd – vreemd of zinvol? – als menselijke figuur die onbeschrijflijk lijdende Visserkoning, vorst van het dorre land, geestelijke erfgenaam van de omgebrachte prins-gemaal uit de oertijd. Hij is ten dode opgeschreven en bloedt uit zijn onstelpbare wonde.

Mijn vader.

Hij deed mij op Salisbury Plain, daar bij Stonehenge, aan mijn arme vader denken, die geheimzinnige Visserkoning.

Tot hij, ik hoop zo gauw mogelijk, de geest gaf, had ook hij uit onstelpbare wonden gebloed. Als die martelaar uit Nazareth, te weerloos om Gods zoon te zijn, heb ik steeds gedacht. Heeft hij, als een beest, als andere joden vermoord en een duister voorhistorisch bijgeloof indachtig, er inderdaad het mensdom door verlost? En mijn hulpeloze, onschuldige vader, een van de geslachtofferde miljoenen? Waar heeft het bij hem toe gediend?

Volkomen nutteloos, volkomen absurd, zo had het mij vanaf de dag op het kerkhof geleken toen, voor het eerst, Jeroen het mij vertelde.

Nu weet ik het niet meer.

Wie zegt mij of ik het niet ánders moet zien?

Door onze onverklaarbare ervaringen met een mij ternauwernood bekende dichter... Door het etterende bloed dat ook hij ongetwijfeld uitspuwde, meer dan honderdtwintig jaar geleden (net als in mama's – troostend? – verhaal), zág ik het stilaan anders... Ik wees het af, maar niettemin ontwaakte een ingewikkeld besef van verbijsterende verbanden. Zij lagen niet ingebed in de tijd als structuren van oorzaak en gevolg. Op een zomeravond stierf een man, een zuivere ziel, neergeschoten op de stoep voor zijn deur. Langzaam aan spreidde zich de vlek van zijn onschuldig bloed rondom hem. Wie kon met zekerheid zeggen dat zij zonder occulte nawerking was gebleven...?

Ach, zichtbare gevolgen waren er genoeg. Moeders bestaan als vrouw was erdoor vernield. Voorgoed moest zij vergeten wat een man was, ik wist dat zij nooit een ander had liefgehad. Haar zoon had zij daarom omsponnen met de cocon van haar ingebrand, ongeneeslijk trauma. Door háár zorgen getekend was mijn jeugd het leven van een halve weesjongen. Zonder ijverzucht, veeleer onbegrijpend luisterde ik naar mijn kameraadjes die vertelden over hun vader die sterk was, alles kon, alles wist, alle boeken had gelezen, zelfs *Sportwereld*, en tweemaal per jaar naar België-Nederland ging, vroeg of laat mochten ze met hem mee, had hij beloofd.

Toen ik een kleuter was, kon het bij uitzondering gebeuren dat mama wat met mij stoeide. In feite had ik het liever niet. Van tevoren wist ik dat ze er zonder reden eensklaps mee zou ophouden, mij met een zucht neerzetten, of ík het kon helpen, en eindeloos lang door het raam staren – uren, dacht ik. Als ze daarna weer naar me keek met beschreide, afwezige ogen, stelde ik mij in paniek voor dat zij mij niet meer zou herkennen.

Het waren de dingen die ik had gezien, gevoeld, die ik pas na jaren was ontgroeid, hoewel niet zonder littekens.

Als ik later een vrouw liefhad, stelde ik mij eensklaps voor dat het mijn moeder was, naakt in mijn armen en verloren in een ver orgasme. Dat vrouwen steeds vriendelijk, zelfs lief waren geweest voor me, besefte ik wel. Eén was er die vaag begreep waarom ik het uitsnikte, mijn gezicht tegen haar borsten, waarmee ze een kind had gezoogd dat was gestorven.

Voor het eerst dacht ik op een andere manier dan vroeger aan vader.

Hij stierf, omringd door de hulpeloze buren. Elders gebeurden dingen waarvan zijn dood niet de oorzaak was. Onbegrijpelijk had hij ermee te maken.

Een overvalwagen stopt in de stilte van de uitgestorven stad.

– De helm diep over de ogen, in de handen een bajonet, strompelt een soldaat door opwarrelende stofwolken. Domweg struikelt hij over

een leeg conservenblik. De granaat passeert rakelings zijn hoofd en ontploft een eind achter hem.
Een ss-man haalt de trekker van zijn revolver over.
– Uitgehongerd dwaalt in Auschwitz een doorschijnend jodenmeisje (dat een zusje van Miriam kon zijn) tussen de vuilnisbelten, het hoofd ingetrokken. Zij is aan een laatste dodenappel ontsnapt, vindt de onvoorstelbare weelde van een beschimmeld soldatenbrood dat de bloedhonden niet meer wilden vreten. Ze hoort ginds de gepantserde deuren van de vergassingskamer dichtbonzen en vat moed om met een ademrestje naar haar hoek te strompelen. Koortsig overleeft zij de nacht, ziet door de reten de zon opgaan, beleeft het wonder van de geallieerde tankspitsen die de elektrische versperringen en de aangepunte houten palissade platwalsen.
De kogel heeft in papa's voorhoofd een gaatje geboord, nauwelijks beduidend.
– In de schuilkelder stulpt op een noodbed een gezond kind uit de tot scheurens toe gerekte schede naar buiten. Eindelijk heeft men een arts gevonden, de kleren vol bloed. De moeder haalt het, zegt hij, beiden zullen leven, probeer wat warme melk te vinden.
Spectaculairder is het salvo dat zijn onderbuik openrijt terwijl hij vooroverstuikt.
– Gelijktijdig gooit een piloot achteloos zijn laatste bommen uit. Al lang is er geen doel meer. Een voltreffer giert op een school toe, vol daklozen en vluchtelingen. De dood gaat zijn zwarte mantel sluiten over het gebouw. Maar bij wonder is het ontstekingsmechanisme defect.
Meer bloed dan iemand zich kan voorstellen doordrenkt de flarden van zijn kleren.
– 'Wees rustig,' zegt de legerdokter tegen een infanterist in het veldhospitaal. 'Onfeilbaar nieuw spul, je bent gered, penicilline. Vast al van gehoord...?'
Het bloed vormt een plas die met rode vertakkingen zijn weg zoekt naar de mond van het riool.
Mijn vader is dood. De Visserkoning is dood.
Ik weet dat het mogelijk is.
Maar wie kan het bevestigen, wie kan het bewijzen?
– 'Hij heeft zijn leven gegeven voor zijn ideaal, het was geen vruchteloos offer,' zegt bij het open graf de inspecteur van het onderwijs, in werkelijkheid de sommige omstaanders bekende leider van papa's verzetscel. 'Nooit zullen wij hem vergeten.'
Wat kan er gebeurd zijn terwijl zijn ogen verglaasden, een barmhartige ziel ze met duim en wijsvinger dichtdrukte en moeder zich met de schreeuw van een gekwetst dier als een Mater Dolorosa over hem heen boog?

Moest hij sterven om het mogelijk te maken dat ook het offer van zíjn schuldeloos vergoten bloed op het nippertje de schepping in evenwicht hield?

De ene bus na de andere had op de parking zijn bont gezelschap uitgeladen.

Het werd vergelijkbaar met bij ons de drukte in Scherpenheuvel. Ik kwam er eens op een bedevaartsdag toen ik een kilometer verder met benzinepanne stond. Geen mens in de vrolijke menigte vermoedde dat het reisagentschap niets had hoeven te beginnen zonder de voorwereldlijke roep van de vergeten goden.

Het geroezemoes was ongeveer als op een druk strand in volle zomer.

Daarom had ik in het gras geen schreden gehoord.

Ik zag de schaduw die over me viel. Hij kon alleen afkomstig zijn van iemand vlakbij.

Ik keek om, automatisch.

De verrassing was zo plots, de ontroering zo heftig, dat ik ternauwernood haar naam kon fluisteren.

Aanvankelijk zonder één woord drukten wij elkaar in de armen.

Zij snoof als een klein diertje, waaraan ik hoorde dat zij haar tranen bedwong. Tot wenen wilde zij het niet laten komen, het was het ogenblik om zich sterk te betonen, de sterke vrouw die mij liefhad.

'De dame bij de receptie in "The Rose and Crown",' hijgde zij ten slotte, of het inderdaad belangrijk was, zonder de omhelzing te onderbreken. 'Je had haar gezegd dat je naar Stonehenge ging... Ik ben midden in de nacht uit Cambridge vertrokken, daarom zie ik er niet goed uit, doodmoe van het rijden – het gaat dadelijk wel over. Ik moest het er maar op wagen, dacht ik, desnoods had ik in het hotel op je gewacht, de ganse dag lang... Vannacht kan ik bij je blijven, Paul, vannacht waakt mijn zus bij vader... Eindelijk! Het was afschuwelijk, om te sterven van verdriet, liefste, maar nu ben je er weer...'

'Niets zeggen,' suste ik, 'niets zeggen. Jij bent er, ik ben er. Een moment niets zeggen, eerst moet het even wennen...'

EENENTWINTIGSTE HOOFDSTUK

Eros, bloemen, jeugdherinneringen en guano in Salisbury. Pauls grote liefde voor negentiende-eeuwse hand- en andere boeken. De verrassing. Een telefoongesprek leidt tot gemengde gevoelens. De bibliotheek. Verlangen naar zekerheid.

Ieder apart in de eigen wagen waren wij spoorslags naar Salisbury gereden. Haar Morrisje stond op de parking toen ik in het hotel arriveerde.

Nadat ik was uitgestapt, omhelsde zij mij of wij elkaar pas nú weerzagen.

Zienderogen scheen haar vermoeidheid geweken.

Hoe zij het achter het stuur had klaargespeeld, was een raadsel voor mij. Had zij van haar geringe voorsprong gebruik gemaakt toen ik in de stad door een stoplicht werd opgehouden waar zij nog net doorheen kon? Wat poeder op haar neus leek mij al rijdend te doen, doch zij had mij gezegd dat zij, met het oog op de gezondheid van haar huid, van dergelijk spul geen gebruik maakte. Onmiskenbaar had zij met een zachtroze stift haar mond bijgewerkt. Ik zag het aan de tekening ervan, het haast onmerkbare braamrandje dat vrouwen als finishing touch verwijderen door de naar binnen gehapte lippen op elkaar te drukken. Een kam door haar losse krullen was geen probleem geweest. Na zo'n nacht op de weg bleef er onder haar ogen een vaag blauw vlekje over. Gauw zou het wegtrekken, voorlopig gaf het haar iets ontroerends.

Wij bestelden koffie. Deze werd door de Angelsaksische dienstmaagd op de kamer gebracht. Zij nam Emily's aanwezigheid niet zo best en keek van haar weg naar het tweepersoonsbed, of dát irritante raadsel tenminste was opgelost. Het hielp weinig dat ik nogmaals in een vrij royale fooi investeerde. Zij hoefde niet noodzakelijk te weten dat accommodatie voor beiden van tevoren bij de reservatie was geregeld. Of inderdaad gisteren haar trekkepoten meer had betekend dan door mij argeloos was doorzien, durfde ik niet zonder meer concluderen. Niettemin had ik de indruk dat de toestand weinig instemming vond, hoewel het haar mogelijk bij een liederlijke figuur van het continent niet verbaasde.

'My God,' lachte Emily, 'what's up with her? Ze lijkt wel jaloers! Wat heb je met haar uitgespookt?'

'Níets, op mijn woord! Alleen met jou wil ik nog wat uitspoken!'

'Daar reken ik op, Paul. Eerst gauw de koffie en dan een ogenblikje geduld, ik ben zo klaar... Fluit maar vast op de spoken!'

Zij verdween in de badkamer. Voor het dringende klassieke plasje, dacht ik geamuseerd (als schooljongens noemden wij alle meisjes pieskousen). Tenzij ze, zo aan haar handig schoudertasje te zien en haar uitgesproken zin voor properheid in acht genomen, tussendoor gauw een van die steeds aanwezige schone slipjes ging aantrekken. Ik vond het amusant haar ermee te plagen, maar in feite apprecieerde ik het, zo'n bestendig om haar lichamelijke onberispelijkheid bekommerde geliefde.

'Ben ik nog steeds dezelfde?' vroeg zij en trok de deur van de badkamer weer achter zich dicht.

Met het allerminimaalste minimum aan – dat frisse lapje textiel, ik had het warempel geraden! – was ze te voorschijn gekomen.

'Je bent nog steeds dezelfde, engel van me, mooier dan tevoren. Als het mogelijk zou zijn, natuurlijk!' antwoordde ik complimenteus.

Het kan je overkomen dat je bepaalde dingen weet, zonder erop in te gaan. Je beseft instinctief dat je ze eronder moet houden, er niet over praten. Het was de goede reactie van me onbevangen Emily's luchtige vrolijkheid te beantwoorden. Geen ogenblik twijfelde ik aan de opgetogenheid waarmee het weerzien haar vervulde.

Ondertussen voelde ik niettemin dat zij terzelfder tijd bekommerd was. Ongetwijfeld om haar stervende vader, over wie zij niets had gezegd. Vermoedelijk om mammy, die zij dagen aan haar lot had moeten overlaten. Wellicht om haar zus, die haar taak had overgenomen en sinds de terugkeer uit Italië slechts even haar jonge kinderen had gezien, naar zee in Weymouth bij de ouders van haar man gestuurd. Niets was begrijpelijker, maar ik wist dat het dáár niet om ging. Elke bezorgdheid heeft haar eigen gevoelsklank, dat wist ik van mezelf, ergens op de golflengte van haar oorzaak. Deze overschatten, de onrust opschroeven is normaal voor emotionele naturen als Emily – en ikzelf. Ik stel mij voor, dat oorzaak en respons een zelfde, op zijn minst gelijkaardige tonaliteit vertonen. Het is moeilijk om er de juiste woorden voor te vinden of althans te kiezen. Als schrijver heb ik het vaak ondervonden... Mogelijk was ze gerelativeerd, zelfs naar het onbewuste verdrongen, op zijn minst dapper beheerst. Niettemin raadde ik een geheime, hoewel fundamentele onrust bij Emily. Angst kon het niet zijn, daar was ik zeker van.

Ik stelde het mij voor als een soort van psychische drempel waarvoor zij aarzelde, niet definitief – veeleer omdat het erbij hoorde.

Daarom was het in feite, dat ik mij die namiddag geen onoverkomelijke kopzorgen maakte. Zij was onbevangen blij om het weerzien, dat stond vast. Zonder zweem van kunstmatigheid verlangde zij ernaar dat ik haar geluk deelde, niets was duidelijker.

Achteraf ga je het allemaal analyseren.

Hierdoor klinkt het pedant, het valt omslachtiger uit dan het in werkelijkheid was, ik bedoel een vluchtige rimpeling over mijn niet aan te tasten vreugde. Nadrukkelijker wil ik het niet omschrijven.
Er waren geen acute problemen. Daarentegen gaf ik er mij rekenschap van, dat het op een gecompliceerde manier een positief verschijnsel was, haar blijheid niet geveinsd, haar geluk geheel oprecht. Spontaan ging mij een Franse uitdrukking door het hoofd: reculer pour mieux sauter. Zij was als een atlete die een hindernis ging nemen, de voet reeds in het startblok, de omvang van de moeilijkheid ramend, er voorgoed van overtuigd dat het de inspanning loonde, dat zij het zou halen. Niet direct. Niet direct nú. Straks. Straks omdat ook ik erbij was betrokken, mogelijk als de oorzaak van een overigens onbegrijpelijke aarzeling.
Emily, mijn atlete, die dartel naar me lag te kijken, zonder laatste kledingstuk, naakt als bij haar geboorte. Botticelli.
'Nu maar hopen dat ik niet te moe ben!' lachte zij.
Wat zij duidelijk niet geloofde.
Aan haar orgasme, zelfs haar tweede orgasme was het niet te merken. Zij was en bleef een wonder.
'Je bent gewoon briljant,' zei ik, 'briljanter dan ooit tevoren.'
'Woorden,' plaagde zij, 'voor een auteur zijn er woorden genoeg en verder verzint hij wel wat. Ik ben een alledaags meisje, een vrouw van dertien in het dozijn, zoals jullie het noemen.'
'Je bent onrechtvaardig voor jezelf,' antwoordde ik lachend. 'En een typische provocatrice ben je ook.'
'Gebruik dan geen stoplappen, beroemde minnaar van me. Briljant, zei je. Niet veel beter dan ons "marvellous", or that sempiternally "heerlijk" in Holland, of het nu om Vermeer of om een gehaktbal met mosterd gaat. Kom, zoek andere woorden, beschrijf me hoe het was...'
'Heerlijk,' zei ik, 'onderschat je voorvaderen niet. Heerlijk... Sommigen leggen er nuances in of het een nocturne van Chopin zou zijn.'
'Stam ik van zo'n genuanceerd volk af...? Ach, je bent gek!'
'Als alle Vlamingen, dat wist je toch?'
'Ik prijs me gelukkig, Paul, dat je het niet "hè, gezellig" noemde! Dan maar ons "lovely". Beschrijf het mij, meneer de romancier, perhaps it is exciting, who knows?'
'Opwindend? Nee, zo zie ik het minder... Voor mij was het volstrekt anders... Ik denk zelden aan mezelf, ik denk in de eerste plaats aan jou. Telkens droom, fantaseer ik er andere facetten bij. Vandaag bij voorbeeld. Toen ik een kleine jongen was... Een van de mooiste dingen die ik mij herinner uit de tijd dat ik een kleine jongen was. Ik zag het in dat bioscoopje uit mijn kinderjaren... Geen gewone voorstelling, nee, een speciale avond voor een onderwijzersvereniging, ze had te maken met het personeel van het stedelijk onderwijs. Soms kreeg

mama er een invitatie voor... Onzin, geen onderwerp voor deze omstandigheden, sorry...'
'Alsjeblieft, vertel verder, Paul,' insisteerde zij. 'Ik wil alles over je weten, over je kinderjaren, ginds in Antwerpen, waar ik ontzettend naar verlang... Ook later zal ik naar zulke verhalen van je luisteren, liefste, laten sommigen het maar ouderwets noemen. Ik ben een Engelse, weet je! We maken het vuur aan in je open haard die ik nog niet heb zien branden. En eindeloos vertel je me om het even wat, net als over het exercitieveld, de IJzertijdjagers, de pijlpunten in het archeologisch museum...'
'God, Emily...' zei ik. Mijn stem liet het even afweten, net een waarschuwing, of ik geen recht had op het ijdel gebruik van de naam Gods. 'Goed... Mama ging zelden uit... Dergelijke invitaties beschouwde ze min of meer als een hommage aan papa, ze vond het onbehoorlijk ze af te wijzen. Waarover had ik het ook al weer...? Er werden wetenschappelijke films vertoond, allemaal pedagogisch en leerzaam, vooral voor een zaal vol onderwijzers, onderwijzeressen en hun kroost. Een ervan ben ik mij tot in de geringste bijzonderheid blijven herinneren. Tegenwoordig zijn zulke opnamen gebanaliseerd door de televisie, je ziet ze dagelijks. Destijds was het nieuw, geloof ik tenminste... In verrukkelijke kleuren, uitzonderlijk voor die jaren, zag je hoe allerhande prachtige bloemen groeiden en opengingen. Je weet wel. Alles beeld voor beeld opgenomen, dan in één vloeiende, abstracte, volmaakt schone beweging weergegeven. Ik vergelijk het niet met wát er op het scherm gebeurde, Emily. Ik vergelijk het met de sfeer van onuitsprekelijke verbazing, van eindeloos mysterie waarmee het mij vervulde, begrijp het gekke woord, haast vroom vervulde... Die sfeer was er ineens weer terwijl jij, Emily, je gaf. De tijd die de vorm, de kleur aanneemt van een als door het niets gebaarde bloem, mijn dubist-wie-eine-Blume-emotie.'
'Heine?'
'Ik geloof het... Vat het niet als een visueel stijlbeeld op. Voel je hoe het tot kostschoolmeisjesromantiek is afgesleten? Ik bedoel de onbestemde verrukking bij de kleine jongen, de geestelijke huivering, zo fel dat de donshaartjes op zijn kinderarm ervan rechtop gingen staan. Zo was het opeens voor me... Is het dát wat je wilde weten?'
'Kom bij me,' fluisterde ze in mijn oor, 'door je verhaal ben ik helemaal ontspannen... Ik verlang opnieuw naar je, zonder opgewondenheid verlang ik weer naar je. Als een bloem, zeg niet dat ik gek ben...!'
'Dat wás het dan...' zei ik daarna, ditmaal zonder veel verbeelding.
'Ik schaam me, Paul! Twee maanden geleden wist ik niet wat het was, nu kan ik het niet meer missen... En die beelden uit je kindertijd maakten mij eensklaps eindeloos weemoedig... Is dat niet vreemd?'

'Ik denk het niet... Zal ik wat vrolijkers vertellen? Wil je nog meer over die leerzame bioscoopavonden horen?'
'Ik wil alles over vroeger horen, wat voor jou vroeger is...'
'Mooi... Denk niet dat al die films zo poëtisch waren! Als ik niet stapelgek op die bewegende plaatjes was geweest, had ik me doodverveeld. Veel kinderen zaten te jengelen, zij hadden Mickey Mouse verwacht, Laurel en Hardy. Wat mij betreft, ik had uren stoïcijns kunnen kijken naar de Zuiderzeewerken, de vlasteelt, de glasblazerij, naar het graf van Toetanchamon of de voortplanting bij dieren en planten – de bestuivende bijtjes, een heel schuchtere aanloop tot seksuele voorlichting. Wat écht leuk was, werd angstvallig verzwegen. Geen onzin, alleen reukerwtjes en spinnen schenen zich te vermenigvuldigen. Niets wees er trouwens op dat zij het leuk vonden...'
'En de mensen?'
'Geen woord over de mensen, wat dacht je? Verder was er een groots moment, pas later heb ik er de krankzinnige teneur van ingezien... Waarschijnlijk een promotieprentje dat men gratis te pakken had gekregen. Er was geen geluid bij, ik herinner mij de ouderwetse Duitse tussentiteltjes. Een vlijtige melomaan legde deskundig de gepaste grammofoonplaten op de geluidsversterker. Ja, het was publiciteit voor een fabriek van meststoffen, niet voor een onderwijzersclub maar voor een landbouwersgenootschap bedoeld. Over Peruaanse guano. Hoe bestaat het!'
'Wat is guano...? Ik heb het woord weleens gelezen...'
'De metersdikke uitwerpselen van vogels, op de rotsen aan de kust van Peru...'
'Een paar dagen geleden vloog een prachtige witte meeuw over de campus. Ik vermoed dat hij verdwaald was. Hij wilde van geen wijken weten en kende geen rust vooraleer ik hem wat brood had gegeven...'
Meeuwen genoeg in de wereld, dacht ik bij mezelf. Zwijg, mijn verbeelding. Zelfs zonder magische voetnoten is dit verhaal dwaas genoeg.
'Met je neus zat je erop hoe die viezigheid wordt ontgonnen, niets stinkt te hard voor het menselijk vernuft. Opnamen van zeevogels, piramides van drek, bulldozers, allerhande morsige machines die de boel vermorzelden, maalden... Iedereen zat te geeuwen... Waar het mij om gaat is het slot. Mogelijk vind je het een stom verhaal. Je geheugen moet ermee hebben gespeeld, alles grootser, alles grotesker, alles absurder hebben gemaakt... Op een transportband trekken de met vogeldrek gevulde zakken voorbij. Marcherende soldaten, ja, het was vast een Duitse film, het kan niet anders, op weg naar het rapenveld in Saksen of Westfalen... Het belangrijkst was voor mij de muziek, door die behulpzame leraar op de platenspeler gelegd. Dat imposante voorspel tot het derde bedrijf van *Lohengrin*, moet je weten. Vast

477

geweldig, enorm Wagneriaans, met veel geschetter en dzjing-boem, teutereteut! Daarop marcheerden eindeloze rijen van balen mest als onoverwinnelijke zonen des Vaterlandes naar glorieuze Schicksalsbestimmungen voorbij. In de opera klinkt het beslist indrukwekkend, geen bezwaar. Toen ik het daar later opnieuw hoorde, kon ik nauwelijks de slappe lach bedwingen. Telkens weer komt die op wanneer sindsdien die muziek ergens wordt gespeeld... Als bij Lucia tijdens de toneelvoorstelling bij de Nieuwlanders...! Dan zie ik weer die zakken vol vogelfaecaliën als een divisie van de Führer, voor mijn part van de Nato-troepen – maar dan wel de Duitse – voorbijrukken... Je vindt het idioot, niet?'

'Omdat ik niet luidop lach? Nee... Ik lig na te denken over de wijze waarop jouw verbeelding functioneert, Paul... Ik stel mij voor dat het je afschuwelijk zwaar moet vallen om met die verbeelding van je sommige ervaringen te verwerken...'

'Nee,' zei ik, te vastberaden na mijn zot verhaal. 'Nee...' ging ik zacht verder. 'De ervaringen die jij bedoelt... Ik wil zeggen, de ervaringen die ik denk dat jij bedoelt,' voegde ik er bedachtzaam aan toe. 'Met die ervaringen ben ik klaar, Emily. Geloof ik...'

'Probeer alles te vergeten, Paul, ik ben er zeker van dat het lukt...'

Haar smekende toon, als hunkerend naar een geruststelling voor haarzelf, greep mij aan. Blijkbaar had zij er meermaals over gepiekerd, hoewel wij er slechts één keer over praatten, die namiddag op het terras van de Grote Markt, waar wij thee dronken. Zij was er te sterk van onder de indruk gekomen. Het leek mij verstandiger er niet verder op in te gaan – voorlopig. Zij had ruimschoots genoeg aan haar eigen moeilijkheden.

Nee, aan een schuldgevoel hoorde ik niet te tillen. Ik had haar een dwaze anekdote uit mijn kindertijd willen vertellen. Ja, natuurlijk, die als robotten voorbijglijdende balen vogeldrek hadden mij aan soldaten doen denken. Voor mij bevatte het geen zinspeling op het verleden. In dat bioscoopje had ik het als kleine jongen gewoon gevonden dat zij op soldaten geleken, anderen allicht ook. Het was geen metafoor. Ik vond er niets symbolisch aan, had er nooit iets symbolisch aan gevonden (tenzij onbewust?). Maar goed. Misschien wist ik te weinig af van de vrouwelijke sensibiliteit, al het psychologisch gedoe in mijn romans ten spijt.

Overigens mocht ik niet uit het oog verliezen dat Emily een Engelse is. De haar voorafgaande generatie, haar ouders, haar ooms, haar tantes – waarom zou ze geen ooms en tantes hebben? – hadden kansen genoeg gehad om hún oorlogstrauma's op te doen. Lagen de toestanden ánders dan bij ons, ging het om gruwzaamheden van een andere aard, het zou lichtzinnig zijn het te onderschatten. Natuurlijk, vader, moeder, hun leeftijdgenoten hadden de bezetting meegemaakt. Ze had papa's leven gekost. Anderzijds is inderdaad het geheugen van de massa opvallend beperkt, vooral wanneer ik Roel mag geloven, daarom dat boek van hem, waarop Jo ongeduldig zat te wachten en dat steeds maar dikker werd. Bij ons betekende het onvrijheid, geknevelde gedachten, een gemuilkorfde pers, vervolging, opsluiting, weggesleepte joden en verzetsmensen, martelingen, de absolute onverdraagzaamheid tot in het kwadraat verheven. Goebbels en *Mein Kampf* werkten volop na tot op de huidige dag bij de dwazen die het in hun studententijd van Mao's lullige boekje moesten hebben. Ik kan mij niet voorstellen dat zij, die gewezen collegejochies, het ooit lazen, met al die tapkastdemagogie tegen de democratie, de viezigheid tegen het westerse socialisme, de leugen, de strategie van de haat en de pogrom. De dictatuur van het proletariaat (welk?), mijn laarzen, of niet elke dictatuur op verkapt of openlijk fascisme neerkomt...?

Voor de Engelsen lag het anders. Zij gingen het vuur in. Hun mensen verdronken in de Poolzee, met konvooi op de route naar Moermansk. Hun piloten stortten met brandende Spitfires op Londen, daarna in het Roergebied neer. De anderen vielen in de Libische woestijn, op de Normandische stranden of bij Arnhem. Ik begreep dat er weinigen zijn die geen gesneuvelde verwanten, geen gesneuvelde vrienden hebben. Ik maakte grapjes over die De Veres waar Emily toe behoort. Waren het niet dergelijke families die het Britse leger zijn officieren leverden? Voor ons, Vlamingen, hangt rond heldenverering een verdacht luchtje. Terecht heeft de geschiedenis ons sceptisch, zelfs cynisch gemaakt. Daarentegen is het vrijwel algemeen bekend: alleen met de lagere rangen, met brullende sergeants wordt in Engeland onbarmhartig de spot gedreven, soms heb je de indruk dat ze erger zijn dan de Duitse Feldwebels. Van de officieren weet een ieder dat zij bij, naast hun soldaten bleven, met hen het vuur in gingen, als het zo uitviel mét hen stierven. Hoevelen uit Emily's stam hadden het met hun leven betaald? Welke verhalen had zij als kind gehoord?

Het kon ook háár sensibiliteit hebben aangescherpt. Niets normaler dan haar bekommernis om de manier waarop papa's dood in mij bleef nawerken...

Laat in de namiddag wilde Emily van de gelegenheid gebruik maken om in Salisbury inkopen te doen. Met haar door de warenhuizen slenteren was een plezier dat ik in Antwerpen had ontdekt. Tot mijn verbazing verveelde het mij niet, ofschoon ik mij regelmatig vragen stelde over de ondoorgrondelijke gemoedsbewegingen waardoor de aankoop van een paar nylons, een lichtzinnig floddertje lingerie, een ceintuurtje of een fles shampoo werd ingegeven.

Dankbaar om mijn geduld toonde zij mij enkele antiquariaten die ik niet van vroeger kende.

In geen enkel opzicht heb ik wat dan ook van een verzamelaar.

Ik verlang niet de Guicciardini, niet de *Atlas* van Mercator, noch de *Orbis Terrarum* van Ortelius te bezitten. Gefascineerd door de manier waarop in hun tijd de wetenschap zich de wereld voorstelde, ben ik net zo gelukkig met de natuurgetrouwe facsimiles in mijn bibliotheek. Ofschoon gek op boeken, interesseren de fortuinen – ik heb het wel degelijk over harde munt – die sommige waard zijn, mij niet het minst.

Wat mij daarentegen enorm aantrekt, zijn negentiende-eeuwse publikaties over de gebieden waar mijn belangstelling naar uitgaat, al zijn ze niet à jour. Het is een vast patroon geworden. Doorgaans leveren zij geruime tijd niets op waar ik iets mee kan doen. Maar vroeg of laat vind ik er wat in, weer zo'n occulte natuurwet. Het werd een echt serieuze taak voor mij om op zoek te gaan naar wat ik de boeken uit de referenties noem. Ik bedoel boeken waar auteurs van andere werken regelmatig naar verwijzen en die druk in hun voetnoten worden vermeld. Kun je tussen de regels door lezen, dan voel je gauw dat de schrijver ze uit de tweede, derde hand uit andere voetnoten overnam, die geschriften niet zelf heeft gelezen en zomaar van horen zeggen wat in het ijle praat.

Het gaat niet om werken die een verwoed verzamelaar keurig laat binden, mogelijk door hun zeldzaamheid maar niet door hun inhoud geboeid, als een Casanova die dode vrouwen zou collectioneren. Ik ben wel degelijk naar informatie op zoek. Wat de Arthur-studie betreft kreeg ik op die wijze heel wat belangrijk materiaal te pakken.

Wij vonden een droom van een tudoriaanse pub, 'The Mermaid', waar wij thee dronken. Emily begreep wat ik bedoelde en formuleerde duidelijk wat mij op dit gebied bezielde.

'Op het natuurwetenschappelijke of het technische vlak zou het geen zin hebben,' vatte zij samen. 'Voor het Arthur-onderzoek ligt het anders, stel ik mij voor. Er moet een aantal vondsten en ideeën verloren zijn gegaan, to throw out the baby with the bathwater, jullie zeggen dat ook, geloof ik? Vorig jaar heb ik een van de profs een handje toegestoken, een lieve oude man, zo doof als een kwartel, waarom hij niet meer doceert. Hij is een zonderlinge wetenschappelijke schuinsmarcheerder, zoals je die alleen in Engeland aantreft...'

'Dat klopt,' lachte ik. 'Zei je niet dat jullie net zo gek zijn als de Vlamingen?'

'Je hebt het mij nooit horen weerleggen, liefste, op dit punt zijn we het roerend eens. Hij schreef een boek, *The Crime of Rejection* noemde hij het. In de wetenschappelijke wereld waren de banvloeken niet van de lucht, de pers blies koud en warm, het publiek was enthousiast.'

'Waar ging het over? Wat was jouw aandeel?' informeerde ik.

Ik voelde dat ik op het punt stond een nieuw aspect van haar per-

soonlijkheid te ontdekken. Warempel een vrouw vol verrassingen, mijn Elfenkoningin!'
'Mijn aandeel was hoofdzakelijk van materiële aard. Vermoedelijk heb je nooit in een oude Engelse universiteitsbibliotheek gewerkt? Ons traditionalisme op de spits gedreven! Niemand begrijpt wat je bedoelt als je zegt, dat een catalogus uit de tijd van Queen Elizabeth die je in een IBM-machine uitschudt, net zo goed een catalogus uit de tijd van Queen Elizabeth blijft. Men kijkt je aan of je gek bent. En dan... De acrobatieën langs die torenhoge boekenrekken, waarvoor ik mij speciaal een paar blue jeans aanschafte...'
'Waarom?'
'Zomaar.'
'Omdat de studenten onder je rok gluurden!' plaagde ik met Antwerpse baldadigheid. 'Gelijk hadden ze, reken maar, zou Molletje zeggen.'
'Natuurlijk. Wat dacht je...? Maar een lady ziet dat niet, ze vindt blue jeans praktisch op de ladder!' reageerde zij opgewekt. 'Wat mijn verder aandeel betreft, heb ik het grootste deel van professor Barclay's manuscript op de tekstverwerker uitgetikt. Het duurde lang voor hij het zaakje vertrouwde, naderhand was hij enthousiast. Hoe het werkt heeft hij nooit begrepen.'
'Net als ik. Geef mij maar mijn ouwe elektrische koeiekop...'
'Waar het om ging...? Hij is een filosoof, een vriend van Bertrand Russell... Zijn ouderdom ten spijt is hij geen behoudende figuur, zoals sommige critici beweerden. Niettemin had hij het aan de stok met de manier, zoals hij die in zijn lange leven heeft gevolgd, waarop de wetenschap zich ontwikkelde. Voor een drastische formulering draaide hij de hand niet om, vandaar de titel van zijn essay. Volgens hem is er een vorm van intellectuele corruptie ontstaan, niet het minst bij de zogenaamde geleerden. Ik dacht aan hem toen je het had over die landgenote van je en haar troubadour. Weet je nog? Op een avond dat ik me doodellendig voelde heb ik het eens nagekeken. Het klopt met wat je zei. Zij ontdekt een detail, een kleinigheid die de hele studie van de Arthur-materie op losse schroeven zet. Wat er daarna gebeurt, heb ik Barclay verteld. Het paste perfect in zijn theorie, hij denkt aan een addendum in de nieuwe druk van zijn boek. Ten eerste gaat zij er namelijk niet verder op in. Aangezien haar specialiteit de troubadoursliteratuur is, betekent het voor haar niet meer dan een chronologische correctie. Voor die correctie wil zij op de barricade klimmen. Evenwel alleen om een jaartal, met lange polemieken van welles en nietes. En haar collega's die met Arthur bezig zijn, ten tweede, knijpen de oogjes dicht, die occitaanse specialiste kan hun gestolen worden. Ondertussen gaat het zogenaamde onderzoek verder, de zaak wordt vergeten, "to cut the loose ends" noemt Barclay het, de loshangende draadjes

wegknippen. De volgende generatie is het vergeten en bouwt verder op foute premissen... Daarom, Paul, begrijp ik je belangstelling voor die negentiende-eeuwse boeken. Er zitten dingen in die weer opgenomen moeten worden, ideeën die men wegdrukte, gewoon uit eigenbelang...'

Ik was verrukt over de genereusheid waarmee ze bij mijn idee had aangeknoopt. Hiermee in strijd werd ik door vage melancholie aangegrepen, een onbestemde zwartgalligheid, schijnbaar zonder oorzaak.

'Fijn dat we over dergelijke dingen kunnen praten, Emily...' zei ik. 'Je zult nu spoedig je doctoraat behalen. Ik verheug mij erop voor je... Heus waar, geloof me. Maar...'

Ik begreep het niet. Alles leek mij afschuwelijk verward, of ik uit een paradijselijke droom ontwaakte, eensklaps inzag dat het inderdaad een droom was geweest, illusies die niet met de werkelijkheid overeenstemden. Wij hadden wat gepraat over eenvoudige dingen die ons beiden interesseerden. Ogenschijnlijk was er niets gebeurd. Zij was meer zichzelf dan ooit tevoren, helemaal zoals ik mij haar had voorgesteld. Terzelfder tijd viel het mij in dat er een ándere, een tweede Emily was. Een Emily die in haar eigen wereld thuishoorde, met bestendig op de achtergrond de onuitgesproken twijfel, nee, de zekerheid dat het niet mogelijk was. Wegens allerhande ingewikkelde omstandigheden niet mogelijk. Daarnet had ik het gevoeld, zonder het te erkennen, de waarheid, de onverbiddelijke waarheid niet willen zien, deze onbewust binnenste buiten gekeerd.

'Maar...?' vroeg zij. 'Waarom kijk je zo somber?'

'Mijn Elfenkoningin...' antwoordde ik triest. 'Ach, weet je...'

'Ik weet wat er in je omgaat...' glimlachte zij schuldbewust en troostend. 'Waarom heb ik het je niet dadelijk gezegd? Wij hadden elkaar verschrikkelijk hard lief... Ik zei het je niet, I am a stupid idiot. Nevertheless, my intentions were good. Ik wou er definitief bij het diner over praten. Het was je bedoeling dat wij er een feest van maakten...'

'Nee toch, Emily, het is dus iets feestelijks...?' stamelde ik, volkomen de kluts kwijt.

'Natuurlijk... Wat dacht je? Omstreeks middernacht belde mammy mij in Cambridge. De lieve schat is zo in de war, dat zij nauwelijks nog begrip heeft van uur of tijd... Er was een brief aangekomen. Voor mij. Of ik wenste dat zij hem openmaakte, je kon niet weten? Natuurlijk, zij moest hem onmiddellijk openmaken. Mijn aanstelling...'

'Je aanstelling? Wat voor een aanstelling?' vroeg ik.

Ik voelde me doodsbenauwd. Het was niet nodig. Ik zag het aan Emily, maar tegelijk had ik het gevoel dat alles uit de haak was, ook de zekerheid die meteen ontwaakte kon uit de haak zijn.

'Mijn aanstelling... De zaak was al maanden safe, moet je weten, men wachtte op de officiële bevestiging. Uit bijgeloof durfde ik er niet over te praten. Ik ben een Engelse, Paul... Bijgelovig... Bijgelovig bij de wilde spinnen af!'

'Ik begrijp er geen stom woord van! Een aanstelling. Een job? Ik voel mij of ik aan een verfoeilijke ramp ben ontsnapt. Hoe weet ik niet. Verduiveld, een aanstelling...? Wat bedoel je?'

'Een vacature English literature, vooral Shakespeare, Antwerpen,' antwoordde ze laconiek.

'Wat zeg je? Hou je me voor de gek? Het is niet waar, hoe kán dat nou...?'

'Wél waar. Antwerpen.' Ineens rende zij achter haar woorden aan. 'Geen gewone betrekking bij de universiteit, niet afhankelijk van jullie instanties. Een ingewikkeld verhaal. Extraterritorial mission, klinkt idioot. Ik weet niet of het eerder in jouw land voorkwam. Een van onze De Veres, goed dichter. Van de rijke tak, zo moet je het verstaan. Wij zijn de arme tak, gelukkig was er Noah van het vastgoed, honger hoeven we niet te lijden, vast niet... Haast veertig jaar geleden, de oorlog, geen kleine jongen, wing-commander bij de RAF, wilde niet op een bureau van het Strategical Command zitten, begrijp je? In 1944 aan het hoofd van een eskader met zijn Hurricane neergeschoten, precies boven Antwerpen. 's Nachts. Zijn valscherm doet het, de Duitsers krijgen hem niet te pakken. Het verzet, ook de freemasonry, je zou zeggen. In een franciscanerklooster ondergebracht, monnikspij, blote voeten in sandalen and all that. Te laat voor vluchtroute via Spanje, Normandië staat voor de deur, bevel van Churchill, geen risico's meer. Haalt de bevrijding... Hij stierf twee jaar geleden. In zijn bankkluis een aanvulling op zijn testament, clausule met het oog op stichting speciale leerstoel Engelse letteren; heeft pas vernomen dat er in Antwerpen een universiteit is, dankbetuiging voor zijn redding... Beheerd door de British Council, samen met het rectoraat, gefinancierd door erflating, absoluut exceptional, bestendigheid verzekerd. Kandidaat één jaar docent, na bewezen competentie professoraat, administratief soort van consulair statuut, Foreign Affairs has a finger in the pie, verschrikkelijk ingewikkeld...'

'Je zou zeggen... Wat een oplossing, Emily, wát een oplossing voor ons!' stamelde ik, overweldigd en vermoedelijk doodsbleek.

'Heb ik je gezegd dat ik ook mijn M.A. Engels heb? Daarom het onderwerp van mijn doctoraalscriptie, die Engels en Nederlands combineert... Ik postuleerde... Well, I did a good job... Mammy bemoeide zich ermee, beriep zich op de verwantschap met de De Veres. Vind je het corruptie, Paul?'

'Hoe kom je erbij! Corruptie...? Stel je gerust, straks vertel ik je wel enkele schilderachtige verhalen uit óns wereldje. België, Vlaanderen, ach, je moet eraan wennen dat het een soort van Balkanlandje is... Ik weet niet hoe het er bij jouw noordelijker voorvaderen aan toe gaat, die doen er tenminste doekjes om... Jij hebt er niets mee te maken. The British Council? Ik ben er eens met de Lampo's op een lunch geweest, gelukkig hadden ze hun kok ter plekke aangeworven, op zichzelf een bewijs dat het voorkomende mensen zijn... Wat een verhaal, Emily, wat een heerlijk verhaal! Tegen mijn principes in moet ik een dubbele whisky, drink jij ook maar iets, een sherry of zo. Wat nu jouw oom De Vere betreft...'

'Geen oom, Paul, een verre neef van mammy...'

'Begrepen. Jouw verre achterneef De Vere heeft in zijn machine vast nooit zo'n spervuur ondergaan! Wat kun jij mitrailleursalvo's lossen, lieve schat, je wordt alleen door Lucia overtroffen! Ik moet het verwerken. Knijp in mijn oor, dan weet ik dat ik niet droom. Ik ben waanzinnig gelukkig, maar ik moet het verwerken. Waiter, please...! En dan zullen wij praten, desnoods de ganse nacht!'

'Eerst de liefde, dan praten we... Natuurlijk is niet alles opgelost, Paul, dat mag je niet uit het oog verliezen... Nee...'

Dreef er een wolkje voorbij?

Niet alles opgelost?

Onzin.

Natuurlijk was alles opgelost! Zo niet, dan losten wij het zelf op. Wacht maar.

Emily was vroeg in de morgen afgereisd.

Ik had haar voorgesteld een eind mee te rijden, tot Marlborough bij voorbeeld, en daarna met de trein terug te keren, wat toch een uur langer bij elkaar betekende. Het was duidelijk dat zij er graag mee had ingestemd, maar niettemin gaf zij er de voorkeur aan alleen te vertrekken.

'Het zou ons weer aan het afscheid op de kade in Oostende doen denken, Paul,' bekende zij. 'Een tweede keer kan ik het niet aan. Wij zullen samen gezellig breakfasten, op een kwartiertje komt het niet aan. Daarna omhelzen wij elkaar op de parking van het hotel, van óns hotel. Het zal minder pijnlijk zijn... Pas goed op jezelf... Wij zien elkaar gauw weer, bij de geringste mogelijkheid kom ik een nachtje overwippen, ik telefoneer, ik schrijf... Het is verschrikkelijk veeleisend van me, houd het nog even vol, even maar...'

Ik bleef besluiteloos in 'The Rose and Crown' rondhangen en dronk een kop koffie met Tousseul en Archambault, die aan de ontbijttafel zaten. Zij hadden zich voorgenomen wat foto's van de steenkring van Avebury en de Kenneth Long Barrow te maken en wilden mij meetronen. Ik excuseerde mij wegens een telefoongesprek waarop ik wachtte.

Instinctief had ik gevoeld dat Emily zou opbellen zodra zij thuis aankwam, wat een paar uur later waarachtig gebeurde.

Ik betwijfel of ik op het moment zelf begreep hoe moeilijk die boodschappen voor haar waren, steeds weer de onvermijdelijke dubbelzinnigheid die er inherent aan was, zonder dat wij er met al onze goede wil iets aan konden verhelpen. Telkens was het een kreet van verlangen, telkens was er de hoop dat wij elkaar voorgoed zouden weervinden, telkens wisten we beiden dat er eerst een mens dood moest gaan vooraleer het werkelijkheid kon worden.

Zij had het nummer van 'The Rose and Crown' gedraaid om mij op het hart te drukken dat ik niet verdrietig mocht zijn, mijn geduld zou niet lang meer op de proef worden gesteld. Op geen andere manier kon zij het onder woorden brengen dat haar vader blijkbaar op het einde was, hoewel zij eerst niet rechtstreeks op hem zinspeelde. Hoe langer het gesprek duurde, des te overtuigender bleek dat men in Ramsbury van uur tot uur het fatale ogenblik tegemoet zag.

'Ik moet je absoluut wat vragen, Paul, ik wilde het vanmorgen al doen, op dat moment vond ik het eensklaps verregaand onredelijk...'

'Ik weet dat jij me nooit iets onredelijks zult vragen, Emily. Toe, zeg gauw wat ik voor je kan doen, om het even wat.'

'Je werk, ik weet dat ik je werk erdoor in de war schop, er zijn dingen waar ik geen recht op heb...'

'Onzin... Moet je even goed luisteren... Zonder jouw nabijheid, zonder de kans elkaar te zien was ik niet naar Engeland gekomen, hoe heerlijk ik het er vind. Ik ben alleen voor jou hiernaar toe gekomen, na een gesprek met Fred en Leentje stond de beslissing vast. Toen Anton het vernam, was hij minder gegeneerd om aan te dringen dat hij mijn script in november zou krijgen. Voor mij een zee van tijd. Ik heb alles in mijn hoofd, ik hoef het maar op te schrijven. Achteraf hoorde ik van Kristien en Jo dat hij opnieuw mijn boek over Arthur heeft gelezen en beseft dat er voldoende stof in zit, wat ik van tevoren al wist. In dat filmwereldje is het aantal botmuilen en vlegels in de meerderheid, men hoeft het mij niet te zeggen. Hij evenwel is een uitzondering...'

'Anton is een goed mens,' onderbrak zij mij, 'dat heb ik van het eerste ogenblik af gezien...'

'Net wat ik wou zeggen. Ook hij wilde mij op zijn manier een extra duwtje geven. De brave kerel wist niet dat ik inmiddels vastbesloten was om naar je toe te komen. Ik verdenk Miriam er trouwens van dat zij het hem heeft ingefluisterd. In feite had ik het door toen hij zei dat ik alle bijkomende kosten in rekening moest brengen. Als eerlijk filmer zit hij voortdurend zélf in geldgebrek, dan denk je aan zulke dingen. Op zijn hoogst kan het een declaratie zijn van een aantal kilometers die ik anders niet zou hebben afgelegd, geen belang. Je wilde me iets vragen, liefste, en je had het over mijn werk. Al wat ik nog voor die film kan doen, is overbodige luxe, zelfs de sfeer opfrissen, die voel je of die voel je niet... Ik ben hier voor jou, de film is bijkomstig. Sorry, mocht ik je zo lang aan de praat houden?'

'Je hebt het mij gemakkelijker gemaakt, Paul, ik ben er blij om. Ik wilde je vragen in "The Rose and Crown" te blijven vooraleer je naar Glastonbury of Tintagel rijdt. Please... Vermoedelijk zal ik je spoedig erg nodig hebben. Alsjeblieft, Paul, blijf in de buurt... Ga nog niet weg...'

Haar smekende toon greep mij aan.

Niets lag meer voor de hand dan dat de toestand in Ramsbury steeds maar pijnlijker werd, ik had het meegemaakt toen mama's dagen waren geteld. Het ontsluierde mij een nieuw aspect van Emily's persoonlijkheid. In het beeld dat ik mij van onze toekomst vormde, een beeld dat sinds gisteren aanzienlijk reëler was geworden, was zij tot dusver de sterke figuur. Met of zonder tussenkomst van de ambtenaar van de burgerlijke stand stelde ik mij een huwelijk voor waarin zij niet de dominerende, wel de zorgende, de vooruitziende, de redelijke partij zou zijn, opgewassen tegen de moeilijkheden als ik er de brui aan zou geven. Onbewust had ik haar de rol van roerganger toebedacht. Wat dát betreft geloofde ik het wel, het zou mij niet de geringste frustratie opleveren.

'Natuurlijk,' antwoordde ik. 'Geen moeilijkheid, ik blijf in de buurt, het is wel het minste dat ik voor je kan doen. Er is genoeg te zien in de onmiddellijke omgeving. Straks schaf ik mij een gedetailleerde wandelgids van de streek aan, een goed argument om niet van het ene beroemde monument naar het andere te rijden, maar de dingen eens van dichterbij te bekijken...'

'Daar zou je me ontzaglijk gelukkig mee maken, Paul, ik voel me helemaal opgelucht...'

'Mooi... Ik begin onmiddellijk te schrijven, een schets, de details kan ik later invullen. Ik heb speciaal de kleine tikmachine meegenomen die we samen in Antwerpen kochten. Laten we een duidelijke afspraak maken. Een berichtje bij de receptie als ik niet in de buurt ben. Ik zorg er evenwel voor dat ik elke maaltijd, het ontbijt, de lunch, het diner in het hotel gebruik, 's avonds ga ik niet verder dan het terras bij het water, de eendjes voederen... Overigens kun je ook op tea time rekenen...'

'Zo is het goed, Paul, ik ben je ontzettend dankbaar. Lang kan het niet duren en...'

Ik voelde duidelijk dat zij aarzelde, er nog iets belangrijks aan toe wilde voegen, maar niettemin aarzelde.

'Wat is er, Emily...? Je hebt niet alles gezegd, ik voel het. Pas op, meisje, ik ben helderziend, dat hield ik tot dusver geheim!' probeerde ik te schertsen.

'Je gaat toch niet weg, Paul? Beloof je dat je niet weggaat? Wat er ook mag gebeuren?'

Ik herinnerde mij die avond in het Chinese restaurant, weer herkende ik diezelfde hopeloze toon.
'Emily...! Hoe kom je bij die onzin? Natuurlijk ga ik niet weg, nu niet, nooit, heel mijn leven niet, heb je dat niet begrepen?'
'Ja,' antwoordde zij, 'ja, natuurlijk, dat heb ik begrepen...'
'Alles is definitief opgelost. Je komt naar Antwerpen, wij zullen gelukkig zijn zoals geen paar gelukkig is... En mammy komt met je mee,' voegde ik er opgetogen aan toe, hoewel het mij niet delicaat leek de mij nog altijd onbekende meneer Smith als dood en begraven te beschouwen. 'Je begrijpt wat ik bedoel, Emily. Als je over pijnlijke zaken praat, is het ontzettend moeilijk om niets pijnlijks te zeggen... Als ze het een aanvaardbare oplossing zou vinden, uiteraard...'
'Je bent lief... Er breekt een moment aan waarop mammy geen moeilijkheid meer zal opleveren. Zij is in gewone omstandigheden een positieve vrouw. Ik vrees dat ik te vaak schertsend over haar heb gepraat, dat doe je gemakkelijk over iemand, in het dagelijks leven zo opgewekt en grappig. Snobbish, ja, dat is waar, maar lief en met zin voor humor, altijd bereid om te helpen en tegelijk op haar hoede om niet opdringerig te lijken. Nee, van haar hangt het niet af, in feite is zij voorbereid op wat er zal gebeuren en ik weet dat zij het aan kan...'
Ik ademde diep.
Besefte Emily hoe belangrijk die bondige, voor het eerst duidelijke beschrijving van haar moeder was?
Het leek mij de hoogste tijd om ándere, fundamentele dingen te bespreken.
Jammer dat zij er vroeger niet dieper op was ingegaan, de avond tevoren bij voorbeeld. De telefoon was voor een dergelijk gesprek weinig geschikt. Ik hield er echter rekening mee dat de rit naar huis, korter dan ik het mij bij het afscheid had voorgesteld, door haar was gebruikt om geestelijk orde op zaken te stellen.
Iets fundamenteels, bedacht ik mij, waar wij tot dusver angstvallig over hadden gezwegen, er telkens weer omheen waren gelopen, bewust of onbewust.
'Dan heb ik mij vergist, liefste. Voor mij was mammy de oorzaak van je verwarring, van je problemen. Geruime tijd heb ik die al voor mezelf opgelost. Mijn huis, ons huis in Hove is ruim genoeg. Jonge mensen moeten met oudere mensen kunnen samenleven. Dat heb ik voorgoed op "Ultima Thule" ingezien... Ik ben er de Nieuwlantjes dankbaar voor. Je moeder is inderdaad niet het probleem, des te beter dat jij het zelf zo bekijkt.'
'Nee, mammy niet...'
'Daar ben ik blij om, Emily... Dus je vader. Uiteraard je vader, dat begrijp ik. Hoe kan het anders... Je vader is doodziek, liefste, hij... Sorry dat het zo hard klinkt... Hij ligt op sterven... Dat probleem zal weldra niet meer bestaan.'

'Dát probleem niet, Paul...' antwoordde zij triest, of ze onze roekeloze dweperijen over de toekomst, ook gisteravond bij het diner, vergeten was, haar aanstelling in Antwerpen, dat onbeschrijflijk mirakel, er niet meer mee te maken had. 'Ik weet het Paul!' Zij had zich duidelijk vermand. 'Hij gaat dood. Misschien vandaag, als hij de nacht haalt morgen, zeker binnen de week. Hij gaat gauw dood.'

Haar weer ingetreden nuchterheid verraste mij. In feite verschilde die niet van de afstandelijke objectiviteit waarmee zij tot dusver over hem had gesproken.

De tweede avond, in het Chinese restaurant op het dorp, had het mij getroffen. Vergiste ik mij? Precies daarom heb ik een hekel aan telefoongesprekken die op andere kwesties dan alledaagse, zakelijke onderwerpen betrekking hebben. De sfeer ontbreekt, je ziet de gelaatsuitdrukking, de gebaren, de nuancerende, zelfs meermaals het woord afzwakkende lichaamshouding van de ander niet.

Het klonk inderdaad hard, om het niet onverbiddelijk te noemen. Zo wás Emily niet. Zo kon zij niet zijn.

Nu ik het met de nodige afstand opschrijf, verbaast het mij eens te meer hoe de menselijke geest in zekere omstandigheden werkt, op een onderdeel van een seconde van verschillende standpunten uit een waarneming analyseert.

Ja, Emily's reactie was hard, klonk althans hard. Toch was ik mij ervan bewust dat zij een ganse wereld kon verbergen. Hield zij een soort van schuldbekentenis in? Was het een vorm van psychische zelfkwelling? Een uiting van schaamte, van berouw omdat zij, zelfs wanneer ze mij van nabij zijn sterfbed telefoneerde, nauwelijks aandacht aan hem had besteed? Een uiting van wrok tegenover de omstandigheden die haar, wegens een mij onbekende oorzaak, het zwijgen hadden opgelegd en zodoende een schaduw op onze liefde dreigden te werpen?

Kwam het hierop neer dat zij neerslachtig maar toch parodiërend haar eigen verdrietigheid overtrok, en zodoende zichzelf bestrafte voor wat zij op datzelfde ogenblik als een gebrek aan dochterlijke liefde erkende? Het was vreemd.

'Ik begrijp dat je bitter bent, liefste,' antwoordde ik relativerend, 'bitter en ontzettend moe na al die dagen van spanning. Thuis, daarna in Cambridge...'

Even was het stil. Ik insisteerde niet.

'Wees niet boos op me, Paul... Please, wees niet boos. Beoordeel me niet verkeerd. Later zul je me begrijpen, ik ben er zeker van, heb nog even geduld. Later...' antwoordde zij na enkele ogenblikken smekend.

'Kom, Emily, je moet nu rustig zijn, niet nutteloos piekeren over dingen die geen belang hebben. Alles komt in orde, dat weet ik. Ik weet dat je nog een paar afschuwelijke dagen te wachten staan. Toen mijn moeder stierf, was het net zo... Daarna komt alles in orde, zo is het leven nu eenmaal.'

'Ja, Paul... Alles kan in orde komen, op een ongelooflijke manier in orde komen...'

'Zie je wel...? Het hangt immers alleen van jezelf af?'

'Niet van mij, Paul... Van jou...' stamelde zij zachtjes.

Ik begreep niet wat ze bedoelde, maar wilde geen verdere vragen stellen.

'Natuurlijk,' antwoordde ik. 'Ook van mij, wat dacht je?' schertste ik. De omstandigheden waren niet direct voor een grapje geschikt doch terzelfder tijd had ik de indruk dat het kon, dat het maar even moest. 'Voor de liefde hoor je met zijn tweeën te zijn. De Fransen, specialisten op dit gebied, weten het heel goed. Il faut être deux pour faire l'amour, zeggen zij. Maar dat hoef ik jóu vast niet meer te leren, heerlijke schat van me... Dit is een verschrikkelijk lang gesprek geworden. Kom, nog even op je tandjes bijten. Leg nu maar rustig neer, ik blijf in de buurt.'

Opgelucht had ik haar ingehouden om mijn Frans grapje horen lachen. Hoe versleten het ook was, als Engelse hoorde zij het mogelijk voor het eerst.

Ik liep naar het centrum van de stad, waar ik gisteren het gevelopschrift van de Municipal Library had opgemerkt.

Als vreemdeling stelde ik mij omwille van de correctheid aan de bibliothecaresse voor, een beminnelijke oudere dame. Nee, ik hoefde geen inschrijvingsgeld te betalen, zo diep was het Department of Education voorlopig niet gevallen, voegde zij er droog, met typisch Engelse ironie aan toe. Als ik even dit formuliertje wilde invullen, was alles in orde. Het verdiende aanbeveling dat toeristen er de naam van hun logement aan toevoegden – bij hun eigenlijke adres, dat begreep ik wel, nietwaar?

Hoewel het mij niet hinderde, was het een dwaas administratief trekje dat ik, net als in een hotel, geboortedatum en -plaats op het ambtelijk document moest vermelden. Hoe gekker de oorzaak, hoe prettiger soms de gevolgen! Het toponiem 'Antwerp' deed wonderen. Als piepjong korporaaltje had haar man tot de troepen behoord die in '44 de stad bevrijdden. Just fancy! Na de lange cross-country van Avranches tot Antwerpen hadden ze voor het eerst één dag rust gehad, dáár schreef hij de nette brief waarin hij haar vroeg of ze, als hij het er levend afbracht, met hem wilde trouwen! Isn't it wonderful? En wat doet een jong meisje dan?

Ik vond het inderdaad wonderful. Waarna zij het ook wonderful vond dat ik met Arthur bezig was, en er een assistent bij riep. Zij vergezelde mij naar de afdeling non-fiction en liep recht naar het rek waarop zij mij uit een verbazend Arthur-aanbod liet kiezen. Vele titels kende ik, maar algauw vond ik er een paar, zó uit de voetnoten, waar ik vruchteloos naar had gezocht. Ja, natuurlijk mocht ik ze mee naar het hotel nemen, ik moest ze maar eens grondig inkijken. Desgevallend kon ik in de bibliotheek het belangrijkste fotokopiëren, ze had pas een nieuwe machine gekregen die prima werkte, morgen of wanneer ik wilde.

Een kinderhand is gauw gevuld.

Toen ik met een ommetje langs de tuinen en de lawns rondom de kathedraal en daarna door Exeterstreet terug naar 'The Rose and Crown' liep, voelde ik dat mijn onrust was verdwenen.

Het leek mij een benijdenswaardig vooruitzicht. Op het terras zou ik mij bij het water in een luie zetel nestelen, een kop koffie bij de hand, om eens te kijken wat uit die lang begeerde, ouderwetse monografieën te voorschijn kwam. Tijd zat! Waarom ze niet volledig fotokopiëren? Zo had ik tenminste iets om de door Anton gevraagde onkostendeclaratie wat te stofferen. Trouwens, er was met sommige van de romantische gravures, afbeeldingen van ondertussen grotendeels verdwenen realia, die eertijds de fotoclichés vervingen, voor de televisie beslist een boel te doen; de kwestie was erop te letten dat de kopieën zo scherp mogelijk waren. Wellicht zou Anton vatbaar zijn voor het denkbeeld de film bij het afdrukken van die illustraties een teer ivoortintje te geven, discreet zo op hun relatieve ouderdom, hun negentiende-eeuws karakter te wijzen en naar de toenmaals definitief ontwakende oudheidkundige belangstelling voor de Arthuriaanse wereld te verwijzen.

Het leven was geen kinderspel, zoals een van Jeroens lijfspreuken luidde. Maar wat er ook gebeurt, je moet ervan maken wat je kunt, voegde hij eraan toe. Waarschijnlijk zijn persoonlijke interpretatie van de lering in dat genootschap, waar hij als ongecompliceerde ziel toe behoorde? Nee, met de nog steeds hopeloze Emily aan de lijn was het geen kinderspel gebleken. De oplossing was evenwel in zicht. Terwijl ik op verder nieuws wachtte, kon ik iets nuttigs, als alles wat tot mijn werk behoort iets prettigs gaan doen...

Aan de oever van de Avon (niet die van Shakespeare, een wetenswaardigheid waarover je op het terras herhaaldelijk de ene toerist de andere hoorde informeren) was het die namiddag bijzonder rustig. Blijkbaar was het grootste deel van de hotelgasten eropuit getrokken. Mijn enig gezelschap waren een paar bedaagde grijze dames, een jong moedertje met een opvallend rustige tweeling in de buitenmaatse kinderwagen en een stokoude, bijzonder correcte, met snor en al door Somerset Maugham verzonnen kolonel in ruste, rechtstreeks vanuit het Brits-Indië der jaren twintig bij de receptie afgeleverd.

Niet zonder enig welbehagen had ik mij verdiept in het dikste van

de twee boeken, mij door de bibliothecaresse toevertrouwd.
Getoetst aan mijn eigen normen voelde ik mij nogal tevreden.
Inmiddels ontbrak mij de onontbeerlijke zekerheid om onafgebroken de onrust eronder te houden. Waarop ik trouwens niet had gerekend. Reeds op prille leeftijd had het leven mij geleerd de volmaaktheid niet als ijkmaat te beschouwen.

Hoewel Emily's aanwezigheid in mijn huis, in mijn wereld, mij wellicht voor het eerst de smaak dier volmaaktheid had leren kennen, scheen ik mij – gelukkig? – nog steeds bij de onzekerheid van het ogenblik te kunnen aanpassen.

Tot dusver had ik het nodige begrip aan den dag gelegd voor de deplorabele situatie die zich zowat op het hoogtepunt van ons pril geluk had aangemeld. Dacht ik weer aan die nacht in Oostende, triest en regenachtig als in een roman van Simenon, de hopeloze manier waarop wij in haar ongemakkelijk wagentje op de ferrykade het samenzijn zo lang mogelijk hadden gerekt, zo vergewiste ik mij ervan dat ook ik het geen tweede maal wilde beleven. De scheiding was afschuwelijk geweest. Gelukkig hadden daarna de vrienden zich als bij afspraak (hé, dat was het waarschijnlijk!) over mij ontfermd, mij eensgezind opgevangen. Overigens bleef het geluksgevoel, mij door de liefde van de Elfenkoningin ingegeven, verder duren. Haar telefoontjes, haar brieven laadden het bestendig weer bij, het contact was niet verbroken. Ik wist dat wij elkaar zouden, móesten weerzien.

De wijze raad van Fred en Leentje Nieuwlant indachtig was ik naar Engeland vertrokken, niet zonder het triomfantelijke maar onvoldoende beredeneerde gevoel dat ik het Lot meteen zélf in handen nam. Emily weerzien, haar liefhebben in alle betekenissen des woords, was een verrukkelijke ervaring geweest. Wat zij mij absoluut onverwacht over haar academische betrekking in Antwerpen mededeelde, nu exact een dag geleden, scheen plots de kroon op het werk te zetten.

Ik was niet ongeduldig, ik bedoel: niet onredelijk ongeduldig geweest.

Sinds vanmorgen kon ik moeilijk de gedachte onderdrukken dat het ogenblik was aangebroken om een einde aan de kwellende scheiding, vooral aan de kwellende onzekerheid te maken. Nuchter, van mijn hersens uit bekeken, was alles begrijpelijk wat de toestand in Ramsbury betrof. Een oude man lag op sterven, blijkbaar een moeilijk mens die van geen ziekenhuis, noch van een professionele verpleegster wilde weten, als ik Emily goed had begrepen door seniele achterdocht bezield. Zijn dochters dienden voor hem te zorgen, dag en nacht in de buurt te zijn, terwijl zijn vrouw, duidelijker dan ooit voor mij een wat verwende, hoewel lieve aristocratendochter, niet tegen de toestand was opgewassen en een zenuwinzinking nabij. Ogenschijnlijk was het een normale situatie, afgezien van een te grote onderworpenheid bij het vrouwelijk trio. Om een definitief oordeel te vellen kende ik onvoldoende de Engelse familiegebruiken, de mogelijk patriarchale opvattingen bij een bepaalde plattelandsaristocratie in die afgelegen hoek van het oeroude Wiltshire.

Misschien is de drukste tijd er voorbij sinds de Ridgeway in onbruik raakte, ironiseerde ik, hoewel niet van harte. Emily was een volkomen up to date vrouw, een intellectuele die ik in Parijs of Londen zou situeren als ik haar daar had ontmoet. Op die eerste avond in de stemmige herberg van Paul en Greetje had ik, latere nuanceringen op fonetische gronden ten spijt, direct aan Amsterdam gedacht. Op haar manier was zij misschien a countrygirl. Nochtans klopte er iets niet met de ganse Ramsbury-toestand, noch met de manier waarop zij erbij was betrokken.

'Nee, er klopt iets niet,' zei ik luidop tot mezelf.

Ik had er behoefte aan het te horen zeggen, maar met mijn eigen stem hielp het bitter weinig.

Overigens schrok ik van mijn inval om tegen mezelf te praten. Gelukkig zat de ene oude dame de andere druk een haakwerkje te demonstreren in een alleen in Engeland denkbaar fondantpaars waar je voze tanden van krijgt. Somerset Maughams Indiëman was in slaap gevallen en snurkte lichtjes, op een gentlemanlike manier. Terwijl het ene exemplaar in de kinderwagen luidkeels protesteerde, zat warempel het opvallend knappe vrouwtje zijn fotokopie onbevangen de borst te geven, gehuld in het waas van onaanraakbaarheid dat jonge moedertjes omgeeft. Zij was er blijkbaar gerust op dat ik het oog op mijn boek gevestigd zou houden. Ik keek extra demonstratief naar de zwanen die op het lui golvende water voorbijdobberden. In die dagen was het Brittannië van de hooligans pijnlijk in het nieuws, maar er is ook het Brittannië waar mannen discreet de blik afwenden als een ranke mama haar fraai gevulde corsage opent.

Ook zij had mij niet gehoord.

Ik zag Emily er best toe in staat om zonder complex hetzelfde te doen – gesteld dat zij een baby had, uiteraard –, zomaar, omdat het haar zinde, zonder noodzakelijk een beroep op mogelijke Engelse antecedenten te doen.

Emily.

Nee. Er was iets dat niet klopte. Er bleef tot dusverre iets onuitgesproken.

En het irriteerde mij eensklaps buitenmate.

Ik moest iets gaan doen, Antons raad indachtig, iets actievers dan in een oud boek zitten lezen, hoe interessant ook.

Daarom stond ik op, maar vergat het moedertje bescheiden buiten mijn gezichtsveld te houden.

Ik moest vlak langs haar heen. Hoewel verrast keek ze mij lief glim-

lachend aan, hoegenaamd niet gegeneerd om haar naakte borstje. Ik kon bezwaarlijk anders dan op mijn beurt glimlachen.
Ook een glimlach lost sommige probleempjes op.
Ik ging naar binnen en liep naar mijn kamer, waar ik de code buitenland vormde en Roels nummer, ik bedoel mijn eigen nummer draaide.

TWEEËNTWINTIGSTE HOOFDSTUK

Wachten aan de telefoon. Emily en Pauls vrienden. Perlmutters oorlogservaringen en Heathrow 1970. Jan Deswaen ontdekte een negenoog. Een taalkundig misverstand? Holland en Vlaanderen, proeve van 'social fiction'. Het portret van een fascist. Pauls vreemde droom.

Tot dusver had ik het verwaarloosd Roel en Klaartje een teken van leven te geven. Natuurlijk had ik het hun beloofd, maar ik vergeet zulke vanzelfsprekende dingen gemakkelijk.

Er was niettemin een boel te zeggen, jammer dat ik het niet had genoteerd.

Emily zou die slechte gewoonte wel uitroeien, had zij mij beloofd. In haar tasje had zij een elegante miniatuuragenda zitten, waarin zij haar afspraken en zo opschreef, een academica verwaarloost zulke dingen niet, stel je voor.

Ik diende te vragen hoe de hulpvaardige bewoners van mijn huis het stelden, of er geen problemen waren, een kapotte goot, een lek in het dak, een kraan die weigerde. Meestal wist de jongen van het benzinestation wel raad of zou hij hun zeggen waar de klusjesman woonde die dergelijke karweitjes opknapt. Bleef het weer droog, dan zou het fijn zijn als Roel eens een avondje wilde uittrekken om het grasveld te sproeien... Hoe was het met Lancelot (die ik erg miste), gedroeg hij zich fatsoenlijk? Ja, gewoonlijk nam hij dagelijks een blikje tonijn tot zich, kattevoer natuurlijk. Dergelijke dingen zou de kruidenier noteren, zo was de afspraak, naderhand kreeg ik de rekening. Op het plankje naast het apparaat lag een oude agenda. Onder de telefoonnummers van het politiekantoor en de brandweer, die ze niet nodig zouden hebben, stonden die van de dierenarts en van de jonge dokter Reynaerts, je weet nooit.

Ik had hun bij het afscheid alles uitgelegd, doch vroeg me af of Roel goed had geluisterd, bezig met het uitladen van zijn gele redactiewagen.

Hoe dan ook, het was de hoogste tijd dat ik van me liet horen.

Met het vreemde gevoel dat ik mijzelf opbelde, had ik het nummer gedraaid.

Voor het eerst hoorde ik mijn eigen telefoonbel, althans het elektronisch verschijnsel dat zij in de apparatuur van de centrale veroorzaakt, schor en stotend.

Ik begreep dat het even duurde. Waarschijnlijk waren Klaartje en

Roel in de tuin. Ingeval zij de deuren open hadden laten staan, zouden zij het na een poosje horen; als het eenmaal zover was, kon het een eind lopen zijn. Voor een journalist is het niet gebruikelijk naar het apparaat te rennen, stelde ik mij voor.

In gedachten zag ik ook mijn andere, overwegend nieuwe vrienden voor me.

Het duurde lang vooraleer er werd opgenomen. Ik kon best wachten, liever dan vanavond opnieuw te proberen en, ingeval Emily mij dringend wilde spreken, de lijn bezet te houden.

De genegenheid waarmee ik al een poos werd omringd had mij niet onverschillig gelaten. Luisterend naar het stilaan hypnotisch belsignaal was het evenwel de eerste keer dat ik mij erin verdiepte. Jarenlang was ik een alleenloper geweest, hoe druk mijn leven in de stad ook was. Met behoorlijke tussenpozen reed ik weleens naar Peter van Keulen, aan wiens dood ik moeilijk wende, of naar Hubert en Lucia in Grobbendonk, waar ik altijd welkom bleek.

Zoals het mij vaker overkomt, beeldde ik mij gewoon iets in, mogelijk vooral omdat ik tot dusver niet aan een ware, hechte kring van vrienden was gewend.

Eensklaps kon ik de verwarrende indruk niet onderdrukken dat de warmhartigheid die zij in de jongste tijd voor mij aan den dag hadden gelegd, hun deelneming aan mijn verdrietigheid, hun bekommernis om mijn lichamelijk welvaren verder reikten dan een alledaagse kameraadschap. Ik vond het niet onprettig, uiteraard. Ik waardeerde Mina's keukennummertjes. Het had mij ontroerd hoe Miriam zowat de ganse victualiënafdeling van de Grand Bazar had leeggekocht, nadat zij Anton en mij voor een etentje op haar flatje nabij de Schelde had geïnviteerd. Het was ontzettend lief, allen schenen te vergeten dat ik mij er als vrijgezel jarenlang zonder noodlottige gevolgen door had geslagen. Ik miste Emily afschuwelijk, doch een spiegeleitje bakken of een blikje worteltjes opwarmen hoefde geen onovercomelijke moeilijkheden op te leveren. Ergens legden zij kennelijk foute verbanden, welke wist ik niet.

Verbeeldden zij zich dat er speciale redenen waren om zich in die mate over mij te ontfermen?

Het raakte mij diep dat Emily ook voor hen het Elfenkoninginnetje was geworden. Hoe het precies was gegaan kon ik mij moeilijk voorstellen. Soms verdacht ik hen ervan op de avond van het tuinfeest een hand in het spel te hebben gehad. Even had ik toen de indruk dat Roel en Jeroen elkaar langer kenden. De jonge Nieuwlantjes hadden Emily nooit tevoren gezien, ook hún improvisatievermogen had zijn grenzen.

Overigens viel het mij op hoe zij voortdurend over haar praatten, net of zij elk ogenblik in ons midden kon verschijnen. Herhaaldelijk leek het ernaar dat zij geen gelegenheid voorbij lieten gaan zonder het een of ander te verzinnen waaruit ik kon concluderen hoe innig zij bij het clubje betrokken bleef, haar afwezigheid ten spijt. Uit elke zinspeling viel op te maken dat zij voorgoed tot de onzen behoorde. Smeedden zij plannen voor de toekomst, zo was er meestal de bedoeling mee gemoeid speciaal háár een plezier te doen. Steeds opnieuw bleek hoe een ieder van haar hield, de mannen met respectvolle dweperigheid, de vrouwen zonder wolkje van ijverzucht.

Iedereen reageerde op zijn manier. Ik verdacht Jo er bij voorbeeld van dat hij het niet zou laten bij de presentatie van Van Kerckhovens boek inderdaad losjesweg te laten vallen dat die knappe Engelse dame wel een afstammelinge van lady Moor zou kunnen zijn. Waarom was zij anders hier? Het zou niet helpen dat ik bezwaren opperde. Stiekem deed hij toch zijn zin. Wie had er wat op tegen dat hij een grapje maakte? Nochtans zou ik hem waarschuwen op zijn tellen te letten en, als klap op de vuurpijl, niet het gerucht in omloop te brengen dat de bewerker van Pieter-Frans' roman een rechtstreekse nazaat van de in de adelstand verheven Laurens was. Op die manier werd ik in de vijfde of zesde generatie een kleinzoon van hen beiden. Wat, aangezien spoedig niemand aan mijn verhouding met Emily zou twijfelen, tot een gecompliceerde, onmiskenbaar incestueuze toestand zou leiden. Of was het verstandiger er Jo niet op te attenderen? Vermoedelijk zou hij er niet aan denken, en anders vond hij het als publicitaire stunt vast aardig meegenomen. Wat sappige Antwerpse roddel kon niemand schaden. Sinds een criticus uit de westelijke achterlanden in een van Huberts romans de half zo jonge ik-persoon met de bedaagde schrijver zélf had verward en zich huichelachtig had geërgerd aan de liefde van dit personage, waaraan hij de zestig jaren van de auteur toeschreef, en een blonde intellectuele schoonheid van even over de vijfentwintig, kon vooral in Nederland niets nog waanzinnig genoeg zijn. Enfin, Jo deed maar wat hij niet laten kon. Zélf zag ik het niet duidelijk zitten hoe het er met de familieverwantschap voorstond ingeval wij inderdaad beiden afstammelingen van lady Moor en Laurens zouden zijn. Eén woord van mij en Jo haalde er prompt een uroloog, hij bedoelde een genealoog bij om eens in die denkbeeldige stamboom te klimmen. Jammer dat de vader van pater Hans niet meer leefde, die scheen met allerhande toestanden uit het Oude Testament in zijn maag te hebben gezeten. Geen andere vrouw dan zijn moeder Eva op de wereld, probeerde hij grinnikend zijn zoon op stang te jagen. Leg me eens uit met welke madam Kaïn ginder in het land Nod kinderen had gekregen, vertel me dát eens, meneer de theoloog? Hij was er niet in geslaagd de franciscaan te schandaliseren. Die vond op zijn beurt (rare familie, als je het mij vraagt!) dat men zich niet op *Genesis* blind moest staren. Voor hem begon het christendom bij de Bergrede, niet in de tijd toen de beesten spraken. Waarop de oude Van Dordrecht zich mokkend afvroeg hoe je met zulke soldaten naar de oorlog gaat, wat voor katholieken dat vandaag de dag waren, er iets diepzinnigs over Galileï aan toevoegde, zuchtte, keek of de vrouw niet in de buurt was en het hoofdartikel in de *Volksgazet* ging spellen. Met zo'n erfelijk gewicht op de schouders kon vermoedelijk ook de pater mij niet helpen.

In Hove bleef de telefoonbel rinkelen, ze leek er stilaan schor van te worden. Goed, ik had tijd in overvloed. Als de politie-inspecteur in een Amerikaanse misdaadserie drukte ik de hoorn tussen mijn hals en mijn jukbeen en stopte een pijp. Vandaag kon mijn geduld niet op. Eenmaal een flinke rookwolk uitgeblazen, zou ik als enige concessie het contact indrukken, op de zoemtoon wachten en weer het nummer vormen. Als het van het schorre schelletje afhing, was ik blijkbaar niet verkeerd verbonden.

Hoewel er niets dringends aan de hand was, zou ik met Roel praten. Ik had er definitief behoefte aan om zijn stem of die van Clara te horen, hoe lang het ook duurde.

Het leek mij inderdaad opvallend hoe zij allen met Emily bezig waren...

Ach... Stel je voor... Een hoofdrolspeelster als Emily, had ik Anton horen zuchten. Ik vraag me af of ze niet van nature kan acteren? Zo'n vrouw in plaats van al die vage trutjes zonder allure en met een getuigschrift van de toneelacademie...! En ze is fotogeniek ook, voegde Miriam eraan toe. Zij kon het weten. Op papa's kosten had zij een jaar in Moskou gezeten om er het vak te leren, volgens haar op een beroemd kunstinstituut. Ze gaf toe, dat het ergens met de familiale pelterijenrelaties had te maken. Om die reden had ze overigens bij een bontwerkersgezin gelogeerd, waar men haar kort had gehouden als een nonnetje. Voor gekheid ga je beter elders, daarbij vergeleken zijn Lier en Hilvarenbeek ongeveer Sodom en Gomorra of zo, heus waar. Vrolijke mensen, die Russen, dat wel, maar verder zo calvinistisch als chassidimjoden, als wij begrepen wat zij bedoelde. Wat wij begrepen, in Antwerpen staan we voor niets.

Samen met Kristien had Klaartje plannen gesmeed om in het buitenhuisje bij de Schelde Kerstmis te vieren. Op voorwaarde dat Emily erbij zou zijn, die moest iets verzinnen om er een sfeertje van Old England aan te geven, de kalkoenen waren er in elk geval zo groot als struisvogels.

Op oudejaarsavond scheen men op 'Ultima Thule' iets van zins te zijn. Voorlopig wilde Fred er niets over loslaten. Zij moesten maar wachten, geduld staalt de geest, plaagde hij. Vast een spreuk van de vrijmetselaars, dacht Jo luidop, ik vroeg mij af waar hij het vandaan had. Jeroen hield meesmuilend vol dat ze van de bokkerijders afkomstig was, hij had bij een begrafenis eens iets gehoord van een pater. Een rare pater, preciseerde hij op lugubere toon terwijl hij zijn brilletje schoonveegde, graatmager, helemaal in het zwart en bleek, bleek... Trouwens, hij vond dat we eens naar de Britse oorlogskerkhoven in de IJzerstreek en rond Ieper moesten rijden, in het voorjaar was dat bijzonder mooi. Mina zette alle zeilen bij om het hem uit het hoofd te praten. Wat dacht hij wel? Even langsrijden, dat was redelijk, bij voorbeeld op weg naar zee, De Panne bij voorbeeld, daar lag ook een soldatenbegraafplaats, waar hij de ganse dag kon gaan zitten als hij er zin in had. En waarom niet een paar dagen logeren?

Roel daarentegen dweepte met het Mauritshuis, ingeval Emily het niet gezien had, uiteraard. Relatief bekeken de mooiste en meest geconcentreerde schilderijenverzameling op de hele wereld, dat werd gezegd. Onder meer de Stier van Potter, net iets voor Jo. Waarop deze, baas boven baas, de inguanodons en brontosaurussen uit het museum van het Jubelpark liet aanrukken, tenzij iemand bezwaren tegen Brussel maakte, díe had Emily vast nog niet gezien. En zou zij ooit in Parijs zijn geweest? Een weekend met zijn allen in Parijs, het was te doen, in Antwerpen de autoweg op en, hop, recht naar de Moulin Rouge of het Louvre.

Hoe driester hun plannen, hoe meer zij mij verwarden, als dat woord niet te sterk klinkt.

Soms leken zij een respons op een gevoel van twijfel, van onzekerheid. Andermaal was het een weemoedige litanie, waardoor zij het Elfenkoninginnetje als een zeldzame edelsteen in onze, in mijn wereld wilden incrusteren.

Als jodinnetje had Miriam meer oog voor de realiteit dan de anderen. Indien er kinderen van kwamen – waarom zouden er géén kinderen van komen – wilde zij er best op passen, Anton zou toch dagenlang aan het filmen zijn. Zij was gek op kinderen, ergens vond zij het jammer van die pil, die zat haar soms dwars. Zij wist trouwens niet of het wel mocht van de rabbijn, zij ging al lang niet meer naar de dienst, enfin, soms wel, vaak weet je niet wat goed voor je is. Waarop Jo haar beleerde dat die rabbijn zich geen barst van die pil aantrok, in tegenstelling tot de paus, die veel kindertjes wilde om het geloof te verdedigen, en de belangen van het kapitaal. Zij verwarde de rabbijn met de pastoor, maar ook die kon het tegenwoordig niet schelen, al moest hij doen alsof, en of zij er serieus van wakker lag? Emily, neem nu Emily... maar toen ontnam Kristien hem met een argusblik het woord.

Waarom waren zij herhaaldelijk met dat haast magische rituéel bezig geweest, met al die waanzinnige fantasieën?

Was het een soort van bezwering waarmee zij Emily's terugkeer hoopten te bevorderen, te waarborgen dat zij voorgoed bij ons zou blijven, als een zusje, een dochtertje waarop zij hun leven lang hadden gewacht?

Waren zij oprecht als zij deden of geen van allen aan die terugkeer twijfelde? Was hun geloof zwakker dan zij het geestdriftig voorwendden?

Welke tekens hadden hun twijfel veroorzaakt, welke tekens waren aan mijn aandacht ontsnapt?

Op het wandklokje zag ik dat ik een kwartier met de hoorn in de hand zat te wachten, naar dat niet te ontmoedigen belletje te luisteren. Wat mij slaperig had gemaakt, op de grens van het dromen af.

Of het dode ding het kon helpen keek ik boos naar de witte hoorn vooraleer neer te leggen. Hoewel een eind van mijn oor verwijderd, bleef het schelletje hopeloos kreunen.

En eensklaps hield het op.

Roel bleek er geen idee van te hebben hoe lang de telefoon had staan rinkelen. Mij leek het overbodig het te zeggen. Hoe zou hij begrijpen dat ik mezelf al die tijd het ene rare verhaal na het andere had zitten opdissen?

Thuis was alles goed. Na een grijze morgen was de zon doorgebroken, daarna was het een verrukkelijk weertje geworden, de ganse namiddag hadden zij in de schaduw van het vlierbosje liggen luieren, Clara met een thriller, hij zomaar.

De relatie met Lancelot was voorbeeldig. Hij maakte het opperbest, sliep reeds drie nachten tussen hen beiden in en liet de complimenten doen. Pas gisteren hadden zij een voorraad tonijn voor de ganse maand ingeslagen, meer was riskant wegens de einddatum voor gebruik op het blikje. De kleine Brusselmannetjes waren kennis komen maken en gingen regelmatig met hen uit wandelen. Eerst had het Klaartje verdrietig gestemd dat ze zelf geen kinderen, geen kleinkinderen had. Het was evenwel over, nu zou je zeggen dat het haar eigen tweeling was.

Nee, ik moest geen scrupules hebben, op Lancelot passen en zo vonden zij een extraatje. Zijn eigenlijk verlof in hun weekendhuisje aan de Schelde was voorzien voor augustus. Hij hoopte er de laatste hand aan zijn boek te leggen, Jo begon er hard over te zeuren. Ja, alle dagen reed hij naar de krant, toevallig zat hij deze week in de avondploeg. Zijn vrouw moest alleen naar de televisie kijken, maar urenlang samen van het zonnetje genieten was voor stadsmussen als zij ook iets waard.

'Is hiermee het huishoudelijke programma afgewerkt, Paul?' vroeg hij schertsend. 'Vertel me hoe het met Emily is.'

'Het gaat...' zei ik. 'Ze is bij me geweest, vanmorgen moest ze weer vertrekken, alles wijst erop dat haar vader elk ogenblik kan sterven.

Het is nog afwachten wat er de eerstvolgende dagen, morgen, overmorgen gebeurt.'

'In dergelijke omstandigheden is er geen kwestie van plannenmakerij...?'

'Dat begrijp je...'

'Moet je even horen, Paul, ik was van zins je zelf op te bellen. Straks of morgenvroeg bedoel ik... Het wordt nogal een lang verhaal voor zo'n buitenlandse verbinding...'

'Geeft niet... De ganse dag blijf ik in de buurt van het hotel om geen boodschap van Emily te missen. Het is mijn enige ontspanning, buiten mijn verblijfkosten kan ik geen penny uitgeven, zelfs met een gepeperde telefoonrekening leef ik zuiniger dan verwacht!'

'Prachtig, Paul,' lachte hij, 'pas nu realiseer ik mij dat het van hieruit ook op jouw kosten is! Daarom zou ik het niet hebben gedaan, hoor!'

'Natuurlijk, ben je gek. Wat is er aan de hand?'

'Gisteravond kwam onze vriend Salomons op de redactie aanlopen. Wat hij vaker doet als hij weet dat hij me er kan vinden... Ik begrijp dat je andere zorgen hebt dan de zaak Bracke, dat je er voor jezelf misschien een streep onder hebt getrokken...'

'Nee, Roel, nee... Ik probeerde mij voor te stellen dat pater Van Dordrecht mij het laatste had verteld dat er nog te vernemen was, helemaal in overeenstemming met het verhaal van Ephraïm Salomons...'

'Maar het lukt je niet?'

'Nee, het lukt mij niet. Jo zei cynisch, je kent hem, dat ik moest proberen ermee te leven, mij ermee te verzoenen als een gebochelde met zijn misvorming...'

'Een van die volksuitdrukkingen van hem, neem ze hem niet kwalijk. Ergens gelooft hij het zelf niet...'

'Waarschijnlijk... Maar hoe ook geformuleerd, hij heeft gelijk, uiteindelijk móet ik er verder mee leven. Voor mij is het een geruststellend gevoel dat we door Salomons' tussenkomst zo ver als Wiesenthal in Wenen zijn gegaan. De hoogste instantie zou je het kunnen noemen... Op de achtergrond zal het verdriet blijven, hoe kan het anders? Toevallig rakelde Jo zélf de zaak weer op met zijn cryptogrammen. Juist hierdoor heb ik evenwel gevoeld dat het niet echt... Hoe noemen de psychiaters het...? Nooit écht een fixatie is geworden. Het litteken blijft, dat kan niet anders. Het doet aanzienlijk minder pijn nadat wij alles hebben gedaan wat menselijkerwijs mogelijk is. Ik denk dat het tot op aanzienlijke hoogte daarop aankomt...'

'Ben je er zeker van, Paul? Uiteraard heb je het gerelativeerd, dat wel...'

Ik aarzelde.

'Natuurlijk ben ik er nog mee bezig... Men blijft zichzelf vragen stellen... Kijk, Roel... Mogelijk klinkt het verwaand...'
'Kom, zeg het maar!'
'Soms heb je de indruk dat het... Nou ja... Dat het iets als filosofische vragen zijn geworden. Van kindsbeen af was ik met de gedachte vertrouwd dat vader dood is. Het was de grootste schok uit mijn leven toen ik vernam hóe, onder welke omstandigheden hij is gestorven...'
'Begrijp ik...'
'Ik zie het voor mijn ogen gebeuren... Maar mettertijd gaat men zich meer en meer in het waarom, de zin, de on-zin, stel je het met een verbindingsteken voor, van dit alles verdiepen. Het verlegt de accenten, het drama wordt abstract. Het krijgt iets van een natuurverschijnsel dat ééns heeft plaatsgegrepen. Een gebeurtenis uit de geschiedenis waar de historici voorlopig niet mee klaar zijn... Verdomme! Plots klinkt het walgelijk pedant!'

Opeens wist ik het niet meer. Mijn woorden leken rul zand dat als water tussen je vingers wegvloeit.

'Wat is er, Paul?'
'Toch lieg ik er niet om, Roel! Geloof me, ik lieg er waarachtig niet om... Men ziet het ineens op een bepaalde manier, waarmee men zich tracht te verzoenen... Als je denkt dat het je lukt, valt het systeem als een kaartenhuis in elkaar...'
'Je komt eroverheen, Paul, ik ben er zeker van!' opperde hij bedaard.
'Ikzelf ook, Roel, ondanks alles... Door aandachtig achterom te kijken weet ik dat het meer en meer naar de achtergrond verdwijnt... Kán verdwijnen, bedoel ik... Daarom is Emily zo belangrijk voor me.'
'Dat weet ik. Alle vrienden weten het. Ik zal het je maar eens op het hart drukken. Grotendeels ben je eroverheen. Als je er verder niet over wilt praten, moet je het zeggen. Het nú zeggen. Het lijkt mij het geschikte ogenblik.'
'Nee... Niet nodig, Roel. Ik denk dat wij er nog herhaaldelijk over zullen praten. Toen je stuk verscheen, heeft Emily het toevallig gelezen. Het lag voor de hand, ik vermoed dat *Het Avondnieuws* tot de kranten behoort waar de faculteit een abonnement op heeft.'
'Gebeurt vaker... *Usual Dutch*, de culturele rubrieken en zo.'
'Het hele verhaal kent zij nog niet. Vroeg of laat moet ik er uitgebreid met haar over praten... Mijn opvatting van die nieuwe roman van me is er grondig ánders gaan uitzien. Ik voel intuïtief dat vaders dood er een rol zal in spelen. Bekijk het niet als lijkenpikkerij, Roel...'
'Ben je helemáál...? Stellig hét middel om het voorgoed van je áf te schrijven...'
'Ik geloof dat ik het zo moet zien... Het heeft geen zin er krampachtig over te zwijgen, een mens kan van zijn hart geen moordkuil

maken... Mijn leven lang zal ik erover praten...'

'Ik noem het de spanningen ventileren, geestelijk lijkt mij dat gezond. Geen bezwaar tegen mijn verhaal over Salomons?'

'Geen bezwaar... Vergeet mijn kronkelige redeneringen, Roel, ik ben ondertussen nieuwsgierig geworden.'

'Je staat al voor ponden in het krijt bij de Britse telefoonmaatschappij, weet je,' zei hij bekommerd. 'Ik ben je aan het ruïneren!'

'Kan me niet schelen, ga je gang.'

'Ter zake... Na ons bezoek bij Ephraïm was ik er zo goed als zeker van dat voor hem de kous niet áf was. Ik zei het je niet, ik wou even afwachten. Hij is geen man die de vacht van de beer verkoopt enzovoort... Als vele joden heeft hij geleerd zijn emoties te beheersen, tenzij het een eigenschap is van zijn ras, om het even. De schijnbare zakelijkheid waarmee hij over die twee doodgeschoten kinderen praatte, trof me te sterk om hem niet speciaal te observeren. Door die baard heb jij vermoedelijk niet gezien dat hij lijkbleek was. Hij is een emotionele ziel. Zo moet je die bekering van hem bekijken, het afscheid van de diamanthandel waar hij fortuinen had kunnen verdienen, van nature is hij gewiekst genoeg. Ik noem dat een joods trekje waarover we ons niet hoeven te ergeren. We doen het evenmin als het om een Westvlaams boertje gaat dat hém in de luren zou leggen. Terzelfder tijd kan hij royaal zijn als een grand seigneur...'

'Dat heb ik gemerkt toen hij het telefoongeld weigerde...'

'Toch heeft hij het niet breed. Hij wil het niet breed hebben. Wat hij bezat, ging naar zijn kinderen. die overigens voorbeeldig op hem passen. Het is niet met hún instemming dat hij steeds meer als een kluizenaar, als een middeleeuwse jood ging leven.'

'Mij doet hij aan een schriftgeleerde denken. Soms probeer ik mij voor te stellen hoe Rembrandt hem zou hebben geschilderd.'

'Of hij een schriftgeleerde is, weet ik niet. Een geleerde tout court is hij vast. Al jaren werkt hij aan een boek over de joodse aanwezigheid in Vlaanderen, vooral in Antwerpen, zowat van de veertiende eeuw af. Het is hem toevertrouwd, hoewel ik het beschamend vind dat nooit een van die professoren, zelfs na de holocaust, er wat aan heeft doodgedaan. Kom, dat is een ander verhaal, bij gelegenheid schrijf ik er een stukje over... Die kinderen. Die vermoorde kinderen... Voor zover hij het nodig mocht hebben, heeft het hem wakker geschud... Een week lang heeft hij getelefoneerd, tientallen brieven geschreven, mensen aangesproken die hij kon bereiken, in de synagoge, veronderstel ik. Ik stel me voor dat onze middeleeuwse vriend weer de dynamische kerel was die destijds in de voorhoede van het nationale elftal speelde. Het duurde even vooraleer zijn inspanningen resultaat sorteerden. Op zekere avond is de oude Simeon Perlmutter hem komen opzoeken. Ooit van gehoord?'

'Voor zover ik mij herinner niet...'

'Een belangrijk man uit het diamant, ik geloof een van de belangrijksten, na de Goldmunzen, de Festenbergs, de Komkommers... Maar hij schuwt de openbaarheid... Na een onderduiktijd van ruim twee jaar weinig verbazend...'

'Wist hij iets over Bracke?'

'Inderdaad...'

'Waarom heeft hij zich niet eerder bekend gemaakt?'

'Dat hééft hij gedaan, Paul... Hij vertelde het mij, hij is meegekomen met Salomons toen die gisteren kwam opdagen. Tijdens het proces werd hij als getuige opgeroepen... Hij zat namelijk ook op de zolder waar die twee kleuters werden omgebracht, net als de anderen!'

'Wat gebeurde er met hém?' vroeg ik ontsteld.

'Perlmutter overleefde het, anders had hij niet in mijn bureautje vóór me gezeten. Het afschuwelijkste... Die twee kinderen, weet je...'

'Wat was er met die twee kinderen?'

'Het waren de zijne,' antwoordde hij triest.

'Ontzettend, Roel!' schrok ik.

'Het is nog ontzettender, Paul. Net voor de Duitsers België en Holland binnenvielen had hij al wat hij bezat in diamant en juwelen omgezet. Op het moment dat hij inzag dat hij met zijn gezin zou moeten onderduiken, vertrouwde hij het grootste deel ervan aan een zakenrelatie toe, een vriend van zijn vader, geen jood. Het overige dacht hij nodig te hebben om met de zijnen van te leven, voor zover je het leven kon noemen... Twee jaar zaten zij, samen met enkele anderen, op de zolder van een afgedankt scheepvaartkantoor nabij het Noordschippersdok. Toen de bevrijding ieder ogenblik kon worden verwacht, bezat hij nog één steen, zijn laatste, een kanjer van een saffier. Hoeveel karaat weet ik niet, een fortuin... Brackes razzia's waren bezig. Midden in de nacht kwam de bende binnenvallen, men heeft nooit geweten wie de verrader was. Als wilden begonnen zij te schieten, de jonge mevrouw Perlmutter was een van de eerste doden. Toevallig bleven haar man en haar kinderen tot het laatst gespaard. Verdwaasd stond hij naar het met bloed bespatte lijk van zijn vrouw te staren, de kinderen tegen hem aan gedrukt. Ik was net de golem, meneer, vertelde hij stamelend, die lemen pop zonder hersens in zijn kop... Toch herinner ik het mij. Opdat zij de kinderen zouden sparen haalde ik die steen voor den dag. Bracke keek mij aan of het hem niet interesseerde. Hij zei het trouwens: een ss-officier neemt geen geschenken aan van een jood, dát zei hij. Hij beval een van zijn mannen, een grote, struise kerel, de kinderen dood te schieten, "Ausschalten" noemde hij het. De man kwam naderbij, scheen plots een zenuwtoeval te krijgen en gooide zijn revolver zo ver hij vliegen wilde. Goed, zei Bracke, dat praten we uit. Hij nam zijn eigen wapen en bracht de kinderen om. Vóór mijn ogen, meneer! Ik schreeuwde als een bezetene dat hij ook mij moest doodschieten. Hij lachte mij uit. Iemand moest het verder kunnen vertellen, zei hij. Als niet een of andere rotjood erover verder smoesde, had het lesje geen zin. Overigens zou ik toch worden opgepakt, uitstel, geen afstel. Hij wrong mijn hand open, pakte de steen, liet mij ongedeerd en trok met zijn troepje af. Dagenlang zat ik bij mijn dode vrouw, mijn dode kinderen, mijn dode vrienden. Ten slotte kwamen de Engelsen in Antwerpen aan... Jaren heb ik met het beeld voor mijn ogen gelopen, meneer. Ik ben in psychiatrische behandeling geweest. Tot ik een poos op een kibboets aan de rand van de Negev ben gaan werken. Daar is het verbeterd... Er was één detail, één vreemd detail dat hij nooit kwijt raakte. Zelf vond hij het belachelijk, vergeleken bij al dat gruwelijke. De nek van Bracke.'

'De nek van Bracke?'

'Precies... Er was iets bijzonders mee: een opvallend litteken van een negenoog. Zo'n levensgevaarlijke, kwaadaardige steenpuist, weet je, met andere steenpuisten eromheen. Wie het heeft, zit er zijn leven lang mee, zeker vóór de uitvinding van de antibiotica.'

'Dat was toch niet belangrijk...?' antwoordde ik niet-begrijpend.

'Voor hem werd het een obsessie. Vroeg of laat kan het interessant zijn als identificatiemiddel...'

'Geen steenpuist, geen Bracke,' zei ik. 'De schoft is in het niets opgelost, hij komt nooit voor den dag, daar reken ik niet meer op!'

'Het verhaal van Simeon Perlmutter is niet uit... Min of meer hersteld na zijn verblijf in Israël ging hij aan het werk. Die oude zakenvriend van zijn vader had de hem toevertrouwde bezittingen bewaard, absoluut normaal onder mensen in het diamant, dat weet je. Anders was hij vast door andere overlevende collega's geholpen. In feite kon het hem niet veel meer schelen, dat begrijp je... Het verhinderde niet dat zijn handel haast onvoorstelbaar ging floreren. Na jaren trad hij opnieuw in het huwelijk, met een dame die zelf Ravensbrück had overleefd, een kennis uit Israël. Het leven was opnieuw draaglijk. Op zekere dag moest hij naar Johannesburg, vooraf had hij in Londen zakenbesprekingen gevoerd, en dus vertrok hij van Heathrow. Alles was in die tijd eenvoudiger dan vandaag de dag, geen ingewikkelde controles, men wandelde gemoedelijk naar het wachtende vliegtuig. Enfin, van wandelen was er geen sprake voor hem. Hij arriveerde op het laatste nippertje, zijn taxi had een halfuur in een verkeersopstopping gestaan. Hij rende als wereldkampioen Nurmi naar de machine, een raar gezicht, zo'n bedaagde joodse meneer met een handkoffertje, probeer het je voor te stellen! Hij haalde het nog net, achter een paar andere laatkomers aan. Terwijl hij de debarkeertrap opklom, zag hij louter toevallig een groep passagiers uit het pas neergestreken toestel uit New York zich in de richting van het uitgangsgebouw bege-

ven. Onmiddellijk en met volstrekte zekerheid herkende hij hem: een blijkbaar chique heer die achteraan liep, een diplomaat, zou je denken...'
'Zeg niet dat het Bracke was...!' stamelde ik afwerend.
'Ga even zitten als je rechtop staat, Paul! God betere het. Noem het voor mijn part een film à la James Bond... Het wás Bracke! Bracke met alles erop en eraan, het litteken van zijn negenoog inbegrepen. Perlmutter is een nuchter man, helemaal niet gek, hoewel hij zegt het zelf een ogenblik te hebben gedacht. Hij stond er verbijsterd bij. De hostess werd ongeduldig en kwam kijken of die laatste passagier zich mogelijk onwel voelde. Nou, erg monter zal hij er wel niet hebben uitgezien, met heel dat tragische verleden dat ineens op hem neerviel!'
'Was hij zeker?'
'Absoluut zeker. Geen dubbelganger, meneer, zei hij nadrukkelijk. De joden uit Centraal-Europa kennen sprookjes over dubbelgangers, het zit ergens tegen de golem en zo aan. Maar ik zie bijzonder scherp, mijn ogen zijn die van een snaak van vijftien jaar. Ik ben zo weinig bijgelovig, dat ik zelfs moeite heb met de Schrift... Ik bezit niet meer verbeelding dan die telexmachine van u. Niet alleen staat het gezicht van die man in mijn geest gegrift, meneer Verschaeren. Kon ik het maar kwijtraken! Maar er is dat litteken. Theoretisch zou een dubbelganger mogelijk zijn, praktisch is er geen kwestie van. En een dubbelganger met identiek hetzelfde litteken, nee, dat maakt niemand de oude Perlmutter wijs... Denk niet, Paul, dat ik niet heb geïnsisteerd; de zaak leek mij ontzettend belangrijk. Niet minder belangrijk is, dat ik Salomons' vriend geloofde. Het had niet alleen met zijn scherpe ogen, met zijn visuele herinneringen te maken. Zelf dacht hij er niet aan, maar intuïtief moet hij er een vermoeden van hebben gehad. Ik heb een geheugen als een olifant, voegde hij eraan toe. Hij meesmuilde om die olifant... In feite legde hij de vinger op de wonde. Zelfs het zachtste dier herinnert zich na jaren wie hem ééns kwaad heeft gedaan, dat weet elke hondenkenner. Niets bewijst dat het een kwestie van geheugen is. Het gelijkt veeleer een verschijnsel, los van de zintuigen, een kwestie van sfeer, instinct, weet ik veel. Als het niet om olifanten of honden maar om mensen gaat, zou men aan iets occults denken.'
'Ik begrijp wat je bedoelt, Roel, ik ben de laatste die je van dergelijke dingen hoort te overtuigen... Weet je hoe Perlmutter heeft gereageerd?'
'De hostess, een medelijdende ziel en toevallig zélf een joods meisje, had hem bij de arm gepakt en hielp hem naar binnen. Het lijkt eenvoudig... Niettemin zijn zulke situaties gecompliceerd. Zonder dat menselijke gebaar van hulpvaardigheid had hij wellicht rechtsomkeert gemaakt. Het was mogelijk, hij wist het niet. Het vliegtuig ging zo dadelijk opstijgen. Verwanten die tijdig voor de Duitsers waren gevlucht

en ginds een nieuw bestaan hadden opgebouwd, wachtten in Johannesburg Airport op hem. Door de familie was een feest georganiseerd, er zou een menigte vrienden en kennissen uit zijn kinderjaren zijn. Een dag of drie later had hij een belangrijke afspraak met de bonzen van de diamantmijnen, dáárom vloog hij naar Zuid-Afrika. Anderzijds was er de moordenaar, wiens beeld, kom, wiens litteken hem al jaren obsedeerde. Vooraleer hij het ene tegen het andere kon afwegen was achter hem de deur dichtgegaan en begonnen de motoren te brullen...'

'Wat een afschuwelijke tegenvaller, Roel...'

'Een tegenvaller, zeg dat wel. Maar begrijpelijk... Eenmaal gearriveerd waarschuwde hij de politie. Uiteraard was het naïef van hem in een land waar een menigte nazi-figuren een veilig onderkomen vonden. Om dat evenwel te weten moet je dan weer kijk op een zekere Vlaamse collaboratie hebben, die hem als jood ontbrak. Toch was hij wijs genoeg om na zijn terugkeer in Antwerpen het gerecht te waarschuwen. Hoe lang was het echter allemaal geleden? Ook speelden psychologische factoren een rol. Vast kwam er in een of ander dossier een proces-verbaal terecht. Hij had het trouwens ondertekend. Door de oorlog ontzettend geschokt, achtte hij het een waarborg dat men de zaak niet uit het oog verloor. Het kwam niet bij hem op hoe voor velen dát aspect van het verleden al aanzienlijk was afgevlakt. Dat er bij de bevoegde diensten geen mensen waren, door nachtmerries bezocht, opschrikkend uit hun slaap met het visioen voor ogen van een zolder vol bebloede, in staat van ontbinding verkerende doden. Waarom moeilijkheden maken voor een kerel die men liever kwijt was dan men hem gevonden had? Hij praatte er met niemand over, kwestie van de gevoelens van zijn vrienden sparen. Mogelijk heeft hij één vergissing begaan – je moet begrijpen dat ook hij wilde vergeten. Ik bedoel dat hij de organisatie van Wiesenthal niet informeerde. Salomons kende hij slechts van ziens, die kon het hem niet aanraden... Tot daar het verhaal van Simeon Perlmutter, Paul...'

'Ik waardeer dat je het mij vertelde, Roel... Maar wat hebben wíj eraan?'

'Weinig, vrees ik. En toch weet je nooit. Tenslotte kun je niet loochenen dat het een stukje meer is in de puzzel.'

'Zo kan je het bekijken, ja... Heeft Perlmutter gezegd wanneer die ontmoeting plaatsvond?'

'De dag heb ik genoteerd, het jaar weet ik uit mijn hoofd. In 1970, gemakkelijk te onthouden. Precíes tien jaar geleden, in de herfst...'

'We kunnen het als een academisch gegeven beschouwen...'

'Zo bekijk je het te lichtvaardig, Paul, geloof me... Ineens is de man een eind dichterbij gekomen.'

'Als je wilt... Twintig jaar dichterbij...'

'Op Heathrow stapte hij uit een vliegtuig dat van New York kwam. Ergens betekent het iets. Maar wat...? Middelerwijl is Perlmutter – na al de ellende, na al de verschrikkingen als menige jood – zijn zin voor humor niet verloren. Ik had u en uw vriend graag geholpen, mijn beste meneer Verschaeren, besloot hij. Jammer genoeg geloof ik niet dat hij in het diamant zit. En tot volgend jaar in Jeruzalem heeft hij me ook niet gezegd...'

Nadat wij hadden neergelegd, liep ik naar de reception desk.

Voor zover ik de klok in het oog had gehouden, scheen het gesprek onzettend lang te hebben geduurd. Van nature geef ik niet om geld, hoewel mama mij van jongsaf leerde er zuinig mee om te springen. Mijn jaren als full-time schrijver hadden mij ertoe gedwongen de gewoonte in ere te houden. Om kort te gaan, ik wilde weten of wij het astronomische bedrag bij elkaar hadden gekletst dat ik mij voorstelde.

Het viel mee... Als romanauteur heb je er vaak moeite mee om je bepaalde, volkomen buiten jezelf liggende gevoelsnuances voor te stellen. Daarom werd ik door de gedachte geamuseerd dat ik ongeveer reageerde als een lichtzinnig huisvrouwtje na een expeditie naar de Meir in de tijd van de eindejaarskoopjes. Ze heeft schromelijk haar maandbudget overschreden, maar troost zich met de overweging dat ze enorme besparingen heeft gedaan, gesteld dat zij voor alles de volle prijs had moeten betalen.

Was het een metafoor voor gans het menselijk leven?

Dienen wij niet voortdurend een beroep te doen op denkbeeldige baat om er de moed niet bij op te geven? Stellen wij ons tevreden met eindejaarskoopjes?

Doe niet zo stom, Paul Deswaen, vermaande ik mijzelf. Noem het een meevaller voor je dat de zaak niet uit de hand is gelopen, knoop er geen diepzinnigheden voor de kapsalon aan vast!

Daarom beperkte ik mij tot het onschuldige genoegen van een schooljongen die een muntstuk heeft gevonden. Wat kon er mis zijn met zo'n echo uit de kindertijd...? Met het weelderig gevoel waarmee die knaap het in de gleuf van een zuurtjesautomaat stopt, draaide ik het nummer van Jeroen.

'Hé!' hoorde ik de kerkhofbewaker zeggen, 'zo gauw?'

'Wat bedoel je?' vroeg ik.

'Zo gauw weer thuis?'

'Mis! Ik bel uit Salisbury.'

'Ongelooflijk! Net of je in Hove zit!'

'De moderne techniek, waarde vriend, onderschat haar niet!'

'Vertel eens, Paul, hoe is het met Emily?'

'Goed, de omstandigheden in acht genomen. Het is uitkijken geblazen hoe we een aantal praktische zaken oplossen.'

'En haar vader?'

'Die is er slecht aan toe...'
'Denk je dat het lang duurt?'
'Eerlijk gezegd geloof ik het niet...' Ik hoorde hem een zucht van verlichting slaken; hij was een te braaf man om er commentaar aan toe te voegen. 'Moet je luisteren, Jeroen. Ik wil je wat vragen. Het is raar. Ik heb geen tijd om er het passende verhaal bij te vertellen, dat doe ik later, ik beloof het, dan gaan we er breeduit bij zitten. Overigens heb ik mij zoëven blut getelefoneerd met Roel...'
'Jongen toch...' reageerde hij bekommerd. 'Haal geen gekheid uit.'
'Een grapje, zo'n vaart loopt het niet. Onafgebroken wacht ik op een belletje van Emily, ik beperk mij ditmaal tot het minimum om de lijn vrij te houden.'
'Natuurlijk, dat begrijp ik... Maak het zo kort als je wilt.'
'Die klassefoto, weet je nog?'
'Wat dacht je...'
'Dat jongetje waar je mij over vertelde... Het miniatuurfascistje.'
'De kleine Bracke.'
'Precies... Ik vergat je zijn voornaam te vragen. Het leek mij geen belang te hebben. Ken je zijn voornaam?'
'Nee, het spijt me, Paul. Na je vertrek heb ik het mij zitten afvragen. Niet omdat het zin had. Zomaar. Omdat het mij ergert als mijn geheugen het laat afweten. Zeker nu je het vraagt, is elke poging om hem mij weer te herinneren vruchteloos. Dat weet ik uit ervaring, van nu af gaat het helemaal niet meer, tot hij mij vanzelf invalt. Iedereen heeft dat...'
'Net wat ik vreesde.'
Als de naam Koen niet bij hem opkwam wilde ik hem ook niet suggereren.
'Waarom zit je ginds met die Bracke in je hoofd, de grote of de kleine, mij om het even? Die moet je toch niet in Engeland zoeken, zeg?'
'Natuurlijk niet, ben je gek... Goed, Jeroen, ik laat het gesprek maar even uitlopen, vroeg verwacht ik geen oproep van Emily... Ze is niet bij me, dat zei ik je, was ze maar hier! In Ramsbury lost ze haar zus af bij de stervende. Ik heb afschuwelijk met haar te doen. Ik ga praktisch niet weg van mijn hotel, ze kan mij elk ogenblik nodig hebben, mij een seintje geven.'
'Dat zij het maar spoedig doet, Paul! Neem me niet kwalijk... Niet aardig voor de zieke... Een mens weet in bepaalde omstandigheden niet wat hij moet zeggen...'
'Het is een rottig gevoel, Jeroen. Je wacht letterlijk op iemands dood. En toch kun je niet anders... Ondertussen zit ik vast, gelukkig een schat van een oud Engels hotel, dat valt mee... Ik moet van alles verzinnen om mij bezig te houden. Vanmiddag zat ik bij het water te lezen; blijft de situatie stabiel in Ramsbury, dan ga ik morgen aan

mijn scenario knutselen. Ach, echt op dreef zal ik niet komen, je wacht af, soms met het gevoel dat er nooit verandering komt. Onzin, uiteraard... Over allerhande dingen denk je na. Niets leidt je ervan af. Je bent alleen, je laat alles opnieuw in je verbeelding voorbijtrekken...'

'Daar moet je mee ophouden, Paul. Je maakt je zenuwen kapot. Denk aan Emily, zij zal je hard nodig hebben! Als er in die ándere zaak ooit enig schot was gekomen, ja, dan zou ik zeggen... Je begrijpt wat ik bedoel...?'

'Misschien geloof je me niet... Er is een nieuw element... Bracke, de moordenaar Bracke lééfde tien jaar geleden nog, het is zeker!'

'Jongen toch... Heb je ooit gedacht dat hij dood was? Goed, ik begrijp je, hoor! Je bent ermee bezig... Tja... Je zult er altijd mee bezig blijven...'

'Soms vrees ik het... Eraan denken, wil ik zeggen.'

'Je moet Emily ginds weghalen, Mina zegt het ook. Wij voelen dat het nodig is. Waarom weet ik niet, je doet maar... Die kleine Bracke, zei je?'

'Ach, ik weet dat het onzin is... Eerlijk gezegd wou ik je stem even horen, Jeroen...'

Het was waar, ik wou zijn stem horen.

Op zijn bescheiden, onnadrukkelijke manier was hij mijn vader, een afgezant van mijn vader geworden.

'Dat pakt me, jongen,' zei hij ontroerd... 'Dat pakt me écht. Het zal Mina plezier doen. Goed... De kleine Bracke... Moet je horen, Paul... Het is mogelijk dat ik bot vang... Waarom zou ik niet proberen een paar schoolkameraden te bereiken? Veel moesten ze van het kereltje niet hebben, maar dat doet er niet toe... Enkele namen ken ik nog, sommige komen mogelijk in de telefoongids voor. Ik ben een ouderwetse vent, daarom verlies ik dergelijke dingen uit het oog.'

'Nee, Jeroen, dat wordt te gek, doe het niet... Ik kan je net zo goed iets anders vragen, waarom deed ik het niet dadelijk...? Ja, zeg maar dat ik een warhoofd ben...'

'Je vraagt, Paul! Verder geen flauwe kul, ik luister naar je vraag, ik wil niets liever dan je helpen!'

'Ik waarschuw je... Het is een idiote vraag. Die man is over zijn toeren, zul je denken... Ja, dat zul je denken...!'

'Je bent net mijn kat. Hij zit voor de deur te miauwen, je haast je om het beest binnen te laten en dan blijft hij je stomweg op de stoep aankijken, zonder een poot te verzetten. Toe, houd ermee op, jongen!'

'Je hebt gelijk... Kun jij je herinneren, Jeroen, of die kleine Bracke... Nee... Hoe kom ik erbij? Het is krankzinnig, volkomen krankjorum! Vergeet het. Sorry... Ik heb het moeilijk. Op den duur weet je niet meer wát je moet beginnen.'

'Krankzinnig gaat ook. De ganse wereld is immers krankzinnig? Vooruit met de geit!'

'Herinner jij je of die kleine Bracke... Of die last van steenpuisten, van een negenoog heeft gehad?'
Een poos bleef het stil op de lijn. Hij zou zich zorgen maken, denken dat ik een klap van de molen te pakken had. Ik hoorde Mina in gedachten zeggen dat hij de vrienden moest waarschuwen, dat Roel, nee, die zat met zijn krant, dat Jo mij nog vannacht moest nareizen.
'Hoe ben je dáárop gekomen?'
Blijkbaar was hij de kluts kwijt. Zijn gewone gemoedelijkheid ontbrak hem volkomen, evenals de schijnbaar slome, in werkelijkheid alerte manier waarop hij op het minst verwachte moment met een droog, langs de neus weg gemompeld grapje kan reageren. Ik wachtte tot hij er iets aan zou toevoegen, maar hij bleef zwijgen.
'Ik heb je gewaarschuwd, Jeroen. Ik wist dat het waanzin is.'
'Waanzin?' mompelde hij bedrukt. 'Waarom dat grote woord, Paul? Waanzin...?'
'Gewoon, omdat zulke dingen niet mogelijk zijn, ontzettend stom van me...'
'Waanzin? Een waanzinnig toeval, Paul, dat zegt men wel. Jo neemt het voortdurend in de mond. Maar dit is geen waanzin, dit is niet stom. En idioot ook niet, helemaal níet idioot zelfs!'
'Hoezo?' reageerde ik geschrokken. 'Het is toch niet mogelijk dat...?'
Zulke dingen gebeuren niet. Misschien in de whodunnits van Klaartje, niet in werkelijkheid, er zijn grenzen aan het toeval. Zélfs aan het toeval. Wát ik tot dusver ook had beleefd.
'Die steenpuisten, die negenoog wil ik zeggen! Vraag me niet met wie ik gisteren op het kerkhof een praatje heb gemaakt... Maar die negenoog? Ja hoor! Ik had als kind het woord nooit gehoord, daarom onthoud je zoiets, je stelt je allerhande dingen voor, daarom vergeet je het nooit meer... Dagenlang liep Bracke met een verband om zijn nek... Het was niets, beweerde hij toen je papa ernaar vroeg, wat droge uitslag van te veel snoep. Het was niemendal, zei zijn vader, die kende dat allemaal, hij moest er zich niets van aantrekken, zijn moeder wist dat het vanzelf overging. Op een kwaje morgen had hij een kop als een pioen. Je papa legde een hand op zijn voorhoofd, hij laaide van de koorts. Direct maakte hij dat smerige verband los, ik zie het nog voor me, het zat vast met een veiligheidsspeld. Een gezwel van je welste, vuurrood, kanjers van zweren, de een naast de ander, of er een vies beest in zijn nek groeide. Op zichzelf allemaal keiharde steenpuisten, behalve één, die was opengebarsten, één groene rotzooi! Je vader riep er de schoonmaakster bij en stuurde haar met hem naar de schoolarts. Dewandelaer heette hij, ik weet het nog, hij woonde gelukkig vlakbij. Die maakte zich kwaad, het was een schandaal dat die ouders er niet naar hadden omgekeken, wat was me dat voor tuig? Be-

grepen die stomme runderen niet dat het kind in levensgevaar verkeerde? Als meneer Deswaen zich er niet mee had bemoeid, was het mannetje morgen waarschijnlijk dood geweest, daarom pakte hij dadelijk zijn telefoon... Misschien overdreef hij, als hij de bewoners van de nederzetting de stuipen niet op het lijf joeg, lieten ze de boel maar draaien. Misschien ook niet... Van penicilline was er in die tijd geen sprake... Trouwens, het gerucht deed de ronde dat hij in het ziekenhuis waarachtig tussen leven en dood had gelegen. Het duurde weken vooraleer hij weer op school verscheen, bleek en vermagerd. Ik geloof dat het kort voor de tijd was toen wij zijn vader in dat uniform begonnen op te merken.'

'Wat gebeurde er naderhand met hem, Jeroen? Had het sporen nagelaten?'

'Verdraaid, Paul, wat is er met je? Waarom vraag je zulke rare dingen, waarom moet je dat absoluut weten?'

'Ik waarschuwde je van tevoren! Later vertel ik je alles. Kom, vooruit, breek er je hoofd niet over, later, het is beloofd. Antwoord nu maar!'

'Wat vroeg je?'

'Daarna. Sporen of zo?'

'Nou... Sporen? Wat dacht je! Jouw generatie heeft nooit van negenogen gehoord... Sporen, zei je...? Een scharlakenrood litteken, een paddestoel, een vuist groot en in het midden een vinger diep... Dat rood werd mettertijd paars, met blauwe adertjes erdoorheen, ik zie het nóg voor me... Het litteken zelf bleef, er veranderde nauwelijks iets aan. Het zat diep in het vlees gevreten, het duurde een jaar vooraleer het min of meer een gewone kleur had, gedeeltelijk... Hij is dat vast nooit helemaal kwijtgeraakt... Nou, dát was het. Ben jij me een rare snuiter, Paul...!'

Toen ik eenmaal afscheid van Jeroen had genomen, zag ik in hoe al dat getelefoneer overbodig was. Vermoedelijk zou ik gauw weer thuis zijn, bedacht ik. Soms kun je van kinderen leren. Het was een inval geweest van Molletje, die er minder gerust op was wat de examens betrof dan hij liet blijken.

'Weet je wat ik leuk vind, Paul? Ik trek er mij geen barst van aan, van die examens wil ik zeggen, maar je kijkt ertegenop, wie niet? Weet je wat ik doe? Als ik straks naar bed ga, verbeeld ik mij dat ik een maand, een paar weken ouder ben. Dat ogenblik komt vast, daar kun je op rekenen, niemand kan het tegenhouden, zelfs de paus niet. Je kunt net zo goed zeggen dat het er al ís, dan maakt de volgende maand of vandaag geen verschil. Dus is al dat gesodemieter in feite voorbij en kan het me ineens geen bal meer schelen... Sssst... vertel het niet aan de anderen. Die Mol, zouden ze zeggen, zo gek als een molenwiek! Het is mijn geheim, jij mag het weten omdat je mijn vriend bent, begrijp je?'

Historicus? Politicus? Waarom zou hij geen filosoof worden? Geen professor in de filosofie, daar hebben we al een hoop exemplaren van. Nee, een échte filosoof. Een wijs-geer, die dergelijke slimme dingen bedenkt, de mensen door zulke praktische invallen het leven wat lichter zou maken, zoals sommige Grieken het eertijds opvatten.

Ik zat er innerlijk om te lachen terwijl de kelnerin de soep voor me neerzette. Die lepe kleinzoon van Oma Leentje en Opa Fred had het bij het rechte eind, in het leven zou hij zijn mannetje staan.

Het was overigens niet om te lachen. Zo te zien staat Stonehenge er voor eeuwig. Op de dag dat ik er met Anton zou filmen, waren voor ons de moeilijkheden voorbij. Emily zou bij me zijn, het werd een heerlijke tijd. Wij zouden ons natuurlijk de dag herinneren waarop wij, een jaar geleden, elkaar hadden weergezien. Nu begonnen wij naar huis te verlangen, naar ons huis in Vlaanderen. Zou Lancelot blij zijn als hij ons eraan zag komen...?

Gauw zou er iets gebeuren. Morgen, overmorgen, over een week, meer kon het niet wezen. Ik gunde meneer Smith een lang leven; aangezien dat een irreële wens was, in elk geval elke dag welke het Lot hem had toebedacht. Voor Emily mocht het niet langer duren. Hoe bekommerd ook om haar, ik vreesde opeens dat ik er te weinig rekening mee had gehouden dat zij vermoedelijk overspannen was. Ik dankte er Gwenhyfaer en alle goden van Stonehenge voor dat het, in de medische zin, niet om een depressie ging. Wél om doodvermoeide zenuwen, zoals het lichaam vermoeid kan zijn. Neen, aan een breakdown wilde ik niet denken, dát is te afschuwelijk.

Niettemin bleef haar vreemde overweging mij hinderen. Vanwaar had zij de absurde gedachte dat ons geluk van mij afhing? Het wees inderdaad op de uitputting van haar zenuwen, overwoog ik. Hoe zou ik wat ook dwarsbomen op het moment dat alles vanzelfsprekend bleek te worden, haar moeder kennelijk geen hinderpaal, haar aanstelling in Antwerpen?

Hóe kwam zij op het idee?

Ingeval zij er zich concreet iets bij voorstelde, wat kon het dan zijn?

Terug in Ramsbury, én na ons heerlijk samenzijn, én na de afleiding welke het werk in Cambridge haar enigermate had opgeleverd, oefende de sfeer in het ouderlijk huis waar haar vader op sterven lag uiteraard een verregaand deprimerende invloed op haar uit. Het uithoudingsvermogen heeft zijn grenzen, men doet weinig met de goedkope tapkastoverweging dat alle mensen uiteindelijk doodgaan...

Bekeek je het anders, dan waren er nooit absolute redenen tot ontmoediging geweest. Ik besefte dat ik gemakkelijk praten had, maar toch... Stel je voor dat ik mijzelf scrupuleus ertoe zou dwingen het exacte woord voor de situatie, althans wat mezelf betreft, uit te zoeken? Een woord, bedoel ik, verstoken van emotionele bijklanken, van ondertonen waarmee een mens zijn frustraties ventileert. Hierbij volkomen eerlijk zou ik alleen een adjectief als 'vervelend', hoogst vervelend, kunnen kiezen.

Voor Emily, hoe intelligent ook, hoorde een beroep op een sterker woord te worden gedaan. Niettemin wist zij dat er niets fataals aan te pas hoefde te komen. In haar overspannen toestand begon zij zich dingen voor te stellen, de toekomst in een vertrokken perspectief te zien.

Was het de dwanggedachte dat betrokkenheid bij een toestand waarmee ik niets te maken had, namelijk de eindeloze doodsstrijd van haar mij onbekende vader, te veel van mijn geduld begon te vergen? Had zij, in tegenstelling tot haar verwanten, als academica op voet van gelijkheid met de geneesheer kunnen praten? Behoorde het tot de mogelijkheden dat deze haar, toevallig vanmorgen bij haar thuiskomst, een langdurig coma had voorgespiegeld? Twijfelde zij in dergelijke omstandigheden aan mijn onwankelbare trouw, aan het absolute van mijn liefde?

Nee. Zoveel gewicht mocht ik aan die paar woorden van haar niet hechten.

Misschien betekenden ze helemaal niets.

De absurditeit ervan hinderde mij. Zij was een beroepsfilologe, zij kende het belang, de magische kracht van een woord, zijn verbondenheid met begrippen, gedachten, ideeënassociaties. Of leerde men dat niet op de universiteit? Als historicus kon ik er niet over oordelen.

Maar zij wist dat ik geen beslissing meer hoefde te nemen, dat ik vastbesloten was mijn leven met haar te delen. Er waren voorlopig moeilijkheden. Minder kon je iemands doodsstrijd en wat de eerstvolgende dagen zouden brengen niet noemen. Natuurlijk was het niet háár schuld. De vervulling van ons geluk was enig uitstel opgelegd, ik begreep dat wij onze dromen op een lager pitje dienden te onderhouden. Ik aanvaardde zonder protest onze gezamenlijke problemen, doch niet mijn part ervan zette de domper op ons geluk. Even een absurd idee. Stel je voor dat zij mammy had geïnformeerd. Dat deze vond dat we maar dadelijk moesten gaan trouwen, de reverend zou al het nodige doen. Voor mij was diens nummertje overbodig, uiteraard, maar toch zou ik bij de kerkdeur op haar wachten.

Hoe kwam ze erbij dat het van mij afhing?

Niets hing van mij af. Behalve dat ik 'ja' diende te zeggen. Bij die reverend, bij de ambtenaar van de burgerlijke stand, weet ik veel. Dacht ze wellicht dat ik modieuze bezwaren tegen het huwelijk had? Ik, die best wist dat het op trouwen zou uitlopen? Zij was een vrouw. Intellectuele of niet, zij had recht op haar droom. Voor mijn part de droom van het bruidje in maagdelijk wit, hoewel het nogal gek zou zijn, dat maagdelijk. Vermoedelijk dacht zij aan een eenvoudig, stemmig, peperduur tailleurtje uit de haute couture, in haar arm de mooiste bloemen, uren in het rond te vinden, daar zou Jeroen voor zorgen. Alleen de beste vrienden zouden erbij zijn, ik kon hen uit mijn hoofd opsommen. Het mocht er deftig aan toe gaan, het zou toch informeel blijven. Met uitsluitend mensen die weten dat het niet dáárop aankomt zou het een sympathiserend knipoogje naar de buitenwereld zijn, een dartele metafoor in verband met de liefde, het meest ernstige in ons leven.

Natuurlijk gingen wij trouwen, zo spoedig mogelijk nog wel!

Waarom genoot ik niet bedaard van het dit keer voortreffelijk diner, in plaats van zélf spijkers op laag water te zoeken, ik, die deze formule zo gemakkelijk in de mond neem?

Een grapje was het voor Emily niet geweest, dat begreep ik, daar stond haar hoofd niet naar, hoe zou het? Wij hadden een moeilijk, een triest gesprek gevoerd, niet een koud stortbad, wél pijnlijk na ons voorafgaand geluk. Maar zij wist dat ik over niets meer hoefde na te denken. Het was geen grapje, veeleer een ongelukkig beeld: je noemt wit zwart om duidelijker te maken dat je wit bedoelt, in de stijlleer moet er een naam voor bestaan. De alom bekende wijsgeer Molletje zou vast zo'n denkfout niet begaan, meesmuilde ik, wél onze niet onverdienstelijke romanschrijver Paul Deswaen, dames en heren!

Voor Emily was alles in orde, haar beslissing was gevallen, net als de mijne.

Maar, had ze speels aangegeven, dat hing immers van mij af? Het wees op geen twijfel, het wees hoegenaamd op niets. Het was een van die hinkstapsprongetjes waar de menselijke gesprekken vol van zitten. Elke dag gebruiken wij er tientallen, anders zouden onze dialogen als gedesinfecteerde modellen uit een taal-snelcursus klinken. Het is nauwelijks meer dan een overbodige zucht, een iel lachje, een handig stopwoord om tijd te winnen, de focus van onze gedachten wat scherper bij te stellen, het 'tja' van Jeroen, het 'reken maar' van filosoof Mol, het 'verdomme' van Jo. Verdomme kon een geraffineerde Elfenkoningin zich bezwaarlijk veroorloven. Het hangt verdomme van jou af, stel het je voor in dat feeënmondje...

Alles kwam neer op een taalkundig misverstand. Te gek om los te lopen!

Het vlotte, kortgerokte kelnerinnetje dacht dat ik naar haar lachte. Zij beantwoordde mijn grimas met de liefste smile van het Verenigd Koninkrijk.

Ik denk dat iedereen haar aardig vond, ook vrouwen die nooit een voet aan land op Lesbos zouden zetten. Het was leuk om te zien hoe gek de kinderen op haar waren en als man keek je haar met een sereen gevoel van onschuld aan. Zij bezat een landelijke charme hoewel, als op het toneel, voldoende gecorrigeerd om niet het woord boers op te roepen. Een hupse Zerlina was ze, die je niet dadelijk de geit zag melken, maar evenmin allerwegen de Don Giovanni's uit hun hazeslaapje wekken, vol onkiese vragen over wat er opwaarts in het verlengde van die welgevormde benen zat. Mild met haar glimlach, zond ze hem, als de wentelende straal van een kleine vuurtoren, alle richtingen uit en je voelde je prettig gestemd als hij langs je streek. Ergens vermoedde je weliswaar dat ze zo nodig van zich kòn afbijten, maar van tevoren zette zij geen stekels op. Als ze ooit gehoor leende aan enig *là ci darem la mano, là mi dirai sì*, eindigde de verleider met haar voor de lord mayor of zijn assistent, daar kon hij op aan.

Mozart uit Salzburg, Mozart in Salisbury.

Wanneer Emily mijn herinneringen aan deze heerlijke, deze afschuwelijk moeilijke periode uit mijn, uit ons leven leest, zal zij zich niet herkennen in deze Salisbury Zerlina. Trouwens, het is mijn bedoeling niet, welke vrouw evenaart haar klasse? Wat zij zal merken is de onbewust in mij sluimerende behoefte aan het geloof in mensen van goede wil, mensen als onze vrienden, Jo niet op de laatste plaats, al beweert hij dat de wereld naar de verdoemenis gaat. Voor het overige mag zij er gerust op zijn, naar anderen kijk ik niet, zij is het Eerst Begin. Ook in het land Nod zijn er geen vrouwen. Vraag het aan de vader van pater Hans, die weet er alles van.

In de door de omstandigheden veroorloofde mate werd mijn beterend humeur door de cherry-trifle van Zerlina's dessertwagentje in de hand gewerkt. Ik reageerde trouwens positief op de afwisseling welke na deze broeierige dag door een opvallend vlug toenemende onweerssfeer in het leven werd geroepen. Ondanks de stapelwolken achter de kathedraalspits, die ik van bij het venster kon zien, gaf de zon zich niet dadelijk gewonnen. De grote hoeveelheid rood in het licht op dit uur ten spijt (een van mijn weetjes uit de tijd toen ik bij de verfilming van een boek van me niet van de set was weg te slaan), was het benauwend wit geworden. Een vals licht, noemde mama het.

De koffie op het terras kon nog net, hoewel de ober discreet tot spoed aanzette. Van wind merkte je niets, het was bladstil. Niettemin vertoonde de doorgaans satijnig kabbelende, met zichtbare snelheid voorbijstromende river Avon een geniepige, onberekenbare bewogenheid, of er beroering onder de watergeesten heerste.

Op hetzelfde moment als de eerste bliksemflits, ginds boven de kathedraal, en de met aanzienlijke vertraging volgende, gigantisch rollende donder, plensden de regendruppels neer, groot als muntstukken van een pond. De bedaardheid waarmee een ieder zich naar de lounge begaf, sommigen met hun bordje en hun kopje in de hand, leek mij echt Engels, hoewel er overigens geen reden was tot paniek in een veilige ark als 'The Rose and Crown'.

In de dining room was Zerlina met de andere meisjes de tafels aan het afruimen, wat hen betrof niet zonder giechelachtige onrust nu het onweer in volle heftigheid woedde. De ober stond er stilzwijgend bij, met mannelijke minachting voor het aanstellerig vrouwengedoe. Een woord was hem de hysterische opwinding niet waard, dat merkte je aan de superieure onthechting waarmede hij zijn waardig officiershoofd wat achterover hield. Het maakte zijn blik op het proletariaat welsprekender maar niet gemakkelijker. Ik stak er mijn hand voor in het vuur dat hij op Thatcher stemde. Kom... Ik mocht geen voorbarig oordeel vellen. Mijn leraar Duits op het lyceum kon er net zo bij staan tijdens het recreatiekwartier, wat niet verhinderde dat hij de meest welwillende van het onderwijzend korps was. Deze stijlvolle horecaman zou trouwens met al dat jongemeisjesvlees vast niet op rozen slapen.

Of ik mijn onaardige gedachten wilde goedmaken, vroeg ik hem of hij een vuurtje voor me had.

'Of course, sir,' antwoordde hij en overhandigde mij een alleraardigste wegwerpaansteker. 'Houdt u hem maar, een geschenk van het huis, sir, voor onze goede klanten.'

Misschien stemde hij toch op Labour, dacht ik.

Toen ik hem vroeg of volgens hem – hij kende de streek, nietwaar – het onweer geen eind aan de mooie zomer zou maken, ontpopte hij zich als een beminnelijk mens, net die strenge leraar Duits van eertijds. Nee, ik hoefde mij geen zorgen te maken. Toeristen kunnen het niet weten, er bestond hier zoiets als een lokaal klimaat. Wat hij, vermoedelijk niet ten onrechte, aan de nabijheid van Salisbury Plain toeschreef. Sommigen geloven het niet, sir, daarom deed hij er meestal het zwijgen toe, wetenschappelijke bewijsstukken kon hij niet overleggen, wie wel? Als een ieder, geboren en getogen in Wiltshire, wist hij nochtans dat dergelijke onweders, zelden door de weather forecast van de BBC voorspeld, je zou nou zeggen, mathematisch exact boven Stonehenge losbarsten. De geleerden lachen erom, of course, maar regelmatig kon je het met je eigen ogen zien. Nu twintig jaar geleden had men ook gelachen met die Amerikaan, kom, een Engelsman die in Amerika doceerde, professor Hawkins. In de tijd dat hijzelf in het vak kwam, had hij hier meermaals gelogeerd. Ik wist het misschien, die gentleman hàd ontdekt dat Stonehenge één enorme computer is. They doubled up with laughter, sir, but he laughs best who laughs last, zei mijn grootvader, geen wijzer man in Wessex, sir. Hijzelf had het boek van mister Hawkins gelezen, voor de gewone man in the street begrijpelijk. Daar hebben die jongens van Oxford en Cambridge een broertje aan dood, dat wist ik wel...

Ik wist het inderdaad, wat hem kennelijk naar het hart ging.

Ja, met Stonehenge had men het laatste nog niet beleefd... Daar heersten vreemde krachten. Zo'n onweder begint zomaar niet toevallig steeds op dezelfde plaats, nietwaar? Mensen die hun mening durfden zeggen, wisten het wel – maar hoeveel zijn er tegenwoordig nog die het durven, sir?

Wij waren het roerend eens. Het was een hartverheffend gesprek.

Er werd een eind aan gemaakt door de juffer van de receptie. Zij kwam mij waarschuwen dat er telefoon voor me was, ze schakelde over op het apparaat in mijn kamer, haast u maar.

Het kon niemand anders dan Emily zijn.

Nee, er was niets speciaals aan de hand. De dokter was langsgekomen, hij had vader een injectie gegeven, het hart begon ernstige tekenen van verzwakking te geven.

De vraag lag mij op de tong waarom men de man niet in vrede liet sterven...? Niet omdat ik ongeduldig was, gewoon omdat ik het met moeder had beleefd. Omdat ik mij haar droeve blik herinnerde die erom smeekte dat men ermee zou ophouden terwijl ze mijn handen in de hare probeerde te drukken.

'Het is allemaal zo vreemd, liefste... Het is of hij niet wil sterven, of hij geduldig op iemand wacht... En dan is hij weer benauwd of opgewonden, niet voor de dood, zou je zeggen... Hij heeft één vriend in het dorp, het is een eenzaam dorp, een eenvoudige man met wie hij regelmatig schaakte. Soms wou hij hem zien, dan moesten we het meisje om hem zenden. Vandaag vroeg hij het weer. De dokter haalde eerder al de schouders op, hij zei het niet, maar je kon aan hem zien dat het geen verschil meer uitmaakt... Daarnet wilde hij opnieuw dat we om zijn vriend zonden. Daarna verslechterde zijn toestand en moest ik de arts roepen... Kom... Ik wil je niet met dergelijke verhalen bezwaren, liefste, ik bel je op om je te horen, niet om over mijn vader te praten. Omdat ik vanmorgen iets dwaas heb gezegd, iets dat je moet vergeten. Ik bedoel... Ik bedoel dat het níet van jou afhangt, Paul, het hangt van mij af, liefste, van mijn kracht als alles voorbij is, mijn kracht om met jou te praten...'

Ik was eroverheen, ik had mijzelf eroverheen getild. Niettemin voelde ik mij opgelucht.

Aan mij hoefde ze niet te denken, ik hield mezelf wel bezig. Evenmin moest ze aarzelen om mij midden in de nacht op te bellen, dan kwam ik onverwijld naar haar toe. Ik had, weet je wel, de pareloester opzettelijk zo geparkeerd dat geen andere auto mij de weg kon versperren.

Onvermijdelijk gaat men zich dingen verbeelden, hoe kan het anders?

Nieuwe elementen waren er niet aan het licht gekomen, zoals het in het nieuwsjournaal heet. In feite bleef alles bij het oude.

Niettemin had ik het gevoel dat er iets in beweging was gekomen.

In de gang van de annexe naar de lounge liep ik tegen Tousseul en Archambault aan, zwaar onder het stof, maar op het laatste nippertje bij het uitstappen uit hun Renaultje door de stortbui besproeid. Ze begrepen dat ze te laat waren voor het diner, ellende met de ontsteking van de doodversleten motor. Enfin, voor één keer zouden ze genoegen nemen met een sandwich.

Vooraf wilden ze grondig douchen, ik zag dat het nodig was, daarna zouden zij het appreciëren zo wij samen iets gebruikten. Of ik over een goed kwartier naar hun kamer kwam?

In een onooglijke grocery hadden ze tussen allerhande rotzooi gesnuffeld en een fles bourgogne op de kop getikt, appellation controlée, een goed jaar, import uit Frankrijk, il faut avoir de la veine. Een bol kaas hadden ze ook meegenomen, Hollandse, zo groot als een competitievoetbal, bij wijn niet gek.

'Très honorable, die kaas,' vond Archambault, 'niet als een camembert die in z'n eentje van de tafel wegwandelt, maar voor Hollanders niet kwaad.'

'Ik verzeker u dat het eerste klas Edammer is,' antwoordde ik, hoewel niet in mijn Lagelandse wiek geschoten, voor de zuivelwaren van mijn noorderburen draag ik geen verantwoordelijkheid. 'Uitstekende kwaliteit.'

'Natuurlijk,' vond Tousseul, 'lekker, Archambault is een chauvinist. Je moet, nom d'un chien, de kaas van onze vriend niet deprecieren.'

Dit kon een waanzinnig gesprek worden.

'Niet míjn kaas, beste meneer Tousseul,' antwoordde ik. 'Edam ligt in Nederland...'

'Nederland? Eerst had u het over Holland...?' opperde Archambault verbaasd.

'Dat is hetzelfde. En ik kom uit Vlaanderen, het noordelijk deel van België; uit Antwerpen, om de puntjes op de i te zetten. Wij spreken Nederlands als de Hollanders, maar met Frans hebben wij minder moeite...'

'Houdt u het ons ten goede,' zei Tousseul, 'met die landen ginds in het noorden zitten wij in de knoop. Ja, *Anvers, un grand port belge*, ik heb het op school uit mijn hoofd moeten leren... Wat is het verschil tussen u en de Hollanders?'

'Daar vraagt u me wat...! Ik nam mij eens voor er een kort stuk over te schrijven. Toen ik na drie dagen bemerkte dat het een encyclopedie werd, ben ik zo verstandig geweest om ermee op te houden.'

'Is het zo enorm, monsieur Deswaen?'

'In alle opzichten... Onder de Bourgondische hertogen hoorden wij een tijdlang bij elkaar. Later werden wij Spaans bezit, waar oorlog van kwam. In 1585 viel Antwerpen in vijandelijke handen, de zaak

brokkelde uit elkaar. Van dat ogenblik af dateren de religieuze en politieke verschillen... En mettertijd de economische, de sociale, de culturele, de psychologische...'
'De psychologische...?' informeerde Archambault geïnteresseerd.
'Vooral de psychologische,' zei ik aarzelend. 'Heeft mogelijk met de volksaard te maken. Ik geloof namelijk in een biologische volksaard. Wat u niet met racisme mag verwarren, een méridional is ánders dan een Picardiër. Toch schrijf ik het hoofdzakelijk aan religieuze oorzaken toe, eeuwenlang calvinisme in Holland, eeuwenlang katholicisme in België. Precies omdat ik een agnosticus ben...'
'Comme nous, d'ailleurs, dat komt leuk uit...' grinnikte Tousseul.
'Precies daarom meen ik scherp het verschil te zien... Eeuwenlang las men in Holland de bijbel, het eind van alles. Bij ons werd hij door de kerk verboden. Mogelijk daarom moest de Vlaming het van zijn verbeelding hebben, hij mocht niet in de bijbel lezen, maar verhalen voor zichzelf verzinnen was een kolfje naar zijn hand. Hierdoor hebben wij meer verbeelding, denk ik, dat was er positief aan...'
Vermoedelijk zou mijn omslachtig exposé menig land- of taalgenoot darmkolieken hebben bezorgd. Mij amuseerde het, terwijl de Fransen onmiskenbaar belangstellend luisterden.
'Jullie bekijken de zaken dus met meer fantasie...' besloot Tousseul nadenkend. 'Moet ik het zo begrijpen?'
'Ik dacht van wel...'
'Het lijkt ons vrij ingewikkeld, monsieur Deswaen...' zei Archambault. 'Erop los theoretiseren is weliswaar een Franse trek, maar ík houd meer van concrete voorbeelden, begrijpt u.'
'Een concreet voorbeeld...? Een échte anekdote is het niet... Kijk... Stelt u zich voor dat in Amsterdam eensklaps een zeker soort van jongeren door het denkbeeld wordt bezield dat het een progressieve daad is in de brievenbussen van de Keizersgracht te plassen. Ginds is dat mogelijk. Een theoreticus om het goed te praten wordt zonder moeite gevonden, de kranten vinden het geweldig...'
'Vous blaguez... U maakt een grapje.'
'Toch niet... Nu ja, het ís natuurlijk een grapje, maar niet absoluut onwaarschijnlijk... Goed... Wat zal er gebeuren?'
'Zij worden door de politie opgepakt...' oordeelde Tousseul.
'Misschien... Hoewel ik met voorspellingen voorzichtig blijf... Er komt herrie. Stukken in de pers, interviews op de radio, publieke debatten in de aula van de universiteit, scheldpartijen in de bruine cafés...'
'Et en attendant on continue à pisser dans les boites à lettres?' vroeg de welopgevoede Tousseul stomverbaasd. 'Dat kan toch niet? Wat zeggen de eigenaars van die brievenbussen?'
'Die vinden ook dat het niet kan, maar wie bewijst dat al die lui van

519

de Keizersgracht en zo geen fascisten zijn, mon cher monsieur?'
'C'est crevant...' lachte Tousseul. 'En daarna...?'
'Ik fantaseer verder... In de Trutje Kaneelshow, een populair programma op de televisie, wordt een wetenschappelijk panel gepresenteerd, waarbij eerst zo'n ongewassen langharige jongen komt demonstreren hoe het hoort. Een decor ad hoc, peperduur, speciaal ontworpen door Hugo Snoek, met alles erop en eraan. Een camera aan de voor-, een camera aan de achterkant van die brievenbus. Schalkse close-ups, een beetje vies, dat geeft een kick. En nu de specialisten, urologen – uiteraard –, psychologen, neukologen, Egyptologen, etnologen, futurologen, sociologen, schizofrenologen, theologen, polemologen. Dat soort. De Amsterdamse bussen blijven droog, een ieder zit te kijken, de hoeren op de Walletjes zijn de kluts kwijt. Nou ja...'
'En het resultaat...' wilde Archambault weten.
'Vrij onduidelijk... Overigens heeft men last met de theoloog, een professor uit Groningen, die zich oppositioneel opstelde. Die uit Nijmegen kon na verloop van tijd wel mee... Maar een ieder heeft zich geamuseerd, daarna komt *Dallas* op de buis. In het journaal van half-elf wordt gemeld dat de epidemie zich na de uitzending schijnt te hebben uitgebreid tot Enschede en Kontjeskapelle in de Bescheurdenerwaard, de kabinetsraad is in vergadering. Een excellentie van de URHRP, de Uiterst Rechts Hervormde Revolutionaire Partij, stelt voor een onderzoekscommissie in het leven te roepen, ginds vindt men niets zo leuk als commissies in het leven te roepen. De behoudsgezinde *Telefoon* juicht het initiatief toe, wat tot gevolg heeft dat progressief *Vrij Holland*, gesticht in '68, het prompt als een louche reactionaire streek omschrijft... Beroemde letterkundigen als Jeroen Pimpelaar, Maarten Levertraan en Carl Jansen nemen het op voor de BVP, de brievenbuspiesers. Toch gaat enig protest niet onopgemerkt voorbij. De dichter en criticus Hans Gatjes stelt de pertinente, uit een diep-Zeeuwse onrust opwellende vraag in hoeverre de gereformeerde pedofielen dit afwijkend gedragspatroon toejuichen, men is al zo intolerant voor idealisten! Rutger Friemelkous, onze meest gelezen auteur, geen roman onder een miljoen exemplaren in één maand, wil geen commentaar kwijt, hij zal observeren hoe de zaak evolueert en welke weerslag zij in de boekhandel vindt. Harder gaat Pruimpje van Krefeld er namens de feministes en lesbiennes tegenaan; zij zal blijven protesteren! Tenzij de regering, uiteraard met rijkssubsidie en aanmoedigingspremies, voortaan brievenbussen aanbeveelt van een speciaal model. Het wordt bestudeerd door de – vrouwelijke – technici van de VVVVVVVV, de Vereniging van Vooruitstrevende Vrouwen van Verschillende Visies en Vrijpreferenties, onder de naam Clitoribox is trouwens een patent aangevraagd. Een tegenvaller was het interview met de filmactrice Wilhelmina van Allemaalrooy, die het klotemansgezeik vond, een

bijzonder vulgair woord, foei, mogelijk Vlaams, dat zij in dat Derde-Wereldlandje oppikte toen zij er eens een film draaide. La Hollande, c'est souvent Clochemerle,' voegde ik er als een hun bekend referentiepunt aan toe. 'De meerderheid van de Nederlanders vindt het ook flauwe kul, maar die mensen worden voortdurend door de progressieve, dus commerciële media de mond gesnoerd...'

'Nu overdrijft u, mon cher, je parie que vous exagérez!' grinnikte Tousseul.

'Lichtjes... "Social fiction" heet dat in Amerika. Maar hoe gek het Fransen moge lijken, in Holland kán het. Gratis drugs, brievenbusplassers, het kan allemaal.'

'Stel u voor, monsieur Deswaen, dat het fenomeen in Antwerpen optreedt...'

'Simple comme bonjour... Zo eenvoudig als wat. De politiecommissaris stuurt er een paar van zijn kloekste mannetjes op af. Die vatten de daders in de kraag en ze gaan voor een nachtje de bajes in. Dat hij in *De Ochtend* in blokletters als een neo-nazi wordt aangeklaagd, bezorgt de man geen onrustige slaap, destijds maakte hij als Nacht-und-Nebelgevangene erger mee!'

'Soms heb ik de indruk dat ook de Engelsen lichtjes getikt zijn...' dacht Archambault.

'Misschien,' opperde ik, 'maar op een vriendelijke manier...'

'Overal kom je rare snuiters tegen,' vond Tousseul, 'neem die kastelein, vanmiddag... Ja, we verkozen een behoorlijke maaltijd boven een hoffelijk onthaal, daarom hebben we die man in Ramsbury nog maar eens de penning gegund. "The Round Table" klinkt zo poëtisch en wij reden nu eenmaal die kant uit wegens een afspraak met een amateurfolklorist in Marlborough, enorm interessante kerel... Zo'n zelfstandige zoeker die beweert dat in de streek bepaalde populaire overleveringen uit de tijd dateren toen de Ridgeway nog in gebruik was. Daar vertellen we u straks meer over... Ja, die kastelein... Zijn waar is prima, daar niet van, maar ik heb nog nooit zo'n achterdochtige schobbejak gezien. En toch ontdooide hij, de blanke pit onder de ruwe bolster, nietwaar...? Ik lachte toen mijn vriend beweerde dat hij ons voor spionnen scheen te houden. Dat was natuurlijk overdreven. Hij wist geen raad met ons Frans... Na enige tijd kon hij zijn nieuwsgierigheid niet meer bedwingen. Italiano? Nee, knikten wij, geen Italiano. Evenmin Spanjaarden, nee. Wij hebben ook onze nationale trots, monsieur Deswaen...'

'De mogelijkheid dat wij Fransen waren scheen voor hem niet te bestaan,' voegde Archambault eraan toe. 'Nou ja, wij komen uit de Midi, wie van Lille is of van Rouen ziet er anders uit, enfin, meestal...'

'Opeens scheen hij het te hebben gevonden. Mogelijk is hij een racist. Niet waarschijnlijk op het Engelse platteland, maar je weet nooit. Israël, zei hij triomfantelijk. Joden! Voor geen van ons beiden een belediging, wat kan het ons schelen? Maar kom, we hebben hem uit zijn onzekerheid verlost. We hadden nauwelijks een paar woorden met hem gewisseld en lieten meteen al ons Engels op hem los. In plaats van hij ons, hebben wij hem de pieren uit de neus gehaald. Ja hoor, van die Ridgeway wist hij wel iets, minder dan zijn grootvader, jammer, maar niettemin... Het was niet eens oninteressant wat hij zich herinnerde van die verhalen uit zijn kindertijd. Aanvankelijk hield hij zich op de vlakte. Hij scheen niet helemaal te geloven dat wij met wetenschappelijke dingen bezig waren. Toen wij onze bandrecorder voor den dag haalden, hem zijn verhalen lieten doen en hij daarna zichzelf kon beluisteren, was het ijs gebroken, hij liep op wolkjes... Ik had de indruk dat hij ons pas nu voor serieuze archeologen hield.'

'Het komt voor dat buitenmensen achterdochtig zijn,' vervolgde Archambault. 'Probeer bij ons maar eens het vertrouwen van een Provençaalse boer te winnen. Praatjes genoeg, hij schudt zo de Van Goghs uit zijn mouw. Maar je komt er in geen duizend jaar achter hoeveel wijnstokken hij er dit jaar heeft bijgeplant. Of waar hij het Romeinse beeldje vandaan heeft dat op zijn keukenschapraai staat te verkommeren. Verkopen doet hij niet, het is een fortuin waard, maar het geld wordt immers toch door de fiscus afgepakt? Hierbij vergeleken bleek onze kastelein een extraverte figuur...'

'In feite wel... Nadat wij hem een drankje hadden aangeboden en hij een kloeke whisky achterover had geslagen, verdween hij naar het achterhuis en kwam terug met een koekjestrommel. Hij bewaarde er wat spullen in die hij in zijn tuin had gevonden of op het veld opgeraapt. Veel zaaks was het niet, neolithische artefacten, een krabbertje en wat aangescherpte silexen. Zijn mond viel open toen wij vertelden waarvoor ze dienden en dat ze duizend jaar ouder dan Stonehenge waren. Enfin, Stonehenge fase drie, zo ver hoefden wij niet in bijzonderheden te treden. Zijn hart ging open toen wij hem vroegen of wij ze mochten fotograferen. Ons indrukwekkend professioneel toestel deed de deur dicht. Wat een idee, zei hij, stom van hem ons voor joden te houden. Ik vroeg me af waarom hij daar in zijn boerekop mee zat. Waarom geen Vuurlanders, geen Eskimo's, geen doodgewone Fransen?'

'Hebt u het hem gevraagd?' lachte ik.

'Dan zou hij vast weer achterdochtig zijn geworden... Zijn inn is een fijne pleisterplaats, voor ons best gelegen, vermoedelijk komen wij er terug. En je eet er goed, belangrijk in een land waar men op de uithangborden nuchter food aankondigt, voedsel, waarom geen voeder, soms scheelt het niet veel. Volgend jaar hopen we met een kleine ploeg aan het graven te gaan. Hij verhuurt kamers, ze kosten bijna niets, de man kan ons belangrijke diensten bewijzen... Maar het blijft een vreemde figuur...'

'Dat portret,' maakte Archambault hem opmerkzaam, 'nog zo'n toestand. Waarom keek hij ineens achterdochtig toen ik de handtekening erop ontcijferde? Wat moet een herbergier met een gesigneerde foto, tenzij van een filmacteur, een voetballer of een popzanger?'

'Mijn vriend is een talentvol amateurdetective,' lachte Tousseul, 'nou ja, voor een archeoloog nogal begrijpelijk, amateurpsychiater kan ook. De vent is natuurlijk bij het leger geweest, aan zijn leeftijd te zien heeft hij vast de oorlog meegemaakt. Hij kan voor een of andere officier een speciale bewondering hebben gehad en hem om een foto hebben gevraagd. De man op het prentje droeg weliswaar geen uniform, maar de militair in burger droop er zó af... Daarentegen is hij vast geen beroemdheid, s'il existe on le saurait...'

'En toch,' hield Archambault hardnekkig vol, 'komt die naam mij bekend voor!'

Terwijl zij met hun gammel Renaultje door het onweder reden, hadden zij er de ganse terugweg lang over gekissebist, ik was er zeker van. Wat zijn manier van doen betreft deed Archambault mij aan Jo denken. Had hij eenmaal iets in zijn hoofd, dan was het er moeilijk uit te krijgen.

'Wat was het voor een naam?' informeerde ik.

'Om hem niet te vergeten heb ik hem dadelijk genoteerd...'

'Onzin!' gromde Tousseul. 'Of de wereld nog niet gek genoeg is.'

De andere haalde een briefje uit het borstzakje van zijn kaki overhemd te voorschijn.

'Sir Oswald Mosley...' spelde hij met een zekere triomf in zijn stem.

'Nom de Dieu!' vloekte ik ontsteld, en achtte het mijzelf verschuldigd er 'godverdomme' aan toe te voegen, een Vlaming verloochent zijn moedertaal niet.

Vloeken is geen gewoonte van me. Mama vond het afschuwelijk en later liet ik het maar.

'Waarom vloekt u, monsieur Deswaen?' vroeg Archambault geïntrigeerd.

'Excuseer,' zei ik gegeneerd, 'ik schrok even.'

'Maakt die naam u aan het schrikken?' verbaasde Tousseul zich.

'Eerlijk gezegd wel...'

'Mogen wij weten waarom? U bent helemaal onder de indruk, monsieur Deswaen!'

Zijn nieuwsgierigheid was de onbevangen reactie van een jonge kerel en ik begreep dat zijn geblaseerdheid van zoëven op een onbesliste kibbelpartij wees.

'Natuurlijk,' zei ik, 'waarom niet? Sir Oswald Mosley was de Engelse fascistenleider. Voor de oorlog... Ik geloof dat hij er ten slotte mee

ophield, vermoedelijk is hij al jaren dood, je hoort niet meer van hem.'
'Ongelooflijk...' zei Archambault. 'Een verrader dus...?'
'Niet écht een verrader... Daar kreeg hij de kans niet toe... Ik heb gelezen dat hij tijdens de oorlog door Churchill werd geïnterneerd. En daarvoor vertoefde hij in de aristocratische kringen, waar hij een adellijke dame trouwde. Ik stel me zo voor dat een Engelsman dan niet zo gemakkelijk zijn land en zijn koning verkoopt. Nou ja, veel weet ik niet over hem, de geschiedenis heeft hem platgewalst. Mijn indruk is dat de man gewoon een fascist was, zo'n mafketel die de pest had aan de democratie.'
'Quel couillon!' zei Tousseul.
'Het zijn altijd klootzakken,' antwoordde ik. 'Maar je zit ermee. Rechtse fascisten, linkse fascisten, ze kunnen voor mij allemaal de pokken krijgen. Wel geloof ik niet dat die snoeshaan met Hitler heeft gekonkelfoezeld, die vond hij waarschijnlijk te vulgair. Ik zou het weten, over die dingen heb ik alles gelezen wat ik te pakken kon krijgen. Misschien met Mussolini. Hun politiek verleden vertoont zekere overeenkomsten. Voor zover ik mij herinner wordt hij niet genoemd in de boeken over Rudolf Hess, van wie bekend is dat hij nogal wat Engelse relaties had. Vandaar trouwens zijn vlucht naar Engeland...'
Waarom dát nu weer...? Waar was het voor nodig?
Geen onzin over toevalligheden, zei ik tot mezelf. Geen flauwe kul over synchroniciteit of zo. Een foto van Mosley betekent in een Engels boerennest niet meer dan een portret van de koningin, van Churchill of zo'n onbenullige, alweer vergeten Beatle. Op zijn manier ook een grijpgraag fascistje. Wat dacht je.

Hoewel door mij geprezen, was de Edammer loodzwaar op mijn maag gevallen.
Ik raakte moeilijk in slaap en daarna lag ik te dromen.
Het was een repeteerdroom. Voor de hoeveelste keer overkwam het mij dat ik mijn vader zag liggen terwijl het bloed tergend langzaam naar het rooster van het riool vloeide? Gelukkig had ik op dit punt een techniek ontwikkeld. Zelfs in mijn slaap zei ik tot mezelf dat het een droom was, niets dan een droom, dat ik dadelijk wakker zou worden.
Ditmaal had ik er moeite mee. Onbewust was ik meer met papa bezig dan ik het mijzelf wilde bekennen. Haast letterlijk dacht ik het vooraleer ik inderdaad ontwaakte.
Ik stond op en nam een flesje tonic uit het koelkastje dat tot de uitrusting van mijn hotelkamer behoorde.
Het hielp voor een poos.
Daarna begon het opnieuw. Het was een opluchting voor me dat papa er ditmaal niet bij betrokken was, wél een andere dode. Ik kon het lijk niet zien. Er stonden mensen rond het bed, hun ruggen bedek-

ten het grootste deel van mijn gezichtsveld. Alleen Emily kon ik zien, bleek en gesloten. De haat op haar aangezicht verlamde mij. Nee... Geen haat, gedistantieerde, ijskoude onverschilligheid waarmee zij de aflijvige dode gadesloeg. Was het een telepathische boodschap? Onmogelijk...! Buiten was het nacht. Op wat ik zag viel daglicht naar binnen. De echte wereld was nog in duisternis gehuld, overlegde mijn droombewustzijn plechtig. Bijgevolg kon het geen telepathie zijn.

Overigens was het beeld van die sterfkamer alweer verdwenen.

Tot mijn verbijstering had het plaats gemaakt voor Jeroen.

Het duurde even vooraleer ik hem herkende. Weliswaar droeg hij het gewone grijze pak waarin hij op het kerkhof rondwandelt. Tegelijk was het ook het imposante veldmaarschalksuniform, waarin Goering zich graag liet fotograferen, helemaal wit, vreemd en geruststellend. Overigens was het kerkhof erbij, hoewel ik Schoonselhof niet herkende. Het bestond uit eindeloze rijen arduinen zerken met een driekleurig Belgisch wapenschildje erop. Als afgebrokkelde tanden in een versleten gebit ontwaarde ik nochtans hier en daar een zwaar beschadigde gedenksteen, uit ruw beton gegoten en, ingeval niet stuk geslagen, een Keltisch kruis erop. Het was duidelijk dat deze er op subtiele gronden bij hoorden, er zou iets fout zijn als zij er niet waren op die desolate soldatenbegraafplaats, eenzaam in de eindeloosheid van de met bomtrechters overdekte IJzervlakte, ik was er zeker van.

Pas nu verbaasde mij het prachtige, van tijd tot tijd briesende paard waarop Jeroen zat, getooid met de versierselen van het koperen faraobeeldje op de enorme schrijftafel van meester Bostijn. Plots stond deze naast me. Wat vroeg ik? Dat paard? Het paard van sir Oswald Mosley natuurlijk! Wist ik het niet? Een fascistisch paard, hoewel van edel ras. En ik mocht niet vergeten hem Bastiaan te noemen, zoals bij testament was vastgelegd. Was hij niet mijns vaders broeder?

Wat deed Jeroen in 's hemelsnaam op dat gekke dier? Waarom stonden Jo en Fred er als schildwachten stroef in de houding bij? Waarom hield Molletje de teugel vast terwijl hij de kennelijk onverschillige hengst een van zijn verhaaltjes scheen op te dissen? Waarom besteedde niemand aandacht aan het lieve danseresje Rika? Zag zij er niet schattig uit in haar klassiek ballerinatutu'tje? Waarom wilde niemand van de ijsco's weten die zij dapper aan de man probeerde te brengen met tussendoor zo nu en dan een glissade of elegante pirouette?

Natuurlijk waren het overbodige vragen.

Waarom had ik het niet dadelijk begrepen?

Het was duidelijk. Jeroen sprak zijn troepen toe zoals het een veldmaarschalk betaamde. Een Franse veldmaarschalk nog wel, ik hoorde iets als veertig eeuwen geschiedenis kijken op u neer en vrijheid, gelijkheid, broederlijkheid, zo van die dingen. Of zou het een geintje van

Molletje zijn, hij wilde immers historicus worden?
 Neenee, Jeroen sprak zijn troepen toe, troepen van doden, duizenden doden, gestorven onder de bommen, voor de executiepelotons, in de gaskamers. Welgeteld tweeëndertigduizend doden hier, Jo had er speciaal voor naar de administratie gebeld. We maken er een rond getal van, dertigduizend, vond hij. Dat is gemakkelijker voor de kansberekening, op een paar doden komt het tegenwoordig niet meer aan. Tweeduizend mínder, dat is eens wat anders.
 Ik kon de kerkhofbewaker horen, daar niet van. Het was evenwel of stilaan zijn taal zich van mij verwijderde; het dopplereffect, heb ik eens gelezen, hoewel in een boek over sterrenkunde. Ofschoon ík hem minder en minder begreep, luisterden de omstaanders voorlopig aandachtig. Mina keek bewonderend naar haar knappe man.
 Zijn woorden werden knikkend door meneer Stalmans beaamd. Hé! Het was meneer Stalmans niet, ik dacht eerst dat het meneer Stalmans was. Mijn hart wipte op van vreugde, het was Peter van Keulen, mijn beste vriend! Voor ik naar hem toe kon lopen, sprongen de tranen in mijn ogen; het was ook Peter niet. Het was pastoor Van Hemeldonck in zijn slobberig clergymanpak, ik zag het aan het zilveren kruisje op zijn revers, hij kwam net met Anton en Miriam aan. Vermoedelijk was het carnaval, want Miriam had zich als haremdanseresje verkleed, haar borstjes waren naakt, met uitdagende chocoladebruine tepeltjes. Geen mens nam er aanstoot aan, zo zijn wij in Antwerpen. Het grind kraakte afschuwelijk. Het waren Titia en Victor, zij hadden met de taxi op weg naar de luchthaven in de file gestaan en dan was er een joodse meneer die onwel werd, de piloot gaf er de voorkeur aan even te wachten vooraleer op te stijgen. Wegens dat grind liepen zij op hun tenen en ze drukten de hand van de kapelaan uit Freds dorp. Die was de enige wiens stem ik voldoende duidelijk kon horen. Het is wel volop dag, maar tegenwoordig ben je van niets meer zeker, stel je voor dat, floep, de elektriciteit uitvalt. Geef mij maar de lampe belge van mijn grootje in haar hutje op de purperen heide tussen het groen van de acacia's, waar nu die discobar is. De kans is gering, antwoordde Victor met zijn mooie acteursstem, ik begreep dat het kruisje in het broekje van de jonge Titia er vochtig van werd. Ik liet het door mijn boekhouding op de zaak uitzoeken, één kans op eenentwintig miljard, het klopt met Jo's computer, praktisch hoef je er geen rekening mee te houden. Dat zeg je wel, meesmuilde Hubert, ik stond daar in elk geval in het donker, vraag het aan Lucia. Wat begin je dan met Goethe en een publiek dat plat gaat van het lachen?
 Jaja, zulke dingen gebeuren, beaamde een heertje wat mijn collega zei. Het was een ondermaats kleine man met rossig lang haar. Net een te kort uitgevallen tenortje om in *La Bohème* op te treden, dacht ik. Hubert vindt het vast ook. Hij vertelde mij dat hij voor de oorlog Joseph

Schmidt nog als Rodolphe heeft gezien in de Vlaamse Opera, had me die kabouter een stem, je werd er koud van! Nu begrijp ik waarom hij dat rare negentiende-eeuwse pak draagt: zo stelde men zich een dichter voor die de hand van zijn buurmeisje warmt, *che gelida manina*, nee, *wie eiskalt is dies Händchen* zal het geweest zijn wat Hubert hoorde. Waarom kan ik geen telefoonnummer, geen poëtisch citaat, maar wel ganse brokken opera onthouden? Eén kans op eenentwintig miljard is lang niet gek, voegde de vermeende zanger eraan toe. Anders heeft het overigens geen zin om aan synchroniciteit te denken. Toen ik destijds met spiritisme bezig was, vroeg ik mij af of die dingen niet met wiskunde te maken hadden in plaats van met geesten of zo. Ja, ik heb in Bologna gestudeerd, niet lang, nee. Mijn prof hogere wiskunde was een jezuïet, een keurig man. Wat de toekomstige artsen onder mijn gehoor met die mathematica moeten, weet ik ook niet, lachte hij, maar kom, het is meegenomen. Hij stond bekend als de grootste mathematicus in de wereld, hoewel zijn oversten vonden dat hij er niet mee hoefde uit te pakken, wat hij trouwens niet deed. Soms zinspeelde hij stiekem op de occulte wetenschappen, hij zei het niet, maar ik wist dat hij ze met zijn vak in verband bracht. Hij was een jaar of veertig, maar helemaal grijs. Een van de pedels beweerde dat hij hem pikzwart had gekend, toen kon je zijn tonsuur beter zien. Ineens was hij op een morgen volledig wit en lijkbleek uit zijn kamer gekomen, waar de ganse nacht de lamp had gebrand en de schoonmaakster een boel volgekrabbelde velletjes roze glacépapier vond. Het gerucht deed de ronde dat hij die nacht met een onbekend stelsel van polygonale reeksen van infinitesimaalgetallen bezig was geweest, die hem de wáre aard van God hadden geopenbaard. Op zekere dag werd ons medegedeeld dat hij dood was, maar sommigen beweerden dat hij in werkelijkheid met een Engelse toeriste was weggelopen, een zekere lady Moor. Als je het mij vraagt, ik denk dat het hem na die nacht van zijn berekeningen allemaal niet meer kon schelen. Jaja. Díe had vast raad geweten met ons probleem, zei Kristien. Nou, polygonale reeksen infinitesimaalgetallen. Dat eet je met vork en mes. En met een servetje. Een mens kan wat meemaken, beaamde Mina, vraag het maar aan Oma, die zo'n lang leven achter de rug heeft. Soms net een detectiveroman, vond Klaartje Verschaeren.

Ach, meisjes, leer als ik de dingen van de zonnige, van de eenvoudigste kant te bekijken, opperde pater Hans. En zo nu en dan vriendelijk zijn voor de anderen, nietwaar meneer Salomons? Zeker, zeker, beaamde de boekhandelaar, vriendelijk hoor je altijd te zijn, wat men je ook heeft aangedaan, het stokpaardje van mijn vriend rabbijn De Vries. Niettemin voeg ik eraan toe – hij lacht erom – dat je naar Wenen moet telefoneren als het zo uitkomt, al te goed is half gek, zo zie ik het als voetballer. Vooral kinderen moet je ontzien, zei een statige grijsaard, vermoedelijk een oud-militair. Kinderen die altijd onschuldig zijn, kinderen die nooit iemand kwaad hebben gedaan. Tot mijn verbijstering leek hij sprekend op Klaas-de-Gek, ofschoon zonder diens waanzinnige blik. Ik verbeeldde mij maar wat, had ik zoëven Van Hemeldonck niet voor Peter van Keulen gehouden?

'Het is een schande,' kwam Lucia ineens verontwaardigd uit de hoek. 'Die brave Jeroen maar van katoen geven. En wij staan te kletsen, geen mens luistert naar wat hij zegt, zo'n onverschilligheid, er zijn geen woorden voor! En precies nu de minister van cultuur wordt verwacht! Hij komt met zijn privé-helikopter, hij heeft vast beloofd dat de doelverdediger van het nationale elftal bij hem zal zijn, die leuke man met zijn blonde krullen, hij is een van de Marx Brothers, meneer Salomons heeft in zijn jeugd met hem tegen Venezuela gespeeld, dat is een grote eer!'

'Reken maar!' zei Molletje en stak een vuurrode tong uit, net een kameleon.

Allen keken schuldbewust naar de kerkhofbewaker.

Waar was zijn hengst naar toe? Hij trok het zich niet aan en had op een van de grafmonumenten post gevat. Hoe was ik op dat soldatenkerkhof gekomen? Geen kwestie van een soldatenkerkhof! Wij bevonden ons op het Erepark, vraag het aan Anton, dát was de plaats van samenkomst. Als het om een dode gaat, is er altijd een plaats van samenkomst, ook in Ramsbury, veronderstel ik.

Ja hoor! Jeroen was duidelijk van zins om zijn toespraak af te maken.

Hij keek vrij onrustig om zich heen. Plankenkoorts was hem kennelijk niet vreemd. Hij stelde zich nutteloos bloot aan stress, dom van zo'n wijze man. Een nervous break-down komt vlugger dan je denkt!

Opgelucht bemerkte ik dat hij bepaalde voorzorgen had genomen. Achter een pokdalige, levensgrote marmeren engel met uitgespreide vleugels stond Roel al klaar, voorzien van al het nodige om voor souffleur te spelen, hij dacht aan alles.

Natuurlijk zou zijn tussenkomst overbodig zijn.

'Ik zeg u voorwaar,' begon mijn oude vriend, die zijn pet aan de stenen vlam van een decoratieve flambouw had opgehangen, guitig over de gehalveerde glazen keek en bedaard zijn brilletje rechtzette. 'Ja, ik zeg u voorwaar, gij allen, mijn dierbare broeders en zusters: bij Diodoros van Sicilië en Hecateus van Milete staat het geschreven. Vlak tegenover het land der Kelten ligt een eiland in de Oceaan, niet kleiner dan Sicilië, dat zich naar het noorden uitstrekt en door de Hyperboreeërs wordt bewoond...'

Hij aarzelde en keek smekend naar Roel, die schichtig in een boek stond te bladeren, ik herkende *De Zwanen van Stonehenge*, bijzonder slim dat hij eraan had gedacht. Niettemin maakte hij zich verschrikkelijk zenuwachtig en keek toen gelaten op. Uit zijn gebaren concludeerde ik dat hij Jeroen beduidde verder van alle oratorische franje af te zien, zich tot het belangrijkste te beperken. Hij zou hem nauwkeurig voorzeggen hoe het hoorde, ja, hier stond het, daarom zwaaide hij kinderlijk blij met een roze velletje glacépapier dat hij tussen de pagina's van het dikke boek had gevonden.

Zelf scheen hij moeite te hebben om het stuk te ontcijferen. Ik hoopte vurig dat het hem niet lukte. Het gaf geen pas dat Jeroen, door Roel voorgezegd, dat klotegedicht zou declameren. Immers, zodoende zou hij het plechtig eerbetoon op Pieter-Frans' graf naar een regelrechte hilariteit loodsen, overstemd door gefluit en gejoel, als voor een ladderzat of gedrogeerd pop-idool.

Ondertussen stond Jo voortdurend zijn bril op en af te zetten. Het zweet gutste over zijn gezicht, terwijl hij hoopvol naar de lucht keek, kwam die helikopter van de minister maar!

Tot mijn enorme opluchting zag ik Roel het briefje verfrommelen. Net als de rooie burgemeester van Steenhage stopte hij het nonchalant in zijn broekzak. Dat was verstandiger, hij zegde Jeroen voor. Ik stond te ver om te horen wat. Geen nood evenwel, tot mijn verbazing kon ik elk woord van zijn getuite lippen aflezen, Emily had mij meermaals gezegd dat ik mezelf schromelijk onderschat.

'Denk aan Simeon Perlmutter,' zei hij, de lettergrepen van elkaar gescheiden. 'Heathrow! Heathrow, Heathrow, Heathrow... Verdomme, luister je niet? Heathrow!'

Jeroen dacht diep na. Toen schudde hij nurks zijn kale hoofd.

'Nee,' zei hij boos, 'geen kwestie van Heathrow, ben je gek. Nooit van een Perlmutter gehoord. De Goldmunzen, de Festenbergs, de Komkommers en zo, die kent iedereen in Antwerpen. Perlmutter kent niemand. S'il existe on le saurait, vraag het aan Tousseul en Archambault, die weten álles. Allemaal flauwe kul.'

Hij ademde diep, als een duiker die de sprong van de hoogste plank waagt. 'Ja, ik zeg u voorwaar: het is flauwe kul, naar een journalist luister je beter niet, die maakt je van alles wijs. Een negenoog is een typische armemensenkwaal uit mijn jonge jaren. Bracke of zijn negenoog moet je niet in Engeland zoeken!'

Iedereen juichte luidkeels terwijl mijn hart als bezeten ging bonzen.

Er was een geheim en ik kwam er heel dicht bij. Je brandt, riepen wij in onze kindertijd als we een raadselspelletje deden, je brandt!

Een enorme gloed rees boven het Erepark, boven gans het kerkhof op.

'Sodom en Gomorra,' riep Miriam ontsteld, en ze verborg haar borstjes met haar handen, 'was ik maar niet uit de dienst weggebleven!'

Rika deelde nog gauw haar ijsjes uit, betalen was niet nodig.

Er dreunden ritmische stappen van Duitse laarzen, de ss kwam er aan!

Meneer Salomons had zich als een profeet vermomd, ik zag het, hij was vermoedelijk door Anton geëngageerd om in een film voor Mozes te spelen, daar had de pelterijenhandelaar wel wat geld voor over. Hij stond hoog op een grafsteen en maakte met gespreide armen een pathetisch gebaar naar de onbekende godheid, ginds in de hemel.

Een plaaggeest drukt een sigaret tegen een kinderballon.

Het beeld spat uiteen.

In het donker bleef Jeroens stem nagalmen.

Het was een tijdloze stem, een machtige stem in een echokamer, steeds voller, steeds breder, de stem van een bovenmenselijk wezen.

Ik trok de ogen open, hoorde dat het niet meer regende.

Door het venster zag ik de lucht. Het was, ondanks hier en daar nog een ster, niet meer volledig een nachthemel. Mogelijk sluimerde ik weer even in? Het duurde verbazend kort vooraleer teerroze de zomermorgen aan het zwerk verscheen, zei ik bij mezelf, ik moest er plots om lachen, zo zou Pieter-Frans het hebben geschreven.

Ik stond op, nam een ijskoude douche, kleedde mij aan, liep naar buiten, veegde met mijn schone zakdoek een van de terrasstoelen droog en ging bij het doorzichtige water zitten waarin de planten meegaand de stromende beweging volgden.

Als op weg van eeuwigheid naar eeuwigheid dreven op de rivier van Stonehenge de eerste witte zwanen van de dag statig voorbij.

Ik wist het.

Dromen zijn bedrog; wat Jeroen had gezegd was vermoedelijk fout.

Ik wist dat er iets zou gebeuren, nee, niet wegens die droom, ik ben niet bijgelovig.

Niet wegens die dwaze droom. Gewoon zomaar.

Omdat ik er zeker van was.

Daarom.

DRIEËNTWINTIGSTE HOOFDSTUK

Mildred, zus van Emily. Een lastig heerschap. Werking van het geheugen. Noodzaak van notities, die Paul tot dromen aanzetten. Wat men met mister Smith's blazoen kan. Maakt Paul het te gek? Solstitium op Stonehenge. Er schijnt eindelijk iets duidelijk te worden.

Ik was klaar met het ontbijt en wilde een pijp stoppen toen Zerlina mij kwam waarschuwen. Sinds gisteravond wist ik dat zij Maud heette, zo had ik haar door de ober horen noemen. Ik hield het bij Zerlina, dat was nu eenmaal de naam die ik haar spontaan had gegeven.

Er is een mevrouw die u wil spreken, sir... Nee, niet de mevrouw waarmee u eergisteravond dineerde. Zonder krampachtige tact mocht zij het rustig zo noemen. Natuurlijk, wij hádden samen gedineerd. Als zij er verder het hare van dacht, vergiste zij zich evenmin, kennelijk gunde ze het mij. Zij had die mevrouw gezegd dat ik nog aan het breakfast zat, lang zou het niet duren, zij herinnerde zich dat ik geen derde kop koffie had gewild. De bezoekster wachtte in de lounge.

Met een omwegje langs het terras haastte ik mij naar mijn kamer, waar ik mij opfriste en een kam door mijn haar haalde. In de vroegte had ik al een paar uur in de weliswaar niet brandende maar toch warme zon zitten lezen. Voor de spiegel van de wastafel stond ik mij af te vragen wat er aan de hand kon zijn. Buiten Emily en – heel oppervlakkig – de bibliothecaresse van de Municipal Library kende ik geen dames in Engeland.

Waarom wist ik niet. Onwillekeurig wierp ik een blik op de parking van het hotel waar ik door de gang langs moest. Er was niets ongewoons aan, telkens als ik een van de langwerpige vensters passeerde, wisselde ik een knipoogje met de pareloester, die zich stond af te vragen wanneer wij er weer samen opuit trokken. Ditmaal zag ik vlak ernaast een deftige zwarte Bentley gestationeerd. Een auto waar je u tegen zegt, zou Jo het noemen, om daarna met getal en uitleg te demonstreren hoe verstandig het van hem was zijn veel handiger paarse 2 PK te verkiezen waarvoor elke tegenligger voorzichtigheidshalve dicht bij de rechterkant van de weg bleef. Had Zerlina op een meneer gezinspeeld, dan zou ik aan de Londense uitgever denken die vorig jaar mijn Arthur-boek in het Engels had gepubliceerd. Ik kende alleen de familiaal klinkende firmanaam, mijn agent had alles geregeld. Het was geen haarkloverij als ik de eventualiteit van een uitgeefster incalculeerde. Maar uitgever of uitgeefster, het kleine verschilletje deed er niet toe, in geen van beide gevallen wist de betrokkene dat ik in Salisbury, zelfs waar om het even in Engeland rondhing.

Ik schrapte de uitgever-uitgeefster, zonder hen zelfs door het geslachtloze publisher te vervangen. Dadelijk zou het raadsel zijn opgelost. Afgezien van de statige Bentley had ik geen ongewone wagen opgemerkt. Ik bedoel een politievoertuig, bestuurd door een vrouwelijke officier die mij een proces-verbaal kwam presenteren voor een argeloos bedreven verkeersovertreding. Met dat ongelukkige, psychologisch inadequate systeem van het links rijden, nog een vorm van Britse gekte, weet je het maar nooit. Voor zover ik Zerlina meende te kennen geloof ik niet dat zij het over een mevrouw en niet over een politieagente zou hebben gehad, ik bedoel het technisch, niet sociologisch. Was het mogelijk dat zij zich ondanks alles vergiste? Had het lieve kind wel zo goed gekeken als zij het zich voorstelde? Kon zij zich de gelaatstrekken van alle vrouwelijke klanten in het hoofd prenten? Als het nu toch Emily was met de wagen van mammy?

Indien het meisje zich had vergist, ik bedoel: als zij inderdaad het bezoek van Emily had aangekondigd in plaats van de zekerheid waarmee zij insisteerde dat het om een ándere dame ging, níet die met wie ik had gedineerd, dan had ik haar noodgedwongen de vergissing moeten vergeven.

In feite moest Zerlina met haar observatievermogen worden gefeliciteerd.

Ongetwijfeld was voor een buitenstaander de gelijkenis absoluut, niet voor mij, die Emily zo goed kende.

De bezoekster was wat zwaarder gebouwd, ternauwernood, misschien alleen voor wie Emily's ranke lichaam met een zo innige aandacht als de mijne in de armen had gehouden. Ik hield rekening met de lage hakken van haar wandelschoenen, waardoor ik besefte dat zij iets groter moest zijn, terwijl ik haar enkele jaren ouder raamde. Zodra ik haar zag, wist ik wie zij was.

Zij stond met een sportief sprongetje op uit haar diepe zetel en stak mij de hand toe. Ik vroeg mij af of dat wel Engels was, althans bij een allereerste ontmoeting. Had Emily ons die eerste avond in 'De blauwe Ganze' een handje gegeven?

'Mister Deswaen, I presume?' vroeg zij en proestte het op een beschaafde manier uit.

Blijkbaar kende zij het grapje over de ontmoeting van Stanley met dominee Livingstone in het hartje van Afrika, waar dagen in het rond geen andere blanke was gesignaleerd. Vrouwen met zin voor humor wekken onweerstaanbaar mijn waardering op.

'Inderdaad, die ben ik,' antwoordde ik. 'Mijn naam is Paul Deswaen. Ik kom uit Antwerpen.' Hoe stond het met haar geografie? 'Flanders, Belgium,' voegde ik eraan toe.

'Ik heet Mildred. Mildred Norman de Vere. Ik ben de zuster van Emily, how do you do?'

'Fijn,' antwoordde ik, 'blij met u kennis te maken.'

Ik bedoelde 'u', maar ik zei 'je', in het Engels kun je nu eenmaal niet anders, misschien zit daarin wel het geheim van de Britse democratie.

'Noem mij Mildred,' glimlachte zij, 'dan zeg ik Paul, redenen genoeg om het te doen, dacht ik... Emily zendt mij naar je toe, je moet veel groeten van haar hebben. Zelfs een zoen! Maar dat vind ik, eerlijk gezegd, wat vroeg...'

'Voor mij kan het best,' schertste ik. 'Als Emily het absoluut wil...'

'Alles op tijd en stond,' antwoordde zij geamuseerd. 'Je beleeft nog de gekste dingen met de meisjes De Vere. Ik drong erop aan dat zij zélf zou gaan. Het was háár waakbeurt, vond zij, ik had al dagen genoeg bij het ziekbed gezeten...'

'Dat begrijp ik... Maar was dat heus de enige reden?' tastte ik.

Wij waren naar het terras bij de rivier gegaan en hadden er plaats genomen onder een wit en blauw gestreepte zonnetent. De koffie werd door Zerlina gebracht. Zo er in haar mooi achterhoofdje enige twijfel aan de ernst van mijn levenswandel mocht ontstaan, liet ze het in elk geval niet blijken.

'De enige reden...? Als ik ja zei, zou je het vermoedelijk niet geloven?'

Zij kruiste de benen, niet minder mooi dan die van Emily, hoewel iets gespierder, de benen van een gezonde, getrainde vrouw.

'Nee, ik zou het niet geloven,' gaf ik toe. 'Waarachtig niet!'

'Laten wij elkaar goed aankijken,' hernam zij met moederlijke vrijmoedigheid. 'Laten wij er een prettige, ongecompliceerde ontmoeting van maken. Jij bent het dus die mijn kleine zusje heeft verleid?'

'Als je het zo wenst te noemen, ja. Ze heeft overigens vlijtig meegewerkt.'

'Dat kan ik mij voorstellen. Wanneer ze er eenmaal mee begint, doet ze de dingen nooit half. Zo zijn wij. Emily's karakter en het mijne schelen niet zoveel van elkaar. Bijgevolg begrijp je dat ik geen omwegen maak en recht op mijn doel afga. Wat zijn je plannen? Met mijn zusje, uiteraard.'

Wij keken elkaar onbevangen aan, mensen die zich eensklaps ervan bewust zijn dat het leven met hen beiden is bezig geweest. Er ging niets uitdagends van haar uit, integendeel. Deze mooie, gezonde dame, iets minder etherisch, iets minder kwikzilverachtig dan Emily, oefende een weldadig geruststellende invloed op mij uit, hoewel haar komst mij aanvankelijk aan het schrikken had gemaakt. Zij meende het serieus. Alleen wist ik niet wat!

533

Men beschouwe het als een subtiele, ingewikkelde gedachtengang. Een eerbare, kuise gedachtengang om het ouderwets uit te drukken, kalm, objectief en los van elke begeerte. Ook een vrouw als zij had ik kunnen liefhebben. Niet met de gevleugelde vertedering waarmee Emily, de Grote Enige, mij vervulde, dat bedoelde ik niet. Wel met de oprechtheid en de dankbaarheid waarop heel wat gelukkige huwelijken berusten, bij voorbeeld dat van Roel en Clara, dacht ik.

Geen zweem van ontrouw zette mij tot deze overweging aan. Het was een afstandelijke beschouwing, die op de broederlijke sympathie berustte waarmee het zusje van mijn beminde mij vervulde.

Ik was er zeker van dat zij zich bewust was van wat ik dacht en mijn gevoelens beantwoordde.

Ergens was het de ontmoeting van een man en een vrouw, een factor die wij onszelf niet hoefden te verzwijgen. Wij wisten dat de ontmoeting van de twee mensen die wij waren oneindig veel belangrijker was. Was zij de zuster die ik nooit had bezeten, doch waar ik steeds onbewust naar had verlangd?

'Mijn plannen?' glimlachte ik ontspannen. 'Emily en ik zijn voor elkaar geboren. Aan deze voorbestemming zullen wij gehoor lenen, zo eenvoudig is dat... Maar vertel eens, Mildred... Als ik je zo hoor, is het of Emily je heeft opgedragen een onderzoek naar mijn bedoelingen in te stellen?'

Eensklaps had ik die nare indruk. Ik diende er onmiddellijk schoon schip mee te maken, anders dreigde mijn luchtig ingezette scherts tot ernst te stollen.

'Geen sprake van, hoe kom je erbij, Paul...? Sorry... Ik ben net zo eigenzinnig als mijn zus... Op de manier van een wat oudere vrouw die al kinderen heeft, ontzaglijk om haar bekommerd en daarenboven onvergeeflijk nieuwsgierig is. Ik ontken niet dat ik blij ben om de ernst van je inzichten, Paul. Er zijn namelijk mensen die zich te gemakkelijk door bijkomstigheden van elkaar laten verwijderen. Díe richting is het die mijn gedachten uitgingen...'

'Neem je het mij kwalijk, Mildred, als ik je zeg dat ik langzamerhand aan het doorslaggevend belang van die beurtrol in de ziekenkamer begin te twijfelen?' informeerde ik zonder omweg.

'Nee,' antwoordde zij ernstig en openhartig. 'Waarom zou ik het je kwalijk nemen? Ik néém het je niet kwalijk. Emily had net zo goed zelf kunnen komen, oplossingen vindt men altijd. Vaders toestand is zo dat het geen verschil uitmaakt wie hem oppast. Trouwens, de verpleegster is teruggekeerd, in een moment van zwakte was zij weggelopen. Een gediplomeerde nurse loopt niet weg van een stervende, huldede zij. Zij was dankbaar dat wij haar reflex konden begrijpen... Ronduit gezegd, ik was verbaasd dat hij de morgen haalde. Moeilijkheden maakt hij niet meer. Gisteren dacht ik dat het spuitje voor zijn hart het einde betekende... Misschien zelfs dat het een spuitje der genade was...'

Er was iets vreemds. Soms had ik het ook bij Emily gemerkt, ofschoon aanzienlijk minder uitgesproken. Kon men haar woorden op verschillende wijzen opvatten?

'Ik heb enige moeite om je te begrijpen,' zei ik rustig. 'Het is ook gebeurd dat ik Emily niet begreep...' Ik zag dat zij instemmend knikte. 'Vermoedelijk heeft mijn reactie geen belang... Het betreft een idee, een voorbeeld dat me al vroeger is ingevallen, het komt op een vergelijking neer. Heeft Emily je verteld dat ik een specialist ben in zonderlinge verhalen? Mogelijk niet kwaad dat je er meteen aan went. Meermaals dacht ik aan een gebeurtenis uit mijn schooltijd. Onze leraar wiskunde had ons voor het kerstverlof een portie afschuwelijk moeilijke algebraïsche thema's opgegeven. Er was er één waar ik zonder resultaat de ganse vakantie mee bezig was. Ik wist dat mijn kameraden druk over dergelijke dingen met elkaar telefoneerden. Wij hadden thuis geen telefoon en ik wilde zelf mijn boontjes doppen, zo'n trotse aap was ik. Telkens begon ik opnieuw, vruchteloos. Ik was boos en ellendig, en gaf het ten slotte op. Ik had de knapste wiskundige bol van de klas ontmoet, een betrouwbare jongen, die me bekende dat hij er evenmin weg mee wist. In het eerste uur algebra na nieuwjaar zegt me die wiskundeboer langs zijn neus weg: natuurlijk hebben jullie die drukfout gemerkt, in de derde opgave ontbreekt het belangrijkste gegeven. Ik vergat jullie te waarschuwen... Nu denk je vast, Mildred: die man is gek, wat moet hij met zo'n onbenullige jeugdherinnering...?'

Stilzwijgend keek zij mij van boven haar kopje aan.

'Hoegenaamd niet... Nee, niet omdat ikzelf wiskunde doceer in een College of Education van het graafschap. Je ziet dat wij geleerde meisjes zijn bij de Norman de Veres... Niet daarom. Ik geloof dat ik je begrijp, maar ik hoor het je graag zelf zeggen.'

'Ik ken Emily een maand of twee... Alles is goed tussen ons, ik durf te zeggen dat wij het ideale paar vormen. Er ontbreekt mij evenwel iets. Een gegeven. Net als bij dat algebraïsche probleem. Ik weet weinig van Emily's, van jullie familiale achtergrond af. Wat ik weet, heb ik zelf stukje bij beetje moeten opbouwen. Kom, dát heeft geen belang, ik houd van haar om wíe ze is, niet om wát ze is... Er is iets anders waar ik mee in de knoop zit. Jullie zijn beiden ontzettend lieve vrouwen, laat mij het maar openhartig zeggen, Emily maar ook jij, Mildred, vrouwen om van te houden, intellectuelen, eenvoudig, geen aanstelsters. Ook wat jou betreft geloof ik niet dat ik idealiseer. Wanneer jullie het evenwel over jullie vader hebben, jullie vader die op sterven ligt, Mildred, heb ik de indruk...'

'Dat wij harteloos zijn...' vulde ze bedaard aan.

'Niet zo drastisch. God, nee... Maar wel ongeveer...' bekende ik.

'Ik begrijp het. Voor jou is die vader van ons het ontbrekend gegeven?'

'Zo kun je het zien... Emily deed mij het verhaal over die naam van jullie, een naam langs moederszijde, niet de zijne, anders zouden jullie Smith heten. Tenzij het in Engeland gewoon zou zijn, geef je wellicht toe dat het vreemd is...'

'Ook daarom heeft Emily mij gestuurd, Paul, precies daarom heeft ze mij gestuurd... Ik ben ouder dan zij – niet veel! – maar het viel nu eenmaal zo uit dat mammy mij reeds vroeg als oudste dochter uitvoeriger in vertrouwen nam...'

'Ik vergis me dus niet?' reageerde ik verrast.

'Nee. Ik wist van tevoren dat vader het ontbrekende gegeven voor je is... Mogelijk gebeurde het dat onze houding niet was goed te praten... Harteloos zijn we geen van beiden, geloof me!' zuchtte zij, haar ogen in de mijne.

'Wat scheelt je vader?' vroeg ik. 'Afgezien van zijn ziekte...'

'Een lang, deplorabel verhaal... Ik zal het zo kort mogelijk maken...'

'Dat zeggen de personages uit mijn romans ook,' lachte ik, 'vooral als ik van tevoren weet dat er een ingewikkelde uiteenzetting volgt!'

'Ik hoop dat je over vrolijker dingen schrijft, Paul... Goed. Mijn vader. Het is een tic van ons "mijn" vader, niet "onze" vader te zeggen, alsof nare dingen erdoor worden gehalveerd... Mijn vader dus. Je had het over die naam. In dit land gebeuren dergelijke dingen inderdaad. Mijn moeder stamt uit een oud geslacht, waarschijnlijk weet je het?'

'Een adellijk geslacht, zeg het maar. Emily vertelde mij over dat juridisch geknutsel, ten slotte die naamsverandering voor jullie beiden...'

'Mooi, dat slaan we over... Vertelde zij wanneer het gebeurde?'

'Niet precies... Heeft het belang?'

'Beslist! Wij waren geen kleuters meer... Ik was zeventien, mijn zusje vijftien.'

'Zo laat? Zo plots...?'

'Zo laat... En inderdaad zo plots... Wij waren brave, onschuldige jonge meisjes, Paul, de onzin van the roaring sixties, de Beatles en al die flauwe kul waren voor ons onopgemerkt voorbijgegaan, op kostschool, in Ramsbury... Ook mijn kinderen zal ik tegen de vulgariteit, het cretinisme proberen te beschermen, niet altijd een licht karwei... Goed, dat is een ander verhaal. Mogelijk was het aan onze naïefheid te wijten. Pas toen moeder alles op haren en snaren begon te zetten om die naamsverandering erdoor te drukken, ging ik over bepaalde toestanden nadenken... Hoe onschuldig ook, mijn zusje was geestelijk rijp voor haar leeftijd, ik kon er met haar op voet van gelijkheid over praten. Omstreeks die tijd begonnen wij in te zien dat mammy's huwelijk een mislukking was...'

'En je vader?' informeerde ik. 'Waarom... Waarom die geheimzinnigheid?'
Ik vreesde dat ook zij hem buiten de conversatie zou laten, op den duur leek het een afwijking van beide zusjes. Dit keer vergiste ik mij, het was niet haar bedoeling.
'Van vader heb ik nooit hoogte gekregen, Emily trouwens evenmin... Er bestaat een wat humoristische familiemythe dat mammy vrij laat in het huwelijk was getreden. Op het laatste nippertje, schertst zijzelf.'
'Dat vertelde Emily mij ook.'
'Op dit punt heeft mammy steeds overdreven, dat doet zij vaker! Zij was een jaar of vierentwintig. Ik was vijfentwintig toen ik trouwde, zo zie je maar...'
'Waarom dan die... die overlevering...?' lachte ik.
'Ach, weet je... Zij leefde met haar ouders in Ramsbury, op de kaart bekeken leuk gelegen, in werkelijkheid zowat de rand van de wereld. Mondaine toestanden zaten er niet in, schouwburgen, concertzalen en zulke dingen vind je niet in de omgeving... Het enige was een partijtje bij een of andere familie die er in de buurt een buitenverblijf op na hield, het einde van alles de traditionele maand in Brighton of Torquay... Kortom, mammy, van nature een ontzettend kwiek, levenslustig ding, groeide op met het gevoel dat zij ertoe was voorbestemd een oude vrijster te worden... Het aantal kennissen was beperkt, financieel was het na de oorlog in die kringen niet briljant gesteld. Afschuwelijk zware belastingen met het oog op de wederopbouw en zulke toestanden... Wie als jonge man niet van welgestelde ouders afstamde, zocht een baan in Londen – de economie, de ambtenarij, de politiek... In die tijd is mijn vader op zekere dag in Ramsbury opgedoken. Hij logeerde in "The Round Table", waar hij nogal getapt was bij de stamgasten, die wisten dat hij voor zijn gezondheid in de streek verbleef. Zij vonden het prachtig... De zuivere lucht van Wiltshire, weet je wel, eggs and bacon als nergens, je kon het de kippen en de varkens aanzien... Hij praatte soms met grootvader, een eenvoudig man, zijn mansion en zijn paarden ten spijt, blij eens een ander gezicht te zien. De vreemdeling had een bescheiden loopbaan in de diplomatie achter de rug, ergens in het buitenland was hij ambtenaar op een consulaat geweest, vraag me niet waar. Toen was hij ziek geworden, zei hij, de longen, gelukkig waren inmiddels de geschikte geneesmiddelen uitgevonden. Hij was weer gezond, maar moest nog wat aansterken op het platteland...'
'Zo leerde hij je moeder kennen?'
'Ik vermoed het... Smith vond zij een nare naam, maar kom... Hij had goede vooruitzichten... In feite was hij in herstelverlof, nog steeds behoorde hij tot de carrière, zoals het heet in de diplomatie. Hij kon

met absolute zekerheid op een opdracht bij Foreign Affairs rekenen, die was hem toegezegd... Grootvader schijnt er niet helemaal gerust op geweest te zijn, maar na verloop van tijd bleek die job op buitenlandse zaken geen hersenschim. En mammy smoorverliefd op de knappe man met zijn allures van officier bij de Queen's Guard! Spoedig werd er getrouwd, hoewel er voorlopig niets terecht kwam van de flat in Londen waar de bruid van droomde. Hij moest immers voortdurend op reis, je werkt voor buitenlandse zaken of niet. Het had geen zin om als jonggehuwde vrouw in de Londense mist te gaan zitten, vond hij. Waarom hun domicilie niet in Ramsbury houden? Er waren de talrijke verlofdagen welke hem als compensatie voor zijn missies in het buitenland werden toegekend, men kon niet zeggen dat hun huwelijksleven tot de weekends werd herleid. De dependenties van opa's woning werden tot een alleraardigst verblijf voor het nieuwe gezin omgebouwd. Het zal hem hebben gevleid zijn intrek te kunnen nemen in die vrij bescheiden Georgian Cymbeline Mansion van de De Veres, die naderhand het huis van onze kinderjaren werd...'

'Ondertussen zat je vader in Londen... Voor een jonge, ik vermoed temperamentvolle vrouw lijkt het mij niet dé oplossing...' opperde ik.

'Dat begrijp je... Of hij haar ginds ontrouw was, weet ik niet. Op dat punt wil ik rechtvaardig zijn. Ik weet het niet en heb ook geen serieuze redenen om het te denken.'

'Was het zo moeilijk om daar hoogte van te krijgen? Heeft je moeder jullie bepaalde dingen verzwegen?'

'Ik denk het niet... Veel wees erop dat er niets verborgens was aan zijn leven in Londen. Hij woonde op kamers bij een oude dame, zélf niet onbemiddeld, die haar man en haar zoon in de oorlog had verloren – Tobrouk, Normandië – en hem verzorgde of zij zijn moeder was. Het viel mij op dat hij zijn hospita, die veeleer een gastvrouw voor hem is geweest, een oprechte erkentelijkheid toedroeg. Voor een ander was dat gewoon, voor hem meer dan hij normaal geven kon.'

'Een slechte relatie met zijn eigen moeder?'

'Geen idee... Nooit sprak hij over haar, soms was het of hij geen ouders had. Grootvader eerbiedigde zijn stilzwijgen. Hij vermoedde dat hij uit een proletarisch gezin stamde. Labour georiënteerd respecteerde hij het.'

'Zo te zien wijst niets op een slecht huwelijk...?' weifelde ik.

'Je zegt het: zo te zien... Vader was – stel je voor, ik praat al in de verleden tijd over hem! – een bijzonder gedisciplineerd man. Houdt men rekening met zijn Spartaanse aard, dan is het best mogelijk dat een redelijke huwelijkstrouw hem geen moeilijkheden opleverde. Complexen had hij wél, hoe goed hij ze ook voor de buitenwereld verstopte. De naam Smith bij voorbeeld zat hem enorm dwars, op een rare manier, net of hij er zelf schuld aan had. Toen wij klein waren en

hij zich nog weleens met ons bezighield, verzon hij van alles om ons te beduiden dat Smith niet zomaar niemendal was...'
'Dat was toch leuk, Mildred?'
'Leuk...? Gekke antropologische of mythologische weetjes die hij in de bibliotheek van het British Museum ging opzoeken en die ons, meisjes, geen barst interesseerden. De smid als de tovenaar bij primitieve stammen, zijn verbond met duistere krachten, Thor met zijn hamer, een Angelsaksische, dus Germaanse godheid – ons een zorg...! Daarom was de oorlog een vergissing geweest, zei hij soms doodernstig, Germanen hadden tegen Germanen gestreden, in plaats van zich gezamenlijk tegen de bolsjewisten te keren, een domheid van Churchill. Dat waren de dingen die hij leuk vond... Vrouwenkwesties...? Nee, ik geloof het niet. Wel was het duidelijk dat hij mammy's vrolijkheid en levenslust niet waardeerde, beide op een domme manier voor lichtzinnigheid hield... En dan was er dat wapenschild...'
'Nee toch,' lachte ik, 'een wapenschild?'
'Klinkklare onzin. Het had weer met zijn vage, vermoedelijk nederige afkomst te maken. De De Veres bezitten een wapenschild, met een spreuk in het Latijn erop: *Vero nihil verius.* In feite een grappig spelletje met hun naam... Je kunt het op twee manieren lezen: niets meer waar dan de waarheid, of niets waarachtiger dan Vere. Ergens slaat het mogelijk op die Shakespeare-affaire, daar heeft Emily je stellig over verteld...?' Ik knikte bevestigend. 'Mammy wist niet eens of ook wij recht op het devies hadden, Opa beweerde van niet. Gewoon voor de leukigheid had zij in de hall een verkleinde, hoewel exacte kopie van het embleem opgehangen, enerzijds uit snobisme, anderzijds als geintje bedoeld. Als je simpel Smith heet, zit zoiets je dwars, vermoed ik... Het was op een van die momenten dat hij zich afvroeg of het wel allemaal safe was, hij in Londen op zijn ministerie, zijn mooie, jonge, hoogst fatsoenlijke maar ergens speelse vrouw in Ramsbury. Aangezien háár coat of arms niet officieel was, zei hij, kon hij er net zo goed zelf een laten vervaardigen, als kerstgeschenkje bij voorbeeld. Het was een indrukwekkende toestand, helemaal in zilver en met gotische letters. *Conjugal Fidelity and Honour,* stond erop. Hij had geen Latijn nodig, lachte hij welgemutst. Hij was er trots op en vond het geweldig, kijk maar, híer stond de smid Thor! Ik was een jaar of twaalf, oud genoeg om het zielig te vinden. Het was net een van die stomme spreuken uit een souvenirszaakje: zoals het klokje thuis tikt, of *Britain Rules the Waves.* Zelfs dát betekent voor eenvoudige zielen iets... Het leek mij stukken stommer... Voor het eerst drong het tot me door dat vader een proleet was. Begrijp me niet verkeerd, Paul, het had niets te maken met enig sociaal vooroordeel, ook niet voor het kind dat ik was. Emily en ik hebben van jongsaf met de gewone dorpsjeugd gespeeld. Later werden wij actieve Labourleden. Al drie winters geven wij gratis les in

een vervolmakingscursus voor arbeiders, Emily grammatica en handelscorrespondentie in een voorstadje van Cambridge, ik elementaire algebra en geometrie in Marlborough. Opa was een jeugdvriend van Clem Attlee, ze studeerden samen in Oxford en noemden Bernard Shaw bij de voornaam. Ik wil maar zeggen... Signaleert men behoeftigen in de streek, dan rijdt mammy er prompt naar toe, haar wagen volgeladen. Met die Bentley – ik leende hem van haar – zit dat wat raar, maar de bedoeling is zo zuiver als het *Communistisch Manifest...* Ach, nu ben ik de draad kwijt... Waar had ik het over?'

'Die spreuk van je vader...'

'Thanks... Veel woorden gebruikte hij niet, maar hij maakte toch een zekere poeha over zijn taak bij Foreign Affairs... Als jong meisje was het mij duidelijk dat zijn geestelijk niveau in feite lager lag dan dat van de kleine burgers die een vers als *If* aan hun muur ophangen. Kipling, je weet wel. Dat bevat althans een boodschap, die van de freemasons, zo ik me niet vergis, wat die brave lui meestal niet weten, zij denken dat het om de padvinderij of zo gaat, maar goed...'

Haar mooie groene ogen keken mij opgewekt aan. Het deed haar zichtbaar goed haar gemoed te luchten. Ik stelde voor dat we meteen een aperitiefje zouden nemen en dan samen lunchen.

'*Conjugal Fidelity and Honour...*' grinnikte ik.

Het was allicht geen belangrijk detail in haar verhaal. Waarom ik de noodzaak voelde om het te herhalen begreep ik niet. Als ik alleen was geweest, zou ik het twintigmaal na elkaar hebben herhaald. Wanneer ik als kleine jongen in bed lag en niet in slaap raakte, deed ik dat soms met een woord. Wolk, lopen, mooi, optelling, vliegtuig, melkkan... Ik hield het vol tot het louter klank was, níets meer betekende, tot ik het volledig had leeggeschud als een zoutvat. Dit keer lag het anders. Het was of ik wilde weten wat eruit viel, een verborgen betekenis misschien. Het deed mij denken aan een landerige zondagnamiddag toen een vriendje en ik de afgedankte pop van zijn grotere zus hadden vernield om te zien door wat voor een mechaniekje ze 'mam-ma' kon zeggen.

Er was iets, een seintje in een Eskimotaal, absoluut frustrerend.

En dat allemaal omdat die man simpel Smith heette, Smit, Smits, Smeets, Maréchal, Forgeron, Delforge, Schmiede, Schmitt of Schmidt, als die joodse zanger, men liet hem eenzaam creperen in een Zwitsers vluchtelingenkamp... Wat voor een mechaniekje zat er in zijn buik? Wat betekende de rimpeling in mijn geest, de onmerkbare bodemtrilling, ergens aan de onzichtbare kant van de maan...?

'Zeg gerust dat het nonsens is, Paul. Ik heb het allemaal aan flarden gepiekerd, dan raak je de samenhang kwijt.'

'Het huwelijk van je ouders. Vertel je daar wat meer over?' vroeg ik.

'Het was een mislukking, zoals vele huwelijken... Ik geloof niet dat ik het woord "dramatisch" moet gebruiken. Vermoedelijk had mammy gezien dat het bij haar vriendinnetjes van de kostschool meestal niet beter was...'

'De naamsverandering. Heeft die naamsverandering ermee te maken?'

'Waarschijnlijk wel... Het was niet alleen mammy's behoefte om haar adellijke naam, hoewel enigszins verprutst door dat Norman ervoor, aan Emily en mij door te geven. Vroeg of laat zouden wij trouwen, met mij is het zover. Ik heet burgerlijk mistress Bridgeman, maar ik voel me gelukkig met die bruggeman van me en ben trots op hem ook. En Emily? Hoe zal Emily heten...'

'Het hangt van haar af... Als ze wat voelt voor mijn naam, dan leg ik hem als een Zwaanridder voor haar voeten.'

'Precies wat ik haar heb gezegd... Dat huwelijk... Ik heb er de afgelopen dagen over nagedacht. Ik heb de indruk dat het ongeveer vanaf die naamsverandering bergaf is gegaan. Of moet ik het omkeren? Was er al tevoren iets dat tot de naamsverandering leidde? Genoeg om van mammy's notaris, een oude vriend van de familie, gedaan te krijgen dat hij haar introduceerde bij de meest pientere rechtsgeleerde van Londen?'

'Gebeurde het zomaar ineens...?'

'Misschien niet... Als jong meisje leek het mij een vrij, nee, een absoluut ongeschikt moment. Mijn vader had een ernstig ongeluk gehad. Met een dienstauto zou hij een ambtsrelatie naar Dover brengen, waar deze de nachtboot moest halen. Ik zei je dat hij een gedisciplineerd man was. Zelfs op zo'n verlaten nachtelijke weg overschreed hij nooit de maximumsnelheid. Ergens in de buurt van Ashford werden zij door een zware vrachtwagen ingehaald die zich letterlijk tegen zijn Rover aan drukte en hem de gracht in kiepte. De plaats was blijkbaar zorgvuldig gekozen. Alles wat hij zich herinnerde, was dat de auto over de kop ging, waarna er onmiddellijk schoten vielen. Toen de politie arriveerde, was zijn reisgezel dood, een diplomaat van lagere rang uit een Centraaleuropees land. Zelf lag hij met een kogel in de rug buiten kennis. Buitenlandse zaken werd gewaarschuwd, het stuurde een ambulance waardoor hij naar het ziekenhuis in Londen werd gebracht. Pas toen hij op de operatietafel lag, werd mammy gewaarschuwd. Toen zij een paar dagen later weer thuiskwam, was het levensgevaar geweken. Natuurlijk was het voor haar een afschuwelijke schok – ondanks alles, zou ik zeggen. Hoewel zij wist dat hij veilig was, bleef haar iets hinderen, iets dat niet rechtstreeks met zijn toestand had te maken...'

'Heeft ze jullie verteld wát het was?'

'Waarom niet...? Dat hospitaal, zei ze. Met de medische verzorging was het daar prima, veel beter dan in de gewone Health Service, knappe dokters, stijlvolle nurses... Nee, dat was het niet... Het rare was dat geen van haar kennissen in Londen met wie ze erover praatte dat ziekenhuis kende. Ik bedoel niet dat er iets geheimzinnigs mee was. Het behoorde namelijk tot zijn ministerie zélf, een kleine, goed uitgeruste kliniek, niet voor gewone patiënten toegankelijk... Er zat haar iets dwars, instinctief... Plots is haar ondernemende aard van een De Vere te voorschijn gekomen. Men stuurde haar van het kastje naar de muur, maar zij zóu uitvinden waarom hij precies dáár werd verpleegd... Ogenschijnlijk was die obstinaatheid niet verantwoord. Haar man werd uitstekend, ja, met optimale deskundigheid verzorgd. Wat mocht zij meer verlangen? Was er een oudere twijfel, een oudere achterdocht ontwaakt? Om kort te gaan, ten slotte kwam zij erachter wat er aan de hand was. Met die betrekking klopte het niet. Reeds vroeger had zij weleens een raar gevoel gehad wanneer zij hem op kantoor bezocht: codenummers, opschriften, een atmosfeer die haar vreemd leek, ánders dan in de rustige, ouderwetse administraties, waar je praktisch ongestoord in en uit loopt, de ambtenaren een lady met respect omringen. En ja hoor, zij kwam erachter dat vader reeds jarenlang tot de Intelligence Service behoorde. Wij hadden er geen idee van, hij had het ons nooit verteld. Vandaar al die reizen en zo...'

'Tenslotte was dat geen schande,' zei ik. 'Er bestaan nu eenmaal geheime diensten... Dat je vader er niet honderd uit over praatte, het zelfs niet aan zijn vrouw vertelde, nou ja... Overigens is de diplomatie op zichzelf ook niet zo'n cleane job, zij het met handschoenen aan en een keurig gestrikte das... Er kon een zwijgplicht bestaan, deel uitmakend van zijn contract.'

'Natuurlijk. Ik vermoed dat wij ons aan het verbijsterende idee zouden hebben gewend. Maar nu volgt het schier ongelooflijke van mijn verhaal. Onmiskenbaar was hij een slachtoffer van zijn baan... Dat gaf een ieder toe, Smith was een modelfunctionaris op wie niets viel aan te merken, of course, milady, daar niet van, een ongelukkig geval, een arbeidsongeval zou men het kunnen noemen, jaja. Natuurlijk waren wij blij dat hij het er goed had afgebracht. Hij was een vreemde voor ons, maar kom...'

'Wat gebeurde er verder – dat ongelooflijke waarop je zinspeelde?'

'Eerlijk gezegd stelden wij ons voor dat hij na zijn herstel als een held in zijn spionnenclubje zou worden ontvangen. In plaats dat hij een of ander gewichtig cross of zo kreeg, werd hij... Werd hij ontslagen.'

'Waarom?' reageerde ik verbaasd.

'Dat vroegen wij ons ook af... Hij zei dat hij het niet wist. Hij begreep niet wat er was gebeurd, zei hij. Intuïtief voelde ik als aankomend meisje dat hij erover loog. Soms zou men hebben gezegd dat de gebeurtenissen hem niet alleen geslotener maar ook trotser hadden gemaakt. Uiteraard begrepen ook wij er niets van, ik bedoel Emily en ikzelf. Mammy bleef niet bij de pakken neer zitten. Hij verbood haar zich ermee te bemoeien. Op dat punt kende hij een De Vere onvoldoende.'

'Vroeg of laat moest hij toch beseffen dat...?'

'Van een gezamenlijk huwelijksleven was er praktisch geen sprake meer. Niets interesseerde hem nog. Dagenlang zat hij voor zich uit te staren. Het duurde lang vooraleer mammy erachter kwam dat hij aan slapeloosheid en afschuwelijke nachtmerries leed. De huisarts liet het zich ontvallen of zei het haar gewoon. Ik weet het niet, zijn beroepsgeheim gold vermoedelijk niet de eigen vrouw van zijn patiënt... Inmiddels ging moeder haar gang, zocht zijn vroegere oversten op, riep de hulp in van relaties van grootvader, die ondertussen was gestorven – ik weet dat ze door Attlee werd ontvangen, die Prime Minister was geweest –, rafelde alle berichten uit die over de zaak verschenen... Vruchteloos, zei ze. Wij moesten er met vader maar niet over praten. Wat mij betreft, ik wist dat zij jokte. Soms scheen zij overigens behoefte te hebben om erover te praten, niet rechtstreeks, maar met allerlei omwegen. Natuurlijk veronderstelde zij dingen, gaf ze dan toe. Er was iets gebeurd, er móest iets gebeurd zijn. Er trof hem geen enkele blaam. Men had de daders te pakken gekregen, huurmoordenaars in dienst van een vreemde mogendheid. Nee, men kon haar niet zeggen welke, dat moest ze begrijpen... Er was een grondig onderzoek geweest. Haar man had voorbeeldig zijn plicht gedaan, met die smerige zaak had hij niets te maken. Er was dus niets gebeurd. Er was zelfs geen aanslag op zijn leven gepleegd. Duidelijk was het de buitenlander die men te pakken had willen krijgen, vermoedelijk een dubbelagent... Men had hem bewusteloos opgeraapt. Weken had hij in het ziekenhuis gelegen. Behalve met mammy en het verplegend personeel had hij met niemand een woord mogen wisselen. Nadrukkelijk werd bevestigd dat zijn staat van dienst onberispelijk was. Het scheelde geen haar of hij had zijn leven voor het vaderland gegeven. Niettemin werd hij prompt ontslagen. Er was niets gebeurd, niets waarbij hij actief was betrokken! Maar desondanks werd mister Smith ontslagen, eervol zelfs, het was absoluut onbegrijpelijk...'

'Ik zit ertegenaan te kijken als een koe die een trein ziet voorbijrijden. Dat is een Vlaamse zegswijze... Maar je hebt mij gedwongen over de zaak na te denken. Was het jullie eigen Geheime Dienst die de buitenlander als een gevaarlijk element had ontmaskerd? Werd er cynisch geen rekening mee gehouden dat het je vader fataal had kunnen worden? Bij zulke acties zijn keiharde knapen betrokken, zelfs als zij in de gedaante van nette heren achter een bureau-ministerie zitten!'

Zij had geen kans om dadelijk te antwoorden.

Mijn vriend de ober kwam voorstellen om de koffie op het terras te gebruiken. Ik geloof dat wij geen van beiden wisten wat wij hadden gegeten.

Zodra wij opnieuw onze vrij gebleven zetels van daarnet hadden opgezocht, nam zij weer haar verhaal op. Mijn vraag was onbeantwoord gebleven. Ik insisteerde voorlopig niet, ik zou wel zien.

'Ik vertelde je over die slapeloze nachten, die nachtmerries... Met zijn gezondheid ging het van kwaad tot erger. Hij leefde onafgebroken in een depressieve toestand. Geen enkel geneesmiddel had resultaat, alleen het gebruik van tranquillizers hield hem min of meer in evenwicht. De meeste mensen stellen zich die dingen fout voor. Als hij eenmaal zijn pilletjes had geslikt, functioneerde hij vrij normaal, zoals de arts het noemde. Voor buitenstaanders was hij een man die snel verouderde, geen belangstelling meer in het leven had, niettemin zijn krant las, soms wat in de tuin knutselde en een praatje maakte met de tuinier... Voor mijn moeder was het ellendig, dat wel. Ik mag niet zeggen dat hij speciaal onaardig voor haar was. Hij leefde langs haar heen, zoals hij ook langs Emily en mij heen leefde. Wij hadden hem als kind nooit anders gekend, op zijn zonderlinge verhalen over zijn naam en zo na. Op de kostschool waren er onze vriendinnetjes, op de universiteit kregen we naderhand een eigen vertrouwde kring. Het leven was draaglijk. Zelfs mammy had kennis gemaakt met een aantal dames in de streek en reed er met haar Bentley op uit. Soms hoopte ik dat zij een minnaar had, maar ik geloof niet dat het waar was, nee, natuurlijk niet. Knap was ze genoeg, daar niet van, ook nú is het nog een mooie, soms grappige vrouw. Het lijkt onbegrijpelijk, maar met ons drieën hebben wij heel wat afgelachen – ondanks alles...'

'Gelukkig maar...'

'Het klinkt harteloos, inderdaad, daarnet hebben we het erover gehad... Voor ons gevoel had mijn vader zich in zijn neurasthenie geïnstalleerd, zo noemden wij het. De huisarts, dokter Vanwinkle, is een bedaagd man met een enorme ervaring. Van een psychiater wilde vader niet weten. Voor mammy relativeerde de arts de toestand zoveel mogelijk. Tegenwoordig zijn er allerhande geleerde namen voor, zei hij, laat ons het bij dat ouderwetse 'neurasthenie' houden. Ik vroeg hem om meer uitleg, maar dan haalde hij de schouders op. Ik snuffelde in een *Encyclopaedia Britannica*, later klampte ik medestudenten aan die medicijnen studeerden. Misschien zat ik er glad naast... Mijn indruk was dat hij aan een soort apathische krankzinnigheid leed...'

Een poos zaten wij er zwijgend bij, een ieder in zijn eigen gedachten verdiept.

'Ik stel het vertrouwen op prijs, Mildred,' zei ik ten slotte. 'Waarom evenwel vertel je dit alles? Ik houd van Emily, zij houdt van mij. Nu zij die aanstelling in Antwerpen heeft, is ook dát probleem opgelost.

Achteraf bekeken een ontzettend probleem, dat geef ik toe... Ik weet dat ik het niet met fluwelen handschoenen moet aanpakken. De dagen van je vader zijn geteld. Er zal vermoedelijk een boel geregeld moeten worden, maar ik heb mij voorgenomen met Emily te trouwen...'

'Stel je voor, Paul,' lachte zij, 'daar reken ik waarachtig op! Emily overigens ook, geloof ik!'

'Mooi, prachtig zelfs... Maar al dat overige? Is het niet gewoon dat dergelijke dingen langzaam aan het licht komen, ik bedoel bij stukken en beetjes worden uitgepraat? Emily vertelt mij over haar jeugd, ik over de mijne... Maar zo systematisch als jij de zaken aanpakt...'

'Ik doe wat ze heeft gevraagd, Paul... Ook mammy wenste het.'

'Zij is dus op de hoogte?'

'Al vanaf het begin... Ik vermoed dat Emily haar vanuit Antwerpen schreef. Kom, ik ben er zeker van, ik wéét het.'

'Hoe heeft ze dát gefikst? Wij weken letterlijk geen stap van elkaar!'

'Dacht je? Op een namiddag ben je naar de garage gereden om de olie van je wagen te laten verversen.'

'Klopt... Zo'n handige tante! Meteen betrap ik haar op haar eerste leugentje!'

'Ik ken mijn zusje. Het kan niet erg zijn.'

'Nee... Niet meer dan dat je moeder mijn telefoonnummer van haar had, niet van de receptie van het hotel in Antwerpen.'

'Inderdaad... Dat zal wel... Ze wilde je de indruk besparen dat ze definitief beslag op je had gelegd, zo is zij. Trots als een aapje, trots als een De Vere. Vergeef het haar!'

'Van harte...'

'Het was een bijzonder aardige brief... Mammy liet hem lezen... Ik weet nog een paar dingen uit mijn hoofd. Maak je niet ongerust, ik blijf een poos hier, ik ben verliefd, hij heet Paul, hij is ontzettend aardig, de arts in Amsterdam heeft mij de pil voorgeschreven, ik ben gek op hem, op Paul, bedoel ik, hij schrijft romans en kent allerhande boeiende verhalen...'

'Dan weet je zowat alles,' grinnikte ik.

'Natuurlijk... En nu verder mijn verhaal...'

'Waarom je me dit alles vertelt.'

'Tot voor enkele maanden was de toestand van vader stabiel. Een somber man, zonder aandacht voor het leven... Niettemin bleef hij de krant lezen. Daar kon je aan zien dat hij een Engelsman was, spotte hij boosaardig, het enige waar de Engelsen goed voor zijn. Hij had verschillende abonnementen, ook op buitenlandse bladen, zijn talenkennis was verrassend, wat zijn opvoeding, zijn onderwijs geweest mag zijn. Niemand had wat op die kranten tegen, niemand keek er trouwens naar, hij nam ze elke morgen mee naar zijn kamer. Er waren dagen waarop het hem beter scheen te gaan, dat is nu eenmaal zo bij dergelijke serieuze, maar meestal vage zenuwkwalen. Dan vroeg mammy hem waarom hij al die onzin las en niet liever een wandelingetje maakte? Hij reageerde als een kleine jongen die op iets stiekems werd betrapt. Op zijn kantoor, zo noemde hij het, kreeg hij alle kranten van de wereld, het was een gewoonte, noem het een verslaafdheid, wie schaadde hij ermee?'

'Dat lijkt mij een redelijk antwoord...' zei ik. 'Ikzelf ben verslaafd aan alle drukwerk, zelf de reclamefolders die in mijn bus vallen.'

'Dat begrijp ik voor een schrijver... Maar hij schaadde zichzelf. Sommige berichten, vooral wat de buitenlandse politiek en zo betrof, wonden hem op. Erger... Soms schenen zij hem angst in te boezemen. Omstreeks de tijd dat Emily laatstmaal naar het continent vertrok, had die angst een hoogtepunt bereikt. Nee, ik wijt het niet aan die kranten, dat zou al te gek zijn. Mijn man is een enorm geduldige kerel, wat met zijn beroep te maken heeft. Agronoom, begrijp je, de gewassen, de oogsten, verbetering van bepaalde soorten, dat vergt maanden, soms jaren... Hij was de enige die somtijds wat uitgebreider met hem praatte. Aangezien vader van geen specialist wilde weten, speelde hij weleens voor psychiater. Mogelijk is dat niet zo geweldig als wij denken, meer een kwestie van gezond verstand... Hij was het die tot de conclusie kwam – en spoedig bleek hij gelijk te hebben – dat de oude man aan een traumatische angst leed, opgedaan door die aanslag welke hem zijn baan bij de Intelligence Service had gekost. Die slimme echtgenoot van me maakte iets bij hem los, geloof ik. Volgens hem was hij bezeten door de aanslag op die vreemde agent, die op een haar na hém het leven kostte. Mijn man heeft wat relaties in de medische wereld, ook met een paar psychiaters. Van hen hoorde hij dat een riskante opvatting van hemzelf, waar hij als man van de aardappelen, de bieten en de veredelde maïskolven aanvankelijk niet mee bij zijn medische vrienden voor den dag durfde te komen, allesbehalve dwaas bleek. Vader zei het niet rechtstreeks op die manier, mijn man had het als het ware uit zijn woorden losgepeld, als de rokken van een ajuin of een tulpebol, noemde hij het, ergens was dat zijn beroep...'

'Wat was het dat je man lospelde?' vroeg ik.

'Mijn vader scheen zichzelf met die afgeslachte geheime agent te identificeren. Hij verbeeldde zich dat de moordenaars het op hém hadden gemunt, dat hij gewoon toevallig aan de aanslag was ontsnapt.'

'Schuldgevoelens tegenover die dode stumper?'

Zij keek mij aan, recht in mijn ogen.

'Geen kwestie van, Paul!'

'Waarom niet?' vroeg ik.

Zij haalde de schouders op.

'Ik kan het niet bewijzen. Vraag me niet waarom ik er volstrekt zeker van ben. Evenmin als hij Hottentots kent, kent mister Smith schuldgevoelens!'

'O!' zei ik en deed er het zwijgen toe.

'Die Centraaleuropeaan, of wie het mag zijn, kon hem geen barst schelen. Hij was alleen om zichzelf bekommerd. Het was een trauma, ik geloof dat men het zo noemt, ja, dat was het woord dat Vanwinkle en mijn man gebruikten. Hém wilde men te pakken krijgen. Toevallig had men die ander doodgeschoten.'

'Zat daar niets in?' vroeg ik mij af.

'Dat was natuurlijk de moeilijkheid. Mijn man probeerde het hem uit het hoofd te praten. Een beroepspsychiater had het niet beter aangepakt, denk ik. Hij kwam uit de spionage. Welke opdrachten had men hem toevertrouwd? Wat had hij in het buitenland uitgespookt? Was zijn ontslag – denk erom, met behoud van zijn wettelijk pensioen en nog een extra premie erbovenop – een trucje van Intelligence om de eigen handen in onschuld te wassen? Om verdere verantwoordelijkheden af te wijzen?'

'Dan zouden die jongens ergens erg gevoelig zijn... Vind je ook niet, Mildred, dat het onwaarschijnlijk klinkt? Nee, let niet op wat ik zeg. Jij hebt erover nagedacht... Zolang je niet haarfijn weet wat er allemaal achter zit...'

'Dát heeft overigens geen belang. Ik wil het alleen hebben over wat ik wéét. Tot dusver had hij zelden zijn zelfcontrole verloren, op die nachtmerries na, die kun je ook als gezond mens hebben... Wij vroegen de opinie van dokter Vanwinkle. Nee, zei hij, dit is geen krankzinnigheid, dit is een afschuwelijke angst die hij gewoon niet kan wegdrukken. Vaak gaf hij hem een injectie, tegen zijn zin, écht helpen deed het op langere termijn niet. Toch kalmeerde het hem urenlang, dat was dát. Hij werd dan rustig, soms vroeg hij ons zijn vriend op te bellen om een partijtje schaak met hem te spelen. Voor mammy was het een verademing, zij greep onmiddellijk naar de telefoon of zond een van de dienstmeisjes met een boodschap. Ik was er heftig tégen, ik had meermaals opgemerkt dat hij er na het bezoek van Tom Hawkins nog ellendiger aan toe was...'

'Hij had dus een vriend? Daar in dat eenzame dorp van jullie?'

'Jarenlang reeds. De man genoot zijn volle vertrouwen, ik vraag me nog steeds af waarom. De kastelein uit "The Round Table", niet minder fatsoenlijk dan om het even welke dorpsherberg...'

'Stel je voor...' zei ik luidop tot mezelf.

Zij besteedde er geen aandacht aan.

'Hij kwam niet meer buiten. Mammy kreeg nauwelijks gedaan dat hij aan haar arm een eindje mee de tuin in liep. Soms stond hij uren bij het venster van zijn kamer, waar hij zich bij voorkeur ophield. Je hoefde geen detective te zijn om te merken dat hij zich achter de kier van de dichtgeschoven overgordijnen verborg... Ik was eens bij hem – de geneesheer had ons de raad gegeven hem zo weinig mogelijk alleen te laten – toen ik hem lijkbleek zag worden. Die man, zei hij, wat moet die man hier? Ik ken hem niet. Ken jij die man? Ik was stomverbaasd dat hij een beroep op mij deed en keek naar buiten. Het was een onschuldige toerist, zo'n jonge vent met een rugzak en spijkerschoenen, die zich met zijn wandelkaart stond te oriënteren. Het scheen hem gerust te stellen dat de trekker de weg vroeg aan een agent van de politiepost. Je weet nooit hoe zij eruit zien, zei hij, soms vermommen zij zich, ik kan het weten. Geen week later raakte hij vreselijk opgewonden omdat een politiewagen uit Marlborough voor het gemeentehuis stopte met twee detectives erin die een onderzoek in verband met een diefstal deden... Kort voor Emily naar het continent vertrok, bereikte zijn paniek haar hoogtepunt. Mammy wilde niet dat zij de afreis uitstelde, haar doctoraalscriptie ging voor, vond die lieve schat, ze moest ginds maar eens uitrusten als dat kon. Ze had trouwens een schoonmaakster voor het zware werk in dienst genomen, een vrouw als een boom met een hart als krentenbrood, die er niets op tegen had om 's nachts te blijven, haar man kwam toch bezopen uit "The Round Table" naar huis. Omstreeks die tijd vroeg ik mij voor het eerst af of dokter Vanwinkle het niet door een te optimistische bril bekeek. De ene angstcrisis volgde op de andere, tussendoor zat hij verdwaasd voor zich uit te staren en er voor zichzelf allerlei wartaal uit te slaan...'

'Kon je begrijpen wát hij zei?' vroeg ik.

'Meestal niet. Nu ben ik hard, Paul. Het kon mij niet schelen. Was hij écht een liefdevolle vader voor ons geweest, dan zou ik hem dag en nacht hebben verpleegd, ja... Denk niet dat ik geen medelijden met hem had. Die ziekte van hem... Hoe zal ik het uitdrukken...? Die ziekte kwam mij echter voor als de voortzetting van wat hij steeds was geweest, begrijp je? Emily zag het minder onverbiddelijk, zij is zachtaardiger. Ik zeg inmiddels niet dat hij zich brutaal aanstelde...'

'Heeft hij dat ooit gedaan?'

'Nee... De zelfdiscipline... Nog steeds werkte ze na, geloof ik. Niettemin was het in díe periode van zijn ziekte, ja, vooral tijdens zijn paniekaanvallen, dat ik mij definitief van een diep verborgen, ijskoude boosaardigheid rekenschap gaf. Vraag mij geen bijzonderheden, ik zou niet weten wat te antwoorden, maar niettemin was ik er zeker van.'

'Wat hij zei begreep je niet...?'

'Soms wel iets... Het scheen met zijn spioneren te maken te hebben. Soms ook met zijn tijd in Duitsland...'

'Hé!' zei ik verbaasd. 'In Duitsland...?'

'Hij is jarenlang krijgsgevangene geweest in Duitsland... Hij behoorde tot de omsingelden in Duinkerken die noodgedwongen op het strand waren achtergebleven toen de laatste volgeladen boot was vertrokken... Ginds was het dat hij Duits leerde, wat hem in dat beroep van hem van pas kwam, zei hij; ook had hij er alles goed afgekeken. De hele oorlog lang stond hij als vermist te boek, er was iets misgelopen bij het Rode Kruis toen de namen van krijgsgevangenen werden uitgewisseld. Toen mammy met hem trouwde, leverde het een hoop moeilijkheden op met de papieren die eraan te pas kwamen, hoe dat precies in elkaar zat weet ik niet. Kennelijk was op een of ander officieel kantoor zijn terugkeer nooit geregistreerd.'

'Je weet nooit...' opperde ik.

'Ja, wat zat hij te brabbelen? Soms was het Duits, de tijd in het Stalag had diepe sporen in zijn geest nagelaten, zei mijn man. Niemand van ons kent die taal, behalve Emily, maar die beweerde dat zij het niet verstond. Wat niet verhindert dat ze er volkomen overstuur van was, dat merkte ik, ik ben haar zus... Ik zei je dat hij zich bedreigd voelde. Voor je het weet staan ze voor je deur, hoorde ik hem mompelen. De bewijsstukken, dát is het ergst, zonder bewijsstukken kom je er mogelijk nog onderuit... Ze zijn gewapend, ze zijn altijd gewapend, ze schieten op je. Als soldaat moet je het begrijpen, je zou hetzelfde doen. Alleen dat bloed.... Het is er te veel aan, je vergeet het nooit... Zulke dingen kon je allicht verklaren. Toen hij tot zichzelf kwam in het ziekenhuis was hij nog niet uitgekleed. Hij zat helemaal onder het bloed, hij staarde er als een krankzinnige naar. Zijn verbijstering was te begrijpen... Zo van die geheime agenten, voortdurend bij schietpartijen betrokken, dat is theater, film, televisie... De meesten onder zijn collega's, had hij mammy gezegd, vermoedelijk om haar gerust te stellen, hadden tijdens hun ganse loopbaan zelfs geen bloedneus of een blauw oog opgelopen. Ik heb zo'n gevoel dat het nog waar is ook...'

'Ja, dat zal wel,' zei ik afwezig. 'Er wordt veel nonsens verteld...'

'En toen is dat infarct gekomen... Wij waren nog in Italië... De dokter stond dadelijk bij hem, deed wat hij kon en telefoneerde naar professor Humphrey, de beste cardioloog die hij kende. Die kwam onmiddellijk en redde hem. Misschien was het beter mislukt... Sorry, Paul, je weet niet wat wij hebben meegemaakt... Vreemd genoeg was er iets positiefs aan... Hij lag passief te bed, tot opname in het ziekenhuis van Marlborough was hij niet over te halen. Hij wilde niet dat vreemden hem aanraakten, ik vraag me af waarom. Wij waren rijk genoeg, zei hij, de specialist moest naar hem toe komen. Goed, dát was geen probleem voor mammy. Hij was verrassend rustig, die pieken van paniek waren voorbij, dat was althans de eerste indruk toen Ray en ik hals over kop waren teruggekeerd uit Perugia. Hij stond erop regelmatig zijn vriend Hawkins uit "The Round Table" te zien. Dokter Vanwinkle dacht dat de specialist het wel goedkeurde, maar gaf ons de raad alleen tijdens zijn spreekuren de kastelein bij de zieke toe te laten: dan was hij zelf in de buurt. Emily was vóór mij weer thuis, dat weet je, ze arriveerde daags na de crisis. Ondertussen was er die nurse geweest die hij niet vertrouwde, nog een van die dwanggedachten van hem. Mijn man en ik kwamen niet in een chaos terecht, dat hoor je me niet zeggen, maar mammy was behoorlijk over haar toeren en mijn zusje zag er doodop uit. Zelf sprak zij er niet over, doch van het huispersoneel vernam ik hoe gelukkig hij bij haar terugkeer was geweest. Alleen het woord gelukkig al, in verband gebracht met mijn vader, leek mij een paradox. Een te grote voorstelling vorm ik er mij niet van, hoewel ook de brave Vanwinkle er even van onder de indruk was... Emily belde je regelmatig, dat merkte ik, dus je weet dat zijn toestand een tijdlang dezelfde bleef. Tijdelijk was het infarct overwonnen, maar er veranderde niets. Met de spelletjes schaak was het gedaan. Hij bleef gesteld op het bezoek van Tom Hawkins. Van grootvader had mammy geleerd ook voor een eenvoudig man de neus niet op te trekken en wij waren in dezelfde zin door haar opgevoed. De kastelein was trots op zijn relatie met de belangrijkste familie van Ramsbury en het kostte ons weinig moeite om erachter te komen waarom de patiënt zijn komst zo op prijs stelde.'

'Waarom dan?' vroeg ik geïntrigeerd.

'Zijn geringe adem gebruikte hij om te informeren naar wat er in Ramsbury gebeurde. Ik bedoel dat hij wilde weten of er vreemdelingen waren gesignaleerd en zo. Onzin natuurlijk, in de zomer tref je in de buurt altijd dagjesmensen, toeristen en wandelaars aan – het natuurschoon, nogal wat voorhistorische overblijfselen, als in de ganse streek... Mijn man is er zeker van dat die aanslag nog nawerkt in zijn geest, geen ogenblik heeft hij zich sedertdien veilig gevoeld, voortdurend piekerde hij erover. Men had mammy niet gezegd wie de daders waren, die Intelligence-mensen maken van alles een staatsgeheim – misschien was het verantwoord. Vreemd genoeg scheen men ook hém niet te hebben geïnformeerd. Voor mijn part wijst het er nogmaals op dat er, hoe vreemd ook, geen rechtstreeks verband bestond tussen die schietpartij en zijn ontslag zélf.'

'Je hebt vast gelijk, Mildred, maar was de samenhang niet onmiskenbaar?'

'Ja en nee... Zonder de overval zou men hem vermoedelijk niet hebben weggezonden. Mammy's privé-enquête, waar inderdaad belangrijke mensen bij betrokken waren en die zeker zijn chefs dwars heeft gezeten, wees overtuigend uit dat men hem geen professionele fout, zelfs geen roekeloosheid verweet. Onbewust noch lichtzinnig had hij de erecode van zijn beroep geschonden, het idee van verraad was zelfs bij niemand opgekomen. Het was de eerste-minister zélf die het haar zei; volgens haar lag het dossier voor hem op zijn schrijftafel. Men kan zelfs niet beweren dat die lui zich op de vlakte hielden. Nee, als geheim agent was hem niet je dát te verwijten. Maar helaas, er waren omstandigheden die hen verplichtten hem te ontslaan, hiertegen bleek zelfs de eerste-minister niet opgewassen.'

'Dat is toch krankzinnig?"

'Mij hoef je het niet te zeggen. Je kent de gevoelens die ik de oude man toedraag. Ik begrijp echter volkomen zijn afschuwelijke frustratie en de break-down die zij veroorzaakte.'

'Volgens jou was hem echt niets te verwijten?'

'Ik heb er mij suf op gepiekerd, Paul. Zelfs op reis in Italië waren wij er nog onafgebroken mee bezig. Mogelijk is het een vrouwelijke reactie dat voor mij de onrechtvaardigheid de ogen uitstak. Ray, mijn man, is een wetenschapper die de zaken nuchter bekijkt. Zijn ouders behoorden tot grootvaders vriendenkring, allen overtuigde democraten, fellow-travellers en zo. Van huis uit is hij ertoe geneigd dat Intelligence-troepje een zootje te vinden, maar zijn omgang met de natuurverschijnselen heeft hem een zekere sereniteit verleend... Een clubje avonturiers? Ongetwijfeld, zegt hij, maar geen achterlijke schoften. Ook hij wist geen antwoord op mijn vragen te bedenken, maar anderzijds dient voor hem elk gevolg een oorzaak te hebben. Die nachtelijke moordpartij is duidelijk niet de oorzaak, houdt hij staande. De geheime diensten zullen niet aarzelen om de eerste-minister voor de gek te houden, dat is trouwens mondgemeen. Maar ergens ligt er een grens, tenslotte trekt de regering in laatste instantie aan het langste eind. Ergo zegt hij – een woord waar hij bij Shakespeare dol op is – ergo is er een andere oorzaak die toevallig tijdens, toevallig door het onderzoek na de zaak van Ashford aan het licht kwam.'

'Ik ben doodmoe, Mildred, maar ik doe mijn best om de gedachtengang van je man te volgen... Je vader ligt in dat rare hospitaal. Alles wordt haarfijn onderzocht, zijn verleden nog eens extra doorgelicht. Na veel gesnuffel komt aan het licht dat hij twintig jaar tevoren The Bank of England een miljoen pond lichter heeft gemaakt, dat een ieder hiervan absoluut zeker is, maar dat het definitief juridisch bewijs ontbrak... Een voorbeeld, natuurlijk, opzettelijk een zo krankzinnig mogelijk voorbeeld...'

'Krankzinnig, je zegt het, Paul. Zo bedoelt de verstandige Ray Bridgeman, mijn lieve echtgenoot, het inderdaad.'

'Dan denk ik verder... Die knapen van de spionage zitten in de penarie, zij moeten erkennen dat zij destijds een gevaarlijke gangster in dienst hebben genomen. Ja, hij zat vroeger al in de diplomatie, maar veel schijnen jullie er niet over te weten... In het openbaar de hand in eigen boezem steken kun je niet van hen verlangen. Met stille trom wordt de betrokkene bij de achterdeur gezegd dat het welletjes is geweest, dat men verder van zijn diensten afziet, maar dat men, op voorwaarde dat hij netjes zijn mond houdt, de zaak blauw-blauw zal laten,

ja, dat hij dan zelfs op zijn wettelijk pensioen mag rekenen...'
'Zo ziet mijn man het, Paul.'
'Maar je vader blijkbaar niet... Anders zouden die angsten overbodig zijn, hoewel je soms niet weet waar ze vandaan komen. Nou, goed, hij leeft in angst, duidelijk als gevolg van zijn job als Intelligence-man zélf.'
'Dát is het waar steeds de gesprekken met Ray op vastlopen... Niet omdat we erover kibbelen, nee, omdat ook hij bereid is om er als wetenschappelijk denkend mens rekening mee te houden. Mijn vader heeft ongetwijfeld zware karweien moeten klaren... Zie je zo'n man achteraf als een dorpskwezel van achter een gordijn naar een onschuldige voorbijganger gluren? De angst zozeer op de spits drijven, dat het waarachtig op een hartinfarct uitloopt?'
'Heb je er enig vermoeden van wat er momenteel in zijn hoofd omgaat, Mildred?'
'Ik denk dat het zo begon... Hij ligt in het hospitaal en het enige dat hij kan doen is piekeren. Langzaam aan krijgt de gedachte vat op hem dat die kogels niet voor die ander, maar voor hemzelf waren bestemd. Weer thuis en smadelijk ontslagen is hij er maanden-, zelfs jarenlang mee bezig. Door een of andere ons onbekende kronkel in zijn geest, door bepaalde gebeurtenissen in de wereld, gaat hij zich verbeelden dat het Israëlische agenten zijn geweest die hem op de hielen zaten...'
'Hé...' zei ik. 'Waarom speciaal Israëlische agenten? Israël wordt door de Engelsen toch niet als een vijandige natie beschouwd?'
'Ik geloof niet dat je het vanuit die hoek moet bekijken, Paul. Die geheime diensten maken weinig verschil tussen vriend en vijand.'
'Inderdaad, dat heb ik gelezen... Heeft hij er nooit op gezinspeeld?'
'Na zijn ontslag was hij afschuwelijk verbitterd... Soms scheen hij weleens op het punt te staan om iets los te laten, maar op het laatste moment slikte hij zijn woorden in... Iets fundamenteels hebben we nooit van hem vernomen. Mogelijk was er eens één lapsus. Ik herinner mij een gesprek bij de thee, de domineesvrouw was op visite. Met een religieus clubje waartoe haar man behoorde was ze naar Jeruzalem gevlogen en ze deed er opgewonden verhalen over. Tot mijn verbazing bracht mijn vader correcties aan in haar beschrijvingen, bij voorbeeld wat de namen van bepaalde plekken, straten en zo betrof. Blijkbaar kent hij de stad als zijn broekzak. Nou ja, gaf hij toe, gevleid door de bewondering van dat stomme mens, als ambtenaar bij het Foreign Office was hij meermaals op missie naar Israël geweest... Tot gisteren was hij doodsbenauwd wegens een verhaal van Tom Hawkins. Er hadden twee donkerharige, kloeke kerels bij hem gelunch, van het taaltje dat ze onder elkaar spraken verstond hij geen woord. Hun Engels was uitstekend en ze wilden alles over de streek weten. Nader-

hand bleken het Fransen te zijn, oudheidkundigen of zo, wat hem enigermate geruststelde.'
'Stel je voor,' zei ik, 'ik ken die twee. Het zijn inderdaad Franse archeologen. Zij logeren hier in het hotel, fidele jongens, ze zijn met de Ridgeway bezig.'
'Ik weet het, Tom is het hem vanmorgen speciaal komen zeggen...'
'Nou, die kastelein laat er geen gras over groeien!'
'Het drong niet meer tot hem door... De cardioloog heeft zich voor het eerst een voorspelling veroorloofd, onder voorbehoud... Hij vermoedt dat de patiënt de volgende ochtend haalt, het hangt af van het spuitje dat Vanwinkle hem vanmorgen nog maar eens heeft moeten geven. Daarna, ja, daarna... zei hij. Morgen, overmorgen op zijn laatst... Verdere injecties hebben geen zin meer, ze houden het proces niet tegen, op zijn hoogst worden de zenuwen van het hart wat gestimuleerd, maar dat kan niet lang meer duren... Wel, Paul, dát was mijn korte verhaal. Korter kon het niet...'
'Ik ben je dankbaar voor je inspanning, Mildred... En zullen we het nu even over Emily hebben, de Elfenkoningin zoals mijn vrienden haar noemen?'
'Nee toch, hoe mooi! Lovely... Ja. Emily. Dat is de bedoeling, Paul, dat zei ik je toch? Daarvoor ben ik hier met die auto van mammy, de onze staat in Perugia... Je diende de ganse situatie te kennen, dacht ik bij mezelf. Dat het een halve dag zou vergen, stelde ik mij natuurlijk niet voor. Ik zou je vragen, beloofde ik haar, dat je over mijn verhaal zou nadenken. Dát was mijn opdracht, de opdracht van Emily.'
'Nadenken...? In welke zin? Voorlopig kan ik niet anders dan wachten. Prettig is het niet, hoewel niet te vergelijken met jullie moeilijkheden. Zo nodig bel ik het bevriende echtpaar op dat in mijn huis logeert om voor Lancelot te zorgen. Lancelot is mijn kat, moet je weten.'
'Zij bedoelt het anders. Denken doe je uiteraard zoals je het zelf wilt. Zij vraagt dat je morgen naar haar toe komt om aan die halfslachtige toestand een eind te maken. Morgen, wat er ook gebeurt...' Zij zag mijn aarzeling. 'Ik begrijp, Paul, dat je er in de huidige omstandigheden tegen opziet. Het had voor ons een heuglijke gebeurtenis moeten zijn, en nu kom je in een sterfhuis. Ik begrijp dat het een rare situatie is, aanbellen en "hier ben ik" zeggen, dat zijn frustrerende toestanden. Kijk... Je gaat over Marlborough, vanhieruit kan het niet anders. Als je Ramsbury binnenrijdt, zie je links een paar megalithische stenen en aan je rechterhand een enorme eik, zo'n royal oak. Ray en ik zullen daar op je wachten, zonder auto. In de herberg zou gemakkelijker zijn – ik geef er evenwel de voorkeur aan dat Tom Hawkins niet meeluistert, hij is een afschuwelijke kletskous. Naar gelang het weer gaan we wat in de berm zitten of praten in je auto, die gekke Citroën,

ik weet er alles van! Wat er inmiddels ook gebeurt, wij zullen er zijn... Twee uur. Kun je er om twee uur zijn?'

'Twee uur is goed voor me,' zei ik. 'Reken erop.'

Ik liep met haar tot bij de Bentley, in zijn soort een museumstuk.

'Die zoen van Emily,' lachte zij. 'Ik geloof dat ik je hem kan geven...' Zij legde haar handen op mijn schouders en kuste mij op de wangen. En toen, tot mijn verbazing, drukte zij een kus op mijn mond, kuis, met gesloten lippen, maar teder. 'De eerste en ook de laatste keer, Paul,' voegde zij eraan toe. 'Omdat je mijn zusje liefhebt en ik je van nu af als mijn broer beschouw. Wij zullen veel van elkaar houden, daar ben ik zeker van.'

Ook ik was er zeker van. Alles was goed.

Maar was alles áf?

Onze afspraak was definitief.

Het leek mij niet noodzakelijk nog langer de wacht bij de telefoon te betrekken.

De moeheid waarop ik tegenover Mildred had gezinspeeld was geestelijk. Daarentegen had ik dringend behoefte aan wat lichaamsbeweging. Onafgebroken hadden wij op dat warme terras gezeten. Mildred scheen het weinig te hinderen, die had zich blijkbaar behaaglijk gevoeld als een poes in de voorjaarszon op een vensterbank. Met de angstvallige correctheid van een buitenlander in een vrij selecte Engelse gelegenheid had ik de ganse tijd mijn blazer aangehouden. Aangezien mijn bezoekster geen hinder scheen te ondervinden van de toenemende hitte, moest ik die maar verdragen, had ik bij mezelf gedacht. Het was niet bij me opgekomen – zo ben ik – dat die knappe jonge vrouw tegenover mij adequater was gekleed voor zulk weer dan ik. Mijn overhemd kon je uitwringen en ik voelde mij kleverig. Onder de douche stond ik geamuseerd te grinniken. Natuurlijk was ze even praktisch als haar zusje, ik had er geen moeite mee om het mij voor te stellen. Onder die op zichzelf al dunne katoenen jurk had ze niet meer aangehad dan zo'n fliederbroekje en een licht behaatje, als Emily. En de stupid continental maar sudderen in zijn eigen transpiratie als een braadkip in de oven...

Met het omwegje van de tuinen rond de kathedraal wandelde ik opgefrist naar het stadscentrum. Ik herinnerde mij een behoorlijk restaurant met een binnenplaats vol klimplanten die omstreeks deze tijd vast in de schaduw lag. Pas over een uur kon ik dineren, maar een drankje ging best, fruit-juice zoveel ik wilde, ik moest maar kiezen...

Het kelnerinnetje vond het gewoon dat ik haar om een blaadje papier verzocht. Ik kreeg enkele nette correspondentievelletjes met de naam van de zaak erop.

Van de zintuigen uit beschouwd ben ik een letterbeest. In de tijd van de druïden had ik geen kans gemaakt. Wat hun geleerdheid en hun wijsheid betreft, houd ik er nogal wat twijfels op na, maar als we Caesar geloven, moesten zij tienduizenden verzen onthouden. Het was verboden ze op te schrijven. Ik moet de letters, de woorden, de tekst kunnen zien, hem zélf lezen. Met visuele geaardheid heeft het niets uit te staan, iemands gezicht bij voorbeeld onthoud ik moeilijk. Dat zíen, dat lezen heeft niet zoveel te maken met het netvlies, met het inplanten van visuele indrukken, ergens in de hersens. Wat ik gelezen heb, schijn ik met gans mijn lichaam te onthouden, het doordrenkt al mijn cellen. In een wilde bui heb ik mij eens voorgesteld dat ik het opsla in mijn haar, zoals de knaap uit de bijbel die daar zijn kracht had zitten, maar hoe moet het dan als je naar de kapper gaat?

Mogelijk haal ik mij dergelijke dingen in het hoofd omdat ik als jongen zo'n hekel had aan die 'grijze cellen' waar men het in de toenmalige detectiveromans over had; een dienaar van Hermandad moest over goede grijze cellen beschikken. Een computerjongen uit Eindhoven vertelde mij dat men momenteel een chip ontwikkelt van nog geen vierkante centimeter groot, waarin men de ganse literatuur kan stoppen. Ik vroeg hem of hij de Hollandse bedoelde, maar dat wist hij niet, ik neem aan dat het de Nederlandse was, van *Hebban olla vogalas nestas hagunan* tot Rutger Friemelkous en Ko Vanlotenhulle. Ik vermoed dat ik het in die richting moet zoeken, ik heb ergens ingebouwd zo'n chip zitten. Voor een essay bij voorbeeld hoef ik mij niet te documenteren. Ja, natuurlijk, het gaat om dingen die ik heb gelezen. Ik leg zelfs de op mijn onderwerp betrekking hebbende naslagwerken, studies en handboeken op mijn bureau. Soms sla ik een naam, een datum na, controleer of een bepaalde gegevenheid die ik aan mijn herinnering toeschrijf niet op verbeelding berust. Notities op fiches gebruik ik zelden, ik deed het voor het eerst toen ik mijn boek over Arthur schreef, zomaar, om het eens anders aan te pakken. Vanlotenhulle maakt zelfs zijn romans met behulp van steekkaarten, zegt men. Ik stel mij voor dat hij ze in het groot koopt, om alles wat hem onder het lezen bruikbaar lijkt op te schrijven en het later zonder bronvermelding in zijn eigen prullen te spuien. Intertextualiteit, de professoren vinden het interessant. Hij doet maar.

Dat geheugen van me. Niet kwaad dus. Eigenaardig is dat ik aanzienlijk meer moeite heb met wat ik auditief moet opnemen, kom, simpel uitgedrukt: wat ik hoor zeggen gaat het ene oor in en het andere uit, zoals men het in Vlaanderen beeldend formuleert. Trouwens, ook met teksten kan het mis gaan. Ik onthoud ideeën, geen letterlijke citaten. Op school heb ik nooit een gedicht uit het hoofd kunnen leren, misschien wegens een zekere weerstand, misschien omdat ik het als iets stoms aanvoelde. Op dit punt reikt mijn geheugen niet verder dan dat ik bereid ben in een niet te serieus gesprek terloops op die pruimen van Jantjes vader te alluderen, even het ranke riet te laten ruisen of een grapje te maken over wat late zomerzon op criticus Prousset zijnen baard. Vraag me niet wat de heren Van Alphen, Gezelle en Van de Woestijne ons verder over het onderwerp mededelen. Het is geen kwestie van relativeren der eigen literaire gloriën. Zelfs van mijn geliefde François Villon onthoud ik alleen dat ene regeltje, *lichaam der vrouwen, tedere, lieflijk gezalfde kostbaarheid...* Ach, Emily.

Kortom, het geheugen, zelfs het mijne, is een ingewikkelde bedoening. Het hoeft er niet om te gaan of ik bij het eindexamen voor druïde zou slagen.

Ik bedoel dat Mildreds verhaal mij begrijpelijkerwijze nog in het oor zat, maar dat ik desondanks een paar notities moest maken. Nee, vergeten zou ik het niet, zo erg is het niet met me gesteld. Ik wilde het nog eens op mijn eigen manier bekijken, niet tevreden met vluchtige conclusies en overwegingen die bij het luisteren waren opgekomen. Wat trefwoorden neerkrabbelen was voldoende, een kwestie van de zaak voor mezelf te structureren, vaak worden bepaalde dingen dan duidelijker, ánders.

Het begin van de jaren vijftig, de oorlog is niet lang voorbij. In Ramsbury duikt meneer Smith op, hij was op een consulaat in het buitenland, Mildred noch haar moeder weten wáár. Hij heeft het moeilijk met zijn longen, dat zegt hij althans, maar is knap als een officier. Smith, een naam waar hij de pest aan heeft, of hij hem tegen zijn zin zélf heeft gekozen, in feite een rare bijzonderheid. Met herstelverlof of niet, hij behoort tot de diplomatie. Hoe zat het in die tijd met een diplomatieke loopbaan? Ergens was het een chique aangelegenheid, zeker in Engeland. Door een socialistische minister van buitenlandse zaken is bij ons de carrière niet zo lang geleden gedemocratiseerd. Men zit er al weer volop aan te pulken. Nog gaan de vaderszoontjes vóór, wat dacht je? Principieel zijn voor allen de kansen gelijk. Geloof het maar. Ben je soms een graafje? Nee toch, kijk eens aan. Hop dan! Naar Madrid, Parijs, Bonn of Stockholm, je mag zélf kiezen, zegt de kabinetschef van de minister. Laat je niet wijsmaken dat het zonder nobel blazoen niet gaat! Lapte je vader afgedragen schoenen, reed hij dag en nacht met een vrachtwagen? Dat geeft toch niet? Volgend jaar komt er een kantoorkrukje vrij van zesde consulaatssecretaris in Reykjavík, Bahia-Blanca, Andorra of wat zou je van Wildeblauwbeestenfontein zeggen, daar zit je in de frontlijn van de geschiedenis. Het zijn moeilijke tijden, dat heb je wel gehoord. 1950? Ja, dan... Dán is een Britse diplomaat een hoge Piet, geen onzin over bescheiden afkomst, geen flauwe kul over de rechten van de arbeidende klasse; gentlemen en de zonen van gentlemen moeten ook leven. Alles hangt van je ouders af, heeft de Heer het niet zo beschikt en gezegd dat het goed was?

Ik voelde mij soezerig en vroeg me af of ik, tegen mijn gewoonte in, geen whisky zou bestellen. Of maakt dat nog slaperiger? Ik had in feite een boel moeten verwerken. Voor een lerares wiskunde ontbrak het Emily's zus niet aan episch talent.

Over zijn ouders praat Smith nooit. Dat is niet normaal. Hij doet net of hij geen vader, geen moeder heeft. Ik heb nog nooit iemand ontmoet die niet eens opzettelijk of toevallig op hen zinspeelde. Het is duidelijk dat hij zich voor hen schaamt, dat hij niet aan zijn afkomst herinnerd wil worden. Ofwel hij is een enorme klootzak, ofwel hij heeft iets te verbergen. Maar wát?

Getraumatiseerd, dacht Ray Bridgeman – lijkt mij een interessante kerel. Ook door zijn lot als krijgsgevangene in Duitsland getraumatiseerd? Hij zat er ruim vijf jaar, stel je voor. Is dát de verklaring voor zijn betrekking op dat consulaat? Wilde de Labour-regering iets voor die mensen doen en hadden zij een zekere voorrang? Nooit van gehoord, ik kan niet alles weten. Een harde dobber, krijgsgevangene van Duinkerken af, ik had niet met hem willen ruilen. Bij het leger heb ik wat in een kantoortje rondgeklooid, vertroeteld door de sergeant wiens brieven aan zijn liefje in Luik ik voor hem in mijn keurigste Frans vertaalde, voor de grap soms in de stijl van Racine of Hugo. Chou vond het geweldig. Zij hebben nu zeven zonen, één ervan wil Romaanse filologie gaan studeren, heeft hij me eens geschreven, hijzelf leest tegenwoordig vlot *La Libre Belgique* en *Le Moustique*, hij blijft me dankbaar, ik, simpele milicien heb veel voor mijn overste gedaan, gebeurde dat wat meer, de wereld zou niet slechter zijn, maar ja, dat ontwapeningsgezeur... Maar Smith heeft pech gehad. Geen wonder dat hij zo'n hartvreter is geworden. En erger, vrees ik.

Dank u wel, young lady, ja, de soep over een kwartiertje, dat is prima. En mag ik wat sodawater bij de whisky?

A propos...

Weinigen hebben zoveel over de oorlog gelezen als ik, dat mag ik wel zeggen.

Britse soldaten, in juni '40 achtergebleven op het strand in Duinkerken? Dat klopt van geen kant! Nooit over gelezen, geen boek, geen artikel, geen parenthesis, geen voetnoot, geen woord. Bij die beruchte doorbraak naar Abbeville heeft hij zich vermoedelijk aan de Duitsers overgegeven. Als gevlucht hoogstudent dwaalde Roel daar op zijn fiets, vruchteloos op zoek naar een gaatje, een weg die naar het zuiden leidde. Hij weet er alles van. Wie kon het die Tommies kwalijk nemen? Slecht bewapend, de intendance die het liet afweten, de Belgen in de puree, door de Fransen in de steek gelaten, geen tank mijlen in het rond. Spitfires? Mijn laarzen! Hier en daar één aftandse tweedekker, mogelijk nog uit '14-'18, voor tien brullende Messerschmitts, het moet je overkomen. Messcherschmitts? Mij niet gezien, zei mister

Smith, of hij gelijk had! Hij is als de anderen in Trou-mes-Fesses of in Vent-de-Cul, Pas de Calais, op een knus terrasje gaan zitten met een Amer Picon of een pinard, en heeft 'Hello Fritz!' naar de eerst opduikende mof geroepen, zo ging dat. Roel kon het weten, die heeft daarna jaren in de ondergrondse gezeten en alle dagen naar de BBC geluisterd, verboden of niet. Onze Smith maakt het natuurlijk wat mooier, hoe zou je zelf zijn, wat had hij met zijn complexen ánders gedaan? Het heeft geen zin naar Duinkerken af te zakken en een maand onder de bommen te zitten. Een maand langer in het Stalag, dat wel, maar je weet niet waar het goed voor is, hij heeft er op de kosten van de Führer zelfs Duits kunnen leren. Vondel wist het, bij elke bluts heeft God een buil geschapen. Of zoiets.

Goed, aan de oorlog komt een eind, gelukkig maar.

Ergens een baantje op een consulaat, iemand die de postzegels natlikt heeft men overal nodig, een man moet bescheiden kunnen beginnen, Edison verkocht wel kranten, zei Lucia onlangs nog in een diepzinnige bui. Misschien was dat Duits een aanbeveling, Engelsen zijn niet zo knap in de talen van foreigners. En dan het Foreign Office, het geluk is blijkbaar gekeerd, werd het even tijd? Nou ja, in feite de Intelligence Service, vermoedelijk hoef je daar het warme water niet voor uitgevonden te hebben. Zo'n tegenvaller is dat ook niet. *What's in a name, that which we call a rose* ruikt nog even lekker als we het een paardebloem noemen. Maar in het geval Smith schijnt er iets te stinken, ik vraag me af wát.

Lieve deugd, wat ben ik moe. Dat gesprek met Mildred is niet in mijn kouwe kleren gaan zitten, kon niet in die hitte. Na het diner gaat het over, ik ken dat, als omstreeks middernacht gans het hotel zit te geeuwen, voel ik me zo fris als een hoentje, misschien klets ik vanavond nog wat met Tousseul en Archambault, maar voor mij geen zware Edammer meer.

Ja, er stonk iets. Rover de gracht in, revolverschoten, fluitende kogels, de speciale kliniek van die informatiejongens. Modelfunctionaris, dat wel, maar niettemin is het beter dat je meteen ophoepelt, je pensioen dat gaat, zelfs nog met een pak zwijggeld erbovenop. Waarom? *That's the question,* Shakespeare, het kan vandaag niet op. Voor hem onweerlegbaar een kwestie van leven of dood. Smith gaat de depressie in, je zou het om minder doen. Een langdurige, blijkbaar niet dadelijk acute depressie, in het begin althans. Mildred is duidelijk een verstandig meisje, het lijkt mij begrijpelijk dat zij de voorkeur geeft aan een woord als neurasthenie, dat komt ook minder hard aan voor mammy.

Die soep ziet er lekker uit, vooral na een whisky.

Soep lepelen en nadenken gaan best samen.

Hij is duidelijk een eenzaam man, maar op dat stille dorp heeft hij een vriend. Misschien vreemd? Hij trouwde met een lady De Vere, laat dit pittig vrouwspersoon haar Labour-achtergrond, een dáme blijft het. Wanneer hij een vriend kiest, is het uitgerekend ene Tom Hawkins, misschien op zijn manier een eerbaar man? Niet de goedlachse, warmhartige, innemende maar daarentegen nurkse kastelein van 'The Round Table', jammer voor de naam. En een portret van een fascist hangt er ook aan de muur. Een vraagteken dus achter die eerbaarheid. Wat heeft hij waardoor Smith wordt aangetrokken? Dat het een plaatje van een fascist is, merken de stamgasten in zo'n afgelegen nest waarschijnlijk niet, daar moet een slimme Fransman even voor langskomen. De handtekening die Archambault ontcijferde, zal voor anderen wel onleesbaar zijn, zeker voor die boerenpuiten. Hij kan altijd zeggen dat het de autoracer sir Stirling Moss is, de ene sir is de andere waard. Gesteld dat iemand het ziet? Hoe reageren de mensen tegenwoordig op dergelijke dingen? Mensen wier vader niet op zijn drempel door moordenaars van de ss is neergeschoten?

Niet aan denken, Paul, je hebt het toch verwerkt?

Verwerkt?

Weer zo'n modewoord. Verwerkt. Ik weet het niet. Nog elke dag denk ik aan hem en dan zie ik het gebeuren. Maar ik kan het dragen. Verwerkt? Vroeger was men openhartiger. Men gebruikte dergelijke woorden uit vulgariserende krantestukjes, uit de brievenrubriek van een of ander damesblad niet. Mijn man trok ervandoor met het boodschappenmeisje op kantoor, zo'n del met een gezicht vol verf en minirokjes, als ze de trap op loopt, zie je haar gat. Kom, mevrouwtje, dat gebeurt in de beste families, kop op, je moet het verwerken! Verwerken? Vergeten? Tot jezelf zeggen: het is voorbij, ik trek het mij niet meer aan? Doen wat Tante Mathilde van de hartsgeheimenrubriek ons voorhoudt?

Dan verwerk ik het liever niet.

Verdomme, wat heb ik een slaap, de lucht van Wiltshire?

Verwerken niet. Troost zoeken in al wat mooi is in het leven, gelukkig zijn met de boeken die ik nog wil schrijven, tot mezelf zeggen dat ik morgen naar Emily toe ga, dat wij alle hangende probleempjes zullen oplossen en van ons leven een kunstwerk maken, dat wél. We zullen regelmatig, hoewel zonder overdrijving naar het kerkhof rijden en bloemen op het graf leggen, bij voorkeur een bos witte seringebloesem.

Lachend zal zij zeggen: dat heb ik vroeger al eens stiekem gedaan, Paul, een paar dagen voordat wij elkaar in 'De blauwe Ganze' ontmoetten.

Waarom legde Emily bloemen op het graf van mijn vermoorde vader? Zij las Roels stuk in de krant, het greep haar aan, toch kende zij mij niet. Ik kan mij geen vrouw voorstellen die hetzelfde zou doen, hoewel je het niet weet. Jammer dat ik er niet met Kristien over kon praten nadat Jeroen het mij had verteld. Een vrouw natuurlijk die met de literatuur, met mijn werk bezig is, zou Kristien zeggen en zij zou er vast haar mening over hebben.

Ik zei het meisje dat ik alle tijd had, dat het na de soep best even mocht duren. Er komen langzaam aan meer gasten opdagen, maar het blijft rustig op het binnenplaatsje van 'The Red Bear', je kunt er ongestoord zitten soezen.

Waarom zou Emily geen bloemen op het graf van je vader leggen? zou Kristien antwoorden. Toch niet omdat er in die kroeg in Ramsbury een fascistenkop aan de muur hangt?

Kristien heeft goede hersens, wat zou Jo zonder haar beginnen?

Tenzij ik me gauw weer fit voel, ga ik vroeg naar bed, ik blijf Tousseul en Archambault uit de buurt, anders zetten ze een boom op over dingen waar ik zélf gek op ben. Het zou leuk zijn het contact met hen te onderhouden, ik zal vragen of ze hun adres voor me opschrijven. Kom ik ooit met Emily in de buurt, dan gaan we die knapen goeiedag zeggen.

Zit niet zo te geeuwen, Paul, dat doe je niet in Engeland, al vallen je ogen dicht van de slaap.

We zullen zien hoe alles verloopt. Ik zou eens in 'The Round Table' willen binnenlopen, mogelijk lukt het wel. Om die kastelein over zijn chique vriend aan de tand te voelen...? Onzin. Waarom? Nog een paar dagen en dan heb ik er niets meer mee te maken, ook Emily zal alles vergeten, hij verdient niet beter. Maar kom, zo'n dorpse inn is altijd gezellig, en dan kan ik meteen een blik op die foto van Mosley werpen. Het is niet te geloven! Ik moet het zeker weten, anders durf ik er eerstdaags niet met de vrienden over te praten. Is het waar, nou, dan slik ik hun grapjes over dat democratische Engeland van me stoïcijns door.

Verdomme, nu zit ik te dromen. Ik weet het zélf als ik droom. Niet te lang, Paul, er komt lamsgebraad met groenten, als het maar niet van die erwten als giftig gekleurde stuiters zijn.

Ik ken een kroeg in Antwerpen (per vergissing wilde ik er een kop koffie nemen) waar Hitler jarenlang aan de wand hing, ik had het kunnen raden, 'Vlaenderen die Leeu' heette die tent. Jammer, op zichzelf is er met die leeuw niets fout, nee. Een pracht van een embleem en ook de linksen hebben tegenwoordig de mond vol over de federale staat Vlaanderen, ze doen maar, we stevenen er recht op aan. België wordt dan de schoonmama in het huishouden, misschien verandert de kakmadam Brussel langzaam aan in een vriendelijke oude dame, wie weet. De koning mag best op zijn troon blijven zitten, vraag het maar aan Molletje, liever dan een koster of een vakbondssecretaris die tot president wordt gewijd, gekroond, verheven, gezalfd, nee, verkozen.

Hitler hing er, heus waar, maar hij werd door een troepje studenten na een homerische ruzie meegepikt. Die ruzie ging erom of het Een

Grote Vlaamse Leider was of Chaplin in *The Great Dictator*? Zelfs nazikroegbazen zijn bij ons tot een compromis bereid, de man wist niet meer waar zijn hoofd stond. Er was één student die hem bij hoog en bij laag bezwoer dat Chaplin een jood was, een Engelse jood nog wel. Verschrikkelijk, meneer, maar die jongen kon het weten, hij droeg zelf zo'n keppeltje, stom zijn die joodse mannekens niet, dat hoor je me niet zeggen. Had hij me daar de ganse tijd een Engelse jood aan de Vlaamse Muur gehad in zijn Echte Oude Vlaamse Herberg met alles in eikehout? Hem had men gezegd dat het De Grote Leider Van Het Germaanse Herenvolk was. Hoe is het mogelijk. Direct had hij hem vervangen door Een Andere Grote Leider Die Niemand Kende, dat leek hem verstandig. Tot iemand hem vroeg wat die maffe melkboer daar hing te hangen, die Mussert godverdomme, een Hollander nog wel, Germaanse broeder, mijn voeten. Het gaat de Vlamingen te goed, dat zie je aan alles, ze zijn met niets meer tevreden, auto's van hier tot ginder en elke vakantie naar Zwitserland, Mallorca, Benidorm en zelfs naar Moskou, jawel, en weet je hoe? Met de Vlaamse Toeristenbond, meneer, De Jongens Van Het Vlaams Legioen keren zich om in hun graf, dát doen ze. Wat zeg je? Heeft de Vlaamse ss je vader doodgeschoten...? Dat zal een vergissing zijn, het kan niet anders, zag hij er allicht uit als een jood? Begrijp me niet verkeerd, zo'n donkere Antwerpenaar natuurlijk, nog uit de tijd van de Spanjaards toen we ook al Voor Outer En Heerd Streden, een misverstand is altijd mogelijk, oorlog nietwaar? Trek het je maar niet aan, hij is gevallen Voor De Goede Zaak, in Houwe Trouwe, zoals Rodenbach al zei. Enfin, hij heeft Mussert dan maar in de kelder gezet, overigens had hij zélf nooit van de vent gehoord, misschien wás het wel een melkboer. Nu hangt er een levensgrote Brigitte Bardot met haar tietjes bloot, dat vindt iedereen mooi, en een Ingelijst Vlaams Gedicht Van Verschaeve ernaast. Daar kan niemand wat op tegen hebben, zelfs geen witte uit het verzet die per ongeluk binnenkomt, in de eerste wereldoorlog had koningin Elisabeth grote achting voor Deze Edele Priester... Jawel, zelf gelezen, kijk maar in *De Goedendag* van vorige week.

Ik schrok wakker.

Het dienstmeisje stond voor mij. Ze kwam eens informeren of ze de bestelling wel exact had opgenomen. Juist, lamsgebraad, dat dacht zij al. Ik zou ervan opknappen, sir, meneer was blijkbaar moe, ja, die hitte. Verlegen gaf ik mij er rekenschap van dat ik een uiltje had geknapt. Kom, tenslotte kende geen mens mij hier, evenmin als Mussert in Antwerpen.

Wat moest een Engelse kastelein met de foto van een fascistenhoofdman...?

Smith verrekte daar in Ramsbury van de eenzaamheid na Londen, na zijn avontuurlijk leven. Zijn avontuurlijk leven...? Waaraan was zijn achtervolgingswaan toe te schrijven? Waarom had hij de schijt voor Israëlische belagers die er, ten eerste, niet waren en, ten tweede, nooit van ene minister Smith hadden gehoord? Was hij een jodenhater wiens haat in omgekeerde richting werkte? Psychologisch valt het te bekijken, bij sommige mensen is niets te gek.

Net zo gek leek mij de geschiedenis van dat krankzinnige wapenschild. Krankzinnig als hij. Het was menselijk dat Mildred de hoekjes afrondde, zij is niet zo hard als zij het had gewild. Haar vader had haar leven, het leven van haar moeder en haar zusje verpest, misschien was het voor henzelf beter het bij neurasthenie te houden op het wat sceptisch gezag van een oude plattelandsdokter die zijn pappenheimers kende. Beter dan wie ook, vermoedelijk beter dan Emily besefte zij dat Smith geen medelijden verdiende. Dat hij een nietsnut, een parasiet en een intrigant was, die het mansion en de fortuin van haar mammy had getrouwd, niet die lieve vrouw zelf. Nee, Mildred liet zich niet door de oude man verblinden. Zij wist dat hij een proleterige parvenu was, het bleek voldoende uit wat zij mij vertelde over dat wapenschild.

Het moest zo nodig in massief zilver, met de god van de smeden, met de Germaanse, nou ja, Angelsaksische Thor erop. Hoe kwam het op bij die idioot? Laat mij het eens over die spreuk hebben, dat pseudo-devies. Het diende om te verhinderen dat zijn vrouw naar evenwichtiger, vriendelijker, goedhartiger en wellicht voor haar aantrekkelijker mannen zou kijken, de officier van destijds was vergeten... Wat een pech dat zij het niet had gedaan! Waarschijnlijk hadden die twee brave meisjes dan uiteindelijk een échte, lieve papa gekregen, die wél met hen praatte over alles waar ze om vroegen, die hun serieuze verhalen vertelde, die met hen had getennist of in het zwembad gestoeid, met hen die prachtige oeroude streek verkend of met het ganse gezin op reis was gegaan, in plaats van voor cowboy te spelen en het in zijn broek te doen als het ten slotte mislliep.

Een vader, dacht ik, die geen operette-wapenschild nodig had in de stijl van *Im weiszen Rössl*, de stomme klootzak. Wat stond er ook al weer op?

Ja. *Honour and Conjugal Fidelity*. Veel had hij zich niet van zijn huwelijk aangetrokken, de proleet. Conjugal, verdomme! Mildred dacht dat hij geen andere vrouwen had nagezeten. Misschien gehoorzaamde hij een bevel van de Service. Geen flauwe kul, opspraak vermijden, trouw met een hoer, trouw met een lady, het kan ons niet verdommen, maar vermijd in alle omstandigheden het schandaal, zo niet zit Our Majesty the Queen met de brokken. Enfin, hij had mammy twee schatten van dochtertjes gemaakt, zonder enige verdienste zou hij dit aardse tranendal niet verlaten, straks, vannacht, morgen...

Fidelity, jawel, dat was voor mammy bestemd. Trouw. Huwelijkstrouw. Trouw als een hondje. Braaf, koest, dan krijg je een kindje van de baas, hij is daar knap in, ga maar vast liggen en trek je broek uit...! Vermoedelijk miste zij het uit-één-stukkerig karakter van haar dochters, doch hoe meer ik over haar had gehoord, hoe oprechter de sympathie die ik spoedig voor haar had gevoeld. Ik vermoedde dat zij Ramsbury niet zou willen verlaten, gans haar jeugd lag er, ik had het gevoel (op die eigenaardige wijze die voor mij een zekerheid is) dat Mildred en haar Bridgemannetje hun intrek in de dependenties van de mansion zouden nemen. Waarom zou ze evenwel de winter, een deel van de winter niet bij ons doorbrengen? In de stad was er veel te doen, álles zou na haar eenzaamheid een openbaring zijn en elke week zouden wij voor de vrienden een open-deurdag organiseren. Haar levensmoed zou door de jongeren weer worden opgepept, aan Jo's verschrikkelijk Antwerpse verhalen nam ze wellicht geen aanstoot, met de ouderen zou zij bedaard keuvelen over de jaren van toen en wij zouden met zijn allen welkom zijn op 'Ultima Thule'. Het kon een heerlijke wereld worden.

Wat moet die koddebeier, die mislukte Intelligence-man met honour? Alle honour was voor hem geweest. Hij was het die zich aan mammy's eer had opgetrokken, aan de eer van de De Veres. Geen eer wegens die aloude adeltitel, wegens de Zeeuwse botsteker die in Hastings als een berserker tekeer was gegaan. Nee, wegens de eer van het bescheiden waterkansje – hoewel! – dat die rare Amerikaan met zijn Shakespeare-hypothese gelijk zou krijgen, wegens de eer van een vader die Bernard Shaw had gekend, Attlee tutoyeerde (voor zover dat in het Engels kan!) en de partij van de simpele mensen en de schamelen had gekozen.

Honour and Conjugal Fidelity, lieve mensen! Ongeveer op het niveau van zo'n biertapper in Antwerpen die niet weet dat Hitler hartstikke dood is, hem ternauwernood van Chaplin onderscheidt. Opgebrand met een laatste restje synthetische benzine in de tuin van zijn bunker, de Ivans om het hoekje. Als je het hem met handen en tanden zou uitleggen, zou hij Thor wel leuk vinden, vermoed ik, De Grote Dondergod Met Zijn Germaanse Hamer, leuker zelfs dan Brigitte Bardot, die hij soms huichelachtig Marika Rökk noemt, dat moffenidool, leuker dan ingenieur Mussert, maar enige explicatie zou nodig zijn, de bard Verschaeve met zijn gedichtje was er niets bij.

Hij had er een plaatsje aan zijn Vlaamse Bakstenen Muur voor gevonden, maar dat Engels, weet je, dát maakt het moeilijker. Kom, moeilijk, onmogelijk. Stel je voor. In Het Volksverbonden Oudvlaams Drank- En Spijshuis haast zo erg als het Frans of het Russisch. Wat zóuden De Gewezen Oostfrontsoldaten met hun stoere, hun bonkige, hun grijze, hun Nordische koppen zeggen? Tenzij... Vertalen...? Gevonden. Vertalen! In het Vlaams, enfin, in het Nederlands zegt men

tegenwoordig. Of in het Duits, beter nog in het Duits, jawohl, dan kreeg hij geen gezeur met de oud-vnv-ers en de leden van De Vlag die het verschillend zien, het klonk zeker prachtig in het Duits.
Hoe zou dat gaan?
Ehre und Ehetreu. Wat moeilijk om te zeggen, maar voor zo'n kleinigheid versaagt Een Volksverbonden Vlaming niet, geen denken aan! Het riep prompt een heerlijk visioen op van Tijl en Nele (niet uit die Franse roman, dat verraderlijk Belgicistisch boek, waarin die twee de Vlaamse hooizolders onveilig maken en dat de bolsjewisten zo mooi vinden, als je begrijpt wat ik bedoel). Ja, Tijl en Nele, de échte, omringd door allemaal kindertjes met schalks gemillimeterde kopjes en lieve blonde vlechtjes, toekomstige Vlaamse soldaatjes, toekomstige Vlaamse moedertjes.

Het diende vast Ehetreu te zijn, maar Liebestreu was ook wel iets. *Ehre und Liebestreu* klonk niet onaardig en wat meer vrijblijvend. De jeugd heeft dat vandaag de dag liever, er komt geen huwelijk, geen pastoor aan te pas, hoewel... Hoeveel jongeren zag hij nog, op nu en dan een bende herrie schoppende studenten na? Ze hebben zelfs geen respect voor Een Held Van De Viking Division, meneer, of voor Een Idealist Van De Sicherheitspolizei, waar gaat dat heen? Nee, Wij Vlamingen Uit De Grote Tijd moeten die snotneuzen niet in alles hun zin geven! En dan, dat Liebe enzovoort alleen, het doet aan de pil of erger denken, Het Germaanse Ras onwaardig. Maar een oplossing is er altijd, zei de Führer, niet Chaplin, bedoel ik. Hebben die schoften mij een smerige poets gebakken! Kom, inkorten zou ik zeggen. Het huwelijk kunnen wij erbuiten laten, er is meer op de wereld. *Ehre und Treu* klinkt nobel. Maar zonder bezits- of lidwoorden is het niet je dát, vind ik. Ronduit gezegd. *Die Ehre und die Treu,* ach, ach, net een titel voor een roman uit de tijd, nu schrijft men helaas zulke dingen niet meer, het moet allemaal vuile klap en neuken zijn. Maar niet zo geschikt voor Een Dietse Spreuk Aan Een Vlaamse Muur.

Nee, het moet anders. Al eens gedacht aan *Meine Ehre ist Treu...?*
Ik had het eerder gehoord. Waar had ik het eerder gehoord? Wanneer?
Meine Ehre ist Treu!
Verdomme! De kenspreuk van de ss.
De smeerlappen die mijn vader doodschoten, híj overleefde de oorlog niet als mister Smith...
Werd die in Duitsland besmet? Heeft hij het stiekem in dat kolderieke wapenschild van hem ingebouwd?
Of is het anders, helemaal anders. Reikt het veel dieper dan de gebieden die ik met mijn povere verbeelding heb afgetast?
Je bent gek, Paul Deswaen, zei ik tot mezelf. Ophouden ermee. Zo kun je desnoods bewijzen dat de aarde plat is en de hemel eromheen

draait. De vader van pater Hans zou je wel ánders hebben geleerd, hij wist alles af van Galileï.
Het kelnerinnetje zette een prachtig lamsgebraad voor me neer.
Het Lam Gods, dacht ik dwaas.
Wanneer zullen we weer samen door Gent lopen, Emily, wanneer zwerven we met onze witte pareloester door Vlaanderen, het Vlaanderen van de mensen van goede wil, bedoel ik?

Ik startte de motor van de Citroën en gaf plankgas om de lucht- en oliedruk van de ophanging op peil te brengen. Toen stak ik het kruispunt bij Exeterstreet over, reed naar het centrum en vond er zonder inspanning een richtingbord dat naar Marlborough wees.

Vanmorgen was er een zomerbuitje gevallen, waarschijnlijk een randje van een onweder vér weg. Nu scheen de zon opnieuw, de wereld lag er frisser en groener dan ooit tevoren bij. Ik was op tijd vertrokken. Hoewel ik de wagen zijn spieren voelde spannen om een flinke spurt in te zetten, hield ik het tempo aan de lage kant.

Natuurlijk was ik gisteravond wél tegen Tousseul en Archambault aangelopen.

Mijn walgelijke vermoeidheid van een paar uur tevoren was helemaal over. Met de wat slome reactie die men meer bij Engelsen opmerkt, maar die wij gemakshalve op één hoop gooien met hun flegma, scheen de directie van 'The Rose and Crown' definitief ingezien te hebben dat de tijd van de eerste zwaluwen die geen lente maken voorbij was en de zomer het inderdaad ernstig meende. Wie het wilde had op het terras bij het water kunnen dineren. Op elke tafel stond onder een speciaal hiertoe voorbestemd lampeglas een brandende kaars, die niet werd weggenomen toen Zerlina en haar gezellinnen afruimden. Het leidde tot een kunstmatig in het leven geroepen, gesofisticeerde gezelligheid, inderdaad typisch Engels, waar de twee Fransen verrukt over waren en ik evenmin ongevoelig voor bleef. Op de serene zomeravond deed het je aan de Dickens van *The Pickwick Papers* en zelfs aan de kerstman denken.

Archambault herinnerde zich opeens dat we vlak bij het zomersolstitium waren, dan zou de zon op Stonehenge achter de Heelstone opgaan.

Hun te zeggen dat ik hem reeds een poos de Steen der Geboorte noemde, leek mij te gek. Niettemin had ik graag geweten of de cyclus van de achttien à negentien keer twaalf maanden van het Mystieke Maanjaar der megalithenbouwers niet toevallig weer opnieuw aanving. De kans was gering, één op achttien à negentien, en ik had er niet het flauwste idee van waar ik met het tellen diende te beginnen. Van kindsbeen af heb ik met mijn dromen geleefd. Daarom was het voor mij een prettige gedachte dat het theoretisch mogelijk was. Meer hoefde niet, de mogelijkheid is mij haast net zo lief als de concrete verwezenlijking.

De voorstelling die ik mij van de matriarchale maanliturgie vormde, hield ik voor mezelf. Sinds ik de tekst van Hecateus voor het eerst las, ben ik er herhaaldelijk mee bezig geweest en het beeld van de prins-gemaal die als een megalithische Apollo rond zijn bruid danst, koningin en maangodin tegelijk, had voor mij een filmische concreetheid verworven.

Bij beroepsarcheologen wilde ik met mijn poëtische fantasieën niet voor den dag komen. Vermoedelijk vonden zij ze bespottelijk, hoewel zij het als hoffelijke Fransen niet zouden laten blijken. Anderzijds behoorden zij tot de nieuwe school van oudheidkundigen, die hun vak niet meer beoefenen met de fundamentalistische oogkleppen van de generatie die hun voorafging, zoals hun onderzoek het bewees. Hun professoren – gesteld dat het hen interesseerde – zouden de Ridgeway als een voorhistorisch pad hebben bekeken, ruimschoots riskant genoeg. Voor hen beiden was het de weg die naar Plato's Atlantis leidde vooraleer de landengte spleet en de mythe werd geboren. Was ook voor hen de droom het mooist van al?

Er was geen reden om over Hawkins' astronomische duidingen te zwijgen. Zij wisten er alles van en verheugden zich erop in hetzelfde hotel te logeren waar deze geniale man twintig jaar jaar tevoren op zijn hypothese had zitten broeden. Niets klonk vanzelfsprekender dan mijn vraag, of zij er enig idee van hadden wanneer de achttien-, negentienjarige cyclus begon. Het zat erin dat zij het als professionelen wisten.

'Is het een raadseltje, monsieur Deswaen?' informeerde Tousseul belangstellend en terzelfder tijd geamuseerd. 'Hebt u het antwoord al klaar?'

'Hoegenaamd niet, ik zit het mij af te vragen,' zei ik.

'C'est insensé,' vond Archambault, 'wij zijn met die dingen bezig, ze zijn fundamenteel voor ons, maar domweg hebben wij het ons nooit afgevraagd. We moeten er dadelijk werk van maken!'

'Misschien in de Municipal Library,' antwoordde ik. 'Zegt dat u vrienden van me bent. De bibliothecaresse is een aardige vrouw, zij zal u graag helpen.'

'Erg attent van u,' zei Tousseul. 'Een bibliotheek betekent uiteraard boeken. Een mens komt weleens voor een verrassing te staan, maar er is weinig dat we niet hebben uitgeplozen. Nee, dat is niet de aangewezen weg. Het zou efficiënter zijn als we een astronoom te pakken konden krijgen. Waar vind je die?'

'Niemendal,' vond Archambault. 'Ik los het direct op, over dergelijke kleinigheden mag je geen gras laten groeien. Excuseer me, het zal niet lang duren, zoniet zitten we het ons volgend jaar nog af te vragen.

On va voir ce que l'on va voir, wacht maar.'
Met duidelijk enthousiasme zagen wij hem naar binnen lopen.
'Wat voert hij in zijn schild?' vroeg ik.
'Geen idee,' grinnikte Tousseul, 'misschien komt hij warempel met een astronoom te voorschijn, eventueel met een astroloog, het is mogelijk dat het in dit geval niets uitmaakt. Hij is een rustige kerel, maar plots kan hij ertegenaan gaan. Denk maar niet dat ík niet nieuwsgierig ben.'
Het scheen wel vrij lang te duren. Na een goed kwartier kwam hij glunderend het terras op en stak van verre een triomfantelijke duim naar ons op.
'Zo ziet u maar,' zei Tousseul.
Ergens voelde ik dat hij trots was op zijn ondernemende kameraad, wat ik beminnelijk, haast ontroerend vond, anderen zouden van tevoren meesmuilen, al was het zonder boosaardigheid.
'Wél?' lachte ik nieuwsgierig.
'Zo eenvoudig als wat,' pochte Archambault, 'je moet er alleen even aan denken.'
'Waaraan?' vroeg Tousseul.
'Naar het observatorium van Greenwich te bellen, nom d'une pipe, die knappe bollen worden er door madame Thatchère voor betaald!'
'En...?' aarzelde ik, zonder veel fiducie in de handlangers dezer fraaie dame.
'U gelooft het nooit,' straalde hij. 'Het duurde even voor ik de rechte man te pakken kreeg. Niet verbazend, het is namelijk een dame, ontzettend lief. Ik vraag me af hoe ze eruitziet. De l'esprit en een zwoele stem, je kent dat.'
'Zit niet voortdurend aan de wijfjes te denken, mon vieux. Wat vertelde zij?'
'Ze vond het prompt een goeie vraag, ik hoefde mij helemaal niet te excuseren, ze krijgt zelden zulke verstandige vragen. Het maakte haar avond goed. Ze zat daar toch maar horoscopen te trekken, vermoed ik, en of ik gauw eens langs kwam, vast een hete bliksem.'
'Als je ons langer voor de gek houdt, ga ik over tot geweld!' dreigde de forse Tousseul. 'Al eens om elf uur Greenwichtijd in een Engelse rivier verzopen?'
'Goed, goed, geduld, du calme et de l'ortographe, als in *Kuifje*, jullie geloven het niet. Het klopt! Ik bedoel dat we aan het begin van de cyclus staan. Zij voegde er zelfs het exacte uur aan toe, de minuten, de seconden inbegrepen, het schijnt dat er enige schommeling in zit. Zij stuurt ons een syllabus met het hele verhaal, hier aan het hotel geadresseerd. Overmorgen is de grote dag... Ernaar toe te gaan raadt die schat ons af, morgen of daags nadien is voor de waarneming praktisch gelijk en er loopt je geen krankzinnig druïdenclubje voor de voeten. De

luizebossen die meestal de boel op stelten zetten, zijn ervandoor. Die mafketels weten niet dat er een cyclus begint, anders was het er daags nadien nog le bordel... Maar zo kan je op je gemak kijken.'

'Daar moeten we iets op drinken,' besloot ik. 'Mijn beurt om een flesje te betalen. Veel weet ik er niet van, maar ik geloof dat ik een behoorlijke Meursault op de kaart heb gezien.'

'On ne dit pas non,' antwoordden de andere twee. 'Waarom zo'n vriendelijk aanbod afwijzen?'

De motor van mijn DS ronkte met Franse subtiliteit.

Het was een vriendelijke herinnering. Een boeiend onderwerp om in de auto je gedachten mee bezig te houden, en ondertussen het serene landschap gade te slaan.

Op bezoek gaan waar een man op sterven ligt is geen pretje. Maar ik zou Emily weerzien. Zo had zij het gewild. Nee, een beslissing moest zij niet meer nemen, dat was na het gesprek met haar zusje volkomen duidelijk.

Het verbaasde mij hoe weinig gespannen ik was.

Ik was niet gespannen. Ditmaal was ik nieuwsgierig.

Ik ben niet de enige man in de wereld wiens liefde hinder ondervindt wegens een zieke in de familie van de beminde, zei ik tot mezelf, een nakend sterfgeval of een ander ongeluk. Hiertoe beperkte zich de toestand niet. Het zou naïef zijn niet te erkennen dat er aanzienlijk meer was dan die tragische situatie in het gezin De Vere. Wij zijn voor elkaar geboren, ook Emily twijfelt er niet aan. Ik was definitief zeker van het ogenblik af dat zij zich heeft gegeven. Het was geen uiting van lichtzinnigheid, maar het plechtig aanvaarden van een voorbestemming. Maar toch wist zij geen raad, toch leek bij herhaling of eensklaps iets onze liefde onmogelijk maakte.

Het heeft met de stervende te maken. Ik ben er zeker van.

Zus Mildred is gelukkig getrouwd. Haar agronoom lijkt mij een verstandige kerel. Niettemin had hij het pijnlijk kunnen vinden dat zijn lieve vrouw met een beroerling van een vader zit opgescheept. Waarbij ik het niet over zijn verziekte geest heb. Ieder mens kan aan neurasthenie, aan ongeneeslijke depressie lijden. Gek worden. Ik denk aan zijn louche verleden.

Is Mildred er minder dan Emily toe geneigd om zekere situaties te dramatiseren?

Zwaar schijnt de oude Smith niet op haar huwelijk met Ray Bridgeman te hebben gedrukt. Zij zijn bedaard in de buurt blijven wonen, hoewel zij zich van de toestand hadden kunnen distantiëren door zich elders te vestigen. Zij schijnen regelmatig bij mammy aan te lopen, niet alleen nu de toestand acuut is. Het blijkt zelfs dat de schoonzoon weleens een praatje met de zieke maakt. Niet toevallig, anders had hij niet voor amateur-psychiater kunnen spelen, dacht ik.

Voor Ray Bridgeman is Smith een schoonvader die aan de zenuwen lijdt, mogelijk een naargeestig individu van wie hij de gebreken kent en de duistere achtergronden vermoedt. Wat mij betreft, voor mij betekent hij niets. Het kan niet anders, nooit heb ik hem gezien. Mogelijk is hij vannacht gestorven en zal ik hem nooit levend ontmoeten. Al is Ray Bridgeman de braafste, de meest flegmatische agronoom in heel Engeland, hém zal hij vast problemen hebben opgeleverd, door zijn ziekte of door zijn karakter. Nu gaat de man dood, misschien is het zover.

Ik was in Marlborough en moest mij oriënteren waar de zijweg naar Ramsbury lag. Terwijl ik stopte om op de kaart te kijken, kwam een agent naar me toe, salueerde beleefd en vroeg of hij me kon helpen. Het bleek eenvoudig, honderd meter verder rechts afslaan en dan almaar rechtdoor. Ik kon het niet missen, een goede tien minuten, met plezier gedaan, sir. Hij leek nog op Jeroen ook.

Op het boordklokje was het kwart voor tweeën. Ik hoefde mij niet te haasten. Het zou leuk zijn als Mildred en Ray al in de berm zaten. Hoe vlotter, hoe soepeler alles verliep, hoe beter.

Ik kon geen moeilijkheden met Smith meer hebben, al was hij het monster van Frankenstein in levenden lijve. Al was hij honderd jaar geworden, wat de goden verhoeden, ook dán hoefde ik geen moeilijkheden met hem te hebben, evenmin als Mildreds geduldige agronoom. Niettemin lag de situatie voor mij anders. Ik had het aan Emily's reacties, ik had het aan Mildreds uitgebreide verhaal gehoord.

Ik zag het ineens duidelijk.

Wat eenvoudig, op zijn hoogst onaangenaam voor Ray Bridgeman was, scheen op de een of andere manier voor mij veel grotere problemen in te houden.

Het was niet mijn schuld.

Evenmin kon het de schuld van de stervende oude man zijn.

Maar aangezien het niet mijn schuld was – hoe zou het? – moest het, het kón gewoon niet anders, met hém te maken hebben. Schuld of geen schuld.

Het vergde ontzettende inspanning om er een afschuwelijk onbehagen onder te houden.

Schuld...?

Ik vraag mij af hoe zich het weerzinwekkende onbehagen verder zou hebben ontwikkeld als ik niet naar de stenen links, naar de forse eik rechts had moeten uitkijken.

'Wie ter wereld heeft er schuld tegenover Paul Deswaen?'

Ik kan mij niet herinneren of ik het luidop heb gezegd.

Op dat ogenblik zag ik dat Mildred net voor de volgende bocht naar mij stond te wuiven terwijl haar man geïnteresseerd mijn wagen observeerde.

VIERENTWINTIGSTE HOOFDSTUK

Het geheim van 'The Round Table'. Cymbeline Mansion. Ontmoeting met mammy. Het roze blaadje glacépapier. Baart het goede het goede? Verdere kennismaking met mister Smith. De sterfkamer. Bracke aan de binnenkant. Denkbeeldig gebed van pater Hans. Het portret. Epiloog op zee.

Behoudens de dorpelingen, die uiteraard het echtpaar kenden, had iedereen ons voor een troepje toeristen kunnen houden.

Bridgeman liep er nonchalant bij in een blauwe linnen broek en een kleurig overhemd, waarop een niet zo talentvol abstract schilder zijn inspiratie leek botgevierd te hebben. Mildred droeg een verticaal witen zwartgestreepte zomerjurk, waarin zij mij deed denken aan de distinctievolle schoonheden op de publicitaire aanplakbiljetten voor de Kodak-produkten, die voor mij als kleine jongen het ideaal van de vrouwelijke bevalligheid hadden belichaamd. Blijkbaar was mijn smaak sedertdien niet veranderd. Het lukte mij het sereen te overwegen, ook de vraag hoe ik zonder deze reclamejuffrouwen als volwassene tegen het andere geslacht zou hebben aangekeken.

Het werd moeilijk om vol te houden dat ik zonder spanning tussen deze twee beminnelijke mensen liep. Aan dergelijke dingen is het trouwens dat ik mijn spanning herken, ook als ik er de ogen voor sluit.

Terwijl moeder zacht kreunend lag te sterven, had ik met obsessionele krampachtigheid naar een kleine fout in de ruit van het venster zitten staren waardoor, naargelang ik mijn hoofd bewoog, deze de vorm aannam van een lensachtige vertekening van het geboomte erachter, of van een blinde vlek, geen gat in het glas, dacht ik, nee, een aan de materie onttrokken uitstulping naar het volstrekte niets. Terwijl ik op het kerkhof op Jeroens fatale woorden wachtte, had ik de slagen geteld van een nijdig klokje dat middag klepte, naderhand gebiologeerd naar een nasmeulend, halfverbrand propje tabak getuurd dat hij uit zijn pijp had geklopt.

Mogelijk duurt het niet langer dan een gedachtenflits, maar in elk geval was ik opeens bezig met zo'n uitdrukking als 'het andere geslacht'. 'Het zwakke geslacht' riep uitsluitend decente, en dus onopvallende associaties op. Vast onder invloed van renaissanceschilderijen die ik in het museum had gezien stelde ik mij bij de woordcombinatie 'het andere geslacht' een steeds naakte, ivoorgladde maar satijnzachte pubis voor, het driehoekig runeteken van de liesplooien, het bovenste van lichtjes geheven vrouwendijen en, daartussen, als een oc-

cult juweel, het tantaliserend, ofschoon gesloten plooitje van de vagina.
Ik ben ervan overtuigd dat het niet zomaar een erotisch beeld voor me was. Veeleer was het een geabstraheerd symbool, een hiëroglief waarmee zich de uitdrukking op de rand van mijn onbewuste had vastgezet, een eigen signatuur voor het ewig Weibliche. Ik ben er zeker van dat ik noch met Mildred, noch direct met Emily bezig was. Evenmin had het te maken met de praktische bezwaren die droom en daad van elkander scheiden. Het was gewoon een verder doorgetrokken spelletje met woorden, waaruit bleek dat ik gespannen naast mijn toekomstig zusje, naast mijn toekomstige broer liep en ergens een automatische piloot er blijkbaar voor zorgde dat mijn gedachten niet uitsluitend gericht bleven op alles wat mij nog steeds scheen te bekommeren.

Met een hoofdknikje wees Ray mij 'The Round Table' aan.
Het leek mij een aantrekkelijke, authentiek Engelse inn. Er was niets verbazends aan dat Smith er in zijn gezonde dagen een whisky achter zijn stropdas goot. Mogelijk stelde hij wat aanspraak van de simpele landslieden op prijs. Geen van beide zusjes had mij wat ook gezegd waaruit ik had geconcludeerd dat een van zijn talrijke gebreken erin bestond dat hij zich boven de gewone man verheven achtte. Ik kon mij voorstellen dat zelfs een hooghartige snoeshaan dat in de uiteraard egalitaire sfeer van een krijgsgevangenkamp kwijtraakt, ook als hij een Engelse snobocraat is. Voor zover er natuurlijk van een krijgsgevangenkamp sprake is geweest, voegde ik er volledigheidshalve aan toe. Waarom wist ik niet.
'Stel je voor,' grinnikte Bridgeman, hoewel niet duidelijk bleek of hij er de spot mee dreef, 'die sombere idioot van een Tom Hawkins vond het nodig een portret van Mosley in zijn herberg op te hangen. Ik begreep niet waarom, tot hij mij met veel geheimzinnigdoenerij vertelde dat hij destijds diens chauffeur is geweest. Of hij met piëteit aan zijn vroegere werkgever of aan die potsierlijke fascist op zijn paard dacht, heb ik hem niet gevraagd... Mogelijk aan beiden?'
Zonder aan te pikken bij wat de agronoom mij vertelde, gniffelde ik maar wat. Hij scheen niet méér van me te verwachten. Ik had genoeg gepuzzeld, mij genoeg dwaasheden ingebeeld. Als er een oplossing voor al het raadselachtige bestond waar ik mij op een vage, nooit volstrekt overtuigende manier van bewust was, zou die wel nabij zijn. Die hing niet af van een whiskyschenker die jaren geleden de dorpskroeg van Ramsbury had overgenomen. Het hield er geen verband mee dat hij zodoende toevallig de buurman werd van de Norman de Veres, waar een nergens thuishorende meneer Smith zich in grootvaders wereld had geïnfiltreerd. Zijn schuld was het niet dat het vage

diplomaatje erin was geslaagd de vast beeldschone, kennelijk tot het oude-vrijsterschap voorbeschikte, thans seksueel ontwakende erfdochter gauw wanhopig te maken bij de gedachte aan een eeuwigdurend maagdelijk vasten. Evenmin kon kroegbaas Tom er iets aan doen dat de veelbelovende bruidegom eruit was getrapt bij de Intelligence Service en daarna een nurkse eenzaat, een ongelikte beer en tenslotte een neurasthenicus was geworden.

Wie onmogelijk zonder verklaring kon voor de vriendschap die zich tussen de heren had ontwikkeld, zocht het beter in beider onaangenaam karakter. Bezwaarlijk kon de autoritaire sfeer van spionage, louche manipulaties en geweld bij de geheime dienst volledig zonder impact zijn gebleven op een labiele figuur als mister Smith, terzelfder tijd wrokkig om wat zijn vaderland hem had aangedaan. Dat hij Hawkins een welgevallig oor leende wanneer deze stiekem fluisterend een klaagrede aanhief over die goede sir Oswald, wie goebefte als Churchill, betaald door de plutocraten, de communisten en de joden, de weg had gedwarsboomd vooraleer hij de Augiasstallen kon uitmesten, zou mij niet verbazen. Ik vermoed dat hij zelfs geen bezwaar geopperd zou hebben tegen een portret van sir Hitler, soort zoekt soort...

Ik mag het evenwel niet te gek maken. Ik moet bij de zaak blijven. Welke zaak weet ik niet. Het begint er sterk op te lijken dat ikzelf overspannen raak. Een ganse namiddag met Jo en Krisje over toevalskansen, synchroniciteit, niet-causale samenhangen zitten te zwammen, dat kon, je moet over iéts praten als het regent. Het is echter de hoogste tijd dat ik ermee ophoud. Terwijl ik mij ervan wil overtuigen dat dergelijke verbanden niet bestaan, ben ik er volop mee bezig. In feite is het allemaal met Van Kerckhoven begonnen. Als een onnozele hals ga je iets doen voor de literatuur, voor mijn part voor een slimme uitgever, en een maand later zit je met allerhande flauwe kul. Het is de hoogste tijd dat ik mijn focus verstel. Nog een stap verder en we verdachten Emily ervan dat zij het roze velletje uit Pieter-Frans' dossier wegmoffelde. Een geluk dat Jo het hoofd koel hield. Enfin, zó ver had hij me nooit gekregen...

Wij liepen voorbij het kruideniersszaakje waar Emily destijds schertsend op had gezinspeeld. Ongeveer zo moesten de winkeltjes er bij ons in de tijd van onze betoverovergrootmoeders, in de tijd van Pieter-Frans hebben uitgezien, dacht ik krampachtig om mijn afdwalende gedachten weer in het rechte spoor te krijgen.

'Godverdegodver!' reageerde ik eensklaps luidop.

'Wat zei je, please?' vroeg Mildred geschrokken.

'Niets,' antwoordde ik, 'een onschuldig Antwerps bastaardvloekje. Omdat het zo ontzettend warm is, nemen jullie het mij niet kwalijk. Good heavens, zouden jullie zeggen.'

Ik keerde mij nog eens om en keek naar het uithangbord: de kruidenier was ene Peter Churchyard. Churchyard, kerkhof, Van Kerckhoven. Waarom niet? Een toeval van niemendal, onschuldig als een pasgeboren kind.

'Ja, het is warm,' zei Ray. 'Dom van me je te vragen je auto in de parking bij het begin van het dorp neer te zetten. Het is een maniakale gewoonte van me, ik laat mijn wagentje daar ook altijd staan, in elk geval minder ver dan Perugia... Zo verplicht ik mijzelf een eindje te lopen, ik ben ganse dagen met de jeep van de landbouwdienst op weg... Trouwens... Er is nog iets... Ik zal het je maar zeggen, kaarten op tafel.'

Ray Bridgeman was een schat van een vent. Ik kende hem een halfuur en beschouwde hem reeds als een vriend. Ging ook hij op het laatste momentje met raadseltjes boven water komen? Lieveheerken, laat het alsjeblieft, zou Mina zuchten, die vrome ziel.

'Wat wil je me zeggen, Ray,' informeerde ik.

'Zonder belang... Jouw Belgische nummerplaat...'

'Is het geen goeie nummerplaat? 497 J 4, ik ken hem uit mijn hoofd... Wat scheelt eraan?'

'Niets, wees gerust... Kijk, dat zit zo... Belgische en Hollandse nummerplaten zijn hier soms niet zo gezien...'

'Het laatste wat ik in dit tolerante land verwacht,' zei ik verbaasd. 'Nu maak je vast een grapje! De Hollandse zuinigheid? De Belgische nonchalance?'

'Veel gekker... De Belgen zijn in de streek gewaardeerde gasten, ze zien niet op een glaasje... De Hollanders zitten achter ambachtelijke snuisterijen aan, vele jonge artiesten leven ervan. Ze bekijken alles met aandacht, de bevolking is daar gevoelig voor... Nu gebeurde het onlangs dat er, precies op de sluitingsdag, nogal wat Belgische en Hollandse wagens voor "The Round Table" stonden. Langzaam aan werd het een gewoonte...'

'Wat had men erop tegen?'

'Er deden geruchten de ronde... Eerst werd er over drughandelaars gepraat, maar zo zagen die bezoekers er niet bepaald uit. Drughandelaars rijden in Cadillacs, Jaguars, Maserati's... Doorgaans waren het bescheiden karretjes, Volkswagentjes en zo, ook weleens een Mercedes... De politie bleef niet bij de pakken neer zitten. Er kwam een inval, een onderzoek. Allemaal boter aan de galg. Hawkins kreeg een fikse boete – en dat was dat.'

Wij stonden in de schaduw van een hoge beukenhaag te praten. Ik begreep dat wij op onze bestemming waren, maar had het gevoel dat ik mijn nieuwe vriend om een of andere ernstige reden zijn verhaal moest laten afmaken.

'Boter aan de galg, doch niettemin een boete...?' vroeg ik geïnteresseerd.

'Niets bijzonders... Hij had drankjes geschonken op een dag en op uren dat het verboden is. Je weet hoe dat bij ons in elkaar zit. Als je het níet weet, probeer het dan niet te onthouden!'

'Dus een storm in een glas water?'

'Ongeveer... Ik behoor tot dezelfde masonic lodge als de commissioner, het hoofd van de politie in Marlborough. Zo hoor je weleens iets. Men had een aantal van die Belgen en Hollanders opgepakt, uitsluitend ouderen, kennelijk keurige mensen. Noodgedwongen moest men hen onmiddellijk vrijlaten. Zij verbleven allen wettig in het land, niets op te zeggen, en hadden niets verkeerds gedaan. Mijn commissaris wilde er, vooral uit nieuwsgierigheid, het zijne van weten. Even had hij aan een pederastentoestand gedacht...'

'Homoseksualiteit is toch niet verboden in Engeland?' zei ik.

Ik wilde er iets over Oscar Wilde aan toevoegen, doch mijn geduld begon op te raken. Het zijne daarentegen was onuitputtelijk, zijn vrouw had het me gezegd. Tegen zijsprongen had hij geen bezwaren. Het zat erin dat we bij de *Canterbury Tales* uitkwamen, daarom hield ik mijn mond.

'Natuurlijk niet,' antwoordde hij. 'Alleen... Hoe zal ik het zeggen...? Alleen op industriële schaal is het verboden. Hij wist overigens gauw dat hij het volledig in een andere richting diende te zoeken. Al die lui behoorden in hun eigen land tot uiterst rechtse, nou ja, fascistische clubjes... Een gevaar betekenden zij niet, zij waren niet van zins het Parliament te dynamiteren of Neil Kinnock een poot uit te draaien. Regelmatig waren er dergelijke ontmoetingen in "The Round Table". Tegenwoordig schijnen zij elders te komplotteren. Ze zwetsen maar en drinken onvoorstelbare hoeveelheden bier. Over het Engelse bier zeggen zij trouwens allerhande nare dingen.'

'Hoe komen ze erbij?' gniffelde ik. 'Inmiddels betekent dat portret wel iets...'

'Een recente mode...' dacht Ray. 'De commissioner hoopt dat het overgaat...'

'En de vader van de meisjes...? Vroeger, bedoel ik... Ging hij weleens naar die geheime nazi-partijtjes, kennelijk ter nagedachtenis van de heer Mosley?'

Bridgeman haalde zwijgend de schouders op.

'Inderdaad,' zei Mildred sec, 'meestal ging hij ernaar toe. Hij was er gek op. Mammy vond het afschuwelijk, hoewel ze niet goed begreep wat er aan de hand was. Het was de reflex van een oud-Intelligenceman, beweerde hij, het bloed kruipt waar het niet gaan kan. Met name wilde hij weten wat die kerels uitspookten. Dat tuig van de Intelligence Service had hem geofferd, zijn naam bevuild, maar hij zou vroeg of laat bewijzen dat hij zijn idealen trouw was gebleven en op het gepaste moment het stelletje volksvijanden ontmaskeren. Dat

ze liedjes zongen, kon hem niet schelen, het Horst Wessellied en zo, maar stel je voor dat ze met hun zatte koppen "Wir fahren gegen England" zouden gaan brullen, dat wilde hij niet!'
Ik kon mijn eigen oren niet geloven, zou Pieter-Frans in zijn tijd hebben geschreven.
Wat was er hier in 's hemelsnaam aan de hand geweest?
'Volksvijanden...' mompelde ik. 'Nooit heb ik dat stomme woord in jullie land gehoord. Vermoedelijk heeft hij het uit het krijgsgevangenkamp.'
'Een raar woord,' gaf Ray toe, 'dat zei ik bij mezelf ook. Ik wed dat het een germanisme is, veel weet ik daar niet van, Emily moet het weten... Ja, dat krijgsgevangenkamp, het is niet in zijn kouwe kleren gaan zitten... Een mens kan eigenaardig reageren, weet je. Mijn vrouw heeft me eens verteld dat de oude na dergelijke feestjes – nou, niet zoveel, enkele maar – altijd goedgemutst thuiskwam. Nee, niet wat je denkt! Wat de drank betreft was hij erg gedisciplineerd, de vriendschap met Hawkins is geen dronkemansrelatie. Mogelijk een whisky, maar meestal cola of vruchtenlimonade... Volgens mij lag het anders. Mildred heeft je verteld dat ik wat met psychologie bezig ben geweest. Vijf jaar zat hij in dat krijgsgevangenkamp, Pruisen geloof ik, kom, ergens in die buurt... Een vrolijke tijd is dat natuurlijk niet geweest. Toch kan ik mij voorstellen dat hij er later, veel later, een zekere nostalgie aan overhield, dat zou iets voor een vreemde snuiter van zijn soort kunnen zijn. Met een karakter als het zijne ligt het voor de hand dat hij om een boel dingen de Duitsers bewonderde, om hun eerbied voor het gezag, hun tucht, zelfs hun gebrek aan humor. Stel je voor dat...'
'Kom,' zei Mildred. 'Het is tijd.'

Het bevallige landhuis lag dicht bij de dorpsstraat, op de plek waar deze een bocht van negentig graden maakt, en was ruimer dan ik het mij voorstelde. Met zorgvuldig geometrisch verdeelde vensters keek het op de groene omgeving uit. Mijn vrienden leidden mij naar de achterkant, die het levend en vriendelijk aangezicht van de mansion bleek te zijn, naar de keurig onderhouden, typisch Engelse tuin vol bomen en alle denkbare bloemen gericht.
'Je moet begrijpen dat ik de zaak wat heb georganiseerd,' zei Ray vooraleer hij de smetteloos witte toegangsdeur openmaakte. 'Bekijk het zo dat ik ervoor heb gezorgd dat het allemaal niet nutteloos te ingewikkeld wordt. In emotionele omstandigheden moet je de eenvoudigste oplossingen nastreven... Kijk, de luiken staan alle open.'
Ik begreep wat hij bedoelde.
Voor mij waren de luiken beter dicht geweest. Van nature ben ik niet cynisch geaard. Ditmaal had ik het gevoel dat ik me die onuit-

gesproken reactie mocht veroorloven.

'Anders ging natuurlijk ook,' vervolgde hij terwijl wij naar binnen gingen. 'Erg formeel is men bij de Norman de Veres nooit geweest. Emily had je onmiddellijk hier mee naar toe moeten nemen, zo heb ik het dadelijk bekeken. Een hotel in Salisbury had voor jullie natuurlijk zijn voordelen,' glimlachte hij, 'wie zég je het. Achteraf is dit misschien een betere oplossing. Men komt gemakkelijker to the point, ik kon de dingen wat voorbereiden...'

Ik vroeg me af waar al die omslachtigheid toe diende. Het leek net of ik in een geheim genootschap werd geïntroduceerd, dacht ik, blijkbaar was die freemasons lodge van broeder Bridgeman niet zonder invloed op hem gebleven.

Het was doodstil in het grote, fraaie huis. Die indrukwekkende stilte verloor spoedig haar absoluut karakter. Vaag hoorde ik op de achtergrond het gillen van een elektrische koffiemolen, daarna het schrapen van een hark op een grindpad en, in de verte, de roep van een koekoek.

Wij stonden in de toegangshal, waarvan de tot de vloer reikende vensters op de tuin uitzagen.

'Kijk maar eens rond,' zei Ray, 'ook dát komt in mijn scenario voor.'

'Je overdrijft,' zei Mildred, 'álles organiseren heeft geen zin!'

'Soms wel,' antwoordde haar man. 'Kijk, Paul, hier moet je op letten...'

Mijn aanvankelijk verstrooide blik volgde de door hem aangewezen richting.

Hij hoefde het mij niet uit te leggen. Ik identificeerde het familie-embleem van de De Veres, door mammy besteld, op haar verzoek verkleind, maar toch nog behoorlijk groot: een schild, opgehouden door een everzwijn links en een griffioen met een vrouwenhoofd rechts, de gebruikelijke nonsens.

Hieronder hing inderdaad de coat of arms van de heer Smith, puur zilver!

Hij bezat iets bekends voor me. Tastend naar het grotendeels in mijn herinnering weggevlakte beeld, moest ik denken aan een folkloristisch gebruik van bij ons, op het Brabants platteland, althans in de Kempen gehandhaafd. Uiteraard veel groter – geringer dan mammy's wapenschild kon blijkbaar niet – zag ik de borstplaat in wit metaal voor me, vermoedelijk ook wel zilver, welke hoogwaardigheidsbekleders en kampioenen van het oude kruisboogschuttersgilde bij hun feesten aan een zware halsketen in hetzelfde materiaal dragen.

Wat erop stond wist ik al, een woest glariegende Thor, wild zwaaiend met zijn donderhamer. Zet me geen horens of ik sla je dood, *Honour and Conjugal Fidelity* stond erbij. In gotische letters nogal, wees me trouw of mijn eer als gentleman is naar de bliksem. De bliksem van

Thor, dat zie je. Het was belachelijk, Mildred had gelijk, maar het was ook een naargeestig ding. Door die gotische letters – en niet alleen hierdoor – deed het mij denken aan wat ik over de nazi-jaren had gelezen. Ik stelde het mij voor, bovenaan op een hakenkruisstandaard, met daarachter een militaire kapel die tegen de klippen op 'Die Wacht am Rhein' loopt te blazen en te roffelen, als allemaal gedresseerde golems van Perlmutter, dzjiengbonsboemtetteretèt, en niets dan gestrekte armen waar je kijkt.

Mijn associaties komen te lichtvaardig los, ik weet het. Wat doe je eraan?

Gelukkig flitsen dergelijke dingen duizendmaal sneller door je hersencellen dan je ze kunt opschrijven. Ze zijn er bestendig; gedurende een fractie van een seconde strijkt de naaldscherpe straal van een laser erlangs. Mildred noch Ray konden er enig idee van hebben wat er tussen het tweemaal knipperen van hun wimpers in me opborrelde, zonder dat het mij trouwens desoriënteerde. Ons oponthoud in de toegangshal werd er niet door verlengd.

Weinigen weten het nog, hebben het ooit geweten, maar het verband was niet zo absurd als sommigen allicht denken. Hitlers standwerkershersens zijn mede door een Engelsman gek gaan draaien, ene Chamberlain nogal (niet Neville, hoewel ook die het buskruit niet had uitgevonden). Houston Chamberlain, de profeet van het Arische ras en notoir antisemiet, huwde een dochter Wagner en mocht, volslagen seniel, op het eind van zijn leven, nota bene in Bayreuth, een handje aan de Führer aller Germanen geven, het toppunt van zijn deplorabele carrière. En dan heb je nog een lady Weet-ik-Veel gehad, te gek om los te lopen, of ze familie van de vorige was weet ik niet, in elk geval een volbloed Engelse. Haar leven lang holde ze, zwaaiend met haar directoirtje, achter Adolf aan, vast zo heet als de pest, tot zelfs de heer A. Schickelgrüber het ervan op de heupen kreeg en haar zonder veel vijven en zessen naar haar vaderland terugstuurde. Vermoedelijk was dat meisje Braun inmiddels op de proppen gekomen, maar het hysterische mens moest eerst wel een kogel door haar hoofd jagen, een leuk geschenkje voor Gods own country. Er was de obscene lord Haw-Haw die tijdens de oorlog vanuit Reichssender Calais zijn haat naar het eigen volk spuwde, nee, niet Ezra Pound. Een gelijkaardig geval, maar een Amerikaan, nog zo'n stuk verdriet en idool van onze vooruitstrevende, vooral extreem-linkse literatoren, die zijn gal loosde als propagandist voor Mussolini, ik vraag me af hoeveel men bij ons van hem heeft gejat, velen komen uit het wereldje waar men van de nazi's niet vies was.

Het was niet meer dan even wat geknetter in mijn computer, wat mij eraan herinnerde dat niet alles wat absurd schijnt het ook is, denk maar aan dat fascistenportret bij Tom Hawkins.

Veel tijd vergde het niet, het vergde helemaal geen tijd, en dat het Bridgemannetje wat had getreuzeld zou mij niet verbazen.

'Kom,' zei hij, 'we mogen de arme mammy niet laten wachten.'

De vrouw des huizes stond op toen Ray mij de salon binnenduwde, niet zonder eerst te hebben geklopt.

Enkele seconden lang keken wij elkaar stilzwijgend aan.

Hoe vreemd dat ik het van tevoren, al vanaf het begin had geweten!

Terwijl wij elkaar aankeken, voelde ik tussen ons beiden meer en meer de vonkjes van de sympathie knetterend overslaan.

'Jij bent Paul Deswaen,' zei ze, glimlachend en met een prille meisjesstem.

Het was een lieve, hoewel vermoeide glimlach, hoe kon het anders, zo open als de glimlach van Mildred, als de glimlach van Emily.

'Die ben ik, mevrouw,' antwoordde ik. 'Ik ben ontzettend blij kennis met je (you, ik bedoelde uiteraard u) te maken, al een hele poos verlang ik ernaar je te zien. Sorry, ik praat te veel, gewoon how do you do zeggen kán ik gewoon niet.'

'Dat begrijp ik, Paul. Mag ik je Paul noemen?' vroeg zij en bloosde wat.

Ik zag duidelijk dat zij doodop was, het aangezicht getekend door hoeveel slapeloze nachten, door hoeveel jaren van onrust, kommer, ontgoochelingen en ellende?

Op dit moment steunde zij op een opflakkering van energie, blijkbaar had zij zich iets van mijn bezoek voorgesteld, zij had lief wie haar dochter liefhad. Hield deze stroom van energie op, dan zou ze voorlopig weer één hoopje ellende zijn, dat was duidelijk.

'Ik vind het fijn als je Paul zegt,' antwoordde ik.

Maar zij was ook duidelijk een mooie vrouw, in haar jongere jaren was zij vast een droomvrouw geweest als haar dochters. In hoeverre had die naarling er zich rekenschap van gegeven? Wacht maar, bedacht ik mij, wacht maar, met Emily en de anderen zorg ik ervoor dat je er spoedig helemaal bovenop komt, je wordt weer knap als vroeger, wat ouder, nou ja, maar nog steeds een aantrekkelijke rijpere dame. In Antwerpen begint Emily de haute-couturezaakjes te kennen, desnoods rijden we naar Parijs, waarom niet, je kunt het je veroorloven. Je koopt de prachtigste japonnen, fiks beneden je leeftijd, de jaren tellen niet mee. Ook al die andere spullen koop je, je weet wel. Bij een eerste ontmoeting kan ik er bezwaarlijk over praten. Je zult vriendschap sluiten met Titia, die is een stuk ouder dan jij, vraag haar eens wat ze op de zondagnamiddag allemaal uitspookt, maar het is niet het moment daar al op in te gaan.

'Ik denk dat wij goede vrienden worden, Paul. Je zult gelukkig zijn met Emily, zij is een ontzettend lief meisje, kom, vrouw moet ik nu vermoedelijk zeggen...'

Zij bloosde weer als een ingénue, kwam op haar hoge hakjes naar me toe en omhelsde mij. Ik besef ten volle dat het niet netjes was om op een dag als deze erop te letten: onder haar zijden jurk leek haar lichaam net zo rank en soepel als dat van haar dochter. Verdwenen eenmaal de littekens van de uitputting op haar gezicht, dan zou je niet weten wat je zag.

Doordat zij eensklaps in overvloedige tranen uitbarstte, was ik haast hoffelijkheidshalve gedwongen haar even in mijn armen te houden.

Haar zelfbeheersing, vermoedelijk haar zin voor humor overwon al gauw.

Terwijl er nog tranen over haar gezicht liepen, waarop de overigens distinctievol aangebrachte make-up het zwaar te verduren had, keek zij mij lief glimlachend aan, een glimlach die ik reeds twee maanden lang kende.

'Ik heb al lang genoeg beslag op je tijd gelegd...' opperde zij met nog wat nahikkende snikjes erdoorheen.

'Wij moeten eindeloze gesprekken met elkaar voeren... Mevrouw...? Hoe moet ik je noemen?' lachte ik, en rekende op iets vertrouwelijkers.

'Mammy, waarom niet? Mammy, dat spreekt vanzelf.'

'Net wat ik dacht... Eindeloze gesprekken, reken maar...!'

Het was niet de eerste maal dat ik in Molletjes voetspoor trad. Hoe zou het met de wijze jongeling zijn?

'Dat zullen wij vast doen, ik verheug mij erop. Maar nu mag je die arme Emily niet langer laten wachten, Paul!' insisteerde zij.

Wij liepen de trap op.

'Met Emily laat ik je alleen, dat begrijp je,' zei de agronoom genoeglijk.

Zij zat op haar kamer op mij te wachten, een kamer die het midden hield tussen een damesboudoir en het studeervertrek van een intellectuele.

Ray sloot de deur met een energiek klapje achter mij.

Wij vielen in elkaars armen. Dat was het letterlijk.

Het is een cliché, dat weet ik... Maar wij vielen nu eenmaal in elkaars armen.

Geen van beiden sprak een woord. Het was voldoende elkaar te voelen.

Wel een minuut lang bleven wij zo staan, soms is een minuut een hele tijd.

'Nu begint alles voorgoed voor ons...' zei ik.

Eerst drukte zij haar mond op de mijne, zonder enig voorbehoud.

'Ik denk het wel...' antwoordde zij.
'Denken?' schoot ik uit, 'denken? Hou ermee op, zeg niet dat het van mij afhangt!'
Zij mocht mij niet zo bedroefd aankijken, ik kon er niet tegen dat zij mij eensklaps zo bedroefd aankeek.
'Ik zal niets zeggen,' beloofde zij, 'woorden zijn overbodig. De tijd van de woorden is voorbij, Paul. Het enige dat ik moet zeggen, komt neer op een simpele vraag, maar alles hangt er verder voor ons van af.'
Kwam er nooit een einde aan de raadseltjes?
Zou deze krankzinnigheid mijn leven lang blijven duren?
Zij overhandigde mij een teergroene, lederen correspondentiemap, een typisch vrouwelijk accessoire, dacht ik verward.
'Wat moet ik ermee, Emily...?'
'Openmaken... Gewoon openmaken.'
Ik sloeg de map open.
'Nee,' zei ik. 'Nee. Zeg dat het niet waar is.'
'Dat kan ik niet, liefste. Het ís waar.'
Voor mij lag het roze glacévelletje met het namaakgedicht erop.
'Goed,' zei ik. 'Het is waar. En dán?'
Een mens staat aan alle denkbare emoties, aan alle denkbare ervaringen blootgesteld, niemand hoeft het mij te zeggen.
Voor deze ervaring, voor deze emotie zou ik nooit een naam kunnen bedenken.
Zij heette verbazing. Vermoedelijk heette zij verbazing?
Ik weet niet of zij verwarring heette.
Maar zij heette geen verbijstering.
Ik ging zitten en Emily nam plaats tegenover mij.
Zij heette geen verbijstering, zelfs geen verwarring, op zijn hoogst verbazing. Ook die voelde ik reeds volop verdwijnen, als het water dat na het hoogste getij zich vlugger van het ondergelopen strand begint terug te trekken dan men het vooraf verwacht.
'Ja,' zei ik bedaard. 'Daar had het mee te maken. Daar heeft het al de tijd mee te maken gehad.'
'Daarmee...' zei Emily zacht, zonder mij aan te kijken.
'Je triestheid aan de telefoon, je aarzelingen, soms de wanhoop die je me nog net kon verzwijgen...'
Geen verbazing omdat zij mij het gedicht op het roze blaadje had overhandigd.
Nee.
Verbazing, bedoel ik, omdat ik voelde dat ik het al die tijd had geweten.
Niet geweten zoals men weet dat het vrijdag is, $a^2 + b^2$ is c^2 of wanneer je laatstmaal op 'Ultima Thule' bent geweest, zo van die kleine bakens.

Geweten zoals ik bepaalde dingen wist toen ik voor het eerst met Bastiaan praatte. Ze waren er, vlakbij, schijnbaar buiten mij, een dun draadje om de zwakstroom door te laten was voldoende, dan had ik het inderdaad écht geweten. Juist dat draadje evenwel ontbrak telkens. Ik besefte het ergens, maar het was mij geen ogenblik duidelijk hoe ik het niet bestaand contact tot stand moest brengen. Toch wist ik het, op de bedrieglijke manier waarop je sommige dingen weet als je erover droomt. Je weet het, maar in je slaap zeg je al: het is een droom, een stomme droom als steeds. Straks word ik wakker, dan is het voorbij, wat heb ik eraan? En 's morgens ga je er weer over piekeren, je zit je af te vragen wát je precies droomde, er was vast iets belangrijks mee gemoeid, iets belangrijks voor je verdere leven, maar nooit komt het weer.

'De bos witte seringebloesem op het graf van mijn vader...' zei ik.

'Wist je het?' vroeg zij. 'Hoe heb je het geweten?'

'Jeroen had je de bloemen zien neerleggen... Naderhand herkende hij je op het tuinfeest. Voor mijn vertrek naar Salisbury vertelde hij het mij. Hij was zeker van zijn stuk. Hij wist zelfs welke jurk je aan had... Ik geloof dat de mooie vrouw hem niet helemaal onverschillig liet,' voegde ik er plagend aan toe, 'maar wat hem het meest trof... Mogelijk vergiste hij zich, maar wat hem het meest trof, was dat je stond te bidden, dat dacht hij althans.'

Zij keek mij aan, triest doch hoopvol, en met een zo eindeloze liefde, dat mijn keel erdoor werd dichtgeschroefd van ontroering.

'Hij heeft goed gekeken... Ik stond te bidden. Soms kun je niet anders dan bidden, al geloof je niet, al ga je niet meer naar de kerk. Ik bad voor je vader, Paul, voor je vader, voor alle anderen... Ach, probeer me te begrijpen, het is zo moeilijk...' Er liepen tranen over haar gezicht, bevrijdend, dacht ik, maar op hetzelfde ogenblik barstte zij wanhopig in snikken uit. 'Hoe moet dat verder met die povere liefde van ons, Paul, die onmogelijke liefde, ik weet het niet meer... Ik ben bang... Al dagen ben ik ontzettend bang dat je me voor een huichelaarster houdt...'

Ik legde mijn hand om haar kin en dwong haar mij aan te kijken. Haar blik was de blik van een klein, in het nauw gedreven diertje, de blik van Lancelot toen hij door een nijdassige hond in een hoekje van het terras was gedreven. Ik had hem geholpen, levende wezens moeten elkaar altijd helpen, daar is de wereld voor gemaakt.

'Hoe het verder moet, lieve Emily...?' Zij knikte schichtig. 'Gewoon. Op een volstrekt banale manier gewoon. Als voor alle mensen die elkaar liefhebben en daarom bij elkaar blijven, altijd bij elkaar, zonder een schrede van elkaar te wijken. Zo moet dat. De details laat ik aan jou over, trouwen, niet trouwen, geen kindjes, wél kindjes...? Zo van die dingen. Je bent een verstandige vrouw. Ik geloof vast dat je het begrijpt.'

Haar ogen, haar glimlach... Haar ogen en haar glimlach zoals ik ze nog nooit had gezien.

'Dan is alles goed...' antwoordde zij zacht, ik kon het ternauwernood horen, maar ik begreep het wel.

'Natuurlijk is alles goed!' zei ik. 'Hoe kwam je erbij om eraan te twijfelen? Nee... Antwoord niet, later zullen wij erover praten, niet te uitgebreid, nee, dergelijke gesprekken moeten broksgewijs verlopen en zo stilletjes uitsterven. Er zijn ándere onderwerpen, andere dromen genoeg waarmee wij ons leven zullen vullen...!'

Ik vouwde het roze duivelspact in vieren en stopte het nonchalant in mijn achterzak.

Zij moest zien dat ik er geen waarde aan hechtte, dat het geen boosaardig souvenir voor ons hoorde te worden. Misschien gaf ik het terug aan meneer Stalmans, ik verzon er wel een verhaaltje bij, geen nood. Nee, ik kon het beter verbranden, dat zou ik doen. Er de vlam van mijn aansteker onder houden en het laten opbranden, tot het één zwart fliedertje was, misschien nog even opkronkelend als een giftig zwart addertje, dat heb je met opbrandend papier, en dan tussen mijn vingers in brosse koolvlokjes uiteenvallen.

Wij zouden het niet weten, nooit zouden wij het weten, ik kon alleen wat verzinnen, misschien was het voldoende wat te verzinnen. Als die gevolgen zonder oorzaak, als die samenhangen buiten enig redelijk, tastbaar verband nu eens ontstonden doordat iemand wat zit te verzinnen? Of iets doet?

Het aanstekertje dat ik van de ober in Salisbury kreeg, spuwt als tussen puntig getuite lipjes een klein vlammetje, het roze glacépapier vat onmiddellijk vuur, oppassen dat ik mijn fikken niet verbrand...

Godverdomme, snotaap, tiert een havenarbeider in Antwerpen, kun je niet uitkijken! En nog net geeft hij de arm van de laadkraan een zwaai, waardoor de tonnenzware container die hij op de kade gaat neerzetten niet op dat jongetje met zijn fietsje terecht komt. Het kwam maar eens kijken, zijn jongetjes hier niet toegelaten....?

Diezelfde namiddag brengen twee leerlingen een zieke hond mee naar school. In de klas mag het niet, maar meester zal hem mee naar huis nemen, het is geen hopeloos geval. Meester lijkt wat op Jan Deswaen, zeggen sommige oude mensen in de buurt, je weet nog wel, de onderwijzer die in de oorlog door de zwarten werd doodgeschoten, ja. Zijn vriend is dierenarts, die kan er stellig wat aan doen...

Kom, zegt een man tegen zijn vrouw. 's Avonds zijn we zo moe, ik werk niet vandaag. Trek dat jurkje uit, dat onderjurkje, en al het andere ook, het is te lang geleden dat ik je echt helemaal naakt heb bekeken, je ziet er nog net zo goed uit als vroeger, hoor! In volle dag samen naar bed gaan is vast leuk. Wel jammer, aan zo'n klein kereltje, zo'n klein meisje zijn we nooit toegekomen. Zolang we echt van elkaar houden geeft het immers niet, met kinderen kun je een hoop ellende hebben. Waarom begin je nou ineens te huilen? En terwijl ik het laatste vlokje verbrand papier wegblaas, maakt in haar nog gaaf buikje dat ene, slome eicelletje zich van een zaadcelletje meester, tot dusver waren die rakkers altijd uit de buurt gebleven, ze stoeiden met miljoenen in het rond, zo'n tuig. Maar nú is het raak, ze zal het gauw van dokter Buitenwaert horen, je weet wel, de arts van om het hoekje, die grappige kerel met zijn rode haar. Ze is natuurlijk geen eerste jonkheid meer, mevrouwtje, doch laat je niets wijsmaken, mijn moeder was ruim veertig toen ze mij kocht en kijk me eens aan? Het wordt vast een flinke zoon, of een dochter, dat kan ook, waarom geen tweeling, dat zien we later...

'Ik ben zo gelukkig, Paul!' zei Emily. 'Je bent niet boos, niet verdrietig, je zit al weer te lachen...! Waarom zit je te lachen?'

'Een ingewikkeld verhaal, ik doe het je later. Nee, boos ben ik niet, voor wat voor een idioot houd je me? En verdrietig evenmin!'

Zo gaat het waarschijnlijk niet, vrees ik, gebeurtenissen die ineens beginnen plaats te grijpen, alsof jijzelf er bevel toe hebt gegeven, hoewel je het nooit weet. Wat wij met Pieter-Frans beleefden was net zo gek. Misschien doe je nooit iets zonder... Nee, zonder gevolgen mag ik niet zeggen. Zonder een signaal, élders geregistreerd, zomaar.

'Ik heb je nooit voor een idioot gehouden, Paul, ik zal het nooit doen. Goed, dat verhaal blijf je me schuldig. Maar ik vergeet je belofte niet...'

'Nu ik weet dat je me niet voor een idioot houdt, kan ik je meteen de vraag stellen die me net invalt, miss De Vere... Heb jij toevallig een lady Moor onder je voorgeslacht?'

'Lady Moor...? M-o-o-r? Dat moet ik mammy vragen. Zij heeft al die familieverwantschappen in het hoofd...'

'Laat maar, het is een onzinnige vraag, hoe kom ik erbij?'

'Nu heeft ze het te moeilijk, later vraag ik het haar, mammy is zélf een ambulante stamboom. Wat snobbish, dat zei ik je, maar is zij geen heerlijke schat? Ga je weer weg, Paul?'

'Even maar... Ik heb iets dringends te doen, voorlopig het laatste. Ik ben zo terug...'

Bridgeman had zich op de overloop comfortabel in een zetel genesteld en op mij gewacht, vermoedelijk om het wat minder opvallend te maken in *Country Life Magazine* verdiept.

'Wél?' vroeg hij, kort maar belangstellend.

'Ik denk dat het huwelijk doorgaat,' antwoordde ik opgewekt en hij scheen het niet sibillijns te vinden. 'Het huwelijk of iets dergelijks. Het was opvallend hoe weinig wij nog over problemen hoefden te praten.'

'Ook de zaak... De zaak van dat roze velletje papier is opgelost?'

'Ik geloof het wel. Grotendeels toch.'
'Thanks heaven... Dat leek mij hoognodig, Paul! Voor haar scheen het enorm belangrijk te zijn.'
'Weet je waarom? Het is mogelijk dat ik mezelf meer vragen blijf stellen dan jij!'
'Dat roze velletje met die hanepoten erop? Nou ja, lezen kan ik ze niet. Emily zegt dat het een erg slecht gedicht is van die schrijver waarover in die Vlaamse krant werd gesproken.'
'*Het Avondnieuws*? Kén jij *Het Avondnieuws*?'
'Ik weet dat het bestaat, het behoort tot de vele kranten waar de oude man op geabonneerd is, blijkbaar een tic uit zijn spionagetijd. Vreemd genoeg de enige die hij écht schijnt te lezen. Mogelijk kwam Mildred het niet op de meest elegante manier te weten. Zij begon aandacht te besteden aan een opmerking van de schoonmaakster. Wat gek is dat, mevrouw, zei het vlijtige mens argeloos, elke morgen ruim ik de dagbladen van meneer op, hopen dagbladen, maar hij leest er maar één, dat kan ik zien, altijd dezelfde, die krant in dat rare taaltje... Inderdaad, ze had gelijk, je kon het zelfs zien aan het oud papier dat ze tweemaal in de week aan de vuilnisman meegeeft. Ja, die taal... Het is Nederlands, zei Emily, toen ik haar, al geruime tijd geleden, die krant uit België toonde. Nederlands is geen Duits, legde zij mij uit. Maar als vader inderdaad als krijgsgevangene behoorlijk wat Duits heeft opgestoken en hij spant zich erg in, dan zal hij het wel begrijpen. Watson, zei ik tot mezelf – Holmes leek me wat verwaand –, Watson, zei ik, wat steekt daarachter? Waarom zit die zenuwlijder onmogelijke inspanningen te leveren om een dagblad te ontcijferen uit een taal die hij niet heeft geleerd? Waarom niet zijn Engelse, eventueel zijn Duitse kranten? Destijds schepte hij er weleens mee op dat hij behoorlijk wat Frans kende, je weet wel, de diplomatie, dacht mammy. Verder ben ik er toen niet op ingegaan. Ik was ermee bezig die landbouwkundige dienst op poten te zetten, ik... Well, ik had, ik heb een mooie vrouw op wie ik nog steeds zwaar verliefd ben, er waren de kinderen, het interieur van de cottage die wij hadden gekocht moest volledig worden vernieuwd, zeventiende eeuw, kom maar eens kijken... Dan zit je er niet zo mee in het hoofd, dat schoonvaders kranten net zo fris weer het huis uitgaan als ze op het rekje in het dagbladzaakje liggen...'
'Kan ik mij levendig voorstellen, Ray!'
'Als Emily thuis was, legde de schoonmaakster dat *Avondnieuws* voor haar apart, er stonden bijdragen in over Nederlandse literatuur en zo.'
'Natuurlijk, haar vak...' zei ik.
'Zo heeft ze tijdens een weekend dat artikel over jou gelezen. Ze was voor haar scriptie met jouw boeken bezig, daarom werd ze getroffen door het verhaal over die afschuwelijke moord op je vader... Wat een nachtmerrie, Paul...! Ik betwijfel of literatuur schoonvader een barst

kan schelen, maar in elk geval leek het ernaar dat ook hij het had gelezen.'

'Ik ben er zeker van dat hij het heeft gelezen...'

'Hoe weet je dat...? Nou goed, dat hoor ik nog van je... Precies in die tijd begonnen wij hem aandachtiger te observeren. We moesten wel... Jou mag ik het zeggen, Paul. Steeds wordt het woord neurasthenie gebruikt, soms noemt men het een depressie, wat door dokter Vanwinkle wordt aangemoedigd om mammy te sparen, dat heeft hij me in vertrouwen gezegd. De meisjes vermoeden het, het kan niet anders, maar volledig zeker zijn ze niet. Onder ons beiden, in vertrouwen, Paul. Hij is volslagen gek, op een ongevaarlijke maar ongeneeslijke manier, zei onze wijze plattelandsesculaap me. Ik geloof hem op zijn woord, hij heeft meer ervaring dan menig zenuwarts uit Londen. Sindsdien ging ik hem speciaal in de gaten houden. Je breekt moeilijk zijn bek open, maar ook met die ijzige zelfbeheersing van hem was het merkbaar bergaf gegaan. Ik legde het zo aan, dat ik zijn reactie op dat ergens emotioneel geladen stuk over jou lospeuterde. Intuïtief wist ik dat het hem niet was ontgaan, gepassioneerd als hij was door alles wat met de oorlog verband houdt. Die moord raakte vermoedelijk zijn kouwe kleren niet, ik bedoel dat zij hem geen verontwaardiging ingaf, zoals het bij Emily het geval was. Wat hem interesseerde – ik vroeg me af waarom – was de anekdote over dat manuscriptje, dat je in je gesprek met de journalist een knappe maar onzinnige schriftvervalsing noemde. Van Emily weet ik dat je het ongeveer zo hebt gezegd.'

'Ongeveer, ja, dat klopt...'

'Het ging in zijn hoofd spelen... Overstuur als hij was, maakte het hem nog meer overstuur. Stel je voor...'

'Je wist niet waarom?' vroeg ik schijnbaar achteloos, maar innerlijk gespannen.

'Nee... Overigens brak ik er mijn hoofd niet over. Erg wetenschappelijk was het niet, maar ik vergeleek zijn nieuwe obsessie met een jeugdherinnering van me. Op het dorp waar ik opgroeide, had mijn vader een vriend, in alle opzichten een volkomen normaal man, zou je zeggen, hij was trouwens postbode. Hij had nochtans één afwijking. Er mocht niets mislopen in de buurt, of hij raakte volkomen in paniek, om het even wat het was. De waakhond van de notaris die men had vergiftigd, een inbraak, een kippendiefstal, het uurwerk in de voorgevel van het gemeentehuis dat stilviel, een auto die ging slippen en tegen een muur aan knalde, zelfs een lokaal epidemietje, buikloop, influenza, je kent dat... Zijn obsessie was dat iemand, hij wist niet wie, een soort van boze geest zou je zeggen, hem bij de overheid zou betichten, hem aansprakelijk stellen voor dergelijke dingen en dat hij zijn onschuld niet zou kunnen bewijzen. Hij was geen neurasthenicus, hij was niet depressief, niet bijgelovig. De psychiater waar zijn oudere broer hem met veel moeite naar toe loodste, ontdekte geen enkele verdere afwijking. Kortom, hij was een gewoon, normaal, goedhartig, fantasieloos mannetje, op dat ene punt na, voor de anderen amper merkbaar, alleen afschuwelijk voor die sukkel zelf en absoluut ongeneeslijk...'

'Zo zag je het ook bij de vader van de meisjes?'

'Zo ongeveer... Wel ging het vrij ver, dat vernam ik later van Emily...'

'Praatte hij erover met haar?'

'Inderdaad... Volledig tegen zijn gewoonte in nam hij haar in vertrouwen, enkele dagen voor zij weer in Nederland en Vlaanderen ging werken. Ja, hij was toen vast al knettergek. Net als mijn postbode verbeeldde hij zich dat hij bij die zaak uit *Het Avondnieuws* betrokken was. Dat roze blaadje, zei hij, was een hoogst geheim document, het had met kernfusie te maken, top-secret. Het gedicht was helemaal geen gedicht, nee. Het bevatte de gegevens, kinderachtig eenvoudig, dat was nou juist het verschrikkelijke, de formules voor een wapen, zo ontzettend dat men nooit met de produktie ervan was begonnen...'

'Die man liegt of het gedrukt staat,' zei ik. 'Dat begrijp je toch?'

'Wat dacht je? Ik herhaal gewoon wat zijn waanzinnige geest produceerde... Voor zo'n document was geen enkele kluis veilig genoeg. Natuurlijk zaten er een paar exemplaren op geheime plaatsen verborgen. Was het in zijn kop opgekomen, hij zou vast hebben beweerd dat mistress Thatcher er eentje in haar beha heeft zitten, dat is natuurlijk het geheimste wat men zich kan voorstellen...' lachte hij, niet zonder waardering voor zijn eigen grappigheid.

'Ik hoop het voor meneer Thatcher,' antwoordde ik.

'Goed... Wat er ook gebeurde, fantaseerde hij, ergens moest zo'n stuk op de meest onmogelijk denkbare plaats zitten, daar zou men in geval van nood altijd op kunnen terugvallen. Ja, Paul, het is kinderachtige waanzin, ik weet het. Vergeet niet dat het om een verzinsel van een krankzinnig mens gaat, mogelijk van een sluw krankzinnig mens, of dat nog een rol speelt weet ik niet. Redelijkheid van wat zij zich voorstellen hoeven wij niet te verwachten en daarenboven scheen hij nog eens extra over zijn toeren te zijn...'

'En wat beweerde hij er zelf mee te maken te hebben?' informeerde ik.

'Nou... Onderschat hem niet...' grinnikte de agronoom. 'Hém, mister Smith van de Intelligence Service, werd persoonlijk de onvoorstelbaar belangrijke opdracht toevertrouwd die absoluut veilige bergplaats te vinden, nog geheimer dan die beha, je weet wel... Met de hem sierende genialiteit bedacht hij dat een plekje in het buitenland het best was, een absoluut onopvallend plekje, geen bankkluis of zo. België was het onbelangrijkste landje in West-Europa, zei hij, en toch lid van de Nato, you never can tell, maar die Nato zat dan weer in Brussel, ergens was dat vervelend, een streep door zijn rekening... Daarom zou het Antwerpen worden, daarop is er trouwens een lijntje vanaf Heathrow, gemakkelijk. Hij een Sabena-toestel in en recht naar Antwerpen. Hoe hij het allemaal had gefikst, vertelde hij Emily niet. Toen hij terugkeerde, zaten de meest geheime, de meest gevaarlijke hoewel bespottelijk simpele wetenschappelijke formules van de hele wereld ergens in een archief, dat Museum voor Letterkunde van jullie, op een gemakkelijk toegankelijke, maar voor een ieder onvoorstelbare plek verborgen. Niemand wist ervan. In Antwerpen had hij wel een collega van hem ontmoet, een knaap van de Belgische geheime dienst. Als ik het goed heb begrepen, vond hij na veel inspanningen een geschikt drukwerkje met een onverdachte datum erop. De blancozijde ervan gebruikte hij om zijn kennis, die begreep dat hij geen vragen hoefde te stellen, het gedicht eigenhandig te laten kopiëren. Die man was – heus, ik verzin geen grapje, Paul! – dan weer berucht als genie in het nabootsen van handschriften...'

'Gewoon delirant, Ray! Waar haalt die gekke oude kerel het vandaan?'

'Nou...! Uit zijn gekheid, natuurlijk...'

'Ik vraag het mij af...' mompelde ik.

Even keek hij me niet-begrijpend aan, maar ondertussen had hij zo'n plezier in het onzinnige verhaal gekregen, dat zijn reactie niet verder dan enige vluchtige verbazing reikte.

'Het vers met al die verborgen geheimen erin was door de grootste specialist van Engeland, geassisteerd door een al even groot taalkundige uit Oxford – je hoort dat de onzin eraf druipt! – met behulp van de best voorstelbare computer in elkaar gedraaid. Daarom kwam die Belgische kompaan eraan te pas, met een drukseltje uit een tekstverwerker kon hij natuurlijk weinig beginnen, daar hadden die domkoppen van Landsverdeding in Londen dan weer niet aan gedacht, zo gaat dat...'

'Geloofde Emily die kolder?'

'Natuurlijk niet, wat dacht je? Ook zij besefte dat hij volkomen doorsloeg.'

'Vroeg ze zich niet af waarom hij haar, na al die jaren van onverschilligheid, eensklaps in vertrouwen nam?'

'Natuurlijk! Maar terzelfder tijd lag het antwoord voor de hand. Waanzin of niet, voor hem was het nu eenmaal écht, redeneerde zij. Verder dacht zij vooral aan mammy, de goede ziel had al misère genoeg gehad en van dag tot dag werd het leven met de zieke onmogelijker...'

'Weet je waarom hij Emily erbij betrok? Dat was toch zijn gewoonte niet...?'

'Denk weer aan *Het Avondnieuws,* aan dat artikel over jou... Eén kans op honderdduizend miljoen, zei hij, ja met dergelijke kansberekeningen waren ze op de Intelligence Service vaak bezig...'

Ik kon het niet helpen, het waren de zenuwen, ik ben ook maar een mens.

'Ze hadden Jo erbij moeten roepen,' proestte ik het uit, proesten, nou ja, meer een schaapachtig nervositeitslachje.

'Wát zeg je?'

'Niets, onzin, geen belang...'

'Eén op honderdduizend miljoen, iets meer, iets minder, dát ongeveer, de IBM-machines van het War Office bevestigden het... Zo lag de kans dat ginds in Antwerpen iemand, stel je voor, jij was het, Paul, dat iemand precies van dát vers, met de allergeheimste geheimen van het Gemenebest erin, in een interview gewag zou maken.'

'Hij loog erom, Ray, geloof me!'

'Natuurlijk, dat zeg ik je toch al de hele tijd, Paul?'

'Hij loog er op een andere manier om dan jij het bedoelt. Het geeft niet, het verhaal blijft hetzelfde.'

'Wacht even, mijn beste, waarom op een ándere manier?'

'Dat zeg ik je dadelijk. Doe me een plezier, vertel eerst verder...'

'Als je aandringt... In elk geval was zijn paniek echt, en zij werd van dag tot dag erger.'

'Daar twijfel ik niet aan...'

'O nee...? Goed. Hij vroeg, smeekte Emily dat zij het document zou wegnemen. Er was niet het minste gevaar, niet de minste moeilijkheid mee gemoeid, ze ging toch naar Antwerpen, voor haar thesis moest zij vast wel in dat museum zijn?'

'Onvoorstelbaar...'

'Geloof je me niet?'

'Juist wel. Daarom noem ik het onvoorstelbaar!'

'Ja, zij moest het voor hem wegnemen. Haar doctoraalscriptie ging immers toch over de Nederlandse literatuur...? Zo'n weerzinwekkende huichelaar... Nooit, weet je, Paul, nooit had hij met haar één woord over haar studie gewisseld.'

'Ik dacht dat hij haar de keuze van de neerlandistiek had gesuggereerd...'

'Geen kwestie van. Wat kon het hém schelen?'

'En toch... Dat bloed... Het kruipt waar het niet gaan kan.'

'Wat bedoel je nou weer?'

'Niets. Sorry, Ray, forget it...' haastte ik mij.

'Nou begin jij het ook al moeilijk te maken... Kom. Emily is een door en door braaf meisje. Soms een eigengereid katje, dat wel, net als haar zus, maar door en door goedhartig... Zij kon zijn ellende, zijn angst, zijn verdwaasde blikken niet langer verdragen. En ze deed wat

hij vroeg, natuurlijk ook om mammy te sparen.'
'Juist,' zei ik.
Het bracht hem even van zijn stuk, dat onnozele ene woordje, maar kwaad zat er niet in dat ik 'juist' had gezegd.
'Na de fatale dag van het infarct arriveerde ze thuis... Hij besefte het niet eens...'
'Je vrouw dacht dat hij blij was?'
'Een paar dagen later, toen wel, hij voelde zich iets beter, zij had hem het roze blaadje getoond... Als je de uitdrukking voor een driekwart dode man kunt gebruiken, was hij zelfs door het dolle heen... Terzelfder tijd kreeg evenwel een ándere dwanggedachte hem te pakken. Die Israëlische agenten, ze loerden op hem, schreeuwde hij soms. Hij wist het zeker, het personeel mocht niemand binnenlaten als er werd aangebeld...'
'Schuldgevoelens?' vroeg ik mij af.
'Schuldgevoelens? Dat zie ik niet dadelijk zitten... Ik weet niet wat hij als inlichtingenagent allemaal heeft uitgehaald. Maar schuldgevoelens...? Het laatste waar hij aan lijdt, vermoed ik...'
'Pieker er niet over, Ray, vertel verder...' zei ik.
'Er was nog een ander verschijnsel... Het leek net of hij zich voor het eerst in zijn leven wat aan Emily begon te hechten, in zijn kalmere ogenblikken hadden wij althans die indruk. Hij zei dat hij haar nodig had, een zo goed als onvoorstelbare bekentenis voor een onaangenaam mens als hij... Daarom is het dat zij haast onafgebroken bij zijn bed zat. Elke genegenheid had hij bij de meisjes, zelfs bij mammy allang kapot gemaakt. Laat mij het als wetenschapper bekijken. Mammy's toestand is aan al die opwinding te wijten; wat zij voor verdriet houdt is een afschuwelijke stress. Je kunt het vergelijken met zeeziekte. Als hij zijn laatste adem heeft uitgeblazen, zul je haar zien opfleuren, als de scheepspassagier die weer vaste grond onder de voet voelt. Met zo'n argument kan ik haar natuurlijk niet troosten... Emily's houding was louter theoretisch, een voorwaardelijke reflex zo je wilt. Je vader ligt op sterven. Nooit heeft hij je de geringste genegenheid gegeven, nooit de jouwe beantwoord. En nu ligt hij op sterven. En je kunt hem niet alleen laten. Niet uit liefde, niet uit vergevingsgezindheid, niet uit fatsoensoverwegingen, gewoon zomaar, omdat het de mens is ingebouwd. Verder kan Emily het niet helpen dat zij over een ontzaglijk milde, rustgevende natuur beschikt. Dat is geen mechanisme waarvan je het knopje omdraait. Ik geloof dat hij daarom behoefte aan haar had, kun je dat begrijpen, Paul?'
'Ja,' erkende ik, 'dat kan ik goed begrijpen, ook al is hij een misdadiger.'
'Hé...!' schrok hij. 'Nou, je zegt maar, mogelijk weet je waarom... Misschien beschikt zij over de gave van de hypnose, ik weet het niet,

een mens gaat van alles verzinnen. Op zekere keer is hij omstreeks middernacht beginnen te praten, op een vlakke, zakelijke toon. Urenlang heeft Emily ademloos zitten luisteren, onbeweeglijk, om zijn vreemde, verschrikkelijke concentratie niet te verbreken, bekende ze mij...'

'Wat vertelde hij die nacht?' vroeg ik en er liep een ijskoude rilling langs mijn rug.

'Zij wilde het niet zeggen... Zij smeekte ons niet aan te dringen; het zou toch niet helpen, voegde zij er afschuwelijk triest maar volkomen vastberaden aan toe. Niettemin was ze opvallend kalm, te kalm naar mijn zin. Wanneer zij met ons praatte, was het alleen over jou, moedeloos, gelaten, natuurlijk rekende zij erop je weer te zien. Later kwam die aanstelling als docente in Antwerpen... Zij scheen weer moed te vatten, tijdelijk, maar... Hoe zal ik het omschrijven... Het was of er een schaduw over haar lag, een wolk, die voorgoed alles voor haar onzeker maakte, Mildred en ik waren erg ongerust...'

'Ongerust moet je niet meer zijn...'

'Dat is een enorme opluchting voor ons allen... Luister even, Paul... Ik pikte er niet bij aan, ik wilde inderdaad mijn eigen verhaal voltooien, zonder te veel onderbrekingen of zijpaadjes. Denk echter niet dat ik geen aandacht had voor sommige dingen die je hebt gezegd. Ik herinner mij niet alles... Je zei bij voorbeeld op een bepaald moment dat hij loog...'

Een poos deed ik er het zwijgen toe.

Verbaasd vergewiste ik mij ervan dat ik automatisch mijn pijp had zitten stoppen. Ik aarzelde even en stak haar toen op, waarna ik diep ademde.

'Zo ver zijn we, Ray... Door het roze velletje dat Emily mij zoëven toevertrouwde... Kijk het zit hier in mijn achterzak, niet in het borstzakje van mijn hemd, waar ik zulke dingen weleens gauw wegstop, dat is te dicht bij mijn hart. Straks zal ik het verscheuren of verbranden – verbranden, denk ik...'

'Is dat een symbolisch gebaar?'

'Misschien... Ja, ook een symbolisch gebaar... Verder door jouw verhaal... Door beide is alles in mij voorgoed, volledig op zijn plaats gevallen.'

'I do what I can... Iets begrijp ik – vaag. Maar niet alles...'

'Dat is ook niet mogelijk... Je bent een man van de wetenschap, je zult alles willen analyseren – overigens, ook voor een Engelsman lijkt mij dat normaal. Neem nu de taal zélf: wat wij "bespreken" noemen, is voor jullie "to discuss," dat ligt behoorlijk anders. Goed, die analyse zullen we samen later maken, niet vandaag, vandaag wil ik nog iets anders, iets belangrijkers doen. Daarom moet je voorlopig met een nuchtere opsomming genoegen nemen...'

'Of course,' zei Ray, 'Je moet het precies zo doen als jij het goedvindt. Ik zal je zelfs niet onderbreken...'

'Onderbreken geeft niet, hoewel liefst zo weinig mogelijk...'

'Afgesproken,' antwoordde Ray, 'ik beloof het...' Even aarzelde hij en grinnikte dan. 'Als ik je even onderbreken mag.'

'Jullie weten dat er een boel dingen mis zijn met de oude Smith... Trouwens, zo heet hij niet...'

'Goeie God,' zei de agronoom, 'wat krijgen we nou...? Sorry, ik zwijg al weer...'

'Nooit hebben jullie de waarheid, zelfs geen serieus deel van de waarheid gekend. Die man is een gewezen ss-er. Niets normaler dan dat hij *Het Avondnieuws* kan lezen. Ik schaam me, maar hij is ook een Vlaming. Na de oorlog kwam hij eerst in Rome, toen in Dublin terecht. Dat baantje op het consulaat zoog hij uit zijn duim. Hij leerde perfect Engels, hoe weet ik niet, het is vast systematisch en opzettelijk gebeurd, het schijnt hem niet aan aanleg voor talen te ontbreken. Zijn Duits zal ook wel behoorlijk zijn, geloof het maar...' De van nature blozende Ray zag zo bleek als een laken, maar hij beheerste zich, mij door zijn bril zonder montuur rond de glazen trouwhartig aankijkend. 'Hij heeft mogelijk een poosje in Amerika gezeten, daarvan ben ik echter niet zeker. Vroeger had hij al eens meneer Delaforgerie geheten, het is Frans, daar zit al "smidse" in en dat Smith wordt als hij, hoe weet ik niet, naar Engeland komt.'

'De oorlog, het krijgsgevangenkamp...?'

'Verzinsels, Ray...! Ik begrijp natuurlijk wat je bedoelt. Ook die imaginaire communicatiestoornis bij het Rode Kruis. Hij heeft vast een bominslag verzonnen, Londen, Coventry of zo, waar mogelijk andere identiteitsstukken bij verloren gingen...'

'Allemachtig, dat klopt, ik heb het eens van mammy gehoord... Hoe weet je het?'

'De grijze cellen, my dear Watson...'

Als schooljongens zaten we ineens samen te lachen. Natuurlijk, waarom niet, alles was voorbij, alles was goed...

Goed... Ja. Op nog één kleinigheid na.

Kleinigheid?

Bij wijze van spreken, bedoel ik.

'Mister Smith komt naar Engeland. Hoe weet ik niet. Vermoedelijk door zijn job in Ierland, waar hij ook al voor de geheime dienst heeft gewerkt, net iets voor een gewezen ss-er, zijn kornuiten ginds kunnen het voor hem gefikst hebben. Hij is geen domkop, die nieuwbakken meneer Smith. Hij weet bij voorbeeld dat hij zich aanvankelijk gedeisd moet houden. Daarom dan maar voor de gezondheid naar Ramsbury; het eind van de wereld, zegt Mildred. Goed. Mammy, een verrukkelijke jonge vrouw, gefortuneerde ouders, een Engels droom-

huis, een adellijke titel... Of de Earl van Oxford inderdaad Shakespeare was, zal wel de laatste van zijn zorgen zijn geweest...'
'De troebele, dubbelzinnige sfeer die hem omringde, de vrij recente fascistenpartijtjes in "The Round Table", zijn vriendschap met de gewezen chauffeur van Mosley en zo... Ja, die dingen weten we.... Gedeeltelijk. Er zijn toestanden die ik ineens begrijp, Paul. Andere worden onduidelijker, zwarte gaten, zoals de astronomen het noemen...'
'Dat lijkt mij normaal. Bij voorbeeld dat ontslag bij de Intelligence Service. Kennelijk werd daarover beslist terwijl hij in dat wat speciale ziekenhuis lag. Precies omdát hij daar lag.'
'Hoezo?'
'Doodsimpel... Misschien al toen hij naakt op de operatietafel lag. Of gewoon bij de dagelijkse verpleging. Een nurse die ook eens een boekje had gelezen, misschien bepaalde instructies waar al lang geen hond meer aan denkt. De film, de televisie, de thrillers... Het heeft allemaal dergelijk ambigue milieus een aureool van onfeilbaarheid verleend. Geef mij maar het toeval, iemand die toevallig goede ogen in zijn of haar hoofd heeft. Die ss-rune... In principe droeg elke ss-man een tatoeage onder de arm: het ss-teken. Er komt nu wel gauw een ogenblik waarop je het kunt controleren. Kijk dan maar eens in zijn oksels...'
'Ja...' zei de agronoom, de Engelse agronoom, een Vlaming zou tegen de klippen op hebben gevloekt. 'I see... Nu worden een hoop dingen duidelijker... Neem me niet kwalijk, ik zit je al weer voortdurend te onderbreken, onze afspraak ten spijt...'
'Dwaze afspraak... Ik vergat dat ook jij een mens bent... Dat je tenslotte dicht bij deze nare geschiedenis staat... Maar goed. Ons aller meneer Smith was zomaar geen gewone ss-er, zo'n vage idealist die zich op het Oostfront aan flarden ging laten schieten. Hij was... Nou ja...'
'Zeg het maar, Paul... Van nu af kan niets mij nog verbazen!'
'Wel. De woorden zijn er om gebruikt te worden. Hij was een doder. He was a killer. Een jodenvervolger ook. Op het laatst van de bezetting heeft die distinctievolle oude heer, die Britse landedelman haast, tientallen joden koelbloedig vermoord. Nee, niet opgepakt om ze aan de nazi's over te leveren, even erg natuurlijk, nee, ze eigenhandig ter plekke geëxecuteerd. Op een keer twee kleine kinderen, zelfs zijn medeplichtigen wilden zo ver niet gaan, een broertje en een zusje... Onder de ogen van hun vader en bij het lijk van hun moeder duwde hij de mond van zijn revolver tegen hun hoofdje en schoot hen dood...'
De ander maakte een gebaar om even te wachten. Hij ging naar een wandkast, nam een fles whisky, zette die aan zijn lippen en dronk er op zijn minst een vierde van leeg.
'Neem me niet kwalijk... Ook een slokje, Paul?'

'Laat maar,' zei ik. 'Je wordt vast zo dronken als een Zwitser.'
'Ik drink zelden, ik ben een sober man. Ik ben nog nooit dronken geweest. Nu móest het. Overigens ben ik zeker dat ik ook nú niet dronken word. Gebeurt het toch, dan probeer ik naar bed te sukkelen, logeerkamers genoeg. Leg het dan aan Mildred uit, zoals jij dat kunt zal zij het begrijpen. En geef haar ook een glaasje...'
'We zien wel... Probeer het er voorlopig onder te houden... Er is nog meer. Ik weet niet of hij haar die nacht álles heeft verteld. Maar wat ik je nu moet toevertrouwen heeft hij haar die keer vast verteld. Misschien uit sadisme, misschien gedreven door een enorm ingewikkelde gedachtengang, ik heb zo mijn vermoedens, daar sta ik nu niet bij stil. Misschien ook omdat hij het kwijt moest... Door dat artikel in *Het Avondnieuws* heb je vernomen dat mijn vader door ss-ers werd vermoord. Omdat hij een goed mens was – daar komt het op neer, ik treed niet in details – werd hij door een troepje ss-ers doodgeschoten...'
Schijnbaar onbewogen zat de agronoom mij aan te kijken. Echt dronken was hij niet. Hij was één brok ontzetting, de adem afgesneden, niet tot spreken in staat, dacht ik. Maar zonder dat hij snikte, zag ik hoe de tranen uit zijn ogen liepen, over zijn gezicht stroomden en op zijn blauwlinnen broek druppelden.
'Nog even, beste kerel...' zei ik. 'De leider van die ss-ers, de man die hem doodschoot...'
'Nee,' stamelde hij schor.
'Toch wel,' zei ik. 'De man die hem doodschoot, was mister Smith. Hij heette toen nog anders, een doodgewone naam van bij ons. Emily weet het, ik ben er zeker van, ze zei het niet, maar ik ben er zeker van dat zij het weet. Daarom was ze kapot van ellende.'
Ik heb het steeds als een geintje beschouwd, folklore.
De uitbundige Vlaming, de dartele Fransman, de koele Hollander, de hautaine Spanjaard, de kletsgrage Italiaan, de botte Duitser, de oppervlakkige Amerikaan.
De zelfbeheerste Engelsman.
Ray nam zijn bril af, veegde zijn ogen droog en zette hem weer op.
De zelfbeheerste Engelsman, zelfs met twintig centiliter Black & White in zijn buik.
Hij had weer zijn normale kleur. Van dronkenschap was geen sprake. Hij had zichzelf volledig in de hand. Je wordt niet dronken als de whisky het beveelt.
Opeens begreep ik het. Ik begreep waarom zij in Duinkerken in gesloten rotten van zes, het water, de golfslag tegen de borst van die kantoorklerken, die mijnwerkers, die putjesscheppers, die professoren, die pooiers, die priesters, die schoolmeesters gedisciplineerd naar de evacuatieboten waren gemarcheerd. Waarom zij met een handvol

Spitfires duizend Heinkels en Messerschmitts boven Londen uit de lucht hadden gemaaid, zo weinigen, zo veel. Waarom zij in El-Alamein hadden gezegd: nú is het genoeg, en waarom zij punctueel hun woord gestand hadden gedaan. Waarom zij in Normandië als jonge apen op de falaises waren geklauterd, tíen gesneuvelden, één die zich met zijn mitrailleur op de schouders nog net boven de rand van de afgrond kon hijsen.

Waarom hun hooligans, hun Beatles, hun Billy Hill-show, hun gifgroene knikkerharde erwten, hun pimpelpaarse damesschoenen, een of ander ontuchtig Hogerhuislid en hun godgeklaagd plat bier in ons hart nooit die levensbelangrijke beelden zouden overschaduwen.

Omdat zij Engelsen waren.
Niet beter, niet slechter dan anderen.
Knettergekke Engelsen.
Ik wil maar zeggen, gewoon Engelsen.
Hij legde broederlijk zijn mollige hand op mijn schouder.
'Kom,' zei hij.
'Wat wil je?' vroeg ik.
'Ik hoorde dat de verpleegster het huis heeft verlaten. We gaan naar hem toe vooraleer hij dood is. Daar heb je recht op. Het kan mij niet schelen wat er gebeurt.'

Veel kon ik aanvankelijk niet zien.
De fluwelen overgordijnen waren dichtgetrokken. Slechts hier en daar wrong de zon zich door een dunne kier naar binnen met een smalle straal waarin zich ontelbare microscopische stofdeeltjes bewogen.

Mijn ogen probeerden moeizaam aan de schemering te wennen.
Voorlopig vormde het bed een massief blok dat langzaam aan vorm voor me begon te krijgen, ik zag eerst het witte omgeslagen laken, daarna de groene zijden deken.

En toen zag ik een grijze man.
Ik zinspeel niet op zijn haar, hoewel ook dát grijs was. Ik bedoel grijs wegens de aanblik van zijn gespannen, opgebruikt gezicht. Breng het maar niet meer naar de stomerij, hoorde ik in gedachten Jo zeggen, er is niets meer mee te beginnen, weggegooid geld.

Langzaam ging ik naderbij. Het was niet nodig op de tenen te lopen, elke schrede werd door het dikke vloertapijt gedempt. Ray Bridgeman zag ik niet, hij was achter mij gebleven, maar ook zonder dat ik hem zag, wist ik dat hij, de handen in de zakken en een gedoofde Comoy met de kop naar beneden in de mond, tegen de witte marmeren schoorsteen leunde, waar geen vuur in brandde.

Ik voelde mij rustig, wat mij onbegrijpelijk leek. De man in het bed was de moordenaar van mijn vader. Maar de gedachte wond mij niet op. Ongewone toestanden hinderen mij. Niet de ganse situatie, bedoel ik, die was zo ongewoon dat ik er toch geen vat zou op krijgen, vreesde ik. Mijn innerlijke toestand bedoel ik, die vlakke kalmte die niet bij de omstandigheden paste.

De man opende de ogen.

Zeker was ik er niet van, hoewel ik er een eed op zou zweren dat hij niet had geslapen. Tussen zijn wimperharen door, zijn dunne wimperharen, had hij mij geobserveerd, terwijl hij veinsde te slapen.

Een slangeblik bij voorbeeld had ook gekund, als bij iemand die een toneelstuk schrijft en op het punt van de regie-aanduidingen geen maat houdt. De oude man wierp de bezoeker een slangeblik toe. Maar dat was onzin. Van een slangeblik was er geen sprake, wel van een veel te heftige, als een vonk in dit zo goed als dode aangezicht knetterende oogopslag, een elektrisch contactpunt in kortsluiting, waarna onherroepelijk de stoppen doorslaan. Ik wist niet of het beduidde dat hij mij inderdaad zag, dit vreemde licht hoefde niet te betekenen dat hij mij zag. In elk geval bewogen zijn lippen, net zo grijs als het overige van het gezicht. Ik vergiste mij niet, hij zei waarachtig iets.

'Ik ben niet bang voor je,' zei hij.

Het kon vele dingen betekenen – het belangrijkste, maar niet noodzakelijk het belangrijkste.

'Waarom zou je bang van me zijn?' antwoordde ik. 'Ik wil niet tot de mensen behoren voor wie anderen bang hoeven te zijn.'

Hij had Engels gesproken, ik antwoordde opzettelijk in het Nederlands.

'Allemaal onzin,' zei hij, 'allemaal onzin om mij bang te maken.'

Met zijn schorre, overigens zwakke, als door een kille wintermist heen fluisterende stem had hij bij mijn Nederlands aangepikt. Ik vroeg mij af of hij het zelf wist, ginds in dat nevelig grensland, of hij het onderscheid nog kon maken. Het was mogelijk dat het onbewust gebeurde. Misschien was hij er in het diepst van zichzelf nooit mee opgehouden te denken met de povere woorden, gering in aantal, de stuntelige arme-mensenvolzinnen uit zijn kinderjaren, waarop de blafferige bevelen en ellipsen waren gevolgd, de kefferige telegramstijl van wie een goed gesneden zwart uniform draagt, dagelijks gepoetste laarzen en een pet met in het zilver een grijnzend bekkeneel erop.

Wat hij gezegd had, was Nederlands, niet volledig misschien, maar ergens dicht erbij, zoals ook de taal van Pieter-Frans bijna Nederlands was geweest, bijna maar onmiskenbaar.

Ik stond bij het ziekbed van de moordenaar van mijn vader. Anderen zouden hem naar de keel zijn gevlogen. Het was volkomen irreëel, ik besefte het, maar ik was ineens bezig met zijn taal. Ik probeerde de tongval te situeren die van onder een meer dan dertig jaar oude laag Engels doorschemerde. Zij waren van over de Schelde, van over het water gekomen, had Jeroen zich herinnerd. Ik dacht dat ik het kon horen. Het was nochtans moeilijk. Jeroen had er immers aan toegevoegd dat het jongetje, uitgelachen om zijn boerendialect, gauw Antwerps was geen praten, misschien met het aanpassingsvermogen van de geboren hongerlijder...? Het was inmiddels zeker dat de oude man perfect Engels sprak. Eenmaal zijn hachje gered verdiende hij waardering om de hardnekkigheid waarmee hij zich op een vreemde, zelfs gehate taal had geworpen, de taal van hen die zijn voorlopige ondergang hadden bewerkt.

Het was een volkomen anachronistische situatie, ik moest er hard op doordenken, mij moeizaam rekenschap geven van haar volstrekte onwezenlijkheid, haar nachtmerrieachtig karakter. Het was niet echt een angstdroom, dacht ik. Er was niets om bang voor te zijn. De grauwe, voorlopig nog ademende, zelfs pratende ledepop in het veel te grote bed, in deze voor hem veel te distinctievolle ziekenkamer ging dood, het kon dadelijk gebeuren. Ik leefde, ik was honderdmaal sterker dan hij, tegen mijn zin een soort van engel der wrake die hem om rekenschap kwam vragen. Een engel der wrake die van nature elke vorm van pathetiek verafschuwde, daarom met de toestand verlegen was, ik was er mij ten volle van bewust, net als van de nabije grens waarachter voor mij het potsierlijke begint.

Er was niets koortsigs aan de gedachten die in mijn geest als overvloeiers in een film uit elkaar geboren schenen te worden. Of er seconden of minuten bij betrokken waren wist ik niet. Mijn indruk was dat het de verdwaasde oude man niet hinderde dat ik hem stond aan te kijken, al bleef hij zich bewust van mijn aanwezigheid bij het voeteneind van zijn bed. Hij leefde nog, maar spoedig zou voor hem de tijd stilvallen. Nú al was voor hem de tijd vermoedelijk slechts een vlokkig, wazig spinsel, een uurwerk zonder wijzers, een meetlat zonder schaalverdeling het gaf niet hoe lang ik stilzwijgend naar hem keek, minuten, uren, dagen, jaren.

Vermoedelijk was ik er onbewust aanzienlijk langer mee bezig geweest dan ik het mij voorlopig realiseerde. Ik wist het niet, ik had nog een gans leven om het voor mijzelf uit te vinden. Op weg naar hier waren voor het eerst de bewuste verdenkingen bij me opgekomen, voorafgegaan door mijn reacties op het gesprek met Mildred, ongetwijfeld, maar zonder dat de betekenis ervan volledig tot me doordrong. Vandaag was de eerste concrete verdenking opgekomen en dan de zekerheid, een uur geleden, toen ik Emily's schrijfmap opensloeg en het roze blaadje voor me lag.

De tijd om mij erin te verdiepen had mij ontbroken. Nu had de stervende enkele woorden geuit, enkele dwaze woorden in zijn taal van voorheen, die ook de mijne was. Dertig jaar lang had de oude man perfect Engels gepraat. Eenmaal zijn hachje gered was hij de taal van zijn nieuwe wereld gaan leren, de taal van de vijand die hij vermoedelijk haatte en verachtte. Toen hij dertig jaar geleden als diplomaat met herstelverlof in Ramsbury verscheen, had niemand hem nog wegens enig accent voor een vreemdeling gehouden, naderhand ook Emily's grootvader of mammy niet, deze correcte, wat stroeve Engelsman, toekomstig ambtenaar bij Foreign Affairs.

Het resultaat was bewonderenswaardig, het bleef mij verbazen. Maar terwijl ik hem stond aan te kijken, begreep ik dat er meer toe nodig was geweest dan een uitgesproken talent voor talen, zijn miserabele afkomst ten spijt, meer dan de vlijt en de zelfdiscipline van een hardnekkige student uit nood des gebods. Ik had er geen moeite mee om mij voor te stellen wat er precies toe nodig was geweest. Ik dacht aan Jo. Hij pochte er niet over, zo is hij niet, verder dan een grapje over Kristien ocharme, in bed weer eens een keer zonder lady Chatterley's lover, kwam het nooit. Maar zo wist ik meteen dat hij de ganse nacht had doorgewerkt, in zijn pover kantoortje zorgelijk zwoegend over de boekhouding gebogen of honderden pakjes aan het maken in het belendend magazijntje. Waarschijnlijk zou hij, balancerend op het strak gespannen touw van bescheiden verkoopsuccesje tot bescheiden verkoopsuccesje, zich er wel door slaan. Nooit zou hij evenwel een groot uitgever worden, al legde hij morgen de hand op de gratis-uitgaverechten van de nieuwste Eco. Hiertoe ontbrak hem de aalgladde handigheid, het instinct, de reukgevoeligheid, de klauwen van het jungledier, de wat nonchalante, roekeloze en goedhartige volksjongen die Jo ook was. Goede hersens, verbeelding, zelfs gevoel voor de waarde van een boek genoeg, ik had het in de jongste tijd herhaaldelijk gemerkt. Het waren elementen die mijn vriendschap voor de vrolijke snuiter aanzienlijk in de hand hadden gewerkt, samen met precies dát wat hem, in feite gelukkig ontbrak. Het haast fysieke mimetisme, bedoel ik, waardoor sommigen hun wezenlijke aard verbergen en zichzelf onmiddellijk inpassen – niet aanpassen – bij om het even welke context. Niet noodzakelijk uit beredeneerde sluwheid, maar organisch, ongeveer als een kameleon die zelf niet weet dat hij de kleur van de achtergrond aanneemt.

Ik had mister Smith niet uit het gezicht verloren.

Hij had de ogen geopend, pas nu vergewiste ik mij ervan dat hij ze een tijdlang gesloten had gehouden, opnieuw zag ik de kortsluitingen vonken. Hij probeerde zich op te richten, wat hem niet lukte, waarna hij weer gelaten bleef liggen. Zijn hersens werkten nog steeds.

'Wat doe jij hier...?' zei, fluisterde hij moeizaam. 'Ik wil niet dat er bezoekers komen...'

'Ik ben geen bezoeker,' antwoordde ik rustig. 'Geen bezoeker, geen vriend of zo...'

'Ik heb geen vrienden,' zei hij. 'Of toch, ja... Eén. Maar die ben jij niet.'

'Dat weet ik,' zei ik 'De kastelein uit "The Round Table", Tom Hawkins...'

'Ja,' mompelde hij, 'Tom. Hij bewaakt me. Dat heb ik hem bevolen. Hij mag geen vreemden binnenlaten, hij moet mij waarschuwen...'

'Dat zal wel...' beaamde ik. 'Ik heb mij niet bij hem gemeld...'

'Voor één keer is het goed... Waarom kijk je me zo aan? Wat sta je daar te doen?'

'Ik sta te denken, meneer Smith. Te denken over mensen als jij.'

Hij wilde iets zeggen, maar na de enorme inspanning lukte het hem niet meer. Nog net kon hij de mond bewegen, maar dadelijk lieten zijn stembanden, zijn tong het afweten. Zijn onderlip bleef scheef, wat kwijlend openhangen, een streepje schuimerig speeksel liep over zijn kin en verdween tussen zijn hals en het laken. Er was geen verpleegster die het kon afvegen. De bewoners van dit huis lieten een stervende niet alleen, wie hij ook was. Ik begreep dat Mildred in de buurt de wacht betrok en een ieder de toegang tot de ziekenkamer ontzegde. Met Emily had zij vast geen moeite. Nu ik haar had gezien, wist ik dat mammy alleen getekend was door de eindeloze spanningen, niet rechtstreeks door het verdriet. Mocht ze toch hiernaar toe komen en de deur gesloten vinden, ook in dit geval hoefde wij geen dramatisch nummertje te verwachten, Sarah Bernhardt was er vandaag niet bij.

Waar ik aan dacht?

Toen hij weer was beginnen te praten, dacht ik inderdaad aan hem, ik had er niet om gelogen.

Nadat ik Jeroen voor het eerst over de moord hoorde praten, had ik ook aan hem gedacht, aan de onbekende moordenaar. Roel had hem zijn naam gegeven, langzaam aan waren enkele bijzonderheden doorgedruppeld. Veel maakte het niet uit. Ik moest het met de matrijzen stellen die ik mij herinnerde uit mijn lectuur, uit televisiedocumentaires over de oorlog, van foto's die nog voortdurend in allerhande publikaties verschenen. Het maakte de schim wat duidelijker, vulde sommige plekken exacter in: rijzige zwarte gestalte, brede schouders, smalle heupen met koppelriem, onder de doodshoofdpet geen aangezicht, nooit een aangezicht. Een soldenier, een geweldenaar, een doder, het kon niet anders, een moordenaar met zijn eigen mimetisme, het mimetisme met de heldhaftige voorbeelden die men hem dagelijks voorhield, de imaginaire Uebermenschen en halfgoden, van een edeler bloed dan de anderen, generzijds van goed en kwaad, beschikkend over leven en dood als Ridders van de Teutoonse Orde, niet onderworpen aan de laffe, benepen wetten van de democratie. Moordenaar in de eerste plaats, massamoordenaar zelfs, maar in zijn weerzinwekkende soort extra begaafd door het mimetisme van de gokker, de pooier. Koen Bracke, een model in zijn soort. Op school had ik het als kind hier en daar gevoeld, zonder het te begrijpen, de handige knaapjes die bij het knikkeren altijd wonnen, niet omdat zij bedrogen: dat kon niet bij het knikkeren, maar omdat reeds toen de loense engelbewaarder van de gokkers hun duim en wijsvinger bestuurde, die zich bij het onschuldigste roversspelletje fysiek tot authentieke kleine gangstertjes uit de film metamorfoseerden en een massa verhalen kenden waarin zijzelf, hun vader of een geheimzinnige, uiteraard niet bestaande maar wel rijke oom met een Pontiac van hier tot ginds een hoofdrol speelden. Zij waren veel handiger dan ik het ooit was gebleken, konden een muntstukje uit een keldermond vissen, wisten gratis het voetbalstadion binnen te komen en misten nooit als wij in het najaar met stenen de vruchten uit een kastanjeboom probeerden te gooien. Ik begreep het niet. Ergens wist ik dat het bedrevenheid was, een vorm van verbeelding, leugenachtigheid, brutaliteit, vingervaardigheid, die woorden kende ik ook wel. Maar soms besefte ik dat er meer was, wat mij, net als Jo, ontbrak, de optelsom van al wat ik noemde en nog veel meer, meer dan het mimetisme van de kameleon die blauw wordt op een blauwe steen. Ik bedoel het mimetisme met het leven zélf, snuffelend langs het spoor dat anderen ontgaat of hen niet interesseert, grijpklaar hoewel zelden betrapt, vleiend en dus graag geloofd en steeds beloond, zichzelf prijzend en daarom door anderen geprezen, nooit schuw voor wat lichte chantage. En alles natuurlijk, alles met de vanzelfsprekendheid waarmee een Parijs trottoirbloempje toevallig maar dringend en zo hoog als de liesplooien een jarretelle moet vastmaken. Wat kun je, argeloze voorbijganger, ánders doen dan glimlachen, geduldig, vroom, ergens vereerd omdat ze het speciaal doet voor jou?

Zo was het mister Smith vergaan in Rome, Dublin of om het even waar, zo was het ook gebeurd met dat kennelijk autochtone Engels van hem. Het lef van de gokker, vallen en weer opstaan, de leugen van een nieuwe persoonlijkheid, het taalgevoel dat je soms bij straatjongens aantreft, wakkere aandacht, een scherp gehoor, een radde tong, gespleten of niet, het talent voor de volmaakte nabootsing, en ging er wat mis, forgive me, please, vijf jaar krijgsgevangene in Duitsland, mijn King's English leed eronder, soms verwar ik het warempel met Duits.

'Ben je er nog? Waarom ga je niet naar buiten?'

Hij was blijkbaar weer op adem gekomen.

'Ik blijf nog even, ik wilde kennis met je maken, mister Smith. Voor je naar de verdommenis gaat... Nou ja. Let er niet op.'

Het was eruit voor het tot mezelf doordrong. Achter mij hoorde ik de agronoom boosaardig gniffelen, een lucifer aanstrijken en zijn pijp opsteken. Het komt er niet meer op aan, dacht hij.

'Ik weet waarom je hier bent,' hoorde ik de oude zeggen, weer mekkerend als daarnet, of het iets erg geestigs was. 'De wijven. De twee

jonge wijven, allemaal lekker vlees, het oude wijf minder. Maar toch...'
 Waar bleef hij de energie vandaan halen?
 Ik zag hem niet, het was een onverklaarbare gewaarwording: achter mij voelde ik Bridgeman letterlijk verstrakken. Hij kon het vast niet hebben begrepen, maar het woord 'wijven' verstond hij natuurlijk.
 'Niet de wijven,' antwoordde ik. 'Ik kom voor jou.'
 Met enige overdrijving had ik de manier nagebootst waarop hij het woord uitsprak.
 Nu was ik er zeker van, tussen wat landelijke aanslibbingen was het achterbuurt-Antwerps. Wijven. Woiven.
 Het woord kon je hem kwalijk nemen, de klank niet.
 Ondanks zijn BBC-Engels was hij nooit opgehouden te denken met de klanken, de woorden, de stuntelige volzinnen uit zijn jonge jaren. Naderhand was er het blaffen van soldateske bevelen, het snauwen van krijgsmansvloeken en de kefferige telegramstijl van wie een imposant zwart officiersuniform draagt, de prachtige pet met het zilveren bekkeneel en de gekruiste doodsbeenderen.
 Het was Antwerps, evenwel niet het Antwerps van Pieter-Frans. Wat Pieter-Frans met soms krampachtige stadhuiswoorden had opgeschreven, kon je luidop als Nederlands, als 'schoon Vlaams' lezen, zo noemde hij het.
 Ik nam mij voor spoedig weg te gaan. Het had geen zin hier langer bij het sterfbed van de man te staan die mijn vader had doodgeschoten. Hij was een vieze bezienswaardigheid. Ik had haar in ogenschouw genomen, dat moest volstaan.
 In zijn aanwezigheid wilde ik niet meer aan Pieter-Frans denken, mijn dromerige, goedgelovige, ondermaats kleine en roodharige Rodolphe van Puccini, *che gelida manina*. Misschien waren ook zijn handen al koud, zijn voeten, zo komt de dood naar binnen, daar begint het mee.
 Die man in het bed had nooit een vrouwenhandje in de zijne gehouden om het te warmen. Hij en zijn stoere vrienden pakten het tussen twee moordpartijen ánders aan.
 Helemaal anders, geen flauwe kul.
 In de Stadsbibliotheek had ik hun weekbladen, hun strijdkrantjes, hun antisemitische tijdschriftjes opgevraagd als mijn historische werken over de oorlog mij onbevredigd lieten. Het stond er ánders, niet zo, maar de sfeer dier dagen kende ik, je komt er langzaam in, als een antropoloog die een jaar onder de laatste menseneters gaat leven.
 Ik kon mij levendig voorstellen dat hij na schallende Landdagen met klauwende liebaerts en klapwiekende blauwvoeten weleens een Vlaams deerntje met katoenen rokje, witte sokjes en een zwartfluwelen rijgkeursje onder zich had neergedrukt en het pijpje van haar

pover oorlogsbroekje wat opzij geduwd. Ach het moest allemaal vlug gaan, tijd voor meer was er niet, ons volk wacht op daden, dat weet je, Ilse, Lutgardis, Godelieve, Gretl, Marleen, Hannelore. Hannelore! Wat ben je lekker nat, Hannelore, en zo prettig warm! Wat zeg je, ben je nog maagd? Natuurlijk, alle Dietse kameraadskes moeten zo lang mogelijk maagd blijven, de Leider zegt het ook, hun Vlaamse maagddom bewaren tot ze, houzee, met een stoere kameraad in den echt zullen verbonden worden, laat die stomme pastoor niet zeggen dat onze standaard niet mee de kerk binnen mag, wat denkt hij wel?

'De wijven,' zei de stervende. 'Ik zou je verhalen kunnen doen. Maar ssst... Milady mag het niet horen! Milady heeft een achterneef die minister van Her Majesty the Queen is geweest, een Labour-minister nog wel, de zak...' Hij kreeg een hoestbui. 'Mijn hart doet zo raar... Ik gun het die wijven niet, en ook de joden niet, ze zouden te veel lol hebben, de joden vooral...'

Hij lag amechtig te hijgen, het hoesten was bedaard.

Ik keek de agronoom vragend aan. Moest dokter Vanwinkle niet worden geroepen? Hij begreep mij zonder woorden.

Met half dichtgeknepen ogen observeerde hij aandachtig zijn schoonvader, waarna hij zijn brede schouders ophaalde.

'No,' zei hij.

– Ja... Zo wil de Leider het. Maar soms is het moeilijk... Ik geloof, Hannelore dat we er dit keer wat aan zullen moeten doen. De boog kan niet altijd gespannen blijven. Hé, da's een goeie! Lach je niet? Ja, je bent pas vijftien... Zeg, doen we het maar? Je hebt een mooie naam, heet je waarachtig Hannelore? Of is het Johanna of zoiets? Ook mooi, weet je! O... Eigenlijk heet je Marie-Claire? Wat zeg je? Noemt je grootmoeder je altijd Charlotte? Schön. Tegenwoordig heet je Hannelore? Je vader werkt bij de Organisation Todt, weet ik toch? Hij vindt Hannelore beter...? Hij heeft gelijk. Schaam je niet, het strekt hem tot eer als een flinke volksgenoot tot bezinning komt. Denk maar niet dat er bij ss-kameraad Degrelle geen Marie-Claires zouden zitten, wel duizend! Natuurlich, en stel je maar eens voor, zijn heldhaftig optreden in Tsjerkassy. Je mag het niet aan Ilse, Lutgardis, Godelieve, Gretl, Marleen zeggen, Hannelore, mondje dicht, beloofd? Voor mij heeft Marie-Claire iets pikants. Heb je Frans geleerd? Moet je horen. A Paris j'ai une maîtresse, elle s'appelle Marie-Claire. Klinkt goed, nietwaar? We gaan eens samen naar Parijs als de oorlog voorbij is, het wordt een belangrijke Duitse stad, daar zorgt de Führer voor, eerst moet die ouwe Pétain dood, dat is te regelen... Ja, trek dat broekje maar uit, helemaal, het zit potztausend in de weg, als je Marie-Claire heet, moet je ook als Marie-Claire dóen, jawohl...! Stil...! Schreeuw niet zo, de anderen hoeven het niet te horen, ze zouden nog denken... Koest, zeg ik je, verdomde teef, hoor me dat kreunen en krijsen en te-

601

keergaan terwijl overal de leeuwenstandaarden en de hakenkruisen wapperen, nondedju! Wat nu weer...? Kom, kom, zo bedoel ik het niet, schatje, zeg, moet je daar nu liggen te janken als de eerste de beste franskiljonse trut van de Soeurs de Notre Dame? Kunnen die gillen, ik heb er eens eentje, ik wil zeggen, mijn broer heeft er eentje gevo... Geen belang. Selbstverständlich ben ik niet boos op je, Waltraute, Hannelore, wil ik zeggen... Nee, ook niet omdat je tóch geen maagd bent, dat wist ik immers direct? Hoe ik het weet? Denk je dat je een ss-man smoelen moet leren trekken? En voor de rest ben ik ook niet boos, ik was bang dat er iemand op je gejank zou afkomen, net een kat in maart. Je bent volop bezig en ineens staat er me daar zo'n snotter van de Dietse Heldencnaepenschare op je vingers en zo te kijken... Als we het op een ander plekje doen, mag je gillen zoveel je wilt, beloofd. Nee, ik ben niet kwaad. Luister, ik ken een grapje. Het was de liefdeskreet van de Walküre, ooit van gehoord? Die opera van de grote Adolf Wagner, of is het Rudolf? Geeft niet... Je kent het wel, 'Immer nur lächeln' en zo, haast zo mooi als de liedjes van de beroemde Vlaamse componist, ik bedoel toondichter Preud'homme. We zullen er samen naar toe gaan als ik terugkom van Berlijn, ik heb gelezen dat de opera van Keulen er een voorstelling van geeft, jaja, 'Unter der Lanterne', dat komt er ook in, vaneigens... Ik bestel direct twee orkestzetels bij 'Kraft durch Freude', de ss heeft voorrang, kun je wel denken... Of Marika Rökk meespeelt weet ik niet, dat kan. Je zult die lieve kleine Dietse oortjes van je opentrekken, das gesunde Volksempfinden, jaja, die Kultur, met een hoofdletter K... Wat zeg je, moet ik doorgaan? Voilà, ik ben al bezig, ben jij me een hete dinges, men kan zien dat je Marie-Claire heet... Zachtjes aan... Niet schreeuwen... Zo... Een braaf meisje zijn... Ja... Jaaaa...! Wat zeg je me daarvan? Natuurlijk heb ik opgepast... Ik denk het toch. Er is niets om voor te huilen, Hannelore... Huil je dáár niet om? Waarom dan wel? O, goed, dat joodse vriendinnetje van je? Zeg, wat een idee om met een jodin op te trekken... Ja, ik heb het je beloofd, een ss-man houdt zijn woord, ik zal doen wat ik kan. Wat zeg je? Diamant? Je moet mij wel vertellen waar de rest van de familie zit, dan kunnen we die mensen beschermen. Mooi, ergens in de buurt van het Noordschippersdok. Met zijn velen? Stel je voor... Gekke meid, dacht je dat ik wat tegen joden heb? Geen kwestie van, de Führer ook niet, waar haal je dát vandaan? Kom nou, omdat hij weleens een Witz vertelt? Hij is nu eenmaal een geestig man. Beschermen, ja, joden zijn mensen die je tegen zichzelf moet beschermen, jij zult later je kindertjes toch ook niet met Streichhölzer laten spelen? Die joden zijn veel veiliger in een comfortabel, proper werkkamp, Arbeit macht Frei, als je vader bij de Organisation Todt zit, heeft hij dat zeker wel gezegd. Gezond in de buitenlucht, kloeke maaltijden, een beetje werken, geen Luftangriffe, ik wil best ruilen!

Kijk, mijn keerlinneken lacht al weer! Dat is goed, kom, we doen het nog eens over, ik heb nog een minuut of vijf!
'De wijven...' mekkerde de oude zachtjes. 'Je zou ervan opkijken hoeveel ik er heb gehad. Maar geen woord aan mammy, of de vriendschap is uit... Er was zo eens een Hannelore, of heette ze anders...? Ilse, Lutgardis, Godelieve, Gretl, Marleen...? Geeft niet... Neuken dat die kon, ik vergeet het nooit... Jammer dat ze zwanger werd, ja. Toen was het uit, natuurlijk, ze stond zot van 's morgens tot 's avonds, en maar vijftien jaar... Dát waren wijven... Als je dan aan die Engelse ladies denkt... Hoewel, die springen niet direct in het Kattendijkdok, ik wil zeggen in de Theems als ze met een jonk zitten...'
– Wat is er nu weer aan de hand of aan wat anders? Wat zeg je? O, je gatje is koud... Ja, die vette veie grond van Moereland, uit houwe trouwe geboren, zoals Guido... heu... dinges, Gezelle zei, ja, in *Gudrun*, een van Vlaanderens Heilige Boeken... Kom wat dichterbij... Voel je welke warme handen een ss-Obersturmführer heeft? Een warm Diets hart, warme Vlaamse handen en de rest, hahaha, lachte Uilenspiegel toen Nele een wind liet. Jij bent ook een lekker heet Neleken, een lekkere Arische Hannelore, maar pas op met die joodse vriendinnetjes, zeg me altijd waar ze wonen, dan komen er geen vodden van... Het is mijn tijd. Hier, je broekje, er zit wat modder aan, wassen is daar goed voor, zei mijn moeder...
Dat waren vast de herinneringen waarmee die smeerlap bezig lag. Ik twijfelde niet, geen ogenblik had ik getwijfeld: Koen Bracke.
Ik moest eraan wennen dat hij zo'n miserabele figuur was geworden. Nooit was ik ertoe gekomen mij een voorstelling van hem te vormen, afgezien van het sjabloonachtige beeld zonder gezicht, ergens in mijn achterhoofd, een rijzige, stevige kerel, weldoorvoed en dierlijk gezond...
Natuurlijk was hij het.
Verlangde ik soms dat de moordenaar van mijn vader er op zijn ouwe dag als Curd Jürgens of Erich von Stroheim uitzag...?
– Ja, commissaris, ik heb uw briefje gekregen, de man, vermeld op uw uitnodiging om naar het politiekantoor te komen, ben ik. Laat uw secretaris de volgende keer Obersturmführer voor mijn naam zetten, dan bent u zeker dat mijn buren het ambtelijk document niet verdonkeremanen, ik vertrouw ze niet, ik geloof dat ze naar Radio Londen luisteren... Wat zegt u? Ja, natuurlijk is het uw zaak niet, hoewel... Sag' mal, commissaris, hebt u weer zo'n cadeautje voor me, zo'n boete voor een niemendal, de vuilnisemmer op de stoep vergeten, de sneeuw niet geruimd...? Daar valt men een ss-man, wat zeg ik, een ss-officier toch niet mee lastig...? Geen sneeuw, geen vuilnisemmer...? Wat zegt u? Een sterfgeval, een zelfmoord? Wat heb ik met sterfgevallen, met zelfmoorden te maken? Heel mijn familie is kerngezond, boeren uit het

Land van Waas, die plegen geen zelfmoord, allemaal diepgelovige Vlamingen en alleen kleine zonden, wat zwarte markt en zo... Er is toch niets met mijn jongste broer, die aan het Oostfront strijdt? Nee, onzin, dat gaat selbstverständlich niet langs de politie... Het lichaam van de dode herkennen...? Ik kén geen doden, meneer de commissaris, wat zou ik? Is er soms een of andere smous komen roddelen? Nee? Des te beter voor hem. Enfin, als het moet, Ordnung muss sein... Verdomme...! Waarom ik vloek? Ik schrik me een beroerte! U trekt dat laken weg en ligt er me daar een dood vrouwmens! Zou u in mijn plaats ook niet vloeken? Een jong meisje, zegt u? Ja, nu zie ik het, ik bedoel dat ik geloof dat u de waarheid spreekt... Dat gezwollen hoofd, dat gezwollen lichaam... Veel kan men er niet meer van maken, dat geeft u vast toe! Of ik haar ken? Hoe zou ik haar kennen? Lid van de Dietse Meisjesscharen? Als u denkt dat ik alle leden van de Dietse Meisjesscharen ken... Ik zou mijn handen vol hebben... Ik ben Obersturmführer bij de Vlaamse ss, meneer de commissaris, niet bij de Dietse Meisjesscharen, wilt u daar rekening mee houden als ik u bidden mag? Ik heb alleen de bevelen van Parteigenosse Heinrich Himmler te gehoorzamen, meneer de commissaris, de Reichsführer ss! Kom, bij wijze van spreken. O. Wie heeft u dat gezegd? Een ándere ss-man? Haast niet te geloven, u spant me een valstrik. Bereid het onder ede te verklaren? Laat me eens goed kijken. Dat gezicht komt me niet onbekend voor. Er zijn zoveel Gouw- en Landdagen, werkkampen, Zonnewendefeesten, volkse ontmoetingen, dan loop je die kontjes van de Dietse Meisjesscharen weleens voorbij, kom. Nee toch, kent u haar naam...? Marie-Claire? Zeg nou zelf, commissaris, denkt u waarachtig dat er bij de Dietse Meisjesscharen Marie-Claires zijn? Die zouden niet eens toegelaten worden! U beweert toch niet dat ík dat schaap in het water heb gegooid? O...! Het zit zo...? Waarom zei u dat niet dadelijk? In gans mijn familie, meneer de commissaris, heeft nooit iemand met de politie te maken gehad, dan ken je die dingen niet, dan ga je jezelf van alles verbeelden, lacht u maar! Ik heb helemaal geen kritiek op u als ambtenaar meneer de commissaris, hoe komt u erbij, een militair weet wel beter. Maar u moet begrijpen dat een mens zich rot schrikt, ineens zo'n dood meisje. Als je aan een vuilnisemmer denkt. Getuige bij de identificatie? Ja, dat is redelijk, maar u weet toch dat het Marie-Claire is? Raar is dat, u bent zeker, maar niettemin moeten een aantal mensen het bevestigen? Ja, administratie... U zult ook niet kwaad zijn als de Führer het allemaal wat eenvoudiger maakt! Maar Marie-Claire? Als u zou zeggen: Marie-Claire, leerlinge bij les Soeurs de Notre Dame, tot daar. Maar niet bij de Dietse Meisjesscharen. Geen moord? Zelfmoord! Ja ja, dat hebt u dadelijk gezegd! Ja. Ze werd Hannelore genoemd? Even nadenken. Als ss-man praat je soms met die gezellinnetjes, ze kijken naar je op, het uniform en zo, dat weet u ook... Hannelore... Even nadenken... Ik ken Ilse, Lutgardis, Godelieve, Gretl, Marleen... Ik ken ook ene Waltraute... Die zit als typiste bij de Sicherheitspolizei, op de Meibloemenlaan... En een Gudrun... Nee... Entschuldige, dat is de naam van een Heilig Vlaams Boek, van Cyriel Rodenbach, eerst dacht ik Guido Gezelle, dat kan ook, maar ik geloof dat het Albrecht Verschaeve, ik bedoel Cyriel Rodenbach is, enfin, dat heeft geen belang. Moet ik het kort maken, hebt u geen tijd? Hannelore...? Inderdaad, het moet díe Hannelore zijn, ik heb haar voor enkele maanden bij de Landdag van de Westvlaamse kameraden eens gezien, veel kameraden in West-Vlaanderen, dat weet u. Een paar woorden gewisseld, nú ben ik er! Samen in de Vlaemsche Dranktent iets gebruikt, zij een kopje koffie, er was echte Bohnenkaffee, een geschenk van de Vlaamse arbeiders in Duitsland, via de Deutsch-Flämische Arbeitsgemeinschaft, zo gaat dat, ik uiteraard een Rodenbach, speciaal voor de ss gebrouwen. Zal ik u een paar flesjes bezorgen? O, u drinkt geen bier, jammer. Ja, schrijf maar op, díe Hannelore is het, haar vader werkt voor de Organisation Todt, dat heeft zij verteld, die dingen onthoud ik altijd goed... Geslachtelijke betrekkingen? Commissaris...! Uiteraard heb ik een vriendin, ik bedoel, ik had een vriendin, Waltraute, maar ze is er met haar baas, de kolonel van de Sicherheitsdienst vandoor. Wat doet een mens, ik bedoel een ss-man dan? Seksuele gemeenschap? Vijftien jaar? Nee, meneer de commissaris, laten we het niet over zo'n onzin hebben. Het arme schaap... Wat is er met haar gebeurd? Zelfmoord, ja. Ze was zwanger...? Hoe is het godsmogelijk... Een keerlinneke van de Dietse Meisjesscharen, daar zit vast een jood tussen... Moet ik hier tekenen? Nee, ik hoef het niet te lezen, denkt u dat ik u niet vertrouw? Onder militairen...?

Op mijn polshorloge zag ik dat het een uur of zes was.
    De zon scheen volop, omstreeks deze tijd gedeeltelijk opgevangen door een paar populieren die ik achter het huis had zien staan, rechtop als in het zomerlicht trillende kaarsen. Opnieuw was het vertrek er schemerig door geworden.
    Hij wenkte mij zwijgend met zijn ongezond grijze, beenderige hand, een dood ding dat van onder zijn pyjama te voorschijn kwam, maar waarmee hij blijkbaar nog slordige, onvoltooide bewegingen kon maken.
    Ik kwam naderbij en observeerde aandachtig zijn trekken.
    Ik wist wie hij was.
    Ditmaal herkénde ik hem ook: het benepen glurend kereltje op Jeroens foto van papa's klasje.
    Wij keken elkaar aan. Ver gezochte subtiliteiten kwamen er niet aan te pas. Vanuit twee, lichtjaren van elkaar verwijderde werelden keken wij elkaar aan.

'Waarom moet ik naderbijkomen?' vroeg ik.

Diende er een gesprek te volgen, dan was het de hoogste tijd. De arts had hem een inspuiting gegeven, herinnerde ik mij. Hierdoor had hij een laatste maal het mechaniekje in deze geruïneerde vogelverschrikker opgewonden, daarna hoefde het niet meer, had hij gezegd, het had verder geen zin.

Ik heb geen verstand van dergelijke situaties, alleen mijn moeder heb ik zien sterven. Ook zij zal wel een allerlaatste injectie hebben gekregen, net iets meer dan wat haar ellende volstrekt nutteloos een paar uur langer had gerekt. Niemand praat erover. Iedereen weet dat het gebeurt – gelukkig. Zij was sereen ingesluimerd, met nog een ultieme blik in mijn richting, geen pathetische boodschap, geloof ik, een eenvoudig afscheid. Dag jongen, let goed op jezelf, ga vanavond maar eens vroeg slapen en trek morgen een schoon overhemd aan, je bent met geen tang aan te pakken. Wanneer mijn tijd gekomen is, dan hoop ik dat het zo zal gebeuren, Emily bij mijn bed, helemaal grijs, lief en tenger als haar moeder, tot ik mijn ogen sluit haar tedere glimlach van de overgave. Bij mama was er geen veer die moeizaam wat laatste kracht door haar lichaam probeerde te verspreiden. Ergens had Iemand, misschien zou Fred hem de Grote Bouwmeester noemen, heel voorzichtig, met liefdevolle en deskundige vingers een aanloopweerstand langzaam teruggedraaid.

De oude man lag er uiterlijk zonder beweging bij. Vanbinnen doorschoten hem de aarzelende stootjes van de aflopende veer, als bij een speelgoeddier. Als kind had ik een mechanisch egeltje dat op zijn rode schoentjes in het rond danste. Ten slotte hield het dansen op. Nog even was het net of hij probeerde ter plaatse wanhopige kleine sprongetjes te maken, worstelend met de zwaartekracht. Het einde was dat het dwaze beestje omviel, ik vermoed dat het zo was gemaakt.

Hij was stervende, ik was er zeker van, maar stervende zonder geleidelijkheid.

Hulpeloos keek ik Bridgeman aan. Hoewel vermoedelijk expressieloos, vroeg mijn blik hem – het lag buiten mij, het was sterker dan ikzelf – wat wij moesten doen. Het is mogelijk dat geluidloos mijn lippen de vraag vormden.

Hij behoorde tot het type dat een brandend huis binnengaat als men hem zegt dat een versufte grootmoeder haar deur aan de binnenkant op slot heeft gedraaid en weigert naar buiten te komen, het type dat met kleren en al van een huizenhoge brug duikt als hij beneden een kind in verdrinkingsnood ontwaart en dan stilletjes verdwijnt om droge spullen aan te trekken. Zo'n type is Ray Bridgeman, mijn nieuwe broer.

Voor de tweede keer, zonder boosheid, zonder wrok, volkomen sereen antwoordde hij.

'Nee.'

De oude man deinsde achteruit toen ik dichterbij kwam. Zijn stem mekkerde niet meer, opeens was het gewoon de versleten stem van een afgeleefd, haast uitgedoofd menselijk wezen.

'Nee, ik ben niet bang... Maar je bent geen bezoeker, daarom heeft Tom je niet kunnen tegenhouden, nu begrijp ik het...'

'Je vriend Tom kan de schijt krijgen,' antwoordde ik, 'je bent van Antwerpen, kom, min of meer, je begrijpt wat ik bedoel. Ik ben een bezoeker, reken maar, zoals Molletje zegt.'

Het slagzinnetje van mijn jonge vriend vervulde mij met een dwaas maar blij gevoel, hoewel ik begreep dat het hem weinig kon schelen wie Molletje is.

'Je lacht erom,' zei hij, met iets schrapends in zijn stem dat mij aan de tanden van een botte schrijnwerkerszaag deed denken. 'Ik heb er altijd om gelachen, die idiote Engelsen, zei ik tot mezelf. Toch hebben ze niet helemaal ongelijk. Ik heb je opgeroepen. Ik ben een machtig tovenaar, niemand weet het, ik heet Merlijn.'

'Je bent stapelgek,' zei ik, plots door het dolle heen. 'Niet gek als een of andere Engelse geestenbezweerder, die zijn er, men kan ze niet opsluiten, ze zijn alleen maar zonderling, zoals sommige artiesten. Jij bent medisch, pathologisch, kortom, technisch gek.'

'Natuurlijk,' zei hij weer mekkerend, alsof hij het er nadrukkelijk om deed. 'Natuurlijk, dat weet ik. Wisten jullie het niet? Ik ben al jaren gek, je hebt er geen idee van hoe lang. Daarom ben ik Merlijn.'

Het kan me niet schelen dat je er wat spoediger door doodgaat, dacht ik bij mezelf, me bewust van mijn harteloosheid. Je schijnt een gesprek te verlangen, je zult een gesprek hebben.

'Krankzinnig, ja, dat zal wel kloppen. Maar je bent noch Merlijn, noch mister Smith,' zei ik. 'Wat mij betreft heb je het inderdaad bij het rechte eind. Ik ben een geest. Mijn dode vader heeft me gezonden.'

'Ik heb het dadelijk gezien...' stamelde hij, waarna hij weer moed scheen te vatten. 'Dacht u dat ik u niet herkende, meester Deswaen?'

'Hou je smerige bek!' zei ik.

Vermoedelijk hoorde hij het niet. Het was niet mijn bedoeling dat hij het hoorde, ik zei het tot mezelf. Er bestaat vast een naam voor zo'n stijlfiguur, je zegt iets tot jezelf dat in feite voor een ander bestemd is, soms doe je het als die ander niet eens in de buurt is. Ik moest iets zeggen om de schok te verwerken die mij de adem afsneed.

Dingen die je opschrijft, ga je noodgedwongen uit elkaar halen. Niet noodzakelijk uitrafelen, wil ik zeggen, nee. De schilders van vroeger waren geen minussen omdat zij zich bij de werkelijkheid hielden, zoals het ons regelmatig door imbeciele vakspecialisten wordt voorgehouden, anders zou vandaag de dag de film zich ook tot troebele klodders en vegen beperken. De besten onder hen – alleen die tellen mee –

schilderden geen tafereeltjes, zij schilderden het hele tijdsmoment, in één greep konden zij alles samenvatten wat niet alleen buiten hen, maar ook binnen in hen gebeurde. Al gaat het om een werveling van gevoelens en gedachten, een chaos van emoties, angsten, verdrietigheden, vreugde, haat, liefde, verwachtingen, bloed en tranen, een onoverzichtelijk spel van hersencellen, neuronen, synapsissen, klieren, plasmacellen en –moleculen en nog kleiner, als je het opschrijft, ben je genoodzaakt het te expliciteren, inderdaad alles op een rijtje te zetten zoals de modeuitdrukking het duidelijk formuleert.

'Hou je smerige bek!' had ik gezegd, maar ik zei het om mijn verbijstering te verwerken. Misschien zei ik het om tijd te winnen voor de herinnering dat ook Jeroen die morgen op het kerkhof even stomverbaasd was geweest door de gelijkenis met mijn vader, waarna zijn nuchter, gezond verstand de situatie van de zoon die diens graf bezoekt dadelijk onder controle had.

Dit was een moment waarop te veel tegelijkertijd gebeurde.

Met een schok had ik begrepen dat hij het meende, de dood had hem volop bij de keel, maar hoe krankzinnig ook, hij zei niet zomaar wat, hij méénde het. De bevestiging volgde onmiddellijk.

'Hoe gaat het op school, meester Deswaen?' Achter het gerimpelde, verschrompelde voorhoofd zag ik de uitdrogende hersens denken, verbeeldde ik mij. 'De zwarte toverlantaren met het petroleumlampje, de opgezette eekhoorn, de prent tegen het alcoholmisbruik, de vier mooie gasbekken, de spons, het krijt, de rode kater van de huisbewaarster... En de schoonmaakster, die met mij naar dokter Dewandelaer ging... Ze zijn er nog allemaal, nietwaar...? En de verhalen die u vertelde, de mooie nieuwe schriften bij het begin van het jaar, nooit heb ik meer zulke mooie schriften gehad, we kregen ook blauw kaftpapier, wij kregen van alles van u, dat moest eromheen worden gevouwen, net of het er altijd had bijgehoord, het was moeilijk, je moest er een paar trucjes voor kennen, maar u hebt mij geholpen, en dat boek dat ik mee naar huis mocht nemen, Dik Trom, ik zie de prentjes nóg voor me, en op een namiddag, het had gesneeuwd, zijn we naar de bioscoop gegaan, allemaal films van Chaplin, wij gilden van het lachen maar meester had gezegd dat er ook triestige dingen in zaten en plots begreep ik dat ik net zo'n mannetje met een gekke bolhoed en kapotte schoenen zou worden en dat die dikke vent, die grote kerel met zijn rare ogen en zijn baard, altijd alles van me zou afpakken of me slaan en dat de politie me zou nazitten als ik niets kwaads had gedaan, maar het gaf niet, zei mijn vader, die Chaplin was een stomme, vuile jood, hij verdiende niet beter, alle joden zijn zo, ik moest het mij niet aantrekken, zo'n vuile jood, en hij nam me mee naar *Die Nibelungen* in zijn vereniging, ik vond Chaplin veel leuker, hij was mijn vriend, dacht ik soms, maar ik durfde het niet te zeggen want hij had een mooi uniform voor me gekocht, stiekem had hij wat geld opzij gelegd van vroeger, moeder wist het niet, die zei dat ze zelfs geen geld had om met me naar de dokter te gaan, ze dacht dat ik tering had en dat vader een klootzak was, waarom was hij niet, net als zijn eigen pa, smid gebleven op hun dorp, daarom zijn er zoveel Engelsen die Smith heten, meester Deswaen, dat weet u wel, u weet een boel dingen, en de avonden voor de oud-leerlingen, ik mocht er van vader niet naar toe, wat u ons vertelde kon hij ideologisch niet goedkeuren, de Leider vond het ook, dat verhaal over Jezus evenmin, die andere keer, maar ik ben toch gekomen, ik was doodsbenauwd, daarom had ik een paar vrienden van de nationaal-socialistische jeugd meegebracht, het zou over het socialisme gaan, had ik hun gezegd, zij deden het haast in hun broek, de jongens zagen er ineens allemaal dreigend uit, maar het ging over een ánder socialisme en toen wist ik het ook niet meer en daarom schreef de vader van een van die anderen een brief naar de wethouder, of dat zomaar allemaal kon, een onderwijzer die communistische propaganda maakt in een school van de stad en...'

Zijn hoofd viel opzij en hij braakte, bloed was er niet bij. Hij braakte maar merkte het zelf niet.

Ik zou zijn schedel niet inslaan, het was nooit mijn bedoeling geweest.

Nooit had ik echt geloofd dat ik hem zou vinden. Al die tijd was hij vooral een kwellend spookbeeld op de achtergrond geweest. Ik kon er moeilijk mee leven, ik kon niet meer helemaal gelukkig zijn vooraleer ik iets had gedaan, maar ik wist niet hoe ik eraan moest beginnen. Vermoedelijk zou ik zonder Jeroen, Jo, Roel, pater Hans, notaris Bostijn, Fred Nieuwlant, ook zonder Anton en zijn lief jodinnetje Miriam, mogelijk zelfs zonder het boek van Pieter-Frans, het hebben opgegeven.

Hem de schedel inslaan? Een zegswijze, meer niet, niet fundamenteel verschillend van Jo's bedreiging dat hij Kristientje een pak voor haar blote billen zou geven, wacht maar tot straks, zonder dat zij zich éénmaal in haar leven over mishandeling hoefde te beklagen, wat dacht je. Een paar uur later lag ze vast weer met haar mooie benen omhoog, gillend van het lachen, en al die facturen die ze nog moest maken, zo'n gekke vent ook, wist hij niet dat het buisje met die pilletjes van apotheker IJserbaert al een week op was?

Met hikkende en schokkende bewegingen lag de zieke naar adem te happen, of de hem omringende lucht vol gaten zat en hij geen zuurstof naar binnen kon krijgen. De inspanning was hem te groot geweest, hoe kon het anders?

Het was reeds de derde keer dat ik de agronoom aankeek, nadrukkelijker dan tevoren. Hij zei niet 'no', hij knikte alleen dat het niet hoefde.

Ik insisteerde niet. Het was niet mijn bedoeling mijn eigen verantwoordelijkheid veilig te stellen, vandaar.

Een ander gevoel van hulpeloosheid overviel mij in deze kamer, volop een sterfkamer.

Ogenschijnlijk was het een absurde onderneming geweest op zoek te gaan naar de man die mijn vader had vermoord. Nog absurder had het geleken mij voor te stellen dat ik hem ooit kon vinden. Vermoedelijk was het die gekke droom geweest over Jeroen, dromen zijn bedrog had ik gedacht, een folkloristische wijsheid, maar hoe dan ook een wijsheid. Toen ik onder de douche was geweest, gelaarsd en gespoord op het terras bij het water naar de opgaande zon zat te kijken, op twee dagen na de zon van het solstitium op Stonehenge, waren mijn oren nog gevuld met de galm van Jeroens in de echokamer van mijn onbewuste gebronsde stem: 'Niet in Engeland... Niet in Engeland...' Zonder dat ik erover hoefde na te denken, zonder dat ik het wist had ik de mysterieuze woorden van de kerkhofbewaker omgekeerd. Vriend van de doden, met wie hij praatte, was hij, buiten elk verband van ruimte, van verleden of toekomst, door hen geïnformeerd: 'Wél in Engeland, wél in Engeland...!'

Wat kon ik anders doen dan de nog steeds gruwelijk hijgende oude man aan te kijken, hulpeloos, verward na zijn verhaal dat ineens naar buiten was gegulpt, voorafgaand aan het erop volgend braaksel?

Het infarct was evident, onbegrijpelijk dat hij het sedertdien zo lang had volgehouden. Vermoedelijk was het belangrijkste sloopwerk verricht door de ziekte die hem al jaren ondermijnde en een wrakkige vogelverschrikker van hem had gemaakt. Neurasthenie, relativeerde dokter Vanwinkle. Krankzinnigheid, zei Ray Bridgeman onomwonden.

Er waren een paar artsen onder mijn relaties, maar tenzij zij er toevallig zelf over beginnen, praat ik nooit met hen over hun vak, bang om domheden te vertellen of geremd door de gedachte ervan verdacht te worden een gratis consult te willen lospeuteren. Wel had ik genoeg gehoord om te weten dat krankzinnigheid niet één, welomschreven kwaal was, eerder een honderdvoudig verschijnsel met evenveel oorzaken. Ongetwijfeld kende dokter Vanwinkle het naadje van de kous. De naam 'ziekte van Alzheimer', nog andere vage namen gingen mij door het hoofd, fataal vernielende fenomenen waar geen kruid tegen was gewassen. Machteloos had hij zijn oude schouders opgehaald en mammy en de meisjes zoveel mogelijk, vooral menselijk gesteund.

Wanneer was het begonnen? Na zijn aankomst in Engeland? Was het een geniepig, mogelijk erfelijk gif dat reeds van zijn kindertijd, van zijn geboorte af in hem woekerde? Bleek het al op dat getrokken smoeltje op de foto van papa's klasje? Had hij hem daarom wat in bescherming genomen zoals uit Jeroens verhalen was gebleken...?

Er liep geen weg omheen. Wij stonden, Ray en ik, op zijn dood te wachten. Op een nog enigermate verwijderde dood zit men te wachten. Wij stonden erop te wachten, als op de tram die elk ogenblik om de hoek kon komen. Erbij gaan zitten was niet meer de moeite.

Ik had niet in een ontmoeting geloofd, op zijn hoogst had ik mij weleens vaag een imaginaire ontmoeting voorgesteld. Je doet het er niet om, maar je kunt het niet verhinderen. Als kleine jongen had ik ergens een sprookje gelezen, nauwelijks meer dan een anekdote, ik herinnerde mij dat de zuinige uitgever van het jeugdtijdschrift het na een langer verhaal als bladvulling had gebruikt. Een man zou een schat vinden, had de fee hem gezegd, hij moest dadelijk onder gindse linde gaan spitten, dan zou hij vast een schat vinden, op voorwaarde dat hij geen ogenblik aan een krokodil dacht. Hoe meer je jezelf ertegen verzet, hoe meer bepaalde voorstellingen opborrelen, hoe je ook probeert er geen aandacht aan te besteden.

De man in het bed begon moeizame rochelgeluiden voort te brengen, waarbij hij blijkbaar zijn tong trachtte te bewegen.

Ik had er geen aandacht aan besteed, er geen ogenblik redelijk over nagedacht. Je zit niet te denken aan de spoorweg die een kilometer achter je huis door de velden loopt. Er niet aan denken verhindert je niet te weten dat hij er is.

Ergens was er een voorstelling, maar telkenmale gooide ik er de deur voor dicht. Het vergt inspanning, maar soms lukt het, gemakkelijker dan voor de man met zijn krokodil, die vrat gewoon elke deur op.

– Geen sterfkamer, ik weet niet wat voor een kamer, maar een kamer in elk geval. Emotie, stijgende opwinding, de handen krampachtig in je zakken tot vuisten gebald, laat je handen daar, je bent geen man van geweld, je bent geen man die slaat, ook als de sterkste tegenover een krankzinnige, opgeleefde ss-er met een hartkwaal in het laatste stadium. Daarom kun je hem niet naar de keel vliegen, misschien kwamen je verste voorouders wat vroeger dan vele anderen uit de bomen geklommen. Daarom ligt het niet in je aard, de evolutie, Darwin en zo, allicht hadden ze het beter wat later gedaan.

De emotie ebt wat weg. Tragische vragen, niet zo bedoeld, maar pathetisch. Leugenachtige uitvluchten, drogredenen, ongeluk, zo niet gewild, ideologie, plicht, bevel van de Führer en de andere grote Leiders, democratie rotzooi, Nieuwe Orde, Augiasstallen, overal die joden. Tegenargumenten, de menselijke status, de gelijkheid, de humane waardigheid, de geestelijke vrijheid, Jezus, Marx, Einstein, Freud en Churchill, bloed, tranen en zweet, niets anders aan te bieden, Stalingrad, Arnhem, het Ardennenoffensief. Mijn laarzen, het gele gevaar en steeds de joden, nu in Israël, das gesunde Volksempfinden, jawohl, de IJzerbedevaart, Bloed en Bodem, heimatromans,

Marnix Gijsen maar niks, Maarten Levertraan zegt het ook, geef mij liever Gezelle, kan hem wel niet lezen, jij ook niet, maar hij komt uit West-Vlaanderen, oergezonde Dietse afstamming, Germaans bloed. Geen racisme? Haha, wat zeg je, ga eens kijken naar Borgerhout, naar Anderlecht, ja, Krols, een liberaal met gezond verstand, als ze maar allemaal zo waren, begrijpt jammer genoeg geen kloten van de Vlamingen, en dan die Van der Lubbe, een communist, een jood, op zijn minst een homoseksueel, niet veel beter, haast even erg, ja, natuurlijk, Röhm, die rakker, maar hij kreeg zijn verdiende straf. En wat die Molukkers betreft, de Hollanders moesten maar niet zo stom zijn, als het van mij afhing, een paar tanks, pang pang, probleem opgelost, die uitzendingen over de Nieuwe Orde, smerig, ze moesten het verbieden, en dan hangen die kerels op de televisie de goede katholieke Vlamingen uit, Wirtschaftswunder, de Duitsers hebben de oorlog gewonnen, er beginnen weer overal nationaal-socialistische groepjes te ontstaan, ik heb het gelezen, niet geloven zeg je, kijk zélf, hier, het staat in *Nouvelle Europe*. Erasmus, het ideaal van de vrijheid? Zonder de zweep erover bereik je niets, het parlementarisme is eraan, corruptie overal, in dit landje kun je iedereen omkopen, weet het uit ondervinding, kijk maar eens hoe mijn zaak floreert, elektronica, chips, heel *Mein Kampf*, ik bedoel de Bijbel op je vingernagel, zaken in de DDR. Denk je dat één Amerikaan mij vraagt of ik SS-Obersturmführer ben geweest als ik mijn Mercedes of mijn BMW-superdeluxe voor het Hiltonhotel neerzet? Dat is wat anders dan boekjes schrijven, meneer, de grote gevoelens, daar koop je geen oudbakken Pumpernikkel mee, de Kerk, het socialisme, onzin, honderdduizenden werklozen, de helft Marokkanen of zo, lekker leventje en kinderbijslag op mijn kosten. Goed, de Nato, gelukkig met veel Duitse generaals, voor een keer zijn ze verstandig, en Dinges, hij is nog minister geweest, onlangs zei ik hem, Jef, moet je horen, ik ontmoet daar een tiep in Buenos Aires, je hebt hem tijdens de oorlog vast ook gekend en... Ach Mensch, zit daar toch niet met een gezicht als een oorwurm, zand erover, we vergeten het, het is zo lang geleden, zouden we daarom geen vrienden zijn? Ha, je lacht? A la bonne heure, kom, het is twaalf uur, we gaan samen een stukje eten, bij 'Sir Anthony Van Dijck' of 'Het Fornuis', namnam, nouvelle cuisine, wees maar gerust, op de kosten van het sterfhuis, en daarna gaan we eens goeiedag zeggen 'Chez Yvette', een cognacje, als je meer wilt ook goed. Nee, wat dacht je, ik ben geen franskiljon geworden, hoe kom je erbij, ik ben zelfs gevraagd voor 'De Orde van den Prince', maar op het laatst is het afgesprongen, laster, jaloersheid, weet ik veel, maar ik kan zó bij de Rotary binnen, hoor, ik hoef maar 'ja' te zeggen en het is oké! O, die Yvette? Yvette is maar een fabrieksmerk, fijn fabriekje, Flanders Technology, lingerie van de sjiekste kant, speciaal voor haar in Brugge op het Begijnhof gemaakt, zonder is natuurlijk nog beter, zeg, onder ons, ze spreekt helemaal geen Frans, ze spreekt Antwerps van Deurne-Zuid, ze heet Hannelore, dat dacht je zeker niet, ik geloof dat ze Hannelore heet, haar vader was een goeie kameraad, werkte voor de Organisation Todt, veel te zwaar gestraft, ja, Hannelore, ze wordt stilaan een dagje ouder, maar nog goed van oren en poten en zo, met een zotte kop is ze eens in het Kattendijkdok gesprongen, gelukkig door een mannetje van de Kriegsmarine eruit gehaald, ik denk dat ze een flink eind in de vijftig is, maar een lijf, jongen, die Hannelore, of heet zij Ilse, Lutgardis, Godelieve, Gretl of Marleen, je houdt het niet uit elkaar, enfin, Yvette is nog het gemakkelijkst, hoewel het ook Marie-Claire kan zijn. Kom, mijn Mercedes staat op de parking, comfort, en een reprise, je gelooft het nooit, niets kan tegen de Duitse techniek op, als aperitief een goed glas champagne, wir trinken Freundschaft, en dan vergeten we alles. Voorgoed. Beloofd?

Het verbazende was dat ik, precies omdat ik er geen aandacht aan wilde besteden, nooit een dergelijk gesprek in overweging had genomen. Ik heb mij niets voorgesteld. Had ik er mijn eigen verbeelding op losgelaten, dan had ik Dostojevski om raad gevraagd. Vooraf.

Een vervallen huis met een Nietzscheaanse zonderling. Laat in de avond doet hij zorgvuldig de luiken dicht, haalt een uniform voor den dag, helemaal zwart met zilveren versierselen, knipt er met de vinger een paar pluisjes af en trekt het aan. Gewoonlijk paradeert hij wat alleen in het rond en vraagt: hoe vind je me, Hannelore, Ilse, Lutgardis, Godelieve, Gretl, Marleen, Marie-Claire, ben ik verouderd? Ben ik nog steeds de Obersturmführer van eertijds? Vandaag verwacht hij bezoek en inderdaad, precies om middernacht bel ik aan, zo heeft hij het gevraagd. Hij klapt de hielen tegen elkaar, Heil Hitler, nog steeds, net als zijn arme strijdgenoot Klaas-de-Gek in Steenhage, leidt mij naar de salon, schenkt een glas Schnaps en dan begint het gesprek. Onder dat uniform smelt zijn hart, mea culpa, veel schuld en boete, grote woorden om in gulden letters te worden geboekstaafd, vergeef het mij, ich habe es nicht gewollt, ik geloofde in de Führer, zijn woord was wet, wij wilden Vlaanderen redden, nu vallen de schellen mij van de ogen. En dan, tien seconden lang worden de motoren van de kosmos uitgeschakeld, maan en sterren vallen even stil (ineens hoor je de stereo-installatie met haar bonkende pop-muziek van de buren niet meer), er blaft geen hond, er rijdt geen auto voorbij, het moment der grote verzoening in het aanschijn der eeuwigheid tussen de moordenaar en de zoon van zijn slachtoffer. Doek. Applaus.

Het is echter beter zonder romantiek, banaal en verstoken van pathetiek.

Wij moeten dat wrak op zijn eigen manier laten sterven.

Eén zaak wil ik nog in het reine trekken; ik bedoel dat ik één ding met mijn eigen ogen wil zien. Ik heb Lucia eens tegen haar man horen zeggen dat hij te veel voor Hamlet speelt, te lang twijfelt aan de louche streken van de anderen. Het gaat mij niet om twijfel. Ik weet alles wat ik wens te weten, hij is het, papa's moordenaar, er is niets dat nog ruimte voor enige twijfel openlaat.

Ik wil mij gewoon van een laatste detail vergewissen.

Het was overbodig, dat wel. Maar het moest. Zomaar.

Ik boog mij over hem. Hij sperde zijn tot dusver dichtgeknepen open wijd open van angst. Voor het eerst voelde ik dat Bridgeman niet op zijn gemak was, maar voorlopig zei hij niets.

Ik trok het schrale hoofd naar me toe, het smalle, broze, breekbare hoofd, het voor een stoere ss-man met een geladen revolver veel te kleine vogelkopje van het achterbakse, nurkse mannetje op het groepsportret met mijn vader, mijn vader, knap, mild, vol zelfvertrouwen op de foto die van tevoren de signatuur droeg van zijn dood.

Ik wist dat ik hem met een pijnlijke greep te pakken had, maar dat kon mij tot mijn eigen verbazing niet schelen.

Rustig bekeek ik het dunne, weggesmolten nekje.

Bij wijze van spreken, bedoel ik – nauwelijks een nekje.

Kijk het niet na, wat er staat is verkeerd. Ik beweer niet dat die oude schriftgeleerden in Babylon of waar ook, mij om het even, die introverte, zachtmoedige wijzen met hun fraaie baarden en hun indrukwekkende kaftans er opzettelijk een soepje van maakten. Zij tekenden bij voorbeeld nauwkeurig Ezechiëls visioen op, de dominee verstaat er de knoppen van. Het is een geniaal voorbeeld van de joodse exactheid waarmee men het absoluut onbegrijpelijke, het volstrekt onzegbare registreert. Spinoza, Freud noch de olijke Einstein hadden het beter gekund.

Maar met Kaïn hebben ze geprutst, hem ternauwernood een simpel paars stempel voor de runderen in het slachthuis op het voorhoofd gedrukt, voor de varkens hetzelfde, daar hadden die vrome dieetvolgers natuurlijk geen weet van.

Zo kan het onmogelijk zijn gebeurd toen de kreet van Abels bloed van op de aarde de hemel met verbijstering sloeg. Kaïns teken was zomaar geen keurig Hebreeuws symbool, niet meer dan een rooms kruisje op Aswoensdag, hoe komt men erbij?

Kaïns teken zat in meneer Smith's nek, één gruwelijke poliep, één afschuwelijke diepzeeanemoon, één verslindend, vleesetend weekdier uit het afgrondelijkst van de oceaan, waar de monsters van Lovecraft huizen.

Misschien dacht de zachtaardige agronoom dat ik de stervende op het laatste nippertje molesteerde. Daarom keerde ik de krochende, hijgende, slappe ledepop zoveel mogelijk naar hem toe. Ontsteld vergewiste hij zich ervan waar het mij om ging.

Afgezien van zijn 'nee's' deed hij voor het eerst na ruim een uur de mond open.

'Goeie genade,' zei hij. 'Het teken van het Beest!'

Man van weinig woorden, staarde hij stomverbaasd naar de gloeiende knobbels, de blijkbaar opnieuw ontstoken littekens van de steenpuistenkrans rondom een centrale tumor met grijnzende duivelstrekken.

'Kanker...?' mompelde Mildreds man. 'Het is onmogelijk, wij weten er niets van! Hij werd voorbeeldig verzorgd, ik zweer het je, Paul!'

'Natuurlijk werd hij voorbeeldig verzorgd... Een oud litteken, ontstoken door het lange liggen, kennelijk is hij te zwak om nog weerstand te bieden. Die dingen kunnen ineens opkomen, weet je!' Ik aarzelde, wat meer gebeurt als ik een misplaatst geintje voel aankomen en het dan maar inslik. Dit keer slikte ik het niet in, het kon me niet schelen. 'Ofwel is het de klauw van de duivel die eens kwam kijken hoe lang het met dat krapuul nog duurt!'

'Het zou me niet verbazen,' mompelde Ray Bridgeman, met niet meer nadruk dan wanneer hij met een of ander experiment in het agronomisch laboratorium bezig zou zijn, het lakmoespapier werd rood, het verbaasde hem niet.

Voor zover je het nog die naam kon geven was de oude man weer op adem gekomen. Hij lag een tijdlang van onder zijn schrale wimpers naar me te gluren.

'Dat van die geest was maar een grapje, hoor!' zei hij met krakende maar vrij duidelijke stem. Wat hij verder zei, klonk moeizamer, blijkbaar was het niet meer voor ons bestemd. 'Meester Deswaen is mij komen bezoeken. Hij is de beste mens die ik in mijn leven heb ontmoet. Zo'n reis om een oud-leerling nog eens goeiedag te komen zeggen... Zou hij vergeten zijn dat...?' Daarna scheen hij zich weer tot mij te richten. 'Hé, ben jij nog steeds hier...? Heb je meester Deswaen gezien? Jaja, jij lijkt wat op hem... Niet zo knap, niet zo vriendelijk... Ben je een neefje van hem?'

Hij scheen het een geslaagde geestigheid te vinden en produceerde zijn mekkerend seniel lachje. Voor een stervende – hieraan was geen twijfel – scheen hij zich uitstekend te amuseren, des te beter voor hem. Hoe heette toch die krankzinnigheid waarover ik had gehoord? De patiënt strompelt van het ene zwarte gat naar het andere – het was Paul Grijspeert die het mij had gezegd. Het eindje tussenin, tja... Ik weet niet of ik het een normale toestand kan noemen, soms lijkt het zo, als je goed oplet zou je soms denken dat het een superlucide toestand is. Of het op mister Smith exact op die wijze van toepassing was, durf ik niet zéggen. Je kon je niet aan het gevoel onttrekken dat er juist op dit moment een verborgen antennetje bij hem in werking was getreden –

kon het die opnieuw gloeiende negenoog zijn? – waarmee hij seinen vanuit zijn omgeving opving. Ik weet dat ik op mijn vader lijk, ik heb het honderden keren gehoord, maar ik zag terzelfder tijd in dat het een complimentje was, een vriendelijkheid van hen die er mij, overigens met de beste bedoelingen, een plezier mee wilden doen.

Er waren ook mensen die de gelijkenis opmerkten, doch zich nuchter opstelden. Natuurlijk gelijkt de zoon op de vader, het is zelden anders, maar het bleef binnen de grenzen van de dagelijkse ervaring, zij wisten dat men daar niet herhaaldelijk bij kan stilstaan.

De zintuigen van de voor driekwart dode grijsaard zouden trouwens wel niet meer zo perfect functioneren, zijn ogen, zonder bril nog wel, niet zo haarfijn een betrekkelijke gelijkenis registreren. Bij wat ik nu stilaan over zijn leven te weten was gekomen, wees evenmin iets erop dat hij geobsedeerd werd door de herinneringen uit de jaren dat hij met wellust dood en paniek zaaide. Veel hinder leek het ijskoude kruipdier er niet van te ondervinden. Daarentegen scheen dat antennetje signalen op te vangen, blijkbaar wist hij er geen raad mee. Het probleem op zichzelf interesseerde hem niet meer, golflengte Deswaen of een andere, wat kon het hem schelen.

Het leek erop dat met de woorden van zoëven het laatste restje uit de kan was gedruppeld. Hij lag er levenloos bij. Of hij van onder zijn wimpers nog voor zich uit staarde wist ik niet, ik betwijfelde het. Het was de hoogste tijd, besloot ik vastberaden.

Ik praatte langzaam, zo duidelijk mogelijk, met de nadruk op de woorden waarvan ik dacht dat zij het uitdovend bewustzijn zouden bereiken als hij de gewone spreektoon, het gewone verloop van een volzin niet meer kon volgen.

'Luister,' zei ik. 'Je moet een inspanning doen. Je moet naar me luisteren. Ik ben geen geest. Ik ben niet Jan Deswaen. Jij bent niet mister Smith.' Ik voelde dat hij mij volgde. Op zijn uitdrukkingloos, uitgeleefd gezicht tekende er zich iets af dat langzaam aan, hoe zwak ook, op instemming scheen te gelijken. 'Nee, jij bent helemaal niet mister Smith.'

Ik zag dat zijn lippen bewogen, eerst niet meer dan een zenuwtrekje. Ik bracht mijn oor zo dicht mogelijk bij zijn mond. Hij probeerde inderdaad iets te kreunen, ánders dan een licht gekerm van pijn, de aanloop tot woorden, waaraan hij evenwel geen vorm meer kon geven. Toen schokte hij even met zijn hoofd, of hij wilde beduiden dat ik verder moest praten.

'Jij bent niet mister Smith...'

Ik beeldde mij wellicht wat in. Gekreun, dat wel. Een ironische glimlach, of hij de ganse wereld, het ganse leven op een grandioze manier in de luren had gelegd kon slechts verbeelding van me zijn.

'Luister goed, ik zal je zeggen wie je bent!'

Verdomme, ik beeldde mij helemaal niets in.

Nee, het betekende niets. Ik had meermaals dodenmaskers gezien, van beroemdheden of onbekenden, die een dergelijke glimlach vertoonden. Als je de veel gereproduceerde mummie van Ramses II bekijkt, heb je de indruk dat hij al vierduizend jaar zijn lol niet op kan. Op den duur zou je denken dat de ganse wereld zich doodlacht.

Het laatste waar ik aan kon denken, was die ultieme uiting van de rauwe, dwaze humor van het volkje waaruit hij stamde. Het was het laatste dat hij zei, maar hij zei het volkomen duidelijk, zacht, dat wel, doch met een alledaagse gewoonheid.

Tot dusver heb ik de hieraan voorafgaande herinneringen aan deze vreemde zomer discreet taalkundig wat bijgeschminkt als ik de woorden van sommige van mijn vrienden – vooral Jo en Jeroen – memoreerde. Ik zou namelijk niet weten hoe ik, tenzij in fonetisch schrift, hun smeuïg Antwerps zou moeten vastleggen. Thans maak ik een uitzondering, trouwens niet aanstootgevend. Ook hij zei het in het Antwerps, voor de modderigheid van de klanken heb ik geen toetsen op het klavier van mijn Olivetti. In het Antwerps, maar zo duidelijk als wat.

'Allee, joenge, ge moetter gin eire ongder legge...! Ge moettet mor zegge, hee. 'k Weet ekik oeik dakik doeit gon, mor 'k ben ekik voer niks nimmer bang, wa dochte, 'k hem ekik ander dinges mee gemokt hee, zelfs voer den duvel ni, nog voer gin duzend duvels, moetek soems iemand de kompelemengte doeng?'*

'De complimenten?' zei ik. 'Ja, aan mijn vader, mogelijk kom je hem ergens tegen. Eenmaal in de hel kun je jezelf de moeite sparen. Onderweg weet je nooit. Je zult hem vast herkennen. Want – luister goed – jij ben de gewezen ss-man Koen Bracke! Je hebt hem eigenhandig vermoord, jij hebt je goede meester Jan Deswaen doodgeschoten!' Ineens huilde ik als een kind. 'Jij hebt mijn brave vader als een hond doodgeschoten, jij godvergeten smeerlap!'

Slechts enkele seconden heb ik hysterisch zitten snikken.

'Something wrong?' vroeg Ray bekommerd.

Zijn vraag was zo irrelevant Engels, dat ik door mijn tranen lachte.

'Alles in orde,' antwoordde ik. 'Wij moesten nog iets uitpraten.'

'Mooi,' antwoordde hij, 'met wat geduld komt alles meestal in orde.'

Hij zei het met de hem sierende genoeglijkheid. Grappig was dat hij hoegenaamd geen grapje maakte. Het moment was er niet toe geschikt. Waarschijnlijk had zoëven de ss-Obersturmführer, de berucht-

---

* 'Vooruit, jongen, je hoeft me niet te sparen... Je moet het maar zeggen, hoor. Ik weet ook wel dat ik doodga, maar ik ben voor niets meer bang, wat dacht je, ik heb ándere dingen meegemaakt, zelfs niet voor de duivel, nog voor geen duizend duivels, moet ik soms iemand de groeten doen?'

te Koen Bracke, zijn laatste memorabele woorden uitgesproken in Cymbeline Mansion, Ramsbury, Wessex. Het was een povere Götterdämmerung geweest.

Ik betreurde het dat ik hem de moord op de kinderen Perlmutter niet naar de wormstekige kop had geslingerd en de getuigenis van Klaas-de-Gek ingeroepen, die meer over hem wist dan hem lief was. In omstandigheden als deze kun je niet aan alles denken.

Ik was zijn rechter niet. Hoe gaat het bij een stervende? Ook bij het sterfbed van Alva, Filips II en Pizarro heeft men gebeden, er heeft vast wel iemand een vaderonsje gepreveld voor Balthazar Gerards of voor Lodewijk XV terwijl hij van rottigheid lag te stinken. Nee, ik was niet de rechter van de quasi-dode die met zijn eigen woorden afscheid had genomen van de wereld, waar tot de Dag des Oordeels zijn bloedig spoor onuitgewist door veler herinneringen heen zou blijven gloeien.

Je weet natuurlijk nooit. Misschien zou pater Van Dordrecht stilletjes voor hem bidden, alleen niet rechtstreeks, zo'n schorremorrie verdiende het niet. Ik kon mij voorstellen hoe mijn franciscaner kameraad het misschien in meer algemene bewoordingen zou doen.

'Heer, maak alsjeblieft de wereld wat bewoonbaarder. Open de ogen van de verdwaasden of geef ze een spuit Atarax als het niet anders kan, een kwestie van hun de lust te ontnemen om voor beest te spelen, en gooi een onschuldige bananeschil voor de voeten van Pinochet, liefst boven aan de trap. Doe eens iets speciaals voor de kinderen, vooral die uitgemergelde zwartjes vol vliegen, organiseer een Jaar van de Liefde voor iedereen, laat in alle kerken van de wereld een mooie brief van de paus voorlezen, jammer dat Johannes hem niet meer kan schrijven, waarin staat dat de joden en socialisten en vrijmetselaars en al die bruine rijstkakkertjes die hier binnenstromen, omdat ze liever de hielen dan de tenen van hun potentaten zien, en mijn hoertjes, ik bedoel mijn biechtelingetjes uit het Schipperskwartier, en het homoseksuele mannetje dat alle dagen de vaat gaat doen bij Josefien met haar vallende ziekte en zuster Rachildis in het huis voor spastische kinderen en de politiecommissaris die een brave vent is en de Russen en de honden en de katten en de kleine zeehondjes ook mensen zijn. En leg Reagan en die van Moskou, ik kan zijn naam nooit onthouden, maar eens een kouwe hand aan hun gat. Enfin, je begrijpt me wel, ik wil maar zeggen, verlos ons van den kwade. O ja, je moet de complimenten hebben van Fred Nieuwlant, die van de loge, in '42 of '43 heb ik met hem joodse weesjes verborgen in het sanatorium van de Christelijke Mutualiteit en tweemaal zelfs een jezuïet, je zou nou zeggen, en, please, houd op met hel en verdoemenis, het is zo al erg genoeg en zonder gaat het ook. Voor ik het vergeet, houd Marie-Claire tegen als ze met haar zatte kop weer in het Kattendijkdok wil springen... Kom, tot morgen in de vroegmis, Heer... In de

naam van de Vader, de Zoon en de Heilige Geest, Amen.'
  Ik keek Bracke aan. Waarom lag hij naar me te staren? Hij kon vast niets meer zien. Of vergiste ik mij, was zijn blik lucide? Had hij alles begrepen wat ik had gezegd? Hij bewoog zijn ogen. Hij scheen zich zelfs in te spannen om mij iets te beduiden. Zijn blik rustte op mijn gezicht en gleed toen over mijn schouder, drie-, viermaal na elkaar. Wat verlangde hij van me?

Ik keek om. In het verlengde van zijn zoekende blik bevond zich een kleine commode in empire-stijl, duidelijk een duur ding. Terwijl ik achterom bleef kijken om Bracke te observeren, ging ik naar het meubeltje toe. Ik had de indruk dat ik in overeenstemming handelde met wat hij wilde. Door de manier waarop hij me gadesloeg, scheen hij zijn instemming te betuigen: doe maar, je bent op het goede spoor. Bovenaan zat een lade met de sleutel erop. Ik trok haar open.

  Ze was leeg, op één grote, zo'n banale administratieve envelop na, royaal kwartoformaat, met in de linkerbovenhoek een firmanaam. Ik nam hem eruit en ging kalm bij het bed zitten. Aan zijn ogen kon ik zien dat alles naar wens verliep.

  Er zat een grote foto in. Met al de povere kracht die hem overbleef, volgde de stervende mijn bewegingen.

  Sinds ik de kamer was binnengekomen, waren er al een paar schokken geweest.

  Plaats voor enige aarzeling was er niet. De situatie overlapte ruimte en tijd, maar ik doorzag haar onmiddellijk. De schoolfoto uit de jaren dertig. Eén personage voor vergroting eruit gehaald, een kloeke, verrassend scherpe vergroting.

  Het portret van mijn vader, meester Jan Deswaen, zoals hij bij zijn arme-kinderenklasje had gestaan, een voortreffelijke blow-up van zijn vriendelijk, schrander en pretentieloos gezicht waarin ik, het kon niet anders, iets van mezelf herkende, de schranderheid en de vriendelijkheid rekende ik bescheidenheidshalve niet mee.

  Bridgeman keek over mijn schouder mee naar de foto, bedaard aan zijn pijp trekkend.

  'Niet mogelijk,' knorde hij, 'hoe komt hij aan jouw portret?'
  'Geen portret van mij,' antwoordde ik, 'dat zie je toch? Het is mijn vader.'
  'Dan horen we weer een paar dingen anders te bekijken,' opperde hij. 'Voor zover het nog nodig is.'
  Voor mij was het nodig, al kreeg ik kop noch staart aan dit krankzinnigenverhaal. Elk kruimeltje waarheid was mij de moeite waard, alles wat onzeker was zou te veel blijven, maar naast Emily zou het geen deprimerende schaduw op mijn leven werpen.
  Zo lang ik het mij kon herinneren had ik een diepe weerzin gevoeld

voor het nonsensikale slagzinnetje over generzijds van goed en kwaad. Uit eerbied voor de intellectueel, uit erbarmen voor het wrak dat – net als de oude man in deze kamer – in volslagen dementie was gestorven had ik mijn geest in kronkels gewrongen om Nietzsche op een positieve manier te begrijpen. Ik had mijn hart opengezet voor alle argumenten van zijn pleitbezorgers. Ik had niet eens moeite met hun opvatting, die ik overigens nog steeds tot op een zekere hoogte bijtreed. Dat hij op een weerzinwekkende wijze door zijn hem overlevende zuster was verraden, bedoel ik. Dat zij revérences voor Hitler en zijn pauwstaartende, sadistische beulsknechten had gemaakt terwijl die de van het bloed druipende vingers stonden af te vegen aan hun clownsuniformen, behangen met erekruisen en andere onzin, tot ze er als wandelende kerstbomen aus dem Schwarzwald uitzagen. Dat de ijdele ouwewijvenrevérences van een seniele Antigone met verkalkende hersens mogelijk vergeeflijk waren, maar nooit dat men uit zijn boeken alles schrapte waardoor anticiperend de bruine, zelfvoldane moordenaars van miljoenen weerloze onschuldigen de spiegel van hun machtsgeilheid werd voorgehouden.

Jenseits von Gut und Böse? En dán?

Door zijn gekke journalistenanekdotes toen wij laatstmaal met het clubje in 'De blauwe Ganze' zaten, vestigde Roel mijn attentie op de leegheid, de absurditeit van ondoordachte metaforen, of ze uit de pen van filosofen vloeien of uit de tikmachine van een haastige krantejongen knetteren. Met een gezonde reflex van de Antwerpse volksbuurt, hoewel streng door Kristientje aangekeken, bescheurde Jo zich van het lachen bij de citaten die in het dagbladwereldje de belegen klassieken van het vak vertegenwoordigen. Dapper verdedigde het slachtoffer zich tegen de verkrachter en trok ten slotte aan het langste eind. Op haar kreten snelde de politie toe, doch op dit ogenblik had de geilaard reeds lont geroken en kon niet op heterdaad worden betrapt. Zeggen dat Nietzsche de hand van Koen Bracke had vastgehouden toen hij zijn revolver richtte, was niet fraaier dan Roels bloempje van de rotatiepers. Niettemin ging het om een gebaar, waartoe een ingewortelde mentaliteit, een Weltanschauung had geleid. Langzaam aan ging ik mij afvragen of het met dat Jenseits von Gut und Böse wel zo koosjer was als de filosofieprofessoren het graag beweerden. Ik ging ernstige verdenkingen koesteren tegenover de grote wijsgeer die zich de moeite getroostte om met geïnspireerde blik, ergens 'De Denker' van Rodin in het achterhoofd, voor de fotograaf te poseren en vreesde alleen de keus te hebben tussen eindeloze verwaandheid of waanzin.

Jenseits von Gut und Böse, daar lagen de uitroeiingskampen, de gaskamers, de folterkelders, daar floreerden de Himmlers, de Eichmanns, de Mengeles, de honderdduizenden beulsknechten en heerste de mystiek van het bloed, het ras en het geweld.

De man die onder mijn ogen lag te kreperen had blijkbaar tientallen mensen eigenhandig vermoord. Niettemin was hij een onbeduidend radertje in de machine geweest. De bezetenheid die ook zijn geest had aangestoken was niet de bezetenheid van een verhongerend, getrapt, vervolgd proletariaat, ten slotte in blinde woede uitgebarsten. De mentaliteit van de leiders naar wie de stervende had opgekeken, bezat niet meer klasse dan die uit de onderwereld van zakkenrollers, pooiers en messetrekkers. Maar ergens was er een onderstroom geweest van schijnbaar nobele, originele, verheven gedachten. Jenseits von Gut und Böse, hadden de filosofen gezegd en dat hoopje rottende hersens, ontbindende organen en verkruimelende botten, moeizaam bij elkaar gehouden door een grijze, schilferige huid had er consequent naar geleefd. Daarom had hij mijn onschuldige vader vermoord en als tussendoortje twee schreiende kinderen doodgeschoten terwijl de moeder er in haar bloed bij lag, de bijbelse ogen opengesperd en tot eeuwige wanhoop verglaasd.

Was hij niet meer geweest dan de legendarische, paradoxalerwijze joodse golem wie men het dodende toverformulier van de zwarte kunst op het voorhoofd had gedrukt? Een zombie die deed wat hem bevolen werd en niet wist dat hij het deed?

We moeten een paar dingen anders gaan bekijken, had Emily's zwager gezegd.

Wat bedoelde hij?

Nooit zou ik de man die mijn vader ombracht ánders kunnen bekijken dan als de belichaming van al het kwaad in deze wereld. Met haat had het niet te maken. Nooit heb ik iemand gehaat. Misschien ben ik er te zwak voor.

Anders bekijken?

Bedoelde hij: anders bekijken om onze menselijke nieuwsgierigheid te bevredigen, de lege plekken op te vullen, vaag hier en daar iets te begrijpen, iets duidelijker de samenhang te zien?

Hij had gelijk. Onzekerheid waaraan we iets konden doen was er te veel.

Ik keerde de foto om, zonder te weten waarom.

Het bleek een goede ingeving te zijn: dit was een belangrijk punt.

De vergroting was in Londen vervaardigd en droeg een datumstempel uit het eind van de jaren zestig.

Iets betekende het wel.

Het betekende dat de afdruk niet in Antwerpen was vervaardigd om de deelnemers aan het moordcommando de herkenning van hun slachtoffer te vergemakkelijken. Zo nauwkeurig hoefde het trouwens voor die schoften niet.

Diende ik de aanwezigheid van deze foto voor mezelf definitief als onverklaarbaar af te schrijven?

Moest ik, ondanks de hopeloosheid van de poging, mij een laatste inspanning getroosten om íets ervan te begrijpen?
Ik haalde het behoorlijk gekreukte roze blaadje uit mijn achterzak en toonde het nadrukkelijk aan de oude man. Hij knikte.

Toen ging ik gehurkt bij de haard zitten, knipte mijn aansteker aan en hield het vlammetje bij het papier.
Met een haast onhoorbaar plofje schoot de vlam erin. In enkele seconden was het opgebrand.
Hoewel ik mij niet kon voorstellen wat er in zijn verschrompelde hersenen omging, achtte ik het mogelijk dat het een belangrijke gebeurtenis voor hem was.
Nadat Emily het mij had overhandigd, had ik begrepen dat het in zijn waanzin een enorme betekenis had bezeten. Niemand had er wat mee kunnen doen, ook ik niet, maar hij beschouwde het als een subsidiair bewijsstuk van zijn schuld, dat men achteloos in een dossier had laten slingeren. Door het verhaal in *Het Avondnieuws* (voor hem een laatste contact met het onbereikbare land van herkomst?) waren in zijn hoofd de noodklokken alarm gaan luiden.
– Deze man, heren rechters, aarzelde niet om zijn goede onderwijzer zonder enig gewetensbezwaar te doden, hoewel hij bij het onderzoek verklaarde dat de brave meester Deswaen in zijn miserabele kinderjaren een van de uitzonderlijke lichtpunten was geweest. Misschien is deze man gek, dat horen wij aan de psychiaters over te laten, maar gevaarlijk is hij vast, wat betekent dat de maatschappij tegen hem beschermd dient te worden. Zijn geliefde onderwijzer, waarom dan niet de kindertjes Perlmutter, hun moeder en zovele anderen, onder de ogen van hun vader geëxecuteerd en deze door de beschuldigde van zijn laatste bezit beroofd? Reeds heeft de wereld zijn huichelachtige verontwaardiging geuit, heren rechters. Laten wij aandachtig luisteren, maar niet vergeven! Hij leefde zorgeloos in een land dat wij als bevriend beschouwen, als vele anderen in zijn situatie. Het lijdt geen twijfel dat sommige oorlogsmisdadigers erin zijn geslaagd om in een zo volstrekte anonimiteit te verdwijnen, dat de autoriteiten zich menigmaal geen rekenschap geven van hun aanwezigheid. In het geval van Bracke lag het anders. Onze geheime diensten beschikken over het onweerlegbaar bewijs dat Koen Bracke, onder een valse naam zelfs tot in de Intelligence Service doorgedrongen, uit zijn ambt werd ontslagen nadat hij definitief als gewezen ss-Obersturmführer was ontmaskerd. Voor zijn chefs was zijn afkomst, zijn verleden geen geheim. Toen eenmaal bleek dat er van uitlevering geen sprake zou zijn, hebben wij noodgedwongen een van onze commando's naar Engeland gestuurd om hem in naam van het joodse volk, in naam van de mensheid te arresteren en hem voor het gerecht van de staat Israël te

dagen. De wereld weet dat hierbij alle rechten van de verdediging scrupuleus zullen worden geëerbiedigd. Met diepe ernst vragen wij Hare Majesteit de Koningin, de Regering en het Volk van Groot-Brittannië begrip te betonen voor ons rechtvaardig initiatief. Verder moge ik er uwe aandacht op vestigen, heren rechters, dat...

Ook langs het roze blaadje om had zijn hoogmoed hem te gronde gericht. Niemand dacht nog aan Koen Bracke, maar de enorme dunk van zijn eigen belangrijkheid had mede zijn paniekaanvallen gestimuleerd en zijn zieke, megalomane geest definitief ontwricht.

Onafgebroken had ik naar het portret zitten kijken dat ik voor me had neergezet.

Nooit had de man met zijn aandachtige, vriendelijke blik aan Jenseits von Gut und Böse gedacht, hoewel hij boeken genoeg had gelezen.

Dezerzijds had hij geleefd als eenvoudige onder de eenvoudigen, dromend van een wereld zonder geweld, zonder haat, zonder wraak.

Bracke lag dood te gaan. Zo maakte hij het voor Emily en mij gemakkelijker.

Ik had hem duidelijk getoond hoe ik het roze velletje verbrandde. Hij verdiende het niet. Niemand had meer recht om het te zeggen dan ik.

Niettemin had ik het gedaan. Altijd doen mensen als wij zulke dingen, het is sterker dan wijzelf. Ik heb er geen verdienste aan, ik kan het gewoon niet helpen. Je hebt je eigen genen en chromosomen niet gemaakt.

Hij lag nu volledig kalm. Misschien was hij in slaap gevallen?

Zijn angst was voorbij. Ik hoopte dat hij het besefte. En waarom.

Het leven was voor hem nog een kwestie van een kwartier, mogelijk een uur, meer niet, ik kon het haast lichamelijk voelen.

Voor mij mocht er een uurtje slaap, een uurtje zonder jarenoude angst vanaf. Niemand werd erdoor geschaad. Op zijn gemak naar de duivel. Waarom niet?

In de haard steeg nog één, heel dun, grijs rookstreepje op. Dit was het laatste signaal van het roze blaadje met het kramikkelijk amateursgedichtje, met het executiebevel van mijn goede vader erop.

Ik blies in het dode vuurtje. De zwarte verkoolde fliedertjes dwarrelden op, werden door de luchtstroom gevat en verdwenen voorgoed in de schoorsteen. Voor eeuwig in de eindeloosheid van al het geschapene.

'We moeten onmiddellijk de dokter bellen,' zei Ray bedaard.

'Dacht je?' vroeg ik.

'Ja,' antwoordde hij, 'ik dacht het. Hij is dood.'

EPILOOG

Zilverwit Egyptisch juweel, achtergrond van lapis lazuli, mijn slimme jan-van-gent, mijn prachtige meeuw van de heenreis? Nee, ik verbeeldde mij maar wat.

De white cliffs of Dover (als je er op de BBC over zong, Vera Lynn, nam zelfs pater Hans het risico van opgepakt te worden door de Duitsers om naar je te luisteren, vertelde hij me) lagen al uren achter ons. Deze vogel nestelde op de kust van óns Balkanlandje, ergens in de buurt van Knokke, Nieuwpoort of De Panne. Hoewel ik Emily het zoveelste gekke verhaal maar bespaarde, zou ik er een eed op gezworen hebben dat hij mijn jan-van-gent van de vorige keer was. Pendelde hij tussen zijn Vlaamse residentie en een cottage in Albion? Was hij een zeebonk met een schatje in elke haven?

Hoe het er met deze gevleugelde schuinsmarcheerder ook voorstond, hij kwam wel terdege van de continentale kust, om mij van Emily's vocabulaire te bedienen.

Uitkijkend op de ternauwernood op en neer wiegende boeg van de ferry stonden wij bij de reling van het zonnedek met de ganse oceaan voor ons, volmaakt blauw maar lichtjes zenuwachtig, met kleine witte schuimkopjes. Verbazend was het niet, hij droeg er de verantwoordelijkheid voor dat een ándere Isolde, een ándere Tristan veilig het land bereikten – niet Castle Dore, het slot van koning Mark, ergens in de buurt van Penzance, Marazion of zo, nee, hun eigen droomhuis in Vlaanderen, kom, in Brabant.

'Duurt de reis nog lang, denk je?' vroeg Emily.

'Zo op mijn armbandhorloge te zien een uurtje,' zei ik. 'Word je ongeduldig?'

'Nee hoor! Ik zou weken kunnen varen. Vandaag ben ik, ronduit gezegd, wat opgewonden... Kinderachtig, natuurlijk. Maar als we straks de haven binnenlopen, zal ik denken: dit is het land van Paul, dit is voortaan ook mijn land, dáár moeten wij er het beste van maken...'

'Reken maar!' antwoordde ik intertextueel met Molletje, 'het wordt een meesterwerk, je zult niet weten wat je beleeft.'

'Ja, dat doen we,' verzekerde Emily. 'Jammer dat we de eerstvolgende maanden voortdurend over en weer moeten pendelen, er is een boel te regelen, wij konden niet alles aan mammy overlaten...'

'Niets verhindert ons om het rustig aan te doen... Vóór oktober ga jij niet aan het werk. En dat huwelijk heeft ook geen haast... Ik vind het leuk, waarom niet, maar het heeft geen haast.'

'Dacht je, Paul?'

'Dat dacht ik, Emily... Het gebeurt natuurlijk zoals jij het je hebt voorgesteld. Denk niet dat ik je plezier wil bederven...'

'Duurt het echt nog een uur?'
'Ik kan het niet exact zeggen, lieve schat...'
'Vind je het goed, Paul, dat ik wat zeurderig ben? Soms vind ik het leuk om verschrikkelijk te zeuren, dan voel ik me weer een klein meisje...'
'Je doet maar, zelfs als je zeurt ben je ontzettend lief.'
'Mooi, je bent een geduldige man... Weet jij waar de kustwateren beginnen, Paul?'
'Eerst hoe lang het duurt... Nu de kustwateren... Wat moet je met de kustwateren, Emily?'
'Niets speciaals... Vraag het zomaar.'
'Geen problemen, hoor... Even informeren bij de purser, hij komt er net aan...'
'De kustwateren, meneer?' zei de jongeman. Hij vond het een redelijke vraag, hoe zot ze in mijn eigen oren ook klonk. Als je beleefd bent en je blijft in iemands vakgebied, kun je meestal op een antwoord rekenen. 'Let u op. Over een paar minuten zult u aan stuurboord een boei zien...'
'Dat is eenvoudig,' antwoordde ik bijzonder huichelachtig.
Wat stuurboord was, durfde ik deze stoere janmaat niet te vragen. Het klonk of ik hem voor de gek hield, als het mannetje dat de zinnetjes van de Assimil-cursus uit het hoofd leerde, een parapluwinkel binnenging vol paraplu's, wel duizend paraplu's, en het winkelmeisje vraagt: juffrouw, verkoopt u ook paraplu's? Wat in dergelijke omstandigheden – vraag me niet waarom – iets heeft van een onduidelijk maar toch onfatsoenlijk voorstel. Trouwens wist ik dat het links of rechts beduidde. Wat afhangt van de richting die je uitkijkt, zodat het op hetzelfde neerkomt. Hoe heet dat in de logica? Als ik tegelijk beide kanten uit probeerde te kijken, kwam het perfect in orde.
'U moet goed opletten, meneer, vooral nu er deining op het water zit. Het is geen grote kanjer, niet zo'n geweldige lichtboei die aan- en uitgaat. Een doordeweekse brulboei, misschien hoort u ze wel. Dáár is het. Louter bij toeval, de territoriale wateren worden niet systematisch door brulboeien aangeduid. Het kwam gewoon zo uit. Ingeval u goed naar réchts kijkt (schat van een purser, beste purser van de wereld) kunt u hem niet missen!'
'Wij zijn vergeten hem te vragen hoe lang het nog duurt...' zei Emily. 'Ik heb je gewaarschuwd, ik ben zeurderig. Het gaat wel over, ik beloof het je.'
'Geloof me, een uurtje... Gisteren heb ik even met Jo getelefoneerd. Hij zei dat hij me zélf wilde bellen, waarom heeft hij daarna niet verteld... Ik heb zo het gevoel dat ze met de ganse bende op de kade zullen zijn... Je vindt het toch niet vervelend, Emily?'
'Hoe kom je erbij...? Ik heb naar hen verlangd, allemaal broertjes

en zusjes... Het doet me aan iets denken: Heb je al met notaris Bostijn gepraat? Toen wij hem op het tuinfeest zagen, wilde hij beslist met je praten, daarna, zei hij... Ik zou het maar doen. Ik geloof dat je het doen moet...'

'Ja,' antwoordde ik, 'dat geloof ik ook. Ik raad waar het over gaat.'

'Kijk, Paul, de boei, de brulboei, ginds, aan stuurboord... Ik vraag me af of we hem zullen horen... En nú gaan we de territoriale wateren in, já?'

'Ik vermoed het... Hij ligt inderdaad rechts van ons, op gelijke hoogte met de boeg. Als de boot oostwaarts heeft aangehouden en momenteel niet in een kringetje vaart of gekke bochten maakt, zijn we er ongeveer.'

Ik complimenteerde mijzelf voor mijn keurige nautische uitleg. Zat ik ernaast, dan was er geen potje aan gebroken.

'Zou het kloppen, Paul?'

'Bij volmacht van de purser ben ik je rots, bouw er je kerk op!'

'Zeg het me als ik me vergis, Paul. Als ik het goed heb begrepen, zijn we nu in België. In de Belgische kustwateren. Of zeggen jullie de Vláámse kustwateren?'

'Poëtisch geen bezwaar... Volgens het internationaal zeerecht zullen het voorlopig nog wel de Belgische kustwateren zijn, vermoed ik...'

'Nou, het maakt geen verschil, hoor!'

'Eerlijk gezegd heb ik er nooit over nagedacht, wie wél?' Ik trok haar tegen me aan, haar lief gezicht dicht bij het mijne. 'Emily... Emily...? Met wat voor onzin ben je bezig?'

'Geen onzin, Paul, het is een bijzonder serieuze kwestie!'

'Als je met het zeerecht bezig bent, zal het wel.'

'Ja, verschrikkelijk serieus. Goed, we zijn in België, of Vlaanderen, hoe je het noemt heeft geen belang, als je maar zeker bent, helemaal zeker!'

Ik kon mij onmogelijk voorstellen waarom ze er zich in vastbeet. Misschien waren haar moeilijke dagen nabij, vrouwen kunnen dan vreemd doen, daarom vond ze dat ze zeurderig was, zo wilde zij het mij laten begrijpen, natuurlijk!

'Het kan ook anders liggen... Ik weet niet waar deze boot is geregistreerd. Als hij in Oostende staat ingeschreven, ben je al vanaf Dover op Belgisch territorium. Hoe het precies in elkaar zit weet ik niet, een man als Victor weet het vast. Als je een misdrijf begaat, pas maar op, moet je vermoedelijk in Brugge voor de rechter verschijnen. Dacht ik.'

'Een misdrijf...? Nee hoor!'

Een of ander grapje kan voor de hand liggen, volkomen onschuldig, en toch moet je het achter je kiezen houden. Het had haar eindeloos verdrietig gemaakt als ik bij voorbeeld zo stom was geweest schertsend te zeggen dat ze, beruchte specialiste in het jatten van geheime documenten, vast het logboek van de kapitein had ontvreemd.

In 'De blauwe Ganze' werd ik eens door een vent aangeklampt, op het randje af niet helemaal ladderzat. Kastelein Paul heeft paradoxalerwijze een hekel aan dronkelappen. Ik vermoed dat de ander tekenen had gegeven van herkenning en ter vrijwaring van de naam van zijn eerbaar huis door de lepe waard op mij was afgezonden. Allicht vond hij mijn gesprekken zo onmogelijk, dat hij hoopte zijn tapkastfilosoof de benen te zien nemen. De man had evenwel geen behoefte aan een betoog over de huidige stand der letteren, de jongste intertextuele kunstjes van onze notoire zakkenrollers of het pak slaag dat Muylaert gekregen zou hebben van een door hem gemaltraiteerde lesbische dichteres van wie hij niet wist dat ze aan judo deed. Hij had nood aan een gedegen gedachtenwisseling over de ellende die zijn aambeien hem hadden bezorgd. Die waren te wijten aan de chauffeurszetel in zijn vorige wagen, meneer Depauw. Deswaen, zei ik, goed, Deswaen, ik onderscheid geen kanariepietje van een struisvogel, meneer Degans dus. Een goed merk, alleen die chauffeurszetel deugde niet, de bekleding leek leder maar het was plastic, waarvoor hij allergisch bleek. En aambeien als druiventrossen. Doe die wagen weg, zei Anastasia, ja, dat is mijn vrouw, meneer Koekoek, rare naam, die van haar grootmoeder, het mens zat er warmpjes bij, daar moet je wat voor over hebben, dacht haar vader, *what's in a name* zei Napoleon, nietwaar, meneer De Eend. Dat heb ik meteen gedaan, meneer Vinck, goeie gelegenheid om zonder gezeur een fijn karretje te kopen. Aambeien in een week genezen, Alfa Romeo, geweldige wagen. Ik wil geen andere meer. Geeft u me geen gelijk? Ik antwoordde hem dat er een boel goede auto's zijn, de mijne was haast twintig jaar oud en je wist niet wat je zág. Meneer Duif beweerde toch niet dat alle wagens gelijk waren? Meneer Vogels of zo zei dat het hem niet erg interesseerde, dat hij mensen kende die kochten op de kleur, meestal kwam het op hetzelfde neer. Zijn neef liet steeds zijn vrouw beslissen; zij koos de tint van haar laatst gekochte dessous, ze wist niets van automerken, meer ellende dan anderen hadden zij met hun karretjes niet. Alleen had ik een hekel aan knalrode wagens, die wijzen vaak op geldingsdrang, arrogantie en een onbetamelijk gedrag in het verkeer, meestal zit er een Franstalige Brusselaar aan het stuur. Ik vrees dat vooral het laatste als een belediging aankwam. Hij keek mij verbijsterd aan en terwijl zijn ogen zich met tranen vulden, maakte een onuitsprekelijke droefheid zich van hem meester. Er ging een diepe triestheid van hem uit, of ik een jarenoude vriendschap had verraden. Dat had ik nooit van u verwacht, meneer Dehaan, zei hij met omfloerste stem, mijn Alfa Romeo is bloedrood en mijn vader zaliger was een Franstalige Brusselaar. Je crains qu'on n'a plus rien à se dire, monsieur Despecht, niet boos maar zwaar ontgoocheld. Hij boerde dramatisch, zette zijn Borsalino op en verliet als een gebroken man het lokaal.

Helaas, wij hadden elkaar niets meer te zeggen, mijn bezopen Papageno en ik.

Ik was niet trots op mezelf...

Sedertdien ben ik voorzichtig. Overigens was het in dit geval niet nodig, ik ging liever dood dan één woord te uiten dat haar verdriet zou doen.

'Natuurlijk,' zei ik, 'maar niettemin vraag ik me af wat er allemaal in het mooie hoofdje van mijn Elfenkoningin gebeurt.'

'In haar hóófd?' lachte zij. 'Helemaal niets. Ik wilde gewoon wachten tot wij jouw land binnenvoeren.'

'Ga je een redevoering houden, liefste? Een gedicht declameren, *Waterloo morne plaine*? Iets over de Blauwvoet? *The poppies in Flanders fields...*?'

'I ask myself of we niet beter naar de bar zouden gaan. Ik trakteer je op een whisky of een Hollandse oude klare, ja?' stelde zij wat bedremmeld voor.

'Ach, je weet dat ik daar geen liefhebber van ben... Wil je mij tot alcoholmisbruik aanzetten, milady?'

'Voor mij hoeft het ook niet. Ik raak voortaan geen druppel alcohol meer aan...'

'Dat glaasje wijn bij de lunch had heus geen kwaad gekund, hoor!'

'Nou moet je even luisteren, Paul... Wil je niet liever gaan zitten?'

'Nee, verdraaid, het is hier heerlijk... En wat moet je verder met die kustwateren?'

'Welke kustwateren...? O, dat. Ik zei het je toch...?'

'Emily,' antwoordde ik met al het geduld van mijn liefde in mijn stem, 'waarom draai je als een poesje om de hete brij? Je doet net als Lancelot. Ook als de brij níet heet is!'

'Nu moet je goed luisteren, Paul. Héél goed luisteren...'

'Dat doe ik toch?'

'Niet goed genoeg, je maakt grapjes, je hebt wel vijf minuten lang aan andere dingen gedacht, je stond letterlijk naar jezelf te grinniken.'

'Even, ja, dat geef ik toe. Die vent met zijn aambeien, zie je, en zijn Alfa Romeo.'

'Waar heb je het over, schat?' vroeg zij verbijsterd.

'Niets, geen belang, ik luister met al mijn oren. Beloofd!'

'Wees even ernstig, Paul... Die onvergetelijke dagen vooraleer ik ineens naar Engeland moest... De Muziekberg... En dan de laatste keer, toen ik absoluut nog even wilde... Je weet wel. Die dingetjes, die pilletjes van de dokter in Amsterdam, zo gek was ik er trouwens niet van... Ze waren al een poosje op, begrijp je?'

'Allemachtig,' antwoordde ik, 'en ik maar zaniken over een rooie

Alfa Romeo. Emily...! Wat is er aan de hand? Heeft mijn Elfenkoningin toverkunstjes uitgehaald? Emily, zég dat het waar is! Wáár! Het is prachtig, gek, ongelooflijk, wonderlijk en een heleboel ándere woorden nog. Ik bedoel mooi, goeie genade, hoe verschrikkelijk mooi...'
'Meen je het ernstig, Paul?' vroeg zij.
Voor het eerst vernemen dat je geliefde zwanger is... Het moet je gebeuren!
Het was duidelijk dat zij zich geen kopzorgen maakte. Ze had er alleen mee in de knoop gezeten – vruchtwateren, kustwateren! – hoe ze het mij moest vertellen, zonder met de deur in huis te vallen, en bij voorkeur in mijn eigen land.
'Alles wat ik zeg, meen ik ernstig, liefste. Als het om een grapje gaat, waarschuw ik je van tevoren, dan weet je dat je moet lachen. Ik meen het doodernstig. En nu zoals het een filologe en een schrijver betaamt. Het rechte woord op de rechte plaats, ja?'
Het greep mij grondiger aan dan ik liet blijken, het oermannetje dat nog net zijn tranen verbijt! You Emily, I Tarzan.
'Dat lijkt mij het verstandigst, Paul.'
'Je bent dus...? Kom. Je krijgt een baby. In verwachting! Zwanger, zoals men zegt.'
'Ik denk het. Ja, nog niet erg hoor, gewoon een beetje...'
'Een beetje is al genoeg,' antwoordde ik. 'Met een beetje kom je een heel eind... Lieve Emily... Het wordt geweldig! Je krijgt gauw een dik buikje, nee, geen alcohol, geen sigaret meer na het eten. Natuurlijk geeft het niet dat men het weldra zal zien. Ik verzin de gekste dingen om met je naar toe te gaan, we kopen de prachtigste zwangerschapsjurken... En dan loop je met je buikje vooruit en ik zal verschrikkelijk trots zijn op je. Kijk, dames en heren, dat hebben wij samen in een handomdraai gefikst!'
'In een hándomdraai noem jij dat... Nou, je doet maar. De mensen moeten zien dat we gek op elkaar zijn, dat we het geweldig vinden!'
'Jongens en meisjes, hoe bestáát het?'
'Heb je er zo'n moeite mee gehad, gekke minnaar van me?'
'Nu we er onbevangen over praten, Emily, nu je het hebt verteld... Het geschikte moment... Dat boek van die Amerikaan, weet je wel?'
'Spock, bedoel je? *Hoe voed ik mijn baby op?* Mammy dweepte ermee, ze heeft de hèle serie, we hoeven ze niet eens te kopen... Je ziet het resultaat! Nog niet getrouwd en al zwanger als de pest!'
'Voortreffelijk resultaat, als je het mij vraagt, Emily. Maar dát boek bedoel ik niet, Spock en zo. Ik bedoel die man met zijn studie over jouw betoverachterneef van het zoveelste knoopsgat. Geloof jij er wat van...?'
Duidelijk geamuseerd keek zij mij aan met de mooiste ogen van de wereld.

'Mag ik oprecht zijn...? Ik geloof het van a tot z, het sluit als een bus. Ik maak geen grapje. Die zoon, die dochter, die tweeling kan best een paar petieterige chromosoomtjes hebben van... Maar stel je voor! Zou de man wiens kind ik draag in mijnen schoot – Bilderdijk – de slang der ijdelheid aan zijnen hooveerdigen boezem koesteren?' schaterde zij.

Haar tanden glansden in het witte zeelicht.

'Reken maar!' zei ik.

Als een onverwacht teken van instemming gaf vlakbij de stoomfluit een korte, oorverdovende stoot.

Door het plotse schrikken viel zij in mijn armen.

Dat ging meteen in één moeite door.

15 augustus 1988 – 21 mei 1989